VIAJERA

DIANA GABALDON

VIAJERA

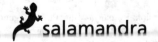
salamandra

Traducción del inglés de
Edith Zilli y Laura Fernández

Título original: *Voyager*

Ilustración de la cubierta: © Russ Dixon / Arcangel Images

Copyright © Diana Gabaldon, 1994
Publicado por acuerdo con la autora c/o BAROR INTERNATIONAL, INC.,
Armonk, New York, U.S.A.
Copyright de la edición en castellano © Ediciones Salamandra, 2015

Publicaciones y Ediciones Salamandra, S.A.
Almogàvers, 56, 7º 2ª - 08018 Barcelona - Tel. 93 215 11 99
www.salamandra.info

ISBN: 978-84-9838-672-1
Depósito legal: B-17.141-2015

1ª edición, julio de 2015
2ª edición, agosto de 2016
Printed in Spain

Impresión: Romanyà-Valls, Pl. Verdaguer, 1
Capellades, Barcelona

A mis hijos, Laura Juliet,
Samuel Gordon y Jennifer Rose,
que me proporcionaron el corazón,
la sangre y los huesos de este libro

Índice

Prólogo

Cuando era pequeña nunca quería pisar charcos. No porque temiera mojarme los calcetines o pisar gusanos ahogados; era, en general, una criatura sucia, con una bienaventurada indiferencia hacia cualquier tipo de mugre.

Era porque no creía que aquel espejo liso fuera sólo una fina película de agua sobre la tierra sólida. Estaba persuadida de que era una puerta hacia algún espacio insondable. A veces, al ver las diminutas olas provocadas por mi proximidad, pensaba que el charco era profundísimo, un mar sin fondo en el que se ocultaban la perezosa espiral del tentáculo y el brillo de la escama, con la amenaza de enormes cuerpos y dientes agudos a la deriva, silentes, en las remotas profundidades.

Y, entonces, bajando la vista al reflejo, veía mi propia cara redonda y mi pelo rizado en una extensión azul sin contornos, y pensaba en cambio que el charco era la entrada a otro cielo. Si lo pisaba, caería de inmediato y seguiría cayendo, más y más, en el espacio azul.

Sólo había un momento en que osaba caminar a través de un charco: era en el crepúsculo, cuando asomaban las estrellas vespertinas. Si al mirar en el agua veía allí un alfilerazo luminoso, entonces podía chapotear sin miedo, pues si caía en el charco y en el espacio podría aferrarme a esa estrella, al pasar, y estaría segura.

Aún ahora, cuando veo un charco en mi camino, mi mente se detiene a medias (aunque mis pies no lo hagan) y luego sigue adelante, dejando tras de sí sólo el eco del pensamiento: «¿Y si esta vez cayeras?»

PRIMERA PARTE

La batalla y los amores de los hombres

1

El festín de los cuervos

Muchos jefes montañeses lucharon,
muchos hombres valientes cayeron,
la muerte misma se pagó muy cara,
todo por el rey y la ley de Escocia.

«Will Ye No Come Back Again?»

16 de abril de 1746

Estaba muerto. Sin embargo, la nariz le palpitaba dolorosamente, cosa que le resultó extraña, dadas las circunstancias. Aunque depositaba una considerable confianza en el entendimiento y la merced de su Creador, albergaba ese residuo de culpa esencial por la que todos tememos la posibilidad del infierno. Aun así, por lo que había oído hablar sobre el averno, le parecía improbable que los tormentos reservados para sus infortunados habitantes pudieran restringirse a un dolor de nariz.

Por otra parte, aquello no podía ser el Cielo. Para empezar, él no lo merecía. Tampoco tenía pinta de serlo. Y, en tercer lugar, dudaba que una fractura de nariz estuviera incluida entre las recompensas para los bendecidos, y no para los condenados.

Si bien se había imaginado siempre el Purgatorio como un sitio gris, las vagas luces rojizas que lo ocultaban todo le parecían adecuadas. Se le estaba despejando un poco la mente y volvía, con lentitud, su facultad de raciocinio. Bastante fastidiado, se dijo que alguien debería atenderlo y decirle exactamente cuál era su sentencia hasta que hubiera sufrido lo suficiente para purificarse y entrar, por fin, en el Reino de Dios. Lo que no tenía claro era si estaba esperando un demonio o un ángel. No tenía ni idea de cuáles eran los requisitos del Purgatorio; los curas que le dieron clases de pequeño no abordaban ese tema.

Mientras esperaba, comenzó a hacer inventario de cualquier otro tormento que se le exigiera soportar. Tenía numerosos cortes, chichones y cardenales aquí y allá; estaba casi seguro de haberse fracturado otra vez el dedo anular derecho; era difícil protegerlo por el modo en que sobresalía, con la articulación anquilosada. Pero nada de eso era tan malo. ¿Qué más?

Claire. El nombre le apuñaló el corazón con el dolor más atroz que su cuerpo hubiera soportado hasta entonces.

De haber seguido teniendo cuerpo, estaba convencido de que esto habría duplicado la agonía. Cuando la envió de vuelta al círculo de piedras ya sabía que se sentiría así. La angustia existencial era el sentimiento habitual en el Purgatorio, y él ya suponía que el dolor por la separación sería su mayor castigo, suficiente —pensó—, para expiar todo lo que había hecho: incluyendo el asesinato y la traición.

Ignoraba si a la gente del Purgatorio se le permitía rezar, pero igualmente lo intentó. «Señor —oró—, que ella esté a salvo. Ella y la criatura.» Estaba seguro de que Claire habría llegado al círculo; con sólo dos meses de embarazo, aún era ligera de piernas... y terca como ninguna otra mujer que conociese. Pero si había logrado efectuar la peligrosa transición al lugar del que había venido (deslizándose precariamente por los misteriosos estratos que yacían entre el entonces y el ahora, indefensa en el abrazo de la roca), no lo sabría jamás; el mero hecho de pensarlo bastó para hacerle olvidar hasta el palpitar de la nariz.

Al reanudar su interrumpido inventario de males físicos, lo afligió más de lo habitual descubrir que parecía faltarle la pierna izquierda. La sensación se cortaba en la cadera, con una serie de aguijonazos que le hacían cosquillas en la articulación. Suponía que la recuperaría a su debido tiempo, ya fuera cuando llegara al Cielo o, por lo menos, el día del Juicio Final. A fin de cuentas su cuñado Ian se las arreglaba muy bien con la estaca de madera que reemplazaba su pierna perdida.

Con todo, aquello hirió su vanidad. Ah, ahí estaba la cosa: un castigo destinado a curarlo del pecado de vanidad. Apretó mentalmente las mandíbulas, decidido a aceptar lo que viniera con fortaleza y con tanta humildad como fuese posible. Aun así no pudo evitar alargar una mano exploratoria (o lo que fuera que estaba usando como mano) para ver dónde terminaba ahora el miembro.

La mano chocó con algo duro; los dedos se enredaron en pelo húmedo y enmarañado. Se incorporó de golpe y, con algún esfuerzo, rompió la capa de sangre seca que le sellaba los párpados. La memoria volvió en un torrente, haciéndole gruñir en voz alta. Se había equivocado. Estaba en el infierno, sí. Pero, por desgracia, James Fraser no estaba muerto, después de todo.

Tenía el cuerpo de un hombre cruzado sobre el suyo. El peso muerto le aplastaba la pierna izquierda, lo que explicaba la ausencia de sensibilidad. La cabeza, pesada como una bala de cañón, descansaba boca abajo sobre su abdomen; el pelo apelmazado caía, oscuro, sobre el lienzo mojado de su camisa. Dio un tirón brusco, presa del pánico; la cabeza rodó de costado hasta su regazo y un ojo entreabierto miró cegado hacia arriba, tras los protectores mechones de pelo.

Era Jonathan Randall; su fina chaqueta roja de capitán estaba tan oscurecida por la humedad que parecía casi negra. Jamie hizo un torpe esfuerzo por apartar el cadáver, pero se descubrió asombrosamente débil; su mano se estiró sin fuerzas contra el hombro de Randall; el codo del otro brazo cedió de súbito cuando trató de apoyarse. Estaba otra vez tumbado de espaldas, con el cielo gris de la nevisca vertiginosamente arremolinado en lo alto. La cabeza de Jonathan Randall se movía de forma obscena en su vientre, hacia arriba y hacia abajo, al compás de sus jadeos.

Presionó con las manos el suelo pantanoso (el agua se elevó entre sus dedos, fría, empapando la parte posterior de su camisa) y se retorció hacia un lado. El calor había quedado atrapado entre ellos y, cuando se fue liberando poco a poco del peso de aquel cuerpo sin vida, la gélida lluvia azotó su carne expuesta con la potencia de un golpe, y se estremeció con violencia al sentir el repentino abrazo del frío.

Mientras se debatía en el suelo, luchando con los pliegues arrugados de su manta escocesa, le llegaron sonidos por encima del ulular del viento de abril: gritos lejanos y gemidos, como un reclamo de fantasmas en el viento. Y por encima de todo, el bullicioso graznido de los cuervos. Docenas de cuervos, a juzgar por el ruido.

Aquello era extraño, pensó difusamente. Las aves no volaban con semejante tormenta. Con un esfuerzo final, logró liberar la manta de su cuerpo y se cubrió con torpeza con ella. Al estirarse para cubrir las piernas vio que tenía la falda y la pierna izquierda empapadas de sangre. El espectáculo no lo afligió; ofrecía apenas un vago interés por el contraste de las manchas de color rojo oscuro contra el verde agrisado del páramo que lo rodeaba. Los ecos de la batalla se esfumaron de sus oídos y abandonó el campo de Culloden entre el reclamo de los cuervos.

Despertó mucho después, al oír que lo llamaban por su nombre:
—¡Fraser! ¡Jamie Fraser! ¿Estás aquí?
«No —pensó aturdido—. No estoy.» Dondequiera que hubiese estado durante su inconsciencia, era un lugar mejor que aquél. Yacía en un pequeño declive medio anegado de agua. El aguanieve por fin había cesado, pero el viento seguía ululando por el páramo, punzante y gélido. El cielo había oscurecido hasta vestirse de negro casi por completo; debía de aproximarse el ocaso.

—Te digo que lo he visto bajar por aquí. Cerca de un gran matorral de aliagas. —La voz sonaba lejana, apagándose mientras discutía con alguien.

Hubo un susurro cerca de su oído. Al girar la cabeza vio al cuervo en la hierba, a treinta centímetros de distancia: un borrón de plumas negras agitadas por el viento, que lo miraba con un ojo brillante como una cuenta de vidrio. Como si hubiera decidido que él no representaba amenaza alguna, movió el cuello con desenvoltura y hundió el pico afilado y grueso en el ojo de Jonathan Randall.

Jamie se agitó con un grito de asco y un movimiento nervioso que puso al cuervo en fuga dando graznidos de alarma.

—¡Sí! ¡Por allí!

Hubo un chapoteo en el suelo pantanoso, una cara ante él, y la bienvenida sensación de una mano en el hombro.

—¡Está vivo! ¡Ven, MacDonald! Ven, échame una mano. No podrá caminar solo.

Eran cuatro. Lo levantaron con bastante esfuerzo; sus brazos pendían, inertes, sobre los hombros de Ewan Cameron e Iain MacKinnon.

Habría querido decirles que lo dejaran; al despertar había recordado su intención de morir. Pero la dulzura de aquella compañía era irresistible. El descanso había devuelto la sensación a su pierna entumecida, haciéndole comprender la gravedad de la herida. De cualquier modo moriría pronto; gracias a Dios, no tendría que hacerlo solo, en la oscuridad.

• • •

—¿Agua?

Notó el borde de la taza en los labios. Se incorporó lo suficiente para beber, con cuidado de no derramarla. Una mano le oprimió la frente durante un segundo y se retiró sin comentarios. Estaba ardiendo; cuando cerraba los ojos podía sentir las llamas detrás de ellos. El calor le había agrietado los labios y los tenía doloridos, pero los escalofríos que lo recorrían a intervalos eran mucho peores. Por lo menos cuando tenía fiebre podía yacer inmóvil; los escalofríos despertaban los demonios que dormían en su pierna.

Murtagh. Tenía una sensación horrible con respecto a su padrino, pero ningún recuerdo que le diera forma. Murtagh había muerto; sabía que así era, pero ignoraba cómo o por qué lo sabía. La mitad del ejército de las Highlands había muerto, masacrado en el páramo; al menos eso deducía por lo que conversaban los hombres en la granja, aunque por su parte no recordaba la batalla.

No era la primera vez que combatía con un ejército y sabía que esa pérdida de memoria no era extraña entre los soldados, ya lo había visto en otros hombres aunque nunca la hubiera experimentado personalmente. Sabía que los recuerdos volverían y esperaba estar muerto para entonces. Se retorció al pensarlo y el movimiento le provocó una blanca punzada de dolor caliente que le recorrió la pierna y le arrancó un gruñido.

—¿Va todo bien, Jamie? —Ewan, a su lado, se incorporó sobre un codo, con la cara preocupada, pálida a la luz del alba. Un vendaje manchado de sangre le rodeaba la cabeza; tenía marcas herrumbrosas en el cuello de la camisa, por el roce de una bala en el cuero cabelludo.

—Sí, me las arreglo. —Alzó una mano para tocar a Ewan en el hombro, en señal de gratitud. Ewan le dio unas palmaditas y volvió a acostarse.

Los cuervos eran negros, negros como la noche. La oscuridad los había adormecido, pero regresarían al alba. Los cuervos eran pájaros de guerra y habían venido a darse un festín con la carne de los caídos. Jamie pensó que podrían haber sido sus ojos los que picotearan esas crueles aves. Podía sentir la forma de sus globos oculares por debajo de sus párpados, redondos y calientes, sabrosos bocados gelatinosos rodando inquietos de un lado para otro buscando el olvido en vano mientras el sol creciente le teñía los párpados de un rojo oscuro y sanguinolento.

Cuatro de los hombres hablaban en voz baja al lado de la única ventana de la granja.

—¿Tratar de correr? —dijo uno, señalando hacia fuera con un cabezazo—. Por Dios, hombre, el que mejor está apenas puede andar a trompicones. Y seis de nosotros no están en condiciones de dar un paso.

—Si podéis huir, hacedlo —dijo un hombre desde el suelo. Señaló con una mueca su propia pierna, envuelta en los restos de una colcha andrajosa—. No os quedéis por nosotros.

Duncan MacDonald se apartó de la ventana con una sonrisa lúgubre, meneando la cabeza. La luz de la ventana recortaba los rasgos rudos de su rostro, acentuando las arrugas de la fatiga.

—No, esperaremos —dijo—. Para empezar, los ingleses pululan como piojos por aquí; desde la ventana se los ve en bandadas. En estos momentos nadie podría escapar entero de Drumossie.

—Ni siquiera los que huyeron ayer del campo de batalla podrán llegar lejos —intervino MacKinnon con suavidad—. ¿No oísteis las tropas inglesas que pasaban por la noche, a marcha forzada? ¿Creéis que les costaría mucho capturar a nuestro miserable grupo?

Ante eso no hubo respuesta; todos la conocían demasiado bien. Antes de la batalla ya eran muchos los escoceses que apenas podían mantenerse en pie, debilitados como estaban por el frío, la fatiga y el hambre.

Jamie volvió la cara a la pared, rezando por que sus hombres hubieran partido con tiempo suficiente. Lallybroch estaba muy lejos; si lograban distanciarse bastante de Culloden, era improbable que los atraparan. Sin embargo, Claire le había dicho que las tropas de Cumberland asolarían las Highlands, adentrándose mucho por su sed de venganza.

Esta vez, al pensar en ella sólo sintió una oleada de terrible nostalgia. ¡Dios, tenerla allí, sentir sus manos curándole las heridas, refugiar la cabeza en su regazo! Pero ella se había ido; estaba a doscientos años de distancia... ¡Gracias al Señor! Las lágrimas le gotearon lentamente entre los párpados cerrados y a pesar del dolor que sintió al moverse se puso de lado para que los demás no se dieran cuenta.

«Señor, que esté a salvo —rezó—. Ella y la criatura.»

A media tarde, el aire se cargó súbitamente de olor a quemado; entraba por la ventana sin vidrios, más denso que el humo de pólvora negra, picante, con un deje vagamente horrible porque recordaba a la carne asada.

—Están quemando a los muertos —dijo MacDonald. En todo el tiempo que llevaban en la cabaña apenas se había apartado de su asiento junto a la ventana. Él mismo parecía una calavera, con el pelo negro por el carbón y apelmazado por la tierra, recogido hacia atrás para descubrir un rostro en el que asomaban todos los huesos.

Aquí y allá, en el páramo, sonaban chasquidos leves. Disparos de pistola. Los tiros de gracia, administrados por los oficiales ingleses dotados de alguna compasión, antes de que un pobre diablo vestido de tartán fuera arrojado a la pira, con sus camaradas más afortunados. Cuando Jamie levantó la vista, Duncan MacDonald seguía sentado junto a la ventana, pero tenía los ojos cerrados.

A su lado, Ewan Cameron se persignó.

—Quiera Dios que nosotros recibamos la misma misericordia —susurró.

Así fue. Apenas pasado el mediodía de la segunda jornada, unos pies calzados con botas se aproximaron a la granja, y la puerta se abrió sobre silenciosos goznes de cuero.

—Por Dios. —Fue una exclamación sofocada ante la escena que se veía dentro de la casa. La corriente de aire que entró por la puerta agitó el aire fétido sobre cuerpos mugrientos, desharrapados y cubiertos de sangre, tendidos o sentados y encorvados en el suelo de tierra apisonada.

Nadie había mencionado la posibilidad de una resistencia armada; no tenían ánimos y sería inútil. Los jacobitas permanecieron sentados, esperando conocer la voluntad del visitante.

Era un comandante, limpio y reluciente con su uniforme planchado y sus botas lustradas. Tras un momento de vacilación para inspeccionar a los habitantes, entró seguido de cerca por su teniente.

—Soy lord Melton —dijo mirando a su alrededor, como si buscara al líder de aquellos hombres, a quien sería más correcto dirigir sus comentarios.

Después de devolverle la mirada, Duncan MacDonald se levantó con lentitud e inclinó la cabeza.

—Duncan MacDonald, de Glen Richie —dijo—. Y otros —hizo un ademán con la mano— que formaban parte de las fuerzas de Su Majestad, el rey Jacobo.

—Eso imaginaba —dijo el inglés, seco. Era joven, de unos treinta años, pero tenía el porte y la seguridad de un militar avezado. Miró deliberadamente a los hombres, de uno en uno; luego hundió la mano en su chaqueta para sacar un papel plegado—. Aquí tengo una orden de su gracia, el duque de Cumberland —dijo—, autorizando la ejecución inmediata de cualquier hombre que haya participado en la traidora rebelión que acaba de terminar. —Recorrió una vez más con la vista los confines de la cabaña—. ¿Hay aquí alguno que se proclame inocente de traición?

Hubo un levísimo aliento de risa entre los escoceses. ¿Inocentes, con el humo de la batalla todavía ennegreciéndoles la cara? ¿Allí, al borde del matadero?

—No, milord —dijo MacDonald con una ligera sonrisa en los labios—. Traidores, todos. ¿Se nos va a ahorcar, pues?

Melton contrajo la cara en una pequeña mueca de disgusto; luego volvió a su gesto imperturbable. Era un hombre liviano, de huesos finos, a pesar de lo cual llevaba bien la autoridad.

—Serán fusilados —dijo—. Tienen una hora para prepararse. —Vacilando, miró a su teniente, como si temiera parecer demasiado generoso ante el subordinado, pero continuó—: Si alguno de ustedes desea útiles de escritura para redactar una carta, los atenderá el escribiente de mi compañía.

Después de saludar brevemente a MacDonald con la cabeza, giró sobre los talones y se retiró.

Fue una hora lúgubre. Unos pocos aprovecharon el ofrecimiento de pluma y tinta y se pusieron a garabatear con tenacidad sujetando sus papeles contra la inclinada chimenea de madera a falta de una superficie más firme sobre la que poder escribir. Otros oraban en silencio o se limitaban a esperar, sin levantarse.

MacDonald había implorado misericordia para Giles Mc-Martin y Frederick Murray, argumentando que apenas tenían diecisiete años y no se los podía castigar igual que a sus mayores. La solicitud fue denegada; los muchachos permanecían sentados con la espalda contra la pared, pálidos y cogidos de la mano.

Jamie sintió un profundo pesar por ellos... y por los otros que estaban allí, amigos leales y soldados valientes. Por él sólo experimentaba alivio. Ya no tenía por qué preocuparse, ni tenía nada que hacer. Había hecho todo lo que había podido por sus hombres, su mujer y su hijo nonato. Esa miseria física estaba a punto de terminar y se entregaría a esa paz agradecido.

Más por salvar las formas que por necesidad, cerró los ojos para rezar el acto de contrición en francés, como siempre lo hacía:

«*Mon Dieu, je regrette...*» Pero no se arrepentía de nada. Era demasiado tarde para arrepentimientos.

Se preguntó si al morir se encontraría inmediatamente con Claire. O tal vez, como esperaba, estaría condenado por un tiempo a la separación. En cualquier caso la volvería a ver; se aferraba a esa convicción con más firmeza de la que confería a los principios de la Iglesia. Dios se la había entregado y ahora se la devolvería.

Olvidando la oración, empezó a conjurar su rostro tras los párpados: la curva de la mejilla y la sien, esa frente ancha y despejada que siempre lo incitaba a besarla, justo allí, en ese punto suave entre las cejas, en la punta de la nariz, entre los claros ojos ambarinos. Centró toda su atención en la forma de su boca y se imaginó con todo detalle la generosa y dulce curvatura de sus labios, su sabor, el tacto y el placer que encontraba en ellos. Los sonidos de las oraciones, el garabateo de las plumas y los suaves y entrecortados sollozos de Giles McMartin abandonaron sus oídos.

A media tarde regresó Melton, esta vez seguido por seis soldados, además del teniente y el escribiente. Una vez más se detuvo en el umbral de la puerta, pero MacDonald se levantó antes de que pudiera decir nada.

—Yo seré el primero —dijo. Y cruzó la cabaña con paso firme. Sin embargo, cuando inclinó la cabeza para cruzar la puerta, lord Melton le apoyó una mano en la manga.

—¿Quiere darme su nombre completo, señor? Mi subordinado tomará nota.

MacDonald echó un vistazo al escribiente, con una sonrisa amarga pugnando por aparecer en su boca.

—Una lista de trofeos, ¿no? Bien. —Se encogió de hombros irguiendo la espalda—. Duncan William MacLeod MacDonald, de Glen Richie. —Hizo una cortés reverencia a lord Melton—. A su servicio... señor.

Cruzó la puerta. Poco después se oyó un disparo a corta distancia.

A los muchachos se les permitió ir juntos y cruzaron la puerta cogidos con fuerza de la mano. A los demás se los sacó fuera de uno en uno; a cada cual se le preguntó el nombre para que el escribiente pudiera registrarlo. El escribiente estaba sentado en un taburete junto a la puerta con la cabeza inclinada sobre sus papeles y no levantaba la vista cuando los hombres pasaban por su lado.

Cuando llegó el turno de Ewan, Jamie forcejeó para incorporarse sobre los codos y le estrechó la mano con tanta fuerza como pudo.

—Pronto volveremos a vernos —susurró.

A Ewan Cameron le temblaba la mano, pero se limitó a sonreír. Luego se inclinó para besar a Jamie en la boca y salió.

Quedaban los seis que no podían caminar.

—James Alexander Malcolm MacKenzie Fraser —dijo él con lentitud para que el escribiente tuviera tiempo de anotarlo bien—. Señor de Broch Tuarach. —Lo deletreó con paciencia; luego levantó la vista hacia Melton—. Debo pedirle, milord, la cortesía de ayudarme a ponerme en pie.

En vez de responderle, Melton lo miraba fijamente; su expresión de remoto disgusto había dado paso a una mezcla de estupefacción y de algo parecido al horror.

—¿Fraser? —repitió—. ¿De Broch Tuarach?

—Ése soy yo —confirmó Jamie con paciencia. ¿No se daría un poco de prisa aquel hombre? Una cosa era resignarse a ser fusilado y otra muy distinta escuchar cómo mataban a tus amigos; aquello no calmaba los nervios, precisamente. Le temblaron los brazos cuando intentó incorporarse y sus tripas, que no compartían la resignación de sus facultades mentales, se retorcieron emitiendo un espantoso gorgoteo.

—Por todos los diablos —murmuró el inglés. Se inclinó para mirar bien a Jamie, que yacía a la sombra de la pared. Luego hizo una seña a su teniente—. Ayúdenme a llevarlo a la luz —ordenó.

No lo hicieron con suavidad; Jamie gruñó durante el traslado, que le provocó un rayo de dolor desde la pierna izquierda hasta la coronilla. Se quedó aturdido un momento y no escuchó lo que Melton le estaba diciendo.

—¿Es usted el jacobita al que llaman «Jamie *el Rojo*»? —preguntó éste otra vez, con impaciencia.

Aquello provocó un relampagueo de miedo en Jamie; si se enteraban de que era el conocido Jamie *el Rojo*, no lo fusilarían. Lo llevarían a Londres para juzgarlo, encadenado, como botín de guerra. Después, la cuerda del verdugo y yacer medio asfixiado en el patíbulo hasta que le abrieran el vientre y le arrancaran las entrañas. Sus tripas despidieron otro gorgoteo largo y resonante; a ellas tampoco les gustaba la idea.

—No —dijo con tanta firmeza como pudo reunir—. Terminemos de una vez, ¿eh?

Sin prestarle atención, Melton se dejó caer sobre las rodillas para desgarrarle el cuello de la camisa. Luego cogió a Jamie por el pelo y le echó la cabeza hacia atrás.

—¡Maldición! —dijo, clavándole un dedo en la garganta justo por encima de la clavícula. Allí había una pequeña cicatriz triangular que parecía ser la causa de la preocupación de su interrogador—. James Fraser, de Broch Tuarach; pelo rojo y una cicatriz triangular en el cuello.

Melton le soltó el pelo y se sentó sobre los talones, frotándose el mentón con aire distraído. Luego, ya tomada la decisión, se volvió hacia el teniente y señaló con un gesto a los cinco hombres que restaban en la cabaña.

—Llévense a los demás —ordenó. Tenía las rubias cejas unidas en una profunda arruga. Se irguió ante Jamie con el ceño fruncido mientras conducían fuera a los otros prisioneros escoceses—. Tengo que pensar —murmuró—. ¡Maldita sea, tengo que pensar!

—Hágalo, si puede —dijo Jamie—. Por mi parte, necesito acostarme.

Lo habían incorporado y tenía la espalda apoyada en la pared más alejada y las piernas estiradas, pero aquella posición era más de lo que podía soportar tras haber estado dos días tendido boca arriba. La estancia se tambaleaba embriagada y veía lucecitas parpadeantes. Se inclinó hacia un lado y se tumbó abrazándose al suelo sucio con los ojos cerrados, esperando a que se le pasara el mareo.

Melton murmuraba por lo bajo y Jamie no llegó a distinguir las palabras; de todas formas y en cualquier caso, no le interesaban mucho. Así, sentado a la luz del sol, se había visto la pierna con claridad por primera vez; estaba casi seguro de que no viviría lo suficiente para que lo ahorcaran.

El rojo intenso de la inflamación se extendía desde la mitad del muslo hacia arriba, mucho más visible que las manchas de sangre seca. La herida en sí estaba purulenta; como ya había disminuido el hedor de los otros hombres, le era posible percibir el olor dulzón del pus. De cualquier modo, una rápida bala en la cabeza parecía mil veces preferible al dolor y el delirio de la muerte causada por la infección. «¿Oirás el disparo?», se preguntó, y se adormeció, con la tierra fresca bajo la mejilla ardiente, delicada y reconfortante como el pecho de una madre.

En verdad no estaba dormido, sino adormilado por el sopor de la fiebre, pero la voz de Melton en su oído lo espabiló bruscamente.

—Grey —dijo la voz—. ¡John William Grey! ¿Recuerdas ese nombre?

—No —dijo él, desorientado por el sueño y la fiebre—. Mira, mátame o vete, ¿quieres? Estoy enfermo.

—Cerca de Carryarrick. —La voz de Melton lo acicateaba con impaciencia—. Un jovencito, un muchacho rubio de unos dieciséis años. Lo encontraste en el bosque.

Jamie bizqueó hacia su torturador. La fiebre le distorsionaba la visión, pero le pareció ver algo vagamente familiar en aquel rostro de finos huesos y ojos grandes, casi de niña.

—Ah —dijo, rescatando una cara de entre el raudal de imágenes que se arremolinaba sin orden ni concierto en su cerebro—, el chiquillo que trató de matarme. Sí, lo recuerdo.

Cerró los ojos de nuevo. Debido a la fiebre, una sensación parecía fundirse con otra. Le había roto el brazo a John William Grey; el recuerdo del delicado hueso bajo su mano se convirtió en el antebrazo de Claire, al arrancarla de entre las piedras. La brisa fresca y brumosa le acarició la cara con los dedos de Claire.

—¡Despierta, maldito seas! —La cabeza se le balanceó sobre el cuello. Melton lo sacudía con impaciencia—. ¡Escúchame!

Jamie abrió los ojos, fatigado.

—¿Sí?

—John William Grey es mi hermano —dijo Melton—. Él me habló de su encuentro contigo. Le perdonaste la vida y te hizo una promesa. ¿Es cierto?

Con gran esfuerzo, Jamie hizo retroceder su mente. Había encontrado al chico dos días antes de la primera batalla de la rebelión, la victoria escocesa de Prestonpans. Los seis meses transcurridos desde entonces parecían un vasto abismo, por las muchas cosas que habían sucedido en aquel tiempo.

—Lo recuerdo, sí. Prometió matarme. No me molestaría que lo hicieras por él.

Se le estaban cayendo los párpados otra vez. ¿Debía permanecer despierto para que lo fusilaran?

—Dijo que tenía una deuda de honor contigo. Y es cierto. —Melton se levantó, sacudiéndose las rodilleras de los pantalones de montar, y se volvió hacia el teniente que observaba el interrogatorio con evidente desconcierto—. Qué situación tan malhadada, Wallace. Este... este jacobita es famoso. ¿No ha oído usted hablar de Jamie *el Rojo*? ¿El que figura en los carteles?

El teniente asintió, mirando con curiosidad la silueta desaliñada que yacía a sus pies sobre el polvo. Melton sonrió con amargura.

—No, ahora no parece tan peligroso, ¿verdad? Pero aun así es Jamie Fraser *el Rojo*. A su gracia le causaría un enorme placer enterarse de que tenemos a un prisionero tan ilustre. Aún no han hallado a Carlos Estuardo, pero unos cuantos jacobitas conocidos serán igualmente gratos para las turbas de Tower Hill.

—¿Debo enviar un mensaje a su gracia? —El teniente alargó la mano hacia la caja de los mensajes.

—¡No! —Melton giró en redondo fulminando con la mirada a su prisionero—. ¡Ahí está el problema! Aparte de ser excelente carne de patíbulo, esta ruina cochambrosa es también el hombre que capturó al menor de mis hermanos, cerca de Preston, y en vez de matarlo, que era lo que el crío merecía, le perdonó la vida y lo devolvió a sus compañeros. De ese modo —añadió entre dientes— mi familia contrajo una maldita deuda de honor.

—Dios mío —dijo el teniente—. Así que no puede usted entregarlo a su gracia, después de todo.

—¡No, maldita sea! ¡No puedo siquiera fusilar a este cretino sin faltar al juramento de mi hermano!

El prisionero abrió un ojo.

—Puedes faltar a él; no se lo diré a nadie —sugirió. Y volvió a cerrarlo rápidamente.

—¡Cállate! —Ya perdidos por completo los estribos, Melton pateó al prisionero, que lanzó un quejido ante el impacto, pero no dijo nada más.

—Podríamos fusilarlo bajo un nombre supuesto —sugirió el teniente por ayudar.

Lord Melton lanzó a su asistente una mirada de fulminante desdén. Luego echó un vistazo a la ventana para calcular la hora.

—Dentro de tres horas habrá oscurecido. Supervisaré el entierro de los otros ejecutados. Busque usted una carreta pequeña y haga que la llenen de heno. Consiga un carretero. Elija a una persona discreta, Wallace, es decir... sobornable. Que esté aquí con el vehículo en cuanto oscurezca.

—Sí, señor. Eh... ¿señor? ¿Qué hacemos con el prisionero? —El teniente señaló con timidez el cuerpo tendido en el suelo.

—¿Que qué hacemos con él? —repitió Melton, brusco—. Débil como está, no puede siquiera arrastrarse, mucho menos caminar. No irá a ninguna parte... al menos hasta que llegue la carreta.

—¿Carreta? —El prisionero mostraba señales de vida. De hecho, bajo el estímulo de la agitación había logrado incorporarse sobre un codo. Sus ojos azules inyectados en sangre brillaron alarmados por entre las puntas de su apelmazado pelo rojo—. ¿Adónde me envías?

Melton se volvió desde la puerta con una mirada de intenso disgusto.

—Eres el señor de Broch Tuarach, ¿no? Bueno, pues allí te envío.

—¡Pero no quiero ir a casa! ¡Quiero que se me fusile!

Los ingleses intercambiaron una mirada.

—Delira —dijo el subordinado con elocuencia.

Melton asintió.

—Dudo que sobreviva al viaje, pero al menos su muerte no caerá sobre mi conciencia.

La puerta se cerró con firmeza tras los ingleses, dejando a Jamie Fraser muy solo... y aún con vida.

2

Se inicia la búsqueda

Inverness
2 de mayo de 1968

—¡Por supuesto que murió! —La voz de Claire sonaba áspera por la agitación y retumbaba con fuerza en el estudio medio vacío, produciendo ecos entre las estanterías llenas de libros revueltos. Estaba apoyada en la pared revestida de corcho, como una prisionera que esperara al pelotón de fusilamiento, mirando alternativamente a su hija y a Roger Wakefield.

—No creo. —Roger se sentía terriblemente cansado. Después de frotarse la cara con una mano, recogió del escritorio una carpeta que contenía toda la investigación que había hecho desde que Claire y su hija le pidieron ayuda, tres semanas atrás.

Abrió la carpeta y hojeó muy despacio el contenido. Los jacobitas de Culloden. El Alzamiento de 1745. Los valientes escoceses que se habían agrupado bajo el estandarte de Carlos Estuardo, el príncipe, atravesando Escocia como una espada flamígera... sólo para caer en la ruina y la derrota contra el duque de Cumberland, en el páramo gris de Culloden.

—Toma —dijo retirando varias páginas cosidas. La arcaica escritura parecía extraña en la nitidez de la fotocopia—. Aquí tienes la nómina del regimiento de Lovat.

Tendió las hojas a Claire, pero fue Brianna, su hija, quien las cogió y comenzó a volver las páginas, con una leve arruga entre las cejas rojizas.

—Lee este encabezamiento —dijo Roger—. Donde dice «Oficiales».

—Está bien. «Oficiales» —leyó ella en voz alta—: «Simon, amo de Lovat...»

—El Joven Zorro —interrumpió Roger—. El hijo de Lovat. Y cinco nombres más, ¿no?

Brianna lo miró enarcando una ceja, pero continuó con la lectura.

—«William Chisholm Fraser, teniente; George D'Amerd Fraser Shaw, capitán; Duncan Joseph Fraser, teniente; Bayard Murray Fraser, comandante.» —Hizo una pausa para tragar saliva antes de leer el último nombre—. «James Alexander Malcolm MacKenzie Fraser, capitán.» —Bajó los papeles, algo pálida—. Mi padre.

Claire se le acercó para estrecharle el brazo. Ella también estaba pálida.

—Sí —le dijo a Roger—. Sé que fue a Culloden. Cuando me dejó allí... en el círculo de piedra... pensaba volver al campo de Culloden para rescatar a sus hombres, que estaban con Carlos Estuardo. Y sabemos que lo hizo. —Señaló con la cabeza la carpeta del escritorio, limpia e inocente la superficie de papel manila a la luz de la lámpara—. Tú hallaste sus nombres. Pero... pero... Jamie... —Pronunciar el nombre en voz alta parecía conmoverla; cerró los labios con fuerza.

Ahora le tocaba a Brianna dar apoyo a su madre.

—Has dicho que tenía intención de regresar. —Sus ojos alentadores, de un azul oscuro, estaban fijos en la cara de Claire—. Quería sacar a sus hombres del campo y luego volver a la batalla.

La madre asintió, recobrándose un poco.

—Sabía que no eran muchas las posibilidades de escapar; si lo atrapaban los ingleses... Dijo que prefería morir en combate. Ésa era su intención. —Se volvió hacia Roger; sus ojos ambarinos eran inquietantes. Parecían ojos de halcón, como si ella pudiera ver mucho más lejos que la mayoría—. No puedo creer que no muriera allí. ¡Cayeron tantos...! ¡Y él lo quería!

Casi la mitad del ejército de las Highlands había muerto en Culloden, derribado por una ráfaga de cañonazos y fuego de mosquetes. Pero Jamie Fraser, no.

—No —dijo Roger con obstinación—. Ese fragmento del libro de Linklater que os leí... —Alargó la mano hacia un volumen blanco, titulado *El príncipe en los brezales*—. «Después de la batalla» —leyó—, «dieciocho oficiales jacobitas heridos se refugiaron en una granja, cerca del páramo. Allí penaron durante dos días, con las heridas sin curar. Al terminar ese período los sacaron fuera y los fusilaron. Un hombre llamado Fraser, del regimiento de Lovat, escapó a la matanza. El resto fue sepultado extramuros». ¿Veis? —añadió, mirando con severidad a las dos mujeres por encima del libro—. Un oficial del regimiento de Lovat.

Cogió las hojas de la nómina.

—¡Y aquí están! Sólo seis. Ahora bien: sabemos que el hombre de la granja no puede haber sido Simon *el Joven*, porque es un personaje histórico muy conocido y estamos bien enterados de lo que le sucedió. Se retiró del campo de batalla con un grupo de sus hombres, sin herida alguna, y marchó hacia el norte, combatiendo, hasta llegar al castillo de Beaufort, cerca de aquí. —Señaló vagamente las luces de la noche de Inverness, que titilaban sin fuerza al otro lado de la enorme ventana—. El hombre que escapó de la granja de Leanach tampoco era uno de los otros cuatro oficiales: William, George, Duncan, Bayard. ¿Por qué? —Sacó otro papel de la carpeta para blandirlo con aire casi triunfal—. ¡Porque todos ellos murieron en Culloden! Los cuatro fueron ejecutados en el campo; sus nombres figuran en una placa de la iglesia de Beauly.

Claire dejó escapar un largo suspiro; después se instaló en el viejo sillón de cuero, detrás del escritorio.

—Por los clavos de Roosevelt —dijo. Se inclinó hacia delante con los ojos cerrados, apoyando los codos en el escritorio, y escondió la cabeza entre las manos; el pelo castaño, denso y rizado, cayó ocultándole la cara. Brianna le puso una mano en la espalda, preocupada. Era una muchacha alta, de huesos grandes, y su larga cabellera roja centelleaba a la luz cálida de la lámpara.

—Si no murió... —empezó vacilando.

Claire levantó bruscamente la cabeza.

—¡Murió, por supuesto! —dijo. Tenía la cara tensa, con pequeñas arrugas visibles alrededor de los ojos—. Por Dios, han pasado doscientos años. ¡Muriera en Culloden o no, ya no existe!

Ante la vehemencia de su madre, Brianna dio un paso atrás y bajó la cabeza; el pelo rojo, como el de su padre, quedó colgando junto a la mejilla.

—Supongo que sí —susurró.

Roger notó que estaba conteniendo las lágrimas. Había una explicación: enterarse en tan poco tiempo de que, primero, el hombre al que había amado y llamado «papá» toda la vida no era su padre; segundo, que su verdadero padre era un escocés que vivió en las Highlands doscientos años atrás; y tercero, que con toda probabilidad había perecido de alguna manera horrible, inconcebiblemente lejos de la esposa y de la hija por quienes se había sacrificado... Eso desquiciaba a cualquiera, se dijo Roger.

Se acercó a Brianna para tocarle el brazo. Ella le lanzó una breve y distraída mirada mientras trataba de sonreír y Roger la rodeó con los brazos. E incluso a pesar de la lástima que sentía por el dolor de la muchacha no pudo evitar pensar en la maravillosa sensación que le provocó abrazar su cuerpo cálido, suave y tierno al mismo tiempo.

Claire seguía sentada ante el escritorio, inmóvil. Los amarillos ojos de halcón tenían ahora un color más suave, por la lejanía del recuerdo. Descansaban mirando sin ver la pared oriental del estudio, aún cubierta desde el suelo hasta el techo de notas y recuerdos dejados por el reverendo Wakefield, el difunto padre adoptivo de Roger.

Roger también clavó los ojos en la pared y vio la invitación a la reunión anual enviada por la Sociedad de la Rosa Blanca, aquellas almas entusiastas y excéntricas que seguían apoyando la causa de la independencia escocesa y se reunían para rendir un nostálgico tributo a Carlos Estuardo y a los héroes de las Highlands que le dieron su apoyo.

El historiador carraspeó un poco.

—Eh... Si Jamie Fraser no murió en Culloden... —dijo.

—Es probable que muriera muy poco después. —Claire lo miró de frente; la serenidad había vuelto a sus ojos color miel—. Tú no tienes ni idea de lo que fue aquello. En las Highlands había hambruna; los hombres que fueron a la batalla llevaban varios días sin comer. Él estaba herido; eso lo sabemos. Aun si escapó, no había nadie... nadie que lo atendiera. —La voz se le rompió al decirlo; en la actualidad era médico; por aquel entonces, veinte años atrás, al salir del círculo de piedras para encontrar su destino junto a James Alexander Malcolm MacKenzie Fraser, era curandera.

Roger era muy consciente de las dos presencias: la muchacha alta y trémula que tenía entre los brazos y la mujer del escritorio, tan quieta y serena. Había viajado a través de las piedras, a través del tiempo; fue sospechosa de espionaje, arrestada por bruja, arrebatada, por unas inconcebibles extrañas circunstancias, de los brazos de Frank Randall, su primer esposo. Y tres años después James Fraser, su segundo esposo, la había enviado de nuevo a través de las piedras, embarazada, en un desesperado esfuerzo por salvarla a ella y al hijo que iba a nacer del inminente desastre que pronto sucedería.

Sin duda alguna, pensó, la mujer había pasado por muchas cosas. Pero Roger era historiador. Tenía la curiosidad insaciable y amoral del erudito, demasiado potente para dejarse restringir por la simple compasión. Y aún había más, también era extrañamente consciente de la tercera figura de aquella tragedia familiar en la que cada vez estaba más involucrado: Jamie Fraser.

—Si no murió en Culloden —comenzó de nuevo, con más firmeza—, tal vez yo pueda averiguar qué le sucedió. ¿Queréis que lo intente?

Esperó, sin aliento, notando a través de la camisa la cálida respiración de Brianna.

Jamie Fraser había tenido una vida y una muerte. Roger se sentía oscuramente obligado a averiguar toda la verdad; las mujeres de Jamie merecían saber todo lo posible sobre él. Para Brianna, ese conocimiento era todo lo que podría tener del padre al que nunca había conocido. Y para Claire... Detrás de la pregunta que había formulado se hallaba la idea que, obviamente, ella no había captado, aturdida como estaba todavía por la impresión: ya había cruzado en dos ocasiones la barrera del tiempo. Era posible que lo hiciera otra vez. Y si Jamie Fraser no había muerto en Culloden...

Él vio que el pensamiento chispeaba en el ámbar turbio de sus ojos mientras contemplaba la idea. Claire tenía la tez pálida, pero en ese momento se puso tan blanca como el mango de marfil del abrecartas que aguardaba delante de ella en el escritorio. Lo rodeó con los dedos y apretó hasta que despuntaron sus huesudos nudillos.

Ella pasó largo rato sin hablar. Su mirada permaneció fija en Brianna por un instante. Luego volvió a la cara de Roger.

—Sí —dijo con un susurro tan suave que él apenas pudo oírla—. Sí. Averígualo por mí, por favor. Averígualo.

3

Franca y plena revelación

Inverness
9 de mayo de 1968

El puente sobre el río Ness tenía un denso tránsito peatonal, mucha gente volvía a su casa para tomar el té. Roger caminaba delante de mí, protegiéndome de los empujones con sus anchos hombros.

Me palpitaba con fuerza el corazón contra la cubierta rígida del libro que llevaba apretado contra el pecho. Así era cada vez que me detenía a pensar en lo que estaba haciendo. No estaba segura de cuál de las dos alternativas era peor: descubrir que Jamie había muerto en Culloden o descubrir que había sobrevivido.

Las tablas del puente sonaban a hueco bajo nuestros pies mientras volvíamos a la casona. Me dolían los brazos por el peso de los libros que llevaba; pasaba la carga de un lado al otro.

—¡Cuidado con esa maldita bicicleta, hombre! —gritó Roger apartándome con destreza de un trabajador que, montado en una bicicleta, se había lanzado por el puente y había estado a punto de tirarme contra la barandilla.

—¡Perdón! —fue su grito de disculpa. Y el ciclista sacudió la mano por encima del hombro, mientras la bicicleta serpenteaba entre dos grupos de escolares que volvían a casa a tomar el té. Eché una mirada hacia atrás por si veía a Brianna por el puente, pero no había rastro de ella.

Roger y yo habíamos pasado la tarde en la Sociedad para la Conservación de Antigüedades, y Brianna había ido a la oficina de los Clanes de las Highlands para hacer fotocopias de una lista de documentos recopilados por Roger.

—Eres muy amable al tomarte tantas molestias, Roger —dije elevando la voz para hacerme oír por encima del ruido del puente y el rumor del río.

—No es nada —dijo algo incómodo. Se detuvo a esperar a que yo lo alcanzara—. Soy curioso —añadió con una ligera sonrisa—. Ya sabes cómo somos los historiadores: no podemos dejar pasar un acertijo.

Y sacudió la cabeza para apartarse el pelo oscuro de los ojos, revuelto por el viento, sin utilizar las manos.

Yo sabía cómo eran los historiadores; había convivido con uno durante veinte años. Frank no había querido dejar pasar aquel acertijo, pero tampoco estuvo dispuesto a solucionarlo. De cualquier modo, Frank había muerto dos años atrás y ahora era mi turno; mío y de Brianna.

—¿Has tenido noticias del doctor Linklater? —pregunté mientras bajábamos por el arco del puente. Pese a lo avanzado de la tarde, el sol todavía estaba alto en aquella zona tan septentrional. La luz se colaba por entre las hojas de los limeros que crecían en la orilla del río y proyectaba un brillo rosáceo sobre el cenotafio de granito que se erigía bajo el puente.

Roger negó con la cabeza, entornando los ojos para protegerlos del viento.

—No, pero hace apenas una semana que le escribí. Si no recibo noticias suyas antes del lunes, le llamaré por teléfono. No te preocupes. —Esbozó una sonrisa de medio lado—. Fui muy circunspecto. Sólo le dije que, para un estudio que estaba realizando, necesitaba una lista, si existía alguna, de los oficiales jacobitas que estuvieron en la granja de Leanach después de Culloden. Y le pedí que, si existía alguna información sobre el superviviente de aquella ejecución, me remitiera a las fuentes originales.

—¿Conoces personalmente a Linklater? —pregunté, apoyando los libros de costado en la cadera para aligerar el brazo izquierdo.

—No, pero le escribí en papel con membrete del Balliol College e hice una sutil alusión al señor Cheesewright, mi antiguo mentor; él sí que conoce a Linklater. —Roger me guiñó un ojo de modo reconfortante y me reí.

Tenía los ojos de un centelleante verde luminoso que brillaba al contraste con su piel olivácea. Es posible que la curiosidad fuera el motivo que esgrimía para ayudarnos a desvelar la historia de Jamie, pero yo sabía muy bien que sus intereses iban un poco más lejos, en dirección a Brianna. También sabía que el interés era mutuo. Lo que no sabía era si Roger se habría dado cuenta.

De nuevo en el estudio del difunto reverendo Wakefield, deposité mi brazada de libros en la mesa y, aliviada, me dejé caer en el sillón, junto al hogar, mientras Roger iba a la cocina en busca de un vaso de limonada.

Conforme me lo tomaba se me calmó la respiración; mi pulso, en cambio, seguía inconstante. Contemplé la imponente pila de libros que habíamos traído. ¿Figuraría Jamie en alguno de ellos? Y en ese caso... Me empezaron a sudar las manos contra el vaso frío y decidí ignorar la posibilidad. «No te anticipes demasiado —me aconsejé—. Es mucho mejor esperar a ver qué logramos descubrir.»

Roger estaba investigando los estantes del estudio, en busca de otras posibilidades. El reverendo Wakefield, el difunto padre adoptivo de Roger, había sido un buen aficionado a la historia y un hombre dado a guardar cualquier cosa: cartas, diarios, panfletos y periódicos, y todo tipo de libros antiguos y recientes; lo tenía todo hacinado en las estanterías.

Roger titubeó y por fin dejó caer la mano sobre una pila de libros en la mesa cercana. Eran los de Frank: un logro impresionante, por lo que decían los elogios impresos en las sobrecubiertas.

—¿Has leído éste? —preguntó cogiendo el volumen titulado *Los jacobitas*.

—No. —Tomé un reconfortante trago de refresco y tosí—. No —repetí—, no pude.

Después de mi retorno me había negado de plano a mirar cualquier material relacionado con el pasado de Escocia, a pesar de que Frank estaba especializado, entre otras cosas, en el siglo XVIII. Sabiendo que Jamie había muerto, enfrentada a la necesidad de vivir sin él, evité cuanto pude traérmelo a la mente. Era inútil (me resultaba imposible quitármelo de la cabeza, la existencia de Brianna era un recordatorio cotidiano), pero aun así no podía leer aquellos libros referidos al príncipe Carlos, aquel joven terrible y fútil, o a sus seguidores.

—Comprendo. Se me ocurrió que podrías saber si había aquí algo útil. —Roger hizo una pausa; el rubor se acentuó en sus pómulos—. Tu... eh... tu marido... Frank, quiero decir —añadió precipitadamente—. ¿Le dijiste... hum... lo de...? —Se le apagó la voz, sofocada por el bochorno.

—¡Claro, por supuesto! —respondí con aspereza—. ¿Qué pensabas? Después de faltar de casa tres años, no era cuestión de entrar en su despacho diciendo: «Hola, querido, ¿qué te gustaría cenar?»

—No, desde luego —murmuró Roger. Se volvió hacia los libros. Tenía el cuello rojo de vergüenza.

—Disculpa —le dije respirando hondo—. Tu pregunta es normal. Sólo que... todavía duele un poco.

Mucho, en realidad. Me sorprendía y horrorizaba descubrir lo mucho que aún me dolía aquella herida. Dejé el vaso en la mesa, junto a mi codo. Si íbamos a seguir con el tema, necesitaría algo más fuerte que un refresco.

—Sí, se lo dije —continué—. Se lo conté todo: lo de las piedras... lo de Jamie. Todo.

Roger tardó un momento en replicar. Luego se volvió, pero sólo a medias, dejándome ver apenas las líneas fuertes y nítidas de su perfil, sin mirarme. Contemplaba los libros de Frank, la foto de la sobrecubierta: Frank, delgado, moreno y apuesto, sonriendo a la posteridad.

—¿Te creyó? —preguntó en voz baja.

Tenía los labios pegajosos por el refresco. Me los lamí antes de responder.

—No. Al principio, no. Creyó que estaba loca. Hasta me hizo visitar a un psiquiatra. —Solté una risa breve, pero el recuerdo me hizo apretar los puños con furia.

—¿Y después? —Roger se volvió hacia mí. El rubor había desaparecido, dejando sólo un eco de curiosidad en los ojos—. ¿Qué pensó?

Inspiré hondo, cerrando los ojos.

—No lo sé.

El pequeño hospital de Inverness tenía un olor extraño, como a desinfectante carbólico y algodón.

No podía pensar y trataba de no sentir. El retorno era mucho más aterrorizador que mi expedición al pasado, pues allí me había protegido la capa de duda e incredulidad en cuanto a dónde me encontraba y qué estaba sucediendo; además, había vivido con la esperanza constante de escapar. Ahora sabía demasiado bien dónde estaba y tenía la certidumbre de que no había manera de escapar. Jamie había muerto.

Los médicos y las enfermeras trataban de hablarme con amabilidad; me daban de comer y me traían bebidas, pero en mí sólo había espacio para la pena y el terror. Les había dicho mi nombre, pero no quise hablar más.

Tendida en la cama blanca y limpia, mantenía los dedos apretados sobre mi vientre vulnerable y los ojos cerrados. Rememoraba una y otra vez las últimas cosas que había visto antes de cruzar entre las piedras (el páramo lluvioso y la cara de Jamie), sabiendo que, si miraba demasiado tiempo el nuevo ambiente que me rodeaba, aquellas imágenes se desvanecerían, reemplazadas por cosas mundanas: las enfermeras, el ramo de flores junto a mi cama... Disimuladamente, apretaba un pulgar contra la base del otro, hallando un oscuro consuelo en la diminuta herida que tenía allí, un pequeño corte con forma de «J». Me la había hecho Jamie a petición mía: el último de sus contactos en mi carne.

Debí de permanecer algún tiempo así; a ratos dormía, soñando con los últimos días del Alzamiento jacobita; volvía a ver al muerto en el bosque, dormido bajo un cobertor de hongos muy azules, y a Dougal MacKenzie, agonizando en el suelo de un desván, en la casa Culloden, y a los hombres harapientos del ejército de las Highlands, durmiendo en las zanjas embarradas, el último descanso antes de la matanza.

Me despertaba gritando o gimiendo, percibiendo el olor a desinfectante y escuchando el susurro de incomprensibles palabras de alivio que se abrían paso por entre los ecos de gaélico que bramaban mis sueños. Y me volvía a dormir aferrándome con fuerza al dolor que guardaba en la palma de la mano.

Y por fin abrí los ojos y Frank estaba allí. Permanecía en pie en el vano de la puerta, alisándose el pelo con una mano. Se le veía desconcertado... y no era de extrañar, pobre hombre.

Me recosté en las almohadas, observándolo sin hablar. Se parecía a sus antepasados, Jonathan y Alex Randall: facciones nítidas y aristocráticas, cabeza bien formada bajo el pelo abundante, oscuro y lacio. Sin embargo, en su cara había una diferencia indefinible con respecto a ellos, más allá de la leve diferencia de facciones. En él no existía la marca del miedo ni de la crueldad; ni la espiritualidad de Alex ni la glacial arrogancia de Jonathan. Su cara delgada parecía inteligente, bondadosa y algo cansada; estaba ojeroso y sin afeitar. Supe, sin que nadie me lo dijera, que había pasado la noche al volante para llegar hasta allí.

—¿Claire? —Se acercó a la cama, hablando vacilante, como si no estuviera seguro de que yo fuera realmente Claire.

Yo tampoco estaba segura, pero asentí.

—Hola, Frank. —Mi voz sonaba ronca y ruda, como si no estuviera acostumbrada al habla.

Él me cogió una mano y yo se la dejé.

—¿Estás... bien? —preguntó tras un minuto, con el ceño fruncido.

—Estoy embarazada. —A mi mente desordenada, ése le parecía el punto más importante. No había pensado en qué le diría a Frank si volvía a verlo, pero en cuanto lo vi ante la puerta eso pareció quedar claro. Le diría que estaba embarazada y él se iría, dejándome sola con mi última imagen de la cara de Jamie, con su ardiente contacto en la mano.

Su cara se puso un poco tensa, pero no me soltó la mano.

—Lo sé. Me lo han dicho. —Aspiró hondo y dejó escapar el aire—. ¿Puedes decirme qué te sucedió, Claire?

Por un momento me quedé en blanco, mas luego me encogí de hombros.

—Supongo que sí —dije.

Con fatiga, ordené mis pensamientos, no quería hablar de eso, pero tenía ciertas obligaciones con aquel hombre. No me sentía culpable, aún no; obligada sí. Había estado casada con él.

—Bueno —le dije—, me enamoré de otro y me casé con él. Lo siento —añadí en respuesta a la expresión de horror que le cruzó la cara—. No lo pude evitar.

Él no esperaba eso. Abrió la boca y volvió a cerrarla. Me apretaba la mano con tanta fuerza que la retiré, haciendo una mueca.

—¿Qué quieres decir? —preguntó con voz áspera—. ¿Dónde has estado, Claire? —Se levantó súbitamente, irguiéndose junto a la cama.

—¿Recuerdas que la última vez que me viste iba al círculo de piedras de Craigh na Dun?

—¿Sí? —Me miraba con una mezcla de enojo y desconfianza.

—Bueno... —Me pasé la lengua por los labios; estaban muy secos—. Lo cierto es que, en ese círculo, entré en una piedra hendida y terminé en 1743.

—¡No te hagas la graciosa, Claire!

—¿Crees que es un chiste? —La idea era tan absurda que me eché a reír, aunque me sentía muy lejos de tomarme las cosas con humor.

—¡Basta!

Dejé de reír. Como por arte de magia, dos enfermeras aparecieron en la puerta; debían de haber estado acechando en el pasillo. Frank se inclinó para apretarme un brazo.

—Escúchame —dijo entre dientes—. Quiero que me digas dónde has estado y qué has estado haciendo.

—Te lo estoy diciendo. ¡Suéltame! —Me incorporé en la cama y tiré de mi brazo para liberarlo—. Ya te lo he dicho: crucé una piedra y acabé doscientos años atrás. Y allí conocí a tu maldito antepasado Jonathan Randall.

Frank parpadeó, completamente desconcertado.

—¿A quién?

—A Jack el Negro. ¡Y era un pervertido, sucio y asqueroso!

Frank se había quedado boquiabierto, al igual que las enfermeras. Oí pasos que venían por el corredor, tras ellas, y voces apresuradas.

—Tuve que casarme con Jamie Fraser para escapar de Jack el Negro, pero después... Jamie... No lo pude evitar, Frank; me enamoré de él y habría seguido a su lado si hubiera podido. Pero él me envió de regreso por lo de Culloden y por el bebé, y... —Me interrumpí; un médico con bata cruzó la puerta, apartando a las enfermeras—. Lo siento, Frank —dije fatigada—. No quería que pasara todo eso. Hice lo posible para regresar, de veras, pero no pude. Y ahora es demasiado tarde.

Contra mi voluntad, las lágrimas se me acumularon en los ojos y empezaron a rodarme por las mejillas. Casi todas por Jamie, por mí misma y por el hijo que esperaba, pero también algunas por Frank. Sorbí por la nariz, tragando con fuerza, en un intento por contenerme, y me incorporé en la cama.

—Mira —dije—, sé que no querrás saber nada más de mí y no te culpo en absoluto. Simplemente... vete, ¿quieres?

Había cambiado de cara. Ya no parecía enfadado, sino inquieto y algo desconcertado. Se sentó junto a la cama, sin prestar atención al médico, que había entrado y me buscaba el pulso.

—No me iré —dijo con mucha suavidad. Y volvió a cogerme la mano, aunque yo trataba de retirarla—. Ese tal... Jamie. ¿Quién era?

Aspiré honda y entrecortadamente.

El médico me había cogido la otra mano y seguía tratando de tomarme el pulso, y sentí un pánico absurdo, como si estuviera retenida entre ellos. Pero peleé contra esa sensación e intenté hablar con normalidad.

41

—James Alexander Malcolm MacKenzie Fraser —dije espaciando las palabras con formalidad, tal como las había pronunciado Jamie la primera vez que me dijo su nombre completo... el día de nuestra boda. La idea me trajo nuevas lágrimas; me las sequé con el hombro, pues no disponía de las manos—. Era un escocés de las Highlands. Lo ma... mataron... en Culloden.

No sirvió de nada: estaba llorando otra vez; las lágrimas no constituían un calmante para el dolor que me desgarraba, sino la única reacción posible ante un sufrimiento insoportable. Me incliné un poco hacia delante, tratando de envolver aquella diminuta e imperceptible vida que tenía en el vientre, lo único que me quedaba de Jamie Fraser.

Frank y el médico intercambiaron una mirada de la que apenas me percaté. Para ellos, naturalmente, Culloden formaba parte de un pasado remoto. Para mí había sucedido apenas dos días antes.

—Quizá deberíamos dejar que la señora Randall descansara un poco —sugirió el médico—. En estos momentos parece estar algo alterada.

Frank nos miró a ambos sin saber qué hacer.

—Bueno, es cierto que parece alterada. Pero quiero averiguar... ¿Qué es esto, Claire?

Al acariciarme la mano había descubierto el anillo de plata en mi dedo anular y se inclinó para examinarlo. Era el anillo que Jamie me había dado en la boda: una ancha banda de plata con el diseño entrelazado de las Highlands, con diminutas flores de cardo estilizadas, grabadas en los eslabones.

—¡No! —exclamé presa de pánico al ver que Frank trataba de quitármelo del dedo. Arranqué la mano y me protegí el puño bajo el seno, cubierto por la mano izquierda, donde aún tenía la alianza de oro que me había regalado Frank—. No, no puedes quitármelo. ¡No te lo voy a permitir! ¡Es mi anillo de casada!

—Mira, Claire...

Lo interrumpió el médico, que se había acercado al lado de la cama donde estaba Frank y se inclinó para murmurarle algo al oído. Capté algunas palabras:

—... no molestar a su esposa justo ahora. La conmoción...

Un momento después, Frank estaba de nuevo en pie, firmemente conducido hacia fuera por el médico, que al pasar hizo una señal a una de las enfermeras.

Apenas sentí el aguijonazo de la aguja hipodérmica, envuelta como estaba en una nueva oleada de pesar. Oí apenas las palabras con que se despedía Frank:
—¡Está bien, Claire, pero me enteraré!
Luego descendió la bendita oscuridad y dormí sin soñar durante mucho rato.

Roger inclinó el botellón, llenando la copa hasta la mitad, y la entregó a Claire con una leve sonrisa.

—La abuela de Fiona decía siempre que el whisky era bueno para todos los males.

—He visto remedios peores. —Ella cogió la copa y le devolvió la sonrisa.

Roger se sirvió un trago y se sentó a su lado, sorbiendo su bebida en silencio.

—Traté de que se fuera, ¿sabes? —dijo ella bajando la copa—. Le dije que lo comprendería si sus sentimientos hacia mí habían cambiado, creyera lo que creyese. Ofrecí concederle el divorcio; que se fuera, que me olvidara, que reiniciara la vida que había comenzado a construir sin mí.

—Y él no quiso —dijo Roger. Al bajar el sol, empezaba a hacer frío en el estudio. Se agachó para encender la vetusta estufa eléctrica—. ¿Por tu embarazo? —adivinó.

Claire le dedicó una rápida mirada. Luego sonrió con ironía.

—Eso es. Dijo que sólo un canalla era capaz de abandonar a una mujer embarazada y sin recursos. Sobre todo si su visión de la realidad parecía algo tenue —añadió sardónica—. Yo no estaba sin recursos, tenía algo de dinero de mi tío Lamb. Pero Frank tampoco era un canalla.

Su mirada se desvió hacia los estantes de libros. Allí estaban las obras históricas de su marido, una detrás de otra, con los lomos centelleantes a la luz de la lámpara.

—Era un hombre muy decente —concluyó con suavidad. Y tomó un sorbo más, cerrando los ojos al elevarse los vapores alcohólicos—. Además, sabía o sospechaba que no podía tener hijos. Un verdadero golpe para un hombre tan dedicado a la historia y a las genealogías, con todas esas ideas dinásticas, ¿no?

—Sí, comprendo —dijo Roger con lentitud—. Pero ¿no sentía...? Es decir... el hijo de otro hombre...

—Tal vez. —Los ojos de ámbar volvieron a mirarlo, algo ablandados por el whisky y las reminiscencias—. Pero como no

43

quería ni podía creer nada de lo que yo dijera sobre Jamie, esencialmente el niño sería hijo de padre desconocido. Si él ignoraba quién era ese hombre (y se convenció de que yo tampoco lo sabía, de que había inventado esas alucinaciones por efecto del choque traumático), entonces nadie diría que la criatura no era suya. Yo no, desde luego —añadió con un dejo de amargura.

Tomó un gran sorbo de whisky, que la hizo lagrimear un poco, y se dio un momento para enjugarse los ojos.

—Pero para asegurarse, me llevó lejos. A Boston —prosiguió—. Le habían ofrecido un buen puesto en Harvard, y allí nadie nos conocía. Allí nació Brianna.

El llanto nervioso me despertó una vez más. Había vuelto a la cama a las seis y media, después de levantarme cinco veces por la noche para atender a la niña. Una legañosa mirada al reloj me reveló que eran las siete. Desde el cuarto de baño surgía una alegre canción: la voz de Frank se elevaba en Rule, Britannia, *por encima del ruido del agua que corría.*

Permanecí en la cama, con los miembros pesados por el agotamiento, preguntándome si tendría las fuerzas necesarias para soportar el llanto hasta que Frank saliera de la ducha y me trajera a Brianna. Como si el bebé supiera lo que estaba pensando, su llanto subió de tono y se convirtió en un chillido acentuado por espantosas bocanadas de aire. Aparté la ropa de cama y me puse de pie impulsada por la misma clase de pánico que me había acechado en su día durante los ataques aéreos de la guerra.

Crucé pesadamente el pasillo helado hasta la habitación infantil. Brianna, de tres meses, estaba tendida de espaldas, gritando a pleno pulmón. Aturdida por la falta de sueño, tardé un momento en recordar que la había dejado boca abajo.

—¡Querida! ¡Te has dado la vuelta sola! —Aterrorizada por su audacia, Brianna agitó los puñitos rosados y chilló con más fuerza, apretando los ojos.

La levanté deprisa para darle palmaditas en la espalda, murmurando sobre la pelusa roja que le cubría la cabeza.

—¡Oh, mi pequeña preciosa! ¡Qué niña tan inteligente eres!

—¿Qué es eso? ¿Qué ha pasado? —Frank salió del baño secándose la cabeza y con una segunda toalla envuelta en la cadera—. ¿Algún problema con Brianna?

Se nos acercó con cara de preocupación. Al acercarse el nacimiento, los dos habíamos estado nerviosos: Frank, irritable;

yo, aterrorizada. No teníamos ni idea de lo que podía suceder entre nosotros al aparecer el vástago de Jamie Fraser. Pero cuando la enfermera cogió a Brianna de su cuna y se la entregó a Frank diciendo: «Aquí está la niña de papá», él mantuvo el rostro inexpresivo, y luego, al mirar la diminuta cara, perfecta como un pimpollo, se maravilló. Al cabo de una semana la niña lo había conquistado, en cuerpo y alma.

Me volví hacia él, sonriendo.

—¡Se ha dado la vuelta! ¡Completamente sola!

—¿De veras? —Refulgía de placer—. ¿No es demasiado pronto para que haga eso?

—Sí. Según el doctor Spock, no debería haberlo hecho hasta el mes que viene, por lo menos.

—Bueno, ¿qué sabe ese doctor Spock? Ven aquí, preciosa mía; dale un beso a papá por ser tan precoz.

Levantó el cuerpecito suave, envuelto en su camisón rosado, y le dio un beso en el botón que pasaba por nariz. Brianna estornudó y los dos reímos.

Entonces fui consciente de que era mi primera carcajada en todo un año. Más aún: era la primera vez que me reía con Frank.

Él también lo notó; sus ojos se encontraron con los míos por encima de la cabeza de Brianna. Eran de un suave color avellana y en ese momento estaban llenos de ternura. Le sonreí, algo trémula, alerta por el hecho de que él estaba casi desnudo, con gotas de agua deslizándose por los hombros delgados y brillando en la piel morena y suave del pecho.

Los dos percibimos a la vez el olor a quemado. Eso nos arrancó de la bienaventuranza doméstica.

—¡El café! —Frank puso a Bree en mis brazos, sin ninguna ceremonia, y salió disparado hacia la cocina, dejando ambas toallas hechas un bulto a mis pies. Lo seguí con más lentitud, llevando a Bree apoyada en el hombro y sonreí al ver la estela anómalamente blanca que sus nalgas desnudas dejaron tras su carrera hacia la cocina.

Estaba de pie ante el fregadero, desnudo, entre una nube de vapor maloliente que surgía de la cafetera chamuscada.

—¿Qué te parece un té? —sugerí, acomodando con destreza a Brianna en mi cadera con un brazo, mientras revolvía en el aparador—. Por desgracia se han acabado las hojas de Orange Pekoe; sólo queda alguna bolsita de Lipton.

Frank hizo una mueca; inglés hasta los tuétanos como era, habría preferido lamer el agua del inodoro antes que tomar té de bolsitas. Había sido la señora Grossman —la mujer que venía a limpiar cada semana— quien se había dejado las bolsitas de Lipton; ella opinaba que hacer el té con hojas sueltas era sucio y repugnante.

—No, puedo tomar una taza de café camino de la universidad. A propósito: ¿recuerdas que esta noche vendrán a cenar el decano y su esposa? La señora Hinchcliffe trae un regalo para Brianna.

—Está bien —dije sin entusiasmo. Ya había tratado con los Hinchcliffe y no estaba muy deseosa de repetir la experiencia. Pero tenía que hacer el esfuerzo. Suspiré mentalmente, me cambié al bebé de lado y rebusqué un lápiz en el cajón para hacer la lista de la compra.

Brianna hundió la nariz en la pechera de mi bata roja, emitiendo pequeños gruñidos voraces.

—No puede ser que tengas hambre otra vez —dije a su coronilla—. Te he dado de mamar no hace ni dos horas. —Pero mis pechos empezaron a gotear en respuesta a su búsqueda y ya me estaba sentando y desabrochándome la parte delantera del camisón.

—La señora Hinchcliffe dice que no es conveniente alimentar a un bebé cada vez que llora —observó Frank—. Si no se les enseña a respetar los horarios, se malcrían.

No era la primera vez que oía las opiniones de la señora Hinchcliffe sobre crianza infantil.

—Bueno, pues será una malcriada, ¿no? —repliqué con frialdad y sin mirarlo. La boquita rosada se cerró con fiereza y Brianna empezó a mamar con despreocupado apetito. La señora Hinchcliffe también opinaba que dar el pecho era vulgar y antihigiénico. Pero yo había visto innumerables bebés alimentándose con satisfacción de los pechos de sus madres y no opinaba lo mismo.

Frank suspiró sin insistir. Al poco dejó las manoplas y se dirigió hacia la puerta.

—Bueno —dijo, incómodo—. Volveré a eso de las seis. ¿Quieres que traiga algo para ahorrarte una salida?

Le dediqué una breve sonrisa.

—No, puedo arreglarme.

—Ah, bueno.

Vaciló un instante mientras yo acomodaba a Bree en mi regazo, con la cabeza en el hueco de mi brazo; la curva de su cabeza repetía la de mi pecho. Al apartar la vista de la niña des-

cubrí que él me estaba observando apasionadamente, con la mirada fija en la redondez del seno semidescubierto.

Yo también lo recorrí con la vista. Al detectar un comienzo de excitación sexual, incliné la cabeza sobre la pequeña para ocultar mi rubor.

—Adiós —murmuré sin mirarlo.

Se quedó inmóvil un momento; luego se inclinó hacia delante y me dio un beso en la mejilla; el calor de su cuerpo desnudo me inquietaba.

—Adiós, Claire —dijo suavemente—. Hasta la noche.

Como no volvió a la cocina antes de salir, pude terminar de dar el pecho a Brianna y traté de poner algo de orden en mis propios sentimientos.

Desde mi retorno no había visto desnudo a Frank, pues se vestía siempre en el baño o en el vestidor. Hasta esa mañana tampoco había tratado de besarme. Como el embarazo fue de los que los ginecólogos denominan «de alto riesgo», él no habría podido compartir mi cama aun en el caso de que yo hubiera estado dispuesta... y no lo estaba.

Tendría que haberlo visto venir, pero no me di cuenta. Abstraída como estaba por la más absoluta tristeza primero, y luego por el letargo físico de mi inminente maternidad, había alejado de mí cualquier pensamiento que no tuviera que ver con mi incipiente barriga. Tras el nacimiento de Brianna pasaba los días de toma en toma, buscando los pocos momentos de paz que hallaba abrazando su inconsciente cuerpo y aliviando mis pensamientos y recuerdos entregándome al sencillo placer de tocarla y sostenerla entre los brazos.

Frank también abrazaba y jugaba con el bebé, y se quedaba dormido en su enorme sillón con la niña tumbada sobre su desgarbada figura. Brianna pegaba la rosada mejilla a su pecho y juntos roncaban en apacible compañía. Pero él y yo no nos tocábamos ni hablábamos de otra cosa que no tuviera que ver con la organización doméstica, a excepción de Brianna.

La niña era nuestro interés compartido, un punto a través del cual podíamos contactar de inmediato, pero manteniendo la mínima distancia. Al parecer, esa distancia mínima ya era excesiva para Frank.

Yo podía hacerlo... físicamente al menos. La semana anterior, con un guiño y una palmada en el trasero, el médico me había asegurado, después de la revisión, que podía reanudar «las relaciones» con mi esposo cuando quisiera.

47

Sabía que Frank no se había mantenido célibe desde mi desaparición. Aún no llegaba a los cincuenta años; era delgado, moreno y musculoso, un hombre muy apuesto. En las fiestas, las mujeres se arremolinaban a su alrededor como abejas en torno a la miel, emitiendo pequeños murmullos de excitación sexual.

Cuando se celebró la fiesta del departamento vi a una chica de pelo castaño que me llamó especialmente la atención. Se quedó en una esquina y no dejó de mirar a Frank con tristeza por encima de su copa. Luego se puso a llorar y, cuando ya estaba del todo borracha, dos amigas la acompañaron a casa después de lanzarnos sus miradas envenenadas a Frank y a mí, que aguardaba a su lado en silencio marcando tripa en mi floreado vestido premamá.

Pero él había sido discreto. Siempre pasaba la noche en casa y cuidaba de no presentarse con manchas de pintalabios en el cuello de la camisa. Así que ahora tenía intenciones de lanzarse a fondo. Al parecer tenía cierto derecho; ¿acaso no era mi deber, puesto que yo era nuevamente su esposa?

Sólo había un pequeño problema. Cuando yo despertaba por la noche, no era a Frank a quien buscaba. No era su terso y ágil cuerpo el que se colaba en mis sueños y me enardecía hasta despertarme húmeda y jadeante con el corazón acelerado por el recuerdo turbio de una caricia. Pero a ese nombre ya no volvería a tocarlo nunca más.

—Jamie —susurré—. Oh, Jamie.

Mis lágrimas chisporrotearon en la luz matinal, adornando la pelusa roja de Brianna como perlas y diamantes esparcidos.

No fue un buen día. Brianna tenía un feo sarpullido a causa de los pañales y estaba irritable. Había que levantarla sin parar. Mamaba y alborotaba alternativamente; a intervalos vomitaba, dejando manchas mojadas y pastosas en toda mi ropa. Antes de las once ya me había cambiado tres veces la blusa.

El pesado sostén de lactancia me molestaba en las axilas y tenía los pezones fríos y agrietados. En medio de mi laboriosa limpieza de la casa, la caldera murió con ruido sibilante bajo las tablas del suelo.

—No, la semana que viene no puede ser —dije por teléfono al taller de reparación de calderas. Miré hacia la ventana, donde la fría niebla de febrero amenazaba con filtrarse bajo el antepecho para devorarnos—. *Aquí dentro estamos apenas a cinco grados y tengo una niña de tres meses.*

La niña en cuestión estaba sentada en su sillita envuelta en mantas y berreaba como un gato escaldado. Ignoré los graznidos de la persona que me hablaba desde el otro extremo de la línea telefónica y coloqué el auricular junto a la boca abierta de Brianna durante algunos segundos.

—¿La oye llorar? —pregunté mientras me volvía a acercar el teléfono a la oreja.

—Está bien, señora —dijo una voz resignada al otro lado de la línea—. Iré esta tarde, entre las doce y las seis.

—¿Entre las doce y las seis? ¿No puede indicarme una hora más precisa? Tengo que ir al mercado —protesté.

—La suya no es la única caldera rota de la ciudad, señora —dijo la voz con decisión. Y colgó. Miré el reloj: eran las once y media. No conseguiría comprar todo lo que necesitaba y estar de vuelta en media hora. Hacer la compra con un bebé tan pequeño era como una expedición de noventa minutos al corazón de Borneo, para la que se precisaba una enorme cantidad de equipación y un gran desgaste energético.

Apretando los dientes, llamé al costoso mercado que hacía entregas a domicilio y pedí lo necesario para preparar la cena. Luego levanté a la niña, que en aquel momento tenía el color de una berenjena y olía notoriamente mal.

—Esto tiene muy mal aspecto, cariño. Te sentirás mucho mejor si lo quitamos, ¿verdad? —le dije tratando de hablarle con un tono tranquilizador mientras limpiaba la pasta marronosa de su brillante culito rojo.

Ella arqueó la espalda en un intento de alejarse del paño frío y gritó un poco más. Una capa de vaselina y el décimo pañal limpio del día. El servicio de reparto de pañales no pasaba hasta el día siguiente y la casa apestaba a amoníaco.

—Bueno, tesoro, bueno, bueno. —Me la apoyé en el hombro para darle palmaditas, pero los chillidos continuaban. No se la podía criticar, pobrecita; tenía el trasero casi en carne viva. Lo ideal hubiera sido tumbarla desnuda sobre una toalla, pero sin calefacción era imposible. Tanto ella como yo llevábamos jerséis y pesados abrigos de invierno, prendas que convertían las frecuentes tomas en momentos todavía más incómodos de lo habitual: tardaba varios minutos en sacarme el pecho mientras el bebé gritaba.

Como Brianna no podía dormir más de diez minutos seguidos, yo tampoco podía. Nos adormecimos hacia las cuatro, y un *cuarto de hora después nos despertó la estruendosa llegada del hombre que venía a reparar la caldera: golpeó la puerta sin molestarse en soltar su enorme llave inglesa.*

Sosteniendo a la niña con un brazo, comencé a preparar la cena con la mano libre, acompañada por los chillidos en mi oreja y los ruidos violentos que venían del sótano.

—No le prometo nada, señora, pero por ahora tendrá calefacción. —El hombre de la caldera apareció de pronto, limpiándose una mancha de grasa de la frente arrugada. Se inclinó hacia delante para observar a Brianna, que aguardaba más o menos apacible sobre mi hombro y se succionaba el pulgar ruidosamente—. ¿Está bueno el dedo, preciosa? —le preguntó—. Dicen que no debería dejar que se chupe el dedo, ¿sabe? —me informó incorporándose—. Luego les salen los dientes torcidos y necesitan ortodoncia.

—¿Ah, sí? —le contesté entre dientes—. ¿Cuánto le debo?

Media hora después, el pollo yacía en su fuente, relleno y pringado, rodeado de ajo picado, ramitas de romero y cáscaras de limón. Después de echar un chorrito de limón sobre la piel untada de manteca, pude ponerlo en el horno e iniciar la tarea de vestirnos. La cocina parecía el escenario de un asalto, con los armarios abiertos y todas las superficies horizontales sembradas de cacharros. Cerré violentamente un par de aparadores y, por fin, la puerta de la cocina, confiando en que eso mantuviese fuera a la señora Hinchcliffe si los buenos modales no bastaban.

Frank había comprado un vestido nuevo para Brianna. Era un bonito traje rosado, aunque eché un vistazo dubitativo a las capas de encaje que rodeaban el cuello. Parecían algo ásperas pero también delicadas.

—Bueno, démosle una oportunidad —le dije—. Papá quiere que estés muy bonita. Tratemos de no vomitarlo, ¿eh?

Brianna me respondió cerrando los ojos, poniéndose tensa y gruñendo mientras fabricaba otra plasta.

—¡Muy bonito! —le dije con sinceridad. Eso significaba que tendría que cambiar la sábana de la cuna, pero por lo menos el sarpullido de sus nalgas no empeoraría. Una vez solucionado el desastre y después de cambiarle el pañal, estiré bien el vestido rosa y me entretuve en limpiarle los mocos y las babas de la cara antes de pasarle la ropa por encima de la cabeza.

Ella parpadeó con unos gorgoritos tentadores. Por darle gusto, bajé la cabeza y le hice pedorretas en el ombligo, ante lo cual se retorció de gozo. Lo hicimos varias veces más antes de iniciar el penoso trabajo de introducirla en el vestido rosado.

A Brianna no le gustó; comenzó a quejarse en cuanto se lo pasé por la cabeza. Cuando le pasé los bracitos regordetes por las mangas abombadas, echó la cabeza atrás dando un grito penetrante.

—¿Qué pasa? —pregunté sobresaltada. A esas alturas conocía todos sus gritos y qué significaban, poco más o menos. Pero ése era nuevo; estaba cargado de miedo y dolor—. ¿Qué pasa, cariño?

Ahora chillaba furiosamente, con lágrimas corriéndole por la cara. La volteé a toda prisa y le di unas palmadas en la espalda pensando que podría tener un repentino ataque de cólico, pero no se estaba retorciendo. Lo que sí hacía era forcejear con violencia, y cuando le di la vuelta para levantarla vi una larga línea roja en la tierna cara interior del brazo que agitaba. En el vestido había quedado un alfiler y yo acababa de abrirle la piel al subirle la manga.

—¡Oh, cariño! ¡Oh, perdona! ¡Mamá lo siente mucho!

Bañada en lágrimas, retiré el alfiler. Me la pegué al cuerpo y le di unas tranquilizadoras palmaditas en la espalda mientras intentaba calmar mi propio sentimiento de aterrada culpabilidad. Era evidente que yo no pretendía hacerle daño, pero ella no lo sabía.

—Oh, cariño —murmuré—. Ya ha pasado. Sí, mama te quiere mucho, no pasa nada. —¿Por qué no había pensado en comprobar que no hubiera ningún alfiler? Y en cualquier caso, ¿qué clase de maníaco dobla la ropa de bebé utilizando alfileres?

Vacilando entre la furia y la aflicción, le puse el vestido a la niña, le limpié la barbilla y la llevé al dormitorio donde la acosté en una de las camas gemelas, la mía, para ponerme a la carrera una falda decente y una blusa limpia.

El timbre sonó cuando me estaba subiendo las medias. Tenía un agujero en el talón, pero ya no había tiempo para solucionarlo. Metí los pies en unos ajustados zapatos de lagarto y, tras recoger a Brianna, fui a abrir.

Era Frank, tan cargado de paquetes que no podía usar la llave. Con una sola mano, lo alivié de la mayor parte y lo amontoné todo en la mesa del vestíbulo.

—¿La cena ya está lista, querida? He traído un mantel y servilletas nuevas; he pensado que el juego viejo está algo raído. Y aquí está el vino, por supuesto.

Alzó la botella con una sonrisa; luego se inclinó para mirarme y dejó de sonreír. Miraba con desaprobación mi pelo desaliñado y mi blusa, recién manchada por un vómito de leche.

—Por Dios, Claire —dijo—, ¿no has podido arreglarte un poco? Después de todo, estás en casa todo el día sin otra cosa que hacer. ¿No podías tomarte unos minutos para...?

—No —dije en voz bien alta.

Planté en sus brazos a Brianna, que lloriqueaba otra vez, nerviosa por el cansancio.

—No —repetí.

Cogí la botella de vino de su mano.

—¡NO! —chillé golpeando el suelo con un pie.

Elevé la botella con un gesto amplio. Agachó la cabeza, pero fue el marco de la puerta lo que golpeé. Volaron salpicaduras purpúreas de Beaujolais y las astillas de vidrio centellearon a la luz de la entrada.

Tiré la botella rota entre las azaleas y salí corriendo en medio de la niebla helada, sin abrigo. En el extremo del camino me crucé con los asombrados Hinchcliffe, que llegaban con media hora de anticipación, presumiblemente con la esperanza de sorprenderme en alguna deficiencia doméstica. Ojalá disfrutaran la cena.

Conduje sin rumbo entre la niebla, con la calefacción del coche a todo trapo, hasta que empecé a quedarme sin gasolina. No quería volver a casa; todavía no. ¿Una de esas cafeterías que están abiertas toda la noche? Entonces caí en la cuenta de que era viernes por la noche y de que iban a dar las doce. Después de todo, tenía un sitio al que ir. Viré hacia atrás, hacia el barrio residencial donde vivíamos, rumbo a la iglesia de San Finbar.

A esa hora la capilla estaba cerrada para evitar el vandalismo y los robos. Justo debajo del pomo de la puerta había un panel con cinco timbres a los que podían recurrir los devotos tardíos. Estaban numerados del uno al cinco. Al presionar tres de ellos combinados correctamente, el cierre se abría y permitía la entrada.

Caminé en silencio hasta el fondo de la capilla hasta el libro de visitas que aguardaba a los pies de san Finbar para dejar constancia de mi visita.

—¿San Finbar? —había dicho Frank incrédulo—. Ese santo no existe. No es posible.

—Existe —dije con un dejo de presunción—. Fue un obispo irlandés del siglo XII.

—Ah, irlandés —replicó, despectivo—. Así se explica. Lo que no puedo entender —añadió tratando de actuar con tacto— es... eh... bueno, ¿por qué?

—¿Por qué, qué?

—¿Por qué eso de la Adoración Perpetua? Nunca has sido devota, no más que yo. No vas a misa ni nada de eso. El padre Beggs me pregunta por ti todas las semanas.

Negué con la cabeza.

—No sabría explicártelo, Frank. Simplemente... es algo que necesito hacer. —Lo miré incapaz de expresarme de manera adecuada—. Allí hay... paz —concluí.

Él abrió la boca como si fuera a decir algo más, pero me volvió la espalda meneando la cabeza.

Había paz, sí. El aparcamiento de la iglesia estaba desierto, sin contar el coche del único adorador que estaría de turno a aquella hora. El anónimo color negro de su coche brillaba bajo las luces de las farolas. Una vez dentro escribí mi nombre en el libro y me encaminé hacia delante tosiendo con tacto para advertir de mi presencia al adorador de las once sin tener que recurrir a la grosería de dirigirme a él directamente. Me arrodillé detrás de él; era un hombre corpulento, con un chubasquero amarillo. Al poco rato se levantó y, tras hacer una genuflexión ante el altar, se dirigió hacia la puerta, saludándome brevemente con la cabeza al pasar.

La puerta siseó al cerrarse y yo me quedé sola con el Sacramento del altar que aguardaba junto al cegador brillo dorado de la custodia. Sobre el altar había dos enormes cirios. Eran tersos y de color blanco, y ardían con regularidad en la quietud del aire, sin apenas un parpadeo. Cerré los ojos escuchando el silencio.

Todo lo que había sucedido durante el día me pasaba por la mente, en un desencajado torrente de ideas y sensaciones. No llevaba abrigo y temblaba del frío que había cogido durante el corto camino que había desde el aparcamiento, pero poco a poco fui entrando en calor de nuevo y relajé los puños apretados sobre el regazo. Por fin, como solía ocurrirme allí, dejé de pensar. Lo que no sabía era si se debía a la congelación del tiempo en presencia de la eternidad o a la rendición a una fatiga crónica. Pero la culpabilidad que sentía por Frank se alivió, la intensa tristeza que me provocaba el recuerdo de Jamie aminoró, e incluso el continuo peso que la maternidad suponía para todas mis emociones disminuyó hasta quedar reducido al nivel del ruido de fondo, que no era más alto que los lentos latidos de mi corazón, regulares y relajantes en la oscura paz de la capilla.

—Oh, Señor —susurré—, encomiendo a tu misericordia el alma de tu servidor James.

«Y la mía —añadí en silencio—. Y la mía.»

Permanecí sentada, sin moverme, observando el tembloroso brillo de las llamas de los cirios reflejado en la dorada superficie de la custodia, hasta que oí los pasos suaves del siguiente adorador, que se acercaban por el pasillo y cesaban tras el pesado crujido de la genuflexión. Venían cada hora, día y noche. El Bendito Sacramento no debía quedarse solo.

Me quedé algunos minutos más, luego me desplacé hasta el final del banco e hice un leve gesto de asentimiento con la cabeza en dirección al altar. Mientras me dirigía hacia la parte trasera de la capilla, vi una silueta en la última fila, a la sombra de la estatua de san Antonio. Al acercarme, se movió; luego se puso en pie y salió a mi encuentro.

—¿Qué haces aquí? —siseé.

Frank señaló con la cabeza al nuevo adorador, que ya estaba arrodillado, y me cogió por el codo para guiarme al exterior.

Esperé a que se cerrara la puerta de la capilla antes de girar para mirarlo de frente.

—¿Qué significa esto? —exclamé, colérica—. ¿Por qué has venido a buscarme?

—Estaba preocupado por ti. —Señaló el estacionamiento vacío, donde su gran Buick se había arrimado, protector, a mi pequeño Ford—. Es peligroso que una mujer ande sola a estas horas por esta parte de la ciudad. He venido para acompañarte a casa. Nada más.

No mencionó a los Hinchcliffe ni habló de la cena. Mi enfado cedió un poco.

—Ah. ¿Y qué has hecho con Brianna?

—He pedido a nuestra vecina, la anciana señora Munsing, que estuviera alerta por si lloraba. Pero parecía dormir profundamente; no creo que se despierte. Ven, hace frío fuera.

Y lo hacía. La gélida brisa de la bahía se arremolinaba en blancos espirales alrededor de los postes de las farolas y temblé bajo la fina tela de mi blusa.

—Nos veremos en casa —dije.

Cuando entré para ver a Brianna, me abrazó la calidez de la habitación infantil. Aún dormía, pero se la notaba algo inquieta. Volvía su cabeza rojiza de un lado a otro y buscaba a tientas con su diminuta boca; boqueaba como un pez.

—Empieza a tener hambre —susurré a Frank, que se había acercado por atrás y la miraba con afecto por encima de mi hombro—. Será mejor que le dé el pecho antes de acostarme, así dormirá hasta más tarde.

—Voy a traerte algo caliente.

Mientras yo levantaba el bulto cálido y somnoliento, él desapareció por la puerta de la cocina.

Había vaciado un solo pecho, pero estaba ahíta. La boca floja se separó lentamente del pezón rodeada de leche y la despeinada cabecita volvió a caer sobre mi brazo. Por mucho que le hablara o la sacudiera con suavidad, no despertó lo suficiente para mamar del otro pecho; así que la arropé en la cuna, y le di palmaditas en la espalda hasta que emitió un eructo satisfecho desde la almohada, seguido por la respiración pesada de la satisfacción absoluta.

—Esta noche ya no despertará, ¿verdad? —Frank la cubrió con la manta decorada con conejitos amarillos.

—Sí. —Me senté en la mecedora, demasiado exhausta, física y mentalmente, para levantarme otra vez. Frank se detuvo a mi lado y me puso una mano liviana en el hombro.

—¿Así que él ha muerto? —preguntó con suavidad.

«Te dije que sí», iba a responder. Pero me interrumpí y cerré la boca. Me limité a asentir con la cabeza, meciéndome despacio con la vista fija en la cuna oscura y su diminuta ocupante.

Aún tenía el seno derecho dolorosamente henchido de leche. Por muy cansada que estuviera, no podría dormir hasta que lo vaciara. Con un suspiro de resignación, alargué la mano hacia el sacaleches, un artefacto de goma, feo y ridículo. Utilizarlo era indecoroso e incómodo, pero era mejor que despertar una hora después con un dolor espantoso y empapada de leche.

Despedí a Frank con un ademán.

—Anda, acuéstate. Tardaré sólo unos minutos, pero tengo que...

En vez de responderme o retirarse, me quitó el sacaleches de la mano para dejarlo en la mesa. Como si se moviera por voluntad propia y sin que él la guiara, su mano se elevó por el

cálido y oscuro aire de la habitación infantil y se posó con sua-
vidad sobre la curva de mi pecho hinchado. Luego, inclinando
la cabeza, fijó con suavidad los labios a mi pezón. Lancé un
gemido, sintiendo el escozor casi doloroso de la leche que corría
por los pequeños conductos. Le puse una mano en la nuca para
apretarlo un poco más a mí.

—Con más fuerza —susurré. Su boca sorbía suavemente
y presionaba con delicadeza; no se parecía en nada a las impla-
cables y duras encías de un bebé, que se sellaban como la lúgu-
bre muerte, exigentes y drenantes, y sólo soltaban la generosa
fuente a merced de su gula.

Frank se arrodilló ante mí; su boca, un suplicante. ¿Era así
como se sentía Dios?, me pregunté después de ver cómo los ado-
radores se postraban ante él. ¿Él también estaría lleno de ternu-
ra y compasión? La bruma de la fatiga me hizo sentir como si
todo ocurriera a cámara lenta, como si estuviéramos debajo del
agua. Las manos de Frank se movían tan despacio como las algas
marinas, meciéndose en la corriente, desplazándose por mi piel
con una caricia tan delicada como el roce de esas algas, levan-
tándome con la fuerza de una ola y posándome en la orilla de la
alfombra de la habitación infantil. Cerré los ojos y me dejé llevar
por la marea.

La puerta principal de la vieja casona se abrió con un chirrido de
goznes herrumbrosos, anunciando el regreso de Brianna Randall.
Roger se levantó de inmediato para salir al vestíbulo, atraído por
las voces de las muchachas.

—Medio kilo de la mejor manteca. Eso es lo que me has
encargado pedir y lo he hecho, pero ¿es que hay mantecas mejores o peores? —Brianna estaba entregando unos paquetes a Fiona, riendo mientras hablaba.

—Bueno, si se la has comprado al viejo Wicklow, ésta será
de las peores, diga él lo que diga —la interrumpió Fiona—. ¡Ah,
has traído la canela, estupendo! Entonces voy a hacer panecillos
de canela. ¿Quieres ver cómo los preparo?

—Sí, pero antes quiero la cena. ¡Estoy muerta de hambre!
—Brianna se puso de puntillas, olfateando esperanzada hacia la
cocina—. ¿Qué tenemos para cenar? ¿Asaduras?

—¡Asaduras! Por Dios, ¡en primavera no se comen entrañas,
sassenach tonta! Se comen en el otoño, cuando se matan las
ovejas.

—¿Yo soy una *sassenach*? —Brianna parecía encantada con el término.

—Por supuesto, boba. Pero me gustas, a pesar de todo.

Fiona reía con la cabeza levantada hacia Brianna, que le pasaba casi treinta centímetros. La menuda escocesa tenía diecinueve años; era bonita, simpática y algo regordeta; a su lado, Brianna parecía una talla medieval, por su seriedad y sus huesos fuertes. Con su nariz larga y recta y la cabellera refulgiendo como oro rojizo bajo el globo de vidrio que pendía del techo, habría podido salir de un manuscrito iluminado, tan vívida como para soportar un milenio sin cambios.

Roger se dio cuenta de que Claire estaba de pie a su lado. Miraba a su hija con una expresión en la que se mezclaban el amor, el orgullo y algo más: ¿recuerdos, tal vez? Con una leve sorpresa, pensó que también Jamie Fraser habría tenido no sólo la llamativa estatura y el pelo vikingo que había legado a su hija, sino también, probablemente, la misma presencia física.

Era notable, se dijo. Ella no hacía ni decía nada para salirse de lo normal; sin embargo, resultaba innegable que Brianna atraía a la gente. Existía en ella cierto atractivo casi magnético, por el que todos se sentían impulsados a acercarse al fulgor de su aura.

Él se sentía atraído. Brianna se volvió y le sonrió y, sin haber reparado siquiera en que se había movido, se encontró lo bastante cerca como para ver las delicadas pecas que salpicaban sus pómulos y percibir el olor a tabaco de pipa que se había quedado enredado en su pelo tras su tarde de tiendas.

—Hola —le dijo sonriendo—. ¿Has tenido suerte en la oficina de los Clanes o has estado muy ocupada haciendo de pinche?

—¿Pinche? —Los ojos de Brianna se rasgaron en azules triángulos divertidos—. ¡Pinche! Primero me llaman *sassenach*; ahora, pinche. ¿Cómo te llaman los escoceses cuando quieren ser amables?

—Prrreciosa —respondió él, arrastrando exageradamente la erre a la manera escocesa y haciendo reír a las chicas.

—Pareces un terrier escocés malhumorado —comentó Claire—. ¿Has encontrado algo en la biblioteca de los Clanes, Bree?

—Un montón de cosas —respondió la muchacha revolviendo las fotocopias que había dejado en la mesa del vestíbulo—. Me las he arreglado para leer la mayor parte mientras hacían las copias. La más interesante es ésta.

Sacó una hoja del fajo y la entregó a Roger. Era un extracto de cierto libro sobre leyendas de las Highlands, un artículo encabezado «Salto del Tonel».

—¿Leyendas? —se extrañó Claire, mirando por encima del hombro de Roger—. ¿Es eso lo que necesitamos?

—Podría ser —respondió él con aire distraído y la atención dividida, pues estaba leyendo la página de pasada—. Por lo que se refiere a las Highlands de Escocia, la mayor parte de la historia es oral, más o menos hasta mediados del siglo XIX. Eso significa que no se distinguía entre los relatos basados en personas reales, en personajes históricos y los cuentos sobre cosas míticas, como caballos acuáticos, fantasmas y hazañas antiguas. A menudo, los eruditos que tomaban notas de los relatos no sabían con certeza de qué estaban hablando; unas veces era una combinación de mito y realidad; otras se podía notar que lo descrito era un hecho histórico.

»Esto, por ejemplo —pasó el papel a Claire—, parece un hecho real. Explica cómo se originó el nombre de cierta formación rocosa de las Highlands.

Claire se sujetó el pelo tras la oreja e inclinó la cabeza para leer, bizqueando a la luz escasa del techo. Fiona, demasiado acostumbrada como estaba a los documentos antiguos y las aburridas anécdotas históricas como para sentir ningún interés, se marchó a la cocina a preparar la cena.

—«Salto del Tonel» —leyó Claire—. «Esta extraña formación, situada a cierta distancia de un arroyo, se denomina así por un señor jacobita y su sirviente. El señor, uno de los pocos afortunados que logró escapar del desastre de Culloden, regresó a duras penas a su casa, pero se vio obligado a permanecer casi siete años oculto en una cueva de sus tierras, mientras los ingleses recorrían las Highlands en busca de los fugitivos partidarios de Carlos Estuardo. Los arrendatarios del señor guardaron lealmente el secreto de su presencia y le llevaban comida y provisiones a su escondrijo. Siempre ponían cuidado en referirse al fugitivo llamándolo sólo "el Gorropardo" para no delatarlo a las patrullas inglesas que acostumbraban a patrullar el distrito. Cierto día, un zagal que llevaba un tonel de cerveza a la cueva del señor se encontró en la senda con un grupo de dragones ingleses. Al negarse valerosamente a responder a las preguntas de los soldados y a entregar su carga, el niño fue atacado por uno de los dragones y dejó caer el tonel, que bajó rebotando por la empinada colina, hasta el arroyo de abajo.»

Levantó la vista del papel, mirando a su hija con una ceja enarcada.

—¿Por qué esto? Sabemos... o creemos saber —corrigió con una irónica inclinación de cabeza dirigida a Roger— que Jamie escapó de Culloden, pero no fue el único. ¿Qué te hace pensar que este señor pudo haber sido Jamie?

—Lo de Gorropardo, por supuesto —respondió Brianna, como si la pregunta la sorprendiera.

—¿Qué? —Roger la miró intrigado—. ¿Qué pasa con el Gorropardo?

A modo de respuesta, Brianna asió un mechón de su denso pelo rojo y lo sacudió bajo la nariz del historiador.

—¡Gorropardo! —repitió impaciente—. Un gorro de color castaño opaco, ¿entiendes? Usaba constantemente un gorro, porque podían reconocerlo por su pelo rojo. ¿No dices que los ingleses lo llamaban «Jamie *el Rojo*»? Sabían que era pelirrojo. ¡Tenía que esconder la cabeza!

Roger la miró fijamente, enmudecido. Su enérgica melena se descolgaba suelta sobre sus hombros y desprendía una fogosa luz.

—Podrías estar en lo cierto —reconoció Claire. El entusiasmo hacía que le brillaran los ojos al mirar a su hija—. Era como el tuyo. Jamie tenía el pelo igual que el tuyo, Bree. —Alargó una mano para acariciar con delicadeza la cabellera de Brianna. La muchacha suavizó la expresión al mirar a su madre.

—Lo sé —dijo—. No dejaba de pensarlo mientras leía. Trataba de verlo, ¿comprendes? —Se interrumpió con un carraspeo, como si se hubiera atragantado con algo—. Lo veía allí, escondido en los brezales, con el sol reflejándose en su pelo. Tú dijiste que había sido un proscrito. Se me ocurrió... se me ocurrió que debía de saber muy bien cómo esconderse. Si lo buscaban para matarlo —concluyó con suavidad.

—Correcto. —Roger habló con energía para dispersar la sombra que nublaba los ojos de Brianna—. Has hecho un estupendo trabajo de deducción. Pero tal vez podamos comprobarlo si trabajamos un poco más. Si localizamos en un mapa el Salto del Tonel...

—¿Por qué clase de estúpida me tomas? —replicó Brianna, desdeñosa—. Ya lo he pensado. —La sombra había desaparecido, reemplazada por una expresión ufana—. Por eso he vuelto tan tarde; he hecho que el empleado sacara todos los mapas de las Highlands que tenían allí.

Retiró otra hoja fotocopiada de la pila y señaló con el dedo cerca del encabezamiento con actitud triunfante.

—¿Ves? Es tan pequeña que no aparece en la mayoría de los mapas, pero en éste figuraba. Justo aquí; aquí está la aldea de Broch Mordha, que según mamá está cerca de la finca Lallybroch. Y aquí... —Movió el dedo medio centímetro para señalar una línea de letras microscópicas—. ¿Ves? Volvió a su finca, Lallybroch, y allí se escondió.

—Como no tengo una lupa a mano —dijo Roger enderezando la espalda—, estoy dispuesto a creer que ahí pone «Salto del Tonel» si me das tu palabra. —Miró a Brianna con una amplia sonrisa—. Mis felicitaciones. Creo que lo has encontrado... hasta aquí, al menos.

Brianna sonrió, con un brillo sospechoso en los ojos.

—Sí —dijo suavemente. Y tocó las dos hojas de papel—. Mi padre.

Claire le estrechó la mano.

—Si tienes el pelo de tu padre, me alegra ver que tienes el cerebro de tu madre —dijo sonriendo—. Vamos a celebrar tu descubrimiento con la cena de Fiona.

—Buen trabajo —dijo Roger a Brianna, mientras seguían a Claire hacia el comedor. Le apoyó una mano en la cintura—. Puedes estar muy orgullosa.

—Gracias —replicó ella con una breve sonrisa. Pero la expresión pensativa regresó casi de inmediato a la curva de sus labios.

—¿Qué pasa? —preguntó Roger con delicadeza, deteniéndose en el vestíbulo.

—En realidad, nada. —Ella se volvió a mirarlo, con una arruga visible entre las cejas rojizas—. Sólo que... estaba pensando, tratando de imaginar. ¿Cómo crees que fue aquello para él? Pasar siete años en una cueva... ¿Y qué le pasaría después?

Movido por un impulso, Roger se inclinó para depositar un leve beso entre sus cejas.

—No lo sé, querida —dijo—. Pero tal vez podamos averiguarlo.

SEGUNDA PARTE

Lallybroch

4

El Gorropardo

Lallybroch
Noviembre de 1752

Una vez al mes, cuando alguno de los niños le llevaba el mensaje de que no había peligro, bajaba a casa para afeitarse. Siempre por la noche, caminando con los pasos suaves del zorro en la oscuridad. Era necesario un pequeño gesto hacia el concepto de civilización.

Se deslizaba como una sombra por la puerta de la cocina, donde le recibían la sonrisa de Ian o el beso de su hermana; entonces se iniciaba la transformación. El cuenco de agua caliente y la navaja recién afilada ya estaban esperándolo en la mesa, con lo que quedara de jabón. De vez en cuando era jabón de verdad, si el primo Jared había enviado un poco desde Francia; con más frecuencia, sebo a medio procesar que irritaba los ojos por la fuerza de la lejía.

Sentía iniciarse el cambio con el primer aroma de la cocina, tan fuerte y rico después de los olores del lago, el páramo y la leña, atenuados por el viento. Pero sólo al concluir con el rito del afeitado se sentía humano de la cabeza a los pies una vez más.

Habían aprendido a no esperar que hablara antes de afeitarse; las palabras no surgían fácilmente tras un mes de soledad. Y no era porque no tuviese nada que decir. Más bien se debía a que las palabras que llevaba dentro se le quedaban atascadas en la garganta y peleaban entre ellas por salir en el poco tiempo del que disponía. Necesitaba esos minutos de cuidadoso aseo para elegir qué quería decir primero y a quién. Había noticias que pedir y escuchar: sobre las patrullas inglesas en el distrito, la política, los arrestos y juicios en Londres y Edimburgo... Pero eso podía esperar. Era mejor hablar con Ian sobre la finca y con Jenny sobre los niños. Si parecía no haber peligro, hacían bajar a los niños para que saludaran a su tío con abrazos somnolientos y besos húmedos, antes de volver tambaleándose a sus camas.

—Pronto será un hombre —había sido su primer tema de conversación en septiembre, señalando con la cabeza al hijo mayor de Jenny, el que llevaba su nombre. El niño, que tenía diez años, permanecía sentado a la mesa, algo cohibido y muy consciente de la dignidad de ser, por el momento, el hombre de la casa.

—Sí, con lo que necesito otro de esos seres por el que preocuparme —replicó agriamente su hermana. Pero tocó a su hijo en el hombro al pasar con un orgullo que desmentía sus palabras.

—¿No has tenido noticias de Ian? —Su cuñado había sido arrestado por cuarta vez, tres semanas antes, y llevado a Inverness bajo la sospecha de simpatizar con los jacobitas.

Jenny negó con la cabeza, mientras ponía ante él un plato cubierto. El denso y cálido aroma del pastel de perdices se coló por entre los agujeros de la corteza y lo hizo salivar con tal intensidad que tuvo que tragar saliva antes de hablar.

—No hay por qué preocuparse —dijo, sirviéndole pastel de perdices en el plato. Su voz era serena, pero se acentuó la pequeña arruga vertical entre sus cejas—. He mandado a Fergus para que les enseñe la escritura de transferencia y la constancia de que Ian fue licenciado de su regimiento. Lo enviarán a casa en cuanto entiendan que no es el señor de Lallybroch y que no conseguirán nada acusándolo. —Después de echar una mirada a su hijo, alargó la mano hacia la jarra de cerveza—. Les será difícil demostrar la acusación de traición en un niño.

Su voz era lúgubre, pero encerraba un deje de satisfacción al pensar en la confusión de la corte inglesa. La escritura de transferencia, salpicada de lluvia, demostraba que el título de Lallybroch había pasado del James adulto al menor; cada vez que aparecía en los tribunales, burlaba los intentos de la Corona por apoderarse de la finca como propiedad de un traidor jacobita.

La sentiría desaparecer poco a poco en cuanto se marchara, esa fina apariencia de humanidad; la mayor parte se desvanecería tras cada paso que diera para alejarse de la granja. A veces conseguía llevarse la ilusión de calidez y familia hasta la cueva donde se escondía, pero otras veces desaparecía casi de inmediato arrancada por una ráfaga de aire gélido con un olor a quemado apestoso y punzante.

Los ingleses habían incendiado tres sembrados más allá del campo alto. Arrancaron de sus hogares a Hugh Kirby y a Geoff

Murray para fusilarlos en sus propias casas, sin preguntas ni acusaciones formales. Al joven Joe Fraser le había advertido su esposa, que vio llegar a los ingleses, y pasó tres semanas viviendo con Jamie en la cueva, hasta que los soldados estuvieron bien lejos del distrito... llevándose a Ian consigo.

En octubre habló con los chicos mayores: Fergus, el francesito que había sacado de un burdel de París, y Rabbie MacNab, el hijo de la doncella y gran amigo de Fergus.

Se deslizó la cuchilla por una mejilla muy despacio y siguió por el contorno de la mandíbula, luego limpió la hoja jabonosa contra el filo del aguamanil. Mientras se afeitaba advirtió, con el rabillo del ojo, la fascinada envidia de Rabbie MacNab. Se volvió un poco y vio que los tres muchachos, Rabbie, Fergus y el pequeño Jamie, lo observaban con atención, algo boquiabiertos.

—¿Nunca habéis visto afeitarse a nadie? —preguntó enarcando una ceja.

Rabbie y Fergus intercambiaron una mirada; la respuesta corrió por cuenta del pequeño Jamie, propietario titular de la finca.

—Oh, bueno... sí, tío —dijo enrojeciendo—. Pero... es decir... —tartamudeó un poco, poniéndose aún más rojo—. Ahora papá no está... y aunque esté en casa no siempre lo vemos afeitarse... y además, tú tienes tanto pelo en la cara, tío, después de todo un mes... Es que nos alegramos mucho de verte otra vez y...

Súbitamente, Jamie cayó en la cuenta de que, para los muchachitos, él debía de parecer un personaje muy romántico. Vivir solo en una cueva, salir a cazar en la oscuridad, bajar en la bruma de la noche, sucio, barbudo y con el pelo revuelto... A esa edad, ser forajido y vivir escondido en el monte, en una cueva húmeda, podía parecer una aventura fascinante. A los quince, a los dieciséis y a los diez años no tenían conciencia de lo que eran la culpa, la amarga soledad, o el peso de una responsabilidad que no se aliviaba con ningún entretenimiento.

Podían entender el miedo, hasta cierto punto. El miedo a la captura, a la muerte. Pero no el miedo a la soledad, al propio temperamento, a la locura. El constante y crónico miedo de lo que su presencia podría suponer para ellos. Y si en algún instante valoraban ese riesgo, enseguida lo escondían tras la despreocupada presunción de la inmortalidad que cabía esperar de cualquier chico de su edad.

—Bueno, sí —dijo al tiempo que se volvía con aire indiferente hacia el espejo aprovechando una pausa en el tartamudeo del joven Jamie—. El hombre nace para sufrir y afeitarse. Una de las plagas de Adán.

—¿De Adán? —Fergus puso cara de desconcierto mientras los otros fingían tener alguna idea de lo que Jamie decía. De Fergus nadie esperaba que lo supiera todo, porque era francés.

—Ah, sí. —Jamie metió el labio superior bajo los dientes para raspar delicadamente debajo de la nariz—. Al principio, cuando Dios creó al hombre, la barbilla de Adán era tan lampiña como la de Eva. Y los dos tenían el cuerpo tan suave como un recién nacido —añadió mientras veía cómo su sobrino echaba un vistazo a la entrepierna de Rabbie. Éste aún no tenía barba, pero el tenue bozo del labio superior revelaba crecimientos en otras partes—. Mas cuando el ángel de la espada flamígera los expulsó del Edén, no bien hubieron cruzado las puertas del jardín, el pelo comenzó a crecer y a escocer en la barbilla de Adán. Y desde entonces el hombre está condenado a afeitarse. —Terminó su propia barbilla con un garboso movimiento final y se inclinó teatralmente ante su público.

—Pero ¿y el otro pelo? ¿Por qué? —quiso saber Rabbie—. ¡Ahí no te afeitas!

El pequeño Jamie soltó una risita aguda, otra vez sonrojado.

—Menos mal —observó su tocayo—. Haría falta una mano muy firme. Eso sí: no habría necesidad de espejo —añadió entre un coro de risas.

—¿Y las señoras? —preguntó Fergus. Al decir «señoras» se le quebró la voz en un graznido de rana que hizo reír aún más a los otros dos—. *Les filles* también tienen pelo allí y no se afeitan... por lo general, al menos —añadió pensando, obviamente, en algunas de las cosas que había visto en el burdel.

Jamie oyó los pasos de su hermana en el pasillo.

—Bueno, eso no es ninguna maldición —explicó a su absorto público mientras cogía el aguamanil y tiraba su contenido con cuidado por la ventana abierta—. Dios lo creó para consolar a los hombres. Si alguna vez tenéis el privilegio de ver a una mujer desnuda, caballeros —dijo mirando por encima del hombro en dirección a la puerta y bajando la voz con actitud confidente—, observaréis que el pelo de esa zona crece en forma de flecha señalando la dirección correcta para que los pobres hombres ignorantes puedan encontrar el camino de vuelta a casa.

Se volvió con solemnidad dejando las carcajadas y risitas a su espalda y le asaltó una repentina vergüenza al ver a su hermana, que se acercaba por el pasillo con el paso lento y bamboleante del embarazo avanzado. Traía la bandeja de la cena sobre su vientre hinchado. ¿Cómo había podido degradarla de aquella forma sólo para poder compartir una broma grosera y un momento de camaradería con los chicos?

—¡Silencio! —ordenó a los niños, que interrumpieron bruscamente las risas y se lo quedaron mirando sorprendidos. Y se adelantó deprisa para coger la bandeja y ponerla en la mesa.

Era un plato apetitoso, hecho con tocino y carne de cabra; vio que la prominente nuez de Adán subía y bajaba en la garganta de Fergus al sentir el aroma. Sabía que ellos guardaban la mejor comida para él; era obvio, por lo demacrado de las caras que rodeaban la mesa. Cada vez que él bajaba traía toda la carne que lograba conseguir: conejos o gallos silvestres cazados con trampa y algunos huevos de chorlito; pero nunca era suficiente para aquella casa, cuya hospitalidad debía cubrir las necesidades, no sólo de los suyos y los criados, sino también de las familias de Kirby y Murray, ambos asesinados. Al menos hasta la primavera, las viudas y los huérfanos de sus arrendatarios debían permanecer allí y a él le correspondía hacer lo posible por alimentarlos.

—Siéntate a mi lado —dijo a Jenny cogiéndola del brazo para traerla suavemente hasta el banco puesto junto a él.

Su hermana se sorprendió. Estaba acostumbrada a servirle cuando venía, pero se sentó encantada. Era tarde y estaba cansada; Jamie ya había visto las manchas oscuras que tenía bajo los ojos. Con gran firmeza, cortó un buen trozo de carne y puso el plato ante ella.

—¡Pero si eso es todo para ti! —protestó ella—. Yo ya he comido.

—No lo suficiente. Necesitas más... por el bebé —añadió inspirado. Si no comía por sí misma, lo haría por la criatura.

Su hermana vaciló un momento y, sonriéndole, cogió la cuchara y empezó a comer.

Corría el mes de noviembre; el frío se filtraba por la camisa delgada y los pantalones de montar que llevaba puestos. Atento al rastro, apenas lo notó. El cielo estaba aborregado, pero la luna llena daba abundante luz.

No llovía, gracias a Dios; con el ruido del agua al caer era imposible oír nada, y el aroma penetrante de las plantas mojadas disfrazaba el olor de los animales. Su olfato se había vuelto casi penosamente agudo en los largos meses pasados a la intemperie; a veces, cuando entraba en la casa, los olores parecían capaces de derribarlo.

No estaba lo bastante cerca como para percibir el olor almizclado del ciervo, pero sí escuchó el revelador crujido provocado por su pequeño sobresalto cuando el animal le olió a él. Se habría quedado helado, sería una de las sombras que susurraban por la ladera a su alrededor bajo las nubes pasajeras.

Giró con toda la lentitud posible hacia el sitio donde sus oídos le habían indicado que estaba el venado. Tenía el arco en la mano y una flecha lista. Podría disparar una sola vez, si acaso, cuando el animal huyera.

¡Allí! El corazón se le subió a la garganta al ver los cuernos, agudos y negros por encima de las aliagas. Afirmó el cuerpo, aspiró hondo y dio un paso adelante.

El bramido de un ciervo siempre era sorprendentemente alto, lo bastante como para ahuyentar a sus perseguidores. Pero ese perseguidor estaba preparado. Él no se sobresaltó ni fue tras él. Jamie se quedó quieto apuntando con su flecha y siguiendo con un ojo la trayectoria de los brincos del ciervo, esperando el momento, aguardando para disparar, y entonces la cuerda del arco le golpeó la muñeca con fuerza.

Fue un disparo limpio, por fortuna se clavó justo detrás de la paleta. A duras penas habría tenido fuerzas para perseguir a un ciervo adulto herido. Había caído en un lugar despejado, tras una mata de aliagas, con las piernas tiesas, en la forma extrañamente indefensa en que lo hacen los ungulados moribundos. La luna llena iluminaba su ojo vidrioso; su amable y oscura mirada quedó oculta y el misterio de su muerte se escondió tras una cortina plateada.

Jamie sacó el cuchillo del cinturón y se arrodilló junto al venado, mientras decía a toda prisa la oración que le había enseñado el viejo John Murray, el padre de Ian. Su propio padre esbozó una mueca al escucharla y Jamie supuso que quizá no fuera dirigida al mismo Dios al que le rezaban en la iglesia los domingos. Pero su padre no dijo nada y él murmuró aquellas palabras sin apenas comprender lo que estaba diciendo debido a la excitación nerviosa de sentir la mano de John posada con firmeza sobre la suya presionando la hoja del cuchillo por vez primera en un pellejo peludo y la carne caliente.

Ahora, con la seguridad que le daba la práctica, levantó el hocico pegajoso con una mano y, con la otra, cortó el cuello del animal.

La sangre brotó caliente en dos o tres borbotones sobre la mano en la que sostenía el cuchillo, y luego el chorro fue mermando hasta convertirse en un hilillo de sangre continuo que vaciaba el cadáver a través de las gruesas venas abiertas de la garganta. Si se hubiera parado a pensarlo, quizá no lo habría hecho, pero el hambre, el mareo y el helor de la noche le habían llevado más allá de la razón. Ahuecó las manos, las colocó bajo el chorro de sangre y se llevó su contenido humeante a la boca.

La luna brillaba oscura en sus manos ahuecadas y goteantes y fue como si absorbiera la sustancia del ciervo en lugar de beberla. La sangre sabía a sal y plata y el calor que desprendía era el suyo propio. Cuando bebió no se sorprendió del frío o el calor, sólo existía su intenso sabor, el embriagador aroma a metal caliente y el repentino murmullo de sus tripas ante la cercanía del alimento.

Cerró los ojos e inspiró. El aire húmedo y frío regresó colándose por entre el cálido hedor del cadáver y sus sentidos. Tragó una vez, luego se frotó la cara con el reverso de la mano, se limpió las palmas en la hierba y se puso manos a la obra.

Luego, el brusco esfuerzo de mover y destripar la res, el largo tajo donde se mezclaban fuerza y delicadeza para abrir el cuero entre las patas sin penetrar en el saco que encerraba las entrañas. Metió las manos en la res, profanando la intimidad caliente y húmeda, e hizo otro esfuerzo para retirar el saco viscoso, que brillaba entre sus manos a la luz de la luna. Un tajo arriba, otro abajo. Y la masa quedó libre, en la transformación de magia negra que convertía a un venado en carne.

Era un animal pequeño, aunque su cornamenta ya tenía puntas. Con un poco de suerte podría cargarlo él solo, en vez de dejarlo a merced de los zorros y los tejones hasta que pudiera traer ayuda para trasladarlo. Metió un hombro bajo una de las patas y se incorporó con lentitud, gruñendo por el esfuerzo, hasta acomodar firmemente el peso en la espalda.

La luna proyectó su sombra jorobada y fantástica en una roca mientras emprendía su lenta y desgarbada retirada colina abajo. La cornamenta del ciervo cabeceaba sobre su hombro confiriéndole al perfil de su sombra la apariencia de un hombre con cuernos. Se estremeció un poco al pensarlo, recordando historias de aquelarres en las que el dios astado se presentaba para beberse la sangre de una cabra o un gallo sacrificados.

Sentía náuseas y estaba bastante mareado. Cada vez le afectaba más la desorientación, la fragmentación de sí mismo entre el día y la noche. Durante el día era sólo una criatura de la razón que escapaba de su húmeda inmovilidad mediante una disciplinada y terca retirada por las vías del pensamiento y la meditación, buscando refugio en las páginas de los libros. Pero al salir la luna, toda razón se disipaba sucumbiendo de inmediato a las sensaciones; emergía, como una bestia de su guarida, al aire fresco para correr por las colinas oscuras y cazar bajo las estrellas, impulsado por la noche, ebrio de sangre e influjo lunar.

Miraba al suelo mientras caminaba; tenía la suficiente visión nocturna como para no perder pie a pesar de la pesada carga que llevaba sobre los hombros. El ciervo estaba flácido y empezaba a enfriarse; su entumecido y suave pelaje le rascaba la nuca. Jamie sentía cómo su propio sudor se enfriaba al contacto con la brisa, casi como si compartiera el destino de su presa.

Sólo cuando surgieron a la vista las luces de Lallybroch dejó, por fin, que el manto de humanidad cayera sobre él, que mente y cuerpo volvieran a unirse, mientras se preparaba para saludar a su familia.

5

Nos dan un niño

Tres semanas después aún no había noticias de Ian. En realidad, no tenía noticias de ninguna clase. Fergus llevaba varios días sin ir a la cueva, por lo que Jamie se consumía de preocupación por saber cómo iba todo en la casa. Cuando menos el venado ya habría desaparecido, con tantas bocas que alimentar, y la huerta rendía muy poco en aquella época del año.

Su preocupación era tanta que se arriesgó a hacer una visita temprana; después de revisar sus trampas, bajó de las colinas justo antes del crepúsculo. Por si acaso, tuvo la prudencia de ponerse el gorro tejido con tosca lana parda que le protegería el pelo de cualquier rayo revelador del sol poniente. Su estatura, por sí sola, podía provocar sospechas, pero no dar certidumbre, y tenía plena confianza en la fuerza de sus piernas para escapar si tenía la mala suerte de encontrarse con una patrulla inglesa. Las liebres de los brezales no podían medirse con Jamie Fraser si estaba sobre aviso.

Al acercarse notó que la casa estaba extrañamente silenciosa. Faltaba el bullicio habitual de los niños: los cinco de Jenny y los seis de los arrendatarios, por no mencionar a Fergus y a Rabbie MacNab, que distaban mucho de haber dejado atrás la edad de perseguirse por los establos, chillando como posesos.

Se detuvo ante la puerta de la cocina, sintiendo la casa extrañamente desierta a su alrededor. Se encontraba en el vestíbulo trasero, con la despensa a un lado, el fregadero al otro y la parte principal de la cocina justo delante. Permaneció inmóvil, aguzando todos los sentidos, escuchando mientras inhalaba los abrumadores aromas de la casa. Había alguien allí: un leve rasgueo, seguido por un tintineo suave y regular, surgía a través de la puerta recubierta de paño que retenía el calor en la cocina, impidiendo que se filtrara hacia la helada despensa trasera.

Reconfortado por el ruido doméstico, abrió la puerta con cautela, pero sin miedo. Jenny, sola y embarazada, estaba de pie ante la mesa, batiendo algo en un cuenco amarillo.

—¿Qué haces aquí? ¿Dónde está la señora Coker?

Su hermana soltó la cuchara con un grito sobresaltado.

—¡Jamie! —Apretó una mano contra el pecho y cerró los ojos, pálida—. ¡Por Dios! ¡Casi me matas del susto! —Abrió los ojos, de color azul oscuro como los de él, y le clavó una mirada penetrante—. ¿Qué estás haciendo aquí, Virgen santa? No te esperaba hasta dentro de una semana.

—Hace días que Fergus no sube a la colina; estaba preocupado —dijo simplemente.

—Eres un tesoro, Jamie.

Su cara estaba recobrando el color. Con una sonrisa, se acercó a su hermano para abrazarlo. Era una maniobra complicada con el futuro bebé en medio, pero seguía siendo agradable. Jamie posó un momento la mejilla sobre la impecable oscuridad de su cabeza e inspiró su complejo aroma a cera de vela y canela, jabón de sebo y lana. Había un ingrediente inusual en su olor aquella tarde; Jamie pensaba que su hermana empezaba a oler a leche.

—¿Dónde están todos? —preguntó, soltándola de mala gana.

—Bueno, la señora Coker ha muerto —respondió acentuando la leve arruga entre sus cejas.

—¿Sí? —Jamie se persignó con suavidad—. Lo lamento. —La señora Coker había sido criada primero y ama de llaves después, desde la boda de sus padres, más de cuarenta años atrás—. ¿Cuándo?

—Ayer por la mañana. No fue inesperado, pobrecita, y se fue apaciblemente. En su propia cama, como quería, con el padre McMurtry orando junto a ella.

Jamie echó una mirada reflexiva hacia la puerta que conducía a las habitaciones del servicio.

—¿Aún está aquí?

La hermana negó con la cabeza.

—No. Le dije a su hijo que debían velarla aquí, en la casa, pero los Coker pensaron que, estando las cosas como están —abarcó con un mohín la ausencia de Ian, el acecho de los ingleses, los arrendatarios refugiados, la falta de comida y la presencia de Jamie en la cueva—, era mejor hacerlo en Broch Mordha, en casa de su hermana. Han ido todos allí. Yo dije que no estaba en condiciones de acompañarlos —añadió con una sonrisa pícara—. Pero en realidad necesitaba unas horas de paz y silencio.

—Y aquí vengo yo, a interrumpir tu paz —dijo Jamie, melancólico—. ¿Quieres que me vaya?

—No, cabeza de chorlito —dijo la hermana afablemente—. Siéntate mientras sigo preparando la cena.

—¿Qué hay para comer? —preguntó olfateando con aire esperanzado.

—Depende de lo que hayas traído —replicó Jenny. Se movió con andar pesado por la cocina, retirando cosas de los armarios, y se detuvo a revolver el gran caldero que pendía sobre el fuego, del que surgía un vapor tenue.

—Si has traído carne, la comeremos. Si no, será cebada hervida y carne en conserva.

Puso mala cara; le resultaba muy desagradable la idea de comer cebada hervida y jarrete, los últimos restos de la carcasa que habían comprado hacía dos meses.

—Menos mal que he tenido suerte —dijo él. Volcó su bolsa y dejó caer los tres conejos en la mesa, un bulto inerme de pelaje gris y orejas caídas—. Y zarzamoras —añadió volcando el contenido de su gorro pardo, manchado por dentro de rico jugo rojo.

A Jenny se le iluminaron los ojos.

—Pastel de liebre —declaró—. No hay grosellas, pero las zarzamoras servirán. Y, gracias a Dios, queda suficiente manteca.

Tras ver un leve movimiento entre el pelaje gris, golpeó la mesa con la mano, reduciendo a la nada al minúsculo intruso.

—Llévatelos fuera para desollarlos, Jamie, si no quieres que la cocina se llene de pulgas.

Al volver con los animales desollados, Jamie vio que la masa para el pastel estaba muy avanzada; Jenny tenía manchas de harina en el vestido.

—Córtalos en lonjas y aplasta los huesos, ¿quieres, Jamie? —dijo consultando con el entrecejo arrugado las *Recetas de cocina y pastelería de la señora McClintock*, que tenía abierto en la mesa junto al molde para el pastel.

—¿No puedes preparar un pastel de liebre sin mirar ese librillo? —preguntó él, al tiempo que cogía la gran maza de madera de su sitio sobre la alacena. Esbozó una mueca al sopesarla con la palma. Se parecía mucho a la que le había roto la mano derecha varios años atrás en una prisión inglesa, y le asaltó una repentina y gráfica imagen de los huesos hechos añicos en un pastel de liebre, astillados y agrietados, goteando sangre salada y dulce tuétano sobre la carne.

—Claro que puedo —respondió su hermana, distraída, mientras hojeaba el volumen—. Pero cuando te faltan la mitad de las cosas necesarias para preparar una receta, a veces aquí encuentras algo que puedes usar. —Frunció el ceño clavando los ojos en la página—. Normalmente prepararía la salsa con clarete, pero sólo nos queda uno de los toneles de Jared en el hoyo del cura y no quiero tocarlo. Podría hacernos falta.

Él no necesitó preguntarle para qué. Un tonel de clarete podía engrasar los engranajes para que liberaran a Ian o, al menos, para conseguir noticias suyas. Echó una mirada furtiva a la enorme tripa redonda de Jenny. No era propio de hombres hablar de esas cosas, pero a sus ojos, que no andaban escasos de experiencia, parecía estar muy a punto. Distraído, se inclinó hacia el caldero para sumergir el cuchillo en el líquido hirviente; luego lo secó.

—¿Por qué has hecho eso, Jamie? —Jenny lo estaba mirando. Se le habían escapado algunos mechones de pelo del lazo y sintió una punzada al ver el brillo de una cana entre el ébano.

—Ah —dijo él, aparentando indiferencia mientras cogía uno de los animales—. Claire me enseñó a lavar los cuchillos en agua hirviendo antes de tocar los alimentos con ellos.

Más que verlo, sintió que ella enarcaba las cejas. Únicamente una vez le había preguntado por Claire, cuando volvió de Culloden, consciente sólo a medias y casi muerto de fiebre. «Se ha ido —había sido su respuesta, apartando la cara—. No vuelvas a mencionármela.» Leal como siempre, Jenny no lo hacía y él tampoco. Ignoraba por qué acababa de pronunciar su nombre, a menos que fuera por los sueños.

Los tenía a menudo y de distintas clases, y siempre lo dejaban intranquilo al día siguiente, como si por un momento Claire hubiera estado lo bastante cerca como para tocarla y luego hubiera desaparecido de nuevo. Habría podido jurar que a veces despertaba con el olor de ella en el cuerpo, almizclado e intenso, siempre sazonado con un fresco aroma a hojas y hierbas verdes. Más de una vez había vertido su simiente mientras soñaba, cosa que lo dejaba algo avergonzado e intranquilo. Para distracción de ambos, señaló el vientre de Jenny.

—¿Cuánto falta? —preguntó ceñudo mirando su incipiente tripa—. Pareces una gaita: un toque y ¡puf! —Chasqueó los dedos para ilustrar sus palabras.

—¿Sí? Ojalá fuera tan fácil. —Arqueó la espalda, frotándose la cintura, y su vientre se proyectó de una manera alarmante. Él se apretó contra la pared para dejarle espacio—. Será en cualquier momento, supongo. Nunca se sabe con exactitud.

Cogió una taza para medir la harina y notó que en la bolsa quedaba muy poca.

—Cuando empiece, mándame llamar a la cueva —dijo súbitamente—. Bajaré, con casacas rojas o sin ellos.

Jenny dejó de revolver para mirarlo.

—¿Para qué?

—Bueno, Ian no está aquí —señaló Jamie cogiendo uno de los conejos desollados. Con la destreza de la práctica, desarticuló pulcramente un muslo y, con tres rápidos golpes de maza, la carne pálida quedó aplanada, lista para el pastel.

—De poco me serviría tenerlo aquí —musitó ella—. Ya se ocupó de su parte hace nueve meses. —Mirando a su hermano con la nariz fruncida, cogió el plato con la manteca—. Mmfm.

Se sentó para seguir con su trabajo, cosa que puso su barriga a la altura de los ojos de Jamie. Su contenido, despierto y activo, se mecía de un lado a otro con inquietud moviendo el delantal mientras ella se estiraba. Jamie no pudo resistir la tentación de apoyar levemente la mano en aquella curva monstruosa para percibir las poderosas patadas del habitante, impaciente por abandonar su encierro.

—Mándame a Fergus cuando llegue el momento —repitió Jamie.

Ella lo miró con exasperación y le apartó la mano con un golpe de cuchara.

—¿No acabo de decirte que no te necesito? Por Dios, hombre, demasiadas preocupaciones tengo ya, con la casa llena de gente, apenas lo indispensable para alimentarla, Ian preso en Inverness y los casacas rojas rondando las ventanas cada vez que me doy la vuelta. ¿Debo preocuparme también por el riesgo de que te atrapen?

—Por mí no te preocupes. Sé cuidarme —aseguró sin mirarla y centrando su atención en la articulación que estaba cortando.

—Bueno, si sabes cuidarte, quédate en la colina. —Deslizó la mirada por su larga y recta nariz y lo observó por encima de la orilla del cuenco—. Ya he tenido seis hijos. ¿No te parece que a estas alturas puedo arreglármelas?

—Contigo no se puede discutir —la acusó.

—No —replicó ella de inmediato—. Así que te quedarás allí.

—Vendré.

Jenny entornó los ojos y le lanzó una larga e intensa mirada.

—Debes de ser el tonto más testarudo de Escocia.

Por la cara de su hermano se extendió una dilatada sonrisa cuando la miró.

—Puede que sí —dijo dándole unas palmaditas en el vientre henchido—. Y puede que no. Pero voy a venir. Cuando llegue el momento, envíame a Fergus.

Tres días después, poco antes del amanecer, Fergus subió la cuesta hasta la cueva, jadeando y perdiendo la senda en la oscuridad. Hizo tanto ruido entre las aliagas que Jamie lo oyó mucho antes de que llegara.

—Milord... —comenzó sin aliento al aparecer en el extremo de la senda.

Pero Jamie ya lo había dejado atrás y bajaba apresuradamente hacia la casa, echándose el manto por los hombros.

—Pero, milord... —se oyó la voz del chico tras él, jadeante y asustado—. Los soldados...

—¿Soldados? —Jamie se detuvo en seco y se volvió esperando con impaciencia a que el francés bajara la pendiente—. ¿Qué soldados? —preguntó mientras Fergus resbalaba en los últimos metros.

—Dragones ingleses, milord. Milady me manda decirle que no abandone la cueva bajo ningún concepto. Uno de los hombres los vio ayer, acampados cerca de Dunmaglas.

—Malditos sean.

—Sí, milord. —Fergus se sentó en una piedra para abanicarse, su estrecho torso palpitaba aceleradamente.

Jamie vacilaba, irresoluto. Todos sus instintos se negaban a volver a la cueva. Tenía la sangre caliente de la excitación que le había causado la aparición de Fergus y se rebelaba contra la idea de arrastrarse de vuelta a su escondite con sumisión como un gusano buscando refugio bajo su roca.

—Hum... —murmuró mirando a Fergus.

La luz cambiante estaba empezando a recortar la esbelta silueta del muchacho contra la negrura de la aliaga, pero su rostro seguía siendo un borrón pálido tiznado con un par de manchas más oscuras que indicaban la ubicación exacta de sus ojos. En él se agitaba cierta sospecha. ¿Por qué su hermana le mandaba a Fergus a una hora tan extraña? Si hubiera sido tan urgente advertirle sobre los dragones, habría sido más seguro enviar al chico durante la noche, y si no era tan urgente, ¿por qué no esperar a la noche siguiente? La respuesta era obvia: temía no estar en condiciones de enviarle el mensaje a la noche siguiente.

—¿Cómo está mi hermana? —preguntó.

—¡Oh, bien, milord, muy bien! —El caluroso tono de la afirmación confirmó las sospechas de Jamie.

—Está a punto de tener el niño, ¿no? —preguntó.

—¡No, milord, claro que no!

Jamie plantó una mano en el hombro de Fergus. Los huesos parecían pequeños y frágiles bajo sus dedos; recordó, incómodo, los conejos que había troceado para Jenny. Aun así se obligó a apretar. Fergus se retorció tratando de soltarse.

—Dime la verdad, chico —exigió.

—¡No, milord! ¡De veras!

La mano se ciñó inexorablemente.

—¿Ella te ha ordenado que no me lo dijeras?

La prohibición de Jenny debía haber sido literal, pues Fergus respondió a esa pregunta con evidente alivio.

—¡Sí, milord!

—Ah. —Jamie aflojó la mano y el chico se levantó de un brinco. Mientras se frotaba el hombro enclenque, empezó a hablar con locuacidad.

—¡Ha dicho que yo no debía decirle nada, salvo lo de los soldados, milord, y que si lo hacía, me cortaría las criadillas para hervirlas como nabos y salchichas!

Jamie no pudo reprimir una sonrisa.

—Por faltos de comida que estemos —aseguró a su protegido—, no es para tanto. —Echó un vistazo al horizonte, donde asomaba una fina línea rosada, pura y clara tras la silueta negra de los pinos—. Ven, vamos. En media hora habrá amanecido.

Ese amanecer no había rastros de silencio ni de vacío en la casa. Quien tuviera ojos en la cara podía ver que en Lallybroch estaba sucediendo algo anormal. El caldero de la colada se había quedado en el patio, con el fuego apagado, lleno de agua fría y ropa mojada. Unos gemidos quejumbrosos procedentes del establo, como si estuvieran estrangulando a alguien, indicaban que la única vaca restante necesitaba con urgencia que la ordeñaran. Los balidos irritantes, en el cobertizo de las cabras, le revelaron que a sus ocupantes les habría gustado recibir la misma atención.

Cuando entró en el patio, tres pollos pasaron corriendo en un plumoso alboroto, perseguidos por *Jehu*, el terrier ratonero. Lanzó la pierna hacia delante en un rápido movimiento y le acertó con la bota bajo las costillas, haciéndolo volar por el aire con una mirada de gran sorpresa en la cara; el animal aterrizó con un quejido, se recompuso y escapó.

Los niños, los muchachos mayores, Mary MacNab y Sukie, la otra criada, estaban reunidos en la sala bajo la vigilante mirada de la señora Kirby, una viuda severa, que les estaba leyendo la Biblia.

—«Y no fue Adán el engañado, sino la mujer; y ella, una vez engañada, incurrió en pecado» —leía la señora Kirby.

Desde arriba llegó un alarido que pareció prolongarse indefinidamente. La señora Kirby se interrumpió un momento para permitir que todos lo percibieran, antes de continuar con la lectura. Sus ojos, de un gris pálido y húmedos como ostras crudas, se desviaron un instante hacia el techo; luego volvieron a posarse, satisfechos, en la hilera de caras tensas.

—«Pero se salvará engendrando hijos, si permanece en fe, amor y santificación, con modestia» —leyó. Kitty estalló en histéricos sollozos y sepultó la cara en el hombro de su hermana. Maggie Ellen se estaba poniendo roja bajo las pecas; su hermano mayor, en cambio, se había puesto mortalmente pálido tras oír el grito.

—Señora Kirby —dijo Jamie—. Calle, por favor.

Le habló de buenas maneras, pero la expresión de sus ojos debió de ser la misma que *Jehu* había visto antes de alzar el vuelo con ayuda de su bota, porque la señora Kirby, ahogando una exclamación, dejó caer la Biblia, que aterrizó en el suelo con un golpe sordo. Jamie se inclinó para recogerla; luego mostró los dientes a la mujer. Por lo visto, su gesto no tuvo éxito como sonrisa, pero algún efecto produjo, pues la mujer palideció y se llevó una mano al amplio seno.

—Creo que vosotras seríais más útiles en la cocina —dijo él. Su ademán de cabeza envió a Sukie hacia allí como si fuera una hoja en el viento. La señora Kirby se levantó para seguirla, con mucha más dignidad, pero sin vacilar.

Envalentonado por la pequeña victoria, Jamie se deshizo en pocos instantes de los otros ocupantes de la sala. La viuda Murray y sus hijas salieron a hacerse cargo de la colada, y los niños menores, a encerrar los pollos bajo la supervisión de Mary MacNab. Los niños mayores fueron, con evidente alivio, a ocuparse del ganado.

Una vez desierta la habitación, vaciló un momento pensando en lo que debía hacer a continuación. Sentía que debía quedarse en la casa montando guardia, aunque tenía aguda conciencia de que no podía hacer nada por ayudar pasara lo que pasara, tal como Jenny había dicho. En el patio había visto una mula desconocida; presumiblemente, la partera estaba arriba, con Jenny.

Incapaz de permanecer sentado, vagó inquieto por la sala, con la Biblia en las manos, tocando cosas. La librería de Jenny, abollada y marcada por la última incursión de los casacas rojas hacía ya tres meses. El gran centro de mesa de plata. Estaba un poco deformado, pero pesaba demasiado como para que un soldado se lo llevara en la mochila y escapó al pillaje de objetos pequeños. Aunque los ingleses tampoco se llevaron mucho; los objetos de verdadero valor y la diminuta reserva de oro que les quedaba estaban guardados a salvo en el hoyo del cura junto al vino de Jared.

Un gemido prolongado en el piso superior le hizo mirar involuntariamente la biblia en su mano. No tenía muchas ganas de hacerlo, pero dejó que el libro se abriera por la primera página, donde se registraban los casamientos, nacimientos y defunciones de la familia.

Las anotaciones comenzaban con el casamiento de sus padres, Brian Fraser y Ellen MacKenzie. Los nombres y la fecha estaban escritos con la letra redonda de su madre; debajo, una breve anotación con los garabatos de su padre, más firmes y negros: «Casados por amor», decía; la observación venía al caso, teniendo en cuenta el registro siguiente, que fechaba el nacimiento de Willie apenas dos meses después.

Como siempre, Jamie sonrió al ver aquellas palabras, y alzó la vista hacia el retrato: él mismo, a los dos años, con Willie y *Bran*, el enorme galgo. Era todo lo que quedaba de Willie, que había muerto de viruela a los once años. La pintura tenía un tajo, quizá obra de una bayoneta, para descargar la frustración de su propietario.

—Y si no hubieras muerto, ¿qué? —dijo suavemente al cuadro. Sí. Qué habría pasado. Al cerrar el libro entrevió la última anotación. «Caitlin Maisri Murray, nacida el 3 de diciembre de 1749, fallecida el 3 de diciembre de 1749.» Sí. Qué. Si los soldados ingleses no hubieran llegado el 2 de diciembre, ¿se habría adelantado el parto de Jenny? Si hubieran tenido suficiente comida, si ella, igual que todos los demás, no hubiera sido piel, huesos y el bulto del vientre, ¿se habría remediado algo?

—¿No tienes nada que decir? —le preguntó al cuadro. La mano pintada de Willie descansaba sobre su hombro; Jamie siempre se había sentido a salvo sabiendo que su hermano le guardaba las espaldas.

Desde arriba llegó otro alarido. En un espasmo de miedo, Jamie apretó el libro entre las manos.

—Ora por nosotros, hermano —susurró. Después de persignarse, dejó la Biblia y fue al granero, para ayudar con los animales.

Allí había poco que hacer; Rabbie y Fergus se bastaban de sobra para atender los pocos animales restantes. A sus diez años, el joven Jamie estaba ya en edad de prestar bastante ayuda. Buscando algo que hacer, Jamie recogió una brazada de heno para llevarla a la mula de la partera. Cuando se acabara el heno habría que matar a la vaca; a diferencia de las cabras, a ella no le bastaba el forraje de invierno de las colinas, aun con las hierbas que traían los pequeños. Con suerte, la res salada les duraría hasta la primavera.

Cuando entró en el granero, Fergus levantó la vista de su horquilla para estiércol.

—¿Ésa es una partera decente, de buena reputación? —interpeló proyectando agresivamente la mandíbula—. ¡No creo que madame deba estar en manos de una campesina!

—¿Cómo quieres que lo sepa? —replicó Jamie, irritado—. ¿Acaso yo me ocupo de contratar comadronas?

La señora Martin, la vieja partera que había asistido en el nacimiento a todos los Murray anteriores, había muerto durante la hambruna del año siguiente a Culloden, como tantos otros.

La señora Innes, la nueva partera, era mucho más joven; era de esperar que ya tuviese experiencia suficiente para saber lo que hacía.

Rabbie también parecía inclinado a participar de la discusión. Miró a Fergus con gesto ceñudo.

—¿Y qué significa eso de «campesina»? Tú también eres campesino, por si no te has dado cuenta.

Fergus lo miró alzando la nariz con mucha dignidad a pesar de verse obligado a erguir la cabeza hacia delante para poder hacerlo, ya que era varios centímetros más bajo que su amigo.

—Que yo sea campesino o no, no tiene importancia —dijo, altanero—. Yo no soy partera.

—¡No, eres un *fiddle-ma-fyke*! —Rabbie dio a su amigo un recio empellón.

Con una exclamación de sorpresa, Fergus cayó a plomo hacia atrás. Se levantó al momento para lanzarse contra Rabbie, que reía, sentado en el borde del pesebre, pero Jamie lo sujetó por el cuello de la camisa y volvió a sentarlo.

—Nada de eso —ordenó su patrón—. No quiero que destrocéis el poco heno que nos queda. —Puso a Fergus de nuevo en pie y, para distraerlo, preguntó—: ¿Qué sabes tú de parteras, al fin y al cabo?

—Mucho, milord. —Fergus se sacudió la ropa con gestos elegantes—. Mientras vivía en casa de madame Elise, muchas de las damas fueron puestas en el lecho.

—No lo dudo —interpuso Jamie con sequedad—. ¿Para alumbrar, quieres decir?

—Para alumbrar, claro. ¡Caramba, yo mismo nací allí! —El muchacho francés sacó pecho con aires de importancia.

—Efectivamente. —A Jamie se le contrajo la boca—. Bueno, confío en que hicieras cuidadosas observaciones y puedas decirnos cómo se deben hacer las cosas.

Fergus ignoró el sarcasmo.

—Por supuesto —dijo, despreocupado—. Naturalmente, la partera debe poner un cuchillo bajo la cama, para cortar el dolor.

—No estoy seguro de que lo haya hecho —murmuró Rabbie—. Por lo menos no lo parece. —La mayor parte de los gritos eran inaudibles desde el establo, pero no todos.

—Y un huevo consagrado con agua bendita a los pies de la cama para que la mujer pueda expulsar al niño con facilidad —prosiguió Fergus, ajeno al ruido. Entonces frunció el ceño—. Yo le he dado el huevo a la mujer, pero no parecía saber qué debía hacer con él. Y eso que llevo dos meses guardándolo —añadió con pesar—, porque las gallinas apenas ponen. Quería asegurarme de que tendríamos uno cuando hiciera falta.

»Después del parto —prosiguió perdiendo las dudas en el entusiasmo de su disertación—, la comadrona debe preparar un té con la placenta y dárselo a beber a la madre, para que la leche fluya en abundancia.

Rabbie tuvo una arcada.

—¿Con la placenta? —exclamó incrédulo—. ¡Dios mío!

Jamie también se sentía algo asqueado por aquella exposición de conocimientos médicos modernos.

—Bueno, sí —dijo a Rabbie tratando de fingir desenvoltura—. Ellos comen ranas, ¿sabes? Y caracoles. Supongo que lo de la placenta no es tan extraño.

Se preguntó si ellos mismos tardarían mucho en comer ranas y caracoles, pero prefirió reservarse el comentario.

Rabbie fingió algunas arcadas más.

—¡Cristo, quién querría ser francés!

Fergus, que estaba junto a Rabbie, giró en redondo y disparó un veloz puñetazo, que le alcanzó en la boca del estómago. Fergus era bajito y enjuto para su edad, y sin embargo, era fuerte. Además, tenía una capacidad mortal para encontrar los puntos débiles de cualquier hombre, conocimiento que adquirió en sus días de carterista juvenil por las calles de París. El golpe alcanzó a Rabbie en el costado, y éste se dobló dejando escapar un sonido parecido al que se oye al pisar la vejiga de un cerdo.

—Habla con un poco más de respeto de tus superiores, por favor —dijo Fergus con altivez.

El rubor de Rabbie fue en aumento mientras boqueaba como un pez tratando de recuperar el aliento. Le sobresalían los ojos y tenía una expresión de intensa sorpresa tan ridícula que a Jamie le costó no reír, pese a su preocupación por Jenny y la irritación que le provocaban las reyertas de los muchachos.

—¡Por qué no dejáis de...! —comenzó.

Lo interrumpió un grito del pequeño Jamie, que hasta entonces había guardado silencio, fascinado por la conversación.

—¿Qué? —Jamie giró sobre sus talones y echó automáticamente la mano a la pistola que llevaba cuando abandonaba la cueva. Pero no había ninguna patrulla inglesa en el patio del establo, como temía—. ¿Qué diablos pasa?

Entonces los vio. Tres pequeñas motas negras que volaban sobre las matas muertas en el sembrado de patatas.

—Cuervos —musitó, sintiendo que se le erizaba el pelo de la nuca. Que aquellas aves de la guerra y la matanza llegaran a una casa durante un nacimiento era el peor de los presagios. Y una de aquellas sucias bestias se estaba posando en el tejado, ante sus propios ojos.

Sin pensarlo conscientemente, sacó la pistola del cinturón y apoyó el caño en el antebrazo para apuntar con cuidado. Había mucha distancia desde la puerta del establo hasta la parhilera y suspiró mirando hacia arriba. Y sin embargo...

El arma se sacudió y el cuervo estalló en una nube de plumas negras. Sus dos compañeros se lanzaron al aire, como si los hubiera despedido la explosión, para alejarse con locos aleteos; sus ásperos gritos se perdieron a toda velocidad en el aire de invierno.

—*Mon Dieu!* —exclamó Fergus—. *C'est bien, ça!*

—Sí, buen disparo, señor. —Rabbie, aún impresionado y algo falto de aliento, se había repuesto a tiempo para ver el tiro. Ahora señalaba la casa con la barbilla—. Mire, señor. ¿No es la partera?

Era la señora Innes, sí, que asomaba la cabeza por la ventana del piso superior, con el rubio pelo suelto, tratando de mirar hacia el patio. Tal vez el ruido del disparo le había hecho temer algún problema. Jamie salió al patio y agitó la mano para tranquilizarla.

—Todo está bien —gritó—. Ha sido sólo un accidente. —No quería mencionar los cuervos por si la mujer se lo comentaba a Jenny.

—¡Suba usted! —gritó ella sin prestarle atención—. ¡El bebé ha nacido y su hermana quiere verlo!

Jenny abrió un ojo, azul y levemente rasgado, como el de Jamie.

—Así que has venido, ¿no?

—He pensado que alguien tendría que estar aquí, aunque sólo fuera para orar por ti —respondió, gruñón.

Ella cerró el ojo y una leve sonrisa le curvó los labios. Se parecía mucho a una pintura que él había visto en Francia, una muy vieja de un tipo italiano, pero una buena pintura al fin y al cabo.

—Eres tonto, pero me alegro —dijo con suavidad. Y abrió los ojos para echar un vistazo al bulto envuelto que tenía en el hueco del brazo—. ¿Quieres verlo?

—Ah, así que es un varón.

Con manos expertas después de años siendo tío, Jamie cogió el pequeño paquete y lo acomodó contra su cuerpo, retirando la punta de manta que le sombreaba la cara. El bebé tenía los ojos muy cerrados; las pestañas no eran visibles en la arruga profunda de los párpados, que formaban un ángulo agudo sobre la suave redondez de las mejillas; eso presagiaba que tal vez, siquiera en ese único rasgo identificable, se parecería a la madre.

La cabeza estaba llena de extraños bultos y desviada hacia un lado; su aspecto hizo que Jamie, incómodo, la comparara con un melón pateado; pero la gorda boquita se mantenía relajada y apacible; el húmedo labio inferior se estremecía con el ronquido que acompañaba al agotamiento de haber nacido.

—Ha sido un trabajo duro, ¿no? —comentó dirigiéndose al niño, pero fue la madre quien respondió:

—Sí, en efecto. En el armario hay whisky. ¿Quieres traerme un vaso? —Su voz sonaba ronca; tuvo que carraspear para completar el pedido.

—¿Whisky? ¿No deberías beber cerveza con huevos batidos? —preguntó su hermano, reprimiendo con dificultad la imagen mental de lo que, según Fergus, era el sustento adecuado para las parturientas.

—Whisky —aseguró ella con decisión—. Cuando yacías abajo, baldado y con la pierna tan dolorida, ¿te di cerveza con huevos batidos?

—Me diste cosas mucho peores —dijo él sonriendo de oreja a oreja—. Pero es cierto, también me diste whisky. —Depositó cuidadosamente al niño dormido en el cubrecama y fue en busca de la bebida—. ¿Ya tiene nombre? —quiso saber señalando al bebé con la cabeza mientras escanciaba una generosa cantidad de líquido ambarino.

—Lo llamaré Ian, como su padre.

La mano de Jenny se posó en el cráneo redondeado, recubierto por una pelusa castaño dorada. En el punto blando de la coronilla palpitaba el pulso a ojos vistas; a Jamie le parecía tremendamente frágil, pero la partera le había asegurado que era un bebé sano y vigoroso; habría que creerla. Movido por una oscura necesidad de proteger aquel punto blando, tan expuesto, levantó una vez más al pequeño y le cubrió la cabeza con la manta.

—Mary MacNab me ha contado lo que has hecho con la señora Kirby —comentó Jenny mientras tomaba un sorbo—. Lástima que me lo haya perdido. Dice Mary que esa vieja bruja ha estado a punto de tragarse la lengua cuando te ha oído.

Jamie sonrió como respuesta, dando suaves palmadas en la espalda del bebé, que descansaba sobre su hombro, profundamente dormido. Su cuerpecito, inerte como un jamón sin hueso, era un peso blando y reconfortante.

—Lástima que no lo hiciera. ¿Cómo haces para soportar a esa mujer bajo tu mismo techo? Yo la estrangularía si la tuviera en mi casa todos los días.

Su hermana resopló y cerró los ojos, echando la cabeza atrás para que el whisky descendiera por su garganta.

—Ah, la gente te molesta hasta donde se lo permites. Y yo no le permito mucho. De cualquier modo —añadió abriendo los ojos—, no me disgustaría librarme de ella. Estoy pensando colocársela al viejo Kettrick, el de Broch Mordha. El año pasado perdió a su esposa y a su hija; necesitará que alguien lo atienda.

—Sí, pero si yo fuera Samuel Kettrick, me quedaría con la viuda de Murray, no con la de Kirby —observó Jamie.

—Peggy Murray ya está colocada —le aseguró su hermana—. En la primavera se casará con Duncan Gibbons.

—Duncan se ha movido deprisa —comentó un poco sorprendido. Entonces se le ocurrió algo y sonrió—. ¿Alguno de los dos lo sabe?

—No —respondió ella devolviéndole la sonrisa. Luego el gesto se esfumó en una mirada especulativa—. A menos que tú también estés pensando en Peggy.

—¿Yo? —Jamie dio un respingo, como si ella acabara de sugerir que él deseaba saltar por la ventana de un segundo piso.

—Sólo tiene veinticinco años —insistió Jenny—. Puede tener más hijos. Y es buena madre.

—¿No has bebido demasiado whisky? —Su hermano se inclinó hacia delante y fingió examinar el nivel de la licorera sujetando la cabeza del bebé con una mano para evitar que se tambaleara. Luego se enderezó y miró a su hermana con una leve exasperación—. ¡Estoy viviendo en una cueva, como un animal, y a ti se te ocurre que tome esposa! —De pronto se sentía vacío por dentro. Para evitar que ella se diera cuenta de que la sugerencia le había incomodado, se levantó y se paseó por la habitación emitiendo pequeños e innecesarios murmullos al bebé que tenía entre los brazos.

—¿Cuánto tiempo hace que no te acuestas con una mujer, Jamie? —preguntó su hermana en tono coloquial.

Se volvió a mirarla, estupefacto.

—¿Cómo puedes preguntarle eso a un hombre?

—No has estado con ninguna de las solteras que viven en Lallybroch y Broch Mordha —continuó ella sin prestarle atención—. Me habría enterado. Y creo que tampoco con ninguna de las viudas. —Hizo una delicada pausa.

—Sabes perfectamente que no —respondió con sequedad mientras sentía que se le sonrojaban las mejillas de fastidio.

—¿Por qué no? —preguntó Jenny sin rodeos.

—¡Cómo que «por qué no»! —La miraba con la boca entreabierta—. ¿Has perdido el juicio? ¿O me crees capaz de escabullirme de casa en casa, acostándome con toda mujer que no me expulse a escobazos?

—Como si alguna fuera a expulsarte. No, Jamie. Eres un hombre bueno. —Jenny sonrió con cierta tristeza—. No te aprovecharías de ninguna mujer. Primero tendrías que casarte, ¿no?

—¡No! —exclamó él, violento. El bebé se retorció con un murmullo somnoliento. Automáticamente, lo trasladó al otro hombro sin dejar de darle palmaditas mientras fulminaba a su hermana con los ojos—. No pienso casarme de nuevo, así que puedes olvidar esas ideas casamenteras, Jenny Murray. No quiero saber nada de eso, ¿me oyes?

—Te oigo, sí —dijo sin perturbarse. Y se retrepó un poco más en la almohada para mirarlo a los ojos—. ¿Piensas vivir como los monjes hasta el fin de tus días? ¿Irte a la tumba sin un hijo que te entierre y que bendiga tu nombre?

—¡Ocúpate de tus cosas, maldita seas! —Con el corazón acelerado, él le volvió la espalda para dirigirse a la ventana. Allí se quedó mirando sin ver el patio de los establos.

—Sé que aún lloras por Claire —sonó a su espalda, suavemente, la voz de su hermana—. ¿Crees que yo podría olvidar a Ian si no regresara? Pero es hora de que sigas adelante, Jamie. Claire no querría que te pasaras la vida solo, sin nadie que te consuele y te dé hijos.

Esperó un buen rato antes de contestar. Se quedó allí plantado sintiendo el dulce calor que emanaba de la pequeña cabeza llena de rizos que tenía pegada al cuello. Podía ver su imagen borrosa reflejada en el vaho del cristal: un hombre alto, sucio y desgarbado sosteniendo un incoherente fardo blanco bajo un rostro sombrío.

—Ella estaba encinta —murmuró él, por fin, hablando con su propio reflejo en el vidrio empañado—. Cuando se... Cuando la perdí.

¿De qué otro modo podía decirlo? No había manera de explicar a su hermana dónde estaba Claire, o dónde esperaba que estuviera. De explicarle que no podía pensar en otra, con la esperanza de que estuviera con vida, aun sabiendo que la había perdido para siempre.

Tras un largo silencio, por fin, Jenny preguntó en voz baja:

—¿Por eso has venido hoy?

Él suspiró y se volvió a medias apoyando la cabeza sobre el cristal frío. Su hermana estaba recostada con la melena suelta extendida sobre la almohada y lo observaba con ternura.

—Tal vez sí. Ya que no pude ayudar a mi esposa, he pensado que podría ayudarte a ti. En realidad, no he podido —añadió con cierta amargura—. Para ti soy tan inútil como lo fui para ella.

Jenny le alargó una mano, llena de aflicción.

—Jamie, *mo chridhe*... —Pero se interrumpió con los ojos dilatados por una súbita alarma: desde abajo llegaban gritos y ruido de madera astillada—. ¡Virgen santa! —dijo palideciendo aún más—. ¡Son los ingleses!

—Dios mío. —Era tanto una plegaria como una exclamación de sorpresa. Jamie echó sendos vistazos a la cama y a la ventana, calculando las posibilidades de esconderse y las de escapar. El ruido de botas ya se oía en la escalera.

—¡El armario, Jamie! —susurró su hermana con urgencia.

Sin vacilar, entró en el ropero y cerró tras de sí.

Un momento después se abrió violentamente la puerta de la alcoba. Su vano se llenó con una silueta de chaqueta roja y sombrero ladeado que sostenía una espada desenvainada. El capitán de dragones hizo una pausa, recorriendo la habitación con la mirada; por fin la fijó en la cama.

—¿La señora Murray? —preguntó.

Jenny hizo un esfuerzo por erguir la espalda.

—Soy yo. ¿Y qué demonios hace usted en mi casa? —interpeló. Estaba pálida, con la cara brillante por el sudor y los brazos trémulos, pero mantenía la cabeza erguida y la mirada aguda—. ¡Salga de aquí!

Sin prestarle atención, el hombre entró en el cuarto para acercarse a la ventana. Jamie vio pasar su forma borrosa junto a la esquina del ropero; luego reapareció de espaldas a él, dirigiéndose a Jenny.

—Uno de mis exploradores ha informado que había oído un disparo en las cercanías de esta casa no hace mucho rato. ¿Dónde están sus hombres?

—No tengo ninguno. —Los brazos temblorosos ya no la sostenían más. Jamie vio que su hermana se dejaba caer sobre las almohadas—. Ya se han llevado ustedes a mi esposo, y mi hijo mayor tiene apenas diez años. —No mencionó a Rabbie ni a Fergus, que ya tenían edad suficiente para ser tratados (o maltratados) como hombres si al capitán se le ocurría. Era de esperar que hubieran puesto pies en polvorosa en cuanto divisaron a los ingleses.

El capitán era un hombre curtido, de edad madura, poco dado a la credulidad.

—En las Highlands tener armas es delito grave —dijo volviéndose hacia el soldado que había entrado tras él—. Revisen la casa, Jenkins.

Tuvo que levantar la voz para dar esa orden, pues en la escalera la conmoción iba en aumento. Jenkins giró para salir de la habitación, pero en aquel momento entró la señora Innes, la partera, pasando violentamente junto al soldado que trataba de cerrarle el paso.

—¡Dejen en paz a la pobre señora! —exclamó enfrentándose al capitán con los puños apretados junto al cuerpo. Le temblaba la voz y se le estaba deshaciendo el moño, pero se mantuvo firme—. ¡Salgan de aquí, condenados, y déjenla en paz!

—No estoy maltratando a tu señora —dijo el capitán con cierta irritación; era obvio que había tomado a la señora Innes por una de las criadas—. Sólo vengo a...

—¡No hace todavía una hora que ha dado a luz! ¡No es decente siquiera que la miren, mucho menos que...!

—¿Que ha dado a luz? —La voz del capitán se hizo más aguda. Con súbito interés, su mirada pasó de la partera a la cama—. ¿Ha alumbrado usted a un niño, señora Murray? ¿Dónde está la criatura?

La criatura en cuestión se removió dentro de sus envolturas, perturbada por la mano tensa de su horrorizado tío. Desde las profundidades del ropero, Jamie podía ver la cara de su hermana, blanca hasta los labios, inmóvil como una piedra.

—La criatura ha muerto —dijo.

La comadrona abrió la boca, espantada. Por suerte, el capitán seguía concentrado en Jenny.

—¿Sí? —dijo lentamente—. ¿Ha sido...?

—¡Mamá! —El grito de angustia venía desde la puerta. El pequeño Jamie se desprendió de las manos de un soldado para lanzarse hacia su madre—. ¿El niño ha muerto, mamá? ¡No, no!

—Sollozando, cayó de rodillas al tiempo que escondía la cara entre las sábanas.

Como llamando la atención de su hermano, el pequeño Ian dio evidencias de su estado pataleando con notable vigor contra las costillas de su tío; a continuación emitió una serie de gruñidos sofocados, que por suerte pasaron desapercibidos en el bullicio exterior.

Jenny estaba tratando de consolar al pequeño Jamie; la señora Innes hacía esfuerzos inútiles para levantarlo mientras él se aferraba con todas sus fuerzas a la manga de su madre, el capitán intentaba en vano hacerse oír por encima de los gemidos apesadumbrados del niño y, por toda la casa, vibraban los sonidos apagados de las botas y los gritos.

Jamie tuvo la impresión de que el capitán quería saber dónde se encontraba el cuerpo del recién nacido. Estrechó el cuerpo en cuestión, meciéndolo para sofocar cualquier intención de llanto. Llevó la otra mano al puñal, pero era un gesto vano; si abrían el ropero, ni siquiera cortarse el cuello le serviría de nada.

El recién nacido emitió un ruido irascible, sugiriendo que no le gustaban esas sacudidas. Jamie, que ya veía la casa en llamas y a sus habitantes masacrados, lo percibió tan potente como los angustiados aullidos de su sobrino mayor.

—¡Has sido tú! —El pequeño Jamie se había puesto en pie, abotargado por las lágrimas y la ira, y estaba avanzando hacia el capitán, con la cabeza gacha, como un pequeño carnero—. ¡Tú has matado a mi hermano, inglés de mierda!

El capitán, algo sorprendido por aquel ataque, dio un paso atrás, parpadeando.

—No, muchacho, estás muy equivocado. Caramba, si yo sólo...

—¡Bastardo! ¡Malnacido! *A mhic an diabhoil!* —Completamente fuera de sí, el pequeño Jamie iba hacia el capitán, gritando todas las obscenidades que había oído en su vida, en gaélico o en inglés.

—Eng —dijo el bebé Ian, al oído de Jamie, el mayor—. ¡Eng, eng!

Eso se parecía mucho a los preliminares de un chillido mayúsculo. En su pánico, Jamie soltó el puñal y hundió el pulgar en la suave y húmeda abertura que estaba emitiendo aquellos sonidos. Las encías desdentadas del bebé se cerraron alrededor del dedo, con una ferocidad que estuvo a punto de arrancarle una exclamación.

—¡Vete! ¡Sal de aquí! ¡Lárgate o te mato! —gritaba el joven Jamie al capitán, con la cara contraída por la cólera.

El casaca roja miró la cama con impotencia, como si tuviera la intención de pedirle a Jenny que llamase al orden a aquel pequeño granuja implacable, pero ella estaba tumbada con los ojos cerrados como si estuviera muerta.

—Esperaré a mis hombres en el piso de abajo —informó el capitán con toda la dignidad que le fue posible mostrar.

Y se retiró, cerrando apresuradamente la puerta. El pequeño Jamie, privado de su enemigo, cayó al suelo y se derrumbó en un llanto indefenso.

Por la rendija de la puerta, Jamie vio que la señora Innes miraba a Jenny, abriendo la boca para formular una pregunta. Ella se incorporó como Lázaro, con una expresión feroz, apretando un dedo contra los labios para imponer silencio. El bebé Ian se aferraba con fuerza al pulgar y rugió al saberse incapaz de extraer algún sustento. Jenny sacó los pies de la cama y se sentó a esperar. Los ruidos de los soldados resonaban y se arremolinaban por toda la casa. Jenny temblaba de debilidad, pero alargó un brazo en dirección al armario donde estaban escondidos sus dos hombres.

Jamie inspiró profundamente y se preparó. Habría que correr el riesgo; tenía la mano y la muñeca mojados de saliva y los gruñidos frustrados del bebé estaban aumentando de volumen.

Salió a tropezones del ropero, bañado en sudor, y puso al bebé en brazos de Jenny. Ella se descubrió el pecho con un solo movimiento y oprimió la cabecita contra su pezón, inclinándose hacia el bulto diminuto para protegerlo. La primera nota de un grito desapareció tras los sonidos sofocados que el pequeño hacía al mamar con energía y Jamie se sentó en el suelo de repente como si alguien le hubiera deslizado una espada por detrás de las rodillas.

El pequeño Jamie se había incorporado al ver abrirse el ropero; ahora, despatarrado contra la puerta, aturdido por la impresión, miraba alternativamente a su madre y a su tío. La señora Innes se arrodilló junto a él y le susurró al oído con urgencia, pero no se reflejó ningún signo de comprensión en su pequeña cara llena de lágrimas.

Cuando los gritos y los crujidos de arneses anunciaron la partida de los soldados, Ian hijo, ya saciado, roncaba en brazos de su madre. Jamie los vio alejarse junto a la ventana, donde no podía ser visto.

La estancia quedó en silencio a excepción del ruido líquido que procedía de la señora Innes, que estaba bebiendo whisky. El joven Jamie estaba sentado junto a su madre con la mejilla pegada a su hombro. Jenny no había levantado la mirada ni una sola vez desde que había cogido al bebé y seguía sentada inmóvil, con la cabeza agachada sobre el niño que tenía en el regazo y la cara escondida tras la melena.

Jamie dio un paso al frente y le tocó el hombro. La calidez que percibió en ella le resultó extraña, como si el gélido terror fuera su estado habitual y el contacto con otra persona fuera en parte ajeno y antinatural.

—Bajo al hoyo del cura —dijo suavemente—. Cuando oscurezca volveré a la cueva.

Jenny asintió con la cabeza, sin mirarlo. Jamie vio entonces varias canas por entre su pelo negro, brillantes trazos plateados que nacían en el centro de su cabeza.

—Creo... que no debo volver a bajar —añadió por fin—. Durante algún tiempo.

Su hermana asintió una vez más, sin decir nada.

6

Justificados ahora por su sangre

En realidad, volvió a bajar a la casa una vez más. Durante dos meses se mantuvo oculto en la cueva; casi no se atrevía ni a salir por la noche para cazar, pues los soldados ingleses estaban todavía en el distrito, acuartelados en Comar. Las tropas salían a diario, en pequeñas patrullas de ocho o diez hombres, y recorrían la campiña saqueando lo que aún quedaba y destruyendo lo que no podían utilizar. Todo con la bendición de la Corona inglesa.

Al pie de la colina donde estaba la cueva pasaba un camino. Era apenas una tosca senda que en su origen usaban los venados y que aún la empleaban a menudo, aunque tonto era el animal que se aventurara donde su olor pudiese llegar a la cueva. Aun así, de vez en cuando Jamie veía algún grupo de ciervos rojos o encontraba sus huellas frescas al día siguiente.

El camino también lo tomaban quienes tenían algo que hacer en la ladera aunque ya quedaban muy pocos. El viento soplaba desde la cueva, así que Jamie no esperaba ver ningún venado. Había estado tendido en el suelo, justo a la entrada de la caverna, donde las aliagas y los serbales dejaban pasar luz suficiente para leer en días despejados. No tenía muchos libros, pero Jared se las arreglaba para contrabandear algunos cuando enviaba regalos desde Francia.

Esta intensa lluvia me ha dado una nueva tarea, a saber: abrir un agujero en mi nueva fortificación a modo de desagüe para hacer salir el agua que, en caso contrario, me habría inundado la cueva. Después de pasar un poco más de tiempo en mi cueva y no advertir nuevas consecuencias del altercado, empecé a tranquilizarme y entonces, como necesitaba animarme con urgencia, recurrí a mi pequeña reserva y me tomé un pequeño trago de ron, cosa que hacía y hago siempre muy de tanto en tanto, consciente de que una vez que se termine ya no tendré más.

Continuó lloviendo toda la noche y gran parte del día siguiente, por lo que no pude salir. Pero como estaba más tranquilo empecé a pensar...

Unas sombras se movieron sobre la página al agitarse las matas. El instinto afinado de Jamie captó de inmediato el cambio en la dirección del viento... y con él, un sonido de voces.

Se levantó de un brinco, al tiempo que llevaba la mano al puñal del que jamás se separaba. Apenas se detuvo para dejar cuidadosamente el libro, se cogió al saliente de granito que usaba como apoyo y se izó hasta la estrecha grieta que constituía la entrada de la cueva.

El intenso reflejo de rojo y metal en el camino de abajo le sorprendió desagradablemente. Maldición. No es que temiera que alguno de los soldados se apartara de la senda (estaban mal equipados para recorrer los tramos más normales, sembrados de esponjosa turba y brezo, y mucho peor para trepar por una cuesta espinosa como aquélla) pero su presencia tan cercana le impediría salir de la cueva antes de que oscureciera, ni siquiera para buscar agua o aliviar la vejiga. Echó un rápido vistazo a la jarra de agua, aunque sabía que estaba casi vacía.

Un grito lo obligó a mirar de nuevo hacia abajo; entonces estuvo a punto de perder asidero en la roca. Los soldados se habían agrupado en torno a una pequeña silueta, encorvada bajo el peso de un pequeño tonel. Era Fergus, que subía con un barril de cerveza recién destilada. ¡Por todos los diablos! No le habría venido nada mal la cerveza; hacía meses que no la probaba.

Como el viento había vuelto a cambiar, sólo le llegaron algunas palabras sueltas; pero la pequeña silueta parecía estar discutiendo con el soldado que tenía enfrente y gesticulaba violentamente con la mano libre.

—¡Idiota! —susurró Jamie—. ¡Dales ese tonel y que se vayan, pequeño estúpido!

Uno de los soldados lanzó un par de manotazos hacia el tonel y falló: la menuda silueta morena dio un ágil salto atrás. Jamie se dio una palmada en la frente, exasperado. Fergus no podía vencer su insolencia cuando se enfrentaba a la autoridad... sobre todo si se trataba de la autoridad inglesa. Ahora se deslizaba hacia atrás, gritando algo a sus perseguidores.

—¡Tonto! —dijo Jamie, violentamente—. ¡Deja caer eso y huye!

En vez de soltar el tonel o partir corriendo, Fergus, a todas luces seguro de su propia velocidad, volvió la espalda a los soldados y les meneó el trasero de una manera insultante. Irritados hasta el punto de arriesgarse a pisar aquella vegetación pantanosa, varios de los casacas rojas brincaron fuera del camino para perseguirlo.

Jamie vio que el jefe levantaba un brazo y gritaba una advertencia. Por lo visto, había comprendido que Fergus podía ser un cebo, enviado para llevarlos a una emboscada. Pero Fergus también estaba gritando. Al parecer, los soldados entendían bastante bien su francés de albañal pues, aunque varios de los hombres se detuvieron ante el grito del jefe, cuatro de los soldados se arrojaron contra el muchacho bailarín.

Hubo un forcejeo y nuevos gritos; Fergus se escurrió como una anguila entre los soldados. Con toda aquella conmoción y entre los gemidos del viento, era imposible que Jamie oyera el susurro del sable al salir de su vaina. Sin embargo, le quedaría grabado que lo había oído, como si el leve sonido del metal hubiera sido la primera indicación del desastre. Parecía resonar en sus oídos cada vez que recordaba la escena. Y la recordaría durante muchísimo tiempo.

Tal vez fue por la actitud de los soldados, una irritación que se percibía hasta en la cueva. Tal vez sólo por la sensación de fatalidad que no lo abandonaba desde la batalla de Culloden como si todo lo que lo rodeaba fuera una amenaza y un riesgo sólo por estar a su vera. Fuese cierto o no que había oído el sonido del sable, su cuerpo estaba listo para saltar cuando vio el arco plateado de la hoja que hendía el aire.

Se movía casi con pereza, con lentitud suficiente para que su cerebro calculara su dirección, dedujera el blanco y gritara, sin palabras: «¡No!» Sin duda se movió con tanta lentitud que habría podido arrojarse sobre los hombres arracimados, sujetar la muñeca que blandía el sable y retorcerla hasta que la mortífera hoja de metal cayese, inofensiva, al suelo.

La parte consciente de su cerebro le dijo que era una tontería y mantuvo sus manos petrificadas alrededor del saliente de granito, obligándolas a resistir el sobrecogedor impulso de salir de la cueva y echar a correr.

«No puedes —le dijo un susurro imperceptible bajo la furia y el horror que lo colmaban—. Él ha hecho esto por ti; no puedes vaciarlo de sentido. No puedes —repetía, frío como la muerte bajo la ardorosa oleada que lo sofocaba—. No puedes hacer nada.»

Y no hizo nada. Sólo observó mientras la hoja completaba su perezosa curva y alcanzaba el blanco con un ruido sordo, casi intrascendente, y el tonel en disputa caía dando tumbos por la cuesta del arroyo. Su zambullida final se perdió en el gorgoteo alegre del agua parda, mucho más abajo.

Los gritos cesaron de pronto y sobrevino el silencio. Apenas fue consciente de la reaparición de los gritos porque el sonido se parecía demasiado al bramido que zumbaba en sus oídos. Se le aflojaron las rodillas y comprendió vagamente que iba a desmayarse. Su visión se convirtió en un negro rojizo, sembrado de estrellas y bandas de luz. Pero ni siquiera la sombra que avanzaba pudo borrar la visión final de la mano de Fergus, su mano pequeña y diestra de astuto carterista, en el lodo del camino, con la palma vuelta hacia arriba en un gesto de súplica.

Aguardó durante cuarenta y ocho largas e interminables horas, hasta que oyó el silbido de Rabbie MacNab en el sendero, debajo de la cueva.

—¿Cómo está? —preguntó sin rodeos.

—La señora Jenny dice que se curará —respondió Rabbie. Su cara juvenil estaba pálida y ojerosa; era obvio que aún no se había repuesto de la impresión recibida por el accidente de su amigo—. Dice que no tiene fiebre y que no hay señales de gangrena en el... —Tragó saliva audiblemente—. En el... muñón.

—¿Así que los soldados lo llevaron hasta la casa? —Sin esperar respuesta, Jamie iba ya colina abajo.

—Sí, me dio la impresión de que estaban muy nerviosos. —Rabbie se detuvo para desenredar la camisa de una zarza. Luego tuvo que darse prisa para alcanzar a su patrón—. Creo que lo lamentaban. Al menos, eso fue lo que dijo el capitán. Y dio un soberano de oro a la señora Jenny... para Fergus.

—¿Ah, sí? —comentó Jamie—. Qué generoso.

No volvió a hablar hasta que llegaron a la casa.

Habían acostado a Fergus con gran pompa en la habitación de los niños, en una cama junto a la ventana. Al entrar, Jamie lo encontró con los ojos cerrados y las largas pestañas apoyadas suavemente sobre las mejillas flacas. Desprovista de la animación habitual, las muecas y las poses, su cara parecía diferente. La nariz algo ganchuda sobre la boca larga y movediza le daba un aire un tanto aristocrático; los huesos que se endurecían bajo la piel parecían anunciar que, al perder el encanto juvenil, aquel rostro sería hermoso.

Cuando Jamie avanzó hacia la cama, las pestañas oscuras se elevaron de inmediato.

—Milord —dijo Fergus. Una débil sonrisa devolvió de inmediato a sus facciones el aspecto familiar—. ¿Está usted seguro aquí?

—Por Dios, hijo, lo siento. —Jamie se dejó caer de rodillas junto a la cama. Apenas soportaba mirar el delgado antebrazo que yacía sobre el edredón, con la frágil muñeca vendada que terminaba en nada, pero se obligó a estrecharle un hombro a modo de saludo y a frotarle el abundante pelo oscuro—. ¿Duele mucho?

—No, milord —dijo Fergus. De pronto le cruzó las facciones un traicionero gesto de dolor. Sonrió avergonzado—. Bueno, no mucho. Y madame ha sido muy generosa con el whisky.

Había un vaso lleno en la mesita de noche, pero sólo había bebido unas gotas. Fergus estaba acostumbrado al vino francés y en realidad no le gustaba demasiado el sabor del whisky.

—Lo siento —repitió Jamie. No había otra cosa que decir. Ni siquiera podía hablar, por el nudo que tenía en la garganta. Se apresuró a bajar la vista, sabiendo que Fergus se pondría nervioso si lo veía llorar.

—Ah, milord, no se preocupe. —En la voz de Fergus había algo de su antiguo deje travieso—. He tenido suerte.

Jamie tragó saliva con dificultad antes de replicar.

—Sí, porque estás vivo, gracias a Dios.

—¡Oh, por más que eso, milord!

Al levantar la cabeza vio sonreír al muchacho, aunque seguía muy pálido.

—¿No recuerda nuestro acuerdo, milord?

—¿Nuestro acuerdo?

—Sí, cuando me cogió a su servicio, en París. Me prometió que, si era arrestado y ejecutado, haría usted decir misas por mi alma durante todo un año. —La única mano revoloteó hacia la maltrecha medalla verdosa que le pendía del cuello: san Dimas, santo patrono de los ladrones—. Pero si perdía una mano o una oreja estando a su servicio...

—... te mantendría durante el resto de tu vida. —Jamie no sabía si reír o llorar. Se contentó con dar una palmadita a la mano que ahora yacía sobre el cobertor, muy quieta—. Lo recuerdo, sí. Y puedes confiar en que cumpliré el trato.

—Oh, siempre he confiado en usted, milord —le aseguró Fergus. Era obvio que se estaba fatigando; las mejillas estaban aún más pálidas y el pelo negro caía hacia atrás, sobre la almohada—. Así que tengo suerte —murmuró, todavía sonriente—. De golpe me he convertido en un caballero ocioso, *non?*

Cuando salió de la habitación, Jenny lo estaba esperando.

—Baja conmigo al hoyo del cura —le pidió cogiéndola por el codo—. Necesito hablar contigo y no quiero estar mucho tiempo a la vista.

Ella lo siguió sin hacer comentarios al vestíbulo trasero que separaba la cocina de la despensa. En las lajas del suelo había un gran panel de madera con agujeros que parecía cementado en el suelo de piedra. Teóricamente, servía para ventilar el sótano, al que se llegaba por una puerta exterior; en realidad, si alguna persona suspicaz decidía investigar, aquel panel era visible desde el depósito del sótano.

Lo que no se veía era que los agujeros brindaban también aire y luz a un cuarto secreto, construido detrás del depósito, al que se podía descender retirando el panel, con su marco cementado y todo, para descubrir una breve escalerilla que conducía a la diminuta estancia.

No tenía más de metro y medio por metro y medio de lado y en ella no había más mobiliario que un rudimentario banco, una manta y una bacinilla. El equipamiento de la estancia lo completaban una gran jarra de agua y una caja pequeña de galleta náutica. En realidad, la estancia había sido anexionada a la casa durante aquellos últimos años y por tanto no era un verdadero «hoyo de cura», porque jamás había habitado allí ningún cura ni parecía muy probable que sucediera. Pero sí que era un hoyo en definitiva.

Allí sólo cabían dos personas, si se sentaban juntas en el único banco. Jamie se acomodó junto a su hermana en cuanto hubo reemplazado el panel y bajado la escalerilla. Permaneció inmóvil un segundo. Luego tomó aliento.

—No aguanto más —dijo. Hablaba en voz tan baja que Jenny se vio obligada a inclinar la cabeza para oír, como el cura al recibir la confesión de un penitente—. No puedo. Tengo que irme.

Se habían sentado tan juntos que podía sentir los movimientos de su pecho al respirar. Entonces ella le cogió de la mano, estrechándosela fuertemente con sus dedos pequeños y firmes.

—¿Intentarás otra vez ir a Francia?

Jamie había tratado de huir a Francia dos veces, y los dos intentos se habían visto frustrados por la estrecha vigilancia que los ingleses mantenían en todos los puertos. No había disfraz suficiente para un hombre de su estatura y su color de pelo.

Negó con la cabeza.

—No. Voy a dejar que me capturen.

—¡Jamie! —En su agitación, Jenny alzó la voz por un momento; luego volvió a bajarla, respondiendo al apretón de advertencia de su hermano—. No puedes hacer eso, Jamie —dijo más flojo—. ¡Por Dios, te ahorcarían!

Él mantenía la cabeza gacha, como si estuviera pensando, pero la movió de lado a lado sin vacilar.

—No lo creo. —Lanzó una rápida mirada a su hermana—. Claire... era vidente. —Pensó que era tan buena explicación como cualquiera aunque no fuese la verdad—. Ella vio lo que sucedería en Culloden; lo sabía. Y me dijo lo que pasaría después.

—Ah —murmuró Jenny suavemente—. Me lo imaginaba. Por eso me hizo plantar patatas... y construir este lugar.

—Sí. —Estrechó la mano de su hermana antes de soltarla y se volvió en el estrecho asiento para mirarla—. Me dijo que la Corona pasaría algún tiempo persiguiendo a los traidores jacobitas... y así es —añadió irónico—. Pero que después de los primeros años ya no ejecutarían a los capturados; sólo irían a prisión.

—¡Sólo! —repitió ella—. Si quieres huir, Jamie, vete a los brezales. Pero entregarte para ir a una cárcel inglesa, te ahorquen o no...

—Espera —la interrumpió apoyándole una mano en el brazo—. Todavía no te lo he dicho todo. No pienso presentarme ante los ingleses y rendirme sin más. Han puesto un buen precio a mi cabeza, ¿no? Sería una pena malgastarlo, ¿no te parece?

Trató de imponer una sonrisa en su voz; ella, al percibirla, levantó de golpe la vista.

—Madre de Dios —susurró—. ¿Quieres que alguien te traicione?

—Sí, aparentemente. —Había decidido el plan en la soledad de la cueva, pero sólo ahora parecía real—. Tal vez Joe Fraser sea el más indicado.

Jenny se frotó los labios con el puño. Él comprendió que había captado la idea de inmediato... con todas sus implicaciones.

—Pero aunque no te ahorquen en el acto, Jamie... —susurró—, es un riesgo infernal... ¡Te podrían matar al capturarte!

De pronto Jamie dejó caer los hombros empujados por el peso del sufrimiento y el cansancio.

—Por Dios, mujer, ¿crees que me importa?

Hubo un largo silencio hasta que ella dijo:

—No, creo que no. Y tampoco te lo puedo reprochar. —Hizo una pausa para afirmar la voz—. Pero me importa a mí. —Le acarició suavemente el pelo de la nuca con los dedos—. Cuídate, ¿quieres, grandísimo bobo?

El panel de ventilación se oscureció y oyeron un ruido de pasos ligeros. Probablemente una de las criadas, rumbo a la despensa. Luego regresó la luz escasa y la cara de Jenny volvió a ser visible.

—Sí —murmuró él por fin—. Me cuidaré.

Tardaron más de dos meses en arreglarlo todo. Cuando al fin llegó la noticia era primavera.

Él estaba sentado en su roca favorita, cerca de la entrada a la cueva, contemplando las primeras estrellas. Incluso en los peores tiempos, en el año siguiente a Culloden, había encontrado un instante de paz en aquel momento del día. Al esfumarse la luz diurna, era como si los objetos se iluminaran de forma difusa desde el interior, recortándose en el cielo o la tierra, perfectos y nítidos en todos sus detalles. Vio la silueta de una polilla, invisible a la luz del sol, iluminada por el crepúsculo, con un triángulo de sombra más intensa que la destacaba sobre el tronco en que se ocultaba. En un segundo alzaría el vuelo.

Oteó el valle tratando de aguzar la vista hasta los pinos negros que bordeaban el lejano acantilado. Luego levantó los ojos en dirección a las estrellas. Identificó a Orión cruzando majestuosa el horizonte, y también las Pléyades, apenas visibles en el cielo oscurecido. Quizá fuera la última vez que viese el cielo durante algún tiempo y estaba decidido a disfrutarlo. Pensó en la cárcel, en barrotes, cerraduras y sólidos muros, y recordó el Fuerte William. La prisión de Wentworth. La Bastilla. Muros de piedra de metro y medio de ancho que bloqueaban el paso del aire y de la luz. Suciedad, hedor, hambre, sepultura...

Alejó esos pensamientos de su mente. Ya había elegido su camino y estaba complacido con la decisión. Y, sin embargo, siguió mirando el cielo en busca de Tauro. No es la constelación más bonita, pero era la suya. Había nacido bajo el signo del toro y era terco y fuerte. Esperaba que lo bastante fuerte para hacer lo que pretendía.

Entre los crecientes sonidos de la noche se oyó un silbido agudo. Podía haber sido el reclamo de un zarapito en el lago, pero reconoció la señal. Alguien venía por el sendero: un amigo.

Era Mary MacNab, que trabajaba como criada en Lallybroch desde la muerte de su esposo. Por lo general, quienes venían eran su hijo Rabbie o Fergus, que le traían comida y noticias, pero ella también había subido algunas veces.

Traía una cesta mejor provista que de costumbre: una perdiz asada fría, pan fresco, varias cebollas tiernas, un puñado de cerezas tempranas y una botella de cerveza. Después de examinar aquel don del cielo, Jamie levantó la vista con una sonrisa irónica.

—Mi festín de despedida, ¿eh?

Ella asintió en silencio. Era una mujer menuda, de pelo oscuro veteado de gris, arrugada por las dificultades de la vida. Aun así mantenía la suavidad de sus ojos pardos y los labios llenos, dulcemente curvados. Entonces cayó en la cuenta de que le estaba mirando fijamente la boca y apartó la vista hacia el cesto.

—Caramba, quedaré tan harto que no podré moverme. ¡Hasta un pastel! ¿Cómo os las habéis arreglado?

Ella se encogió de hombros (no era muy conversadora) y se hizo cargo del cesto para disponer la comida en la mesa: una tabla de madera en equilibrio sobre unas piedras. Puso cubiertos para los dos. Eso no era nada fuera de lo común: otras veces había cenado con él para contarle los chismes de la zona mientras comían. Aun así, siendo su última comida antes de abandonar Lallybroch, le sorprendió que ni su hermana ni los muchachos hubieran venido a compartirla. Quizá tuvieran alguna visita en la granja que les hubiese dificultado salir sin que nadie se diera cuenta.

Con un gesto cortés, le indicó que se sentara la primera. Luego ocupó su sitio, cruzando las piernas en el duro suelo de tierra.

—¿Habéis hablado con Joe Fraser? ¿Dónde ha de ser? —preguntó mientras daba un mordisco a la perdiz.

Ella le contó los detalles del plan; traerían un caballo antes del alba para que él saliera del estrecho valle utilizando el desfiladero. Luego cruzaría el rocoso pie de las colinas para descender al valle del arroyo Feesyhant, como si estuviera volviendo a su casa. Los ingleses le saldrían al encuentro en algún punto entre Struy y Eskadale; quizá en Midmains, que era buen lugar para una emboscada pues la cañada se elevaba empinada a ambos lados, pero junto al río se abría un claro arbolado donde se podrían ocultar varios hombres.

Después de comer, ella guardó pulcramente las cosas en el cesto, dejando lo suficiente para un pequeño desayuno antes de la partida. Contra lo que Jamie esperaba, no se fue. Sacó la ropa de cama de la grieta donde él la guardaba y la extendió en el suelo. Luego se arrodilló junto al jergón, con las manos cruzadas en el regazo.

Él se reclinó en la pared de la caverna, cruzado de brazos, y clavó una mirada de exasperación en aquella cabeza inclinada.

—Conque así son las cosas, ¿no? —acusó—. ¿De quién ha sido la idea, tuya o de mi hermana?

—¿Qué importancia tiene? —replicó ella muy compuesta. Tenía las manos calmas sobre el regazo y la melena oscura bien recogida dentro de una redecilla.

Él negó con la cabeza y se agachó para ponerla en pie.

—No, no importa, porque no va a ocurrir. Te agradezco la intención, pero...

Ella lo interrumpió con un beso. Sus labios eran tan tiernos como parecían. Jamie la sujetó con firmeza por ambas muñecas y la apartó.

—No —dijo—. No es necesario y no quiero hacerlo.

Tenía la incómoda sensación de que su cuerpo no estaba en absoluto de acuerdo con aquel comentario. Más incómodo aún lo ponía saber que sus pantalones, demasiado estrechos y gastados, hacían evidente la magnitud de aquel desacuerdo para quien quisiera mirar. La leve sonrisa de aquellos labios sugirió que estaba mirando.

La hizo girar hacia la entrada y le dio un leve empujón. Ella respondió echándose a un lado y alargando la mano hacia atrás, buscando los lazos de la falda.

—¡No hagas eso! —exclamó Jamie.

—¿Cómo va usted a impedirlo? —preguntó Mary quitándose la prenda. La dobló con mimo sobre el único banquillo. Posó sus estilizados dedos sobre los cordones de su corsé.

—Si no te vas, tendré que hacerlo yo —replicó decidido. Y giró sobre sus talones. Cuando se dirigía hacia la entrada de la cueva, la oyó decir desde atrás:

—¡Milord!

Se detuvo, pero sin girarse.

—No es correcto que me llames así.

—Lallybroch es suyo y lo será mientras usted viva. Si es usted el señor, así debo llamarle.

—No es mío. La finca pertenece al pequeño Jamie.

—No es el pequeño Jamie quien hace lo que está usted haciendo —replicó ella, decidida—. Y no ha sido su hermana quien me ha pedido que hiciera esto. Dese la vuelta.

Se giró de mala gana. Mary estaba descalza y en camisa, con el pelo suelto sobre los hombros. Estaba tan delgada como todos, pero tenía los pechos más grandes de lo que había pensado y los pezones se revelaban, prominentes, bajo la fina tela. La camisa estaba tan raída como sus otras prendas, tenía el dobladillo y los hombros ajados, casi translúcida en algunos puntos. Él cerró los ojos.

Sintió un leve contacto en el brazo y se obligó a permanecer inmóvil.

—Sé muy bien lo que está usted pensando —dijo ella—. Vi a su señora y sé cómo eran las cosas entre ustedes dos. Yo nunca tuve eso —añadió en voz más baja— con ninguno de los dos hombres que me desposaron. Pero sé distinguir el verdadero amor. Y no es mi intención hacerle sentir que ha traicionado el suyo.

El contacto, ligero como una pluma, pasó a su mejilla; un pulgar endurecido por el trabajo siguió el surco entre la nariz y la boca.

—Lo que quiero —continuó ella— es darle algo diferente. Algo inferior, tal vez, pero que le sea a usted útil; algo que le conserve íntegro. Su hermana y los niños no pueden dárselo, pero yo sí.

Jamie oyó cómo tomaba aliento. El roce desapareció de su rostro.

—Me ha dado usted mi hogar, mi vida y mi hijo. ¿Por qué no permitir que yo pueda darle a usted a cambio esta pequeñez?

Notó que las lágrimas asomaban a sus ojos. La ligera caricia se desplazó por su rostro, le limpió la humedad de los ojos y atusó el desorden de su pelo. Levantó los brazos hacia delante muy despacio. Ella se entregó a su abrazo con la misma pulcritud y sencillez con la que había puesto la mesa y preparado la cama.

—Yo... hace mucho tiempo que no lo hago —apuntó él, súbitamente tímido.

—Tampoco yo —dijo ella con una leve sonrisa—. Pero ya recordaremos cómo se hace.

TERCERA PARTE

Cuando soy tu cautivo

7

Fe en los documentos

Inverness
25 de mayo de 1968

El sobre de Linklater llegó con el correo de la mañana.
—¡Mira qué gordo es! —exclamó Brianna—. ¡Ha enviado
algo! —La punta de su nariz estaba enrojecida por el entusiasmo.
—Eso parece —reconoció Roger.
Aunque mantenía la serenidad exterior, vi latir el pulso en
su cuello. Cogió el abultado sobre y lo sopesó con las manos.
Luego rasgó la solapa sin miramientos y sacó un fajo de páginas
fotocopiadas. La carta adjunta salió volando. La recogí del suelo
y la leí en voz alta y algo trémula:

Apreciado doctor Wakefield:
  He recibido su consulta sobre la ejecución de oficiales
jacobitas por las tropas del duque de Cumberland, tras la batalla de Culloden. La principal fuente que cito en el libro al que
usted hace referencia es el diario privado de un tal lord Melton,
al mando de un regimiento de infantería a las órdenes de Cumberland cuando se produjo la batalla de Culloden. Adjunto fotocopias de las páginas pertinentes de ese diario; como usted
verá, la historia del superviviente, un tal James Fraser, es extraña y conmovedora. Fraser no es un personaje histórico importante y no interesa para mi propia obra, pero a menudo he pensado en investigar algo más, con la esperanza de determinar qué
suerte corrió al fin. Si usted descubriera que sobrevivió al viaje
hacia su propia finca, le agradecería que me lo comunicara.
Siempre he tenido la esperanza de que así fuera, aunque su situación, tal como la describe Melton, lo hace muy improbable.
  Lo saluda sinceramente,

Eric Linklater

El papel tembló entre mis manos y lo dejé sobre el escritorio con cuidado.

—Muy improbable, ¿eh? —dijo Brianna poniéndose de puntillas para mirar sobre el hombro de Roger—. ¡Ja! Él regresó a casa. Eso lo sabemos.

—Creemos que así fue —corrigió Roger. Pero lo hacía sólo por cautela de erudito. Su sonrisa era tan amplia como la de Brianna.

—¿Vais a tomar té o cacao antes del almuerzo? —La cabeza morena y rizada de Fiona asomó por la puerta del estudio, interrumpiendo el entusiasmo—. Tengo bizcochos de jengibre recién sacados del horno. —El aroma a jengibre caliente se coló en el estudio junto a ella y flotó embriagador desde su delantal.

—Té, por favor —dijo Roger.

Al mismo tiempo, Brianna decía:

—Oh, cacao, perfecto.

Fiona, muy ufana, empujó la mesa rodante, en la que traía a la vez una tetera y una jarra de cacao junto con la fuente de bizcochos.

Por mi parte, acepté una taza de té y me instalé en la poltrona, con las páginas del diario de Melton. La fluida escritura dieciochesca era sorprendentemente clara a pesar de su léxico arcaico, y en pocos minutos me adentré en los confines de la granja de Leanach imaginando el zumbido de las moscas, el trasiego de los cuerpos hacinados y el punzante hedor a sangre empapando la suciedad del suelo.

«...para satisfacer la deuda de honor de mi hermano, no pude menos que respetar la vida de Fraser. Por lo tanto, omití su nombre de la lista de traidores ejecutados en la granja y he dispuesto que se le transporte hasta su propia finca. No me siento del todo piadoso al obrar así, ni tampoco del todo culpable con respecto a mis obligaciones para con el duque, pues la situación de Fraser, que tiene una gran herida purulenta en la pierna, hace muy difícil que pueda sobrevivir al viaje hasta su casa. Aun así, el honor me impide actuar de otro modo. Reconozco que se me alegró el espíritu al ver que el hombre era retirado del sitio aún con vida, mientras yo dedicaba mi atención a la melancólica tarea de sepultar los cadáveres de sus camaradas. Me aflige la matanza que he visto en estos dos últimos días.» La entrada concluía sin más.

Apoyé las páginas en mi rodilla, tragando saliva con dificultad. «Una gran herida purulenta...» Yo sabía mejor que Roger y Brianna lo grave que habría sido esa lesión, sin antibióticos, sin un tratamiento médico adecuado, sin ni siquiera los vulgares emplastos de hierbas de que disponían por entonces los curanderos de las Highlands. ¿Cuánto habría tardado en trasladarse de Culloden a Broch Tuarach dando tumbos en un carro? ¿Dos días? ¿Tres? ¿Cómo pudo sobrevivir en tal estado y desatendido durante tanto tiempo?

—Pero llegó. —La voz de Brianna interrumpió mis pensamientos, respondiendo a una idea similar expresada por Roger. Hablaba con sencilla seguridad, como si hubiera presenciado todos los acontecimientos descritos en el diario de Melton y estuviera segura de su resultado—. Llegó. Él era el Gorropardo; estoy segura.

—¿El Gorropardo? —Fiona, que chasqueaba la lengua al ver intacta mi taza de té, ya fría, la miró con sorpresa por encima del hombro—. ¿Has oído hablar del Gorropardo?

—¿Tú sí? —Roger miraba a su joven ama de llaves con aire atónito.

Ella asintió, vaciando tranquilamente mi taza en el tiesto de la aspidistra, para llenarla otra vez con té recién hecho.

—Oh, sí. Mi abuelita me contó muchas veces esa historia.

—¡Cuéntanosla! —Brianna se inclinó hacia delante, muy atenta, con el cacao entre las manos—. ¡Por favor, Fiona! ¿Cómo es esa historia?

La muchacha pareció algo sorprendida al convertirse súbitamente en el centro de tanta atención, pero se encogió de hombros, bien dispuesta.

—Bueno, es sólo la historia de un seguidor del príncipe Carlos. En la gran derrota de Culloden murieron muchos, pero unos cuantos escaparon. Un hombre huyó del campo de batalla y cruzó el río a nado para escapar, pero los ingleses lo persiguieron. En el camino entró en una iglesia donde estaban celebrando un oficio e imploró misericordia al sacerdote. Como el cura y la gente se compadecieron de él, el hombre se puso las vestiduras del ministro. Cuando irrumpieron los ingleses, momentos después, él estaba en pie en el púlpito, predicando su sermón, con un charco entre los pies por el agua que le chorreaba de la barba y la ropa. Los ingleses supusieron que se habían equivocado y continuaron su camino, así que el hombre escapó. ¡Y en la iglesia todos dijeron que nunca habían escuchado un sermón tan bueno! —Fiona rió con ganas mientras Brianna fruncía el ceño y Roger ponía cara de desconcierto.

—¿Ése era el Gorropardo? —se extrañó—. Yo creía que...

—¡Oh, no, no era ése! El Gorropardo fue otro de los hombres que escaparon de Culloden. Volvió a su propia finca, pero como los *sassenachs* estaban persiguiendo a los hombres en todas las Highlands, pasó siete años escondido en una cueva.

Al oír eso, Brianna se dejó caer contra el respaldo, lanzando un suspiro de alivio.

—Y sus arrendatarios lo llamaban Gorropardo para no traicionarlo pronunciando su nombre —murmuró.

—¿Conoces la historia? —preguntó Fiona, estupefacta—. Así era, sí.

—¿Y tu abuela te contó lo que le sucedió después? —la instó Roger.

—¡Oh, sí! —Fiona abrió unos ojos como platos—. Ésa es la mejor parte. Resultó que después de Culloden hubo una terrible hambruna; la gente se moría de hambre en las cañadas; en pleno invierno los sacaban de sus casas, fusilaban a los hombres y prendían fuego a sus cabañas. Los arrendatarios del Gorropardo se las arreglaron mejor que la mayoría, pero aun así llegó el día en que se acabó la comida y la panza les resonaba de la mañana a la noche; no había caza en el bosque ni cereales en los campos; los bebés morían en brazos de sus madres por falta de leche para alimentarlos.

Al oír aquellas palabras me recorrió un escalofrío. Vi a los habitantes de Lallybroch, personas a las que yo había amado, demacradas por el frío y el hambre. No era sólo espanto lo que me llenaba, sino también culpa. Yo me había encontrado a salvo, abrigada y bien alimentada, en vez de compartir su destino; los había abandonado, tal como Jamie quería. Miré a Brianna, que inclinaba su roja cabeza absorta, y la opresión de mi pecho cedió un poco. Ella también había pasado esos años a salvo, con abrigo, comida y amor, porque yo había hecho lo que Jamie quería.

—Así que el Gorropardo ideó un plan audaz —continuó Fiona. Su cara redonda brillaba por el dramatismo del relato—. Dispuso que uno de sus arrendatarios se presentara a los ingleses y lo delatara. Habían puesto buen precio a su cabeza por haber sido un gran guerrero del príncipe Carlos. El arrendatario cobraría el oro de la recompensa y lo usaría para la gente de la finca, por supuesto. Y a cambio informaría a los ingleses de dónde podían apresar al Gorropardo.

Al oír aquello, mi mano se cerró en un espasmo y quebró la delicada asa de la taza.

—¿Apresarlo? —grazné, ronca por la impresión—. ¿Lo ahorcaron?

Fiona parpadeó, sorprendida.

—¡Claro que no! —aseguró—. Eso era lo que deseaban, según contaba mi abuela. Lo hicieron juzgar por traición, pero al final sólo fue encarcelado. Y el oro pasó a manos de sus arrendatarios, que sobrevivieron a la hambruna —concluyó alegremente, como si fuera un final feliz.

—Por Dios —susurró Roger. Dejó su taza con cuidado y se sentó con la mirada perdida en la nada—. Encarcelado.

—Lo dices como si fuera una suerte —protestó Brianna, que tenía las comisuras de la boca tensas por la aflicción y los ojos algo encendidos.

—Así es —confirmó Roger sin reparar en su malestar—. No eran muchas las cárceles donde los ingleses encerraron a los jacobitas y todas llevaban registros oficiales. ¿No os dais cuenta?

—Su mirada pasó del desconcierto de Fiona al ceño de Brianna; luego se posó en mí, con la esperanza de encontrar comprensión—. Si fue encarcelado, puedo hallarlo.

Se volvió hacia los estantes que cubrían tres muros del estudio, para dar cabida a la colección de objetos jacobitas del difunto reverendo Wakefield.

—Él está allí —apuntó con suavidad—. En el registro de una prisión. En un documento. ¡Es una prueba real! ¿No os dais cuenta? —Se volvió otra vez hacia mí—. ¡Al ser encarcelado volvió a formar parte de la historia escrita! Lo encontraremos en algún lugar.

—Y sabremos qué fue de él —susurró Brianna—, cuando lo pusieron en libertad.

Roger apretó los labios para no decir la alternativa que le saltaba a la mente, como había saltado a la mía: «O cuando murió.»

—Sí, en efecto —dijo cogiéndola de la mano. Sus ojos, muy verdes e insondables, se encontraron con los míos—. Cuando lo pusieron en libertad.

Una semana después, la fe de Roger en los documentos se mantenía incólume. No podía decirse lo mismo de la antigua mesa dieciochesca del estudio del difunto reverendo Wakefield, cuyas finas patas crujían de manera alarmante bajo su desacostumbrada carga.

Por lo general, aquella mesa sólo se usaba para acomodar una pequeña lámpara y una colección de los cachivaches más pequeños del reverendo, pero en ese momento se había aumentado su servicio porque las demás superficies horizontales del estudio ya estaban repletas de documentos, diarios, libros y abultados sobres de papel manila procedentes de sociedades de anticuarios, universidades y bibliotecas de investigación de toda Inglaterra, Escocia e Irlanda.

—Si pones una página más encima, todo se vendrá abajo —observó Claire al ver que Roger estiraba despreocupadamente la mano con intención de lanzar otra carpeta sobre la pequeña mesa.

—¿Eh? Oh, claro. —Cambió de dirección en pleno movimiento, buscando en vano otro sitio donde poner la carpeta, y por fin decidió depositarla en el suelo, a sus pies.

—Acabo de terminar con Wentworth —dijo Claire, señalando con el dedo del pie una precaria pila hecha en el suelo—. ¿Ya han llegado los registros de Berwick?

—Esta misma mañana. Pero ¿dónde los he puesto?

Roger echó una mirada confusa por la habitación, que se parecía mucho al saqueo de la biblioteca de Alejandría un momento antes de que se encendiera la primera antorcha. Se frotó la frente, en un esfuerzo por concentrarse. Después de haber pasado una semana entera hojeando durante diez horas diarias registros manuscritos, cartas y diarios íntimos o públicos de gobernadores de prisión, en busca de algún rastro oficial de Jamie Fraser, comenzaba a sentir que alguien le había pasado papel de lija por los ojos.

—Era azul —dijo por fin—. Recuerdo claramente que era azul. Me los envió McAllister, un profesor de Historia del Trinity College en Cambridge. Trinity usa grandes sobres de color azul claro, con el escudo de armas en la parte delantera. Puede que Fiona lo haya visto. ¡Fiona!

Se acercó a la puerta del estudio y gritó por el vestíbulo en dirección a la cocina. Pese a lo avanzado de la hora, en la cocina aún había luz; en el aire perduraba un reconfortante olor a cacao y a pastel de almendras recién horneado. Fiona jamás abandonaba su puesto mientras hubiera la menor posibilidad de que alguien necesitara sustento.

—¿Sí? —Su cabeza rizada asomó desde la cocina—. El cacao ya está —le aseguró—. Iba a sacar el pastel del horno.

Roger le sonrió con profundo afecto. Fiona no sabía nada de historia y sólo leía alguna revista femenina, pero nunca cuestionaba las actividades de su jefe: desempolvaba tranquilamente los montones de libros y papeles sin preocuparse por lo que contuvieran.

110

—Gracias, Fiona —dijo él—. Sólo quería preguntarte si habías visto un sobre azul, grande y gordo, más o menos así. —Indicó el tamaño con las manos—. Llegó con el correo de la mañana, pero no sé dónde lo he dejado.

—En el cuarto de baño de arriba —respondió ella de inmediato—. Hay un libro muy grande con letras de oro y la foto del príncipe Carlos en la portada, y tres cartas que acababa de abrir, y también la factura del gas; no olvide pagarla, vence el día catorce. Lo puse todo sobre la caldera, para que no estorbase.

Un claro *¡ding!*, emitido por el reloj del horno, hizo que se retirara a toda prisa, ahogando una exclamación.

Roger se dio media vuelta y subió las escaleras de dos en dos, sonriendo. Teniendo en cuenta sus demás intereses, con esa memoria, Fiona habría podido ser toda una erudita. Por eso no era una mala asistente de investigación. Siempre que un documento en particular o un libro se pudiera describir en base a su aspecto en lugar de por su título o su contenido, era muy probable que Fiona supiera exactamente dónde estaba.

—Oh, no se preocupe —le aseguró a Roger con despreocupación cuando él intentó disculparse por el desastre en el que estaba convirtiendo la casa—. Parece que el reverendo sigue vivo con tanto papeleo esparcido por todas partes. Es como en los viejos tiempos, ¿no?

Bajó con más lentitud, trayendo el sobre azul en las manos, y se preguntó qué habría pensado su difunto padre adoptivo de la búsqueda iniciada.

—Estaría metido en ella hasta las cejas, sin duda alguna —murmuró para sus adentros. Rememoró una vívida imagen del reverendo, con la calva brillante bajo las anticuadas lámparas que colgaban del techo, trajinando entre el estudio y la cocina, donde la anciana señora Graham, la abuela de Fiona, alimentaba la estufa y satisfacía sus necesidades materiales durante sus ataques de erudición nocturna, tal como lo hacía ahora su nieta.

Estaba pensativo al entrar en el estudio. En los viejos tiempos, cuando el hijo seguía generalmente la profesión del padre, ¿lo hacía sólo por conveniencia, para mantener el negocio de la familia, o existía alguna predisposición familiar para cierto tipo de trabajo? ¿Habría quien nacía predispuesto a ser herrero, comerciante o cocinero? ¿De verdad se venía al mundo con ciertas inclinaciones y aptitudes además de ciertas oportunidades?

Era evidente que no se podía aplicar a todos. Siempre había quienes abandonaban sus hogares y se marchaban a deambular por el globo y a probar cosas completamente ajenas a sus círculos familiares. Si no fuera así, tal vez no existirían los inventores o los exploradores. Sin embargo, sí parecía haber cierta afinidad por algunas carreras en según qué familias, incluso en esos agitados tiempos modernos en los que la educación estaba tan generalizada y viajar resultaba tan sencillo.

Se dijo que en realidad en quien estaba pensando era en Brianna. Observó a Claire, que mantenía la cabeza de rizos castaños inclinada sobre el escritorio, y se descubrió preguntándose hasta qué punto la muchacha se parecía a ella y en qué proporción al oscuro escocés (guerrero, agricultor, cortesano, señor feudal) que la había engendrado.

Sus pensamientos continuaban por esos derroteros cuando, quince minutos después, Claire cerró la última carpeta de su montón y se incorporó con un suspiro.

—¿Qué estás pensando? —preguntó al tiempo que alargaba la mano hacia su taza.

—Nada importante —respondió Roger con una sonrisa, saliendo de sus ensoñaciones—. Sólo me preguntaba cómo llega la gente a ser lo que es. ¿Cómo llegaste a ser médico, por ejemplo?

—¿Que cómo llegué a ser médico? —Claire inhaló el vapor del cacao y, tras decidir que estaba demasiado caliente, lo depositó de nuevo en el escritorio, entre libros, registros y hojas garabateadas. Le esbozó media sonrisa a Roger y se frotó las manos dispersando por su piel el calor que le había robado a la taza—. ¿Cómo llegaste tú a ser historiador?

—Más o menos honradamente —respondió él, sentándose en el sillón del reverendo. Señaló la acumulación de papeles y pequeños adornos que los rodeaba. Pasó la mano por un pequeño reloj de viaje dorado que descansaba sobre el escritorio, una elegante muestra de artesanía dieciochesca con unas campanas en miniatura que avisaban de las horas, los cuartos y las medias—. Me crié en medio de todo esto. Cuando apenas sabía leer, ya correteaba por las Highlands con mi padre, buscando objetos arqueológicos. Supongo que continuar haciéndolo era lo natural. ¿Y tú?

Ella se desperezó para aliviar los hombros, tras muchas horas de mantenerlos encorvados sobre el escritorio. Brianna, incapaz de permanecer despierta, se había acostado hacía una hora, mientras Claire y Roger continuaban la búsqueda por los registros administrativos de las prisiones inglesas.

—Bueno, en mi caso hubo algo similar —dijo ella—. No es que de pronto decidiera dedicarme a la medicina. Un día me di cuenta de que había practicado la medicina durante mucho tiempo, de que ya no lo hacía y de que lo echaba de menos.

Estiró las manos en el escritorio flexionando los dedos largos y ágiles, con las uñas pulidas en forma de pulcros y brillantes óvalos.

—Hay una vieja canción de la Primera Guerra Mundial —musitó pensativa—. Los viejos camaradas del tío Lamb la cantaban a veces, cuando se quedaban hasta tarde y bebían hasta emborracharse. Decía algo así: «¿Cómo harás para retenerlos en la granja, ahora que han visto París?» —Cantó el primer verso y se interrumpió con una sonrisa irónica.

»Yo había visto París —dijo con delicadeza. Apartó la vista de sus manos, alerta y presente, pero con rastros de nostalgia en los ojos, que clavó en Roger con la lucidez de la clarividencia—. Y muchas cosas más. Caen y Amiens, Preston y Falkirk, el Hôpital des Anges y el supuesto quirófano de Leoch. Había actuado como médico en todo sentido: atendía partos, colocaba huesos fracturados, suturaba heridas, trataba fiebres... —Se le apagó la voz y se encogió de hombros—. Había muchísimas cosas que no sabía, desde luego. Pero era consciente de que todavía me quedaba mucho por aprender y por eso decidí estudiar Medicina. Pero la diferencia no fue mucha, ¿sabes? —Hundió un dedo en la crema batida que flotaba en su cacao y la lamió—. Tengo un diploma de médico, pero ya lo era mucho antes de pisar la universidad.

—No puede haber sido tan fácil. —Roger sopló su cacao, estudiándola con franco interés—. Entonces no eran muchas las mujeres que estudiaban Medicina; ahora mismo no son tantas. Y además, tú tenías una familia.

—No, no puedo decir que fuese fácil en absoluto. —Claire lo miró con aire burlón—. Esperé a que Brianna comenzara la escuela, por supuesto, y a que pudiésemos pagar a alguien para que se encargara de cocinar y limpiar, pero... —Se encogió de hombros con una sonrisa irónica—. Pasé varios años sin dormir. Eso ayudó un poco. Y Frank también me ayudó, aunque parezca extraño.

Roger probó su taza; estaba todavía demasiado caliente para beberla. La sostuvo entre las manos y disfrutó del calor de la gruesa porcelana blanca calando en sus palmas. Aunque estuvieran a principios de junio, las noches seguían siendo frías y era necesario poner la estufa.

—¿De veras? —preguntó con curiosidad—. Por lo que me has contado de él, no se me habría ocurrido que le gustara que estudiases Medicina.

—No le gustaba. —Ella apretó los labios; el gesto fue más expresivo que las palabras; hablaba de discusiones, conversaciones abandonadas a la mitad, una terca oposición y una disimulada obstrucción más que de una abierta desaprobación.

«Qué cara tan expresiva», pensó él mientras la observaba. De pronto se preguntó si la suya sería igualmente fácil de interpretar. La idea lo turbó tanto que sumergió la cara en el tazón para beber el cacao a grandes tragos, aunque todavía estaba muy caliente.

Al emerger de la taza vio que Claire lo observaba, algo sardónica.

—¿Por qué? —preguntó rápidamente para distraerla—. ¿Qué lo hizo cambiar de actitud?

—Bree —dijo ella. Su rostro se ablandó, como le ocurría siempre ante la mención de su hija—. Para Frank, lo único que tenía verdadera importancia era Bree.

Tal como terminaba de decir, había esperado a que Brianna iniciara la escuela para inscribirme en la carrera de Medicina. Pero aun así quedaban grandes vacíos entre sus horarios y los míos, que llenamos de cualquier manera con una serie de empleadas domésticas y niñeras más o menos competentes; algunas, más; la mayoría de ellas, menos.

Mi mente volvió al horrible día en que recibí una llamada en el hospital para informarme de que Brianna estaba herida. Salí corriendo, sin detenerme siquiera para quitarme el delantal verde de cirugía, y volé a casa saltándome todos los límites de velocidad. Al llegar me encontré con un coche patrulla y una ambulancia que iluminaban la noche con palpitaciones rojas y azules; en la calle, frente a la entrada, se agolpaba un puñado de vecinos interesados.

Más tarde dilucidamos lo que había sucedido. La última niñera temporal, fastidiada porque yo había vuelto a retrasarme, se había puesto el abrigo cuando llegó su hora de marchar y se había ido, abandonando a Brianna, que sólo tenía siete años, con instrucciones de «esperar a mami». Ella lo hizo obedientemente durante una hora aproximadamente, pero al oscurecer le dio miedo estar sola en casa; entonces decidió ir a buscarme.

Cuando cruzaba una de las calles transitadas de las proximidades, un coche que doblaba la esquina la atropelló.

Gracias a Dios, no estaba malherida; el coche circulaba despacio y la experiencia no le dejó más que magulladuras y el susto. No estaba tan asustada como yo, en realidad, ni tenía tantas magulladuras como las que sentí al verla tendida en el sofá de la sala, con lágrimas en las mejillas, diciendo: «¡Mami! ¿Dónde estabas? ¡No podía encontrarte!»

Necesité de toda mi compostura profesional para reconfortarla, examinarla de arriba abajo, atender nuevamente sus cortes y rozaduras y dar las gracias a quienes la habían ayudado (que me miraban con aire acusador, o eso me parecía). Después la llevé a la cama, con el osito de felpa apretado entre los brazos, y me senté ante la mesa de la cocina para llorar.

Frank me dio unas palmaditas torpes, murmurando algo, pero al fin renunció y, con una actitud más práctica, fue a preparar el té.

—Estoy decidida —dije cuando él puso frente a mí la taza humeante. Hablaba con voz opaca; sentía la cabeza pesada y brumosa—. Voy a renunciar. Mañana mismo.

—¿Renunciar? —La voz de Frank sonó aguda por la estupefacción—. ¿A los estudios? ¿Por qué?

—Ya no aguanto más. —Nunca añadía crema ni azúcar al té. En aquel momento le eché ambas cosas; mientras lo removía, observé la espuma que se arremolinaba en la taza—. No soporto dejar a Bree sin saber si está bien atendida... y sabiendo que no es feliz. Bien sabes que no le ha gustado ninguna de las niñeras que hemos probado.

—Sí, lo sé. —Se sentó frente a mí, removiendo su propia taza. Después de un buen rato, dijo—: Pero no creo que debas renunciar.

Era lo último que esperaba; había supuesto que él recibiría mi decisión con un aplauso de alivio. Lo miré, atónita, y me volví a sonar la nariz con el pañuelo enrollado que llevaba en el bolsillo.

—¿No?

—Ah, Claire. —Hablaba con impaciencia, pero también con un tinte de afecto—. Desde un principio has sabido lo que eres. ¿Tienes idea de lo raro que es eso?

—No. —Me limpié la nariz con el pañuelo de papel hecho jirones dándome pequeños golpecitos para evitar que se rompiera.

Frank se reclinó en la silla y me miró mientras meneaba la cabeza.

—No, supongo que no —dijo.

Calló un momento con la vista fija en las manos cruzadas. Tenía los dedos largos y finos, suaves y sin vello, como de mujer. Manos elegantes, hechas para los gestos desenvueltos y el énfasis del discurso. Las extendió sobre la mesa y se las miró como si no las hubiera visto nunca.

—Yo no lo tengo —dijo al fin, en voz baja—. Soy bueno en lo mío, sí: para enseñar, para escribir. Estupendo a veces. Y me gusta; disfruto con lo que hago. Pero el hecho es que... —Vaciló, mirándome de frente con sus sinceros ojos color avellana—. Podría dedicarme a otra cosa y ser igualmente bueno. Me gustaría tanto o tan poco como esto. No tengo esa absoluta convicción de que en la vida hay algo para lo que estoy destinado. Tú sí.

—¿Y eso es bueno? —Me dolía la nariz y tenía los ojos hinchados de tanto llorar.

Él sonrió.

—Es muy incómodo, Claire. Para ti, para mí y para Brianna, para los tres. Pero no sabes cómo te envidio a veces.

Alargó una mano. Después de una breve vacilación, le entregué la mía.

—Tener esa pasión por algo... —Una leve mueca le estiró la comisura de la boca—. O por alguien. Es maravilloso, Claire, y muy raro.

Me estrechó la mano suavemente y la soltó. Luego sacó un libro del estante que había junto a la mesa. Era uno de sus textos de referencia: Patriotas, *de Woodhill, una serie de biografías de los Padres Fundadores de Norteamérica.*

Posó la mano sobre la cubierta del libro con suavidad, como si temiera alterar el descanso de las vidas dormidas sepultadas en él.

—Esta gente era así. De la que se interesa tanto como para arriesgarlo todo, tanto como para cambiar y hacer cosas. La mayoría no es así, ¿sabes? No es que no les importe, sino que no les importa tanto. —Me cogió la mano otra vez y recorrió con un dedo las líneas de la palma haciéndome cosquillas al deslizar el dedo por mi piel—. ¿Estará aquí? —dijo sonriendo un poco—. ¿Hay gente destinada a un sino grandioso o a hacer grandes cosas? ¿O es que nacen con esa gran pasión y, si se encuentran en las circunstancias adecuadas, las cosas pasan? Es lo que te

preguntas cuando estudias Historia. Pero no hay modo de saberlo, de veras. Sólo sabemos lo que lograron.

Sus ojos adquirieron una clara nota de advertencia. Dio un golpecito a la cubierta del libro.

—Pero esta gente, Claire... pagó su precio.

—Lo sé.

Me sentía como si viera la escena desde lejos; lo veía todo con claridad en mi mente: Frank, apuesto, esbelto y algo fatigado, con bellas canas en las sienes. Yo, con mi sucio delantal de cirugía, el pelo lacio y la pechera arrugada por las lágrimas de Brianna. Pasamos un rato en silencio. Mi mano seguía descansando en la de Frank. Vi las líneas y los valles misteriosos, claros como un mapa de carreteras. Pero ¿a qué destino desconocido llevaban aquellos caminos?

Años antes, una anciana dama escocesa me había leído la mano; se llamaba Graham, y era la abuela de Fiona. «Las líneas de la palma cambian a medida que tú cambias —había dicho—. Con qué hayas nacido no importa tanto como lo que hagas de ti misma.»

¿Y qué había hecho de mí misma, qué estaba haciendo? Un desastre. No era buena madre, ni buena esposa, ni buen médico. Un desastre. Hubo un tiempo en que me sentí completa. Me sentí capaz de amar a un hombre, darle un hijo y curar a los enfermos; y sabía que todo eso era una parte natural de mí, y no los complejos y problemáticos fragmentos en los que se había desintegrado mi vida. Pero eso había quedado en el pasado. El hombre al que amé fue Jamie y, durante un tiempo, formé parte de algo más grande que yo misma.

—Yo me ocuparé de Bree.

En aquel momento estaba tan hundida en mis pensamientos angustiosos que no oí las palabras de Frank. Lo miré con aire estúpido.

—¿Qué has dicho?

—He dicho —repitió con paciencia— que yo me ocuparé de Bree. Cuando salga de la escuela puede venir a la universidad y jugar en mi despacho hasta que yo haya terminado.

Me froté la nariz.

—¿No decías que el personal hacía mal en llevar a sus hijos al trabajo? —Él criticaba mucho a la señora Clancy, una de las secretarias, por haber llevado a su nieto a la oficina durante el mes en que la madre estuvo enferma.

Se encogió de hombros con aire incómodo.

117

—*Bueno, las circunstancias lo cambian todo. Y no creo que Brianna corra por los pasillos, chillando y volcando los tinteros como hacía Bart Clancy.*

—*Yo no pondría la mano en el fuego* —apunté irónica—. *Pero ¿lo harías?* —En la boca de mi estómago oprimido comenzaba a crecer una pequeña sensación, un cauteloso e incrédulo alivio. Si bien no podía confiar en que Frank me fuera fiel (de sobra sabía que no lo era), podía confiarle tranquilamente a Bree.

De pronto la preocupación desapareció. Ya no tendría que salir corriendo del hospital para volver a casa aterrorizada por llegar tarde y temiendo la idea de encontrarme a Brianna enfurruñada en su habitación porque no le gustaba la niñera. La niña amaba a Frank; estaría en la gloria ante la perspectiva de ir todos los días a su despacho.

—*¿Por qué?* —pregunté sin rodeos—. *Nunca te ha entusiasmado la idea de que yo fuera médico.*

—*No* —dijo pensativo—. *No es eso. Pero creo que no hay manera de impedírtelo. Tal vez lo mejor sea ayudar, para que Brianna no resulte perjudicada.*

Sus facciones se endurecieron y me volvió la espalda.

—Si él creía tener un sino, algo que estuviera destinado a hacer, ese sino era Brianna —dijo Claire removiendo pensativamente su cacao—. ¿Por qué te interesa, Roger? —quiso saber de repente—. ¿Por qué me lo preguntas?

Él tardó un momento en responder, mientras sorbía despacio su cacao. Estaba espeso y concentrado, con nata fresca y un poco de azúcar moreno. Al echar la primera mirada a Brianna, Fiona, siempre realista, había abandonado cualquier esperanza de llevar a Roger al altar por el camino del estómago. Pero Fiona era cocinera como Claire era médico: había nacido con esa habilidad y tenía que utilizarla.

—Porque soy historiador, supongo —respondió al fin, mirándola por encima de la taza—. Necesito saber qué hizo la gente y por qué.

—¿Y crees que yo puedo decírtelo? —Claire lo miró con intención—. ¿O que lo sé, siquiera?

Él asintió con la cabeza.

—Sabes más que la mayoría. Las fuentes que usamos los historiadores no suelen tener tu... digamos... tu perspectiva —terminó con una amplia sonrisa.

La tensión se alivió súbitamente. Ella recogió su taza, riendo.

—Digámoslo así —dijo.

—Además —prosiguió observándola con atención—, eres franca. No creo que pudieras mentir ni aunque lo intentaras.

Ella lo miró con aspereza y soltó una risa breve y seca.

—Todo el mundo puede mentir, joven Roger, si tiene una buena causa. Hasta yo. Sólo que es más difícil para quienes vivimos entre paredes de cristal. Tenemos que idear las mentiras con antelación.

Claire inclinó la cabeza hacia los papeles que tenía ante sí y empezó a pasar las páginas muy despacio, una a una. Aquellas páginas contenían listas de nombres, listas de prisioneros copiadas de los registros de las cárceles británicas. La mala gestión de algunas de esas prisiones complicaba un poco la tarea.

Algunos alcaides no hicieron ninguna lista oficial de reclusos e incluso apuntaron sus nombres de cualquier manera en sus diarios entre otras anotaciones sobre los gastos diarios y el mantenimiento, sin hacer ninguna distinción entre la muerte de un prisionero y el sacrificio de dos bueyes para salar su carne.

Roger pensó que Claire había abandonado la conversación, pero un momento después ella volvió a levantar la vista.

—Tienes toda la razón —reconoció—. Soy franca... por abandono, más que nada. Para mí es difícil no decir lo que pienso. Imagino que te has dado cuenta porque eres igual.

—¿Yo? —Roger se sintió absurdamente complacido, como si alguien le hubiera dado un regalo inesperado.

Claire asintió con una leve sonrisa en los labios mientras lo miraba.

—Oh, sí. Es inconfundible, ¿sabes? No hay muchos así, capaces de decirte la verdad sobre sí mismos y sobre todo lo demás sin tapujos. Sólo he conocido a tres, creo... cuatro, ahora —corrigió, ensanchando la sonrisa para gozo de Roger—. Uno era Jamie, por supuesto. —Sus largos dedos descansaron sobre el montón de papeles, casi acariciándolos—. El maestro Raymond, el boticario que conocí en París. Y un amigo que hice mientras estudiaba Medicina, Joe Abernathy. Y ahora, tú. Me parece.

Inclinó la taza para beber el resto del rico líquido pardo. Luego miró directamente a Roger.

—Pero Frank tenía razón, en cierto sentido. No necesariamente es más fácil si sabes para qué fuiste creado, pero al menos no malgastas tiempo en cuestionamientos o dudas. Si eres sincero... bueno, eso tampoco es necesariamente fácil. Aunque supongo que si eres sincero contigo mismo y sabes lo que eres, tienes menos probabilidades de pensar que has desperdiciado la vida haciendo lo que no te correspondía.

Dejó a un lado el montón de papeles para acercar otro: una serie de carpetas con el característico logotipo del Museo Británico en las tapas.

—Jamie era así —dijo con suavidad, para sí misma—. No era de los que dan la espalda a algo que considerase su deber. Peligroso o no. Y creo que no se sintió desperdiciado... cualquiera que fuese su final.

Se quedó en silencio, absorta en los arácnidos trazos de algún escribiente muerto mucho tiempo atrás. Buscaba alguna anotación capaz de revelarle dónde había estado Jamie Fraser, si había malgastado la vida en la celda de una prisión o terminado en una mazmorra solitaria.

El reloj que había sobre el escritorio dio las doce; sus campanadas eran sorprendentemente intensas y melodiosas para tratarse de un artefacto tan pequeño. Sonó el cuarto, y después la media, interrumpiendo el monótono crujido de las páginas. Roger dejó las delgadas hojas que había estado pasando y bostezó con ganas, sin molestarse en taparse la boca.

—Estoy tan cansado que veo doble —dijo—. ¿Quieres que sigamos por la mañana?

Claire tardó un momento en responder. Estaba observando las brillantes barras de la estufa eléctrica con una mirada distante en el rostro. Roger repitió la pregunta y ella volvió lentamente de donde fuera que se hubiera marchado.

—No. —Cogió otra carpeta y le sonrió; en sus ojos aún pendía la expresión de distancia—. Ve a dormir, Roger. Buscaré un poco más.

Cuando al fin lo encontré estuve a punto de pasarlo por alto. En vez de leer los nombres con atención, me limitaba a buscar en las páginas la letra J: «John, Joseph, Jacques, James.» Había James Edward, James Alan, James Walter ad infinítum. Y de pronto apareció allí, en letra pequeña y exacta: «Jms. MacKenzie Fraser, de Brock Turac.»

Deposité con cuidado la página en la mesa; cerré los ojos un instante, para despejarlos, y luego volví a mirar. Allí estaba todavía.

—Jamie —dije en voz alta. El corazón me palpitaba con fuerza en el pecho—. Jamie —repetí más bajo.

Eran casi las tres de la mañana. Todos dormían, pero la casa, como suele ocurrir con las casas antiguas, continuaba despierta a mi alrededor, crujiendo, suspirando y haciéndome compañía. No sentí el deseo de correr a despertar a Brianna ni a Roger para darles la noticia. Quería reservármela un rato, como si estuviera sola allí, en el cuarto iluminado por la lámpara, con Jamie en persona.

Seguí con el dedo la línea de tinta. La persona que había escrito aquella línea había visto a Jamie; tal vez la había escrito teniéndolo ante sí. La fecha que figuraba en el encabezado de la página era 16 de mayo de 1753. Más o menos por esta época del año. Podía imaginar la textura del aire, refrescante y gélida, con el caprichoso sol de la primavera brillando sobre sus hombros y proyectando chispas en su pelo.

¿Cómo llevaría el pelo por aquel entonces? ¿Corto o largo? A Jamie le gustaba llevarlo largo, trenzado o recogido en una cola. Recordaba muy bien el gesto despreocupado con el que se lo apartaba del cuello para refrescarse cuando alguna tarea lo tenía demasiado acalorado.

No debía de llevar el kilt. Prohibieron el uso de todos los tartanes después de Culloden. Entonces lo más probable es que llevara pantalones y una camisa de lino. Yo le hice esas camisas. Aún recordaba la suavidad de la tela y la ondulada longitud de los tres metros que utilicé para hacer una sola de aquellas prendas, cuyas largas colas y mangas permitían a los hombres escoceses quitarse el tartán y dormir o pelear con la camisa como única vestimenta. Podía imaginarme sus anchos hombros bajo la tela rugosa, la calidez de su piel a través de ella y sus manos tocadas por el helor de la primavera escocesa.

No era la primera vez que lo encarcelaban. ¿Cuál había sido su aspecto al enfrentarse al empleado de la prisión inglesa, sabiendo demasiado bien lo que le esperaba? Ceñudo como el demonio —pensé—, probablemente, mirando por encima de su nariz larga y recta, con ojos tan fríos, tan azules, oscuros y formidables como las aguas del lago Ness.

Abrí los míos y me di cuenta de que estaba sentada en el filo de la silla con la carpeta de hojas fotocopiadas pegadas al pecho con fuerza. Atrapada en el recuerdo, ni siquiera había visto cuál era la prisión de la que provenían esos registros.

Los ingleses utilizaron con regularidad un buen número de enormes prisiones durante el siglo XVIII, y algunas más pequeñas. Volví la carpeta despacio. ¿Sería Berwick, cerca de la frontera?

¿La célebre Tolbooth de Edimburgo? O quizá alguna de las cárceles del sur, al castillo de Leeds o incluso la Torre de Londres? «Ardsmuir», decía la tarjeta, pulcramente pegada a la carpeta.

—¿Ardsmuir? —dije sin entender—. ¿Y dónde diablos queda eso?

8

Prisionero del honor

Ardsmuir, Escocia
15 de febrero de 1755

—Ardsmuir es un grano en el trasero de Dios —comentó el coronel Harry Quarry. Alzó sardónicamente la copa hacia el joven que estaba de pie ante la ventana—. Hace doce meses que estoy aquí, es decir: once meses y veintinueve días más de los que habría querido. Que disfrute de su nuevo puesto, milord.

El comandante John William Grey se apartó de la ventana que daba al patio, desde la cual había estado observando sus nuevos dominios.

—Parece un poco incómodo —reconoció secamente, al tiempo que levantaba su copa—. ¿Siempre llueve así?

—Por supuesto. Esto es Escocia... Peor aún: el trasero de esta maldita Escocia. —Quarry se echó un largo trago de whisky; luego tosió y exhaló ruidosamente el aire mientras dejaba el vaso vacío en la mesa—. La única compensación es la bebida —dijo algo ronco—. Visite a los traficantes locales vestido con su mejor uniforme, y le harán un precio decente. Es asombrosamente barato sin los aranceles. Le dejo una lista de las mejores destilerías. —Señaló con la cabeza el enorme escritorio de roble que había en un lateral de la estancia plantado con firmeza sobre la alfombra, como una pequeña fortaleza encarando la habitación desierta.

Las banderas del regimiento y la nación que colgaban del muro de piedra enfatizaban la sensación de fortificación.

—Aquí está la nómina de guardias —dijo Quarry levantándose y rebuscando en el primer cajón. Plantó en el escritorio una maltrecha carpeta de cuero. De inmediato, otra—. Y la de prisioneros. De momento tiene ciento noventa y seis; la cifra habitual es de doscientos, sumando o restando los que fallecen por enfermedad y algún cazador furtivo apresado en la campiña.

—Doscientos —repitió Grey—. ¿Y cuántos en las barracas de los guardias?

—Ochenta y dos, según la nómina. En condiciones de ser útiles, alrededor de la mitad. —Quarry volvió a hundir la mano en el cajón y sacó una botella de vidrio pardo tapada con un corcho. La sacudió para oír el chapoteo y sonrió sardónico—. No sólo el comandante busca consuelo en la bebida. La mitad de estos patanes suelen estar incapacitados cuando se pasa lista. Le dejaré esto también. Le hará falta.

Volvió a guardar la botella y abrió el último cajón.

—Aquí, requisas y copias; lo peor del puesto es el papeleo. No es gran cosa si se cuenta con un empleado decente. En este momento no lo hay. Tenía un cabo con bastante buena letra, pero murió hace dos semanas. Si adiestra a otro, no tendrá usted nada que hacer salvo cazar gallos silvestres y buscar el oro del Francés.

Festejó su propio chiste con una carcajada; en aquella parte de Escocia abundaban los rumores sobre el oro que, supuestamente, Luis de Francia había enviado a su primo Carlos Estuardo.

—¿Los prisioneros no son díscolos? —preguntó Grey—. Tengo entendido que, en su mayor parte, son jacobitas de las Highlands.

—En efecto, pero bastante dóciles. —Quarry hizo una pausa para mirar por la ventana. Una breve fila de hombres harapientos salía por una puerta practicada en la imponente muralla de piedra—. Culloden los dejó sin coraje —dijo indiferente—. De eso se encargó Billy *el Carnicero*. Y aquí se los hace trabajar tanto que no les quedan energías para causar problemas.

Grey asintió. La fortaleza de Ardsmuir estaba en proceso de renovación, utilizando, bastante irónicamente, la mano de obra de los escoceses encarcelados allí. Se levantó para reunirse con Quarry ante la ventana.

—Allí sale una cuadrilla a cortar turba.

El coronel señaló con la cabeza al grupo de abajo: diez o doce hombres barbudos, andrajosos como espantapájaros, formados en torpe fila ante un soldado con casaca roja que se paseaba de un lado a otro inspeccionándolos. Una vez satisfecho, gritó una orden y tendió la mano en dirección a la puerta principal.

Los acompañaban seis soldados armados de mosquetes que abrían y cerraban la marcha y cuyo elegante aspecto contrastaba notoriamente con el de los montañeses. Los prisioneros se desplazaban con lentitud, ignorando la lluvia que empapaba sus harapos. Una carretilla tirada por mulos crujía tras ellos cargando un hatillo repleto de cuchillos para cortar turba.

Quarry los contó, ceñudo.

—Debe de haber algunos enfermos; una cuadrilla de trabajo se compone de dieciocho hombres: tres prisioneros por guardia, debido a los puñales. Aunque son asombrosamente pocos los que tratan de huir —añadió apartándose de la ventana—. Supongo que tampoco tienen adónde ir.

Se alejó del escritorio apartando de una patada un gran cesto lleno de toscos trozos de sustancia oscura, que se desparramaron.

—Deje la ventana abierta aunque llueva —aconsejó—. De lo contrario, el humo de la turba le sofocará. —Como ilustración, aspiró hondo y dejó escapar el aire explosivamente—. ¡Dios mío, qué alegría volver a Londres!

—Supongo que no hay mucha vida social en la zona —aventuró Grey, seco.

Quarry se echó a reír divertido por la idea, arrugaba su amplio rostro rubicundo.

—¿Vida social? ¡Mi querido amigo! Aparte de una o dos muchachas pasables que hay en la aldea, su vida social consistirá solamente en conversar con sus oficiales. Son cuatro, de los cuales sólo el ordenanza es capaz de hablar sin emplear blasfemias. Y un prisionero.

—¿Un prisionero? —Grey apartó la vista de los registros que estaba hojeando con una rubia ceja enarcada.

—Oh, sí. —Quarry se paseaba inquieto por el despacho, deseoso de partir. El carruaje lo esperaba; sólo se había demorado para informar a su sustituto y efectuar el traspaso formal del mando. Se detuvo para echar un vistazo a Grey, curvando la boca como si disfrutara de una broma secreta—. Supongo que ha oído usted hablar de Jamie Fraser *el Rojo*.

Grey se puso levemente rígido, pero mantuvo la cara tan impávida como pudo.

—Como la mayoría —respondió frío—. Ese hombre se destacó durante el Alzamiento.

¡Conque ese maldito de Quarry conocía el caso! ¿Entero o sólo una primera parte?

Al coronel se le contrajo apenas la boca, pero se limitó a asentir.

—Bastante, sí. Bueno, lo tenemos aquí. Es el único jacobita de alta graduación; los prisioneros montañeses lo tratan como a un jefe. Por lo tanto, si surge alguna cuestión relacionada con los internos, y surgirá, se lo aseguro, es él quien actúa como portavoz.

Quarry había estado caminando en calcetines; en aquel momento se sentó para ponerse las botas altas de la caballería para enfrentarse al barro de fuera.

—*Seumas, mac an fhear dhuibh.* Así lo llaman. O simplemente *Mac Dubh*. ¿Habla usted gaélico? Yo tampoco. Pero Grissom sí, y él dice que significa «James, hijo del Negro». La mitad de los guardias le tienen miedo; son los que combatieron en Prestonpans a las órdenes de Cope. Dicen que es el diablo en persona. ¡Un pobre diablo ahora! —El coronel resopló esforzándose para meter el pie en la bota. Pateó el suelo para ajustarla bien y se levantó—. Los prisioneros le obedecen sin chistar. Pero ordene algo sin que él le ponga su sello y será como hablar con las piedras del patio. ¿Ha tenido trato con escoceses? Ah, por supuesto; combatió usted en Culloden con el regimiento de su hermano, ¿verdad?

Quarry se dio una palmada en la frente ante su fingida mala memoria. ¡Aquel maldito hombre lo sabía todo!

—Entonces se hará una idea. Tercos es decir poco. —Manoteó en el aire como para despachar a todo un contingente de escoceses recalcitrantes—. Lo cual significa que necesitará usted la buena voluntad de Fraser... o al menos su colaboración. —Hizo una pausa para disfrutarlo—. Yo lo invitaba a cenar conmigo una vez por semana para hablar de cómo iba todo y me daba muy buenos resultados. Podría usted intentar lo mismo.

—Supongo que sí. —El tono de Grey era sereno, pero tenía los puños apretados. Cenaría con Fraser cuando helase en el infierno.

—Es un hombre instruido —continuó Quarry con los ojos brillantes de malicia clavados en el rostro de Grey—. Un interlocutor mucho más interesante que los oficiales. Sabe jugar al ajedrez. Usted juega alguna partida de vez en cuando, ¿no?

—De vez en cuando. —Tenía los músculos del abdomen tan apretados que le costaba respirar. ¿Por qué no cerraba la boca y se iba de una vez aquel maldito idiota?

—Oh, bueno, todo queda en sus manos. —Como si hubiera leído la mente de Grey, Quarry se caló bien la peluca, cogió la capa de la percha que había junto a la puerta y se la echó sobre los hombros con despreocupación. El coronel se volvió desde el umbral con el sombrero en la mano——. Una cosa más. Si cena a solas con Fraser... no le dé la espalda.

Su cara había perdido la jocosidad ofensiva. Grey lo miró, ceñudo, pero no vio muestras de que la advertencia fuera una broma.

—Lo digo en serio —aclaró Quarry, súbitamente grave—. Está esposado, pero no es difícil ahorcar a un hombre usando la cadena. Y Fraser es un gigantón.

—Lo sé. —Furioso, Grey sintió que le subía la sangre a la cara. Para disimularlo giró en redondo y permitió que el aire frío que entraba por la ventana entornada le refrescase el semblante. Luego habló a las piedras grises del patio que brillaban bajo la lluvia—: Si es tan inteligente como usted afirma, no cometería la estupidez de atacarme en mis propias habitaciones y dentro de la prisión. ¿Qué ganaría con eso?

El coronel no respondió. Al cabo de un momento Grey se giró hacia él y lo descubrió mirándolo pensativamente; ya no había rastros de humor en su cara ancha y rubicunda.

—Existe la inteligencia —dijo con lentitud—. Y también existen otras cosas. Pero es usted muy joven; quizá no haya visto de cerca el odio y la desesperación. En Escocia ha habido mucho de eso en estos diez últimos años. —Ladeó la cabeza y observó al nuevo alcaide de Ardsmuir desde la ventaja que le otorgaba ser quince años mayor que él.

El comandante Grey era joven, ciertamente; tenía apenas veintiséis años, cutis claro y pestañas femeninas que le daban un aspecto aún más juvenil. Para complicar el problema, medía tres o cuatro centímetros menos del promedio y era de huesos finos. Se irguió en toda su estatura.

—Conozco bien esas cosas, coronel —dijo con voz firme.

Como él, Quarry era el hijo menor de una buena familia, pero lo superaba en rango. Tenía que controlarse.

Los brillantes ojos de avellana descansaron en él, especulativos.

—Me doy cuenta.

Con un brusco movimiento, Quarry se puso el sombrero. Luego se tocó la mejilla, donde la línea oscura de una cicatriz surcaba la piel rojiza: recuerdo del escandaloso duelo que lo había enviado al exilio de Ardsmuir.

—Sabrá Dios qué hizo usted para que lo enviaran aquí, Grey —dijo meneando la cabeza—. Por su propio bien, espero que lo mereciera. ¡Le deseo buena suerte!

Y desapareció con un revoloteo de su manto azul.

—Más vale malo conocido que bueno por conocer —dijo Murdo Lindsay negando lúgubremente con la cabeza—. El Apuesto Harry no era tan malo.

—No, es cierto —dijo Kenny Lesley—. Pero tú estabas aquí cuando vino, ¿verdad? Era mucho mejor que esa mierda de Bogle, ¿no?

—Sí —reconoció Murdo, inexpresivo—. ¿Qué quieres decir?

—Si Harry era mejor que Bogle —explicó Lesley, paciente—, Harry era lo bueno por conocer. Y Bogle, lo malo conocido. A pesar de todo, Harry fue mejor. Así que te equivocas, hombre.

—¿Ah, sí? —completamente confundido por aquel razonamiento, Murdo fulminó a Lesley con la mirada—. ¡No me equivoco!

—Ya lo creo —dijo Lesley perdiendo la paciencia—. ¡Tú siempre te equivocas, Murdo! ¿Por qué te empeñas en discutir si nunca tienes razón?

—¡No estoy discutiendo! —protestó Murdo, indignado—. Eres tú el que no deja de hablar y no yo.

—¡Porque te equivocas, hombre! —dijo Lesley—. Si tuvieras razón, no habría dicho ni una palabra.

—¡No me equivoco! Al menos, eso creo —murmuró Murdo sin poder recordar exactamente qué había dicho. Se volvió para apelar a la corpulenta silueta sentada en el rincón—. ¿Me equivoco, Mac Dubh?

El hombre alto se desperezó, haciendo tintinear levemente la cadena de sus grillos, y se echó a reír.

—No, Murdo, no te equivocas. Pero aún no sabemos si tienes razón. Habrá que ver cómo es lo bueno por conocer, ¿cierto? —Al ver que Lesley fruncía las cejas, preparado para seguir discutiendo, alzó la voz y dijo a todos los presentes—: ¿Alguien ha visto al nuevo alcaide? ¿Johnson? ¿MacTavish?

—Yo —dijo Hayes, adelantándose con gusto para calentarse las manos ante el fuego.

En la amplia celda había una chimenea frente a la cual sólo podían ponerse seis hombres a la vez. Los otros cuarenta quedaban expuestos al intenso frío, apretujados en pequeños grupos para darse calor. Por lo tanto, habían acordado que quien tuviera un cuento que relatar o una canción que entonar podía situarse junto al fuego mientras tuviese la palabra. Mac Dubh les había dicho que era un derecho legítimo de los bardos. Por lo visto, cuando los bardos acudían a los viejos castillos les proporcionaban un lugar cálido y mucha comida y bebida como muestra de la hospitalidad del señor. Allí nunca abundaba la comida y la bebida, pero el rincón cálido estaba garantizado.

Hayes se relajó, con los ojos cerrados y una beatífica sonrisa en la cara, alargando las manos hacia el calor. Los movimientos inquietos, a ambos lados, hicieron que se apresurara a abrir los ojos.

—Lo he visto cuando bajaba de su carruaje. Y otra vez cuando les he subido un plato de dulces desde la cocina, mientras conversaba con el Apuesto Harry. —Haynes frunció el ceño, concentrado—. Es rubio, de largos rizos amarillos atados con una cinta azul. Tiene los ojos grandes y las pestañas largas, como una muchacha.

Hayes miró con lascivia a sus oyentes y agitó sus párpados romos, en burlón coqueteo. Alentado por las risas, pasó a describir las ropas del nuevo alcaide («finas como las de un lord»), su equipaje y su sirviente («uno de esos *sassenachs* que hablan como si se hubiesen quemado la lengua») y todo lo que había podido percibir en su manera de expresarse.

—Habla claro y deprisa, como si estuviera muy enterado —dijo Hayes meneando dubitativamente la cabeza—. Pero es muy joven. Da la impresión de ser casi un niño, aunque supongo que es mayor de lo que parece.

—Sí, es un tipo pequeño, más bajo que el pequeño Angus —intervino Baird, haciendo un gesto con la cabeza en dirección a Angus MacKenzie. El chico se miró sorprendido. Angus sólo tenía doce años cuando luchó junto a su padre en la batalla de Culloden. Había pasado casi la mitad de su vida en Ardsmuir, y como consecuencia del escaso sustento que recibían en la cárcel, no había crecido mucho más.

—Sí —convino Hayes—, pero se mantiene muy erguido, como si le hubieran metido una vara por el trasero.

Esto dio origen a una serie de risas y comentarios soeces. Luego Hayes cedió su sitio a Ogilvie, que conocía una anécdota larga y chocarrera sobre el señor de Donibristle y la hija del porquerizo. Se apartó del fuego sin resentimiento y, siguiendo con la costumbre, fue a sentarse junto a Mac Dubh.

Mac Dubh nunca ocupaba su sitio junto al hogar, ni siquiera cuando les narraba largas historias de los libros que había leído: *Las aventuras de Roderick Random*, *La historia de Tom Jones* o la favorita de todos: *Robinson Crusoe*. Aduciendo que necesitaba espacio para sus largas piernas, se quedaba siempre en el mismo rincón, donde todos podían oírlo. Pero los hombres que abandonaban la vera del fuego se iban acercando a él uno a uno para sentarse a su lado en el banco y poder traspasarle el calor que seguía pegado a sus ropas.

—¿Crees que hablarás mañana con el nuevo alcaide, Mac Dubh? —preguntó Hayes al sentarse a su lado—. Me he cruzado con Billy Malcolm, que venía de cortar turba, y me ha gritado que las ratas se están haciendo muy audaces en su celda. Esta semana han mordido a seis hombres mientras dormían y dos de ellos están purulentos.

Mac Dubh meneó la cabeza y se rascó la barbilla. Antes de cada audiencia semanal con Harry Quarry se le facilitaba una navaja para afeitarse, pero habían pasado cinco días desde la última y ya tenía la barbilla cubierta de cerdas rojas.

—No sé, Gavin —musitó—. Quarry prometió explicar al nuevo lo de nuestro acuerdo, pero éste podría tener costumbres distintas, ¿no? Si me llama, no dejaré de mencionar lo de las ratas. ¿Malcolm ha pedido que Morrison vaya a ver las heridas?

En la prisión no había médicos. A Morrison, que tenía buena mano para curar, se le permitía ir de celda en celda para atender a los enfermos o lesionados si Mac Dubh lo solicitaba.

Hayes negó con la cabeza.

—No ha tenido tiempo para decir más. Pasaban marchando, ¿entiendes?

—Será mejor que envíe a Morrison —decidió Mac Dubh—. Él puede preguntar a Billy si hay algún otro problema allí.

Había cuatro celdas principales, en las que se alojaba a los prisioneros en grupos numerosos; las noticias pasaban de una a otra gracias a las visitas de Morrison y a los intercambios de hombres que se producían en las cuadrillas cuando salían diariamente a trabajar en el transporte de piedra o la recogida de turba en el páramo vecino.

Morrison vino en cuanto se le mandó llamar, guardando en su bolsillo cuatro cráneos de rata tallados, con los que los prisioneros improvisaban juegos de azar. Mac Dubh buscó a tientas bajo el banco que ocupaba y sacó el saco de paño con que salía al páramo.

—¡Oh, otra vez esos malditos cardos! —protestó Morrison, al ver que el hombretón hacía una mueca al rebuscar en la bolsa—. No puedo hacer que coman esas cosas. Todos me dicen que no son vacas ni cerdos.

Mac Dubh sacó con cautela un puñado de tallos marchitos y se chupó los dedos pinchados.

—Son tercos como cerdos, sin dudarlo —comentó—. Es sólo cardo lechero. ¿Cuántas veces quieres que te lo diga, Morrison? Quita las espinas, reduce a pulpa las hojas y los tallos y, si son demasiado espinosos para comer untados en una galleta, prepara un té para que los hombres lo beban. Diles que nunca he visto a ningún cerdo bebiendo té.

En el arrugado rostro de Morrison se dibujó una sonrisa. Ya era un anciano y sabía muy bien cómo manejar a los pacientes testarudos, pero le gustaba quejarse por pura diversión.

—Les recordaré que las vacas y los cerdos nunca pierden los dientes —dijo, resignado, mientras se metía las hojas marchitas en su saco—. Pero asegúrate de enseñarle los dientes a Joel McCulloch la próxima vez que le veas. Es el peor de todos y no se cree que las hierbas sean buenas para el escorbuto.

—Dile que si me entero de que no se ha comido los cardos, le morderé el culo —le prometió Mac Dubh enseñándole sus excelentes dientes.

Después de emitir el breve ruido que en él pasaba por carcajada, Morrison fue a recoger las pocas hierbas y ungüentos que utilizaba como remedios.

Mac Dubh se relajó un momento y paseó una mirada por la celda para asegurarse de que no se estuviera gestando ningún problema. Algunos de los reclusos estaban peleados. Hacía sólo una semana medió en una disputa entre Bobby Sinclair y Edwin Murray, y aunque no eran amigos, por lo menos guardaban las distancias.

Luego cerró los ojos. Estaba fatigado, había pasado todo el día acarreando piedras. Les llevarían la cena dentro de pocos minutos: unas gachas acompañadas de pan, quizá también un poco de guiso de cebada si tenían suerte. Lo más probable era que poco después la mayoría de los hombres se fueran a dormir y le dejaran unos minutos de paz y semiprivacidad durante los que no tenía que escuchar a nadie ni sentirse en la obligación de hacer nada.

Ni siquiera había tenido tiempo para pensar en el nuevo alcaide, por importante que fuera aquel hombre en la vida de todos. Joven, decía Hayes. Eso podía ser bueno, pero también podía ser malo.

Algunos de los hombres mayores que lucharon en el Alzamiento solían tener prejuicios contra los escoceses: Bogle, que fue quien lo encadenó, luchó con Cope. Pero un joven soldado asustado, que trata de estar a la altura de un trabajo desconocido para él, podría ser más rígido y tiránico que el más irascible de los coroneles viejos. Sí, estaba claro que no se podía hacer otra cosa que esperar.

Con un suspiro, cambió de postura, molesto (por enésima vez) por las esposas que llevaba. Al hacerlo golpeó el banco con la muñeca. Era lo bastante grande como para que el peso de las cadenas no le molestara demasiado, pero cuando trabajaba le hacían rozaduras. Además de las rozaduras, le causaban dolores de espalda por la imposibilidad de separar los brazos más de medio metro. Eso le provocaba calambres y una sensación de agarrotamiento en los músculos del pecho que sólo desaparecía cuando dormía.

—Mac Dubh —dijo una voz suave a su lado—, ¿podemos hablar en privado?

Al abrir los ojos vio a Ronnie Sutherland a su lado con su cara puntiaguda y zorruna brillando a la tenue luz del fuego.

—Por supuesto, Ronnie.

Se incorporó, apartando con firmeza su mente de las cadenas y del nuevo alcaide.

Esa noche, John Grey escribió:

> Queridísima madre:
>
> He llegado sano y salvo a mi nuevo puesto, me resulta cómodo. Mi predecesor, el coronel Quarry (sobrino del duque de Clarence, ¿lo recuerdas?), me ha dado la bienvenida y me ha puesto al tanto de mis funciones. Cuento con un fantástico sirviente y, si bien es inevitable que muchas cosas de Escocia me parezcan extrañas en un principio, no dudo que la experiencia ha de ser interesante. Para cenar me han servido un guiso que, según el camarero, se llama *haggis*. Cuando le he preguntado me ha explicado que era el órgano interior de una oveja relleno con una mezcla de avena molida y cierta cantidad de carne cocida, de origen no identificado. Aunque se me asegura que, para los habitantes de Escocia, este plato es una verdadera exquisitez, lo he enviado a la cocina y he solicitado a cambio un simple filete de cordero hervido. Tras celebrar de ese modo mi primera y humilde comida aquí, y algo fatigado como me hallo por el largo viaje (de cuyos detalles te informaré en mi próxima carta) creo que ahora debo retirarme, dejando una descripción más completa del ambiente, con el que todavía no estoy muy familiarizado porque ya ha oscurecido, para otra ocasión.

Hizo una pausa, mientras daba golpecitos en el secante con la pluma, que dejó pequeños puntos de tinta; los unió distraídamente con líneas, trazando el contorno de un objeto irregular.

¿Se atrevería a preguntar por George? No podía hacerlo directamente, pero sí con una referencia a la familia, preguntando a su madre si había visto hacía poco a lady Everett y pidiéndole que le transmitiera sus recuerdos al hijo.

Suspiró y dibujó otro punto a su objeto. No. Su madre viuda ignoraba la situación, pero el esposo de lady Everett se movía en círculos militares. Si bien la influencia de su hermano mayor reduciría el chismorreo al mínimo, lord Everett podía olerse el asunto y no tardaría en sumar dos y dos. Con que él dijera una palabra imprudente a su esposa sobre George y esa palabra pasara de lady Everett a su madre... La condesa viuda de Melton no era tonta. Sabía muy bien que su hijo menor había caído en desgracia; a los oficiales jóvenes y prometedores bien vistos por los superiores no se los enviaba al trasero de Escocia a supervisar la renovación de una pequeña cárcel fortificada sin importancia. Pero Harold, su hermano, le había explicado que se trataba de un desdichado asunto del corazón, insinuando algo indecoroso, para evitar que ella hiciera preguntas. Probablemente, la condesa pensaba que habían sorprendido a John con la esposa del coronel o con una ramera en sus habitaciones.

¡Un desdichado asunto del corazón! Mojó la pluma en el tintero con una sonrisa preocupada. Tal vez Hal era más sensible de lo que parecía al calificarlo así. Claro que, desde la muerte de Hector en Culloden, todos aquellos asuntos habían sido desdichados para John.

Al pensar en Culloden recordó a Fraser, algo que había estado evitando durante todo el día. Echó un vistazo a la carpeta donde se guardaba la nómina de prisioneros mordiéndose el labio, tentado de abrirla para buscar el nombre. Pero ¿qué sentido tenía? En las Highlands podía haber veinte hombres llamados James Fraser, pero sólo uno apodado *el Rojo*.

Notó que se sonrojaba a causa de las oleadas de calor que le recorrían, pero no se debía a la cercanía del fuego. A pesar de ello, se levantó y se acercó a la ventana para inspirar grandes bocanadas de aire, como si la gélida brisa pudiera borrar sus recuerdos.

—Perdón, señor. ¿Debo ya calentarle la cama?

El acento escocés, a su espalda, le sobresaltó. Al girar en redondo se encontró con la cabeza revuelta del prisionero encargado de atender sus habitaciones; asomaba por la puerta que conducía a sus aposentos privados.

—¡Oh! Eh... sí, gracias... ¿MacDonell? —arriesgó dubitativo.

—MacKay, milord —corrigió el hombre sin resentimiento visible. La cabeza desapareció.

Grey suspiró. Aquella noche ya no podría hacer nada. Volvió al escritorio y recogió las carpetas para guardarlas. El anguloso objeto que había dibujado en el secante parecía una de esas mazas con clavos con las que los antiguos caballeros aplastaban las cabezas de sus enemigos. Tenía la sensación de haberse tragado una igual, aunque quizá sólo se debiera a una indigestión provocada por el cordero poco hecho.

Negó con la cabeza y se acercó la carta para firmarla deprisa: «Con todo afecto, tu obediente hijo, John Wm. Grey.» Luego esparció arena sobre la firma, la selló con su anillo y la dejó a un lado para que la despacharan por la mañana.

Se levantó y aguardó vacilante contemplando los confines oscuros del despacho. Era una inmensa estancia fría y desierta, con poco más contenido que el enorme escritorio y un par de sillas. Se estremeció; el triste brillo de los ladrillos de turba que ardían en la chimenea apenas conseguía calentar el vasto espacio, en especial con el gélido aire húmedo que entraba por la ventana.

Miró la nómina de prisioneros una vez más. Luego se agachó, abrió el último cajón del escritorio y sacó la botella de cristal marrón. Apagó la vela y se fue a la cama guiado por el resplandor difuso del hogar.

Debido a los efectos del agotamiento y el whisky, habría debido dormirse de inmediato; sin embargo, el sueño se mantenía a distancia, rondando su cama como un murciélago, pero sin llegar a posarse. Cada vez que estaba a punto de sumirse en el descanso, aparecía ante sus ojos una visión del bosque de Carryarrick; entonces se descubría, una vez más, espabilado y sudoroso, con el corazón retumbándole en los oídos.

En aquella época él tenía dieciséis años y estaba muy excitado por su primera campaña. Aunque aún no era oficial, su hermano Hal lo había llevado con el regimiento a fin de que conociera la vida militar.

Mientras marchaban a reunirse con el general Cope en Prestonpans, acamparon cerca de un oscuro bosque escocés. John se sentía demasiado nervioso para dormir. ¿Cómo sería la batalla? Cope era un gran general, lo decían todos los amigos de Hal, pero cuando los hombres se reunían alrededor de un fuego, contaban horrorosas historias sobre los feroces escoceses y sus malditos sables. ¿Tendría el coraje de enfrentarse a los temibles escoceses?

No se decidía a mencionar su miedo ni siquiera a Hector. Hector lo quería, pero era ya un hombre de veinte años, alto, musculoso y temerario, con un cargo de teniente y deslumbrantes anécdotas de las batallas libradas en Francia.

Aun ahora ignoraba si había obrado así para emular a Hector o sólo para impresionarlo. El caso es que, al ver al montañés en el bosque y al reconocerlo como el famoso Jamie Fraser de los carteles, decidió matarlo o capturarlo.

Se le había ocurrido, sí, la idea de volver al campamento en busca de ayuda; pero el hombre estaba solo (al menos, eso pensó John) y a las claras desprevenido; tranquilamente sentado en un tronco, comía un trozo de pan.

Él desenvainó el puñal de su cinturón y se escurrió silencioso entre el bosque hacia la roja cabeza, con la empuñadura del cuchillo en la mano y la mente llena de visiones de gloria, imaginando los elogios de Hector.

Pero, en su lugar, cuando descargaba el puñal, rodeando con un brazo el cuello del escocés para estrangularlo, recibió un golpe y entonces...

Lord John Grey se estiró en la cama, acalorado por los recuerdos. Habían caído hacia atrás, rodando juntos en la crepitante oscuridad cubierta de hojas secas, buscando a tientas el cuchillo, debatiéndose y luchando... por defender la vida, pensaba él.

Al principio, el escocés estaba debajo de él; luego, de algún modo, se retorció y quedó arriba. John había tocado en una ocasión una gran pitón que un amigo de su tío había traído de la India; a eso se parecía el tacto de Fraser: ligero, suave y horriblemente poderoso; se movía como aquellos aros musculosos, nunca por donde se esperaba.

Para su vergüenza, se vio tirado de bruces entre las hojas, con la muñeca dolorosamente retorcida en la espalda. En un acceso de terror, seguro de que iba a ser asesinado, tiró con todas sus fuerzas del brazo aprisionado; el hueso se rompió con un estallido de dolor rojo y negro que lo dejó sin sentido.

Al volver en sí momentos después, estaba apoyado en un árbol frente a un círculo de feroces montañeses, todos con faldas. En medio de todos ellos estaba Jamie *el Rojo*... y la mujer.

Grey apretó los dientes. ¡Maldita mujer! De no haber sido por ella... Bueno, sólo Dios sabía lo que podría haber sucedido. Lo que sucedió fue que ella dijo algo. Era inglesa y, por su manera de hablar, una dama. John, ¡idiota de él!, llegó a la conclusión de que la mujer era rehén de los crueles escoceses, que sin duda la habrían raptado con el propósito de violarla. Todo el mundo decía que los montañeses violaban a la menor oportunidad que se les presentaba y que se deleitaban deshonrando a las inglesas. ¡Qué podía pensar él!

Y lord John William Grey, de dieciséis años, desbordando ideas militares de galantería y nobleza, magullado, estremecido y luchando contra el dolor de su brazo fracturado, trató de negociar para rescatarla de su destino. Fraser, alto y burlón, jugó con él como el pescador con un pez; desnudó a medias a la mujer ante sus ojos para obligarlo a dar información sobre la posición y el número del regimiento de su hermano. Y cuando él le hubo dicho cuanto sabía, el Rojo le reveló, entre risas, que la mujer era su esposa. Todos rieron; aún podía oír las obscenas y regocijadas voces de los escoceses.

Grey se dio la vuelta en la cama, irritado en el colchón extraño. Para empeorar las cosas, Fraser no había tenido siquiera la decencia de matarlo sino que lo ató a un árbol, donde sus camaradas lo encontrarían por la mañana, cuando los hombres del Rojo hubieran visitado el campamento y, con la información proporcionada por él, hubiesen inutilizado el cañón que llevaban a Cope.

Todo el mundo se enteró, por supuesto. Aunque lo excusaron por su corta edad y el hecho de que aún no fuera oficial, John se convirtió en un paria, en blanco de desprecio. Nadie le dirigía la palabra, salvo su hermano... y Hector. Hector, siempre leal.

Con un suspiro, frotó la mejilla contra la almohada. Aún podía ver a Hector en su mente: un moreno de ojos azules y boca tierna siempre sonriente. Había muerto diez años atrás, en Culloden, hecho pedazos por una espada escocesa, pero John aún despertaba a veces al alba, con el cuerpo arqueado por espasmos, sintiendo su contacto.

Y ahora, esto. Ese nombramiento lo había horrorizado: estar rodeado de escoceses, con sus voces chirriantes, abrumado por el recuerdo de lo que le habían hecho a Hector. Pero nunca, ni en la más espantosa de sus pesadillas, había pensado volver a encontrarse con James Fraser.

El fuego de turba que ardía en la chimenea fue muriendo gradualmente hasta convertirse en una montaña de ceniza caliente que se enfrió poco después. Las vistas de la ventana palidecieron y el intenso negro de la noche dejó paso al triste gris de una lluviosa alba escocesa. Y John Grey seguía despierto, con los ardientes ojos clavados en las vigas del techo ennegrecidas por el humo.

Grey se levantó por la mañana sin haber descansado, pero con una decisión tomada. Estaba allí. Fraser también estaba allí. Y ninguno de los dos podía cambiar de sitio en un futuro previsible. Bien. Se vería obligado a verlo de vez en cuando (dentro de una hora hablaría ante los prisioneros reunidos y, en adelante, debería inspeccionarlos con regularidad), pero de ningún modo lo recibiría en privado. Si lo mantenía a distancia, quizá pudiera mantener también a raya los recuerdos que le despertaba. Y los sentimientos.

Pues, si bien era el recuerdo de la ira y la humillación pasadas lo que no le había permitido conciliar el sueño, fue la otra cara de la situación actual lo que lo mantuvo despierto hasta el amanecer: el comprender, poco a poco, que Fraser ya no era su torturador sino un prisionero, *su* prisionero, tan a su merced como los otros.

Después de llamar a su sirviente con la campanilla, fue descalzo a la ventana para ver cómo estaba el tiempo; el frío de la piedra bajo los pies le arrancó una exclamación.

Llovía, lo cual no era extraño. Abajo, en el patio, los prisioneros empapados ya estaban formando las cuadrillas de trabajo. Temblando bajo su camisa, Grey cerró un poco la ventana, el dilema de morir asfixiado por el humo o perecer de fiebre tenía poca solución.

Habían sido las imágenes de venganza las que le habían tenido dando vueltas en la cama mientras la luz de la ventana esclarecía y la lluvia golpeaba el alféizar. Grey había imaginado a Fraser encerrado en una diminuta celda de piedra helada, desnudo en las noches de invierno, alimentado con agua sucia, flagelado en el patio de la prisión. Darle una lección de humildad a su poderosa arrogancia, reducirlo al servilismo, que dependiera sólo de su palabra para conseguir un momento de alivio.

Lo había imaginado con todos los detalles, disfrutándolos. Oía a Fraser implorar misericordia y se concebía a sí mismo desdeñoso y altanero.

Lo imaginó y sintió un ramalazo de asco contra sí mismo.

A pesar de lo que ese hombre fuera para Grey en el pasado, Fraser era ahora un enemigo derrotado, un prisionero de guerra, responsabilidad de la Corona. Responsabilidad de Grey. Y su bienestar, obligación de honor.

Su sirviente le había traído agua caliente para afeitarse. Se humedeció las mejillas relajándose al contacto con el agua caliente y dejó a un lado las tormentosas fantasías de la noche. Se dio cuenta de que no eran más que fantasías, y sintió cierto alivio al comprenderlo.

Haber encontrado a Fraser en la batalla, haberlo mutilado o matado habría sido un salvaje placer. Pero el hecho ineludible era que, mientras aquel hombre fuera su prisionero, el honor le impedía hacerle daño. Cuando estuvo afeitado y vestido, ya se había repuesto lo suficiente para encontrarle cierto humor lúgubre a la situación.

Su estúpida conducta en Carryarrick había salvado la vida a Fraser en Culloden. Ahora, ya saldada aquella deuda y con Fraser en su poder, su misma impotencia de prisionero le libraba de todo peligro. Pues los Grey, estúpidos o sabios, ingenuos o experimentados, eran ante todo hombres de honor.

Sintiéndose algo mejor, se miró al espejo para enderezarse la peluca y bajó a desayunar, antes de pronunciar su primer discurso ante los prisioneros.

—¿Quiere usted que se le sirva la cena en la sala, señor, o aquí? —La cabeza de MacKay, despeinada como siempre, asomó en el despacho.

—¿Hum? —murmuró Grey, absorto en los papeles esparcidos ante él. Luego levantó la vista—. Ah. Aquí, por favor.

Señaló vagamente una esquina del enorme escritorio y volvió a su trabajo; casi ni alzó la mirada al llegar la bandeja con la comida, poco después.

Lo del papeleo no era una broma de Quarry. Sólo la enorme cantidad de comida requería interminables peticiones y requisitos; además, tenía que enviar todas las órdenes a Londres por duplicado, ¡si era tan amable! Por no hablar de los cientos de necesidades más requeridas por los prisioneros, los guardias y los hombres y mujeres del pueblo que venían durante el día a limpiar los barracones y a trabajar en las cocinas. John se había pasado la jornada sin hacer otra cosa que redactar y firmar requisitorias. Tenía que conseguir pronto un escribiente, si no quería morir de puro aburrimiento.

«Doscientas libras de harina de trigo —escribió— para uso de los prisioneros. Seis barriles de cerveza para los barracones.» Su habitual prosa elegante había degenerado rápidamente hasta convertirse en un garabato funcional, y su estilosa firma se había transformado en un escueto: J. Grey.

Dejó la pluma con un suspiro y cerró los ojos, masajeándose el dolor sordo que sentía entre las cejas. El sol no se había molestado en aparecer una sola vez desde su llegada y trabajar todo el día en una habitación llena de humo, a la luz de las velas, hacía que le ardieran los ojos como brasas. El día anterior habían llegado sus libros, pero aún estaban sin desempaquetar. Cuando cayó la noche estaba demasiado exhausto como para hacer otra cosa que no fuera lavarse los ojos doloridos con agua fría e irse a dormir. Un ruido leve y sigiloso hizo que se incorporara de golpe, al tiempo que abría los ojos. Había una gran rata parda sentada en la esquina de su escritorio, con un trozo de budín de ciruela entre las patas delanteras. No se movió; se limitó a mirarlo retorciendo los bigotes.

—¡Pero malditos sean mis ojos! —exclamó Grey, asombrado—. ¡Oye, asquerosa! ¡Ésa es mi cena!

La rata mordisqueó el budín con aire pensativo y los ojos brillantes fijos en el comandante.

—¡Sal de aquí!

Enfurecido, Grey cogió el objeto más cercano y se lo tiró. La botella de tinta estalló contra el suelo y el sobresaltado animal saltó del escritorio y huyó precipitadamente entre las piernas de MacKay, que, aún más sobresaltado, había aparecido en la puerta para ver a qué se debía aquel ruido.

—¿Hay algún gato en la prisión? —inquirió Grey mientras echaba el contenido de la bandeja al cesto de los papeles.

—Sí, señor, en los depósitos hay gatos —respondió MacKay, arrastrándose sobre manos y rodillas para limpiar las pequeñas huellas que la rata había dejado en su precipitada huida a través del charco de tinta.

—Bueno, pues tráigame uno, MacKay, por favor —ordenó Grey—. De inmediato.

Rugió al recordar aquella obscena cola desnuda enroscada en su plato como si nada. En el campo de batalla había convivido con ratas en muchas ocasiones, pero le resultaba particularmente ofensivo que uno de esos animales saqueara su cena delante de sus propios ojos.

Se asomó a la ventana y se quedó allí tratando de despejarse con el aire fresco mientras MacKay concluía la limpieza. Estaba anocheciendo y el patio se vestía de sombras color púrpura. Las piedras del ala de celdas de enfrente parecían más frías y sombrías que de costumbre.

Los carceleros se acercaban bajo la lluvia desde el ala de la cocina, una procesión de pequeños carros cargados con la comida de los prisioneros: enormes calderos con humeante avena y cestas de pan cubiertas con trapos para evitar que lo mojara la lluvia. Por lo menos esos pobres diablos comerían algo caliente después de haber pasado todo el día empapados trabajando en la cantera.

De pronto se le ocurrió algo y le dio la espalda a la ventana.

—¿Hay muchas ratas en las celdas? —preguntó.

—Sí, muchas, señor —respondió el prisionero, pasando el trapo por última vez por el umbral de la puerta—. Le diré al cocinero que prepare otra bandeja. ¿No, señor?

—Sí, por favor. Y después, señor MacKay, ocúpese de que cada una de las celdas tenga un gato.

MacKay pareció vacilar. Grey, que estaba recogiendo sus papeles dispersos, se detuvo.

—¿Algún problema, MacKay?

—No, señor —replicó el interno lentamente—. Sólo que estas bestezuelas mantienen a raya a los escarabajos. Y con todo respeto, señor, no creo que a los hombres les guste que el gato se coma todas sus ratas.

Grey lo miró con un poco de asco.

—¿Los prisioneros comen ratas? —preguntó, con el recuerdo de aquellos dientes amarillos mordisqueando su budín de ciruelas.

—Sólo si tienen la suerte de atrapar una, señor. Puede que los gatos ayuden un poco, después de todo. ¿Necesita algo más, señor?

9

El vagabundo

La decisión de Grey con respecto a James Fraser duró dos semanas: hasta que llegó el mensajero, desde la aldea de Ardsmuir, con noticias que lo cambiaron todo.

—¿Aún vive? —preguntó sin rodeos al hombre.

El mensajero, uno de los aldeanos que trabajaban para la prisión, asintió con la cabeza.

—Yo mismo lo vi, señor, cuando lo trajeron. Ahora está en El Tilo, bien atendido... pero no creo que baste con atenderlo bien, señor. No sé si me comprende. —Enarcó significativamente una ceja.

—Comprendo —respondió Grey—. Gracias. ¿Su nombre...?

—Allison, señor. Rufus Allison, para servirle.

El hombre aceptó el chelín que se le ofrecía y, tras hacer una reverencia con el sombrero bajo el brazo, se retiró.

Grey permaneció sentado en su escritorio, contemplando el cielo plomizo. El sol apenas había asomado un solo día desde su llegada. Dio unos golpecitos sobre el escritorio con la punta de la pluma con la que había estado escribiendo sin pensar en los desperfectos que estaría ocasionando a la punta afilada.

Ante la palabra *oro*, muchos oídos se aguzaban, especialmente los suyos.

Aquella mañana habían encontrado a un hombre vagando en la neblina del páramo, cerca de la aldea. Traía las ropas empapadas, y no sólo debido a la humedad, también de agua de mar, y deliraba por la fiebre. No había dejado de balbucear desde que dieron con él, pero quienes lo habían rescatado no hallaban mucho sentido a sus divagaciones. El hombre parecía escocés, pero hablaba en una mezcla incoherente de francés y gaélico, añadiendo aquí y allá alguna palabra inglesa. Y una de esas palabras había sido *oro*.

La combinación de escoceses, oro y francés en aquella zona del país sólo podía traer una idea a la mente de alguien que hubiera combatido durante los últimos días del Alzamiento jacobita: el oro del Francés, la fortuna en lingotes de oro que, según rumores, Luis de Francia había enviado en secreto para auxiliar a su primo, Carlos Estuardo. Y que llegó demasiado tarde.

Algunos rumores aseguraban que había sido el ejército escocés quien había escondido el oro francés durante su última y precipitada huida hacia el norte y antes del desastre final de Culloden. Otros sostenían que el oro jamás había llegado a manos de Carlos Estuardo y que lo habían dejado bajo custodia en una cueva cerca del lugar donde lo desembarcaron en la costa noroeste.

Había quien afirmaba que el secreto del escondite se perdió cuando el guardián de la fortuna murió en Culloden. Y otros aseguraban que el escondite todavía se sabía, pero que era un secreto muy bien guardado por los miembros de una única familia escocesa. Fuera cual fuese la verdad, ese oro no había aparecido. Todavía.

Francés y gaélico. Grey hablaba un francés pasable, resultado de haber combatido varios años en el extranjero, pero ni él ni sus oficiales dominaban el bárbaro gaélico, descontando algunas palabras que el sargento Grissom había aprendido, siendo niño, de una niñera escocesa. No podía confiar en un hombre de la aldea si la historia tenía algo de cierto. ¡El oro del Francés! Aparte de su valor como tesoro (que, en todo caso, pertenecería a la Corona), para John William Grey tenía un considerable valor personal. El hallazgo de aquella reserva casi mítica sería su pasaporte para salir de Ardsmuir y regresar a Londres, a la civilización. Aquella negra desgracia quedaría automáticamente oscurecida tras el brillo del oro.

Mordió el extremo despuntado de la pluma y notó cómo el cilindro crujía entre sus dientes.

Maldición. No, no podía confiar en un aldeano. Tampoco en ninguno de sus oficiales. ¿Y en un prisionero? Sí, no había peligro en emplear a un prisionero, pues ninguno de los internos podría utilizar la información en provecho propio. Por desgracia, todos los prisioneros hablaban gaélico y algunos también un poco de inglés, pero sólo uno dominaba asimismo el francés. «Es un hombre instruido», repitió la voz de Quarry en su memoria.

—¡Maldita sea! —murmuró Grey. No tenía otro remedio. Allison había dicho que el vagabundo estaba muy enfermo y no había tiempo para buscar alternativas. Escupió un fragmento de pluma—. ¡Brame! —gritó.

El sobresaltado cabo asomó la cabeza.

—¿Sí, señor?

—Tráigame al prisionero James Fraser. De inmediato.

El alcaide, en pie tras su escritorio, se apoyó en él como si el enorme mueble de roble fuera realmente el baluarte que parecía. Sintió las manos húmedas sobre la suavidad de la madera; el cuello blanco del uniforme parecía apretarle.

El corazón le dio un brinco violento al abrirse la puerta. El escocés entró con un leve tintineo de cadenas y se detuvo ante el escritorio. Todas las velas se hallaban encendidas y el despacho estaba casi tan iluminado como el día a pesar de que fuera ya era casi de noche.

Desde luego, Grey había visto varias veces a Fraser en el patio, con los otros prisioneros, su pelo rojo y sus hombros asomando por encima de la mayor parte de los demás hombres, pero nunca a una distancia que le permitiera verle la cara con claridad. Había cambiado; eso lo impresionó, pero también fue un alivio. Llevaba mucho tiempo viendo en su memoria una cara bien afeitada, ceñuda y amenazante o alegre por la risa burlona. Aquel hombre tenía una barba corta y el rostro sereno y cauteloso; sus ojos azules eran los mismos, pero no daban señales de reconocerlo. Permanecía en silencio ante el escritorio, esperando.

Grey carraspeó. El corazón aún le palpitaba muy deprisa, pero al menos pudo hablar con calma.

—Señor Fraser —dijo—, le agradezco que haya venido.

El escocés inclinó cortésmente la cabeza, sin mencionar que no tenía alternativa; sólo sus ojos lo dijeron.

—Sin duda se preguntará por qué lo he mandado llamar —continuó Grey. A sus propios oídos, las frases sonaban insufriblemente pomposas, pero no lo lograba remediarlo—. Temo que ha surgido una situación en la que necesito su ayuda.

—¿De qué se trata, alcaide? —La voz era la misma: grave y precisa, caracterizada por un suave acento montañés.

Inspiró hondo agarrándose al escritorio. Habría hecho cualquier cosa antes de pedirle ayuda a ese hombre en particular, pero no tenía otra maldita opción. En aquel momento, Fraser era su única salida.

—En el páramo, cerca de la costa, han encontrado a un vagabundo —dijo con cautela—. Se diría que está gravemente enfermo y dice cosas sin sentido. Sin embargo, ciertos... asuntos a los que se refiere parecen ser de... gran interés para la Corona. Necesito hablar con él y averiguar todo lo posible sobre su identidad y los asuntos que menciona.

Hizo una pausa, pero Fraser se limitó a esperar.

—Por desgracia —continuó Grey tomando aliento—, el hombre en cuestión se expresa en una mezcla de gaélico, francés y con alguna que otra palabra suelta en inglés.

El escocés movió una de sus rojizas cejas. Su rostro no se alteró de modo apreciable, pero era obvio que había captado las implicaciones de la situación.

—Comprendo, comandante. —Su voz suave estaba llena de ironía—. Le gustaría contar con mi ayuda para traducir lo que ese hombre pueda decir.

Grey, que no se atrevía a hablar, se limitó a asentir con la cabeza.

—Temo que debo rehusar, alcaide. —Fraser hablaba respetuosamente, pero con un brillo en los ojos en el que no había nada de respetuoso.

La mano de Grey se curvó, tensa, al asir el abrecartas de bronce.

—¿Rehúsa usted? —Apretó más el abrecartas para afirmar la voz—. ¿Puedo preguntar por qué, señor Fraser?

—Soy un prisionero, comandante —dijo el escocés, amable—, no un intérprete.

—Su asistencia sería... apreciada. —Grey trató de infundir intención a la palabra sin ofrecer directamente un soborno—. A la inversa —añadió endureciendo el tono—, el hecho de no prestar una legítima ayuda...

—No es legítimo que me obligue a prestar servicio ni que me amenace, alcaide. —La voz de Fraser sonó mucho más dura que la del inglés.

—¡No lo he amenazado! —El filo del abrecartas le estaba cortando la mano; se vio obligado a aflojar los dedos.

—¿No? Bueno, me alegra saberlo. —Fraser se giró hacia la puerta—. En ese caso, le daré las buenas noches.

Grey habría preferido mil veces dejarlo ir. Por desgracia, el deber llamaba.

—¡Señor Fraser!

El escocés se detuvo a un metro de la puerta, sin volverse. Grey inspiró hondo, reuniendo fuerzas.

—Si hace usted lo que le pido, haré que le retiren las cadenas —dijo.

Fraser permaneció inmóvil. Grey, aunque joven y poco experimentado, era observador. Y no era torpe para evaluar a un hombre. Al ver que el prisionero alzaba la cabeza y reparar en la tensión de sus hombros, cedió un tanto el nerviosismo que lo dominaba desde que había tenido noticia del vagabundo.

—¿Señor Fraser?

Muy lentamente, el escocés se volvió, inexpresivo.

—Trato hecho, alcaide —dijo con suavidad.

Cuando llegaron a la aldea de Ardsmuir era ya más de medianoche. No había luz en las cabañas ante las que pasaron; Grey se descubrió preguntándose qué pensarían los habitantes del ruido de cascos y del tintineo de armas a una hora tan avanzada de la noche, como el leve eco de las tropas inglesas que habían barrido las Highlands diez años atrás.

Habían llevado al vagabundo a la posada de El Tilo, establecimiento que debía su nombre al tilo que durante tantos años estuvo plantado en su jardín, el único árbol de esas dimensiones en cincuenta kilómetros a la redonda. En la actualidad sólo quedaba de él un ancho tocón. El árbol, como muchas otras cosas, había perecido después de Culloden, quemado por el fuego de las tropas de Cumberland. Pero el nombre de la posada había perdurado.

Ante la puerta de la posada, Grey se detuvo para mirar a Fraser.

—¿Recuerda las condiciones de nuestro acuerdo?

—Sí —respondió el prisionero, brevemente. Y pasó rozándolo.

A cambio de hacerle retirar los grillos, Grey le había exigido tres cosas: primero, que no intentara escapar durante el viaje a la aldea ni en el de regreso; segundo, que le hiciera un relato completo y veraz de todo lo que el vagabundo dijera, y en tercer lugar le pidió su palabra de caballero de repetir lo que hubiera escuchado solamente a Grey.

Dentro hubo un murmullo de voces gaélicas; luego, una exclamación de sorpresa cuando el posadero vio a Fraser, y una actitud de deferencia ante los casacas rojas que lo acompañaban. Su esposa estaba en la escalera con un estropajo en la mano, haciendo danzar las sombras a su alrededor.

Grey, sobresaltado, apoyó una mano en el brazo del posadero.

—¿Quién es ése? —En la escalera había otra silueta, una aparición totalmente vestida de negro.

—El cura —explicó Fraser en voz baja junto a él—. Eso significa que el hombre está agonizando.

El comandante aspiró hondo, tratando de prepararse para lo que sobrevendría.

—Entonces hay poco tiempo que perder —manifestó, al tiempo que ponía una bota en la escalera—. Procedamos.

El hombre murió justo antes del amanecer. Fraser le sostenía una mano y el sacerdote la otra. Mientras este último se inclinaba sobre la cama y murmuraba frases en gaélico y en latín, haciendo señales papistas sobre el cadáver, el prisionero se reclinó en su asiento con los ojos cerrados, sin soltar aquella mano pequeña y frágil.

El corpulento escocés había pasado toda la noche junto al moribundo, escuchándolo, dándole aliento y consuelo mientras Grey permanecía junto a la puerta para no asustar al hombre con su uniforme, asombrado y conmovido a un tiempo por la suavidad de Fraser.

Por fin lo vio depositar la flaca mano curtida sobre el pecho inmóvil y hacer la misma señal que el cura: se tocó la frente, el corazón y los dos hombros, como trazando una cruz. Luego abrió los ojos. Cuando se puso en pie, su cabeza estuvo a punto de tocar las vigas. Tras hacer un breve gesto a Grey, lo precedió por la estrecha escalera.

—Aquí. —El inglés señaló la puerta del bar, ya desierto.

Una criada de ojos somnolientos encendió el fuego y les llevó pan y cerveza; luego los dejó solos. Grey aguardó hasta que Fraser hubo comido algo, antes de preguntarle:

—¿Y bien, caballero?

El escocés dejó su jarra de peltre y se limpió la boca con el dorso de la mano. Con la barba y el pelo largo trenzado con pulcritud, no parecía tan afectado por las altas horas de la noche, pero tenía unas manchas negras de cansancio alrededor de los ojos.

—Bien —dijo—. No tiene mucho sentido, comandante —añadió a modo de advertencia—, pero esto es lo que ha dicho.

Habló con cautela, haciendo alguna pausa para recordar una palabra exacta o explicar alguna referencia gaélica. Grey escuchaba, cada vez más desencantado. Fraser tenía razón: aquello no tenía mucho sentido.

—¿La bruja blanca? —interrumpió—. ¿Ha hablado de una bruja blanca? ¿Y de focas? —No parecía más descabellado que el resto, pero aun así le costaba creerlo.

—En efecto.

—Repítamelo —ordenó Grey—. Tal como lo recuerde, por favor.

Se sentía extrañamente a gusto con aquel hombre; lo notó con sorpresa. En parte era por la intensa fatiga, por supuesto; sus reacciones y sentimientos habituales estaban abotargados por la prolongada vela y la tensión de ver morir a un hombre poco a poco.

A Grey toda la noche se le había antojado irreal; y no se debía sólo a la extraña conclusión de los hechos, además estaba sentado a la tenue luz del alba de una taberna rural compartiendo una jarra de cerveza con Jamie *el Rojo*.

Fraser obedeció y habló con lentitud, haciendo alguna pausa para recordar. Descontando algunas palabras aquí y allá, la versión fue idéntica a la anterior. Y las partes que Grey había podido entender por sí solo estaban fielmente traducidas.

Negó con la cabeza, desalentado. Divagaciones. Los delirios del hombre habían sido justamente eso: delirios. Si aquel tipo había llegado a ver oro —y daba la impresión de que sí lo había visto en algún momento—, era imposible deducir dónde o cuándo basándose en su embrollo de ilusiones y sus febriles desvaríos.

—¿Está seguro de que no ha dicho nada más? —insistió, aferrándose a la débil esperanza de que Fraser hubiera omitido alguna pequeña frase, algún fragmento que brindara la clave para hallar el oro perdido.

Cuando Fraser levantó el jarro se le bajó un poco la manga y Grey pudo ver el profundo círculo de carne desollada que le rodeaba la muñeca, una tira oscura a la temprana luz plomiza de la taberna. Fraser se dio cuenta de que le miraba el brazo y bajó la jarra haciendo añicos la frágil ilusión de compañerismo.

—Siempre cumplo con mi palabra, señor —aseguró el otro con fría formalidad, al tiempo que se ponía en pie—. ¿Regresamos ya?

Durante un rato cabalgaron en silencio. Fraser iba perdido en sus propios pensamientos; Grey, hundido en la fatiga y la desilusión. Cuando asomó el sol tras las pequeñas colinas del norte, se detuvieron junto a una pequeña vertiente para refrescarse. Grey bebió agua fría y al mojarse la cara se sintió momentáneamente reanimado por el sorprendente frescor en su piel. Llevaba más de veinticuatro horas sin dormir; se sentía lento y estúpido.

Fraser tampoco había descansado durante ese tiempo, pero no daba señales de estar molesto. Se arrastró a gatas, alrededor de la fuente, cortando algunas hierbas.

—¿Qué hace, señor Fraser? —preguntó Grey, desconcertado.

Fraser levantó la vista con cierta sorpresa, pero sin avergonzarse en absoluto.

—Recojo berros, señor.

—Eso salta a la vista —replicó el inglés, malhumorado—. ¿Para qué?

—Para comer, comandante. —Fraser sacó del cinturón el sucio saco de paño y metió la verde masa chorreante.

—¿Por qué? ¿No se les da comida suficiente? —preguntó Grey, sorprendido—. Nunca había oído que los seres humanos coman berros.

—Son hojas verdes, comandante.

El comandante estaba muy cansado y empezó a sospechar que el escocés pretendía darle lecciones.

—¿Y de qué otro color puede ser una hoja, demonios? —interpeló Grey.

Fraser contrajo la boca y pareció reflexionar. Al poco encogió un tanto los hombros mientras se limpiaba las manos en los pantalones.

—Quería decir, comandante, que comer hojas verdes evita el escorbuto y la flojedad de dientes. Mis hombres comen las verduras que yo les llevo. Y el berro sabe mejor que todo lo que puedo recoger en el páramo.

Grey enarcó las cejas.

—¿Que las plantas verdes evitan el escorbuto? —balbuceó—. ¿De dónde ha sacado esa idea?

—¡De mi esposa! —le espetó Fraser. Se dio media vuelta bruscamente y ató el cuello de su saco con duros y rápidos movimientos.

Grey no pudo evitar la pregunta.

—Su esposa, señor, ¿dónde está?

La respuesta fue un relámpago azul oscuro, tan espeluznante en su intensidad que le provocó un escalofrío.

«Quizá no haya visto de cerca el odio y la desesperación», sonó la voz de Quarry en su memoria. No era cierto: los había reconocido de inmediato en el fondo de los ojos de su prisionero. Pero sólo por un instante, luego volvió el velo normal de serena cortesía.

—Mi esposa se ha ido —dijo Fraser, volviéndole la espalda con tal brusquedad que su gesto rozó la grosería.

Grey se sintió conmovido por una sensación inesperada. En parte era de alivio: la mujer que había sido la causa de su humillación ya no existía. En parte era de pena.

Ninguno de los dos volvió a hablar durante el regreso a Ardsmuir.

Tres días después, Jamie Fraser escapó. Nunca había sido difícil escapar de Ardsmuir; si nadie lo hacía, era, simplemente, porque no había adónde ir. A cinco kilómetros de la prisión, la costa de

Escocia caía hacia el océano en un acantilado de granito desmenuzado. Por los otros tres lados sólo había kilómetros de páramo desierto.

Hubo un tiempo en que los fugitivos podían sobrevivir gracias al apoyo y la protección de su clan y sus parientes. Pero los ingleses habían exterminado los clanes, los parientes estaban todos muertos, y se habían llevado a los prisioneros escoceses lejos de las tierras de sus clanes. Morirse de hambre en un páramo inhóspito no era una alternativa mucho más atractiva que la celda de una prisión. Escapar no valía la pena... salvo para Jamie Fraser, que obviamente tenía un motivo.

Los caballos de los dragones avanzaban por la carretera. Aunque el páramo que los rodeaba parecía liso como una colcha de terciopelo, el brezo violeta formaba una capa fina que se extendía engañosamente sobre medio metro o más de húmeda y esponjosa turba. Ni siquiera los ciervos rojos se aventuraban a ciegas por aquella masa pantanosa. Grey estaba viendo cuatro de aquellos animales en ese preciso momento, distinguía sus siluetas a ciento cincuenta metros de distancia, y el rastro de su paso a través del brezo no parecía más ancho que un hilo.

Fraser no iba a caballo, claro. Y eso significaba que el prisionero fugado podría estar en cualquier punto del páramo con total libertad para seguir la estela de los ciervos.

El deber de John Grey era perseguir al prisionero e intentar capturarlo. Fue algo más que el deber lo que le indujo a desguarnecer la prisión para formar el grupo de búsqueda. Los instó a marchar, permitiéndoles sólo brevísimas paradas para descansar y comer. El deber, sí, y un urgente deseo de hallar el oro del Francés y ganar la aprobación de sus superiores... para que acabara su exilio en aquella desolada zona de Escocia. Pero también la ira y una extraña sensación de haber sido personalmente traicionado.

Grey no sabía si estaba más furioso con Fraser por haber faltado a su palabra, o consigo mismo por haber sido lo bastante tonto como para creer que un escocés —caballero o no— poseía el mismo sentido del honor que él. Pero lo que sí sabía era que estaba muy enfadado y que, si era necesario, estaba decidido a seguir hasta la última huella de ciervo para capturar a James Fraser.

Llegaron a la costa la noche siguiente, cuando ya había oscurecido, después de pasar una jornada laboriosa revisando el páramo. La niebla se había atenuado en las rocas, barrida por el viento del litoral; ante ellos se extendía el mar, acunado por las colinas y sembrado de diminutos islotes yermos.

John Grey, de pie junto a su caballo, contempló el mar negro y salvaje desde lo alto de los acantilados. Gracias a Dios la noche era clara en la costa y en el cielo brillaba media luna. Su resplandor tintaba las rocas salpicadas de agua destacándolas con fuerza y brillo, parecían lingotes de plata recortados contra las sombras de terciopelo negro.

Era el sitio más desolado que había visto nunca; sin embargo, había en él una belleza terrible que le enfriaba la sangre en las venas. No había señales de James Fraser. No había señal alguna de vida.

De pronto, uno de los hombres soltó una exclamación de sorpresa y empuñó la pistola.

—¡Allí! —exclamó—. ¡En las rocas!

—No dispares, tonto —dijo otro de los soldados, sujetándole el brazo sin disimular su desprecio—. ¿Nunca habías visto una foca?

—Eh... no —confesó el primero, intimidado. Bajó la pistola mirando las pequeñas siluetas oscuras que había en las rocas de más abajo.

Tampoco Grey conocía las focas. Las observó con fascinación. Desde allí parecían babosas negras. La luz de la luna se reflejaba en sus pieles mientras levantaban las inquietas cabezas. Parecían rodar y balancearse con gesto inseguro conforme se abrían paso hacia tierra firme.

Cuando era niño, su madre encargó un abrigo de piel de foca. Le permitieron tocarlo en una ocasión y quedó maravillado de su tacto, oscuro y cálido como una noche de verano sin luna. Le pareció sorprendente que la gruesa y suave piel procediera de esas resbaladizas y húmedas criaturas.

—Los escoceses las llaman *silkies* —comentó el soldado que las había reconocido. Cabeceó en dirección a las focas como si fuese conocedor de una información especial.

—¿*Silkies*? —Grey, interesado, miró al hombre con atención—. ¿Qué más sabe de ellas, Sykes?

El hombre se encogió de hombros, disfrutando de su momentánea importancia.

—Poca cosa, señor. Aquí hay algunas leyendas al respecto. Dicen que a veces una de ellas viene a la costa, se desprende de la piel y dentro aparece una mujer hermosa. Si un hombre encuentra la piel y la esconde para que la mujer no pueda volver al mar, ella está obligada a ser su esposa. Y dicen que son buenas esposas, señor.

—Al menos, siempre estarán húmedas —murmuró el primero.

Los hombres estallaron en carcajadas que resonaron entre los acantilados estridentes como aves marinas.

—¡Basta! —Grey tuvo que alzar la voz para hacerse oír por encima de las risas y los comentarios obscenos—. Despliéguense y revisen los acantilados en ambas direcciones. Y estén alerta por si ven algún barco; Dios sabe que tras estos islotes hay espacio más que suficiente para ocultar una balandra.

Los hombres, intimidados, obedecieron sin rechistar. Al regresar, una hora después, venían desaliñados y mojados, pero sin haber visto señales de Jamie Fraser... ni del oro del Francés.

Al amanecer, cuando la luz pintaba las resbaladizas rocas de tonos rojos y dorados, volvieron a inspeccionar los acantilados en ambas direcciones y se desplazaron con mucho cuidado por las grietas de las rocas y las inseguras pilas de piedra.

No encontraron nada. Grey, en pie junto a una fogata encendida en el acantilado, supervisaba la búsqueda envuelto en un abrigo para protegerse del viento penetrante y de tanto en tanto tomaba fuerzas con el café caliente que le traía su servidor.

El vagabundo de la posada de El Tilo venía del mar, tenía la ropa empapada en agua salada. Tanto si Fraser había sacado en claro de las palabras de aquel hombre algo que no le había dicho, como si había decidido aventurarse por sí mismo, seguro que había ido hacia el mar. Y, sin embargo, no había ni rastro de James Fraser en aquella extensión de costa. Peor aún, no había ni rastro del oro.

—Si vino por aquí, comandante, creo que no volveremos a verlo. —Era el sargento Grissom quien estaba a su lado, contemplando los remolinos del agua que rompía contra las rocas. Hizo un gesto con la cabeza en dirección al agua embravecida que se extendía a sus pies—. Este lugar se llama Caldero del Diablo porque «hierve» constantemente. Los pescadores que se ahogan frente a esta costa rara vez aparecen; la culpa es de las terribles corrientes, por supuesto, pero la gente dice que el diablo se los lleva hacia abajo.

—¿De veras? —musitó Grey contemplando con aire sombrío la espuma que batía doce metros más abajo—. Yo no lo dudaría, sargento.

Y se giró hacia la fogata.

—Dé órdenes de buscar hasta que caiga el sol, sargento. Si no encontramos nada, volveremos a intentarlo por la mañana.

Grey apartó la mirada del cuello de su cabalgadura, entornando los ojos contra la luz todavía escasa. Los tenía hinchados por el humo de turba y la falta de sueño y le dolían los huesos tras pasar varias noches en el suelo húmedo.

No tardarían más de un día en regresar a caballo a Ardsmuir. La idea de una cama mullida y una cena caliente era maravillosa, pero cuando llegaran también tendría que redactar un informe oficial para Londres confesando la fuga de Fraser, los motivos que la provocaron y su vergonzosa incapacidad de volver a capturarlo.

A la desolación que le provocaba la perspectiva tuvo que sumar la intensa punzada de dolor que sintió en la parte baja del abdomen. Levantó una mano para señalar el alto y descabalgó con cansancio.

—Esperen aquí —dijo a sus hombres.

A unos cuantos metros de distancia había un pequeño montículo que le brindaría la intimidad necesaria para el alivio que tanto precisaba; sus intestinos, que no estaban habituados a las gachas y las tortillas de avena de los escoceses, se rebelaban ante las exigencias de la dieta de campamento.

Los pájaros cantaban en el brezo. Al alejarse del ruido de los cascos y los arreos, pudo escuchar hasta el más insignificante de los sonidos del despertar en el páramo. El viento había cambiado de dirección al alba y el olor del mar se adentraba en tierra firme susurrando por entre la hierba. Algún animal pequeño hizo un ruido al otro lado de un arbusto de aliaga. Todo era muy apacible.

Al enderezarse, abandonando una postura que se le antojaba muy indigna, Grey levantó la cabeza y se encontró frente a frente con James Fraser.

Estaba a menos de dos metros de distancia. Se quedó inmóvil, igual que esos ciervos rojos. El viento del páramo le rozaba la piel y tenía el sol creciente enredado en el pelo.

Ambos quedaron inmóviles, mirándose. El viento traía un vago olor a mar. Por un momento no se oyó sino la brisa marina y el canto de las alondras. Luego Grey tragó saliva, con la sensación de tener el corazón en la garganta.

—Temo que me sorprende usted en desventaja, señor Fraser —dijo con calma, al tiempo que se abrochaba los pantalones con todo el aplomo que pudo reunir.

El escocés se limitó a mover los ojos, que descendieron a lo largo del inglés y volvieron a subir despacio. Luego miraron por encima de su hombro, hacia los seis hombres armados que le apuntaban con sus mosquetes. Esas pupilas de color azul oscuro se fijaron luego en las suyas. Por fin torció la boca y dijo:

—Creo que usted a mí también, comandante.

10

La maldición de la bruja blanca

Jamie Fraser tiritaba, sentado en el suelo de piedra del depósito vacío, abrazado a sus rodillas en un intento por entrar en calor. Tenía la sensación de que jamás lo conseguiría. El helor del mar se le había colado en los huesos y todavía tenía el estómago revuelto.

Echaba en falta la presencia de los otros prisioneros (Morrison, Hayes, Sinclair, Sutherland), no sólo por su compañía, sino por la tibieza de sus cuerpos. Las noches más frías los hombres se apretujaban para evitar el frío tirándose el aliento rancio entre ellos y tolerando la cercanía de sus cuerpos a cambio de un poco de calor.

Pero estaba solo. Y con toda probabilidad no lo devolverían a la celda grande hasta que no le hubieran hecho lo que fuera que quisieran hacerle como castigo por su fuga. Se apoyó en el muro y suspiró. Era morbosamente consciente de que tenía los huesos de la columna pegados a la piedra y de la fragilidad de la carne que los recubría.

Tenía mucho miedo a que lo azotaran y, no obstante, habría preferido que ése fuera su castigo. Era horrible, pero al menos terminaría pronto... Y resultaba infinitamente más soportable que volver a las cadenas. Todavía podía sentir los golpes del martillo del herrero resonando por los huesos de su brazo mientras le ponía bien los grilletes y le inmovilizaba la muñeca con firmeza sobre el yunque.

Sus dedos buscaron el rosario que llevaba al cuello. Se lo había dado su hermana cuando salió de Lallybroch; los ingleses le permitían conservarlo, pues la sarta de cuentas de haya no tenía valor alguno.

—Dios te salve, María, llena eres de gracia —murmuró—. Bendita tú eres entre todas las mujeres.

No tenía muchas esperanzas. Aquel pequeño comandante de pelo amarillo había visto el efecto de los grillos y sabía, maldita sea su alma, lo terribles que eran.

—Bendito es el fruto de tu vientre, Jesús. Santa María, Madre de Dios, ruega por nosotros, pecadores...

El pequeño comandante le había ofrecido un trato y él lo había cumplido, aunque pareciera lo contrario. Respetó su juramento e hizo lo que había prometido. Transmitió las palabras que le había dicho el vagabundo, una por una. El acuerdo no le obligaba a decir que conocía a aquel hombre... ni las conclusiones que había extraído de sus murmullos.

Reconoció de inmediato a Duncan Kerr, a pesar de que el tiempo y la enfermedad lo habían cambiado. Antes de Culloden había sido arrendatario de Colum MacKenzie, el tío de Jamie. Después escapó a Francia para ganarse la vida como pudiera.

—Quédate quieto, *a charaid; bi sàmhach* —le dijo suavemente en gaélico, arrodillándose junto a la cama donde yacía el enfermo. Duncan era un anciano. Tenía el rostro arrugado y consumido por la enfermedad y la fatiga. Le brillaban los ojos de fiebre. En un principio pensó que Duncan estaba demasiado desorientado para reconocerlo, pero la mano sin carne estrechó la suya con asombrosa energía y el hombre repitió, jadeante:

—*Mo charaid.* —«Pariente mío.»

El posadero los observaba desde la puerta, por encima del hombro del comandante Grey. Jamie inclinó la cabeza para susurrar al oído de Duncan:

—Todo lo que digas será repetido en inglés. Habla con cautela.

El posadero entornó los ojos, pero estaba demasiado lejos para oír. Jamie estaba seguro de que no lo había oído. El comandante se volvió y, al verlo, le ordenó salir. Ya estaba a salvo.

No sabía si era una consecuencia de su advertencia o sólo los trastornos de la fiebre, pero el discurso de Duncan deambulaba de un lado a otro y a menudo mezclaba incoherentes imágenes del pasado con otras del presente. En más de una ocasión llamó a Jamie «Dougal», que era el nombre del hermano de Colum, el otro tío de Jamie. A veces recitaba poesía, otras veces sencillamente deliraba. Y por entre los desvaríos y las palabras sueltas a veces asomaba un ápice de sentido, incluso más sentido del que parecía.

—Está maldito —susurró—. El oro está maldito. Date por advertido, muchacho. Fue entregado por la bruja blanca para el hijo del rey. Pero la causa está perdida y el hijo del rey huyó. Ella no permitirá que el oro sea entregado a un cobarde.

—¿Quién es ella? —preguntó Jamie. El corazón le dio un brinco y lo dejó sin respiración un segundo al escuchar las palabras de Duncan. Luego empezó a latir con fuerza cuando preguntó—: La bruja blanca. ¿Quién es?

—Busca a un hombre valiente. A un MacKenzie, es para él. MacKenzie. Es de ellos, dice la bruja blanca, por el bien de él, que ha muerto.

—¿Quién es la bruja? —preguntó Jamie otra vez. La palabra utilizada por Duncan era *ban-druidh*: una hechicera, una mujer sabia, una dama blanca. Así habían llamado a su esposa en otros tiempos. A Claire, su dama blanca. Estrechó la mano de Duncan con fuerza animándolo a seguir—. ¿Quién? —le preguntó de nuevo—. ¿Quién es la bruja?

—La bruja —murmuró Duncan cerrando los ojos—. Ella. Es una comealmas. Es la muerte. Ha muerto, el MacKenzie, ha muerto.

—¿Quién ha muerto? ¿Colum MacKenzie?

—Todos, todos. ¡Han muerto todos, han muerto! —exclamó el enfermo, estrechándole la mano—. Colum, Dougal y también Ellen.

De pronto abrió los ojos y los clavó en los de Jamie. La fiebre le había dilatado las pupilas y su mirada se asemejaba a una piscina negra.

—La gente dice —comentó con asombrosa claridad—, que Ellen MacKenzie abandonó a sus hermanos y su hogar para casarse con una *silkie* del mar. Ella las oyó, ¿verdad? —Duncan sonrió, soñador, con lejanas visiones flotando en sus ojos negros—. Ella oyó cantar a las *silkies* en las rocas. Una, dos, tres de ellas. Y las vio desde su torre, una, dos, tres de ellas. Y por eso bajó y fue al mar, debajo de él, para vivir con las *silkies*. ¿Verdad? ¿No fue así?

—Eso dice la gente —respondió Jamie con la boca seca. Ellen había sido el nombre de su madre. Y eso era lo que decía la gente cuando ella se fugó de su casa con Brian Dubh Fraser, que tenía el pelo negro y brillante de las focas. El hombre por quien él mismo recibía ahora el apodo de Mac Dubh: hijo de Brian *el Negro*.

El comandante Grey se mantenía cerca, al otro lado de la cama, observando a Duncan con una arruga en la frente. El inglés no entendía el gaélico, pero Jamie estaba dispuesto a apostar que conocía el equivalente de *oro*. Después de cruzar una mirada con el comandante, asintió y se inclinó otra vez para hablar con el enfermo.

—El oro, amigo —dijo en francés para que Grey lo entendiera—. ¿Dónde está el oro?

Y estrechó la mano de Duncan con toda la fuerza posible, tratando de transmitirle una advertencia. El moribundo cerró los ojos y agitó la cabeza con inquietud a un lado y al otro de la almohada. Luego murmuró algo, pero sus palabras resultaron inaudibles.

—¿Qué ha dicho? —inquirió el comandante con aspereza—. ¿Qué?

—No lo sé. —Jamie dio unas palmadas en la mano de Duncan, para despertarlo—. Habla, amigo. Dímelo otra vez.

No hubo más respuesta que otro murmullo. Duncan había cerrado los ojos y sólo asomaba una fina línea blanca por debajo de sus párpados arrugados. El comandante, impaciente, se inclinó para sacudirle un hombro.

—¡Despierte! —ordenó—. ¡Háblenos!

De inmediato, Duncan Kerr abrió los ojos.

—Ella te lo dirá —dijo en gaélico—. Ella vendrá por ti. —Durante una fracción de segundo su atención pareció volver a la habitación en que yacía. Sus ojos se centraron en sus dos acompañantes—. Por ambos —dijo claramente.

Luego cerró los ojos y no volvió a hablar, pero se aferró con más fuerza a la mano de Jamie. Un rato después dejó de apretar, le soltó la mano y todo acabó. El custodio del oro había muerto.

Así fue como Jamie Fraser respetó la palabra dada al inglés... y su obligación para con sus compatriotas. Repitió al comandante todo lo que Duncan había dicho. ¡Y de mucho le sirvió! Después, en cuanto se le presentó la oportunidad de huir, la aprovechó: escapó a los brezales y buscó el mar para hacer lo que estaba a su alcance con el legado de Duncan Kerr. Ahora debía pagar el precio de sus actos, fuera el que fuese.

Unas pisadas se acercaron por el corredor. Se abrazó más fuerte a sus rodillas tratando de dominar el temblor. En cualquier caso, su castigo se decidiría en ese momento.

—... ruega por nosotros, pecadores, ahora y en la hora de nuestra muerte, amén.

La puerta se abrió de golpe, dejando entrar un rayo de luz que lo hizo parpadear. El corredor estaba oscuro, pero el guardia traía una antorcha.

—Levántate. —El hombre alargó una mano para ayudarlo, pues tenía las articulaciones rígidas. Luego lo empujó y Jamie se tambaleó hacia la puerta—. Se te requiere en el piso superior.

—¿En el piso superior? ¿Dónde?

Aquello le sorprendió; la forja estaba abajo, allí mismo, junto al patio. Y tampoco lo azotarían a esas horas de la noche.

El hombre torció la cara, feroz y rubicunda a la luz de la antorcha.

—En las habitaciones del comandante —dijo muy sonriente—. Y que Dios tenga piedad de tu alma, Mac Dubh.

—No, señor; no diré dónde estuve.

Lo repitió con firmeza, tratando de que no le castañetearan los dientes. No lo habían llevado al despacho, sino a la sala privada de Grey. El fuego estaba encendido, pero Grey, en pie frente a él, absorbía la mayor parte del calor.

—¿Tampoco por qué decidió escapar? —La voz de Grey sonaba serena y formal.

Jamie tensó la cara. Lo habían situado junto a la librería y la luz de un candelabro de tres brazos se proyectaba en su rostro. Grey no era más que una silueta negra recortada contra el brillo del fuego.

—Eso es un asunto privado —dijo.

—¿Un asunto privado? —repitió Grey con incredulidad—. ¿Un asunto privado, ha dicho?

—Sí.

El alcaide inhaló con fuerza por la nariz.

—No creo haber oído nada más ridículo en toda mi vida.

—Su vida ha sido más bien breve, comandante —dijo Fraser—, si me permite que se lo diga. —De nada serviría postergar las cosas ni tratar de aplacar a aquel hombre. Era mejor provocar una decisión inmediata para acabar con aquello.

Y estaba claro que había provocado algo, porque Grey apretó los puños a ambos lados de su cuerpo y dio un paso hacia él alejándose del fuego.

—¿Tiene idea de lo que podría hacerle por esto? —inquirió Grey en voz baja y muy controlada.

—La tengo, comandante. —Más que una idea. Sabía, por experiencia, lo que podían hacerle y no era una perspectiva agradable. Aunque tampoco tenía otra opción.

Grey respiró con fuerza por un momento y levantó la cabeza.

—Venga aquí, señor Fraser —ordenó.

Jamie lo miró fijamente, desconcertado.

—¡Aquí! —repitió el otro, perentorio, señalando un punto delante de sí, en la alfombra—. ¡Aquí, señor!

—No soy un perro, comandante —le espetó Jamie—. Puede hacer conmigo su voluntad, pero no acudiré a sus pies cuando me llame.

Eso cogió por sorpresa a Grey, que emitió una risa breve e involuntaria.

—Mil disculpas, señor Fraser —dijo secamente—. No era mi intención ofenderlo. Sólo quiero que se aproxime, si lo tiene a bien.

Y le hizo una complicada reverencia, señalando la chimenea. Jamie vaciló, pero luego se acercó con cautela a la alfombra estampada. Grey se le aproximó con la nariz dilatada. Así, desde tan cerca, sus huesos finos y la piel clara de la cara le daban aspecto de muchachita. Al apoyarle una mano en la manga, sus ojos, de largas pestañas, se dilataron de asombro.

—¡Está usted mojado!

—Estoy mojado, sí —dijo Jamie con trabajada paciencia. También estaba helado. Un fino y permanente escalofrío le recorría el cuerpo incluso a pesar de estar tan cerca del fuego.

—¿Por qué?

—¿Por qué? —repitió Jamie, atónito—. ¿No ordenó usted a los guardias que me arrojaran agua antes de abandonarme en una celda helada?

—No ordené eso, no. —Era obvio que el comandante decía la verdad. Se le veía pálido bajo el rubicundo rubor de la luz del fuego, y parecía enfadado. Apretó los labios hasta convertirlos en una fina línea—. Le pido disculpas, señor Fraser.

—Están aceptadas, comandante. —De sus ropas empezaban a brotar pequeños hilillos de vapor, pero el calor se colaba por la tela empapada. Le dolían los músculos del temblor y hubiera deseado poder tumbarse en la alfombra, fuera o no fuera un perro.

—¿Su fuga tuvo algo que ver con lo que averiguó en la posada de El Tilo?

Jamie guardó silencio. Se le estaba empezando a secar el pelo y algunos mechones flotaban por delante de su cara.

—¿Me jura que su fuga no tuvo nada que ver con ese asunto? El escocés seguía callado. No tenía sentido decir nada.

El pequeño comandante se paseaba frente a la chimenea con las manos cruzadas a la espalda. De vez en cuando se detenía para mirarlo y luego seguía paseando. Por fin se detuvo frente a él.

—Señor Fraser —dijo con formalidad—. Se lo preguntaré de nuevo: ¿por qué escapó de la prisión?

Jamie suspiró. No pasaría mucho tiempo más junto al fuego.

—No puedo decírselo, comandante.

—¿No puede o no quiere? —inquirió Grey con aspereza.

—No parece una diferencia importante, comandante, puesto que, de un modo u otro, no le diré nada.

Cerró los ojos y aguardó, tratando de absorber todo el calor posible antes de que se lo llevaran.

Grey se descubrió sin saber qué decir ni qué hacer. «Tercos es decir poco», había dicho Quarry. Y era cierto. Aspiró hondo al tiempo que se preguntaba qué debía hacer. Le avergonzaba la mezquina crueldad de los guardias, mucho más cuanto había pensado en ese tipo de venganza al enterarse de que Fraser se encontraba entre sus prisioneros. Estaba en su derecho si lo hacía flagelar y volvía a encadenarlo. Podía condenarlo a un confinamiento solitario o reducirle las raciones. Podía, de hecho, infligirle diez castigos diferentes. Y si lo hacía, sus posibilidades de hallar alguna vez el oro del Francés se reducirían hasta desaparecer.

El oro existía, sí. O, al menos, era muy probable que existiera. Sólo esa convicción podía haber movido a Fraser a actuar como lo había hecho. Lo observó. Mantenía los ojos cerrados y los labios tensos. Tenía una boca grande y fuerte cuya sombría expresión era traicionada, de algún modo, por sus delicados labios, suaves y desnudos en su rizado nido de barba roja.

Grey hizo una pausa tratando de idear un modo de atravesar esa muralla de blando desafío. Utilizar la fuerza sería inútil, y después de las acciones de los guardias se sentiría avergonzado de ordenarlo, no tenía estómago para la brutalidad.

El reloj que había en la repisa de la chimenea dio las diez. Era tarde y no se oía ni un solo ruido en la fortaleza salvo los ocasionales pasos del centinela que hacía guardia en el patio justo debajo de la ventana.

Obviamente, ni la fuerza ni las amenazas servirían para saber la verdad. De mala gana, comprendió que sólo había un camino abierto para conseguir el oro: debía dejar a un lado los sentimientos que aquel hombre le inspiraba y aceptar la sugerencia de Quarry. Debía intimar con él; quizá en el curso de esas relaciones pudiera extraerle alguna pista que lo condujera al tesoro oculto.

«Si existe», se obligó a recordar conforme se volvía hacia el prisionero e inspiraba hondo.

—Señor Fraser —dijo formalmente—, ¿me hará el honor de cenar mañana en mis habitaciones?

Tuvo la momentánea satisfacción de pillar por sorpresa a aquel cretino escocés. Los ojos azules se abrieron como platos. Al cabo de un instante, Fraser recobró el dominio de sus facciones. Tras una pausa mínima, se inclinó con una floritura, como si todavía usara kilt y manta en vez de empapados harapos carcelarios.

—Será un gran placer, comandante —dijo.

7 de marzo de 1755

El guardia dejó a Fraser esperando en la sala, donde había una mesa servida. Poco después, al salir del dormitorio, Grey encontró a su huésped de pie junto a la estantería aparentemente absorto en la observación de un ejemplar de *La nueva Eloísa*.

—¿Le interesan las novelas francesas? —balbuceó advirtiendo demasiado tarde lo escéptica que sonaba su pregunta.

Fraser levantó la vista, sobresaltado, y cerró de golpe el libro. Lo devolvió a la librería muy despacio.

—Sé leer, comandante —especificó. Se había afeitado y tenía los pómulos ligeramente coloreados.

—Yo... sí, por supuesto. No he querido decir... tan sólo... —Grey estaba más ruborizado aún. Había supuesto que su prisionero no sabía leer a pesar de su evidente educación, pero lo había dado por hecho debido a su acento escocés y sus ropas andrajosas.

Por raídas que estuvieran sus ropas, Fraser tenía buenos modales. Sin prestar atención a la confusa disculpa de Grey, se volvió hacia el estante.

—He estado contando esta novela a los hombres, pero hace tiempo que la leí. Se me ha ocurrido refrescar la memoria en cuanto a la secuencia final.

—Comprendo. —Grey se contuvo a tiempo para no preguntar: «¿Y ellos la entienden?»

Era evidente que Fraser le leyó el pensamiento en el rostro, pues dijo con sequedad:

—Todos los niños escoceses aprenden a leer y escribir, comandante. Aun así, en las Highlands tenemos una gran tradición de narraciones orales.

—Ah. Sí, comprendo.

La entrada del sirviente con la cena lo salvó de nuevos bochornos. La cena transcurrió sin inconvenientes, aunque la conversación fue escasa y se limitó a los asuntos de la prisión.

En la siguiente ocasión hizo instalar el tablero de ajedrez ante el fuego e invitó a Fraser a una partida antes de que sirvieran la cena. Volvió a ver un breve destello de sorpresa en sus sesgados ojos azules, y luego asintió en señal de conformidad.

Más tarde decidió que eso había sido un toque genial. Eliminada la necesidad de conversar y las cortesías sociales, se acostumbraron lentamente el uno al otro, evaluándose en silencio por los movimientos de las piezas en el tablero de ébano y marfil.

Cuando por fin se sentaron a cenar, ya no eran dos desconocidos; la conversación, aunque todavía cautelosa y formal, era al menos una auténtica conversación, no una incómoda serie de comienzos e interrupciones como anteriormente. Analizaron temas de la prisión, conversaron un poco sobre libros y se despidieron de manera formal, pero con buenos términos. Grey no mencionó el asunto del oro.

Así se inició una costumbre semanal. Grey quería que su huésped se sintiera cómodo, con la esperanza de que dejara escapar alguna pista en cuanto al destino del oro. Pese a sus cuidadosos sondeos, no había llegado tan lejos. A la menor pregunta referida a lo que había sucedido en sus tres días de ausencia, Fraser respondía con el silencio.

Mientras comían cordero con patatas hervidas, Grey hizo lo posible por inducir a su extraño huésped a una discusión sobre Francia y su política, a fin de descubrir si existía alguna relación entre Fraser y un posible proveedor de oro de la corte francesa. Con gran sorpresa, se enteró de que el prisionero había vivido dos años en Francia, dedicado al negocio del vino, antes de la rebelión de los Estuardo.

Cierto humor sereno, en los ojos de Fraser, le indicó que el hombre tenía perfecta conciencia de lo que se ocultaba tras aquellas preguntas. Al mismo tiempo se mostraba dispuesto a la conversación, aunque ponía cuidado en mantenerla alejada de su vida personal, encaminándola hacia temas más generales, hacia el arte y la sociedad.

Grey también había pasado un tiempo en París; pese a sus intentos de sondear las vinculaciones de Fraser con Francia, descubrió que la conversación le interesaba por sí misma.

—Dígame, señor Fraser: mientras vivía usted en París, ¿tuvo oportunidad de conocer las obras dramáticas de monsieur Voltaire?

Fraser sonrió.

—Oh, sí, comandante. Más aún: tuve el privilegio de compartir mi mesa con monsieur Arouet en más de una ocasión. Voltaire es su seudónimo literario, ¿no?

—¿De veras? —Grey enarcó una ceja, interesado—. ¿Y es tan ingenioso en persona como con la pluma?

—No sabría decírselo —confesó Fraser, ensartando diestramente un trozo de cordero—. Rara vez decía nada, ingenioso o no; se limitaba a observar a los demás encorvado en su silla. Sus ojos saltaban de un comensal a otro. No me sorprendió escuchar que las cosas que ocurrían en mi mesa luego se representaban sobre el escenario, pero por fortuna nunca encontré ninguna parodia de mi persona en su obra.

Cerró los ojos en una pasajera concentración, masticando el cordero.

—¿La carne es de su agrado, señor Fraser? —inquirió Grey, cortés. A él le parecía cartilaginosa, dura y apenas comestible. Pero era muy probable que la opinión del escocés fuera distinta, acostumbrado como estaba a comer avena, hierbajos y alguna que otra rata.

—Desde luego, comandante. Gracias. —Fraser recogió un poco de salsa de vino y se llevó el último bocado a los labios. Cuando Grey indicó a MacKay que acercara la bandeja, no se anduvo con remilgos para servirse otra porción de cordero—. Eso sí, temo que monsieur Arouet no apreciaría esta excelente comida —dijo Fraser negando con la cabeza mientras se metía en la boca otro trozo de cordero.

—Supongo que un hombre tan festejado por la sociedad francesa ha de tener gustos más exigentes —dijo Grey secamente. La mitad de su comida seguía intacta en el plato, destinada a la cena de *Augustus*, el gato.

Entre risas, Fraser le aseguró:

—Por el contrario, comandante. Nunca he visto a monsieur Arouet consumir otra cosa que un vaso de agua y una galleta, aun en la más rica de las cenas. Es un hombrecito menudo y marchito, mártir de la indigestión.

—¿De veras? —Grey estaba fascinado—. Tal vez eso explique el cinismo de algunas de las emociones que he visto representadas en sus obras. ¿No cree usted que el carácter del autor se trasluce en sus escritos?

—Teniendo en cuenta los personajes que he visto aparecer en obras y novelas, comandante, consideraría que el autor es un poco depravado si me dijeran que se ha inspirado por completo en sí mismo, ¿no?

—Supongo que sí —respondió Grey sonriendo al pensar en algunos de los personajes más extremadamente ficticios que había conocido—. Aunque si un autor construye esos personajes basándose en la vida en lugar de hacerlo utilizando su imaginación, ¡es evidente que conoce personas de lo más variopintas!

Fraser asintió limpiándose las migas del regazo con la servilleta.

—No fue monsieur Arouet sino una colega suya, una dama novelista, quien me dijo, cierta vez, que escribir novelas era arte de caníbales, pues uno mezcla con frecuencia pequeñas porciones de sus amigos y sus enemigos, los sazona con imaginación y permite que todo eso se cocine en un sabroso guisado.

La descripción hizo reír a Grey, que le pidió a MacKay que retirara los platos y trajese el oporto y el jerez.

—¡Deliciosa descripción, ciertamente! Y hablando de caníbales, ¿ha tenido oportunidad de leer *Robinson Crusoe*, del señor Defoe? Es uno de mis favoritos desde que era niño.

La conversación giró entonces hacia las novelas románticas y lo excitante de los trópicos. Ya era muy tarde cuando Fraser volvió a su celda, dejando al comandante Grey entretenido pero sin haber averiguado nada sobre el origen y el paradero del oro del Francés.

2 de abril de 1755

John Grey abrió el paquete de plumas que su madre le había enviado desde Londres. Eran plumas de cisne, más finas y más fuertes que las de ganso. Al verlas sonrió vagamente; eran un pequeño y sutil recordatorio de que se estaba retrasando en su correspondencia.

Pero su madre tendría que esperar al día siguiente. Cogió la pequeña navaja grabada que siempre llevaba encima y se puso a rebajar una pluma a su gusto mientras pensaba en lo que quería decir. Cuando mojó la pluma en la tinta tenía ya las palabras claras en la mente. Escribió con celeridad, casi sin detenerse.

2 de abril de 1755
A Harold, lord Melton, conde de Moray

Mi querido Hal:
    Te escribo para informarte de un hecho reciente que me ha llamado mucho la atención. Puede que no salga nada de esto, pero el tema quizá resulte de gran importancia.

Añadió detalles sobre la aparición del vagabundo y sus divagaciones, aunque su escritura se hizo más lenta al describir la fuga de Fraser y su nueva captura.

El hecho de que Fraser desapareciera de la prisión poco después de estos acontecimientos me sugiere que, en realidad, había algo importante en las palabras del vagabundo.

Sin embargo, si ése fuera el caso, no puedo explicar los actos siguientes de Fraser. Fue capturado tres días después de su fuga, en un sitio que apenas dista un kilómetro y medio de la costa. En varios kilómetros a la redonda, en torno a Ardsmuir, la campiña está desierta; es muy poco probable que haya podido reunirse con un confederado a quien le transmitiera información sobre el tesoro. Se revisaron todas las casas de la aldea y también al mismo Fraser, sin descubrir rastros del oro. Se trata de un distrito remoto y tengo la razonable seguridad de que no se comunicó con nadie ajeno a la prisión antes de su huida. También estoy seguro de que no lo ha hecho con posterioridad, pues se lo vigila de cerca.

Grey se detuvo recordando la silueta de James Fraser azotada por el viento, tan salvaje como los ciervos rojos y tan a gusto en el páramo como uno de ellos.

No tenía la menor duda de que Fraser habría podido eludir a los dragones con facilidad si así lo hubiera deseado, pero no lo había hecho. Se había dejado capturar adrede. ¿Por qué? Reanudó la escritura con mayor lentitud.

Evidentemente podría deberse a que Fraser no consiguió encontrar el tesoro o que dicho tesoro no existe. Yo me inclino a creer en esta hipótesis, porque es de suponer que si estuviera en posesión de una gran suma como ésa, habría abandonado el distrito a toda prisa. Es un hombre fuerte, está muy acostumbrado a llevar una vida dura y le considero perfectamente capaz de llegar a la costa, donde podría haber escapado por mar.

Grey mordió la punta de la pluma con suavidad y notó el sabor de la tinta. Esbozó una mueca al percibir el sabor amargo, se levantó y escupió por la ventana. Se quedó allí de pie durante un minuto observando aquella fría noche de primavera y limpiándose la boca absorto.

Al fin se le había ocurrido formular, no la pregunta de siempre, sino la más importante. Lo hizo al terminar una partida de ajedrez que ganó Fraser. El guardia esperaba ante la puerta, listo para escoltarlo de nuevo hasta su celda. Cuando el prisionero abandonó su asiento, Grey también se levantó.

—No voy a preguntarle otra vez por qué huyó de la prisión —dijo con serenidad, como de pasada—. Pero me gustaría saber por qué volvió.

Fraser se quedó petrificado un instante. Estaba sorprendido. Luego se volvió para mirarlo a los ojos. Se quedó un momento sin decir nada y acto seguido curvó la boca en una sonrisa.

—Supongo que debo de apreciar la compañía, comandante. Puedo asegurarle que no fue por la comida.

Grey lanzó un breve resoplido al recordar aquella escena. Incapaz de idear una respuesta adecuada, había dejado salir a Fraser. Sólo más avanzada la noche, tras haber tenido finalmente el buen tino de formularse las preguntas a sí mismo en vez de interrogar al prisionero, había llegado a una respuesta. ¿Qué habría hecho él, Grey, si Fraser no hubiera regresado?

Naturalmente, su próximo paso habría sido investigar a sus familiares, por si hubiera buscado refugio o ayuda entre ellos. Y ésa era la solución, sin duda. Grey no había tomado parte en la subyugación de las Highlands —a él lo destinaron a Italia y Francia—, pero había oído muchas más historias de las necesarias acerca de esa campaña en particular. De camino a Ardsmuir había visto las piedras ennegrecidas de demasiadas casas quemadas alzándose cual túmulos por entre los campos destrozados.

Entre los escoceses de las Highlands, la lealtad es un valor legendario. Cualquier escocés que hubiera visto esas casas en llamas preferiría sufrir en prisión, dejarse encadenar o incluso azotar para salvar a su familia de una visita de los soldados ingleses.

Grey se incorporó para recoger la pluma y volvió a mojarla en el tintero.

Creo que conoces el temple de los escoceses. —«Y de éste en particular», pensó con ironía—; es poco probable que el empleo de la fuerza o las amenazas induzcan a Fraser a revelar el paradero del oro, si acaso existe. Y si no existe, no puedo esperar que ninguna de mis estrategias resulte efectiva. En lugar de eso he optado por conocer formalmente a Fraser, en su calidad de cabecilla de los prisioneros escoceses, con la esperanza de extraer alguna pista de su conversación. Hasta el momento no he conseguido nada. Sin embargo, es necesario emplear otro acercamiento.

«Como es evidente —prosiguió escribiendo muy despacio mientras pensaba—, no deseo que este asunto se conozca oficialmente.» Llamar la atención sobre un tesoro que podría resultar ficticio era peligroso; las probabilidades de decepción eran demasiado grandes. Ya tendría tiempo, en caso de encontrar el oro, de informar a sus superiores y recibir su merecida recompensa: escapar de Ardsmuir y regresar a la civilización.

Por eso recurro a ti, querido hermano, para que me ayudes a averiguar todo lo posible con respecto a la familia de James Fraser. Te lo ruego: no alarmes a nadie con estas investigaciones; si existen esos vínculos·familiares, prefiero que, por el momento, desconozcan mi interés. Te agradezco profundamente los esfuerzos que puedas realizar en mi favor.

Mojó la pluma una vez más y firmó con un pequeño floreo:

Tu humilde servidor y afectuosísimo hermano,

John William Grey

15 de mayo de 1755

—¿Cómo están los hombres enfermos de gripe? —preguntó Grey.
La cena había terminado y, junto con ella, la conversación
literaria. Había llegado la hora de los negocios.

Fraser frunció el ceño por encima de su copa de jerez: era la
única bebida que aceptaría. Aún no lo había probado a pesar de
que ya hacía un buen rato que habían acabado de cenar.

—No muy bien. Tengo más de sesenta hombres enfermos,
de los cuales quince están muy mal. —Vaciló—. ¿Podría solici-
tarle...?

—No prometo nada, señor Fraser, pero puede pedir —respondió Grey en tono formal. Él apenas había probado su jerez ni
tampoco había cenado mucho. Llevaba todo el día con un nudo
de expectativa en el estómago.

Jamie hizo una pausa para calcular sus posibilidades. No lo
obtendría todo; convenía apuntar a lo más importante, pero dejando espacio para que Grey rechazara alguna de sus peticiones.

—Necesitamos más mantas, comandante, más fuego y más
comida. Y medicamentos.

Grey hizo girar el jerez en su copa, observando los reflejos
del fuego en el vórtice. «Primero los asuntos comunes —se recordó—. Ya habrá tiempo para lo otro.»

—Tenemos sólo veinte mantas de reserva en los almacenes
—respondió—, pero pueden utilizarlas para los que estén más
graves. Temo que no puedo aumentar las raciones de comida; las
ratas han estropeado una buena parte y con el hundimiento del
depósito, hace dos meses, perdimos otra gran cantidad. Nuestros
recursos son limitados y...

—No se trata de cantidad —intervino rápidamente Fraser—,
sino del tipo de alimentos. Los que están muy enfermos no pueden digerir con facilidad el pan y las gachas. ¿No se podría buscar algún sustituto?

Cada hombre recibía, por ley, un litro de gachas y un pequeño panecillo cada día. Dos veces a la semana complementaban
el menú con un poco de guiso de cebada, y los domingos comían
estofado de carne para cubrir las necesidades de esos hombres
que hacían trabajos manuales entre doce y dieciséis horas diarias.

Grey enarcó una ceja.

—¿Qué sugiere, señor Fraser?

—¿No cuenta acaso la prisión con una suma para comprar carne de vacuno salada, nabos y cebollas para el guiso del domingo?

—Sí, pero con esa asignación debemos comprar las provisiones del próximo trimestre.

—Lo que sugiero, comandante, es que utilicen ese dinero ahora para proporcionar caldo y guiso a los enfermos. Los que estamos sanos renunciaremos de buena gana a nuestra porción de carne durante los tres próximos meses.

Grey frunció el ceño.

—Pero ¿no se debilitarán los prisioneros por la falta total de carne? ¿No quedarán incapacitados para trabajar?

—Los que mueran de gripe no trabajarán, sin duda —señaló Fraser con tono mordaz.

Grey emitió un breve soplido.

—Es cierto. Pero los que aún están sanos no lo estarán mucho tiempo si prescinden de sus raciones. —Meneó la cabeza—. No, señor Fraser, creo que no. Es preferible que los enfermos corran riesgo a exponernos a que caigan enfermos muchos más.

Fraser era un hombre terco. Bajó la cabeza. Luego la levantó en un nuevo intento.

—En ese caso, comandante, le pido que, ya que la Corona no puede suministrarnos los alimentos adecuados, nos permitan cazar a nosotros mismos.

—¿Cazar? —Las cejas claras de Grey se elevaron con estupefacción—. ¿Darles armas y permitir que vaguen por los páramos? ¡Por las muelas de Cristo, señor Fraser!

—No creo que Cristo sufra de escorbuto, comandante —replicó Jamie, secamente—. Sus muelas no corren ningún peligro.

Al ver que Grey torcía la boca, se relajó un poco. El alcaide siempre hacía lo posible por reprimir su sentido del humor; sin duda pensaba que eso lo ponía en desventaja. En sus tratos con Jamie Fraser, así era. Envalentonado por aquel gesto revelador, Jamie insistió:

—Nada de armas, comandante. Ni de vagabundeos. ¿Nos daría licencia para instalar trampas en el páramo, allí donde cortamos turba? ¿Y para quedarnos lo que atrapemos?

De vez en cuando, algún prisionero se las componía para colocar una trampa, pero casi siempre eran los guardias los que se quedaban con la presa. Grey aspiró hondo y soltó el aliento con lentitud, pensativo.

—¿Trampas? ¿No necesitarán materiales, señor Fraser?

—Sólo un poco de cordel, comandante —le aseguró Jamie—. Diez o doce ovillos de cualquier tipo de cordel. El resto queda de nuestra cuenta.

El inglés se frotó la mejilla, reflexionando. Por fin asintió.

—Muy bien. —Se volvió hacia el pequeño secreter, hundió la pluma en el tintero y escribió algo—. Mañana daré las órdenes oportunas. En cuanto al resto de sus peticiones...

Un cuarto de hora después todo estaba arreglado. Jamie se apoyó en el respaldo, suspirando, y tomó por fin un sorbo de su jerez. Consideró que se lo había ganado.

No sólo había conseguido el permiso para poner trampas, también para que los cortadores de turba pudieran trabajar media hora más al día. Con la turba que recogieran podrían encender un pequeño fuego en cada celda. No había medicinas, pero le pidió a Sutherland que mandara un mensaje a una prima que tenía en Ullapool; su marido era boticario. En caso de que el marido de su prima estuviera dispuesto a enviarles medicinas, los prisioneros se las podrían quedar.

Jamie pensó que había hecho un buen trabajo aquella noche. Le dio otro sorbo al jerez y cerró los ojos disfrutando del calor del fuego en su mejilla.

Grey, que lo contemplaba con los ojos entornados, vio que sus anchos hombros se encorvaban un poco al aflojar la tensión, ahora que todo estaba arreglado. Eso pensaba Fraser. «Muy bien —se dijo él—, bebe tu jerez y relájate. Quiero pillarte completamente desprevenido.»

Se inclinó hacia delante para coger la licorera y notó el crujido de la carta de Hal que se había guardado en el bolsillo del pecho. Se le aceleró el corazón.

—¿Un poco más, señor Fraser? Y dígame, ¿cómo está su hermana últimamente?

Vio que Fraser abría de golpe los ojos, pálido por la impresión.

—¿Cómo marchan las cosas en... Lallybroch? Así se llama, ¿verdad? —Grey apartó el botellón, sin separar la vista de su huésped.

—No sabría decirle, comandante. —La voz de Fraser sonaba serena, pero sus ojos se habían reducido a pequeñas ranuras.

—¿No? Me atrevería a asegurar que por ahora no tienen problemas... Gracias al oro que les ha proporcionado.

Los anchos hombros se tensaron de repente, abultándose bajo el harapiento abrigo. Grey cogió una pieza de ajedrez del tablero que tenía al lado y se la empezó a pasar de mano en mano con despreocupación.

—Supongo que Ian... así se llama su cuñado, según creo... Ian sabrá darle buen uso.

Fraser había vuelto a dominarse. Los ojos azules lo miraron directamente.

—Puesto que está usted tan bien informado sobre mis vínculos familiares, comandante —dijo sin alterarse—, sabrá también que mi hogar está a más de ciento sesenta kilómetros de Ardsmuir. ¿Podría explicar cómo logré cubrir dos veces esa distancia en sólo tres días?

Grey fijó la vista en la pieza de ajedrez, haciéndola rodar perezosamente de una mano a otra. Era un peón, un pequeño guerrero de cabeza ahuevada y expresión feroz esculpido en un cilindro de marfil de morsa.

—Pudo encontrarse en el páramo con alguien que llevara a su familia el oro o indicaciones sobre él.

Fraser soltó un bufido.

—¿En Ardsmuir? ¿Qué probabilidades hay, comandante, de que me topara por casualidad con una persona en ese páramo? ¿Y de que, por añadidura, fuera alguien a quien yo pudiera confiar un mensaje como el que usted sugiere? —Dejó su copa con decisión—. No me encontré con nadie, comandante.

—¿Por qué debo aceptar su palabra al respecto, señor Fraser? —Grey dejó que en su voz se filtrara un considerable escepticismo. Levantó la vista, con las cejas enarcadas. Fraser enrojeció levemente.

—Nadie ha tenido nunca motivos para dudar de mi palabra, comandante —dijo muy tieso.

—¿Conque no? —El enfado del inglés no era del todo fingido—. ¿No me dio usted acaso su palabra cuando ordené que se le quitaran las cadenas?

—¡Y cumplí!

—¿Cumplió? —Los dos se habían incorporado en las sillas y se miraban con furia por encima de la mesa.

—Me pidió usted tres cosas, comandante. ¡Y respeté ese trato en todos sus detalles!

Grey bufó con desdén.

—¿Sí, señor Fraser? Dígame, pues: ¿qué fue lo que le indujo a despreciar súbitamente la compañía de sus camaradas y buscar la de los conejos del páramo? Puesto que me asegura que allí no se encontró con nadie... Hasta me da su palabra de que así fue.

—La última frase la dijo con un evidente tono de desprecio que hizo sonrojar a Fraser.

El escocés apretó uno de sus enormes puños.

—Sí, comandante —dijo Jamie con serenidad—. Le doy mi palabra de que así fue.

En ese momento pareció advertir que estaba apretando el puño; lo abrió muy despacio y posó la mano en la mesa.

—¿Y su fuga?

—En cuanto a mi fuga, comandante, le he dicho que no revelaré nada.

Fraser exhaló muy despacio y se reclinó en la silla clavándole los ojos a Grey por debajo de sus espesas cejas rojizas.

Grey hizo una pausa y también se reclinó tras depositar la pieza de ajedrez en la mesa.

—Permítame hablar con claridad, señor Fraser. Le hago el honor de suponer que tiene sentido común.

—Lo que tengo es un profundo sentido del honor, comandante. Se lo aseguro.

Grey percibió la ironía, pero no reaccionó; ahora llevaba las de ganar.

—El hecho es, señor Fraser, que poco importa si tuvo usted o no contacto con su familia en relación con el oro. Podría haberlo hecho. Y esa posibilidad justificaría que yo enviara a un grupo de dragones para hacer una inspección a fondo en Lallybroch y arrestar e interrogar a sus familiares.

Del bolsillo de la pechera sacó una hoja de papel que contenía una lista de nombres. La desdobló y leyó:

—Ian Murray... su cuñado, tengo entendido; Janet, la esposa de él, que sería su hermana, por supuesto; los hijos de ambos: James, así llamado en honor de su tío, imagino... —Levantó un momento la vista, lo suficiente como para mirar un segundo la cara de Fraser, luego regresó a su lista—: Margaret, Katherine, Janet, Michael e Ian. ¡Qué prole! —comentó en un tono despectivo que ponía a los seis pequeños Murray a la altura de una camada de lechones. Dejó la lista sobre la mesa junto a la pieza de ajedrez—. Los tres niños mayores tienen edad suficiente para ser arrestados e interrogados junto con los padres. Como sabe, esos interrogatorios no suelen ser suaves, señor Fraser.

En eso decía la verdad y Jamie lo sabía. Todo rastro de color había desaparecido del rostro del prisionero revelando el contorno de sus fuertes huesos bajo la piel. Cerró los ojos brevemente y volvió a abrirlos.

Grey recordó por un instante a Quarry diciendo: «Si cena a solas con Fraser, no le dé la espalda.» Se le erizó el pelo de la nuca, pero logró dominarse y sostener la mirada azul de Fraser.

—¿Qué desea de mí? —La voz sonaba grave y ronca de furia, pero el escocés permanecía inmóvil como una figura tallada.

Grey aspiró hondo.

—Quiero la verdad —dijo en voz baja.

El único sonido de la estancia eran los chisporroteos y siseos de la turba ardiendo en la chimenea. Fraser se movió unos milímetros, apenas un chasquido de los dedos contra la pierna, y después la quietud. El escocés estaba sentado con la cabeza vuelta en dirección al fuego y lo miraba fijamente como si buscara allí su respuesta.

Grey aguardó en silencio. Podía permitirse la espera. Por fin Fraser se volvió a mirarlo.

—La verdad. De acuerdo. —Tomó aliento. Grey pudo ver cómo se hinchaba el pecho de su camisa de lino, no llevaba chaleco—. Respeté mi palabra, comandante. Le repetí a usted fielmente todo lo que el hombre me dijo aquella noche. Lo que no le dije fue que una parte de lo que dijo tenía sentido para mí.

—Bien. —Grey permanecía muy quieto, sin atreverse a hacer un gesto—. ¿Y cuál era ese sentido?

Fraser apretó sus largos labios hasta convertirlos en una fina línea.

—Yo... le he mencionado a mi esposa. —El prisionero parecía pronunciar las palabras a la fuerza, como si le dolieran.

—Sí. Me dijo que había muerto.

—Le dije que se había ido, comandante —corrigió Fraser, suavemente, sin apartar los ojos del peón—. Es probable que haya muerto, pero... —Se detuvo y tragó saliva antes de proseguir, con más firmeza—. Mi esposa era curandera. Una encantadora, como decimos en las Highlands, pero más que eso. Era una dama blanca, una mujer sabia. —Levantó un instante la mirada—. El término gaélico es *ban-druidh*; también significa bruja.

—La bruja blanca. —El alcaide también hablaba con suavidad, pero le palpitaba la excitación en la sangre—. ¿Conque las palabras de ese hombre se referían a su esposa?

—Se me ocurrió que podía ser así. Y en ese caso... —Los anchos hombros se encogieron apenas—. Tenía que ir —dijo con sencillez—. Para ver.

—¿Cómo supo adónde ir? ¿Eso también lo dedujo de las palabras del vagabundo? —Grey se inclinó hacia delante, curioso. Fraser asintió con los ojos todavía clavados en el marfil de la pieza de ajedrez.

—Conozco un lugar no muy lejos de aquí, un altar en honor a santa Bride. A santa Bride también se la llamaba «la Dama Blanca» —explicó levantando la vista—. Aunque el altar estaba allí mucho antes de que la santa viniera a Escocia.

—Comprendo. ¿Y por eso supuso que las palabras del hombre no se referían sólo a su esposa, sino también a ese sitio?

Se volvió a encoger de hombros.

—No lo sabía —repitió Fraser—. No podía saber si tenían algo que ver con mi esposa, si lo de «la bruja blanca» sólo se refería a santa Bride, y sólo lo había dicho para conducirme a ese lugar, o ninguna de las dos cosas. Pero tenía que ir.

A instancias de Grey, describió el sitio en cuestión y la manera de llegar a él.

—El altar en sí es una piedra pequeña, con la forma de una cruz antigua, tan desgastada por la intemperie que las marcas apenas se notan. Se levanta sobre un pequeño estanque, medio enterrado en el brezal. En el estanque se ven piedrecitas blancas, enredadas en las raíces de los brezos que crecen en la ribera. Se cree que esas piedras tienen grandes poderes, comandante —explicó al ver la expresión desconcertada del inglés—. Pero sólo si las usa una dama blanca.

—Comprendo. ¿Y su esposa...? —Grey hizo una pausa delicada.

Fraser negó con la cabeza.

—Eso no tenía nada que ver con ella —dijo con suavidad—. Se ha ido, sí.

Aunque hablaba en voz baja y controlada, Grey percibió el deje de desolación.

El rostro de Fraser solía estar impasible, era indescifrable; no cambió de expresión en ese momento, pero las señales de dolor eran visibles, cinceladas en las arrugas que le rodeaban la boca y los ojos, ocultas tras la oscuridad por el parpadeo del fuego. Al comandante le parecía una intrusión entrometerse en esos sentimientos tan profundos, por muy tácitos que fueran, pero Grey debía cumplir su deber.

—¿Y el oro, señor Fraser? —preguntó serenamente—. ¿Qué hay de él?

—Estaba allí —fue la seca respuesta.

—¿Qué? —Grey se incorporó en la silla, clavándole la vista—. ¿Lo encontró?

El escocés torció irónicamente la boca.

—Lo encontré.

—¿Era realmente el oro francés que Luis envió para Carlos Estuardo? —El entusiasmo circulaba por las venas de Grey; ya se veía entregando grandes arcones de luises de oro a sus superiores de Londres.

—Luis nunca envió oro a los Estuardo —aseguró Fraser—. No, comandante: lo que encontré en el estanque de la santa era oro, pero no de cuño francés.

Había hallado una caja pequeña, que contenía unas pocas monedas de oro y plata, y un saquito de piel lleno de joyas.

—¿Joyas? ¿De dónde diablos salieron?

Fraser le echó una mirada de leve exasperación.

—No tengo la menor idea, comandante —dijo—. ¿Cómo puedo saberlo?

—Por supuesto que no. —Grey tosió para disimular su azoramiento—. Evidentemente. Pero ese tesoro... ¿dónde está ahora?

—Lo tiré al mar.

Grey quedó estupefacto.

—Lo tiré al mar —repitió Fraser, paciente. Sus ojos oblicuos sostuvieron la mirada del alcaide—. ¿Ha oído hablar de un sitio llamado Caldero del Diablo, comandante? Está apenas a ochocientos metros del estanque de la santa.

—¿Por qué? ¿Por qué hizo eso? —acusó Grey—. ¡No tiene sentido, hombre!

—Entonces el sentido no me interesaba mucho, comandante —explicó Fraser en voz baja—. Fui con una esperanza... y desaparecida ésta, el tesoro no era para mí sino una cajita de piedras y trozos de metal enmohecido. No me servía de nada. —Arqueó levemente una ceja irónica—. Pero tampoco encontraba sentido a ponerlo en manos del rey Jorge, así que lo tiré al mar.

Grey se dejó caer contra el respaldo, y en un gesto automático se sirvió otra copa de jerez sin apenas pensar en lo que estaba haciendo. Su mente era un torbellino.

Fraser contemplaba el fuego con la barbilla apoyada en el puño; su rostro había vuelto a la impasibilidad habitual. La luz brillaba a su espalda iluminando el largo y recto contorno de su nariz y la suave curva de sus labios, pero le ensombrecía con severidad mandíbula y frente.

Grey echó un buen trago de vino y recuperó la serenidad.

—Es un relato conmovedor, señor Fraser —dijo—. Muy dramático. Sin embargo, no hay pruebas de que sea verdad.

Fraser volvió la cabeza para mirar a Grey. El escocés entornó sus ojos sesgados en una mueca que pudo ser de diversión.

—Las hay, comandante —aseguró el prisionero.

Hundió la mano bajo la cintura de sus raídos pantalones y, después de hurgar un momento, alargó el puño por encima de la mesa, a la espera. Grey extendió la mano en un acto reflejo. En su palma abierta cayó un objeto pequeño.

Era un zafiro, de un azul tan oscuro como los ojos del propio Fraser y de buen tamaño. Grey abrió la boca, pero no dijo nada. Estaba sofocado por la estupefacción.

—He ahí la prueba de que el tesoro existió, comandante. —Fraser señaló la piedra con un gesto de la cabeza. Clavó los ojos en Grey desde el otro lado de la mesa—. En cuanto al resto... lamento decir, comandante, que deberá aceptar mi palabra.

—Pero... pero... usted ha dicho...

—En efecto. —Fraser estaba tan sosegado como si hubieran estado conversando sobre la lluvia—. Conservé esa única piedra, pensando que podría serme útil si alguna vez recuperaba la libertad... o si hallaba la ocasión de enviarla a mi familia. Pues comprenderá, comandante —en los ojos de Jamie centelleó una luz despectiva—, que mi familia no podría aprovechar un tesoro de esa especie sin llamar la atención de una manera nada conveniente. Una piedra sí, quizá, pero no muchas.

El alcaide apenas podía pensar. Lo que Fraser decía era cierto. Un granjero escocés como su cuñado no tendría forma de canjear un tesoro como ése por dinero sin dar que hablar, cosa que atraería a los hombres del rey hasta Lallybroch en un santiamén. El propio Fraser podría haber acabado encarcelado de por vida. ¡Y, sin embargo, haber tomado la decisión de desperdiciar una fortuna con tal ligereza! Pero al mirar al escocés lo cierto era que le creía. Si existía algún hombre en el mundo cuyo razonamiento jamás se vería alterado por la avaricia, ése era James Fraser. Aun así...

—¿Cómo hizo para conservar esto? —inquirió bruscamente—. Cuando le capturamos fue inspeccionado a fondo.

La ancha boca se curvó en la primera sonrisa auténtica que Grey le había visto.

—Me la tragué.

La mano de Grey se cerró convulsivamente sobre el zafiro. Abrió la mano y lo depositó, casi con timidez, junto a la pieza de ajedrez.

—Comprendo.

—No lo dudo, comandante —dijo Fraser con una gravedad que sólo sirvió para destacar el brillo divertido de sus ojos—. De vez en cuando, una dieta de toscas gachas tiene sus ventajas.

Grey sofocó un súbito impulso de reír, frotándose el labio con un dedo.

—Sin duda, señor Fraser. —Se quedó contemplando la piedra azul. Luego preguntó, sin rodeos—: ¿Es usted papista, señor Fraser?

Ya conocía la respuesta; casi todos los partidarios de los Estuardo eran católicos. Sin aguardar la réplica, se levantó para acercarse a la librería del rincón. Tardó un momento en encontrar lo que buscaba. Era un regalo de su madre y no formaba parte de sus lecturas habituales. Cogió la Biblia encuadernada en piel de ternero y la puso en la mesa, junto a la piedra.

—Me inclino a aceptar su palabra de caballero, señor Fraser —dijo—. Pero comprenderá que debo tener en cuenta mi deber.

El prisionero clavó una larga mirada en el libro. Luego la levantó hacia Grey con una expresión indescifrable.

—Lo sé, comandante. —Sin vacilar, puso una ancha mano en la biblia—. Juro por Dios Todopoderoso y por su Sacro Verbo que el tesoro es lo que le he dicho. —Sus ojos relumbraban a la luz del fuego, oscuros e insondables—. Y juro por mi esperanza de llegar al Cielo que ahora descansa en el fondo del mar.

11

El gambito de Torremolinos

Así resuelta la cuestión del oro francés, reanudaron la rutina: un breve período de negociación formal sobre los asuntos de los prisioneros, seguido por una charla informal y, a veces, una partida de ajedrez. Aquella noche abandonaron la mesa aún analizando *Pamela*, la extensa novela de Samuel Richardson.

—¿Cree usted que la longitud del libro está justificada por la complejidad del relato? —preguntó Grey, inclinándose para encender un cigarro con la vela del aparador—. Al fin y al cabo, además de representar un gran gasto para el editor, requiere del lector un esfuerzo considerable por tratarse de un libro de tal longitud.

Fraser sonrió. Él no fumaba, pero aquella noche había decidido tomar oporto aduciendo que era la única bebida cuyo sabor no se veía afectado por el hedor del tabaco.

—¿Cuántas páginas tiene? ¿Mil doscientas? Me parece que sí. Lo cierto es que resultaría complicado explicar las dificultades de una vida en pocas líneas si se pretende construir un relato preciso.

—Muy cierto. Pero he oído decir que la habilidad de un buen novelista reside en su capacidad para elegir los detalles. ¿No cree que un volumen de dicha envergadura podría indicar falta de disciplina para seleccionarlos y por lo tanto la consecuente falta de habilidad para ello?

Fraser reflexionó tomando un lento sorbo del líquido color rubí.

—He leído libros que responden a ese caso, de eso no hay duda —dijo—. Lo que busca un autor al emplear tal cantidad de detalles es ganarse la confianza del lector. Pero no creo que sea el caso de este libro. Cada personaje está cuidadosamente calculado y todos los incidentes elegidos parecen necesarios para el desarrollo de la historia. No, creo que a veces sencillamente se necesita más espacio para contar según qué historias.

Tomó otro sorbo y se rió.

—Admito que, en ese aspecto, tengo ciertos prejuicios, comandante. Dadas las circunstancias en que leí *Pamela*, me habría encantado que el libro fuera el doble de largo.

—¿Y cuáles fueron esas circunstancias? —preguntó Grey, ahuecando los labios para despedir un anillo de humo.

—Pasé varios años viviendo en una cueva de las Highlands, comandante —dijo Fraser con ironía—. Nunca tenía más de dos o tres libros, que debían durarme varios meses. Sí, soy partidario de los volúmenes grandes, pero debo admitir que no es una preferencia universal.

—Eso es muy cierto —dijo Grey. Con los ojos entornados, siguió la trayectoria del primer anillo de humo y soltó otro, pero se le desvió hacia un lado—. Recuerdo —prosiguió dando una honda calada a su puro para que no se apagara— a una amiga de mi madre que vio el libro en el salón de casa. —Succionó con fuerza y soltó un anillo dejando escapar un pequeño gruñido de satisfacción cuando vio que el nuevo aro colisionaba con el antiguo y lo convertía en una minúscula nube de humo—. Se llamaba lady Hensley. Cogió el libro, lo miró con esa actitud desvalida que fingen algunas mujeres y dijo: «¡Oh, condesa! Tiene usted mucho valor para leer una novela de esta magnitud. Me temo que yo sería incapaz de empezar un libro de estas proporciones.» —Grey carraspeó y dejó de emplear el falsete que había impostado para imitar la voz de lady Hensley—. Y mi madre respondió —esta vez prosiguió con su voz normal—: «No te preocupes, querida. Tampoco lo entenderías.»

Fraser se rió y luego tosió al tiempo que apartaba con la mano los restos de otro anillo de humo.

Luego apagó rápidamente el cigarro y se levantó del asiento.

—Venga. Tenemos tiempo para una partida rápida.

Como contrincantes no estaban en pie de igualdad; Fraser jugaba mucho mejor, pero Grey se las componía para ganar una partida de vez en cuando a fuerza de pura bravata. Aquella noche probó el gambito de Torremolinos. Era una apertura arriesgada, con el caballo de la reina. Si se efectuaba con éxito, daba lugar a una inusual combinación de torre y alfil, y su acierto dependía de un mal manejo del caballo y el alfil por parte del adversario. Grey no acostumbraba a utilizarla porque era una jugada que no funcionaría contra un jugador mediocre, la clase de rival que no fuera lo bastante espabilado como para detectar la amenaza del caballo o sus posibilidades. Era una apertura que debía emplearse contra una mente perspicaz e ingeniosa, y después de casi tres meses de partidas semanales, Grey ya conocía bastante bien la clase de mente a la que se enfrentaba sobre la tintada cuadrícula de marfil.

Se obligó a respirar normalmente mientras efectuaba el penúltimo movimiento de la combinación. Sintió que los ojos de Fraser se posaban en él, pero no lo miró por miedo a delatar su nerviosismo. Para evitar delatarse alargó el brazo hasta el aparador, cogió la licorera y rellenó ambas copas con el dulce y oscuro oporto esforzándose en no apartar los ojos del líquido.

¿Movería un peón, o el caballo? Fraser tenía la cabeza inclinada sobre el tablero con actitud reflexiva, y cada vez que se movía parecía que unas pequeñas luces rojizas se le enredasen en el pelo.

Si su adversario movía el caballo, ya no podría retroceder. Si movía el peón, todo estaba perdido. Mientras esperaba, Grey podía sentir los fuertes latidos de su corazón por detrás del esternón. La mano de Fraser sobrevoló el tablero; luego, súbitamente decidido, bajó para tocar la pieza. El caballo.

Debió de expeler el aire con demasiado ruido, pues Fraser levantó de golpe la mirada. Pero ya era demasiado tarde. Con cuidado para evitar que su cara reflejara la expresión de triunfo, Grey enrocó.

El escocés miró el tablero con el ceño fruncido, evaluando las piezas. Luego dio un respingo y lo miró con ojos dilatados.

—¡Qué astuto, pequeño cretino! —dijo con sorprendido respeto—. ¿Dónde diablos aprendió esa jugada?

—Me la enseñó mi hermano mayor —respondió Grey perdiendo su acostumbrada cautela por culpa del éxito. Normalmente, Fraser le ganaba siete veces de cada diez. La victoria era dulce.

Su huésped emitió una risa breve y alargó el índice para tumbar con delicadeza su rey.

—Cabía esperar algo así de un hombre como lord Melton —observó con desaire.

Grey se puso rígido en el asiento. Fraser, al notarlo, enarcó una ceja burlona.

—Se refería usted a lord Melton, ¿verdad? —dijo—. ¿O tiene otro hermano?

—No —confirmó Grey. Sentía los labios entumecidos, pero se lo atribuyó al cigarro—. No, sólo tengo un hermano. —El corazón volvía a palpitarle, pero ahora con un ritmo pesado y torpe. Ese maldito escocés, ¿habría sabido desde un principio quién era él?

—Nuestro encuentro fue breve, por necesidad —recordó Fraser, seco—. Pero memorable. —Tomó un sorbo de su copa, observando a Grey por encima del borde—. ¿Ignoraba que yo había conocido a lord Melton en el campo de Culloden?

—Lo sabía. Yo combatí en Culloden. —Todo el placer de la victoria se había evaporado. Grey se sintió algo asqueado por el humo—. Pero no esperaba que se acordara usted de Hal... ni que supiera de nuestro parentesco.

—Como debo mi vida a ese encuentro, es difícil que pueda olvidarlo —dijo Fraser con sequedad.

Grey levantó la vista.

—Tengo entendido que no estaba usted tan agradecido cuando conoció a Hal, en Culloden.

Fraser apretó la boca. Luego la relajó.

—No —reconoció con suavidad, sonriendo sin humor—. Su hermano, muy tercamente, se negó a fusilarme. Entonces yo no tenía motivos para agradecerle el favor.

—¿Deseaba que se le fusilara? —Grey alzó las cejas.

El escocés tenía la mirada perdida. Sus ojos estaban clavados en el tablero, pero era evidente que no era eso lo que veían.

—Creía tener motivos —dijo en voz baja—. En aquel momento.

—¿Qué motivos? —Grey captó la mirada de barreno y se apresuró a añadir—: No quiero ser impertinente, pero... en aquellos días yo pensaba algo similar. Por lo que me ha dicho de los Estuardo, no creo que la derrota de su causa le provocase tanta desesperación.

Hubo un leve movimiento junto a la boca de Fraser, demasiado vago para merecer el nombre de sonrisa. El escocés inclinó brevemente la cabeza.

—Había quienes combatían por amor a Carlos Estuardo... o por lealtad al derecho al trono de su padre. Pero tiene razón: yo no era de ésos.

No explicó más. Grey aspiró hondo, sin apartar los ojos del tablero.

—Como le decía, por aquel entonces yo sentía de modo parecido. En Culloden... perdí a un amigo muy íntimo —dijo. La mitad de su mente se preguntaba por qué debía mencionar a Hector ante aquel hombre, precisamente a él, un guerrero escocés que se había abierto paso a cuchilladas por el mortal campo de Culloden, cuya espada bien podría haber sido la responsable de... Y al mismo tiempo no podía evitar hablar; no tenía a nadie a quien poder hablarle de Hector salvo aquel hombre, ese prisionero que no podía explicárselo a nadie y cuyas palabras no le podían hacer ningún daño—. Me obligó a ver el cadáver... Hal, mi hermano —balbuceó.

Y se miró la mano, donde el azul intenso del zafiro de Hector ardía sobre su piel, una versión más pequeña del zafiro que Fraser le había dado con tanta desgana.

—Dijo que era necesario, que si no lo veía muerto, nunca acabaría de creer que Hector, mi amigo, se había ido de verdad. Así lo lloraría eternamente, dijo. Si lo veía, en cambio, lloraría, pero tarde o temprano podría sanar... y olvidar. —Levantó la vista haciendo un penoso esfuerzo por sonreír—. Por lo general, Hal tiene razón, aunque no siempre.

Puede que se hubiera curado, pero nunca olvidaría. Nunca olvidaría la última imagen de Hector, inmóvil, con la cara cerúlea a la primera luz de la mañana y las largas pestañas oscuras reposando delicadamente en las mejillas como cuando dormía. Ni la herida abierta que casi le había separado la cabeza del cuerpo, dejando a la vista la tráquea y los grandes conductos del cuello, como en una carnicería. Guardaron silencio. Fraser no dijo nada, pero levantó su copa y la apuró. Sin decir nada, Grey llenó ambas por tercera vez y se arrellanó en la silla, mirando a su huésped con curiosidad.

—¿Considera usted su vida como una carga muy pesada, señor Fraser?

El escocés lo miró a los ojos. Era evidente que Fraser sólo halló curiosidad en su rostro, porque sus anchos hombros se relajaron un poco de la tensión que los agarrotaba y suavizó la lúgubre línea de sus labios. El escocés se reclinó y flexionó un poco la mano derecha abriendo y cerrando el puño para estirar los músculos. Grey se dio cuenta de que le habían herido la mano en algún momento: las pequeñas cicatrices se hicieron visibles a la luz del fuego y tenía dos de los dedos muy rígidos.

—Quizá no tanto —respondió con lentitud. Miró a Grey a los ojos con templanza—. Creo que la peor carga es, quizá, preocuparnos por aquellos a quienes no podemos ayudar.

—¿Peor que no tener por quién preocuparse?

Fraser hizo una pausa antes de responder; parecía estar sopesando la disposición de las piezas del tablero.

—Eso es vacío —dijo al fin—. Pero no constituye una carga muy pesada.

Era tarde; no se oía ruido alguno en la fortaleza que los rodeaba, salvo alguna pisada del soldado que montaba guardia abajo, en el patio.

—Su esposa, ¿dijo que era curandera?

—Sí. Ella... se llamaba Claire. —Fraser tragó saliva; luego levantó la copa para beber como si tratara de aclararse la garganta.

—Supongo que la quería mucho —apuntó Grey suavemente.

Reconocía en el escocés la misma compulsión que él había sentido momentos antes: la necesidad de pronunciar un nombre oculto, de recuperar, por un instante, el fantasma de un amor.

—Tenía intención de darle a usted las gracias alguna vez, comandante —dijo el prisionero.

Grey se sobresaltó.

—¿Darme las gracias? ¿Por qué?

El escocés levantó los ojos oscuros.

—Por aquella noche en que nos conocimos, en Carryarrick.

—Miró fijamente a Grey—. Por lo que hizo en favor de mi esposa.

—Se acordaba usted —murmuró Grey, ronco.

—No lo había olvidado —espetó sin más. Grey reunió valor para mirarlo por encima de la mesa, pero cuando lo hizo no había rastros de risa en los oblicuos ojos azules. Fraser asintió con grave formalidad—. Fue usted un digno enemigo, comandante; no podría olvidarlo.

John Grey rió con amargura. Extrañamente, se sentía menos inquieto de lo que esperaba ante la referencia explícita a aquel vergonzoso recuerdo.

—Si un niño de dieciséis años, cagado de miedo, le pareció un enemigo digno, señor Fraser, no me extraña que el ejército de las Highlands haya sido derrotado.

El escocés sonrió apenas.

—El hombre que no se caga de miedo cuando le apuntan con una pistola a la cabeza, comandante, no tiene intestinos o no tiene cerebro.

Grey rió contra su voluntad y una esquina de la boca de Fraser se curvó ligeramente hacia arriba.

—No quiso usted hablar para salvar su propia vida, pero lo hizo por el honor de una dama. El honor de mi propia dama —observó el escocés con suavidad—. A mi modo de ver, eso no es cobardía.

En su voz era demasiado evidente el sonido de la verdad para confundirlo.

—No hice nada por su esposa —objetó el alcaide con bastante amargura—. Ella no corría ningún peligro, después de todo.

—Pero usted no lo sabía, ¿verdad? —señaló Fraser—. Creía estar salvándole la vida y la virtud a riesgo de las suyas propias. Con esa idea la honró. A veces lo pienso, desde que... desde que la perdí. —En su voz había una leve vacilación; sólo la rigidez muscular de su garganta delataba su emoción.

—Comprendo. —Grey aspiró hondo y dejó escapar poco a poco el aire—. Lamento su pérdida —añadió formalmente.

Ambos guardaron silencio por un momento, solos con sus fantasmas. Por fin Fraser levantó la vista.

—Su hermano tenía razón, comandante —dijo—. Le doy las gracias y le deseo buenas noches.

Se levantó, dejó la copa y abandonó la habitación.

Se parecía, en ciertos aspectos, a los años pasados en la cueva, con las visitas a la casa, esos oasis de vida y calidez en el desierto de la soledad. Aquí sucedía a la inversa: iba de la atestada y fría lobreguez de las celdas a las luminosas habitaciones del comandante, donde podía ejercitar tanto la mente como el cuerpo, relajarse en la tibieza, la conversación y la abundancia de comida.

Pero le provocaba la misma sensación desubicada, esa sensación de perder una valiosa parte de sí mismo que no sobreviviría el trayecto en dirección a la vida que llevaba durante el día. Y esa travesía cada vez se le antojaba más complicada.

En pie en el ventoso pasillo, mientras esperaba que el carcelero abriera la puerta de la celda, percibió los ruidos zumbantes de los hombres dormidos; al abrirse la puerta lo asaltó el olor de aquellos hombres, acre como una ventosidad.

Inspiró hondo para llenarse los pulmones a toda prisa y agachó la cabeza para entrar.

Los cuerpos que yacían en el suelo se agitaron inquietos cuando avanzó por la celda y su sombra se proyectó sobre las formas acostadas. La puerta se cerró tras él dejando la celda a oscuras, pero detectó cierta conciencia en la habitación, su llegada había despertado a un hombre.

—Vuelves tarde, Mac Dubh —dijo Murdo Lindsay con la voz cascada por el sueño—. Mañana estarás agotado.

—Ya me las arreglaré, Murdo —susurró, pasando entre los cuerpos. Se quitó la chaqueta para depositarla con cuidado en el banco, cogió la áspera manta y buscó su espacio en el suelo; su larga sombra parpadeó bajo la luna, entre las barras de la ventana.

Ronnie Sinclair se dio media vuelta cuando Mac Dubh se acostó a su lado. Parpadeó adormilado, casi se podían distinguir sus arenosas pestañas a la luz de la luna.

—¿El rubito te ha dado de comer como Dios manda, Mac Dubh?

—Sí, Ronnie. Gracias. —Se revolvió sobre las piedras buscando una postura cómoda.

—¿Mañana nos lo contarás? —Para los prisioneros era un extraño placer enterarse de lo que le habían servido para cenar; tomaban como un honor el hecho de que su jefe recibiera una buena comida.

—Sí, Ronnie —prometió Mac Dubh—. Pero ahora debo dormir, ¿de acuerdo?

—Que duermas bien, Mac Dubh —dijo un susurro procedente del rincón donde estaba Hayes, que yacía acurrucado como un juego de cucharillas junto a MacLeod, Innes y Keith: a todos les gustaba dormir calentitos.

—Dulces sueños, Gavin —susurró Mac Dubh a su vez y poco a poco la celda se fue quedando en silencio.

Aquella noche soñó con Claire. La tenía entre sus brazos, pesada y fragante. Estaba embarazada, con el vientre redondo y suave como un melón, ricos y llenos los pechos, con los pezones oscuros como el vino, instándole a probarlos.

Ella le posó la mano entre las piernas y él alargó el brazo para devolverle el favor. Su pequeña e hinchada suavidad le llenó la mano y se presionó contra él al moverse. Claire se irguió por encima de él sonriendo con el pelo descolgándose a ambos lados de la cara. Luego le puso la pierna encima.

—Dame tu boca —susurró él sin estar seguro de si pretendía besarla o sentir cómo lo cogía entre sus labios. Lo único que sabía era que debía poseerla de algún modo.

—Dame la tuya —dijo ella.

Se rió y se inclinó sobre él posándole las manos sobre los hombros y haciéndole cosquillas en la cara con un pelo que olía a musgo y la luz del sol. Jamie sintió las cosquillas de las hojas secas en la espalda y supo que yacían cerca de la cañada de Lallybroch. Vio el color de las hayas cobrizas a su alrededor: hojas y madera de haya, sus ojos ambarinos y una suave piel blanca acariciada por las sombras.

Le cogió un pecho con ansiedad, estrechándola contra sí mientras succionaba. Su leche era caliente y dulce, con un leve regusto a plata, como sangre de venado.

—Con más fuerza —susurró ella. Y le apoyó una mano en la nuca para apretarle el cuello y pegarlo a ella—. Con más fuerza.

Claire extendió toda su longitud sobre su cuerpo y él se aferró a la dulce carne de sus nalgas sintiendo el pequeño y sólido peso de la criatura sobre su propia barriga, como si la compartieran por un momento y protegieran aquel pequeño bulto redondo entre sus cuerpos.

La rodeó con los brazos con fuerza y ella le abrazó mientras él se sacudía y se estremecía. Sentía su melena en la cara, sus manos en el pelo y la criatura entre ellos. Era imposible saber dónde empezaba o acababa ninguno de los tres.

Despertó súbitamente, sudoroso y jadeando, medio encogido sobre un costado, bajo uno de los bancos de la celda. Todavía no había clareado del todo, pero ya podía ver las siluetas de los hombres tumbados junto a él. Esperaba no haber gritado. Cerró los ojos de inmediato, pero el sueño había desaparecido. Permaneció muy quieto mientras el corazón se le tranquilizaba, aguardando el amanecer.

18 de junio de 1755

Aquella noche John Grey se había vestido con esmero; camisa limpia y medias de seda. Lucía su propia cabellera, sencillamente trenzada y humedecida con un tónico de limón y verbena. Después de una momentánea vacilación, se había puesto también el anillo de Hector. La cena fue buena: un faisán que él mismo había cazado y una ensalada en deferencia a los extraños gustos de Fraser. Ya sentados frente al tablero de ajedrez, descartaron los temas de conversación más livianos para concentrarse en el juego.

—¿Tomará jerez? —Posó el alfil en el tablero y se reclinó estirándose.

Fraser asintió con la cabeza, absorto en la nueva posición.

—Sí, gracias.

Grey se levantó para cruzar el cuarto, y dejó a Fraser junto al fuego. Al sacar la botella del armario sintió que un hilo de sudor le bajaba por las costillas. No era por el fuego que ardía al otro lado de la habitación, sino por puro nerviosismo.

Se llevó la botella a la mesa sosteniendo las copas con la otra mano; el cristal de Waterford que le había enviado su madre. El líquido llenó las copas desprendiendo destellos ambarinos y rosados a la luz del fuego. Fraser miraba sin parpadear la copa observando el creciente jerez, pero lo hacía con tal abstracción que demostraba estar profundamente ensimismado. Había entornado sus oscuros ojos azules. Grey se preguntó qué estaría pensando; era obvio que no en el juego.

Al regresar a la mesa movió el alfil de la reina sabiendo que era sólo un movimiento dilatorio. Aun así puso en peligro a la reina de Fraser; tal vez lo obligara a sacrificar una torre.

Grey se levantó para echar un ladrillo de turba al fuego. Al levantarse se estiró y se colocó detrás de su oponente para observar la situación desde su ángulo.

La luz del fuego brilló con más intensidad cuando el enorme escocés se inclinó hacia delante para estudiar el tablero y se reflejó en los intensos tonos rojos del pelo de James Fraser haciéndose eco del brillo de la luz en el cristalino jerez.

Fraser se había atado el pelo hacia atrás con un fino cordón negro, formando un lazo. Bastaría un leve tirón para desatarlo. John Grey se imaginó deslizando la mano bajo aquella mata densa y lustrosa para tocar la nuca suave y tibia. Tocar...

Cerró bruscamente la mano, imaginando la sensación.

—Su turno, comandante.

La suave voz escocesa le devolvió a la realidad. Tomó asiento y observó el tablero con ojos ciegos. Sin necesidad de mirar, tenía intensa conciencia de los movimientos del otro, de su presencia. Alrededor de Fraser el aire se agitaba; resultaba imposible no mirarlo. Para disimular levantó la copa de jerez y tomó un sorbo, casi sin degustar el líquido dorado.

Fraser permanecía quieto como una estatua de cinabrio, estudiando el tablero; el azul oscuro de sus ojos parecía vivo en su cara. El fuego se había consumido y las líneas de su cuerpo se recortaban en las sombras. La mano dorada y negra, iluminada por las brasas, descansaba en la mesa, inmóvil y exquisita como el peón capturado junto a ella.

Cuando John Grey alargó la mano hacia el alfil de su reina, la piedra azul de su anillo lanzó un destello. «¿Hago mal, Hector? —se preguntó—. ¿Está mal amar al hombre que bien pudo haberte matado?» ¿O era un modo de poner las cosas en su sitio; de cicatrizar para ambos las heridas de Culloden?

Depositó el alfil con un golpecito seco y preciso. Su mano, sin detenerse, pareció moverse por voluntad propia y cruzó la breve distancia por el aire, como si supiera exactamente lo que deseaba, para posarse en la de Fraser, con la palma vibrante y los dedos curvados en una suave imploración.

La mano que tocó estaba caliente, muy caliente... pero dura e inmóvil como el mármol. Nada se movió en la mesa, a no ser el reflejo de la llama en el corazón del jerez. Levantó los ojos para buscar los de Fraser.

—Retire esa mano —dijo el escocés con muchísima suavidad—, si no quiere que lo mate.

Sus dedos no se movieron; tampoco su rostro, pero Grey percibió el escalofrío de repugnancia, un espasmo de odio y asco que surgía desde el centro mismo de aquel hombre, e irradiaba a través de su carne.

De súbito oyó, una vez más, la advertencia de Quarry, tan clara como si su predecesor le estuviera hablando al oído. «Si cena a solas con Fraser, no le dé la espalda.»

No había ninguna posibilidad de hacerlo; no podía moverse. No podía siquiera apartar la cara, parpadear para romper el contacto con la mirada azul que lo mantenía petrificado. Con tanta lentitud como si estuviera sobre una mina sin explotar, retiró la mano.

Hubo un momentáneo silencio quebrantado tan sólo por el tamborileo de la lluvia y el siseo del fuego de turba, y durante el cual ninguno de los dos pareció respirar. Por fin Fraser se levantó sin hacer ruido y salió de la habitación.

12

Sacrificio

La lluvia de finales de noviembre repiqueteaba en las piedras del patio y en las ceñudas hileras de hombres encorvados bajo el diluvio. Los casacas rojas que los vigilaban no parecían mucho más felices que los prisioneros empapados.

El comandante Grey esperaba bajo el saliente del tejado. No era el mejor día para realizar la inspección y limpieza de las celdas de los reclusos, pero a esas alturas del año resultaba inútil esperar a que hiciera buen tiempo. Y con más de doscientos prisioneros en Ardsmuir era necesario limpiar las celdas al menos una vez al mes, a fin de evitar que se propagaran las enfermedades.

Las puertas de la celda principal giraron hacia atrás dando paso a un pequeño desfile de reclusos: eran los escogidos para hacer la limpieza bajo la estrecha vigilancia de los guardias. El cabo Dunstable salió detrás, con las manos cargadas de los pequeños objetos prohibidos que habitualmente aparecían en ese tipo de inspecciones.

—Las basuras de siempre, señor —informó dejando caer las patéticas reliquias y basuras anónimas sobre un tonel que había junto al codo del comandante—. Sólo esto podría interesarle.

Se refería a un pequeño trozo de tela, de unos quince centímetros de largo, de tartán escocés de color verde. Dunstable echó un vistazo rápido a las hileras de prisioneros como si tratara de sorprender a alguien en actitud delatora. Grey, suspirando, cuadró los hombros.

—Sí, supongo que sí. —La posesión de tartán escocés estaba estrictamente vetada por la ley contra los Kilts, que desarmaba a los escoceses y les impedía utilizar el atuendo tradicional. Se plantó frente a los hombres, mientras el cabo Dunstable daba un áspero grito para llamarles la atención.

—¿A quién pertenece esto? —El cabo levantó el trozo de tartán al mismo tiempo que la voz.

Grey siguió las hileras con la vista, comparando las caras con su imperfecto conocimiento de los tartanes. Incluso dentro de un mismo clan los estampados podían variar tanto que resultaba difícil ubicarlos con certeza, pero había estampados generales de color y diseño.

MacAlester, Hayes, Innes, Graham, MacMurtry, MacKenzie, MacDonald... Un momento: MacKenzie, ése. Su seguridad se basaba más en el conocimiento que todo oficial tiene de sus hombres que en la relación de ese tartán con un clan en especial. MacKenzie era un prisionero joven; mantenía la cara demasiado inexpresiva, demasiado controlada.

—Es suyo, MacKenzie, ¿verdad? —inquirió Grey.

Arrancó el trozo de tela de las manos del cabo y lo colocó bajo la nariz del joven. Bajo la oscuridad que le ensuciaba la cara, el prisionero tenía la tez pálida. Apretaba los dientes con fuerza y respiraba con intensidad por la nariz emitiendo un leve silbido.

Grey clavó en el joven una mirada triunfal. El muchacho compartía con todos los demás un odio implacable, pero no había logrado levantar la muralla de estoica indiferencia que lo contenía. Grey percibió el miedo que se iba acumulando en el muchacho; un segundo más y se quebraría.

—Es mío. —La voz sonó calmada, casi aburrida, dotada de una indiferencia tal que ni MacKenzie ni Grey la registraron de inmediato. Ambos siguieron mirándose a los ojos hasta que una manaza se alargó por encima del hombro del joven, para coger suavemente el trozo de tela que el oficial sostenía.

John Grey dio un paso atrás; esas palabras fueron como un golpe en la boca del estómago. Olvidando por completo a MacKenzie, elevó la vista los muchos centímetros necesarios para mirar a la cara a James Fraser.

—No es el tartán de los Fraser —dijo consciente de que las palabras se esforzaban por salir por entre sus labios pétreos.

Tenía el rostro entumecido, cosa por la que se sentía vagamente agradecido: por lo menos su expresión no le delataría frente a los ojos de sus prisioneros.

La boca de Fraser se ensanchó apenas. Grey mantuvo la vista fija en ella, temeroso de enfrentarse a aquellos oscuros ojos azules.

—No, en efecto —dijo Fraser—. Es de los MacKenzie. El clan de mi madre.

En algún rincón de su mente, Grey almacenó otra pequeña información junto al pequeño botín de datos que guardaba en el cofre adornado con piedras preciosas que rotulaba «Jamie»: su madre era una MacKenzie. Supo que era cierto, tal como sabía que aquel tartán no pertenecía a Fraser. Oyó su voz, serena y firme, diciendo:

—La posesión de tartanes es ilegal. Conoce el castigo, ¿cierto?

La ancha boca se curvó en una sonrisa torcida.

—Lo conozco.

Hubo un movimiento inquieto y un murmullo entre las filas de prisioneros. En realidad, no se movieron mucho, pero Grey percibió cómo cambiaba la alineación, como si realmente se estuvieran acercando a Fraser, rodeándolo, defendiéndolo. El círculo se deshizo y se reorganizó y el escocés se quedó solo fuera de él. Jamie Fraser volvía a ir por libre.

Con un esfuerzo de voluntad, Grey apartó la mirada de esos labios suaves, algo irritados por la exposición al sol y al viento. La expresión de los ojos era la que él temía: ni miedo ni ira; sólo indiferencia.

Hizo una señal a uno de los guardias.

—Aprésenlo.

El comandante John William Grey inclinó la cabeza sobre los documentos que tenía en el escritorio y firmó las requisas sin leerlas. Rara vez trabajaba hasta tan avanzada la noche, pero durante el día no había tenido tiempo y los papeles se le estaban amontonando. Las requisas debían partir hacia Londres esa misma semana.

«Doscientas libras de harina de trigo», escribió, tratando de concentrarse en la pulcritud de los trazos negros que aparecían bajo su pluma. El problema de esa rutina burocrática era que se adueñaba de su atención, pero no de su mente, cosa que dejaba vía libre a los recuerdos del día.

«Seis barriles de cerveza para los barracones.» Dejó la pluma y se frotó las manos con energía. Aún sentía el frío que se le había metido en los huesos aquella mañana, en el patio. El hogar estaba encendido, pero el fuego no parecía servir de nada. No trató de acercarse; ya lo había intentado una vez y se había quedado como hipnotizado viendo en las llamas las imágenes de la tarde; sólo pudo reaccionar cuando el calor empezó a chamuscarle los pantalones.

Recogiendo la pluma, trató una vez más de apartar la mente del patio.

Era mejor no retrasar la ejecución de esas sentencias; los prisioneros se inquietaban y se ponían nerviosos con la expectativa y resultaba difícil controlarlos. En cambio, las medidas disciplinarias ejecutadas de inmediato solían tener un efecto saludable al demostrar a los prisioneros que los castigos serían rápidos y despiadados y al aumentar así el respeto que debían mostrar por sus guardianes. Pero por algún motivo John Grey sospechaba que aquella ocasión en particular no había hecho mucho por aumentar el respeto de los prisioneros, por lo menos hacia su persona.

Aunque se sentía helado por dentro, había dado las órdenes con celeridad y compostura. Fue obedecido con igual competencia.

Se formó a los prisioneros en hileras a los cuatro lados del patio y a los guardias frente a ellos, con las bayonetas preparadas para evitar cualquier reacción indeseable.

Pero no hubo ninguna reacción aparente. Los prisioneros aguardaron en silencio sepulcral bajo la suave lluvia que empañaba las losas del patio y no se les escuchaba más sonido que los habituales carraspeos propios de cualquier grupo de hombres. Se hallaban a principios del invierno y los catarros estaban igual de presentes en los barracones que en las húmedas celdas. Con las manos cruzadas a la espalda, sintiendo la lluvia que le empapaba el abrigo y corría desde el cuello de la camisa, Grey observó impasible mientras conducían al prisionero hasta la plataforma. Jamie Fraser permanecía en pie a un metro de distancia, desnudo hasta la cintura. Se movía sin prisa ni vacilación, como si aquello fuera algo que ya hubiera hecho más de una vez, una tarea habitual sin mayor importancia.

Hizo una señal con la cabeza a los dos soldados, que sujetaron los brazos del prisionero al poste de castigos sin que hubiera resistencia. Le amordazaron y Fraser se quedó allí de pie mientras la lluvia resbalaba por sus brazos elevados y se deslizaba por la costura de su espina dorsal empapando la fina tela de sus pantalones. Otro gesto al sargento encargado de leer los cargos y un pequeño arrebato de fastidio, pues el movimiento hizo caer en cascada la lluvia acumulada en su sombrero. Se lo enderezó, ajustándose la peluca empapada, y recuperó su postura de autoridad para escuchar la lectura.

—...al contravenir la ley contra los Kilts, dictada por el Parlamento de Su Majestad, delito por el cual se aplicará la sentencia de sesenta latigazos.

Grey echó una mirada objetiva al sargento herrador, designado para aplicar el castigo; para ninguno de ellos era la primera vez. En esta oportunidad no hizo ninguna señal con la cabeza, porque aún llovía. En cambio, con los ojos entornados, pronunció las palabras de costumbre:

—Recibirá usted su castigo, señor Fraser.

Y permaneció de pie, con la mirada fija, viendo y escuchando el golpe de los azotes y los gruñidos del prisionero a través de la mordaza.

El hombre tensaba los músculos para resistir el dolor. Una y otra vez, hasta que cada fibra se reveló por separado bajo la piel. Grey sentía también el azote del dolor en sus propios músculos y se cambió el peso de una pierna a otra discretamente mientras proseguía la brutal rutina. Delgados hilillos de color rojo resbalaban por la espalda del prisionero, sangre mezclada con agua que le manchaba la tela de los pantalones. Grey sentía tras él la presencia de los hombres, soldados y prisioneros, todos con la mirada fija en la plataforma y su figura central. Hasta las toses se habían acallado.

Y por encima de todo, como un abrigo de pegajoso barniz que sellaba los sentimientos de Grey, se extendía una fina capa de repulsión por su propia persona que se desató cuando se dio cuenta de que no sólo tenía los ojos clavados en aquella escena por deber, sino porque era incapaz de apartar la vista del brillo de esa mezcla de lluvia y sangre que relucía sobre los músculos del escocés, que se encorvaba angustiado dibujando con su cuerpo un arco de dolorosa belleza.

El sargento herrador apenas hacía una pausa entre un golpe y otro. Estaba acelerando la tarea; todo el mundo quería terminar de una vez y refugiarse de la lluvia. Grissom contaba cada latigazo en voz alta al tiempo que lo anotaba en su registro. El herrador interrumpió la flagelación haciendo correr entre los dedos las colas del látigo, con sus nudos encerados, para liberarlas de sangre y fragmentos de carne. Luego lo alzó una vez más, lo hizo girar dos veces alrededor de la cabeza, y volvió a descargarlo.

—¡Treinta! —dijo el sargento.

El comandante Grey cerró el último cajón del escritorio y vomitó sobre un montón de requisas.

Aunque se clavara los dedos en las manos, el temblor no cesaba. Lo tenía dentro de los huesos, como el frío del invierno.

—Cubridlo con una manta. Lo atenderé enseguida.

La voz del cirujano inglés parecía venir desde muy lejos; no relacionaba la voz con las manos que le aferraban con firmeza ambos brazos. Cuando lo movieron gritó, porque la torsión abrió las heridas de la espalda, apenas cerradas. El goteo de la sangre caliente por las costillas empeoró los temblores, a pesar de la áspera manta que le pusieron sobre los hombros.

Se aferró con fuerza a los bordes del banco sobre el que yacía. Tenía los ojos cerrados y luchaba contra el temblor. Percibió un movimiento en algún punto de la estancia, pero no podía prestarle atención, era incapaz de pensar en otra cosa que no fuera en apretar los dientes y en la tensión de sus articulaciones.

La puerta se cerró y la habitación quedó en silencio. ¿Lo habían dejado solo?

No, escuchó pasos junto a su cabeza y alguien levantó la manta que tenía en la espalda y la dobló sobre su cintura.

—Hum. Te dejó hecho un desastre, ¿no, muchacho?

No respondió; de cualquier modo, nadie parecía aguardar respuesta. El cirujano se apartó un momento; luego sintió una mano bajo la mejilla, levantándole la cabeza. Una toalla se deslizó bajo su cara, acolchando la tosca madera.

—Ahora te voy a limpiar las heridas —dijo la voz. Era impersonal pero no falta de cordialidad.

Resopló entre dientes al sentir el contacto en la espalda. Hubo un extraño gimoteo. Se avergonzó al comprender que era suyo.

—¿Qué edad tienes, chico?

—Diecinueve. —Apenas pudo pronunciar la palabra antes de aguantar con fuerza el gemido.

El cirujano le tocó diversos puntos de la espalda con suavidad. Luego se incorporó. Oyó cómo echaba el pestillo de la puerta y el regreso de los pasos del doctor.

—Nadie va a entrar —dijo bondadosamente—. Anda, llora.

. . .

—¡Eh! —estaba diciendo la voz—. ¡Despierta, amigo!

Volvió lentamente a la conciencia; la tosquedad de la madera bajo la mejilla unió por un momento el sueño y el despertar; no pudo recordar dónde estaba. Una mano surgió de la oscuridad y le tocó la mejilla, vacilante.

—Estabas llorando en sueños —susurró la voz—. ¿Te duele mucho?

—Un poco. —Experimentó el otro nexo de unión entre el sueño y el despertar al tratar de incorporarse, y el dolor estalló sobre su espalda como un relámpago. Soltó el aliento empujado por un gruñido involuntario y se dejó caer de nuevo sobre el banco.

Había tenido suerte de que le tocara Dawes, un soldado maduro y recio, al que en realidad no le gustaba flagelar a los prisioneros; lo hacía sólo por cumplir con su trabajo. Aun así, sesenta latigazos hacían daño, incluso aunque se dieran sin entusiasmo.

—No, caramba, está demasiado caliente. ¿Quieres quemarlo?

Era la voz de Morrison, gruñona. Tenía que ser Morrison, por supuesto. Era curioso, pensó vagamente. En cuanto se reúne un grupo de hombres, cada uno parece hallar el trabajo que le corresponde, lo haya hecho antes o no. Morrison había sido granjero, como la mayoría de ellos. Era probable que tuviese buena mano para las bestias, aunque no le diera mayor importancia. Ahora era el curandero al que recurrían los hombres cuando les dolía la espalda o se rompían un dedo. Morrison sabía poco más que el resto, pero los hombres recurrían a él cuando estaban heridos igual que recurrían a Seumus Mac Dubh en busca de consuelo y consejo. Y de justicia.

Le pusieron en la espalda un paño caliente, que lo hizo gruñir por el escozor; apretó los labios con fuerza para no gritar. Luego percibió la mano pequeña de Morrison en el centro de su espalda.

—Aguanta, hombre, hasta que pase el calor.

Cuando la pesadilla empezó a remitir, parpadeó un momento para acostumbrarse a la cercanía de las voces y la percepción de compañía. Estaba en la celda grande, en el rincón sombrío junto a la chimenea. Del fuego emergía una columna de vaho: debía de haber un caldero hirviendo. Vio cómo Walter MacLeod introducía un montón de retales en su interior mientras el fuego teñía de rojo la oscuridad de su barba y sus cejas. Entonces, cuando los paños calientes que tenía en la espalda se enfriaron hasta adquirir una relajante calidez, cerró los ojos y se dejó llevar por un sueño ligero mecido por la suave conversación de los hombres que había a su lado.

Sentía más o menos la misma indiferencia desde el momento en que había alargado la mano por encima del hombro del joven Angus para coger el trozo de tartán. Como si dependiera de esa decisión, entre sus hombres y él se había corrido una especie de telón, como si estuviera solo en un lugar lejano.

Había seguido a los guardias que lo llevaban y se desvistió cuando se lo ordenaron sin sentirse realmente despierto. Oyó desde la plataforma las palabras del delito y la sentencia sin prestarles mucha atención. Ni siquiera lo reavivaron el áspero mordisco de la soga en las muñecas o la lluvia fría en la espalda desnuda. Parecían cosas que ya habían sucedido antes; nada de cuanto él pudiera decir o hacer las cambiaría; todo estaba escrito.

En cuanto a los latigazos, los había soportado. No había espacio para la razón, el arrepentimiento o para nada que no fuera la terca y desesperada lucha que requería aquel insulto físico.

—Quieto ahora, quieto. —Morrison le puso una mano en el cuello para evitar que se moviera mientras le quitaban los trapos empapados para aplicarle otra cataplasma caliente, que despertó momentáneamente todos los nervios adormecidos.

Una consecuencia de aquel extraño estado mental era que todas las sensaciones parecían tener la misma intensidad. Si se esforzaba, podía sentir en su espalda cada uno de los cortes por separado, los veía todos en su cabeza, brillantes vetas de color recortadas sobre la oscuridad de su imaginación. Pero el dolor de las heridas que le recorrían desde las costillas hasta los hombros no tenía más peso o importancia que una sensación de pesadez en las piernas que le resultaba parcialmente agradable, el agarrotamiento de los brazos o las suaves cosquillas que le hacía el pelo en la mejilla.

El pulso le latía con un ritmo lento y regular en los oídos, y los suspiros estaban desvinculados de los movimientos que hacía su pecho al respirar. Su existencia sólo era una colección de fragmentos, cada pieza con sus propias sensaciones, y ninguna de ellas preocupaba especialmente a su cabeza.

—Toma, Mac Dubh —dijo la voz de Morrison junto a su oído—. Levanta la cabeza y bebe esto.

Lo golpeó el olor penetrante del whisky; trató de apartar la cara.

—No lo necesito —dijo.

—Claro que sí —aseveró Morrison con la firmeza que parecen tener todos los sanadores, como si supieran mejor que tú lo que sientes y lo que precisas. A falta de fuerzas y de voluntad para discutir, abrió la boca y sorbió el whisky, sintiendo que se le estremecían los músculos del cuello con el esfuerzo de mantener la cabeza levantada.

El whisky se sumó al coro de sensaciones que le embargaban. Un ardor en la garganta y en la tripa, un intenso hormigueo en el fondo de la nariz y una especie de remolino en la cabeza que le hizo comprender que había bebido mucha cantidad y demasiado deprisa.

—Un poco más, así, eso es —lo instaba Morrison—. Buen muchacho. Sí, así está mejor, ¿no? —Morrison movió su corpachón y oscureció la visión de la estancia tenebrosa. Por la ventana se coló un soplo de aire, pero su inquietud parecía ser cosa suya, no del viento—. Y ahora, ¿cómo está esa espalda? Mañana estarás más tieso que un poste, pero creo que no estás tan mal. A ver, hombre, bebe un poco más.

El borde de la taza presionaba su boca, insistente. Morrison seguía parloteando en voz bastante alta, sin decir nada en especial. Había algo raro en eso. Morrison no era parlanchín. Estaba sucediendo algo, pero él no lo veía. Cuando levantó la cabeza para averiguarlo, su compañero le obligó a bajarla.

—No te molestes, Mac Dubh —le dijo con suavidad—. De cualquier modo, no puedes impedirlo.

Del rincón más alejado de la celda le llegaban sonidos subrepticios, los mismos que Morrison había tratado de impedirle oír. Algo que se arrastraba, murmullos breves, un golpe seco. Luego percibió el sonido sofocado de unos golpes, lentos y regulares, y un intenso jadeo de miedo y dolor acentuado por el leve gimoteo al inspirar.

Estaban golpeando al joven Angus MacKenzie. Apoyó las manos bajo el pecho, pero el esfuerzo hizo que le ardiera la espalda y la cabeza le dio vueltas. La mano de Morrison le obligó a acostarse.

—Quédate quieto, Mac Dubh. —Su tono era una mezcla de autoridad y resignación.

Una oleada de vértigo se abatió sobre él y sus manos se deslizaron fuera del banco. De cualquier modo, Morrison tenía razón: no podía impedirlo.

Así que yació quieto bajo la mano de Morrison y esperó a que cesaran los sonidos. Sin querer se preguntó quién sería el administrador de ciega justicia a la sombra. Sinclair. Su cabeza le proporcionó la respuesta sin vacilar. Y no había duda de que Hayes y Lindsay le estarían ayudando.

No podían evitar lo que eran, igual que él, o Morrison. Cada hombre hacía lo que había nacido para hacer. Había hombres que eran sanadores, y otros, matones.

Los sonidos habían cesado, exceptuando un jadeo apagado y sollozante. Relajó los hombros y no se movió cuando Morrison le quitó la última cataplasma y lo secó con delicadeza; la corriente de aire le provocó un súbito escalofrío. Apretó los labios con fuerza para no hacer ningún ruido. Aquella mañana lo habían amordazado, de lo cual se alegraba: la primera vez que lo azotaron, años atrás, se había mordido el labio inferior casi hasta partirlo en dos.

La taza de whisky presionó otra vez su boca, pero apartó la cara; la bebida desapareció sin comentarios, hacia algún lugar donde hallara una recepción más cordial. Probablemente a manos de Milligan, el irlandés.

Un hombre con debilidad por la bebida; otro que la detestaba. Un hombre amante de las mujeres; otro...

Suspiró y se meneó un poco sobre la dura cama de madera. Morrison lo había tapado con una manta y se había marchado. Se sentía consumido y vacío, fragmentado todavía, pero con la mente clara suspendida en algún punto muy lejano del resto de su cuerpo.

Morrison también se había llevado la vela; ardía al fondo de la celda donde los hombres se apiñaban juntos en afable compañía. La luz los convertía en formas negras imposibles de distinguir unas de otras y los bordeaba de luz dorada, como las pinturas de esos santos sin cara de los viejos misales.

¿De dónde venían esos dones que daban forma a la naturaleza humana? ¿De Dios? ¿Era como el descenso del Espíritu Santo, como las lenguas de fuego que se posaron en los apóstoles? Recordó la ilustración de la Biblia que su madre tenía en la sala. Todos los apóstoles coronados con fuego y sendas expresiones necias debido a la sorpresa, aguardando allí de pie como un grupo de velas de cera encendidas para la celebración de alguna fiesta.

Cerró los ojos, sonriendo ante el recuerdo. Las sombras de las velas proyectaron tonos rojos en sus párpados.

Claire, su Claire... ¿Cómo saber quién se la había enviado, arrojándola a una vida para la cual no había nacido? Sin embargo, ella había sabido qué hacer y cuál era su destino, a pesar de todo. No todos tenían la suerte de conocer sus dones.

A su lado hubo un cauteloso arrastrar de pies. Al abrir los ojos sólo vio una silueta, pero adivinó quién era.

—¿Cómo estás, Angus? —preguntó con suavidad en gaélico.

El jovencito se arrodilló torpemente a su lado y le cogió la mano.

—Estoy... bien. Pero usted, señor... Quiero decir... lo siento.

¿Fue por experiencia o instinto que estrechó esa mano en un gesto reconfortante?

—Yo también estoy bien —dijo—. Acuéstate a descansar, pequeño Angus.

La silueta inclinó la cabeza en un gesto extrañamente formal y le dio un beso en el dorso de la mano.

—¿Puedo... puedo quedarme junto a usted, señor?

La mano le pesaba una tonelada, pero aun así la levantó para posarla en la cabeza del joven. Se le deslizó de inmediato, pero sintió que Angus se relajaba ante el consuelo que fluía del contacto.

Había nacido para ser líder; luego fue cambiado y rehecho para ajustarse aún más a ese destino. Pero ¿qué pasaba con el hombre que se veía obligado a desempeñar un papel sin haber nacido para él? John Grey, por ejemplo. O Carlos Estuardo.

Por primera vez en diez años, y gracias a aquella extraña distancia, pudo perdonar a aquel hombre débil que, en otros tiempos, había sido su amigo. Tras haber pagado con tanta frecuencia el precio exigido por su propio don, por fin podía comprender la terrible condena de haber nacido rey sin dotes para reinar.

Angus MacKenzie resbaló por la pared que había a su lado, agachó la cabeza hasta posarla en las rodillas y se echó la manta sobre los hombros. De la silueta acurrucada procedía un pequeño borboteo. Jamie sintió que el sueño empezaba a vencerlo y mientras se acercaba iba reparando las desmenuzadas y dispersas partes de sí mismo, y supo que por la mañana se despertaría sintiéndose completo, aunque quizá también muy dolorido.

Entonces se sintió libre de muchas cargas. La de la responsabilidad inmediata, la de la necesidad de decidir. La tentación había desaparecido junto a la posibilidad de su existencia. Y lo que era todavía más importante, el peso de la ira se había esfumado; tal vez se hubiera ido para siempre.

Entre la bruma que se espesaba, pensó que John Grey le había devuelto su destino.

Casi le estaba agradecido.

13

En medio del juego

Inverness
2 de junio de 1968

Fue Roger quien la encontró por la mañana, acurrucada en el sofá del estudio bajo la alfombra de la chimenea; el suelo estaba sembrado de papeles que habían caído de una carpeta.

La luz que se colaba por los ventanales inundaba el estudio, pero el alto respaldo del sofá proyectaba una sombra en el rostro de Claire evitando así que el alba la despertara. La luz empezaba en ese momento a resbalar por la curva del polvoriento terciopelo y se colaba por entre los mechones de su pelo.

Roger la miró y pensó que tenía un rostro vítreo en más de un sentido. Tenía la piel tan pálida que se le veían las venas azules de las sienes y la garganta, y sus afilados y claros huesos estaban tan pegados a su piel que parecía esculpida en marfil.

La manta le dejaba los hombros al descubierto. Un brazo descansaba en el pecho sujetando una hoja de papel arrugado contra su cuerpo. Roger se lo levantó con cuidado para retirar la hoja sin despertarla. Estaba laxa, con la carne asombrosamente caliente y suave.

Sus ojos encontraron de inmediato el nombre; sabía que debía de haberlo encontrado.

—James MacKenzie Fraser —murmuró apartando la vista del papel hacia la mujer que dormía en el sofá. La luz ya le estaba acariciando la curva de la oreja. Se movió un poco y volvió la cabeza, pero su rostro cayó de nuevo presa de la somnolencia—. No sé quién fuiste, amigo —le susurró al ausente escocés—, pero debiste de ser alguien muy especial para merecerla.

Con mucha suavidad volvió a subirle la manta hasta los hombros y bajó la persiana de la ventana que tenía a su espalda. Luego se puso en cuclillas para recoger los papeles dispersos de Ardsmuir. Ardsmuir: eso era todo lo que necesitaba por el momento. Aunque el destino final de Jamie Fraser no estuviera registrado en aquellas páginas, debía de figurar en la historia de la prisión. Tal vez hiciera falta otra incursión en los archivos de las Highlands y hasta un viaje a Londres. Pero el próximo eslabón de la cadena estaba forjado; el sendero se veía con claridad.

Cuando cerró la puerta del estudio, moviéndose con exagerada cautela, Brianna bajaba la escalera. Lo miró enarcando una ceja a manera de pregunta y él mostró la carpeta con una sonrisa.

—Lo tenemos —susurró.

Ella no dijo nada, pero su cara esbozó una sonrisa tan brillante como el sol del amanecer.

CUARTA PARTE

El Distrito de los Lagos

14

Geneva

—Creo —dijo Grey, cauteloso— que debería usted pensar en cambiar de nombre.

No esperaba respuesta; Fraser no había dicho una palabra tras cuatro días de viaje ignorando los silencios incómodos derivados de compartir la habitación sin una comunicación directa. Grey, encogiéndose de hombros, ocupaba la cama, mientras Fraser, sin un gesto ni una mirada, se envolvía en el raído capote y se tumbaba frente a la chimenea. Grey se rascó una buena colección de picaduras de pulgas y chinches y pensó que era posible que Fraser hubiera salido ganando con la elección de cama.

—Su nuevo anfitrión no siente mucha simpatía por Carlos Estuardo y sus partidarios, puesto que en Prestonpans perdió a su único hijo varón —continuó Grey, dirigiéndose al perfil de hierro que lo acompañaba. Al morir, Gordon Dunsany era un joven capitán del regimiento de Bolton, sólo tenía unos años más que él. Podrían haber muerto juntos en aquel campo, de no haber sido por ese encuentro en los bosques cerca de Carryarrick—. No tiene usted muchas esperanzas de disimular el hecho de ser escocés y, por añadidura, de las Highlands. Si quiere hacer caso de un consejo bienintencionado, sería juicioso no utilizar un apellido tan fácilmente reconocible como el suyo.

La pétrea expresión de Fraser no se alteró en absoluto. Arreó su caballo con el talón y lo guió hasta superar el bayo de Grey mientras buscaba el rastro de camino que había borrado una inundación reciente.

La tarde ya estaba avanzada cuando cruzaron el arco del puente de Ashness para descender la cuesta hacia Watendlath Tarn. Aquella zona de Inglaterra, el Distrito de los Lagos, no se parecía a Escocia, pensó Grey, pero al menos tenía montañas.

Eran colinas redondeadas y pendientes suaves, no inclinaciones imposibles como los acantilados escoceses, pero montañas al fin y al cabo.

La laguna de Watendlath estaba oscura y agitada por el viento otoñal; en sus bordes crecían densos juncales y hierbas pantanosas. Las lluvias estivales habían sido más abundantes que de costumbre en aquel húmedo lugar, y las puntas de los matorrales anegados asomaban por encima del agua que había rebasado su cauce.

En la cima de la loma siguiente, el sendero se dividía en dos. Fraser, que se había adelantado un poco, sofrenó a su caballo a la espera de indicaciones, con el viento revolviéndole el pelo. Aquella mañana no se lo había trenzado y los flamígeros mechones volaban alrededor de la cabeza.

Chapoteando cuesta arriba, John William Grey observó al hombre detenido, inmóvil como una estatua de bronce en su montura salvo por la melena agitada. El aliento murió en su garganta y se pasó la lengua por los labios, murmurando para sí:

—Oh, Lucifer, hijo de la mañana.

Pero se contuvo para no añadir el resto del versículo.

Para Jamie, aquellos cuatro días de cabalgada hacia Helwater habían sido una tortura. La súbita ilusión de libertad, combinada con la certeza de su inmediata pérdida, le hacían imaginar con horror un destino desconocido.

Eso sumado a la ira y el dolor que le provocaba el recuerdo todavía fresco en la memoria de haberse separado de sus hombres, la desgarradora pérdida que sentía abandonando las Highlands sabiendo que su despedida podría ser permanente, y que todos sus momentos de conciencia estaban acompañados de un incesante dolor físico que se cebaba en los músculos que tanto tiempo hacía que no utilizaba para montar, eran motivos más que suficientes para haberle atormentado durante todo el viaje. Lo único que le impedía tirar al comandante John William Grey de su caballo y estrangularlo en alguno de esos apacibles caminos era que ese hombre había sido el responsable de su libertad condicional.

Las palabras de Grey le resonaban en los oídos, medio borradas por el palpitar de su sangre colérica.

—Como la restauración de la fortaleza está casi terminada, gracias a su hábil ayuda y la de sus hombres —Grey había dado a su voz un tinte irónico—, los prisioneros serán trasladados a otros alojamientos y la fortaleza de Ardsmuir servirá de cuartel al Duodécimo de Dragones de Su Majestad. Los prisioneros de guerra escoceses serán transportados a las colonias americanas, donde se los venderá bajo contrato de servidumbre por el plazo de siete años.

Jamie se había mantenido cuidadosamente inexpresivo, pero ante esa noticia sintió que la cara y las manos se le entumecían de espanto.

—¿Servidumbre? Eso no es mejor que la esclavitud —dijo, aunque sin prestar mucha atención a sus propias palabras. ¡América! ¡Tierra de salvajes a la que se llega cruzando cinco mil kilómetros de mares desiertos y agitados! La servidumbre en América era el equivalente al exilio permanente de Escocia.

—Un contrato de servidumbre no es esclavitud —le había asegurado Grey.

Pero el comandante sabía tan bien como él que la diferencia era una mera cuestión legal, válida sólo cuando los siervos contratados, si sobrevivían, recobraban su libertad en alguna fecha predeterminada. Un siervo contratado era, a todas luces, esclavo de su amo. El amo podía abusar, azotar o marcar al preso a voluntad, y éste tenía prohibido por ley abandonar la propiedad del dueño sin permiso.

Tal como se le iba a prohibir a Fraser en adelante.

—A usted no se lo enviará con los otros. —Grey no lo miró al decirlo—. No es un simple prisionero de guerra, sino un traidor convicto. Como tal, debe permanecer prisionero y a disposición de Su Majestad; no es posible conmutarle la sentencia por traslado sin la aprobación real. Y Su Majestad no se ha dignado aprobarlo.

Jamie tuvo conciencia de un notable abanico de emociones; por debajo de su ira inmediata había miedo y pesar por el destino de sus hombres, mezclado con una pequeña chispa de ignominioso alivio porque, cualquiera que fuese su destino, no lo confiarían al mar. Avergonzado de sí mismo, volvió hacia Grey una mirada fría.

—El oro —dijo sin más—. Es por eso, ¿no?

Mientras hubiera la menor posibilidad de que él revelara lo que sabía de aquel tesoro casi mítico, la Corona inglesa no correría el riesgo de perderlo a manos de los demonios marítimos o los salvajes de las colonias.

El comandante aún rehusaba mirarlo, pero se encogió de hombros, lo cual equivalía a un asentimiento.

—Y entonces, ¿adónde iré? —Cuando empezó a sobreponerse del impacto de la noticia, su propia voz le sonó oxidada y un poco ronca.

203

Grey se había afanado en poner en orden el papeleo. Estaban a principios de septiembre y por la ventana medio abierta se colaba una cálida brisa que agitaba los papeles.

—A un lugar llamado Helwater, en el Distrito de los Lagos de Inglaterra. Se le alojará en casa de lord Dunsany, a quien prestará los servicios domésticos que él requiera. —Sólo entonces Grey levantó la vista con una expresión ilegible en los ojos claros—. Yo le visitaré cada tres meses para asegurarme de su bienestar.

Ahora observaba la espalda del comandante, cubierta por la casaca roja, mientras cabalgaban uno detrás de otro por los estrechos senderos, aliviándose de sus angustias al imaginar los grandes ojos azules inyectados en sangre, saltones de asombro, mientras le apretaba el cuello con las manos y le hundía los dedos en la carne enrojecida por el sol hasta que el cuerpo menudo y musculoso quedaba laxo como un conejo muerto.

¿Conque a disposición de Su Majestad? No se engañaba. Todo aquello lo había tramado Grey; el oro era sólo una excusa. Iban a venderlo como sirviente; lo mantendrían en un sitio donde Grey pudiera verlo y regodearse. Ésa era la venganza del comandante.

Había yacido delante de la chimenea de la pensión cada noche. Trataba de dormir con todo el cuerpo dolorido y estaba muy atento a cualquier movimiento y crujido procedente del hombre acostado en la cama detrás de él; y esa atención le pasaba factura. A la pálida luz del alba se volvía a encerrar en la ira y deseaba que el hombre se levantase de la cama e hiciese algún desgraciado gesto en su dirección que le diera pie a descargar su ira en forma de apasionado asesinato. Pero Grey sólo roncaba.

Llegaron al puente de Helvellyn y pasaron junto a otro inusual lago rodeado de pasto. Las hojas rojas y amarillas de los arces y alerces se desprendían de sus ramas en forma de lluvia y resbalaban por los cuartos traseros ligeramente sudados de su caballo, le azotaban el rostro y pasaban de largo con un susurro y una caricia tan fina como el papel.

Grey se detuvo justo delante de él y giró en la silla, esperándolo. Habían llegado. La tierra descendía en picado hacia un valle donde se alzaba la casa solariega semioculta entre árboles brillantes del otoño.

Ante él se extendía Helwater y, con él, la perspectiva de pasar su existencia en vergonzosa servidumbre. Irguiendo la espalda, azuzó a su caballo con más dureza de la que habría querido.

Grey fue recibido en el salón principal sin que el cordial lord Dunsany se preocupara por sus ropas desaliñadas y sus botas mugrientas; lady Dunsany, una mujer menuda y algo regordeta, de pelo rubio descolorido, se mostró exageradamente hospitalaria.

—¡Una copa, Johnny! Tienes que tomar una copa. Louisa, querida mía, creo que deberías traer a las niñas para que saluden a nuestro huésped.

Mientras lady Dunsany daba órdenes a un lacayo, su señoría se inclinó sobre la copa para murmurarle:

—El prisionero escocés... ¿lo has traído contigo?

—Sí —confirmó Grey. No había muchas posibilidades de que la señora lo escuchara, pues mantenía una animada conversación con el mayordomo sobre las nuevas disposiciones para la cena; aun así le pareció mejor hablar en voz baja—. Lo he dejado en el vestíbulo delantero. No estaba seguro de qué desearía usted hacer con él.

—Dices que tiene habilidad con los caballos, ¿no? Entonces lo mejor será hacerlo mozo de cuadra, como sugeriste. —Lord Dunsany echó un vistazo a su esposa y volvió hacia ella su flaca espalda para hacer aún más reservado el diálogo—. No he dicho a Louisa quién es él —murmuró el barón—. Con tanto miedo como causaron las gentes de las Highlands durante el Alzamiento... el país estaba paralizado de terror, ¿sabes? Y ella no ha superado la muerte de Gordon.

—Comprendo. —Grey dio unas palmaditas tranquilizadoras al viejo. Estaba convencido de que Dunsany tampoco había superado la muerte de su hijo, aunque logró levantar el ánimo con valentía por su esposa y sus hijas.

—Le diré sólo que es un sirviente al que me has recomendado. Eh... no es peligroso, supongo. Porque... bueno, las niñas... —Lord Dunsany dirigió una mirada intranquila a su esposa.

—No hay ningún peligro —aseguró Grey a su anfitrión—. Es un hombre de honor y ha dado su palabra. No entrará en la casa ni cruzará los límites de la propiedad, salvo con tu permiso expreso. —El comandante sabía que Helwater ocupaba un terreno de más de doscientas cuarenta hectáreas. Estaba muy lejos de la libertad y también de Escocia, pero quizá fuera un poco mejor que las estrechas celdas de Ardsmuir o las lejanas privaciones de las colonias.

Un ruido en la puerta hizo que Dunsany se girara en redondo y recuperase una sonriente jovialidad ante la aparición de sus dos hijas.

—¿Te acuerdas de Geneva, Johnny? —preguntó impulsando a su huésped hacia delante—. La última vez que viniste, Isobel era todavía una criatura. Cómo pasa el tiempo, ¿no? —Y negó con la cabeza con leve horror.

Isobel tenía catorce años; era menuda, regordeta, burbujeante y rubia, como su madre. En cuanto a Geneva, Grey no la recordaba... o tal vez sí, pero la flacucha colegiala de los años anteriores tenía escaso parecido con aquella elegante joven de diecisiete años que ahora le ofrecía la mano. Isobel se parecía a su madre, pero Geneva había salido a su padre, por lo menos en cuanto a altura y delgadez. Quizá hubo un día en que el canoso pelo de lord Dunsany fue de ese castaño brillante, y la chica tenía los ojos de color gris claro de Dunsany.

Las muchachas saludaron al visitante con amabilidad, pero era obvio que estaban más interesadas en otra cosa.

—Papá —dijo Isobel tirándole de la manga—, en el vestíbulo hay un hombre gigantesco. ¡Mientras bajábamos la escalera no dejaba de mirarnos! ¡Da miedo verlo!

—¿Quién es, papá? —preguntó Geneva con interés, pese a su mayor reserva, aunque era evidente que también estaba interesada.

—Eh... caramba, ha de ser el nuevo mozo de cuadra que nos ha traído John —explicó lord Dunsany claramente aturullado—. Voy a ordenar que alguno de los lacayos lo lleve a...

Lo interrumpió la súbita aparición de un sirviente, visiblemente espantado por la noticia que traía.

—¡Señor! —dijo como sorprendido de lo que iba a comentar—, ¡en el vestíbulo hay un escocés! —Y por si su escandalosa información no fuera creída, giró para señalar con un gesto amplio la silueta alta y silenciosa, envuelta en su manto.

Como ante una señal, el desconocido dio un paso adelante e inclinó con educación la cabeza hacia lord Dunsany.

—Me llamo Alex MacKenzie —dijo con suave acento montañés. En su reverencia no había insinuación alguna de burla—. Para servirle, milord.

Para alguien acostumbrado a la agotadora vida del agricultor de las Highlands o a los trabajos forzados de una prisión, no suponía un gran esfuerzo ser el mozo de cuadra en una yeguada inglesa.

Pero resultó un infierno para Jamie Fraser, que había pasado los dos últimos meses encerrado en una celda —dado que los demás habían partido hacia las colonias—. Durante la primera semana, mientras sus músculos se acostumbraban a las exigencias del movimiento constante, caía por la noche en su jergón del henar tan fatigado que ni siquiera soñaba.

Había llegado a Helwater en tal estado de agotamiento y confusión mental que, en un principio, aquello le pareció una prisión más... y una prisión en el extranjero, lejos de las montañas escocesas. Una vez afincado allí, tan preso de su palabra como si estuviera tras las rejas, se dio cuenta de que empezaba a relajar cuerpo y mente a medida que pasaban los días. Su cuerpo se fue endureciendo y sus emociones se relajaron gracias a la tranquila compañía de los caballos, hasta que le resultó posible volver a pensar con racionalidad.

No era libre, pero al menos tenía aire, luz y espacio para estirar los miembros, un paisaje montañoso y los hermosos caballos que criaba Dunsany. Los otros criados lo miraban con suspicacia, aunque lo dejaban en paz por respeto a su corpulencia y a su adusto semblante. Era una vida solitaria, pero ya estaba resignado a que para él siempre sería así.

A Helwater llegaron las suaves nevadas, e incluso la visita oficial del comandante Grey por Navidades (una ocasión tensa e incómoda) pasó sin turbar su creciente sensación de alegría.

Muy discretamente, se las arregló para comunicarse con Jenny e Ian, que seguían en las Highlands. Aparte de las raras cartas que le llegaban por medios indirectos —y que él destruía después de leer, en aras de la seguridad— su único recuerdo del hogar era el rosario de haya que pendía de su cuello, disimulado bajo la camisa.

Tocaba la pequeña cruz que pendía bajo su camisa una docena de veces al día, y cada vez que lo hacía evocaba el rostro de un ser querido al tiempo que recitaba una breve plegaria: por su hermana Jenny; por Ian y los niños: su tocayo, el joven Jamie, Maggie y Katherine Mary, por los gemelos Michael y Janet, y por el bebé Ian. Por los arrendatarios de Lallybroch, por los hombres de Ardsmuir. Y como siempre, la primera plegaria de la mañana y la última de la noche —y varias entre medias—, por Claire. «Señor, que esté a salvo. Ella y la criatura.»

Desapareció la nieve y el año se tornó luminoso con la primavera. En el correr de su existencia diaria sólo había una mosca: la presencia de lady Geneva Dunsany. Lady Geneva, bonita, malcriada y despótica, estaba habituada a obtener lo que deseaba y cuando lo deseaba, dando al traste con las conveniencias de quien se le interpusiera. Montaba bien —eso estaba dispuesto a concedérselo—, pero era tan caprichosa que los mozos de cuadra solían echar a suertes quién tenía la desgracia de acompañarla en su paseo diario.

Sin embargo, en los últimos tiempos lady Geneva elegía por sí misma a su acompañante: Alex MacKenzie. Él apeló primero a la discreción y luego a pasajeras indisposiciones, para librarse de acompañarla a la retirada bruma de las colinas que se erigían sobre Helwater; lugar por donde tenía prohibido montar debido a la inestabilidad del camino y sus peligrosas nieblas.

—Tonterías —replicó ella—. No seas estúpido. Nadie nos verá. ¡Vamos!

Y partía, espoleando brutalmente a su yegua antes de que pudiera detenerla, riéndose de él por encima del hombro. Su enamoramiento era tan obvio que los otros palafreneros sonreían de soslayo y se hacían comentarios en voz baja cada vez que ella entraba al establo. Cuando se hallaba con ella, Jamie sentía una intensa necesidad de rechazarla, pero hasta el momento había optado por guardar un estricto silencio siempre que estaban juntos, y responder a todas sus insinuaciones con un gruñido.

Confiaba en que, tarde o temprano, ella se cansaría de su actitud taciturna y trasladaría sus fastidiosas atenciones a otro de los sirvientes. Quisiera Dios que se casara pronto y se fuera bien lejos de Helwater y de él.

El día era soleado, cosa rara en el Distrito de los Lagos, donde la diferencia de humedad entre las nubes y el suelo suele ser imperceptible. La tarde de mayo era tan tibia que Jamie no vio inconveniente en quitarse la camisa. Le pareció que estaría a salvo en aquellas alturas, y no tenía más compañía que la de *Bess* y *Blossom*, los dos impasibles caballos que tiraban del rodillo.

Era un campo grande, pero los caballos eran viejos y estaban muy acostumbrados a una tarea que disfrutaban: lo único que tenía que hacer él era tirar de las riendas de vez en cuando para que no dejaran de apuntar hacia delante con el hocico. El rodillo estaba hecho de madera y no de piedra o metal como los más antiguos, y tenía una estrecha hendidura entre los tablones para llenarlo del estiércol que iba saliendo con constancia cuando el rodillo giraba, cosa que hacía que el enorme artilugio pesara menos tras cada vuelta que daba.

A Jamie le gustaba mucho aquella innovación. Tenía que explicárselo a Ian; dibujarle un diagrama. Pronto vendrían los gitanos; en las cocinas y en las cuadras no se hablaba de otra cosa. Tal vez hubiera tiempo para añadir más páginas a la carta que estaba escribiendo y que enviaba cada vez que un grupo de cíngaros u hojalateros llegaba a la granja. La entrega podía tardar un mes, tres o seis, pero tarde o temprano el paquete arribaba a las Highlands, pasando de mano en mano hasta Lallybroch, donde su hermana pagaría una generosa suma por su recepción. Las respuestas de la familia llegaban por la misma ruta anónima, pues Jamie era prisionero de la Corona; por ende, cuanto enviara o recibiera por correo debía ser inspeccionado por lord Dunsany. Sintió una momentánea excitación al pensar que podría recibir una carta, pero intentó controlarse: quizá no trajeran nada para él.

—¡So! —gritó más por apariencia que por otra cosa.

Bess y *Blossom* veían la cercanía del muro de piedra tan bien como él, y eran perfectamente conscientes de que ése era el punto en que debían iniciar su aparatosa maniobra de giro. *Bess* movió una oreja y resopló, y él se rió.

—Sí, ya lo sé —le dijo al animal tirando de las riendas con suavidad—. Pero me pagan para decirlo.

El rodillo inició un surco nuevo y Jamie no tuvo nada más que hacer hasta que llegaron al carro que aguardaba al final del campo lleno de estiércol para rellenar el rodillo. Con el sol en la cara, Jamie cerró los ojos, disfrutando del calor en el pecho y los hombros. Un cuarto de hora después, el agudo relincho de un caballo lo arrancó de su somnolencia. Al abrir los ojos vio al jinete que se acercaba desde el corral inferior, enmarcado entre las orejas de *Blossom*. Se incorporó de inmediato para ponerse la camisa.

—No hace falta que te cubras por mí, MacKenzie. —La voz de Geneva Dunsany sonaba chillona y algo sofocada; vestía su mejor traje de montar. Llevaba un broche en el cuello, y el color de su rostro era más intenso del habitual para la temperatura que hacía—. ¿Qué estás haciendo? —preguntó mientras ponía su yegua al paso junto al rodillo.

—Esparzo estiércol, milady —respondió él sin mirarla.

—Ah... —Ella lo acompañó a lo largo de medio surco antes de buscar más conversación—. ¿Sabes que van a casarme?

Claro que lo sabía, todos los criados lo sabían desde hacía un mes por Richards, el mayordomo, que estaba sirviendo en la biblioteca cuando el abogado llegó de Derwentwater para redactar el contrato matrimonial. Lady Geneva había sido informada apenas dos días atrás. Según Betty, su doncella, no recibió de buen grado la noticia.

Jamie respondió con un gruñido, sin comprometerse.

—Con Ellesmere —añadió. Tenía las mejillas encendidas y los labios apretados.

—Le deseo la mayor felicidad, milady. —Jamie tiró brevemente de las riendas, pues habían llegado al final del sembrado. Saltó de la montura antes de que *Bess* detuviera sus pezuñas. No tenía ningunas ganas de seguir conversando con lady Geneva, cuyo ánimo parecía muy peligroso.

—¡Felicidad! —exclamó ella, dándose una palmada en el muslo con un relampagueo de sus grandes ojos grises—. ¡Felicidad! ¿Con un viejo que podría ser mi abuelo?

Jamie sospechaba que, en cuanto a ser feliz, las perspectivas del conde eran aún más limitadas que las de ella. Pero se limitó a murmurar:

—Perdone, milady. —Y se apartó para desenganchar el rodillo.

Ella desmontó y lo siguió.

—¡Es un sucio negocio entre mi padre y Ellesmere! Mi padre me ha vendido, simplemente. Si se interesara un poquito por mí no habría aceptado esta alianza. ¿No te parece terrible que me utilicen así?

Por el contrario, Jamie pensaba que lord Dunsany, padre muy afectuoso, había concertado la mejor alianza posible para la malcriada de su hija mayor. El conde de Ellesmere era un anciano, sí. Era muy posible que, en pocos años, Geneva se convirtiera en una viuda joven, sumamente rica y con un título de condesa, por añadidura. Por otra parte, esas cosas quizá no tuvieran mucha importancia para una señorita obstinada de diecisiete años, una terca malcriada, se corrigió Jamie al ver su petulante boca asomando bajo sus ojos.

—Estoy seguro de que su padre tiene siempre en cuenta lo que más le conviene a usted, milady —respondió inexpresivo. ¿Por qué no se iba de una vez aquel pequeño demonio?

Pero no pensaba marcharse. Se le acercó con su expresión más conquistadora, estorbándole la tarea de abrir la escotilla de carga del rodillo.

—¡Pero casarme con ese viejo marchito! —observó—. Mi padre no tiene corazón si piensa entregarme a ese animal. —Se puso de puntillas para mirar a Jamie—. ¿Cuántos años tienes tú, MacKenzie?

Por un instante a él se le detuvo el corazón.

—Muchísimos más que usted, milady —dijo con firmeza—. Con su permiso. —Pasó a su lado como pudo, sin tocarla, y subió a la carreta cargada de estiércol, razonablemente seguro de que ella no lo seguiría hasta allí.

—Pero todavía no estás preparado para el osario, ¿verdad, MacKenzie? —Ahora la tenía frente a sí, sombreándose los ojos con la mano para mirar hacia arriba. Se había levantado una brisa que le agitaba unas hebras de pelo castaño—. ¿Has tenido esposa, MacKenzie?

Apretó los dientes. Le asaltó el impulso de tirarle una pala llena de estiércol por encima de la cabeza castaña, pero se controló y enterró la pala en la montaña al tiempo que contestaba: «Sí», en un tono que no permitía más indagaciones.

A lady Geneva no le interesaba la sensibilidad ajena.

—Bien —dijo satisfecha—. Entonces sabes lo que se hace.

—¿Lo que se hace? —Él se detuvo bruscamente antes de cavar con un pie apoyado en la pala.

—En la cama —aclaró ella con calma—. Quiero que te acuestes conmigo.

En la impresión del momento, Jamie sólo tuvo una ridícula visión de la elegante lady Geneva despatarrada en el estiércol de la carreta con las faldas cubriéndole la cara. Dejó caer la pala.

—¿Aquí? —graznó.

—¡Claro que no, tonto! —exclamó ella con impaciencia—. En una cama, como debe ser. En mi dormitorio.

—Ha perdido la cabeza —replicó Jamie fríamente, algo recuperado del golpe—. Si es que alguna vez tuvo una cabeza que perder.

Ella entornó los ojos. Le ardían las mejillas.

—¿Cómo te atreves a hablarme de ese modo?

—¿Cómo se atreve usted a hablarme así? —inquirió Jamie acalorado—. ¡Una jovencita de buena familia haciendo propuestas indecentes a un hombre que le dobla la edad! ¡A un palafrenero de su padre! —añadió recordando su posición. Luego le espetó algunas observaciones más recordándole también que ella era lady Geneva y él era el mozo de su padre. Luego hizo un esfuerzo por dominar la cólera—. Le pido perdón, milady. El sol está muy fuerte y creo que le ha afectado el cerebro. Debería usted volver ahora mismo a casa y pedir a su doncella que le ponga paños fríos en la cabeza.

Lady Geneva golpeó el suelo con un pie bien calzado.

—¡Mi cerebro funciona perfectamente! —Lo fulminó con la mirada, al tiempo que alzaba la barbilla. La tenía pequeña y ahusada, igual que los dientes; aquella expresión decidida le daba un aspecto de zorra sanguinaria—. Escúchame: no puedo impedir esta horrible boda, pero estoy... —Después de una breve vacilación, continuó con firmeza—: ¡Que me lleve el demonio si entrego mi virginidad a un viejo monstruo depravado como Ellesmere!

Jamie se pasó la mano por la boca. Contra su voluntad, sentía compasión por la muchacha. Pero no pensaba dejar que aquella maníaca con faldas lo metiera en sus problemas.

—Comprendo bien el honor que me hace, milady —dijo por fin con ironía—, pero en verdad no puedo...

—Sí que puedes. —Ella posó abiertamente los ojos en sus pantalones mugrientos—. Betty asegura que sí.

Él se esforzó por encontrar las palabras que al principio sólo salieron en forma de incoherentes balbuceos. Por fin consiguió inspirar hondo y con toda la firmeza que fue capaz de reunir le dijo:

—Betty no tiene ninguna base para sacar ese tipo de conclusiones. ¡Nunca la he tocado!

Geneva rió, encantada.

—¿Así que no la llevaste a tu cama? Ella dijo que no quisiste, pero supuse que lo negaba sólo por evitar una paliza. Me alegro. No podría compartir a un hombre con mi doncella.

Jamie respiraba con fuerza. Por desgracia, no podía estrangularla ni estrellarle la pala en la cabeza. Se le fue pasando el enfado. Por indignante que fuera la muchacha, no podía hacer nada. Por mucho que quisiera, no podía obligarlo a meterse en la cama con ella.

—Le deseo buenos días, milady —dijo con toda la cortesía posible. Y le volvió la espalda para continuar arrojando paladas de estiércol al interior del rodillo.

—Si no lo haces —señaló ella con dulzura—, diré a mi padre que me has hecho proposiciones deshonestas. Te hará azotar hasta despellejarte.

Encogió involuntariamente los hombros. No era posible que la muchacha lo supiera. Desde que llegó había tenido mucho cuidado de no quitarse la camisa delante de nadie.

Se volvió con cautela. Lo estaba mirando con una luz triunfal en los ojos.

—Es posible que su padre no me conozca bien —adujo—, pero a usted la conoce desde que nació. ¡Dígaselo y que el diablo la lleve!

La joven se irguió como un gallo de pelea, roja de cólera.

—¿Eso piensas? —exclamó—. ¡Pues bien, mira esto y que el diablo te lleve a ti!

De la pechera de su traje sacó una gruesa carta que agitó bajo la nariz de Jamie. Al momento, reconoció la letra firme y negra de su hermana.

—¡Deme eso! —Saltó del carro en un abrir y cerrar de ojos y corrió tras ella, pero la muchacha era demasiado veloz. Montó antes de que él pudiera alcanzarla y retrocedió, con las riendas en una mano y la carta en la otra.

—¿La quieres? —La agitaba burlonamente.

—¡La quiero, sí! ¡Démela! —Estaba tan furioso que habría podido actuar con violencia, le podría haber pegado. Por suerte su yegua percibió su rabia y reculó resoplando y coceando intranquila.

—No, no lo creo. —Lo miraba con coquetería mientras la cólera desaparecía de su expresión—. Después de todo, mi obligación es entregar esto a mi padre, ¿verdad? Él debería enterarse de que sus criados mantienen una correspondencia clandestina. Esa Jenny, ¿es tu querida?

—¿Ha leído mi carta? ¡Perra!

—¡Vaya lenguaje! —exclamó ella, agitando la carta con aire de reproche—. Mi obligación es ayudar a mis padres haciéndoles saber las cosas tan horribles que hacen sus sirvientes, ¿no crees? Y al aceptar este matrimonio sin rechistar estaré demostrando que soy una hija obediente, ¿no? —Se inclinó sobre el pomo de su montura sonriendo con sorna. A Jamie le asaltó una nueva oleada de rabia al darse cuenta de que ella estaba disfrutando mucho de aquello—. Creo que a papá le interesará mucho leer esto. Sobre todo lo del oro que es preciso enviar a Lochiel, a Francia. ¿No se considera traición brindar consuelo a los enemigos del rey? ¡Cuánta perversidad! —Y chasqueó la lengua con aire pícaro.

Jamie temió descomponerse de terror allí mismo. ¿Sabía aquella muchacha cuántas vidas pendían de su blanca y pulcra mano? Su hermana, Ian, sus seis hijos, todos los arrendatarios y las familias de Lallybroch, quizá incluso las vidas de los agentes que llevaban mensajes y dinero entre Escocia y Francia conservando la precaria existencia de los jacobitas exiliados a ese país. Tragó saliva una, dos veces, antes de poder hablar.

—Está bien —dijo.

La cara de la chica se iluminó con una sonrisa más natural, dejando ver lo joven que era. Claro que la mordedura de las víboras jóvenes era tan venenosa como la de las viejas.

—Nadie lo sabrá —le aseguró ella con gravedad—. Después te entregaré la carta y jamás diré lo que contenía. Te lo prometo.

—Gracias. —Jamie trató de ordenar sus pensamientos para trazar un plan sensato. ¿Sensato? ¿Entrar en la casa de su amo para desvirgar a su hija... a petición suya? Nunca había sabido de una perspectiva menos sensata—. Está bien —repitió—. Debemos ser cuidadosos. —Con una sorda sensación de horror, se descubrió arrastrado al papel de conspirador.

—Sí. No te preocupes. Puedo hacer que mi criada se ausente. Y el lacayo bebe; se duerme siempre antes de las diez.

—Bien, dispóngalo todo —dijo él con un nudo en el estómago—. Pero cuide de escoger un día seguro.

—¿Un día seguro? —La muchacha lo miró sin comprender.

—Durante la semana siguiente a su período —aclaró él sin rodeos—. Entonces será menos probable que quede embarazada.

—Oh... —Se había ruborizado, pero lo miraba con renovado interés. Se miraron en silencio durante un buen rato repentinamente unidos por el futuro inmediato—. Te haré llegar un mensaje —dijo por fin.

Volvió grupas y partió al galope a través del sembrado. Los cascos de su yegua iban levantando terrones de estiércol recién esparcido.

Se deslizó bajo la hilera de alerces, maldiciendo para sus adentros. No había mucha luna, lo cual era una bendición. Algo más de cinco metros de campo abierto que cruzar a la carrera y estaba enterrado hasta las rodillas en un arriate de aguileñas.

Levantó la vista hacia la casa, cuya mole se erguía ante él, oscura y adusta. Sí, allí estaba la vela en la ventana, tal como ella había dicho. Aun así, contó las aberturas con cuidado para verificarlo. Que el cielo lo protegiera si se equivocaba de cuarto. Y que el cielo lo protegiera también si daba con el cuarto correcto, pensó lúgubre mientras buscaba apoyo en el tronco de la enorme enredadera que cubría aquel lado de la casa.

Las hojas susurraban como azotadas por un huracán y los troncos, a pesar de lo recios que eran, crujían y se doblaban bajo su peso de una forma alarmante. Lo único que podía hacer era trepar lo más rápido posible y prepararse para zambullirse en la noche si de repente se abría alguna ventana.

Llegó al pequeño balcón jadeando, con el corazón acelerado y cubierto de sudor, pese al frío de la noche. Se detuvo un momento, allí solo bajo las estrellas, y respiró. Aprovechó para maldecir una vez más a Geneva Dunsany y abrió la puerta. Ella le estaba esperando y había oído con claridad su ascenso por la hiedra. Abandonando la *chaise longue* en la que estaba sentada, se le acercó con la barbilla erguida y la cabellera castaña suelta sobre los hombros.

Vestía un camisón blanco, de tela muy fina, atado en el cuello con un lazo de seda. La prenda no parecía el clásico camisón de una dama y Jamie advirtió sorprendido que llevaba las ropas reservadas para su noche de bodas.

—Has venido.

Él percibió su tono triunfal, pero también un leve estremecimiento. ¿Así que no estaba muy segura?

—No tenía muchas alternativas —respondió brevemente mientras se volvía para cerrar la puerta-ventana.

—¿Quieres un poco de vino? —Esforzándose por mostrarse gentil, la muchacha se acercó a la mesa, donde había una botella con dos copas. Él se preguntó cómo la habría conseguido. De cualquier modo, en esas circunstancias no le vendría mal un trago de algo. Asintió y aceptó la copa llena que le ofrecía.

Mientras sorbía el vino la observó disimuladamente. El camisón no ocultaba mucho su cuerpo y mientras su corazón se recuperaba poco a poco del pánico del descenso, se dio cuenta de que su principal temor —no ser capaz de cumplir con su parte del trato—, desapareció sin esfuerzo. Era delgada y de pechos pequeños, pero toda una mujer, sin duda. Terminada la bebida, dejó la copa. No tenía sentido perder el tiempo.

—¿La carta? —preguntó sin rodeos.

—Después —dijo ella, endureciendo la boca.

—Ahora. Si no, me voy. —Jamie giró hacia la ventana como si fuera a cumplir su amenaza.

—¡Espera!

Se volvió a mirarla con mal disimulada impaciencia.

—¿No confías en mí? —preguntó ella con fingido encanto.

—No —fue la seca respuesta.

La muchacha lo miró con enfado, proyectando un labio petulante, pero él se limitó a observarla por encima del hombro, sin apartarse de la ventana.

—Oh, bueno —dijo ella por fin encogiéndose de hombros. Rebuscó por debajo de varias capas de bordados y sacó la carta de su costurero para lanzarla dentro del aguamanil que había junto a él.

Él la recogió de inmediato y la desdobló para asegurarse. Sintió una oleada de furia mezclada con alivio al ver el sello violado y la letra familiar de Jenny, pulcra y enérgica.

—¿Y bien? —La voz de Geneva, impaciente, interrumpió su lectura—. Deja eso y ven aquí, Jamie. Estoy lista —anunció, sentándose en la cama con las rodillas pegadas al pecho.

Él se tensó y le clavó una mirada fría por encima de las páginas que tenía entre las manos.

—No me llame por ese nombre —dijo.

Ella alzó su mordaz barbilla un poco más y arqueó sus cejas perfiladas.

—¿Por qué? Es el tuyo. Así te llama tu hermana.

Jamie vaciló un momento; luego dejó la carta con toda intención y bajó la cabeza hacia la atadura de sus pantalones.

—La serviré como es debido —dijo observando sus dedos de trabajador—, por mi honor de hombre y por el suyo de mujer. Pero... —Levantó la cabeza para clavarle los ojos entornados—. Puesto que me ha traído a su cama mediante amenazas contra mi familia, no permitiré que me llame con el nombre que ellos me dan.

Permanecía inmóvil, con los ojos fijos en ella. Por fin la muchacha asintió con sequedad y bajó la mirada a la cama. Repasó el contorno del estampado con el dedo.

—¿Cómo debo llamarte, pues? —preguntó al fin con voz débil—. ¡No puedo llamarte MacKenzie!

Las comisuras de los labios de Jamie se curvaron un poco. Parecía menuda allí acurrucada, rodeándose las rodillas con los brazos y la cabeza agachada. Suspiró.

—Llámeme Alex. Es mi segundo nombre.

Ella asintió con la cabeza sin decir una sola palabra. El cabello le cayó hacia delante, cubriéndole la cara, pero Jamie detectó el breve fulgor de sus ojos espiando por detrás del pelo.

—Está bien —gruñó—. Podéis mirarme.

Se bajó los pantalones, enrollando al mismo tiempo los calcetines, y los dejó doblados sobre una silla antes de empezar a desabotonarse la camisa, consciente de que la chica lo miraba con cierta timidez, pero sin embozo. Por pura consideración se volvió hacia ella antes de quitarse la camisa, a fin de ahorrarle el espectáculo de su espalda.

—¡Oh! —La exclamación fue suave, pero bastó para detenerlo.

—¿Sucede algo malo?

—Oh, no... Es decir... No imaginaba que... —Su melena volvió a descolgarse por delante de su rostro, pero no antes de que Jamie pudiera ver el rubor que le sonrojaba las mejillas.

—¿Nunca ha visto a un hombre desnudo? —adivinó él.

La cabellera lustrosa se agitó afirmativamente.

—Sí —musitó Geneva, insegura—, sólo que... no era...

—Bueno, por lo general no está así —explicó él tranquilamente sentándose en la cama—. Pero para hacer el amor tiene que estarlo, ¿comprende?

—Comprendo.

Sin embargo, aún parecía dudar. Él trató de sonreír para calmarla.

—No se preocupe. No crecerá más. Y tampoco hará nada extraño si desea tocarlo.

Al menos eso esperaba él. El hecho de estar desnudo y tan cerca de una muchacha a medio vestir estaba acabando con su autocontrol. A su traidora anatomía hambrienta le importaba un rábano que ella fuera una zorra egoísta y extorsionadora. Por suerte, quizá, ella rechazó el ofrecimiento y se retiró un poco hacia la pared, aunque sin dejar de observarlo. Jamie se frotó la barbilla con aire vacilante.

—¿Cuánto...? Es decir, ¿tiene alguna idea de lo que se hace?

Ella enrojeció, aunque sus ojos se mantenían claros y sin malicia.

—Bueno, como los caballos, supongo.

Él hizo un gesto afirmativo, pero sintió una punzada de dolor al recordar que, en su noche de bodas, él también había supuesto que sería como en los caballos.

—Algo así —confirmó carraspeando—. Pero más lento. Y más suave —añadió al ver su gesto aprensivo.

—Ah, me alegro. La niñera y las criadas solían contar cosas de... los hombres, casarse y todo eso. Daba un poco de miedo. —Tragó saliva con dificultad—. ¿Du... duele mucho? —La muchacha alzó la cabeza de repente y lo miró a los ojos—. No me importa que duela —dijo con valor—, es sólo que quiero saber a qué atenerme.

Jamie sintió una pequeña e inesperada simpatía. Por muy mimada, egoísta y desconsiderada que fuera, estaba claro que por lo menos tenía carácter. El valor, para él, no era una virtud cualquiera.

—Creo que no —dijo—, si me tomo el tiempo necesario para prepararla. —Si es que podía tomarse ese tiempo, pensó—. Así no será mucho peor que un pellizco.

Apresó entre los dedos un pliegue del brazo. Ella dio un respingo y se frotó el lugar, pero sonreía.

—Eso puedo soportarlo.

—Sólo duele la primera vez —le aseguró él—. La próxima será mejor.

Ella asintió. Tras una momentánea vacilación, se le acercó alargando un dedo.

—¿Puedo tocarte?

Jamie se echó a reír, aunque se apresuró a sofocar la voz.

—Creo que debe usted hacerlo, milady, para que yo pueda hacer lo que me pide.

Geneva le deslizó la mano por el brazo, lentamente y con tanta suavidad que le hizo cosquillas y sintió un escalofrío; ya más confiada, le rodeó el antebrazo con los dedos.

—Eres muy... grande.

Jamie sonrió, pero se mantuvo inmóvil, permitiéndole explorar su cuerpo tanto como deseara. Notó cómo se le contraían los músculos de la tripa mientras ella le acariciaba el muslo y se aventuraba con cautela por encima de la curva de sus nalgas. Los dedos se detuvieron junto a la cicatriz que le surcaba el muslo izquierdo.

—Está bien —le aseguró él—. Ya no me duele.

La joven, sin responder, deslizó dos dedos a lo largo de la cicatriz sin ejercer presión. Las manos investigadoras, cada vez más descaradas, treparon por las redondeadas curvas de sus anchos hombros y se detuvieron en la espalda. Jamie cerró los ojos y esperó, adivinando la trayectoria de sus movimientos por los cambios de presión que notaba sobre el colchón. La muchacha se puso detrás de él y se quedó en silencio. Hubo un suspiro trémulo y los dedos volvieron a tocar con suavidad su espalda destrozada.

—¿Y no tuviste miedo cuando dije que te haría azotar?

La voz sonaba extrañamente ronca, pero él no abrió los ojos.

—No. Ya no me asusta casi nada.

En realidad, lo asustaba pensar que, cuando llegara el momento, no podría contenerse para tratarla con la debida delicadeza. Le dolían los testículos de necesidad y sentía los latidos de su corazón palpitándole en las sienes.

Ella abandonó la cama y se quedó a un lado. Jamie se incorporó, sobresaltándola hasta tal punto que retrocedió un paso. Pero él alargó los brazos y le puso las manos sobre los hombros.

—¿Puedo tocarla yo, milady? —Las palabras sonaban burlonas, pero el contacto no. Ella asintió, sin aliento, y se dejó abrazar.

La abrazó contra su pecho y no se movió hasta que se le normalizó la respiración. Jamie sentía una extraordinaria mezcla de emociones. Jamás en su vida había abrazado a una mujer sin sentir amor de alguna clase, pero ese encuentro no tenía nada que ver con el amor, y por su bien era mejor que no existiera ese sentimiento. Sentía cierta ternura por la juventud de la chica y lástima por su situación. Rabia por cómo lo había manipulado y miedo ante la magnitud del crimen que iba a cometer. Pero por encima de todo sentía una lujuria extraordinaria, una necesidad que se aferraba a sus órganos vitales y le hacía avergonzarse de su propia virilidad, incluso a pesar de comprender su poder. Agachó la cabeza odiándose a sí mismo y tomó el rostro de la muchacha entre las manos.

La besó suave, brevemente; luego, durante más tiempo. La sintió temblar contra su cuerpo mientras le desataba el lazo del camisón para deslizarlo desde los hombros. Luego la levantó para ponerla en la cama y se echó a su lado, rodeándola con un brazo mientras le acariciaba los pechos, primero uno y luego el otro, cogiéndolos con la mano para que ella pudiera sentir su peso y calidez.

—El hombre debería pagar tributo a su cuerpo —dijo en voz baja, excitando los pezones con pequeños movimientos circulares—. Porque es usted bella y ése es su derecho.

Geneva dejó escapar el aliento en un pequeño jadeo y se relajó bajo sus manos. Él se tomó su tiempo, moviéndose tan despacio como podía obligarse a hacerlo, acariciando y besando, tocándola apenas. No le gustaba aquella muchacha, no quería estar allí, no quería hacer eso, pero... hacía más de tres años que no tocaba a una mujer.

Trató de calcular cuándo estaría dispuesta, pero ¿cómo podía saberlo? Estaba sonrojada y jadeaba, pero se limitaba a quedarse como una pieza de porcelana en exhibición. ¿No podía darle alguna señal, la maldita?

Se pasó una mano temblorosa por el pelo tratando de sofocar las confusas emociones que se adueñaban de él con cada nuevo latido de su corazón. Estaba enfadado, aterrado y poderosamente excitado, y la mayoría de esas emociones no le servían de nada en aquel momento. Cerró los ojos y respiró hondo tratando de relajarse y de reunir las fuerzas necesarias para ser delicado.

No, claro que ella no podía demostrárselo. Nunca hasta entonces había tocado a un hombre. Tras haberlo obligado, dejaba todo el asunto en sus manos con una maldita, indeseada e injustificable confianza.

La tocó con suavidad entre las piernas. No las separó para él, pero tampoco se resistió. Estaba un poco húmeda. Tal vez hubiera llegado el momento.

—Bueno —le murmuró—, estese quieta, *mo chridhe*.

Entre susurros que pudieran sonarle reconfortantes, la cubrió con su cuerpo y usó la rodilla para abrirle las piernas. Sintió un leve sobresalto al sentir el calor de su cuerpo sobre el de ella y el contacto del pene. Para serenarla envolvió las manos en su cabellera, siempre murmurando en voz baja en gaélico. Jamie pensó vagamente que era una suerte que estuviera hablando en gaélico, porque ya no prestaba ninguna atención a lo que decía. Los pechos pequeños y duros se le clavaron en el torso.

—*Mo nighean* —susurró.

—Espera —dijo Geneva—. Creo que...

El esfuerzo por dominarse lo mareaba, pero se movió con lentitud, penetrándola un poquito.

—¡Ooh! —exclamó ella abriendo mucho los ojos.

—Uf. —Jamie presionó un poco más.

—¡Basta! ¡Es demasiado grande! ¡Sácalo!

Despavorida, Geneva se debatió bajo él. Al estar atrapada bajo su torso, sus pechos se mecían y se frotaban contra él, cosa que endureció los pezones del escocés. Sus forcejeos estaban logrando por la fuerza lo que él había tratado de hacer con suavidad. Medio aturdido, hizo lo posible para mantenerla quieta mientras buscaba a ciegas una manera de calmarla.

—Pero...

—¡Basta!

—Yo...

—¡Sácalo! —gritó ella.

Le plantó una mano en la boca y dijo lo único coherente que se le ocurrió:

—No. —Y empujó.

Lo que podría haber sido un alarido emergió entre sus dedos como un estrangulado «¡Ayayay!». Los ojos de Geneva se tornaron enormes y redondos, pero estaban secos.

De perdidos al río. El refrán se coló de forma absurda en su cabeza dejando a su paso un embrollo de incoherentes alarmas y una intensa sensación de terrible urgencia entre ellos. En aquel momento él sólo era capaz de hacer una cosa. Y la hizo; su cuerpo le arrebató el control con despiadada ferocidad mientras se movía al ritmo de la inexorable dicha pagana.

Sólo hicieron falta unos pocos embates para que la ola se abatiera sobre él, agitándole la columna de arriba abajo para acabar barriendo los últimos restos de racionalidad que se aferraban como percebes a los confines de su mente.

Jamie recuperó la conciencia poco después, tumbado de lado con el sonido de su propio corazón en los oídos. Entreabriendo un solo párpado, vislumbró la piel rosada a la luz de la lámpara. Debía averiguar si la había hecho sufrir mucho, pero todavía no, por Dios. Cerró el ojo otra vez y se limitó a respirar.

—¿En qué... en qué estás pensando? —La voz sonaba vacilante y un poco temblorosa, pero no histérica.

Demasiado nervioso para reparar en lo absurdo de la pregunta, Jamie respondió con la verdad.

—Me preguntaba por qué demonios los hombres quieren acostarse con mujeres vírgenes.

Hubo un largo silencio y luego una inspiración temblorosa.

—Lo siento —musitó ella—. No sabía que a ti también te dolería.

Él abrió de golpe los ojos, atónito, y se incorporó sobre un codo. Geneva lo estaba mirando como una gacela asustada. Estaba pálida y se humedecía los labios secos.

—¿A mí? —repitió estupefacto—. A mí no me ha dolido.

—Pero... —Con el ceño fruncido, ella le recorrió el cuerpo con la mirada—. Me ha parecido que sí. Has puesto una cara horrible, como si sufrieras muchísimo, y... has gemido como un...

—Bueno, sí —la interrumpió a toda prisa para no escuchar más observaciones poco halagüeñas sobre su conducta—. Pero eso no significa... Es decir... Así actuamos los hombres cuando... cuando hacemos eso —concluyó sin mucha convicción.

El espanto de la muchacha se estaba disolviendo en curiosidad.

—¿Todos los hombres actúan así cuando... cuando hacen eso?

—¿Cómo puedo saber si...? —empezó él, irritado. Pero se interrumpió al comprender que, en realidad, conocía la respuesta—. Sí, así es —dijo sin más. Se sentó en la cama y se apartó el pelo de la frente—. Los hombres somos bestias horribles y asquerosas, tal como le decía su niñera. ¿La he lastimado mucho?

—No creo —dudó ella moviendo las piernas para asegurarse—. Ha dolido un momento, tal como tú habías dicho, pero ya ha pasado.

Él lanzó un suspiro de alivio al ver que, si bien la muchacha había sangrado, la mancha era pequeña y no parecía dolorida. Ella se tocó entre los muslos e hizo una mueca de asco.

—¡Ooh! —protestó—. ¡Esto es desagradable y pegajoso!

A Jamie se le subió la sangre a la cara, en una mezcla de indignación y bochorno.

—Tome —murmuró cogiendo un paño del lavamanos.

La chica, en vez de cogerlo, abrió las piernas, arqueando un poco la espalda. Obviamente esperaba que él se ocupara de limpiarla. El escocés sintió el fuerte impulso de hacérselo tragar, pero se contuvo al echar un vistazo a la carta. Tenían un acuerdo, después de todo, y ella había cumplido su parte.

Humedeció el paño con seriedad y empezó a lavarla, pero la confianza con que ella se le ofrecía le resultó extrañamente conmovedora. Llevó a cabo el servicio con bastante suavidad y, al terminar, se descubrió plantándole un beso leve en la curva del vientre.

—Listo.

—Gracias. —La muchacha movió las caderas a manera de prueba, y alargó una mano para tocarlo. Él, sin moverse, la dejó jugar con su ombligo. El leve toque descendió, vacilante—. Has dicho... que la próxima vez será mejor.

Jamie cerró los ojos e inspiró hondo. Faltaba mucho para el amanecer.

—Confío en que sí —dijo. Y una vez más se estiró a su lado.

—Ja... eh... ¿Alex?

Se sentía como si lo hubieran drogado. Responder fue un esfuerzo.

—¿Milady?

Ella le rodeó el cuello con los brazos y refugió la cabeza en la curva de su hombro, cálido el aliento contra su pecho.

—Te quiero, Alex.

Con cierta dificultad, Jamie se espabiló lo suficiente para apartarla agarrándola de los hombros y mirando sus ojos grises dulces como los de un corderito.

—No —dijo meneando la cabeza con dulzura—. Ésa es la tercera regla. No habrá más que esta sola noche. No puede llamarme por mi primer nombre. Y no puede usted amarme.

Los ojos grises se humedecieron un poco.

—¿Y si no puedo evitarlo?

—No es amor lo que siente. —Ojalá estuviera en lo cierto, tanto por su propio bien como por el de ella—. Es sólo la sensación que he despertado en su cuerpo. Es fuerte y grata, pero no es amor.

—¿Cuál es la diferencia?

Se frotó la cara con las manos. Esa chica era toda una filósofa, pensó con ironía. Inspiró hondo y soltó el aire antes de contestarle.

—El amor es para una sola persona. Esto, lo que siente usted por mí... puede sentirlo con cualquier hombre; no es especial.

Una sola persona. Apartando con firmeza el recuerdo de Claire, volvió cansadamente a su labor.

Aterrizó a plomo en la tierra del cantero, sin que le importara aplastar varias plantas tiernas y pequeñas. Se estremeció. La hora previa al amanecer no era sólo la más oscura, sino también la más fría, y su cuerpo se rebeló con fuerza por haberlo obligado a abandonar su aventurero nido de suavidad y calidez, para lanzarse a la gélida negrura protegido del aire frío de aquel desapacible día con poco más que una fina camisa y unos pantalones.

Aún recordaba la curva tibia y rosada de la mejilla que había besado antes de partir. Todavía tenía muy presentes las formas de la muchacha cálidas entre sus manos, y flexionó los dedos al recordarlas mientras buscaba a tientas el oscuro perfil del muro del establo. Se había quedado tan vacío que tuvo que hacer un esfuerzo descomunal para impulsarse y trepar por él, porque no se podía arriesgar a que el crujido de la puerta despertara a Hughes, el mozo encargado.

Avanzó a tientas por el patio interior, atestado de carretas y bultos, listos para el viaje que lady Geneva emprendería hacia la casa de su nuevo lord tras la boda del jueves. Entró en el establo y subió la escalerilla hasta su henar. Cuando se cubrió con la única manta que tenía, en la paja helada, se sentía totalmente vacío.

15

Por accidente

Helwater
Enero de 1758

Cuando la noticia llegó a Helwater, el tiempo era oscuro y tormentoso, cosa más que apropiada. Se había cancelado el ejercicio de la tarde a causa del denso aguacero, y los caballos estaban cómodamente abrigados en sus cuadras. Sus hogareños y apacibles resoplidos ascendían hasta el pajar, donde Jamie Fraser descansaba en un cómodo nido de heno con un libro abierto apoyado en el pecho.

Era uno de los varios que le había prestado el señor Grieves, capataz de la finca, y le estaba resultando apasionante pese a la dificultad de leer a la escasa luz de los ventanucos abiertos bajo el alero.

> Mis labios, que coloqué en su camino de modo que no pudiese evitar besarlos, lo fijaron, lo enardecieron y lo volvieron audaz y ahora, dirigiendo mis ojos hacia la parte de sus vestidos que cubría el objeto esencial para el goce, aprecié claramente la hinchazón y la conmoción que reinaban allí; y como estaba ahora demasiado adelantada para detenerme en tan agradable camino, y no era capaz, por cierto, de contenerme ni de aguardar los lentos avances de su timidez virginal (porque eso parecía y era, en realidad) deslicé la mano sobre sus muslos, en uno de los cuales podía ver y palpar un cuerpo duro y rígido, confinado por sus calzones, cuyo extremo mis dedos no lograban encontrar.

—¿Ah sí? —murmuró Jamie con escepticismo. Alzó las cejas y se removió entre el heno. Ya sabía que existían esa clase de libros, claro, pero como Jenny era la que se encargaba de elegir las lecturas en Lallybroch, nunca se había topado con ningún ejemplar. La clase de predisposición mental requerida para esa lectura distaba un poco de la que se precisaba para afrontar las obras de los señores Defoe y Fielding, pero Jamie no era contrario a la variedad.

Su prodigioso tamaño me hizo dudar de nuevo, pero no podía contemplar o tocar sin placer semejante longitud, semejante espesor de marfil viviente, perfectamente formado. Su orgullosa erección distendía su piel, cuyo suave pulimento y aterciopelada suavidad podía rivalizar con la más delicada de nuestro sexo y cuya exquisita blancura destacaba no poco sobre el matorral de pelos negros rizados que había alrededor de su raíz. A través del follaje, la piel blanquísima brillaba tal como habréis visto la luz etérea a través de las ramas de los árboles distantes que coronan una colina en un hermoso atardecer; luego, la cima roja y azulada de la cabeza y las serpentinas azules de las venas componían el más asombroso conjunto de figura y color de la naturaleza. En una palabra: era un objeto que causaba deleite y terror.

Jamie se miró la entrepierna y resopló pensando en aquellas palabras, pero pasó la página. El estallido del trueno que escuchó fuera apenas captó un segundo de su atención. Tan absorto estaba en la lectura que, al principio, no oyó los ruidos procedentes de abajo, las voces ahogadas por el denso golpetear de la lluvia a poca distancia de su cabeza.

—¡MacKenzie!

El aullido reiterado penetró al fin en su conciencia. Se levantó precipitadamente recomponiéndose la ropa para asomarse.

—¿Sí? —Sacó la cabeza por el borde del altillo y se encontró con Hughes, que estaba abriendo la boca para dar otro grito, pero la cerró.

—Ah, estabas ahí. —Le hizo señas con una mano reumática mientras esbozaba muecas de dolor. Hughes acusaba mucho su reumatismo cuando había humedad; había estado evitando la tormenta escondiéndose en los aposentos que tenía reservados junto al guadarnés, donde tenía una cama y una jarra de licor clandestino. El aroma se percibía desde el altillo y fue aumentando de intensidad a medida que Jamie bajaba por la escalera. En cuanto los pies de Jamie tocaron las lajas del suelo, anunció—: Debes ayudar a preparar el coche para lord Dunsany y lady Isobel. Van a ir a Ellesmere.

El anciano se balanceaba de un modo alarmante, tratando de sofocar el hipo.

—¿Ahora? ¿Estás loco, hombre, o sólo borracho? —Jamie echó un vistazo a la puerta, donde se veía una sólida cortina de agua.

Un súbito rayo puso de relieve la montaña. Desapareció con la misma celeridad y dejó la imagen de la colina grabada en su retina. Jamie sacudió la cabeza para aclarar la vista. Jeffries, el cochero, estaba cruzando el patio con la cabeza inclinada por la fuerza del viento y el agua, ciñéndose con el capote. Así que no era una fantasía de borracho.

—¡Jeffries necesita ayuda con los caballos! —Hughes tuvo que acercarse y gritar para hacerse oír por encima de la tormenta. A tan corta distancia, el olor del alcohol barato era repugnante.

—Sí, pero ¿por qué? ¿Qué motivos hay para que lord Dunsany...? Oh, qué diablos...

El mozo encargado tenía los ojos rojos y llorosos. Era evidente que no podría sacar de él ni una sola palabra de sensatez. Asqueado, Jamie lo apartó y subió la escalerilla de dos en dos. Se envolvió en su capote raído y escondió el libro bajo el heno (los mozos de cuadra no sabían respetar la propiedad ajena). Se deslizó de nuevo escalera abajo y salió al rugir de la tormenta.

El viaje fue infernal. El viento aullaba en el desfiladero, sacudiendo el enorme coche y amenazando con volcarlo en cualquier momento. Sentado junto a Jeffries, el capote era poca protección contra aquella lluvia torrencial; tampoco servía de nada cuando era preciso bajar a aplicar el hombro para liberar una rueda del barro.

Pese a todo, Jamie apenas reparaba en las molestias físicas del viaje, preocupado como estaba por sus posibles razones. No había muchos asuntos tan urgentes como para obligar al anciano lord Dunsany a salir en un día así, mucho menos por el camino lleno de baches que llevaba a Ellesmere. Sin duda había recibido alguna noticia que sólo podía referirse a lady Geneva o a la criatura.

Al enterarse, por los chismes de los criados, de que lady Geneva daría a luz en enero, Jamie había hecho un rápido cálculo. Después de maldecir a la muchacha una vez más, rezó por un alumbramiento sin peligros. Desde entonces hacía lo posible por no pensar en el asunto. Había estado con ella apenas tres días antes de la boda; no podía estar seguro.

Lady Dunsany estaba en Ellesmere con su hija desde hacía una semana. Todos los días enviaba algún mensajero para que le llevaran los cientos de cosas que había olvidado y necesitaba de inmediato. Cada uno de ellos informaba, a su llegada a Helwater: «Todavía no hay novedades.» Ahora había novedades y, obviamente, eran malas.

Al pasar junto al coche, después del último combate con el lodo, vio a lady Isobel asomada bajo la repisa que cubría la ventanilla.

—¡Oh, MacKenzie! —dijo con la cara contraída por el miedo y la aflicción—. ¿Falta mucho, por favor?

Se inclinó lo bastante para gritarle al oído por encima del borboteo y las ráfagas de aire que ululaba en los barrancos que se precipitaban a ambos lados de la carretera.

—¡Jeffrey dice que aún faltan seis kilómetros, milady! Dos horas, tal vez. —Siempre que aquel maldito coche no volcara, lanzando a sus indefensos pasajeros más allá del puente de Ashness, a las aguas de Watendlath Tarn, añadió silenciosamente para sí.

Isobel le dio las gracias con una inclinación de cabeza y bajó la ventanilla, pero él tuvo tiempo de ver que sus mejillas estaban tan húmedas por la lluvia como por las lágrimas. La víbora de ansiedad que le oprimía el corazón descendió un poco, enroscándose en sus tripas.

Pasaron cerca de tres horas antes de que el carruaje entrara, por fin, al patio de Ellesmere. Lord Dunsany bajó de un salto, sin vacilar, y apenas se detuvo para ofrecer el brazo a su hija menor antes de entrar a la carrera.

Tardaron casi una hora más en desenganchar la yunta, cepillar los caballos, lavar el barro adherido a las ruedas del coche y meterlo todo en los establos de Ellesmere. Entumecidos de frío, fatiga y hambre, Jamie y Jeffries buscaron refugio y sustento en las cocinas de la casa.

—Pobres hombres, estáis azules de frío —observó la cocinera—. Sentaos aquí, que pronto os tendré listo un bocado caliente.

Su figura flaca y rostro adusto no hacían honor a su destreza, pues en pocos minutos puso ante ellos una enorme y sabrosa tortilla, guarnecida con gran cantidad de pan, manteca y un pequeño frasco de mermelada.

—Rico, muy rico —dictaminó Jeffries, echando una mirada apreciativa al despliegue. Luego guiñó un ojo a la cocinera—: Claro que bajaría con más facilidad si hubiera una copa con que allanar el camino, ¿verdad? Tú pareces capaz de ser misericordiosa con un par de tipos medio congelados, ¿no es así, querida?

Fuera por este ejemplo de persuasión irlandesa o por el aspecto de sus ropas chorreantes, el argumento surtió efecto: una botella de coñac para cocinar hizo su aparición junto al pimentero. Jeffries se sirvió un buen trago y lo bebió sin vacilar, chasqueando los labios.

—¡Ah, así está mejor! Toma, hombre. —Después de pasar la botella a Jamie, se instaló cómodamente para disfrutar de la comida y del chismorreo con las criadas—. Bueno, ¿qué novedades hay? ¿Ya ha nacido el bebé?

—¡Oh, sí, anoche! —dijo la fregona, ansiosa—. Nos pasamos toda la noche levantados, con el médico pidiendo sábanas y toallas, y la casa patas arriba. ¡Pero el bebé es lo de menos!

—Bueno, bueno —intervino la cocinera frunciendo el ceño con censura—. Hay demasiado quehacer para estar chismorreando, Mary Ann. Ve al estudio y averigua si su señoría quiere que sirvamos algo.

Jamie limpió el plato con un trozo de pan y observó que la doncella, lejos de avergonzarse por la reprimenda, se marchaba con prontitud. Dedujo entonces que en el estudio debía de estar ocurriendo algo de considerable interés.

Una vez obtenida la atención completa de su público, la cocinera opuso apenas un reparo simbólico antes de revelar las noticias.

—La cosa comenzó hace algunos meses, cuando lady Geneva empezó a engordar, pobrecita. Su señoría era miel y hojuelas con ella; desde el casamiento le daba todos los gustos y se desvivía por ella. Le hacía traer de Lunnon cualquier cosa que pidiera, siempre le estaba preguntando si estaba calentita y qué quería comer, así de bondadoso era el señor. ¡Pero cuando se enteró de que iba a tener un hijo...!

La cocinera hizo una pausa para dibujar un gesto portentoso. Jamie estaba desesperado por preguntar cómo estaba la criatura y de qué sexo era, pero no había modo de meter prisa a aquella mujer, de modo que fingió estar interesado cerniéndose hacia delante para animarla a seguir hablando.

—¡La de gritos y peleas! —continuó, alzando las manos con horror—. Él gritaba, ella lloraba y los dos golpeaban las puertas. Su señoría le decía palabrotas que no se usan ni en un establo. Por eso le dije a Mary Ann...

—Pero ¿su señoría no se alegró por lo del hijo? —interrumpió Jamie. La tortilla se le estaba atragantando. Bebió otro poco de coñac con la esperanza de hacerla bajar.

La cocinera volvió hacia él un ojo de pájaro, enarcando una ceja en señal de reconocimiento a su inteligencia.

—Cualquiera se alegraría, ¿verdad? ¡Pues no! ¡Muy al contrario! —añadió con énfasis.

—¿Por qué? —inquirió Jeffries, no muy interesado.

La cocinera bajó la voz, abrumada por lo escandaloso de su información:

—Dijo que la criatura no era suya.

Jeffries, que ya iba por la segunda copa, resopló con desdén:

—¿Un viejo con una potrilla? Me parece muy probable, pero ¿cómo supo su señoría de quién era el engendro? Tanto podía ser de él como de cualquiera, si sólo se podía fiar de la palabra de la señora, ¿no?

La cocinera esbozó una sonrisa brillante y maliciosa.

—Oh, no sé si él sabía de quién era, pero... sólo hay una manera de saber que no era suyo, ¿verdad?

Jeffries la miró fijamente, echándose hacia atrás.

—¿Qué? —exclamó—. ¿Me estás diciendo que su señoría es impotente? —Su perspicaz deducción le dibujó una amplia sonrisa en el rostro deteriorado por el clima. Jamie notó que la tortilla le trepaba por el esófago y bebió un poco más de coñac.

—Bueno, *a mí* no me consta, claro. —Los labios de la mujer asumieron una línea gazmoña, pero de inmediato se estiraron para añadir casi en un susurro—: Aunque la doncella dice que las sábanas que sacó del lecho nupcial estaban tan blancas como cuando las puso.

Aquello era demasiado. Interrumpiendo las carcajadas de Jeffries, Jamie dejó su copa con un golpe seco.

—¿La criatura está viva? —preguntó sin rodeos.

La cocinera y Jeffries lo miraron sorprendidos, pero la cocinera asintió tras el momentáneo sobresalto.

—Oh, sí, por supuesto. Es un niño sano y hermoso, según dicen. Supuse que ya lo sabríais. Es la madre la que murió.

Tan brusca revelación dejó la cocina en silencio. Hasta Jeffries se quedó mudo por un momento, intimidado por la muerte. Luego se persignó deprisa, murmurando:

—Que Dios la tenga en Su Gloria. —Y tragó el resto del coñac.

A Jamie le ardía la garganta, ya fuera por el alcohol o por las lágrimas. La sorpresa y el dolor lo sofocaban con una bola de estopa en la garganta. Apenas consiguió decir con la voz ronca:

—¿Cuándo?

—Esta mañana —dijo la cocinera meneando luctuosamente la cabeza—. Justo antes del mediodía, pobrecita. Durante un rato pareció que estaba muy bien, después de nacer el bebé. Dice Mary Ann que estaba sentada con el pequeño en brazos y que reía. —Suspiró largamente—. Cerca del amanecer empezó a sangrar. Llamaron de nuevo al médico, pero...

La interrumpió el ruido de la puerta al abrirse. Era Mary Ann con los ojos dilatados, jadeante por los nervios y las prisas.

—¡Su amo los manda llamar! —balbuceó mirando a Jamie y al cochero—. ¡A los dos, de inmediato! Y... oh, señor... —Tragó saliva, dirigiéndose a Jeffries—: Dice que lleve sus pistolas, por el amor de Dios.

El cochero intercambió con Jamie una mirada de consternación. Luego se levantó de un brinco y salió disparado hacia los establos. Como la mayoría de cocheros, el hombre llevaba un par de pistolas cargadas bajo el asiento en previsión de coincidir con algún bandolero.

Tardaría unos cuantos minutos en buscar las armas y un poco más si se entretenía en comprobar que el mal tiempo no las hubiera dañado. Jamie se puso de pie y cogió por un brazo a la balbuceante criada.

—Indícame dónde está el estudio —ordenó—. ¡Rápido!

Una vez en el piso superior podría haberse guiado por las voces. Apartó a Mary Ann sin rodeos y se detuvo frente a la puerta, dudando entre entrar o esperar a Jeffries.

—¡Cómo tiene el descaro de hacer semejantes acusaciones! —estaba diciendo Dunsany, estremecida la voz de viejo por la ira y la aflicción—. ¡Cuando mi pobre niña aún no se ha enfriado en el lecho! ¡Cobarde! ¡Canalla! ¡No voy a permitir que esa criatura pase una sola noche bajo su techo!

—¡Ese pequeño bastardo se queda aquí! —clamó la voz ronca de Ellesmere. Cualquiera habría podido ver que su señoría estaba muy afectado por la bebida—. Por bastardo que sea, es mi heredero y se queda conmigo. Lo he comprado y pagado. Y si su madre era una ramera, al menos me dio un varón.

—¡Maldito sea! —La voz de Dunsany había alcanzado un tono tan agudo que era casi un chillido, pero el ultraje era evidente en sus palabras—. ¿Que lo compró? ¿Se... se... se atreve a sugerir...?

—No sugiero nada. —Ellesmere seguía ronco, pero se dominaba mejor—. Me vendió usted a su hija... y con engaños, además. —La ronca voz dijo con sarcasmo—. Pagué treinta mil libras por una virgen de buena familia. La primera condición no fue satisfecha y me permito dudar de la segunda.

Se oyó un gorgoteo seguido del roce del vaso contra una mesa de madera.

—Me parece que su nivel de licor es ya excesivo, señor —observó Dunsany. Su voz temblaba por el esfuerzo de dominar las emociones—. Sólo a su evidente intoxicación puedo atribuir las repugnantes calumnias que ha arrojado sobre la pureza de mi hija. Siendo así, me iré con mi nieto.

—Ah, su nieto, ¿eh? —balbuceó Ellesmere—. Parece muy seguro de la «pureza» de su hija. ¿Está seguro de que el niño no es suyo? Porque ella dijo...

Se interrumpió con un grito estupefacto, seguido de un estruendo. Jamie no se atrevió a esperar más. Al irrumpir en la habitación encontró a Ellesmere y a lord Dunsany enredados en la alfombra, rodando de un lado a otro hechos un revoltijo de capas y extremidades, ambos ajenos al fuego que ardía tras ellos.

Tras evaluar la situación eligió una frase cualquiera y se metió en la refriega para ayudar a su patrón.

—Estese quieto, milord —murmuró al oído de Dunsany, apartándolo de la silueta jadeante de Ellesmere—. ¡Quieto, viejo tonto! —añadió, viendo que Dunsany forcejeaba para lanzarse contra su adversario.

El conde tenía casi la misma edad que Dunsany, pero era más fuerte y, obviamente, gozaba de mejor salud, a pesar de su borrachera. Se puso en pie tambaleándose, con el escaso pelo revuelto y los ojos inyectados en sangre clavados fijamente en Dunsany. Se limpió la boca salpicada de saliva con el reverso de la mano mientras sus gruesos hombros subían y bajaban agitados.

—Basura —dijo casi en tono coloquial—. Conque me... me levantas la mano.

Y se lanzó hacia la campanilla, todavía jadeando.

No estaba muy claro que lord Dunsany pudiera mantenerse en pie, pero no había tiempo para preocuparse por eso. Jamie soltó a su jefe para sujetar la mano de Ellesmere.

—No, milord —dijo con todo el respeto posible. Lo encerró en un abrazo de oso, obligándolo a retroceder—. Creo que sería... muy imprudente... involucrar a su servidumbre.

Con un gruñido, empujó al conde hacia un sillón.

—Será mejor que no se mueva de aquí, milord. —Jeffries, con una pistola en cada mano, avanzó con cautela, dividiendo su atención entre Ellesmere, que forcejeaba para levantarse de la poltrona, y lord Dunsany, apoyado en una mesa, blanco como el papel.

Miró a su jefe para pedir instrucciones y, como no le dieron ninguna, se volvió instintivamente hacia Jamie. El escocés era consciente de que los dos hombres estaban muy enfadados, ¿por qué esperaban que mediase en aquel embrollo? Sin embargo, era de vital importancia que la partida de Helwater abandonara aquella casa con presteza. Dio un paso adelante y cogió a Dunsany por el brazo.

—Vámonos, milord —dijo. Separó al debilitado Dunsany de la mesa y trató de ayudarlo a llegar a la puerta. Pero justo cuando pretendían escapar, la salida estaba bloqueada.

—¿William? —Lady Dunsany, con la expresión abotargada por el dolor que sentía, se quedó desconcertada ante la escena del estudio. En sus brazos traía algo parecido a un bulto de ropa lavada. Lo levantó con un gesto de vaga interrogación—. Has mandado a la criada a decirme que trajera al bebé. ¿Qué...?

La interrumpió un rugido de Ellesmere. Ignorando las pistolas que le apuntaban, el conde se levantó de la silla de un salto y apartó al boquiabierto Jeffries de su camino.

—¡Es mío! —Conforme empujaba a la señora contra la pared, le arrebató el bulto de los brazos y, apretándolo contra su pecho, retrocedió hasta la ventana. Jadeaba como una bestia acorralada—. Mío, ¿me oís?

El bulto soltó un chillido de protesta ante aquella afirmación, y Dunsany, arrancado de su estupor, avanzó con las facciones contraídas por la furia de ver a su nieto en manos de Ellesmere.

—¡Entréguemelo!

—¡Vete al diablo, imbécil!

Con imprevisible agilidad, Ellesmere esquivó a Dunsany y descorrió las cortinas para abrir la ventana con una sola mano, mientras sujetaba al quejoso niño con la otra.

—¡Salid... de... mi... casa! —jadeó el conde; la ventana estaba cada vez más abierta—. ¡Largaos ahora mismo si no queréis que tire a este pequeño bastardo! ¡Juro que lo tiraré! —Para confirmar su amenaza, acercó el bulto a la ventana. Nueve metros más abajo esperaban los adoquines del patio.

Más allá de todo pensamiento consciente o de miedo alguno a las consecuencias, Jamie actuó movido por el instinto que le había hecho sobrevivir a una docena de batallas, arrebató una pistola al petrificado Jeffries, giró sobre sus talones y disparó, todo en un único movimiento.

El rugido del disparo dejó mudos a todos; incluso el niño dejó de aullar. Ellesmere se quedó inexpresivo, con las cejas enarcadas en un gesto interrogante. Luego se tambaleó y Jamie dio un brinco al advertir, con una especie de objetiva claridad, el pequeño círculo en el arrullo colgante del bebé por el que había pasado la bala de la pistola.

Se quedó clavado en medio de la alfombra como si hubiera echado raíces, sin prestar atención al fuego que le chamuscaba los pantalones, ni al cuerpo de Ellesmere tendido a sus pies, ni a los histéricos chillidos de lady Dunsany, penetrantes como los graznidos de un pavo real. Se quedó allí de pie, con los ojos cerrados y temblando como una hoja, sin poder moverse ni pensar, estrechando entre los brazos el bulto que contenía a su hijo.

—Quiero hablar con MacKenzie. A solas.

Lady Dunsany parecía estar fuera de lugar en el establo. Menuda, regordeta y de un luto impecable, parecía un adorno. Alejada de su preciosa seguridad junto a la repisa de la chimenea, siempre acechada por el inminente y constante peligro de quebrarse, desterrada en ese mundo de animales salvajes y hombres sin afeitar.

Hughes le echó una mirada de estupefacción. Luego le dedicó una reverencia y se retiró a su guarida tras el guadarnés, dejándola frente a frente con el escocés.

De cerca, la palidez de su rostro, tintada de ligeros toques rosados en las esquinas de la nariz y los ojos, enfatizaba la impresión de fragilidad. Parecía un diminuto conejo de aspecto solemne vestido de luto. Jamie se sintió en la obligación de invitarla a sentarse, pero allí no había asiento alguno aparte de algún fardo de heno o alguna carretilla del revés.

—Esta mañana se ha reunido el tribunal de instrucción, MacKenzie —dijo ella.

—Sí, milady. —Todos lo sabían, y los demás mozos llevaban toda la mañana evitándolo. Pero no lo hacían por respeto, sino por temor a acercarse a un hombre afectado de una enfermedad mortal. Jeffries había presenciado lo ocurrido en el salón de Ellesmere; por ende, la servidumbre entera estaba al tanto. Pero nadie hablaba del asunto.

—El veredicto del tribunal ha sido que el conde de Ellesmere murió por accidente. Según el juez de instrucción, su señoría estaba... alterado por el fallecimiento de mi hija. —Hizo un leve mohín de disgusto. Su voz temblaba, pero sin quebrarse; la frágil lady Dunsany soportaba la tragedia mucho mejor que su marido. Entre los sirvientes se rumoreaba que el señor no se había levantado de la cama desde que regresaron de Ellesmere.

—¿Sí, milady?

Se había llamado a Jeffries a prestar testimonio. A MacKenzie no, como si nunca hubiera pisado la casa de Ellesmere.

Lady Dunsany lo miró a los ojos. Los suyos eran de un tono pálido de verde azulado, como los de su hija Isobel. Pero ella tenía el pelo más claro que su hija. Por entre su melena rubia asomaban algunos mechones blancos que brillaban como la plata tocados por el sol que entraba por la puerta abierta del establo.

—Le estamos agradecidos, MacKenzie —dijo en voz baja.

—Gracias, señora.

—Muy agradecidos —repitió sin dejar de mirarlo con intensidad—. Su verdadero nombre no es MacKenzie, ¿verdad? —dijo de pronto.

—No, milady. —Le recorrió un escalofrío a pesar de la calidez del sol de la tarde que sentía sobre los hombros. ¿Qué habría revelado lady Geneva a su madre antes de morir?

Ella pareció percibir su rigidez, pues curvó la boca en algo que se asemejaba a una sonrisa tranquilizadora.

—Creo que, por el momento, no necesito preguntarle cuál es —dijo—. Pero hay una pregunta que sí deseo hacerle. ¿Desea volver a casa?

—¿A casa? —repitió la palabra con sorpresa.

—A Escocia. —Lo observaba con atención—. Sé quién es usted aunque ignore su nombre. Es usted uno de los prisioneros jacobitas de John. Me lo dijo mi esposo.

Jamie la observó con desconfianza, pero para ser una mujer que acababa de perder una hija y ganar un nieto, no parecía alterada.

—Confío en que perdone el engaño, milady —murmuró—. Su señoría...

—Quería ahorrarme una preocupación —concluyó la señora—. Sí, lo sé. William se preocupa demasiado. —La profunda arruga que se le había formado entre las cejas se relajó un poco al pensar en la preocupación de su marido. Jamie sintió una punzada al percibir la subyacente devoción conyugal—. Por los comentarios de Ellesmere, se habrá percatado usted de que no somos ricos —prosiguió lady Dunsany—. Helwater está muy endeudada. Sin embargo, mi nieto es ahora poseedor de una de las mayores fortunas del condado.

Para eso no parecía haber respuesta alguna, salvo: «¿Sí, milady?», pero se sintió como el loro que vivía en el salón principal. Lo vio el día anterior, cuando se arrastró a hurtadillas por los arriates al ponerse el sol. Quiso aprovechar la oportunidad de acercarse a la casa mientras la familia se vestía para la cena; su intención era ver por la ventana al nuevo conde de Ellesmere.

—Aquí llevamos una vida muy retirada —prosiguió ella—. Rara vez vamos a Londres y mi esposo tiene poca influencia en las altas esferas. Pero...

—¿Sí, milady? —Llegados a este punto ya tenía cierta idea de adónde quería llegar la señora con tantos rodeos, y notó una sensación de repentina excitación anidando entre sus costillas.

—John, lord John Grey, proviene de una familia muy influyente. Su padrastro es... bueno, eso no tiene importancia. —Se encogió de hombros y sus pequeñas espaldas cubiertas de negro despacharon los detalles—. El caso es que sería posible hablar en favor de usted para que se le deje en libertad y pueda volver a Escocia. Por eso he venido a preguntarle: ¿desea volver a Escocia, MacKenzie?

Jamie se quedó sin respiración, como si le hubieran golpeado en el estómago.

Regresar a Escocia. Alejarse de ese ambiente húmedo y esponjoso, volver a pisar la tierra prohibida y caminar por ella en libertad, recorrer sus riscos y los caminos de los ciervos, sentir el aire claro y afilado con olor a aliaga y brezo. ¡Volver a casa!

Dejar de ser un extranjero. Dejar atrás la hostilidad y la soledad, volver a Lallybroch, ver el rostro de su hermana encendido de gozo al verlo. Sentir sus brazos rodeándole la cintura, los de Ian en los hombros y las manos de los niños tirándole de la ropa.

Irse lejos y no saber nada más de su hijo. Se quedó mirando a lady Dunsany con expresión serena para que la señora no pudiera adivinar la confusión que le provocaba su ofrecimiento.

El día anterior pudo por fin ver al niño dormido en un canasto junto a una ventana de la niñera en el piso superior. Subido a la rama de una enorme pícea noruega, Jamie había forzado la vista para poder distinguirlo por entre la pantalla de acículas que lo ocultaban. La cara del niño era visible sólo de perfil; tenía un moflete apoyado en los volantes del hombro. El gorro se le había torcido y dejaba ver la curva de la cabeza, coronada por una pelusa muy clara.

«No es pelirrojo, gracias a Dios», había sido su primer pensamiento, y se había persignado en un agradecimiento reflexivo.

«¡Dios, es tan pequeño!» Ése había sido el segundo, acompañado de la abrumadora necesidad de entrar por la ventana para cogerlo. Su preciosa y suave cabecita encajaría a la perfección en la palma de su mano y había podido sentir, recordándolo en su memoria, cómo se retorció su pequeño cuerpo cuando lo tuvo pegado al corazón tan sólo un instante.

«Eres un muchachito fuerte —había susurrado—. Fuerte, robusto y guapo. Pero ¡qué pequeño, Dios mío!»

Lady Dunsany esperaba con paciencia. Él inclinó respetuosamente la cabeza. Tal vez iba a cometer una terrible equivocación, pero no podía actuar de otro modo.

—Se lo agradezco, milady, pero... creo que no me iré... por ahora.

A lady Dunsany le tembló un poco una de sus pálidas cejas, aunque asintió sin apenas inmutarse.

—Como usted guste, MacKenzie. No tiene más que pedirlo.

Giró en redondo, como una figura de carillón, y lo dejó para volver a su mundo.

Helwater era ahora su prisión, mil veces más que antes.

16

Willie

Para gran sorpresa suya, los años siguientes fueron, en muchos aspectos, los más felices en la vida de Jamie Fraser, exceptuando los de su matrimonio.

Liberado de la responsabilidad de los arrendatarios, inquilinos, discípulos y cualquiera que no fuese él mismo, la vida era relativamente sencilla. A pesar de que el tribunal no se fijó siquiera en él, Jeffries había dejado escapar los detalles suficientes entre los sirvientes sobre la muerte de Ellesmere para que todos le trataran con distante respeto, aunque no se atrevían a pasar el rato en su compañía.

Tenía suficiente comida y ropa con que mantenerse caliente y decente; alguna discreta carta ocasional, enviada desde las Highlands de Escocia, lo tranquilizaba haciéndole saber que allí vivían en condiciones similares.

Un inesperado beneficio de la sosegada vida de Helwater era que, de algún modo, había reanudado su extraña amistad con lord John Grey. Tal como había prometido, el comandante se presentaba cada tres meses a visitar a los Dunsany, pero no había hecho intento alguno de aprovecharse de su favor, ni siquiera de hablar con Jamie, más allá de un somero interrogatorio formal.

Muy lentamente, Jamie fue comprendiendo todo lo que lady Dunsany le había dado a entender con su ofrecimiento de libertad. «John, lord John Grey, proviene de una familia muy influyente. Su padrastro es... bueno, eso no tiene importancia», había dicho. Pero tenía importancia, sí. No era por deseo de Su Majestad por lo que lo habían llevado a aquella casa en vez de condenarlo al peligroso viaje a través del océano y a la semiesclavitud de América, sino por influencia de John Grey. Y él no lo había decidido por venganza ni por motivos indecentes, porque nunca se regodeó ni le hizo ninguna proposición, jamás le dijo nada que fuera más allá de las habituales cortesías. No, lo hizo porque era lo mejor que podía hacer; en la imposibilidad de liberarlo, hizo lo que estaba a su alcance para aliviar las condiciones de su cautiverio, brindándole aire, luz y caballos.

Le costó algún esfuerzo, pero lo hizo. Cuando Grey apareció nuevamente en el patio del establo para su visita trimestral, Jamie esperó hasta encontrarlo a solas. Grey estaba apoyado en la cerca, admirando un gran alazán castrado. Ambos lo observaron en silencio durante un rato.

—Peón del rey a rey cuatro —dijo Jamie en voz baja, sin mirarlo.

Notó el respingo de Grey y sintió sus ojos clavados en él, pero no volvió la cabeza. Luego oyó el crujir de la madera bajo su brazo cuando Grey se volvió apoyándose de nuevo en la cerca.

—Caballo de la reina a alfil de la reina tres —respondió el comandante con voz algo más ronca que de costumbre.

Desde entonces, en cada visita iba a los establos para pasar una velada conversando con Jamie en su tosco banquillo. No tenían tablero de ajedrez y en raras ocasiones jugaban a viva voz, pero las conversaciones nocturnas continuaban; eran el único vínculo de Jamie con el mundo exterior a Helwater y un pequeño placer que ambos esperaban con ansiedad una vez al trimestre.

Y por encima de todo, tenía a Willie. Helwater estaba dedicado a los caballos; antes de que el niño pudiera mantenerse en pie con firmeza, el abuelo lo sentó a lomos de un poni para pa-

searlo alrededor del prado. A los tres años ya montaba solo...
bajo la vigilante mirada de MacKenzie, el mozo de cuadra.

Willie era un niño fuerte, valiente y hermoso. Tenía una sonrisa resplandeciente y encanto de sobra. También estaba muy
malcriado. Como noveno conde de Ellesmere y único heredero
de ese condado y de Helwater, sin padres que lo mantuvieran
a raya, hacía su voluntad con los abuelos, la joven tía y todos los
sirvientes de la casa... exceptuando a MacKenzie.

Y eso, yendo todavía a gatas. Por el momento, a Jamie le
bastaba con la amenaza de no permitirle ayudar en la cuadra
para sofocar sus caprichos, pero pronto no sería suficiente. Mac-
Kenzie, el palafrenero, se preguntaba qué pasaría cuando perdiera la calma y le diera un coscorrón a aquel pequeño diablillo.

Cuando él era niño se habría ganado una buena azotaina a de
cualquier pariente masculino si se le hubiera ocurrido hablarle
a una mujer de la forma en que había oído a Willie dirigirse a su
tía o a las sirvientas. Cada vez tenía más ganas de encerrar a Willie en un establo vacío para tratar de corregir sus modales.

Aun así, y en mayor parte, Willie era su alegría. El chico lo
adoraba y a medida que iba creciendo pasaba horas enteras en su
compañía, montado en los enormes caballos que tiraban del rodillo por los campos o subido en las carretas de heno cuando
bajaban de los pastos en verano.

Sin embargo, había algo que amenazaba aquella apacible
existencia y crecía mes a mes. Irónicamente, el peligro provenía
del mismo Willie y no tenía remedio.

—¡Qué hermoso niño! ¡Y qué bien monta! —Era lady Grozier quien hablaba desde la galería, junto a lady Dunsany, mientras admiraba las peregrinaciones de Willie por el prado a lomos
de su poni.

La abuela rió, observando al pequeño con afecto.

—Oh, sí, adora a su poni. Nos cuesta horrores conseguir que
entre a comer. Y está aún más encariñado con su mozo de cuadra.
A veces comentamos que, a fuerza de pasar tanto tiempo con
MacKenzie, hasta empieza a parecérsele.

Lady Grozier, que no había prestado ninguna atención al
palafrenero, echó un vistazo a MacKenzie.

—¡Caramba, tienes razón! —exclamó muy divertida—. Mira: los dos ladean la cabeza de igual modo y tienen la misma
caída de hombros. ¡Qué curioso!

Jamie se inclinó respetuosamente ante las damas, pero sintió
un sudor frío en la cara.

Aun viéndolo venir, no había querido creer que la semejanza fuera lo bastante acentuada como para que los demás la advirtieran. Cuando era un bebé, Willie era gordo y mofletudo, y no se parecía a nadie. Pero conforme fue creciendo le fueron desapareciendo las carnes de las mejillas y la barbilla. Y a pesar de que todavía tenía la dulce nariz propia de la infancia, se le empezaban a apreciar unos pómulos altos y anchos, y el azul pizarra de sus ojos de bebé dejó paso a un azul más oscuro y nítido. El niño tenía ahora los ojos rodeados de espesas pestañas negras y ligeramente sesgados.

Una vez que las señoras entraron en la casa, seguro de que nadie lo observaba, Jamie se pasó una mano furtiva por las facciones. ¿Tan grande era el parecido? Willie tenía el pelo de un suave tono castaño con un ligero matiz del brillo que tenía la melena de su madre y las orejas grandes y translúcidas... las suyas no sobresalían así.

El problema era que Jamie Fraser llevaba varios años sin verse con claridad. Los mozos de cuadra no tenían espejos y él evitaba el trato con las criadas, que habrían podido proporcionarle uno. Se acercó al abrevadero, como si fuera a inspeccionar las arañas acuáticas que se deslizaban por la superficie. Bajo la ondulante superficie, salpicado de hebras flotantes de heno y cruzado por las arañas acuáticas, su rostro lo miraba fijamente.

Tragó saliva y vio cómo se movía la garganta del hombre del reflejo. El parecido no era completo, pero existía sin lugar a dudas. En la postura, en la forma de la cabeza y en los hombros, tal como lady Grozier había observado, pero también en los ojos. Eran los ojos de los Fraser: los de Brian, su padre, y también los de su hermana Jenny. Si los huesos del niño seguían presionando la piel, si su naricita crecía larga y recta y los pómulos continuaban ensanchándose... cualquiera lo notaría.

El reflejo del abrevadero desapareció cuando se puso derecho y se quedó mirando el establo que había sido su hogar durante los últimos años. Era julio y el sol calentaba con fuerza, pero no pudo sofocar el helor que le entumeció los dedos y le provocó un escalofrío en la espalda.

Había llegado el momento de hablar con lady Dunsany.

Hacia mediados de septiembre todo estaba dispuesto. John Grey había traído el perdón el día anterior. Jamie tenía una pequeña cantidad de dinero ahorrado, suficiente para cubrir los gastos del viaje, y lady Dunsany le había dado un caballo decente. Sólo quedaba despedirse de los habitantes de Helwater... y de Willie.

—Mañana me iré —dijo Jamie como de pasada, con la vista clavada en la crin de la yegua baya. Los brotes que estaba apilando dejaron unas manchas negras en el suelo del establo.

—¿Adónde vas? ¿A Derwentwater? ¿Puedo ir contigo? —William, vizconde de Dunsany, noveno conde de Ellesmere, se descolgó de la pared y aterrizó con un ruido que asustó a la yegua. El animal resopló.

—No haga eso —señaló Jamie automáticamente—. ¿No le he dicho que no haga ruido cerca de *Milly*? Es muy asustadiza.

—¿Por qué?

—Usted también sería asustadizo si yo le estrujara la rodilla. —Disparó una manaza para pellizcar el músculo que se extendía por encima de la rodilla del niño. Willie lanzó un grito y se echó hacia atrás, riendo.

—¿Puedo montar a *Millyflower* cuando hayas terminado, Mac?

—No —respondió Jamie con paciencia por duodécima vez—. Se lo he dicho mil veces: es demasiado grande para usted.

—¡Pero yo quiero montarla!

Jamie suspiró sin responder. Se colocó al otro lado de *Milles Fleurs* y le cogió la pezuña izquierda.

—¡He dicho que quiero montar a *Milly*!

—Ya lo he oído.

—¡Bueno, ensíllamela! ¡Ahora mismo!

El noveno conde de Ellesmere había erguido la barbilla, pero el desafío de sus ojos se empañó con cierta duda al observar la fría mirada azul de Jamie. El escocés bajó lentamente el casco de la yegua, se incorporó con la misma lentitud y, desde su metro noventa de estatura, miró al conde, de sólo uno treinta y cinco.

—No —repitió con mucha suavidad.

—¡Sí! —Willie pataleó en el heno—. ¡Tienes que hacer lo que yo mande!

—No tengo que hacerlo.

—¡Claro que sí!

—No, yo... —Jamie negó con la cabeza con tanta fuerza que su pelo rojo se descolgó por delante de sus orejas. Luego apretó los labios y se puso en cuclillas delante del niño—. Escuche: yo no tengo que hacer lo que usted mande, porque ya no soy mozo de cuadra. Como le he dicho: mañana me iré.

Willie palideció de horror; las pecas resaltaban oscuras sobre la clara piel de la nariz.

—¡No! No puedes irte.

—Es preciso.

—¡No! —El pequeño conde apretó los dientes en un gesto heredado de su bisabuelo paterno. Jamie agradeció al cielo que nadie en Helwater hubiera conocido a Simon Fraser, lord Lovat—. ¡No te dejaré ir!

—Por una vez en la vida, milord, no tiene usted ninguna autoridad sobre el tema —replicó Jamie con firmeza. La inquietud que le provocaba la perspectiva de mancharse enfadado le empujó a hablarle claro al niño.

—Si te vas... —Willie buscó una amenaza y encontró una muy a mano—. Si te vas —repitió con más seguridad—, gritaré y espantaré a todos los caballos.

—Suelta un solo grito, pequeño demonio, y te daré una buena. —Libre ya de su reserva habitual y alarmado por la perspectiva de que aquel malcriado alborotara a los sensibles y valiosos animales, Jamie fulminó al niño con la mirada.

El conde dilató los ojos de ira y se puso rojo. Después de aspirar hondo, empezó a correr por todo el establo mientras chillaba y agitaba los brazos.

Milles Fleurs, que ya estaba al límite de su paciencia después de que el escocés hubiera estado trasteando en sus pezuñas, se encabritó, relinchando con fuerza, seguida por las coces y los relinchos del resto de los caballos donde Willie estaba soltando todas las palabrotas de su variado repertorio —que no era precisamente limitado— y dando patadas como un loco a las puertas de los establos.

Jamie consiguió coger las riendas de *Milles Fleurs* y, con considerable esfuerzo, logró sacar a la yegua del establo sin lastimarse, ni él ni el caballo. La ató a la cerca del prado y volvió al establo para ocuparse de Willie.

—¡Mierda, mierda, mierda! —estaba gritando el conde—. ¡Joder, puta!

Sin decir palabra, Jamie lo sujetó por el cuello de la camisa y lo llevó en vilo, pataleando y debatiéndose, hasta el banquillo que había estado usando. Allí se sentó, con el conde sobre las rodillas, y le dio cinco o seis azotes en el trasero. Luego levantó bruscamente al niño y lo puso en pie.

—¡Te odio! —El rostro manchado de lágrimas estaba muy rojo; sus puños temblaban de ira.

—¡Bueno, yo tampoco te quiero mucho, pequeño bastardo! —le espetó Jamie.

Willie se irguió en toda su estatura apretando los puños y la cara púrpura.

—¡No soy ningún bastardo! —chilló—. ¡No lo soy, no lo soy! ¡Retira eso! ¡Nadie puede decirme eso! ¡Retíralo, te digo!

Jamie lo miró con espanto. Eso significaba que corrían rumores y que Willie los conocía. Había retrasado demasiado su partida.

Inspiró hondo un par de veces y rezó para que no le temblara la voz.

—Lo retiro —dijo suavemente—. No debí usar esa palabra, milord.

Habría querido arrodillarse para abrazar al niño o cogerlo para consolarlo sobre su hombro, pero ése no era un gesto que un mozo de cuadra pudiera tener con un conde, por joven que fuera. Le ardía la palma de la mano izquierda y flexionó los dedos sobre la única caricia que probablemente pudiera hacerle a su hijo en su vida.

Willie, que sabía perfectamente cómo debía comportarse un conde, estaba haciendo un gran esfuerzo por dominar las lágrimas, sorbiendo ferozmente por la nariz y limpiándose la cara con la manga.

—Permítame, milord. —Jamie se arrodilló para enjugarle la cara con su tosco pañuelo. Willie lo miró con los ojos enrojecidos y melancólicos.

—¿De veras tienes que irte, Mac? —preguntó con voz muy débil.

—Sí, por fuerza. —Miró los ojos de color azul oscuro, tan parecidos a los suyos. De pronto dejó de importarle que fuera correcto o no, o quién pudiera verlos, y estrechó al niño contra su corazón, apretándole la cara contra el hombro para que no viera las lágrimas que derramaba sobre el pelo espeso y suave.

Willie le rodeó el cuello con los brazos y apretó con fuerza, sacudido por los sollozos. Jamie le dio unas palmaditas en la espalda y le alisó el pelo, murmurando palabras gaélicas que, con un poco de suerte, el niño no comprendería.

Al rato desenlazó los brazos del niño de su cuello y se lo separó con suavidad.

—Acompáñame a mi cuarto, Willie; quiero darte algo.

Ya hacía una temporada que se había mudado del altillo; cuando el anciano Hughes se retiró, Jamie ocupó su escondite junto al guadarnés. Era una estancia pequeña y con pocos muebles, pero contaba con la doble ventaja de la calidez y la privacidad.

Aparte de la cama, el taburete y la bacinilla, tenía una mesita con sus pocos libros, una vela grande en un candelero de cerámica y una más pequeña, gruesa y corta, puesta ante una pequeña estatua de la Virgen. Era una figura barata de madera que le había enviado Jenny, pero estaba hecha en Francia y no carecía de buena artesanía.

—¿Para qué es la vela pequeña? —preguntó Willie—. La abuelita dice que sólo esos repugnantes papistas encienden velas frente a imágenes paganas.

—Bueno, yo soy un repugnante papista —dijo Jamie con un gesto irónico—. Pero ésta no es una imagen pagana, sino una estatua de la Santa Madre.

—¿En serio? —Por lo visto, la revelación no hacía sino aumentar la fascinación del niño—. ¿Y por qué los papistas encienden velas ante las estatuas?

Jamie se pasó una mano por el pelo.

—Bueno, es... una manera de orar... y de recordar. Enciendes una vela y dices una oración pensando en tus seres queridos. Y la llama, mientras arde, los recuerda por ti.

—¿En quién piensas tú? —Willie levantó la cabeza para mirarlo. Tenía el pelo de punta y alborotado a causa del reciente pataleo, pero sus ojos azules brillaban con interés.

—Oh, en muchas personas. En mi familia de las Highlands: mi hermana y los suyos. En amigos. En mi esposa. —A veces la vela ardía en memoria de una joven temeraria llamada Geneva, pero no lo dijo.

Willie frunció el ceño.

—¡Pero si no tienes esposa!

—No, ya no. Pero siempre la recuerdo.

El niño alargó el índice para tocar la estatuilla con cautela. La mujer tenía las manos separadas en señal de bienvenida y una tierna expresión de maternidad en su precioso rostro.

—Yo también quiero ser un repugnante papista —dijo con firmeza.

—¡No puedes! —exclamó Jamie entre regocijado y conmovido por la idea—. Tu abuela y tu tía se pondrían furiosas.

—¿Y echarán espuma por la boca como ese zorro loco que mataste? —Willie se animó.

—Prefiero no saberlo —contestó Jamie con sequedad.

—¡Pero yo quiero serlo! —Las facciones pequeñas y nítidas expresaban decisión—. No diré nada a la abuela ni a la tía Isobel. No se lo diré a nadie. ¡Por favor! ¡Por favor, Mac, déjame! ¡Quiero ser como tú!

Jamie vaciló conmovido por la sinceridad del chico. De pronto deseaba dejar a su hijo algo más que el caballo que había tallado en madera como regalo de despedida. Trató de recordar lo que el padre McMurtry le había enseñado en la escuela sobre el bautismo; los laicos podían administrarlo en caso de emergencia, a falta de un sacerdote.

Llamar *emergencia* a la situación presente era una exageración, pero un repentino impulso lo empujó a coger la jarra de agua que guardaba en el alféizar.

Los ojos, parecidos a los suyos, lo observaban grandes y solemnes mientras le apartaban el suave pelo castaño de la frente. Hundió tres dedos en el agua de la jarra y trazó una cruz en la frente del niño.

—Yo te bautizo William James —dijo suavemente—, en el nombre del Padre, del Hijo y del Espíritu Santo. Amén.

Willie parpadeó, bizqueando ante la gota de agua que le rodaba por la nariz. Jamie rió a su pesar al ver que sacaba la lengua para apresarla.

—¿Por qué me has llamado William James? —preguntó con curiosidad—. Mis otros nombres son Clarence Henry George. —Hizo una mueca; Clarence no le gustaba.

Jamie disimuló una sonrisa.

—Cuando te bautizan recibes un nombre nuevo. James es tu nombre papista especial. Yo también me llamo así.

—¿De veras? —Willie estaba encantado—. ¿Ahora soy un repugnante papista, como tú?

—Sí, por lo menos por lo que a mí se refiere. —Le sonrió a Willie, y obedeciendo a otro impulso, el escocés hundió la mano bajo el cuello de la camisa—. Toma. Conserva esto también como recuerdo mío. —Y colgó suavemente el rosario de haya al cuello de Willie—. Pero no se lo enseñes a nadie —le advirtió—. Y por Dios, no le digas a nadie que eres papista.

—A nadie en el mundo —prometió Willie. Escondió el rosario bajo su camisa y le dio unas palmaditas para asegurarse de que estuviera bien escondido.

—Bien. —Jamie le revolvió el pelo en señal de despedida—. Se ha hecho tarde. Ya es casi la hora del té. Será mejor que vuelvas a casa.

Willie echó a andar hacia la puerta, pero se detuvo a medio camino, súbitamente preocupado con la mano pegada al pecho.

—Me has dicho que conservara esto como recuerdo tuyo. ¡Pero yo no puedo darte nada para que me recuerdes!

Jamie esbozó una sonrisa. Tenía el corazón tan oprimido que no creyó poder hablar, pero se obligó a hacerlo:

—No te inquietes —dijo—. Te recordaré.

17

Surgen los monstruos

Lago Ness
Agosto de 1968

Brianna parpadeó mientras apartaba un mechón de pelo revuelto por el viento.

—Casi había olvidado cómo era el sol —dijo mirando con los ojos entornados el astro en cuestión, que brillaba con desacostumbrado fulgor en las aguas oscuras del lago Ness.

Su madre se desperezó con placer, disfrutando de la brisa.

—Por no hablar del aire fresco. Me siento como un hongo que hubiera estado creciendo durante semanas en la oscuridad, pálido y fofo.

—¡Menudas intelectuales seríais las dos! —observó Roger. Pero sonreía.

Los tres estaban muy animados. Tras la ardua búsqueda en los registros de las prisiones hasta reducir la investigación a la prisión de Ardsmuir, habían tenido un golpe de suerte: los registros de la cárcel estaban completos, reunidos en un solo sitio y, en comparación con la mayoría, eran notablemente claros. Ardsmuir había funcionado como cárcel sólo durante quince años; tras su remodelación, utilizando el trabajo de los jacobitas presos, se convirtió en cuartel del ejército y casi todos los prisioneros fueron trasladados a las colonias de América.

—Aún no me explico por qué no enviaron a Fraser a América, junto con los demás. —Roger sintió pánico mientras repasaba una y otra vez la lista de convictos deportados desde Ardsmuir, comprobando los nombres uno a uno, casi letra por letra, sin encontrar ningún Fraser. Estaba convencido de que Jamie Fraser había muerto en la cárcel y temía comunicárselo a las Randall, hasta que, al volver una página, encontró el traslado de Fraser a un sitio llamado Helwater, en libertad condicional.

—No sé —dijo Claire—, pero me alegro mucho. Es... era —se corrigió de inmediato, pero no lo bastante rápido como para que Roger advirtiera el resbalón— terriblemente propenso al mareo. —Hizo un gesto en dirección a la superficie del lago que tenían delante y a sus minúsculas olas—. Se habría puesto verde en cuestión de minutos incluso navegando por estas aguas.

Roger miró a Brianna con interés.

—¿Tú te mareas en el mar?

Ella negó con la cabeza y su brillante pelo ondeó en el viento.

—No. —Se dio unas palmaditas en la cintura desnuda—. Esto es de hierro.

Roger se echó a reír.

—¿Quieres salir a navegar? Después de todo, hoy es fiesta.

—¿De veras? ¿Podemos navegar? ¿Se puede pescar? —Brianna se llevó la mano a los ojos a modo de visera y observó las oscuras aguas con entusiasmo.

—Por supuesto. He pescado salmones y anguilas muchas veces en el lago Ness —le aseguró—. Vamos a alquilar un bote en el muelle de Drumnadrochit.

El paseo hasta Drumnadrochit fue un placer. El día era una de esas jornadas claras y soleadas de verano que llena Escocia de turistas del sur durante los meses de agosto y septiembre. Con uno de los abundantes desayunos de Fiona en las entrañas, el almuerzo en un cesto y Brianna Randall sentada a su lado con la cabellera al viento, Roger se sentía dispuesto a pensar que el mundo funcionaba a la perfección.

Se permitió regodearse satisfecho en los resultados de su investigación. Había tenido que pedir más vacaciones de verano en la universidad, pero había valido la pena.

Tras descubrir el registro de la libertad condicional de James Fraser, habían necesitado otras dos semanas de investigación, y él y Bree habían hecho dos breves escapadas de fin de semana, una al Distrito de los Lagos y una segunda, esta vez los tres juntos, a Londres. Fue en la sacrosanta Sala de Lectura del Museo Británico donde Brianna soltó un grito de júbilo que los obligó a retirarse apresuradamente, en medio de una glacial desaprobación: había visto el Acta de Perdón Real, estampada con el sello de Jorge III, *Rex Angleterre*, fechada en 1764, a nombre de «James Alex^{drl} M'Kensie Frazier».

—Nos estamos acercando —había dicho Roger presumiendo sobre la fotocopia del Acta de Perdón—. ¡Estamos muy cerca!

—¿Cerca? —repitió Brianna. Pero la distrajo la aparición del autobús y no insistió en el tema. Sin embargo, Roger había sorprendido la mirada de Claire: ella entendía muy bien de qué se trataba y estaba pensando lo mismo.

Era evidente que ella ya había pensado en eso, y Roger se preguntó si Brianna también lo habría hecho. Claire había desaparecido en el círculo de piedras de Craigh na Dun en 1945, para reaparecer en 1743. Después de vivir casi tres años con Jamie Fraser, retornó a través de las piedras y se encontró en abril de 1948.

Eso podía significar que, si ella estaba dispuesta a intentar el paso una vez más, era probable que llegara veinte años después de su partida, en 1766. Y acababan de localizar a Jamie Fraser, sano y salvo, en 1764. Si él había sobrevivido dos años más, y si Roger conseguía hallarlo...

—¡Allí! —exclamó Brianna de pronto—. «Alquiler de botes.»

Señalaba un letrero que había en la ventana del bar portuario. Roger aparcó y no volvió a pensar en Jamie Fraser.

—Me pregunto por qué será tan habitual que los hombres bajitos se enamoren de mujeres altas. —La voz de Claire se hizo eco de los pensamientos de Roger con misteriosa exactitud, y no era la primera vez que ocurría.

—Puede que se deba al síndrome de la polilla y la luz —sugirió Roger frunciendo el ceño al observar la evidente fascinación que el diminuto camarero sentía por Brianna. Él y Claire estaban en el mostrador de los alquileres esperando que el recepcionista les extendiera el recibo, mientras Brianna compraba unas latas de Coca-Cola y cerveza negra para acompañar la comida.

El joven camarero, que le llegaba a Brianna más o menos por la axila, no dejaba de moverse de un lado a otro ofreciéndole huevos en salazón y rebanadas de lengua ahumada, con los ojos clavados con devoción en la diosa que tenía delante. Y teniendo en cuenta sus risas, parecía que Brianna lo encontraba bastante atractivo.

—Siempre le he dicho a Brianna que no se fije en hombres bajos —comentó Claire mientras observaba la escena.

—¿Ah, sí? —preguntó Roger con sequedad—. No imaginaba que fueras esa clase de madre.

Ella se rió olvidando su momentánea amargura.

—Bueno, en realidad no. Pero cuando una conoce una regla básica tan importante como ésa, parece que sea el deber de una madre difundirlo.

—¿Tienen algo de malo los hombres bajos? —preguntó Roger.

—Tienen tendencia a volverse malos cuando no se salen con la suya —respondió Claire—. Son como esos diminutos perros falderos. Son muy monos y suaves, pero si los haces enfadar, es muy probable que acaben mordiéndote los tobillos.

Roger se rió.

—¿Debo asumir que esta observación es fruto de años de experiencia?

—Ya lo creo. —Asintió mirándolo—. Nunca he conocido ningún director de orquesta que midiera más de metro y medio. Y casi todos son especímenes muy agresivos. Pero los hombres altos —sus labios se curvaron un poco al observar su silueta de metro noventa—, los hombres altos suelen ser dulces y amables.

—¿Dulces, eh? —dijo Roger lanzándole una mirada cínica al camarero que le estaba cortando a Brianna una anguila en gelatina. El rostro de la muchacha expresaba un receloso disgusto, pero se inclinó hacia delante arrugando la nariz para aceptar el bocado que el chico le ofrecía con el tenedor.

—Son dulces con las mujeres —aclaró Claire—. Siempre he pensado que se debe a que enseguida se dan cuenta de que no tienen nada que demostrar; cuando les queda perfectamente claro que pueden hacer lo que quieran tanto si quieres como si no, ya no tienen que intentar demostrarlo.

—Mientras que un hombre bajo... —la animó a seguir Roger.

—Mientras que un hombre bajo sabe que no puede hacer nada a menos que le des permiso y esa certeza lo vuelve loco. Por eso siempre está intentando hacer algo, sólo para demostrar que puede hacerlo.

—Mmfm. —Roger hizo un sonido gutural muy escocés, ideado para significar su apreciación por la agudeza de Claire, y el recelo hacia lo que el camarero pudiera estar tratando de demostrarle a Brianna.

—Gracias —le dijo al recepcionista cuando le tendió el recibo—. ¿Ya estás, Bree? —preguntó.

•••

El lago estaba en calma y la pesca era escasa, pero resultaba agradable estar en el agua, con el sol de agosto en la espalda y el aroma a frambuesas y a pinos calientes que llegaba desde la costa. Ahítos por el almuerzo, todos sintieron sueño. Al poco rato, Brianna dormía acurrucada en la proa, con la chaqueta de Roger por almohada. Claire parpadeaba, sentada a popa, pero se mantenía despierta.

—¿Y qué hay de las mujeres bajas y las mujeres altas? —preguntó Roger retomando su anterior conversación mientras remaba despacio por el lago. Por encima del hombro observó la increíble longitud de las piernas de Brianna torpemente dobladas bajo su cuerpo—. ¿También pasa lo mismo? ¿Las bajitas son crueles?

Claire negó con la cabeza con aire meditabundo, se le estaban empezando a soltar algunos rizos del pasador.

—No creo. En el caso de las mujeres no parece que tenga nada que ver con la estatura. Creo que está más relacionado con su forma de ver a los hombres. Si los ven como el enemigo, o sólo como hombres, y si les gustan sólo por ser hombres.

—Entonces es cosa de la liberación de la mujer, ¿no?

—En absoluto —dijo Claire—. Ya vi la misma clase de comportamiento entre hombres y mujeres en 1743 que se ve ahora. Hay algunas diferencias en su forma de comportarse, claro, pero no tantas en el modo que tienen de comportarse entre ellos.

Contemplaba las aguas oscuras del lago con la mano a modo de visera. Tal vez estaba alerta al paso de nutrias o troncos flotantes, pero Roger tuvo la sensación de que su mirada iba mucho más allá de los acantilados de la costa opuesta.

—Te gustan los hombres, ¿no? —comentó—. Los hombres altos.

Ella sonrió brevemente, sin mirarlo.

—Sólo uno —dijo con suavidad.

—¿Te irás... si consigo hallarlo? —Dejó los remos en descanso para observarla.

Ella inspiró hondo antes de responder. El viento le había encendido las mejillas, dándoles un tinte rosado, y había ceñido la tela de su camisa blanca, moldeando el busto alto y la cintura estrecha. «Demasiado joven para ser viuda —pensó—; demasiado hermosa para malgastarse.»

—No sé —respondió Claire algo trémula—. Sólo pensarlo... O más bien, lo mucho que hay que pensar. Por un lado, reencontrarme con Jamie. Por el otro, volver a... pasar por aquello. —Y cerró los ojos, estremecida, como si viera el círculo de piedras de Craigh na Dun—. Es indescriptible, ¿sabes? Horrible, pero de un modo distinto a otras cosas horribles, de modo que no se puede describir.

Abrió los ojos para sonreírle con ironía.

—Sería como tratar de explicar a un hombre qué se siente al tener un hijo; él puede captar, más o menos, la idea de que es doloroso, pero no está preparado para entender qué se siente en realidad.

Roger gruñó divertido.

—¿Sí? Bueno, hay cierta diferencia, ¿sabes? Lo cierto es que yo oí a esas condenadas piedras. —Se estremeció involuntariamente al recordar la noche en que Gillian Edgars había cruzado aquellas piedras, tres meses atrás, y no era algo que apreciara recordar. La había revivido varias veces en sus pesadillas. Tiró con fuerza de los remos, tratando de borrarla—. Es como si te desgarraran, ¿no? —sugirió mirándola con atención—. Hay algo que tira de ti, rompiendo, arrastrando, y no sólo por fuera, sino también por dentro, como si el cráneo fuera a volar en pedazos en cualquier instante. Y ese ruido espantoso...

Se estremeció otra vez. Claire había palidecido.

—No sabía que las habías escuchado —dijo—. No me lo dijiste.

—No me pareció importante. —La estudió un momento mientras remaba. Luego añadió en voz baja—: Bree también las oyó.

—Comprendo. —Se volvió de nuevo hacia el lago donde la estela del pequeño bote extendía sus alas en forma de «V». Un poco más lejos, las ondas provocadas por el paso de un barco más grande regresaban de las colinas y se volvían a unir en el centro del lago creando una larga y encorvada forma de agua brillante, una ola erguida, un fenómeno del lago que se confundía a menudo con avistamientos del monstruo.

De pronto ella dijo, señalando con la cabeza las aguas negras del lago:

—Está ahí, ¿sabes?

Él abrió la boca para preguntar a qué se refería, pero de inmediato lo comprendió. Como había pasado la mayor parte de su vida cerca del lago Ness, pescando anguilas y salmones, conocía todos los relatos de la «temible bestia» que se contaban en las tabernas de Drumnadrochit y el Fuerte Augustus.

Tal vez porque la situación era increíble (estar sentado allí, discutiendo tranquilamente si ella debía o no aceptar el inconcebible riesgo de catapultarse hacia un pasado desconocido), de pronto no le pareció sólo posible, sino también seguro que las oscuras aguas del lago ocultaran un misterio de carne y hueso.

—¿Qué es, en tu opinión? —preguntó, tanto por curiosidad como para dar a sus sentimientos el tiempo necesario para asentarse.

Claire se asomó por el borde de la barca y observó el paso de un tronco con atención.

—El que yo vi parecía un plesiosauro —dijo Claire por fin con la mirada perdida hacia popa y sin volverse hacia Roger—. Aunque en aquel momento no se me ocurrió tomar nota. —Torció la boca en un gesto que no era del todo sonrisa—. ¿Cuántos círculos de piedra hay? En Gran Bretaña, en Europa. ¿Lo sabes?

—Con exactitud, no. Varios centenares, creo —respondió él con cautela—. ¿Crees que todos...?

—¿Cómo quieres que lo sepa? —lo interrumpió Claire—. El hecho es que podría ser. Fueron puestos para marcar algo, lo cual significa que podría haber muchos lugares donde sucedió ese algo. —Ladeó la cabeza apartándose el pelo azotado por el viento de la cara y esbozó una sonrisa de medio lado—. ¿Te das cuenta de que ésa sería la explicación?

—¿La explicación de qué? —Roger se sentía desorientado por los rápidos cambios de tercio.

—Del monstruo. —Hizo un gesto en dirección al agua—. ¿Y si hubiera otro lugar de ésos debajo del lago?

—¿Un paso... o túnel... del tiempo? —Roger contempló la estela arremolinada, pasmado ante la idea.

—Eso explicaría muchas cosas. —Había una sonrisa escondida en la comisura de su boca oculta tras el velo de pelo flotante; no había modo de saber si hablaba en serio o no—. Los mejores candidatos a monstruos son seres que se extinguieron hace miles de años. Si existe un túnel del tiempo bajo el lago, quedaría aclarado ese pequeño problema.

—También se explicaría por qué las descripciones suelen diferir —añadió Roger, intrigado por la idea—. Puede tratarse de diferentes animales que cruzan.

—Y se explicaría por qué la bestia (o las bestias) no han sido atrapadas. Y por qué no se las ve con frecuencia. Quizá regresan al otro lado, de modo que no están constantemente en el lago.

—¡Qué idea tan estupenda! —exclamó Roger. Se sonrieron.

—¿Sabes una cosa? —dijo ella—. No creo que figure en la lista de las teorías populares.

Entre risas, Roger atrapó un cangrejo, salpicando a Brianna. Ella se sentó de golpe, resoplando; luego se acostó otra vez con la cara sonrojada por el sueño y en pocos segundos respiraba profundamente.

—Anoche se quedó levantada hasta tarde —la defendió Roger—. Estuvo ayudándome a empaquetar los últimos registros para devolverlos a la Universidad de Leeds.

Claire asintió con aire abstraído, observando a su hija.

—Jamie hacía lo mismo —comentó con suavidad—. Era capaz de acostarse y dormir en cualquier parte. —Guardó silencio. Roger siguió remando rumbo a la zona del lago donde los restos de las ruinas del castillo Urquhart asomaban por entre sus pinos—. El hecho es que —dijo Claire— cada vez se torna más difícil. Pasar la primera vez fue lo más horrible que me había sucedido en la vida. Pero volver fue mil veces peor. —Tenía los ojos clavados en el castillo—. Tal vez porque no regresé en el día correcto. Me fui en Beltane; cuando volví faltaban dos semanas.

—Geilie, bueno me refiero a Gillian, ella también se fue en Beltane.

A pesar del calor del día, Roger sintió un poco de frío; veía nuevamente a aquella mujer, que era a un tiempo su antepasada y su contemporánea, de pie a la luz de una fogata, petrificada por un momento por la luz, antes de desaparecer para siempre en la grieta de las piedras.

—Eso es lo que decían sus anotaciones: que la puerta está abierta durante los festivales del Sol y del Fuego. Tal vez en los días cercanos sólo está entreabierta. O quizá ella estaba equivocada por completo. Al fin y al cabo, creía que era necesario un sacrificio humano para que funcionara.

Claire tragó saliva con dificultad. Aquel primer día de mayo la policía había recobrado los restos de Greg Edgars, el esposo de Gillian, del círculo de piedra empapados en petróleo. El informe policial sólo decía de su esposa: «Huyó sin que se conozca su paradero.»

Claire se inclinó por la borda y deslizó una mano por el agua. Una pequeña nube pasó por encima del sol y el lago se vistió de un repentino color gris. El viento sopló formando docenas de pequeñas olas en la superficie del agua. Justo debajo, en la estela del barco, el agua ofrecía una oscuridad impenetrable. El lago Ness tiene una profundidad de 227 metros y es amargamente gélido. ¿Qué puede vivir en un lugar como ése?

—¿Serías capaz de bajar, Roger? —preguntó suavemente—. ¿Podrías saltar por la borda, zambullirte y descender por la oscuridad hasta que te estallaran los pulmones, sin saber si al otro lado te esperan seres con dientes y cuerpos enormes?

Roger sintió que se le erizaba el vello de los brazos y no se debía sólo a la baja temperatura de la repentina brisa.

—Pero la pregunta no acaba ahí —añadió sin dejar de contemplar las aguas misteriosas—. ¿Descenderías si Brianna estuviera abajo?

Se enderezó y se volvió a mirarlo.

—¿Lo harías? —Claire le clavó sus ojos ambarinos sin apenas un parpadeo, su mirada era fija como la de un halcón.

Él se pasó la lengua por los labios, irritados por el viento, y echó un vistazo a la muchacha dormida. Luego se volvió hacia la madre.

—Sí, creo que sí.

Ella lo observó un buen rato. Luego asintió sin sonreír:

—Yo también.

QUINTA PARTE

No puedes volver a casa

18

Raíces

Septiembre de 1968

La mujer sentada a mi lado debía de pesar unos ciento cincuenta kilos. Resopló mientras dormía y sus esforzados pulmones consiguieron levantar la carga de su enorme pecho por enésima vez. La cadera, el muslo y el brazo regordete, calientes y húmedos, se apretaban desagradablemente contra mí.

No había manera de escapar: al otro lado me aprisionaba la curva del fuselaje del avión. Levanté un brazo para encender la luz de lectura, a fin de consultar mi reloj. Eran las diez y media, hora de Londres; faltaban al menos seis horas más para aterrizar en Nueva York.

La cabina del avión rezumaba de suspiros colectivos y resoplidos de los pasajeros que dormitaban como podían. Yo no conseguía dormir. Con un suspiro de resignación, hurgué en el bolsillo del asiento, buscando la novela romántica a medio leer que me había llevado. La historia era de una de mis escritoras preferidas, pero mi atención escapaba del libro, tanto para volver a Roger y a Brianna, a quienes había dejado en Edimburgo dedicados a la búsqueda, como para ir hacia delante, a lo que me esperaba en Boston.

Parte del problema era no saber con certeza qué me esperaba allí. Me había visto obligada a regresar aunque fuera sólo temporalmente; mis vacaciones habían terminado hacía tiempo y también las diversas prórrogas. Tenía asuntos que atender en el hospital, cuentas por pagar, el mantenimiento de la casa, un jardín que cuidar —me estremecí al imaginar la altura que debía de tener el césped para aquel entonces—, amigos a los que llamar...

Uno en especial: Joseph Abernathy había sido mi amigo más íntimo desde nuestros tiempos de estudiantes. Antes de tomar una decisión final, probablemente irrevocable, quería discutirla con él. Cerré el libro en mi regazo para seguir con un dedo las extravagantes curvas del título, mientras sonreía un poquito. Entre otras cosas, debía a Joe mi gusto por las novelas románticas.

Conocía a Joe desde los comienzos de mis prácticas profesionales. Ambos nos destacábamos entre los otros internos del Boston General. Yo era la única mujer entre los médicos en ciernes; Joe, el único negro.

Nuestra compartida singularidad hizo que nos fijáramos el uno en el otro, los dos éramos perfectamente conscientes, aunque ninguno de los dos lo mencionó. Trabajábamos muy bien juntos, pero los dos éramos muy cuidadosos, y con buen motivo. No queríamos exponernos demasiado, por lo que el frágil vínculo que nos unía, demasiado difuso como para llamarlo amistad, permaneció en el anonimato hasta casi los últimos días de nuestro internado.

Aquel día había practicado mi primera intervención sin asistencia, una apendicetomía poco complicada practicada a un adolescente con buena salud. Aunque todo había salido bien y no había motivos para esperar complicaciones postoperatorias, sentía una especie de extraña posesividad con respecto al paciente y no quería irme a casa mientras él no hubiera despertado y saliera de la sala de recuperación. Al terminar mi turno, me cambié de ropa y fui a esperar a la sala de descanso para médicos del tercer piso.

La sala no estaba desierta. Joseph Abernathy, sentado en un sillón, parecía absorto entre las páginas de *U.S. News & World Report*. Levantó la vista cuando entré y asintió con brevedad en mi dirección antes de volver a centrarse en su lectura.

La sala estaba llena de revistas —recicladas de las salas de espera—, y un buen número de ediciones de bolsillo hechas trizas que los pacientes abandonaban al marcharse del centro. Buscando alguna distracción, ojeé un estudio de gastroenterología publicado seis meses atrás, un ejemplar hecho trizas de la revista *Times* y unos folletos de los Testigos de Jehová. Por fin escogí uno de los libros y me senté con él. No tenía cubierta, pero en la primera página se leía: *El pirata impetuoso*. «Una sensual y apasionante historia de amor, tan ilimitada como la Costa Caribeña.» Conque la Costa Caribeña, ¿eh? Si lo que deseaba era distraerme, no hallaría nada mejor, pensé, y abrí el libro por una página cualquiera. Se abrió automáticamente en la página 42.

Tessa arrugó la nariz con desdén y se echó las exuberantes trenzas hacia atrás ignorando que ese gesto acentuaba todavía más sus pechos en aquel vestido escotado. Valdez abrió los ojos ante la visión, pero no dio ninguna señal del efecto que le causaba aquella belleza lasciva.

—Creo que deberíamos conocernos un poco mejor, señorita —sugirió adoptando un grave y seductor tono que provocó pequeños escalofríos de expectativa en la espalda de Tessa.

—¡Yo no tengo ningún interés por conocer a un, a un... sucio, despreciable y mentiroso pirata! —dijo.

A Valdez le brillaron los dientes al sonreírle y acarició la empuñadura de la daga que asomaba de su cinturón. Estaba impresionado por su valor; la muchacha era audaz, impetuosa y muy bella.

Alcé una ceja, pero seguí leyendo, fascinada.

Con aire de imperiosa posesión, Valdez rodeó con un brazo la cintura de Tessa.

—Olvidáis, señorita —murmuró junto al sensible lóbulo de su oreja—, que sois botín de guerra. Y el capitán de un barco pirata tiene prioridad para escoger su parte del botín.

Tessa forcejeó entre sus poderosos brazos mientras él se la llevaba al camarote y la lanzaba con suavidad sobre el cubrecama adornado con piedras preciosas. Se esforzó por respirar con normalidad observando aterrorizada cómo él se desnudaba y dejaba a un lado su abrigo de terciopelo azul celeste y la camisa de lino blanco con volantes. Tenía un pecho magnífico, era una suave extensión de brillante bronce. Sus dedos se morían por acariciarlo a pesar de que su corazón palpitaba ensordecedor en sus oídos cuando él se llevó la mano a la cintura de los pantalones.

—Un momento —dijo deteniéndose—, es injusto por mi parte que os desatienda, señorita. Permítame.

Esbozó una irresistible sonrisa y se inclinó para tomar los pechos de Tessa en las cálidas palmas de sus callosas manos disfrutando de su voluptuoso peso a través de la fina tela de seda. Tessa dio un pequeño grito y se alejó de su descarada caricia apoyándose sobre la almohada de plumas bordada de encaje.

—¿Os resistís? Es una lástima echar a perder un vestido tan elegante, señorita...

La agarró con firmeza del corsé de seda y tiró de él consiguiendo que los preciosos pechos blancos de Tessa escaparan de su confinamiento como un par de rollizas perdices alzando el vuelo.

Dejé escapar un sonido que hizo que el doctor Abernathy levantara la cabeza de su ejemplar de *U.S. News & World Report.* Me apresuré a recomponer mi expresión en un semblante de digna abstracción y volví la página.

Los espesos rizos negros de Valdez resbalaron por el pecho de la muchacha cuando posó sus calientes labios sobre los rosados pezones de Tessa, provocándole oleadas de angustioso deseo por todo el cuerpo. Debilitada por las insólitas sensaciones que estaba despertando en ella, fue incapaz de moverse mientras la mano de él buscaba la costura de su vestido y su abrasadora caricia dibujaba tirabuzones de sensaciones por todo su muslo.

—Ah, *mi amor* —rugió el pirata—. Eres tan encantadora, tan pura. Me vuelves loco de deseo, *mi amor*. Te deseé desde el primer momento en que te vi, tan orgullosa y fría sobre la cubierta del barco de tu padre. Pero ahora ya no eres tan fría, ¿verdad?

En realidad, los besos de Valdez estaban causando estragos en los sentimientos de Tessa. ¿Cómo podía estar sintiendo aquellas cosas por ese hombre que había hundido el barco de su padre a sangre fría y asesinado a cien hombres con sus propias manos? Tendría que estar rehuyendo espantada, y sin embargo, estaba tratando de controlar la respiración, abriendo la boca para recibir sus besos y arqueando el cuerpo en involuntaria entrega bajo la exigente presión de su dilatada virilidad.

—Ah, *mi amor* —jadeó—. No puedo esperar. Pero no quiero hacerte daño. Lo haremos despacio, *mi amor*, despacio.

Tessa jadeó al sentir la creciente presión de su deseo haciéndose notar entre sus piernas.

—¡Oh! —exclamó la muchacha—. ¡Oh, por favor! ¡No puede hacerme esto!¡No quiero hacerlo!

—No te preocupes, *mi amor*. Confía en mí.

Poco a poco y muy despacio se fue relajando al contacto de sus hipnóticas caricias sintiendo cómo crecía y se extendía el calor en su estómago.

Sus labios le rozaron el pecho. Su aliento ardoroso, que murmuraba frases tranquilizadoras, la dejó sin resistencia. Se relajó, y separó los muslos sin quererlo. Moviéndose con infinita lentitud, la vara henchida del pirata hizo a un lado la membrana de su inocencia.

Lancé una exclamación. El libro resbaló por mi regazo para caer a los pies del doctor Abernathy.

—Disculpe —murmuré. Y me incliné para recuperarlo con la cara en llamas. Sin embargo, al incorporarme con *El pirata impetuoso* en mis manos sudorosas, vi que él, lejos de conservar su austero semblante habitual, sonreía de oreja a oreja.

—Déjeme adivinar —pidió—. ¿Valdez acaba de hacer a un lado la membrana de su inocencia?

—Sí. —Sin poder evitarlo, estallé en una risita estúpida—. ¿Cómo lo sabe?

—Bueno, estaba cerca del principio. Tenía que ser eso o lo de la página 73, donde él lame con lengua hambrienta sus montículos rosados.

—¿Él *qué*?

—Véalo con sus propios ojos. —Me puso el libro en las manos, mientras señalaba un fragmento a media página.

Y así era: «Echó el cubrecama a un lado y agachó su cabeza negra como el carbón para lamer con lengua hambrienta sus montículos rosados. Tessa gimió y...» Se me escapó un grito histérico.

—¡No me diga que usted ha leído esto! —acusé, arrancando la mirada de Tessa y Valdez.

—Claro que sí —dijo más sonriente que nunca. Tenía una muela de oro—. Dos o tres veces. No es de las mejores, pero no está mal.

—¿De las mejores? ¿Hay más como ésta?

—Por supuesto. Veamos... —Se levantó y empezó a rebuscar entre la pila de ediciones de bolsillo destrozadas que había sobre la mesa—. Tiene que buscar las que no tienen cubiertas, son las mejores.

—¡Y yo convencida de que usted sólo leía revistas de medicina!

—Caramba, me paso treinta y seis horas metido hasta los codos en las tripas de la gente. ¿Quiere que venga a leer «Avances en la extirpación del peritoneo»? No, por favor. Prefiero navegar con Valdez por la costa caribeña. —Me miró con interés sin dejar de sonreír del todo—. Yo tampoco la creía capaz de leer algo que no fuera el *Semanario de Medicina*. Las apariencias engañan, ¿verdad, lady Jane?

—Parece que sí —repliqué secamente—. ¿Qué es eso de «lady Jane»?

—Una ocurrencia de Hoechstein —respondió, echándose hacia atrás, con los dedos entrelazados alrededor de una rodilla—. Con esa voz y ese acento, se diría que acaba usted de tomar el té con la reina. Tiene usted algo que evita que los chicos sean peores de lo que son. Su forma de hablar recuerda a Winston Churchill, si Winston Churchill fuera una mujer, claro, y eso los asusta un poco. Pero tiene algo más. —Me observó con interés meciéndose en la silla—. Por su modo de hablar, parece decidida a salirse con la suya o, al menos, a saber por qué no lo consigue. ¿Dónde aprendió eso?

—En la guerra —dije, sonriendo ante su descripción.

Enarcó las cejas.

—¿La de Corea?

—No. Fui enfermera de combate en Francia durante la Segunda Guerra Mundial. Allí había muchas enfermeras cabo capaces de convertir en jalea a los ordenanzas y residentes con una sola mirada.

Más adelante había tenido ocasión de practicar; ese aire de autoridad inviolable, por fingido que fuera, me sirvió de mucho contra gente mucho más poderosa que el personal de enfermería y los internos del Boston General.

Él asintió, atento a mi explicación.

—Sí, entiendo. Yo usaba lo de Walter Cronkite.

—¿Walter Cronkite? —Lo miré con los ojos muy abiertos.

Volvió a sonreír, mostrando su muela de oro.

—¿Se le ocurre alguien mejor? Además, podía escucharlo por la radio o la televisión gratis todas las noches. Siempre entretenía a mi madre, ella quería que yo fuera predicador. —Sonrió con cierta tristeza—. Si hubiera hablado como Walter Cronkite donde vivíamos por aquel entonces, no habría vivido lo suficiente para estudiar Medicina.

Joe Abernathy me gustaba cada vez más.

—Espero que su madre no se haya desilusionado al enterarse de que usted iba a estudiar Medicina en lugar de convertirse en predicador.

—A decir verdad, no lo sé —confesó sin dejar de sonreír—. Cuando se lo dije, me miró durante un minuto; luego soltó un gran suspiro y dijo: «Bueno, al menos los remedios para el reumatismo me saldrán más baratos.»

Reí con ironía.

—Mi esposo se mostró aún menos entusiasmado cuando le dije que iba a estudiar Medicina. Me miró fijamente y por fin me sugirió que, si estaba aburrida, podía ofrecerme como voluntaria para escribir las cartas de los internos del asilo.

Los ojos de Joe tenían un suave color marrón dorado, como caramelos de *toffee*. Me miraba con un brillo de diversión.

—Sí, la gente sigue pensando que es correcto decirte a la cara que no puedes hacer lo que haces. «¿Qué hace usted aquí, jovencita, en vez de estar en su casa, ocupándose de su marido y de su hija?» —imitó con una sonrisa irónica. Luego me dio una palmadita en la mano—. No se preocupe. Tarde o temprano renuncian. A mí ya casi nadie me pregunta a la cara por qué no estoy limpiando los baños, si para eso me creó Dios.

En aquel momento entró la enfermera para anunciar que mi apéndice había despertado y me marché. Pero la amistad iniciada en la página 42 floreció hasta tal punto que Joe Abernathy acabó siendo uno de mis mejores amigos; posiblemente, la única persona cercana a mí que entendía de verdad qué hacía yo y por qué.

Sonreí un poco mientras pasaba las yemas de los dedos por encima del impecable grabado de la cubierta. Luego me incliné hacia delante y volví a dejar el libro en el bolsillo del asiento. No quería escapar justo en ese momento.

Fuera del avión se veía un suelo de nubes iluminadas por la luna que nos separaban de la tierra que había debajo. Allí arriba todo estaba en calma, precioso y sereno, en intenso contraste con el alboroto de la vida que seguía a nuestros pies.

Tenía la extraña sensación de estar suspendida, inmóvil, amparada por la solitud. Incluso la pesada respiración de la mujer que dormía a mi lado formaba parte del ruido blanco que compone el silencio, un ruido más sumado al tenue rugido del aire acondicionado y los pies de las azafatas arrastrándose por la alfombra. Y al mismo tiempo sabía que nos desplazábamos inexorablemente por el aire, propulsados a cientos de kilómetros por hora en dirección a alguna meta. Sólo podíamos esperar que fuera una meta segura.

Cerré los ojos en suspendida animación. Atrás, en Escocia, Roger y Bree continuaban buscando a Jamie. Delante, en Boston, me esperaban mi trabajo y Joe. ¿Y Jamie? Traté de apartar la idea, decidida a no pensar en él hasta que hubiera tomado la decisión.

Algo me agitó el pelo y un mechón me rozó la mejilla, ligero como los dedos de un amante. Pero debía de ser sólo el aire acondicionado. Y era mi imaginación la que mezclaba súbitamente, a los olores rancios de perfume y cigarrillos, un aroma de lana y brezales.

19
Para conjurar a un fantasma

Estaba por fin en casa, en la casa de la calle Furey, donde había vivido con Frank y Brianna casi veinte años. Las azaleas de la puerta no estaban del todo secas, pero sus hojas pendían en manojos polvorientos; una gruesa capa de hojas marchitas yacía en la tierra resquebrajada. Era un verano muy caluroso, aunque en Boston no los había de otra clase, y a pesar de que ya estábamos a mediados de septiembre, las lluvias de agosto todavía no habían llegado.

Dejé las maletas junto a la puerta principal y fui a encender la manguera. Estaba tirada al sol; la verde serpiente de goma estaba tan caliente que me quemé la mano al cogerla, y me la fui cambiando de mano hasta que el rugido del agua la resucitó y la fue enfriando a su paso.

No me gustaban mucho las azaleas. Habría podido quitarlas hacía tiempo, pero tras la muerte de Frank me resistí a alterar ningún detalle de la casa, pensando en Brianna. Demasiado era ya ingresar en la universidad y que se le hubiera muerto el padre, todo en un mismo año. Yo llevaba mucho tiempo sin prestar atención a la casa; podía continuar haciéndolo.

—¡Está bien! —dije con fastidio a las azaleas, mientras cerraba el grifo de la manguera—. Espero que estéis contentas porque eso será todo. Yo también necesito una copa. Y un baño —añadí al ver las hojas manchadas de barro.

• • •

Me senté en el borde de la bañera, en bata, observando cómo caía el agua del grifo y agitaba las burbujas hasta convertirlas en nubes de espuma perfumada. El vaho flotaba en la superficie hirviendo, el agua debía de estar demasiado caliente.

Cerré el grifo con un rápido movimiento y me quedé allí sentada un instante. A mi alrededor la casa estaba en silencio, lo único que se oía era el crujido de las burbujas de la bañera, apagado como los sonidos de una batalla lejana. De sobra sabía lo que estaba haciendo, lo sabía desde que subí al avión en Inverness y noté el rugido del tren de aterrizaje cobrar vida a mis pies. Me estaba poniendo a prueba.

Había estado tomando cuidadosa nota de todas las máquinas y artefactos de la vida moderna y (eso era lo más importante) de mi reacción ante ellas. El tren a Edimburgo, el avión a Boston, el taxi desde el aeropuerto y tantos otros lujos mecánicos: las máquinas expendedoras, el alumbrado público, el baño del avión a tantos kilómetros de altura con su torbellino de desagradable desinfectante azul verdoso que se llevaba los desperdicios y los gérmenes con sólo apretar un botón. Los restaurantes, donde un certificado del Departamento de Salud te garantizaba la posibilidad de librarte de un botulismo si comías allí. Y dentro de mi propia casa, los omnipresentes botones que proveían de luz, calor, agua y comida cocinada.

La cuestión era: ¿me importaba todo eso? Hundí una mano en el agua vaporosa de la bañera y la deslicé de un lado a otro observando cómo las sombras del remolino bailaban en las profundidades del mármol. ¿Podía vivir sin todas las «comodidades», grandes y pequeñas, a las que estaba habituada?

Eso era lo que me preguntaba con cada toque de botón, cada rugir de motores, y estaba segura de que la respuesta era afirmativa. A fin de cuentas tampoco era el tiempo el que había marcado todas aquellas diferencias. Sólo tenía que pasear un rato por la ciudad para encontrarme con personas que vivían sin todas aquellas comodidades, y en el extranjero había países enteros donde la gente vivía razonablemente feliz ignorando por completo la existencia de la electricidad.

A mí nunca me había importado mucho todo eso. Desde la muerte de mis padres, cuando yo tenía cinco años, viví con mi tío Lamb, arqueólogo eminente al que acompañaba en sus expediciones. Por lo tanto, me había criado en condiciones que se podrían tildar de «primitivas». Sí, los baños calientes y las bombillas estaban muy bien, pero había vivido sin esas cosas durante varias épocas de mi vida —como, por ejemplo, durante la guerra—, y nunca las eché tanto de menos.

El agua ya estaba lo suficientemente tibia para ser tolerable. Dejé caer la bata al suelo y me sumergí con un agradable estremecimiento, hasta que el calor de mis pies me provocó un hormigueo en los hombros del frío contraste.

Me metí en la bañera y me relajé estirando las piernas. Las bañeras del siglo XVIII no eran más que enormes barreños. La gente solía lavarse por partes: primero sumergían la parte central del cuerpo dejando que las piernas colgasen por fuera, y luego se levantaban y se aclaraban el torso mientras se mojaban los pies. Aunque lo más habitual era que uno se lavara utilizando jofaina, aguamanil y un paño.

Pero las comodidades eran sólo eso: nada esencial, nada de lo que no pudiera prescindir.

Claro que no sólo las comodidades estaban en cuestión. El pasado era un país peligroso. Pero ni siquiera los avances de la supuesta civilización bastaban para garantizar la seguridad. Yo había sobrevivido a dos grandes guerras «modernas» (y en la segunda, sirviendo en los campos de batalla) y todas las noches podía ver por televisión cómo se iba formando la siguiente. La guerra «civilizada» era más horrorosa que sus versiones antiguas. Puede que la vida diaria fuera más segura, pero sólo si se iba con cuidado. Algunas zonas del Roxbury actual eran tan peligrosas como cualquier callejón del París de hacía doscientos años.

Con un suspiro, retiré el tapón del desagüe con los dedos. De nada servía pensar en cosas tan impersonales como bañeras, bombas y violadores. El agua corriente era sólo una distracción sin importancia. El verdadero problema estaba en las personas involucradas: Brianna, Jamie y yo.

El agua resbaló por el desagüe. Me levanté sintiéndome un poco mareada y me limpié los restos de burbujas con la toalla. El espejo de cuerpo entero estaba empañado por el vaho, pero seguía lo bastante nítido como para que pudiera verme de rodillas para arriba, sonrosada como una gamba hervida.

Dejé caer la toalla y me miré en el espejo. Flexioné los brazos y los levanté para ver si tenía ya algún signo de flacidez. Ninguno. Mis bíceps y tríceps seguían bien definidos y los deltoides reposaban bien redondeados sobre la curvatura de los pectorales mayores. Me volví a un lado tensando y relajando los abdominales, los oblicuos estaban en buena forma y el central estaba tan terso que dibujaba una forma casi cóncava.

—Es una suerte que la familia no tenga tendencia a engordar —murmuré. El tío Lamb se había mantenido delgado y firme hasta el día de su muerte a los setenta y cinco años. Suponía que mi padre, el hermano del tío Lamb, tenía la misma constitución, y por un momento me pregunté qué aspecto tendría el trasero de mi madre. A fin de cuentas, las mujeres debían tolerar cierto exceso de tejido adiposo.

Me di la vuelta del todo y miré el espejo por encima del hombro. La humedad que recubría los largos músculos de mi columna brilló conforme me giraba; todavía tenía cintura y bien estrecha.

En cuanto a mi trasero...

—Bueno, por lo menos no tengo celulitis —dije en voz alta. Me di la vuelta y me quedé mirando fijamente mi reflejo—. Podría ser mucho peor —le dije.

Algo más reconfortada, me puse el camisón y me dediqué a preparar la casa para acostarme. No tenía gato que sacar ni perro que alimentar; *Bozo*, el último de nuestros perros, había muerto de viejo el año anterior y no quise comprarme otro ahora que Brianna se había ido a la universidad y yo tenía un largo e irregular horario en el hospital.

Graduar el termostato, verificar las cerraduras de puertas y ventanas, comprobar que la cocina estuviera apagada. Eso era todo. Durante dieciocho años, mi ruta nocturna había incluido una parada en el cuarto de Brianna, pero eso terminó cuando entró en la universidad.

Movida por una mezcla de costumbre e impulso, abrí la puerta de su cuarto y encendí la luz. Hay quienes tienen debilidad por los objetos y quienes no la tienen. Bree la tenía; prácticamente no había un centímetro de pared visible entre los pósteres, las fotografías, las flores secas, los trozos de tela teñida, los diplomas enmarcados y otros obstáculos.

Algunas personas tienen una forma de organizarlos de manera que esos objetos no asumen sólo su propio significado y la relación que tienen con las demás cosas que están expuestas a su lado, sino que hay algo más, un aura indefinible que pertenece tanto a su invisible propietario como a los objetos.

«Estoy aquí porque Brianna me puso en este lugar», parecían decir todas aquellas cosas. «Estoy aquí porque ella es la persona que es.»

Pensé que era extraño que tuviera esa peculiaridad. Frank también la tenía. Cuando fui a vaciar su despacho de la universidad después de su muerte, tuve la sensación de que parecía la silueta fosilizada de algún animal extinguido. Aquel conjunto de libros, documentos y pequeñas porquerías tenían exactamente la misma forma y textura y el peso desaparecido del cerebro que habitó ese espacio.

La relación entre algunos de los objetos de Brianna era evidente: fotografías mías, de Frank, de *Bonzo* o de amigos. Los retales de tela eran cosas que había confeccionado ella, telas que había elegido y de los colores que le gustaban: un brillante turquesa, añil intenso, magenta y amarillo claro. Pero las otras cosas... ¿Por qué aquellos caparazones de caracoles de agua dulce esparcidos por el escritorio me decían «Brianna»? ¿Por qué me la recordaba ese trozo de piedra pómez capturado en la playa de Truro e imposible de distinguir de cualquier otro excepto por el hecho de que lo había cogido ella?

Yo no tenía pasión por los objetos. No sentía necesidad de adquirir ni de decorar; antes de que Brianna tuviera edad suficiente para colaborar, Frank solía quejarse de que nuestro mobiliario era espartano. No sé si se debía a mi infancia nómada o sólo a mi forma de ser, pero yo vivía básicamente en mi piel y no sentía ninguna necesidad de alterar mi alrededor para que reflejara mi personalidad. Jamie era igual. Tenía unos cuantos objetos que llevaba siempre en su zurrón, como talismanes o porque le resultaban útiles; por lo demás, nunca había poseído nada ni se interesaba por las cosas. Incluso durante el corto período en que vivimos con todo lujo en París, y la larga época de tranquilidad en Lallybroch, nunca demostró tener ninguna predisposición por poseer objetos.

En su caso también pudo deberse a las circunstancias de su temprana madurez, tiempos en los que tuvo que vivir como un animal perseguido sin poseer nada más que las armas necesarias para su supervivencia. Aunque también podría ser que fuera algo natural en él, ese aislamiento del mundo de las cosas materiales, esa sensación de autosuficiencia, una de las cosas que nos había llevado a buscar compañía en brazos del otro.

Aun así resultaba extraño que Brianna se pareciera tanto a sus dos padres, tan distintos entre sí. Di silenciosamente las buenas noches al fantasma de mi hija ausente y apagué la luz.

La imagen de Frank me acompañó al dormitorio. La gran cama de matrimonio, intacta bajo el cubrecama de satén azul oscuro, me lo trajo a la mente con súbita nitidez, como no lo recordaba desde hacía muchos meses.

Quizá fuera la posibilidad de la partida inminente lo que me hacía pensar ahora en él. Ese cuarto, esa cama, donde yo le había dicho adiós por última vez.

—*¿No puedes venir a la cama, Claire? Es más de medianoche. Frank me miraba por encima de su libro. Ya estaba acostado y leía con el volumen sobre las rodillas. En el suave haz de luz del velador, parecía flotar en una cálida burbuja, serenamente aislado de la fría oscuridad que llenaba el resto de la habitación. Corrían los primeros días de enero y, pese a los grandes esfuerzos de la caldera, por la noche el único sitio caliente de verdad era la cama, bajo mantas pesadas.*

Me levanté de la silla, sonriéndole, y dejé caer la gruesa bata de lana.

—¿No te dejo dormir? Disculpa. Estaba reviviendo la operación de esta mañana.

—Sí, ya lo sé —afirmó en tono seco—. Me doy cuenta con sólo mirarte. Los ojos se te ponen vidriosos y te quedas boquiabierta.

—Disculpa —repetí imitando su tono—. No soy responsable de lo que haga mi cara mientras yo pienso.

—¿Y de qué te sirve pensar? —preguntó poniendo una señal en el libro—. Ya has hecho lo que podías; afligirte ahora no cambia nada... Oh, bueno. —Se encogió de hombros, irritado, y cerró el libro—. No es la primera vez que te lo digo.

—No —confirmé brevemente.

Me metí en la cama, temblando un poco, y me envolví bien las piernas en el camisón. Frank se acercó a mí de manera automática y yo me deslicé bajo las sábanas junto a él. Nos acurrucamos uno al lado del otro, sumando el calor contra el frío.

—Espera un momento. Tengo que cambiar el teléfono de sitio.

Retiré las colchas y bajé de la cama para quitar el teléfono de la mesita de noche de Frank y ponerlo en la mía. Cuando empezaba a anochecer, le gustaba sentarse en la cama y charlar con estudiantes o colegas mientras yo leía o tomaba notas sobre intervenciones a su lado, pero no le gustaba que lo despertaran las llamadas del hospital que me requerían en plena noche. En realidad, le disgustaban tanto que yo había pedido en el hospital que sólo me llamaran para verdaderas emergencias o cuando dejara instrucciones de que me mantuvieran informada sobre el progreso de algún paciente en particular. Esa noche había dejado instrucciones. Se trataba de una compleja extirpación de intestino. Si las cosas se ponían feas, quizá tuviera que volver corriendo.

Frank gruñó mientras yo apagaba la luz y me volvía a meter en la cama, pero un segundo después se volvió a pegar a mí y me pasó el brazo por la cintura. Yo rodé hasta mi sitio y me acurruqué contra él relajándome poco a poco a medida que se me descongelaban los dedos de los pies.

Reproduje en mi cabeza los detalles de la operación y volví a sentir el helor de la ventilación del quirófano y la inicial e inquietante calidez de la tripa del paciente al meter los dedos en su interior. El intestino enfermo estaba enroscado como una víbora salpicada por las manchas púrpuras de la equimosis y el lento goteo de la sangre brillante procedente de los diminutos cortes.

—Estaba pensando... —La voz de Frank surgió de la oscuridad con excesiva indiferencia.

—¿Hum? —Yo seguía absorta en el repaso de la operación, pero me esforcé por regresar al presente—. ¿En qué?

—En mi año sabático.

El permiso de la universidad se iniciaría dentro de un mes. Él había planeado hacer una serie de viajes breves por el nordeste de Estados Unidos reuniendo material; luego pasaría seis meses en Inglaterra y regresaría a Boston para dedicarse a escribir durante los tres últimos meses de excedencia.

—Me gustaría ir directamente a Inglaterra —dijo con cautela.

—Bueno, ¿por qué no? El tiempo será horrible, pero si vas a pasar la mayor parte del día en bibliotecas...

—Quiero llevarme a Brianna.

Me quedé helada y el frío que flotaba en la estancia se transformó en un pequeño bulto de recelo que se posó en la boca de mi estómago.

—Pero ella no puede viajar; le falta un semestre para la graduación. ¿No puedes esperar al verano para que nos reunamos contigo? He solicitado unas largas vacaciones para esas fechas y...

—Me voy ahora. Para siempre. Sin ti.

Me incorporé y encendí la luz. Frank me miraba tumbado en la cama con el pelo oscuro despeinado. Se le habían puesto las sienes grises, cosa que le daba un aire distinguido que parecía tener efectos alarmantes entre su alumnado. Increíblemente, me sentía bastante tranquila.

—¿Por qué ahora, tan de repente? La nueva te está presionando, ¿no?

La expresión de alarma que le destelló en los ojos era tan pronunciada que resultó cómica. Me eché a reír con una perceptible falta de humor.

—¿Creías que yo no sabía nada? ¡Por Dios, Frank! ¡Cuánta inconsciencia!

Él se sentó en la cama con la mandíbula tensa.

—Creía que había sido muy discreto.

—Puede ser —reconocí con sorna—. He contado seis en los diez últimos años. Si fueron diez o doce, has sido realmente un modelo de discreción.

Era raro que su cara expresara mucha emoción, pero cierta palidez me indicó que estaba furioso.

—Ésta debe de ser algo especial —comenté con fingida desenvoltura, apoyándome en la cabecera de la cama con los brazos cruzados—. Aun así, ¿a qué tanta prisa por irte a Inglaterra? ¿Y por qué quieres llevarte a Bree?

—Puede cursar el último semestre en un internado. Para ella será una nueva experiencia.

—No creo que le interese —observé—. No querrá separarse de sus amigos justo ahora, antes de la graduación. ¡Y mucho menos para ir a un internado inglés! —Me estremecí al pensarlo. Yo estuve a punto de acabar encerrada en uno de esos centros cuando era una niña. En ocasiones, el olor de la cafetería del hospital me traía recuerdos de aquello y evocaba la sensación de indefensión que me asaltó cuando el tío Lamb me llevó a visitar aquel sitio.

—Un poco de disciplina no le sienta mal a nadie —dijo Frank. Había recobrado su talante habitual, pero las líneas de su cara seguían tensas—. A ti te habría venido bien. —Movió una mano como para descartar el tema—. Dejémoslo así. De cualquier modo, he decidido volver definitivamente a Inglaterra. Me han ofrecido un buen puesto en Cambridge y voy a aceptarlo. Tú no querrás abandonar el hospital, por supuesto. Pero no pienso irme sin mi hija.

—¿Tu hija? —Por unos momentos me sentí incapaz de hablar. Conque él tenía un nuevo puesto preparado y una nueva

amante que lo acompañara. Debía de llevar algún tiempo planificándolo. Una vida nueva... pero no con Brianna.

—Mi hija —repitió tranquilamente—. Puedes venir a visitarla cuando quieras, por supuesto.

—¡Grandísimo... cretino! —pronuncié.

—Sé razonable, Claire. —Me miró con la nariz levantada tratándome con esa paciencia reservada para los estudiantes que sacaban malas notas—. Casi nunca estás en casa. Si yo me voy, no habrá quien cuide de Bree como es debido.

—Hablas como si tuviera ocho años. Y va a cumplir dieciocho. ¡Ya es casi una mujer, por Dios!

—Por eso mismo necesita que la cuiden y la vigilen —me espetó—. Si hubieras visto lo que he visto yo en la universidad... cómo beben, cómo se drogan...

—Lo veo —dije entre dientes—. Muy de cerca, en la sala de Urgencias. Pero Bree no corre peligro de...

—¡Por supuesto que sí! Las chicas de esa edad no tienen cabeza. Se irá con el primer tipo que...

—¡No seas idiota! Bree es muy sensata. Además, la gente joven tiene que experimentar; así es como se aprende. No puedes tenerla entre algodones toda la vida.

—Mejor entre algodones que revolcándose con un negro —contraatacó. En los pómulos le apareció una leve mancha roja—. De tal palo, tal astilla, ¿no? ¡Pero las cosas no serán así, maldita sea, mientras yo tenga algo que ver con esto!

Salté de la cama echándole una mirada furiosa.

—Tú —dije—, ¡no tienes derecho a decir ni una puta, asquerosa y apestosa cosa sobre Bree o cualquier otro tema! —Temblaba de ira; tuve que apretar los puños para no pegarle—. ¡Tienes el tremendo descaro de venir a decirme que vas a vivir con la última de toda una serie de amantes! ¿Y luego te atreves a insinuar que me acuesto con Joe Abernathy? ¿Es eso lo que quieres decir?

Tuvo la decencia de bajar la vista.

—Es lo que piensa todo el mundo —murmuró—. Estás siempre con ese hombre. Por lo que a Bree concierne, es lo mismo. Arrastrarla a... situaciones tan peligrosas y... y con ese tipo de gente...

—Supongo que te refieres a gente negra, ¿no?

—Por supuesto que sí —replicó mirándome con un relampagueo en los ojos—. Bastante malo es tener que ver a los Abernathy en las fiestas a todas horas, aunque por lo menos es edu-

cado. *¡Pero esa persona obesa que me presentaron en su casa,
llena de tatuajes tribales y barro en el pelo! ¡Y esa repulsiva
lagartija de salón, de voz tan untuosa! Y al chico de los Abernathy le ha dado por rondar a Bree noche y día; la lleva a marchas, a manifestaciones y a orgías en tugurios miserables...*

—No creo que haya tugurios de buen tono —comenté reprimiendo un indecoroso impulso de reír ante la descripción cruel,
pero correcta, que Frank hacía de los amigos más excéntricos
de Leonard Abernathy—. ¿Sabías que Lenny se hace llamar Muhammad Ishmael Shabazz?

—Sí, me lo dijo —confirmó secamente—. Y no voy a correr
el riesgo de que mi hija se convierta en la señora Shabazz.

—No creo que Bree tenga ese tipo de interés por Lenny
—aseguré, luchando por contener mi irritación.

—Tampoco se lo voy a permitir. Me la llevo a Inglaterra.

—No te la llevas, a menos que ella quiera ir —dije con gran
seguridad.

Probablemente porque se sentía en desventaja, Frank salió
de la cama y buscó a tientas sus pantuflas.

—No necesito tu permiso para llevarme a mi hija a Inglaterra —observó—. Y Bree aún es menor de edad; irá donde yo
diga. Te agradecería que buscaras su historia clínica. En la nueva escuela la necesitarán.

—¿Tu hija? —repetí. Percibía vagamente el frío de la habitación, pero estaba tan irritada que me sentía acalorada—. ¡Bree
es hija mía y no vas a llevártela a ninguna parte!

—No puedes impedirlo —señaló con enfurecida serenidad,
mientras recogía su bata de los pies de la cama.

—¿Que no? ¿Quieres divorciarte de mí? Perfecto. Aduce las
causas que quieras... salvo la de adulterio, que no podrás probar
porque no existe. Pero si tratas de llevarte a Bree, seré yo la que
diga una o dos cosas sobre el adulterio. ¿Quieres saber cuántas
de tus amantes desechadas han venido a pedirme que renuncia-
ra a ti?

La sorpresa lo dejó boquiabierto.

—A todas les dije que renunciaría a ti al momento si me lo
pedías —continué. Me crucé de brazos y escondí las manos bajo
las axilas. Empezaba a tener frío otra vez—. Realmente me extrañaba que nunca lo hubieras hecho. Pero supuse que era por
Brianna.

Frank había palidecido, a la penumbra del otro lado de la
cama se lo veía blanco como una calavera.

—Bueno —replicó en un triste intento de recobrar su aplomo habitual—, no pensaba que te molestase. Al fin y al cabo, nunca has hecho nada por impedírmelo.

Me lo quedé mirando de hito en hito, completamente sorprendida.

—¿Impedírtelo? ¿Qué pretendías que hiciera? ¿Abrir tu correspondencia al vapor y plantarte las cartas en la nariz? ¿Armar un escándalo en la fiesta de Navidad de los profesores? ¿Quejarme al decano?

Él apretó los labios un momento y luego los volvió a relajar.

—Podrías haberte comportado como si te importara —sugirió en voz baja.

—Me importaba. —Mi voz sonó ahogada.

Negó con la cabeza sin dejar de mirarme, oscuros los ojos a la luz de la lámpara.

—Pero no lo suficiente. —Guardó silencio y su rostro pálido flotó en el aire que rodeaba su pijama oscuro. Entonces rodeó la cama y se acercó a mí—. A veces me preguntaba si tenía derecho a criticarte —añadió pensativo—. Bree se parece a él, ¿no? ¿Era parecido a ella?

—Sí.

Soltó el aliento con fuerza, casi en un resoplido.

—Se te veía en la cara cuando la mirabas. Me daba cuenta de que estabas pensando en él. Maldita seas, Claire Beauchamp —murmuró con suavidad—. Maldita sea tu cara, que no sabe disimular nada de lo que piensas o sientes.

Después de aquellas palabras guardamos silencio, un silencio de esos que permiten escuchar los sonidos más diminutos, los crujidos en la madera, la respiración de la casa. Y en realidad te esfuerzas por escucharlos para poder fingir que no has oído lo que acaba de decir la otra persona.

—Yo te amé —dije por fin con suavidad—. En otros tiempos.

—En otros tiempos —repitió—. ¿Tengo que darte las gracias?

Estaba empezando a recuperar la sensación en mis labios entumecidos.

—Te lo dije —recordé—. Pero como no quisiste dejarme... Lo intenté, Frank.

Lo que percibió en mi voz, fuera lo que fuese, lo detuvo por un instante.

—Lo intenté —repetí con mucha suavidad.

Se dio media vuelta y se acercó a mi tocador, donde fue tocando cosas con inquietud y cogiéndolas para volver a dejarlas.

—Al principio no podía dejarte... embarazada, sola. Había que ser muy canalla para eso. Y después... Bree. —Miró a ciegas el lápiz de labios que tenía en una mano; luego lo depositó en el vidrio de la mesa—. No podía renunciar a ella. —Se volvió a mirarme; sus ojos parecían agujeros en la cara ensombrecida—. ¿Sabías que no puedo tener hijos? Hace algunos años me... me hice unos análisis. Soy estéril. ¿Lo sabías?

Negué con la cabeza sin atreverme a hablar.

—Bree es mía, es mi hija —afirmó como para sí mismo—. Es la única hija que jamás tendré. No podía renunciar a ella. —Soltó una risa breve—. No podía renunciar a ella, pero tú no podías mirarla sin pensar en él, ¿cierto? Sin ese recordatorio constante... ¿lo habrías olvidado con el tiempo?

—No. —Mi susurro pareció recorrerlo como una descarga eléctrica.

Por un momento permaneció petrificado. Luego, tras girar de pronto hacia el ropero, comenzó a ponerse la ropa encima del pijama. Yo me quedé allí de pie rodeándome el cuerpo con los brazos. Frank salió a toda prisa de la habitación sin volverse para mirarme. El cuello de su pijama de seda azul asomaba por encima del fino astracán de su abrigo.

Un segundo después oí que cerraba la puerta de la calle (tuvo la suficiente presencia de ánimo para no golpearla) y luego el ruido de un motor frío que arrancaba de mala gana. Los faros del coche barrieron el techo de la habitación cuando el vehículo se puso en marcha y luego desaparecieron dejándome temblorosa junto a la cama deshecha.

Frank no regresó. Traté de dormir, pero estaba rígida en la cama fría reviviendo mentalmente la discusión, alerta al crujir de las ruedas en el camino de entrada. Por fin me vestí para salir yo también, tras dejar una nota para Bree.

Aunque el hospital no me había llamado, decidí ir a echar un vistazo a mi paciente; eso era mejor que dar vueltas y vueltas toda la noche. Además, para ser sincera, no me habría molestado que Frank, a su regreso, no me encontrara en casa.

Las calles estaban muy resbaladizas; el hielo centelleaba a la luz de las farolas. El fósforo amarillo iluminaba las espirales de la nieve que caía del cielo, una hora más tarde, el hielo que cubría las calles quedaría escondido bajo la capa de nieve fresca y sería el doble de peligroso. El único consuelo era que no había absolutamente nadie a las cuatro de la mañana en la calle que pudiese correr peligro. Nadie más que yo.

Dentro del hospital me envolvió el acostumbrado olor, cálido y viciado como una manta de familiaridad, tras haber dejado fuera la noche negra y nevada.

—Está bien —me dijo en voz baja la enfermera como si al alzar la voz pudiera alterar el sueño del paciente—. Todas las constantes vitales se mantienen estables y no hay hemorragia.

Ya veía que era cierto. El paciente estaba pálido, pero en su rostro se adivinaba un suave tono rosado, como las vetas que se ven en el pétalo de una rosa blanca. Y el pulso que latía en su garganta era fuerte y regular.

Dejé escapar el aliento que había estado conteniendo sin darme cuenta.

—Me alegro —dije—. Me alegro mucho.

La enfermera me sonrió con calidez y tuve que reprimir el impulso de abrazarla. De pronto, el ambiente del hospital parecía mi único refugio. No tenía sentido volver a casa. Visité a toda prisa a mis otros pacientes y bajé a la cafetería. Seguía oliendo a internado, pero me senté con una taza de café y me lo tomé muy despacio mientras me preguntaba qué le diría a Bree.

Fue quizá media hora después: una de las enfermeras de Urgencias cruzó las puertas de vaivén y se detuvo en seco al verme. Luego se acercó muy despacio.

Lo supe de inmediato; había visto tantas veces a médicos y enfermeras dar la noticia de una muerte, que no podía confundir las señales. Con mucha calma, tratando de no sentir absolutamente nada, dejé la taza casi llena, y al hacerlo me di cuenta de que recordaría, durante el resto de mi vida, que la taza tenía una mella en el borde y que la «B» de las letras doradas estaba prácticamente borrada.

—... ha dicho que usted estaba aquí. Identificación en su cartera... la policía ha dicho... nieve sobre hielo, un patinazo... Ya estaba muerto cuando llegó.

La enfermera seguía hablando, balbuceante, mientras yo recorría a grandes pasos los pasillos iluminados sin mirarla. Veía las caras de las enfermeras que giraban hacia mí a cámara lenta, sin saber nada, pero adivinando a la primera mirada que había sucedido algo definitivo.

Lo tenían en una camilla, en un cubículo de la sala de Urgencias: un espacio desnudo y anónimo. Vi una ambulancia fuera, tal vez la misma que lo había traído. Las puertas dobles del pasillo estaban abiertas a un amanecer glacial. La luz roja de la ambulancia palpitaba como una arteria, bañando de sangre el corredor.

Lo toqué un segundo. Su carne tenía ese tacto inerte parecido al plástico de los difuntos recientes, tan distinta a la apariencia de los vivos. No tenía ninguna herida visible, no había daños bajo la manta que cubría su cuerpo. Su cuello estaba suave y marrón, no se veía ni rastro de pulso en su garganta.

Me quedé allí con la mano apoyada en la inmóvil curva de su pecho mirándolo como si hiciera mucho tiempo que no lo veía. Tenía un recio y fino perfil, unos labios delicados y una nariz y un mentón bien esculpidos. Era un hombre guapo a pesar de las profundas arrugas que le rodeaban la boca, marcas de decepciones y enfados no expresados, unas marcas que ni siquiera la relajación de la muerte había conseguido borrar.

Me quedé muy quieta, escuchando. Oí la sirena de otra ambulancia aproximándose y voces en el pasillo. El chirrido de las ruedas de una camilla, el crujido de la radio de la policía, y el tenue zumbido de un fluorescente en alguna parte. De pronto advertí sorprendida que a quien escuchaba era a Frank, esperando... ¿el qué? ¿Que su fantasma estuviera también allí ansioso por poner fin a nuestros asuntos pendientes?

Cerré los ojos para borrar la turbadora imagen de aquel perfil inmóvil, que pasaba del rojo al blanco, del blanco al rojo, a la luz que entraba por las puertas abiertas.

—Frank —dije suavemente al gélido aire inquieto—, si todavía estás cerca y puedes oírme... es cierto que te amé. En otros tiempos. Te amé.

Un momento después entró Joe, con el rostro ansioso asomando por encima de su bata verde, abriéndose paso por el corredor atestado. Venía directamente desde el quirófano; tenía una salpicadura de sangre en el cristal de las gafas y una mancha en el torso.

—Claire —dijo—. ¡Dios mío, Claire!

Entonces me eché a temblar. En aquellos diez años él siempre me había llamado «Jane» o «Lady». Aquello tenía que ser verdad para que él usara mi verdadero nombre. Me vi la mano, asombrosamente blanca en el puño oscuro de Joe; luego, roja a la luz palpitante. Por fin me volví hacia él, que era sólido como

un tronco de árbol. Apoyé la cabeza en su hombro y, por prime-
ra vez, lloré por Frank.

Apoyé la cara en la ventana del dormitorio, en la casa de la calle
Furey. Era una noche cálida y húmeda de un septiembre azul. Se
oían los grillos y los cortadores de césped. Pero lo que yo vi fue
el inflexible blanco y negro de aquella noche de invierno de
hacía dos años: hielo negro y las sábanas blancas del hospital,
y luego la mezcla de todas las sentencias en el pálido gris del
alba.

Con los ojos empañados, recordaba el anónimo gentío del
corredor y los destellos rojos de la ambulancia, que barrían el
silencioso cubículo mientras yo lloraba por Frank.

Volví a llorar por él, por última vez, aun reconociendo que
nos habíamos separado más de veinte años atrás, en la cima de
una verde colina escocesa.

Terminadas las lágrimas, apoyé una mano en el suave cubrecama azul, redondeado sobre la almohada de la izquierda: el lado
de Frank.

—Adiós, querido mío —susurré.

Y fui a dormir abajo, lejos de los fantasmas.

Por la mañana, me despertó el timbre de la puerta en mi improvisado lecho del sofá.

—Telegrama, señora —dijo el mensajero tratando de no mirar mi camisón.

Aquellos pequeños sobres amarillos debían de haber causado
más ataques cardíacos que cualquier otra cosa, aparte del tocino
en el desayuno. Mi propio corazón se encogió como un puño;
luego continuó latiendo de un modo pesado e incómodo.

Le di una propina al mensajero y me llevé el telegrama conmigo mientras cruzaba el vestíbulo. Se me antojó necesario no
abrirlo hasta que alcanzara la relativa seguridad del baño, como
si contuviera un artefacto explosivo que hubiera que desactivar
debajo del agua.

Me temblaron los dedos al abrirlo. Sentada en el borde de la
bañera con la espalda pegada a las baldosas de la pared para
mayor refuerzo.

Era un mensaje breve. «Por supuesto —pensé absurdamente—. Los escoceses son escuetos con las palabras.»

LO ENCONTRAMOS. STOP.
VUELVE SI PUEDES. STOP.
ROGER.

Doblé cuidadosamente el telegrama y volví a guardarlo en su sobre. Pasé largo rato sentada, contemplándolo. Por fin me levanté para vestirme.

20

Diagnóstico

Joe Abernathy, sentado ante su escritorio, miraba con el entrecejo fruncido el pequeño rectángulo de cartulina que tenía en las manos.

—¿Qué es eso? —pregunté sentándome sin ceremonias en el borde del escritorio.

—Una tarjeta de visita. —Me la entregó, divertido e irritado a un tiempo.

Era gris, de material costoso, impresa con caracteres elegantes. Muhammad Ishmael Shabazz III, decía la línea central; abajo, dirección y número de teléfono.

—¿Lenny? —pregunté riendo—. ¿Muhammad Ishmael Shabazz... Tercero?

—Ajá. —La diversión parecía estar imponiéndose. La muela de oro centelleó cuando recuperó la tarjeta—. Dice que no va a aceptar un nombre de blanco, un nombre de esclavo. Quiere reclamar su herencia africana —dijo con ironía—. «De acuerdo», le digo, «¿y después qué? ¿Piensas andar por ahí con un hueso atravesado en la nariz?». No le basta con tener el pelo hasta aquí, no —hizo un gesto pasándose las manos por ambos lados de la cabeza, que llevaba casi rapada—, y se pasea por ahí con una especie de casaca que le llega a las rodillas. Parece que se la haya hecho su hermana en clase de manualidades. No, Lenny (disculpa, Muhammad) tiene que ser africano hasta la médula.

Joe hizo un gesto con la mano en dirección a la ventana señalando sus privilegiadas vistas del parque.

—Le digo: mira a tu alrededor, chico, ¿acaso ves leones? ¿Esto te parece África? —Se reclinó en su silla acolchada estirando las piernas. Negó con la cabeza resignado—. Con un chico de esa edad no se puede hablar.

—Cierto. Pero ¿de dónde salió eso de «tercero»?

Me respondió un reticente brillo dorado.

—Bueno, estuvo hablando de su tradición perdida, de la historia que le falta y todo eso. «¿Cómo voy a mantener la cabeza en alto en Yale y poder mirar a la cara a todos esos tipos que se llaman Cadwallader IV y Sewell Lodge Hijo, sin conocer siquiera el nombre de mi abuelo, sin saber de dónde vengo?» —Joe bufó—. «Si quieres saber de dónde vienes, muchacho», le digo, «mírate en el espejo. Del *Mayflower* no fue, ¿verdad?».

Volvió a coger la tarjeta con una sonrisa reacia en la cara.

—Así que ha decidido recuperar su herencia hasta el fin. Si su abuelo no le dio un apellido, será él quien dé un apellido a su abuelo. El problema es —dijo mirándome por debajo de las cejas enarcadas— que eso me deja en el medio. Ahora tengo que ser Muhammad Ishmael Shabazz Hijo, para que Lenny pueda estar orgulloso de su estirpe afroamericana.

Se alejó del escritorio con la barbilla pegada al pecho mirando con hostilidad la tarjeta de color gris pálido.

—Tú sí que tienes suerte, lady Jane. Al menos, Bree no te amarga la vida preguntando quién fue su abuelo. Tu única preocupación es que se aficione a la droga o se deje embarazar por cualquier irresponsable que se fugue luego al Canadá.

Me eché a reír con ironía.

—Eso es lo que tú crees —le dije.

—¿Sí? —Me miró enarcando una ceja interesada y luego se quitó las gafas con montura dorada y se limpió los cristales con la corbata.

—Bueno, ¿y cómo estaba Escocia? —preguntó mirándome—. ¿A Bree le gustó?

—Todavía está allí. Buscando su propia historia.

Joe estaba abriendo la boca para decir algo, pero lo interrumpió un toque vacilante en la puerta.

—¿Doctor Abernathy? —Un joven regordete asomó dubitativamente la cabeza en el despacho por encima de una gran caja de cartón que sostenía contra su generoso abdomen.

—Llámame Ishmael —dijo Joe con genialidad.

—¿Qué? —El joven se quedó boquiabierto. Luego me miró con desconcierto y un poco de esperanza—. ¿Usted es el doctor... la doctora Abernathy?

—No —repliqué—; el doctor es él, cuando se lo propone. —Me levanté del escritorio, alisándome la falda—. Te dejo atender tus compromisos, Joe, pero si tienes tiempo más tarde...

—Quédate un minuto, lady Jane —interrumpió levantándose. Se hizo cargo de la caja que traía el joven y le estrechó formalmente la mano—. Usted debe de ser el señor Thompson. John Wickloe me llamó para comentarme que vendría. Encantado de conocerlo.

—Horace Thompson, sí —confirmó el joven parpadeando—. Le he traído un... eh... un espécimen. —Señaló vagamente la caja.

—Sí, está bien. Será un placer echarle una ojeada, pero creo que la doctora Randall, aquí presente, también podría colaborar. —Me dedicó un vistazo con un destello travieso en los ojos—. Sólo quiero ver si puedes hacerlo con una persona muerta, lady Jane.

—¿Hacer *qué* con un muerto? —inquirí.

Él metió la mano en la caja y sacó cuidadosamente un cráneo.

—Oh, qué bonito —dijo encantado, haciéndolo girar de un lado a otro.

Bonito no fue el primer adjetivo que me vino a la cabeza. La calavera estaba manchada y muy descolorida, los huesos habían adquirido un profundo marrón veteado. Joe se la llevó hacia la ventana y la sostuvo cerca de la luz mientras acariciaba suavemente con los pulgares las pequeñas protuberancias que asomaban por encima de las cuencas oculares.

—Una bonita señora —añadió dirigiéndose tanto al espécimen como a mí o a Horace Thompson—. Bien desarrollada, madura. Tenía entre cincuenta y cincuenta y cinco años. ¿Ha traído las piernas? —preguntó, girando de pronto hacia el joven regordete.

—Sí, aquí están —le aseguró Horace Thompson metiendo la mano en la caja—. En realidad, tenemos todo el esqueleto.

Pensé que quizá trabajaba para el médico forense. A veces le traían cuerpos que encontraban en el campo a Joe, cadáveres muy deteriorados que precisaban de una opinión experta para determinar la causa de la muerte. Y ése estaba gravemente deteriorado.

—A ver, doctora Randall. —Joe se inclinó y me puso el cráneo en las manos con mucho cuidado—. Dime si esta dama gozaba de buena salud, mientras yo reviso las piernas.

—¿Yo? No soy especialista forense.

Pero bajé automáticamente la vista. O bien era una muestra antigua o se hallaba muy erosionada. Los huesos estaban muy suaves y tenían un brillo que las muestras frescas no presentaban nunca. Y estaba manchado y descolorido a causa de los pigmentos de la tierra.

—Está bien.

Hice girar muy despacio el cráneo en las manos, observando los huesos, y fui nombrándolos en mi mente según los iba reconociendo. El suave arco del parietal fusionándose con el declive del hueso temporal hasta el pequeño caballete que anunciaba el inicio de la mandíbula. La sobresaliente protuberancia que se fusionaba con el maxilar hasta la elegante curva del hueso cigomático. Aquella mujer había tenido unos bonitos pómulos, altos y pronunciados. La mandíbula superior conservaba la mayor parte de los dientes, derechos y blancos.

Unos ojos profundos. El hueso del fondo de las órbitas estaba ennegrecido por las sombras, ni siquiera ladeando el cráneo hacia un lado conseguía que entrara la luz suficiente para iluminar toda la cavidad. No pesaba mucho y los huesos eran frágiles. Acaricié la frente y deslicé la mano por el occipital buscando con los dedos el oscuro agujero de la base, el agujero magno, por donde pasaban todos los mensajes del sistema nervioso que enviaba el atareado cerebro.

Luego me lo apoyé en el vientre, cerré los ojos y experimenté una tristeza fugaz, que se adueñó de la cavidad del cráneo como si fuera agua. Y una vaga sensación de... ¿sorpresa?

—La mataron —dije—. No quería morir.

Al abrir los ojos vi que Horace Thompson me miraba con los suyos muy abiertos en la cara pálida. Le devolví el cráneo con mucha timidez, al tiempo que preguntaba:

—¿Dónde la encontraron?

El señor Thompson intercambió una mirada con Joe; luego se volvió hacia mí con las cejas todavía enarcadas.

—En una cueva del Caribe —dijo—. Estaba rodeada de artefactos. Creemos que puede tener entre ciento cincuenta y doscientos años.

—¿Cómo?

Joe sonreía de oreja a oreja, disfrutando de la broma.

—Nuestro amigo, el señor Thompson, es del Departamento de Antropología de Harvard —aclaró—. Su amigo Wicklow, que me conoce, me pidió que echara un vistazo a este esqueleto para decirles lo que pudiera sobre él.

—¡Qué descaro el tuyo! —me indigné—. Supuse que sería algún cadáver no identificado que te enviaba el forense.

—Bueno, no está identificada —señaló Joe—. Y lo más probable es que continúe así. —Escarbó como un terrier dentro de la caja, cuya etiqueta decía: MAÍZ TIERNO PICT—. A ver qué tenemos aquí —dijo, y con mucha cautela sacó una bolsa de plástico que contenía un revoltijo de vértebras.

—Cuando la encontramos ya estaba destrozada —explicó Horace.

—Bueno, «el cráneo conectado al cuello» —entonó Joe en voz baja alineando las vértebras sobre el escritorio. Sus dedos regordetes se paseaban con habilidad por entre los huesos mientras los iba colocando en su sitio—. «Y el cuello conectado a la columna...»

—No le haga caso —le dije a Horace—. Sólo conseguirá usted animarlo.

Por fin exclamó, triunfal:

—«Y ahora ¡escuchad la palabra del Señor!» Por Dios, lady Jane, eres un genio. Mira esto.

Horace Thompson y yo nos inclinamos, obedientes, sobre la hilera de vértebras. El ancho cuerpo del axis tenía un profundo canal; la apófisis posterior se había desprendido y la fractura atravesaba completamente el centro del hueso.

—¿Se rompió el cuello? —preguntó Thompson con interés.

—Sí, pero creo que hay más. —Joe movió el dedo por la línea de la fractura—. Mire esto. El hueso no está simplemente roto; aquí ha desaparecido por completo. Alguien trató de degollar a esta dama. Seguramente, con una hoja sin filo —concluyó con deleite.

Horace Thompson me miraba con cara extraña.

—¿Cómo ha sabido usted que la habían matado, doctora Randall? —preguntó.

Sentí que la sangre me subía a la cara.

—No lo sé —dije—. Me... lo he sentido sin más.

—¿De veras? —Parpadeó unas cuantas veces, pero no siguió presionando—. Qué extraño.

—Lo hace a cada momento —informó Joe mientras medía el fémur con un par de calibradores—, pero generalmente con los vivos. Tiene el mejor diagnóstico que haya visto en mi vida. —Dejó los calibradores y cogió una pequeña regla de plástico—. ¿Conque estaba en una cueva?

—Pensamos que se trataba de... una esclava sepultada en secreto —explicó el señor Thompson ruborizándose, y entonces me di cuenta del motivo por el que se mostró tan avergonzado al descubrir cuál de nosotros dos era el doctor Abernathy a quien le habían enviado a buscar. Joe le clavó una repentina mirada, pero enseguida volvió a centrarse en su trabajo. Siguió canturreando *Dem Dry Bones* en voz baja mientras medía la pelvis superior y luego volvió a las piernas, esta vez concentrándose en la tibia. Por fin se enderezó negando con la cabeza.

—No, no era esclava.

Horace parpadeó.

—Tiene que haberlo sido —aseguró—. Los objetos que encontramos con ella... eran de clara influencia africana.

—No —repitió Joe. Dio un golpecito al largo fémur que descansaba sobre su escritorio. Sus uñas chasquearon sobre el hueso seco—. No era negra.

—¿Cómo lo sabe? ¿Por los huesos? —La agitación de Horace Thompson era visible—. Pero yo creía que... ese estudio de Jensen... las teorías sobre las diferencias físicas entre razas han sido descartadas...

Se puso como un tomate y fue incapaz de terminar la frase.

—Pero las diferencias existen —corrigió Joe—. Si usted quiere pensar que blancos y negros son iguales bajo la piel, dese el gusto, pero científicamente no es así. —Se dio media vuelta y cogió un libro de la estantería que tenía a su espalda. Se titulaba *Tables of Skeletal Variance*—. Échele un vistazo a este libro —le invitó Joe—. Aquí verá que hay diferencias en muchos huesos, pero son especialmente evidentes en los huesos de las piernas. Los negros tienen huesos de proporciones distintas por completo. Y esa dama —señaló el esqueleto de su escritorio— era blanca. Caucásica. No cabe duda.

—Oh —murmuró Thompson—. Bueno, tendré que pensar... es decir... gracias por estudiarla. Hum, gracias —añadió haciendo una extraña reverencia. Observamos en silencio cómo volvía a meter los huesos en la caja y luego se marchó deteniéndose un momento en la puerta para volver a saludarnos agachando un instante la cabeza.

Joe dejó escapar la risa en cuanto la puerta se cerró tras él.

—¿Qué te apuestas a que la lleva a Rutgers para pedir otra opinión?

—Los académicos no renuncian con facilidad a sus teorías —dije encogiéndome de hombros—. Lo sé porque viví mucho tiempo con uno de ellos.

Joe volvió a resoplar.

—Ya lo creo. Bueno, ahora que hemos terminado con el señor Thompson y su difunta dama blanca, ¿qué puedo hacer por ti, lady Jane?

Aspiré hondo y me volví hacia él.

—Necesito una opinión sincera, de alguien en cuya objetividad pueda confiar. No, retiro eso —corregí—. Necesito una opinión y luego, según sea esa opinión, un favor, quizá.

—No hay problema —me aseguró Joe—. Opinar, sobre todo, es mi especialidad. —Se meció en la silla, separó las patillas de sus gafas de montura dorada y se las colocó sobre el puente de la nariz con firmeza. Luego se posó las manos sobre el pecho uniendo las puntas de los dedos y asintió—. Dime.

—¿Soy sexualmente atractiva? —inquirí.

Sus ojos, que parecían caramelos de café, se abrieron de par en par. Luego se entrecerraron, pero Joe tardó en contestar. Me observó de pies a cabeza, con mucha atención.

—Es una pregunta con trampa, ¿no? —sugirió—. En cuanto te responda, alguna feminista saltará desde la puerta, chillando: «¡Cerdo machista!», y me golpeará en la cabeza con un cartel en el que ponga «Castración para los machistas».

—No —le aseguré—. Lo que necesito, justamente, es una repuesta machista.

—Ah, bueno. Si está todo claro, de acuerdo. —Reanudó su inspección mientras yo me mantenía bien erguida—. Una blanca flacucha, con demasiado pelo, pero con un trasero estupendo —dijo por fin—. Y buenas tetas. ¿Era eso lo que querías saber?

—Sí. —Abandoné la rigidez de mi postura—. Era eso, exactamente. No es algo que una pueda preguntar a cualquiera.

Él ahuecó los labios en un silbido silencioso y luego echó la cabeza hacia atrás y se deshizo en encantadas carcajadas.

—¡Lady Jane! ¡Así que tienes un hombre a la vista!

La sangre se me subió a las mejillas, pero traté de conservar la dignidad.

—No sé. Puede ser. Puede ser.

—¡Puede ser, un cuerno! ¡Por Cristo en pantuflas, lady Jane, ya era hora!

—Deja de parlotear —dije hundiéndome en la silla de las visitas—. No es propio de un hombre de tu edad y de tu profesión.

—¿De mi edad? ¡Ajá! —dijo mirándome con astucia a través de sus gafas—. Él es más joven que tú. ¿Es eso lo que te preocupa?

—No mucho. —El rubor empezaba a ceder—. Pero hace veinte años que no lo veo. Tú eres el único que me conoce desde hace tiempo. ¿Crees que he cambiado mucho desde que nos conocimos?

Lo miraba de frente, exigiendo franqueza. Él se quitó las gafas para observarme. Luego volvió a ponérselas.

—No —dijo—. Pero nadie cambia, a menos que engorde.

—¿Cómo que no?

—¿Nunca has ido a las reuniones de antiguos alumnos?

—No fui al instituto.

Arqueó sus escasas cejas.

—¿No? Bueno, pues yo sí. Y te diré una cosa, lady Jane, cuando ves a alguien después de veinte años, hay una fracción de segundo al ver a alguien a quien conociste hace años en la que piensas: «¡Por Dios, qué cambiado está!» Pero de repente ya no es así, es como si esos veinte años se hubieran esfumado. Lo que quiero decir es que —se frotó la cabeza con fuerza esforzándose por encontrar las palabras—, que a los dos minutos, pasada la impresión, te das cuenta de que es el de siempre, con algunas canas y algunas arrugas. Y tú te tienes que esforzar para recordar que ya no tenéis dieciocho años.

»Pero si engordan —dijo meditabundo—, cambian más. Cuesta más ver las personas que fueron en su día porque las caras cambian. Pero tú —me volvió a mirar entornando los ojos—, tú nunca serás gorda, no tienes esa genética.

—Supongo que no —dije. Me miré las manos entrelazadas sobre el regazo. Tenía las muñecas estrechas, por lo menos todavía no estaba gorda. Mis anillos brillaron tocados por el sol de otoño que se colaba por la ventana.

—¿Es el padre de Bree? —preguntó con suavidad.

Levanté de golpe la cabeza y lo miré de frente.

—¿Cómo diablos te has dado cuenta?

Él sonrió.

—¿Cuánto hace que conozco a Bree? Diez años al menos. —Meneó la cabeza—. Se parece mucho a ti, lady Jane, pero nunca le encontré nada de Frank. Su padre es pelirrojo, ¿no? Y un buen pedazo de hombre, o todo lo que me enseñaron en el primer año de genética era mentira.

—Sí —confirmé, entusiasmada ante aquella simple admisión.

Hasta que no les hablé de Jamie a Bree y a Roger, no había hablado de él con nadie durante veinte años. El gozo de poder mencionarlo libremente era embriagador.

—Sí, es grandote y pelirrojo. Escocés.

Joe volvió a dilatar los ojos.

—¿Y Bree está ahora en Escocia?

Asentí.

—Es por Bree que debo pedirte ese favor.

Dos horas después abandoné el hospital por última vez, tras dejar tras de mí una carta de renuncia dirigida a la Junta Directiva, y todos los documentos necesarios para la administración de mis bienes hasta que Brianna fuera mayor de edad. En el último documento, que entraría en vigencia en esa fecha, le dejaba todo a ella. Al salir del estacionamiento experimentaba una mezcla de pánico, arrepentimiento y euforia. Estaba en camino.

21

Q.E.D.

Inverness
5 de octubre de 1968

—He encontrado la escritura de cesión.

Roger estaba entusiasmado. Apenas había sido capaz de contenerse mientras esperaba con evidente impaciencia en la estación de tren de Inverness viendo cómo Brianna y yo nos abrazábamos y retirábamos el equipaje. Sólo hacía unos segundos que nos había metido en su diminuto Morris y puesto el motor en marcha cuando soltó la noticia.

—¿La cesión de Lallybroch? —Me incliné desde el asiento trasero para poder oírlo pese al ruido del motor.

—Sí, la escritura por la que Jamie, tu Jamie, dona la propiedad a su sobrino, Jamie el menor.

—Está en la casona —intervino Brianna volviéndose para mirarme—. No nos atrevimos a traerla; Roger tuvo que firmar con sangre para que le permitieran sacarla de la colección del SPA.

Tenía la tez sonrojada por la excitación y el frío; había gotas de lluvia en su pelo rojizo. Siempre me sorprendía volver a verla después de un período de ausencia. Todas las madres piensan que sus hijos son guapos, pero Bree lo era de verdad.

Le sonreí con una mezcla de cariño y pánico. ¿Era posible que estuviera pensando en separarme de ella? Confundiendo mi sonrisa con una expresión de placer al escuchar las noticias, prosiguió agarrándose al respaldo del asiento, excitada.

—¡Y a que no adivinas qué otra cosa hemos encontrado!

—La encontraste tú —corrigió Roger apretándole una rodilla con la mano mientras hacía girar el diminuto coche naranja por una rotonda.

Ella le correspondió con una rápida mirada y una caricia con ecos tan íntimos que mis alarmas maternales se pusieron en marcha al instante. ¡Conque ya estábamos en ésas!

Tuve la sensación de sentir la sombra de Frank clavándoles una mirada acusadora por encima de mi hombro. Bueno, por lo menos Roger no era negro. Carraspeé y dije:

—¿Ah, sí? ¿De qué se trata?

Ellos intercambiaron una mirada y se sonrieron de oreja a oreja.

—Espera y verás, mamá —dijo Bree con irritante suficiencia.

—¿Ves? —dijo veinte minutos después ante el escritorio de la casona.

En la maltrecha superficie del escritorio del difunto reverendo Wakefield había un fajo de papeles amarillentos con los bordes manchados y oscurecidos. Estaban cuidadosamente protegidos en fundas de plástico, pero era obvio que hubo un tiempo en que no fueron tratados con el mismo cuidado. Tenían las esquinas destrozadas, una de las hojas estaba doblada por la mitad, y todas las páginas tenían notas y anotaciones en los márgenes e insertadas entre el texto. Era evidente que se trataba de un borrador, o algo así.

—Es el texto de un artículo —me dijo Roger, hojeando un montón de volúmenes que tenía en el sofá—. Se publicó en una especie de periódico llamado *Forrester's*, impreso en 1765 por un tal Alexander Malcolm en Edimburgo.

Tragué saliva; de pronto el vestido me pareció muy ceñido bajo los brazos: desde el momento en que yo me separé de Jamie hasta 1765 habían pasado casi veinte años.

Miré fijamente las letras garabateadas amarillentas por el paso del tiempo. Las había escrito alguien con mala caligrafía, apiñadas en algunos fragmentos y apaisadas en otros, con exageradas lazadas en las «G» y las «Y». Quizá se tratara de la escritura de un hombre zurdo que se viera obligado a escribir con la mano derecha.

—Mira, aquí está la versión publicada. —Roger trajo el libro abierto hasta el escritorio y lo dejó delante de mí al tiempo que señalaba—. ¿Ves la fecha? 1765. Y coincide casi al detalle con este manuscrito, sólo que no incluye algunas notas marginales.

—Sí. Y la escritura de cesión —dije.

—Aquí está. —Brianna hurgó apresuradamente en el primer cajón hasta sacar un papel muy arrugado protegido con una funda de plástico. En ese caso la protección tenía más que ver con el hecho que con el manuscrito. El papel estaba salpicado de lluvia, sucio y roto, y muchas de las palabras se hallaban tan borrosas que eran ilegibles. Pero las tres firmas a pie de página se seguían viendo con claridad.

«De mi puño y letra —decía la difícil escritura, ejecutada con tanto esmero que sólo el exagerado lazo de la «Y» mostraba su parentesco con el descuidado manuscrito—, James Alexander Malcolm MacKenzie Fraser. Y abajo, las dos líneas donde habían firmado los testigos. En letra fina y pequeña, «Murtagh Fitz-Gibbons Fraser»; debajo, con mi escritura grande y redonda, «Claire Beauchamp Fraser».

Me dejé caer en la silla, poniendo instintivamente la mano sobre el documento como para negar su realidad.

—Es esto, ¿no? —indicó Roger en voz baja. Sus manos, que temblaron un poco cuando levantó el pliego de páginas manuscritas para dejarlas junto a la escritura, traicionaron su seguridad aparente—. Tiene tu firma. Es prueba indiscutible... si acaso la necesitábamos —añadió echando un vistazo a Bree.

Ella negó con la cabeza dejando que el pelo le ocultara la cara. Ninguno de los dos la necesitaba. La desaparición de Geilie Duncan a través de las piedras, cinco meses antes, era prueba suficiente de la veracidad de mi relato.

Y, sin embargo, tenerlo por escrito resultaba asombroso. Aparté la mano y volví a mirar la escritura y el manuscrito.

—¿Es la misma, mamá? —Bree se inclinó, ansiosa, hacia las páginas y su pelo me rozó la mano con suavidad—. El artículo no estaba firmado. Es decir, tenía firma, pero era un seudónimo. —Sonrió un momento—. El autor firmó con las iniciales «Q.E.D.». La letra parece la misma, pero no somos grafólogos. Y estuvimos de acuerdo en no llevarlo a un experto hasta que tú lo vieras.

—Me parece que sí. —Me sentía sofocada, pero también muy segura, llena de incrédulo regocijo—. Sí, creo que esto lo escribió Jamie.

¡Q.E.D., precisamente! Sentí el absurdo impulso de arrancar las páginas manuscritas de sus fundas para apretarlas entre las manos y tocar la tinta y el papel que él había tocado. Eran la prueba segura de que él había sobrevivido.

—Hay más. Pruebas internas. —En la voz de Roger se traslucía su orgullo—. ¿Ves esto? Es un artículo contra la Ley de Comercio Interior de 1764, llamando a rechazar las restricciones a la exportación de licor de las Highlands escocesas a Inglaterra. Aquí está. —Su dedo se detuvo súbitamente en una frase—. «Pues como se sabe desde hace siglos, Libertad y Whisky forman banda.» Esa frase está en dialecto escocés y entre comillas. La cogió de otra parte.

—La cogió de mí —expliqué en voz baja—. Yo le dije eso cuando se preparaba para robar el oporto del príncipe Carlos.

—Sí, lo recordé —asintió Roger con los ojos brillantes de entusiasmo.

—Pero es una cita de Burns —señalé, frunciendo el ceño—. El escritor pudo tomarla de... ¿Burns ya había nacido por aquel entonces?

—Sí —respondió Bree muy ufana adelantándose a Roger—. Pero en 1765 Robert Burns tenía seis años.

—Y Jamie, cuarenta y cuatro.

De repente todo parecía real. Él estaba vivo... había estado vivo, me corregí, tratando de dominar mis emociones. Apoyé los dedos trémulos en las páginas manuscritas.

—Y si... —Tuve que interrumpirme para tragar saliva.

—Y si el tiempo corre paralelo, como creemos... —Roger también se interrumpió, mirándome.

Luego desvió los ojos hacia Brianna. Ella se había puesto muy pálida, pero mantenía los labios y los ojos firmes. Cuando me tocó la mano, sus dedos estaban calientes.

—Entonces puedes volver, mamá —dijo suavemente—. Puedes encontrarlo.

Las perchas de plástico traquetearon sobre el tubo de acero del perchero donde colgaban los vestidos mientras yo iba pasando uno a uno los modelos disponibles.

—¿Puedo atenderla, señora?

La vendedora me miraba como un pequinés deseoso de ayudar. Sus ojos, rodeados de un contorno azul, apenas eran visibles por entre los mechones de un flequillo que le rozaba el puente de la nariz.

—¿Tiene más vestidos anticuados como éstos? —Señalé el perchero que tenía ante mí lleno de faldas largas y corpiños de encaje, algodón y terciopelo.

La vendedora llevaba tanto pintalabios que por un momento pensé que se le harían grietas al sonreír, pero no pasó nada.

—Oh, sí. Hoy mismo hemos recibido varios de estos modelos de Jessica Gutenburg. ¿No le parecen preciosos estos modelos tan anticuados? —Pasó una mano por una manga de terciopelo marrón con admiración. Luego giró sobre sus bailarinas y señaló en dirección al centro de la tienda—. Por aquí, señora. Donde está el letrero.

El letrero, clavado en lo alto de un perchero circular, decía: CAPTURE EL ENCANTO DEL SIGLO XVIII, en grandes letras blancas. Y justo debajo, impreso en una escritura con floreo, estaba la firma: Jessica Gutenburg.

Mientras pensaba en la improbabilidad de que existiera alguna mujer llamada Jessica Gutenburg, rebusqué entre los contenidos del perchero hasta detenerme en un impactante modelo de terciopelo color crema con incrustaciones de satén y mucho encaje.

—Ése le quedaría perfecto. —La pequinesa había vuelto aguzando su nariz chata en espera de una venta.

—Puede ser —dije—, pero no es muy práctico. Lo ensuciaría con sólo salir de la tienda.

Aparté el vestido blanco con pena y pasé al siguiente modelo de la talla cuarenta.

—¡Oh, me encantan esos rojos! —La chica unió las palmas de las manos en un gesto de éxtasis al ver la brillante tela granate.

—A mí también —murmuré—. Pero no queremos estar demasiado vistosas. No es cuestión de pasar por prostituta, ¿verdad?

La pequinesa me miró con sobresalto por entre los pelos del flequillo; luego decidió que era una broma y la festejó con una risita.

—Éste sí —dijo con decisión alargando la mano junto a mí—. Es perfecto para usted. Éste es justo su color.

En realidad, era casi perfecto: largo hasta el suelo, con mangas tres cuartos terminadas en encaje, de un color dorado intenso con reflejos pardos y ambarinos sobre la pesada seda.

Lo descolgué del perchero con cuidado y lo levanté para examinarlo. Quizá fuera demasiado elegante, pero podría servir. La confección parecía bastante decente: no tenía hilos sueltos ni costuras abiertas. El encaje cosido a máquina del corsé estaba sólo por encima, pero no me costaría mucho reforzarlo un poco.

—¿Quiere probárselo? Los probadores están justo aquí.

La pequinesa no se despegaba de mí animada por mi interés. Le eché un rápido vistazo a la etiqueta y enseguida comprendí por qué: debía de trabajar a comisión. Inspiré hondo pensando en la cifra, cantidad con la que se podría pagar un mes de alquiler en Londres, y me encogí de hombros. ¿Para qué necesitaba el dinero después de todo?

Y, sin embargo, seguía dudando.

—No sé —dije vacilante—. Es una monada, pero...

—Oh, no vaya a pensar que es demasiado juvenil para usted —me aseguró la pequinesa, muy seria—. ¡Pero si nadie le echaría más de veinticinco años! Bueno, treinta, quizá —corrigió sin convicción después de echarme un vistazo.

—Gracias —dije secamente—, pero no estaba pensando en eso. Supongo que no hay vestidos como éste sin cierre de cremallera, ¿o sí?

—¿Sin cremallera? —Su pequeña cara redonda se sorprendió bajo el maquillaje—. Eh... no, no creo.

—Bueno, no se preocupe. —Con el vestido colgando del brazo, me volví hacia el probador—. Si me decido, los cierres con cremallera serán el menor de los problemas.

22

Víspera de Samhain

—Dos guineas de oro, seis soberanos, veintitrés chelines, dieciocho florines, nueve peniques, diez medios peniques y... doce cobres.

Roger dejó caer la última moneda en el montón tintineante; luego rebuscó en el bolsillo de la camisa con expresión absorta mientras buscaba.

—Ah, y esto. —Sacó una pequeña bolsa de plástico y apiló con cuidado un puñado de diminutas monedas de cobre junto al resto del dinero—. Doits —explicó—, la moneda escocesa de menor valor de la época. Te he conseguido todas las que he podido porque lo más probable es que sean las que más utilices. Las más grandes sólo te servirían para comprar un caballo o algo así.

—Ya lo sé.

Cogí un par de soberanos y los sopesé con la mano entrechocándolos en el interior de mi palma. Eran pesados, monedas de oro de unos dos centímetros y medio de diámetro. Roger y Bree habían pasado cuatro días en Londres visitando un coleccionista de monedas raras tras otro para reunir la pequeña fortuna que brillaba a la luz de la lámpara que tenía delante.

—Es curioso; estas monedas valen ahora mucho más de lo que valían entonces —dije cogiendo una guinea de oro—. Pero lo que se puede comprar con ellas es más o menos lo mismo. Esto equivale a seis meses de ingresos para un pequeño agricultor.

—Olvidaba que tú ya conoces todo esto —dijo Roger—: Cuánto valían las cosas y cómo se vendían.

—Es fácil olvidar —dije contemplando el dinero.

En el límite de mi campo visual vi que Bree se acercaba súbitamente a Roger; él le buscó la mano de manera automática. Aspiré hondo, apartando la vista de los pequeños montones de oro y plata.

—Bueno, listo. ¿Salimos a comer algo?

Cenaron en una de las cantinas de la calle River sin hablar mucho. Claire y Brianna compartían una de las banquetas y Roger se sentó enfrente. Apenas se miraban mientras comían, pero él las veía rozarse con frecuencia, los minúsculos contactos entre sus hombros y caderas, la fricción de sus dedos.

Se preguntó cómo se las arreglaría él, en la misma situación. A todas las familias les llega el momento de separarse, pero con más frecuencia es la muerte la que interviene para cortar las ataduras entre padres e hijos. Lo que dificultaba aquella situación era el ingrediente añadido de la elección, aunque mientras pinchaba con el tenedor un bocado de pastel de carne pensó que en realidad nunca debía de ser una situación sencilla. Cuando se levantaron para salir, apoyó una mano en el brazo de Claire.

—Sólo por complacerme —dijo—, ¿querrías probar algo?

—Supongo que sí —dijo ella sonriente—. ¿De qué se trata?

Roger asintió en dirección a la puerta.

—Cruza la puerta con los ojos cerrados. Cuando estés fuera, ábrelos. Luego ven a decirme qué es lo primero que has visto.

Ella contrajo la boca, divertida.

—Bueno. Esperemos que lo primero no sea un policía, o tendrás que ir a sacarme de la cárcel por embriaguez y disturbios en la vía pública.

—Mientras no sea un pato...

Claire lo miró con extrañeza, pero fue hacia la puerta de la cantina, obediente, y cerró los ojos. Brianna la vio desaparecer por la puerta apoyando la mano en los paneles de la entrada para no perder el equilibrio. Se volvió hacia Roger.

—¿Qué te traes entre manos, Roger? —preguntó enarcando las cejas cobrizas—. ¡Patos!

—Nada —explicó él sin apartar los ojos de la entrada—. Es sólo una costumbre antigua. Samhain, Halloween, el 1 de noviembre, es una de esas fechas en que se acostumbraba a adivinar el futuro. Y una manera de adivinarlo era caminar hasta el fondo de la casa y salir con los ojos cerrados. Lo primero que veías al abrirlos era un presagio para el futuro cercano.

—¿Los patos son malos presagios?

—Depende de lo que estén haciendo —dijo él con aire distraído sin dejar de mirar la entrada—. Si tienen la cabeza bajo el ala, eso significa muerte. ¿Por qué tarda tanto?

—Será mejor que vayamos a ver —sugirió Brianna, nerviosa—. No creo que haya muchos patos dormidos en el centro de Inverness, pero estando el río tan cerca...

Pero en el momento en que llegaban a la puerta, el vitral se ensombreció y vieron aparecer a Claire, un poco agitada.

—¡A que no imagináis qué es lo primero que he visto! —exclamó riendo cuando los vio.

—¿No habrá sido un pato con la cabeza bajo el ala? —inquirió Brianna, preocupada.

—No —dijo su madre mirándola con asombro—. Un policía. Giré hacia la derecha y choqué contra él.

—¿Venía hacia ti? —Roger se sentía inexplicablemente aliviado.

—Sí, hasta que me lo he llevado por delante —dijo—. Luego hemos bailado un poco por la acera agarrándonos el uno al otro. —Se rió con aspecto un tanto acalorado. Estaba muy guapa y sus ojos ambarinos brillaban reflejando las luces del pub—. ¿Por qué?

—Indica buena suerte —aseguró Roger sonriendo—. Si en Samhain ves venir a un hombre hacia ti, eso significa que hallarás lo que buscas.

—¿De veras? —Ella lo miró con aire intrigado. Luego se le iluminó la cara con una súbita sonrisa—. ¡Estupendo! Vamos a casa a celebrarlo, ¿queréis?

La nerviosa reserva que habían mantenido durante toda la cena parecía haberse desvanecido de súbito, reemplazada por una especie de entusiasmo, y rieron y bromearon durante el trayecto de vuelta a la casona donde brindaron por el pasado y el futuro —con copas de whisky escocés para Claire y Roger, y Coca-Cola para Brianna—, y hablaron emocionados de los planes para el día siguiente. Brianna insistió en tallar e iluminar una calabaza que sonreía con benevolencia desde el aparador.

—Ya tienes el dinero —comentó Roger por décima vez.

—Y la capa —añadió Brianna.

—Sí, sí, sí —confirmó Claire, impaciente—. Todo lo que necesito; al menos, todo lo que puedo llevar —corrigió. Después de una pausa, estrechó impulsivamente las manos de Bree y de Roger.

—Gracias, gracias a los dos —dijo estrechándoles las manos con los ojos húmedos y la voz ronca—. Gracias. No os puedo expresar lo que siento. Pero ¡cuánto os voy a echar de menos, queridos!

Bree y ella se abrazaron. Claire, enterró la cabeza en el cuello de su hija y las dos se estrecharon con fuerza, como si bastara con la fuerza para expresar la profundidad de los sentimientos que compartían. Cuando se separaron, entre sollozos, Claire apoyó una mano en la mejilla de su hija.

—Será mejor que suba —susurró—. Aún me quedan cosas que hacer. Hasta mañana, pequeña. —Se puso de puntillas para plantar un beso en la nariz de su hija y salió apresuradamente.

Cuando se marchó su madre, Brianna volvió a sentarse, lanzando un profundo suspiro. Luego se quedó contemplando el fuego sin decir ni una sola palabra mientras giraba lentamente el vaso de Coca-Cola entre las manos. Roger fue a cerrar las ventanas y puso orden en el cuarto; ordenó el escritorio y guardó los libros que había utilizado para ayudar a Claire a preparar el viaje que tanto deseaba. Se detuvo junto a la calabaza tallada e iluminada, pero parecía tan feliz con la luz de la vela brotando por entre sus ojos rasgados y esa boca desdentada, que no fue capaz de apagarla.

—No creo que queme nada —comentó—. ¿La dejamos encendida?

No hubo respuesta. Cuando se volvió hacia Brianna, la vio aún inmóvil, con la vista fija en el hogar. Se sentó junto a ella y le cogió la mano.

—Tal vez pueda regresar —le dijo suavemente—. No lo sabemos.

Brianna negó despacio con la cabeza sin apartar los ojos de las llamas.

—No lo creo —replicó ella—. Ya te contó cómo era. Tal vez ni siquiera pueda cruzar.

Los largos dedos de la joven tamborileaban inquietos sobre la tela vaquera de su muslo.

Roger echó un vistazo a la puerta para asegurarse de que Claire estuviera ya en el piso de arriba.

—Su lugar está junto a él, Bree —dijo—. ¿No te das cuenta? Cuando lo nombra...

—Me doy cuenta. Sé que lo necesita. —El labio inferior le temblaba un poco—. Pero... ¡yo la necesito a ella!

De repente, Brianna se apretó las rodillas con las manos y se inclinó hacia delante como si tratara de contener un dolor repentino.

Roger le acarició el pelo, maravillado por la suavidad de las hebras que se deslizaban entre sus dedos. Habría querido abrazarla, para poder sentirla y darle consuelo, pero ella estaba rígida e insensible.

—Ya eres mayor, Bree —objetó con delicadeza—. Ya vives sola, ¿verdad? Puedes quererla, pero no la necesitas como cuando eras pequeña. ¿No te parece que ella tiene derecho a ser feliz?

—Sí, pero... ¡no lo comprendes, Roger! Ella es la única persona que me conoce de verdad —estalló. Y se volvió hacia él con los labios apretados, tragando saliva con dificultad—. Ella es lo único que me queda. Ella y papá... Frank —se corrigió—, eran los que me conocían desde siempre, los que me vieron dar los primeros pasos, los que se enorgullecían cuando destacaba en la escuela...

Las lágrimas la interrumpieron, dejando huellas brillantes a la luz del fuego.

—Ya sé que parece una tontería —dijo con repentina violencia—. ¡Una estupidez! Pero es... —Tanteó el sofá con impotencia y luego se puso de pie como si fuera incapaz de estarse quieta—. Es como si... Hay tantas cosas que no sé... —dijo paseando de un lado a otro con pasos rápidos y enfadados—. ¿Crees que recuerdo cómo era cuando aprendí a caminar o mi primera palabra? Claro que no. ¡Pero mamá sí! Y es tan absurdo porque tampoco es que haya ninguna diferencia, en realidad no la hay, pero es importante; importa porque ella creía que era importante y... Oh, Roger, si ella se va, no quedará nadie en el mundo que me considere especial sólo por ser yo misma. Ella es la única persona a quien le importa que yo haya nacido. Si se va...

Estaba allí plantada, con las manos crispadas y la boca contraída por el esfuerzo de dominarse, con las mejillas humedecidas por las lágrimas. De pronto aflojó los hombros y su alta silueta perdió la tensión.

—Lo que estoy diciendo es tonto y egoísta —murmuró en tono razonable—. No me entiendes y crees que soy horrible.

—No —aseguró Roger en voz baja—. En absoluto.

Se acercó para rodearle la cintura con los brazos y la atrajo hacia él. Al principio se resistió; estaba tensa entre sus brazos. Pero al final se rindió a la necesidad del consuelo físico y se relajó apoyando la barbilla en su hombro y con la cabeza ladeada hacia la suya.

—Nunca lo había pensado —dijo—. Nunca lo pensé hasta ahora. ¿Te acuerdas de esas cajas que hay en el garaje?

—¿Cuáles? —preguntó ella, tratando de reír—. Hay centenares.

—Las que dicen «Roger». —La estrechó con suavidad y subió los brazos cruzándolos sobre su espalda para acurrucarla contra su cuerpo—. Están llenas de trastos que mis padres guardaron. Fotos, cartas, ropa de bebé, libros y cosas viejas. Cuando el reverendo me trajo a vivir con él, las guardó como si fueran preciosos documentos históricos: en cajas dobles y protegidas contra las polillas.

Se meció muy despacio balanceándose de un lado a otro, llevándola consigo mientras contemplaba el fuego por encima del hombro de Brianna.

—Una vez le pregunté para qué las conservaba si yo no quería nada de todo eso y no me importaba. Pero él dijo que era mejor guardarlo porque era mi historia. Dijo que todos necesitamos tener nuestra historia.

Brianna suspiró y su cuerpo pareció relajarse más aún uniéndose a él en ese rítmico e inconsciente balanceo.

—¿Alguna vez has abierto esas cajas?

Roger negó con la cabeza.

—No importa lo que contengan —musitó—. Sólo importa que estén allí.

Luego retrocedió un paso para hacerla girar hacia él. Tenía la cara llena de manchas y la larga y elegante nariz un poco hinchada.

—Te equivocas, ¿sabes? —dijo con suavidad, al tiempo que le tendía la mano—. Tu madre no es la única a quien le importas.

Brianna llevaba rato acostada en la cama, pero Roger seguía en el estudio, contemplando las llamas que morían en el hogar. Halloween siempre le había parecido una noche inquietante llena de espíritus. Esa noche era incluso peor sabiendo lo que sucedería por la mañana. La calabaza iluminada del escritorio sonreía anticipándose y llenaba la habitación con un aroma casero a tarta horneada. El ruido de pasos en la escalera lo arrancó de sus pensamientos. Pensó que quizá fuera Brianna, que bajaba porque no podía dormir, pero era Claire.

—Pensé que estarías despierto —dijo. Iba en camisón y en el oscuro pasillo se veía el pálido brillo del satén blanco.

Alargó la mano con una sonrisa, invitándola a entrar.

—Nunca he podido dormir en el día de Samhain. Después de los cuentos que me contaba mi padre... siempre me parecía oír hablar a los fantasmas junto a mi ventana.

Claire sonrió y se acercó a la chimenea.

—¿Y qué te decían?

—«¿No veis esa enorme cabeza gris con esas fauces sin un bocado que llevarse al gaznate?» —citó Roger—. ¿Conoces esa historia? ¿La del pequeño sastre que pasó la noche en una iglesia encantada y se le apareció el fantasma hambriento?

—Sí. Creo que si hubiese escuchado eso al otro lado de mi ventana, me habría pasado toda la noche escondida bajo las mantas.

—Oh, eso mismo solía hacer yo —le aseguró Roger—. Aunque una vez, cuando tenía siete años o así, reuní el valor suficiente, me puse de pie en la cama e hice pis en el alféizar de la ventana. El reverendo me acababa de explicar que miccionar en los umbrales de las puertas evitaba que los fantasmas entraran en las casas.

Claire se rió encantada y la luz del fuego se reflejó en sus ojos.

—¿Y funcionó?

—Bueno, habría salido mejor si la ventana hubiera estado abierta —dijo Roger—. Pero los fantasmas no entraron.

Rieron juntos; luego se hizo entre ellos uno de los pequeños silencios incómodos que habían marcado la velada, la repentina comprensión de la enormidad que subyacía bajo la fragilidad de aquella charla. Claire se sentó junto a él, contemplando el fuego; sus manos se movían inquietas entre los pliegues del camisón. La luz centelleaba en sus dos anillos de boda, oro y plata, en chispas de fuego.

—Yo cuidaré de ella, ya lo sabes —dijo Roger por fin en voz baja—. Lo sabes, ¿no?

Claire asintió sin mirarlo.

—Sí —dijo con suavidad.

Él vio temblar las lágrimas en las pestañas brillando a la luz del fuego. Claire rebuscó en el bolsillo de la bata y sacó un largo sobre blanco.

—Dirás que soy una miserable cobarde, y es cierto. Pero... francamente... no creo que pueda hacerlo. Despedirme de Bree, quiero decir. —Hizo una pausa para dominar la voz. Luego le ofreció el sobre—. Lo he puesto todo por escrito... todo lo que he podido. ¿Querrías...?

Roger cogió el sobre, caliente por el contacto con su cuerpo. Percibiendo algún oscuro sentimiento que no debía enfriarse antes de llegar a su hija, se lo metió en el bolsillo del pecho y sintió el crujido del papel al doblar el sobre.

—Sí —dijo con voz ronca—. Eso significa que te irás...

—Temprano —confirmó ella aspirando hondo—. Antes del amanecer. He dispuesto que un coche venga a buscarme. —Retorció las manos en el regazo—. Si me... —Se mordió el labio; luego echó una mirada suplicante a Roger—. No sé, ¿comprendes? —dijo—. No sé si podré hacerlo. Tengo mucho miedo. Miedo de ir. Miedo de no ir. Miedo, simplemente.

—Yo también lo tendría.

Le ofreció una mano que Claire aceptó. Se la estrechó durante un buen rato sintiendo el pulso en su muñeca, ligero y rápido contra los dedos.

Después de un largo rato, ella se la estrechó con suavidad y la soltó.

—Gracias, Roger —dijo—. Gracias por todo.

Se inclinó para darle un beso ligero en los labios. Luego se fue como un fantasma blanco en la oscuridad del vestíbulo llevado por el viento de Halloween.

Roger se quedó allí sentado sintiendo el contacto de Claire todavía caliente en su piel. La calabaza ya estaba casi apagada. El olor a cera era cada vez más intenso en el aire agitado y los dioses paganos miraron a través de sus ojos por última vez.

23

Craigh na Dun

El aire del amanecer era frío y brumoso; me alegré de llevar la capa. Hacía veinte años que no me la ponía, pero teniendo en cuenta la clase de prendas que la gente se ponía en aquellos días, el sastre de Inverness que me la hizo no creyó que fuera raro que le encargara una capa de lana con capucha.

No despegaba los ojos del camino. Cuando el coche me dejó en la carretera, la cima de la colina estaba escondida bajo la niebla.

—¿Aquí? —preguntó el conductor echando una mirada dubitativa al paisaje desierto—. ¿Está segura?

—Sí —dije medio sofocada por el terror—. Aquí es.

—¿Sí? —Aún dudaba, pese al billete que acababa de ponerle en la mano—. ¿Quiere que la espere, señora? ¿O que vuelva más tarde?

Sentí una fuerte tentación de aceptar. ¿Y si me faltaba valor? En ese momento mi arrojo parecía muy débil.

—No —respondí tragando saliva—. No, no es necesario.

Si no podía hacerlo, tendría que volver a Inverness caminando; eso era todo. Quizá Roger y Brianna vinieran a buscarme; eso me pareció peor: me daba vergüenza que tuvieran que venir a rescatarme. ¿O sería un alivio?

Las piedras de granito rodaban bajo mis pies y un reguero de suciedad resbaló camino abajo empujado por mis pasos. Era imposible que estuviera haciendo aquello, pensé. El peso de las monedas en mi bolsillo reforzado se balanceaba contra mi muslo y la pesada certidumbre del oro y la plata me recordaban la realidad. Lo estaba haciendo.

No podía. Pensé en Bree, tal como la había visto la noche anterior, apaciblemente dormida en su cama. Me entró pánico en cuanto comencé a percibir la proximidad de las piedras. Alaridos, caos, la sensación de desgarramiento. No podía.

No podía, pero continué escalando, con las palmas sudorosas; mis pies se movían como si ya no estuvieran bajo mi control. Cuando llegué a la cima ya había amanecido. La neblina quedaba atrás. Las piedras se recortaban nítidas y oscuras bajo el cielo cristalino. Cuando los vi se me humedecieron las palmas de las manos de temor, pero seguí hacia delante y entré en el círculo.

Estaban sentados en el césped, frente a la piedra hendida, frente a frente. Al oír mis pasos, Brianna se giró hacia mí.

La miré fijamente, muda de estupefacción. Llevaba un modelo de Jessica Gutenburg muy parecido al que yo vestía, pero de un color verde lima, con cuentas de plástico cosidas al corpiño.

—Ese color te queda horrible —observé.

—No tenían ninguno más de la talla cuarenta y ocho —respondió con serenidad.

—En el nombre de Dios, ¿queréis decirme qué estáis haciendo aquí? —pregunté.

—Hemos venido a despedirte —dijo Bree con media sonrisa temblándole en los labios.

Miré a Roger, que se encogió un poco de hombros y esbozó una sonrisa de medio lado.

—Ah. Sí. Bueno.

La piedra se alzaba detrás de Brianna; su altura duplicaba la de un hombre. Por entre la grieta veía la tenue luz del sol del alba brillando en la hierba que crecía fuera del círculo.

—Si no vas tú —dijo ella con firmeza—, lo haré yo.

—¡Tú! ¿Te has vuelto loca?

—No. —Tragó saliva mientras echaba un vistazo a la piedra hendida. Tal vez era ese tono verde lima lo que daba a su rostro una palidez de tiza—. Estoy segura de que puedo cruzar. Sé que puedo hacerlo. Cuando Geilie Duncan pasó a través de las piedras, yo las oí. Roger también. —Le echó una mirada, buscando que la reconfortara; luego volvió a fijar los ojos en mí—. No sé si podría encontrar a Jamie Fraser; tal vez sólo tú puedas hacerlo. Pero si no estás dispuesta a intentarlo, lo haré yo.

Abrí la boca, pero no encontré nada que decir.

—¿No te das cuenta, mamá? Él tiene que saberlo. Debe saber que lo consiguió, que hizo por nosotras lo que deseaba.

Le temblaron los labios y los presionó un segundo.

—Se lo debemos, mamá —dijo con suavidad—. Alguien tiene que buscarlo para decírselo. —Me tocó la cara con la mano un segundo—. Decirle que nací.

—Oh, Bree —exclamé con la voz tan sofocada que apenas pude hablar—. ¡Oh, Bree!

Me había agarrado las manos y las estrechaba con fuerza.

—Él te entregó a mí —continuó ella en tono casi inaudible—. Ahora tengo que devolverte a él, mamá.

Aquellos ojos, tan parecidos a los de Jamie, me miraban anegados por las lágrimas.

—Si lo encuentras... —susurró—. Cuando encuentres a mi padre... dale esto. —Se inclinó para darme un beso, con intensidad y delicadeza; luego irguió la espalda y me hizo girar hacia la piedra—. Ve, mamá —dijo sin aliento—. Te quiero. ¡Ve!

Con el rabillo del ojo vi que Roger se acercaba a ella. Di un paso; luego, otro. Oí un ruido, un vago rugir. Di el último paso y el mundo desapareció.

SEXTA PARTE

Edimburgo

24

A. Malcolm, impresor

Mi primer pensamiento coherente fue: «Está lloviendo. Esto debe de ser Escocia.» Mi segundo pensamiento fue que aquella observación no era mucho mejor que las imágenes aleatorias que desfilaban por mi cabeza entrechocando entre sí y provocando sinápticas explosiones de irrelevancia.

Abrí un ojo con cierta dificultad. Tenía el párpado pegado; sentía la cara fría e hinchada, como la de un cadáver sumergido. Me estremecí un poco al pensarlo y el ligero movimiento me hizo ser consciente de la tela empapada que me rodeaba.

Estaba lloviendo, eso desde luego: un suave e incesante tamborileo de lluvia que levantaba una tenue bruma de gotitas en el páramo verde. Me incorporé sintiéndome como un hipopótamo que emerge de una ciénaga, y de inmediato caí hacia atrás.

Parpadeando, cerré los ojos para protegerlos del aguacero. Comenzaba a tener una pequeña noción de quién era y de dónde estaba. *Bree.* Su rostro surgió de pronto en mi memoria con una sacudida que me arrancó una exclamación, como si me hubieran dado un golpe en el estómago. Veía imágenes fragmentadas de la pérdida y el desgarro de la separación, un tenue eco del caos del pasaje que se escondía en la piedra.

Jamie. Allí estaba: el punto fijo al que me había aferrado, mi único asidero en la cordura. Respiré lenta y profundamente con las manos cruzadas sobre el corazón palpitante, invocando la cara de Jamie. Por un momento pensé que lo había perdido, pero entonces volvió, nítido en mi mente.

Una vez más, forcejeé para incorporarme. En esta ocasión me mantuve erguida apoyándome en las manos. Estaba en Escocia, por supuesto. Difícilmente podría ser otro lugar, pero también era la Escocia del pasado. Al menos, eso esperaba. En todo caso no era la Escocia que yo había dejado. Los árboles y arbustos tenían formas distintas; justo debajo de mí crecían unos brotes de arce que no estaban ahí cuando subí por la colina. Pero ¿cuándo fue eso? ¿Aquella mañana? ¿Hacía dos días?

No tenía idea alguna de cuánto tiempo había pasado desde que había cruzado el círculo de piedras, ni de cuánto tiempo llevaba tendida inconsciente en la ladera que se extendía junto al círculo. Bastante rato desde luego, a juzgar por el estado de mi ropa; estaba empapada hasta la piel y notaba pequeños escalofríos deslizándose por debajo de mi vestido.

Empecé a sentir un hormigueo en una de mis mejillas entumecidas. Me la toqué con la mano y noté que tenía un dibujo de puntitos en la piel. Debajo de mí había unas bayas, rojas y negras entre la hierba. «Muy apropiado», pensé vagamente divertida. Había caído debajo de un serbal, la protección de los escoceses contra la brujería y los encantamientos.

Me aferré a su tronco liso para ponerme en pie con esfuerzo. Siempre apoyada en el árbol, miré hacia el nordeste. La lluvia había ocultado el horizonte tras una cortina gris, pero sabía que Inverness estaba por allí. En automóvil y por carreteras modernas, no se tardaría más de una hora de viaje.

El camino existía; divisé el contorno de una tosca senda que rodeaba la base de la montaña; era una línea oscura y plateada entre la verde humedad de la vegetación. Sin embargo, recorrer sesenta y tantos kilómetros a pie no se parecía en nada a viajar en coche.

Después de ponerme de pie empecé a sentirme un poco mejor. La debilidad de mis extremidades comenzaba a remitir junto con la sensación de caos y desorganización que tenía en la cabeza. El viaje había sido tan terrible como temía, quizá incluso peor. Podía sentir la terrible presencia de las piedras por encima de mí y me estremecí al percibir el mordisco del frío en la piel.

De cualquier modo, estaba viva. Estaba viva y me embargaba una pequeña certidumbre, como un diminuto sol que brillaba bajo mis costillas: él estaba allí. Ahora lo sabía. Aunque no lo sabía cuando me lancé por entre las rocas; ése había sido un salto de fe. Pero había lanzado mi idea de Jamie como si lanzara un salvavidas al mar embravecido, y el salvavidas había tirado de mí y me había liberado.

Estaba empapada, tenía frío y me sentía agotada. Como si hubiera estado nadando a contracorriente junto a las rocas de la orilla. Pero estaba allí. Y en algún lugar de ese país del pasado se hallaba el hombre al que había ido a buscar. Los recuerdos de penas y horrores empezaron a desaparecer cuando comprendí que la suerte estaba echada. Ya no podía volver; un viaje de retorno podría ser fatal. Al comprender que probablemente me encontraba allí para siempre, una extraña calma se impuso sobre los terrores y vacilaciones. No podía regresar. No me quedaba más remedio que avanzar... en su busca.

Me ceñí la capa al cuerpo maldiciendo mi inconsciencia por no haberle pedido al sastre que le pusiera una entretela impermeable. Incluso a pesar de estar mojada, la lana conservaba cierto calor.

Si comenzaba a moverme, entraría en calor. Me bastó una rápida palmada para comprobar que el envoltorio de emparedados había hecho el viaje conmigo. Menos mal: la idea de recorrer sesenta kilómetros con el estómago vacío no tenía nada de atractiva.

Con un poco de suerte, no haría falta. Tal vez hubiera por allí una aldea o una casa donde fuera posible comprar un caballo. De cualquier modo, estaba preparada. Mi plan consistía en llegar a Inverness como fuera y allí coger una diligencia hasta Edimburgo.

No tenía ni idea de dónde podía estar Jamie en ese momento. Quizá estuviera en Edimburgo, donde habían publicado su artículo, pero también era posible que estuviera en cualquier otra parte. Si no lo encontraba allí, podía ir a Lallybroch, a su casa. Seguro que su familia sabía dónde estaba, siempre que siguieran vivos. Esa repentina idea me heló la sangre y me estremecí.

Pensé en una pequeña librería por la que pasaba todas las mañanas, entre el aparcamiento y el hospital. Tenían los pósteres de oferta. Había visto la psicodélica exposición que mostraban en el escaparate cuando salí del despacho de Joe por última vez. Uno de los carteles decía: «Hoy es el primer día del resto de tu vida.» La frase estaba escrita por encima de una ilustración en la que se veía un pollito con cara de bobo sacando la cabeza del huevo. En el otro escaparate había un póster en el que se veía una oruga trepando por el tallo de una flor. Al final del tallo se veía una mariposa de colores vivos levantando el vuelo y por debajo se leía el lema: «Un viaje de mil kilómetros se inicia con un solo paso.»

Lo más irritante de las frases hechas, me dije, era que muy a menudo tenían razón. Me solté del serbal y eché a andar colina abajo, hacia mi futuro.

• • •

El viaje entre Inverness y Edimburgo fue largo e incómodo; iba en un coche grande con otras dos señoras, el insoportable niño de una de ellas y cuatro caballeros de diversos tamaños y talantes.

Junto a mí se sentaba el señor Graham, hombrecito vivaz, ya entrado en años, con un saquito de alcanfor y asafétida colgado del cuello para incómodo lagrimeo del resto del pasaje.

—Es una solución para dispersar los malignos humores de la gripe —me explicó mientras hacía ondear la bolsa por debajo de mi nariz como si fuera un incensario—. Lo he llevado cada día durante los meses de otoño e invierno, ¡y llevo treinta años sin ponerme enfermo!

—¡Increíble! —le contesté con educación, intentando contener la respiración. No lo dudaba. La peste debía mantener a distancia a todo el mundo y así los gérmenes no podían alcanzarle.

Pero no parecía que tuviera efectos tan beneficiosos en el niño. Después de gritar varios comentarios indiscretos sobre la peste que había en la diligencia, el señorito Georgie se había pegado al pecho de su madre, desde donde lo observaba todo con un aspecto un tanto verdoso. Yo lo vigilaba con atención y no perdía de vista el orinal que había debajo del asiento de delante, por si acaso llegaba el momento de ponerlos a interactuar.

Supuse que el orinal se utilizaba en caso de que hiciera muy mal tiempo o dadas otras emergencias, ya que normalmente el pudor de las damas requería que la diligencia se detuviera cada hora para que los pasajeros se diseminaran entre la vegetación, a la vera del camino como una nidada de codornices. Bajaban todos. También los que no tenían ninguna necesidad de vaciar la vejiga o los intestinos, pero buscaban un poco de alivio de la apestosa bolsa de asafétida del señor Graham.

Tras uno o dos cambios, el señor Graham descubrió que su asiento lo había invadido el señor Wallace, un joven abogado regordete que, según me explicó, regresaba a Edimburgo después de encargarse de las últimas voluntades de un anciano pariente de Inverness. Los detalles de su trabajo de leguleyo no me resultaban tan fascinantes como a él; no obstante, en esas circunstancias me tranquilizó un poco notar su obvia atracción por mí. Pasé varias horas jugando con él al ajedrez en un pequeño tablero de bolsillo que se sacó de la faltriquera y posó sobre sus rodillas.

La expectación de lo que podría encontrar en Edimburgo distraía mi atención de las incomodidades del viaje y de las complejidades del ajedrez. A. Malcolm: el nombre me rondaba la mente como un himno de esperanza. A. Malcolm. Tenía que ser Jamie, sin duda. James Alexander Malcolm MacKenzie Fraser.

«Considerando el modo en que se trató a los rebeldes de las Highlands después de Culloden, sería muy razonable que, en un lugar como Edimburgo, utilizara un nombre ficticio —me había explicado Roger Wakefield—. Sobre todo él. A fin de cuentas, era un traidor convicto. Al parecer, lo convirtió en una costumbre —había añadido con aire crítico, observando el manuscrito de la diatriba contra los impuestos—. Para aquella época, esto se parece mucho a la sedición.»

«Sí, así era Jamie», le había respondido yo secamente. Pero el corazón me brincaba al ver aquellos garabatos y sus audaces sentimientos. Mi Jamie. Toqué el pequeño y duro rectángulo que llevaba en el bolsillo preguntándome cuánto tardaríamos en llegar a Edimburgo.

El tiempo era bueno, pese a la estación; sólo alguna llovizna ocasional nos estorbaba el viaje. Lo completamos en menos de dos días, con cuatro paradas para cambiar de caballos y tomar un refrigerio en las tabernas del camino.

En Edimburgo, el coche se detuvo detrás de la taberna de Boyd, cerca de la Royal Mile. Los pasajeros emergieron a la pálida luz del sol como crisálidas eclosionadas, con las alas arrugadas y movimientos torpes tras tanto tiempo sin moverse. Después de la oscuridad del interior de la diligencia, incluso la nublada luz gris de Edimburgo resultaba cegadora.

Tanto rato sentada me había entumecido las piernas; aun así me di prisa, con la esperanza de escapar del patio mientras mis dignos compañeros estaban ocupados con sus pertenencias. No tuve suerte: el señor Wallace me alcanzó cerca de la calle.

—¡Señora Fraser! —dijo—. ¿Me concedería el placer de acompañarla hasta su destino? Sin duda necesitará usted ayuda para trasladar el equipaje.

Miró por encima del hombro en dirección a la diligencia, donde los mozos bajaban las bolsas y baúles y los movían entre la gente sin orden aparente, coreando sus esforzados movimientos con incoherentes gruñidos y gritos.

—Eh... Gracias, pero... voy a dejar mi equipaje a cargo del propietario. Mi... mi... —Busqué frenéticamente una explicación—. El sirviente de mi esposo vendrá después a buscarlo.

La cara regordeta se alargó un poco al oír la palabra *esposo*, pero se recuperó con gallardía, y me dedicó una reverencia.

—Comprendo. Permítame expresar mi profundo agradecimiento por el placer que me ha deparado su compañía durante el viaje, señora Fraser. Quizá volvamos a encontrarnos. —Se irguió para estudiar la muchedumbre que pasaba junto a nosotros—. ¿Su esposo vendrá a buscarla? Me encantaría conocerlo.

A pesar de que el interés del señor Wallace hacia mi persona me había resultado bastante halagador, empezaba a convertirse en un inconveniente.

—No. Me reuniré con él más tarde —le dije—. Ha sido un placer conocerlo, señor Wallace, y espero que volvamos a vernos.

Le estreché la mano con entusiasmo, con lo cual lo desconcerté el tiempo suficiente para escabullirme entre la multitud de pasajeros, porteadores y vendedores callejeros.

No me atreví a pararme cerca del patio por miedo a que me siguiera. Me di media vuelta y subí por la cuesta de la Royal Mile moviéndome con toda la celeridad que me permitía mi voluminosa falda y abriéndome paso entre la gente como pude. Había tenido la suerte de llegar en día de mercado y pronto desaparecí de la vista de la diligencia, perdida entre los puestos y los vendedores de ostras alineados en la calle.

Me detuve en medio de la cuesta, jadeando como un carterista fugitivo. Allí había una fuente pública en cuyo borde me senté para recobrar el aliento.

Estaba aquí. Aquí, de verdad. Edimburgo se alzaba detrás de mí, desde las centelleantes alturas del castillo hasta el palacio Holyrood, al pie de la ciudad.

La última vez que estuve en aquella fuente, el príncipe Carlos se dirigía a los ciudadanos de Edimburgo para inspirarlos con su real presencia. Se había agarrado del esculpido pináculo de la fuente y con un pie en la pila y otro sobre una de las cabezas que escupían agua gritaba «¡A por Inglaterra!». La muchedumbre rugió encantada ante aquella demostración de espíritu juvenil y capacidad atlética. Yo también me habría sentido impresionada si no me hubiera dado cuenta de que habían apagado la fuente de antemano.

Me pregunté dónde estaría Carlos en ese momento. Supuse que había vuelto a Italia después de Culloden para vivir la vida que pudiera llevar la realeza en el exilio. Tampoco tenía ni idea ni me importaba lo que pudiera estar haciendo. Había pasado por las páginas de la historia y también por las de mi vida dejando destrucción y ruina a su paso. Todavía quedaba por ver si se podía salvar algo.

Tenía mucha hambre; no había comido nada desde el apresurado desayuno de puré y cordero hervido, poco después del alba en una posada de Dundaff. Aún me quedaba un emparedado en el bolsillo, pero no había querido comerlo en la diligencia, bajo la curiosa mirada de mis compañeros de viaje.

Lo saqué para desenvolverlo cuidadosamente. Manteca de cacahuete y jalea entre dos rebanadas de pan blanco; estaba bastante maltrecho, achatado y con manchas purpúreas de jalea en el pan mojado. Lo encontré delicioso.

Me lo comí despacio paladeando el sabroso gusto aceitoso de la manteca de cacahuete. ¿Cuántas mañanas habría untado manteca de cacahuete sobre el pan preparando bocadillos para que Brianna comiera en la escuela? Me obligué a olvidarme de ese pensamiento y me distraje mirando a los transeúntes. Tenían un aspecto un tanto distinto al de sus equivalentes modernos. Tanto hombres como mujeres tendían a ser más bajos y las señales de la mala nutrición eran evidentes. Y, sin embargo, en ellos había algo que me resultaba abrumadoramente familiar: yo conocía a aquella gente, la mayor parte de ellos eran escoceses e ingleses, y al escuchar el rico zumbido de las voces de la calle tras haber pasado tantos años oyendo los planos sonidos nasales de Boston, me asaltó la extraordinaria sensación de estar en casa.

Después de tragar el último bocado, rico y dulce, de mi vida anterior, arrugué la envoltura. Eché un vistazo alrededor; nadie me miraba. Abrí la mano y dejé que el trocito de película plástica cayera subrepticiamente al suelo. Me pregunté si mi anacrónica presencia causaría tan poco daño como aquel objeto. Rodó por los adoquines hecho una pelota arrugándose y abriéndose a medida que avanzaba como si estuviera vivo. La suave brisa lo empujó y el pequeño trozo de film transparente levantó el vuelo y se deslizó por encima de las losas grises como una hoja.

La corriente procedente de unas ruedas que pasaron junto a él lo succionó y desapareció debajo del carro después de reflejar la luz un último segundo sin que ninguno de los transeúntes se diera cuenta.

«Te estás entreteniendo, Beauchamp —me dije—. Es hora de continuar.»

Inspiré hondo y me levanté.

—Disculpa —dije cogiendo de la manga al chico que repartía el pan—. Busco a un impresor, el señor Malcolm. Alexander Malcolm —dije con una mezcla de miedo y entusiasmo borboteando en el estómago. ¿Y si no hubiera en Edimburgo ninguna imprenta a cargo de Alexander Malcolm?

Pero sí la había porque el rostro del niño se quedó pensativo un momento y luego se relajó.

—Oh, sí, señora. Calle abajo, a su izquierda. Carfax Close.

Y metiéndose las hogazas bajo el brazo, asintió y desapareció entre la gente.

Carfax Close. Me abrí paso entre la muchedumbre, pegada a los edificios para evitar las ocasionales lluvias de aguas menores que se lanzaban desde las ventanas. En Edimburgo vivían varios miles de personas y las aguas residuales de todas ellas corrían por las alcantarillas que había bajo las calles adoquinadas, aunque el buen funcionamiento del sistema que hacía de la ciudad un lugar habitable dependía de la gravedad y de las lluvias frecuentes.

Hacia delante bostezaba la oscura y baja entrada a Carfax Close, al otro lado de la Royal Mile. Me detuve en seco al verla; el corazón me palpitaba de tal modo que habría podido oírse desde un metro de distancia.

No llovía, pero faltaba muy poco; la humedad del aire me rizaba el pelo. Me lo aparté de la frente, sujetándolo como pude a falta de espejo. Al ver la luna de un gran escaparate, avancé deprisa.

El cristal estaba empañado por la condensación, aunque me proporcionó un tenue reflejo lo bastante nítido como para ver que parecía tener la cara acalorada y los ojos abiertos como platos, pero seguía estando presentable. Sin embargo, mi pelo había aprovechado la oportunidad para rizarse sin control hacia todas las direcciones y se retorcía liberándose de las horquillas en una perfecta imitación de los rizos de Medusa. Al final me quité las horquillas con impaciencia y traté de colocarme bien los rizos.

Dentro del local había una mujer apoyada en el mostrador. La acompañaban tres niños pequeños, y observé de reojo mientras ella dejaba de hacer lo que estaba haciendo para dirigirse a ellos con impaciencia, sacudiendo con su bolso al mediano, un niño que estaba jugueteando con varios bulbos de hinojo fresco que sobresalían de una cuba de agua que había en el suelo. La tienda era una botica; el nombre de Haugh, pintado sobre la puerta, me provocó un escalofrío de reconocimiento. En mi breve temporada anterior en Edimburgo había comprado algunas hierbas allí.

Desde entonces habían cambiado la decoración del escaparate añadiendo una enorme jarra de agua pintada en la que flotaba algo ligeramente humanoide. Un feto de cerdo, o quizá fuera una cría de babuino; tenía una mirada lasciva y una expresión plana pegada a la redondeada pared de la jarra de una forma desconcertante.

—Bueno, por lo menos tengo mejor pinta que tú —murmuré mientras empujaba por entre mi pelo una terca horquilla.

También tenía mejor aspecto que la mujer que había dentro de la tienda, pensé. Ya estaba acabando y metía sus compras en la bolsa que llevaba, al tiempo que fruncía su delgado rostro. Tenía esa pálida expresión tan propia de los habitantes de la ciudad y muchas arrugas en la piel: se apreciaban profundas líneas que le cruzaban la cara desde la nariz a la boca y una frente permanentemente ceñuda.

—¡Que el diablo te lleve, pequeña rata! —decía la mujer al más pequeño mientras salían todos de la tienda armando un gran alboroto—. ¿No te he dicho mil veces que mantengas las manos en los bolsillos?

—Disculpe —la interrumpí, empujada por una curiosidad irresistible.

—¿Sí? —Arrancada de sus regañinas maternales, la mujer me miró con rostro inexpresivo. De cerca parecía todavía más estropeada. Tenía las esquinas de la boca contraídas y los labios metidos hacia dentro, sin duda debido a la falta de dientes.

—Estaba admirando a sus hijos —dije, fingiéndome tan arrobada como pude. Les sonreí con simpatía—. ¡Qué niños tan guapos! Dígame, ¿qué edad tienen?

Se quedó boquiabierta. El gesto confirmó la ausencia de varios dientes. Luego exclamó, con un parpadeo:

—¡Oh! Bueno, qué amabilidad la suya, señora. Eh... ésta, Maisri, tiene diez. —Señaló con la cabeza a la mayor, que se estaba limpiando la nariz con la manga—. Joey, ocho, ¡y quítate el dedo de la nariz, asqueroso! —Luego se volvió para dar una palmadita orgullosa a la más pequeña—. La pequeña Polly cumplió seis en mayo.

—¡Vaya! —La miré con asombro—. No puedo creer que tenga usted hijos de esa edad. Debe de haberse casado muy joven.

—¡Oh, no! —se pavoneó—. Nada de eso. ¡Si ya tenía diecinueve años cuando nació Maisri!

—Asombroso —dije. Busqué en mi bolsillo para ofrecer un penique a cada uno de los niños, que los aceptaron con tímidas reverencias de gratitud—. Le deseo buenos días... y mi enhorabuena por tan encantadora familia —dije a la mujer.

Nos despedimos con la mano y me alejé con una sonrisa. Diecinueve años al nacer la mayor, que ahora tenía diez. La mujer tenía veintinueve. Y yo, bendecida por una buena alimentación, higiene y odontología, sin el desgaste de numerosos embarazos y duras tareas físicas, parecía bastante más joven que ella. Aspiré hondo, me eché el pelo hacia atrás y me hundí en las sombras de Carfax Close.

Era un callejón largo y serpenteante; la imprenta se encontraba al principio. A los lados había edificios de alquiler y tiendas prósperas, pero sólo presté atención al pulcro letrero blanco que pendía junto a la puerta.

A. MALCOLM
IMPRESOR Y LIBRERO
Libros, tarjetas de visita, panfletos,
periódicos, cartas, etc.

Alargué la mano para tocar las negras letras del nombre. A. Malcolm. Alexander Malcolm. James Alexander Malcolm MacKenzie Fraser. Tal vez.

Si tardaba un poco más perdería el valor. Empujé la puerta y entré.

Un ancho mostrador cruzaba la habitación frente a la puerta, con una trampa abierta y una estantería al lado con varias bandejas de caracteres. De la pared de enfrente colgaban varios pósteres y avisos, era evidente que se trataba de muestras. La puerta abierta de la trastienda dejaba ver la mole de una prensa. Inclinado sobre ella, de espaldas a mí, estaba Jamie.

—¿Eres tú, Geordie? —preguntó sin volverse. Vestía camisa y pantalones de montar; en la mano tenía una pequeña herramienta con la que estaba haciendo algo en las entrañas de la prensa—. Has tardado bastante. ¿Has conseguido ese...?

—No soy Geordie —dije. Mi voz sonaba más aguda que de costumbre—. Soy yo. Claire.

Se irguió con mucha lentitud. Se había dejado crecer el pelo: una gruesa cola de intenso rojo dorado, con reflejos cobrizos. Me dio tiempo a advertir que el pulcro lazo con el que se lo había atado era de color verde. Luego se dio media vuelta. Me miró sin hablar. Un temblor le recorrió el cuello musculoso, como si hubiera tragado saliva, pero aún no dijo nada.

Era la misma cara ancha y llena de buen humor, los mismos ojos de color azul oscuro, sesgados sobre altos pómulos de vikingo, la boca larga, como al borde de la sonrisa. Las líneas que le rodeaban los ojos y la boca eran más profundas, por supuesto. La nariz había cambiado un poco: el puente, afilado como un cuchillo, se engrosaba un tanto hacia arriba por una antigua fractura. Pensé que le daba un aspecto más feroz, pero suavizaba ese aire distante y reservado y le brindaba a su apariencia un nuevo encanto peligroso.

Crucé la trampa del mostrador sin ver más que su mirada. Carraspeé.

—¿Cuándo te fracturaste la nariz?

Las comisuras de la boca ancha se elevaron un poquito.

—Unos tres minutos después de verte por última vez... Sassenach.

Había una vacilación en el nombre, casi una pregunta. Apenas nos separaban treinta centímetros. Alargué la mano para tocar la diminuta línea de la fractura, donde la presión del hueso teñía de blanco el bronceado de su piel.

Dio un respingo hacia atrás como si hubiera saltado una chispa eléctrica entre nosotros y su relajada expresión se hizo añicos.

—Eres real —susurró.

Si me había parecido verlo pálido, en aquel momento su rostro perdió todo vestigio de color. Los ojos se le pusieron en blanco. Cayó contra la puerta, haciendo llover papeles y objetos diversos que había sobre la prensa. Pensé, distraída, que caía con bastante gracia para ser tan corpulento.

Era sólo un desmayo; cuando me arrodillé a su lado para aflojarle la camisa, sus ojos ya comenzaban a parpadear. En ese instante ya no tenía ninguna duda, pero aun así, cuando abrí la pesada tela de su camisa, busqué la señal automáticamente. Y por supuesto estaba allí: la pequeña cicatriz triangular que había dejado sobre su clavícula el cuchillo del capitán Jonathan Randall del Octavo Regimiento de Dragones de Su Majestad.

Estaba recobrando su saludable color normal. Me senté en el suelo con las piernas cruzadas para apoyarle la cabeza en el muslo y acaricié su pelo denso y suave. Abrió los ojos.

—¿Tan terrible ha sido? —le pregunté sonriendo. Eran las mismas palabras que él me había dicho el día de nuestra boda, sosteniéndome la cabeza en su regazo, más de veinte años atrás.

—Tanto y más, Sassenach —respondió dibujando algo parecido a una sonrisa. Se sentó de golpe para mirarme fijamente—. ¡Dios del Cielo, eres real, sí!

—Tú también. —Levanté la barbilla para mirarlo—. Creía... creía que habías muerto. —Quería hablar con ligereza, pero me traicionó la voz. Las lágrimas resbalaron por mis mejillas y empaparon la áspera tela de su camisa cuando me estrechó contra él.

Estaba temblando, así que pasó algún tiempo hasta que me di cuenta de que él también temblaba, y por el mismo motivo. No sé cuánto rato pasamos así, sentados en el suelo polvoriento, abrazados y llorando la nostalgia de veinte años. Él enredó los dedos en mi pelo y tiró hasta soltarlo. Las horquillas cayeron, resonando en el suelo como granizo. Yo tenía los dedos hundidos en su brazo, clavados en la tela como si pudiera desaparecer si no lo retenía físicamente.

Como si él fuera presa del mismo temor, me sujetó de pronto por los hombros para apartarme y mirarme con desesperación. Me posó la palma en la mejilla y levantó una mano para seguir la línea de los huesos, una y otra vez, sin prestar atención a mis lágrimas ni a mi chorreante nariz.

Sorbí con fuerza por la nariz, cosa que pareció hacerlo volver en sí, porque me soltó y rebuscó un pañuelo dentro de su manga, que utilizó con torpeza para limpiarme la cara y luego hacer lo mismo con la suya.

—Dame eso. —Le quité el ondeante pañuelo para sonarme con firmeza—. Ahora tú. —Le di el pañuelo y observé cómo se sonaba haciendo un ruido como de ganso estrangulado. Reí como una niña, deshecha por la emoción. Él sonrió también mientras se enjugaba las lágrimas de los ojos sin dejar de mirarme.

De pronto ya no pude contenerme de tocarlo. Me lancé contra él, que levantó los brazos justo a tiempo para recibirme. Lo estreché hasta que le crujieron las costillas mientras me acariciaba la espalda, repitiendo mi nombre una y otra vez.

Por fin pude soltarlo e incorporarme un poco. Él echó un vistazo al suelo, entre sus piernas, con el ceño fruncido.

—¿Has perdido algo? —pregunté sorprendida.

Levantó la mirada con una sonrisa algo tímida.

—Temía haberme descontrolado hasta el punto de orinarme, pero no. Me he sentado en el jarro de la cerveza.

Un aromático charco de líquido pardo se iba extendiendo poco a poco bajo él. Con un grito de alarma, me puse en pie y lo ayudé a hacer otro tanto. Después de un vano intento de evaluar los daños en la parte de atrás, Jamie se encogió de hombros y optó por desabrocharse los pantalones. Se detuvo con la tela tensa en las pantorrillas, algo enrojecido, y me miró.

—No hay problema —dije sintiendo que un intenso rubor me cubría las mejillas—. Estamos casados. —Pero bajé la vista algo sofocada—. Eso creo, al menos.

Me miró fijamente; luego una sonrisa le curvó la boca ancha y suave.

—Estamos casados, sí. —Ya libre de los pantalones manchados, avanzó hacia mí.

Alargué una mano, tanto para detenerlo como para darle la bienvenida. No había nada que deseara más que volver a tocarlo, pero estaba extrañamente tímida. ¿Cómo se suponía que debíamos volver a empezar después de tanto tiempo?

Él percibió esa mezcla de vergüenza e intimidad. Se detuvo a un palmo para cogerme la mano. Vaciló un momento y luego inclinó la cabeza sobre ella y me rozó los nudillos con los labios. Sus dedos se detuvieron en el anillo de plata y sostuvo el metal con delicadeza entre el pulgar y el índice.

—Nunca me lo he quitado —balbuceé. Me parecía importante que lo supiera.

Me estrechó apenas la mano, sin soltar el anillo.

—Quiero... —Guardó silencio y tragó saliva sin soltarme la mano. Buscó el anillo de plata con los dedos, una vez más—. Tengo muchos deseos de besarte —dijo dulcemente—. ¿Puedo?

Las lágrimas no se habían secado del todo. En mis ojos nacieron dos más y las sentí, redondas y pesadas, resbalando por mis mejillas.

—Sí —susurré.

Me atrajo muy despacio hacia sí, pegando nuestras manos entrelazadas contra su pecho.

—Hace mucho tiempo que no hago esto —dijo. La sombra y el miedo oscurecieron el azul de sus ojos.

—Yo tampoco —le respondí con suavidad.

Me encerró la cara entre las manos, con exquisita suavidad, y apoyó la boca contra la mía.

No sabría decir qué esperaba yo. ¿Una repetición de la furia desatada que había acompañado nuestra separación final? Había recordado ese momento tantas veces y lo había revivido en tantas ocasiones en mi memoria, sintiéndome impotente por no poder cambiar las consecuencias. ¿Estaba esperando la semiaspereza de nuestras interminables horas de posesión mutua en la oscuridad de nuestro lecho conyugal? Lo había añorado tanto... Tantas veces me desperté en plena noche sudando y temblando debido a ese recuerdo.

Pero ahora éramos dos desconocidos; nos tocamos lentamente, los dos buscando la forma de volver a conectar, despacio, con dudas, pidiendo y otorgando un mudo permiso con los labios callados. Los dos mantuvimos los ojos cerrados. Simplemente, teníamos miedo de mirarnos.

Empezó a acariciarme muy despacio sin levantar la cabeza, palpando mis huesos por encima de la ropa, familiarizándose de nuevo con el terreno de mi cuerpo. Al final sus manos resbalaron por mi brazo y me cogieron la mano derecha. Sus dedos se deslizaron por mi palma hasta que volvieron a encontrar el anillo y repasaron el círculo palpando el relieve de la plata de las Highlands, pulido por tantos años de uso, pero todavía visible.

Separó sus labios de los míos y los deslizó por mis mejillas y mis ojos. Yo le acaricié la espalda con suavidad y sentí, por encima de la camisa, las marcas que no podía ver, los restos de antiguas cicatrices, como mi anillo: desgastadas pero todavía visibles.

—Te he visto tantas veces... —me susurró su cálido aliento al oído—. Venías a mí con tanta frecuencia... A veces cuando soñaba. Cuando tenía fiebre. Cuando me sentía tan asustado y solitario que pedía morir. Cuando me hacías falta te veía siempre, sonriendo, con el pelo rizado alrededor de la cara. Pero nunca decías nada. Y nunca me tocabas.

—Ahora puedo tocarte. —Alargué el brazo y dejé resbalar la mano por su sien, su oreja, la mejilla y la parte de la mandíbula que podía ver. Le posé la mano en la nuca por debajo del pelo trenzado y entonces él levantó por fin la cabeza y me cogió la cara con las manos: el amor brillaba con fuerza en el azul oscuro de sus ojos.

—No tengas miedo —dijo en voz baja—. Ahora estamos juntos.

Podríamos haber seguido indefinidamente así, de pie y mirándonos, si no hubiera sonado la campanilla de la puerta. Solté a Jamie para volverme de golpe. Un hombrecito fibroso, de rebelde pelo negro, nos miraba boquiabierto desde la entrada con un pequeño paquete en la mano.

—¡Ah, has llegado, Geordie! ¿Por qué has tardado tanto? —preguntó Jamie.

Geordie no dijo nada, pero sus ojos no perdían de vista a su patrón, que aguardaba de pie con las piernas desnudas sin más prenda que su camisa en medio de la tienda, los pantalones y el calzado esparcidos por el suelo y yo en sus brazos, con el vestido arrugado y el pelo suelto. Su rostro se arrugó en un ceño de censura.

—Renuncio —dijo con la rica entonación del oeste de Escocia—. El trabajo de imprenta es una cosa, en eso estoy con usted y no puede tener ninguna duda al respecto, pero yo pertenezco a la Iglesia Libre, igual que perteneció mi padre antes que yo y mi abuelo antes que él. Una cosa es trabajar para un papista (el dinero del Papa es tan bueno como el de cualquiera, ¿no?), pero esto de trabajar para un papista inmoral es otra muy distinta. Haga usted lo que guste con su alma, amigo, pero si hay orgías en el negocio, esto ya ha llegado demasiado lejos. Eso es lo que yo digo. ¡Renuncio!

Depositó el paquete en el centro del mostrador y, girando sobre sus talones, marchó hacia la puerta. Fuera el reloj de la ciudad empezó a sonar. Geordie se volvió bajo el umbral de la puerta para lanzarnos una mirada acusadora.

—¡Y aún no es siquiera mediodía! —añadió.

La puerta se cerró con estruendo tras él. Jamie se quedó mirándola un momento; luego se dejó caer despacio al suelo, riendo tanto que se le llenaron los ojos de lágrimas.

—¡Y aún no es siquiera mediodía! —repitió secándose las mejillas—. ¡Oh, Geordie, por Dios! —Comenzó a mecerse, agarrándose las rodillas con las dos manos.

No pude menos que reír también, aunque estaba preocupada.

—No quería causarte problemas —dije—. ¿Crees que volverá?

Sorbió por la nariz, limpiándose la cara con los faldones de la camisa.

—Oh, sí. Vive cruzando la calle, en Wickham Wynd. Dentro de un rato iré a verlo para... para explicárselo —dijo. Me miró como si entonces empezara a comprender—. ¡Sabrá Dios cómo!
—Por un momento dio la impresión de que fuera a ponerse a reír otra vez, pero consiguió dominarse y se levantó.

—¿Tienes otro par de pantalones? —pregunté recogiendo la prenda para ponerla a secar en el mostrador.

—Sí, arriba. Espera un poco. —Metió un largo brazo en el armario y sacó un pulcro letrero que decía «HEMOS SALIDO». Después de colgarlo en el exterior de la puerta, echó el cerrojo y se volvió hacia mí—. ¿Quieres subir conmigo? —preguntó con los ojos chispeantes, ahuecando el codo en una invitación—. Si no te parece inmoral...

—¿Por qué no? —Tenía la carcajada a flor de piel, chispeando en mi sangre como el champán—. ¿Acaso no estamos casados?

La planta superior se dividía en dos habitaciones, una a cada lado del descansillo, y un pequeño excusado enfrente. El cuarto de atrás estaba obviamente dedicado a almacenar los elementos de la imprenta.

La puerta estaba abierta y pude ver algunas cajas llenas de libros, pilas de panfletos atados con cordel, barriles de alcohol y tinta en polvo y un revoltijo de piezas viejas que supuse que serían partes sueltas de alguna imprenta.

El otro era sobrio como una celda monacal. Había una cómoda con una palmatoria de terracota, un lavamanos, un taburete y un camastro angosto, poco más que un catre. Al verlo dejé escapar el aliento; sólo entonces me percaté de que había estado conteniéndolo. Jamie dormía solo.

Un rápido vistazo en derredor me confirmó que no había señales de una presencia femenina en la habitación. Mi corazón volvió a latir con su ritmo normal. Era evidente que allí no vivía nadie más que Jamie. Corrió la cortina que ocultaba una esquina de la estancia y la hilera de colgadores que aparecieron sólo sostenían un par de camisas, un abrigo y un largo chaleco de sobrio color gris, una capa de lana gris, y el par de pantalones de recambio que había subido a buscar. Jamie, de espaldas a mí, se estaba abrochando los pantalones limpios y remetiéndose la camisa, pero noté cierto pudor en la línea tensa de sus hombros. Yo sentía una tensión similar en el cuello. Una vez recobrados de la impresión del reencuentro, ambos teníamos un ataque de timidez. Lo vi cuadrar los hombros y volverse hacia mí. El ataque de risa histérica había desaparecido y también las lágrimas, pero su rostro todavía reflejaba las señales de tan repentino ataque de emociones, y supe que también serían visibles en el mío.

—Me alegro mucho de verte, Claire —dijo suavemente—. Temía que jamás... bueno.

Se encogió levemente de hombros como para aliviar la tirantez de la camisa de lino que se extendía sobre su espalda. Tragó saliva y me miró a los ojos.

—¿Y la criatura? —preguntó. Cuanto sentía era visible en su cara: una esperanza urgente, miedo desesperado y el esfuerzo por dominar ambas cosas.

Alargué la mano con una sonrisa.

—Ven aquí.

Había pensado mucho en lo que me llevaría si mi viaje a través de las piedras tenía éxito. Después de las acusaciones de brujería que habían recaído sobre mí, debía poner mucho cuidado. Pero había algo que era forzoso llevar, fuesen cuales fuesen las consecuencias si alguien lo veía.

Tiré de él para que se sentara a mi lado en el camastro y saqué de mi bolsillo el pequeño envoltorio rectangular que había preparado en Boston con tanto cuidado. Después de retirar la protección impermeable, le puse el contenido en las manos.

—Mira.

Las cogió con cautela, como quien maneja una sustancia desconocida, posiblemente peligrosa. Sus manazas enmarcaron las fotografías por un momento confinándolas en sus palmas. La cara redonda de Brianna recién nacida quedó entre sus dedos, con los puños diminutos curvados sobre la manta, cerrados los ojos sesgados y la boquita apenas entreabierta en el sueño.

Miré su rostro: Jamie estaba absolutamente estupefacto por la impresión. Apoyó las fotos contra el pecho, inmóvil, con los ojos dilatados y fijos como si una flecha le acabara de atravesar el corazón. Cosa que supongo que en verdad había ocurrido.

—Esto te lo envía tu hija —dije. Volví su rostro atónito hacia mí para besarlo con suavidad en los labios. Eso rompió el trance.

Con un parpadeo regresó a la vida.

—Mi... ella... —Estaba ronco por la impresión—. Hija. Mi hija. ¿Ella... lo sabe?

—Sí. Mira el resto.

Deslicé la primera foto de entre sus dedos para coger una fotografía de Brianna, bañada por el azúcar de su primer pastel de cumpleaños, cuatro dientes en la sonrisa de triunfo diablesco en la cara mientras agitaba su nuevo conejo de peluche por encima de su cabeza. Jamie emitió un sonido inarticulado y aflojó los dedos. Le cogí el montón de fotografías de las manos y se las fui pasando una a una.

Brianna a los dos años, con su traje para la nieve, con las mejillas redondas y rojas como manzanas, y la ligera melena escapando por debajo de la capucha.

Bree a los cuatro con un tobillo cruzado sobre la rodilla opuesta, brillante la melena acampanada, posando para el fotógrafo con su bata blanca.

A los cinco, con su primera fiambrera, a punto de abordar el autobús que la llevaría al jardín de infancia.

—No permitió que la acompañara; quería ir sola. Es muy valiente. No tiene miedo a nada. —Tenía la voz entrecortada mientras le explicaba, mostraba y señalaba las cambiantes imágenes que Jamie iba dejando caer al suelo para coger la siguiente.

—¡Oh, Dios! —exclamó al ver la foto de Bree a los diez años, sentada en el suelo de la cocina, abrazada a *Smoky*, nuestro gran terranova. Ésa era en color; sus cabellos brillaban con fuerza contra el negro pelaje del perro.

Le temblaban tanto las manos que ya no pudo sostener las fotos. Tuve que enseñarle las últimas: Bree, ya mayor, riendo ante lo que había pescado; de pie ante una ventana en actitud de reservada contemplación; ruborizada y con el pelo revuelto después de haber cortado leña, apoyada en el mango del hacha. Éstas mostraban su cara con todas las expresiones que yo había podido captar, siempre esa misma cara: la nariz larga y la boca ancha, los altos pómulos de vikingo y los ojos sesgados; era una versión más delicada de su padre, del hombre que, sentado en el camastro junto a mí, movía la boca sin decir nada, dejando correr calladamente las lágrimas.

Extendió una mano sobre las fotografías, pero sus temblorosos dedos apenas llegaron a tocar las brillantes superficies. Luego se volvió y se inclinó hacia mí muy despacio con la inverosímil elegancia de un altísimo árbol cayendo. Enterró la cara en mi hombro y se hizo añicos en silencio.

Lo estreché contra mi pecho, ciñendo con fuerza los anchos hombros trémulos. Mis propias lágrimas le cayeron en el pelo formando pequeños charcos oscuros en sus rizos rojos. Pegué la mejilla a su cabeza y le murmuré pequeñas incoherencias como si él fuera Brianna. Pensé que quizá aquello fuera como la cirugía: la curación es dolorosa incluso cuando la operación se realiza para eliminar un dolor ya existente.

—¿Cómo se llama? —Por fin levantó la cara, secándose la nariz con el dorso de la mano. Recogió las fotos con suavidad, como si pudieran desintegrarse—. ¿Qué nombre le pusiste?

—Brianna —dije orgullosa.

—¿Brianna? —dijo mirando las fotografías con el ceño fruncido—. ¡Qué nombre tan horrible para una muchachita!

Di un respingo, como ante un golpe.

—¡No es horrible! —le espeté—. Es un nombre hermoso. Además, tú mismo me dijiste que la llamara así. ¿Cómo que es horrible?

—¿Que yo te lo dije? —Parpadeaba.

—¡Claro que sí! Cuando... cuando... la última vez que te vi.
—Apreté los labios para no llorar. Al cabo de un momento, ya dominados los sentimientos, añadí—: Me dijiste que diera al bebé el nombre de tu padre. Se llamaba Brian, ¿no es así?

—Sí, es cierto. —Era como si la sonrisa luchara en su rostro para imponerse a las otras emociones—. Sí, tienes razón. Es cierto. Sólo que... bueno, supuse que sería un varón.

—¿Y lamentas que no lo fuera? —pregunté con una mirada fulminante mientras recogía las fotografías esparcidas por el suelo.

Me detuvo sujetándome por los brazos.

—No, no lo lamento. ¡Por supuesto que no! —Torció levemente la boca—. Pero no voy a negar que esto ha sido un verdadero golpe, Sassenach. Y tú también.

Lo miré por un momento, inmóvil. Yo había tenido meses enteros para prepararme y aun así me temblaban las rodillas y tenía un nudo en el estómago. A él, en cambio, mi aparición le había cogido del todo por sorpresa, no era de extrañar que aún se estuviera recuperando del impacto.

—Supongo que sí. ¿No te gusta que haya venido? —le pregunté. Tragué saliva—. ¿Quieres... quieres que me vaya?

Me apretó con tanta fuerza que dejé escapar un pequeño chillido. Al darse cuenta de que me estaba haciendo daño aflojó los dedos, pero sin dejar de sujetarme con firmeza. La sugerencia lo había hecho palidecer. Inspiró hondo y soltó el aire.

—No —dijo con una aproximación a la calma—. No quiero. Yo... —Repentinamente, apretó los dientes. Luego concluyó, con mucha decisión—: No.

Deslizó una mano hacia abajo para tomar la mía mientras alargaba la otra hacia las fotografías. Se las apoyó en la rodilla para mirarlas con la cabeza inclinada, a fin de que yo no le viera la cara.

—Brianna —murmuró con suavidad—. Pero lo pronuncias mal, Sassenach. Se llama...

Lo dijo con una extraña cadencia montañesa, acentuando la primera sílaba y musitando apenas la segunda: *Briina.*

—¿*Briina*? —repetí divertida.

Asintió con la vista clavada en las fotos.

—Brianna. Es un hermoso nombre.

—Me alegro de que te guste.

Entonces levantó la cabeza y me miró a los ojos escondiendo una sonrisa en la comisura de su larga boca.

—Háblame de ella. —Seguía con el índice las facciones regordetas de la niña enfundada en el traje para la nieve—. ¿Cómo era de pequeñita? ¿Qué fue lo primero que dijo cuando aprendió a hablar?

Me atrajo un poco más hacia él y yo me acurruqué contra su cuerpo. Era grande y sólido y olía a ropa limpia y a tinta mezclado con un cálido aroma a hombre que me resultaba tan excitante como familiar.

—«Perro.» Ésa fue su primera palabra. La segunda fue: «¡No!» La sonrisa se le ensanchó en la cara.

—Sí, ésa es la que todos aprenden enseguida. ¿Así que le gustan los perros? —Desplegó las fotos en abanico, como si fueran naipes, buscando la de *Smoky*—. ¡Qué bonito perro! ¿De qué raza es?

—Terranova. —Me incliné para buscar entre las instantáneas—. Aquí hay otra en la que está con un cachorro que le regaló un amigo mío.

La luz del día gris empezaba a desvanecerse. La lluvia repiqueteaba en el tejado desde hacía rato. De pronto, un feroz gruñido interrumpió nuestro diálogo; salía desde el corpiño de encaje de mi modelo Jessica Gutenburg. Había pasado mucho rato desde el último emparedado.

—¿Tienes hambre, Sassenach? —preguntó Jamie, lo cual me pareció innecesario.

—Bueno, sí, ahora que lo mencionas. ¿Todavía guardas comida en el cajón superior?

En los primeros días de nuestro matrimonio, yo había adquirido la costumbre de guardar pequeños bocados para calmar el constante apetito de Jamie, y el primer cajón de cualquier cajonera de todas nuestras casas siempre solía contener una selección de rollitos, pastelitos o trozos de queso.

Se echó a reír, desperezándose.

—Todavía, sí. Pero ahora no hay gran cosa ahí. Sólo un par de panecillos rancios. Será mejor que te lleve a la taberna y... —La expresión de felicidad que había adoptado después de ver las fotografías de Brianna desapareció y puso cara de alarma. Miró rápidamente por la ventana, donde un suave color violeta empezaba a desplazar el gris, cosa que todavía lo alarmó más—. ¡La taberna, por Dios! ¡Me he olvidado del señor Willoughby!

Antes de que yo pudiera decir nada, estaba en pie, buscando calcetines limpios en la cómoda. Me tiró un panecillo al regazo y se sentó en un taburete para ponerse los calcetines.

—¿Quién es el señor Willoughby? —Mordí el panecillo esparciendo las migajas por todas partes.

—Por todos los diablos —murmuró—. Había dicho que iría a buscarlo al mediodía, pero se me ha ido por completo de la cabeza. ¡Ya deben de ser las cuatro!

—En efecto. He oído las campanadas hace un ratito.

—¡Por todos los diablos! —repitió.

Metió los pies en un par de zapatos con hebillas de peltre, cogió la chaqueta colgada en la percha y luego se detuvo ante la puerta.

—¿Me acompañas? —preguntó, ansioso.

Me levanté, chupándome los dedos para ceñirme la capa.

—Nada podría impedírmelo —le aseguré.

25

Casa de placer

—¿Quién es el señor Willoughby? —inquirí cuando nos detuvimos bajo la arcada de Carfax Close para mirar a la calle adoquinada.

—Eh... un socio mío —replicó Jamie echándome una mirada cautelosa—. Será mejor que te pongas la capucha. Está diluviando.

La verdad era que llovía con bastante fuerza y del arco caían cascadas de agua que resbalaban por las cunetas limpiando las calles de aguas residuales y suciedad. Inspiré hondo aquel aire húmedo y limpio entusiasmada por la ferocidad de la noche y la cercanía de Jamie, alto y poderoso junto a mí. Lo había encontrado. Lo había encontrado y en ese momento no me importaba lo que la vida nos pudiera deparar. Me sentía valiente e indestructible.

Le estreché la mano y él agachó la cabeza y me devolvió el gesto, sonriendo.

—¿Adónde vamos?

—Al Fin del Mundo.

El rugido del agua dificultaba la conversación. Sin decir una sola palabra más, Jamie me cogió del hombro y me ayudó a sortear los adoquines en dirección a la empinada cuesta hacia la Royal Mile. Afortunadamente, la taberna llamada Fin del Mundo estaba apenas a diez metros; a pesar de lo intenso de la lluvia, los hombros de mi capa apenas estaban mojados cuando agachamos la cabeza para pasar bajo el dintel y entrar al estrecho vestíbulo.

El salón principal se encontraba atestado, caliente y lleno de humo; era un abrigado refugio contra la tormenta exterior. Había unas cuantas mujeres sentadas en los bancos, a lo largo de los muros, pero la mayoría de los parroquianos eran varones. Había alguno que otro envuelto en caras prendas de comerciante, pero la mayoría de los hombres que tenían un hogar al que regresar ya estaban en casa a aquellas horas. La taberna albergaba una mezcla de soldados, trabajadores de los muelles, peones y aprendices, y algún que otro borracho. Ante nuestra aparición se levantaron algunas cabezas, hubo saludos a gritos y un movimiento general para hacernos sitio en una de las mesas largas. Obviamente, Jamie era bien conocido en el Fin del Mundo. También me lanzaron algunas miradas curiosas a mí, pero nadie dijo nada. Me ajusté bien la capa y seguí a Jamie por entre la multitud que se agolpaba en la taberna.

—No, señora, no nos quedaremos —dijo a la joven camarera que se acercó a él muy sonriente—. He venido sólo a buscarlo a él.

La muchacha puso los ojos en blanco.

—¡Ah, sí, ya era hora! Mither lo ha llevado abajo.

—Sí, llego tarde —se disculpó Jamie—. Me he retrasado por... un asunto.

La muchacha me miró con curiosidad, pero luego se encogió de hombros, y dedicó a Jamie una sonrisa llena de hoyuelos.

—No es nada, señor. Harry le ha llevado una jarra de coñac y desde entonces casi no se le ha oído.

—Coñac, ¿eh? —dijo Jamie en tono de resignación—. ¿Y todavía está despierto?

Del bolsillo de su abrigo sacó una bolsita de cuero, de la que extrajo varias monedas que dejó caer en la mano extendida de la muchacha.

—Creo que sí —respondió ella, embolsándose alegremente el dinero—. Hace un rato le he oído cantar. ¡Gracias, señor!

Con un gesto de asentimiento, Jamie se agachó bajo el dintel y se dirigió hacia la parte trasera del salón mientras me indicaba que lo siguiera. En la cocina había una enorme caldera hirviendo en el fuego con lo que parecía estofado de ostras. Desprendía un olor delicioso, y enseguida sentí cómo se me hacía la boca agua. Abrigué la esperanza de que pudiéramos cerrar nuestros negocios con el señor Willoughby mientras cenábamos.

Vi a una gruesa mujer con un corsé mugriento y una falda arrodillada junto a la chimenea; estaba echando troncos de madera al fuego. Levantó la mirada en dirección a Jamie y asintió, pero no hizo ademán de ponerse en pie.

Él le respondió levantando la mano y se dirigió a una pequeña puerta de madera que había en el rincón. Descorrió el cerrojo y abrió, dejando al descubierto una escalera oscura que descendía hacia las entrañas de la tierra. A lo lejos brillaba una luz; parecía que hubiera un grupo de elfos excavando diamantes debajo de la taberna.

Los hombros de Jamie llenaban por completo el estrecho hueco de la escalera, obstruyéndome la visión de lo que hubiese abajo. Cuando salí al espacio abierto inferior divisé pesadas vigas de roble y una hilera de enormes barriles sobre una larga tabla puesta sobre caballetes contra la pared de piedra.

Al pie de la escalera ardía una antorcha. El sótano estaba en sombras y su cavernoso interior parecía desierto. Agucé el oído, pero sólo percibí el bullicio apagado de la taberna. Nadie cantaba, desde luego.

—¿Estás seguro de que está aquí?

Me incliné para echar un vistazo por debajo de las cubas al tiempo que me preguntaba si el señor Willoughby se habría excedido con el coñac y habría acabado buscando algún lugar seguro para dormir la mona.

—Oh, sí. —Jamie parecía preocupado pero resignado—. El pequeño gusano se ha escondido, supongo. Sabe que no me gusta que beba en locales públicos.

Enarqué una ceja, pero él se limitó a avanzar a grandes pasos entre las sombras, murmurando por lo bajo. El sótano ocupaba bastante espacio; lo oí caminar arrastrando los pies en la oscuridad mucho después de haberlo perdido de vista. Mientras tanto, sola en el círculo de luz que arrojaba la antorcha, miré con interés a mi alrededor.

Junto a la hilera de toneles había varios cajones de madera apilados en el centro de la habitación contra un extraño fragmento de muro que se levantaba hasta un metro y medio del suelo y continuaba hacia el fondo.

Ya había oído hablar de aquella clase de tabernas cuando estuvimos en Edimburgo veinte años atrás con Su Majestad el príncipe Carlos, pero entre unas cosas y otras, nunca llegué a ver ninguna. Debían de ser los restos de un antiguo muro levantado por los fundadores de Edimburgo después de la desastrosa batalla de Flodden Field en 1513. Tras concluir, con cierta justicia, que no sacarían nada asociándose con los ingleses del sur, habían construido un muro para definir tanto los límites de la ciudad como el de la civilizada Escocia. Eso explicaba el nombre de Fin del Mundo, y ese nombre había sobrevivido a varias versiones de la taberna que finalmente se fueron construyendo sobre los restos de las esperanzas escocesas.

—Maldito gusano. —Jamie emergió de entre las sombras con una telaraña pegada al pelo y una expresión ceñuda—. Debe de estar detrás de la pared.

Se volvió con las manos a modo de bocina y gritó algo en una jerga incomprensible; no se parecía siquiera al gaélico. Me metí un dedo en la oreja conforme me preguntaba si el viaje a través de las piedras me habría perjudicado el oído. Un súbito movimiento me hizo desviar los ojos justo a tiempo para ver una bola azul brillante que volaba desde ese antiguo fragmento de pared, hasta golpear a Jamie entre los omóplatos.

Se desplomó en el suelo de la bodega con gran estruendo y corrí hacia él.

—¡Jamie! ¿Estás bien?

La figura postrada lanzó unos cuantos comentarios groseros en gaélico y se incorporó con lentitud, frotándose la cabeza, que se había golpeado contra el suelo de piedra. Mientras tanto, la bola azul se había convertido en la silueta de un chino muy menudo, que reía con demencial placer; su cara redonda y cetrina brillaba de regocijo y coñac.

—¿El señor Willoughby, supongo? —le dije precavida a la aparición por si acaso le daba por seguir atizando golpes.

Debió de reconocer su nombre, pues sonrió de oreja a oreja mientras asentía con la cabeza; sus ojos se redujeron a ranuras centelleantes. Dijo algo en chino, al tiempo que se señalaba; luego saltó en el aire e hizo varias volteretas hacia atrás en rápida sucesión, para terminar dando brincos con una sonrisa de triunfo.

—¡Maldito piojo! —Jamie se levantó y se limpió las manos heridas en la chaqueta. Con un rápido manotazo, sujetó al chino por el cuello de la ropa y lo puso en pie—. Venga —dijo colocando al hombrecillo en la escalera y cargándoselo sobre los hombros—. Tenemos que irnos. Rápido.

La pequeña silueta vestida de azul se relajó de inmediato, y quedó laxa como una bolsa de ropa lavada.

—Cuando está sobrio se porta bien —me explicó Jamie a modo de disculpa mientras cargaba al chino en un hombro—. Pero no debe tomar coñac. Es un borrachín.

—Ya lo veo. ¿De dónde diablos lo has sacado? —Fascinada, seguí a Jamie arriba. La coleta del señor Willoughby se bamboleaba como un metrónomo contra el capote gris de Jamie.

—De los muelles.

Pero antes de que pudiera seguir, la puerta de arriba se abrió y nos encontramos de nuevo en la cocina de la taberna. La fornida propietaria infló las mejillas con aire de reproche.

—Le diré, señor Malcolm —comenzó ceñuda—, que, como bien sabe, aquí se le aprecia y yo no soy mujer de andarse con remilgos. No es una actitud conveniente para quien regenta una taberna. Pero ya le he dicho que ese hombrecito amarillo no es...

—Sí, señora Patterson; me lo ha mencionado —interrumpió Jamie. Desenterró una moneda del bolsillo y, con una reverencia, se la entregó a la corpulenta tabernera—. Le agradezco mucho su tolerancia. No volverá a suceder... espero —añadió por lo bajo. Se caló el sombrero, le hizo otra reverencia a la señora Patterson y se agachó para pasar por debajo del dintel y salir de nuevo a la taberna.

Nuestro regreso causó otra conmoción, pero esta vez fue negativa. La gente callaba o murmuraba maldiciones. Por lo visto, el señor Willoughby no era un parroquiano muy querido allí.

Jamie se fue abriendo paso entre la clientela, que se apartaba con aire reticente. Yo los seguí lo mejor que pude, intentando no mirar a nadie a los ojos y no respirar. Desacostumbrada como estaba a la antihigiénica miasma del siglo XVIII, el hedor que desprendían todos aquellos cuerpos enlatados en ese espacio tan pequeño era prácticamente abrumador.

Cerca de la puerta nos encontramos con un problema en la persona de una opulenta joven cuyo vestido era bastante escotado. No me costó mucho adivinar su ocupación principal. Cuando salimos de la cocina estaba atareada flirteando con un par de aprendices, pero cuando pasamos por su lado levantó la cabeza y se puso en pie al tiempo que lanzaba un grito ensordecedor y tiraba una jarra de cerveza.

—¡Es él! —chilló señalando a Jamie con un dedo vacilante—. ¡Ese diablo asqueroso!

Parecía tener dificultad para centrar la vista. Comprendí que la cerveza que había derramado no sería la primera de la velada a pesar de lo pronto que era. Sus compañeros miraron a Jamie con un interés que se acentuó cuando la joven avanzó moviendo el dedo en el aire como si dirigiera un coro.

—¡Él! El enano del que les hablé, el que me hizo esa porquería.

Como el resto de la multitud, yo también miraba a Jamie con interés, pero todos comprendimos pronto que la mujer no se refería a él, sino a su carga.

—¡Truhán! —chilló la mujer dirigiendo sus comentarios al trasero enfundado en unos pantalones de seda azul del señor Willoughby—. ¡Gusano! ¡Víbora!

Aquel espectáculo de virginal aflicción estaba revolucionando a sus compañeros; uno de ellos, un mozo alto y corpulento, se levantó con los puños apretados y los ojos centelleantes de alcohol.

—¿Es ése? ¿Quieres que le dé una buena, Maggie?

—No lo intentes, hijo —le aconsejó Jamie mientras cambiaba de posición su carga para equilibrarla mejor—. Vuelve a tu copa, que ya nos vamos.

—¿Ah, sí? Y tú eres el rufián del pequeñín, ¿no? —El muchacho hizo una mueca horrible al volver la cara enrojecida hacia mí—. Al menos, tu otra ramera no es amarilla. Echémosle un vistazo.

Y estiró una garra para cogerme la capa, dejando al descubierto el escotado corpiño del modelo Jessica Gutenburg.

—Parece bastante rosada —dijo su amigo con obvia aprobación—. ¿Está igual de rosita por todas partes? —Antes de que me pudiera mover, me agarró del corsé capturando el borde del encaje. Como la prenda no estaba diseñada para soportar los rigores de la vida en el siglo XVIII, la endeble tela se desprendió de un lado exponiendo bastante más piel rosa.

—¡Suéltala, hijo de puta! —Jamie giró en redondo, lanzando fuego por los ojos, con el puño libre apretado en señal de amenaza.

—¿A quién estás insultando, chulo barato? —El primero de los jóvenes, que no podía salir de su asiento tras la mesa, brincó por encima de ella y se lanzó hacia Jamie.

Él lo esquivó con gesto hábil y dejó que se estrellara de bruces contra la pared. Luego dio un paso hacia la mesa y descargó con fuerza el puño contra la cabeza del otro, cosa que le desencajó la mandíbula. Finalmente, me asió por la mano para arrastrarme a la calle.

—¡Vamos! —gruñó mientras cambiaba de posición al chino para sujetarlo mejor—. ¡Nos alcanzarán en un segundo!

Y era cierto. Podía oír los gritos que proferían los elementos más bulliciosos de la taberna que nos seguían por la calle. Jamie dobló por la primera que se alejaba de la Royal Mile en dirección a un estrecho y oscuro callejón y chapoteamos por el barro y otros vertidos no identificados, nos agachamos para pasar por debajo de una arcada y adentrarnos en otro serpenteante callejón que parecía zigzaguear por entre los intestinos de Edimburgo. Pasamos de largo varios muros oscuros y puertas de madera hechas añicos, y entonces llegamos a un pequeño patio donde nos detuvimos a coger aire.

—¿Qué... diablos... ha hecho? —jadeé. No lograba imaginar qué podía haber hecho aquel chino diminuto a una vigorosa muchacha como la tal Maggie. A juzgar por las apariencias, ella podría haberlo aplastado como a una mosca.

—Bueno, es por los pies, ¿sabes? —explicó Jamie al tiempo que echaba al señor Willoughby una mirada de irritada resignación.

—¿Los pies? —Involuntariamente mis ojos se desviaron hacia los piececillos del chino, miniaturas calzadas de satén negro con suelas de fieltro.

—Los suyos no —corrigió Jamie interpretando mi mirada—. Los de las mujeres.

—¿Qué mujeres?

—Bueno, hasta ahora sólo se ha metido con rameras. —Espió por la arcada tratando de ver a nuestros perseguidores—. Pero no sé qué podría intentar. No lo critico —explicó con brevedad—. Es pagano.

—Comprendo —dije, aunque por el momento no era cierto—. ¿Qué...?

—¡Ahí están! —Un grito en el extremo del callejón interrumpió mi pregunta.

—Caramba, pensaba que habían desistido. ¡Ven por aquí!

Nos lanzamos una vez más por un callejón de vuelta a la Royal Mile, algunos pasos por debajo de la cuesta, y volvimos a salir a un recinto. Oía gritos a nuestra espalda por la calle principal, pero Jamie me cogió del brazo y tiró de mí por una puerta abierta que daba a un patio lleno de toneles y cajones. Miró como loco a su alrededor y metió el cuerpo del señor Willoughby en un barril lleno de basura. Se detuvo lo justo para colocar un trozo de madera sobre la cabeza del chino con la idea de esconderlo, luego me arrastró hasta un carro cargado de cajas y me agachó entre ellas. Yo jadeaba por el desacostumbrado esfuerzo, con el corazón al galope debido a la adrenalina del miedo. Jamie, enrojecido por el frío y el ejercicio, tenía el pelo revuelto en distintas direcciones, pero su respiración era casi normal.

—¿Haces este tipo de cosas con mucha frecuencia? —pregunté mientras me llevaba la mano al pecho en un vano esfuerzo por apaciguar los latidos de mi corazón.

—No mucha. —Miraba con cautela por encima del carro en busca de nuestros perseguidores.

Nos llegó un eco de pies que corrían, pero desapareció y todo quedó en silencio, descontando el repiqueteo de la lluvia en las cajas sobre nuestras cabezas.

—Se han ido. Nos quedaremos un rato aquí, para estar seguros. —Bajó un cajón para que yo me sentara y, después de procurarse otro, se dejó caer con un suspiro, al tiempo que se apartaba el pelo suelto de la cara y me miraba con una sonrisa de medio lado—. Lo siento, Sassenach. No imaginaba que esto sería tan...

—¿Accidentado? —concluí por él. Le devolví la sonrisa mientras me secaba una gota de lluvia en la punta de la nariz—. No importa. —Miré hacia el barril de donde procedían unos crujidos que indicaban que el señor Willoughby estaba recuperando cierto estado de consciencia—. Dime... ¿cómo sabes lo de los pies?

—Él me lo dijo; le gusta beber, ¿sabes? —me explicó echando un vistazo al barril donde había escondido a su colega—. Y cuando bebe de más, comienza a hablar de los pies de las mujeres y de las cosas horribles que le gustaría hacer con ellos.

—¿Qué cosas tan horribles se pueden hacer con un pie? —pregunté fascinada—. Me parece que las posibilidades son limitadas.

—No, en absoluto —replicó lúgubre—. Pero no es algo que podamos discutir en plena calle.

A nuestra espalda, desde el fondo del barril, surgió un vago sonsonete. Costaba identificarlo por entre las inflexiones del lenguaje, pero me pareció que el señor Willoughby estaba formulando una pregunta.

—Cállate, cucaracha —dijo Jamie, grosero—. Una palabra más y seré yo el que te pise la cara. Veremos si te gusta. —Se oyó una risita aguda y el barril se quedó en silencio.

—¿Quiere que alguien le pise la cara? —pregunté.

—Sí. Tú —espetó Jamie. Se encogió de hombros como pidiendo disculpas. Estaba encarnado—. No he tenido tiempo de explicarle quién eras.

—¿Habla nuestro idioma?

—Oh, sí, en cierto modo, pero no se le entiende mucho. Por lo general, le hablo yo en chino.

Lo miré fijamente.

—¿Hablas chino?

Se encogió de hombros y ladeó la cabeza esbozando una débil sonrisa.

—Bueno, mi chino es tan bueno como el inglés del señor Willoughby, pero tampoco es que tenga muchos compañeros de conversación entre los que elegir, así que se tiene que conformar conmigo.

Mi corazón empezó a dar señales de que volvía a la normalidad y me incliné contra la pared del carro, resguardada de la llovizna bajo la capucha.

—¿De dónde le viene el nombre de Willoughby? —pregunté. Aunque por mucha curiosidad que me despertara ese chino, estaba más interesada en saber qué hacía con él un respetable impresor de Edimburgo. Pero me costaba fisgonear en la vida de Jamie. Teniendo cn cuenta que acababa de regresar de entre los muertos, o algo parecido, no podía pretender saber al instante todos los detalles de su vida.

Él se frotó la nariz con la mano.

—Bueno, es que su verdadero nombre es Yi Tien Cho. Según dice, significa «el que se apoya en el cielo».

—¿Demasiado difícil de pronunciar para los escoceses de esta zona? —Conociendo la naturaleza insular de los escoceses, no me sorprendió que no quisieran aventurarse en aguas lingüísticas extrañas. Jamie, con su facilidad para los idiomas, era una anomalía genética.

Sonrió y sus dientes blancos brillaron en la oscuridad.

—Bueno, no tanto. Pero si lo pronuncias mal, suena como una palabrota gaélica. Me pareció preferible lo de Willoughby.

—Comprendo. —Pensé que, dadas las circunstancias, no debía preguntar de qué palabra gaélica se trataba.

Eché una mirada por encima del hombro. Al parecer, no había moros en la costa. Al ver mi gesto, Jamie se levantó con un asentimiento.

—Sí, ya podemos irnos. Los muchachos deben de haber vuelto a la taberna.

—¿No tenemos que pasar por el Fin del Mundo para volver a la imprenta? —pregunté con recelo—. ¿O hay otro camino? —Ya era noche cerrada y la idea de corretear por los sucios y mugrientos callejones de Edimburgo no me resultaba muy atractiva.

—Eh... no, no iremos a la imprenta.

Yo no podía verle la cara, pero me pareció notar cierta reserva en su actitud. ¿Tendría alguna residencia en otro punto de la ciudad? Sentí cierta vacuidad al pensarlo; estaba claro que la estancia que había sobre la imprenta era una celda de monje, pero quizá tuviera una casa normal en alguna otra parte. Incluso una familia. Mientras estuvimos en la imprenta sólo tuvimos la oportunidad de intercambiar la información esencial. No tenía ninguna forma de saber lo que había hecho durante aquellos últimos años o qué podría estar haciendo en la actualidad.

Sin embargo, estaba claro que se había alegrado de verme —como poco—, y la expresión de preocupada reflexión que tenía en ese momento bien podría deberse a su socio borracho en lugar de tener algo que ver conmigo.

Se inclinó hacia el barril, mientras decía algo en chino con acento escocés. Era uno de los sonidos más extraños que yo había oído, algo así como los chirridos de la gaita cuando la afinaban, pensé muy entretenida por el espectáculo. Sea lo que fuere lo que le dijera Jamie, el señor Willoughby respondió con locuacidad, interrumpiéndose con risitas y resoplidos. Por fin salió del barril, y su diminuta silueta se recortó bajo la luz de una lámpara distante del callejón. Bajó con bastante agilidad y no tardó en reclinarse en el suelo ante mí.

Teniendo en cuenta lo que Jamie me había dicho sobre los pies, me apresuré a dar un paso atrás.

—No, no hay problema, Sassenach —me aseguró Jamie al tiempo que me apoyaba una mano tranquilizadora en el brazo—. Te está pidiendo perdón por su anterior falta de respeto.

—Ah, bueno.

Miré dubitativamente al señor Willoughby, que parloteaba algo dirigiéndose al suelo. A riesgo de saltarme el protocolo, me agaché y le di unas palmaditas en la cabeza. Debí de acertar, porque el hombrecillo se puso en pie y se inclinó varias veces ante mí hasta que Jamie le dijo con impaciencia que ya podía parar y volvimos a la Royal Mile.

El edificio al que Jamie nos condujo estaba discretamente oculto en un pequeño callejón, justo por encima de la iglesia de Canongate y unos cuatrocientos metros más allá del palacio Holyrood. Vi los faroles en las puertas del palacio y me estremecí un poco ante la imagen. Nosotros vivimos allí con Carlos Estuardo durante casi cinco semanas, en esa primera fase victoriosa de su breve carrera. Colum MacKenzie, el tío de Jamie, murió allí.

La puerta se abrió a su llamada y dejé de pensar en el pasado. La mujer que asomó, con una vela en la mano, era menuda y elegante, de pelo oscuro. Al ver a Jamie lanzó una exclamación de alegría y le dio un beso en la mejilla a modo de saludo. Mis entrañas se estrujaron como apretadas por un puño, pero me tranquilicé al oír que él la llamaba «madame Jeanne». No era un tratamiento que pudiera dar a una esposa... ni tampoco a una amante, con un poco de suerte.

Aun así, algo en aquella mujer me inquietaba. Era francesa, obviamente, aunque hablaba un buen inglés, cosa que tampoco era de extrañar. Edimburgo era una ciudad de mar muy cosmopolita. Vestía con sobriedad, pero con elegancia, llevaba la seda con estilo. Sin embargo, llevaba más pintalabios y colorete del que resultaba habitual en las escocesas. Lo que me inquietó fue su forma de mirarme con el ceño fruncido y un palpable aire de disgusto.

—Monsieur Fraser —dijo tocando a Jamie en el hombro con una posesividad que no me gustó nada—, ¿me permitiría usted una palabra a solas?

Jamie entregó su capote a la doncella que venía a buscarlo y, echándome un vistazo, evaluó inmediatamente la situación.

—Por supuesto, madame Jeanne —dijo en tono cortés mientras alargaba una mano para conducirme hacia delante—. Pero antes... permítame presentarle a mi esposa, madame Fraser.

Mi corazón dejó de latir un momento y luego recuperó su ritmo con tal intensidad que supuse que todos los que estábamos en aquel pequeño vestíbulo podríamos oírlo. Jamie me miró a los ojos y sonrió agarrándome del brazo con más fuerza.

—¿Su... esposa?

Yo no habría podido decir si en la cara de la mujer predominaba la estupefacción o el horror.

—Pero, monsieur Fraser... ¿la trae usted aquí? Yo diría... una mujer... vaya y pase, aunque no está bien insultar a nuestras *jeunes filles*... ¡Pero una esposa! —Se quedó boquiabierta, exhibiendo varios molares cariados. Luego se sacudió bruscamente, recuperando su actitud serena, y me saludó en un intento de mostrarse gentil—. *Bonsoir*... madame.

—Igualmente —dije cortés.

—¿Mi cuarto está preparado, madame? —preguntó Jamie. Sin aguardar respuesta, giró hacia la escalera llevándome consigo—. Pasaremos la noche aquí.

Se volvió para mirar al señor Willoughby, que había entrado con nosotros. Se había sentado en el suelo, donde se había quedado chorreando agua de lluvia con una expresión distraída en su pequeña cara chata.

—Hum... —Jamie hizo un gesto interrogante en dirección al señor Willoughby mientras miraba a madame Jeanne con las cejas enarcadas. Ella observó un momento al diminuto chino como si se preguntara de dónde habría salido; por fin dio una enérgica palmada para llamar a la criada.

—Averigua si Mademoiselle Josie está libre, Pauline, por favor —ordenó—. Luego lleva agua caliente y toallas limpias a monsieur Fraser y su... esposa —dijo la última palabra con asombro, como si todavía no se lo creyera.

—Ah, algo más, madame, si es usted tan amable. —Jamie se inclinó desde la barandilla, con una sonrisa—. Mi esposa necesita un vestido nuevo; su guardarropa ha sufrido un desdichado accidente. ¿Podría proporcionarle algo adecuado por la mañana? Gracias, madame Jeanne. *Bonsoir!*

Lo seguí en silencio por cuatro tramos de escaleras hasta lo alto de la casa. Estaba demasiado ocupada pensando, mi mente era un torbellino. «Rufián», lo había llamado el muchacho de la taberna. Sin duda era sólo un insulto; algo así me parecía absolutamente imposible. En realidad, era un apelativo imposible de adjudicar al Jamie Fraser que yo conocí, me corregí mirando los anchos hombros que escondía bajo su abrigo de sarga gris oscura. Pero ¿y para este hombre?

No sabía qué esperar, aunque el cuarto era bastante normal, pequeño y limpio, cosa bastante extraordinaria, si me paraba a pensarlo. Estaba amueblado con un taburete, una cama sencilla y una cómoda con cajones, sobre la que descansaba una jofaina con un aguamanil y un candelero con una vela que Jamie encendió con la candela que había traído de abajo. Él se quitó el abrigo mojado y, después de tirarlo de cualquier forma sobre el taburete, se sentó en la cama para quitarse los zapatos mojados.

—Dios mío, estoy muerto de hambre —dijo—. Espero que la cocinera no se haya acostado todavía.

—Jamie...

—Quítate la capa, Sassenach —indicó al verme aún en pie bajo la puerta—. Estás empapada.

—Sí. Bueno... sí. —Tragué saliva y proseguí—. Es que... eh... Jamie, ¿por qué tienes habitación permanente en un burdel? —espeté.

Se frotó la barbilla algo azorado.

—Lo siento, Sassenach —dijo—. Ya sé que no debería haberte traído aquí, pero no se me ha ocurrido otro lugar donde pudieran remendarte el vestido en poco tiempo y servirnos una cena caliente. Además, tenía que poner al señor Willoughby donde no pudiera meterse en líos. Y como de cualquier modo debíamos venir aquí... —Echó un vistazo a la cama—. Es mucho más cómoda que mi catre de la imprenta. Pero tal vez haya sido una mala idea. Podemos irnos, si te parece que...

—Eso no me molesta —interrumpí—. Lo que quiero saber es por qué tienes cuarto en un burdel. ¿Tan buen cliente eres?

—¿Cliente? —Me miró con las cejas enarcadas—. ¿Aquí? Por Dios, Sassenach, ¿por quién me tomas?

—Maldita sea si lo sé. Por eso pregunto. ¿Vas a responderme o no?

Se quedó mirando los calcetines de sus pies un momento y meneó los dedos sobre el suelo de madera. Al rato levantó la cabeza, me miró y me respondió con cautela.

—Supongo que sí. No soy cliente de Jeanne, pero ella es cliente mía... y de las buenas. Me reserva una habitación porque mi trabajo suele mantenerme en la calle hasta tarde y me gusta tener cama y comida caliente a cualquier hora. E intimidad. Este cuarto es parte de mi acuerdo con ella.

Yo estaba conteniendo la respiración. Solté la mitad del aire.

—Está bien —dije—. En ese caso, la pregunta siguiente es: ¿qué negocios puede tener un impresor con la dueña de un burdel? —Me cruzó la cabeza la absurda idea de que quizá imprimía anuncios para madame Jeanne, pero la rechacé enseguida.

—No —musitó lentamente—. Creo que la pregunta no es ésa.

—¿No?

—No. —Con un movimiento fluido, se levantó de la cama para acercarse a mí tanto que me vi obligada a levantar la cabeza para mirarlo. Me asaltó la repentina necesidad de dar un paso atrás, pero no lo hice; en gran parte porque tampoco quedaba espacio—. La pregunta, Sassenach, es: ¿por qué has vuelto? —me preguntó con suavidad.

—¡Bonita pregunta me haces! —Apreté las manos contra la madera áspera de la puerta—. ¿Por qué diablos crees que he vuelto, maldito seas?

—No lo sé. —Su suave voz escocesa sonaba tranquila, pero incluso bajo la tenue luz de la estancia podía ver el latido de su pulso palpitando en el cuello abierto de su camisa—. ¿Has vuelto para volver a ser mi esposa? ¿O sólo para traerme noticias de mi hija? —Como si percibiera que su cercanía me ponía nerviosa, se alejó de repente en dirección a la ventana donde las contraventanas crujían empujadas por el viento—. Eres la madre de mi hija. Sólo por eso te debo mi alma, por la certeza de que no he vivido en vano, de que mi hija está sana y salva. —Se volvió de nuevo para mirarme fijamente con sus ojos azules—. Pero ha pasado mucho tiempo, Sassenach, desde que tú y yo éramos una sola persona. Tú has vivido tu vida... allí. Y yo la mía aquí. No sabes nada de lo que he hecho ni de lo que he sido. ¿Has vuelto porque lo deseabas... o porque te sentías obligada?

Sentía un nudo en la garganta, pero lo miré a los ojos.

—He vuelto porque... Te creía muerto. Pensaba que habías muerto en Culloden.

Agachó los ojos y los pegó al alféizar donde cogió una astilla.

—Comprendo —dijo con suavidad—. Bueno, mi intención era morir. —Sonrió sin humor—. Me esforcé bastante. —Levantó la vista hacia mí—. ¿Cómo descubriste que no había muerto? Y dónde estaba, además.

—Tuve ayuda. Un joven historiador, llamado Roger Wakefield, encontró los registros y te siguió el rastro hasta Edimburgo. Y cuando leí «A. Malcolm» tuve la seguridad... me pareció... que podías ser tú —concluí, desolada. Ya habría tiempo para más detalles en otro momento.

—Sí, comprendo. Y entonces has venido. Pero aun así, ¿por qué?

Por un segundo lo miré sin hablar. Como si necesitara aire o quizá sólo algo que hacer, Jamie abrió el cierre de las contraventanas, las separó un poco y la habitación se llenó con los sonidos del agua que corría por las calles y el frío y refrescante olor de la lluvia.

—¿Tratas de decirme que no me quieres aquí? —dije por fin—. Porque si es eso... Quiero decir, sé que tienes tu vida hecha. Tal vez... otros lazos... —Mis sentidos estaban extrañamente alerta y podía escuchar los sonidos de la actividad de la casa que tenía a mis pies incluso por encima del rugido de la tormenta y los

338

latidos de mi propio corazón. Tenía las palmas de las manos húmedas y me las sequé con la falda a escondidas.

Él se apartó de la ventana para contemplarme.

—Dios —dijo—. ¿Que no te quiero aquí? —Había palidecido y tenía los ojos extrañamente brillantes—. Hace veinte años que ardo por ti, Sassenach —murmuró—. ¿No lo sabes? ¡Por Dios! —La brisa sacudió los mechones de pelo suelto que le rodeaban la cara y él se los apartó con impaciencia—. Pero no soy el mismo que conociste hace veinte años, ¿verdad? —Me volvió la espalda con un gesto de frustración—. Ahora nos conocemos menos que cuando nos casamos.

—¿Quieres que me vaya? —La sangre me palpitaba en los oídos.

—¡No! —Me cogió los hombros con tanta fuerza que me eché involuntariamente hacia atrás—. No —repitió con más serenidad—. No quiero que te vayas. Ya te lo he dicho y lo he dicho muy en serio. Pero... necesito saber.

Inclinó la cabeza hacia mí con una pregunta atribulada en el rostro.

—¿Me quieres? —susurró—. ¿Vas a aceptarme, Sassenach, vas a arriesgarte con el hombre que soy en aras del hombre al que conociste?

Sentí una gran oleada de alivio mezclada con temor. Se deslizaba desde su mano, resbalaba por mi hombro y llegaba hasta las puntas de mis pies debilitando mis articulaciones.

—Ya es demasiado tarde para preguntar eso —dije tocándole la mejilla donde la barba empezaba a asomar. El tacto era suave bajo mis dedos, como la felpa—. Porque ya he arriesgado todo lo que tenía. No importa quién seas ahora, Jamie Fraser. Sí. Te quiero, sí.

La luz de la vela centelleaba en sus ojos azules. Me alargó las manos y avancé, sin decir nada, hacia su abrazo. Apoyé la cara sobre su pecho deleitándome de la sensación de volver a sentirlo entre mis brazos: tan grande, tan sólido y cálido. Real después de tantos años de desear un fantasma al que no podía tocar.

Al poco se separó, me miró y me tocó la mejilla con mucha delicadeza. Sonrió un tanto.

—Tienes el valor de un demonio, ¿no? Como siempre.

Intenté sonreírle, pero me temblaron los labios.

—¿Y tú? ¿Sabes acaso cómo soy yo? Tú tampoco sabes lo que he estado haciendo en estos veinte años. Podría haberme convertido en una persona horrible.

La sonrisa de sus labios trepó hasta sus ojos y el humor brilló en ellos.

—Supongo que es posible. Pero te diré algo, Sassenach: no creo que me importe.

Me quedé allí mirándolo durante otro minuto y luego cogí aire tan profundamente que saltaron algunos puntos más de mi vestido.

—Tampoco a mí.

Parecía absurdo sentirme tímida con él, pero así era. Las aventuras de la noche, sus palabras, todo había abierto el abismo de la realidad: los veinte años no compartidos, el futuro ignoto que se extendía más allá. Ahora habíamos regresado a un punto en el que teníamos que volver a conocernos y descubrir si de verdad seguíamos siendo los mismos que un día fueron una sola persona y si podíamos volver a serlo.

Un golpecito en la puerta rompió la tensión. La criada traía la cena en una bandeja. Después de una tímida reverencia dirigida a mí y una sonrisa para Jamie, nos sirvió la carne fría, caldo y pan de avena caliente con manteca, y encendió el fuego con mano experta y veloz. Luego se retiró murmurando.

—Buenas noches.

Comimos lentamente, poniendo cuidado en conversar sólo de cosas neutras; yo le conté cómo había viajado desde Craigh na Dun a Inverness y le hice reír con anécdotas sobre el señor Graham y el señorito Georgie. Él, a su vez, me habló del señor Willoughby, a quien había encontrado borracho perdido y medio muerto de hambre, caído tras una hilera de toneles en los muelles de Burntisland, uno de los puertos cercanos a Edimburgo.

Hablamos poco de cosas personales, pero mientras cenábamos me sentí cada vez más pendiente de su cuerpo. No pude evitar observar sus elegantes y largas manos mientras servía el vino o cortaba la carne, examinar los giros de su poderoso torso bajo la camisa, y la elegante silueta de su cuello y sus hombros cuando se agachó a recoger la servilleta que se le había caído. En una o dos ocasiones me pareció advertir que su mirada se paseaba por mi cuerpo del mismo modo —una especie de vacilante avidez—, pero siempre apartaba la vista rápidamente y cerraba los ojos, cosa que me impedía saber lo que veía o sentía.

Al terminar la cena, en las mentes de ambos predominaba la misma idea. No podía ser de otra manera considerando el lugar donde nos encontrábamos. Me recorrió un escalofrío de temor y expectativa. Él vació su copa de vino, la dejó en la mesa y me miró directamente a los ojos.

—¿Quieres...? —Se interrumpió con el rubor acentuado en sus facciones, pero tragó saliva y continuó—. ¿Quieres venir a la cama conmigo? Es decir —añadió deprisa—, hace frío, los dos nos hemos mojado y...

—Y no hay ningún sillón —terminé por él—. De acuerdo.

Le solté la mano y me volví hacia la cama, sintiendo una extraña mezcla de entusiasmo y vacilación que me entrecortó la respiración. Él se quitó con celeridad los pantalones y los calcetines.

—Lo siento, Sassenach. No se me ha ocurrido ayudarte con tus lazos.

«Así que no está habituado a desvestir mujeres», pensé sin poder contenerme, sonriendo ante la idea.

—No son lazos —murmuré—, pero si quieres echarme una mano con la parte de atrás...

Deposité a un lado mi capa y me volví hacia él, levantando el pelo para dejar el cuello del vestido a la vista. Hubo un silencio desconcertado. Luego sentí que deslizaba lentamente un dedo a lo largo de mi columna vertebral.

—¿Qué es esto? —preguntó.

—Se llama cremallera —expliqué sonriendo a pesar de que él no podía verme—. ¿Ves esa pequeña lengüeta que tiene arriba? Basta con cogerla y tirar hacia abajo.

Los dientes de la cremallera se separaron con un rasguido; se aflojaron los costados del vestido. Me quité las mangas y dejé que el vestido cayera a mis pies mientras me volvía hacia Jamie antes de acobardarme.

Él se tambaleó hacia atrás sorprendido de mi maniobra de crisálida. Luego parpadeó y se me quedó mirando fijamente.

Me erguí ante él, sin otra ropa que los zapatos y las medias de seda rosada sujetas con ligas. Sentía la urgente necesidad de recoger el vestido para subirlo otra vez; aun así resistí con la espalda erguida y la barbilla en alto. Esperé.

Él no dijo nada. Sus ojos brillaban a la luz de las velas mientras movía suavemente la cabeza, pero seguía teniendo la capacidad de esconder sus pensamientos tras una máscara inescrutable.

—¿Quieres decir algo, caramba? —exigí con voz algo trémula.

Abrió la boca, aunque continuó mudo, moviendo muy despacio la cabeza de un lado a otro.

—Cielos —susurró por fin—. Claire... eres la mujer más hermosa que haya visto en la vida.

—Estás perdiendo la vista —aseguré—. Debe de ser glaucoma, porque no tienes edad para las cataratas.

El comentario lo hizo reír con cierta inseguridad. Entonces vi que en verdad estaba ciego: en sus ojos brillaba la humedad, pese a la sonrisa. Parpadeó con fuerza y me tendió la mano.

—Tengo vista de halcón —respondió igualmente convencido—, como siempre. Ven aquí.

Acepté la mano con cierta reticencia y salí de la inadecuada protección que me brindaban los restos de mi vestido.

Me llevó con gentileza hacia la cama y se sentó, conmigo en pie entre las rodillas. Me dio un delicado beso en cada pecho, apoyó la cabeza entre ellos y sentí su cálido aliento en la piel desnuda.

—Tus pechos son como el marfil —dijo con suavidad, con ese dejo escocés que siempre se acentuaba cuando estaba realmente conmovido. Levantó la mano para cogerme un pecho, sus dedos tiznados de oscuridad sobre mi brillo pálido—. Sólo verlos, tan generosos y redondos... Por Dios, podría reposar la cabeza aquí para siempre. Pero tocarte, mi Sassenach... Esa piel como terciopelo blanco, las líneas largas de tu cuerpo...

Hizo una pausa y sentí el movimiento de su garganta al tragar saliva, la mano que descendía poco a poco por la curva de la cintura y la cadera, la turgencia y la estrechez de nalgas y muslos.

—Buen Dios —murmuró—. No podría mirarte y mantener las manos quietas, tenerte cerca de mí y no desearte.

Entonces alzó la cabeza y me dio un beso en el corazón. Luego dejó resbalar la mano por la suave curva de mi tripa y repasó con los dedos las pequeñas marcas que me habían quedado del parto de Brianna.

—¿Te molestan? —dije vacilante rozándome el vientre con los dedos.

Me sonrió con cierta tristeza en la expresión. Vaciló un momento y luego se levantó la camisa.

—¿Y a ti? —me preguntó.

La cicatriz iba desde la mitad del muslo hasta la ingle. Veinte centímetros de blanquecino tejido retorcido. Fui incapaz de reprimir un jadeo al verla y me puse de rodillas a su lado.

Le posé la mejilla en el muslo agarrándome a su pierna con fuerza como si así pudiera retenerlo, como no pude hacerlo en el pasado. Podía sentir el lento e intenso latido de la sangre recorriendo su arteria femoral por debajo de mis dedos, a escasos dos centímetros de la horrible zanja que dibujaba su cicatriz retorcida.

—¿No te asusta ni te da asco, Sassenach? —me preguntó posando la mano en mi pelo. Levanté la cabeza para mirarlo.

—¡Claro que no!

—Está bien. —Alargó la mano para tocarme la tripa sin dejar de mirarme a los ojos—. Pues a mí tampoco me importan las cicatrices de tus batallas, Sassenach —me dijo con dulzura.

Luego me echó en la cama y se inclinó para besarme. Me quité los zapatos y flexioné las piernas al percibir su calor a través de la camisa. Acto seguido busqué el botón del cuello y lo desabroché.

—Quiero verte.

—Bueno, no hay mucho que ver, Sassenach —dijo con una risa insegura—. De cualquier modo, lo que hay es tuyo... si lo quieres.

Se quitó la camisa y, tras tirarla al suelo, se apoyó en las palmas de las manos para exhibir su cuerpo.

No sé qué esperaba yo, pero al ver su cuerpo desnudo me quedé sin aliento. Seguía siendo alto, claro, y estaba muy bien hecho. Los largos huesos de su cuerpo estaban muy bien musculados y dotados de una elegante fortaleza. Brillaba a la luz de las velas como si la luz procediera de su interior.

Había cambiado, desde luego, pero los cambios eran sutiles, como si lo hubieran puesto en un horno para darle un buen acabado. Parecía que sus músculos y su piel hubieran encogido un poco y estuvieran más pegados al hueso, por lo que estaba más terso. Nunca había tenido aspecto desgarbado, pero los rasgos aniñados ya habían desaparecido del todo de su cuerpo. Su piel se había oscurecido un poco: ahora era de un dorado pálido, bronceada en cara y cuello, y palidecía hasta el blanco puro de la ingle, teñido de venas azules, en el que destacaba el rojizo vello púbico. Era obvio que no mentía al decir que me deseaba.

Cuando lo miré a los ojos torció súbitamente la boca.

—Una vez dije que sería sincero contigo, Sassenach.

Me eché a reír, aunque las lágrimas me escocían en los ojos y me azotó una ráfaga de emociones confundidas.

—Yo también.

Alargué la mano, vacilante, y él me la cogió. La fuerza y la calidez que encontré en su palma me sorprendió y me sacudí un poco. Entonces lo estreché con más fuerza y él se puso de pie frente a mí. Nos quedamos inmóviles vacilando con torpeza. Cada uno tenía una intensa conciencia del otro; habría sido imposible no tenerla. El cuarto era pequeño y la atmósfera estaba tan cargada que resultaba casi visible. Sentí vértigo, el mismo que se siente en lo alto de una montaña rusa.

—¿Tienes tanto miedo como yo? —pregunté al fin, y mi voz sonó ronca a mis propios oídos.

Él me observó con atención. Luego enarcó una ceja.

—No creo que sea posible. Tienes la piel de gallina. ¿Tienes miedo, Sassenach, o es sólo frío?

—Las dos cosas —dije, y se rió.

—Cúbrete —dijo él. Y me soltó la mano para apartar la colcha.

No dejé de temblar ni cuando se echó a mi lado, aunque el calor de su cuerpo me causó una fuerte impresión física.

—¡Caramba, tú sí que no tienes frío! —dije girando hacia él, y su calor se extendió por mi piel de pies a cabeza. Atraída por instinto me pegué más a él, temblando. Podía sentir mis pezones tensos y duros contra su pecho y la repentina sorpresa de su piel desnuda contra la mía.

Jamie se rió con incertidumbre.

—No. Supongo que lo mío es miedo, ¿no?

Me rodeó suavemente con los brazos; al tocarle el pecho sentí su piel erizada.

—En nuestra noche de bodas también teníamos miedo —susurré—. Tú me cogiste las manos. Dijiste que si nos tocábamos, sería más fácil.

Emitió un leve sonido; mis dedos acababan de encontrar una tetilla.

—Es cierto —dijo sofocado—. Por Dios, tócame otra vez así. —Tensó súbitamente las manos para estrecharme contra él—. Tócame —repitió con suavidad—, y deja que te toque, Sassenach mía. —Sentí su mano, acariciándome, tocándome, y mi pecho tenso y pesado en su palma. Yo seguía temblando, pero ahora él también temblaba—. Cuando nos casamos —susurró acariciándome la mejilla con su cálido aliento—, cuando te vi allí, tan hermosa con tu vestido blanco, sólo pude pensar en el momento en que estuviéramos solos para desatarte los lazos y tenerte desnuda en la cama, a mi lado.

—Y ahora, ¿me quieres? —susurré besando la piel bronceada de la clavícula. Tenía un sabor levemente salado. Su pelo olía a humo de leña y a picante virilidad.

En vez de responder se movió de golpe para hacerme sentir su rígida virilidad en el vientre.

Fue tanto el terror como el deseo lo que me llevó a apretarme contra él. Lo deseaba, sí; me dolían los pechos y sentía el vientre tenso y la entrepierna húmeda por la excitación sexual, abriéndose para él. Pero tan fuerte como la lujuria era el simple deseo de ser suya, de que me dominara, de que me utilizara con aspereza y sofocara así todas mis dudas, de que me poseyera con vigor para hacerme olvidarlo todo.

Sentí su necesidad en el temblor de las manos que me rodeaban las nalgas, en la involuntaria sacudida de sus caderas, que él contuvo de inmediato. «Hazlo —pensé—. ¡Hazlo ahora mismo, por Dios, y sin ninguna suavidad!»

No podía decirlo. Le vi la urgencia en la cara, pero él tampoco podía decirlo; era a la vez demasiado pronto y demasiado tarde para intercambiar esas palabras. Sin embargo, los dos habíamos compartido otro lenguaje que mi cuerpo aún recordaba. Presioné con violencia las caderas contra él agarrando las suyas, sintiendo las curvas de sus nalgas bajo las manos. Necesitaba que me besara y levanté la cabeza justo en el momento en el que él se agachaba para besarme.

Mi nariz chocó contra su frente e hizo un ruido desagradable. Cuando me separé de él cogiéndome la cara me lloraban mucho los ojos.

—¡Au!

—Dios, ¿te he hecho daño, Claire?

Parpadeé para borrar las lágrimas y vi su cara pegándose preocupada a la mía.

—No —le dije sintiéndome como una tonta—. Aunque creo que me has roto la nariz.

—No está rota —dijo palpándome el puente de la nariz con suavidad—. Cuando te rompes la nariz, se oye un desagradable ruido de aplastamiento y sangras como un cerdo. Pero tú estás bien.

Me toqué la punta con cuidado, aunque tenía razón: no sangraba. El dolor también había desaparecido muy rápido. Al mismo tiempo que reparaba en ello, advertí que Jamie estaba tumbado encima de mí, yo tenía las piernas abiertas debajo de su cuerpo, y su miembro apenas me rozaba. Estábamos a un suspiro de la decisión final.

En sus ojos pude ver que él también se acababa de dar cuenta. Ninguno de los dos se movió, apenas respirábamos. Entonces a él se le hinchó el pecho al inspirar hondo y me agarró las muñecas con una mano. Me levantó los brazos por encima de la cabeza y los sostuvo ahí mientras mi cuerpo se arqueaba tenso e indefenso debajo de él.

—Dame la boca, Sassenach —pidió suavemente inclinándose hacia mí. Su cabeza bloqueó la luz de la vela, dejando sólo un vago resplandor y la oscuridad de su tez mientras posaba la boca sobre la mía. Al principio el contacto era muy suave, apenas un roce, después empezó a presionar y se tornó más cálido. Me abrí a él con un leve jadeo. Su lengua buscó la mía.

Le mordí el labio y él retrocedió un poquito, sobresaltado.

—Jamie —dije contra sus labios mientras sentía la calidez de mi aliento entre nuestras bocas—. ¡Jamie!

Era todo lo que podía pronunciar, pero impulsé las caderas contra él y me sacudí otra vez instándolo a la violencia. Luego volví la cabeza y le clavé los dientes en el hombro. Dejó escapar un pequeño sonido grave y me penetró con fuerza. Yo estaba tan estrecha como una virgen y grité arqueándome debajo de él.

—¡No pares! —exclamé—. ¡No te detengas, por Dios!

Su cuerpo, al oírme, respondió en el mismo idioma. Las manos que me sujetaban las muñecas se tensaron. La fuerza de sus embates me llegó hasta el vientre.

Luego me soltó las muñecas y cayó a medias sobre mí, me clavó a la cama con su peso y metió las manos por debajo de mi cuerpo para inmovilizarme las caderas.

Cuando me retorcí contra él, me mordió en el cuello.

—Estate quieta —me dijo al oído. Yo me estaba quieta sólo porque no podía moverme. Nos quedamos allí pegados, estremeciéndonos. Sentía un palpitar en las costillas, pero no sabía si era mi corazón o el suyo.

Luego él se movió dentro de mí muy despacio. Bastó para provocarme una convulsión a modo de respuesta. Indefensa bajo su cuerpo, sentí que mis espasmos lo acariciaban, lo ceñían y lo soltaban, instándolo a acompañarme.

Arqueó la espalda, levantándose sobre las manos con la cabeza echada hacia atrás, los ojos cerrados y respirando con fuerza. Luego inclinó la cabeza hacia delante muy despacio y abrió los ojos para mirarme con indecible ternura. La luz de la vela brilló un momento en la humedad de su mejilla, quizá fuera sudor o puede que fueran lágrimas.

—Oh, Claire —susurró—. Oh, Claire, por Dios.

Y se dejó llevar, muy dentro de mí, sin moverse, estremeciéndose de arriba abajo hasta el punto de que le temblaban los brazos y sus rubicundos cabellos vibraban bajo la tenue luz de la estancia. Por fin dejó caer la cabeza con un sollozo y el pelo le ocultó la cara mientras se dejaba ir. Cada sacudida entre mis piernas despertaba un eco en mí.

Cuando todo hubo terminado se quedó encima de mí, inmóvil como una piedra durante un buen rato. Luego, muy suavemente, bajó hasta apoyar la cabeza sobre la mía y quedó como muerto.

Por fin salí de mi éxtasis; apoyé la mano en la base de su esternón, donde el pulso latía lento y fuerte.

—Es como montar en bicicleta, supongo —dije. Mi cabeza descansaba apaciblemente sobre la curva de su hombro y mi mano jugueteaba perezosa con los rizos rojos y dorados que se extendían por su pecho—. Antes no tenías tanto vello en el pecho, ¿lo sabías?

—No —respondió somnoliento—. No se me ha ocurrido contarlos. ¿Las bicicletas tienen mucho vello?

Me cogió por sorpresa y me eché a reír.

—No —dije—, quería decir que recordamos bien cómo se hacía.

Jamie abrió un ojo para clavarme una mirada reflexiva.

—Habría que ser muy tonto para olvidarlo, Sassenach —comentó—. Puede que me falte práctica, pero aún no he perdido todas mis facultades.

Pasamos largo rato quietos, sintiendo la respiración del otro, percibiendo cada pequeño respingo y cambio de postura. Encajábamos bien, mi cabeza en el hueco de su hombro, el territorio de su cuerpo cálido bajo mi mano, los dos extraños y conocidos, esperando para redescubrirnos.

El edificio era sólido y el ruido de la tormenta ahogaba casi todos los ruidos interiores, pero de vez en cuando se oían pisadas, una risa masculina o la voz aguda de una mujer, exagerados flirteos profesionales.

Al oírlo, Jamie se agitó algo incómodo.

—Habría sido mejor llevarte a una taberna —dijo—. Sólo que...

—No importa —le aseguré—. Francamente, había imaginado acostarme contigo en muchos lugares, pero nunca pensé que lo haría en un burdel. —No quería parecer entrometida, pero se impuso la curiosidad—. Tú... eh... ¿eres el propietario de esta casa, Jamie?

Se retiró un poco sin dejar de mirarme.

—¿Yo? Dios bendito, Sassenach, ¿por quién me tomas?

—Bueno, qué sé yo —señalé con cierta aspereza—. Cuando te encuentro, lo primero que haces es desmayarte. En cuanto puedes ponerte en pie, nos atacan en una taberna y nos persiguen por todo Edimburgo en compañía de un chino degenerado. Y terminamos en un burdel... cuya madama parece mantener una relación sumamente familiar contigo, por cierto. —Se le habían puesto rojas las puntas de las orejas y parecía estar debatiéndose entre la risa y la indignación—. Luego te quitas la ropa, anuncias que eres una persona horrible, con un pasado de depravación, y me llevas a la cama. ¿Qué puedo pensar?

La risa ganó el combate.

—Bueno, no soy ningún santo, Sassenach —reconoció—. Pero tampoco soy un rufián.

—Me alegro de saberlo. —Hubo una pausa momentánea y entonces dije—: ¿Tienes intención de contarme a qué te dedicas? ¿O debo ir enumerando las vergonzosas posibilidades hasta acertar por aproximación?

—¿Eh? —murmuró, divertido por la sugerencia—. ¿Qué supones tú?

Lo observé con atención. Estaba tumbado relajadamente entre las sábanas revueltas y me sonreía con un brazo detrás de la cabeza.

—Bueno, apostaría mis enaguas a que no eres impresor —dije.

Jamie ensanchó la sonrisa.

—¿Por qué?

Le clavé un dedo en las costillas.

—Estás en muy buen estado físico. Pasados los cuarenta, casi todos los hombres empiezan a echar barriga. Tú no tienes un gramo de más.

—Eso es porque no tengo quien me cocine —aclaró con melancolía—. Tú tampoco estarías gorda si comieras siempre en una taberna. Por suerte parece que comes con regularidad. —Me dio una palmada familiar en el trasero y luego se encogió riendo cuando le di una palmada en la mano.

—No trates de distraerme —protesté recobrando mi dignidad—. Tampoco tienes los músculos de quien trabaja como un esclavo en la prensa.

—¿Alguna vez has trabajado en una, Sassenach? —Enarcó una ceja burlona.

—No. —Fruncí el ceño con aire reflexivo—. ¿No te habrás metido a bandolero?

—No —respondió sonriente—. Prueba otra vez.

—¿Estafas?

—No.

—Secuestros por rescate, no, no creo —dije, contando las posibilidades con los dedos—. ¿Raterías? No. ¿Piratería? No, imposible, a menos que te hayas curado de los mareos. ¿Usura? Difícil.

Lo miré fijamente, y dejé caer la mano.

—La última vez que te vi eras un traidor, pero ése no me parece buen modo de ganarse la vida.

—Oh, sigo siendo un traidor —me aseguró—, sólo que últimamente no me han condenado.

—¿Últimamente?

—Pasé varios años encarcelado por traidor, Sassenach —recordó con aire sombrío—. Por el Alzamiento. Pero fue hace tiempo.

—Sí, lo sabía.

Dilató los ojos.

—¿Lo sabías?

—Eso y algo más. Te lo diré después. Pero dejémoslo por el momento y volvamos a la cuestión. ¿Cómo te ganas la vida en la actualidad?

—Soy impresor —dijo sonriendo de oreja a oreja.

—¿Y también traidor?

—Y también traidor —confirmó sonriendo—. En los dos últimos años me han arrestado seis veces por sedición. Pero no han podido probar nada.

—¿Y qué te pasará si un día de éstos pueden probarlo?

Agitó en el aire la mano libre.

—Oh, picota, flagelación, cárcel, deportación... Ese tipo de cosas. No es probable que me ahorquen.

—Qué alivio —dije con sequedad. Me sentí un poco superficial. Ni siquiera había tratado de imaginar qué clase de vida llevaría si lo encontraba. Y ahora que lo había hecho, me había pillado un poco por sorpresa.

—Te lo advertí —recordó. Ya no bromeaba. Sus ojos azules estaban serios y vigilantes.

—Es cierto —reconocí aspirando profundamente.

—¿Quieres dejarme? —Hablaba con indiferencia, pero lo vi apretar la colcha hasta que sus nudillos bronceados por el sol se pusieron blancos.

—No. —Le sonreí como pude—. No he vuelto para hacer el amor contigo una sola vez. He venido para que estemos juntos... si me aceptas —concluí un poco vacilante.

—¡Que si te acepto! —Dejó escapar el aliento que estaba conteniendo y se sentó en la cama cruzando las piernas y mirándome. Alargó los brazos y me cogió las manos—. Yo... ni siquiera puedo decir lo que he sentido al tocarte, Sassenach, cuando me he dado cuenta de que realmente eras tú. —Me recorrió con la mirada y sentí su calor, su deseo y mi propio calor fundiéndose por él—. Encontrarte otra vez... y volver a perderte... —Se interrumpió y tragó saliva.

Seguí con un dedo la línea nítida del pómulo y la mandíbula.

—No me perderás —dije—. Nunca más. —Sonreí al tiempo que le ponía un mechón de pelo rojo detrás de la oreja—. Aunque me entere de que has cometido bigamia y te han arrestado por borracho.

Se apartó con brusquedad. Dejé caer la mano, sobresaltada.

—¿Qué pasa?

—Bueno... —Se interrumpió frunciendo los labios y me echó una rápida mirada—. Es que...

—¿Qué? ¿Hay algo más que no me hayas dicho?

—Bueno, imprimir panfletos sediciosos no es muy rentable —explicó.

—Supongo que no. —Se me estaba acelerando otra vez el corazón ante la perspectiva de nuevas revelaciones—. ¿Qué otra cosa has estado haciendo?

—Sólo un poquito de contrabando —respondió en tono de disculpa—. Como actividad secundaria, ¿sabes?

—¿Eres contrabandista? —Lo miré fijamente—. ¿De qué?

—Principalmente, de whisky. Y también algo de ron, bastante vino francés y batista.

—¡Así que era eso! —Las piezas del rompecabezas encajaron: el señor Willoughby, los muelles de Edimburgo y nuestro alojamiento actual—. De ahí tu vinculación con este lugar. Y el hecho de que madame Jeanne sea cliente tuya.

—Claro —asintió—. Da muy buen resultado: cuando el licor llega de Francia, lo almacenamos en uno de los sótanos de esta casa. Jeanne nos compra directamente una parte y nos guarda el resto hasta que podemos despacharlo.

—Hum... y como parte del arreglo —dije con delicadeza—, tienes... eh...

Los ojos azules se entornaron.

—La respuesta a lo que estás pensando, Sassenach, es «no» —dijo con firmeza.

—¿No? —Me sentía de lo más complacida—. ¿Así que lees el pensamiento? Y dime, ¿qué estoy pensando?

—Te estás preguntando si a veces cobro en especie, ¿verdad? —Levantó una ceja hacia mí.

—Bueno, sí —admití—. Aunque eso no es asunto mío.

—¿Te parece que no? —Enarcó las cejas rojizas y me cogió los hombros para acercarme a él. Parecía algo sofocado—. ¿No?

—Sí —corregí igualmente sofocada—. ¿Y no lo haces?

—No. Ven aquí.

Me envolvió entre sus brazos. La memoria del cuerpo no es como la de la mente. Cuando pensaba, imaginaba y me preocupaba era torpe e insegura. Pero sin la interferencia del pensamiento consciente, mi cuerpo lo reconocía y le respondía de inmediato, como si sus manos se hubieran separado de mí no años atrás sino segundos antes.

—He tenido más miedo esta vez que en nuestra noche de bodas —murmuré, clavando los ojos en el lento y firme pulso que latía en su cuello.

—¿De veras? —Tensó los brazos a mi alrededor—. ¿Te asusto, Sassenach?

—No. —Posé los dedos sobre ese minúsculo latido e inspiré el profundo almizcle de sus esfuerzos—. Sólo que... la primera vez... no creía que fuera para siempre. Entonces quería irme.

Soltó un leve resoplido. En la suave hendidura que resbalaba por su pecho brillaba un tenue hilo de sudor.

—Y te fuiste, pero has vuelto —dijo—. Estás aquí. Es lo único que importa.

Me incorporé para mirarlo. Tenía los ojos cerrados, sesgados y felinos, con esas pestañas de ese color tan sorprendente y que tan bien recordaba de tantas veces que las había visto: las puntas de un intenso castaño debilitándose hasta adoptar un rojo tan pálido que casi se volvía rubio en las raíces.

—¿Qué pensaste la primera vez que hicimos el amor? —pregunté.

Abrió muy despacio los ojos azules para posarlos en mí.

—Para mí siempre fue definitivo, Sassenach —dijo sencillamente.

Poco después nos dormimos abrazados, con el ruido de la lluvia en las contraventanas mezclándose con los sofocados sonidos del comercio de los pisos inferiores.

Fue una noche sin sosiego. Me sentía demasiado agotada para permanecer despierta un momento más, pero también demasiado feliz para dormir profundamente. Quizá temía que Jamie desapareciera si me quedaba dormida. Tal vez él pensaba lo mismo. Nos tumbamos muy pegados sin estar despiertos del todo, pero demasiado atentos al otro como para dormir a pierna suelta. Yo percibía cada pequeño respingo de sus músculos, cada movimiento de su aliento, y sabía que él estaba igual de pendiente de mí.

Medio adormilados, rodábamos y nos movíamos juntos sin dejar de tocarnos en una especie de somnoliento ballet a cámara lenta mediante el que volvíamos a aprender en silencio el lenguaje de nuestros cuerpos. En alguna hora profunda y silenciosa de la madrugada, sin decir palabra, se volvió hacia mí y yo hacia él, e hicimos el amor con ternura, sin hablar. El encuentro nos dejó exhaustos por fin, en posesión de los secretos del otro.

Suave como el vuelo de una polilla en la oscuridad, mi mano rozó su pierna y descubrió la fina cicatriz. La seguí con los dedos y me detuve, sin apenas tocarlo, al final, preguntando sin palabras: «¿Cómo?»

Su respiración cambió con un suspiro. Me cubrió la mano con la suya.

—Culloden —dijo.

Esa palabra susurrada era una evocación de tragedia y muerte... y de nuestra separación, la separación que me lo había arrebatado.

—Jamás te dejaré —murmuré—. Nunca más.

Su cabeza se volvió sobre la almohada. Sus facciones se perdieron en la oscuridad y sus labios rozaron los míos como el roce de las alas de un insecto. Luego se puso boca arriba acurrucándome junto a él y posando la mano sobre mi hombro para tenerme cerca.

Poco después sentí que volvía a cambiar de posición y retiró un poco el cubrecama. Una brisa fría me rozó el antebrazo; el diminuto vello se puso de punta y luego se alisó bajo la calidez de su caricia. Abrí los ojos y me lo encontré de lado contemplando absorto mi mano. Descansaba inmóvil sobre la colcha, pálida y labrada, todos sus huesos y tendones teñidos de gris a medida que la estancia comenzaba su imperceptible viaje de la noche al día.

—Descríbemela —susurró agachando la cabeza mientras me recorría la silueta de los dedos, largos y fantasmales bajo la oscuridad de su caricia—. Qué tiene de ti y de mí. ¿Me lo puedes decir? Las manos, ¿son como las tuyas o como las mías? Descríbemela para que la vea.

Puso la mano junto a la mía. Era la mano sana: dedos rectos, uñas cortas, cuadradas y limpias.

—Como las mías. —Mi voz sonaba ronca por la falta de sueño, sin apenas la fuerza suficiente como para que se escuchara por encima del tamborileo de la lluvia que caía fuera. En la casa reinaba el silencio. Levanté los dedos de mi mano inmóvil un par de centímetros—. Tiene las manos largas y finas, como yo, pero más grandes: de dorso ancho y con una profunda curva cerca de la muñeca... como ésta, como la tuya. Y le palpita el pulso justo aquí, como a ti. —Toqué una zona donde hay una vena que cruza la curva de su radio, justo donde la muñeca se une con la mano. Jamie estaba tan quieto que podía sentir los latidos de su corazón bajo la yema del dedo—. Las uñas son cuadradas, como las tuyas, y no ovaladas como las mías. Pero tiene el meñique derecho torcido, igual que yo —añadí mostrándolo—. El tío Lambert me dijo que mi madre también lo tenía así.

Mi madre había muerto cuando yo tenía cinco años. No la recordaba con claridad, pero pensaba en ella cada vez que veía inesperadamente mi propia mano y me quedaba atrapada en un momento de gracia como ése. Posé la mano con el dedo torcido sobre la suya y luego la levanté hacia su cara.

—Tiene esta línea —continué en voz baja, contorneando la curva entre la sien y la mejilla—. Los ojos son los tuyos, con las mismas pestañas y las mismas cejas. La nariz de los Fraser. La boca es más parecida a la mía, con el labio inferior grueso, pero ancha como la tuya. La barbilla es puntiaguda como la mía, pero más fuerte. Es alta; mide casi uno ochenta.

Al sentir su respingo de estupefacción le toqué la rodilla con la mía.

—Las piernas son tan largas como las tuyas, pero muy femeninas.

—¿Y tiene esta vena azul, justo aquí? —Me puso tiernamente el pulgar en el hueco de la sien—. ¿Y las orejas como alas diminutas, Sassenach?

—Siempre se ha quejado de sus orejas; dice que sobresalen —dije. Las lágrimas me escocían mientras Brianna iba cobrando vida entre los dos—. Las tiene perforadas. No te molesta, ¿verdad? —añadí rápidamente para mantener las lágrimas a raya—. Frank decía que era vulgar y que no debía hacerlo, pero ella insistía; cuando cumplió los dieciséis se lo permití. Me pareció mal prohibírselo si yo tenía las orejas perforadas y todas sus amigas también. No quise... no quise...

—Hiciste bien —dijo interrumpiendo el torrente de frases medio histéricas. Me estrechó con suave firmeza—. Hiciste bien. Has sido una madre maravillosa, lo sé.

Yo lloraba otra vez sin hacer ruido temblando contra él. Él me abrazó con ternura y me acarició la espalda:

—Lo has hecho muy bien —me repetía entre murmullos—. Lo has hecho muy bien.

Y un rato después dejé de llorar.

—Me diste una hija, *mo nighean donn* —murmuró en la nube de mi pelo—. Estamos juntos para siempre. Ella está bien. Viviremos para siempre, tú y yo.

Me besó levemente y apoyó la cabeza en la almohada.

—Brianna —susurró con aquella extraña entonación montañesa que hacía del nombre algo muy suyo. Suspiró hondo. Un instante después dormía. Al siguiente yo también me dormí. Lo último que vi fue su ancha y dulce boca relajada por el sueño y media sonrisa.

26

El desayuno tardío de las prostitutas

Tras varios años de responder a las llamadas de la maternidad y de la profesión médica, había desarrollado la habilidad de despertar completamente del sueño más profundo. Y así fue como desperté en ese instante, consciente al segundo de las desgastadas sábanas de lino sobre las que yacía, el goteo de los aleros en el exterior, y el cálido aroma del cuerpo de Jamie mezclándose con el frío y dulce aire que se colaba por las grietas de las contraventanas.

Jamie no estaba en la cama; sin alargar la mano ni abrir los ojos, supe que su sitio estaba vacío. Sin embargo, él debía de estar cerca. Percibí el ruido de un movimiento cauteloso y un ligero sonido rasgado. Giré la cabeza sobre la almohada, al tiempo que abría los ojos.

Llenaba el cuarto una luz gris que borraba todos los colores, pero marcaba a las claras en la penumbra las líneas de su cuerpo. Destacaba entre la oscuridad de la estancia, sólido como el marfil y vivo como si estuviera grabado en el aire. Estaba desnudo de espaldas a mí delante del orinal de la habitación que acababa de sacar de debajo del aguamanil. Admiré la redondez de sus nalgas, el pequeño hueco musculoso que las hacía iguales y su pálida vulnerabilidad. El surco de su columna, cuya suave curva se deslizaba de caderas a hombros. Se movió un poco y la luz se reflejó sobre el tenue brillo plateado de las cicatrices de su espalda; me quedé sin aliento.

Él se volvió, sereno y algo abstraído. Al ver que lo estaba observando pareció algo sobresaltado. Sonreí en silencio; no se me ocurría nada que decir. Pero seguí mirándolo y él me miró a mí con la misma sonrisa en los labios. Sin decir una sola palabra vino a sentarse en la cama y el colchón cedió bajo su peso. Posó la mano abierta sobre la colcha y yo apoyé la mía encima sin vacilar.

—¿Has dormido bien? —pregunté al fin, estúpidamente.

Una amplia sonrisa le ensanchó la cara.

—No —dijo—. ¿Y tú?

—Tampoco. —Sentí su calor, pese a la distancia y lo glacial de la habitación—. ¿No tienes frío?

—No.

Nos quedamos en silencio, pero no podíamos dejar de mirarnos. Lo observé con atención a la creciente luz de la mañana, comparando mis recuerdos con la realidad. Una estrecha brizna de sol se coló por la grieta de las contraventanas: iluminó un mechón de pelo, dándole una apariencia de bronce pulido, y le doró la curva del hombro y la suave pendiente de su vientre. Parecía un poco más grande de lo que recordaba y muchísimo más cercano.

—Eres más corpulento de lo que recordaba —aventuré.

Él torció la cabeza para mirarme con aire divertido.

—Y tú pareces algo más pequeña.

Mi mano se perdió en la suya y sus dedos me rodearon con delicadeza los huesos de la muñeca; sentía la boca seca. Tragué saliva y me humedecí los labios.

—Hace mucho tiempo me preguntaste si sabía qué había entre tú y yo —dije.

Me miró a los ojos, su color azul era tan oscuro que parecían negros bajo aquella luz.

—Lo recuerdo —confirmó con suavidad, ciñendo brevemente los dedos a mi muñeca—. Cómo es... tocarte; acostarme contigo.

—Yo te respondí que no lo sabía.

—Entonces yo tampoco. —La sonrisa casi se había esfumado, pero seguía allí, acechando en la comisura de la boca—. Y aún no lo sé — proseguí indecisa—. Pero... —me interrumpí con un carraspeo.

—Pero aún existe —completó él. La sonrisa pasó de los labios a los ojos—. ¿No?

Era cierto. Me sentía tan consciente de su presencia como si hubiera tenido un cartucho de dinamita encendido, pero la sensación había cambiado entre los dos. Al quedarnos dormidos éramos un solo cuerpo, ligados por el amor de la hija engendrada por los dos; despertábamos siendo dos personas... vinculadas por algo diferente.

—Sí. Es decir... ¿Crees que es sólo por Brianna?

Aumentó la presión en mis dedos.

—¿Si te quiero por ser la madre de mi hija? —Enarcó una ceja rojiza, con aire de incredulidad—. No. Y no porque no te lo agradezca —añadió apresuradamente—. Pero no es por eso. —Agachó la cabeza para mirarme con atención y el sol iluminó el estrecho puente de su nariz y brilló en sus pestañas—. Creo que podría observarte durante horas enteras, Sassenach, para ver en qué has cambiado y en qué sigues siendo la misma. Sólo para ver pequeños detalles, como la curva de tu barbilla o las orejas, con esas pequeñas perforaciones. Todo eso está igual que antes. El pelo... yo te llamaba *mo nighean donn*, ¿te acuerdas? Mi chica morena.

Su voz era poco más que un susurro; acarició mis rizos con los dedos.

—Supongo que eso ha cambiado un poco —dije. Aún no tenía el pelo gris, pero tenía mechones más claros en los que mi habitual color marrón había palidecido para convertirse en un tono dorado más suave, y, repartidas por mi cabeza, brillaban algunas canas.

—Como roble bajo la lluvia —sonrió él, alisando un mechón con el dedo índice—. Con gotas de agua cayendo desde las hojas, a lo largo de la corteza.

Le acaricié el muslo, tocando la larga cicatriz.

—Ojalá hubiera estado allí para atenderte —musité—. Fue lo más horrible que hice en mi vida: abandonarte, sabiendo que... que ibas a hacerte matar. —Apenas pude pronunciar la palabra.

—Bueno, me esforcé bastante. —Su mueca irónica me hizo reír, pese a la emoción—. No fue culpa mía si no tuve éxito. —Echó un vistazo indiferente a la cicatriz que le cruzaba el muslo—. Tampoco fue culpa del *sassenach* ni de su bayoneta.

Me incorporé sobre un codo, entornando los ojos para estudiar la herida.

—¿Eso te lo hicieron con una bayoneta?

—Bueno, sí. Es que se infectó.

—Lo sé; encontramos el diario de lord Melton, el oficial que te envió a tu casa desde el campo de batalla. Él no creía que pudieras llegar.

Le estreché la rodilla como para recordarle que lo había conseguido y estaba allí, vivo delante de mí.

Resopló.

—Y casi acertó. Cuando me sacaron de la carreta, en Lallybroch, estaba medio muerto. —Su cara se ensombreció por los recuerdos—. Dios mío, a veces despierto en medio de la noche soñando con esa carreta. Fueron dos días de viaje, con frío y fiebre, o las dos cosas a la vez. Estaba cubierto de heno y las puntas se me clavaban en los ojos y las orejas, y perforaban mi camisa. Las pulgas se me estaban comiendo vivo y cada vez que encontrábamos un bache en el camino, la pierna me mataba. Y el camino era muy accidentado —añadió con un tono siniestro.

—Debió de ser horrible —reconocí, aunque la palabra parecía insuficiente.

Jamie dejó escapar un pequeño resoplido.

—Sólo resistí porque imaginaba lo que le haría a Melton si volvía a encontrarlo, para vengarme por no haberme fusilado.

Reí otra vez. Jamie me miró con una sonrisa torcida.

—No tiene nada de divertido —reconocí tragando saliva—. Río por no llorar, y no quiero llorar, ahora ya se ha acabado.

—Sí, lo sé.

Me estrechó la mano. Yo inspiré hondo.

—No... no quise mirar atrás. No me sentía capaz de averiguar... lo que había sucedido. —Me mordí el labio; reconocerlo parecía una traición—. No es que tratara... que quisiera... olvidarte. No quiero que pienses eso —añadí buscando torpemente las palabras—. No podría. Jamás. Pero...

357

—No te aflijas, Sassenach —me interrumpió con una palmadita en la mano—. Te entiendo. Yo también trataba de no recordar.

—Pero si lo hubiera hecho —confesé bajando la vista a la
sábana—, tal vez te habría encontrado antes.

Las palabras quedaron suspendidas entre nosotros como una
acusación, un recuerdo de esos amargos años de pérdida y separación. Al final él suspiró profundamente y me posó el dedo bajo
la barbilla levantándome la cara hacia la suya.

—¿Y entonces qué? ¿Habrías dejado a la niña allí, sin su
madre? ¿Habrías vuelto a mí en los tiempos posteriores a Culloden, cuando sólo habría podido verte sufrir con los demás, sin
poder cuidar de ti, sintiéndome culpable por llevarte a ese destino? ¿Quizá incluso haberte visto morir de hambre y enfermedad
sabiendo que yo era el responsable de tu muerte? —Enarcó una
ceja interrogante; luego negó con la cabeza—. No: yo te dije que
te fueras y que olvidaras. ¿Cómo podría criticarte por hacer lo
que te indiqué, Sassenach?

—¡Pero habríamos tenido más tiempo! Podríamos...

Me interrumpió con el simple recurso de agacharse y apoyar
la boca contra la mía. Estaba cálida y muy suave y su barba incipiente me rozó la piel. Al cabo de un instante me soltó.

—Sí, es cierto. Pero no podemos pensar en eso. —Me miró
con firmeza, analizando—. No puedo mirar atrás y seguir viviendo, Sassenach —afirmó sin más—. Si no tuviéramos más que la
noche pasada y este momento, me bastaría.

—¡A mí no! —protesté.

Él se echó a reír.

—Eres una pequeña codiciosa.

—Sí.

La tensión se había quebrado. Volví a concentrarme en la
cicatriz de su pierna para alejarme por ahora de la dolorosa contemplación del tiempo y las oportunidades perdidas.

—Me estabas contando cómo te hicieron eso.

—Sí. —Se meció hacia atrás y entornó los ojos mirando la
fina línea blanca que tenía en la parte superior del muslo.

—Bueno, fue Jenny... mi hermana, ¿recuerdas?

La recordaba, sí: tan morena como pelirrojo él y mucho más
pequeña, pero podía medirse con su hermano, y aun superarlo,
en cuestión de tozudez.

—Dijo que no iba a dejarme morir —continuó él con una
sonrisa melancólica—. Y lo cumplió. Al parecer, yo no tenía derecho a opinar sobre el asunto, porque no se molestó en consultarme.

—Muy propio de Jenny. —Sentí un leve fulgor de consuelo al pensar en mi cuñada: Jamie no había estado tan solo como yo creía. Jenny Murray se habría enfrentado al mismísimo diablo para salvar a su hermano, y estaba claro que lo había hecho.

—Me dio bebedizos para la fiebre y me puso cataplasmas en la pierna para sacar el veneno. Pero no dieron resultado y mi pierna empeoraba. Estaba hinchada y maloliente; después empezó a ponerse negra. Entonces pensaron que tendrían que cortármela para salvarme la vida.

Lo relataba con bastante despreocupación, pero yo me sentí algo descompuesta.

—Es obvio que no lo hicieron —observé—. ¿Por qué?

Jamie se rascó la nariz y se pasó una mano por el pelo para apartarse los salvajes mechones de los ojos.

—Bueno, fue por Ian. Él no lo permitió. Dijo a Jenny que sabía demasiado bien lo que era vivir con una sola pierna y, si bien a él no le molestaba mucho, estaba seguro de que a mí no me gustaría, por muchas razones —añadió haciendo un gesto con la mano y lanzándome una mirada que lo abarcaba todo: la pérdida del combate, de la guerra, de mí, de su hogar y su medio de vida, todo lo que componía su vida normal. Pensé que era muy probable que Ian tuviera razón—. Entonces Jenny hizo que tres de los arrendatarios se sentaran encima de mí para mantenerme inmóvil. Luego me abrió la pierna hasta el hueso con un cuchillo de cocina y lavó la herida con agua hirviendo —dijo tranquilamente.

—¡Por los clavos de Roosevelt! —balbuceé horrorizada.

Él sonrió apenas.

—Bueno, dio resultado.

Tragué saliva con dificultad; sabía a bilis.

—¡Por Dios, podrías haber quedado inválido de por vida!

—Bueno, ella limpió la herida lo mejor que pudo y me la cosió. Dijo que no me permitiría morir, ni quedar inválido, ni pasarme el día tendido en la cama sintiendo lástima de mí mismo, ni... —Se encogió de hombros, resignado—. Cuando acabó de enumerar todo lo que no iba a permitirme, lo único que me quedaba era reponerme.

Imité su risa. Él ensanchó la sonrisa ante el recuerdo.

—Cuando pude levantarme, hizo que Ian me llevara fuera después de oscurecer, para que caminara. ¡Hermoso espectáculo! Él, con su pata de palo; yo, con mi bastón; los dos renqueando de aquí para allá, como un par de cigüeñas cojas.

Me volví a reír, pero tuve que parpadear para reprimir las lágrimas. Los podía ver en mi imaginación, las dos altas y cojas siluetas peleándose tercamente contra la oscuridad y el dolor, apoyándose el uno en el otro para no perder el equilibrio.

—Pasaste años viviendo en una caverna, ¿no? Hay una leyenda sobre eso.

Elevó las cejas, sorprendido.

—¿Una leyenda? ¿Sobre mí?

—Eres una leyenda escocesa famosa —le dije con sequedad—. O por lo menos lo serás.

—¿Por haber vivido en una cueva? —Parecía entre abochornado y complacido—. Me parece un tema algo tonto para una leyenda.

—Hay algo más dramático: que te hiciste entregar a los ingleses para cobrar la recompensa que habían puesto a tu cabeza —comenté más seca aún—. ¿No fue un riesgo bastante grande?

Tenía la punta de la nariz rosada y parecía un poco avergonzado.

—Bueno, supuse que la prisión no sería tan horrible —confesó incómodo—, y teniendo en cuenta todo...

Traté de hablar con calma, aunque sentía deseos de sacudirlo con súbita y ridícula furia retrospectiva.

—¡Qué prisión ni prisión! Sabías perfectamente que podían ahorcarte, ¿no? ¡Y aun así lo hiciste!

—Tenía que hacer algo. —Se encogió de hombros—. Si los ingleses eran tan tontos como para pagar un buen precio por un triste despojo... Bueno, no hay ninguna ley que prohíba aprovecharse de los tontos, ¿verdad? —Curvó la comisura de sus labios y yo me debatí entre la necesidad de besarlo y la de abofetearlo.

No hice ninguna de las dos cosas. Me senté en la cama y empecé a alisarme los enredos del pelo con los dedos.

—No sé quién era el tonto manifesté sin mirarlo—. De cualquier modo, debes saber que tu hija está muy orgullosa de ti.

—¿En serio? —Parecía estupefacto y lo miré riendo a pesar de lo enfadada que estaba.

—Por supuesto. Eres un héroe, ¿no?

Se puso rojo y se levantó bastante desconcertado.

—¿Yo? ¡No! —Se pasó una mano por el pelo, como solía hacer cuando estaba pensativo o turbado—. No hubo nada de heroico en eso —dijo muy despacio—. Yo... no aguantaba más.

Ver que todos pasaban hambre y no poder cuidarlos... Jenny, Ian y los niños, todos los arrendatarios y sus familias... —Me miró con aire indefenso—. No me importaba que los ingleses me ahorcaran o no. Supuse que no lo harían, por lo que tú me habías dicho, pero aun pensando lo contrario, lo habría hecho y no me habría importado. Aunque eso no fue valor, Sassenach, en absoluto. —Alzó las manos frustrado al tiempo que se daba media vuelta—. ¡No podía hacer otra cosa!

—Comprendo —dije con suavidad después de una pausa—. Comprendo.

Estaba de pie junto a la cómoda todavía desnudo y se volvió hacia mí.

—¿De veras? —Estaba serio.

—Te conozco, Jamie Fraser. —Hablé con más seguridad de la que había sentido desde que crucé por las rocas.

—¿De veras? —repitió. Pero una leve sonrisa le sombreaba la boca.

—Creo que sí.

La sonrisa se ensanchó, pero antes de que pudiera hablar, llamaron a la puerta. Di un respingo, como si hubiera tocado un hierro caliente. Jamie, riendo, me dio una palmada en la cadera y fue a abrir.

—No creo que sea la policía, Sassenach, sino la criada con el desayuno. Y estamos casados, ¿no? —Enarcó una ceja interrogante.

—De cualquier modo, ¿no deberías ponerte algo? —pregunté en el momento en que tocaba el pomo de la puerta.

Se miró.

—No creo que la gente de esta casa se horrorice por algo así, Sassenach. Pero debo respetar tu sensibilidad. —Dirigiéndome una ancha sonrisa, cogió una toalla del lavamanos para envolverse la cadera como al desgaire antes de abrir la puerta.

Divisé en el pasillo una alta silueta de hombre y de inmediato me cubrí con las sábanas hasta la cabeza. Fue una reacción de absoluto pánico, porque si hubiera sido el jefe de policía de Edimburgo o alguno de sus hombres, no podía esperar mucha protección de un par de colchas. Al oír la voz del visitante me alegré de estar por el momento fuera de su vista.

—¿Jamie? —Se le oía bastante sobresaltado. Lo reconocí de inmediato, a pesar de no haberlo oído en veinte años. Rodé hacia un lado y levanté una esquina de la colcha a escondidas para mirar por debajo.

—Claro que soy yo —dijo Jamie bastante irritado—. ¿Para qué tienes los ojos, hombre?

Tiró de su cuñado para meterlo dentro de la habitación y cerró la puerta.

—Ya veo que eres tú —replicó Ian con un dejo de aspereza—. ¡Pero no podía dar crédito a mis ojos!

Vi hebras grises en el pelo castaño y en la cara, y las arrugas de muchos años de trabajos pesados. Pero Joe Abernathy tenía razón; al escuchar sus primeras palabras, la nueva visión se fundió con la antigua y ése era el Ian Murray que conocí.

—El muchacho de la imprenta me he dicho que no habías pasado la noche allí. Y ésta era la dirección a la que Jenny te enviaba las cartas —dijo. Miró a su alrededor con sorpresa y recelo, como si estuviera esperando que algo le saltara encima por detrás del armario. Luego volvió a posar los ojos sobre su cuñado, que no se estaba esforzando mucho por sostener en su sitio su improvisado taparrabos—. ¡Pero nunca habría imaginado que te encontraría en un prostíbulo, Jamie! No estaba seguro, cuando esa... esa señora me ha abierto la puerta. Pero después...

—No es lo que crees, Ian —advirtió Jamie con sequedad.

—¿Ah, no? ¡Y Jenny temiendo que cayeras enfermo por vivir tanto tiempo sin mujer! —espetó Ian—. Le diré que no tiene por qué preocuparse por tu bienestar. ¿Y dónde está mi hijo, dime? ¿En otro cuarto, con alguna otra mujerzuela?

—¿Tu hijo? —La sorpresa de Jamie era evidente—. ¿Cuál?

Ian miró a Jamie. En su cara larga y sencilla, el enfado se había convertido en alarma.

—¿No lo tienes contigo? ¿El pequeño Ian no está aquí?

—¿El pequeño Ian? ¡Por Dios, hombre, cómo puedes creerme capaz de traer a un burdel a un chico de catorce años!

Ian abrió la boca. Luego volvió a cerrarla y se sentó en el taburete.

—Si quieres que te diga la verdad, Jamie, ya no sé de qué eres capaz —dijo con seriedad. Miró a su cuñado con los dientes apretados—. En otros tiempos lo sabía, pero ahora ya no.

—¿Qué diablos quieres decir con eso? —Vi enfurecerse la expresión de Jamie.

Ian echó un vistazo a la cama y volvió a apartar la vista. Jamie seguía sonrojado, pero vi que le temblaba la comisura de la boca. Se inclinó en una complicada reverencia.

—Te pido perdón, Ian. Estoy faltando a la buena educación. Permíteme presentarte a mi compañera.

Se acercó a la cama y retiró los cobertores.

—¡No! —exclamó Ian, levantándose de un brinco y mirando el suelo y después el armario, cualquier cosa menos la cama.

—¿Qué, no vas a saludar a mi esposa? —preguntó Jamie.

—¿Tu esposa? —Ian lo miró con horror olvidándose de apartar la vista—. ¿Te has casado con una ramera?

—Yo no diría eso exactamente —intervine.

Al oír mi voz, Ian volvió de golpe la cabeza hacia mí.

—Hola —saludé, agitando tan contenta la mano desde mi nido de mantas—. Cuánto tiempo sin vernos.

Siempre había pensado que los libros exageraban al describir la reacción de quien veía un fantasma, pero ante lo visto desde mi retorno al pasado tendría que revisar mis opiniones: Jamie se había desmayado. Ian no tenía, literalmente, los pelos de punta, pero sí parecía loco del susto.

Con los ojos casi fuera de sus órbitas, boqueó emitiendo un pequeño gorgoteo que pareció hacerle mucha gracia a Jamie.

—Eso te enseñará a no pensar tan mal de mí —dijo Jamie con evidente satisfacción. Luego, compadecido de su trémulo cuñado, le sirvió un poco de coñac—. Juzgad y seréis juzgados, ¿no?

Pensé que Ian se iba a tirar el trago por los pantalones, pero consiguió llevarse el vaso a la boca y tragar.

—¿Qué...? —exhaló Ian, sollozando al mirarme—. ¿Cómo...?

—Es una larga historia —dije. Jamie asintió con la cabeza. Durante las últimas veinticuatro horas habíamos tenido otras cosas en que pensar y no habíamos reparado en cómo íbamos a explicarles mi presencia a los demás, y, dadas las circunstancias, pensé que las explicaciones podían esperar—. No creo conocer al joven Ian. ¿Ha desaparecido? —pregunté de manera cortés.

Él asintió maquinalmente, sin apartar los ojos de mí.

—El viernes pasado se fugó de casa —dijo, aturdido—. Dejó una nota diciendo que vendría con su tío.

Bebió un sorbo de coñac que le hizo toser hasta casi llorar; luego se limpió los ojos y se sentó más derecho sin quitarme ojo.

—No es la primera vez, ¿sabes? —me dijo. Se diría que estaba recobrando el dominio de sí mismo al advertir que yo parecía de carne y hueso y no daba ninguna señal de pretender levantarme de la cama ni de ponerme a pasear por ahí con la cabeza bajo el brazo al más puro estilo de los fantasmas escoceses.

Jamie se sentó en la cama y me cogió la mano.

—No he visto a tu hijo desde que le mandé a casa con Fergus, hace seis meses —dijo. Comenzaba a estar tan preocupado como Ian—. ¿Estás seguro de que venía hacia aquí?

—Bueno, eres su único tío, que yo sepa —replicó el otro bastante agrio. Dejó la copa después de beber de un solo trago el resto del coñac.

—¿Fergus? —interrumpí—. ¿Fergus está bien? —Sentía una oleada de júbilo al pensar en el huérfano francés que en una ocasión Jamie contrató como carterista en París y luego había traído a Escocia como sirviente.

Jamie me miró distraído.

—Oh, sí. Fergus ya es todo un hombre. Ha cambiado un poco, por supuesto. —Una sombra le cruzó la cara, pero la despejó una sonrisa y me estrechó la mano—. Se alegrará muchísimo de volver a verte, Sassenach.

Ian, que no estaba interesado en Fergus, se había levantado para pasearse por el pulido suelo de madera.

—No se fue a caballo —murmuró—. No tiene nada que alguien pueda querer robarle. —Giró hacia su cuñado—. ¿Por dónde lo trajiste la última vez? ¿Por tierra, rodeando el fiordo, o navegando?

Jamie se frotó la barbilla y frunció el ceño, meditabundo.

—No fui a buscarle hasta Lallybroch. Él cruzó con Fergus el paso de Carryarrick y se reunió conmigo junto al lago Laggan. Después bajamos por Struan, Weem y... sí, ya recuerdo. Para no cruzar por las tierras de Campbell nos desviamos hacia el este y cruzamos el fiordo de Forth a la altura de Donibristle.

—¿Crees que habrá hecho el mismo trayecto? —preguntó Ian—. Si es el único camino que conoce...

—Es posible, pero sabe que la costa es peligrosa. —Jamie meneó la cabeza dubitativo.

El padre volvió a pasearse, con las manos cruzadas a la espalda.

—La última vez que se fugó le di una paliza que no pudo sentarse en varios días —dijo Ian negando con la cabeza. Tenía los labios apretados. Adiviné que el joven Ian era un verdadero quebradero de cabeza para él—. Creía que no iba a cometer de nuevo la misma estupidez.

Jamie resopló, no sin simpatía.

—¿Alguna vez una paliza te impidió hacer lo que tenías decidido?

Ian dejó de pasearse para caer de nuevo en el taburete.

—No —dijo con franqueza—, pero supongo que eran un alivio para mi padre.

Su cara se partió en una sonrisa contrariada. Jamie reía.

—Debe de estar bien —declaró Jamie, confiado, mientras dejaba caer la toalla para ponerse los pantalones—. Voy a correr la voz de que lo estamos buscando. Si está en Edimburgo, lo sabremos antes de que caiga la noche.

Ian echó un vistazo a la cama y se levantó de forma precipitada.

—Voy contigo.

Me pareció ver una sombra de duda en el rostro de Jamie, pero luego asintió y se puso la camisa.

—De acuerdo. —La cabeza de Jamie asomó por el cuello de la camisa con el entrecejo fruncido—. Tendrás que quedarte aquí, Sassenach —dijo.

—Supongo que sí —reconocí con sequedad—. Como no tengo ropa...

La criada se había llevado mi vestido después de servirnos la cena y todavía no me había traído otro. Ian levantó las cejas hasta la línea del pelo, pero Jamie se limitó a asentir.

—Antes de salir hablaré con Jeanne —prometió, frunciendo el ceño, pensativo—. Quizá me retrase un poco, Sassenach. Tengo... algunos asuntos que atender. —Me estrechó la mano y suavizó la expresión al mirarme—. Me gustaría quedarme, pero... ¿Me esperarás aquí?

—No te preocupes —le aseguré, señalando la toalla que él había descartado—. No pienso salir vestida con eso.

El ruido de sus pisadas se alejó por el pasillo y desapareció mezclándose con los sonidos del despertar de la casa. El burdel estaba amaneciendo tarde y lánguido para los estrictos estándares escoceses de Edimburgo. En el piso de abajo oí algún ocasional golpe sofocado, el tintineo de las contraventanas al abrirse, un grito de «¡agua va!» y un segundo después la salpicadura aterrizando en la calle.

Se oían voces por el pasillo, un breve e inaudible intercambio de palabras y una puerta que se cerraba. El propio edificio parecía desperezarse y suspirar con un crujido de madera, el chirrido de escalones y una repentina ráfaga de cálido aire con olor a carbón procedente de las tripas de la fría chimenea, la exhalación de un fuego encendido en alguno de los pisos inferiores que compartía chimenea con mi habitación.

Me recosté sobre las almohadas, somnolienta y satisfecha. Sentía agradables dolores en varios sitios desacostumbrados y, si bien me resistía a separarme de Jamie, también era grato pasar algún tiempo a solas, recordando.

Me sentía como quien ha recibido un cofre cerrado con un tesoro perdido mucho tiempo atrás. Palpaba su forma y su agradable peso, encantada de poseerlo, pero aún no sabía con exactitud qué había dentro.

Me moría por saber qué había hecho Jamie, qué había dicho y pensado durante todos los días de nuestra separación. Indudablemente, tras haber sobrevivido a Culloden debía de haber rehecho su vida... y conociendo a Jamie Fraser, no podía pensar que ésta hubiera sido sencilla. Pero una cosa era saber eso y otra diferente enfrentarme a la realidad.

Lo había tenido clavado en la memoria durante mucho tiempo, brillante pero estático, como un insecto fosilizado en ámbar. Y entonces llegaron los hallazgos históricos de Roger, como si fueran miradas furtivas robadas por una cerradura, imágenes separadas como puntuaciones, alteraciones, ajustes de memoria, cada uno mostrando las alas de la libélula levantadas o bajadas en distintos ángulos, como los distintos fotogramas de una película. Y ahora el tiempo había vuelto a ponerse de nuestra parte y la libélula estaba justo delante de mí volando de un lugar a otro de forma que no podía ver mucho más que el brillo de sus alas.

Eran muchas las preguntas que no había tenido ocasión de formular. ¿Qué había sido de la familia, allá en Lallybroch, de su hermana y sus sobrinos? Obviamente, Ian estaba sano y salvo, pese a la pata de palo. Pero el resto de la familia, los arrendatarios de la finca, ¿habrían sobrevivido a la destrucción de las Highlands? Y, de ser así, ¿qué hacía Jamie en Edimburgo?

Y si estaban vivos, ¿qué dirían cuando se enteraran de mi súbita reaparición? Me mordí el labio preguntándome si existiría alguna explicación, alguna versión de la verdad, que pudiera tener sentido. Podría depender de lo que les hubiera contado Jamie cuando desaparecí después de Culloden. En ese momento no pareció que hubiera ningún motivo para buscar un porqué que razonara mi desaparición, sencillamente supondrían que había muerto tras el Alzamiento, que sería uno más de los cadáveres de quienes habían fallecido de hambre sobre las rocas o asesinados en alguna cañada.

Bueno, ya nos ocuparíamos del tema llegado el momento. Más curiosidad me despertaban las actividades ilegales de Jamie, su extensión y su peligro. Conque contrabando y sedición, ¿no? Sabía que, en las Highlands de Escocia, el contrabando era una profesión tan honorable como robar ganado veinte años atrás, que entrañaba relativamente pocos riesgos. La sedición era otro cantar; parecía una ocupación bastante peligrosa para un exjacobita convicto.

Probablemente, ésa era la razón por la que usaba un nombre falso... al menos una de las razones. Pese a lo turbada que estaba cuando llegamos al burdel, había notado que madame Jeanne lo llamaba por su verdadero nombre. Por lo tanto, era de suponer que como contrabandista conservaba su propia identidad, reservando el seudónimo de Alex Malcolm para las actividades de la imprenta, legales o ilegales.

En las breves horas de la noche había visto, oído y sentido lo suficiente para saber que el Jamie Fraser con quien me había casado aún existía. Quedaba por ver cuántas otras personas también lo hacían.

Alguien llamó tímidamente a la puerta, interrumpiendo mis pensamientos. «El desayuno», pensé. Muy oportuno. Estaba muerta de hambre.

—Adelante —anuncié, incorporándome y arreglando las almohadas para poder recostarme.

La puerta se abrió con mucha lentitud; después de una larga pausa, una cabeza asomó por la abertura como un caracol que emerge de su concha después de una granizada. La coronaba una mata mal cortada de pelo castaño oscuro, tan densa que las puntas sobresalían como pinchos sobre las grandes orejas. La cara era larga y huesuda; habría sido un rostro feo de no ser por los ojos pardos, muy bellos, suaves y tan grandes como los de un ciervo. Se posaron en mí con expresión confusa e interesada.

La cabeza y yo nos observamos mutuamente por un momento.

—¿Es usted la... mujer que está con el señor Malcolm? —preguntó.

—Se podría decir que sí —respondí con cautela. Era evidente que no se trataba de la doncella con el desayuno. Ni tampoco parecía que fuera ninguna de las demás trabajadoras del establecimiento, dado que se trataba de un hombre y muy joven. Me resultaba vagamente familiar, aunque estaba segura de no haberlo visto antes. Subí un poco más la sábana por encima de mis pechos—. Y tú, ¿quién eres?

Reflexionó un rato antes de responder, con la misma prudencia:

—Ian Murray.

—¿Ian Murray? —Me incorporé de golpe, rescatando la sábana en el último momento—. Pasa —ordené perentoriamente—. Si eres quien yo creo, ¿por qué no estás donde deberías estar? ¿Y qué haces aquí?

Pareció bastante alarmado y dio muestras de retirarse.

—¡Espera! —exclamé, sacando una pierna de la cama para perseguirlo. Los grandes ojos pardos se ensancharon ante la aparición del miembro desnudo. Se quedó petrificado—. Pasa.

Volví a meter la pierna bajo la colcha muy despacio y él entró en la habitación igual de despacio.

Era alto y desgarbado como un pollo de cigüeña; podía pesar unos cincuenta y siete kilos, desparramados sobre una estructura de un metro ochenta. Sabiendo quién era, el parecido con su padre resultaba notorio. Aunque tenía la pálida piel de su madre, y se sonrojó con intensidad cuando de repente cayó en la cuenta de que estaba junto a una cama en la que había una mujer desnuda.

—Yo... eh... buscaba a mi... al señor Malcolm, digo —murmuró mirando fijamente las tablas del suelo.

—Si te refieres a tu tío Jamie, no está aquí.

—No, no, supongo que no. —Al parecer, no se le ocurrió nada que añadir, pero siguió con la vista clavada en el suelo y un pie girado hacia un lado como si estuviera a punto de flexionarlo, como el ave zancuda a la que tanto se parecía. Luego levantó la vista, y dijo—: ¿Sabe usted dónde...?

Al verme, volvió a bajarla de inmediato, otra vez ruborizado y mudo.

—Ha salido a buscarte. Con tu padre —añadí—. Se han ido hace apenas media hora.

Él levanto de pronto la cabeza, con los ojos desorbitados.

—¿Con mi padre? ¿Mi padre ha estado aquí? ¿Lo conoce?

—Claro que sí —dije sin pensar—. Conozco a Ian desde hace mucho tiempo.

Tal vez fuera el sobrino de Jamie, pero no era tan inescrutable como su tío. Cuanto pensaba se le traslucía en la cara. Me fue fácil rastrear la sucesión de pensamientos. Primero la sorpresa de saber que su padre estaba en Edimburgo, luego una especie de horror atemorizado al descubrir que su padre conocía desde hacía mucho tiempo a quien parecía ser una mujer de cierta ocupación, y finalmente el comienzo de una furiosa concentración ante la duda del comportamiento paterno.

—Eh... —balbuceé algo alarmada—. No pienses mal. Es decir, tu padre y yo... en realidad, es con tu tío con quien yo...

Trataba de buscar el modo de explicarle la situación sin meterme en aguas más profundas, pero él giró sobre los talones y echó a andar hacia la puerta.

—Espera un momento —insistí. Se detuvo, pero sin mirarme. Sus orejas limpias parecían pequeñas alas a la luz de la mañana que iluminaba su delicada piel rosada—. ¿Qué edad tienes?

Se volvió hacia mí con dolorosa dignidad.

—Voy a cumplir los quince dentro de tres semanas. —El rubor estaba volviendo a sus mejillas—. No se preocupe. Tengo edad suficiente para saber... qué tipo de lugar es éste. —Me dedicó un gesto con la cabeza, como queriendo hacer una pequeña reverencia—. Sin ánimo de ofenderla, señora. Si tío Jamie... Quiero decir, yo... —A falta de palabras adecuadas, acabó por balbucear—: ¡Encantado de conocerla, señora! —Y huyó al pasillo, cerrando con tanta fuerza que la puerta se sacudió en su marco.

Me dejé caer sobre las almohadas medio divertida, medio alarmada. Me pregunté qué le diría Ian padre cuando se reencontrara con su hijo y viceversa. Y ya que me estaba haciendo preguntas, también me pregunté por qué el joven Ian habría ido hasta allí en busca de su tío. Era evidente que sabía dónde podía encontrarlo y, sin embargo y a juzgar por su cohibida actitud, nunca había puesto los pies en un burdel. ¿Sería Geordie quien le había dado la información en la imprenta? No parecía probable. Por lo tanto, debía de conocer por otras fuentes la vinculación de su tío con el establecimiento. Y la fuente más probable era el mismo Jamie.

Pero eso significaba que Jamie estaba al tanto de la presencia de su sobrino en Edimburgo. ¿Por qué fingía no haber visto al muchacho? Ian era su mejor amigo; se habían criado juntos. Para que Jamie engañara a su cuñado, debía de traerse algo muy serio entre manos.

Antes de que llegara más lejos en mis cavilaciones se oyó otro golpecito en la puerta.

—Adelante —dije, preparando la colcha para colocar la bandeja del desayuno.

Cuando se abrió la puerta, fijé la atención en un espacio que debía de estar a un metro y medio del suelo, donde esperaba que se materializara la cabeza de la doncella. La última vez que se abrió la puerta tuve que levantar la vista unos treinta centímetros para recibir al joven Ian. Pero esta vez tuve que bajar la mirada. Era la diminuta silueta del señor Willoughby la que entraba, gateando sobre manos y rodillas.

—¿Qué diablos haces tú aquí? —interpelé, escondiendo apresuradamente los pies y subiéndome las mantas hasta los hombros.

Como respuesta, el chino se detuvo a treinta centímetros de la cama y dejó caer la cabeza al suelo con un fuerte ruido. La levantó y repitió la maniobra con gran deliberación haciendo un sonido horroroso, como el de un hacha clavándose en un melón.

—¡Basta! —exclamé, al ver que se disponía a hacerlo una tercera vez.

—Mil perdón —dijo, sentándose sobre los talones y mirándome con un parpadeo. Estaba obviamente maltrecho y la mancha roja que le había salido en la frente justo donde se la había golpeado contra el suelo tampoco ayudaba a mejorar su apariencia. Esperaba que no se refiriera a que pretendía golpearse la cabeza contra el suelo mil veces, pero no estaba segura. Era evidente que tenía una resaca endiablada; ya resultaba impresionante que lo hubiese hecho una sola vez.

—No hay ningún problema —le aseguré retrocediendo con cautela hacia la pared—. No tienes por qué disculparte.

—Sí, disculparme —insistió—. Tsei-mi decir esposa. Señora muy honorable Primera Esposa, no ramera barata.

—Muchísimas gracias —dije—. ¿Tsei-mi? ¿Jamie, quieres decir? ¿Jamie Fraser?

El hombrecito asintió, con obvio perjuicio para su cabeza. La sujetó con ambas manos y cerró los ojos, que desaparecieron en el acto en las arrugas de las mejillas.

—Tsei-mi —afirmó sin abrir los ojos—. Tsei-mi decir disculparte muy honorable Primera Esposa. Yi Tien Cho humildísimo servidor. —Se inclinó profundamente, sin dejar de sujetarse la cabeza—. Yi Tien Cho —añadió, dándose un golpecito en el pecho para indicar que ése era su nombre, por si lo confundía con algún otro humildísimo servidor presente en las cercanías.

—Bueno, muy bien —balbuceé—. Eh... encantada de conocerte.

Obviamente alentado, se dejó caer de bruces ante mí como si no tuviera huesos.

—Yi Tien Cho servidor señora —dijo—. Primera Esposa favor pisotear humilde servidor, si gusta.

—¡Ja! —exclamé con frialdad—. Ya me han hablado de ti. Que te pisotee, ¿eh? ¡Ni pensarlo!

Asomó una ranura de ojo negro y refulgente. El chino soltó una risita tan irreprimible que yo misma no pude dejar de reír. Se volvió a sentar mientras se alisaba el pelo negro tieso por la suciedad que se erguía puntiagudo de su cabeza como las púas de un puercoespín.

—¿Lavo pies Primera Esposa? —ofreció con una amplia sonrisa.

—Nada de eso. Si quieres hacer algo útil, ve a ordenar que me traigan el desayuno. No, espera un momento —dije cambiando de idea—. Primero dime dónde te encontraste con Jamie. Si no te molesta —añadí por cortesía.

Él volvió a sentarse sobre los talones, bamboleando un poco la cabeza.

—Muelles —dijo—. Dos años antes. Venir China, lejos, no comida. Esconder en barril —explicó, formando un círculo con los brazos para indicar su medio de transporte.

—¿Como polizón?

—Barco mercante —asintió—. Muelles aquí, robar comida. Una noche robar coñac, borracho perdido. Muy frío para dormir, morir pronto, pero Tsei-mi encontró. —Se clavó nuevamente el pulgar en el pecho—. Humilde servidor Tsei-mi, humilde servidor Primera Esposa.

Y me hizo una reverencia; aunque se tambaleaba de un modo alarmante, volvió a enderezarse sin haber sufrido percances.

—El coñac parece ser tu perdición —observé—. Lamento no tener nada que darte para el dolor de cabeza. Ahora mismo no tengo ningún remedio aquí.

—Oh, no importa —me aseguró—. Tener bolas saludables.

—Qué bien —murmuré, preguntándome si preparaba otra intentona contra mis pies o si estaba todavía tan borracho que confundía las partes básicas de la anatomía. O quizá en la filosofía china hubiera alguna conexión entre el bienestar de la cabeza y el de los testículos. Por si acaso miré a mi alrededor en busca de algo que pudiera utilizar para defenderme, por si daba alguna muestra de pretender colarse por debajo del cubrecama.

Lo que hizo fue hundir la mano en las profundidades de su amplia manga azul y, con aire de conjuro, extrajo un saquito de seda blanca. Volcó su contenido y emergieron dos bolas verdosas.

Eran más grandes que las canicas y más pequeñas que las pelotas de béisbol; en realidad, eran del tamaño del testículo medio. Aunque bastante más duras. Daban la impresión de estar hechas de piedra pulida.

—Bolas saludables —explicó el señor Willoughby, conforme las hacía rodar por la palma de su mano con un agradable repiqueteo—. Jade cantonés. Muy buenas bolas saludables.

—¿De veras? —pregunté, fascinada—. ¿Y son medicinales? Es decir, ¿te van bien?, ¿es eso lo que estás diciendo?

Asintió con ganas, pero detuvo el gesto con un leve gemido. Después de una pausa abrió la mano para hacer rodar las esferas con un diestro movimiento circular de los dedos.

—En mano todas partes cuerpo —explicó. Tocó delicadamente con el dedo varias zonas de la palma abierta, entre las bolas verdes—. Aquí cabeza, aquí estómago, aquí hígado. Bolas hacen todo bien.

—Bueno, supongo que son tan fáciles de llevar como el Alka-Seltzer —comenté.

Posiblemente fue esa referencia al estómago lo que indujo al mío a emitir un rugido audible.

—Primera Esposa quiere comida —observó el señor Willoughby con mucha sagacidad.

—Muy astuto por tu parte. Quiero comida, sí. ¿Podrías bajar y decírselo a alguien?

Volvió a meter las bolas saludables en la bolsita, se puso de pie y me hizo una gran reverencia.

—Humilde servidor ya va.

Y salió, no sin estrellarse con bastante violencia contra el marco de la puerta.

Aquello se estaba volviendo ridículo. Tenía muchas dudas de que la visita del señor Willoughby se materializara en algo de comida, demasiada suerte tendría si conseguía llegar hasta el baño de la escalera sin caerse desplomado.

En vez de seguir sentada allí, desnuda y recibiendo delegaciones caprichosas del mundo exterior, consideré que había llegado el momento de tomar medidas. Después de envolverme cuidadosamente con la colcha, di unos cuantos pasos por el corredor.

El piso superior parecía desierto. Aparte de mi habitación, había sólo dos puertas más. Miré hacia arriba: en el techo, vigas vistas. Eso significaba que estábamos en el desván; lo más probable era que los otros dos cuartos los ocupasen sirvientes que, en aquellos momentos, debían de estar trabajando abajo.

Escuché unos ruiditos que trepaban por la escalera. Pero subió algo más: el olor a salchichas fritas. Un fuerte y gustativo rugido me informó de que a mi estómago tampoco le había pasado por alto, y más aún, que mis tripas consideraban que haber comido un bocadillo de manteca de cacahuete y un cuenco de sopa en las últimas veinticuatro horas era un nivel de nutrición completamente inadecuado.

Después de asegurar las puntas de la colcha sobre el pecho, como si fuera un sari, recogí el borde que se arrastraba y bajé la escalera, siguiendo el aroma de la comida.

El olor (más los tintineos y gorgoteos de varias personas sentadas a la mesa) provenía de una puerta cerrada del primer piso. Al abrirla me encontré ante un gran cuarto, amueblado como comedor.

La mesa estaba rodeada por más de veinte mujeres; unas cuantas estaban ya vestidas, pero la mayoría presentaba tal estado de desnudez que, en comparación, mi colcha era de un puritanismo subido. Una mujer, sentada cerca de la cabecera, me vio rondar la puerta y me llamó por señas, antes de desplazarse amistosamente al final del largo banco para dejarme sitio.

—Debes de ser la chica nueva, ¿no? —dijo, observándome con interés—. Eres un poquito mayor para los gustos de madame; ella las prefiere menores de veinticinco. Pero no estás nada mal, no —me aseguró a toda prisa—. Te irá bien, sin duda.

—Buen cutis y una cara bonita —observó la morena sentada frente a mí, evaluándome con el aire objetivo de quien juzga a un buen caballo—. Y por lo que veo, tienes buenas domingas. —Alzó un poco la barbilla tratando de verme el escote desde el otro lado de la mesa.

—A madame no le gusta que saquemos la ropa de cama —señaló mi primer contacto con aire de reproche—. Si todavía no tienes nada bonito que ponerte, deberías haber bajado en enaguas.

—Sí, ten cuidado con el cubrecama —me aconsejó la chica morena sin dejar de observarme—. Madame te dará una buena reprimenda si manchas la ropa de cama.

—¿Cómo te llamas, querida? —Una muchacha baja y bastante regordeta, de cara redonda y cordial, se inclinó junto a la morena para sonreírme—. En vez de recibirte como corresponde nos hemos puesto a parlotear. Yo soy Dorcas. Ésta es Peggy.

—Agitó el pulgar hacia la morena; luego señaló a la rubia sentada a mi lado—. Y ésa es Mollie.

—Me llamo Claire —dije con una sonrisa mientras subía pu-
dorosamente la colcha. No sabía cómo corregir la equivocada
impresión de que yo era una recluta nueva. De momento me parecía menos importante que conseguir el desayuno.

Como si adivinara mi necesidad, la amistosa Dorcas alargó
el brazo hacia el aparador que tenía detrás y, después de entregarme un plato de madera, empujó hacia mí una gran fuente de
salchichas.

La comida estaba bien preparada; de cualquier modo, me
habría parecido ambrosía, muerta de hambre como estaba. Desde
luego era mucho mejor que la comida de la cafetería del hospital,
observé para mis adentros mientras me servía otra ración de patatas fritas.

—Te tocó empezar con un bruto, ¿no? —Mollie, mi vecina,
señalaba mi escote.

Me mortificó ver una gran mancha roja que asomaba por el
borde de la colcha. No me podía ver el cuello, pero por la dirección de la interesada mirada de Mollie, me quedó bastante claro
que el pequeño hormigueo que sentía era prueba más que suficiente de más mordiscos.

—Y también tienes la nariz algo hinchada —comentó Peggy
mirándome con aire crítico. Se estiró para tocármela, sin preocuparse por la escueta bata que, con el movimiento, se le abrió
hasta la cintura—. Te dio una bofetada, ¿no? Cuando se ponen
demasiado brutos tienes que llamar, ¿sabes? Madame no permite que los clientes nos maltraten. Pega un buen chillido, que Bruno estará allí al momento.

—¿Bruno? —repetí, algo confundida.

—El portero —explicó Dorcas metiéndose una cucharada de
huevos en la boca—. Es brutal como una bestia, por eso lo llamamos Bruno. ¿Cuál es su verdadero nombre? —preguntó a las
comensales—. ¿Horace?

—Theobald —corrigió Mollie. Y se volvió hacia una criada que aguardaba al fondo de la estancia—. ¿Quieres traer un
poco más de cerveza, Janie? ¡La nueva todavía no ha tomado
nada!

Giró de nuevo hacia mí:

—Sí, Peggy tiene razón. —No era precisamente guapa, pero
tenía la boca bien formada y una expresión simpática—. Una
cosa es que a un hombre le guste hacerlo con un poco de aspere-

za, y no llames a Bruno para que ponga en su sitio a un buen cliente porque entonces no pagan y acabas teniendo que pagar tú. Pero si crees que te puede hacer daño de verdad, lo mejor es que des un buen grito. Bruno nunca anda muy lejos por la noche. Aquí está la cerveza —añadió recibiendo de la criada un jarro de peltre que plantó ante mí.

—No le ha pasado nada —decidió Dorcas, tras haber completado un examen de mis partes visibles—. Pero debes de estar algo dolorida entre las piernas, ¿no?

Me sonreía con sagacidad.

—Oh, mirad, se ha ruborizado —exclamó Mollie, encantada—. Oooh, eres novata, ¿verdad?

Bebí un gran trago de cerveza. Era oscura y espesa; me sentó muy bien, tanto por su sabor como por la amplitud del jarro, que me ocultaba la cara.

—No te preocupes. —Mollie me dio unas palmaditas bondadosas en el brazo—. Después del desayuno te enseñaré dónde están las tinas, para que te remojes las partes con agua caliente. Esta noche las tendrás como nuevas.

—Y no olvides decirle dónde se guardan los potes de hierbas perfumadas —dijo Dorcas—. Ponlas en el agua antes de sentarte. A madame le gusta que olamos bien.

—*Zi loz hombges quiziegan acostagze* con un *pezcado*, *iguían* a los *muellez*; *ez* más *bagato* —entonó Peggy, imitando burdamente a madame Jeanne.

La mesa estalló en risitas, sofocadas a toda velocidad por la súbita aparición de madame en persona, que entró por una puerta del extremo.

Traía el ceño fruncido y parecía demasiado preocupada para reparar en la hilaridad contenida. Mollie, al verla, chasqueó la lengua.

—¡Un cliente a estas horas! Odio las interrupciones. No la dejan a una desayunar tranquila.

—No te preocupes, Mollie —observó Peggy apartándose la trenza oscura—. Es Claire quien tendrá que atenderlo. A la más nueva le tocan los que nadie quiere —me informó.

—Métele el dedo por el culo —me aconsejó Dorcas—. Es la manera más rápida de conseguir que se corran. Si quieres, te guardo una tortita para después.

—Eh... gracias —musité.

En aquel momento, la mirada de madame Jeanne cayó sobre mí y su boca se abrió en un círculo horrorizado.

—¿Qué está usted haciendo aquí? —siseó, acercándose precipitadamente para sujetarme por un brazo.

—Comer —repliqué, mal dispuesta a que me manosearan. Me solté el brazo y cogí la jarra de cerveza.

—*Merde!* ¿Nadie le ha subido el desayuno?

—No. Ni la ropa. —Señalé con un gesto la colcha, en inminente peligro de caída.

—*Nez de Cléopatre!* —exclamó con violencia mientras miraba a su alrededor echando chispas por los ojos—. ¡Haré azotar a esa criada inútil! ¡Mil disculpas, madame!

—No hay ningún problema —aseguré con elegancia, captando las miradas atónitas de mis compañeras de mesa—. Ha sido un desayuno maravilloso. Encantada de haberos conocido, chicas —saludé mientras me levantaba para intentar una elegante reverencia, sin soltar la colcha—. Y ahora, madame... hablemos de mi vestido.

Entre agitadas disculpas de madame Jeanne y sus reiteradas esperanzas de que monsieur Fraser no se enterara de mi indeseable intimidad con las trabajadoras del establecimiento, subí torpemente otros dos tramos de escaleras, hasta un cuarto pequeño lleno de prendas en diversas etapas de ejecución; en los rincones se acumulaban varios retales.

—Un momento, por favor —pidió madame Jeanne.

Y se retiró con una profunda reverencia, dejándome en compañía de un maniquí, de cuyo pecho relleno brotaban miles de alfileres.

Por lo visto era allí donde confeccionaban la ropa de las trabajadoras. Me paseé por la habitación arrastrando la colcha y observé varios chales de ligera seda a medio coser y dos vestidos muy escotados y un buen número de imaginativas variantes de combinaciones y camisolas. Descolgué una enagua de su percha y me la puse.

Estaba hecha de fino algodón, con un gran escote fruncido y múltiples manos bordadas bajo el pecho y la cintura, que parecían acariciarme con lascivia por encima de las caderas. No le habían hecho el dobladillo, pero por lo demás ya estaba acabado y me dio mucha más libertad de movimiento que la colcha.

Se oían voces en el cuarto vecino, donde madame parecía estar regañando a Bruno; al menos, eso pensé al oír la grave voz masculina.

—No me interesa lo que haya hecho la hermana de esa desdichada —decía ella—. ¿No entiendes que ha dejado a la esposa de monsieur Jamie desnuda y hambrienta...?

—¿Está usted segura de que es la esposa? —preguntó la grave voz masculina—. Me habían dicho...

—A mí también. Pero si él dice que la mujer es su esposa, yo no tengo nada que discutir, n'est-ce pas? —Madame parecía impaciente—. Bien, en cuanto a esa infeliz de Madeleine...

—No es culpa de ella, madame —interrumpió Bruno—. ¿No se ha enterado de la novedad de esta mañana? ¿Lo del Demonio?

Madame ahogó una pequeña exclamación.

—¡No! ¿Otra?

—Sí, madame. —La voz de Bruno sonaba lúgubre—. A unas puertas de aquí, sobre la taberna del Búho Verde. La muchacha era la hermana de Madeleine. El cura ha traído la noticia justo antes del desayuno. Ya ve...

—Sí, sí, comprendo. —Madame pareció quedarse sin aliento—. Sí, por supuesto, por supuesto. ¿Ha sido... lo de siempre? —Su voz temblaba de aversión.

—Sí, madame. Un hacha o algún tipo de cuchilla grande. —Bajó la voz, como suele hacer la gente al relatar cosas horribles—. El cura me dijo que le habían cortado la cabeza. El cuerpo estaba cerca de la puerta y la cabeza... —Redujo la voz casi a un susurro—. La cabeza, en la repisa, mirando hacia el cuarto. El posadero se desmayó al encontrarla.

El fuerte golpe procedente de la habitación contigua sugirió que a madame Jeanne le había ocurrido exactamente lo mismo. Se me puso la piel de gallina en los brazos y se me aflojaron las rodillas a mí también. Empezaba a reconocer que Jamie tenía razón al decir que había sido mala idea instalarme en un prostíbulo.

Bueno, al menos ahora estaba más o menos vestida. Pasé al cuarto vecino, una pequeña sala, donde encontré a madame Jeanne reclinada en el sofá con un hombre corpulento y de expresión desdichada sentado a sus pies en un cojín. Ella dio un respingo al verme.

—¡Madame Fraser! ¡Oh, cuánto lo siento! No era mi intención dejarla esperando, pero he recibido... —vaciló, buscando alguna expresión delicada— una noticia inquietante.

—Ya lo creo —reconocí—. ¿Qué es eso del Demonio?

—¿Lo ha oído? —Si antes estaba blanca, su tez palideció varios tonos más. Se retorció las manos—. ¿Qué dirá él? ¡Se pondrá furioso!

—¿Quién? —inquirí—. ¿Jamie o el Demonio?

—Su esposo. —Paseó la mirada distraída por la sala—. Cuando se entere de que su esposa ha sido tan vergonzosamente desatendida, confundida con una *fille de joie* y expuesta a... a...

—En realidad, no creo que le moleste —aclaré—. Pero me gustaría que me hablara usted de ese Demonio.

—¿Eso quiere? —Bruno elevó sus densas cejas. Era un hombre corpulento con los hombros hundidos y unos brazos largos, en realidad recordaba a un gorila; parecido acentuado por un ceño prominente y una barbilla achatada. Se diría perfecto para ocupar ese puesto—. Bueno... —Miró vacilante a madame Jeanne, como en busca de guía, pero la propietaria echó un vistazo al pequeño reloj de la repisa y se levantó de un salto, con una exclamación espantada.

—*Crottin!* —exclamó—. ¡Tengo que irme! —Y sin molestarse en hacer otra cosa que un gesto indiferente en mi dirección, salió a toda prisa del cuarto dejándonos a Bruno y a mí muy sorprendidos.

—Oh... —murmuró él, recobrándose de la sorpresa—. Es cierto, debía llegar a las diez en punto.

Según el reloj esmaltado, eran las diez y cuarto. Lo que debía llegar, fuera lo que fuese, tendría que esperar un poco.

—El Demonio —insistí.

Como casi todo el mundo, Bruno se mostró dispuesto a revelar todos los detalles macabros, una vez superado cierto recato formal, en aras de la delicadeza social.

El Demonio de Edimburgo era un asesino, tal como yo había deducido de la conversación escuchada. Como un Jack el Destripador de antaño, se especializaba en mujeres fáciles, a las que mataba a golpes con un instrumento de hoja pesada. En algunos casos, los cadáveres habían aparecido descuartizados o «estropeados», según dijo Bruno, bajando la voz.

Los asesinatos, ocho en total, se producían a intervalos desde hacía dos años. Con una sola excepción, las mujeres fueron asesinadas en sus propias habitaciones; en su mayoría vivían solas; dos perecieron en burdeles. Probablemente eso explicaba la agitación de madame.

—¿Cuál fue la excepción? —pregunté.

Bruno se persignó.

—Una monja —susurró. Era obvio que aún estaba impresionado—. Francesa. Una hermana de la Merced.

La hermana había sido raptada en los muelles, al desembarcar en Edimburgo con un grupo de monjas destinadas a Londres.

En la confusión, ninguna de sus compañeras reparó en su ausencia. La encontraron al anochecer, en uno de los callejones, pero ya era demasiado tarde.

—¿Violada? —pregunté con interés clínico.

Bruno me miró con suspicacia.

—No lo sé —respondió muy formal. Luego se puso pesadamente en pie; sus hombros simiescos estaban encorvados por la fatiga. Supuse que habría estado toda la noche de guardia y debía de ser su hora de irse a la cama—. Si me disculpa, madame... —dijo con remota formalidad, y salió.

Volví a sentarme, algo aturdida, en el pequeño sofá de terciopelo. Nunca habría imaginado que en un burdel pudieran suceder tantas cosas durante el día.

Alguien llamó a la puerta con fuertes golpes. No parecía que estuvieran llamando, más bien daba la impresión de que alguien estuviera utilizando un martillo de metal para solicitar entrada. Cuando me levantaba, se abrió sin más aviso y una silueta delgada e imperiosa entró a grandes pasos. Hablaba francés con un acento tan marcado y una actitud tan furiosa que no entendí nada.

—¿Busca usted a madame Jeanne? —logré preguntar, aprovechando la pequeña pausa que hizo para tomar aliento antes de seguir soltando improperios.

El visitante era un joven de unos treinta años, muy apuesto, de complexión ligera y denso pelo negro, igual que las cejas. Clavó en mí unos ojos que llameaban bajo las cejas. Entonces su rostro sufrió un cambio extraordinario. Las cejas se enarcaron, los ojos negros se hicieron enormes y el semblante palideció.

—¡Milady! —exclamó dejándose caer de rodillas para abrazarme los muslos, apretando la cara contra mi enagua de algodón, a la altura de la entrepierna.

—¡Suélteme! —protesté empujándolo por los hombros—. No trabajo aquí. ¡Suélteme, le digo!

—¡Milady! —repetía como en éxtasis—. ¡Milady! ¡Ha vuelto! ¡Un milagro! ¡Dios la ha devuelto!

Levantó la vista hacia mí, sonriendo entre lágrimas. Sus dientes eran blancos y perfectos. De pronto vi su cara de pilluelo bajo el rostro del hombre.

—¡Fergus! ¿Eres tú, Fergus? ¡Levántate, por Dios! Deja que te vea.

Se puso en pie, pero no tuve tiempo de inspeccionarlo: me envolvió en un abrazo capaz de triturarme las costillas, que yo le devolví con grandes palmadas en su espalda, entusiasmada por volver a verlo. La última vez que lo vi debía de tener unos diez años, fue justo antes de Culloden. Ahora ya era todo un hombre y su barba incipiente me rozó la mejilla.

—¡Creía estar viendo a un fantasma! —exclamó—. ¿De verdad es usted?

—Soy yo, sí —le aseguré.

—¿Ha visto a milord? —preguntó excitado—. ¿Sabe ya que está usted aquí?

—Sí.

—¡Oh! —Retrocedió medio paso, parpadeando, como si hubiera tenido una idea—. Pero... pero ¿qué pasó con...? —Hizo una pausa, claramente confundido.

—¿Con qué?

—¡Estabas aquí! ¿Qué demonios haces aquí arriba, Fergus?

La alta silueta de Jamie apareció de pronto en el vano de la puerta. Se le ensancharon los ojos al verme en enaguas.

—¿Dónde está tu ropa? —preguntó.

Abrí la boca para responder, pero él agitó una mano impaciente.

—No importa. Ahora no tengo tiempo. Vamos, Fergus, que tengo dieciocho barriles de coñac en el callejón y a la policía pisándome los talones.

Desaparecieron con un tronar de botas en la escalera, dejándome sola una vez más.

No sabía si bajar a reunirme con el grupo o no, pero la curiosidad pudo más que la discreción. Tras una rápida visita al cuarto de costura en busca de algo que me cubriera un poco más, bajé envuelta en un gran chal bordado de malvarrosas.

La noche anterior sólo había podido hacerme una vaga idea de la distribución de la casa, pero los ruidos que se colaban por las ventanas dejaban muy claro cuál de las fachadas del edificio daba a la calle principal. Supuse que el callejón al que se había referido Jamie debía de hallarse al otro lado, pero no tenía la certeza. Las casas de Edimburgo solían estar construidas con extrañas alas y paredes combadas para aprovechar hasta el último metro de espacio disponible.

Me detuve al pie de la escalera, atenta al rodar de los toneles para que me sirviera de guía. Mientras me encontraba allí sentí una ráfaga súbita en los pies descalzos; al volverme vi a un hombre en el vano de la puerta que conducía a la cocina. Parecía tan sorprendido como yo, pero se adelantó con una sonrisa para sujetarme por el codo.

—Que tengas un buen día, querida. No esperaba encontrar a ninguna señorita levantada a estas horas de la mañana.

—Bueno, ya sabe lo que dicen sobre quienes se acuestan pronto y se levantan pronto —dije tratando de liberar mi codo.

Él se rió y me enseñó sus dientes sucios.

—No, ¿qué dicen?

—Bueno, ahora que lo pienso es algo que se dice en América —contesté, al caer en la cuenta de que, a pesar de publicar en aquella época, Benjamin Franklin no debía de tener muchos lectores en Edimburgo.

—Eres ingeniosa, muchacha —dijo esbozando una sonrisita—. ¿Te envió para distraerme?

—No. ¿Quién? —pregunté.

—La madama. —Echó un vistazo a su alrededor—. ¿Dónde está?

—No tengo ni idea. ¡Suélteme!

En vez de obedecer, me clavó los dedos en el brazo. Luego se inclinó para susurrarme al oído, entre vapores de tabaco rancio:

—Hay una recompensa, ¿sabes? —murmuró, conspirador—. Un porcentaje sobre el valor del contrabando confiscado. No tiene por qué enterarse nadie, salvo tú y yo. —Me pasó un dedo bajo el pecho, que hizo que el pezón se irguiera bajo el fino algodón—. ¿Qué te parece, pollita?

Lo miré fijamente. «Tengo a la policía pisándome los talones», había dicho Jamie. Aquel hombre debía de ser un oficial de la Corona, encargado de perseguir el contrabando. «Picota, flagelación, cárcel, deportación...», había enumerado Jamie, agitando una mano despreocupada, como si aquellos castigos fueran el equivalente de una multa de tráfico.

—¿De qué está usted hablando? —inquirí tratando de fingirme intrigada—. ¡Y por última vez, le digo que me suelte!

No podía haber venido solo. ¿Cuántos más habría rodeando el edificio?

—Sí, por favor, suelte —dijo una voz detrás de mí.

Vi que el policía dilataba los ojos, al mirar por encima de mi hombro.

En el segundo escalón estaba el señor Willoughby, vestido de arrugada seda azul, sujetando una gran pistola con ambas manos. Saludó al policía con una cortés inclinación de cabeza.

—No ramera barata —explicó parpadeando como un búho—. Honorable esposa.

El policía, obviamente sobresaltado por la inesperada aparición del chino, nos miró sorprendido.

—¿Esposa? —repitió incrédulo—. ¿Dices que es tu esposa?

Por lo visto, el señor Willoughby captó sólo una palabra, pues asintió.

—Esposa —repitió—. Por favor, soltando. —Sus ojos no eran más que finísimas ranuras inyectadas en sangre y enseguida me di cuenta (no sé si el policía también), de que su sangre tenía una graduación del ochenta por ciento.

El policía tiró de mí, al tiempo que miraba al señor Willoughby con expresión ceñuda.

—Escucha... —comenzó.

No pudo decir nada más, pues mi guardián, dando por sentado que ya había hecho la debida advertencia, levantó la pistola y apretó el gatillo.

Se oyó un fuerte estallido y un grito más alto todavía, que debió de ser mío, y el rellano se llenó de humo gris. El hombre se tambaleó hacia atrás con expresión de intensa sorpresa y una creciente escarapela de sangre en la pechera de su abrigo. Actuando por reflejo, me lancé para sujetarlo debajo de los brazos y lo deposité suavemente en las tablas del descansillo. Arriba se produjo un revuelo; los habitantes de la casa se apelotonaron en la galería superior, entre parloteos y exclamaciones, atraídos por el disparo. Oímos unos pasos que subían los escalones de dos en dos.

Fergus irrumpió por una puerta que debía de llevar al sótano, pistola en mano.

—Milady —jadeó al verme sentada en el rincón, con el cuerpo del policía despatarrado en mi regazo—, ¿qué ha hecho?

—¿Yo? —protesté indignada—. Yo no he hecho nada. Ha sido ese chino que Jamie tiene por mascota.

Señalé con la cabeza al señor Willoughby, que se había sentado en el peldaño con la pistola caída a los pies y observaba la escena con una mirada benevolente inyectada en sangre. Fergus dijo algo en un francés tan coloquial que no podría traducirlo, pero sonó muy poco halagüeño para el señor Willoughby. Luego cruzó el descansillo a grandes pasos y alargó una mano para agarrar al chino por el hombro. Al menos, eso creí yo... antes de ver que el brazo extendido no terminaba en una mano, sino en un garfio de reluciente metal oscuro.

—¡Fergus! —Estaba tan horrorizada que interrumpí mis intentos de detener la hemorragia con el chal—. ¿Qué... qué...? —dije con incoherencia.

—¿Qué? —Siguió la dirección de mi mirada—. Ah, esto. —Se encogió de hombros—. Los ingleses. No se preocupe por eso, milady; no tenemos tiempo. ¡Tú, *canaille*, baja!

Y arrancó al señor Willoughby de la escalera para arrastrarlo hasta la puerta del sótano, por donde lo arrojó sin miramientos ni la menor consideración por la seguridad. Oí una serie de golpes secos, como si el chino cayera rodando por una escalera, perdidas por el momento sus habilidades acrobáticas. No tuve tiempo de pensar en eso, porque Fergus se puso en cuclillas a mi lado y levantó la cabeza del policía aferrándola por el pelo.

—¿Cuántos te acompañan? —interpeló—. ¡Si no me lo dices ahora mismo, *cochon*, te corto la cabeza!

A juzgar por los síntomas, la amenaza estaba de más. El hombre ya tenía los ojos vidriosos. Con evidente esfuerzo, alzó las comisuras de la boca en una sonrisa a modo de respuesta.

—Nos veremos... en el... infierno —susurró el hombre, y tras una última convulsión que le heló la sonrisa convirtiéndola en un asqueroso rictus, tosió una sorprendente cantidad de brillante sangre rosa y murió en mi regazo.

Se oían más pisadas en la escalera, subiendo a toda velocidad. Jamie cruzó a la carrera la puerta del sótano y apenas pudo detenerse antes de tropezar con las piernas del policía. Después de recorrer todo el cuerpo con la vista, sus ojos se detuvieron en mi cara con espantado asombro.

—¿Qué has hecho, Sassenach? —acusó.

—No ha sido ella, sino ese batracio amarillo —intervino Fergus, ahorrándome el trabajo. Luego metió la pistola bajo el cinturón para ofrecerme la mano sana—. ¡Vamos, milady! ¡Debe ir abajo!

Jamie lo detuvo, señalando con la cabeza el salón delantero.

—Yo me encargo de esto —dijo—. Vigila el frente, Fergus. La señal de costumbre. Y no saques la pistola a menos que sea necesario.

Fergus hizo un gesto afirmativo y desapareció de inmediato en el salón.

Jamie, que se las había arreglado para envolver torpemente el cadáver con mi chal, me liberó de su peso y yo me puse de pie. Fue un alivio, pese a la sangre y otras sustancias repugnantes que me empapaban la enagua.

—¡Oh, creo que está muerto! —exclamó una voz alelada arriba.

Diez o doce prostitutas miraban desde lo alto, como querubines desde el cielo.

—¡Volved a las habitaciones! —ladró Jamie.

Hubo un coro de chillidos y se diseminaron como palomas.

Jamie echó un vistazo al descansillo. Por suerte, no había señales del incidente: el chal y yo lo habíamos recibido todo.

—Vamos —ordenó.

Los peldaños y el sótano estaban negros como la pez. Me detuve abajo para esperar a Jamie. El policía no era liviano y, cuando llegó donde estaba yo, Jamie respiraba con pesadez.

—Al otro lado —indicó jadeando—. Un muro falso. Agárrate de mi brazo.

Una vez cerrada la puerta de arriba, no se veía nada; por suerte, Jamie parecía orientarse como por radar. Me guió con certeza entre grandes objetos que yo iba golpeando al pasar, y entonces se detuvo. Olía a piedra húmeda. Alargué la mano y toqué una pared áspera ante mí.

Jamie levantó la voz para decir algo en gaélico. Al parecer, era el equivalente celta de «Ábrete, sésamo», pues tras un breve silencio se oyó un ruido chirriante. En la oscuridad, ante mí, apareció una vaga línea luminosa que se fue ensanchando; una sección de la pared giró hacia fuera dejando ver una puerta con un marco de madera sobre el que se habían montado piedras cortadas de modo que simulasen ser parte de la pared.

La parte oculta del sótano era una habitación amplia, de nueve o diez metros de lado. Por allí se movían varias siluetas en un ambiente sofocante por el olor a coñac. Jamie dejó caer el cadáver en un rincón, sin ninguna ceremonia, y se volvió hacia mí.

—Por Dios, Sassenach, ¿estás bien? —El sótano parecía iluminado con velas repartidas por la oscuridad. Sólo podía ver la cara de Jamie y la tersa piel de sus mejillas.

—Tengo un poco de frío —dije, tratando de que no me castañetearan los dientes—. Y la enagua empapada de sangre. Por lo demás, estoy bien... creo.

—¡Jeanne! —Se volvió y gritó hacia el fondo del sótano. Una de las siluetas vino hacia nosotros; era la madama, preocupadísima. Él le explicó la situación en pocas palabras, haciendo que su expresión empeorara considerablemente.

—*Horreur!* —exclamó—. ¿Muerto? ¿En mi local? ¿Delante de testigos?

—Me temo que sí. —Jamie parecía sereno—. Yo me encargo de eso. Pero mientras tanto debe subir. Tal vez no haya venido solo. Ya sabe cómo actuar.

Su voz sonaba tranquilizadora. Le apretó el brazo. Se diría que el contacto la relajó —confiaba en que ése fuera el motivo por el que Jamie lo había hecho— y la mujer se dio media vuelta para marcharse.

—Ah, Jeanne —añadió cuando ella ya se retiraba—. Cuando regrese, ¿puede traer algo de ropa para mi esposa? Si su vestido aún no está listo, creo que Daphne es de la misma talla.

—¿Ropa?

Madame Jeanne bizqueó hacia las sombras donde yo me encontraba. Para ayudarla di un paso hacia la luz, exhibiendo los resultados de mi encuentro con el policía. Ella parpadeó un par de veces y, después de persignarse, se giró sin decir nada y desapareció por una puerta oculta que se cerró tras ella con un golpe sordo.

Yo empezaba a temblar, tanto por la reacción como por el frío. Acostumbrada como estaba a las urgencias, a la sangre e incluso a las muertes repentinas, lo que había pasado esa mañana me había resultado bastante angustioso. Era como una mala noche de sábado en urgencias.

—Ven, Sassenach —indicó Jamie al tiempo que me apoyaba una mano en la cintura—. Tienes que lavarte. —Su contacto me provocó el mismo efecto que le había provocado a madame Jeanne. Al instante me sentí mejor, aunque seguía inquieta.

—¿Lavarme? ¿Con qué? ¿Con coñac?

Eso le hizo reír.

—No, con agua. Puedo ofrecerte una tina, pero me temo que estará fría.

Estaba sumamente fría.

—¿D... d... de dónde viene esta agua? —pregunté, estremecida—. ¿De un glaciar?

El agua salía de una tubería incrustada en la pared. Normalmente la tenían sellada con un montón de harapos de aspecto insalubre alrededor de un pedazo de madera que hacía las veces de tapón.

Aparté la mano del gélido chorro y me la sequé en la ropa; a aquellas alturas estaba demasiado destrozada como para que el gesto tuviese importancia. Jamie negó con la cabeza mientras acercaba el enorme tapón de madera al caño.

—Del tejado —respondió—. Hay una cisterna donde se almacena el agua de lluvia, con una canaleta y un tubo que baja por un lateral del edificio, y el tubo de la cisterna está escondido en su interior.

Parecía absurdamente orgulloso de sí mismo. Me eché a reír.

—Todo un invento. ¿Para qué usas el agua?

—Para rebajar el licor. —Señaló el lado opuesto de la habitación, donde las oscuras siluetas trabajaban con notable empeño entre una gran cantidad de toneles y tinas—. Viene con una graduación demasiado alta. Aquí lo mezclamos con agua pura y volvemos a envasarlo para venderlo a las tabernas.

Volvió a tapar el caño y se agachó para arrastrar la enorme bañera por el suelo de piedra.

—La quitaremos de en medio. Necesitarán el agua.

Había un hombre con un cuenco entre las manos. Me echó una ojeada curiosa, le hizo un gesto afirmativo a Jamie y colocó el cuenco debajo del chorro de agua.

Detrás de un biombo armado con toneles, eché un vistazo a mi improvisada bañera. Una sola vela rielaba en la superficie del agua, dándole un aspecto negro e insondable. Me desnudé, temblando violentamente; me había parecido muy fácil renunciar al agua caliente y a los grifos modernos cuando los tenía a mano.

Jamie sacó de la manga un pañuelo grande, al que le echó una mirada vacilante.

—Bueno, está más limpio que tu enagua —resolvió, encogiéndose de hombros.

Lo dejó en mis manos y se alejó para supervisar las operaciones al otro lado de la estancia.

El agua estaba helada y el sótano también, y mientras me limpiaba las gotas glaciales me corrieron por el vientre y los muslos, provocándome pequeños escalofríos.

Pensar en lo que podía estar sucediendo arriba no ayudaba a calmar mis aprensiones. Presumiblemente, estaríamos a salvo mientras la pared falsa engañara a los policías. Pero si el muro no nos ocultaba, nuestra posición sería casi desesperada. Se diría que la única salida de aquella sala era la puerta que se abría en el falso muro, y si encontraban esa puerta, no sólo nos sorprenderían con las manos en la masa en posesión de un buen montón de coñac de contrabando, sino también con el cadáver de un oficial del rey asesinado.

Y la desaparición de aquel hombre no podía dejar de provocar un minucioso registro. Imaginé a la policía rastreando el burdel, interrogando a las mujeres entre amenazas hasta obtener mi descripción completa, la de Jamie y la del señor Willoughby, además de varios testimonios sobre el asesinato. Eché una mirada involuntaria al otro rincón, donde yacía el muerto bajo su ensangrentado sudario, bordado con malavarrosas amarillas y rosas. El chino no estaba por allí; debía de haberse desmayado tras los barriles de coñac.

—Toma, Sassenach. Bebe esto. Te castañetean tanto los dientes que vas a morderte la lengua. —Jamie había reaparecido a mi lado, como un perro San Bernardo, trayendo una taza de coñac.

—G... g... gracias.

Tuve que soltar el pañuelo y emplear las dos manos para sostener la taza de madera y evitar que me chocara contra los dientes, pero el coñac me ayudó. Me cayó en la boca del estómago como una brasa, disparando olas de calor hasta mis extremidades gélidas.

—Oh, Dios, qué bueno. —Hice la pausa suficiente para tomar aliento—. ¿Ésta es la versión sin rebajar?

—No. Ésa te mataría. Ésta es algo más fuerte que la que vendemos. Anda, ponte algo. Después te daré un poco más. —Jamie me cogió la taza de las manos y me devolvió el pañuelo.

Mientras terminaba apresuradamente mis glaciales abluciones, lo observé con el rabillo del ojo. Me miraba con el ceño fruncido, a todas luces sumido en sus reflexiones. Yo había imaginado que llevaría una vida complicada, y no se me pasaba por alto que mi presencia todavía se la complicaba más. Habría dado cualquier cosa por saber lo que estaba pensando.

—¿Qué estás pensando, Jamie? —pregunté, mirándolo de reojo mientras me limpiaba los últimos restos de sangre de los muslos. El agua resbaló por mis pantorrillas agitada por mis movimientos y la luz de las velas iluminó las ondas, como si la sangre oscura que me había limpiado del cuerpo volviera a brillar de nuevo viva y roja en el agua.

La expresión ceñuda desapareció momentáneamente y sus ojos se aclararon.

—Estaba pensando que eres muy hermosa, Sassenach —dijo con suavidad.

—Puede ser, si eres aficionado a la carne de gallina a gran escala —repliqué agria. Y alargué la mano hacia la taza.

Él me sonrió de pronto, con un blanco destello de dientes en la penumbra del sótano.

—Oh, sí —dijo—. Estás hablando con el único hombre de Escocia al que ver un pollo desplumado le provoca una erección de órdago.

Me atraganté con el coñac, medio histérica por la tensión y el terror. Jamie se quitó a toda prisa el abrigo y me envolvió con él antes de estrecharme entre sus brazos mientras yo temblaba, tosía y jadeaba.

—Me cuesta mucho pasar por delante de la pollería y mantener la compostura —me murmuró al oído frotándome la espalda con energía por encima de la tela—. Tranquila, Sassenach, tranquila. Todo irá bien.

Me agarré a él sin dejar de temblar.

—Lo siento —dije—. Estoy bien. Pero es culpa mía. El señor Willoughby ha disparado contra el policía porque pensaba que me estaba haciendo proposiciones indecentes.

Jamie resopló.

—No por eso es culpa tuya, Sassenach —dijo sin más—. Y por si te interesa, no es la primera vez que ese chino comete una tontería. Cuando ha bebido es capaz de cualquier locura.

De pronto cambió su expresión. Acababa de captar lo que yo había dicho. Me miró con los ojos dilatados.

—¿Has dicho «policía», Sassenach?

—Sí, ¿por qué?

Sin responder, me soltó los hombros y giró sobre los talones cogiendo la vela a su paso. Pero yo no me quedé en la oscuridad, lo seguí hasta la esquina donde el cadáver yacía bajo el chal.

—Sujeta esto —ordenó plantándome la vela en la mano. Y se arrodilló junto a la silueta amortajada para retirar la tela manchada que le cubría la cara.

Yo había visto unos cuantos cadáveres; el espectáculo no me impresionaba, pero tampoco resultaba agradable. Tenía los ojos en blanco bajo los párpados entornados, cosa que no hacía nada por mejorar su horroroso aspecto. Jamie observó con el ceño fruncido aquella cara muerta, con la boca abierta y la piel cerúlea a la luz de la vela, y murmuró algo por lo bajo.

—¿Qué sucede? —pregunté. Pensaba que jamás volvería a entrar en calor, pero el abrigo de Jamie no sólo era grueso y de buena confección, además conservaba los restos de su considerable calor corporal. Seguía teniendo frío, pero ya había dejado de temblar.

—Este hombre no es policía —dijo Jamie con el ceño todavía fruncido—. Conozco a todos los agentes del distrito y también a los oficiales. A éste nunca lo había visto.

Con un poco de asco, apartó la solapa ensangrentada de la chaqueta para buscar bajo la ropa del hombre. Por fin sacó una pequeña navaja y un librito encuadernado en papel rojo.

—«Nuevo Testamento» —leí con asombro.

Jamie hizo un gesto afirmativo y me miró con la ceja arqueada.

—Policía o no, esto no es algo que uno lleve a un prostíbulo.

Después de limpiar el pequeño volumen con el chal, le cubrió de nuevo la cara y se puso en pie, mientras negaba con la cabeza.

—Eso es lo único que tiene en los bolsillos. Los policías y los inspectores de aduanas deben llevar siempre su credencial, pues de lo contrario no tienen autoridad para requisar mercancías ni registrar un local. —Levantó la vista con las cejas enarcadas—. ¿Por qué has pensado que era un policía?

Me estreché el abrigo de Jamie intentando recordar las palabras que me había dicho aquel hombre en el rellano.

—Me ha preguntado si me habían enviado como distracción y dónde estaba la madama. Luego ha dicho que había una recompensa, un porcentaje sobre el contrabando confiscado, y que nadie lo sabría, salvo él y yo. Y como habías dicho que la policía te estaba pisando los talones, he pensado que era uno de ellos. Ha sido entonces cuando ha aparecido el señor Willoughby y todo se ha ido al diablo.

Jamie asintió, todavía desconcertado.

—Bueno, no sé quién podría ser, pero me alegro de que no sea policía. Al principio he pensado que algo se había salido de cauce, pero es probable que todo esté bien.

—¿Salido de cauce?

Sonrió brevemente.

—Tengo un acuerdo con el jefe de aduanas del distrito, Sassenach.

—¿Un acuerdo? —repetí, boquiabierta.

Se encogió de hombros.

—Bueno, un soborno, si quieres decirlo con claridad. —Sonaba un tanto irritado.

—¿Es un procedimiento comercial corriente? —pregunté, tratando de actuar con tacto.

Se le contrajo un poco la boca.

—Sí, en efecto. Se podría decir que existe un acuerdo entre sir Percival Turner y yo. Me preocuparía mucho enterarme de que ha hecho que la policía vigile este local.

—Está bien —dije lentamente mientras barajaba todos los acontecimientos de la mañana, comprendidos a medias, intentando ordenarlos—. Pero en ese caso ¿por qué le has dicho a Fergus que tenías a la policía pisándote los talones? ¿Y por qué todo el mundo anda corriendo de un lado a otro, como pollos sin cabeza?

—Ah, eso. —Sonriendo por un instante, me cogió del brazo para apartarme del cadáver—. Bueno, tenemos un acuerdo, como te decía. Como parte de él, sir Percival debe satisfacer a sus jefes de Londres confiscando, de vez en cuando, una cantidad de contrabando. Nosotros nos encargamos de darle la oportunidad. Wally y los muchachos trajeron de la costa dos carretas cargadas: una con el mejor coñac; la otra, con toneles perforados y vino malo y algunos litros de cerveza barata para acabar de darle forma. Esta mañana me he encontrado con ellos en las afueras de la ciudad, como estaba planeado, para traer las carretas hacia aquí; hemos puesto buen cuidado en llamar la atención del oficial de caballería que pasaba, casualmente, con unos cuantos dragones, y hemos hecho que nos persiguieran alegremente por los callejones hasta que ha llegado el momento en que yo, con los toneles buenos, me he separado de Wally y su carga de vino barato. Entonces él ha abandonado su carreta para huir y yo he venido a toda velocidad hacia aquí, seguido por dos o tres dragones para salvar las apariencias. Suena bien en el informe, ¿sabes? —Sonriendo de oreja a oreja, citó—: «Los contrabandistas escaparon, a pesar de la persecución, pero los valerosos soldados de Su Majestad lograron capturar una carreta cargada de licores, cuyo valor fue calculado en sesenta libras y diez chelines.» Ya conoces esas cosas.

—Supongo que sí —dije—. Así que eras tú, con los licores buenos, el que debía llegar a las diez. Madame Jeanne ha dicho...

—Sí —confirmó, ceñudo—. Ella debía tener la puerta del sótano abierta y la rampa en su lugar a las diez en punto. No tenemos mucho tiempo para descargarlo todo. Esta mañana ha abierto tardísimo; he tenido que dar dos vueltas a la manzana para no traer a los dragones hasta su misma puerta.

—Algo la ha distraído —le dije recordando de pronto todo el asunto del Demonio. Le conté a Jamie lo del asesinato en el Búho Verde y él esbozó una mueca y se santiguó.

—Pobre muchacha —murmuró.

Me estremecí al recordar la descripción de Bruno y me acerqué un poco más a Jamie, que me rodeó con el brazo. Me dio un distraído beso en la frente mientras miraba una vez más la figura que yacía en el suelo cubierta por el chal.

—Bueno, quienquiera que fuese, si este hombre no era policía, no creo que haya ningún otro arriba. Pronto podremos salir de aquí.

—Me alegro. —El abrigo de Jamie me cubría hasta las rodillas, pero sentía las miradas encubiertas que recibían mis pantorrillas desnudas desde el otro extremo de la habitación, y era incómodamente consciente de que estaba desnuda debajo del abrigo—. ¿Volveremos a la imprenta? —Lo cierto era que entre unas cosas y otras no me apetecía abusar más de lo necesario de la hospitalidad de madame Jeanne.

—Tal vez un rato. Tengo que pensar. —Jamie hablaba en tono distraído, con la frente arrugada por la reflexión. Me dio un rápido abrazo, me soltó y empezó a pasear por el sótano con aire meditabundo y los ojos clavados en las losas del suelo.

—Eh... ¿Qué has hecho con Ian?

Levantó la vista, como si no comprendiera. Luego su cara se despejó.

—Ah, Ian. Lo he dejado haciendo averiguaciones en las tabernas del mercado. Nos reuniremos más tarde —murmuró como si apuntara un recordatorio.

—A propósito: he conocido a Ian hijo —dije en tono coloquial.

Jamie pareció sobresaltarse.

—¿Ha venido aquí?

—Ha venido a buscarte, sí. Más o menos un cuarto de hora después de que te fueras.

—¡Menos mal! —Se pasó una mano por el pelo, entre divertido y preocupado—. Me ha dado mucho trabajo explicar a Ian qué hacía su hijo aquí.

—¿Y tú sabes a qué ha venido? —pregunté con curiosidad.

—¡No, no lo sé! Supuestamente debía... Oh, dejémoslo así. Ahora mismo no puedo preocuparme por eso. —Volvió a sus pensamientos, de los que emergió un instante para preguntar—: ¿Te ha dicho dónde iba cuando se ha marchado?

Negué con la cabeza al tiempo que me envolvía bien en el abrigo y, mientras él retomaba su paseo, me senté en una tina invertida a observarlo. A pesar del peligro y la incomodidad, me sentía absurdamente feliz sólo por tenerlo cerca. Pensé que no había mucho que yo pudiera hacer para ayudar dada la presente situación, me acomodé con el abrigo bien ceñido al cuerpo y me abandoné al placer momentáneo de observarlo, cosa que todavía no había tenido la oportunidad de hacer con tanto alboroto.

A pesar de sus preocupaciones, Jamie se movía con la elegancia y firmeza de un espadachín, un hombre tan consciente de su cuerpo que podía olvidarlo por completo. El hombre que estaba junto a los toneles trabajaba bajo la luz de una antorcha; cuando se volvió, la luz brilló en su pelo y lo iluminó asemejándolo a la piel de un tigre a rayas doradas y oscuras.

Vi cómo se le movían dos dedos de la mano derecha y los frotaba contra la tela de los pantalones y sentí una punzada de reconocimiento en el gesto. Se lo había visto hacer miles de veces mientras pensaba, y al volver a verlo en ese momento tuve la sensación de que todo el tiempo que habíamos pasado separados no había sido más que un único día.

De pronto, como si me adivinara el pensamiento, se detuvo con una sonrisa.

—¿Tienes suficiente ropa, Sassenach?

—No, pero no importa. —Me levanté de la tina y me uní a sus peregrinaciones, colgándome de su brazo—. ¿Has adelantado algo en tus reflexiones?

Rió tristemente.

—No. Estoy pensando cinco o seis cosas al mismo tiempo y no puedo solucionar ni la mitad. Por ejemplo, no sé si el pequeño Ian está donde debería estar.

Levanté la cabeza y lo miré.

—¿Donde debería estar? ¿Dónde crees que debería estar?

—Tendría que estar en la imprenta —dijo con cierto énfasis—. Pero esta mañana tendría que haber estado con Wally y no estaba.

—¿Con Wally? ¿Tú sabías que no estaba en su casa cuando su padre ha venido a buscarlo?

Se frotó la nariz con un dedo, a un tiempo irritado y divertido.

—Oh, sí. Le había prometido que no diría nada a su padre hasta que él tuviera oportunidad de explicarse. Aunque dudo que la explicación pueda resguardarle el trasero.

Tal como su padre había dicho, el joven Ian había venido a Edimburgo para reunirse con su tío, sin molestarse en pedir autorización a sus padres de antemano. Jamie descubrió muy pronto este descuido, pero no quiso obligarlo a volver solo a Lallybroch. Y aún no había tenido tiempo de acompañarlo él mismo.

—En realidad, sabe cuidarse solo —me explicó. En la lucha de expresiones ganó la divertida—. Es un muchacho bastante capaz, pero... bueno, ya has visto que a algunas personas les suceden cosas sin que ellas tengan mucho que ver.

—Ahora que lo mencionas, sí —confirmé irónicamente—. Yo soy una de ellas.

Eso le hizo reír.

—¡Tienes razón, Sassenach! Tal vez por eso me gusta tanto el pequeño Ian. Me recuerda a ti.

—Pues a mí me recuerda un poco a ti.

Soltó un breve resoplido.

—Por Dios, Jenny me dejará tullido si se entera de que su niño ha estado en una casa de mala reputación. Espero que el tunante sepa mantener la boca cerrada cuando vuelva a su casa.

—Siempre que vuelva a su casa —observé, pensando en el desgarbado niño que había visto por la mañana a la deriva en una ciudad llena de prostitutas, policías, contrabandistas y asesinos armados de hachas—. Por suerte no es una mujer —añadí pensando en esta última posibilidad—. Al parecer, al Demonio no le gustan los muchachitos.

—Pero a muchos otros sí —musitó Jamie, agrio—. Entre mi sobrino y tú, Sassenach, cuando salga de este sótano apestoso tendré el pelo blanco.

—¿Yo? —exclamé, sorprendida—. Por mí no necesitas preocuparte.

—¿Ah, no? —Me soltó el brazo para girar hacia mí, echando fuego por los ojos—. ¿Así que no necesito preocuparme por ti? ¿Eso has dicho? ¡Caramba, te dejo en la cama aguardando el desayuno, sana y salva, y una hora después te encuentro al pie de la escalera, en enaguas y abrazada a un cadáver! Y ahora mismo: estás aquí, desnuda como una lombriz, con quince hombres alrededor preguntándose quién diablos eres. ¿Cómo se lo voy a explicar, Sassenach? Dímelo. —Se pasó los dedos por el pelo, en un gesto de exasperación—. ¡Cielo santo! Y tengo que estar en la costa sin falta dentro de dos días, pero no te puedo dejar en Edimburgo con demonios sueltos por ahí con hachas, y sabiendo que la mitad de las personas que te han visto creen que eres una prostituta, y... y...

El lazo de su coleta se rompió de repente y su pelo se descolgó alrededor de su rostro como la melena de un león. Me reí. Él me fulminó con la mirada un rato más, pero al final una sonrisa reticente se abrió paso por entre su ceño fruncido.

—Bueno, ya me las arreglaré.

—Supongo que sí —le dije, y me puse de puntillas para ponerle el pelo detrás de las orejas. Según el principio por el cual los polos opuestos se atraen bruscamente cuando están a escasa distancia, inclinó la cabeza para besarme.

—Lo había olvidado —dijo un momento después.

—¿Qué? —Noté la calidez de su espalda a través de la camisa de lino.

—Todo. —Hablaba con mucha suavidad, con la boca en mi pelo—. El gozo, el miedo. Sobre todo eso: el miedo.

Levantó la mano y me apartó los rizos de la nariz.

—Hacía mucho tiempo que no tenía miedo, Sassenach —susurró—. Pero ahora creo que vuelvo a tenerlo. Porque ahora tengo algo que perder.

Retrocedí un poco para mirarlo. Me rodeaba la cintura con los brazos, sus ojos tan negros como aguas insondables en la penumbra. Entonces su expresión cambió y me dio un rápido beso en la frente.

—Vamos, Sassenach —dijo cogiéndome del brazo—. Voy a decir a los hombres que eres mi esposa. El resto tendrá que esperar.

27

En llamas

El vestido era un poco más escotado de lo necesario y algo ceñido a la altura del busto, pero en general me sentaba bien.

—¿Cómo sabías que Daphne tenía la misma talla? —pregunté mientras tomaba la sopa.

—Dije que no me acostaba con las muchachas —replicó Jamie con cara de circunstancias—. No que no las mirara.

Me hizo un guiño como un gran búho rojo (algún tipo de defecto congénito lo hacía incapaz de cerrar un solo ojo) y me eché a reír.

—Pero te sienta mucho mejor que a Daphne —añadió.

Echó una aprobadora mirada a mi escote y le dirigió una señal con la mano a una sirvienta que llevaba una bandeja con panecillos recién hechos.

La taberna de Moubray estaba muy concurrida. Era un lugar acogedor con el ambiente tan cargado como en el Fin del Mundo y otros establecimientos del estilo, amplio y elegante, con una escalera exterior que llevaba al primer piso, donde un espacioso comedor satisfacía el apetito de los comerciantes prósperos y los funcionarios de Edimburgo.

—¿Quién eres ahora? —quise saber—. Madame Jeanne te llama «monsieur Fraser», ¿usas tu verdadero apellido en público?

Meneó la cabeza mientras desmenuzaba un panecillo en su sopa.

—No. En la actualidad soy Sawney Malcolm, impresor y editor.

—¿Sawney? Es un apócope de Alexander, ¿no? Pensaba que sería «Sandy», y más aún teniendo en cuenta el color de tu pelo.

Y no es que su pelo tuviera ni de lejos el color de la arena, pensé mirándolo. Era igual que el pelo de Bree, muy espeso, un poco ondulado y con todos los tonos de rojo y dorado mezclados: cobre y canela, castaño y ámbar, rojo, ruano y rufo, todos mezclados.

De repente añoré a Bree. Al mismo tiempo me dieron ganas de deshacer la formal trenza de Jamie y deslizarle los dedos por el pelo para sentir la sólida curva de su cráneo y esos suaves mechones enredándose entre mis manos. Todavía recordaba las cosquillas que me había hecho con el pelo desparramado sobre mis pechos a la luz de la mañana.

Se me aceleró un poco la respiración y agaché la cabeza sobre el estofado de ostras.

Jamie no parecía haberlo advertido. Se metió un buen trozo de mantequilla en el cuenco mientras negaba con la cabeza.

—En las Highlands se dice Sawney —me informó—. Y también en las islas. «Sandy» se oye más en las Lowlands... o en boca de los *sassenach* ignorantes. —Me sonrió enarcando una ceja y se llevó una cucharada de delicioso y fragante estofado a la boca.

—De acuerdo —dije—. Esto es más importante: ¿quién soy yo?

Pues sí que se había dado cuenta. Uno de sus enormes pies buscó el mío y me sonrió por encima del borde de la taza.

—Eres mi esposa, Sassenach —dijo con brusquedad—. Siempre. Me llame como me llame, tú eres mi esposa.

Me inundó una ola de placer; en su cara vi reflejados los recuerdos de la noche anterior. Tenía las orejas algo sonrojadas.

—¿No te parece que este guiso tiene demasiada pimienta? —comenté, tragándome otra cucharada—. ¿Estás seguro, Jamie?

—Sí —dijo. Y de inmediato especificó—: Sí, estoy seguro, y no, el guiso está bien. Me gusta con un poco de pimienta.

Su pie se movió levemente contra el mío, acariciándome el tobillo.

—Así que soy la señora Malcolm —musité, saboreando el nombre.

El solo hecho de decir «señora» me provocaba una emoción absurda, como a las recién casadas. Le eché un vistazo al anillo de plata que llevaba en el dedo anular de la mano derecha. Al advertir mi gesto, él levantó la copa.

—A la salud de la señora Malcolm —dijo suavemente.

Volvía a sentirme sin aliento. Jamie dejó la copa y me cogió la mano. La suya era tan grande y cálida que una sensación general de brillante calor se extendió a toda velocidad por mis dedos. Sentí el anillo de plata separado de mi carne y el metal se calentó con su contacto.

—Amarte, respetarte y protegerte —dijo sonriendo.

—Desde este día hasta que la muerte nos separe —completé sin importarme en absoluto las miradas que atraíamos de los demás clientes.

Jamie agachó la cabeza y me besó la mano, acción que convirtió esas miradas de interés en sinceras miradas fijas. Un clérigo, sentado al otro lado del salón, se inclinó para decir algo a sus acompañantes, que nos observaron fijamente. Uno de ellos era un anciano diminuto; y me sorprendió descubrir que el otro era el señor Wallace, mi compañero de viaje en la diligencia de Inverness.

—Arriba hay habitaciones privadas —murmuró Jamie paseando sus ojos azules por mis nudillos.

Perdí todo interés en el señor Wallace.

—Bien. Pero aún no has terminado el guiso.

—Al diablo con el guiso.

—Aquí viene la criada con la cerveza.

—Al diablo con ella también. —Sus blancos dientes se cerraron sobre mis nudillos haciéndome dar un respingo.

—La gente te está mirando.

—Que miren y lo disfruten.

Metió suavemente la lengua entre mis dedos.

—Un hombre con abrigo verde viene hacia aquí.

—Al diab... —empezó Jamie. La sombra del visitante cayó sobre la mesa.

—Le deseo buenos días, señor Malcolm —saludó el visitante con una reverencia cortés—. Supongo que no molesto.

—Se equivoca —corrigió Jamie, incorporándose sin soltarme la mano. Le lanzó una fría mirada al recién llegado—. No creo conocerle, señor.

El caballero, un inglés vestido de forma discreta que aparentaba unos treinta y cinco años, se inclinó de nuevo sin dejarse intimidar por la falta de hospitalidad.

—No he tenido el placer de que nos presentaran, señor —dijo con deferencia—. Sin embargo, mi jefe me manda saludarle y preguntar si usted... y su... compañera... tendrían la bondad de beber una copa de vino con él.

La pequeña pausa que hizo antes de decir *compañera* apenas fue perceptible, pero Jamie la captó. Entornó los ojos.

—Mi... esposa y yo —dijo haciendo exactamente la misma pausa antes de *esposa*— tenemos otro compromiso. Si su jefe desea hablar conmigo...

—Es sir Percival Turner quien lo solicita, señor —dijo apresuradamente el secretario o lo que fuera. Como era un hombre educado, no pudo evitar alzar un poco la ceja con la actitud de quien espera conseguir lo que quiere con la ayuda de un nombre.

—Bien —replicó Jamie con sequedad—, con el debido respeto, dígale a sir Percival que en este momento estoy ocupado. ¿Tendría a bien transmitirle mis disculpas?

Inclinó la cabeza con una actitud tan educada que rozaba la grosería y le volvió la espalda al secretario. El caballero se quedó allí plantado un segundo, ligeramente boquiabierto, luego giró sobre sus talones y se abrió paso por entre las mesas hasta una puerta que había en el extremo opuesto del local.

—¿En qué estábamos? —preguntó Jamie—. Ah, sí. Al diablo con los caballeros de abrigo verde. Ahora, en cuanto a esos cuartos privados...

—¿Cómo vas a explicar mi presencia?

Enarcó una ceja.

—¿Qué debo explicar? —Me miró de arriba abajo—. ¿Qué tiene de malo tu presencia? No te falta ningún miembro, no eres jorobada, tienes todos los dientes, no estás coja...

—Ya sabes a qué me refiero —protesté, dándole un leve puntapié por debajo de la mesa. La dama que estaba sentada cerca de la pared le dio un codazo a su compañero y nos miró abriendo mucho los ojos con gesto desaprobador. Yo les sonreí con indiferencia.

—Por supuesto —replicó muy sonriente—. Pero entre las actividades del señor Willoughby de esta mañana y todo lo demás, no he tenido mucho tiempo de pensar en eso. Podría decir, simplemente...

—¡Conque se ha casado, querido amigo mío! ¡Qué gran noticia! Mis más sinceras felicitaciones. Y espero ser el primero en expresar mis mejores deseos a su dama.

Era un caballero menudo y entrado en años con una pulcra peluca, apoyado en el pomo de oro de su bastón. Nos sonreía con cordialidad. Se trataba del diminuto caballero que estaba sentado con el señor Wallace y el clérigo.

—Perdonen la pequeña descortesía de invitarlos por medio de Johnson —pidió de manera reprobatoria—. Es que esta condenada dolencia me impide moverme con agilidad, como pueden ver.

Jamie, que se había levantado ante la aparición del visitante, le estaba acercando una silla.

—¿Nos acompaña, sir Percival?

—¡Oh, no, de ningún modo! No se me ocurriría estorbar su nueva felicidad, mi querido señor. Sinceramente, no tenía ni idea...

Sin dejar de protestar, se dejó caer en la silla ofrecida, alargando un pie bajo la mesa con una mueca de dolor.

—Soy un mártir de la gota, querida —me confesó, inclinándose hacia mí. Percibí su mal aliento de anciano bajo la esencia de gaulteria que perfumaba su ropa.

No parecía una mala persona, a pesar de su aliento, pero las apariencias podían ser muy engañosas. No hacía ni cuatro horas que me habían confundido con una prostituta.

Jamie, tratando de salir bien parado, pidió vino y aceptó con cierta elegancia las constantes efusiones de sir Percival.

—Es una verdadera suerte que lo haya encontrado a usted aquí, querido amigo —dijo el caballero, olvidando por fin sus floridos cumplidos y apoyando una mano bien cuidada en la manga de mi esposo—. Tenía algo especial que decirle. De hecho, le he enviado a usted una nota a la imprenta, pero mi mensajero no lo ha encontrado allí.

—¿Eh? —Jamie enarcó una ceja interrogante.

—Sí —prosiguió sir Percival—. Si no me equivoco, hace algunas semanas me comentó usted que tenía intención de hacer un viaje de negocios al norte. ¿En relación con una prensa nueva o algo así?

Pensé que sir Percival tenía un rostro bastante dulce, unos atractivos rasgos aristocráticos a pesar de los años y unos enormes e inocentes ojos azules.

—Así es —concedió Jamie, cortés—. El señor McLeod me ha invitado a Perth para mostrarme un nuevo modelo de prensa que ha puesto recientemente en uso.

—Bien. —Sir Percival sacó del bolsillo una caja de rapé esmaltada en verde y oro, con querubines en la cubierta—. No le aconsejaría hacer un viaje al norte en estos momentos —musitó abriendo la caja y concentrándose en su contenido—. La verdad es que no. En esta época el tiempo tiende a ser inclemente; no creo que a la señora Malcolm le sentara bien.

Me sonrió como si fuera un ángel anciano, inhaló un pellizco de rapé e hizo una pausa con el pañuelo a mano.

Jamie tomó un sorbo de vino, con una expresión serena.

—Le agradezco el consejo, sir Percival —dijo—. ¿Acaso sus hombres le han hablado de recientes tormentas en el norte?

Sir Percival estornudó como un ratón resfriado, con un diminuto y pulcro sonido. En realidad, él mismo tenía apariencia de ratón, pensé al observar cómo se limpiaba con elegancia su puntiaguda nariz rosa.

—Así es. —Guardó el pañuelo con un guiño benévolo—. Como soy su amigo y tengo muy en cuenta su bienestar, le aconsejaría encarecidamente que permaneciera en Edimburgo. Al fin y al cabo —añadió posando sobre mí su benévola sonrisa—, ahora tiene usted un incentivo para quedarse cómodamente en casa, ¿verdad? Bueno, mis queridos jóvenes, temo que debo excusarme. No quiero alargar más el que debe de ser su desayuno de bodas.

Con ayuda del paciente Johnson, sir Percival se marchó con paso corto mientras hacía resonar su bastón en el suelo.

—Parece un anciano muy amable —comenté cuando estuve segura de que se había alejado lo suficiente de nosotros para no oírme.

Jamie resopló.

—Podrido como madera apolillada —dijo antes de vaciar su copa. Luego siguió con aire pensativo la silueta marchita, que maniobraba con cautela en el borde de la escalera—. Uno esperaría otra cosa de sir Percival, estando tan cerca de su Juicio Final —dijo con actitud meditabunda, dejando la copa—. Debería contenerse aunque sólo fuera por miedo al diablo, pero no se arruga ni un ápice.

—Supongo que es como todo el mundo —aduje con cierto cinismo—. La mayoría cree que vivirá eternamente.

Jamie rió de pronto, una vez recobrado el ánimo.

—Sí, es cierto. —Me acercó la copa de vino—. Ahora que estás aquí, Sassenach, estoy convencido de que así será. Bebe, *mo nighean donn*, y subamos.

—*Post coitum omne animalium triste est* —comenté con los ojos cerrados.

No hubo ninguna respuesta del cálido y pesado peso que tenía sobre el pecho salvo el suave sonido de su respiración. Sin embargo, al poco sentí una especie de vibraciones subterráneas que interpreté como diversión.

—Qué idea tan extraña, Sassenach —murmuró Jamie somnoliento—. Confío en que no sea tuya.

—No. —Le aparté el pelo húmedo de la frente, y él escondió la cara en la curva de mi hombro con un ronroneo satisfecho.

Las habitaciones privadas de Moubray dejaban un tanto que desear en cuanto a instalaciones amorosas. De cualquier modo, el sofá ofrecía una superficie horizontal y acolchada que, bien pensado, era lo único indispensable. Aunque había decidido que todavía quería que hubiera pasión en mi vida, ya era demasiado vieja para querer que esa pasión se desatara en el suelo.

—No sé quién lo dijo; algún filósofo antiguo. Es una cita que salía en uno de mis libros de medicina, en el capítulo sobre el sistema reproductor humano.

La vibración se convirtió en una pequeña carcajada perfectamente audible.

—Parece que te has aplicado mucho, Sassenach —dijo. Dejó resbalar la mano por mi costado y la arrastró hasta mi trasero. Suspiró de felicidad mientras lo estrechaba con suavidad—. No recuerdo haberme sentido nunca menos *triste*.

—Yo tampoco. —Seguí con un dedo la dirección del remolino que le alzaba el pelo en la coronilla—. Por eso lo he recordado. ¿Qué habrá llevado al filósofo a esa conclusión?

—Supongo que depende del tipo de *animaliae* con que haya estado fornicando —observó él—. Tal vez ninguno de ellos le tenía afecto. Pero debe de haber probado con muchos para hacer una afirmación tan amplia.

Usó mi pecho de ancla, sacudido por la marea de mi risa.

—La verdad es que los perros parecen avergonzados al aparearse —dijo.

—¿Y qué parecen las ovejas?

—Pues las hembras siguen pareciendo ovejas, aunque tampoco les quedan muchas más opciones.

—¿No? ¿Y los machos?

—Los machos parecen bastante depravados —añadió—. Les cuelga la lengua, babean, ponen los ojos en blanco y hacen ruidos asquerosos. En todas las especies, ¿no?

Sentí la curva de su sonrisa en mi hombro. Me volvió a estrujar las nalgas y yo le tiré con suavidad de la oreja que tenía cerca de la mano.

—No he visto que a ti te colgara la lengua.

—Porque tenías los ojos cerrados.

—Tampoco oí ruidos asquerosos.

—Es que, con la prisa del momento, no se me ocurrió nada que decir —admitió—. La próxima vez me portaré mejor.

Reímos juntos y luego nos quedamos en silencio escuchando la respiración del otro. Después de una pausa le alisé el pelo.

—No creo haber sido nunca tan feliz, Jamie.

Rodó hacia un lado, alzando su peso para no aplastarme, y se irguió frente a mí.

—Tampoco yo, Sassenach —dijo, y me besó con mucha suavidad, pero durante el rato suficiente como para que me diera tiempo a cerrar los labios y darle un diminuto mordisco en el labio inferior—. No es sólo por la cama, ¿sabes? —aclaró retirándose un poco para mirarme. Sus ojos tenían un azul intenso, como el cálido mar tropical.

—No —dije tocándole la mejilla—. Para nada.

—Tenerte conmigo otra vez, conversar contigo, saber que puedo contarte cualquier cosa sin cuidar las palabras ni disimular los pensamientos... Por Dios, Sassenach, el Señor sabe que estoy loco de deseo como un jovencito y que no te puedo quitar las manos de encima, y otras cosas —añadió socarrón—. Pero no me importaría perderlo mientras pudiera tenerte conmigo y abrirte mi corazón.

—Me sentía sola sin ti —susurré—. Muy sola.

—Yo también —dijo. Agachó la mirada y sus largas pestañas le escondieron los ojos. Vaciló un momento—. No te diré que he vivido como los monjes —dijo en voz baja—. Cuando era preciso, para no enloquecer...

Lo interrumpí apoyando un dedo sobre sus labios.

—Como yo. Frank...

Él también me tapó la boca. Nos miramos y sentí la sonrisa que crecía bajo mi palma mientras la mía aparecía bajo la suya. Aparté la mano.

—No tiene importancia —dijo, apartándome la mano de la boca.

—No, no importa. —Repasé el contorno de sus labios con el dedo—. Háblame de lo que piensas. Si hay tiempo.

Echó un vistazo a la ventana para evaluar la luz. Debíamos reunirnos con Ian a las cinco, en la imprenta, para averiguar cómo marchaba la búsqueda de su hijo. Luego se apartó cuidadosamente de mí.

—Disponemos de dos horas al menos antes de que nos tengamos que ir. Si te vistes, pediré que traigan vino y bizcochos.

Me pareció estupendo. Desde nuestro reencuentro vivía con hambre. Me senté y empecé a rebuscar entre la pila de ropa que había en el suelo buscando el corsé del vestido.

—No estoy triste, pero me siento algo avergonzado —reconoció Jamie agitando los largos dedos del pie para ponerse el calcetín—. Al menos así debería ser.

—¿Por qué?

—Bueno, estoy como en el paraíso, contigo, con vino y bizcochos, mientras Ian recorre las calles preocupándose por su hijo.

—Y tú, ¿te preocupas por el joven Ian? —pregunté concentrada en mis lazos.

Frunció levemente el entrecejo mientras se ponía el otro calcetín.

—No tanto por él como por la posibilidad de que no aparezca antes de mañana.

—¿Qué debe pasar mañana? —inquirí. Entonces recordé tardíamente la conversación con sir Percival Turner—. Ah, tu viaje al norte. ¿Debías partir mañana?

Asintió.

—Sí. Debo encontrarme con alguien en la ensenada de Mullen, aprovechando la luna nueva. Un lugre proveniente de Francia, cargado de vino y batista.

—¿Y sir Percival te estaba advirtiendo que no acudieras a esa cita?

—Eso parece. No sé qué ha podido pasar, pero me enteraré. Tal vez haya un funcionario de aduanas visitando el distrito.

O quizá ha sabido de alguna actividad en la costa que no tiene nada que ver con nosotros, pero que podría estorbarnos.

Se encogió de hombros y acabó de ponerse la liga.

Luego puso las manos sobre las rodillas con las palmas hacia arriba, y las flexionó. Cerró el puño de la mano izquierda: un compacto, pulcro y directo instrumento listo para la batalla. Los dedos de la diestra no se estiraban bien; tenía el dedo corazón encorvado y no se pegaba al siguiente. El anular no se flexionaba, se quedaba recto y dejaba el meñique en un ángulo muy extraño.

Levantó la vista de sus manos y me miró con una sonrisa.

—¿Te acuerdas de la noche en que me curaste la mano?

—A veces, en mis momentos más horribles. —Jamás olvidaría aquella noche. Contra todas las probabilidades, lo había rescatado de la prisión de Wentworth y de una sentencia de muerte, pero no a tiempo de impedir que Jack *el Negro* lo torturara cruelmente.

Le cogí la mano derecha y me la posé sobre la rodilla. Jamie la dejó allí cálida, pesada e inerte, y no objetó mientras yo le palpaba cada dedo y tiraba de ellos para estirar los tendones y los retorcía para comprobar la movilidad que le quedaba todavía en las articulaciones.

—Fue mi primera cirugía ortopédica —dije con ironía.

—¿Lo has hecho muchas veces más? —preguntó, mirándome con curiosidad.

—Unas cuantas, sí. Soy cirujana, aunque eso no significa lo mismo que ahora —me apresuré a añadir—. Los cirujanos de mi época no les extraen los dientes a la gente ni hacen sangrías. Son más bien lo que ahora se entiende por médico; es decir, un tipo de médico que conoce todas las ramas de la medicina, pero se especializa en algo.

—Siempre has sido especial —sonrió. Los dedos lisiados se deslizaron por la palma de mi mano y me acarició los nudillos con el pulgar—. ¿Qué hacen de especial los cirujanos?

Fruncí el ceño tratando de encontrar la explicación correcta.

—Bueno, podría decirse que... el cirujano trata de curar utilizando un cuchillo.

Las comisuras de su boca se curvaron hacia arriba al oír aquello.

—Bonita contradicción. Pero va contigo, Sassenach.

—¿De veras? —exclamé, sobresaltada.

Él asintió sin apartar los ojos de mi cara. Noté que me estudiaba con atención. Me pregunté, algo avergonzada, qué aspecto tendría: sonrojada tras haber hecho el amor, con el pelo enmarañado.

—Nunca has estado más encantadora, Sassenach. —Ensanchó la sonrisa al ver que trataba de arreglarme el pelo. Me cogió la mano y la besó con dulzura—. Deja tus rizos en paz.

»No —dijo agarrándome de las manos mientras me observaba—. Ahora que lo pienso, eres como un cuchillo. Con una vaina muy bien trabajada y precioso a la vista, Sassenach. —Repasó el contorno de mis labios con un dedo haciéndome sonreír—. Y dentro, acero templado, con un filo muy agudo y perverso.

—¿Perverso? —me extrañé.

—No digo que te falte corazón —me aseguró. Me posó los ojos en la cara, una mirada intensa y curiosa. Una sonrisa asomó a sus labios—. Eso jamás. Pero puedes ser implacable, Sassenach, cuando hace falta.

Sonreí con cierta ironía.

—Es cierto.

—Ya había visto eso en ti, ¿verdad? —Su voz se tornó mucho más suave, pero ciñó los dedos que me apresaban la mano—. Aunque ahora lo eres mucho más que cuando eras joven. Supongo que debiste usarlo con frecuencia.

De pronto comprendí por qué él veía con tanta claridad lo que Frank nunca había apreciado.

—Tú también lo tienes —dije—. Y has tenido que usarlo. Con frecuencia.

Sin pensarlo, toqué la cicatriz que le cruzaba el dedo medio y le retorcí la articulación distal. Él asintió con la cabeza.

—Muchas veces me preguntaba —dijo en voz tan baja que apenas pude oírle— si podía poner ese cuchillo a mi servicio y envainarlo otra vez sin peligro. He visto demasiados hombres encerrarse en el intento, he visto cómo se deterioraba su acero hasta convertirse en un hierro sin vida. Y con frecuencia me he preguntado si era el amo de mi alma o si me había convertido en esclavo de mi propia espada. He pensado, una y otra vez —prosiguió, observando nuestras manos entrelazadas—, que la había desenvainado demasiado a menudo, que había pasado demasiado tiempo al servicio de los conflictos, tanto que ya no era apto para una relación humana.

Se me contraían los labios con el impulso de hacer un comentario, pero me los mordí. Al notarlo, él sonrió con cierta ironía.

—No me creía capaz de volver a reír en el lecho de una mujer, Sassenach —dijo—. Ni de ir a él como no fuera ciego de necesidad, como las bestias. —Su voz había adquirido un tono de amargura.

Le levanté la mano y besé la pequeña cicatriz que tenía en el reverso.

—No te imagino como una bestia —dije. Era un comentario ligero, pero su rostro se ablandó al mirarme y me respondió con seriedad.

—Lo sé, Sassenach. Eso es lo que me da esperanzas. Porque lo soy... y lo sé... pero tal vez... —Dejó morir la voz mientras me contemplaba con pasión—. Tú tienes esa fuerza. Y también el alma. Por lo tanto, es posible que la mía tenga salvación.

No supe qué responder. Pasé un rato sin decir nada, acariciando los dedos torcidos y los nudillos grandes y duros. Era una mano de guerrero, pero ya no guerreaba.

La apoyé en mi rodilla con la palma hacia arriba y recorrí con el dedo, despacio, sus elevaciones y sus líneas profundas, hasta la diminuta letra C grabada en la base del pulgar: la marca que lo identificaba como mío.

—Una anciana que conocí en las Highlands decía que las líneas de la mano no predicen la vida: la reflejan.

—¿De veras? —Contrajo levemente los dedos y dejó la mano abierta.

—No sé. Ella decía que traes esas líneas al nacer, pero luego cambian con cada cosa que haces, según lo que eres. —No sabía nada de quiromancia, pero me fijé en una línea profunda que partía desde la muñeca hacia arriba bifurcándose varias veces—. Ésta debe de ser la línea de la vida. ¿Ves todas esas bifurcaciones? Supongo que indican muchos cambios, muchas elecciones.

Soltó un bufido, más alegre que desdeñoso.

—¿Ah sí? —Se miró la palma de la mano inclinándose sobre mi rodilla—. Entonces, esta primera división debió de hacerse cuando conocí a Jonathan Randall; la segunda, cuando me casé contigo. Mira, están cerca.

—Es cierto. —Deslicé un dedo por el pliegue. Él contrajo un poco los dedos como si tuviera cosquillas—. ¿Y Culloden pudo ser otra?

—Quizá. —Pero no quería hablar de Culloden. Adelantó el dedo—. Aquí, cuando me encarcelaron. Y cuando regresé. Y cuando vine a Edimburgo.

—Para ser impresor... —Me interrumpí para mirarlo, enarcando las cejas—. ¿Cómo se te ocurrió meterte a impresor? Es lo último que habría imaginado.

—Ah, eso. —Ensanchó la boca en una sonrisa—. Bueno, fue por casualidad.

En un principio había estado buscando un negocio que sirviera para disimular y facilitar el contrabando. Puesto que poseía una suma considerable, gracias a una operación reciente, decidió adquirir una empresa cuyas operaciones normales requirieran una carreta grande, con su tiro de caballos, y algún local discreto que se pudiera utilizar para almacenar de manera provisional la mercancía en tránsito.

Lo más fácil habría sido hacer de transportista, pero lo rechazó justo porque las operaciones de dicho negocio convertían a sus profesionales en objetivos más o menos continuos de las fuerzas del orden. Asimismo, y pese a que a priori pudiese parecer deseable debido a las grandes cantidades de suministros que se precisaban, adquirir una taberna o una posada era demasiado vulnerable en su funcionamiento legítimo como para ocultar prácticas ilegítimas: en una taberna había tantos cobradores de impuestos y agentes de aduanas como pulgas en un perro gordo.

—Lo de la imprenta se me ocurrió cuando fui a encargar algunos carteles —me explicó—. Mientras esperaba que me atendieran vi llegar la carreta, cargada con cajas de papel y barriles de alcohol para diluir la tinta en polvo. Entonces pensé: «¡Caramba, eso es!» A la policía nunca se le ocurriría sospechar de un sitio así.

Sólo después de comprar la empresa de Carfax Close, contratar a Geordie para llevar la imprenta y recibir los primeros encargos de pósteres, panfletos, periódicos y libros, se le ocurrieron las otras posibilidades del oficio.

—Fue por un hombre llamado Tom Gage —explicó. Sacó la mano de entre las mías animándose con la historia y empezó a gesticular y a pasarse la mano por el pelo mientras hablaba, despeinándose de entusiasmo—. Me hacía pequeños encargos, todos inocentes, pero venía con frecuencia y se quedaba charlando conmigo y con Geordie, aunque debió de haber notado que él conocía mejor que yo el oficio.

Me sonrió con ironía.

—No sé mucho sobre imprentas, Sassenach, pero conozco bien a los hombres.

Obviamente, Gage estaba explorando las simpatías de Alexander Malcolm: al identificar su acento montañés le presionó con delicadeza mencionando a algunos conocidos que se habían visto en dificultades después del Alzamiento por sus ideas jacobitas y manejó con mano diestra la conversación, acosando a su presa. Hasta que al fin la divertida presa le dijo, sin más rodeos, que podía encargarle lo que deseara; los hombres del rey no se enterarían.

—Y confió en ti. —No era una pregunta. El único hombre que había confiado por error en Jamie Fraser había sido Carlos Estuardo, y en ese caso el error fue de Jamie.

—Sí, confió en mí.

Así comenzó la asociación; en un principio fue estrictamente comercial, pero con el transcurso del tiempo se fue profundizando hasta convertirse en amistad. Jamie imprimió todo el material que generaba el pequeño grupo de escritores radicales de Gage, desde artículos públicos hasta panfletos y periódicos anónimos rebosantes del material incriminatorio suficiente como para que los autores acabaran en la cárcel o colgados.

—Una vez el trabajo estaba hecho, íbamos a la taberna calle abajo para conversar. Tom me presentó a varios amigos y, por fin, dijo que yo mismo debía escribir un pequeño artículo. Me eché a reír, y le dije que con la mano como la tenía, antes de que yo pudiera escribir algo inteligible estaríamos todos muertos... de viejos, no colgados.

»Mientras hablábamos yo estaba de pie junto a la prensa colocando letras con la mano izquierda sin pensar. Él se me quedó mirando y empezó a reír. Señaló la bandeja, luego mi mano y siguió riendo hasta que se tuvo que sentar en el suelo para poder parar.

Estiró los brazos hacia delante, flexionando las manos, y se las observó con indiferencia. Cerró el puño y se lo acercó a la cara contorsionando los músculos del brazo por debajo de la tela de la camisa.

—Estoy bastante sano —dijo—. Con un poco de suerte, así seguiré por muchos años... pero no para siempre, Sassenach. He combatido muchas veces con la espada y con el puñal, pero a todo guerrero le llega el día en que le fallan las fuerzas.

Negaba con la cabeza, mientras hundía la mano en el abrigo que descansaba en el suelo.

—Ese día, el día de la conversación con Tom Gage, cogí esto para recordarla siempre —dijo.

Me cogió la mano y puso en ella los tipos que había sacado del bolsillo. Eran piezas frías y duras al tacto: rectángulos de plomo, pequeños y pesados. No me hizo falta tocar los bordes para saber a qué letras correspondían esos moldes.

—Q.E.D. —dije.

—Los ingleses me quitaron la espada y el puñal —concluyó suavemente, tocando los caracteres que yo tenía en la palma—. Pero Tom Gage volvió a ponerme un arma en la mano. Y no pienso deponerla.

A las cinco menos cuarto bajamos del brazo por la pendiente adoquinada de la Royal Mile con un brillo en el rostro provocado por varios platos de picante estofado de ostras y una botella de vino, que compartimos a intervalos durante nuestras «conversaciones privadas».

La ciudad refulgía a nuestro alrededor como si compartiera nuestra felicidad. Edimburgo yacía bajo una niebla que no tardaría en convertirse de nuevo en lluvia, pero por ahora las nubes reflejaban la luz dorada y rosa y roja del sol poniente, y brillaba en la pátina húmeda de la calle adoquinada suavizando las piedras grises de los edificios que reflejaban la luz haciéndose eco del brillo que me calentaba las mejillas y que relucía en los ojos de Jamie cada vez que me miraba.

En tal estado de arrobamiento, tardé varios minutos en notar que sucedía algo extraño. Un hombre, impaciente por nuestro andar serpenteante, nos adelantó con paso enérgico y acto seguido se detuvo en seco delante de mí, haciéndome tropezar con las piedras mojadas y perder un zapato.

Levantó la cabeza y se quedó mirando el cielo un momento, luego se apresuró calle abajo sin llegar a correr, pero caminando lo más rápido que podía.

—¿Qué pasa? —pregunté, agachándome para recuperar el zapato que se me había salido.

De pronto caí en la cuenta de que todos, a nuestro alrededor, se detenían mirando hacia arriba y después echaban a correr calle abajo.

—¿Qué crees que...?

Pero cuando me volví hacia Jamie vi que él también miraba fijamente hacia arriba. Al cabo de un momento noté que el resplandor rojo de las nubes era mucho más intenso; además, parecía parpadear de un modo muy poco característico para un ocaso.

—Fuego —dijo—. ¡Dios mío, creo que es en Leith Wynd!

En ese mismo instante otra persona gritó «¡fuego!» y como si ese diagnóstico oficial les hubiera dado permiso para salir corriendo, la gente se lanzó en tropel calle abajo como una manada de leminos ansiosos por lanzarse a las llamas.

Algunas almas más sensatas corrieron calle arriba y pasaron de largo. También iban gritando «¡fuego!», pero en su caso lo más probable era que estuviesen tratando de alertar a lo que más se pareciera al cuerpo de bomberos.

Jamie ya estaba en movimiento y me arrastraba tras él mientras yo saltaba incómodamente sobre un solo pie. En vez de detenerme, me quité el otro zapato y seguí corriendo, resbalando y tropezando en los fríos adoquines mojados.

El incendio no estaba en Leith Wynd, sino en Carfax Close, la calleja vecina. A la entrada se amontonaban curiosos, estirando el cuello en un esfuerzo por ver al tiempo que se arrojaban preguntas incoherentes unos a otros. El olor a humo que flotaba en el húmedo aire de la tarde era cálido y picante, y cuando me agaché para entrar, una ola de calor me golpeó la cara.

Jamie se lanzó entre la muchedumbre sin vacilar, abriéndose camino a la fuerza. Yo lo seguí de cerca antes de que el gentío volviera a cerrarse y me abrí paso a codazos incapaz de ver nada tras sus anchas espaldas. Por fin nos encontramos delante de la multitud y pude verlo todo perfectamente. Por las ventanas de la imprenta surgían densas nubes de humo negro. Por encima del griterío de la gente se oía un susurro crepitante, como si el fuego estuviera hablando consigo mismo.

—¡Mi imprenta! —Con un grito de angustia, Jamie subió el peldaño de la entrada y abrió la puerta de un puntapié. Una nube de humo surgió del interior, devorándolo como una bestia hambrienta. Por un breve instante vi que se tambaleaba por el impacto del humo; luego cayó de rodillas y entró a gatas.

Inspirados por ese ejemplo, varios hombres subieron los peldaños del taller y desaparecieron en el interior lleno de humo. El calor era tan intenso que me pegaba las faldas a las piernas. Me pregunté cómo podían soportarlo dentro.

Tras de mí, una nueva serie de gritos anunció la llegada de la Guardia de la ciudad armada de cántaros. Los guardias, obviamente acostumbrados a esa tarea, se quitaron las chaquetas color burdeos del uniforme y comenzaron de inmediato a atacar el incendio, rompiendo las ventanas y pasándose baldes de agua a toda prisa. Mientras tanto, la multitud crecía y el ruido que hacían aumentaba debido a la continua cascada de pasos que desfilaban por las escaleras: las familias que ocupaban los pisos superiores de los edificios cercanos trataban de dirigir apresuradamente a una horda de niños alborotados para llevarlos a un lugar seguro.

Por valientes que fueran los esfuerzos de la brigada, no parecían tener mucho efecto sobre el incendio, que continuaba avanzando. Mientras yo corría de un lado a otro, tratando en vano de ver algún movimiento en el interior, el primer hombre en la línea de los cántaros lanzó un grito y dio un brinco atrás, justo a tiempo para evitar que le golpeara una bandeja con tipos de plomo, que salió zumbando por la ventana rota y aterrizó en los adoquines, esparciendo con estruendo los moldes por toda la calle.

Dos o tres pilluelos se escurrieron entre la muchedumbre y comenzaron a cogerlos mientras recibían los coscorrones de algunos vecinos indignados. Una rolliza dama, con pañuelo en la cabeza y delantal, arriesgó su integridad física para arrastrar la pesada bandeja hasta el bordillo, donde se acurrucó sobre ella en ademán protector como una gallina clueca.

Antes de que sus compañeros pudieran recoger todos los caracteres desparramados, tuvieron que retirarse atacados por una lluvia de objetos que caían de ambas ventanas, eran más bandejas de tipos, rodillos, tinteros y botellas de tinta, que se hicieron añicos en el pavimento dejando unas enormes manchas con patas de araña que se internaban en los charcos provocados por quienes luchaban contra el fuego.

Avivado por la corriente de aire que penetraba por la puerta y las ventanas, la voz del fuego no era ya un susurro, sino un rugido satisfecho. El jefe de la Guardia de la ciudad, a quien la lluvia de objetos arrojados por la ventana impedía lanzar el agua, gritó algo a sus hombres y, apretándose un pañuelo empapado en la nariz, corrió al interior del edificio, seguido por media docena de los suyos.

La línea volvió a formarse con celeridad; los cántaros llenos pasaban de mano en mano desde la bomba más cercana, a la vuelta de la esquina. Los revolucionados muchachitos recogían al vuelo los baldes vacíos que rebotaban en el peldaño y corrían a llenarlos otra vez. Edimburgo es una ciudad de piedra, pero con tantos edificios amontonados, equipados con hogares y chimeneas, que los incendios debían de ser algo bastante común.

Un nuevo barullo, a mi espalda, anunció la tardía llegada de la autobomba. La gente se abrió como el mar Rojo para dar paso a la máquina, arrastrada por hombres ya que los caballos no habrían podido circular por aquellos apretados callejones. Era una maravilla de bronce, reluciente como una brasa ante el reflejo de las llamas. El calor iba cobrando intensidad; a cada soplo de aire caliente se me secaban los pulmones. Estaba aterrorizada por Jamie. ¿Cuánto tiempo más podría respirar en aquel infierno de humo y calor, por no hablar del peligro de las llamas?

—¡Jesús, María y José! —Ian apareció de repente a mi lado abriéndose paso entre el gentío a pesar de la pata de palo. Me agarró del brazo para no perder el equilibrio mientras una nueva lluvia de objetos obligaba a la gente que nos rodeaba a recular de nuevo—. ¿Dónde está Jamie? —me gritó al oído.

—¡Dentro! —grité a mi vez, señalando.

Hubo una súbita conmoción en la puerta de la imprenta; los gritos confusos se imponían al ruido del fuego. Aparecieron varios pares de piernas bajo el humo que brotaba de la puerta. Luego emergieron seis hombres; Jamie estaba entre ellos, tambaleándose bajo el peso de una máquina enorme: su preciosa prensa. Después de empujarla hacia el centro de la multitud, volvieron de nuevo hacia el local.

Ya era demasiado tarde para intentar más maniobras de rescate: se oyó un estruendo en el interior y una nueva ráfaga de calor hizo que el gentío retrocediera. De pronto, las ventanas del piso superior se encendieron en llamas danzarinas. Unos cuantos hombres salieron del edificio, tosiendo y ahogándose; algunos venían gateando, ennegrecidos por el hollín y empapados por el sudor de sus esfuerzos. El equipo de la máquina bombeaba con desesperación, pero el grueso chorro de agua que salía de la maguera no causaba el más mínimo efecto sobre el incendio.

La mano de Ian se cerró sobre mi brazo como las fauces de una trampa.

—¡Ian! —chilló en voz tan alta que se hizo oír por encima del ruido de la multitud y el fuego.

Siguiendo la dirección de su mirada, vi una silueta fantasmal en la ventana del piso superior. Pareció forcejear brevemente con el marco corredizo, pero cayó hacia atrás o quedó envuelto por el humo.

El corazón se me subió a la boca. No había modo de saber si aquella figura era el pequeño Ian, pero sin duda se trataba de una forma humana. Ian cojeaba ya hacia la puerta de la imprenta, con toda la velocidad que la pata de palo le permitía.

—¡Espera! —grité corriendo tras él.

Inclinado sobre la prensa, Jamie jadeaba, tratando de recobrar el aliento mientras daba las gracias a sus colaboradores.

—¡Jamie! —Lo cogí de la manga y lo alejé con aspereza de un barbero con la cara roja que no paraba de limpiarse las manos de hollín en el delantal, dejando largas manchas negras entre las otras de jabón seco y sangre.

—¡Arriba! —grité—. ¡El joven Ian está arriba!

Él dio un paso atrás, pasándose la manga por la cara ennegrecida, y clavó los ojos desesperados en las ventanas superiores. Sólo se veía el fulgor del fuego en los cristales. Ian forcejeaba entre las manos de varios vecinos que trataban de impedirle el paso.

—¡No, amigo, no puedes entrar! —gritaba el capitán de la Guardia, mientras intentaba sujetarle las manos—. ¡Ya ha caído la escalera y el techo no tardará!

Ian era alto y vigoroso, pese a lo flaco de su constitución y a la falta de una pierna. Las débiles manos de los miembros de la Guardia (en su mayoría veteranos de los regimientos escoceses) no podían contra su fuerza de montañés, acentuada por la desesperación paterna. Lentamente, pero sin pausa, iba arrastrando hacia las llamas a los que lo sujetaban.

Jamie inspiró hondo, llenando de aire sus pulmones quemados. Al cabo de un momento se había subido a la escalera y asía a Ian por la cintura para arrastrarlo hacia atrás.

—¡Atrás, hombre! —gritó ronco—. ¡No puedes! ¡La escalera ha desaparecido! —Miró a su alrededor y al verme empujó a Ian, que perdió el equilibrio y se tambaleó hasta mis brazos—. ¡Sujétalo! —gritó por encima del rugido de las llamas—. ¡Voy por el chico!

Dicho esto, giró en redondo y subió los peldaños del edificio vecino, abriéndose paso entre los parroquianos de la chocolatería del piso de abajo, que habían salido a mirar el alboroto con las tazas de peltre en la mano.

Siguiendo el ejemplo de Jamie, ceñí con los brazos la cintura de Ian dispuesta a no soltarlo. Hizo un intento frustrado de ir tras su cuñado, pero entonces se detuvo y se quedó rígido entre mis brazos con el corazón salvajemente acelerado debajo de mi mejilla.

—No te preocupes —le dije en vano—. Lo hará. Él lo traerá. Estoy segura. Sé que lo hará.

Ian no respondió —quizá no me oyó—, aunque permaneció inmóvil y rígido como una estatua, respirando con dificultad, como si sollozara. Cuando le solté la cintura no se movió ni se dio la vuelta, pero cuando me puse a su lado me cogió de la mano y la estrechó con fuerza. Me habrían crujido los huesos de no haber sido porque yo lo estrechaba con la misma fuerza.

Apenas un minuto después se abrió una ventana en el piso superior de la chocolatería. Por ella aparecieron la cabeza y los hombros de Jamie; su pelo rojo parecía una llamarada escapada de la hoguera principal. Trepó a la cornisa y viró con cautela, en cuclillas, hasta quedar de cara al edificio.

Se puso en pie, se agarró al canalón del techo y se estiró levantándose con la fuerza de sus brazos mientras los largos dedos de sus pies buscaban a tientas algo donde apoyarse por entre las grietas de las piedras de la fachada. Con un gruñido que resultó audible pese a los ruidos del fuego y de la muchedumbre, se izó hasta el alero del tejado y se perdió de vista tras el hastial.

Un hombre más bajo no habría podido hacerlo. Tampoco Ian con su pata de palo. Éste murmuraba por lo bajo; me pareció que rezaba, pero cuando lo miré tenía los dientes apretados y el rostro tenso por el miedo.

—¿Qué diablos va a hacer Jamie allí arriba? —pensé.

No me di cuenta de que había hablado en voz alta hasta que el barbero respondió haciendo visera con la mano:

—En el tejado de la imprenta hay una trampilla, señora. Sin duda el señor Malcolm trata de usarla para entrar en el piso superior. ¿Es su aprendiz el que está allí?

—¡No! —le espetó Ian al escucharlo—. ¡Es mi hijo!

El barbero retrocedió ante su mirada fulminante, murmurando:

—¡Ah, sí, señor, claro! —Y se persignó.

Entre la multitud hubo un grito que se convirtió en bramido: dos siluetas aparecieron en el tejado de la imprenta. Ian me soltó la mano al tiempo que se lanzaba hacia delante.

Jamie traía abrazado a su sobrino, doblado y tambaleándose por el humo aspirado. Resultaba bastante obvio que ninguno de ellos podría cubrir el trayecto hasta el edificio contiguo. En aquel momento Jamie vio a Ian, abajo, y haciendo bocina con las manos gritó:

—¡Cuerda!

Cuerdas había; la Guardia de la ciudad estaba bien equipada. Ian cogió el rollo de cuerda del guardia que se acercaba y lo dejó parpadeando indignado. Luego se volvió en dirección a la casa. Vi un destello de dientes cuando Jamie sonrió a su cuñado, y la expresión de entendimiento con que éste le respondió. ¿Cuántas veces se habían arrojado una cuerda para izar un fardo hasta el henar o para atar una carga a la carreta?

La multitud retrocedió para que Ian pudiera girar el brazo; el pesado rollo voló hacia arriba en una suave parábola, desenroscándose en el trayecto hasta enlazarse en el brazo extendido de Jamie con la precisión de un abejorro al descender sobre una flor. Jamie recogió el extremo y desapareció un momento para atar la soga a la chimenea.

Tras unos segundos de precario trabajo, las dos figuras ennegrecidas por el humo aterrizaron en la acera, sanas y salvas. El joven Ian, con la cuerda por debajo de los brazos cruzándole el pecho, siguió de pie durante un rato, pero cuando la tensión de la cuerda se relajó se le aflojaron las rodillas y se dejó caer en los adoquines.

—¿Estás bien? ¡*A bhalaich*, háblame! —Ian cayó de rodillas junto a su hijo, tratando desesperadamente de desatar la cuerda que le rodeaba el pecho mientras le sujetaba la cabeza bamboleante.

Jamie se había apoyado en la barandilla de la chocolatería; tenía la cara tiznada y tosía como si fuera a expulsar los pulmones; por lo demás parecía indemne. Me senté al otro lado del muchacho y apoyé su cabeza en mi regazo.

Al verlo no supe si reír o llorar. Cuando lo vi por la mañana me pareció un chico bastante guapo, no era una belleza, pero poseía los sencillos rasgos bondadosos de su padre. Ahora, por la tarde, en un lado de la frente el denso pelo había quedado reducido a unos mechones rojos descoloridos; las cejas y las pestañas habían desaparecido por completo y la piel, bajo el hollín, tenía el rosado intenso de un lechón recién sacado del horno.

Busqué el pulso en el flaco cuello; era tranquilizadoramente fuerte. Respiraba de un modo dificultoso e irregular, lo cual no era de extrañar; esperaba que no se le hubiera quemado el revestimiento de los pulmones. Tosió larga y espasmódicamente; su cuerpo delgado se convulsionaba sobre mi regazo.

—¿Está bien? —por instinto, Ian sujetó a su hijo por debajo de las axilas para incorporarlo. Se le bamboleaba la cabeza y se cayó hacia delante entre mis brazos.

—Creo que sí, pero no estoy segura.

El chico seguía tosiendo, pero no estaba del todo consciente; lo sostuve contra mi hombro como si fuera un enorme bebé y le palmeé la espalda en vano hasta que le empezaron a dar arcadas.

—¿Está bien? —Esta vez era Jamie en cuclillas y sin aliento a mi lado. Su voz sonaba tan ronca por el humo que habría sido imposible reconocerla.

—Creo que sí. ¿Y tú? Pareces Malcolm X —comenté echándole un vistazo por encima del hombro convulso del joven Ian.

—¿De veras? —Se llevó una mano a la cara, sobresaltado, pero luego sonrió para tranquilizarme—. No, no sé qué aspecto tengo, pero todavía no soy ex Malcolm; sólo estoy un poco chamuscado por los bordes.

—¡Atrás, atrás! —El capitán de la Guardia apareció a mi lado con la barba gris erizada por los nervios y me tiró de la manga—. Retroceda, señora, que el techo está a punto de caer.

Tenía razón: mientras gateábamos hacia un lugar más seguro, el techo de la imprenta se vino abajo y la multitud coreó una exclamación de sorpresa cuando una enorme fuente de chispas se elevó hacia el firmamento, brillante contra el cielo oscuro.

Como si el cielo resintiera la intrusión, respondió a la espuma de las feroces cenizas con las primeras gotas de lluvia, que empezaron a caer con fuerza sobre los adoquines de la calle. Los habitantes de Edimburgo, que ya debían estar más que acostumbrados a la lluvia, hicieron sonidos de preocupación y empezaron a desaparecer en los edificios de alrededor como una manada de cucarachas, dejando que fuera la naturaleza la que se encargara de completar la tarea de los agentes.

Poco después, Ian y yo nos encontramos a solas con el chico. Jamie consiguió alojamiento para su prensa en el depósito de la barbería y tras repartir dinero entre los miembros de la Guardia y otros asistentes, se acercó a nosotros con paso fatigado.

—¿Cómo está el muchacho? —preguntó mientras se limpiaba la cara con la mano.

Llovía con más fuerza y el efecto de su semblante lleno de hollín era extremadamente pintoresco. Ian levantó la vista hacia él. Por primera vez la cólera, la preocupación y el miedo desaparecieron de su semblante. Le dedicó a Jamie una sonrisa de medio lado.

—No parece mucho mejor que tú, amigo, pero creo que saldrá de ésta. Échanos una mano, ¿quieres?

Entre cariñosos murmullos gaélicos similares a arrumacos de bebé, se inclinó hacia su hijo, que se había sentado en los adoquines de la calle y se balanceaba de atrás adelante como una garza empujada por el viento.

Cuando llegamos al establecimiento de madame Jeanne, el joven Ian ya podía caminar, aunque apoyado sobre su padre y su tío. Fue Bruno quien acudió a la puerta; después de un parpadeo incrédulo, abrió de par en par, riendo tanto que apenas pudo cerrar la puerta a nuestras espaldas.

Debo admitir que no éramos un espectáculo muy bonito, empapados como íbamos por la lluvia. Jamie y yo íbamos descalzos, y su ropa estaba hecha jirones, chamuscada, desgarrada y cubierta de hollín. Ian llevaba todo el pelo en la cara, parecía una rata ahogada con una pata de palo.

Aun así, fue el joven Ian quien concentró toda la atención de las múltiples cabezas que asomaron al salón en respuesta al ruido que hizo Bruno. Tenía el pelo chamuscado, el rostro rojo e hinchado, la nariz picuda, y no dejaba de parpadear con unos ojos desprovistos de pestañas; parecía el polluelo de alguna especie de ave exótica, un flamenco recién salido del huevo, quizá. La cara ya no se le podía poner más roja, pero la nuca se le puso carmesí cuando el ruido de las risitas femeninas nos siguió escaleras arriba.

Una vez instalados en la pequeña sala de arriba y con la puerta cerrada, Ian se volvió hacia su desventurado vástago.

—Vas a sobrevivir, ¿no, sabandija? —inquirió.

—Sí, señor —respondió el chico con un horrendo graznido, casi como si hubiera preferido decir que no.

—Me alegro —dijo el padre, ceñudo—. Y ahora, ¿me lo vas a explicar? ¿O prefieres que te haga hablar a golpes para ahorrarnos tiempo?

—No puedes azotar a alguien que acaba de quemarse hasta las cejas, Ian —protestó Jamie con aspereza mientras llenaba una copa de oporto de la licorera que aguardaba sobre la mesa—. No sería humano.

Con una amplia sonrisa, entregó la copa a su sobrino, que la aceptó inmediatamente.

—Es cierto —dijo Ian inspeccionando a su hijo. Una sonrisa asomó a la comisura de sus labios. El chico tenía un aspecto lamentable, pero a la vez divertido—. No por eso voy a dejar de azotarte el trasero, ¿entiendes? —le advirtió—. Eso aparte de lo que tu madre quiera hacerte cuando vuelva a verte. Pero por ahora quédate tranquilo, muchacho.

El joven Ian no respondió. No muy reconfortado por el tono magnánimo de esa última declaración, buscó refugio en el fondo de su copa. Yo también acepté la mía gustosamente. Me acababa de dar cuenta del motivo por el que los ciudadanos de Edimburgo reaccionaban tan mal a la lluvia. Cuando uno se mojaba costaba un mundo volver a secarse dentro de una casa de piedra sin poder cambiarse de ropa y sin más fuente de calor que una pequeña chimenea.

Mientras me despegaba el corpiño mojado de los pechos, sorprendí la mirada de interés que me lanzó el chico y muy a mi pesar decidí que no podría quitarme el vestido mientras él estuviera en la habitación. Jamie ya parecía haberlo corrompido bastante. Le di otro trago al oporto percibiendo cómo el sabroso líquido resbalaba su calor por mi cuerpo.

—¿Te sientes en condiciones de hablar un poco, hijo? —Jamie se sentó frente a su sobrino, ocupando un sitio en el cojín que había al lado de Ian.

—Sí, creo que sí —graznó el joven Ian con cautela. Después de un carraspeo que pareció el croar de una rana, repitió con más firmeza—: Puedo, sí.

—Bien. En primer lugar: ¿qué hacías en la imprenta? Y luego: ¿cómo empezó el incendio?

El joven Ian reflexionó un minuto. Después de tomar otro sorbo de oporto para infundirse valor, dijo:

—Lo inicié yo.

Jamie e Ian se incorporaron en el acto. Enseguida me di cuenta de que Jamie se estaba replanteando eso de no golpear a una persona sin cejas, pero consiguió controlar su ira no sin esfuerzo y se limitó a preguntar:

—¿Por qué?

El chico dio otro trago de oporto, tosió, y volvió a beber, en apariencia mientras trataba de decidir qué decir.

—Bueno, había un hombre —comenzó el chico, inseguro. Y se interrumpió.

—Un hombre —lo azuzó Jamie con paciencia, al ver que su sobrino parecía haberse vuelto de pronto sordomudo—. ¿Qué hombre?

El joven Ian apretó la copa entre las manos; parecía profundamente desdichado.

—Respóndele a tu tío enseguida, idiota —ordenó el padre, áspero—, si no quieres que te ponga sobre mis rodillas y te azote ahora mismo.

A base de amenazas similares, los dos hombres lograron arrancar del chico un relato más o menos coherente.

Aquella mañana, el joven Ian había acudido a la taberna de Kerse donde debía encontrarse con Wally, quien volvería de su cita trayendo el coñac para cargar los toneles que usarían como cebo.

—¿Quién te dijo que fueras allí? —inquirió Ian en tono áspero.

—Yo —intervino Jamie antes de que el joven Ian pudiera responder. Luego agitó una mano hacia su cuñado, pidiéndole silencio—. Sí, yo sabía que él estaba aquí. Dejemos eso para más tarde, Ian, por favor. Es importante saber qué ha sucedido hoy.

Ian le clavó una mirada fulminante y abrió la boca para expresar su desacuerdo, antes de cerrarla con un chasquido. Asintió en dirección a su hijo para que continuara hablando.

—Es que tenía hambre —dijo el joven Ian.

—¡Y cuándo no! —comentaron el padre y el tío al unísono.

Ambos se miraron, lanzando una breve carcajada; la atmósfera tensa del cuarto se aligeró un poco.

—Así que has entrado en la taberna para comer algo —dijo Jamie—. Está bien, muchacho, no hay problema. ¿Qué ha sucedido mientras estabas allí?

Según resultó, fue allí donde había visto al hombre. Un tipo menudo con cara de rata que estaba hablando con el tabernero; era tuerto y llevaba coleta de marinero.

—Preguntaba por ti, tío Jamie. —El joven Ian se iba tranquilizando gracias al oporto—. Por tu auténtico nombre.

Jamie dio un respingo.

—¿Por Jamie Fraser, quieres decir?

El chico asintió con la cabeza mientras bebía otro sorbo.

—Sí, pero también conocía tu otro nombre: Jamie Roy, quiero decir.

—¿Jamie Roy? —Ian volvió una mirada de desconcierto hacia su cuñado, que se encogió de hombros con impaciencia.

—Es el nombre que uso en los muelles. ¡Por Dios, Ian, sabes perfectamente a qué me dedico!

—Sí, pero ignoraba que el crío te estuviera ayudando. —Ian apretó los labios y volvió la atención hacia su hijo—. Continúa, muchacho. No volveré a interrumpirte.

El marinero había preguntado al dueño del establecimiento qué podía hacer un viejo lobo de mar, caído en desgracia y necesitado de empleo, para encontrar a un tal Jamie Fraser, que tenía fama de dar trabajo a hombres capaces. Como el tabernero fingía no conocer ese nombre, el tipo se inclinó un poco más, acercándole una moneda y preguntándole en voz baja si el de «Jamie Roy» le era más familiar.

El propietario se mantuvo sordo como una tapia, por lo cual el marinero no tardó en abandonar la taberna, seguido de cerca por el joven Ian.

—Me ha parecido que convenía averiguar quién era y qué intenciones tenía —explicó el chico, parpadeando.

—También podrías haber pensado en dejarle al dueño un aviso para Wally —dijo Jamie—. Pero eso no viene al caso. ¿Adónde fue?

Había bajado la carretera a paso ligero, aunque no lo bastante rápido como para impedir que pudiera seguirlo un jovencito con buena salud. El hombre era un buen caminante y se adentró en Edimburgo unos ocho kilómetros en menos de una hora hasta llegar a la taberna del Búho Verde, seguido de un Ian muerto de sed tras semejante caminata.

Al oír ese nombre di un respingo, pero no dije nada: no quería interrumpir la historia.

—Estaba hasta arriba —informó el chico—. Por la mañana había sucedido algo y todos estaban hablando del tema... pero cerraban la boca en cuanto me veían. Allí se ha repetido la misma escena. —Hizo una pausa para toser y carraspear—. El marinero ha pedido coñac y ha preguntado al tabernero si conocía a un proveedor de licores llamado Jamie Roy o Jamie Fraser.

—¿Ah, sí? —murmuró Jamie. Tenía los ojos clavados en su sobrino, pero yo veía el desfile de pensamientos que le dibujaba una arruga entre las tupidas cejas.

El hombre había visitado metódicamente una taberna tras otra, seguido por la fiel sombra de Ian; en cada establecimiento pidió coñac y repitió la pregunta.

—Debe de tener una cabeza muy firme para beber tanto coñac —comentó el padre.

El muchachito negó con la cabeza.

—No lo bebía. Sólo lo olfateaba.

El padre chasqueó la lengua ante tan escandaloso desperdicio, pero las cejas pelirrojas de Jamie se alzaron aún más.

—¿No lo probaba? —preguntó de plano.

—Únicamente en Perro y Pistola y en la del Verraco Azul. Aunque sólo lo probaba un poco; luego dejaba el vaso intacto. En los otros lugares no ha bebido nada, y hemos entrado en cinco antes de que... —Dejó la frase sin terminar para sorber otro poco.

La cara de Jamie sufrió una transformación asombrosa. Del desconcierto pasó a una total inexpresividad; luego pareció tener una revelación.

—Conque ha sido así —dijo suavemente para sus adentros—. Claro. —Volvió a concentrarse en el sobrino—. ¿Y qué ha pasado después, hijo?

El joven Ian se estaba deprimiendo otra vez. Tragó y no fue difícil distinguir el temblor que recorrió su brillante cuello.

—Bueno, entre Kerse y Edimburgo hay muchísima distancia. Y caminar me daba mucha sed...

Padre y tío intercambiaron una agria mirada.

—Habías bebido demasiado —concluyó Jamie, resignado.

—Bueno, ¿cómo iba yo a saber que él entraría en tantas tabernas? —exclamó el chico intentando defenderse, con las orejas enrojecidas.

—Claro, por supuesto, chico —reconoció Jamie para acallar el comentario de su cuñado—. ¿Cuánto has resistido?

Según se descubrió, fue en medio de la Royal Mile cuando el joven Ian, abrumado por el madrugón, la caminata de ocho kilómetros y los efectos de dos litros de cerveza, poco más o menos, se adormeció en un rincón. Al despertar, una hora después, descubrió que su presa había desaparecido.

—Entonces he venido aquí —explicó—. He pensado que tío Jamie debía enterarse. Pero no lo he encontrado.

El chico me echó un vistazo, con las orejas más coloradas que nunca.

—¿Y por qué se te ha ocurrido buscarlo aquí? —Ian taladró a su hijo con la mirada antes de desviarla hacia su cuñado. El enfado latente que Ian llevaba manteniendo a raya desde la mañana estalló de pronto—. ¡Qué descaro el tuyo, Jamie Fraser! ¡Traer a mi hijo a una casa de rameras!

—¡No eres el más indicado para hablar, papá! —El chico se puso en pie, tambaleándose y apretando los puños huesudos.

—¿Yo? ¿Qué quieres decir con eso, pequeño estúpido? —exclamó Ian, indignado.

—¡Quiero decir que eres un hipócrita de todos los demonios! —chilló el hijo—. ¡Mucho predicarnos a Michael y a mí que debemos ser puros y fieles a una sola mujer! ¡Y mientras tanto tú te escabulles a la ciudad para correr detrás de las rameras!

—¿Qué?

Ian se había puesto rojo. Miró con cierta alarma a Jamie, que parecía estar divirtiéndose con la situación.

—¡Eres un... un... maldito sepulcro blanqueado! —El joven Ian se levantó con una expresión triunfante y se detuvo un momento tratando de pensar en otro adjetivo que lanzarle a su padre. Abrió la boca, pero sólo salió un suave eructo.

—Este chico está borracho —le dije a Jamie.

Jamie cogió la licorera llena de oporto, miró el nivel del contenido y la volvió a dejar.

—Cierto —dijo—. Tendría que haberme dado cuenta antes, pero como está tan chamuscado, cuesta advertirlo.

Ian padre no estaba borracho, pero su semblante se parecía mucho al de su vástago: expresión acalorada, ojos saltones y los músculos del cuello en tensión.

—¡¿Qué demonios quieres decir con eso, chaval?! —gritó avanzando con aire amenazador hacia el hijo, que retrocedió involuntariamente y se sentó de golpe cuando sus pantorrillas colisionaron con el sofá.

—Ella —dijo señalándome para explicarse mejor—. ¡Ella! ¡Engañas a mi madre con esta puta barata! ¡Eso es lo que quiero decir!

Ian le asestó un golpe encima de la oreja que le derribó sobre el sofá.

—¡Grandísimo idiota! —bramó escandalizado—. ¡Bonita manera de referirte a tu tía Claire! ¡Por no hablar de mí y de tu madre!

—¿Mi tía? —El joven Ian me miró boquiabierto desde los almohadones. Se parecía tanto a un pichón pidiendo comida que, contra mi voluntad, rompí en una carcajada.

—Esta mañana te has ido antes de que pudiera presentarme —aclaré.

—¡Pero si estabas muerta! —protestó estúpidamente.

—Todavía no —le aseguré—. A menos que coja una pulmonía por no quitarme este vestido mojado.

Me miraba con ojos como platos. Entonces asomó a ellos un fugitivo brillo de excitación.

—Algunas ancianas de Lallybroch cuentan que eras una mujer sabia, una dama blanca... o puede que hasta un hada. Cuando el tío Jamie volvió de Culloden sin ti, dijeron que tal vez habías vuelto junto a las hadas porque quizá fuera de allí de donde habías venido. ¿Es cierto? ¿Vives con las hadas?

Intercambié una mirada con Jamie, que elevó los ojos al techo.

—No —respondí—. Yo... eh...

—Después de Culloden escapó a Francia —intervino de repente Ian con gran firmeza—. Como creía que tu tío Jamie había perecido en el combate, volvió junto a su familia. Había sido muy amiga del príncipe *Tearlach* y, después de la guerra, no podía volver a Escocia sin correr un gran peligro. Pero luego oyó hablar de tu tío, y en cuanto supo que su esposo no había muerto, se embarcó de inmediato y vino a buscarlo.

El joven Ian se había quedado boquiabierto, igual que yo.

—Eh... sí —dije reaccionando—. Eso fue lo que sucedió.

El chico alternó sus enormes y brillantes ojos entre su tío y yo.

—Así que has vuelto —dijo el chico con alegría—. ¡Por Dios, qué romántico!

Se había roto la tensión del momento. Ian vacilaba mientras sus ojos se ablandaban al pasar de Jamie a mí.

—Sí —dijo con una sonrisa—. Supongo que sí.

—No esperaba tener que hacer esto hasta dentro de dos o tres años —comentó Jamie sosteniendo con mano experta la frente de su sobrino, que vomitaba penosamente en la escupidera que yo le ofrecía.

—¡Siempre ha ido adelantado! —recordó Ian con resignación—. Aprendió a caminar antes de saber mantenerse en pie; se caía continuamente en el fuego, en la tina de la colada, en la pocilga, en el establo... —dijo dándole una palmada en la espalda flaca y convulsionada—. Anda, hijo, sácalo.

Poco después dejamos al chico en el sofá para que se recuperara de los efectos causados por el humo, la emoción y el exceso de oporto, bajo la mirada censora de su padre y su tío.

—¿Dónde diablos está el té que he pedido? —Jamie alargó la mano impaciente hacia la campanilla, pero yo se lo impedí. Era evidente que la organización doméstica del burdel seguía alterada después de los altercados de aquella mañana.

—No te molestes —le dije—. Iré a buscarlo. —Cogí la escupidera y me la llevé manteniéndola a una buena distancia de mí. Cuando me marchaba escuché que Ian decía en un razonable tono de voz: «Mira, necio...»

Encontré la cocina sin dificultad y solicité las provisiones necesarias. Mientras tanto, rogaba que Jamie y su cuñado dieran al chico algunos minutos de respiro, no sólo por su bien, sino también para no perderme nada de su relato.

Cuando volví a la habitación fue obvio que me había perdido algo: la frialdad planeaba como una nube sobre la sala y el joven Ian, al verme, se apresuró a desviar los ojos. Jamie mantenía su imperturbabilidad habitual, pero su cuñado parecía casi tan azorado e inquieto como el chico. Se acercó a mí con presteza para coger la bandeja murmurando su agradecimiento, aunque no me miró a los ojos.

Miré a Jamie con una ceja en alto. Se encogió de hombros con una leve sonrisa. Yo también me encogí de hombros y cogí uno de los cuencos de la bandeja.

—Pan y leche —dije entregándolos al joven Ian, que de inmediato se puso más contento—. Té caliente. —Ofrecí la tetera al padre—. Whisky. —A Jamie—. Y té frío para las quemaduras.

Destapé una escudilla con varias servilletas en remojo.

—¿Té frío? —Jamie enarcó las cejas rojizas—. ¿No había manteca?

—Las quemaduras no se tratan con manteca —expliqué—. Se usa zumo de aloe o de llantén, pero la cocinera no tenía nada de eso. Lo mejor que he podido conseguir ha sido té frío.

Apliqué una cataplasma a las quemaduras que el joven Ian tenía en manos y antebrazos, y le puse una servilleta empapada en té sobre la cara escarlata mientras Jamie e Ian hacían los honores al té y al whisky. Ya más repuestos, nos sentamos a escuchar el resto de la historia.

—Bueno —dijo el jovencito—, he pasado un rato caminando por la ciudad sin saber qué hacer. Cuando se me ha despejado un poco la cabeza, se me ha ocurrido que, si el hombre iba de taberna en taberna calle abajo, lo mejor era comenzar por el otro extremo e ir calle arriba. Así tal vez lo encontraría.

—Brillante idea —ponderó Jamie. Ian asintió con aprobación y se le alisó un poco el ceño fruncido—. ¿Y lo has encontrado?

El joven Ian asintió sorbiendo un poco.

—Sí.

El chico había bajado por la calle Royal Mile hasta llegar al Palacio de Holyrood y subido la calle con esfuerzo deteniéndose en todas las tabernas a preguntar por el hombre de la coleta con un solo ojo. No había hallado ni una pista de su presa en ningún sitio por debajo de Canongate y ya empezaba a desesperar cuando vio al hombre sentado en el bar de la Destilería Holyrood. Al parecer no se había detenido allí para pedir información, sino para descansar, pues estaba tranquilamente instalado bebiendo cerveza. El joven Ian se había abalanzado tras un tonel en el patio, y allí permaneció, vigilante, hasta que el tipo se puso en pie, pagó su cuenta y salió sin prisa.

—No ha visitado más tabernas —informó el chico limpiándose una gota de leche de la barbilla—. Ha ido directamente a Carfax Close, a la imprenta.

Jamie dijo por lo bajo unas palabras gaélicas.

—¿Sí? ¿Y luego?

—Bueno, ha encontrado el negocio cerrado, por supuesto. Al ver que la puerta estaba cerrada con llave ha mirado las ventanas, como si pensara entrar por allí. Luego ha echado un vistazo a la gente que iba y venía. Era hora punta y entraban muchos clientes a la chocolatería. Se ha parado un momento en el umbral, pensando, y finalmente ha vuelto hacia la entrada de la calleja vecina. He tenido que esconderme en la sastrería del rincón para que no me viera.

El hombre se había detenido en la entrada. Después, ya decidido, caminó unos cuantos pasos hacia la derecha y desapareció por un pequeño callejón.

—Yo sabía que ese callejón desembocaba en el patio trasero de la calleja vecina —explicó Ian—. He comprendido de inmediato sus intenciones.

—En la parte trasera de la calleja hay un pequeño patio —me explicó Jamie al ver mi expresión de asombro—, donde se acumulan trastos, mercaderías y cosas así. La imprenta tiene una puerta trasera que da a ese patio.

El joven Ian dejó su escudilla vacía con un gesto de asentimiento.

—Sí. Me ha parecido que pensaba entrar por allí. Y me he acordado de los panfletos nuevos.

—¡Cielos! —musitó Jamie, algo pálido.

—¿Qué panfletos? —preguntó su cuñado mirando a Jamie con las cejas enarcadas—. ¿Qué clase de panfletos?

—Los nuevos impresos para el señor Gage —explicó el chico.

Ian seguía tan desconcertado como yo.

—Política —explicó Jamie sin rodeos—. Un argumento para rechazar la última Ley del Timbre, exhortando a la oposición civil... Con violencia, si fuera necesario. Cinco mil panfletos recién impresos y apilados en la trastienda. Gage debía venir a buscarlos mañana a primera hora.

—Dios mío —murmuró Ian. Había palidecido aún más que Jamie y lo miraba con una mezcla de horror y sobrecogimiento—. ¿Has perdido la cabeza? —inquirió—. ¿Es que aún te queda espacio en la espalda para más latigazos? Pero si todavía no se ha secado la tinta del perdón de tu condena por traición. ¿Estás enredado con Tom Gage y su grupo de sediciosos? ¿Y encima involucras a mi hijo?

Había ido levantando la voz conforme hablaba y de repente se puso en pie apretando los puños.

—¿Cómo has podido hacer algo así, Jamie? ¡Cómo! ¿No hemos sufrido ya bastante por ti, Jenny y yo? Durante toda la guerra y después... Dios, ¡pensaba que ya habías tenido ración suficiente de cárceles, sangre y violencia!

—Y la he tenido —le espetó Jamie—. No formo parte del grupo de Gage —corrigió—. Pero soy impresor, ¿no? Y él pagó esos panfletos.

Ian alzó las manos en un gesto de gran irritación.

—¡Ah, sí! ¡De mucho servirá eso cuando los hombres de la Corona te arresten y te lleven a Londres para hacerte ahorcar! Si descubren esos panfletos en tu local...

Asaltado por una idea súbita, se volvió hacia su hijo.

—Ah, conque ha sido por eso. Sabías lo que decían los panfletos. ¿Por eso les has prendido fuego?

El joven Ian asintió, solemne como un joven búho.

—No tenía tiempo para sacarlos —dijo—. Eran cinco mil. El hombre... el marinero... había roto la ventana trasera y estaba a punto de alcanzar el pasador de la puerta.

Ian giró en redondo para enfrentarse a Jamie.

—¡Maldito seas! —exclamó con violencia—. ¡Maldito seas, Jamie Fraser! ¡Tienes el cerebro de un pájaro! ¡Primero los jacobitas y ahora esto!

Jamie enrojeció al escuchar las palabras de Ian.

—¿Tengo que cargar con las culpas de Carlos Estuardo? —Sus ojos lanzaban destellos de cólera. Dejó bruscamente su taza salpicando té y whisky sobre la mesa pulida—. ¿Acaso no hice todo lo que pude para detener a ese estúpido? ¿No renuncié a todo por esa lucha? ¡A *todo*, Ian! ¡A mis tierras, a mi libertad y a mi esposa para intentar que todos nos salváramos!

Mientras hablaba me echó una breve mirada; por un momento pude entrever lo que le habían costado aquellos veinte últimos años.

Se volvió hacia Ian agachando las cejas a medida que hablaba y endureciendo el tono de voz.

—Y en cuanto a lo que he perjudicado a tu familia, ¿no te has beneficiado, Ian? Ahora Lallybroch pertenece al pequeño James, ¿no? ¡No es de mi hijo, sino del tuyo!

Ian hizo un gesto de dolor.

—Yo nunca te pedí...

—No, es cierto. ¡No te estoy acusando, por Dios santo! Pero ésa es la verdad. Lallybroch ya no es mío. Lo recibí de mi padre y lo cuidé tan bien como pude, cuidé de la tierra y de los arrendatarios. Y tú me ayudaste, Ian. —Su voz se dulcificó—. Nunca habría podido arreglármelas sin ti, ni sin Jenny. No me dolió cedérselo al pequeño Jamie. Había que hacerlo. Pero aun así...

Se volvió de espaldas un momento con la cabeza gacha y los hombros tensos bajo la camisa. Yo tenía miedo de moverme, de hablar, pero capté la mirada de Ian, llena de aflicción, y le apoyé una mano en el hombro en busca de mutuo consuelo. El pulso latía con firmeza en la clavícula. Me estrechó la mano con fuerza.

Jamie se volvió hacia su cuñado, luchando por dominar la voz y el genio.

—Te lo juro, Ian: nunca he permitido que el niño corriera peligro. Lo he mantenido tan alejado como me ha sido posible. No he dejado que lo vieran en los muelles ni que saliera con Fergus en los botes, por mucho que me lo ha implorado. —Al mirar a su sobrino, su expresión adquirió una rara mezcla de afecto e irritación—. No le pedí que viniera, Ian, le dije que debía volver a casa.

—Pero no lo obligaste a volver, ¿verdad? —El color encendido estaba desapareciendo del rostro de Ian, pero sus ojos pardos seguían entornados y brillantes por la furia—. Tampoco has mandado ningún aviso. Por Dios, Jamie, ¡Jenny no ha dormido una sola noche en todo el mes!

Jamie apretó los labios.

—No —dijo dejando salir las palabras una a una—. No lo he hecho. Yo... —Volvió a mirar al chico y se encogió de hombros incómodo, como si de repente la camisa le fuera pequeña—. No —repitió—. Quería llevarlo yo mismo.

—Tiene edad suficiente para viajar solo —adujo el padre—. Vino hasta aquí sin que lo trajera nadie, ¿no?

—Sí. No era por eso. —Jamie, inquieto, jugueteó con la taza de té haciéndola rodar entre las palmas de las manos—. Quería llevarlo para pediros, a ti y a Jenny, que le permitierais vivir un tiempo conmigo.

Ian dejó escapar una risa breve y sarcástica.

—¿Ah, sí? ¿Querías nuestro permiso para que lo ahorquen o lo deporten contigo?

Cuando levantó la vista de la taza de té que tenía entre las manos, la cólera volvía a cruzar las facciones de Jamie.

—Sabes que no permitiría que corriera ningún peligro —dijo—. ¡Por el amor de Dios, si lo quiero como si fuera mi propio hijo, y lo sabes perfectamente!

A Ian se le había acelerado la respiración. Lo percibí desde mi sitio, tras el sofá.

—Oh, lo sé muy bien —dijo mirando a Jamie a los ojos—. Pero no es tu hijo, ¿verdad? Es mío.

Jamie le sostuvo la mirada un buen rato, luego alargó el brazo y dejó la taza sobre la mesa con mucho cuidado.

—Sí —dijo al fin en voz baja—. Cierto.

El cuñado se quedó de pie un buen rato con la respiración agitada, luego se pasó una mano por la frente, apartándose el pelo oscuro.

—Bueno. —Aspiró hondo una o dos veces más y se volvió hacia el muchacho—. Vamos. Tengo un cuarto en la posada de Halliday.

Los dedos huesudos del hijo apretaron los míos. Tragó saliva, aunque no hizo ademán alguno de abandonar el asiento.

—No, papá —dijo. Le temblaba la voz y parpadeaba con fuerza para no llorar—. No iré contigo.

El padre palideció, pero le quedó una mancha roja por encima de las mejillas, como si alguien se las hubiera abofeteado con fuerza.

—¿Conque ésas tenemos? —dijo.

El joven asintió con la cabeza.

—Iré... iré contigo por la mañana, papá. Iré a casa contigo. Pero ahora no.

Ian miró a su hijo sin decir nada. Luego dejó caer los hombros y toda la tensión abandonó su cuerpo.

—Comprendo. Está bien. Está bien.

Sin una palabra más, giró en redondo y salió cerrando la puerta con mucho cuidado. Podía oír los torpes golpes de su pierna de madera tras cada paso que daba bajando por los peldaños —el sonido cambió cuando llegó al final de la escalera— y luego la voz de Bruno despidiéndose y el golpe sordo de la puerta principal al cerrarse. Y entonces ya no se oyó ningún otro ruido en la habitación salvo el siseo del fuego que ardía detrás de mí.

El hombro del chico temblaba bajo mi mano. Me apretaba los dedos más que nunca, llorando sin ruido. Jamie se acercó lentamente y se sentó a su lado; su cara reflejaba una profunda preocupación.

—¡Ay, Ian!, pequeño —musitó—. Por Dios, hijo, no deberías haber hecho eso.

—Tenía que hacerlo. —El sobrino dejó escapar un bufido. Entonces me di cuenta de que había estado conteniendo el aliento. Volvió el chamuscado rostro hacia su tío con la expresión contorsionada de angustia—. No quería hacer sufrir a papá. ¡No quería hacerlo!

Jamie le dio una palmadita distraída en la rodilla.

—Ya lo sé, hijo, pero decirle semejante cosa...

—Es que no podía contarle nada. ¡Y tú tienes que saberlo, tío Jamie!

Levantó la vista, súbitamente alarmado por el tono de su sobrino.

—¿Saber qué?

—El hombre. El hombre de la coleta.

—¿Qué ha pasado?

El joven Ian se pasó la lengua por los labios para armarse de valor.

—Creo que lo he matado —susurró.

Jamie me lanzó una mirada sobresaltada y luego volvió a mirar al joven Ian.

—¿Cómo?

—Bueno... he mentido un poco —comenzó Ian con voz trémula. Aún tenía los ojos llenos de lágrimas, pero se las secó con la mano—. Cuando he entrado en la imprenta con la llave que me habías dado, el hombre ya estaba allí.

El marinero estaba en la trastienda de la imprenta, justo donde Jamie guardaba los panfletos recién impresos, las botellas de tinta, los papeles manchados que se empleaban para limpiar la prensa, y la pequeña forja donde las balas usadas se fundían para hacer letras nuevas.

—Lo he pillado cogiendo algunos panfletos del montón y guardándoselos bajo la chaqueta —dijo Ian, tragando saliva—. Cuando lo he visto le he gritado que los dejara y se ha vuelto hacia mí con una pistola en la mano.

La pistola se había disparado, para gran susto del chico, pero la bala se desvió. Sin intimidarse, el marinero se arrojó contra él, levantando el arma para usarla como porra.

—No he tenido tiempo de huir ni de pensar —dijo Ian. En ese momento ya me había soltado la mano y estaba retorciendo los dedos sobre su rodilla—. He buscado lo que tenía más a mano y se lo he arrojado.

Lo que tenía más a mano era un cazo de cobre de mango largo que se utilizaba para verter el plomo fundido en los moldes. La forja aún estaba encendida aunque con las ascuas bien cubiertas; el crisol contenía unas gotas ardientes de plomo que volaron del cazo hacia la cara del marinero.

—¡Por Dios, cómo ha gritado! —Un fuerte escalofrío recorrió al joven Ian. Rodeé el extremo del sofá para sentarme a su lado y cogerle las manos.

El marinero se había tambaleado hacia atrás mientras se daba manotazos en la cara y chocaba con la pequeña forja esparciendo las ascuas hacia todas partes.

—Eso es lo que ha iniciado el incendio —dijo el chico—. He tratado de apagarlo a golpes, pero ha alcanzado el papel y de repente el fuego me ha saltado a la cara. Era como si toda la habitación estuviera en llamas.

—Los barriles de tinta, supongo —dijo Jamie para sus adentros—. El polvo se disuelve en alcohol.

El papel en llamas cayó entre Ian y la puerta trasera formando un muro de fuego que exhalaba humo negro y amenazaba con derrumbarse sobre él. El marinero, cegado y aullando como alma en pena, de rodillas en el suelo, le cerraba el paso hacia el cuarto de enfrente y hacia la salvación.

—No... no soportaba tocarlo, apartarlo de un empujón —dijo nuevamente estremecido.

Perdida la cabeza por completo, optó por huir escaleras arriba, pero se encontró atrapado entre las llamas que ascendían por el hueco de la escalera, llenando a toda prisa el cuarto del piso superior con un humo cegador.

—¿No se te ocurrió salir al tejado por la trampilla? —preguntó Jamie.

El joven Ian meneó la cabeza con aire abatido.

—No sabía que existiera.

—¿Qué hacía esa puerta allí? —pregunté con curiosidad.

Jamie me dedicó una sonrisa fugaz.

—Para casos de necesidad. Tonto es el zorro que tiene una sola salida en su madriguera. Aunque debo reconocer que, cuando la hice abrir, no pensaba precisamente en los incendios.

Negó con la cabeza para olvidarse de la distracción.

—Ian, ¿crees que el hombre no ha escapado del fuego?

—No creo que pudiera —respondió el chico sollozando otra vez—. Y si ha muerto, soy yo quien lo ha matado. No podía decirle a papá que soy un ases... un ases...

Lloraba demasiado para poder pronunciar la palabra.

—No eres un asesino —dijo su tío con firmeza, dándole una palmadita en el hombro—. Basta ya. Está bien. No has hecho nada malo, hijo, ¿me oyes?

El chico asintió, pero no dejaba de llorar y temblar. Por fin lo rodeé con los brazos, le di la vuelta y le apoyé la cabeza sobre mi hombro mientras le daba palmaditas en la espalda y lo arrullaba como a un recién nacido. Me resultaba extraño tenerlo abrazado; era casi tan grande como un hombre adulto, pero de huesos ligeros y con tan poca carne que me daba la sensación de sostener un esqueleto. Hablaba con la cara hundida en mi seno, con la voz tan distorsionada por la emoción y la tela que me costó entender sus palabras.

—... pecado mortal... —parecía decir—, condenado al infierno... no he podido decirle a papá... miedo... nunca volveré a casa...

Jamie enarcó las cejas. Me limité a encogerme de hombros, acariciando el espeso pelo revuelto del chico. Por fin Jamie se inclinó hacia delante y lo sujetó con firmeza por los hombros para incorporarlo.

—Mírame, Ian —ordenó—. ¡No, no! ¡Mírame!

Con un esfuerzo supremo, el chico enderezó el cuello y fijó en su tío sus desbordados ojos enrojecidos.

—Ian. —Jamie le estrechó las manos con suavidad—. En primer lugar, no es pecado matar a alguien que está tratando de matarte a ti. La Iglesia permite matar, si es necesario, en defensa propia, de tu familia o de tu país. Así que no has cometido ningún pecado mortal y no estás condenado.

—¿No? —El joven Ian sorbió ruidosamente por la nariz, al tiempo que se limpiaba la cara con una manga.

—No —aseguró Jamie con un asomo de sonrisa en los ojos—. Por la mañana iremos juntos a hablar con el padre Hayes. Puedes confesarte con él para que te absuelva, pero te dirá lo mismo que yo.

—Oh... —La sílaba encerraba un profundo alivio y el joven Ian levantó un poco sus escuálidos hombros como si se hubiera quitado un peso de encima.

Jamie le dio otra palmadita en la rodilla.

—Otra cosa: no debes tener miedo de decírselo a tu padre.

—¿No? —El chico había aceptado sin vacilar el dictamen sobre el estado de su alma, pero esto último parecía inspirarle serias dudas.

—No puedo asegurarte que no se ponga nervioso —añadió Jamie con sinceridad—. Lo más probable es que le salgan canas en el acto. Pero sabrá comprender. No te echará de casa ni te repudiará, si eso es lo que temes.

—¿Tú crees? —En los ojos de Ian luchaban la esperanza y la duda—. No... no creo que... ¿Mi padre ha matado a algún hombre? —preguntó de pronto.

Jamie parpadeó, desconcertado por la pregunta.

—Bueno —dijo muy despacio—, supongo... Ha estado en combate, pero... si quieres que te diga la verdad, Ian, no lo sé. —Miró a su sobrino con impotencia—. Los hombres no hablamos de ese tipo de cosas, ¿sabes? Excepto los soldados, a veces, cuando están muy borrachos.

El joven Ian asintió comprendiendo y volvió a sorber haciendo un desagradable borboteo. Jamie estaba buscando un pañuelo en la manga, pero de pronto levantó la vista, asaltado por una idea.

—¿Por eso preferías contármelo a mí y no a tu padre? ¿Porque yo sí que he matado?

El sobrino asintió mientras observaba la cara de Jamie con una mirada angustiada rebosante de confianza.

—Sí. Suponía que... que tú sabrías lo que se debe hacer.

—Ah. —Jamie inspiró hondo e intercambió una mirada conmigo—. Bueno...

Encogió los hombros y volvió a ensancharlos. Comprendí que aceptaba la carga impuesta por el joven Ian.

—Lo que debes hacer —dijo suspirando— es preguntarte si podías haber hecho alguna otra cosa. No tenías alternativa, así que puedes estar tranquilo. Luego vas a confesarte, si puedes; si no, un buen acto de contrición. Con eso basta si no hay pecado mortal. No has cometido ninguna falta —le dijo con sinceridad—, pero el acto de contrición es porque lamentas profundamente la necesidad que te obligó. A veces las cosas ocurren así y no hay forma de evitarlo. Y para terminar rezas una oración por el alma de la persona que has matado —prosiguió—. Para que pueda descansar y no te persiga. ¿Conoces la oración para la paz del alma? Te sentirás mejor, si tienes tiempo para decirla. En medio de la batalla, cuando no tienes tiempo, dices ésta: «Recibe esta alma en Tus brazos, oh, Cristo, Rey del Cielo, Amén.»

—Recibe esta alma en Tus brazos, oh, Cristo, Rey del Cielo, Amén —repitió el joven Ian por lo bajo. Luego asintió despacio—. Sí, está bien. ¿Y después?

Jamie alargó una mano para tocarle la mejilla con mucha suavidad.

—Después aprendes a vivir con ello, hijo —concluyó—. Eso es todo.

28

Guardián de la virtud

—El hombre al que ha seguido Ian, ¿puede tener algo que ver con la advertencia de sir Percival? —Destapé la bandeja que acababan de traernos para olfatearla; parecía que había pasado mucho tiempo desde el guiso de Moubray.

Jamie asintió mientras cogía una especie de panecillo relleno caliente.

—No me sorprendería —dijo secamente—. Es probable que haya más de un hombre con intenciones de perjudicarme, pero no creo que haya bandas enteras rondando por Edimburgo. —Masticó con diligencia al tiempo que negaba con la cabeza—. No, eso es evidente, pero no hay por qué preocuparse.

—¿No? —Di un pequeño mordisco a mi panecillo; luego, otro más grande. Él hizo una pausa para tragar—. Esto está delicioso. ¿Qué es?

Jamie bajó el panecillo al que estaba a punto de dar un mordisco y lo miró entornando los ojos.

—Pichón picado con trufas —dijo, y se lo metió entero en la boca—. No —dijo, e hizo una pausa para tragar—. No —repitió con más claridad—. Ha de ser cuestión de un contrabandista rival. Hay dos bandas con las que he tenido algunas dificultades de vez en cuando. —Agitó una mano esparciendo las migas y cogió otro panecillo—. Por el comportamiento de ese hombre, que olfateaba el coñac sin probarlo, podría ser un catador: alguien capaz de identificar la procedencia de un vino por el olor y el año en que fue embotellado con sólo probarlo. Un tipo muy valioso —añadió con aire pensativo— y excelente para seguirme el rastro.

Nos habían traído vino con la cena. Me serví un vaso y me lo puse debajo de la nariz.

—¿Podría rastrearte a ti, personalmente, por medio del co-ñac? —pregunté con curiosidad.

—Más o menos. ¿Te acuerdas de mi primo Jared?

—Por supuesto. ¿Vive todavía? —Tras la matanza de Cul-loden y sus consecuencias, resultaba maravillosamente alentador escuchar que Jared, un adinerado emigrante escocés con un próspero negocio de venta de vinos en París, seguía vivito y co-leando.

—Para eliminarlo tendrían que encerrarlo en un tonel y ti-rarlo al Sena —replicó Jamie. Sus dientes blancos brillaban en su rostro cubierto de hollín—. No sólo está vivo, sino disfrutan-do de la existencia. ¿Cómo crees que consigo el coñac francés que traigo a Escocia?

La respuesta evidente era Francia, pero me contuve y no lo dije.

—Por mediación de Jared, supongo —dije.

Jamie asintió con otro panecillo en la boca.

—¡Eh! —Se inclinó hacia delante y arrebató el plato de los dedos flacos del joven Ian—. Si tienes el estómago revuelto, no debes comer algo tan fuerte —advirtió ceñudo mientras mastica-ba. Tragó y se humedeció los labios—. Voy a pedir más pan y leche para ti.

—¡Pero, tío! —protestó el chico mirando con nostalgia los sabrosos panecillos—. ¡Tengo un hambre terrible!

Purificado por la confesión, había recobrado el buen ánimo y, por lo visto, también su apetito. Jamie miró a su sobrino y sus-piró.

—Bueno, está bien. ¿Juras que no vas a vomitarme enci-ma?

—Lo juro, tío —prometió mansamente el joven Ian.

—De acuerdo. —Después de acercarle el plato, Jamie reanu-dó su explicación—. Jared me envía sobre todo el producto de segunda calidad de sus propios viñedos de la Mosela y reserva el de primera calidad para venderlo en Francia, donde la gente percibe la diferencia.

—Entonces, ¿lo que tú traes a Escocia es identificable?

Se encogió de hombros y alargó el brazo para coger el vino.

—Sólo por medio de un catador. Lo cierto es que ese hombre probó el vino en la taberna Perro y Pistola y en Verraco Azul, que justo son los dos establecimientos que compran exclusivamente mi coñac. Los demás me compran a mí, pero también compran a otros. De cualquier modo, no me preocupa mucho que alguien busque a Jamie Roy en las tabernas. —Olfateó su vino antes de beber, puso cara de desprecio sin darse cuenta y bebió—. Lo que me preocupa es que ese hombre haya llegado a la imprenta. Me he tomado muchas molestias para que quienes conocen al Jamie Roy de los muelles de Burntisland no sean los mismos que tratan por el día con Alex Malcolm, el impresor.

Fruncí el ceño tratando de atar cabos.

—Pero sir Percival te llamó Malcolm. Y él sabe que eres contrabandista —protesté.

Jamie asintió pacientemente.

—En los puertos cercanos a Edimburgo, la mitad de los hombres son contrabandistas, Sassenach —dijo—. Sir Percival sabe que me dedico a eso, sí, pero no me identifica con Jamie Roy ni con James Fraser. Cree que comercio con sedas y terciopelos de Holanda... porque con eso le pago. —Esbozó una sonrisa—. Se los cambio por coñac al sastre de la esquina. Sir Percival es aficionado a los paños finos y su esposa todavía más. Pero él naturalmente ignora que trafico con licores en tanta cantidad. De lo contrario no se conformaría con algunos cortes de encaje, te lo aseguro.

—¿Es posible que ese marinero te haya localizado por alguno de los taberneros? Supongo que ellos te habrán visto alguna vez.

Se pasó una mano por el cabello, como hacía cuando pensaba, y varios pelos de la coronilla se le pusieron de punta.

—Sólo me conocen como cliente —dijo con lentitud—. Es Fergus quien se encarga de comerciar con las tabernas... y él nunca se acerca a la imprenta. Siempre nos reunimos aquí en privado. —Me sonrió con ironía—. A nadie le extraña que un hombre visite un burdel, ¿verdad?

De pronto se me ocurrió una idea.

—¿Y si fuera así? Cualquier hombre puede entrar aquí sin despertar sospechas. ¿Y si ese marinero al que siguió el joven Ian te hubiera visto aquí con Fergus? ¿O si alguna de las chicas te describió? Al fin y al cabo, no eres un hombre que pueda pasar desapercibido. —Y no lo era. Aunque hubiera otros hombres pelirrojos en Edimburgo, ninguno tenía la altura de Jamie, y ninguno caminaría por las calles de la ciudad con la inconsciente arrogancia de un guerrero desarmado.

—Muy bien pensado, Sassenach —manifestó, asintiendo en mi dirección—. Puedo averiguar fácilmente si en estos días ha venido por aquí un marinero tuerto y con coleta. Voy a pedirle a Jeanne que les pregunte a las chicas. —Se levantó para desperezarse. Sus manos casi tocaban las vigas del techo—. Y después nos acostaremos, ¿no? —Bajó los brazos y me guiñó un ojo con una sonrisa—. Entre una cosa y otra, ha sido un día terrible.

—La verdad es que sí —le dije devolviéndole la sonrisa.

Jeanne llegó junto con Fergus, que le abrió la puerta a la madama con la familiaridad de un hermano o un primo. Supuse que era normal que se sintiera como en casa. Fergus había nacido en un burdel de París y pasó los diez primeros años de su vida allí durmiendo en una alacena bajo las escaleras cuando no estaba en las calles ganándose la vida de carterista.

—Ya he liquidado el coñac —informó a Jamie—. Se lo he vendido a MacAlpine... con una rebaja en el precio, milord, por desgracia. Me ha parecido que era mejor hacer una venta rápida.

—Sí, es preferible no tenerlo en el local —confirmó Jamie—. ¿Qué has hecho con el cadáver?

El francés esbozó una leve sonrisa; su cara enjuta y el mechón oscuro de la frente le daban aire de pirata.

—Nuestro intruso también ha ido a parar a la taberna de MacAlpine, milord... debidamente disfrazado.

—¿De qué? —quise saber.

La sonrisa de pirata se volvió hacia mí; Fergus, pese al garfio, se había convertido en un hombre muy apuesto.

—De *crème de menthe*, milady.

—No creo que nadie en Edimburgo haya probado la *crème de menthe* en los últimos cien años —comentó madame Jeanne—. Estos escoceses paganos no están habituados a los licores civilizados. Nuestros clientes nunca piden otra cosa que whisky, cerveza o coñac.

—Exactamente, madame —asintió Fergus—. No conviene que los hombres de MacAlpine prueben el contenido de ese tonel, ¿verdad?

—Alguien abrirá ese tonel, tarde o temprano —objeté—. No quiero ser grosera, pero...

—Exactamente, milady. —Fergus me dedicó una respetuosa reverencia—. Aunque la *crème de menthe* tiene un altísimo contenido de alcohol. El sótano de esa taberna es sólo una pausa momentánea en el viaje de nuestro desconocido hacia su descanso eterno. Mañana irá a los muelles y, desde allí, a algún lugar mucho más lejano. Y entretanto no le quería creando confusión en el local de madame Jeanne.

Jeanne se encomendó a santa Inés en francés diciendo unas palabras que no comprendí y luego se dirigió a la puerta encogiéndose de hombros.

—Mañana, cuando *les filles* estén desocupadas, les preguntaré si han visto a ese marinero, monsieur. Por el momento...

—Por el momento, hablando de estar desocupadas... —interrumpió Fergus—. ¿Es posible que mademoiselle Sophie esté libre esta noche?

La madama le dirigió una mirada irónica.

—Puesto que le ha visto entrar a usted, *mon petit saucisson*, supongo que se ha mantenido libre. —Echó un vistazo al joven Ian, tirado entre los almohadones como un espantapájaros sin su relleno de paja—. ¿Y debo buscar una cama para este joven caballero?

—Oh, sí. —Jamie observó a su apesadumbrado sobrino—. Podría ponerle un jergón en mi cuarto.

—¡Oh, no! —balbuceó el joven Ian—. Sin duda querrás estar a solas con tu esposa, ¿verdad, tío?

—¿Qué? —Jamie lo miró sin comprender.

—Bueno, quiero decir... —El chico me miró vacilante y luego apartó la mirada a toda prisa—. Supongo que necesitarás... eh... ¿hum?

Como todo escocés de las Highlands, consiguió dar un toque de impudicia a la última sílaba.

Jamie se pasó el labio superior por los nudillos.

—Caramba, eres muy considerado, Ian. —La voz de Jamie sonó algo estremecida por el esfuerzo de no reír—. Y me halaga que tengas de mi virilidad una opinión tan alta como para creerme capaz de algo que no sea dormir después de un día como éste. Pero creo que por esta noche puedo dejar mis deseos carnales sin satisfacer... pese a lo mucho que me gusta tu tía —añadió esbozándome una débil sonrisa.

—Bruno me ha dicho antes que esta noche hay poco trabajo en el establecimiento —intervino Fergus mirando a su alrededor algo desconcertado—. ¿Qué problema hay en que el muchacho...?

—¡Tiene apenas catorce años, por Dios! —protestó Jamie, escandalizado.

—¡Casi quince! —corrigió el joven Ian incorporándose con expresión de interés.

—Bueno, es suficiente, sin duda —aseveró Fergus pidiendo confirmación a madame Jeanne con la mirada—. Tus hermanos no pasaban de esa edad cuando los traje por primera vez. Y cumplieron con todos los honores.

—¿Qué estás diciendo? —Jamie miraba a su protegido con ojos desorbitados.

—Bueno, alguien tenía que ocuparse de eso —dijo Fergus con impaciencia—. Normalmente le corresponde al padre, pero monsieur no es... Sin intención de faltar al respeto que debo a tu estimado padre, por supuesto —añadió asintiendo en dirección al joven Ian, que asintió a su vez como un juguete mecanizado—, este asunto es para alguien más experimentado, ¿comprendes?

Luego se volvió hacia madame Jeanne como un *gourmet* que consulta con el camarero.

—Bien... ¿Dorcas, le parece? ¿O Penélope?

—No, no —dijo ella negando con la cabeza con decisión—. Tiene que ser la segunda Mary, sin duda. La pequeña.

—Ah, ¿la rubia? Sí, creo que tiene razón —aprobó Fergus—. Tráigala entonces.

Jeanne salió sin que Jamie tuviera tiempo para otra cosa que emitir un graznido de protesta.

—Pero... pero... el chico no puede... —empezó.

—Sí que puedo —aseguró el joven Ian—. Al menos eso creo.

Era imposible que se le pusiera la cara más roja, pero tenía las orejas carmesíes de excitación; estaba claro que ya había olvidado por completo las traumáticas desventuras del día.

—Pero esto es... me refiero a que... no puedo dejar que... —Jamie se quedó sin palabras y se levantó para fulminar a su sobrino con la mirada. Al fin levantó las manos con actitud de exasperada derrota—. ¿Y qué le voy a decir a tu madre? —inquirió.

La puerta se abrió tras él. Enmarcada en el vano vimos a una jovencita muy baja, regordeta y suave como una perdiz, de cara radiante enmarcada por la cabellera rubia. Al verla, el joven Ian quedó petrificado; apenas podía respirar.

Cuando ya no pudo seguir conteniendo el aliento sin caer desmayado, soltó el aire y se volvió hacia Jamie sonriendo con arrebatadora dulzura.

—Bueno, tío Jamie, en tu lugar... —su voz ascendió súbitamente hasta una alarmante nota de soprano y después guardó silencio. Tras un carraspeo continuó, con respetable voz de barítono—: Yo en tu lugar no le diría nada. Buenas noches, tía.

Y salió con aire decidido.

—No sé si matar a Fergus o darle las gracias.

Jamie, sentado en la cama de nuestra habitación del ático, se desabotonaba lentamente la camisa.

Dejé el vestido húmedo sobre el taburete y me arrodillé frente a él para desabrocharle las hebillas de las rodillas de sus pantalones.

—Supongo que ha tratado de hacer lo que más convenía al joven Ian.

—Sí, con esa maldita inmoralidad de los franceses.

Jamie se llevó las manos hacia atrás para desatarse el lazo del pelo. Cuando salimos de Moubray no se lo volvió a trenzar y cayó suave y flácido sobre sus hombros, enmarcando sus amplios pómulos y su larga nariz: parecía uno de esos feroces ángeles del Renacimiento.

—¿Fue el arcángel Miguel el que expulsó a Adán y Eva del Edén? —pregunté mientras le quitaba los calcetines.

Jamie rió por lo bajo.

—¿Me parezco a eso? ¿Al guardián de la virtud? ¿Y Fergus sería la maligna serpiente? —Me cogió por los brazos para levantarme—. Ven aquí, Sassenach; no me gusta verte de rodillas, sirviéndome.

—Hoy has tenido un día difícil —señalé, obligándolo a levantarse conmigo—, aunque no hayas tenido que matar a nadie.

Tenía ampollas en las manos, y pese a que ya se había limpiado la mayor parte del hollín, todavía le quedaba una veta en la mandíbula.

—Mmm. —Le rodeé la cintura para ayudarle con el talle de los pantalones, pero él me las agarró y apoyó la mejilla en mi pelo.

—En realidad, no he sido del todo sincero con ese chico —confesó.

—¿No? En mi opinión, has estado maravilloso. Al menos has logrado que se sintiera mejor.

—Sí, eso espero. Y las oraciones, aunque no le sirvan de nada, tampoco le harán daño. Pero no se lo he dicho todo.

—¿Qué más hay? —Levanté la cabeza hacia él y le besé con suavidad. Olía a humo y sudor.

—Lo que solemos hacer los hombres, cuando nos duele el alma por haber matado, es buscar a una mujer, Sassenach —explicó suavemente—. La propia, si puede ser. Si no, cualquier otra. Porque ella puede hacer lo que uno no puede... y curarlo.

Solté la atadura de su bragueta, que se soltó con un tirón.

—¿Por eso le has dejado ir con la segunda Mary?

Se encogió de hombros y se apartó para quitarse los pantalones.

—No podía detenerlo. Y he pensado que era mejor permitírselo aunque sea tan joven. —Me dedicó una sonrisa torcida—. Al menos no pasará la noche desesperado y pensando en ese marinero.

—Supongo que no. ¿Y tú? —Me quité la blusa.

—¿Yo? —Me miró con las cejas arqueadas y la camisa sucia colgando de los hombros.

Miré la cama que estaba por detrás de él.

—Sí. No has matado a nadie, pero ¿no querrás... ejem?

Lo miré a los ojos y alcé las cejas con gesto interrogativo.

La sonrisa se ensanchó en su cara, borrando cualquier similitud con Miguel, el severo guardián de la virtud. Levantó un hombro y luego el otro, los dejó caer y la camisa resbaló por sus brazos hasta el suelo.

—Supongo que sí —dijo—. Pero trátame con suavidad, ¿quieres?

29

La última víctima de Culloden

Por la mañana, cuando Jamie e Ian partieron para cumplir con su piadoso recado, salí tras ellos. Me detuve a comprar un gran cesto de mimbre a un vendedor callejero; ya era hora de comenzar a proveerme de los utensilios médicos que pudiera encontrar. Vistos los acontecimientos del día anterior, temía que me hicieran falta muy pronto.

La botica de Haugh no había cambiado en absoluto. A pesar de la ocupación inglesa, el Alzamiento escocés y la caída del Estuardo, mi corazón se hinchó de júbilo cuando crucé la puerta y me asaltaron los aromáticos y familiares olores a pulsatila, menta, aceite de almendra y anís.

El hombre que atendía el mostrador era un auténtico Haugh mucho más joven que el que yo conocí veinte años atrás, cuando acudía a su negocio en busca de datos sobre los militares, además de hierbas y otras panaceas.

Ese joven Haugh no me conocía, por supuesto, pero se dedicó amablemente a buscar las hierbas que deseaba por entre los tarros alineados con pulcritud en las estanterías. Muchas de las que le pedí eran populares: romero, atanasia, caléndula; pero ciertas cosas de mi lista consiguieron que el joven Haugh me mirara alzando las cejas rubias y frunciera los labios pensativo mientras observaba los tarros. En el local había otro cliente rondando el mostrador donde se preparaban las pócimas magistrales. Se paseaba de un lado a otro con obvia impaciencia y las manos cruzadas a la espalda. Por fin se acercó al mostrador.

—¿Cuánto falta? —le espetó a la espalda del señor Haugh.

—No podría decírselo, reverendo —respondió el boticario en tono de disculpa—. Louisa dijo que era necesario hervirlo.

Contestó con un resoplido y el hombre, un tipo alto de espaldas estrechas, retomó su merodeo mirando de vez en cuando la puerta que daba a la rebotica, donde la invisible Louisa debía de estar trabajando. Aquel hombre me resultaba conocido, pero no tuve tiempo de pensar dónde lo había visto antes. El señor Haugh miraba con aire dubitativo la lista que yo le había dado.

—Acónito, acónito —murmuró—. ¿Qué es?

—Bueno, entre otras cosas un veneno —dije.

El boticario se quedó boquiabierto.

—Y también un remedio —le aseguré—. Es preciso poner mucho cuidado al utilizarlo. En uso externo es bueno para el reumatismo. Una cantidad muy pequeña ingerida por vía oral baja el ritmo del pulso y es bueno para ciertas enfermedades del corazón.

—Caramba —se maravilló el señor Haugh con un parpadeo. Luego se volvió hacia los estantes con aire indefenso—. Eh... ¿sabe usted qué olor tiene?

Interpretando eso como una invitación, rodeé el mostrador para inspeccionar los frascos. Estaban todos muy bien etiquetados, pero resultaba evidente que las etiquetas de muchos de ellos eran viejas, la tinta estaba borrosa y el papel se hallaba desgastado por las puntas.

—Me temo que aún no soy tan hábil con los medicamentos como lo era mi padre —dijo el joven con la cabeza a la altura de mi hombro—. Él me enseñó mucho, pero murió hace un año y aquí hay cosas cuyo uso desconozco.

—Bueno, éste sirve para la tos —informé bajando un frasco de helenio mientras echaba un vistazo al impaciente reverendo, que había sacado un pañuelo y respiraba asmáticamente—. Sobre todo para la tos provocada por el catarro.

Observé los estantes colmados con el ceño fruncido. Todo estaba inmaculadamente limpio, pero era obvio que no seguía un orden alfabético ni botánico. ¿El anciano señor Haugh se habría basado en la memoria o en algún tipo de sistema? Cerré los ojos, tratando de recordar mi última visita a la botica.

Me sorprendió advertir que la imagen me acudía a la cabeza con facilidad. Por aquel entonces vine buscando dedalera para hacerle una infusión a Alex Randall, el hermano pequeño de Jack *el Negro*, y el sexto tatarabuelo de Frank. El pobre chico ya llevaba muerto veinte años, aunque había vivido lo suficiente como para tener un hijo. Sentí una punzada de curiosidad al pensar en ese hijo y en su madre, que había sido amiga mía, pero me obligué a dejar de pensar en ellos y volví a concentrarme en el señor Haugh, que estaba a mi lado de puntillas tratando de llegar a los estantes.

—Allí. —Con bastante seguridad, mi mano se acercó al frasco rotulado DEDALERA. A un lado, COLA DE CABALLO; al otro, RAÍZ DE MUGUETE. Vacilé mirándolas y repasando mentalmente los posibles usos de esas hierbas; todas eran para dolencias cardíacas. El acónito no debía de estar lejos.

Y así era. Lo encontré muy pronto, en un frasco etiquetado como MATALOBOS que entregué con cuidado al señor Haugh.

—Tenga cuidado. Basta un poquito de esto para que se adormezca la piel. Sería mejor si lo pusiera usted en un frasco de vidrio.

La mayoría de las hierbas que había comprado estaban envueltas en gasa o pequeños trozos de papel, pero el joven señor Haugh asintió y se llevó el tarro de acónito a la rebotica separándoselo del cuerpo como si pensase que le iba a explotar en la cara.

—Al parecer, sabe usted mucho más de remedios que este muchacho —dijo detrás de mí una voz grave y ronca.

—Bueno, probablemente tengo más experiencia que él.

El sacerdote estaba apoyado en el mostrador y me observaba; sus ojos eran de un azul muy pálido bajo las gruesas cejas. Me sobresalté al recordar dónde lo había visto: en la taberna de

Moubray, el día anterior. No dio señal alguna de reconocerme. Quizá fuera porque mi capa ocultaba el vestido de Daphne. Ya me había dado cuenta de que pocos hombres reparaban en la cara de una mujer cuando llevaba una prenda escotada, aunque parecía una mala costumbre para un párroco. El hombre carraspeó.

—Hum, ¿y qué haría usted con una dolencia nerviosa?

—¿Qué tipo de dolencia nerviosa?

Frunció los labios y el entrecejo, dudando si confiar en mí. Tenía el labio superior muy estrecho, como el pico de un búho, pero el inferior era grueso y colgante.

—Bueno, es un caso complicado. Pero a grandes rasgos —me observó con cautela—, ¿qué recetaría para una especie de... ataque?

—¿Convulsiones epilépticas? ¿El enfermo cae al suelo y se retuerce?

Negó con la cabeza enseñando la banda roja que le rodeaba el cuello, debido al roce del alzacuellos

—No, otro tipo de ataques. Aullar y quedarse inmóvil.

—¿Las dos cosas a la vez?

—A la vez no —aclaró precipitadamente—. Primero una cosa y después la otra, o mezcladas. Pasa días enteros muda, con la vista fija, y de pronto grita como para despertar a los muertos.

—Ha de ser muy molesto. —Si su esposa actuaba así, eso explicaba las profundas arrugas que le rodeaban la boca y los ojos y las grandes ojeras azules. Tamborileé con un dedo en el mostrador, reflexionando—. No sé. Tendría que ver a la enferma.

Él se pasó la lengua por el labio inferior.

—Tal vez... ¿estaría usted dispuesta a visitarla? No estamos lejos —añadió con bastante rigidez. No se le daba bien suplicar, pero la urgencia de su petición resultaba evidente en la rigidez de su figura.

—En este momento no puedo —expliqué—. Debo reunirme con mi esposo. Pero esta tarde, quizá...

—A las dos. En la posada de Henderson, en Carrubbers Close. Mi apellido es Campbell. Reverendo Archibald Campbell.

Antes de que yo pudiera responder sí o no, se abrió la cortina de la trastienda y el señor Haugh apareció con sendos frascos y nos entregó uno a cada uno.

El reverendo miró el suyo con suspicacia mientras buscaba una moneda en el bolsillo.

—Bueno, aquí está el precio —dijo de mala gana plantándola en el mostrador—. Espero que me haya dado el que corresponde, no el veneno de la señora.

La cortina volvió a entreabrirse; una mujer asomó la cabeza y siguió con la vista al sacerdote mientras se retiraba.

—Menos mal que se va —comentó—. Medio penique por una hora de trabajo, ¡y encima un insulto! El Señor podría haber escogido mejor; al menos, eso pienso yo.

—¿Lo conoce? —pregunté con curiosidad al pensar que quizá Louisa pudiera darme alguna información sobre la esposa enferma.

—No, no puedo decir que lo conozca bien. —Louisa me miraba con franca curiosidad—. Es uno de esos ministros de la Iglesia Libre; se pasa el día vociferando en la esquina del mercado, gritándole a la gente que lo que están haciendo no sirve para nada y que lo que deben hacer es ponerse en paz con Jesús, ¡como si nuestro Dios fuera un mono de feria! —resopló con desdén ante el sacrilegio y se persignó—. Lo que me sorprende es que alguien como él venga a nuestra botica, sabiendo lo que piensa de los papistas en general. —Me clavó una mirada aguda—. Sin ánimo de ofenderla, señora, si usted también es de la Iglesia Libre.

—No, yo también soy católica... ch... papista —le aseguré—. Pensé que podría usted saber algo sobre la esposa del reverendo y su enfermedad.

Louisa meneó la cabeza, conforme se volvía hacia otro cliente.

—No, nunca la he visto. Aunque cualquiera que sea su enfermedad —añadió frunciendo el ceño en dirección a la puerta por la que había salido el reverendo—, vivir con ese hombre no la aliviará mucho.

Hacía frío, pero estaba despejado. En el jardín de la rectoría sólo quedaba un vago olor a humo como recordatorio del incendio. Jamie y yo nos sentamos en un banco apoyado en la pared, absorbiendo el pálido sol de invierno mientras esperábamos a que el joven Ian terminara su confesión.

—¿Fuiste tú quien contó a Ian ese montón de mentiras que dijo ayer sobre mí? Me refiero a eso que dijo sobre mi paradero de los últimos años.

—Ah, sí —dijo—. Ian es demasiado inteligente para creérselas, pero resulta una historia bastante pasable y él es demasiado buen amigo para exigir la verdad.

443

—Supongo que, para el consumo general, sirve —dije—. Pero ¿no habrías debido decir lo mismo a sir Percival, en vez de permitirle pensar que estábamos recién casados?

Negó decididamente con la cabeza.

—Oh, no. Para empezar, sir Percival no sabe mi verdadero nombre, aunque me apostaría lo que fuera a que sabe que no me apellido Malcolm. No quiero que se me asocie con Culloden. Si le contara lo mismo que a Ian, daría mucho más que hablar que la noticia de que el impresor se ha casado.

—«Oh, qué enmarañada red tejemos, cuando engañamos por primera vez» —entoné.

Jamie me lanzó una rápida mirada azul y se le curvó la comisura de los labios.

—Con la práctica cada vez es más fácil, Sassenach —dijo—. Intenta vivir conmigo durante un tiempo y acabarás soltando cada... Te convertirás en una mentirosa.

Me deshice en carcajadas.

—Tengo ganas de ver cómo lo haces —le dije.

—Ya lo has visto. —Se puso en pie y alargó el cuello, tratando de mirar por encima del muro hacia el jardín de la rectoría.

—Este jovencito está tardando demasiado —comentó mientras volvía a sentarse—. ¿Tantas cosas tiene que confesar, cuando todavía no ha cumplido los quince años?

—¿Después del día y la noche que pasó ayer? Todo depende de los detalles que le pida el padre Hayes —comenté recordando mi desayuno con las prostitutas—. ¿Lleva ahí todo este rato?

—Eh... no. —A Jamie se le enrojecieron un poco las orejas a la luz matinal—. Yo... eh... he tenido que entrar primero. Para dar ejemplo, ¿sabes?

—Ahora me explico que tardarais tanto —bromeé—. ¿Cuánto hacía que no te confesabas?

—Seis meses. Eso es lo que he dicho al padre Hayes.

—¿Y es cierto?

—No, pero ya que iba a castigarme por robo, violencia y lenguaje impío, bien podía castigarme también por mentir.

—¡Cómo! ¿Nada de fornicación ni de pensamientos impuros?

—No, en absoluto —replicó austero—. Se pueden pensar cosas horribles sin que sea pecado, si hacen referencia a la esposa. Es impuro sólo cuando piensas en otras damas.

—No tenía idea de que mi regreso era para salvarte el alma —dije, recatada—, pero me alegro de serte de utilidad.

Se echó a reír. Luego me dio un largo beso.

—Me pregunto si esto cuenta como indulgencia —dijo tomando aliento—. Debería ser así, ¿no? Es mucho más efectivo esto como método para mantener a cualquier hombre alejado de los fuegos del infierno, que rezar el rosario. Y hablando del tema —añadió metiéndose la mano en el bolsillo para sacar un rosario de madera que parecía mordisqueado—, recuérdame que en algún momento del día tengo que rezar mi penitencia. Estaba a punto de empezar cuando has aparecido.

—¿Cuántas avemarías tienes que rezar? —le pregunté tocando las cuentas. Lo de los mordiscos no era una ilusión, la mayoría de las cuentas tenían marcas de dientes.

—El año pasado conocí a un judío —comentó ignorando mi pregunta—. Un filósofo nato que había dado la vuelta al mundo seis veces. Según me dijo, tanto en la fe musulmana como en las enseñanzas judías, que marido y mujer hagan el amor es un acto de virtud.

»Tal vez tiene algo que ver con el hecho de que judíos y musulmanes practican la circuncisión —añadió pensativo—. No se me ocurrió preguntárselo... aunque podría haberle parecido poco delicado.

—No creo que un prepucio más o menos pueda perjudicar la virtud —le aseguré.

—Ah, qué bien —dijo, y me volvió a besar.

—¿Qué ha pasado con tu rosario? —pregunté recogiendo la sarta que había caído al césped—. Parece comido por las ratas.

—Ratas no —dijo—. Críos.

—¿Qué críos?

—Oh, cualquiera que ronde cerca —dijo encogiendo los hombros y guardándose el rosario en el bolsillo—. El joven Jamie ya tiene tres, y Maggie y Kitty, dos cada una. El pequeño Michael acaba de casarse y su esposa ya está esperando. —El sol brillaba por detrás de él oscureciéndole la cara y cuando sonreía sus dientes desprendían un destello blanco—. Ignorabas que te habían hecho tía abuela siete veces, ¿verdad?

—¿Tía abuela? —repetí, estupefacta.

—Bueno, yo soy tío abuelo —apuntó alegremente— y no me parece tan terrible, salvo por el hecho de que me muerdan el rosario cuando les están saliendo los dientes. Eso y que me llamen «tito».

A veces, esos veinte años parecían un solo instante mientras que otras se me antojaba un tiempo muy largo.

—Eh... Espero que no haya un equivalente femenino de «tito».

—No te preocupes por eso —me aseguró—. Para todos eres la tía abuela Claire. Y hablan de ti con muchísimo respeto.

—Mil gracias —murmuré pensando en el ala geriátrica del hospital.

Jamie se echó a reír. Con una ligereza provocada, sin duda, por su reciente liberación de todo pecado, me cogió por la cintura para sentarme en su regazo.

—Nunca había visto a una tía abuela con un trasero tan bonito —dijo con aprobación haciéndome saltar sobre sus rodillas. Cuando se inclinó hacia delante su aliento me hizo cosquillas en la nuca. Entonces me mordió suavemente la oreja. Solté un chillido.

—¿Estás bien, tía? —se oyó a nuestras espaldas, llena de preocupación, la voz del joven Ian.

Jamie dio un respingo que estuvo a punto de tirarme de su regazo. Luego me ciñó la cintura con más fuerza.

—Claro que sí —dijo—. Es que tu tía acaba de ver una araña.

—¿Dónde? —preguntó el joven Ian buscando muy interesado por encima del banco.

—Allí arriba. —Jamie me dejó para levantarse y señaló la rama del tilo.

Realmente había una telaraña estirada entre dos ramas, centelleante por la humedad. La araña estaba justo en el centro, redonda como una cereza, exhibiendo un llamativo estampado verde y amarillo en la espalda.

—Le estaba explicando una historia a tu tía —comentó Jamie mientras el joven Ian observaba la tela de araña con sus fascinados ojos sin pestañas— sobre un judío que conocí, un filósofo nato. Por lo visto había hecho un estudio sobre las arañas; en realidad, había venido a Edimburgo a entregar un ensayo a la Royal Society a pesar de ser judío.

—¿Ah, sí? ¿Y te contó muchas cosas sobre las arañas? —preguntó el joven Ian, entusiasmado.

—Mucho más de lo que quería saber —le explicó Jamie a su sobrino—. Ya encontraremos algún momento para hablar de arañas que ponen sus huevos en orugas; cuando salen las crías se comen viva a la pobre bestia. Pero no es un tema de conversación apropiado para la cena. Aunque sí que me dijo una cosa que me pareció muy interesante —añadió mirando la tela con los ojos entornados. Le sopló con suavidad y la araña corrió a esconderse—. Me dijo que las arañas producen dos tipos de seda y que si tienes una lupa, y consigues que la araña se esté quieta, claro, se pueden ver los dos orificios por los que sale la seda. Los llamó pezones hiladores. En fin, uno de los tipos de seda es pegajosa, y si un pobre bicho la toca, está condenado. Pero la otra clase es seca, como la seda con la que tejemos nosotros, pero más fina.

La araña estaba regresando con precaución al centro de la telaraña.

—¿Ves por dónde camina? —Jamie señaló la tela, anclado sobre varios radios que sostenían la compleja estructura—. Esos radios están tejidos con seda seca para que la araña pueda caminar por encima sin problemas. Pero el resto de la tela está confeccionada con la seda pegajosa (en su mayor parte), y si observas una araña con atención durante un buen rato, verás que sólo pasea por los radios secos, porque si pasara por las zonas pegajosas, se quedaría atrapada.

—¿Ah, sí? —Ian le sopló a la tela con respeto y observó con atención cómo la araña se alejaba por su ruta antideslizante hacia la salvación.

—Supongo que se puede aprender una moraleja —me comentó Jamie *sotto voce*—. Asegúrate de saber cuáles de tus radios son pegajosos.

—Supongo que también ayuda tener la suerte de contar con un tejedor habilidoso a mano cuando lo necesitas —le respondí con sequedad.

Se rió y me cogió del brazo.

—Eso no es suerte, Sassenach —me dijo—. Es estar alerta. Ian, ¿vienes?

—Oh, sí. —El joven Ian abandonó la telaraña con evidente recelo y nos siguió rumbo a la puerta del jardín de la iglesia—. Tío Jamie, ¿puedes prestarme el rosario? —preguntó el chico cuando salimos a los adoquines de la Royal Mile—. El cura me dijo que debo rezar cinco decenarios como penitencia. Y son demasiados para llevar la cuenta con los dedos.

—Encantado. —Jamie se detuvo para sacar el rosario del bolsillo—. Pero no olvides devolvérmelo.

El chico sonrió.

—Sí, ya sé que tú también vas a necesitarlo, tío Jamie. —Me guiñó un ojo sin pestañas—. El cura me ha dicho que has sido muy malo y me ha aconsejado que no te imitara.

447

—Hum... —Jamie oteó la carretera mientras valoraba la velocidad del carretón que se acercaba bajando por la empinada cuesta. Estaba recién afeitado y tenía un brillo rosado en las mejillas.

—¿Cuántos decenarios debes rezar como penitencia? —pregunté por curiosidad.

—Ochenta y cinco —murmuró. El brillo rosado de sus mejillas recién afeitadas se intensificó.

El sobrino quedó boquiabierto.

—¿Cuánto tiempo hacía que no te confesabas, tío?

—Mucho —respondió Jamie secamente—. ¡Vamos!

Después de comer, Jamie debía reunirse con cierto señor Harding, representante de la compañía con la que tenía asegurado el local de la imprenta, a fin de inspeccionar los restos para verificar las pérdidas.

—No te necesito, hijo —dijo en tono tranquilizador al joven Ian, que no parecía muy entusiasmado por la perspectiva de volver al escenario de su aventura—. Ve con tu tía a visitar a esa loca. —Se volvió hacia mí con una ceja en alto—. No sé cómo lo haces. Llevas apenas dos días en la ciudad y ya tienes a todos los enfermos en varios kilómetros a la redonda pendientes de tus atenciones.

—No son todos —le dije con sequedad—. Es sólo una mujer. Y ni siquiera la he visto aún.

—Bueno, al menos la locura no es contagiosa... o eso espero. —Me dio un beso y se volvió para marcharse tras darle una palmada en el hombro a su sobrino—. Cuida bien a tu tía, Ian.

El chico se detuvo un momento y siguió con la mirada su alta silueta.

—¿Quieres ir con él, Ian? —le pregunté—. Puedo arreglármelas sola.

—¡Oh, no, tía! —Se volvió de nuevo hacia mí con aspecto de estar bastante avergonzado—. No quiero ir, ni pensarlo. Sólo... me estaba preguntando si... bueno, si encontrarían algo. En las cenizas.

—Un cadáver, quieres decir —aclaré sin rodeos. Yo ya me había dado cuenta de que era muy probable que Jamie le hubiera pedido a Ian que me acompañara pensando que cabía la posibilidad de que él y el señor Harding hallaran el cadáver del marinero tuerto.

El chico asintió, inquieto. El ardor de su cara había disminuido hasta adoptar un bronceado rosado, pero aún la tenía demasiado oscura como para palidecer ante alguna emoción.

—No sé —dije—. Si el fuego fue muy intenso, tal vez no quede gran cosa. Pero no te preocupes. —Le toqué el hombro para tranquilizarlo—. Tu tío sabrá qué hacer.

—Sí, seguro. —Se le iluminó la cara; tenía fe en la capacidad de Jamie para manejar cualquier tipo de situaciones.

Sonreí al ver su expresión y entonces me di cuenta con cierta sorpresa de que yo también compartía esa fe. No importaba que se tratara de chinos borrachos, agentes de la aduana o el señor Harding de la compañía de seguros: no tenía ninguna duda de que Jamie resolvería la situación.

—Vamos. Ya son las dos —dije mientras empezaba a sonar la campana de la iglesia de Canongate.

Pese a su conversación con el padre Hayes, Ian tenía cierto aire soñador que regresó a sus facciones. Conversamos muy poco mientras subíamos la cuesta de la Royal Mile hacia el albergue de Henderson, en Carrubber's Close.

Era un hotel tranquilo, pero lujoso para los estándares de Edimburgo, con una alfombra estampada en la escalera y cristales de colores en los ventanales que daban a la calle. Parecía un acomodo bastante lujoso para un pastor de la Iglesia Libre, pero tampoco es que yo supiera nada sobre los clérigos de esa Iglesia, tal vez ellos no hicieran voto de pobreza como los católicos.

Un niño nos condujo al tercer piso, donde una robusta mujer con delantal y una expresión preocupada nos abrió la puerta de inmediato. Aunque no aparentaba más de veinticinco años, ya había perdido varios dientes.

—¿Es usted la dama que el reverendo me anunció? —Ante mi gesto afirmativo, su expresión se animó un poco y abrió algo más la puerta—. El señor Campbell ha tenido que salir —explicó con un marcado acento de las Lowlands—, pero ha dicho que le estará muy agradecido por lo que pueda usted hacer por su hermana, señora.

Hermana, no esposa.

—Bueno, haré lo que pueda —prometí—. ¿Puedo ver a la señorita Campbell?

Tras dejar a Ian en la sala con sus recuerdos, pasé al dormitorio trasero con la mujer que dijo llamarse Nellie Cowden.

Tal como se me había anunciado, la señorita Campbell tenía los ojos, azules, muy abiertos, pero no parecían ver nada. Ni siquiera a mí. Estaba sentada en una silla ancha y baja, de espaldas al fuego. La iluminación de la estancia era tenue y la luz que refulgía por detrás de su figura le emborronaba las facciones a excepción de esos ojos negados al parpadeo. Cuando la miré de cerca advertí que sus facciones aún no estaban bien definidas, tenía un rostro suave y redondeado sin ningún rasgo más acentuado que otro, y un pelo castaño peinado con pulcritud. Tenía una nariz pequeña y respingona, doble barbilla y una boca rosa abierta y tan flácida que oscurecía sus líneas de expresión naturales.

—¿Señorita Campbell? —pronuncié con cautela. La rolliza figura sentada en la silla no dio respuesta alguna. Me di cuenta de que parpadeaba, pero lo hacía con mucha menos frecuencia de lo normal.

—Cuando está así no responde —explicó Nellie Cowden por detrás de mí. Y meneó la cabeza al tiempo que se limpiaba las manos en el delantal—. Ni una palabra.

—¿Cuánto hace que está así? —Levanté una de sus laxas manos para buscar el pulso. Allí estaba, lento pero bastante firme.

—Oh, ahora lleva así dos días, de momento. —La señorita Cowden, interesada, se inclinó para observar el aspecto de su pupila—. Puede tirarse así una semana o más; trece días llegó a estar una vez.

Me moví muy despacio, aunque no parecía que la señorita Campbell fuera fácil de alarmar. Empecé a examinar a la sumisa paciente mientras le hacía algunas preguntas a la mujer. Según me dijo la señorita Cowden, la señorita Margaret Campbell tenía treinta y siete años y era el único familiar del reverendo, con quien vivía desde hacía veinte años, desde la muerte de sus padres.

—¿Qué le provoca esto? ¿Se sabe?

La señorita Cowden meneó la cabeza.

—No, señora. Yo diría que no hay motivo. Parece estar bien, hablando y riendo, comiéndose la comida como la dulce niña que es, y de pronto, ¡paf!

Chasqueó los dedos. Luego, para mayor efecto, volvió a hacerlos sonar deliberadamente bajo la nariz de la mujer.

—¿Lo ve? —dijo—. Podrían pasar seis hombres tocando la trompeta por la habitación y no les haría ningún caso.

Yo estaba bastante convencida de que la enfermedad de la señorita Campbell era mental y no física, pero le hice un examen completo de todas formas, o todo lo completo que pude sin desvestir aquella torpe e inerte silueta.

—Pero es peor cuando se excita —me aseguró agachándose a mi lado mientras yo descalzaba a la señorita Campbell para probar sus reflejos. Sus pies desnudos estaban húmedos y desprendían un olor rancio.

Le pasé una uña por las plantas de los pies en busca de algún reflejo de Babinski que pudiera indicar la existencia de una lesión cerebral. Pero nada, los dedos de sus pies se curvaron de forma natural.

—¿Qué sucede entonces? ¿Grita, como dijo el reverendo?

—Me levanté—. ¿Podría usted traerme una vela encendida, por favor?

—Grita, sí. —La señorita Cowden se apresuró a encender una candela de cera—. A veces chilla de un modo espantoso hasta quedar agotada. Luego se queda dormida. Duerme el día entero y despierta como si no hubiera sucedido nada.

—Y cuando despierta, ¿parece normal?

Moví la vela de un lado a otro a pocos centímetros de sus ojos. Las pupilas se contrajeron como respuesta automática a la luz, pero sus iris se quedaron inmóviles sin seguir los movimientos de la llama. Mi mano acusó la ausencia de un oftalmoscopio para examinarle las retinas, pero no tenía esa suerte.

—Bueno, normal... no se podría decir —dijo lentamente la señorita Cowden. Le di la espalda a la paciente para mirarla y ella encogió sus enormes hombros poderosos por debajo del lino de su blusa—. La pobrecita está mal de la cabeza desde hace veinte años.

—Pero no lleva todo ese tiempo a su cuidado, ¿verdad?

—¡Oh, no! En Burntisland, donde vivían, el señor Campbell la tenía al cuidado de otra mujer. Pero la señora ya no era muy joven y no quiso abandonar la casa. Cuando el reverendo decidió aceptar el ofrecimiento de la Sociedad Misionera y llevarse a su hermana a las Antillas, pidió una mujer fuerte, de buen carácter, a quien no le molestara viajar con una enferma. Y aquí estoy.

—La mujer me dedicó una sonrisa desdentada, como testimonio de sus virtudes.

—¿A las Antillas? ¿Piensa embarcarse con la señorita Campbell? —Me quedé de piedra. Sabía lo justo sobre las condiciones de navegación de la época como para pensar que un viaje de esas características sería muy duro para cualquier mujer en perfecto estado de salud. Pero ésa... Y entonces me lo replanteé. Teniendo en cuenta las circunstancias, era posible que Margaret Campbell pudiera soportar el viaje mejor que una mujer normal, por lo menos si seguía en trance.

—Dice que un cambio de clima podría sentarle bien —explicó—. Estar lejos de Escocia, de tantos recuerdos espantosos. Yo creo que debería habérsela llevado ya hace mucho tiempo.

—¿De qué recuerdos espantosos me habla? —pregunté.

El brillo que vi en los ojos de la señorita Cowden me dejó entrever las muchas ganas que tenía de contármelo. Yo ya había acabado de examinarla y concluí que la señorita Campbell no tenía ningún problema físico, salvo quizá la inactividad y una dieta poco equilibrada. Pero cabía la posibilidad de que su historia me sugiriera algún tratamiento.

—Bueno —comenzó a decir desviándose hacia la mesa, donde había un botellón y varias copas sobre una bandeja—, yo sólo sé lo que me contó Tilly Lawson, quien la cuidó durante mucho tiempo, pero me juró que era la verdad, y era una mujer muy piadosa. ¿Aceptaría unas gotas de cordial, señora, para no despreciar la hospitalidad del reverendo?

La única silla que había en la estancia era la que ocupaba la señorita Campbell, así que la señorita Cowden y yo nos acomodamos con elegancia sobre la cama, una al lado de la otra, y observamos la silenciosa figura que teníamos delante mientras sorbíamos el cordial y me contaba la historia de Margaret Campbell.

Había nacido en Burntisland, a unos ocho kilómetros de Edimburgo, en la otra orilla del fiordo de Forth. En 1745, cuando Carlos Estuardo marchó hacia la ciudad para reclamar el trono de su padre, ella tenía diecisiete años.

—Su padre era monárquico, por supuesto, y su hermano estaba en un regimiento del gobierno que marchó hacia el norte para sofocar la rebelión —dijo la señorita Cowden tomando un pequeño sorbo de licor para hacerlo durar—. Pero la señorita Margaret no: ella estaba con el príncipe Carlos y con los hombres que lo seguían.

Con uno de ellos, en especial, aunque la señorita Cowden ignoraba su nombre. Pero debía de haber sido muy gallardo, pues la señorita Margaret salía a hurtadillas de su casa para reunirse con él y darle todas las informaciones que recogía escuchando las conversaciones de su padre o leyendo las cartas de su hermano. Pero entonces llegó Falkirk, una victoria muy costosa seguida de una retirada. Los rumores hicieron que el ejército del príncipe se retirara hacia el norte y nadie dudó que su retirada los conduciría a la destrucción. Margaret, desesperada por los rumores, abandonó su casa en medio de la noche de una fría primavera de marzo para reunirse con el hombre que amaba.

Allí el relato se tornaba dudoso: quizá encontró al hombre y él la rechazó; quizá no pudo hallarlo a tiempo y se vio obligada a regresar desde el páramo de Culloden. De cualquier modo, inició el regreso y, el día después de Culloden, cayó en manos de una banda de soldados ingleses.

—Lo que le hicieron fue horrible —dijo la señorita Cowden bajando la voz como si la figura sentada en la silla pudiera escucharla—. ¡Horrible!

Los soldados ingleses, cegados por la lujuria de la persecución y la matanza, persiguiendo a los fugitivos de Culloden, no pensaron en preguntarle su nombre ni las ideas políticas de su familia: por su acento la identificaron como escocesa y con eso les bastó.

La abandonaron, pensando que estaba muerta, en una zanja llena de agua helada, de donde la rescató una familia de gitanos que se habían escondido entre los zarzales por miedo a que los encontraran los soldados.

—Ya sé que es poco cristiano decirlo, pero no puedo evitar pensar que fue una lástima que la salvaran —susurró la señorita Cowden—. Si no la hubieran encontrado, la pobrecilla se habría ido feliz con Dios. Pero como no fue así... —Hizo un torpe gesto en dirección a la silenciosa figura y se bebió las últimas gotas de licor.

Margaret sobrevivió, pero no volvió a hablar. Cuando se recuperó un poco, y en permanente silencio, viajó con los gitanos hacia el sur, para evitar el pillaje de las Highlands que ocurrió después de Culloden. Un día en que se hallaba en el patio de una taberna recogiendo las monedas mientras los gitanos tocaban sus instrumentos y cantaban, la encontró su hermano, que se había detenido con su regimiento para refrescarse de vuelta a los cuarteles de Edimburgo.

—Ella lo reconoció, y él también a ella, y el impacto del encuentro le devolvió la voz, pero la cabeza no, pobrecilla. Él la llevó a casa, claro, pero ella siguió viviendo como si continuara en el pasado, anclada en algún momento de su vida anterior al día en que conoció a aquel hombre. Por aquel entonces su padre había muerto de gripe, y Tilly Lawson dijo que el impacto de verla así fue lo que mató a su madre, aunque también pudo ser la gripe, porque aquel año hubo una gran epidemia.

Todo aquel asunto había dejado en Archibald Campbell un profundo rencor contra los escoceses de las Highlands y el ejército inglés, por lo que renunció a su cargo. A la muerte de sus padres se encontró en una posición aceptablemente buena, pero era el único sostén de su hermana enferma.

—No pudo casarse —explicó la señorita Cowden—, porque ninguna mujer los habría aceptado a él y a ella —la señaló con la cabeza— por el mismo precio.

Ante sus dificultades, buscó refugio en Dios y se hizo predicador. Como no podía abandonar a su hermana ni soportaba confinarse en la casa familiar de Burntisland con ella, se compró un carruaje, contrató a una mujer para que cuidara de Margaret, y empezó a hacer pequeños viajes por los alrededores para predicar, y hasta llegó a llevársela consigo en más de una ocasión.

Cosechó muchos éxitos predicando. Aquel mismo año, la Sociedad de Misioneros Presbiterianos le había ofrecido una misión en las Antillas para organizar las iglesias y nombrar presbíteros para las colonias de Barbados y Jamaica. Había encontrado la respuesta en las plegarias: vendió la propiedad que la familia tenía en Burntisland y se trasladó con su hermana a Edimburgo donde siguió haciendo preparativos para el viaje.

Eché una última mirada a la silueta sentada junto al fuego. El cálido aire que flotaba desde la chimenea le mecía la falda que colgaba sobre sus pies, pero aparte de ese pequeño movimiento, podría haber pasado por una estatua.

—Bueno —suspiré—, lamentablemente no es mucho lo que puedo hacer por ella. Pero le daré algunas recetas para que las haga preparar en la botica antes de partir.

Pensé que si no la ayudaban, por lo menos tampoco le harían daño, y anoté una lista de ingredientes. Manzanilla, lúpulo, ruda, atanasia y verbena mezclada con una buena dosis de menta para preparar un tónico relajante. Un té de escaramujo para corregir la leve deficiencia nutricional que había advertido en sus esponjosas y sangrantes encías y esa apariencia pálida e hinchada.

—Cuando lleguen a las Antillas —dije, dándole el papel a la señorita Cowden—, ocúpese de que coma mucha fruta: naranjas, uvas y limones sobre todo. Y usted debería hacer lo mismo —añadí lanzando una mirada de profunda sospecha a la rellena cara de la sirvienta. Dudaba que comiera ninguna verdura aparte de alguna cebolla o patata y la ración de avena diaria.

El reverendo Campbell no había regresado, pero tampoco había motivos para esperarlo. Tras despedirme de la señorita Campbell, abrí la puerta del dormitorio. El joven Ian me estaba esperando al otro lado.

—¡Oh! —exclamó sobresaltado—. Iba a buscarte, tía. Son casi las tres y media y el tío Jamie ha dicho...

—¿Jamie? —La voz sonó detrás de mí proveniente de la silla puesta junto al fuego.

La señorita Cowden y yo giramos en redondo. Margaret Campbell estaba muy erguida y sus ojos estaban ahora bien centrados. Clavó la vista en la puerta y, cuando el joven Ian entró en la habitación, la enferma rompió en alaridos.

Bastante nerviosos por la escena con la señorita Campbell, el chico y yo volvimos agradecidos al refugio del burdel, donde recibimos el despreocupado saludo de Bruno, que nos hizo entrar a la sala trasera. Allí estaban Jamie y Fergus, muy concentrados en su conversación.

—Es cierto que no se puede confiar en sir Percival —decía Fergus—, pero en este caso, ¿por qué le advertiría sobre una emboscada si ésta no fuera a ocurrir?

—No lo sé —respondió Jamie con franqueza desperezándose en la silla—. Sólo podemos pensar que la policía tiene planeada una emboscada. Dentro de dos días, ha dicho. Eso significa que será en la ensenada de Mullen.

Al vernos entrar se levantó a medias y nos ofreció asiento.

—¿Lo haremos en las rocas de Balcarres, pues? —preguntó Fergus.

Jamie frunció el entrecejo, tamborileando lentamente sobre la mesa.

—No —resolvió—. Que sea en Arbroath. En la pequeña ensenada, por debajo de la abadía. Sólo para estar seguros, ¿eh?

—De acuerdo. —Fergus apartó el plato de tortitas de avena del que se estaba sirviendo y se levantó—. Haré correr la noticia, milord. En Arbroath, dentro de cuatro días.

Después de saludarme con una inclinación de cabeza, se envolvió en la capa y salió.

—¿Es el contrabando, tío? —preguntó el joven Ian, anhelante—. ¿Viene un lugre francés?

Cogió una tortita de avena y la mordió esparciendo las migas por encima de la mesa.

Jamie seguía con la mirada perdida y meditabundo, pero sus ojos se aclararon en cuanto miró a su sobrino.

—Sí. Y tú, joven Ian, no tendrás nada que ver con el asunto.

—¡Pero yo podría ayudar! —protestó el chico—. ¡Necesitarás a alguien que te sujete las mulas!

—¿Después de todo lo que nos dijo ayer tu padre, pequeño Ian? —Jamie alzó las cejas—. ¡Por Dios, qué mala memoria tienes, hijo!

Se diría que Ian se avergonzó un poco y cogió otra tortita de avena para ocultar su confusión. Como pareció quedarse momentáneamente callado, aproveché para hacer mis propias preguntas.

—¿Vais a Arbroath a buscar un barco francés con una carga de licor? —pregunté—. ¿No te parece peligroso después de la advertencia de sir Percival?

Jamie me miró enarcando una ceja y respondió con mucha paciencia.

—No. Sir Percival me advirtió que la policía está al tanto de la cita acordada para dentro de dos días. Ésa iba a ser en la ensenada de Mullen. Pero tengo un acuerdo con Jared y sus capitanes: si por algún motivo no pudiéramos asistir a la cita, el lugre se mantiene lejos de la costa y regresa a la noche siguiente a un lugar distinto. Y aún tenemos un tercer lugar acordado, por si la segunda cita tampoco se concretara.

—Pero si sir Percival sabe lo de la primera cita, ¿no estará al tanto de las otras también? —insistí.

Jamie negó con la cabeza y se sirvió una copa de vino. Me miró alzando una ceja para preguntarme si quería un poco, y cuando negué con la cabeza le dio un trago a su copa.

—No —dijo—. Jared y yo acordamos los tres lugares por medio de una carta sellada, que viene dentro de un paquete a nombre de Jeanne. Después de leer la carta, la quemo. Los hombres que vienen con nosotros conocen el primer punto, por supuesto; supongo que a alguno de ellos se le podría escapar algo —añadió ceñudo mirando su copa—. Pero nadie, ni siquiera Fergus, conoce los otros dos lugares, a menos que debamos acudir a uno de ellos. Y en ese caso todos saben cerrar bien la boca.

—¡Eso significa que no hay peligro, tío! —exclamó el joven Ian—. Déjame ir, por favor. No voy a estorbar.

Jamie miró a su sobrino con cierta irritación.

—Vendrás conmigo a Arbroath, pero te quedarás con tu tía en la posada de la carretera, cerca de la abadía, hasta que hayamos terminado. —Se volvió hacia mí—. Debo llevar al chico a su casa en Lallybroch, Claire, y arreglar las cosas con sus padres lo mejor que pueda.

Ian padre había abandonado la posada esa mañana, antes de que Jamie y su hijo llegaran, sin dejar mensaje alguno; era de presumir que iba camino de casa.

—¿Te molesta hacer el viaje? Preferiría no pedírtelo porque acabas de viajar desde Inverness —me miró a los ojos con una pequeña sonrisa conspiradora en los labios—, pero tengo que llevarlo de vuelta cuanto antes.

—En absoluto —le aseguré—. Será un placer ver otra vez a Jenny y al resto de tu familia.

—Pero, tío —balbuceó el chico—. ¿Qué me dices de...?

—¡Cállate! —le espetó Jamie—. No quiero oír una palabra más, ¿me has entendido?

El joven Ian parecía herido, pero cogió otra tortita de avena y se la metió en la boca con toda la intención de dar a entender que pensaba guardar silencio absoluto.

Luego, más relajado, me sonrió.

—Bueno, ¿cómo fue tu visita a la loca?

—Muy interesante —aseguré—. ¿Conoces a alguien que se apellide Campbell, Jamie?

—A unos trescientos o cuatrocientos —dijo con una sonrisa asomando en su larga boca—. ¿Te refieres a alguno en particular?

—A un par de ellos. —Le repetí la historia de Archibald Campbell y su hermana Margaret tal y como me la había explicado Nellie Cowden. Me escuchó meneando la cabeza y suspiró. Fue la primera vez que me daba la sensación de parecer realmente mayor, esbozó una expresión tensa enmarcada por las arrugas del recuerdo.

—Me han contado cosas peores sobre lo que sucedió después de Culloden —dijo—. Pero no creo que... Espera. —Me miró con los ojos entornados, pensativo—. Margaret Campbell. Margaret. ¿Es una muchacha guapa y menuda, más o menos como la segunda Mary? ¿De pelo castaño, suave como un plumón y rostro muy dulce?

—Probablemente era así hace veinte años —reconocí pensando en aquella inmóvil y gordita silueta sentada junto al fuego—. ¿La conoces?

—Creo que sí. —Frunció el ceño al pensar y clavó los ojos en la mesa mientras dibujaba una línea al azar entre las migas de la mesa—. Si no me equivoco, era la novia de Ewan Cameron. ¿Recuerdas a Ewan?

—Por supuesto. —Era un hombre alto y apuesto, muy bromista, que trabajaba con Jamie en Holyrood reuniendo las informaciones que se filtraban desde Inglaterra—. ¿Qué fue de él? ¿O no debo preguntar? —añadí al ver la sombra que se cernió sobre el rostro de Jamie.

—Lo fusilaron los ingleses —respondió en voz baja—. Dos días después de Culloden. —Cerró los ojos un momento. Luego volvió a abrirlos con una sonrisa cansada—. Bueno, Dios bendiga al reverendo Archie Campbell. Durante el Alzamiento oí mencionar su nombre un par de veces. Decían que era un soldado audaz y valiente. Supongo que ahora necesita ser así, pobre.

Se quedó sentado un rato más y luego se levantó con decisión.

—Bueno, hay mucho que hacer antes del viaje. Oye, Ian: arriba, en la mesa, encontrarás una lista de los clientes de la imprenta. Tráemela para que marque los que aún tenían pedidos pendientes. Debes ir a verlos, uno por uno, y ofrecerles la devolución del dinero. A menos que prefieran esperar a que yo consiga otro local y termine de instalarme. Pero adviérteles que podría tardar hasta dos meses.

Dio una palmadita a su abrigo, del que salió un tintineo.

—Por suerte, el dinero del seguro servirá para arreglar cuentas con los clientes. Y aún sobrará un poco. A propósito... —Se volvió hacia mí con una sonrisa—. Tu trabajo, Sassenach, será conseguir una costurera que te haga un vestido decente en dos días. Supongo que Daphne querrá recuperar el suyo. Y no puedo llevarte desnuda a Lallybroch.

30

La cita

Durante el viaje al norte, rumbo a Arbroath, el principal entretenimiento fue observar el conflicto de voluntades entre Jamie y el joven Ian. Sabía por experiencia que la terquedad era uno de los componentes fundamentales del carácter de los Fraser. Ian no parecía precisamente manco en ese aspecto a pesar de ser sólo medio Fraser, pero al parecer, los Murray no se quedaban atrás en cuanto a tozudez, a menos que fueran los genes Fraser los que predominaran.

Después de haber tenido la oportunidad de observar a Brianna durante tantos años, ya me había formado una opinión sobre el tema, pero guardé silencio mientras disfrutaba del espectáculo que suponía ver cómo Jamie se veía obligado a enfrentarse a un igual. Para cuando dejamos atrás Balfour, tenía una evidente expresión atormentada en el rostro.

Esta lucha entre objeto inamovible y fuerza irresistible se prolongó hasta que llegamos a Arbroath, en el anochecer del cuarto día; allí descubrimos que la posada donde Jamie pensaba dejarnos a Ian y a mí ya no existía. Sólo quedaba un muro semiderruido y una o dos vigas chamuscadas que marcaban su anterior situación; por lo demás, el camino estaba desierto en varios kilómetros a la redonda.

Jamie pasó un rato en silencio, contemplando el montón de piedras. Era obvio que no podía dejarnos en medio de un camino cenagoso y desolado. El muchachito tuvo la prudencia de guardar silencio y no emplear el contratiempo en su propio beneficio, aunque su esmirriada estructura vibraba de ansiedad.

—Está bien —dijo Jamie, al fin, resignado—. Podéis venir. Pero sólo hasta el borde del acantilado, Ian, ¿me entiendes? Y cuidarás de tu tía.

—Entiendo, tío Jamie —respondió el joven Ian con falsa mansedumbre. Pero capté la mirada irónica de Jamie y comprendí que, si Ian debía cuidar de su tía, la tía también debería ocuparse de Ian. Disimulé la sonrisa con un gesto de acatamiento.

El resto de los hombres llegaron a tiempo al lugar de la cita: justo después de oscurecer. Me sonaban las caras de un par de ellos, pero la mayoría eran sólo siluetas abrigadas. Ya hacía dos días de la última luna nueva, pero la minúscula franja plateada que se divisaba en el horizonte no proporcionaba mucha más luz de la que brillaba en los aposentos del burdel. No hubo presentaciones y los hombres saludaron a Jamie con murmullos ininteligibles y gruñidos.

Entre ellos se encontraba una silueta inconfundible. En el pescante de una gran carreta tirada por mulas venía Fergus junto a un diminuto bulto; sólo podía ser el señor Willoughby, a quien no veía desde que disparó al hombre misterioso, en la escalera del burdel.

—Espero que esta noche no venga armado —murmuré a Jamie.

—¿Quién? —preguntó, bizqueando en la creciente penumbra—. Ah, ¿el chino? No, nadie está armado.

Antes de que pudiera preguntarle por qué, se adelantó para ayudar a poner la carreta en posición correcta, lista para la huida hacia Edimburgo en cuanto cargaran la mercancía de contrabando. El joven Ian se adelantó con paso decidido. Yo lo seguí, atenta a mi misión de custodia.

El señor Willoughby se puso de puntillas para sacar, de la parte trasera de la carreta, una lámpara de aspecto extraño; cubierta por arriba por una pieza de metal perforado y con los lados deslizantes, también de metal.

—¿Es una lámpara para hacer señales? —pregunté, fascinada.

—En efecto —confirmó el muchacho con aire de importancia—. Hay que mantener los lados cerrados hasta que se vea la señal en el mar. A ver, déjamela. Yo me haré cargo. Conozco la señal.

El señor Willoughby se limitó a negar con la cabeza, y puso la lámpara fuera de su alcance.

—Demasiado alto, demasiado joven —declaró—. Dice Tseimi —añadió como si eso pusiera punto final al asunto.

—¿Qué? —El joven Ian estaba indignado—. ¿Qué significa eso de demasiado alto y demasiado joven, pedazo de...?

—Significa —aclaró una voz serena a nuestras espaldas— que quien sostenga esa lámpara ofrecerá un buen blanco si tenemos visitas. El señor Willoughby tiene la amabilidad de asumir el peligro porque es el más bajo de todos. Tú eres lo bastante alto para destacar bajo el cielo, pequeño Ian, y lo bastante joven para no tener ningún sentido común. Deja de estorbar, ¿quieres?

Jamie le dio un capirotazo en la oreja a su sobrino y pasó de largo para agacharse entre las rocas junto al señor Willoughby. Le dijo algo en chino y en voz baja y el hombre soltó una risita. El señor Willoughby abrió la lámpara sosteniéndola entre las manos ahuecadas de Jamie. Se oyó un chasquido agudo, que se repitió dos veces y distinguí el chisporroteo de un pedernal.

En aquel tramo la costa era rocosa y agreste, como casi todo el litoral de Escocia. Me pregunté cómo y dónde podría anclar el barco francés, puesto que no había ninguna ensenada natural, sólo una curvatura de la costa tras un acantilado escarpado, que ocultaba aquel sitio y hacía imposible que se viera desde la carretera.

A pesar de lo oscuro que estaba, distinguía la espuma de las olas que lamían la playa de media luna. No era una playa para turistas, se veían pequeños parches de arena esparcidos por entre montones de algas, piedras y montones de rocas. Tampoco era un terreno sencillo para cargar toneles, pero resultaba muy apropiado por las grietas que había entre las rocas, huecos perfectos donde esconder la carga.

Otra silueta negra se irguió súbitamente a mi lado.

—Todo listo, señor —dijo en voz baja—. Arriba, en las rocas.

—Bien, Joey. —Un súbito fulgor iluminó el perfil de Jamie, concentrado en la mecha recién encendida. Esperó, conteniendo el aliento, a que la llama creciera y se estabilizara. Luego cerró con suavidad el lado metálico soltando un suspiro—. Bien —repitió levantándose. Echó un vistazo al acantilado del sur, observando las estrellas que asomaban—. Son casi las nueve. No tardarán. Recuerda, Joey: que nadie se mueva hasta que yo dé la orden, ¿entendido?

—Sí, señor. —El despreocupado tono de la respuesta daba a entender que aquél era un intercambio habitual, y Joey se quedó muy sorprendido cuando Jamie lo cogió del brazo.

—Asegúrate —insistió Jamie—. Repítelo a todos: que nadie se mueva hasta que yo dé la orden.

—Sí, señor —repitió Joey, esta vez con más respeto.

Y desapareció en la noche sin hacer ruido.

—¿Sucede algo? —pregunté con voz apenas audible sobre el rumor de las olas. Aunque era evidente que la playa y los acantilados estaban desiertos, la oscuridad del enclave y la conducta hermética de mis compañeros incitaba a la precaución.

Jamie negó con la cabeza. Lo que había dicho a Ian era cierto: su propia silueta se destacaba nítidamente bajo el cielo pálido.

—No sé —vaciló por un instante—. Oye, Sassenach, ¿hueles algo?

Inspiré hondo, sorprendida. Me quedé el aire un momento y luego lo solté. Percibía el olor de muchas cosas, incluyendo algas podridas, el intenso olor del aceite caliente de la lámpara, y el fuerte olor corporal del joven Ian, que aguardaba a mi lado sudando con una mezcla de excitación y miedo.

—Nada extraño, que yo sepa. ¿Y tú?

Los hombros de la silueta se alzaron y volvieron a descender.

—Ahora no, pero hace un segundo habría jurado que olía a pólvora.

—Yo no huelo nada —dijo el sobrino con la voz quebrada por la excitación. Se apresuró a carraspear azorado—. Willie MacLeod y Alec Hays han revisado las piedras. No han encontrado señales de la policía.

—Mejor así. —La voz de Jamie sonaba intranquila. Asió al joven Ian por un hombro—. Ahora encárgate de tu tía, Ian. Id los dos a esas matas de aliagas; manteneos bien lejos de la carreta. Si ocurriera algo...

Dio la sensación de que Jamie reprimía las incipientes protestas del joven Ian estrechándole el hombro con un poco más de fuerza, porque el chico se sacudió hacia atrás frotándose el hombro.

—Si sucede algo —prosiguió Jamie con énfasis—, Ian, lleva a tu tía directamente a casa, a Lallybroch. De inmediato.

—Pero... —protesté.

—¡Tío! —dijo el joven Ian.

—Obedeced —ordenó Jamie con tono severo.

Nos volvió la espalda, dando la discusión por zanjada.

El joven Ian permaneció ceñudo mientras subíamos por el acantilado, pero hizo lo que se le había ordenado y me guió obedientemente hasta que estuvimos a cierta distancia de los arbustos de aliaga. Nos instalamos en un pequeño promontorio desde donde se veía el mar.

—Desde aquí podremos verlo —susurró sin necesidad alguna.

Era cierto. Las rocas descendían por el profundo cuenco que se abría a nuestros pies, un cuenco roto lleno de oscuridad en el que se colaba la luz del agua por esa grieta por la que siseaba el mar. Por un instante pude ver un minúsculo movimiento cuando la luz se reflejó en una hebilla de metal, pero la mayor parte del tiempo los hombres eran completamente invisibles.

Entorné los ojos, tratando de localizar al señor Willoughby y su lámpara, pero no vi luz alguna. Supuse que me la ocultaría su propio cuerpo.

De pronto el joven Ian se puso rígido.

—¡Viene alguien! —susurró—. ¡Pronto, escóndete detrás de mí!

Y se plantó valerosamente delante, al tiempo que hundía una mano bajo la camisa para sacar una pistola de sus pantalones. A pesar de la oscuridad vi el vago resplandor de las estrellas en el cañón.

Se preparó entornando los ojos en la oscuridad y encorvándose ligeramente sobre la pistola conforme asía el arma con las dos manos.

—¡No dispares, por Dios! —le siseé al oído sin atreverme a sujetarle el brazo por miedo a que se disparara, pero me aterrorizaba que pudiera hacer algún sonido que llamara la atención de los hombres.

—Te agradecería que obedecieras a tu tía, Ian —respondió la suave e irónica voz de Jamie por debajo del borde del acantilado—. No quiero que me vueles la cabeza.

Ian bajó la pistola, encorvando los hombros con un suspiro que pudo ser de alivio o desencanto. Las aliagas se estremecieron; al cabo de un momento, Jamie estaba ante nosotros, arrancándose abrojos de la manga del abrigo.

—¿Nadie te ha dicho que no debías venir armado? —Jamie hablaba con calma y apenas una nota de interés académico—. Apuntar con un arma a un funcionario de la Aduana Real es un delito que se castiga con la horca —explicó, volviéndose hacia mí—. Ninguno de los hombres está armado, ni siquiera con un cuchillo de pescador, por si los detienen.

—Bueno, Fergus dice que no me ahorcarían, puesto que aún no me ha salido la barba —explicó Ian, incómodo—. Dice que sólo me deportarían.

Jamie aspiró con los dientes apretados, en un gesto de exasperación.

—Oh, claro. ¡Supongo que para tu madre sería un gran placer enterarse de que te han deportado a las colonias, en caso de que Fergus tuviera razón! —Alargó la mano—. Dame eso, tonto.

Dio vueltas a la pistola en la mano.

—¿De dónde la has sacado? Está amartillada. Ya me parecía que había olido a pólvora. Tienes suerte de no haberte volado los huevos por llevarla así en los pantalones.

Antes de que el joven Ian pudiera responder, señalé hacia el mar:

—¡Mirad!

El barco francés era poco más que una mancha sobre el agua, pero la palidez de sus velas brillaba bajo las estrellas rutilantes. Era un queche de dos mástiles. Se deslizó con suavidad junto al acantilado y se quedó a cierta distancia, tan silencioso como una de las nubes que flotaban tras su silueta. Jamie no le prestó atención; miraba hacia abajo, a un punto en el que la fachada de rocas se deshacía en un tobogán de cantos rodados, justo por encima de la arena. Siguiendo la dirección de su vista distinguí un pequeño punto luminoso: el señor Willoughby con la linterna.

Hubo un breve destello de luz, que centelleó en las rocas mojadas antes de desaparecer. La mano de Ian estaba tensa en mi brazo. Esperamos treinta segundos, conteniendo el aliento. Otro destello iluminó la espuma.

—¿Qué ha sido eso? —pregunté.

—¿Qué? —Jamie miraba ahora hacia el barco.

—En la costa; cuando se ha encendido la luz me ha parecido ver algo semienterrado en la arena. Parecía...

Se produjo un tercer destello. Un momento después, en la nave se encendió una luz a manera de respuesta: una lámpara azul, una mota espectral colgada del palo mayor, que se duplicaba sobre el agua oscura.

Como estaba tan excitada observando el barco, olvidé el destello de lo que parecía un arrugado montón de ropa enterrado de cualquier forma entre la arena. Entonces el movimiento se hizo evidente y un leve chapoteo alcanzó nuestras orejas.

—La marea está subiendo —me susurró Jamie al oído—. Los barriles flotan; la corriente los traerá a la costa en pocos minutos.

Eso resolvía el problema del anclaje: el barco no necesitaba amarrar. Pero ¿cómo se efectuaría el pago? Antes de formular la pregunta oí un grito inesperado. Abajo estalló un verdadero infierno.

De inmediato, Jamie se abrió paso por entre las matas de aliagas, seguido de cerca por Ian y por mí. Era poco lo que se podía ver con claridad, pero en la playa reinaba el caos. Había siluetas oscuras rodando sobre la arena, acompañadas de gritos. Distinguí las palabras: «¡Alto, en nombre del rey!», que me congelaron la sangre.

—¡Policías! —El joven Ian también lo había oído.

Jamie dijo una palabrota en gaélico. Luego echó la cabeza atrás y gritó algo. Su voz resonó con claridad en la playa.

—*Éirich 'illean!* —aulló—. *Suas am bearrach is teich!* —Luego se volvió hacia nosotros—. ¡Marchaos de aquí!

El ruido aumentó de repente cuando el estruendo de las rocas que caían se sumó a los gritos. Entonces una oscura figura escondida entre la aliaga se irguió allá abajo y corrió por la oscuridad. Otra la siguió a pocos metros de distancia.

Desde la playa surgió un grito agudo, tanto que se impuso a los otros ruidos.

—¡Ése es Willoughby! —exclamó Ian—. ¡Dios mío! ¡Lo han atrapado!

Sin prestar atención a Jamie, que nos ordenaba huir, los dos nos adelantamos para espiar entre las aliagas. La lámpara se había caído y estaba destapada proyectando un haz de luz que iluminaba toda la playa, donde se veían las tumbas abiertas en las que se habían enterrado los agentes de aduanas. Había figuras negras bamboleándose y luchando entre los montones de algas. El resplandor difuso de la linterna bastaba para mostrar dos siluetas entrecruzadas; la más pequeña pataleaba desesperadamente mientras la sostenían en vilo.

—¡Iré a buscarlo! —Ian se lanzó hacia delante, hasta que Jamie lo sujetó por el cuello de la camisa.

—¡Haz lo que te he dicho! ¡Lleva a mi esposa donde no corra peligro!

El joven Ian se volvió hacia mí, jadeante, pero yo no pensaba ir a ninguna parte; planté los pies en tierra, resistiéndome a sus tirones. Jamie, sin prestarnos más atención, corrió a lo largo del acantilado y se detuvo a varios metros. Vi con claridad su figura recortada bajo el cielo; luego clavó una rodilla en tierra para afirmar la pistola en el antebrazo, apuntando hacia abajo.

El ruido del disparo se perdió en medio del tumulto. No obstante, el resultado fue espectacular. La linterna estalló en una lluvia de aceite ardiendo, que oscureció de pronto la playa y acalló los gritos.

Unos segundos después, el silencio se quebró con un aullido entre dolorido e indignado. Mis ojos, momentáneamente cegados por el destello de la linterna, se adaptaron a toda velocidad. Entonces vi otro resplandor: la luz de varias llamas pequeñas que parecían subir y bajar de forma errática. Surgían de la manga de un hombre, que saltaba gritando y golpeando en vano el fuego iniciado en sus ropas por el aceite inflamado.

Las matas de aliagas se sacudieron con violencia. Jamie se arrojó pendiente abajo, y desapareció de mi vista.

—¡Jamie!

Incentivado por mi grito, el joven Ian tiró de mí con más fuerza y me alejó del acantilado casi a rastras.

—¡Vamos, tía! ¡En un momento estarán aquí!

Era cierto, ya se oían las voces que se acercaban por la playa; los hombres comenzaban a trepar por las rocas. Me recogí las faldas y eché a correr, siguiendo al muchacho tan deprisa como pude entre las duras hierbas del acantilado.

Ignoraba adónde íbamos, pero el joven Ian parecía saberlo. Se había quitado el abrigo y distinguía con claridad la tela blanca de su camisa a pocos pasos de mí, flotando como un fantasma por entre los matorrales de aliso y los abedules que crecían tierra adentro.

—¿Dónde estamos? —jadeé cuando él aminoró la marcha, en la orilla de un arroyo.

—Ahí delante está el camino de Arbroath —explicó. Respiraba con dificultad y tenía una mancha de lodo en la camisa—. Enseguida la marcha se hará más fácil. ¿Estás bien, tía? ¿Quieres que te lleve en brazos?

Rechacé de buenas maneras su galante ofrecimiento, sabiendo que, sin duda, pesaba tanto como él. Después de quitarme los zapatos y las medias, crucé el arroyo, hundida en el agua hasta las rodillas; el lodo helado se me escurría entre los dedos de los pies. Al salir, temblando espasmódicamente, acepté la chaqueta que Ian me ofrecía. Excitado como estaba y acalorado por el ejercicio, era obvio que no la necesitaría. Yo estaba congelada. No sólo por el agua y la gélida brisa de noviembre, sino debido al miedo de pensar en lo que podría estar pasando detrás de nosotros. Salimos al camino, jadeando y con el viento frío azotándonos la cara.

—¿Alguna señal en el acantilado? —preguntó una grave voz masculina.

Ian se detuvo tan en seco que choqué contra él.

—Todavía no —fue la respuesta—. Me pareció oír algunos gritos por aquel lado, pero luego cambió el viento.

—Bueno, sube otra vez al árbol, idiota —dijo la primera voz con impaciencia—. Si esos hijos de puta escapan de la playa, los atraparemos aquí. Es mejor que la recompensa sea para nosotros y no para esas cucarachas de la costa.

—Hace frío —gruñó la segunda voz—. Aquí, a campo abierto, el viento te roe los huesos. Ojalá nos hubiera tocado la guardia en la abadía. Al menos allí estaríamos abrigados.

El joven Ian me estaba apretando el brazo con tanta fuerza que iba a dejarme moratones. Tiré para liberarme, pero él no prestó atención.

—Sí, pero tendríamos menos posibilidades de atrapar al pez gordo —replicó la primera voz—. ¡Ah, qué no haría yo con cincuenta libras!

—Está bien —dijo la segunda voz, resignada—. Aunque no sé cómo vamos a ver su pelo rojo en la oscuridad.

—Bastará con que los derribemos, Oakie; después habrá tiempo de mirarles la cabeza.

Por fin mis tirones lograron sacar de su trance al joven Ian, que me siguió hacia la vera del camino, entre los matorrales.

—¿A qué se referían con eso de la guardia en la abadía? —interpelé cuando me pareció que los guardias no podrían oírnos—. ¿Sabes algo?

La oscura cabeza del joven Ian se movió de arriba abajo.

—Creo que sí, tía. Tiene que ser la abadía de Arbroath. Ése es el punto de reunión, ¿no?

—¿Qué punto de reunión?

—Por si algo sale mal —explicó él—. Entonces cada uno debe arreglárselas como pueda y encontrarse con los demás en la abadía en cuanto haya pasado el peligro.

—Bueno, las cosas no han podido salir peor —observé—. ¿Qué era lo que ha gritado tu tío cuando han aparecido los de la Aduana?

El joven Ian se volvió un poco tratando de discernir si nos perseguían desde la carretera. Luego volvió su pálida cara ovalada hacia mí.

—Pues ha dicho: «¡Arriba, muchachos! ¡Por el acantilado y a correr!»

—Buen consejo —reconocí secamente—. Si lo han seguido, la mayoría debe de haber escapado.

—Salvo el tío Jamie y el señor Willoughby. —El joven Ian se pasó con gesto nervioso la mano por el pelo, haciéndome pensar en Jamie, y deseé que parara.

—Sí —inspiré hondo—. Bueno, por ahora no hay nada que podamos hacer por ellos. Los otros, en cambio... si van hacia la abadía...

—Sí —me interrumpió—, eso es lo que trataba de decidir. ¿Debo hacer lo que ha dicho el tío Jamie y llevarte a Lallybroch? ¿O tratar de llegar a la abadía para avisar a los demás?

—Ve a la abadía —dije—, tan rápido como puedas.

—Bueno, pero... No me gusta dejarte aquí sola, tía. Y el tío Jamie ha dicho...

—Hay un tiempo para obedecer las órdenes, joven Ian, y un tiempo para pensar por ti mismo —dije con firmeza ignorando el hecho de que, en realidad, era yo quien estaba pensando por él—. ¿Este camino lleva a la abadía?

—Sí. Está apenas a dos kilómetros. —Ya estaba brincando sobre la punta de los pies, deseoso de partir.

—Bien. Ve a la abadía por un atajo. Yo iré por el camino y trataré de distraer a los policías hasta que tú hayas pasado. Nos reuniremos allí. ¡Ah, espera! Es mejor que te pongas la chaqueta.

Me desprendí de ella de mala gana, además de lo poco que me apetecía desprenderme de su calor, tenía la sensación de estar abandonando mi última conexión con una presencia humana amistosa. Cuando el joven Ian se marchara, me quedaría completamente sola en la fría oscuridad de la noche escocesa.

—¿Ian? —Lo cogí del brazo para retenerlo un momento más.

—¿Sí?

—Cuídate. ¿Quieres?

Siguiendo un impulso, me puse de puntillas para darle un beso en la mejilla fría. Arqueó las cejas sorprendido, pero sonrió. Al cabo de un momento desaparecía. Una rama de aliso volvió a su lugar detrás de él.

Hacía mucho frío. El único sonido procedía del susurro del viento por entre los arbustos y el distante murmullo de las olas. Temblando, me ceñí el chal de lana sobre los hombros y volví hacia la carretera.

Me preguntaba si era mejor hacer ruido. De lo contrario podrían atacarme sin previo aviso puesto que los hombres, al oír mis pasos, podrían tomarme por un contrabandista en fuga. Por otra parte, si caminaba tan tranquila y canturreando, para demostrar que era una mujer inofensiva, podrían permanecer ocultos para no delatar su presencia. Y lo que yo deseaba era eso, justamente. Me incliné para coger una piedra del suelo. Luego, sintiendo más frío que nunca, salí al camino y eché a andar sin decir nada.

31

Luna de contrabandistas

El viento mantenía los árboles y las matas en constante agitación, disimulando el ruido de mis pisadas en el camino... y también las de cualquiera que pudiese estar acechándome. Esa noche, apenas quince días después de la fiesta de Samhain, era una de esas noches en las que resulta fácil creer en espíritus malignos.

No fue un espíritu lo que me agarró súbitamente por detrás, plantándome una mano en la boca. Si no hubiera estado preparada para tal eventualidad, me habría desmayado del susto. Aun así el corazón me dio un vuelco y me sacudí entre los brazos de mi captor.

Me había agarrado por la izquierda, sujetándome el brazo contra el costado, y me tapaba la boca con la mano derecha. Pero yo tenía el brazo derecho libre. Le clavé el tacón de mi zapato en la rótula y de inmediato, aprovechando su momentáneo tambaleo, lancé un golpe hacia atrás y le arreé en la cabeza con la piedra que llevaba en la mano.

Fue sólo un roce, pero lo bastante fuerte para arrancarle un gruñido de sorpresa y obligarlo a aflojar su presión. Pataleé y me debatí. En el instante en que retiraba la mano de mi boca, le clavé los dientes en un dedo con tanta fuerza como pude.

«Los músculos maxilares se deslizan por la cresta sagital en la parte superior del cráneo hasta un orificio de la mandíbula —pensé vagamente recordando las descripciones de las clases de anatomía—. Estos músculos confieren a la mandíbula y a los dientes un considerable poder de aplastamiento; de hecho, un ser humano medio es capaz de imprimir una fuerza de 77 kilogramos en un solo mordisco.»

No sé si mis músculos maxilares tenían tanta fuerza como dicen los textos de anatomía, pero sin duda estaban causando efecto. Mi atacante se movía como loco, tratando de liberar el mortal apretón con el que le había inmovilizado el dedo. En el forcejeo tuvo que aflojar la presión y bajarme. En cuanto toqué el suelo con los pies, dejé de morderlo y le apliqué un buen rodillazo en los testículos, con toda la potencia que me permitían las faldas.

Ese tipo de golpes está sobrevalorado como método defensivo. Es decir: da resultados (espectaculares, por cierto), pero maniobrar para asestarlo resulta más difícil de lo que se podría pensar, sobre todo cuando una viste faldas voluminosas. Además, los hombres se protegen mucho esos apéndices y están alerta ante cualquier atentado que se intente contra ellos.

Sin embargo, en este caso mi atacante estaba con la guardia baja y las piernas bien abiertas para no perder el equilibrio; le di de lleno. Emitió un horrible ruido, como un conejo estrangulado, mientras se doblaba en dos.

—¿Eres tú, Sassenach?

Las palabras fueron un susurro en la oscuridad, a mi izquierda. Brinqué como una gacela asustada, y lancé un involuntario alarido. Por segunda vez, una mano me cerró la boca.

—¡Por Dios, Sassenach! —murmuró Jamie a mi oído—. Soy yo.

—Lo sé —dije entre dientes cuando me soltó—. Pero ¿quién es el que me ha sujetado?

—Fergus, supongo. —La amorfa silueta oscura se apartó algunos metros y pareció empujar otra forma que estaba tendida en la carretera gimiendo en silencio—. ¿Eres tú, Fergus? —susurró. Tras recibir una especie de ruido estrangulado a modo de respuesta, se agachó para poner en pie a la segunda silueta.

—¡No habléis! —murmuré—. Un poco más adelante hay policías.

—¿De veras? —respondió Jamie con voz normal—. No parecen tener mucha curiosidad por el ruido que hemos hecho.

Hizo una pausa como si estuviera esperando una respuesta, pero sólo se oyó el leve susurro del viento corriendo entre los alisos. Me puso una mano en el brazo y gritó hacia la noche:

—¡MacLeod! ¡Raeburn!

—Sí, Roy —respondió una voz algo irritada entre la maleza—. Aquí estamos. Innes también. Y Meldrum, ¿no?

—Sí, soy yo.

Arrastrando los pies, hablando en voz baja, salieron otras figuras entre los arbustos.

—Cuatro, cinco, seis —contó Jamie—. ¿Dónde están Hays y los Gordon?

—He visto que Hays se metía en el agua —informó uno de ellos—. Debe de haber dado un rodeo. Supongo que los Gordon y Kennedy han hecho lo mismo. No he oído que los capturaran.

—Me alegro —dijo Jamie—. Bueno, Sassenach, ¿qué era eso de unos policías?

Puesto que Oakie y su compañero no aparecían, comenzaba a sentirme idiota, pero relaté lo que Ian y yo habíamos escuchado.

—¿Sí? —Jamie parecía interesado—. ¿Puedes mantenerte de pie, Fergus? ¿Sí? ¡Buen muchacho! Bueno, conviene ir a echar un vistazo. Meldrum, ¿tienes pedernal?

Pocos segundos después, llevando una pequeña antorcha que luchaba por mantenerse encendida, caminó hacia abajo hasta perderse tras el recodo. Los contrabandistas y yo esperamos en un silencio tenso, listos para correr o acudir en su socorro, pero no había ruidos de emboscada. Tras un tiempo que se nos hizo eterno, la voz de Jamie vino flotando por el camino.

—Venid —dijo con serenidad.

Estaba en medio del camino, cerca de un gran aliso. La luz de la antorcha lo rodeó de un círculo parpadeante y al principio sólo vi a Jamie. Entonces oí un jadeo procedente del hombre que estaba a mi lado y un sofocado sonido de terror del otro. Detrás de su hombro izquierdo se veía otra cara suspendida en el aire, apenas iluminada: una cara horrible, congestionada, negra a la luz de la antorcha, con los ojos desorbitados y la lengua fuera. El pelo, rubio como paja seca, se agitaba al viento. Tuve que ahogar un grito.

—Tenías razón, Sassenach —dijo Jamie—. Había un policía. —Tiró al suelo algo que aterrizó con un ruido seco—. Una credencial. Se llamaba Thomas Oakie. ¿Alguien lo conoce?

—Tal como está ahora, no —murmuró una voz a mi espalda—. ¡No lo reconocería ni su propia madre!

Hubo un murmullo general de negativas y un nervioso arrastrar de pies. Por lo visto, todos tenían tantas ganas como yo de abandonar aquel lugar.

—Está bien. —Jamie detuvo la retirada e hizo un gesto con la cabeza—. Hemos perdido la mercancía, así que no habrá nada que repartir, ¿de acuerdo? ¿Alguien necesita dinero? —Se metió la mano en el bolsillo—. Os puedo dar lo suficiente para que os mantengáis un tiempo, porque dudo que volvamos a trabajar en la costa una temporada.

Uno o dos de los hombres avanzaron reticentes hasta colocarse bajo la luz que colgaba del árbol para recibir su dinero, pero el resto de los contrabandistas desaparecieron en la noche. Pocos minutos después, los únicos que quedábamos éramos Fergus —que seguía pálido, pero ya se sostenía por sus propios medios—, Jamie y yo.

—¡Jesús! —murmuró Fergus contemplando al ahorcado—. ¿Quién habrá hecho eso?

—Lo he hecho yo... Al menos, eso es lo que se dirá, ¿no? —Jamie echó un vistazo hacia arriba—. No nos entretengamos más.

—¿E Ian? —pregunté recordando súbitamente al muchacho—. Fue a la abadía para poneros sobre aviso.

—¿Ah, sí? —La voz de Jamie se tornó más áspera—. Vengo de allá y no me he cruzado con él. ¿Hacia dónde ha ido, Sassenach?

—Hacia allí —señalé.

Fergus emitió un bufido que pudo haber parecido una risa.

—La abadía está en dirección contraria —explicó Jamie, divertido—. Vamos. Lo alcanzaremos cuando se dé cuenta del error e inicie el regreso.

—Esperad —pidió Fergus levantando una mano.

Entre los matorrales se oyó un cauteloso murmullo de hojas; luego, la voz del joven Ian:

—¿Tío Jamie?

—Sí, Ian —dijo el tío secamente—. Soy yo.

El chico emergió de entre los arbustos con hojas en el pelo y los ojos como platos de la excitación.

—He visto la luz y he regresado para ver si la tía Claire estaba bien. No debes estar aquí con esa antorcha, tío. ¡Hay policías en la zona!

Jamie le rodeó los hombros con un brazo para darle la vuelta antes de que pudiera ver el cuerpo del ahorcado en el aliso.

—No te molestes, Ian —dijo sin alterarse—. Se han ido.

Y pasó la antorcha por la hierba mojada, donde se extinguió el fuego con un siseo.

—Vamos —dijo con voz serena en la oscuridad—. El señor Willoughby está algo más allá, con los caballos. Al amanecer estaremos en las Highlands.

SÉPTIMA PARTE

De nuevo en casa

32

El regreso del hijo pródigo

Fueron cuatro días de viaje a caballo, entre Arbroath y Lally-broch, en los que escasearon las conversaciones. Tanto el joven Ian como Jamie estaban preocupados, presumiblemente por distintos motivos. Por mi parte, no dejaba de preguntarme, no sólo por el pasado reciente, sino por el futuro inmediato. Seguro que Ian habría informado a Jenny de mi regreso. ¿Cómo se tomaría mi reaparición?

Jenny Murray era lo más parecido a una hermana que yo había tenido y, sin duda, la amiga más íntima. Dadas las circunstancias de mi vida, la mayor parte de los amigos más cercanos que había tenido durante los últimos quince años habían sido hombres; no había más doctoras, y la separación natural entre enfermeras y médicos evitaba que la relación con otras mujeres que trabajaban en el hospital pasara de meras conocidas. En cuanto a las mujeres relacionadas con el círculo de Frank, las secretarias de departamento y las esposas universitarias...

Pero lo más importante era saber que sólo Jenny amaba a Jamie Fraser tanto o más que yo. Estaba deseosa de volver a verla otra vez, pero no podía dejar de preguntarme cómo habría tomado esa historia de mi supuesta fuga a Francia, abandonando a su hermano.

El camino era tan estrecho que los caballos debían andar uno detrás de otro. Mi yegua detuvo el paso cuando Jamie frenó el suyo y se desvió hacia un claro, medio escondido por las ramas de aliso. En el borde había un barranco de piedra gris cuyas grietas, protuberancias y crestas estaban tan cubiertas de musgo y liquen que parecía el rostro de un anciano salpicado de pelo y verrugas. El joven Ian desmontó de su poni con un suspiro de alivio; llevábamos en la silla de montar desde el amanecer.

—¡Uf! —dijo frotándose el trasero sin disimulo—. Tengo todo el cuerpo entumecido.

—Yo también —confesé imitándolo—. Pero supongo que serán peor las llagas.

Como no estábamos acostumbrados a montar durante tramos tan largos, tanto el joven Ian como yo sufrimos bastante durante los primeros dos días de viaje. En realidad, la primera noche me hallaba tan entumecida que tuve que sufrir la vergüenza de que me bajaran del caballo y dejar que Jamie me llevara en brazos hasta la posada, cosa que pareció divertirle mucho.

—¿Cómo hace tío Jamie para aguantar? —me preguntó Ian—. Debe de tener el trasero de cuero.

—Por lo que yo he visto, no —repliqué distraída—. ¿Adónde ha ido?

El caballo de Jamie mordisqueaba la hierba atado bajo un roble, a un lado del claro, pero de él no había señales.

Ian y yo nos miramos sin comprender; yo me encogí de hombros y me acerqué al barranco, por donde corría un hilo de agua. Ahuequé las manos para beber con gratitud el líquido frío que se deslizó por mi seco gaznate, pese al aire otoñal que me enrojecía las mejillas y me entumecía la nariz.

Pensé que aquel minúsculo claro en la cañada invisible desde la carretera era típico del paisaje de las Highlands. Aquellos acantilados y páramos engañosamente estériles y rigurosos estaban llenos de secretos. Si uno no sabía adónde iba, podía pasar a escasos metros de un ciervo, un urogallo o un hombre escondido, y jamás lo sabría. No era de extrañar que muchos de los hombres que se escondieron entre el brezo después de Culloden consiguieran escapar gracias a su buen conocimiento de los escondites que los ocultarían a los ojos ciegos y los torpes pies de los ingleses.

Cuando volví la espalda al barranco, con la sed ya saciada, choqué con Jamie, que había aparecido allí como por arte de magia. Estaba guardando una caja de yesca en el bolsillo del abrigo y traía en la ropa un vago olor a humo. Dejó caer un palillo quemado a la hierba y lo hizo polvo con el pie.

—¿De dónde sales? —pregunté parpadeando—. ¿Dónde te habías metido?

—Allí hay una pequeña cueva —explicó, señalando hacia atrás con el pulgar—. Sólo quería ver si alguien había estado dentro.

—¿Y...? —Al mirar con atención vi la roca que escondía la entrada de la cueva. Al fundirse con las demás grietas profundas de la roca, la cueva era invisible a menos que uno la estuviera buscando expresamente.

—Sí, hubo alguien. —Tenía el entrecejo fruncido, pero no con aire de preocupación, sino como si estuviera cavilando—.

Encontré carbón mezclado con la tierra; alguien había encendido fuego dentro.

—¿Quién puede haber sido? —pregunté, asomando la cabeza por el saliente que ocultaba la boca de la cueva. Sólo vi una estrecha franja de oscuridad, una grieta en la faz de la montaña. Me pareció muy poco acogedora.

¿Algún contrabandista conocido suyo podía haberlo seguido desde la costa hasta Lallybroch? ¿Estaría preocupado por la posibilidad de una persecución o una emboscada? Eché un vistazo por encima del hombro, pero no había nada salvo los alisos con las hojas secas susurrando bajo el viento otoñal.

—No sé —dijo con aire distraído—. Un cazador, supongo. He encontrado también huesos de aves silvestres.

No parecía preocupado por la identidad del desconocido y me relajé dejándome rodear de la sensación de seguridad que proporcionaban las Highlands. Se diría que tanto Edimburgo como la cala de los contrabandistas habían quedado muy lejos.

El joven Ian, fascinado por la cueva invisible, había desaparecido a través de la grieta. Por fin salió, quitándose una telaraña del pelo.

—¿Es como la Jaula de Cluny, tío? —preguntó con los ojos relucientes.

—No tan grande, Ian —respondió Jamie con una sonrisa—. El pobre Cluny no podría pasar por esta entrada. Era un hombre muy fornido; me doblaba en anchura. —Se tocó el pecho con tristeza. Se le había soltado un botón al meterse por la estrecha entrada de la cueva.

—¿Qué es la Jaula de Cluny? —pregunté, limpiándome las últimas gotas de agua helada de las manos y metiéndomelas bajo las axilas para calentarlas.

—Se trata de Cluny MacPherson —explicó Jamie al tiempo que se inclinaba para salpicarse la cara con agua helada. Levantó la cabeza, parpadeó para desprenderse de las gotas que habían quedado enredadas en sus pestañas y me sonrió—. Un hombre muy ingenioso. Los ingleses quemaron su casa y derribaron los cimientos, pero él escapó. Se construyó un pequeño escondrijo en una caverna cercana y cerró la entrada con ramas de sauce entretejidas y enganchadas con barro. Se dice que a un metro de distancia no tenías ni idea de que la cueva estuviera allí, a no ser por el olor de su pipa.

—El príncipe Carlos también estuvo un tiempo allí, cuando lo perseguían los ingleses —me informó el joven Ian—. Cluny lo escondió varios días. Los malnacidos de los ingleses lo buscaron por todas partes, pero jamás llegaron a encontrar a Su Alteza, ¡ni tampoco a Cluny! —concluyó con considerable satisfacción.

—Ven a lavarte, Ian —ordenó el tío con un deje de aspereza que le arrancó un parpadeo al joven Ian—. No puedes presentarte ante tus padres cubierto de mugre.

El chico suspiró, pero obedeció y agachó la cabeza sobre el riachuelo de agua. Se lavó la cara entre balbuceos y jadeos. No se podía decir que estuviera cubierto de mugre, pero tenía en la cara las huellas innegables del viaje.

Me volví hacia Jamie, que contemplaba las abluciones de su sobrino con aire distraído. Me pregunté si estaría pensando en el incómodo encuentro que nos aguardaba en Lallybroch, o si estaría recordando Edimburgo y los ardientes restos de su imprenta y el cadáver del sótano del burdel. O quizá sus pensamientos se remontaran más todavía y estuviera rememorando a Carlos Eduardo Estuardo y los días del Alzamiento.

—¿Qué les cuentas sobre él a tus sobrinos? —pregunté en voz baja por debajo de los resoplidos de Ian—. Sobre Carlos.

Jamie me lanzó una mirada aguda. Había acertado. Su mirada se tornó más cálida y la aparición de una sonrisa confirmó mis deducciones, pero entonces la calidez y la sonrisa desaparecieron de golpe.

—Nunca hablo de él —dijo igual de bajito. Y se volvió hacia los caballos.

Tres horas después dejamos atrás los últimos desfiladeros ventosos y nos encontramos en la pendiente final que descendía hacia Lallybroch. Jamie, que iba a la vanguardia, frenó su caballo para esperar a que Ian y yo lo alcanzáramos.

—Ahí está —dijo, y me miró sonriendo y con una ceja alzada—. Muy cambiada, ¿no?

Negué con la cabeza, embelesada. Desde lejos, se diría que la casa no había sufrido ningún cambio. Erigida en piedra blanca, sus tres pisos brillaban inmaculados entre los anexos y la extensión de campos marrones con sus acequias de piedra. Sobre la pequeña colina que se levantaba tras la casa, se alzaban los restos de la antigua *broch*, la torre de piedra circular que le daba nombre a aquel lugar.

Sin embargo, al mirar mejor vi que las construcciones exteriores estaban algo alteradas. Jamie me había contado que, el año siguiente a Culloden, la soldadesca inglesa había quemado el palomar y la capilla; detecté los espacios vacíos donde se erguían antes. Una parte del cerco se había derrumbado y estaba reconstruido con piedra de diferente color; también vi un cobertizo nuevo que, obviamente, cumplía funciones de palomar a juzgar por la hilera de plumíferos animales alineados sobre el árbol del tejado disfrutando del sol de otoño.

El rosal que había plantado Ellen, la madre de Jamie, había crecido hasta convertirse en una maraña de ramas pegadas a la pared de la casa que estaba perdiendo ya sus últimas hojas.

Una voluta de humo se elevaba desde la chimenea del lado oeste, y el viento del mar la llevaba hacia el sur. Súbitamente imaginé el fuego encendido en el hogar de la sala: se reflejaba en la cara de Jenny, que leía en voz alta una novela o un libro de poesía mientras Jamie e Ian, absortos en una partida de ajedrez, la escuchaban a medias. Cuántas veladas habríamos compartido de ese modo mientras los niños dormían en sus camas del piso de arriba y yo pasaba el rato sentada ante el escritorio de palisandro escribiendo recetas de medicinas o haciendo alguna de las inacabables tareas domésticas.

—¿Crees que volveremos a vivir aquí? —pregunté a Jamie cuidando de que mi voz no expresara nostalgia. La casa de Lallybroch había sido el único lugar que había considerado mi hogar, pero de eso hacía ya muchos años, y desde entonces habían cambiado muchas cosas.

Jamie guardó silencio un buen rato mientras pensaba. Por fin meneó la cabeza al tiempo que cogía las riendas.

—No te lo puedo decir, Sassenach —respondió él—. Sería grato, pero... no sé cómo estarán las cosas, ¿comprendes? —Contemplaba la casa con una pequeña arruga en la frente.

—No importa. Si vivimos en Edimburgo... o en Francia, me da igual, Jamie. —Levanté la cabeza para mirarlo y le toqué la mano para reconfortarlo—. Mientras estemos juntos.

Su expresión vagamente preocupada desapareció un momento. Me tomó la mano para llevársela a los labios.

—A mí tampoco me importa mucho, Sassenach, mientras te tenga conmigo.

Nos miramos a los ojos hasta que una tos forzada nos anunció la presencia de Ian. Cuidadoso hasta el extremo de nuestra privacidad, había sido embarazosamente cauto desde que salimos de Edimburgo. Siempre que acampábamos caminaba un buen trecho por entre el brezo en busca de un lugar alejado y se tomaba muchas molestias para no sorprendernos sin previo aviso durante algún abrazo indiscreto.

Jamie, sonrió y me estrechó la mano antes de soltarla para volverse hacia su sobrino.

—Casi hemos llegado, Ian —dijo mientras el muchacho sofrenaba el poni junto a nosotros—. Si no llueve, estaremos allí mucho antes de la cena —añadió entornando los ojos por debajo de su mano mientras valoraba las nubes que se deslizaban por las montañas de Monadhliath.

—Hum... —El jovencito no parecía alegrarse mucho por la perspectiva. Le dirigí una mirada solidaria.

—El hogar es el sitio donde, cuando debes volver, están obligados a recibirte —cité.

El joven Ian me lanzó una mirada astuta.

—Sí, eso es lo que temo, tía.

Jamie escuchó nuestra conversación, miró al joven Ian y parpadeó con solemnidad, ésa era su versión de un guiño alentador.

—No te aflijas, Ian. Recuerda la parábola del hijo pródigo, ¿eh? Tu madre se alegrará de verte sano y salvo.

El joven Ian le arrojó una mirada de profunda desilusión.

—Si crees que es un ternero cebado lo que van a matar, tío Jamie, no conoces a mi madre tan bien como piensas.

Se mordisqueó el labio inferior y se irguió en la silla con un profundo suspiro.

—Mejor terminar de una vez, ¿no? —dijo.

Mientras él descendía cautelosamente la cuesta pedregosa, pregunté a Jamie:

—¿Crees que sus padres serán muy duros con él?

Mi esposo se encogió de hombros.

—Bueno, seguro que lo perdonarán, pero antes se llevará una buena bronca y le curtirán bien el trasero. Puedo darme por afortunado si no me hacen a mí lo mismo —añadió con ironía—. Me temo que Jenny e Ian tampoco estarán muy contentos conmigo.

Picó espuelas a su montura y echó a andar cuesta abajo.

—Vamos, Sassenach. Mejor terminar de una vez, ¿no?

No sabía qué clase de recepción me esperaba en Lallybroch, pero resultó tranquilizadora. Como ocurría siempre que llegábamos, fueron los perros quienes anunciaron nuestra presencia:

corrieron por entre los setos, cruzaron el campo y el jardín y nos ladraron, primero alarmados y luego con alegría.

El joven Ian dejó caer las riendas, desmontó entre un peludo mar de bienvenida y se agachó para abrazar a los perros que saltaban a su alrededor y le lamían la cara. Se levantó sonriendo y se acercó, trayéndome en los brazos un cachorro.

—Éste es *Jocky* —anunció mostrando en alto el cachorro pardo y blanco—. Es mío. Papá me lo regaló.

—Bonito perrito —dije rascando sus orejas caídas. El perro ladró y se retorció eufórico tratando de lamernos a mí y a Ian al mismo tiempo.

—Te estás llenando de pelos, Ian —señaló una voz clara y aguda con marcado tono de reproche.

Dejé de mirar al perro y levanté los ojos para ver a una muchacha alta y delgada, de unos diecisiete años, sentada a la vera del camino.

—Bueno, tú te estás llenando de carriceras —replicó el joven Ian, volviéndose bruscamente hacia ella.

La chica agitó un montón de rizos castaños y se sacudió la falda, que realmente estaba llena de espigas pegadas a la tela tejida en casa.

—Papá dice que no mereces tener un perro —comentó—. ¡Mira que fugarte y dejarlo así!

Él se puso a la defensiva.

—Quería llevármelo —dijo con voz titubeante—, pero me pareció que en la ciudad no estaría seguro. —Abrazó al perro con más fuerza y apoyó la barbilla entre sus orejas peludas—. Ha crecido un poco. ¿Ha comido bien?

—Acércate a saludarnos, pequeña Janet, sé buena —dijo Jamie con simpatía, pero también con una nota cínica que hizo que la chica nos mirara con aspereza y se ruborizara.

—¡Tío Jamie! Ah, y también... —Desvió la mirada hacia mí y agachó la cabeza sonrojándose con mayor intensidad.

—Sí, ella es tu tía Claire. —Jamie me agarró del codo con firmeza mientras asentía en dirección a la chica—. Janet aún no había nacido la última vez que viniste, Sassenach. —Luego, dirigiéndose a Janet—: Supongo que tu madre está en casa.

La muchacha asintió sin apartar los ojos fascinados de mi cara. Yo me bajé del caballo y le tendí la mano sonriendo.

—Encantada de conocerte —saludé.

Me miró fijamente un momento más y, tras recordar de pronto los buenos modales, dobló las rodillas en una reverencia. Luego se incorporó y me estrechó la mano con cautela, como temerosa de que yo me esfumara entre sus dedos. Yo estreché la suya y pareció tranquilizarse al descubrir que era de carne y hueso.

—Es... un placer, señora —murmuró.

—¿Mamá y papá están muy enfadados, Jen?

El joven Ian depositó suavemente al cachorro en el suelo junto a sus pies rompiendo su ensimismamiento. La chica miró a su hermano pequeño con una expresión de impaciencia teñida de cierta lástima.

—¿Y cómo quieres que estén, idiota? Mamá temía que te hubieras topado en el bosque con algún jabalí o que te hubieran secuestrado los gitanos. No pudo dormir hasta que averiguaron adónde habías ido —añadió frunciéndole el ceño a su hermano.

Ian apretó los labios y bajó la vista al suelo, pero no contestó.

La muchacha se acercó y, con gesto desaprobador, le quitó las húmedas hojas amarillas que se le habían quedado pegadas al abrigo. A pesar de que la chica era alta, su hermano le sacaba por lo menos quince centímetros. La desgarbada y enjuta figura de Ian contrastaba al lado de su esbelta hermana, y el parecido entre ambos se limitaba a la profunda oscuridad de su pelo y cierta similitud en sus expresiones.

—Estás horroroso, Ian. ¿Has dormido vestido?

—Por supuesto —replicó impaciente—. ¿Acaso piensas que me fugué con una camisa de dormir y que me la ponía todos los días para dormir a la intemperie?

Janet se rió al imaginarlo. La expresión fastidiada del muchacho se alivió un poco.

—Oh, bueno, ven —dijo ella, compadecida—. Acompáñame al fregadero, a ver si podemos cepillarte y peinarte antes de que papá y mamá te vean.

El chico la fulminó con la mirada y luego se volvió hacia mí con una expresión perpleja y enojada.

—¿Por qué a todos se les ocurre que estar limpio servirá de algo? —preguntó; la tensión le quebraba la voz.

Jamie desmontó muy sonriente y le dio una palmada en el hombro levantando una pequeña nube de polvo.

—Al menos no empeorará las cosas, Ian. Ve con tu hermana. Quizá sea mejor que tus padres no tengan que enfrentarse a muchas cosas al mismo tiempo. Y antes que nada querrán ver a tu tía.

—Hum... —Con un gesto de asentimiento, el chico marchó de mala gana hacia la parte trasera de la casa, seguido por su decidida hermana.

—¿Qué has comido? —la oí preguntar mirándolo con los ojos entornados mientras caminaban—. Tienes una gran mancha de mugre alrededor de la boca.

—¡No es mugre, es barba! —siseó furioso entre dientes apresurándose a mirar hacia atrás para ver si Jamie y yo habíamos oído la conversación.

Su hermana se quedó de piedra y lo miró con atención.

—¿Barba? —exclamó incrédula—. ¿Tú?

—¡Vamos! —Asiéndola por el codo, el joven Ian se la llevó hacia el patio, con los hombros curvados por la timidez.

Jamie apoyó la cabeza en mi muslo, escondiendo la cara en mis faldas. Si le veía alguien que no se fijara mucho, pensaría que estaba desabrochando las alforjas, y no advertiría que tenía los hombros estremecidos por una carcajada muda.

—No hay problema, ya se han ido —dije, medio sofocada por el esfuerzo de contener la risa.

Jamie levantó la cara enrojecida de mi falda. Se había quedado sin aliento y utilizó la tela para limpiarse los ojos.

—«¿Barba? ¿Tú?» —graznó en una imitación de su sobrina, haciéndonos reír a los dos de nuevo. Negó con la cabeza tratando de coger aire—. ¡Es igual que su madre, Dios mío! Eso fue justamente lo que me dijo Jenny, con la misma voz, cuando me sorprendió afeitándome por primera vez. Estuve a punto de cortarme el cuello.

Se volvió a limpiar los ojos con el reverso de la mano y se frotó con suavidad la gruesa y suave barba incipiente que le ensombrecía la mandíbula con una bruma castaña.

—¿Quieres ir a afeitarte antes de saludar a Jenny e Ian? —pregunté.

Él negó con la cabeza.

—No —dijo mientras se alisaba el pelo que se le había escapado del lazo hacia atrás—. El joven Ian tiene razón: la limpieza no servirá de nada.

Probablemente habían oído a los perros. Al entrar encontramos a Ian y Jenny en la sala: ella, en el sofá, tejiendo calcetines de lana; él, en pie ante el fuego con un abrigo marrón y pantalones, calentándose la pierna. Había una bandeja de tortas y una botella de cerveza casera, a todas luces preparada para recibirnos.

Era una escena muy acogedora, que me borró el cansancio del viaje en cuanto entramos en la estancia. Ian se volvió de inmediato hacia nosotros, sonriendo con timidez. Pero era Jenny la que me interesaba.

Ella también me estaba mirando, inmóvil en el sofá, con los ojos dilatados vueltos hacia la puerta. Mi primera impresión fue que había cambiado mucho; la segunda, que no había cambiado en absoluto. Seguía teniendo los mismos rizos negros, espesos y vivaces, pero habían palidecido veteados por una profunda e intensa franja plateada. Sus huesos también eran los mismos, los amplios pómulos, esa recia mandíbula y la larga nariz que compartía con Jamie. Fueron la parpadeante luz del fuego y las sombras de la tarde las que me dieron la extraña impresión de cambio. Tan pronto acentuaban las arrugas que le rodeaban los ojos y la boca hasta hacerla parecer una anciana, como las borraban por completo y la cubrían del rubicundo brillo de la juventud, como una de esas imágenes en tres dimensiones que hay en las cajas de galletas.

Al verme por primera vez en el burdel, Ian había actuado como si yo fuera un fantasma. Jenny hizo más o menos lo mismo. Parpadeando con la boca entreabierta, me miró sin cambiar de expresión mientras yo cruzaba la habitación hacia ella.

Jamie me seguía cogiéndome por el codo. Me lo estrechó un poco cuando llegué al sofá y luego me soltó. Me sentí como si me estuvieran presentando ante la corte y tuve que esforzarme para no hacer una reverencia.

—Hemos llegado, Jenny —dijo apoyándome una mano reconfortante en la espalda.

Ella miró a su hermano y luego se volvió para observarme.

—¿Eres tú, Claire? —Su voz era suave y vacilante. Aunque familiar, no parecía la voz fuerte de la mujer que yo recordaba.

—Soy yo, sí. —Le alargué las manos con una sonrisa—. Me alegro de volver a verte, Jenny.

Me cogió las manos con dedos ligeros. Luego me las estrechó y se puso de pie.

—¡Por Dios, sí que eres tú! —musitó, algo sofocada.

De pronto volví a ver a la Jenny que conocía: con sus vivos ojos azul oscuro, inspeccionando mi cara con curiosidad.

—Claro que es ella —gruñó Jamie—. Ian debe de habértelo contado. ¿O creías que te había mentido?

—Apenas has cambiado —comentó ella sin prestar atención a su hermano mientras me tocaba la cara, perpleja—. Tienes el pelo algo más claro, ¡pero estás igual, por Dios bendito!

Tenía los dedos fríos y las manos le olían a hierbas y mermelada de grosella, y desprendían el ligero aroma del amoníaco y la lanolina de la lana teñida que estaba tejiendo. El olvidado olor de la lana me lo devolvió todo de golpe: tantísimos recuerdos de ese lugar y la felicidad de los días que viví allí; se me llenaron los ojos de lágrimas.

Ella, al notarlo, me abrazó con fuerza, apoyando su pelo suave en mi cara. Al cabo de un momento me soltó para dar un paso atrás, casi riendo.

—¡Por Dios, si hasta tu olor es el mismo! —exclamó.

Yo también estallé en risas.

Ian, que se había acercado, se inclinó para abrazarme con delicadeza y me dio un leve beso en la mejilla. Olía un poco a heno seco, hojas de col y una capa de aroma a humo de turba que destacaba por encima de su intenso olor almizclado.

—Es una alegría volver a verte, Claire. —Sus suaves ojos pardos me sonreían; la sensación de bienvenida se acentuó. Se retiró con cierta incomodidad y esbozó una sonrisa—. ¿Queréis comer algo? —invitó, señalando la bandeja.

Yo vacilé un instante, pero Jamie avanzó con celeridad.

—No me vendría mal un trago, Ian. Gracias. ¿Te sirvo algo, Claire?

Llenaron las copas, pasaron los bizcochos y nos sentamos alrededor del fuego, murmurando cumplidos con la boca llena. A pesar de la cordialidad exterior, yo era plenamente consciente de la tensión subyacente, que no tenía sólo que ver con mi repentina aparición. Jamie, sentado junto a mí en la poltrona de roble, apenas probó su cerveza y dejó la torta de avena entera sobre la rodilla. Por lo visto, no había aceptado el refrigerio por hambre, sino para disimular que ni su hermana ni su cuñado lo habían recibido con un abrazo cordial.

Sorprendí un rápido cruce de miradas entre los esposos; luego Jenny intercambió con Jamie otra más larga e insondable. Dado que allí era una extraña en más de un sentido, mantuve la mirada gacha y observé la escena por entre las pestañas. Jamie estaba sentado a mi izquierda y sentí el minúsculo movimiento que se produjo entre nosotros cuando los dos rígidos dedos tamborilearon su pequeño tatuaje contra su muslo.

La conversación, la poca que había, fue muriendo hasta dejar en el cuarto un silencio tremendamente incómodo. A pesar del débil siseo del fuego, podía oír algunos golpes distantes procedentes de la cocina, pero no tenían nada que ver con los sonidos que recordaba de aquella casa, siempre en continua actividad y ajetreo, constantes pasos en la escalera, gritos de niños y llantos de bebés resonando en la habitación infantil del piso de arriba.

—¿Cómo están tus hijos? —pregunté a Jenny para romper el silencio.

Al ver que daba un respingo, comprendí que, inadvertidamente, había hecho la pregunta menos adecuada.

—Oh, bastante bien —replicó con aire vacilante—. Todos muy guapos. Y los nietos también —añadió con una súbita sonrisa al pensar en ellos.

—Casi todos están en casa del joven Jamie —intervino Ian como respuesta a mi verdadera pregunta—. La semana pasada su esposa tuvo otro hijo, así que las tres niñas han ido a ayudar un poco. Y Michael ha ido a Inverness a buscar algunas cosas que vienen de Francia.

Hubo otro intercambio de miradas, esta vez entre Ian y Jamie. Detecté una leve inclinación de cabeza por parte de mi esposo y algo en Ian que no llegó a ser un gesto afirmativo. «¿Qué diablos pasa aquí?», me pregunté. Había tantas corrientes de emociones en aquella habitación que sentí el repentino impulso de levantarme y llamarlos al orden, sólo por romper la tensión.

Por lo visto Jamie sintió lo mismo, porque carraspeó, mirando directamente a su cuñado, y abordó el punto principal de la agenda:

—Hemos traído al chico.

Ian inspiró hondo; su cara larga y sencilla se endureció un poco.

—¿De verdad?

La fina capa de cordialidad que había generado la ocasión se esfumó de repente como el rocío de la mañana.

Sentí que Jamie, a mi lado, se ponía algo tenso, preparándose para defender a su sobrino como pudiera.

—Es un buen muchacho, Ian.

—¿De verdad? —Esta vez fue Jenny quien lo dijo arrugando sus finas cejas negras—. Por el modo en que actúa en casa, nadie lo diría. Pero tal vez contigo se comporte de otro modo, Jamie.

En sus palabras había una fuerte nota de acusación y noté que Jamie se tensaba a mi lado.

—Te agradezco que defiendas al chico, Jamie —intervino Ian asintiendo con frialdad hacia su cuñado—, pero sería mejor hablar con él. ¿Está arriba?

Jamie apretó un poco los dientes, pero respondió sin comprometerse:

—En el fregadero, supongo; quería lavarse un poco antes de veros.

Bajó la mano derecha y la presionó contra mi muslo en señal de advertencia. No había mencionado que habíamos visto a Janet y lo entendí enseguida: a ella también la habían mandado con el resto de sus hermanos para que Jenny e Ian pudieran enfrentarse a mi reaparición y al retorno de su hijo pródigo con cierta intimidad. Pero la muchacha había vuelto sin que sus padres se dieran cuenta. Puede que lo hiciera para poder ver a su famosa tía Claire o para echarle una mano a su hermano.

Bajé los párpados para darle a entender que lo había comprendido. No tenía ningún sentido mencionar a la chica en una situación tan tensa.

En el pasillo sin alfombra resonó el golpeteo irregular de la pata de palo: Ian iba hacia el fregadero. Volvió ceñudo, precedido por el muchacho. El hijo pródigo estaba tan presentable como lo permitía el uso de jabón, agua y navaja de afeitar. El afeitado le había enrojecido las huesudas mandíbulas y tenía el pelo de la nuca mojado. Había conseguido sacudirse la mayor parte del polvo que traía pegado al abrigo, y se había botonado la camisa hasta el cuello. Poco podía hacer con la mitad de la cara que se le había chamuscado en el incendio, pero la otra mitad la llevaba muy bien peinada. No traía nada y se le habían roto los pantalones, pero teniendo en cuenta la situación, su aspecto era tan presentable como cabría esperar en un hombre que está aguardando a que lo fusilen.

—Mamá —saludó inclinando torpemente la cabeza hacia su madre.

—Ian —respondió ella con suavidad. El tono gentil hizo que el muchacho levantara la vista, a todas luces sorprendido. Lo miró con una leve sonrisa—. Me alegro de tenerte en casa, sano y salvo, *mo chridhe.*

La expresión del chico se despejó como si le hubieran leído el indulto frente al pelotón de fusilamiento. Luego echó un vistazo a su padre y se puso rígido, tragando saliva con fuerza. Agachó de nuevo la cabeza y se quedó mirando fijamente el suelo de madera.

—¡Hum! —carraspeó Ian con un aire de escocés severo que me recordó más al reverendo Campbell que al hombre relajado que conocía—. Bien, quiero escuchar tus explicaciones, jovencito.

—Oh, bueno... yo... —El joven Ian enmudeció. Luego hizo otro intento—. Bueno... no hay ninguna, padre.

—¡Mírame! —exclamó Ian con aspereza. El hijo levantó la cabeza de mala gana y miró a su padre rehuyéndole la mirada como si temiera mirar demasiado tiempo el serio rostro que tenía delante—. ¿Sabes lo que le has hecho a tu madre? Desapareces y la dejas pensando que podías estar herido o muerto. ¡Te marchas así, sin decir una palabra, sin dar señales de vida durante tres días, hasta que Joe Fraser nos trajo tu carta! ¿Imaginas siquiera lo que fueron para ella esos tres días?

La expresión de Ian (o sus palabras) parecieron causar un fuerte efecto en su vástago, que clavó la mirada en el suelo.

—Bueno, no pensé que Joe tardaría tanto en traer la carta —murmuró.

—¡La carta, sí! —Ian enrojecía cada vez más—. «Me voy a Edimburgo», así, fríamente. —Descargó en la mesa un golpe que hizo saltar a todos—. «¡Me voy a Edimburgo!» ¡Ya está! ¡Nada de «con vuestro permiso» u «os enviaré noticias»... ! ¡Ni siquiera «Querida madre: Me he ido a Edimburgo, Ian»!

El chico levantó bruscamente la cabeza, con los ojos brillantes de irritación.

—¡Eso no es verdad! Decía: «No os preocupéis por mí» y «Abrazos, Ian». ¡Es la verdad! ¿No es cierto, madre? —Por primera vez miró a Jenny con gesto implorante.

Ella estaba quieta como una piedra desde que su marido había empezado a hablar, con la cara inexpresiva. En aquel momento sus ojos se ablandaron y el susurro de una sonrisa asomó a sus largos y carnosos labios de nuevo.

—Es cierto, Ian —reconoció con dulzura—. Fuiste amable... pero lo cierto es que me preocupé.

El chico volvió a bajar la vista, y pude ver la enorme nuez balanceándose en su garganta cuando tragó saliva.

—Lo siento, mamá —dijo el chico en voz tan baja que apenas se oyó—. No... no era mi intención... —Terminó la frase con un pequeño encogimiento de hombros.

Jenny hizo un movimiento impulsivo como para alargar la mano hacia él, pero el esposo la miró a los ojos y ella la volvió a dejar en el regazo.

—La verdad es —dijo Ian padre hablando despacio y con precisión—, que ésta no ha sido la primera vez, ¿verdad, Ian?

El muchacho no respondió, pero hizo un pequeño gesto que podía tomarse como de asentimiento. Ian dio un paso en dirección a su hijo. A pesar de tener una altura similar, las diferencias entre ellos eran evidentes. Ian era alto y delgado, pero tenía unos músculos fibrosos, era un hombre poderoso a pesar de la pata de palo. En comparación, su hijo parecía casi frágil, un polluelo desgarbado.

—No puedes decir que no sabías lo que estabas haciendo, que nunca te explicamos los peligros, que no te prohibimos ir más allá de Broch Mordha. Tampoco ignorabas que nos preocuparíamos, ¿verdad? Sabías todo eso... y aun así te fuiste.

El despiadado análisis de su comportamiento provocó una especie de temblor indefinido, como un retortijón interno que recorrió al joven Ian, pero guardó un terco silencio.

—¡Te estoy hablando, hijo! ¡Mírame!

El chico levantó lentamente la cabeza. Ahora estaba ceñudo, pero resignado; al parecer ya había pasado por escenas similares y sabía cómo terminaban.

—Ni siquiera voy a preguntar a tu tío qué has estado haciendo. Sólo espero que en Edimburgo no te hayas comportado del mismo modo que aquí. De todas formas, me has desobedecido y has destrozado el corazón de tu madre.

Jenny se movió otra vez como si quisiera hablar, pero Ian la hizo callar con un gesto brusco.

—¿Y qué te dije la última vez? ¿Qué te dije después de los azotes? ¡Respóndeme, Ian!

Los huesos del rostro del joven Ian acentuaron su silueta, pero el chico guardó silencio apretando los labios con obstinación.

—¡Contéstame! —rugió Ian, dando otro manotazo sobre la mesa.

El joven Ian parpadeó sobresaltado y unió los omóplatos para luego separarlos, como si estuviera tratando de alterar su tamaño y no supiera si prefería aumentarlo o encogerlo. Tragó saliva con dificultad y parpadeó de nuevo.

—Dijiste... dijiste que la próxima vez me desollarías. —Terminó la frase haciendo un gallo y cerró la boca apretándola con fuerza.

Ian negó con la cabeza con intensa desaprobación.

—Sí. Supuse que tendrías el tino de cuidar que no hubiera una próxima vez, pero me equivoqué, ¿no? —Inspiró hondo con fuerza y soltó el aire resoplando—. Estoy muy disgustado contigo, Ian. Ésa es la verdad. —Señaló la puerta con un ademán de la cabeza—. Ve fuera. Espérame junto al portón.

• • •

Los pasos arrastrados del pecador se perdieron por el pasillo, dejando en la sala un tenso silencio. Yo me esforcé por seguir clavando los ojos en mis manos, que tenía sobre el regazo. Junto a mí, Jamie suspiró despacio y se enderezó preparándose.

—Ian —le dijo suavemente a su cuñado—, me gustaría que no hicieras eso.

—¿Qué? —Ian volvió hacia su cuñado la frente arrugada por la ira—. ¿Que no lo azote? ¿Y qué tienes tú que decir al respecto?

Jamie apretó los dientes, pero mantuvo la voz serena.

—No tengo nada que decir, Ian. Es tu hijo y puedes hacer lo que te parezca. Pero ¿no me permitirás explicar lo que ha hecho?

—¿Qué ha hecho? —exclamó Jenny volviendo súbitamente a la vida. Podía dejar que su esposo se ocupara del joven Ian, pero tratándose de su hermano nadie hablaría por ella—. ¿Escapar en medio de la noche como los ladrones? ¿O quizá te refieres a tratar con delincuentes y arriesgar el pellejo por un barril de coñac?

Ian la hizo callar con un gesto rápido. Vaciló un momento sin dejar de fruncir el ceño, pero luego asintió con brusquedad en dirección a Jamie dándole su permiso para hablar.

—¿Tratar con delincuentes como yo? —preguntó Jamie a su hermana con voz ofendida. La miró directamente a los ojos, el mismo tono de azul—. ¿Sabes de dónde sale el dinero para mantener a toda esta familia, Jenny, el que os da de comer a ti y a tus hijos y evita que el techo se os desplome sobre la cabeza? ¡No es de los salmos que imprimo en Edimburgo!

—¿Crees que no lo sé? —le espetó ella—. ¿Alguna vez te he preguntado lo que hacías?

—No, no lo has preguntado —espetó—. Creo que preferías no saberlo. Pero lo sabes, ¿no?

—¿Y me culpas a mí por lo que haces? ¿Es culpa mía tener hijos que necesitan comer?

Jenny no enrojecía como Jamie: cuando perdía los estribos se ponía blanca de furia. Vi que él se esforzaba por dominar su genio.

—¿Culparte? No, por supuesto que no. Pero ¿tienes derecho a culparme de que Ian y yo no podamos mantenerlos a todos trabajando estas tierras?

Jenny también estaba haciendo un esfuerzo por dominarse.

—No —dijo—. Haces lo que puedes, Jamie. Sabes muy bien que no me refería a ti al hablar de delincuentes, pero...

—Entonces te referías a los hombres que empleo. Yo hago lo mismo que ellos, Jenny. Si ellos son delincuentes, ¿qué soy yo? —La fulminó con la mirada con los ojos cargados de resentimiento.

—Mi hermano —respondió ella rápidamente—, aunque a veces no me complazca mucho decirlo. ¡Maldito seas, Jamie Fraser! ¡Sabes muy bien que no quiero pelear contigo por lo que haces! Si fueras asaltante de caminos o dueño de un prostíbulo en Edimburgo, sería porque no hay otro remedio. Pero no por eso quiero que mi hijo participe.

Ante la mención de los prostíbulos, Jamie entornó los ojos y echó a su cuñado una rápida mirada de acusación. El otro negó con la cabeza, estupefacto por la ferocidad de su esposa.

—No le dije nada —aclaró—. Ya sabes cómo es ella.

Jamie inspiró hondo y se volvió hacia Jenny con evidente intención de mostrarse razonable.

—Sí, comprendo. Pero bien sabes que no pondría a tu hijo en peligro, Jenny. ¡Por Dios, si lo quiero como si fuera hijo mío!

—¿Sí? —inquirió con escepticismo—. ¿Por eso lo alentaste a escapar de casa y lo tuviste contigo sin hacernos llegar una sola palabra para tranquilizarnos?

Jamie tuvo la decencia de mostrarse avergonzado.

—Bueno, sí, lo siento. Mi intención era... —Se interrumpió con un gesto de impaciencia—. Bueno, eso no importa. No os avisé, es cierto. Pero en cuanto a alentarlo para que huyera...

—No, no creo que hayas hecho eso —intervino Ian—, al menos directamente.

La ira había desaparecido de su expresión. En ese momento se le veía cansado y un poco triste. Los huesos de su cara parecían más pronunciados y la tenue luz de la tarde acentuaba las hendiduras de sus mejillas.

—Es que ese chico te adora, Jamie —dijo con suavidad—. Veo cómo te escucha cuando vienes de visita y cómo habla de lo que tú haces; lo veo en su cara. Tu manera de vivir le parece una gran aventura, muy distinta a remover estiércol para la huerta de su madre.

Sonrió brevemente contra su voluntad. Jamie imitó su gesto, encogiéndose de hombros.

—Bueno, es normal que los chicos de esa edad quieran un poco de aventura. Tú y yo también éramos así.

—No importa lo que quiera. El tipo de aventuras que puede correr contigo no le conviene —lo interrumpió Jenny con aspereza. Negó con la cabeza y frunció el ceño con más intensidad al mirar con desaprobación a su hermano—. El buen Dios sabe que a ti te protege algún hechizo, Jamie. De lo contrario habrías muerto una docena de veces.

—Supongo que sí. Dios quiso protegerme por alguna razón. —Jamie me miró con una breve sonrisa y me buscó la mano.

Jenny también me lanzó una mirada con una expresión indescifrable en el rostro, pero luego volvió a centrarse en el tema.

—Bueno, es posible —dijo—. Aunque no puedo afirmar que haya dispuesto lo mismo para el joven Ian. —Su expresión se suavizó un poco cuando miró a Jamie.

—No sé mucho sobre tu forma de vida, pero te conozco y estoy segura de que no es la más conveniente para un niño.

—Hum... —Jamie se frotó la barba crecida e hizo otro intento—. Bueno, eso es lo que quería decir. El joven Ian se ha portado como un verdadero hombre esta semana. No me parece bien que lo azotes como si fuera un niño.

Jenny enarcó las cejas, elegantes alas de desprecio.

—Así que ahora es un hombre. Caramba, Jamie, ¡es un crío de catorce años!

A pesar de su enfado, Jamie esbozó media sonrisa.

—A los catorce yo era un hombre, Jenny —corrigió él suavemente.

Ella resopló, pero en sus ojos brilló una tela de humedad.

—Eso creías tú. —Se levantó de pronto y se dio media vuelta parpadeando—. Sí, lo recuerdo muy bien —dijo de cara a la librería. Alargó el brazo como para no perder el equilibrio y se agarró del marco—. Eras un hermoso muchacho, Jamie, cuando partiste con Dougal hacia la primera incursión, con el puñal en el muslo. Yo tenía dieciséis años y pensaba que jamás había visto una imagen más bella que la de tu estampa subido en ese poni, derecho y alto. Y también recuerdo cómo volviste, cubierto de lodo y con un arañazo en la cara mientras Dougal se jactaba ante papá de lo valiente que habías sido por apartar seis vacas tú solo y no proferir una queja cuando te hirieron. —Jenny se volvió para mirar a su hermano con las emociones controladas—. ¿Eso es ser un hombre?

Jamie la miró a los ojos con un destello de humor.

—Bueno, sí, eso y algo más, quizá.

—¿Qué más? —inquirió ella aún más seca—. ¿Acostarse con una mujer? ¿Matar a un hombre?

Siempre había pensado que Janet Fraser tenía algo de vidente, sobre todo en lo que se refería a su hermano. Y por lo visto, ese talento se extendía a su hijo. El rubor que cubría las mejillas de Jamie se intensificó, pero su expresión permaneció inalterable. Negó muy despacio con la cabeza sin apartar la vista de su hermano.

—No, el pequeño Ian todavía no es un hombre. Pero tú sí, Jamie, y conoces muy bien la diferencia.

Ian estaba contemplando los fuegos artificiales entre los hermanos con tanta fascinación como yo. En ese momento tosió por lo bajo.

—Eso da igual —dijo con sequedad—. Hace un cuarto de hora que el chico está esperando sus azotes —observó—. Sea o no conveniente azotarlo, es un poco cruel obligarlo a esperar, ¿no?

—¿Tienes que hacerlo, Ian? —Jamie hizo el último esfuerzo volviéndose para dirigirse a su cuñado.

—Bueno —respondió él lentamente—, le he dicho que va a recibir una paliza y él sabe de sobra que se la ha ganado. No puedo echarme atrás. En cuanto a que lo haga yo... no, no lo creo. —En sus ojos marrones brilló un destello de humor. Abrió un cajón del aparador, sacó una gruesa correa de cuero y la puso en manos de Jamie—. Lo harás tú.

—¿Yo? —exclamó Jamie, horrorizado. Intentó en vano devolverle la correa a Ian, pero su cuñado ignoró su gesto—. ¡No puedo azotarlo!

—Yo creo que sí que puedes. —Ian se cruzó tranquilamente de brazos—. Te pasas la vida diciendo que lo quieres como si fuera tu hijo. —Ladeó la cabeza y a pesar de que su expresión permaneció apacible, sus ojos marrones eran implacables—. Bueno, Jamie: ser padre de ese niño no es nada fácil. Es mejor que lo descubras por ti mismo, ¿no?

Jamie lo miró un largo instante. Luego se volvió hacia su hermana. Ella enarcó una ceja sin apartar la vista.

—Lo mereces tanto como él, Jamie. Ve.

Mi esposo apretó los labios y le palidecieron las aletas de la nariz. Luego giró en redondo y salió sin hablar. Sus rápidos pasos sonaron sobre las tablas del suelo y se oyó un golpe sofocado procedente del otro extremo del pasillo.

Jenny echó una rápida mirada a su marido; luego me miró a mí. Finalmente, se acercó a la ventana. Ian y yo, que éramos bastante más altos, nos pusimos detrás de ella. Fuera, la luz se iba apagando rápidamente, pero aún se veía la figura marchita del joven Ian, recostado con tristeza en el portón de madera, a unos veinte metros de la casa.

Se volvió nervioso al oír el ruido de unos pasos y cuando vio que era su tío quien se acercaba, se enderezó sorprendido.

—¡Tío Jamie! —Su vista cayó sobre la correa y se enderezó un poco más—. ¿Serás tú quien me azote?

Era una tarde tranquila y pude escuchar el áspero siseo del aire colándose entre los dientes de Jamie.

—Supongo que sí —dijo él con franqueza—. Pero antes debo pedirte perdón, Ian.

—¿A mí? —El chico parecía algo desconcertado. Por lo visto, no era habitual que sus mayores le pidieran disculpas, mucho menos antes de azotarlo—. No tienes por qué, tío Jamie.

La figura más alta se inclinó sobre la valla poniéndose en frente de la más pequeña y agachó la cabeza.

—Claro que sí. Hice mal al permitir que te quedaras conmigo en Edimburgo. Y probablemente también al contarte cuentos y darte la idea de escapar. Te llevé a lugares donde no deberías haber estado y quizá te puse en peligro. He causado más preocupaciones a tus padres de las que les habrías causado tú solo. Por eso te pido que me perdones, Ian.

—Ah... —La silueta más pequeña de las dos se pasó una mano por el pelo, era evidente que no encontraba las palabras para contestar—. Bueno, sí. Por supuesto, tío.

—Gracias, Ian.

Guardaron silencio. Luego el chico, suspirando, cuadró los hombros.

—Será mejor que lo hagas de una vez.

—Supongo que sí. —Jamie parecía tan reacio o más que su sobrino y escuché cómo Ian, que estaba de pie a mi lado, resoplaba un poco, lo que no supe distinguir es si lo hizo por indignación o por diversión.

El joven Ian, resignado, giró hacia el portón sin vacilar. Jamie lo imitó con más lentitud. Ya casi no había luz y sólo veíamos dos siluetas a lo lejos, pero desde donde aguardábamos en la ventana se oía perfectamente. Jamie estaba de pie detrás de su sobrino moviéndose inseguro, como si no supiera qué hacer a continuación.

—Hum... eh... ¿tu padre...?

—Por lo general son diez, tío. —El chico se había quitado el abrigo y hablaba por encima del hombro—. Doce si me he portado muy mal y quince si ha sido algo horrible.

—¿Qué dirías tú? ¿Te has portado simplemente mal o muy mal?

El jovencito soltó una risa desganada.

—Para que mi padre te obligue a hacer esto, tío Jamie, debe de haber sido horrible, pero me conformo con muy malo. Será mejor que me des doce.

Ian padre, a mi lado, soltó un resoplido humorístico.

—El chico es honrado —murmuró.

—Bien. —Jamie aspiró hondo y echó el brazo atrás, pero su sobrino lo interrumpió.

—Espera, tío. Todavía no estoy listo.

—Oh, no me hagas esto. —La voz de Jamie, sonaba entrecortada.

—Papá dice que sólo a las niñas se las azota con las faldas puestas —explicó—. Los hombres deben recibir el castigo con el trasero al descubierto.

—Y en eso tiene muchísima razón —murmuró Jamie, obviamente irritado aún por su pelea con Jenny—. ¿Listo?

Hechos los necesarios ajustes, el tío dio un paso atrás y alzó el brazo. Se oyó un fuerte chasquido y Jenny hizo un gesto de dolor y de solidaridad con su hijo. Sin embargo, aparte de inspirar hondo, el chico guardó silencio y permaneció de ese modo durante el resto del castigo. Yo palidecí un poco. Por fin, Jamie dejó caer el brazo y se enjugó la frente. Le tendió una mano a Ian, que seguía agarrado al portón.

—¿Estás bien, muchacho?

El joven Ian irguió la espalda con cierta dificultad y se subió los pantalones.

—Sí, tío. Gracias. —Su voz sonaba algo ronca, pero serena.

Aceptó la mano que Jamie le tendía, pero su tío, en vez de conducirlo hacia la casa, le puso la correa en la mano.

—Ahora te toca a ti —anunció, apoyándose en el portón e inclinándose.

El chico quedó tan impresionado como los que estábamos en casa.

—¿Qué? —exclamó estupefacto.

—Que te toca a ti —repitió Jamie con firmeza—. Yo te he castigado. Ahora castígame tú.

—¡No puedo hacer eso, tío! —El joven Ian estaba tan escandalizado que parecía que su tío le hubiera sugerido que hiciera alguna indecencia en público.

—Claro que puedes. —Jamie se incorporó para mirarlo a los ojos—. ¿No has oído lo que te he dicho cuando te he pedido perdón? Bueno, me he portado tan mal como tú y yo también debo pagar. —Ian asintió como mareado—. No me ha gustado azotarte y a ti tampoco te gustará, pero los dos debemos cumplir. ¿Entendido?

—S... s... sí, tío —tartamudeó el jovencito.

—Adelante, pues.

Jamie se bajó los pantalones, se subió las colas de la camisa y volvió a inclinarse sobre el portón agarrándose a la viga superior. Aguardó un momento y luego habló de nuevo mientras Ian seguía allí paralizado con la correa colgando de su mano débil.

—Adelante.

Su voz sonaba firme, era el tono que empleaba con los contrabandistas de whisky. Era imposible no obedecer las órdenes de esa voz. Ian se desplazó con timidez para hacer lo que le pedía. Se balanceó hacia atrás y movió la correa con poco entusiasmo. Se oyó un azote sordo.

—Ése no cuenta —dijo Jamie con firmeza—. Mira, chico, a mí me ha costado tanto como a ti. Hazlo bien.

La silueta delgada se irguió con determinación y la correa silbó en el aire. Aterrizó crujiendo como un relámpago. Se oyó una sorprendida exclamación procedente de la silueta apoyada en el portón y Jenny reprimió una risita asombrada.

Jamie carraspeó.

—Muy bien, así servirá. Acaba.

Oímos cómo Ian hijo contaba minuciosamente por lo bajo los golpes de la piel, pero aparte de un ahogado «¡Dios!» escapado tras el noveno azote, no volvimos a oír ni un solo ruido de boca de su tío. Después del último y ante un suspiro general de alivio dentro de la casa, Jamie se metió la camisa dentro de los pantalones y saludó a su sobrino con una formal inclinación de cabeza.

—Gracias, Ian. —Luego abandonó la formalidad para frotarse el trasero, diciendo con un tono de triste admiración—: ¡Caramba, menudo brazo tienes!

—Como el tuyo, tío —dijo Ian, imitando su ironía.

Y las dos figuras, ya apenas visibles, se frotaron riendo. Después Jamie rodeó con un brazo los hombros de su sobrino y giró hacia la casa.

—Si no te molesta, Ian, preferiría no tener que volver a pasar por esto, ¿eh? —dijo en tono confidencial.

—Trato hecho, tío Jamie.

Al cabo de un momento se abrió la puerta del pasillo. Después de intercambiar una mirada, Jenny e Ian se volvieron al unísono para saludar a los pródigos.

33

Tesoro enterrado

—Pareces un mandril —comenté.

—¿Sí? ¿Y eso qué es?

Pese al helado aire otoñal que entraba por la ventana semiabierta, Jamie tiró la camisa sobre el montón de ropa sin ninguna muestra de incomodidad. Luego se desperezó con fruición, completamente desnudo. Cuando arqueó la espalda y se desperezó agarrándose con facilidad de la viga del techo, le crujieron un poco las articulaciones.

—¡Oh, Dios, qué gusto no estar encima del caballo!

—Hum... Por no hablar de dormir en una cama de verdad, en vez de hacerlo entre brezos mojados. —Rodé sobre mí misma disfrutando de las gruesas mantas y percibiendo cómo se me relajaban los músculos doloridos sobre la inefable comodidad del colchón de plumas de ganso.

—¿Quieres decirme qué es un mandril? —preguntó Jamie—. ¿O lo decías sólo por gusto?

Se volvió para coger una rama de sauce deshilachada, y empezó a limpiarse los dientes. Sonreí al ver aquella imagen; si mi anterior estancia en el pasado no hubiera servido para nada más, por lo menos sí habría sido útil para ser testimonio de que casi todos los Fraser y Murray de Lallybroch conservaban sus dientes, a diferencia de la mayoría de escoceses, bueno, y como la mayoría de ingleses.

—Un mandril —expliqué disfrutando del espectáculo que me brindaba su espalda musculosa mientras se lavaba— es un mono muy grande con el trasero rojo.

Resopló de risa y se atragantó con la ramita de sauce.

—Bueno —dijo sacándosela de la boca—, tu poder de observación es impecable, Sassenach. —Me sonrió enseñándome sus brillantes dientes blancos y dejó la ramita—. Hacía treinta años que nadie me azotaba —añadió pasándose cuidadosamente las manos por el trasero todavía encendido—. Ya no recordaba lo mucho que escuece.

—¡Pensar que el joven Ian te atribuía un trasero tan duro como el cuero de montura! —exclamé divertida—. ¿Crees que ha valido la pena?

—Oh, sí —respondió con despreocupación deslizándose a mi lado. Su cuerpo estaba frío y duro como el mármol. Lancé un chillido, pero me dejé atraer contra su pecho sin protestar—. Caramba, qué calentita estás —murmuró—. Acércate más, ¿quieres? —Colocó las piernas entre las mías y me agarró del trasero para aproximarme a él.

Suspiró de auténtica felicidad y me relajé contra él notando cómo nuestras temperaturas comenzaban a igualarse a través de la fina tela de algodón del camisón que me había dejado Jenny. Habíamos encendido un fuego de turba en la chimenea, pero sólo había servido para romper un poco el frío de la habitación. El calor corporal era mucho más efectivo.

—Oh, sí que valió la pena. Puedes desmayar a golpes a ese chico, como ha hecho su padre más de una vez, y no conseguirás sino fortalecer su decisión de huir a la primera oportunidad. Pero por no repetir algo como esto será capaz de caminar por las brasas.

Hablaba con seguridad y me pareció que tenía mucha razón. El sorprendido joven Ian había recibido la absolución de sus padres bajo la forma de un beso materno y un veloz abrazo paterno. Luego se retiró a la cama con un puñado de tortas, sin duda para reflexionar sobre las curiosas consecuencias de desobedecer.

Jamie también había sido absuelto con besos. Sospeché que eso le importaba más que los efectos de su actuación sobre el sobrino.

—Al menos, Jenny e Ian ya no están enfadados contigo —observé.

—No. En realidad, no creo que lo estuvieran mucho. Es que no sabían qué hacer con el muchacho —explicó—. Ya han criado dos hijos y el joven Jamie y Michael parecen buenos chicos, pero los dos se parecen más a Ian: son tranquilos y de buen temperamento. El joven Ian también es tranquilo, sólo que se parece mucho más a su madre, y a mí.

—Los Fraser son testarudos, ¿no? —comenté sonriendo. Esa doctrina del clan me quedó bien clara cuando conocí a Jamie, y no encontré nada en mis experiencias posteriores que me sugiriera que me equivocaba.

Rió entre dientes.

—Así es. El joven Ian puede parecerse a los Murray, pero es un Fraser hecho y derecho. Y con los testarudos no sirven los gritos ni las palizas; eso aún los vuelve más obstinados.

—Lo tendré en cuenta —dije con sequedad.

Me estaba acariciando el muslo con la mano y poco a poco iba deslizando el camisón de algodón hacia arriba. El horno interior de Jamie se había vuelto a poner en marcha y ya sentía el calor de sus piernas desnudas contra las mías. Una rodilla me empujaba con delicadeza buscando la entrada entre mis muslos. Le agarré una nalga y apreté con suavidad.

—Oye, Dorcas me dijo que muchos caballeros pagan muy bien por el privilegio de recibir unos azotes en el burdel. Dice que eso los... estimula.

Jamie soltó un resoplido y tensó las nalgas; al poco las relajó cuando se las acaricié con suavidad.

—¿De veras? Supongo que es verdad, si Dorcas lo dice. Pero yo no lo entiendo. Si quieres mi opinión, hay maneras mucho más agradables de conseguir una erección. Por otra parte —añadió para ser justo—, quizá no sea lo mismo recibir los azotes de una chica guapa en camisón que de tu padre... o de tu sobrino.

—Quizá. ¿Quieres que probemos un día de éstos?

El hueco de su cuello estaba justo delante de mí, bronceado y delicado, y dejaba ver una cicatriz en forma de tenue triángulo blanco justo por encima de su clavícula. Posé los labios en los latidos de su pulso que encontré allí y él se estremeció a pesar de que ninguno de los dos seguía teniendo frío.

—No —dijo sin aliento.

Me posó la mano en el cuello del camisón y aflojó los lazos. Entonces se tumbó boca arriba y me cogió para tumbarme encima de él como si no pesara nada. Me apartó el camisón y mis pezones se endurecieron al contacto con el gélido aire.

Me sonrió con los ojos más sesgados que de costumbre, entornados como los de un gato somnoliento. El calor de sus manos me rodeó los pechos.

—Se me ocurren cosas más agradables, ¿y a ti?

La vela se había consumido, el fuego casi había desaparecido de la chimenea y la pálida luz de las estrellas penetraba por la ventana empañada. A pesar de la oscuridad, mis ojos estaban tan acostumbrados a la noche que podía distinguir cada uno de los detalles de la habitación: el aguamanil y la jofaina de gruesa porcelana blanca, su franja azul vestida de negro a la luz de las estrellas, el pequeño dechado colgado en la pared y el montón de ropas arrugadas de Jamie sobre el taburete que había junto a la cama.

La imagen de Jamie también era muy nítida. Había retirado el cubrecama y su pecho brillaba suavemente del esfuerzo. Admiré la larga curva de su vientre, donde pequeñas espirales de oscuro vello castaño se arremolinaban por su pálida y fresca piel. No pude evitar tocarlo con los dedos deslizando un dedo por las poderosas costillas que daban forma a su torso.

—Qué bonito —murmuré—. Qué bonito es poder tocar el cuerpo de un hombre.

—¿Todavía te gusta? —preguntó entre tímido y complacido mientras le acariciaba. Me rodeó los hombros con un brazo para acariciarme el pelo.

—Ajá.

Era algo que no había echado de menos conscientemente, pero ahora volvía a recordar ese gozo: la intimidad en que el cuerpo del hombre te es tan accesible como el propio, como si esas extrañas formas fueran, de pronto, una prolongación de tus miembros.

Deslicé la mano por la llanura de su vientre, seguí por el delicado saliente de la cadera y la hinchazón de su musculoso muslo. Los retazos de fuego se reflejaban en la pelusa roja y dorada que le cubría brazos y piernas y brillaban sobre la espesura castaña que anidaba entre sus muslos.

—Dios, eres una criatura maravillosamente velluda —dije—. Incluso ahí.

Deslicé la mano por la suave grieta de su muslo y él separó las piernas, solícito, para dejarme tocar los espesos y esponjosos rizos que crecían en la hendidura que se abría entre sus nalgas.

—Pues sí, aún no me han querido cazar por mi piel —dijo con seguridad. Me agarró el trasero con mano firme y paseó el pulgar con suavidad por encima de su redondeada superficie. Se puso un brazo detrás de la cabeza y dejó resbalar la mirada por mi cuerpo—. Yo no soy una buena presa para desollar, Sassenach, pero tú todavía menos.

—Eso espero. —Me moví un poco para facilitarle la exploración disfrutando de la calidez de su mano sobre mi espalda desnuda.

—¿Alguna vez has visto una rama que lleva demasiado tiempo metida en aguas estancadas? —me preguntó. Me deslizó un dedo por la columna provocando un camino de piel de gallina a su paso—. Está recubierta de diminutas burbujas, cientos y miles y millones de ellas, y eso hace que parezca que está forrada de una escarcha glaseada. —Sus dedos me rozaron las costillas, los brazos, la espalda, y mi diminuto vello se erizó a su paso provocándome un hormigueo—. Así eres tú, Sassenach —dijo casi en un susurro—. Suave y desnuda cubierta de plata.

Permanecimos quietos un rato, escuchando el gotear de la lluvia. El aire frío del otoño corría por la habitación mezclándose con el calor humeante del fuego. Él se puso de lado, de espaldas a mí, y subió la colcha para abrigarnos.

Me acurruqué detrás de él y mis rodillas encajaron perfectamente tras las suyas. En ese momento la luz del fuego brillaba por detrás de mí y relucía sobre la suave curvatura de su hombro iluminando levemente su espalda. Observé las leves líneas de las cicatrices que le entrecruzaban los hombros, esas finas líneas plateadas que le surcaban la piel. En otros tiempos había conocido aquellas marcas tan bien que podía recorrerlas a ciegas con los dedos. Ahora había allí una fina curva en forma de media luna que no me era familiar y un tajo en diagonal que antes no existía: señales de un pasado violento que yo no había compartido.

Recorrí la media luna en toda su longitud.

—Nadie te ha perseguido por tu piel, pero a ti sí que te han perseguido, ¿verdad? —pregunté.

Movió ligeramente un hombro sin llegar a encogerlo.

—De vez en cuando.

—¿Hace poco?

Respiró con lentitud antes de responder.

—Sí, creo que sí.

Bajé los dedos por el tajo en diagonal. Había sido un corte profundo; aunque estaba bien cicatrizado, la línea seguía nítida bajo mis yemas.

—¿Sabes quién?

—No. —Guardó silencio un momento y luego cerró la mano sobre la mía, que estaba apoyada en su vientre—. Pero creo saber por qué.

En la casa reinaba un gran silencio. Faltaban la mayoría de los hijos y nietos, sólo quedaban los sirvientes en sus cuartos lejanos, detrás de la cocina; Ian y Jenny estaban en su habitación en la otra punta del pasillo, y el joven Ian, arriba; todos dormían. Podríamos haber estado solos en el fin del mundo, tanto Edimburgo como la cala de los contrabandistas parecían quedar muy lejos de allí.

—¿Recuerdas que, tras la caída de Stirling, poco antes de Culloden, se habló mucho de cierta cantidad de oro que venía de Francia?

—¿Enviado por Luis? Sí... pero él no lo envió. —Las palabras de Jamie evocaban esos breves y frenéticos días del temerario Alzamiento de Carlos Estuardo y su precipitada caída, cuando los rumores eran la principal moneda de cambio en cualquier conversación—. Siempre hubo rumores: oro de Francia, naves de España, armas de Holanda... pero casi todo quedó en nada.

—Oh, algo hubo... aunque no lo envió Luis. Pero entonces nadie lo sabía.

Me habló de su encuentro con el moribundo Duncan Kerr y su mensaje susurrado en la buhardilla de la posada bajo la mirada vigilante del oficial inglés.

—Duncan tenía fiebre, pero no deliraba. Sabía que se estaba muriendo y quién era yo. Era su única posibilidad de contárselo a alguien de confianza. Y me lo dijo.

—¿Focas y brujas blancas? —repetí—. Francamente, parece un galimatías. ¿Y tú lo entendiste?

—No del todo —admitió. Rodó por la cama y me miró frunciendo un poco el ceño—. No tengo ni idea de quién era la bruja blanca. Al principio pensé que se refería a ti, Sassenach, y casi se me detuvo el corazón al escucharlo. —Me apretó la mano, sonriendo con melancolía—. De pronto se me ocurrió que algo podía haber salido mal, que quizá no estabas con Frank en tu lugar de origen sino en Francia, o quizá estabas justo allí. Por la cabeza me cruzó todo tipo de locuras.

—Ojalá hubiera sido así —susurré.

Esbozó una sonrisa de medio lado, pero negó con la cabeza.

—¿Conmigo en prisión? Y Brianna, ¿qué edad habría tenido? Diez años, más o menos. No, no malgastes tu tiempo lamentándote, Sassenach. Ahora estás aquí y no volverás a dejarme.

Me dio un beso en la frente. Luego reanudó el relato.

—Yo ignoraba de dónde provenía el oro, pero comprendí que él me estaba diciendo dónde estaba y por qué. Pertenecía al príncipe *Tearlach*; había sido enviado para él. Y eso de las *silkies*...

Levantó un poco la cabeza para mirar hacia la ventana, donde el rosal trepador arrojaba sus sombras sobre el vidrio.

—Cuando mi madre se fugó de Leoch, la gente dijo que se había ido a vivir con las *silkies* sólo porque la criada que había visto a mi padre dijo que parecía una gran foca que hubiera abandonado el pellejo para caminar por la tierra como un hombre. Era cierto. —Jamie, sonriendo, se pasó una mano por la densa melena mientras hacía memoria—. Tenía el pelo grueso, como el mío, pero negro como el azabache. A la luz brillaba como si estuviera mojado. Siempre se movía con celeridad, deslizándose como una foca en el agua.

De pronto se encogió de hombros para zafarse del recuerdo de su padre.

—Bueno, continúo. Cuando Duncan Kerr mencionó el nombre de Ellen comprendí que se refería a mi madre. Era una señal de que sabía mi nombre, sabía quién era yo. No estaba delirando, por extraño que sonara todo. Y al saber eso... —Volvió a encogerse de hombros—. Según el inglés, Duncan había aparecido cerca de la costa. Allí hay cientos de islotes y rocas, pero las focas viven en un solo punto: en el extremo de las tierras de los Mac-Kenzie, frente a Coigach.

—¿Y fuiste hacia allí?

—Sí. —Suspiró profundamente mientras dejaba resbalar la mano que tenía libre para posármela en la cintura—. No me habría escapado de la prisión si no hubiera pensado que podía estar relacionado contigo, Sassenach.

No le costó mucho escapar. Solían sacar a los prisioneros en pequeños grupos para cortar la turba que ardía en las chimeneas de la cárcel, o para cortar y recoger piedras que servían para la continua reparación de los muros.

Él había crecido entre el brezo y desaparecer le resultó muy sencillo. Dejó su trabajo y se agachó tras un matorral conforme se desabrochaba los pantalones como si pretendiera aliviarse. Entonces el guardia apartó la mirada con discreción y cuando se volvió un segundo después sólo vio el páramo vacío: ya no había ni rastro de Jamie Fraser.

—Fugarse no era difícil, pero los hombres rara vez lo intentaban. Ninguno de nosotros era de esa zona... y en todo caso, a casi todos nos quedaba muy poco fuera de la prisión.

El duque de Cumberland y sus hombres habían hecho un buen trabajo. Tal como dijo un contemporáneo al evaluar sus logros, poco después: «Creó un desierto y lo llamó paz.» Esa moderna aproximación a la diplomacia había dejado desiertas algunas zonas de las Highlands: asesinaron a los hombres, cuando no los encerraban o los deportaban, quemaron cultivos y casas, las mujeres y los niños que no murieron de hambre se refugiaron lo mejor que pudieron en otras zonas. No, cualquier prisionero que escapara de Ardsmuir se habría encontrado realmente solo, sin clan ni amigos que lo socorrieran.

Jamie sabía que el comandante inglés no tardaría en adivinar hacia dónde iba y organizar una partida de persecución. Por otra parte, en aquel remoto sector del reino no había buenos caminos; un hombre que conociera la región y viajara a pie llevaba ventaja a sus perseguidores forasteros y a caballo.

Escapó a media tarde y caminó durante toda la noche orientándose por las estrellas; llegó a la costa cerca del amanecer del día siguiente.

—El rincón de las focas es muy conocido entre los MacKenzie. Yo había estado allí una vez, con Dougal.

La marea estaba alta y la mayor parte de las focas estaban fuera del agua cazando cangrejos y peces por entre los montones de algas flotantes, pero las oscuras formas de sus excrementos y las indolentes siluetas de algunas holgazanas marcaban las tres islas de las focas, alineadas al borde de una pequeña bahía al abrigo de un cabo escarpado.

Según la interpretación que Jamie había hecho del relato de Duncan, el tesoro se hallaba en la tercera isla, la más alejada de la costa. Se encontraba a una milla de allí, una distancia a nado demasiado larga para un hombre fuerte, y sus fuerzas estaban muy mermadas debido al duro trabajo de la prisión y la larga caminata que había hecho sin un bocado que llevarse al gaznate. Se quedó al pie del acantilado preguntándose si estaría persiguiendo un fantasma y si valdría la pena arriesgar la vida por el tesoro, en caso de que existiera.

—Allí la roca estaba agrietada y partida; al acercarme demasiado al borde, entre mis pies se desprendían trozos que caían por el acantilado. No se me ocurría cómo llegar al agua y mucho menos a la isla de las focas. Pero entonces recordé lo que había dicho Duncan sobre la torre de Ellen —dijo Jamie. Tenía los ojos abiertos, pero no me estaba viendo a mí, sino aquella lejana orilla donde las piedras que se desprendían de la montaña desaparecían bajo el rugir de las olas.

Allí estaba «la torre»: un pequeño saliente de granito, apenas a metro y medio del punto más alto del promontorio. Pero bajo el saliente había una estrecha grieta oculta entre las rocas, una pequeña chimenea que cruzaba los veinticinco metros de acantilado; era una ruta difícil por la que podía descender un hombre decidido.

Desde la base de la torre de Ellen hasta la tercera isla quedaban aún más de cuatrocientos metros de agua verde y agitada. Se desvistió y, después de persignarse, encomendó su alma a su madre. Luego se tiró desnudo a las olas.

Se fue alejando lentamente del acantilado, perdiendo el ritmo y atragantándose cuando las olas le pasaban por encima de la cabeza. Ningún punto de Escocia está muy alejado del mar, pero Jamie había crecido en el interior y las experiencias que había tenido a nado se limitaban a las plácidas zambullidas en lagos y las pozas que se formaban en los ríos.

Cegado por la sal y ensordecido por el rugiente oleaje, luchó contra las corrientes durante un tiempo que se le hizo larguísimo. Cuando pudo asomar la cabeza y los hombros, jadeante, vio que el promontorio no estaba atrás, como había creído, sino a su derecha.

—La marea estaba bajando y me arrastraba —dijo irónico—. Pensé que estaba acabado, pues sabía que jamás podría regresar. Llevaba dos días sin comer y no me quedaban muchas fuerzas.

Entonces dejó de nadar y se limitó a flotar de espaldas, entregándose al abrazo del mar. Mareado por el hambre y el esfuerzo, cerró los ojos y buscó en su mente la plegaria que los antiguos celtas recitaban para no ahogarse.

A aquellas alturas del relato guardó silencio durante tanto tiempo que me pregunté si habría algún problema. Pero al fin inspiró hondo y dijo con timidez:

—Vas a decir que estoy loco, Sassenach. No se lo he contado a nadie, ni siquiera a Jenny, pero... en aquel momento oí la voz de mi madre que me llamaba, justo en medio de la oración. —Se encogió de hombros, incómodo—. Quizá fue sólo porque había estado pensando en ella al abandonar la costa. Sin embargo...

Se quedó callado hasta que le toqué la cara.

—¿Qué te dijo? —pregunté en voz baja.

—Me dijo: «Ven a mí, Jamie. ¡Ven a mí, hijo!» —Aspiró hondo y dejó escapar poco a poco el aire   . La escuché con total claridad, pero no vi nada, allí no había nadie, ni siquiera una foca. Pensé que quizá me estuviera llamando desde el cielo, y estaba tan fatigado que ya no me importaba morir, al oír su voz me di la vuelta y traté de avanzar. Pensaba dar diez brazadas y detenerme de nuevo para descansar... o hundirme.

A la octava brazada lo apresó la corriente.

—Fue como si alguien me hubiera alzado en brazos —dijo como si todavía lo sorprendiera el recuerdo—. La sentí por debajo de mí y a mi alrededor; el agua era algo más tibia que antes y me llevaba consigo. Me bastó con patalear un poco para mantener la cabeza fuera de la superficie.

La corriente, fuerte y arremolinada entre islas y promontorios, lo había llevado hasta el borde del tercer islote; con unas pocas brazadas tuvo las rocas a su alcance.

Era un pequeño montículo de granito, fisurado y agrietado como cualquiera de las antiguas rocas de Escocia. Estaba lleno de algas y excrementos de gaviota, pero él gateó hasta la orilla sintiendo una gratitud semejante a la de un marinero naufragado que aparece en una tierra de palmeras y playas de arena blanca. Cayó de bruces sobre la rocosa superficie y se quedó allí, agradecido por seguir respirando y medio desmayado del cansancio.

—Entonces sentí algo que se erguía por encima de mí y un espantoso hedor a pescado muerto —dijo—. Me puse de rodillas de inmediato. Allí estaba: una gran foca macho, lustrosa y mojada, que me miraba fijamente a apenas un metro de distancia.

Aunque Jamie no era pescador ni marinero, había escuchado suficientes historias para saber que los machos eran peligrosos, sobre todo cuando un intruso amenazaba su territorio. Al ver aquella boca abierta, con su hermoso despliegue de dientes aguzados y los rollos de grasa dura que ceñían su enorme cuerpo, no se sintió muy dispuesto a cuestionarlo.

—Pesaba más de ciento treinta kilos, Sassenach —dijo—. Aunque no quisiera exagerar, habría podido lanzarme al mar con un solo movimiento o arrastrarme al fondo para que me ahogara.

—Es obvio que no lo hizo —dije con sequedad—. ¿Qué sucedió?

Jamie se echó a reír.

—Creo que yo no andaba en condiciones de hacer nada sensato, aturdido como estaba por el cansancio. Me limité a mirarlo durante un momento. Luego le dije: «No te preocupes. Soy yo.»

—¿Y qué hizo la foca?

Jamie se encogió apenas de hombros.

—Me miró fijamente durante un rato más. Las focas no parpadean mucho, ¿sabes? Altera los nervios que te miren tanto rato. Luego emitió una especie de gruñido y se deslizó al agua.

Cuando el animal le cedió la posesión del diminuto islote y después de descansar un rato para recuperar fuerzas, Jamie inició una metódica inspección de las grietas. Como la zona era muy pequeña, no tardó en hallar una profunda hendidura que conducía a un hueco, treinta centímetros por debajo de la superficie rocosa. Se hallaba repleto de tierra seca y justo en el centro del islote, por lo que el hueco estaba a salvo de acabar anegado incluso en la peor de las tormentas.

—Bueno, no me mantengas en suspenso —protesté—. El oro del Francés ¿estaba allí?

—Sí y no, Sassenach —respondió hundiendo el estómago—. Yo esperaba encontrar lingotes de oro, eso es lo que se rumoreaba que había mandado Luis. Y treinta mil libras en lingotes de oro abultarían mucho. Pero en el hueco sólo había una caja que no superaba los treinta centímetros de longitud y un saquito de cuero. En la caja había oro, sí, y también plata.

Oro y plata, sí: la caja de madera contenía doscientas cinco monedas de oro y plata; algunas, de bordes tan nítidos como si estuvieran recién acuñadas; otras, con las marcas gastadas hasta ser casi invisibles.

—Monedas antiguas, Sassenach.

—¿Antiguas? Muy viejas querrás decir.

—Griegas y romanas. Muy antiguas.

Por un momento nos quedamos tumbados mirándonos bajo la tenue luz de la noche sin decir una palabra.

—Es increíble —musité—. Era un tesoro, sí, pero no...

—No lo que habría enviado Luis para alimentar a un ejército —concluyó él—. No: quien puso ese tesoro allí no fue Luis ni uno de sus ministros.

—¿Y el saco? —pregunté—. ¿Qué había en el saco?

—Piedras, Sassenach. Piedras preciosas. Diamantes, esmeraldas, perlas, zafiros. No muchas, pero sí grandes y bien talladas. —Sonrió, algo ceñudo—. Bastante grandes.

Se había sentado en una roca bajo el cielo gris, girando las monedas y las joyas entre los dedos aturdido por la confusión. Por fin tuvo la sensación de que lo estaban mirando. Al levantar la cabeza se descubrió rodeado por un círculo de focas curiosas. La marea estaba baja y las hembras habían vuelto de la pesca; veinte pares de redondos ojos negros lo estudiaban con cautela.

El enorme macho negro, envalentonado por la presencia de su harén, también había regresado. Rugió con fuerza mientras balanceaba la cabeza de un lado a otro con actitud amenazante y avanzó hacia Jamie deslizando sus ciento treinta kilos un poco más cerca con cada alarido, ayudado por sus aletas por encima de las resbaladizas rocas.

—Entonces me pareció mejor retirarme. Después de todo, ya había hallado lo que buscaba. Así que puse la caja y el saco donde los había encontrado. No me los podía llevar, y de haberlo hecho, ¿qué habría podido hacer con todo aquello? Luego gateé hacia el agua, medio congelado.

Se alejó unas cuantas brazadas de la isla y volvió a la corriente que lo arrastró hasta la costa. Era una corriente circular, como la mayoría de los remolinos y, en media hora, lo llevó al pie del promontorio; después de vestirse, se quedó dormido en un nido de hierbas secas.

Después de eso guardó silencio y advertí que a pesar de tener los ojos abiertos y clavados en mi rostro, no era a mí a quien veía.

—Desperté al amanecer —dijo suavemente—. He visto muchos amaneceres, Sassenach, pero ninguno como aquél. Podía sentir la tierra girando en mi interior y mi aliento deslizándose junto al viento. Parecía que no tuviera piel ni huesos, como si sólo tuviera la luz del sol creciente dentro de mí.

Su mirada se suavizó cuando se alejó de ese páramo y volvió a mí.

—Entonces el sol trepó por el cielo —dijo—. Y cuando entré en calor y pude mantenerme en pie, anduve tierra adentro, hacia el camino, para ir al encuentro de los ingleses.

—Pero ¿por qué volviste? —quise saber—. ¡Si estabas libre, tenías dinero y...!

—¿Y dónde podía gastar ese dinero, Sassenach? ¿Podía entrar en el hogar de un granjero y ofrecerle un denario de oro o una pequeña esmeralda? —Sonrió ante mi indignación mientras negaba con la cabeza—. No —dijo con suavidad—, tenía que regresar. Podría haber vivido un tiempo en el páramo, desnudo y hambriento, quizá me las hubiera arreglado, pero me estaban buscando, Sassenach, con empecinamiento, pues pensaban que sabía dónde estaba escondido el oro. Mientras yo estuviera en libertad y pudiera pedir refugio, ninguna cabaña estaría a salvo de los ingleses. Yo he visto la manera que tienen los ingleses de buscar a alguien —añadió adoptando un tono de voz más duro—. Supongo que has visto el panel que hay en la entrada.

Sí que lo había visto. Uno de los paneles de brillante roble que forraba la pared del vestíbulo estaba destrozado, quizá fuera obra de una bota. Y los arañazos de sable cruzaban los paneles desde la puerta hasta las escaleras.

—Lo conservamos para no olvidar —dijo—. Para enseñárselo a los críos y poder decirles cuando pregunten: así son los ingleses.

El odio reprimido que destilaba su voz me azotó en la boca del estómago. Pero sabiendo lo que sabía que había hecho el ejército inglés en las Highlands, no había mucho que pudiera decir. No dije nada y él prosiguió poco después.

—No quise exponer a la gente de la zona a ese tipo de peligro, Sassenach. —Cuando dijo la palabra *sassenach* me estrechó la mano y esbozó una pequeña sonrisa. Puede que para él fuera una *sassenach*, pero no era inglesa—. Además —continuó—, si no me capturaban, reanudarían la búsqueda aquí, en Lallybroch, y si no había puesto en riesgo a la gente que vivía cerca de Ardsmuir, ni mucho menos podía arriesgar a mi propia gente. Y de cualquier modo...

Se detuvo, como si le costara encontrar las palabras.

—Tenía que regresar —dijo con lentitud—. Aunque sólo fuera por los hombres.

—¿Por los hombres de la prisión? —pregunté, sorprendida—. ¿Había prisioneros de Lallybroch encarcelados contigo?

Negó con la cabeza. La pequeña arruga vertical que aparecía entre sus cejas cuando pensaba era visible incluso a la luz de las estrellas.

—No. Había hombres de todos los rincones de las Highlands, de casi todos los clanes. Sólo algunos de cada clan, estaban sueltos. Pero necesitaban un jefe.

—¿Y eso eras tú para ellos? —Hablé con suavidad, dominando el impulso de alisarle el ceño.

—A falta de otro mejor —respondió con un destello de sonrisa.

Jamie había salido del seno de su familia y sus arrendatarios, de una fuerza que lo mantuvo durante siete años, que evitó que cayera presa de la falta de esperanza y una soledad que matarían a un hombre más deprisa que la humedad, la suciedad y las fiebres de la cárcel.

Y con esa sencillez había cogido a esos hombres desperdigados, a los abandonados supervivientes de Culloden, y los había hecho suyos con el propósito de que sobrevivieran también a los muros de Ardsmuir. Fue un jefe racional, encantador y adulador siempre que pudo, luchador cuando tuvo que serlo, y los obligó a mantenerse unidos, a enfrentarse a sus captores como si fueran uno solo, a dejar a un lado antiguas rivalidades y alianzas entre clanes, y a aceptarlo como su jefe.

—Eran mis hombres —me dijo con suavidad—. Y eso me mantuvo con vida. —Sin embargo, aquellos hombres habían desaparecido. Los habían separado a todos para enviarlos a una tierra extranjera sin que él pudiera salvarlos.

—Hiciste lo posible por ellos. Pero ya ha pasado todo —lo consolé.

Permanecimos largo rato en silencio, abrazados y acunados por los pequeños ruidos de la casa. A diferencia del ajetreo comercial del burdel, esos pequeños crujidos y suspiros daban la sensación de quietud, de hogar y seguridad. Por primera vez estábamos realmente juntos y solos, lejos del peligro y otras distracciones.

Había tiempo, ahora. Tiempo para escuchar el resto de la historia: saber qué había hecho con el oro, qué había sido de los hombres de Ardsmuir; tiempo para reflexionar sobre el incendio de la imprenta, el tuerto del joven Ian, el encuentro con los agentes de aduanas en la costa de Arbroath y decidir qué haríamos a continuación. Como había tiempo, ya no era necesario hablar de esas cosas.

El último trozo de turba se rompió en la chimenea y su reluciente interior siseó rojo, azotado por el frío. Me acurruqué contra Jamie, escondiendo la cara en su cuello. Sabía vagamente a hierba y a sudor, con un deje de coñac. Él cambió de posición para unir los cuerpos desnudos en toda su longitud.

—¿Otra vez? —murmuré divertida—. Se supone que los hombres de tu edad no vuelven a empezar tan pronto.

Me mordisqueó con suavidad el lóbulo de la oreja.

—Bueno, tú también lo haces, Sassenach —señaló—, y eres mayor que yo.

—Eso es diferente. —Ahogué una pequeña exclamación al sentirlo sobre mí y ver la silueta de sus hombros recortada contra la luz de las estrellas que se colaba por la ventana—. Soy mujer.

—Y si no fueras mujer —me aseguró poniéndose manos a la obra—, yo tampoco lo haría. Y ahora calla.

Apenas había amanecido cuando me despertó el rasgueo del rosal trepador en la ventana y los tintineos apagados en la cocina, donde se estaba preparando el desayuno. Miré por encima del cuerpo dormido de Jamie y vi que el fuego se había consumido por completo. Abandoné la cama sin hacer ruido para no despertarlo. Las tablas del suelo estaban heladas. Estremecida, alargué la mano hacia la primera prenda disponible.

Envuelta en la camisa de Jamie, me arrodillé junto al hogar para reavivar las brasas pensando con melancolía que debí incluir una caja de cerillas en la lista de cosas que creí conveniente traer conmigo. Conseguir que las chispas de un pedernal prendan las astillas funciona, pero no es algo que se suela lograr en el primer intento. Ni en el segundo. Ni...

Más o menos sobre la duodécima vez que lo intentaba, logré hacer una minúscula mancha negra en la estopa que estaba utilizando para encender el fuego. Fue creciendo poco a poco hasta convertirse en una pequeña llama. Me apresuré a acercarla con cuidado a la pequeña tienda de ramitas que había preparado para proteger la minúscula llama de la fría brisa.

Por la noche había dejado la ventana entornada para evitar que el humo nos sofocara; el fuego de turba emite mucho calor, pero también mucho humo, como lo atestiguaban las vigas ennegrecidas. Me dije que, por el momento, podríamos prescindir del aire fresco, al menos hasta que el fuego estuviera bien encendido.

El borde inferior del cristal de la ventana estaba cubierto de una ligera capa de escarcha: el invierno ya no tardaría en llegar. El aire era tan frío y vigorizante que aguardé un momento antes de cerrar la ventana para inspirar grandes bocanadas con olor a hojas y manzanas secas, tierra fría y hierba húmeda. El paisaje exterior era perfecto en su inmóvil claridad: muros de piedra y pinos oscuros, como trazos de pluma bajo los nubarrones grises de la mañana.

Un movimiento me hizo desviar la vista hacia la cresta de la colina, donde una tosca senda conducía a la aldea de Broch Mordha, a dieciséis kilómetros de distancia. Uno a uno, tres pequeños ponis montañeses asomaron en lo alto de la cuesta e iniciaron el descenso hacia la granja.

Estaban demasiado lejos para distinguirles las caras, pero las faldas hinchadas me revelaron que los tres jinetes eran mujeres. Tal vez fueran las muchachas (Maggie, Kitty y Janet) que volvían de casa del joven Jamie. Y mi Jamie se alegraría de verlas.

Me ceñí al cuerpo la camisa con olor a Jamie para evitar el frío: decidí aprovechar en la cama la poca privacidad que nos quedara esa mañana. Cerré la ventana y me detuve un segundo a coger varios ladrillos de turba del cesto que había junto a la chimenea y meterlos con mucho cuidado en mi creciente fuego. Luego me quité la camisa para escurrirme bajo las mantas y los dedos entumecidos de mis pies se movieron encantados al percibir la lujosa calidez.

Jamie sintió el frío de mi regreso y rodó instintivamente hacia mí, curvándose contra mi cuerpo como una cuchara contra otra. Luego me frotó la cara en el hombro, somnoliento.

—¿Has dormido bien, Sassenach? —murmuró.

—Como nunca —le aseguré acomodando el trasero frío en el hueco tibio de sus muslos—. ¿Y tú?

—Hummmm —fue un gruñido bienaventurado. Me envolvió con sus brazos—. He soñado como un demonio.

—¿Con qué?

—Con mujeres desnudas, más que nada —dijo, mordiéndome el hombro—. Y con comida.

Su estómago ronroneó con suavidad. En el aire había un inconfundible olor a bizcochos y tocino frito.

—Mientras no confundas una cosa con la otra... —dije alejando el hombro de sus dientes.

—Sé distinguir un halcón de un serrucho cuando el viento viene del noroeste —me aseguró—, y una muchacha regordeta de un jamón bien curado, a pesar de las similitudes.

Me apretó las nalgas con ambas manos, haciéndome soltar un grito.

—¡Bestia! —protesté pateándole las espinillas.

—Ah, conque soy una bestia —rió—. Bueno, pues...

Con un profundo bramido, se sumergió bajo la colcha para mordisquearme la cara interior de los muslos, sin prestar ninguna atención a mis chillidos y a la lluvia de golpes que le asesté en la espalda y en los hombros. Desplazada por nuestra pelea, la colcha resbaló hasta el suelo revelando la despeinada melena de Jamie, que se descolgaba salvaje sobre mis muslos.

—Puede que haya menos diferencia de la que yo pensaba —observó asomando la cabeza entre mis piernas cuando hizo una pausa para tomar aliento. Me presionó los muslos contra el colchón y me sonrió con el pelo rojo erizado como un puercoespín—. Al paladar resultas bastante salada. ¿Qué...?

Lo interrumpió un súbito estruendo. La puerta se abrió de par en par y rebotó contra la pared. Nos volvimos a mirar, sobresaltados. En el vano de la puerta se erguía una jovencita desconocida para mí. Tendría quince o dieciséis años, cabellera muy rubia y grandes ojos azules. Sus ojos eran algo más grandes de lo normal y estaban clavados en mí con expresión de espanto. Pasaron lentamente de mi pelo enredado a los pechos y siguieron por las curvas de mi cuerpo desnudo; luego descendieron hasta encontrarse con Jamie, que yacía boca abajo entre mis muslos, demudado por un espanto tan grande como el de ella.

—¡Papá! —exclamó la chica, llena de indignación—. ¿Quién es esta mujer?

34

Papá

—¿Papá? —repetí alterada—. ¡Papá!

Al abrirse la puerta, Jamie se había convertido en piedra. En aquel momento se incorporó bruscamente para recoger la colcha caída. Luego se apartó el pelo de la cara y clavó en la chica una mirada fulminante.

—¿Qué diablos estás haciendo aquí? —interpeló. Desnudo, con la barba roja y enronquecido por la furia, presentaba un aspecto formidable. La muchacha dio un paso atrás, insegura, pero afirmó la mandíbula y le sostuvo la mirada.

—¡He venido con mamá!

Un disparo al corazón no habría causado tanto efecto en Jamie. Dio un violento respingo y de su cara desapareció el color, que volvió a toda velocidad al oír unas aceleradas pisadas en la escalera. Entonces saltó de la cama, arrojándome apresuradamente la manta y echando mano de sus pantalones. Apenas había podido ponérselos cuando otra silueta femenina irrumpió en el cuarto y se detuvo en seco, con los ojos desorbitados fijos en la cama.

—¡Conque era cierto! —Se volvió hacia Jamie apretando los puños contra la capa que todavía llevaba puesta—. ¡Es cierto! ¡Es la bruja *sassenach*! ¿Cómo has podido hacerme algo semejante, Jamie Fraser?

—Cállate, Laoghaire —espetó él—. ¡No te he hecho nada!

Yo me senté apoyándome contra la pared y me pegué la colcha al pecho mientras observaba la escena con los ojos como platos. Sólo al oír su nombre la reconocí. Más de veinte años atrás, Laoghaire MacKenzie era una esbelta muchacha de dieciséis años: piel como pétalos de rosa, pelo como rayos de luna y una violenta pasión no correspondida por Jamie Fraser. Estaba claro que habían cambiado algunas cosas.

En ese momento rondaba los cuarenta y había engordado mucho. Seguía teniendo la piel muy clara, pero más curtida, y se extendía rolliza sobre sus mejillas sonrojadas por la ira. Algunos mechones que escapaban de su cofia tenían el color de la ceniza, pero los ojos azules que clavó en mí conservaban la misma expresión de odio que entonces.

—¡Es mío! —siseó golpeando el suelo con un pie—. ¡Vuelve al infierno del que has venido! ¡Vete y déjamelo, te digo!

Como yo no daba señales de obedecer, miró a su alrededor en busca de un arma. Al ver la jarra de agua, se apoderó de ella para arrojármela, pero Jamie se la quitó limpiamente de la mano, la volvió a dejar sobre la cómoda, y la aferró por el brazo con tanta fuerza que la hizo chillar.

Le dio la vuelta y la empujó de malas maneras hacia la puerta.

—Ve abajo —ordenó—. Después hablaré contigo, Laoghaire.

—¿Cómo que hablarás conmigo? ¡Que hablará conmigo, dice! —gritó ella con el rostro contraído. Y con la mano libre le arañó la cara desde el ojo hasta la barbilla.

Jamie rugió y le sujetó la otra muñeca para arrastrarla hasta la puerta y llevarla al pasillo. Luego cerró con llave.

Cuando se volvió hacia mí, yo estaba sentada en el borde de la cama tratando de ponerme las medias con manos trémulas.

—Puedo explicártelo, Claire —dijo.

—N... n... no creo —dije. Tenía los labios entumecidos igual que el resto del cuerpo, y me costaba formar las palabras. Clavé los ojos en mis pies mientras intentaba, sin ningún éxito, atarme las ligas.

—¡Escúchame!

Jamie descargó el puño en la mesa con un estruendo que me hizo saltar. Levanté la cabeza de golpe y lo vi por encima de mí. Tenía el pelo rojo suelto sobre los hombros, no se había afeitado, llevaba el pecho al descubierto y se le veían las marcas de las uñas de Laoghaire en la mejilla; parecía un saqueador vikingo enloquecido. Yo me volví en busca de mi enagua.

Estaba perdida entre la ropa de cama y rebusqué por entre las sábanas. Al otro lado de la puerta empezaron a oírse golpes a los que se sumaron todo tipo de gritos cuando el alboroto atrajo a otros habitantes de la casa.

—Será mejor que vayas a dar explicaciones a tu hija —observé, pasándome la enagua por la cabeza.

—¡No es hija mía!

—¿No? —Saqué la cabeza por el escote de la enagua y levanté la barbilla para mirarle—. ¿Tampoco estás casado con Laoghaire?

—¡Estoy casado contigo, maldita sea! —gritó, golpeando la mesa otra vez.

—Me parece que no. —Tenía mucho frío. Mis dedos estaban tan entumecidos que no era capaz de atarme el corsé. Lo dejé a un lado y me levanté para coger mi vestido, que estaba en la otra punta de la habitación, justo detrás de Jamie—. Necesito mi ropa.

—No irás a ninguna parte, Sassenach. Antes tienes que...

—¡No me llames así! —grité para sorpresa de los dos.

Él me miró un instante. Luego asintió con la cabeza.

—Está bien —dijo con tranquilidad. Miró en dirección a la puerta, que estaba empezando a temblar debido a la fuerza de los golpes. Inspiró hondo y se irguió—. Voy a arreglar las cosas. Después hablaremos, tú y yo. No te muevas de aquí, Sass... Claire.

Y recogió la camisa para ponérsela con un ademán violento. Abrió la puerta y salió al pasillo, que se quedó repentinamente silencioso, y la cerró tras él.

Me las arreglé para ponerme el vestido. Luego me derrumbé en la cama, temblando de pies a cabeza, con la lana verde hecha un ovillo en las rodillas.

No podía pensar con claridad. Mi cabeza no paraba de girar en pequeños círculos alrededor de esa certeza principal: estaba casado. ¡Casado con Laoghaire! Y tenía una familia. Y aun así había llorado por Brianna.

—¡Oh, Bree! —exclamé—. ¡Oh, Bree, Dios mío!

Me eché a llorar: en parte por la desagradable sorpresa y en parte por el recuerdo de Brianna. No era lógico, pero ese descubrimiento parecía traicionarla tanto a ella como a mí, o incluso a Laoghaire.

Pensar en Laoghaire convirtió instantáneamente el dolor en ira. Me froté un pliegue de lana verde por la cara con aspereza dejándome la piel roja e irritada. ¡Maldito Jamie! ¿Cómo se atrevía? Que se hubiera vuelto a casar, creyéndose viudo, era una cosa. Pero que se hubiera casado con aquella rencorosa mujer que había tratado de asesinarme en el castillo Leoch... Claro que él debía de ignorarlo, apuntó una pequeña voz desde el interior de mi cabeza.

—¡Bueno, debería haberlo sabido! ¡Al infierno con él! ¿Cómo pudo aceptarla?

Las lágrimas me corrían a mares por la cara, cálidos regueros de pérdida y furia, y la nariz me chorreaba. Busqué a tientas y en vano un pañuelo, y a falta de uno me soné con una esquina de la sábana, presa de la desesperación.

Olía a Jamie. Peor aún: olía a los dos, con el vago almizcle de nuestro placer. Sentía un hormigueo en la cara interior del muslo, justo donde me había mordido Jamie hacía tan sólo unos minutos. Me golpeé la zona con la palma de la mano para acallar la sensación.

—¡Mentiroso! —grité. Y estrellé contra la puerta la jarra que Laoghaire había tratado de arrojarme. Se hizo añicos causando un gran estruendo.

Me quedé plantada en medio de la habitación escuchando. Todo estaba tranquilo. No se oía nada en el piso de abajo y nadie venía a comprobar qué había causado aquel ruido. Supuse que estarían todos demasiado preocupados tranquilizando a Laoghaire como para preocuparse por mí.

¿Vivirían allí, en Lallybroch? Recordé que Jamie había encargado a Fergus que se adelantara, en teoría para anunciar nuestra llegada a Ian y a Jenny, pero también, sin duda, para alejar a Laoghaire antes de que yo llegara.

¿Qué pensarían ellos del asunto? Aunque obviamente estaban al tanto, la noche anterior me habían recibido sin dar señales de saberlo. Pero habían sacado a Laoghaire de la casa. ¿Qué hacía de nuevo allí? Incluso tratar de darle vueltas hacía que me latieran las sienes.

El gesto violento de un minuto atrás me había ayudado a descargar la rabia necesaria como para poder controlar el temblor de mis dedos. Dejé el corsé en un rincón y me puse el vestido verde. Necesitaba salir de allí. Ése era el único pensamiento más o menos coherente dentro de mi cabeza, de modo que me aferré a él: debía irme. No podía seguir allí, en la misma casa que Laoghaire y su hija. Aquél era su hogar, no el mío. Esa vez conseguí abrocharme las ligas, atarme los lazos del vestido, abrochar los muchos cierres de la falda y encontrar mis zapatos. Uno estaba debajo del lavamanos y el otro bajo el enorme armario de roble, donde los había lanzado la noche anterior cuando me deshice de mi ropa de cualquier manera, ansiosa como estaba por meterme en la cama y acurrucarme entre los cálidos brazos de Jamie.

Me estremecí. El fuego había vuelto a apagarse y por la ventana entraba una corriente glacial. Me sentí helada hasta los huesos pese a estar ya vestida.

Perdí algún tiempo buscando la capa antes de recordar que la había dejado abajo, en la sala. Me alisé el pelo con los dedos, demasiado alterada para buscar un peine. Oía cómo mi pelo crepitaba y se erizaba debido a la electricidad estática que se le había quedado pegada al pasarme el vestido de lana por la cabeza; irritada, me aplasté los mechones flotantes.

Lista, por fin. Tanto como podía estarlo. Mientras echaba una última mirada a mi alrededor oí pasos en la escalera.

No eran pasos leves y rápidos, como los otros, sino pesados y lentos, decididos. Era Jamie quien subía... y no estaba muy deseoso de verme.

Perfecto. Yo tampoco quería verlo. Prefería irme de inmediato, sin discutir. ¿Qué podíamos decirnos?

Al abrirse la puerta retrocedí, sin darme cuenta de lo que hacía hasta que toqué la cama con las piernas. Entonces, perdido el equilibrio, me senté. Jamie se detuvo en el vano de la puerta para mirarme.

Se había afeitado. Eso fue lo primero que advertí. Se había afeitado y cepillado el pelo antes de enfrentarse al problema, como el joven Ian el día anterior. Parecía saber lo que yo estaba pensando. En su rostro asomó el esbozo de una sonrisa mientras se rascaba la barbilla recién afeitada.

—¿Crees que esto ayudará? —preguntó.

Tragué saliva y me humedecí los labios secos sin contestar. Él suspiró y se contestó a sí mismo.

—No, supongo que no. —Entró en la habitación y cerró la puerta tras de sí. Se quedó allí plantado con cierta incomodidad y luego avanzó hacia la cama con una mano extendida—. Claire...

—¡No me toques! —Me puse de pie y me aparté rodeándolo en dirección a la puerta. Él dejó caer la mano, pero se puso delante de mí bloqueándome el paso.

—¿No vas a permitir que te lo explique, Claire?

—Me parece que ya es un poco tarde para eso. —Quería usar un tono frío y desdeñoso. Por desgracia, me tembló la voz.

Jamie empujó la puerta cerrada, a su espalda.

—Siempre has sido razonable —dijo en voz baja.

—¡No me digas cómo he sido siempre! —Las lágrimas estaban demasiado cerca de la superficie. Me mordí los labios para contenerlas.

—De acuerdo. —Estaba muy pálido; los arañazos de Laoghaire eran tres líneas rojas en su mejilla—. No vivo con ella —explicó—. Ella y las chicas viven en Balriggan, cerca de Broch Mordha. —Me observaba con atención, pero no dije nada. Se encogió un poco de hombros en un gesto que le recolocó la camisa, y prosiguió—: Fue un gran error... casarme con ella.

—¿Con dos hijas? Tardaste bastante en darte cuenta de eso, ¿no? —espeté.

Él apretó los labios.

—Las chicas no son mías. Cuando me casé con ella, Laoghaire era viuda y tenía dos niñas.

—Ah. —Eso no cambiaba mucho las cosas, pero experimenté una pequeña oleada de alivio por Brianna. Por lo menos ella era la única hija de Jamie, incluso aunque yo...

—Hace tiempo que no vivo con ellas. Les envío dinero desde Edimburgo, pero...

—No tienes por qué darme explicaciones —interrumpí—. Déjame pasar, por favor. Me voy.

Jamie frunció sus gruesas y rojas cejas.

—¿Adónde?

—Lejos. A mi casa. No sé. ¡Déjame pasar!

—No irás a ninguna parte —replicó, decidido.

—¡No puedes impedírmelo!

Alargó las manos para sujetarme por los brazos.

—Claro que puedo —dijo.

Y podía. Forcejeé con rabia, pero no logré deshacerme de sus manos, que me agarraban con fuerza por los bíceps.

—¡Suéltame ahora mismo!

—¡No! —Me clavó los ojos entornados. De pronto caí en la cuenta de que, por sereno que pudiera parecer de puertas afuera, estaba tan alterado como yo. Vi cómo se movían los músculos de su garganta al tragar saliva en un intento de controlarse lo bastante como para volver a hablar—. No te dejaré ir sin explicarte por qué...

—¿Qué quieres explicarme? —acusé, furiosa—. ¡Volviste a casarte! ¿Qué más quieres decir?

El color le estaba subiendo a la cara y ya tenía rojas las puntas de las orejas, una inequívoca señal de furia inminente.

—¿Y tú, fuiste una monja durante estos veinte años? —inquirió, sacudiéndome un poco.

—¡No! —le lancé la palabra a la cara y él se estremeció un poco—. ¡No, qué coño! ¡Y tampoco supuse nunca que tú te hubieras portado como un monje!

—En ese caso...

Pero yo estaba demasiado furiosa para escuchar más.

—¡Me mentiste, maldita sea!

—¡No te mentí! —Se le había tensado la piel de las mejillas como le ocurría siempre que estaba muy enfadado.

—¡Claro que sí! ¡Lo sabes perfectamente! ¡Suéltame, cretino! —Le di un puntapié en la espinilla con la fuerza suficiente como para entumecerme los dedos de los pies, y el golpe le arrancó una exclamación de dolor, pero no me soltó. Por el contrario: me apretó con más fuerza, hasta hacerme gritar.

—Nunca te he dicho una mentira.

—¡No, pero aun así mentiste! Me diste a entender que no estabas casado, que no tenías a nadie, que... que... —Estaba medio sollozando de ira y jadeaba buscando las palabras—. ¡Deberías habérmelo dicho en cuanto llegué! ¿Por qué diablos te callaste?

Aflojó los dedos que me sujetaban los brazos y yo me las compuse para liberarme. Dio un paso hacia mí con los ojos brillantes de ira. Yo no le tenía miedo. Balanceé el puño hacia atrás y le golpeé en el pecho.

—¿Por qué? —insistí pegándole una y otra y otra vez con los puños. El sonido seco de los golpes retumbaba en su tórax—. ¿Por qué, por qué, por qué?

—Porque tenía miedo. —Me sujetó las muñecas para arrojarme en la cama. Luego se irguió ante mí con los puños apretados y la respiración agitada—. ¡Soy un cobarde, maldita sea! No te lo dije por miedo a que me abandonaras. Poco hombre como soy, no habría podido soportarlo.

—¿Poco hombre? ¿Con dos esposas? ¡Ja!

En ese momento pensé que me abofetearía. Levantó el brazo, pero entonces cerró el puño de su mano abierta.

—¿Soy hombre acaso? ¿Queriéndote tanto que lo demás no me importa? ¿Sabiendo que sacrificaría mi honor, mi familia, mi vida por acostarme contigo, a pesar de que me abandonaste?

—¿Y tienes el descaro de decirme semejante cosa? —Mi voz, de tan aguda, surgió como un susurro afilado y cruel—. ¿Me echas la culpa a mí?

—No, no puedo culparte. —Giró hacia un lado, ciego—. ¿Qué culpa tienes tú, si querías quedarte a mi lado para morir conmigo?

—¡Como tonta que soy! —exclamé—. ¡Tú me enviaste de vuelta, tú me obligaste a irme! ¿Y ahora quieres echarme la culpa por haberte obedecido?

Se giró hacia mí con los ojos oscurecidos por la desesperación.

—¡Tuve que hacerlo! ¡Por el bien de la criatura! —Involuntariamente, desvió la vista hacia la percha donde pendía su abrigo con las fotos de Brianna en el bolsillo. Inspiró hondo y se esforzó por tranquilizarse. Luego bajó la voz—. No, no puedo arrepentirme de eso, cualquiera que haya sido el precio. Habría dado la vida por ella y por ti. No importa que eso se llevara mi corazón y mi alma. —Soltó un largo y tembloroso suspiro controlando la pasión que le hervía en las venas—. No puedo culparte por haberte ido.

—Pero me culpas por haber vuelto.

Negó con la cabeza como si pretendiera aclarar sus pensamientos.

—¡No, por Dios!

Me agarró las manos con fuerza y la intensidad de su gesto me presionó los huesos.

—¿Sabes lo que significa vivir veinte años sin corazón? ¿Ser apenas media persona, acostumbrarte a vivir con lo poco que resta, llenando el vacío con lo que encuentras a mano?

—¡Y a mí me lo cuentas! —Forcejeé para liberarme, sin mucho éxito—. ¡Claro que lo sé, maldito cretino! ¿O crees que volví para vivir feliz con Frank por siempre jamás?

Le di una patada con todas mis fuerzas. Él hizo una mueca, pero no me soltó.

—A veces confiaba en que fuera así —respondió apretando los dientes—. Pero a veces lo veía contigo, día y noche, acostado contigo, poseyéndote, criando a mi hijo. ¡Y habría podido matarte por hacerme eso!

De pronto me soltó las manos y, girando en redondo, estrelló el puño contra el armario de roble. Fue un golpe impresionante. El armario era un mueble muy recio y el impacto debió de lastimarle los nudillos, pero sin vacilar, Jamie también clavó el otro puño en los tablones de roble, como si la brillante madera fuera la cara de Frank, o la mía.

—Eso es lo que sientes, ¿no? —observé con frialdad cuando dio un paso atrás jadeando—. Yo no necesito imaginarte con Laoghaire. ¡Te he visto con ella!

—¡Laoghaire me importa un bledo! ¡Nunca me ha importado!

—¡Cretino! —repetí—. Eres capaz de casarte con una mujer sin quererla y la descartas en cuanto...

—¡Cállate! —rugió—. ¡Cierra la boca, maldita bruja! —Descargó el puño en el lavamanos sin dejar de mirarme—. De un modo u otro, estoy condenado, ¿no? Si sentí algo por ella, soy un mujeriego desleal; si no, soy una bestia sin corazón.

—¡Deberías habérmelo dicho!

—¿Para qué? —Me cogió de la mano y me levantó de un tirón colocándome justo delante de sus ojos—. Habrías girado sobre tus talones para abandonarme sin decir palabra. Y después de haber vuelto a verte... habría hecho cosas mucho peores que mentir para conservarte.

Me apretó con fuerza contra su cuerpo para besarme, largamente y con dureza. Mis rodillas se convirtieron en agua; luché por mantenerme fría, atrincherada en el recuerdo de los ojos furiosos de Laoghaire, de su voz chillona resonando en mis oídos: «¡Es mío!»

—Esto no tiene sentido —dije apartándome. Estaba embriagada de ira y la resaca se estaba apropiando rápidamente de mí en forma de borroso torbellino negro. La cabeza me daba vueltas y apenas podía aguantar el equilibrio—. No puedo pensar con claridad. Me voy.

Me lancé hacia la puerta, pero él me sujetó por la muñeca y tiró de mí.

Me giró hacia él y volvió a besarme con tanta fuerza que me dejó sabor a sangre en la boca. No había en su gesto afecto ni deseo, sólo pasión ciega y la voluntad de poseerme. Ya no seguiría hablando.

Yo tampoco. Aparté la boca y le di una violenta bofetada, curvando los dedos para arañarlo. Él se echó hacia atrás con la mejilla nuevamente herida. Luego enredó los dedos en mi pelo y se inclinó para besarme otra vez con deliberada brutalidad, ignorando los golpes que yo lanzaba contra él.

Me mordió con fuerza el labio inferior y cuando separé los labios me metió la lengua en la boca uniendo aliento y palabras.

Me arrojó sobre la cama en la que yacíamos riendo hacía sólo una hora, y allí me inmovilizó con el peso de su cuerpo.

Estaba excitado y se le notaba. Yo también.

«Mía», decía él, sin pronunciar una sola palabra. «¡Mía!»

Lo rechacé con ilimitada furia y bastante habilidad. «Tuya», decía mi cuerpo. «¡Tuya, y maldito seas por eso!»

No me di cuenta de que me rompía el vestido, pero sentí el calor de su cuerpo en mis pechos desnudos a través de la fina tela de su camisa y el largo y duro músculo de su muslo clavándose en el mío. Me soltó el brazo para desabrocharse los pantalones y le hice un arañazo desde la oreja hasta el pecho dejándole unas pálidas manchas rojas en la piel.

Estábamos haciendo lo posible por matarnos el uno al otro, impulsados por la ira de aquellos años de separación: yo por su decisión de enviarme de regreso, él por mi partida; yo por Laoghaire, él por Frank.

—¡Perra! —jadeó—. ¡Puta!

—¡Vete al diablo! —Le tiré del pelo largo para bajarle la cara hacia mí otra vez. Caímos de la cama al suelo, hechos una maraña, y rodamos de un lado a otro, entre maldiciones balbuceadas y palabras sin terminar.

No oí el ruido de la puerta al abrirse. No oí nada, aunque ella debía de habernos llamado más de una vez. Sorda y ciega, no atendía más que a Jamie hasta que la lluvia de agua fría cayó sobre nosotros. Jamie quedó petrificado y palideció; en su cara sólo quedaron los huesos marcados bajo la piel.

Me sentí aturdida. Del pelo de Jamie se desprendían gotas de agua que me caían sobre los pechos. Detrás de él vi a Jenny, tan blanca como su hermano, con una cacerola vacía en la mano.

—¡Basta! —ordenó. Tenía los ojos sesgados por la cólera y el horror—. ¿Cómo puedes hacer esto, Jamie? ¡Montar a tu mujer como una bestia en celo sin que te importe si te oyen en toda la casa!

Él se apartó lentamente de mí, torpe como un oso. Jenny cogió una manta de la cama y me la echó sobre el cuerpo.

Jamie se puso a gatas y sacudió la cabeza como un perro; las gotas de agua salieron disparadas. Luego se levantó con lentitud y se acomodó los pantalones desgarrados.

—¿No te da vergüenza? —exclamó ella, escandalizada.

Jamie la miró como si nunca hubiera visto una criatura parecida y estuviera tratando de adivinar qué era. De las puntas del pelo le caían gotas sobre el pecho desnudo.

—Sí —dijo por fin suavemente—. Me da vergüenza.

Parecía desconcertado. Cerró los ojos, recorrido por un profundo estremecimiento, y salió sin decir una palabra.

35

Fuga del Edén

Jenny me ayudó a acostarme chasqueando la lengua de vez en cuando, aunque no sé si lo hacía por sorpresa o por preocupación. Yo era vagamente consciente de las figuras que aguardaban en la puerta. Supuse que serían sirvientes, pero no tenía ganas de prestarles mucha atención.

—Te traeré algo para que te vistas —murmuró ahuecando una almohada para que me apoyara—. Y algo para beber. ¿Estás bien?

—¿Dónde está Jamie?

Me echó una rápida mirada de compasión en la que se mezclaba un destello de curiosidad.

—No tengas miedo. No dejaré que vuelva a acercarse a ti. —Hablaba con firmeza; luego apretó los labios, ceñuda, y me arropó con la colcha—. ¡Cómo ha podido hacerte algo así!

—No ha sido culpa suya... Eso no. —Me pasé una mano por el pelo enredado para dar a entender mi desaliño general—. He sido yo. Hemos sido los dos. Él... yo... —Dejé caer la mano incapaz de explicarme. Estaba dolorida y temblorosa y tenía los labios hinchados.

—Comprendo —fue todo cuanto dijo Jenny, que me echó una larga mirada para evaluarme. Me pareció bastante posible que lo comprendiera.

No tenía ganas de hablar sobre lo que había pasado y ella pareció percibirlo, porque guardó silencio durante un rato tras dar una orden en voz baja a alguna de las personas que aguardaban en el pasillo. Luego se paseó por la habitación colocando bien los muebles y ordenando cosas. Vi cómo se detenía un momento al ver los agujeros del armario y luego se agachó para recoger los trozos más grandes del aguamanil roto.

Cuando los dejó dentro de la jofaina, se oyó un golpe sordo en el piso de abajo: se había cerrado la gran puerta principal. Jenny se acercó a la ventana y apartó la cortina.

—Es Jamie —dijo. Me miró y dejó caer la cortina—. Va a subir a la colina; siempre hace lo mismo cuando está atribulado. Eso o emborracharse con Ian. La colina es mejor.

Solté un pequeño resoplido.

—Supongo que estará atribulado, sí.

Se oyeron unos pasos ligeros en el pasillo y apareció la joven Janet llevando en equilibrio una bandeja con bizcochos, whisky y agua. Se la veía pálida y asustada.

—¿Estás... bien, tía? —preguntó vacilante mientras dejaba la bandeja.

—Estoy bien —le aseguré incorporándome para coger la botella de whisky.

Jenny le dio una palmadita en el brazo y se volvió hacia la puerta.

—Quédate con tu tía —ordenó—. Yo iré a ver si le encuentro un vestido.

Janet asintió obediente y se instaló en un banquillo junto a la cama para observarme mientras comía.

Empecé a sentirme físicamente más fuerte después de ingerir un poco de comida y beber algo. Por dentro me sentía bastante entumecida. Lo que había pasado parecía irreal y, sin embargo, tenía una imagen muy clara en la cabeza. Recordaba los detalles más insignificantes: los lazos de percal azul del vestido de la hija de Laoghaire, las pequeñas venas reventadas del rostro de Laoghaire, la uña rota del dedo anular de Jamie.

—¿Sabes dónde está Laoghaire? —le pregunté a Janet mientras comía y bebía.

La chica tenía la cabeza gacha, como si estuviera estudiándose las manos, pero ante mi pregunta la levantó de pronto y parpadeó.

—¡Oh! —exclamó—. Oh, sí. Marsali, Joan y ella han vuelto a Balriggan, donde viven. Tío Jamie las obligó.

—Ah, sí —dije secamente.

Ella se mordió el labio, retorciéndose las manos en el delantal. De pronto levantó la vista.

—¡Lo siento muchísimo, tía! —Tenía los ojos de un marrón muy cálido, como los de su padre. Pero en ese momento estaban llenos de lágrimas.

—No importa —le dije aún sin tener idea de lo que quería decir, pero intentando tranquilizarla de todos modos.

—¡Es que fui yo! —espetó. Parecía totalmente angustiada, pero decidida a confesarse—. Yo... yo... le dije a Laoghaire que estabas aquí. Por eso ha venido.

—Oh... —Bueno, supuse que eso lo explicaba todo. Me acabé el whisky y volví a dejar el vaso en la bandeja con mucho cuidado.

—No se me ocurrió... es decir... no era mi intención provocar un escándalo, de veras. No sabía que tú... que ella...

—No importa —repetí—. Tarde o temprano, alguna de las dos tenía que enterarse. —Aunque eso no cambiaba nada, la miré con cierta curiosidad—. Pero ¿por qué se lo dijiste?

La chica miró con cautela por encima del hombro al oír unos pasos que se acercaban desde el piso de abajo. Se acercó un poco a mí.

—Porque mamá me lo ordenó —respondió susurrando.

Se levantó y salió a toda prisa, rozando a su madre en el vano de la puerta.

No pregunté nada. Jenny había conseguido un vestido —de alguna de sus hijas mayores—, y me ayudó a ponérmelo sin más conversación que la imprescindible. Una vez vestida y calzada, con el pelo peinado y recogido, me volví hacia ella.

—Quiero irme —dije—. Ahora mismo.

Ella no discutió. Se limitó a mirarme de pies a cabeza para asegurarse de que estuviera lo bastante fuerte. Luego asintió. Sus oscuras pestañas cubrían los sesgados ojos azules que compartía con su hermano.

—Creo que es lo mejor —dijo en voz baja.

Ya cercano el mediodía, partí de Lallybroch sabiendo que sería la última vez. Llevaba una daga en la cintura como protección, aunque difícilmente me haría falta. En las alforjas de la montura había comida y varias botellas de cerveza: suficiente para llegar al círculo de piedras. Había pensado en coger las fotos de Brianna que Jamie tenía en su abrigo, pero después de vacilar un momento las dejé allí. Ella le pertenecía para siempre, aunque conmigo no sucediera lo mismo.

Era un día frío de otoño y la promesa gris de la mañana estaba cubierta del rocío matinal. No había nadie a la vista cuando Jenny sacó el caballo del establo y sujetó las bridas para que yo montara. Me puse la capucha del manto e hice una señal con la cabeza. La última vez nos habíamos separado como hermanas, con lágrimas y abrazos. Ella soltó las riendas y dio un paso atrás mientras yo dirigía el caballo hacia el camino.

—¡Que Dios te acompañe! —la oí decir tras de mí.

No respondí. Tampoco miré hacia atrás.

Pasé la mayor parte del día a caballo, sin prestar mucha atención al camino; atenta sólo al rumbo, dejaba que mi montura escogiera las sendas por los pasos de la montaña.

Me detuve cuando la luz empezaba a desaparecer; después de atar al caballo para que pastara, me acosté envuelta en el capote. De inmediato me quedé dormida; creo que no me quise quedar despierta por miedo a ponerme a pensar, por miedo a recordar. El aturdimiento era mi único refugio. Sabía que acabaría desapareciendo, pero me aferré a su gris consuelo durante todo el tiempo que pude.

Al día siguiente fue el hambre lo que me devolvió, de mala gana, a la vida. Durante toda la jornada anterior no me había detenido a comer. Tampoco lo hice al despertar, pero hacia mediodía mi estómago comenzaba a emitir fuertes protestas. Así que desmonté en un pequeño claro, junto a un arroyuelo, y desenvolví las provisiones que Jenny me había puesto en las alforjas.

Había tortitas de avena y cerveza, y varias hogazas pequeñas de pan recién hecho abiertas por la mitad y rellenas de queso de cabra y encurtidos caseros. Eran los bocadillos de las Highlands, el copioso sustento de pastores y guerreros, tan típicos de Lallybroch como lo era la mantequilla de cacahuete en Boston. Me parecía muy apropiado que mi aventura acabara con uno de esos bocadillos.

Comí un emparedado, bebí una de las botellas de cerveza y monté nuevamente, dirigiendo al caballo en dirección al nordeste. Por desgracia, si la comida había devuelto las fuerzas a mi cuerpo, también había dado nueva vida a mis sentimientos. Conforme ascendíamos más y más hacia las nubes, mi ánimo iba decayendo, y tampoco es que hubiese empezado muy alto.

El caballo estaba bien dispuesto, pero yo no. A media tarde, sin poder continuar, me adentré con la montura en un bosquecillo para que no fuera visible desde el camino; después de atarlo holgadamente, caminé entre los árboles hasta encontrar el tronco de un álamo temblón manchado de musgo.

Me senté debajo, encorvada, con los codos en las rodillas y la cabeza entre las manos. Me dolían todas las articulaciones, más de pena que por el enfrentamiento del día anterior o por los rigores del viaje. La reserva y la introversión siempre habían tenido mucha importancia en mi vida. Había aprendido, con bastante trabajo, el arte de curar: a brindar cuidado e interés deteniéndome antes del punto peligroso en que dar demasiado es dejar de ser eficiente. Había aprendido los rigores del desapego y la independencia a mi costa.

También me había ocurrido con Frank. Había aprendido el delicado equilibrio de la cortesía, una mezcla de amabilidad y respeto que no cruzaba las invisibles barreras de la pasión. ¿Y Brianna? El amor por un hijo nunca es libre. Desde que una mujer siente sus primeros movimientos en el útero, nace en ella una devoción tan poderosa como inconsciente, tan irresistible como el proceso del nacimiento. Pero por poderoso que sea, es un amor regido por el control. La madre es la que está al mando, la protectora, la vigía, la guardiana. Es cierto que hay mucha pasión en ese sentimiento, pero nunca hay abandono.

Siempre, siempre, había tenido que equilibrar la compasión con sabiduría, el amor con tino, la humanidad con inflexibilidad.

Sólo con Jamie había dado cuanto tenía, arriesgándolo todo, descartando la cautela, el sentido común y la sabiduría junto con las comodidades y restricciones de una posición ganada a pulso. Había llegado a él sin darle nada más que mi persona, en cuerpo y alma, dejando que me viera desnuda, confiando en que supiera verme entera y cuidar de mis debilidades como en otros tiempos.

En un principio temí que él no pudiera. O no quisiera. Y luego llegaron esos pocos días de gozo perfecto que me hicieron pensar que todo volvía a ser como antes. Pude amarlo en libertad y ser amada con una sinceridad que igualaba la mía.

Las lágrimas se deslizaron entre mis dedos. Lloraba por Jamie y por lo que yo había sido con él. Su voz me susurraba: «¿Sabes lo que significa decir otra vez "Te amo" y decirlo de verdad?»

Lo sabía. Y con la cabeza entre las manos, bajo los pinos, supe que nunca volvería a decirlo de verdad.

Hundida como estaba en mi angustiosa contemplación, no oí los pasos hasta que estuvo casi ante mí. Me sobresalté al escuchar el crujido de una rama, me levanté del árbol caído como un faisán y di media vuelta hacia el atacante con el corazón en la boca y la daga en la mano.

—¡Dios mío! —Quien me acechaba retrocedió ante la hoja desnuda, tan sobresaltado como yo.

—¿Qué diablos estás haciendo aquí? —interpelé llevándome la mano libre al pecho. El corazón me palpitaba como un timbal. Debía de estar tan pálida como él.

—¡Por Dios, tía Claire! ¿Dónde aprendiste a desenvainar así un cuchillo? ¡Casi me matas del susto! —El joven Ian se pasó una mano por la frente y la nuez se balanceó en su cuello cuando tragó saliva.

—Lo mismo digo —le aseguré. La mano me temblaba tanto que no pude envainar la daga y se me aflojaron las rodillas. Me dejé caer en el tronco del álamo con el cuchillo en el regazo—. Repito —dije tratando de controlarme—: ¿qué haces aquí? —En realidad, ya me hacía una puñetera idea de lo que estaba haciendo allí y no tenía ganas de escucharlo. Por otra parte, necesitaba recuperarme del susto antes de poder levantarme con seguridad.

El chico se mordió el labio y, tras echar una mirada alrededor y que yo le diera permiso asintiendo, se sentó a mi lado con cierta incomodidad.

—Me envía el tío Jamie... —comenzó.

No esperé a oír más. Me levanté de inmediato, envainando la daga en el cinturón, y me di media vuelta.

—¡Espera, tía! ¡Por favor! —Me sujetó por un brazo, pero yo me desprendí con una sacudida y me alejé de él.

—No me interesa —dije pateando a un lado las hojas de helecho—. Vuelve a tu casa, pequeño Ian. Tengo dónde ir. —Eso esperaba, al menos.

—¡Pero las cosas no son como tú crees! —Puesto que no podía evitar que abandonara el claro, me siguió sin dejar de hablar mientras se agachaba ante las ramas bajas—. ¡Él te necesita, tía! De veras. ¡Debes regresar conmigo!

No respondí. Allí estaba mi caballo; me agaché para desatar la soga.

—¡Tía Claire! ¿No vas a escucharme? —Se irguió al lado del caballo mirándome por encima de la silla de montar. Se parecía mucho a su padre y la ansiedad arrugaba su bondadosa y hogareña expresión.

—No —espeté.

Metí en las alforjas la cuerda con la que había atado el caballo y subí el pie al estribo para montar con elegancia, haciendo crujir faldas y enaguas, pero mi digna partida se vio impedida por el joven Ian, que sujetaba las riendas con mano de hierro.

—Suelta —ordené perentoria.

—Primero, escúchame.

Me clavó la mirada con los dientes apretados, encendidos sus suaves ojos pardos. Lo fulminé con la mirada. A pesar de ser un muchacho desgarbado tenía la delgada musculatura de Ian, y a no ser que estuviera dispuesta a pasarle por encima con el caballo, no parecía tener muchas más opciones que escucharlo.

«Está bien», decidí. No le serviría de nada, ni a él ni a su traicionero tío, pero lo escucharía.

—Habla —dije, reuniendo la poca paciencia que tenía.

El chico inspiró hondo y me miró con cautela para decidir si hablaba en serio. Cuando decidió que sí, soltó el aire haciendo ondear los suaves mechones castaños que le cubrían la frente y cuadró los hombros.

—Bueno —comenzó de pronto inseguro—. Es... yo... él...

Lancé un gruñido de exasperación.

—Comienza por el principio. Pero no te extiendas demasiado, ¿eh?

Él asintió, clavándose los dientes en el labio para concentrarse.

—Bueno, el tío Jamie armó un alboroto en casa cuando supo que te habías ido.

—No lo dudo —dije. Aunque no quisiera reconocerlo tenía cierta curiosidad, pero la reprimí adoptando una expresión de completa indiferencia.

—Nunca lo había visto tan furioso —continuó, observándome con atención—. Ni a mamá tampoco. Se gritaron de todo. Papá trató de calmarlos, pero ni siquiera parecían oírlo. El tío Jamie dijo que mamá era una entrometida... y cosas mucho peores —añadió sonrojándose.

—No tenía por qué enfadarse con Jenny —objeté—. Ella sólo trataba de ayudar... creo. —Me repugnaba saber que esa riña también era por culpa mía. Jenny había sido el principal apoyo de Jamie desde la muerte de su madre, cuando ambos eran niños. ¿Cuántos males más le habría causado con mi retorno?

Para mi sorpresa, el chico sonrió.

—Bueno, ella también hizo lo suyo —dijo con sequedad—. Mi madre no es una mujer que se deje pisotear sin hacer nada, ¿sabes? Antes de que terminara la discusión, el tío Jamie tenía unas cuantas marcas de dientes. —Tragó saliva al recordar.

»En realidad, creo que se lastimaron el uno al otro. Mamá lo atacó con un cazo de hierro; él se lo quitó para arrojarlo por la ventana de la cocina y asustó a todos los pollos que había en el patio —añadió con una débil sonrisa en los labios.

—Los pollos no me interesan, joven Ian —dije mirándolo fríamente—. Continúa. Quiero seguir viaje.

—Bueno, después el tío Jamie derribó las estanterías de los libros de la sala, aunque no creo que lo hiciera a propósito —se apresuró a añadir—. Lo que pasa es que estaba demasiado aturdido para ver por dónde iba mientras salía. Papá se asomó por la ventana para preguntarle dónde iba y él respondió que salía a buscarte.

—¿Y por qué estás tú aquí en su lugar? —pregunté, inclinándome ligeramente hacia delante para vigilar la mano que sujetaba las riendas. Si los dedos daban alguna señal de relajarse, trataría de arrancárselas.

El joven Ian suspiró.

—Es que, mientras el tío Jamie estaba ensillando su caballo apareció la tía... eh... su esp... —Enrojeció miserablemente—. Laoghaire. Bajó la colina y se plantó ante la puerta.

En aquel momento renuncié a fingir indiferencia.

—¿Y entonces, qué pasó?

Él frunció el ceño.

—Hubo una discusión terrible, pero no pude oír mucho. La tía... Laoghaire, digo... ella no sabe pelear como se debe, como mamá y tío Jamie. No hace más que llorar y gemir. Gimotear, como dice mamá.

—Hum. ¿Y entonces?

Laoghaire había desmontado para coger a Jamie por la pierna y tirar de él. Luego se dejó caer en un charco del patio, abrazada a las rodillas de Jamie, sollozando y gimiendo como siempre. Él no podía escapar; acabó por levantarla y se la echó sobre el hombro para llevarla arriba sin prestar atención a las miradas de la familia y los sirvientes.

—Bien —dije. Notando que tenía los dientes apretados, los aflojé—. Así que te envió a buscarme porque él estaba muy ocupado con su esposa. ¡Cretino! ¡Qué descaro! Manda a alguien a buscarme como si yo fuera una criada porque no le resulta cómodo venir en persona. Quiere el pan y la torta, ¿no? Grandísimo arrogante, egoísta, autoritario... ¡Escocés! —Estaba tan distraída imaginando a Jamie subiendo a Laoghaire escaleras arriba, que *escocés* fue el peor adjetivo que se me ocurrió en ese momento.

Tenía los nudillos blancos de tanto apretar la silla. Sin preocuparme ya por las sutilezas, di un manotazo a las riendas.

—¡Suelta!

—¡Pero no fue así, tía Claire!

—¿Qué no fue así? —Su tono desesperado me hizo levantar la vista. Su largo y estilizado rostro estaba tenso debido a la angustiosa necesidad de hacerme comprender.

—¡El tío Jamie no se quedó para atender a Laoghaire!

—¿Y por qué te envió a ti?

Inspiró hondo y se volvió a agarrar con fuerza a las riendas.

—Porque ella le disparó. Él me envió a buscarte porque se está muriendo.

—Si me estás mintiendo, Ian Murray —dije por duodécima vez—, lo lamentarás hasta el fin de tu vida... ¡que, por cierto, será muy corta!

Tuve que alzar la voz para hacerme oír. Se había levantado un fuerte viento que me agitaba el pelo y me ceñía las faldas a las piernas; el tiempo se había vuelto convenientemente dramático y unas grandes nubes negras cerraban los pasos de montaña hirviendo sobre los acantilados como espuma de mar. A lo lejos se oía el rugido de los truenos, como el remoto oleaje lamiendo la arena.

El joven Ian, sin aliento para contestar, se limitó a negar con la cabeza, inclinada contra el viento. Iba a pie, conduciendo ambos ponis de la brida por un tramo pantanoso, junto al borde de un pequeño lago. Me miré la muñeca por instinto añorando mi Rolex.

Costaba mucho discernir dónde estaba el sol debido a la tormenta que se aproximaba por el oeste, pero el extremo superior de las nubes teñidas de negro relucía con un resplandor tan blanco que parecía casi dorado. Había perdido la capacidad de saber la hora mirando el sol y el cielo, pero calculé que era apenas media tarde.

Lallybroch estaba a algunas horas de distancia y dudaba mucho que llegáramos antes del anochecer. Cuando viajaba reticente de camino a Craigh na Dun, había tardado casi dos días en alcanzar el bosquecillo en el que me encontró el joven Ian. El muchacho me había dicho que sólo llevaba un día de camino. No sabía muy bien adónde me dirigía y él mismo había seguido el rastro del poni que montaba yo, por lo visto mis huellas le resultaron evidentes grabadas en las manchas de barro que se abrían entre el brezo del páramo.

Habían pasado dos días desde mi partida, y uno —uno más— en el viaje de regreso. Tres días, por tanto desde que Jamie recibió el disparo.

El joven Ian no me daba muchos detalles; tras haber cumplido con su misión, sólo quería llegar a Lallybroch lo antes posible y no le parecía necesario conversar. Me dijo que Jamie estaba herido en el brazo izquierdo; eso no era muy grave. Pero la bala le había penetrado también en el costado y eso sí que lo era. Cuando el chico partió, Jamie estaba consciente; eso no era grave. Pero comenzaba a subirle la fiebre; eso sí que lo era, y bastante. En cuanto a los posibles efectos del disparo, el tipo o gravedad de la fiebre y el tratamiento que se le hubiera aplicado, Ian se limitó a encogerse de hombros.

Tal vez Jamie se estaba muriendo, tal vez no. Jamie sabía muy bien que no me arriesgaría a marcharme sin saberlo. Cabía la posibilidad de que él mismo se hubiera disparado para obligarme a regresar. Nuestro último encuentro podría haberle provocado dudas y podría no saber cómo habría reaccionado yo en caso de que hubiera venido a buscarme, o si hubiera hecho uso de la fuerza para hacerme regresar.

Estaba empezando a llover y las gotas me salpicaban el pelo y las pestañas con suavidad, empañándome la vista como si fueran lágrimas. Cuando dejamos atrás la zona pantanosa, el joven Ian volvió a montar y me guió por la ruta que conducía al desfiladero en dirección a Lallybroch.

Era capaz de trazar un plan como ése y tenía valor de sobra para llevarlo a cabo. Por otra parte, nunca lo había visto actuar con imprudencia. Siempre había corrido muchos riesgos —«En realidad, casarse conmigo fue uno de ellos», pensé con tristeza—, pero nunca lo había visto actuar sin calcular el costo y su disposición a pagarlo. No parecía lógico que corriera el riesgo de morir para atraerme de nuevo a Lallybroch. Jamie Fraser era un hombre muy lógico.

Me calé bien la capucha de la capa para evitar que la lluvia siguiera mojándome la cara. La humedad había oscurecido los hombros y los muslos del joven Ian, y la lluvia goteaba desde el ala de su sombrero, pero él iba bien erguido sobre su montura ignorando el tiempo con la estoica indiferencia de un auténtico escocés.

Muy bien; dada la improbabilidad de que Jamie hubiera disparado contra sí mismo, ¿existiría siquiera ese disparo? Tal vez todo era una invención suya y había mandado a su sobrino a contármela. Pero me parecía muy difícil que su sobrino fuera capaz de darme una noticia falsa de un modo tan convincente.

Me encogí de hombros y al moverme un gélido hilillo de agua se coló por debajo de mi capa. Me obligué a esperar con toda la paciencia que pudiera reunir hasta que llegáramos a nuestro destino. Los muchos años que llevaba practicando la medicina me habían enseñado a no precipitarme porque la realidad de cada caso era única y también debía serlo mi reacción ante ellos. Sin embargo, controlar mis emociones me costaba mucho más que controlar mis reacciones profesionales.

Cada vez que abandonaba Lallybroch lo hacía pensando que no regresaría nunca. Y allí estaba una vez más, regresando. Por dos veces me había separado de Jamie con la certidumbre de no volver a verlo. Y allí estaba, volviendo a él como una paloma mensajera a su palomar.

—Te diré una cosa, Jamie Fraser —murmuré por lo bajo—. Si no estás a las puertas de la muerte cuando yo llegue, vivirás para lamentarlo.

36

Hechicería práctica y aplicada

Llegamos varias horas después de oscurecer, calados hasta los huesos. La casa estaba silenciosa y oscura con excepción de dos luces tenues en la sala. Se oyó un ladrido de advertencia, pero el joven Ian acalló al animal; después de olisquear con curiosidad mi estribo, la silueta blanca y negra desapareció en la oscuridad del patio.

El ladrido había bastado para alertar a alguien. Mientras el joven Ian me conducía al vestíbulo, se abrió la puerta de la sala y Jenny asomó la cabeza, ojerosa de preocupación. Al ver a su hijo su expresión se convirtió en alivio, de inmediato suprimido por la justiciera expresión de indignación de la madre ante el vástago errabundo.

—¡Ian, pequeño bandido! ¿Dónde te habías metido esta vez? ¡Tu padre y yo nos hemos vuelto locos de angustia! —Le echó una mirada ansiosa—. ¿Estás bien?

Ante su gesto afirmativo, apretó de nuevo los labios.

—Bueno, ¡ahora sí que te espera una buena, muchacho! ¿Quieres decirme dónde diablos andabas?

El desgarbado joven Ian estaba empapado de la cabeza a los pies, parecía un espantapájaros ahogado. Y, sin embargo, seguía siendo lo bastante alto como para esconder mi presencia de los ojos de su madre.

En vez de responder al regaño, el chico se encogió torpemente de hombros y dio un paso a un lado, dejándome a la vista de su madre.

Si mi resurrección de entre los muertos la había desconcertado, esta segunda reaparición la dejó atónita. Los ojos azules, por lo general tan sesgados como los de su hermano, se dilataron hasta el punto de parecer redondos. Me miró durante largo rato sin decir nada; luego volvió una vez más la vista hacia su hijo.

—Un cuclillo —dijo en tono casi coloquial—. Eso eres tú, muchacho: un gran cuclillo en el nido. Sabrá Dios de quién debes ser hijo. Mío, no.

El joven Ian se ruborizó intensamente y agachó la mirada con las mejillas acaloradas. Luego se apartó el pelo mojado de los ojos con el reverso de la mano.

—Yo... bueno, es que... —balbuceó con los ojos clavados en las botas—. No podía dejar que...

—¡Oh, eso ahora no importa! —le espetó su madre—. Sube a acostarte. Mañana tu padre se encargará de ti.

Ian echó una mirada indefensa a la puerta de la sala. Luego se volvió hacia mí con un encogimiento de hombros, miró el sombrero empapado que tenía en las manos como si se preguntara cómo había llegado hasta allí, y se alejó por el pasillo arrastrando los pies.

Jenny permaneció inmóvil, sin apartar la vista de mí hasta que la puerta se cerró con un golpe suave tras la estela del joven Ian. Tenía cara de cansada y ojeras de no haber dormido. Y a pesar de seguir igual de tiesa que siempre, por una vez parecía tener su edad, o incluso algunos años más.

—Así que has vuelto —dijo con rotundidad.

Como no vi ninguna necesidad de responder a lo evidente, asentí con la cabeza. La casa estaba en silencio y llena de sombras, y sólo un candelabro de tres brazos que descansaba sobre la mesa iluminaba el vestíbulo.

—Ahora eso no importa —dije en voz baja para no turbar el descanso de la casa. A fin de cuentas en ese instante sólo importaba una cosa—. ¿Dónde está Jamie?

Tras una breve vacilación, ella también asintió: aceptaba mi presencia por el momento.

—Aquí —dijo, señalando la puerta de la sala.

Eché a andar, pero me detuve. Quedaba algo por preguntar.

—¿Dónde está Laoghaire?

—Se ha ido. —Los ojos de Jenny eran inescrutables a la luz de la vela.

Respondí con un asentimiento, crucé la puerta y cerré con firmeza tras de mí.

Jamie, demasiado largo para el sofá, yacía en un catre instalado junto al fuego, dormido o inconsciente; su perfil se recortaba, oscuro y afilado, contra la luz de las brasas. Sea lo que fuere lo que había sucedido, al menos no había muerto, o no de momento. Mis ojos se acostumbraron a la tenue luz del fuego y vi el lento subir y bajar del pecho bajo la camisa de dormir y la colcha. En la mesita de noche que se hallaba junto a la cama había una petaca con agua y una botella de coñac. Sobre el respaldo de la silla acolchada, un chal. Jenny había estado sentada allí cuidando de su hermano.

No parecía que hubiera ningún motivo para las prisas. Desaté los cordeles de mi capote y extendí la prenda empapada sobre el respaldo de la silla, luego cogí el chal de Jenny para sustituirlo. Tenía las manos frías. Me las puse bajo las axilas para que recuperasen la temperatura normal antes de tocarlo.

Cuando por fin me aventuré a apoyar la mano en su frente estuve a punto de retirarla de golpe: quemaba como una pistola después de un disparo. Gimió y se removió ante el contacto. Tenía mucha fiebre. Después de observarlo me acerqué con cautela junto a la cama y ocupé la silla de Jenny. Con una temperatura como ésa no dormiría mucho tiempo; no valía la pena despertarlo antes para examinarlo.

Detrás de mí, la capa empezó a gotear agua en el suelo con un lento y arrítmico golpeteo. Me inquieté al recordar una antigua superstición escocesa, el goteo de la muerte. Según cuenta la leyenda, justo antes de que muera alguien, las personas sensibles a esta clase de cosas oyen un goteo de agua.

Por suerte yo no era dada a advertir esa clase de fenómenos sobrenaturales. «No —pensé con ironía—, a ti sólo te llaman la atención los viajes en el tiempo.» La idea me hizo esbozar una breve sonrisa y el gesto se llevó el escalofrío que había sentido al pensar en el goteo de la muerte.

Y, sin embargo, cuando el frío de la lluvia empezó a remitir, seguía estando intranquila, y por motivos evidentes. No hacía tanto tiempo desde que estuve junto a otra cama de noche contemplando la muerte y el fin de un matrimonio. Los pensamientos que se habían iniciado en el bosque, prolongados durante el presuroso viaje de regreso a Lallybroch, continuaban ahora sin voluntad consciente por mi parte.

El honor había conducido a Frank a la decisión de retenerme como esposa y criar a Brianna como si fuera suya. El honor y su resistencia a rechazar una responsabilidad que creía suya. Ahora tenía ante mí a otro hombre honorable.

Laoghaire y sus hijas, Jenny y su familia, los prisioneros escoceses, los contrabandistas, el señor Willoughby y Geordie, Fergus y los arrendatarios... ¿Con cuántas otras responsabilidades habría cargado Jamie durante mi ausencia?

Por mi parte, la muerte de Frank me había absuelto de una de mis obligaciones; la misma Brianna, de otra. La junta del hospital, en su eterna sabiduría, cortó mi última atadura a aquella otra vida. La ayuda de Joe Abernathy me dio tiempo para librarme de las responsabilidades menores, para delegar y resolver.

Jamie no había tenido ni tiempo ni elección en cuanto a mi reaparición en su vida, ni tiempo para tomar decisiones y resolver conflictos. Él no era de los que faltan a sus responsabilidades, ni siquiera por amor.

Me había mentido, sí, por no confiar en que yo fuera capaz de reconocer esas responsabilidades y permanecer a su lado o marcharme tal como requerían sus circunstancias. Había tenido miedo. Yo también. Miedo de que no se decidiera por mí en el conflicto entre un amor de veinte años y su familia actual. Por eso huí.

«¿A quién persigues, lady Jane?», oí decir a la voz de Joe Abernathy con un tono burlón y afectivo. Había huido hacia Craigh na Dun con la prisa y la decisión del condenado que se aproxima a los peldaños del patíbulo. Nada habría podido postergar mi viaje más que la esperanza de que Jamie viniera a buscarme.

Era cierto que los ataques de mi conciencia y el orgullo herido me incitaban, pero bastó que el joven Ian dijera: «Se está muriendo», para que viera la poca importancia que tenían.

Mi matrimonio con Jamie había sido para mí como el giro de una llave enorme que, con cada pequeña vuelta, ponía en marcha un intrincado juego de resortes en mi interior. Bree también había tenido el poder de hacer girar esa llave, y se acercó un poco más a abrir la puerta de mi verdadero yo. Pero el último giro de la llave se quedó congelado hasta que entré en la imprenta de Edimburgo y el mecanismo se liberó con un final y decisivo *clic*. En ese momento la puerta estaba entreabierta y la luz de un futuro incierto brillaba por la abertura. Pero para abrirla del todo necesitaría más fuerza de la que tenía yo sola.

Observé las subidas y bajadas de su aliento y cómo la luz jugaba con las duras y nítidas arrugas de su cara, y supe que lo único que importaba entre nosotros era que estábamos vivos. Y allí estaba yo. Otra vez. Y cualquiera que fuese el coste de mi presencia tanto para él como para mí, allí me quedaría.

Sólo me di cuenta de que había abierto los ojos cuando habló:

—Así que has vuelto —dijo con suavidad—. Estaba seguro.

Abrí la boca para replicar, pero continuó sin apartar sus dilatadas pupilas de mi cara como dos piscinas de oscuridad:

—Amor mío... —dijo casi susurrando—, qué hermosa eres, Dios mío, con esos grandes ojos dorados y el pelo tan suave al-

rededor de la cara. —Se pasó la lengua por los labios secos—.
Estaba seguro de que me perdonarías, Sassenach, cuando lo supieras.

¿Cuando lo supiera? Enarqué las cejas, pero no dije nada;
Jamie tenía más cosas que decir.

—Tenía mucho miedo de perderte otra vez, *mo chridhe*
—murmuró—. Mucho miedo. Desde el día en que te vi no he
amado a ninguna otra, mi Sassenach, pero no podía... No podía
soportar...

Su voz se apagó en un murmullo ininteligible; volvió a cerrar
los ojos y sus oscuras pestañas se posaron en la alta curva de sus
pómulos. Yo me mantenía inmóvil sin saber cómo actuar. De
pronto los abrió otra vez, pesados por la fiebre, y buscaron mi
rostro.

—Ya no falta mucho, Sassenach —añadió para tranquilizarme, curvando la boca en un intento de sonrisa—. Ya no falta
mucho. Y entonces volveré a tocarte. Tengo muchos deseos de
tocarte.

—Oh, Jamie —murmuré. Llevada por la ternura, alargué una
mano para tocar su mejilla ardiente.

Sus ojos se dilataron de espanto. Se sentó en la cama, lanzando un alarido escalofriante por el dolor que el movimiento le
provocó en el brazo herido.

—¡Oh, Dios! ¡Oh, Cristo, Dios todopoderoso! —exclamó
sin aliento, sujetándose el brazo izquierdo—. ¡Eres de verdad!
¡Por todos los demonios malolientes! ¡Oh, Dios!

—¿Estás bien? —pregunté estúpidamente.

Entonces escuché varias exclamaciones sorprendidas en el
piso de arriba amortiguadas por los gruesos tablones seguidas de
las pisadas de todos y cada uno de los habitantes de Lallybroch,
al levantarse de sus camas para investigar el origen del alboroto.

Jenny asomó la cabeza por la puerta con los ojos más abiertos que antes. Jamie, al verla, encontró aliento suficiente para
rugir:

—¡Sal de aquí! —Luego volvió a doblarse con un gruñido—.
Cris... to —se quejó entre dientes—. En el nombre de Dios, ¿qué
haces aquí, Sassenach?

—¿Cómo que qué hago aquí? Me mandaste buscar. ¿Y qué
significa eso de que soy de verdad?

Él dejó de apretar los dientes y probó a aflojar la mano que
ceñía el brazo izquierdo. Como la sensación no resultó todo lo
satisfactoria que pretendía, Jamie volvió a apretarlo de inmedia-

to soltando varias referencias en francés a los órganos reproductores de ciertos animales.

—¡Haz el favor de acostarte! —ordené cogiéndolo de los hombros y empujándolo sobre las almohadas. Noté con cierta alarma que los huesos estaban muy cerca de la piel.

—Pensaba que eras un delirio de la fiebre... hasta que me has tocado —explicó jadeando—. ¿Qué diablos pretendes apareciendo así junto a mi cama? ¿Quieres matarme de un susto? —Hizo una mueca de dolor—. Por Dios, es como si este maldito brazo se me despegara del hombro. ¡Ah, mierda! —exclamó cuando le desprendí los dedos de la mano derecha del brazo izquierdo.

—¿No enviaste al joven Ian para que me dijera que te estabas muriendo? —pregunté mientras le remangaba la camisa de dormir. Tenía un grueso vendaje por encima del codo. Busqué a tientas el extremo del lienzo.

—¿Yo? ¡No! ¡Ay, me duele!

—Te dolerá bastante más antes de que termine contigo —advertí, desenvolviendo la herida con cuidado—. ¿Así que ese pequeño cretino vino a buscarme por su cuenta y riesgo? ¿Tú no querías que volviera?

—¿Que volvieras? ¡No! ¿Que volvieras a mí sólo por lástima, como si fuera un perro en una zanja? ¡Ah, diablos! No. Hasta le prohibí a esa cucaracha que fuera a buscarte. —Me miró enfadado frunciendo sus rojas cejas.

—Soy médico, no veterinaria —observé en tono frío—. Y si no me querías aquí, ¿qué es lo que has dicho cuando creías estar soñando, dime? Muerde la manta o cualquier otra cosa; la venda está pegada y tengo que arrancarla.

Se mordió el labio y aspiró bruscamente por la nariz. Era imposible ver el color que tenía a la luz del fuego, pero cerró un momento los ojos y el sudor le salpicó la frente. Me aparté para hurgar en el cajón del escritorio donde Jenny guardaba las velas. Necesitaba más luz antes de hacer nada.

—Supongo que el joven Ian me dijo que te estabas muriendo sólo para obligarme a volver. Debió de pensar que, si no, no regresaría. —Encontré las velas; cera de buena calidad de los panales de Lallybroch.

—Por lo que más quieras, me estoy muriendo. —Su voz sonaba seca y directa a pesar de la falta de aliento.

Me volví hacia él, sorprendida. Me estaba mirando con bastante calma dado que el dolor de su brazo había disminuido un poco, pero su respiración era arrítmica y tenía los ojos brillantes por la fiebre. Sin responder, encendí las velas que había encontrado y las puse en el gran candelabro que solía estar en el aparador y que reservaban para las grandes ocasiones. Las llamas de cinco velas más iluminaron la habitación como si la prepararan para una fiesta. Luego me incliné hacia la cama.

—Echemos un vistazo a esto.

La herida en sí era un agujero con sangre seca en los bordes, de tinte levemente azul. Presioné la carne de los lados; estaba enrojecida y había una supuración considerable. Jamie se removió inquieto mientras yo deslizaba los dedos a lo largo del músculo.

—Aquí tienes material para una buena infección, muchacho —informé—. El joven Ian me dijo que tenías una herida en el costado. ¿Hubo un segundo disparo o la bala atravesó el brazo?

—Lo atravesó. Jenny me sacó la bala del costado. Pero no está muy mal; sólo penetró dos o tres centímetros. —Hablaba en tirones, apretando los labios sin querer entre frase y frase.

—Dime dónde fue.

Moviéndose con mucha lentitud, sacó el brazo hacia fuera y lo descolgó hacia un lado. Noté que hasta ese pequeño movimiento le producía un intenso dolor. El agujero de salida estaba sobre la articulación del codo, en la cara interna del brazo, pero no frente a la entrada; el proyectil había sido desviado en su trayectoria.

—Tocó el hueso —dije tratando de no imaginar lo que debía de haber sentido—. ¿Sabes si hay fractura? No quiero tocarte más de lo necesario.

—Menos mal —dijo, intentando sonreír, pero le temblaron los músculos de la cara y el cansancio lo inmovilizó—. No, no creo que haya fractura. Cuando me rompí la mandíbula y la mano fue distinto. Pero me duele.

—Supongo que sí. —Palpé con cuidado la curva de los bíceps en busca de dolor—. ¿Hasta dónde te irradia?

Echó un vistazo casi indiferente al brazo herido.

—Es como si no tuviera hueso, sino un atizador caliente. Pero no es sólo el brazo lo que me duele; es el costado entero; lo tengo rígido. —Tragó saliva y volvió a pasarse la lengua por los labios—. ¿Me darías un poco de coñac? —pidió—. Hace daño sentir el latido del corazón —añadió en tono de disculpa.

Sin hacer ningún comentario, llené un vaso de agua de la petaca que había sobre la mesa y se lo acerqué a los labios. Él enarcó una ceja, pero bebió con ganas y luego dejó caer la cabeza sobre la almohada. Inspiró hondo un segundo con los ojos cerrados y luego los abrió y me miró fijamente.

—Dos veces en mi vida he estado a punto de morir por la fiebre —dijo—. Creo que esta vez es la definitiva. No quería mandar que fueran a buscarte, pero... me alegro de que hayas venido. —Tragó saliva antes de continuar—. Quería... quería pedirte perdón. Y despedirme como es debido. No voy a pedirte que te quedes hasta el final, pero... ¿te quedarías conmigo... sólo un rato?

Tenía la mano plana sobre el colchón, el contacto le tranquilizaba. Advertí que se estaba esforzando por eliminar cualquier señal de súplica de su voz o sus ojos tratando de que sonara como una petición cualquiera, algo a lo que me podía negar.

Me senté en la cama junto a él con cuidado de no rozarlo. La luz de las velas brillaba en un costado de su rostro y se reflejaba en la barba incipiente roja y dorada y resaltaba los pequeños puntos plateados dejando el otro lado envuelto en sombras. Me miró a los ojos sin apenas un parpadeo. Esperaba que el anhelo que se reflejaba en su rostro no fuera tan evidente en el mío.

Alargué una mano y le acaricié la cara con suavidad sintiendo el tacto rasposo de su barba.

—Me quedaré un rato —dije—. Pero no vas a morir.

Puso cara de extrañeza.

—Tú me curaste una mala fiebre; aún pienso que fue por hechicería. Jenny me curó la siguiente sólo con su terquedad. Supongo que, teniéndoos a las dos conmigo, puedo superar ésta, pero no sé si quiero pasar otra vez por ese tormento. Creo que preferiría morir si a ti te da igual.

—Ingrato —le dije—. Cobarde. —Indecisa entre la exasperación y la ternura, le di una palmada en la mejilla y me levanté rebuscando en el bolsillo de mi falda. Había una cosa que siempre llevaba conmigo y que no dudé en coger para el viaje. Dejé el pequeño estuche sobre la mesa y abrí el cierre—. Esta vez tampoco voy a permitir que mueras —le informé—, aunque la tentación es grande.

Retiré la franela gris, dejando a la vista las relucientes jeringuillas, y saqué de la caja el frasquito de penicilina en tabletas.

—En el nombre de Dios, ¿qué es eso? —preguntó mirándolas con interés—. Parecen malignas.

No respondí, ocupada como estaba en disolver las tabletas de penicilina en una ampolla de agua esterilizada. Elegí una jeringuilla de cristal, le puse la aguja y metí la punta por el plástico que cubría la boca de la botella. Mientras la sostenía a la luz, fui retirando el émbolo muy despacio al tiempo que observaba cómo el líquido blanco llenaba la jeringuilla y vigilaba que no se formara ninguna burbuja. Luego saqué la aguja y apreté un poco el émbolo hasta que una gota de líquido asomó en la punta y resbaló muy despacio por la longitud de la aguja.

—Vuélvete sobre el lado sano —le ordené— y levántate la camisa de dormir.

Echó un vistazo desconfiado a la aguja, pero obedeció de mala gana. Investigué el territorio con aire de aprobación.

—Tu trasero no ha cambiado nada en veinte años —comenté admirando las musculosas curvas.

—Tampoco el tuyo —replicó él cortés—, pero no voy a pedirte que lo descubras. ¿Te ha atacado súbitamente la lujuria?

—No, por ahora —le dije muy seria frotando un trozo de piel con un paño empapado en coñac.

—Esa marca de coñac es muy buena —observó espiando por encima del hombro—, pero me gusta más cuando se aplica por el lado opuesto.

—También es la mejor fuente de alcohol disponible. Ahora quédate quieto y relájate.

Después de clavar diestramente la aguja, presioné poco a poco el émbolo.

—¡Ay! —Jamie se frotó el trasero con resentimiento.

—Enseguida dejará de arder. —Le serví dos centímetros de coñac—. Ahora puedes beber un poco... muy poquito.

Vació la taza sin comentarios mientras yo envolvía las jeringuillas, y entonces dijo:

—Creía que para hacer brujerías se clavaban los alfileres en muñecos, no en la misma persona.

—No es un alfiler. Es una jeringuilla hipodérmica.

—Poco importa cómo la llames; parecía un clavo para herradura. ¿Te molestaría explicarme cómo puedes curarme el brazo clavándome alfileres en el culo?

Aspiré hondo.

—¿Recuerdas que cierta vez te hablé de los gérmenes?

Parecía estupefacto.

—Esos animalitos tan pequeños que no se ven —expliqué—. Pueden meterse en el cuerpo con el agua y la comida en mal estado o por las heridas abiertas. Y si entran, te causan enfermedades.

Se miró el brazo con interés.

—¿Así que tengo gérmenes en el brazo?

—Puedes estar seguro. —Golpeé el estuche con un dedo—. El remedio que te puse en el trasero mata los gérmenes. Te pondré una inyección cada cuatro horas, hasta mañana a esta hora, y entonces veremos cómo estás.

Guardé silencio. Jamie me miraba meneando la cabeza.

—¿Comprendes? —le pregunté. Asintió muy despacio.

—Comprendo, sí. Habría debido dejar que te quemaran hace veinte años.

37

Qué hay en un nombre

Después de ponerle la inyección y acomodarlo, me senté a su lado y lo observé hasta que se quedó dormido de nuevo, y le permití que me cogiera la mano hasta que él mismo dejó caer la suya vencido por el sueño.

Pasé el resto de la noche junto a su cama, dormitando; me despertaba el reloj interno que tenemos todos los médicos, ajustado a los cambios de guardia de los hospitales. Le puse dos inyecciones más, la última al romper el alba; entonces la fiebre ya había bajado de forma perceptible. Seguía estando muy caliente, pero ya no le ardía la piel y descansaba mejor. Después de la última inyección se quedó dormido tras soltar algunos gruñidos y gemir un poco por culpa del dolor de brazo.

—Estos malditos gérmenes del siglo dieciocho no tienen nada que hacer contra la penicilina —dije a su cuerpo dormido—. No tienen resistencia. Hasta la sífilis desaparecería de la noche a la mañana.

¿Y luego, qué?, me preguntaba mientras iba a la cocina en busca de té caliente y algo para comer. Una mujer desconocida, presumiblemente la cocinera o la criada, estaba encendiendo el horno de ladrillos para cocer las hogazas del día, que aguardaban, creciendo en sus cacerolas, sobre la mesa. No se sorprendió al verme; después de hacerme sitio para que me sentara, me sirvió el té y unas tortitas con un rápido: «Buenos días, señora», antes de volver a su trabajo.

Por lo visto, Jenny había informado de mi presencia a la gente de la casa. ¿Eso significaba que me aceptaba? Tenía mis dudas. Estaba claro que había querido que me fuera y no la alegraba verme allí otra vez. Si decidía quedarme, tanto ella como su hermano tendrían que darme ciertas explicaciones con respecto a Laoghaire. Y estaba decidida a quedarme.

—Gracias —dije cortésmente a la cocinera.

Volví a la sala con mi té, a esperar el momento en que Jamie se decidiera a despertar.

A lo largo de la mañana fueron pasando distintas personas por delante de la puerta de la habitación, deteniéndose de vez en cuando para mirar, pero siempre salían corriendo cuando yo levantaba la vista.

Por fin, justo antes de mediodía, dio señales de reanimación: se removió con un suspiro, gruñó a causa del dolor del brazo y volvió a quedarse traspuesto.

Le di un tiempo para que reparara en mi presencia, pero continuaba con los ojos cerrados. Sin embargo, no dormía. Las líneas de su cuerpo se hallaban algo tensas, ya no estaba relajado por el sueño. Llevaba toda la noche viendo cómo dormía y ya había advertido la diferencia.

—Muy bien —dije reclinándome cómodamente en la silla, bien lejos de su alcance—. Te escucho.

Una pequeña ranura azul apareció entre sus largas pestañas doradas, sólo para cerrarse de nuevo.

—¿Hum...? —murmuró al tiempo que fingía despertar poco a poco entreabriendo las pestañas.

—No escurras el bulto —ordené—. Sé perfectamente que estás despierto. Abre los ojos y cuéntame lo de Laoghaire.

Sus ojos azules se abrieron y se posaron en mí con cierta desaprobación.

—¿No tienes miedo de que sufra una recaída? —preguntó—. Siempre he oído decir que a los enfermos no se los debe inquietar. Eso puede hacer que recaigan.

—Estás con un médico —le aseguré—. Si te desmayas por el esfuerzo, sabré qué hacer.

—Eso me temo. —Dirigió la mirada hacia el pequeño estuche donde guardaba las medicinas y las jeringuillas—. Siento el trasero como si me hubiera sentado sin pantalones en una mata de aliagas.

—Bien —dije—. Dentro de una hora te pondré otra. Pero ahora vas a hablar.

Apretó los labios, aunque los relajó con un suspiro. Utilizando una mano se reclinó con esfuerzo sobre las almohadas. Yo no le ayudé.

—Está bien —dijo por fin. No me miraba a mí. Tenía los ojos clavados en la colcha y repasó con los dedos la silueta del bordado—. Ocurrió cuando volví de Inglaterra.

Había llegado desde el Distrito de los Lagos, cruzando la gran serranía que separa Inglaterra de Escocia donde se encuentran los mercados fronterizos.

—Allí hay una piedra que marca la frontera. Tal vez la conozcas, parece la clase de piedra que perdura muchos años. —Me miró como cuestionándome y yo asentí; había visto aquel menhir enorme, de unos tres metros de largo. En mi época alguien grabó las palabras INGLATERRA a un lado y ESCOCIA al otro.

Jamie se detuvo allí a descansar, en el mismo sitio donde miles de viajeros se habían parado a lo largo de los años con su exiliado pasado a las espaldas, y el futuro —y su hogar—, ante sus ojos, tras los perezosos pozos verdes de las Lowlands y en lo alto de los grises acantilados de las Highlands ocultos tras la niebla.

Se pasaba la mano buena por el pelo como hacía siempre que pensaba, dejándose los mechones de lo alto de la cabeza de punta.

—No sabes lo que significa vivir tanto tiempo entre extranjeros.

—¿Eso crees? —comenté con cierta acritud.

Él bajó la vista con una leve sonrisa para posar los ojos sobre el cubrecama.

—Sí, tal vez lo sepas. Uno cambia, ¿no? Por mucho que te esfuerces por conservar los recuerdos de la patria y por seguir siendo como eras, eso te cambia. No llegas a ser uno de ellos, jamás podrías serlo aunque quisieras, pero a la vez dejas de ser lo que eras.

Pensé en mí de pie junto a Frank, una especie de náufraga en las fiestas universitarias, empujando un carrito por los gélidos parques de Boston, jugando al bridge y hablando con otras esposas y madres, hablando la lengua extranjera de la vida doméstica de la clase media. Se cambia, sí.

—Lo sé. Continúa.

Suspiró frotándose la nariz.

—Volví a casa. —Levantó la vista con media sonrisa—. ¿Cómo era eso que dijiste al joven Ian? «El hogar es el sitio donde, cuando debes volver, tienen que recibirte.» ¿Era así?

—Exacto —dije—. Lo escribió un poeta llamado Frost. Pero ¿qué quieres decir? ¡No me digas que tu familia no se alegró de verte!

Frunció el ceño, tocando la colcha con el dedo.

—Claro que sí —reconoció lentamente—. No quiero decir que me hayan recibido mal, en absoluto. Pero mi ausencia había durado demasiado; Michael, la pequeña Janet e Ian no me recordaban. —Sonrió con tristeza—. Aunque habían oído hablar de mí. Cuando entraba en la cocina se pegaban a la pared y me miraban con los ojos como platos.

Se inclinó un poco hacia delante decidido a hacerme comprender.

—Cuando vivía escondido en la cueva todo era diferente. Nunca estaba en la casa y me veían rara vez, pero estaba siempre allí y era parte de la familia. Cazaba para ellos; sabía cuándo tenían hambre o frío o si las cabras estaban enfermas o si el gallo cantaba poco, incluso si entraba una corriente nueva por debajo de la puerta de la cocina. Después fui a la cárcel —dijo con aspereza—. A Inglaterra. Nos escribíamos, pero no es lo mismo: unas cuantas palabras en el papel, contando cosas que habían sucedido meses atrás.

Se encogió de hombros; el movimiento le arrancó una mueca de dolor.

—Y cuando volví todo era muy diferente. Ian me preguntaba si convenía o no cercar tal o cual dehesa en los campos de Kirby, pero yo sabía que él mismo ya le había dicho al joven Ian que hiciera el trabajo. Cuando caminaba por los campos, la gente me miraba de reojo, desconfiada, tomándome por un forastero. Luego, al reconocerme, ponían cara de haber visto un fantasma.

Se interrumpió para mirar hacia la ventana donde las zarzas del rosal de su madre repicaron contra el cristal cuando el viento cambió de dirección.

—Creo que realmente era un fantasma. —Me miró con timidez—. No sé si me entiendes.

—Puede ser —le dije. La lluvia había empezado a repicar contra el cristal con gotas tan grises como el cielo—. Te sientes como si hubieras roto lo que te ataba a la tierra —dije con suavidad—. Flotas por las habitaciones sin oír tus pasos. Oyes lo que te dicen y no tiene sentido. Lo recuerdo; así era antes de que naciese Bree. —Pero por aquel entonces yo tenía algo que me ataba, yo la tenía a ella y ella me anclaba a la vida.

Jamie asintió sin mirarme y entonces guardó silencio un minuto. El fuego de turba siseó en la chimenea detrás de mí desprendiendo su olor a Escocia y el intenso aroma a sopa y pan recién hecho se extendió por la casa cálido y reconfortante como una manta.

—Yo estaba aquí —explicó él—. Pero no en casa.

Podía sentir la tirantez de todo ello a mi alrededor: la casa, la familia, el propio lugar. Yo, que no podía recordar un hogar de la infancia, sentí la necesidad de sentarme allí y quedarme para siempre enredada en los miles de flecos de la vida cotidiana, atada a ese trozo de tierra. ¿Qué habría significado para él, que había vivido toda la vida sintiendo la fortaleza de ese vínculo, que había soportado su exilio con la esperanza de volver, y que cuando regresó se dio cuenta de que seguía desarraigado?

—Y supongo que me sentía solo —dijo en voz baja. Se quedó muy quieto sobre la almohada con los ojos cerrados.

—Supongo que sí. —Puse cuidado en no denotar solidaridad ni condena. Yo también sabía algo sobre la soledad.

Entonces abrió los ojos y me miró con total sinceridad.

—Sí, y también estaba eso —dijo—. No del todo, pero un poco también.

Jenny había tratado de convencerlo para que volviera a casarse, a fuerza de suavidad y persistencia. Lo había ido intentando desde los días posteriores a Culloden, sugiriéndole una u otra viuda bien parecida, esta o aquella virgen de dulce temperamento, pero no servía de nada. Y entonces, despojado de los sentimientos que lo habían sostenido durante tanto tiempo, buscando desesperadamente cualquier clase de conexión, empezó a escuchar a su hermana.

—Laoghaire estaba casada con Hugh MacKenzie, uno de los arrendatarios de Colum —dijo volviendo a cerrar los ojos—. Hugh cayó en Culloden. Dos años más tarde ella se casó con Simon MacKimmie, del clan Fraser. De él son las dos chicas, Marsali y Joan. Pocos años después, los ingleses lo encarcelaron en una prisión de Edimburgo. —Abrió los ojos y miró las oscuras vigas del techo—. Tenía una buena casa, una propiedad codiciable; en aquellos tiempos, eso bastaba para que se considerara traidor a un escocés de las Highlands, fuera o no partidario de los Estuardo.

Su voz había enronquecido. Se interrumpió para carraspear.

—Simon no tuvo tanta suerte como yo. Murió en la cárcel antes de que pudieran llevarlo a juicio. Durante algún tiempo, la

Corona trató de confiscar su propiedad, pero Ned Gowan viajó a Edimburgo para defender a Laoghaire; logró salvar la casa y algo de dinero, aduciendo que le correspondían por ser su viuda.

—¿Ned Gowan? —exclamé con sorpresa y placer—. ¡No puede ser que aún esté vivo! —Era un caballero menudo, ya entrado en años, que asesoraba al clan MacKenzie sobre los asuntos legales. Veinte años antes me había salvado de ir a la hoguera por bruja. Y por aquel entonces ya me parecía muy mayor.

Jamie sonrió al ver mi alegría.

—Oh, sí. Creo que, para acabar con él, habrá que darle un hachazo en la cabeza. Es el mismo de siempre, aunque ya debe de tener más de setenta años.

—¿Aún vive en el castillo Leoch?

Asintió al tiempo que alargaba la mano hacia la jarra. Bebió con dificultad utilizando sólo la mano derecha y la volvió a dejar sobre la mesita.

—En lo que resta de él. Pero en estos años ha tenido que viajar mucho, apelando condenas por traición y pleiteando para recobrar propiedades. —La sonrisa de Jamie encerraba cierta amargura—. Como dice el refrán: «Después de una guerra, primero llegan los cuervos para comer la carne; después los abogados para pelar los huesos.»

Se llevó la mano derecha al hombro para masajeárselo sin pensar.

—Pero Ned es un buen hombre a pesar de su profesión. Va y viene de Inverness a Edimburgo; a veces va a Londres o a París. Y a veces se detiene aquí para hacer un alto en el camino.

Fue Ned Gowan quien mencionó a Laoghaire cuando regresaba de Balriggan. Jenny, aguzó el oído y pidió más detalles. Como éstos resultaron satisfactorios, envió a Balriggan una invitación para que la viuda y sus dos hijas celebraran el Año Nuevo en Lallybroch.

Aquella noche la casa estaba muy bien iluminada. Habían encendido velas en las ventanas y habían atado ramitos de acebo y hiedra a la barandilla de la escalera y a los marcos de las puertas. En las Highlands ya no había tantos gaiteros como antes de Culloden, pero habían encontrado uno, y también un violinista, por lo que la música se colaba por el hueco de la escalera y se mezclaba con el embriagador olor a ponche de ron, pastel de frutas, almendras y galletas Savoy.

Jamie bajó tarde y vacilante. Allí había personas a las que llevaba sin ver diez años y no tenía muchas ganas de verlos, se sentía cambiado y distante. Pero Jenny le había cosido una camisa nueva y le había arreglado el abrigo. Luego le cepilló el pelo y se lo trenzó antes de bajar a ocuparse de la cena. No tenía excusas para seguir retrasándose y al final bajó para mezclarse con el tumulto y el torbellino de gente.

—¡Señor Fraser!

Peggy Gibbons fue la primera en verlo. Cruzó la sala a toda prisa con brillo en los ojos y lo abrazó con descaro. Él le devolvió el abrazo cogido por sorpresa y pocos segundos después ya estaba rodeado de una pequeña multitud de mujeres que lo recibían con exclamaciones sosteniendo entre sus brazos niños que habían nacido después de que él se marchara, besándole las mejillas y dándole palmaditas en las manos.

Los hombres se mostraban más tímidos y lo saludaban con un gruñido, alguna brusca palabra de bienvenida o una palmadita en la espalda cuando pasaban por su lado en su peregrinaje por las habitaciones de la casa. Abrumado por el tumulto, acabó ocultándose un rato en el estudio.

Hubo un día en que ese estudio perteneció a su padre y luego fue suyo, pero en ese momento pertenecía a su cuñado, que se había encargado de dirigir Lallybroch durante su ausencia. Los libros de contabilidad estaban pulcramente alineados al borde de un escritorio magullado. Pasó el dedo por los lomos de piel y se sintió reconfortado al percibir ese tacto. En esos libros estaba todo: las plantaciones y las cosechas, las cuidadosas compras y adquisiciones, las lentas acumulaciones y las dispersiones que componían el ritmo de los arrendatarios de Lallybroch.

Sobre la pequeña librería encontró su serpiente de madera. La dejó allí cuando se fue a la cárcel, como hizo con todos los objetos de valor. Era una pequeña figurita tallada en madera de cerezo, un regalo que le hizo su hermano mayor, el que murió siendo sólo un niño. Estaba sentado en la silla tras el escritorio acariciando las conocidas curvas de la serpiente cuando se abrió la puerta del estudio.

—¿Jamie? —dijo aguardando con timidez.

Jamie no se había molestado en encender ninguna lámpara en el estudio y la silueta de la chica se recortaba sobre la luz de las velas que se colaba desde el vestíbulo. Llevaba la pálida melena suelta, como una sirvienta, y la luz brillaba a través de su pelo proyectando un halo alrededor de su cara invisible.

—¿Te acuerdas de mí? —preguntó vacilante y sin atreverse a entrar en la habitación sin que la invitara.

—Sí —dijo después de una pausa—. Claro que sí.

—Los músicos han empezado a tocar —dijo ella.

Así era, Jamie escuchaba los gemidos del violín y los golpes de los pies procedentes del salón mezclados con algún ocasional grito de euforia. Se notaba que iba a ser una gran fiesta; la mañana sorprendería a la mayoría de los invitados dormidos en el suelo.

—Tu hermana dice que eres muy buen bailarín —comentó ella todavía con vergüenza, pero decidida.

—Ha pasado mucho tiempo desde la última vez que lo hice —dijo sintiendo él también cierta vergüenza, dolorosamente incómodo, a pesar de que la música del violín calaba hasta sus huesos y le movía los pies.

—Están tocando Tha Mo Leabaidh 'san Fhraoch (In the Heather's my Bed), seguro que la conoces. ¿Quieres venir a intentarlo conmigo?

Le había tendido la mano que se veía pequeña y elegante en la penumbra. Entonces se levantó, la cogió de la mano y dio los primeros pasos para recuperarse a sí mismo.

—Fue aquí —dijo Jamie, abarcando con un ademán de la mano sana el cuarto donde estábamos—. Jenny había hecho retirar los muebles. Sólo dejó una mesa donde se puso la comida y el whisky. Junto a aquella ventana estaba el violinista, con la luna nueva como fondo.

Señaló con la cabeza la ventana donde temblaba el rosal trepador. Algo de la luz de aquella fiesta perduraba en su rostro; al verla sentí un aguijonazo de dolor.

—Bailé con Laoghaire casi toda la noche, también bailé con otras, pero básicamente lo hice con ella. Y al amanecer, cuando los que aún estaban despiertos fueron a la puerta trasera para ver los presagios del Año Nuevo, nosotros los seguimos. Las solteras, por turnos, daban unas cuantas vueltas y cruzaban la puerta con los ojos cerrados; fuera, después de algunas vueltas más, abrían los ojos; lo primero que veían les indicaba con quién se casarían.

Entre muchas risas, los invitados, excitados por el whisky y el baile, fueron cruzando la puerta. Laoghaire se resistía, ruborizada y sonriente, diciendo que era un juego para chicas y no para matronas de treinta y cuatro años, pero ante la insistencia de los otros, probó. Giró tres veces en el sentido de las agujas del reloj, dio un paso hacia la fría luz del amanecer, y volvió a girar. Y cuando abrió los ojos, su mirada se posó expectante en la cara de Jamie.

—Allí estaba, era una viuda con dos niñas. Necesitaba de un hombre sin duda alguna. Y yo necesitaba... algo. —Contempló el fuego donde la pequeña llama brillaba por entre la roja masa de turba y calentaba sin dar mucha luz—. Supuse que podríamos ayudarnos el uno al otro.

Se casaron discretamente en Balriggan y Jamie trasladó allí sus pocas pertenencias. No pasó siquiera un año antes de que volviera a mudarse, esta vez a Edimburgo.

—Pero ¿qué pasó? —pregunté con curiosidad.

Me miró con aire indefenso.

—No sé qué salió mal. Sólo sé que nada salió bien. —Se frotó el entrecejo, cansado—. Creo que fue culpa mía. Siempre la desilusionaba. En medio de la cena abandonaba la mesa, sollozando y con los ojos llenos de lágrimas, sin que yo supiera qué había hecho.

Apretó el puño sobre la colcha y luego lo relajó.

—Nunca supe qué hacer por ella ni qué decir; sólo conseguía empeorar las cosas. Ella pasaba días, semanas enteras sin hablarme. Si me acercaba, me volvía la espalda y se quedaba mirando por la ventana hasta que me volvía a marchar.

Se llevó los dedos a los arañazos paralelos que tenía en un lado del cuello. Ya casi estaban curados, pero todavía se le veían las marcas de las uñas sobre la piel pálida. Me miró con aire astuto.

—Tú nunca me hiciste eso, Sassenach.

—No es mi estilo —dije esbozando una débil sonrisa—. Al menos, cuando me enfado contigo, sabes perfectamente por qué.

Se recostó en las almohadas resoplando. Guardamos silencio durante un rato. Luego continuó, levantando la vista al techo:

—Siempre pensé que preferiría no enterarme de cómo era tu vida con él. Con Frank, quiero decir. Pero tal vez me equivoqué.

—Te contaré todo lo que quieras saber —prometí—. Pero no ahora. Ahora te toca a ti.

Cerró los ojos suspirando.

—Me tenía miedo —dijo con suavidad un minuto después—. Yo intentaba tratarla con suavidad. Dios santo, lo intenté una vez, y otra... Hice cuanto pude para complacerla, pero no sirvió de nada.

Meneó la cabeza con intranquilidad hundiendo la almohada de plumas.

—Tal vez fue culpa de Hugh o de Simon. Yo los conocía a los dos y ambos eran buenos, pero nunca se sabe qué pasa en el lecho conyugal. O quizá fue por el nacimiento de las hijas; no todas las mujeres soportan pasar por eso. Lo cierto es que tenía una herida que yo no podía curar por más que me esforzara. Rehuía mi contacto; en los ojos se le veía grabado el miedo y el asco.

Unas arrugas de dolor asomaron alrededor de sus ojos y alargué el brazo impulsivamente en busca de su mano.

Me la estrechó con suavidad y abrió los ojos.

—Por eso me fui —dijo en voz baja—. No pude soportarlo más.

Sin decir nada, le tomé la mano buscándole el pulso. Me tranquilizó sentirlo lento y acompasado.

Se removió un poco en la cama y al mover los hombros esbozó una mueca de incomodidad.

—¿Te duele mucho el brazo? —pregunté.

—Un poco.

Me incliné hacia él para tocarle la frente. Estaba caliente, pero no tenía fiebre. Tenía una arruga entre las espesas cejas rojizas y se la alisé con el nudillo.

—¿Te duele la cabeza?

—Sí.

—Voy a prepararte un té de sauce.

Quise levantarme, pero él me retuvo por un brazo.

—No necesito té —dijo—. Aunque me aliviaría apoyar la cabeza en tu regazo y que me dieras un masaje en las sienes.

Sus ojos azules me miraron cristalinos como un cielo de primavera.

—No me engañas ni por un momento, Jamie Fraser —dije—. No creas que voy a olvidarme de la próxima inyección.

Mientras hablaba, aparté la silla para sentarme en el borde del catre. Me apoyé su cabeza en la falda y él dejó escapar un pequeño gruñido de contento cuando comencé a acariciarle las sienes apartándole la espesa masa de pelo ondulado. Tenía la nuca húmeda. Le levanté un poco el pelo y le soplé flojito mientras observaba cómo se le ponía la piel de gallina.

—Oh, qué agradable —murmuró.

Pese a mi decisión de no tocarlo más de lo necesario hasta que hubiéramos resuelto las cosas, mis manos siguieron las líneas del cuello y los hombros buscando los duros contornos de las vértebras y las anchas y planas extensiones de sus omóplatos.

Su cuerpo estaba firme y sólido bajo mis manos y su aliento era una cálida caricia sobre mi muslo. Al poco, y no sin ciertas reticencias, lo volví a tumbar sobre la almohada.

—Muy bien —dije al fin, cogiendo la ampolla de penicilina y retirando la sábana en busca de los bajos de su camisa—. Un rápido pinchazo y...

Al rozar la parte delantera de su camisón aparté la mano, sobresaltada.

—¡Jamie! —exclamé divertida—. ¡No puede ser!

—Supongo que no —dijo sin alterarse. Se hizo un ovillo sobre un lado como una gamba. Sus oscuras pestañas se posaron sobre sus mejillas—. Pero siempre se puede soñar, ¿no?

Aquella noche tampoco subí a acostarme. No conversamos mucho; nos bastaba con estar juntos en aquel catre estrecho, casi sin movernos para no dañar el brazo herido. El resto de la casa estaba en silencio. Todo el mundo yacía en sus camas y no se oía más sonido que el siseo del fuego, el susurro del viento, y el roce del rosal de Ellen contra la ventana, tan insistente como las exigencias del amor.

—¿Te imaginas? —murmuró en algún momento de la madrugada—. ¿Sabes lo duro que es estar así con alguien, intentarlo con todas tus fuerzas y no encontrar jamás su secreto?

—Sí —respondí pensando en Frank—. Lo sé.

—Lo suponía. —Guardó silencio un segundo y luego me tocó el pelo con delicadeza, una masa ensombrecida a la luz del fuego—. Y de pronto... —susurró—, recuperar la seguridad. Decir y hacer lo que quieras, sabiendo que es lo correcto.

—Decir «te amo» y decirlo con el corazón —añadí suavemente a la oscuridad.

—Sí —respondió en voz tan baja que apenas se le oía—. Decir eso.

Me apoyó la mano en el pelo y sin saber cómo, me descubrí acurrucada contra él, con la cabeza en el hueco de su hombro.

—Durante tantos años he sido tantas cosas, tantos hombres diferentes... —Tragó saliva y cambió de posición. El almidón del lino de su camisa crujió—. Era tío para los hijos de Jenny, hermano para ella y su marido, «milord» para Fergus, «señor» para mis arrendatarios. «Mac Dubh» para los hombres de Ardsmuir y «MacKenzie» para los otros sirvientes de Helwater. Después, «Malcolm» en la imprenta y «Jamie Roy» en los muelles.

Me acarició lentamente la cabellera con un susurro que se hacía eco del viento que soplaba fuera.

—Pero aquí —concluyó en voz tan baja que apenas pude oírle—, aquí, contigo en la oscuridad... no tengo nombre.

Acerqué la cara a la suya y absorbí su aliento cálido con los labios.

—Te quiero— le dije, y no tuve que explicarle por qué.

38

Encuentro con un abogado

Tal como había previsto, los gérmenes del siglo XVIII no podían medirse con los antibióticos modernos. En veinticuatro horas la fiebre había desaparecido y durante los dos días siguientes empezó a ceder la inflamación del brazo, dejando sólo un enrojecimiento alrededor de la herida que supuraba un poco cuando se la apretaba.

Al cuarto día, segura de que Jamie se estaba reponiendo, le puse un vendaje flojo con ungüento de aciano, lo vendé de nuevo y subí para vestirme y asearme en el piso de arriba.

Ian, Janet, el joven Ian y los sirvientes de la casa habían ido asomando la cabeza por turnos durante aquellos días para averiguar cómo progresaba Jamie. Jenny se había mantenido al margen de las averiguaciones, pero yo sabía que seguía siendo perfectamente consciente de todo lo que ocurría en su casa. Aunque no había anunciado mi intención de ir al piso superior, cuando abrí la puerta de mi dormitorio encontré junto al aguamanil una gran jofaina con agua caliente y una pastilla de jabón.

Lo cogí para olfatearlo: fino jabón francés, perfumado con lirios del valle. Era un delicado comentario sobre mi posición dentro de la casa: huésped de honor, sin duda, pero ajena a la familia, que se las arreglaba con la habitual mezcla de sebo y lejía.

—Muy bien, ya veremos —murmuré mientras enjabonaba el paño para lavarme.

Media hora después, mientras me arreglaba el pelo frente al espejo, oí llegar a alguien. A juzgar por el ruido eran varias personas. Cuando bajé la escalera me encontré con una pequeña multitud de niños que corrían entre la cocina y la sala y con algún adulto que me miró con curiosidad.

En la sala habían apartado el catre; Jamie, ya afeitado y con una camisa de dormir limpia, estaba sentado en el sofá, cubierto con una colcha y con el brazo izquierdo en cabestrillo. Lo rodeaban cuatro o cinco niños. Estaban acompañados de Janet, el joven Ian y un sonriente joven. La forma de su nariz evidenciaba que era un Fraser, pero sólo guardaba un ligero parecido con el chiquillo que vi en Lallybroch veinte años atrás.

—¡Ahí está! —exclamó con placer ante mi aparición.

Y todos los presentes se volvieron a mirarme. Sus expresiones iban del simpático saludo a la sorpresa.

—¿Te acuerdas del joven Jamie? —El tocayo mayor señaló con la cabeza a un joven alto, de hombros anchos y negro pelo rizado, que sostenía en brazos un bulto inquieto.

—Me acuerdo de esos rizos —respondí sonriendo—. El resto ha cambiado un poco.

El joven Jamie me dedicó una amplia sonrisa.

—Yo te recuerdo bien, tía —dijo con una voz tan profunda como la cerveza añeja—. Me sentabas en tus rodillas para jugar a los Cinco Cerditos con los dedos de mi pie.

—¡No es posible! —exclamé midiéndolo espantada. Aunque parecía verdad que la gente no cambia mucho entre los veinte y los cuarenta años, estaba claro que sí lo hacían entre los cuatro y los veinticuatro.

—Podrías hacer la prueba con nuestro pequeño Benjamin —sugirió el joven con una sonrisa—. Puede que te ayude a recordar. —Y se inclinó para depositar cuidadosamente el bulto en mis brazos.

Una cara muy redonda se alzó hacia mí, con ese aire de aturdimiento tan común entre los recién nacidos. Benjamin parecía algo confuso ante el brusco cambio de brazos, pero no se opuso. Abrió mucho su diminuta boca rosa, se metió el dedo entre los labios y empezó a chupárselo con aire pensativo.

Un chiquillo rubio que vestía unos pantalones confeccionados en casa se reclinaba en la rodilla de Jamie mirándome con extrañeza.

—¿Quién es ésa, tito? —preguntó con un susurro totalmente audible.

—Es tu tía abuela Claire —respondió Jamie con gravedad—. Supongo que te han hablado de ella.

—Ah, sí —confirmó el niño con grandes cabezazos—. ¿Es tan vieja como la abuela?

—Más vieja todavía —informó Jamie, asintiendo con igual solemnidad.

El chico me miró boquiabierto. Luego se volvió hacia Jamie con la cara fruncida por un gesto burlón.

—¡Venga ya, tito! ¡No puede ser tan vieja como la abuela! ¡Si no tiene pelos blancos en el pelo!

—Gracias, hijo —le dije con una radiante sonrisa.

—¿Estás seguro de que es ella? —insistió el niño, mirándome con aire dubitativo—. Mamá dice que la tía abuela Claire era una bruja. Y esta señora no lo parece. ¡No tiene ninguna verruga en la nariz!

—Gracias —repetí algo más seca—. Y tú, ¿cómo te llamas?

Se puso tímido de golpe, al verse interpelado directamente, y escondió la cara en la manga de Jamie, negándose a hablar.

—Es Angus Walter Edwin Murray Carmichael —presentó su tío abuelo, revolviéndole el sedoso pelo rubio—. El hijo mayor de Maggie, más vulgarmente conocido por el apodo de Wally.

—Nosotros lo llamamos Pañuelo —aclaró una pequeña pelirroja, junto a mi rodilla—, porque siempre tiene la nariz llena de mocos.

Angus Walter sacó la cabeza de la manga de su tío y fulminó a su prima con la vista, rojo como la grana.

—¡No es cierto! —gritó—. ¡Retira eso!

Y sin darle tiempo a hacerlo, se arrojó contra ella con los puños apretados, pero su tío abuelo lo puso de pie agarrándolo del cuello de la camisa.

—A las niñas no se les pega —le dijo Jamie—. No es propio de hombres.

—¡Pero ha dicho que soy un mocoso! —gimió Angus Walter—. ¡Tengo que pegarle!

—Y no es de buena educación hacer comentarios sobre el aspecto personal de los demás, señorita Abigail —añadió Jamie, dirigiéndose a la niña—. Debes disculparte con tu primo.

—¡Pero si es cierto! —protestó Abigail. Al ver la mirada severa de su tío abuelo, bajó la vista y se puso roja—. Perdón, Wally.

Al principio el niño no pareció dispuesto a darse por satisfecho con la disculpa en compensación por el insulto que había recibido, pero Jamie lo persuadió prometiéndole que más tarde le contaría un cuento.

—¡El del *kelpie* y el jinete! —pidió la pelirroja, abriéndose paso hasta Jamie para escuchar la historia.

—¡No! ¡El del ajedrez del diablo! —intervino otro.

Jamie parecía una especie de imán para todos ellos. Dos de los niños tiraban de su colcha mientras que una diminuta niña morena había trepado por el respaldo del sofá y le estaba trenzando algunos mechones de pelo.

—Tito bonito —murmuró sin tomar parte en la lluvia de sugerencias.

—El cuento es para Wally —apuntó Jamie con firmeza acallando el incipiente motín con un gesto—. Que elija él. —Sacó un pañuelo limpio de debajo de la almohada y lo puso en la nariz de Wally, bastante fea, por cierto, y ordenó en voz baja—: Sopla. —Luego, en voz más alta—: Dime qué cuento prefieres, Wally.

Después de sonarse la nariz, el niño dijo:

—El de santa Bride y los gansos, por favor, tito.

Jamie me buscó con una mirada pensativa.

—Muy bien —comenzó después de hacer una pausa—. Vamos a ver. Supongo que ya sabréis que los gansos tienen una sola pareja durante toda su vida. Si alguna vez cazáis un ganso, debéis esperar, porque su pareja vendrá a llorar su muerte. Y entonces debéis intentar matar también al segundo ganso, porque si no, llorará hasta el día de su muerte graznando sin parar por la pareja perdida.

El pequeño Benjamin se revolvió en su fardo retorciéndose entre mis brazos. Jamie sonrió y volvió a centrar su atención en Wally, que aguardaba boquiabierto junto a la rodilla de su tío abuelo.

—Hace mucho tiempo, cientos de años, más de los que podáis imaginar, Bride pisó la roca de las Highlands junto con Miguel el Bendito...

En aquel momento Benjamin dio un pequeño grito y comenzó a olisquearme la pechera del vestido. El joven Jamie y sus hermanas habían desaparecido y después de darle unas palmaditas que no sirvieron para nada, salí en busca de su madre abandonando el hilo de la historia que Jamie explicaba a mi espalda. Encontré a la señora en cuestión en la cocina, mezclada con un grupo de mujeres y jovencitas; después de entregarle al niño se iniciaron las presentaciones, los saludos y ese tipo de ritos que las mujeres utilizamos para evaluarnos mutuamente, con o sin disimulos.

Todas se mostraron muy cordiales; era evidente que sabían quién era yo, pues no denotaban sorpresa ante el retorno de la primera esposa de Jamie, ya fuera de entre los muertos o de Francia, según lo que se les hubiera dicho.

Aun así, percibía cierto trasfondo en la reunión. Todas se esforzaban en no hacer preguntas. En cualquier otro lugar se consideraría una muestra de educación, pero no en las Highlands. Allí conseguían enterarse de la vida de cualquier desconocido en cualquier encuentro.

Sin embargo, aunque me trataban con gran amabilidad y cortesía, había miradas de soslayo y discretos comentarios en gaélico.

Pero lo más extraño era la ausencia de Jenny, el alma de Lallybroch. Nunca había estado en aquella casa sin que ella estuviera presente; todos los habitantes orbitaban a su alrededor como planetas alrededor del Sol. No podía imaginar nada que le fuera menos propio que abandonar su cocina con tal cantidad de visitas en la casa.

Su presencia era tan intensa como el perfume de las ramas de pino fresco amontonadas en la despensa, que ya empezaba a aromatizar la casa. Pero Jenny estaba desaparecida.

Me evitaba desde mi regreso con el joven Ian; probablemente era lo natural, dadas las circunstancias. Yo tampoco había buscado un encuentro con ella. Las dos sabíamos que era preciso ajustar cuentas, pero ninguna buscaba la oportunidad.

La cocina era acogedora... tal vez demasiado. La mezcla de olores procedentes de las ropas secándose, el almidón caliente, los pañales húmedos, los cuerpos sudados, la avena frita en manteca de cerdo y el pan al horno era demasiado embriagadora, y cuando Katherine mencionó que hacía falta una jarra de crema para los bollos, aproveché la oportunidad de escapar ofreciéndome a traerla del cobertizo donde se guardaba la leche.

Tras haber estado sumergida en el barullo de la cocina, el aire frío y húmedo me resultó tan refrescante que pasé un minuto aireando las enaguas impregnadas de olor a comida antes de continuar mi camino. El cobertizo de la leche estaba a cierta distancia de la casa, cerca del establo donde se alojaban las ovejas y las cabras. En las Highlands, el vacuno se criaba por su carne, pues la leche de vaca sólo se consideraba adecuada para los inválidos.

Al salir del cobertizo me sorprendió ver a Fergus reclinado en el cerco del corral, contemplando con aire mohíno las ovejas. No esperaba encontrármelo allí, y me pregunté si Jamie sabría que había regresado.

Las valiosas ovejas merinas, importadas, alimentadas a mano y a las que Jenny malcriaba más que a sus nietos, se me acercaron en masa, balando como locas con la esperanza de recibir algún bocado exquisito. Fergus levantó la cabeza sorprendido por el barullo y me saludó con la mano con poco entusiasmo. Dijo algo, pero me fue imposible oírlo por encima del alboroto de las ovejas.

Junto al corral había un cesto enorme lleno de coles estropeadas por el frío. Cogí una de esas enormes y mustias pelotas verdes y arranqué unas cuantas hojas para alimentar a unos doce pares de labios con la esperanza de hacerlas callar.

El carnero, una lanuda criatura enorme llamada *Hughie*, cuyos testículos colgaban hasta rozar el suelo con aspecto de pelotas de fútbol recubiertas de lana, se abrió paso hasta la puerta de la cerca emitiendo un sonoro y autocrático balido. Fergus, que para entonces ya estaba a mi lado, cogió una col entera y se la lanzó a *Hughie* con bastante fuerza y mucha puntería.

—*Tais-toi!* —le dijo irritado.

Hughie se asustó y soltó un sorprendido y agudo balido mientras la col rebotaba por su esponjosa espalda. Luego recuperó la dignidad y se marchó balanceando sus testículos con ofendida majestuosidad. Su rebaño le siguió emitiendo un grave coro de balidos descontentos a su paso.

Fergus les echó una mirada malévola.

—Bestias inútiles, ruidosas y malolientes —dijo.

Me pareció bastante ingrato, considerando que su bufanda y sus calcetines debían de estar tejidos con su lana.

—Me alegro de volver a verte, Fergus —comenté sin prestar atención a su mal talante—. ¿Sabe Jamie que estás aquí? —Me pregunté qué sabría Fergus sobre los últimos acontecimientos si acababa de llegar a Lallybroch.

—No —reconoció con desasosiego—. Supongo que debería decírselo.

Sin embargo, no hizo ademán de entrar en la casa y siguió clavando los ojos en el barro del prado. Era obvio que algo le inquietaba. Me pregunté si su misión habría fracasado.

—¿Encontraste al señor Gage?

Por un momento pareció no comprender; luego volvió a su cara una chispa de animación.

—Ah, sí. Milord estaba en lo cierto; fui con Gage a prevenir a los otros miembros de la Sociedad. Después fuimos a la taberna donde debían reunirse. Y tal como esperábamos había varios hombres de la aduana disfrazados. ¡Pueden aguardar tanto como su compañero, el del tonel!

El brillo de salvaje diversión se apagó en sus ojos con un suspiro.

—No podemos pretender que se nos pague por los panfletos, por supuesto. Y aunque la prensa se salvó, sólo Dios sabe cuánto tardará milord en restablecer la imprenta.

Me sorprendió su aire luctuoso.

—Pero tú no ayudas en la imprenta, ¿o sí? —pregunté.

Encogió un hombro.

—No puedo decir que ayude, milady. Pero milord tuvo la gentileza de permitirme invertir allí una parte de mis ganancias con el coñac. Con el tiempo debía llegar a ser un verdadero socio.

—Comprendo —musité solidaria—. ¿Necesitas dinero? Yo podría...

Me echó una mirada de sorpresa. Y luego esbozó una sonrisa que dejó entrever sus perfectos dientes blancos.

—Gracias, milady, pero no. Para mis gastos necesito muy poco y tengo lo suficiente. —Dio una palmada al bolsillo de su abrigo, que emitió un repiqueteo reconfortante.

Hizo una pausa frunciendo el ceño y hundió las dos manos en los bolsillos del abrigo.

—Nooo... —dijo con lentitud—. Es que... bueno, el negocio de la imprenta es más respetable, milady.

—Supongo que sí.

Captó mi tono intrigado y esbozó una sonrisa lúgubre.

—Le diré cuál es el problema, milady. Si bien el contrabando rinde ingresos más que suficientes para mantener a una esposa, difícilmente parecerá una profesión atractiva a los padres de una damisela respetable.

—¡Aah! —exclamé. Ahora veía las cosas claras—. ¿Quieres casarte? ¿Con una damisela respetable?

Asintió con cierta timidez.

—Sí. Pero su madre no me acepta.

Bien pensado, no se podía criticar a la madre de la jovencita. Fergus era dueño de una belleza morena y un porte deslumbrante que bien podían conquistar a una muchacha, pero carecía de ciertas cosas que los padres escoceses consideraban atractivas: propiedades, ingresos estables, una mano izquierda y apellido.

Además, a pesar de que el contrabando, el robo de ganado y otras formas de comunismo práctico llevaban ya un buen recorrido histórico en las Highlands, los franceses no hacían esas cosas. Y no importaba cuánto tiempo llevara Fergus viviendo en Lallybroch, él seguía siendo tan francés como Notre Dame. Le ocurría lo mismo que a mí, siempre sería un forastero.

—Si yo fuera socio de una próspera imprenta, quizá la buena señora podría tomar en cuenta mis pretensiones —explicó—. Pero tal como están las cosas... —Meneó la cabeza, desconsolado.

Le di una palmada comprensiva en el brazo.

—No te preocupes. Se nos ocurrirá algo. ¿Sabe Jamie lo de esa muchacha? Sin duda aceptaría hablar con su madre en tu nombre.

Para sorpresa mía, puso cara de alarma.

—¡Oh, no, milady! No le diga nada, por favor. En estos momentos tiene cosas mucho más importantes en que pensar.

Probablemente estaba en lo cierto, pero su vehemencia me sorprendió. Aun así accedí a no decir nada a Jamie. Se me estaban empezando a congelar los pies de estar parada sobre el gélido barro, y le sugerí que entráramos en la casa.

—Tal vez algo más tarde, milady —dijo—. Por el momento, creo que no soy compañía adecuada ni siquiera para las ovejas.

Y se alejó hacia el palomar con un profundo suspiro y los hombros hundidos.

Me llevé una sorpresa al encontrar a Jenny en la sala, con Jamie. Había estado fuera; tenía las mejillas y la punta de la nariz sonrosadas por el frío y su ropa olía a niebla invernal.

—He mandado al joven Ian que ensille a *Donas* —dijo a su hermano con el ceño fruncido—. ¿Podrás caminar hasta el granero, Jamie, o es mejor que haga traer la bestia hasta aquí?

La miró con una ceja en alto.

—Puedo caminar hasta donde haga falta, pero no pienso ir a ninguna parte.

—¿No te he dicho que viene hacia aquí? —protestó Jenny, impaciente—. Anoche vino Amyas Kettrick diciendo que llegaba desde Kinwallis y que Hobart tenía intención de venir hoy.

• • •

—Echó una mirada al bonito reloj esmaltado de la repisa—. Si ha salido después del desayuno, estará aquí dentro de una hora.

Jamie miró a su hermana frunciendo el ceño y reclinó la cabeza en el sofá.

—Ya te he dicho, Jenny, que Hobart MacKenzie no me asusta. ¡Que me aspen si huyo de él!

Jenny alzó las cejas y lo miró con frialdad.

—¿Ah, sí? Tampoco Laoghaire te asustaba. ¡Y mira lo que pasó! —Señaló con la cabeza el brazo en cabestrillo.

A su pesar, Jamie curvó la boca.

—Bueno, eso es cierto —reconoció—. Por otra parte, Jenny, bien sabes que en las Highlands las armas de fuego escasean más que los dientes de gallina. Si Hobart quiere matarme, no creo que se atreva a pedirme la pistola prestada.

—No creo que se moleste; no hará más que entrar y atravesarte el gaznate, como ganso que eres —espetó ella.

Jamie se echó a reír y recibió una mirada fulminante. Aproveché aquel momento para intervenir:

—¿Quién es Hobart MacKenzie? ¿Y por qué quiere atravesarte como a un ganso?

Jamie giró la cabeza hacia mí con expresión divertida.

—Hobart es el hermano de Laoghaire, Sassenach —explicó—. En cuanto a eso de atravesarme...

—Vive en Kinwallis. Laoghaire lo mandó llamar —interrumpió Jenny—, y le contó... todo esto. —Una punzada de impaciencia nos rodeó, a Jamie, a mí y a aquella situación tan incómoda en general.

—La idea es que Hobart debe venir a eliminar la mancha en el honor de su hermana eliminándome a mí —explicó Jamie. La perspectiva parecía divertirlo. Pero yo no estaba tan segura y Jenny tampoco.

—¿Ese Hobart no te preocupa? —pregunté.

—No, por supuesto. —Parecía algo irritado. Se volvió hacia su hermana—. ¡Por Dios, Jenny, ya conoces a Hobart MacKenzie! Ese hombre no es capaz de matar a un lechón sin amputarse un pie.

Jenny lo miró de arriba abajo. Era evidente que estaba valorando la habilidad de su hermano para defenderse de un incompetente asesino de lechones. Al final concluyó un tanto reticente que se las apañaría incluso con una sola mano.

—Hum... —musitó ella—. Supón que viene por ti y lo matas. ¿Qué pasará?

—Que él será hombre muerto, supongo —afirmo Jamie con sequedad.

—Y a ti te ahorcarán por asesinato. O tendrás que huir, perseguido por todos los parientes de Laoghaire. ¿Quieres iniciar una guerra entre clanes?

Jamie miró a su hermana entornando los ojos y aquello enfatizó el evidente parecido que había entre ambos.

—Lo que quiero —contestó él con paciencia— es desayunar. ¿Vas a darme de comer o quieres que me desmaye de hambre para poder esconderme en el hoyo del cura hasta que Hobart se vaya?

—No es mala idea —repuso ella, enseñando los dientes en una sonrisa desganada—. Si pudiera arrastrar tu testaruda persona hasta allí, te dormiría de un garrotazo. —Meneó la cabeza con un suspiro—. Está bien, Jamie. Que sea como tú quieras. Pero no hagas nada que estropee mi preciosa alfombra turca, ¿eh?

La miró curvando la comisura de los labios.

—Prometido, Jenny. Ningún derramamiento de sangre en la sala.

Ella soltó un bufido.

—Idiota —dijo sin rencor—. Haré que Janet te traiga las gachas.

Y desapareció en un remolino de faldas y enaguas.

—¿Ha dicho *Donas*? —pregunté mirándola con extrañeza—. ¡No puede ser el mismo caballo del que te apoderaste en Leoch!

—Oh, no. —Jamie echó la cabeza atrás para sonreírme—. Éste es el nieto de *Donas*... uno de ellos. Los potrillos llevan el mismo nombre en su honor.

Me incliné sobre el respaldo del sofá para revisarle el brazo con delicadeza.

—¿Te duele? —le pregunté, al ver que esbozaba una mueca cuando le presioné unos centímetros por encima de la herida. Había mejorado. El día anterior, la zona dolorida era mucho más grande.

—No mucho. —Se quitó el cabestrillo y estiró el brazo con un gesto de dolor—. Creo que todavía no puedo trabajar de saltimbanqui.

Me eché a reír.

—No, creo que no —vacilé—. Oye... ese tal Hobart, ¿estás seguro de que no...?

—Estoy seguro —respondió con firmeza—. Y aunque no lo estuviera, lo primero que necesito es desayunar. No voy a permitir que me maten con el estómago vacío.

Reí otra vez, más tranquila.

—Te lo traeré —prometí.

Al salir al vestíbulo vi moverse algo detrás de una ventana y me paré a mirar. Era Jenny, con manto y capucha, que subía la cuesta hacia el establo. Presa de un súbito impulso, descolgué un capote del perchero y corrí tras ella. Tenía un par de cosas que hablar con Jenny Murray y ésa podía ser mi mejor oportunidad de estar a solas con ella.

La alcancé ante la puerta del granero; al oír mis pasos giró en redondo, sobresaltada, y echó un vistazo a su alrededor, pero vio que estábamos solas. Cuando se dio cuenta de que no tenía forma de evitar el enfrentamiento, cuadró los hombros bajo la capa de lana e irguió la cabeza para mirarme a los ojos.

—Voy a decir al joven Ian que desensille el caballo —dijo—. Luego tengo que bajar al sótano a buscar cebollas para una tarta. ¿Me acompañas?

—Voy contigo. —Ciñéndome el manto para defenderme del viento, la seguí al interior del establo.

Dentro se estaba más calentito, por lo menos comparándolo con el frío que hacía fuera, y su interior estaba oscuro y se percibía el agradable olor a caballo, heno y estiércol. Aguardé un momento hasta que mis ojos se acostumbraron a la oscuridad, pero Jenny se lanzó directamente por el pasillo central tras un reguero de ligeras pisadas sobre el suelo de piedra.

Ian hijo estaba despatarrado sobre un montón de paja fresca. Se incorporó y parpadeó al escuchar ruido.

Jenny miró a su hijo y luego observó el cubículo, donde un alazán de ojos tiernos mascaba el heno de su pesebre, sin silla ni brida.

—¿No te he mandado preparar a *Donas*? —preguntó ella con voz áspera.

El chico se rascó la cabeza, algo intimidado, y se levantó.

—Sí, mamá. Pero he pensado que no valía la pena molestarse en ensillarlo para tener que desensillarlo después.

Jenny se lo quedó mirando.

—¿No? —dijo—. ¿Y por qué estabas tan seguro de que no iba a ser necesario?

Se encogió de hombros con una sonrisa.

—Sabes perfectamente que tío Jamie no huye de nadie, mucho menos del tío Hobart, ¿verdad? —apuntó con suavidad.

Jenny miró a su hijo y suspiró. Luego una reticente sonrisa le iluminó el rostro y alargó la mano para apartarle el espeso y despeinado pelo de la cara.

—Sí, pequeño Ian, lo sé. —Su mano acarició la mejilla de su hijo y la dejó caer—. Ve a la casa y toma un segundo desayuno con tu tío. La tía y yo iremos al sótano. Pero si llega el señor MacKenzie, no olvides venir a avisarme inmediatamente, ¿entiendes?

—Sí, mamá —prometió antes de salir disparado en dirección a la casa.

Jenny observó cómo se marchaba moviéndose con la torpe gracia de un pichón de cigüeña, y meneó la cabeza con la sonrisa aún en los labios.

—¡Dulce criatura! —murmuró. Luego, recordando las circunstancias, se volvió hacia mí con aire decidido—. Vamos, pues. Supongo que quieres hablar conmigo, ¿no?

Ninguna de las dos dijo nada hasta que llegamos al tranquilo santuario del sótano, donde se almacenaban las provisiones. Era un pequeño espacio excavado bajo la casa. El olor era muy fuerte debido a las trenzas de cebollas y ajos que colgaban de las vigas, el dulce y picante aroma de las manzanas secas, y el húmedo y terrenal aroma de las patatas esparcidas sobre las bastas mantas marrones que forraban los estantes del sótano.

—¿Recuerdas que me sugeriste plantar patatas? —comentó Jenny, pasando una mano por los montones de tubérculos—. Fue un acierto; aquella cosecha de patatas nos mantuvo con vida más de un invierno, después de lo de Culloden.

Lo recordaba muy bien. Le dije que lo hiciera una noche que aguardábamos juntas el momento de partir. Ella para regresar junto a un hijo recién nacido, y yo para ir en busca de Jamie, un forastero de las Highlands sobre el que pendía una sentencia de muerte. Lo encontré y lo salvé, y también a Lallybroch. Y ella había intentado entregarle las dos cosas a Laoghaire.

—¿Por qué? —le pregunté al fin sin levantar la voz.

Le hablaba a su coronilla, pues Jenny estaba agachada completamente concentrada en su tarea. Iba sacando la mano con la regularidad de las agujas de un reloj para coger una cebolla de la larga trenza, luego le arrancaba los tallos y la metía en el cesto que llevaba.

—¿Por qué lo hiciste? —le pregunté arrancando una de las cebollas trenzadas, pero en lugar de meterla en el cesto me la quedé entre las manos y me la fui pasando de una a otra como si fuera una pelota de béisbol, mientras escuchaba cómo la piel crujía entre mis palmas.

—¿Por qué hice qué?

Volvía a tener su voz bajo control. Sólo alguien que la conociera bien podría haber percibido la nota de tensión que teñía sus palabras. Y yo la conocía bien, o por lo menos hubo un tiempo en que fue así.

—¿Oficiar de casamentera entre mi hermano y Laoghaire? —Me echó una mirada interrogante, pero de inmediato volvió a la trenza de cebollas—. Tienes razón: él no se hubiera casado de no ser por mí.

—Lo obligaste —dije.

El viento rascó la puerta del sótano arrastrando una pequeña ráfaga de suciedad por las losas del suelo.

—Estaba muy solo —explicó con voz suave—. Muy solo. No soportaba verlo así. No sabes cuánto tiempo te lloró.

—Yo creía que había muerto —dije contestando a la tácita acusación.

—Poco le faltó —dijo con aspereza. Luego levantó la cabeza y suspiró apartándose un mechón de pelo oscuro—. Sí, es posible que no supieras que había sobrevivido, cayeron tantos en Culloden... Él pensaba lo mismo de ti. Pero estaba herido, y no hablo de la pierna. Después, cuando volvió de Inglaterra... —Negó con la cabeza y cogió otra cebolla—. Parecía bastante entero, aunque no era así. —Me echó una mirada de soslayo—. No es el tipo de hombre que pueda dormir solo, ¿verdad?

—Cierto —reconocí con sequedad—. Pero los dos estábamos vivos. ¿Por qué avisaste a Laoghaire cuando volvimos con tu hijo?

Jenny tardó en responder. Seguía arrancando cebollas, arrancando, cogiendo, arrancando, cogiendo.

—Me caías bien —reconoció en voz tan baja que apenas la pude oír—. Antes, cuando vivías aquí con Jamie, te quería mucho.

—Yo también a ti —aseguré con la misma suavidad—. ¿Por qué, entonces?

Dejó de mover las manos y me miró apretando los puños.

—Me quedé alelada cuando Ian me dijo que habías vuelto —dijo muy despacio clavando los ojos en las cebollas—. Al principio me entusiasmé; quería verte, saber dónde habías estado... —añadió enarcando las cejas a modo de pregunta. Ante mi falta de respuesta continuó—: Pero luego tuve miedo —reconoció con suavidad. Apartó la mirada ensombrecida por la espesura de sus pestañas—. Porque te había visto, ¿sabes? —dijo sin apartar los ojos de algún lugar lejano—. Cuando se casó con Laoghaire. Estabas entre los dos, frente al altar, a la izquierda de Jamie. Entonces supe que volverías para recuperarlo.

Sentí que se me erizaba el pelo de la nuca. Ella movió despacio la cabeza; el recuerdo la había hecho palidecer. Se sentó en un barril, con el capote extendido alrededor como una corola.

—No nací con el don de la videncia; tampoco me sucede a menudo. Aquélla fue la primera vez y espero que sea la última. Pero te vi allí con tanta claridad como te veo ahora, y me llevé tal susto que salí de la iglesia en medio de los votos. —Tragó saliva mirándome fijamente—. No sé quién eres ni... ni qué eres. No conocemos a tu familia. No sabemos de dónde vienes. Nunca te lo pregunté, ¿verdad? Jamie te eligió, eso bastaba. Pero te fuiste y, después de tanto tiempo... supuse que te habría olvidado lo suficiente para volver a casarse y ser feliz.

—Pero no fue así —apunté, y esperé confirmación.

Ella negó con la cabeza.

—No —reconoció en voz baja—. De cualquier modo, Jamie es un hombre fiel. A pesar de lo vuestro, había prometido cuidar de Laoghaire y nunca la abandonará del todo. Aunque viviera en Edimburgo, yo estaba segura de que siempre volvería aquí, a las Highlands. Entonces regresaste.

Tenía las manos quietas en el regazo, componían una imagen extraña. Seguía teniendo unas manos muy elegantes, con sus largos y habilidosos dedos, pero tenía los nudillos rojos y ajados de tantos años de trabajo, y se le veían las venas azules por debajo de la fina capa de piel blanca.

—¿Sabes que en toda mi vida nunca me he alejado más de quince kilómetros de Lallybroch? —comentó mirándose el regazo.

—No lo sabía —reconocí, sobresaltada.

Ella meneó un poco la cabeza y luego me miró.

—Tú sí. Supongo que has viajado mucho. —Me escrutó la cara, buscando pistas.

—Es cierto.

Asintió, pensativa.

—Y te irás otra vez —susurró—. Estaba segura de que volverías a marcharte. No estás atada a estos lugares, como Laoghaire, como yo. Entonces se iría contigo y no lo volvería a ver. —Cerró los ojos un momento, luego los abrió y me miró por debajo de sus preciosas cejas oscuras—. Por eso lo hice —dijo—. Supuse que si te enterabas de su boda con Laoghaire, te marcharías de inmediato, cosa que hiciste —añadió esbozando una mueca—, y Jamie se quedaría. Pero volviste. —Encogió los hombros, indefensa—. Ahora comprendo que no sirve de nada. Está atado a ti. Eres su esposa, para bien o para mal, y si te vas, se irá contigo.

Busqué en vano algunas palabras para reconfortarla.

—No quiero irme. Sólo quiero quedarme con él... para siempre.

Apoyé una mano en su brazo. Se puso tensa, pero al cabo de un momento me enlazó los dedos con los suyos. Tenía la mano helada y la punta de su larga nariz estaba enrojecida por el frío.

—Se dicen muchas cosas distintas sobre la videncia, ¿verdad? —comentó tras una pausa—. Algunos dicen que está escrito: lo que ves es lo que va a suceder. Otros dicen que no, que es sólo una advertencia. Si le prestas atención, puedes cambiar las cosas. ¿Qué opinas tú?

Me miraba de soslayo, con curiosidad.

Inspiré hondo y percibí el punzante olor de las cebollas. Eso sí que era tocar la fibra sensible con decisión.

—No lo sé —reconocí con voz trémula—. Siempre había pensado que, sabiendo las cosas con anticipación, era posible cambiarlas. Pero ahora... no lo sé —concluí con tristeza, recordando Culloden.

Jenny me observaba; sus ojos azules estaban tan oscuros que parecían negros. Volví a preguntarme qué sabría por boca de Jamie... y qué habría adivinado por su cuenta.

—Pero has de intentarlo —dijo con seguridad—. No puedes permitir que simplemente suceda, ¿verdad?

Yo ignoraba si era una alusión personal, pero negué con la cabeza.

—No —le dije—. No puedes hacer eso. Tienes razón. Hay que intentarlo.

Nos sonreímos con cierta timidez.

—¿Lo cuidarás bien? —preguntó de pronto—. ¿Aunque os vayáis? Lo harás, ¿verdad?

Le estreché los dedos fríos y noté su ligereza y fragilidad en mi mano.

—Lo prometo —dije.

—En ese caso, todo va bien —aseguró con delicadeza devolviéndome el gesto.

Estuvimos un rato así, cogidas de la mano, hasta que la puerta del sótano se abrió de par en par, dejando entrar una ráfaga de aire cargada de lluvia.

—¿Mamá? —El joven Ian asomó la cabeza con los ojos brillantes de excitación—. ¡Ha llegado Hobart MacKenzie! ¡Dice papá que vengas enseguida!

Jenny se puso de pie de un salto sin apenas recordar coger la cesta con las cebollas.

—¿Está armado? —preguntó nerviosa—. ¿Trae pistola o espada?

Negó con la cabeza, haciendo volar el pelo oscuro.

—No, mamá. La cosa es todavía peor: ha traído un abogado.

Era difícil imaginar algo menos parecido a la venganza que Hobart MacKenzie. Tenía unos treinta años; era de huesos pequeños y pálidos y ojos lacrimosos; sus facciones indecisas se iniciaban en una calvicie incipiente y terminaban en una barbilla igualmente escasa que parecía tratar de esconderse entre los pliegues de su papada.

Cuando entramos por la puerta principal, se estaba atusando el pelo delante del espejo del vestíbulo y había dejado una pulcra peluca encima de la mesa. Nos observó alarmado, se apresuró a recuperar su peluca y se la plantó en la cabeza de un solo movimiento.

—Señora Jenny —saludó con una reverencia.

Los ojillos de conejo se desviaron hacia mí y me abandonaron de inmediato, como deseando que mi presencia no fuese real, aunque era muy consciente de que sí lo era. Jenny paseó la mirada entre nosotros, inspiró hondo y cogió el toro por los cuernos.

—Señor MacKenzie —saludó con una reverencia formal—. Permítame presentarle a Claire, mi cuñada. Claire, el señor Hobart MacKenzie, de Kinwallis.

Se limitó a mirarme, boquiabierto. Yo hice ademán de tenderle la mano, pero luego lo pensé mejor. Me habría gustado saber qué me habría recomendado hacer Emily Post en una situación como aquélla, pero como la señorita Post no estaba presente, me vi obligada a improvisar.

—Es un placer —dije con mi sonrisa más cordial.

—Eh... —Intentó una inclinación de cabeza—. Hum... para servirla... señora.

Por suerte, en aquel momento se abrió la puerta de la sala. Ante la pequeña y pulcra silueta enmarcada por el vano, dejé escapar una exclamación de placer.

—¡Ned! ¡Ned Gowan!

Era él: el anciano abogado de Edimburgo que, en otros tiempos, me había salvado de la hoguera a la que iban a condenarme por bruja. Había envejecido considerablemente y estaba encogido por la edad y tan arrugado que parecía una de las manzanas secas que había visto en el sótano.

—¡Querida mía! —exclamó, adelantándose a paso rápido. Me tomó la mano para llevársela a los labios marchitos con fervorosa galantería—. Me habían dicho que usted...

—¿Cómo es posible que esté...?

—¡... un placer tan grande verla!

—... feliz por este reencuentro, pero...

Hobart MacKenzie tosió para interrumpir este entusiasta diálogo. El señor Gowan levantó la vista con sobresalto.

—Ah, sí, por supuesto. Los negocios primero, querida —dijo haciéndome una galante reverencia—. Después, si lo permite, tendré el gusto de escuchar el relato de sus aventuras.

—Eh... haré lo posible —dije, preguntándome qué querría saber.

—Estupendo, estupendo.

El viejecito echó un vistazo al pasillo y posó sus ojos brillantes sobre Hobart y Jenny, que había colgado su manto y se estaba arreglando el pelo.

—Los señores Fraser y Murray están ya en la sala. Señor MacKenzie, si usted y las señoras aceptan reunirse con nosotros, quizá podamos arreglar este asunto sin pérdida de tiempo y pasar a cuestiones más gratas. ¿Me concede el honor, querida? —dijo, y me ofreció su brazo huesudo.

Jamie seguía en el sofá donde lo había dejado y más o menos en las mismas condiciones... es decir: vivo. Los niños habían desaparecido, excepción hecha de un pequeño regordete que dormía acurrucado en su regazo. Por entre el pelo de Jamie asomaban varias pequeñas trenzas a ambos lados entrelazadas con lazos de seda, cosa que le daba un inapropiado aire festivo.

—Pareces el león cobarde de Oz —le dije en un susurro mientras se sentaba en un cojín junto al sofá. No creía que Hobart MacKenzie intentara ninguna agresión, pero prefería estar cerca por si acaso.

Jamie se sorprendió y se llevó una mano a la cabeza.

—¿Ah, sí?

—Ssh —le dije—. Ya te lo contaré después.

Los otros participantes ya se habían instalado en la sala: Jenny, junto a Ian, en el otro sofá; Hobart y el señor Gowan, en sendos sillones de terciopelo.

—¿Estamos todos reunidos? —preguntó el abogado, echando un vistazo por la habitación—. ¿Todas las partes interesadas? Excelente. Bien, debo comenzar por establecer mi propia posición. He venido como abogado del señor Hobart MacKenzie, representando los intereses de la señora Fraser. —Al ver que yo daba un respingo, aclaró—: De la *segunda* señora Fraser, de soltera Laoghaire MacKenzie. ¿Queda claro?

Echó una mirada inquisitiva a Jamie, quien asintió.

—Queda claro.

—Bien. —El señor Gowan cogió una copa y bebió un sorbo—. Mis clientes, los MacKenzie, han aceptado mi propuesta de buscar una solución legal a este embrollo que, según tengo entendido, es resultado de la aparición súbita e inesperada... aunque muy grata y afortunada, por cierto... —añadió mientras me hacía una reverencia— de la primera señora Fraser.

Luego dedicó a Jamie un gesto de reproche.

—Lamento decir, mi querido joven, que se ha metido usted en considerables aprietos legales.

Jamie miró a su hermana con una ceja en alto.

—Bueno, tuve alguna ayuda —dijo secamente—. ¿De qué dificultades estamos hablando?

—Para empezar —especificó Ned Gowan alegremente, mientras me sonreía y sus brillantes ojos negros se hundían en sus nidos de arrugas—, la primera señora Fraser está en todo su derecho de iniciar acciones legales contra usted, acusándole de adulterio y fornicación, por lo cual podría corresponderle una pena de...

Jamie lanzó un relámpago azul en mi dirección.

—Eso no me preocupa mucho —dijo al abogado—. ¿Qué más?

Ned Gowan asintió con amabilidad y alzó una de sus débiles manos doblando los dedos a medida que iba enumerando sus argumentos.

—Con respecto a la segunda señora Fraser, Laoghaire Mac-Kenzie, podría acusarle de bigamia, intención de engañar y fraude, engaño consumado ya fuera intencional o no, que es un asunto independiente, felonía y...

Ya había levantado el cuarto dedo y se estaba preparando para más. Jamie, que había escuchado la lista con paciencia, interrumpió el recuento inclinándose hacia delante.

—Ned, ¿qué diablos quiere esa maldita mujer?

El abogado parpadeó por detrás de las gafas, bajó la mano y clavó los ojos en las vigas del techo.

—Bueno, la voluntad que expresa la señora —dijo circunspecto— es hacerle castrar y destripar en la plaza de Broch Mordha, además de ver su cabeza en una pica junto a su portón.

Los hombros de Jamie vibraron un momento, y esbozó una mueca de dolor al sentir una punzada en el brazo.

—Comprendo —dijo torciendo la boca.

Una sonrisa unió las arrugas de Ned.

—Me vi obligado a informar a la señora F... eh... a la dama —corrigió lanzándome una mirada y carraspeando—, que la ley le otorga remedios algo más limitados de lo que ella desearía.

—Ya lo creo —comentó Jamie secamente—. Pero la idea general, supongo, es que ya no desea recuperarme como esposo.

—No —intervino Hobart sin previo aviso—. Como carnada para cuervos, podría ser, pero como esposo, jamás.

Ned le echó una mirada fría.

—Le ruego que no comprometa su caso haciendo concesiones antes de haber llegado a un acuerdo —reprochó—. De lo contrario, ¿para qué me paga?

Y se volvió hacia Jamie, impertérrito en su dignidad profesional.

—Si bien la señorita MacKenzie no desea reanudar la relación conyugal con usted... cosa que, de cualquier modo, sería imposible a menos que se divorciara usted de la actual señora Fraser para volver a casarse...

—Nada más lejos de mi intención —aseguró precipitadamente Jamie, lanzándome otra mirada.

—En ese caso —prosiguió Ned con serenidad—, debo informar a mis clientes que lo más conveniente es evitar el costo y la publicidad —añadió alzando una ceja invisible de advertencia a Hobart, que se apresuró a asentir— de un pleito con su consecuente juicio público y la conveniente exposición de los hechos. Por ende...

—¿Cuánto? —interrumpió Jamie.

—¡Señor Fraser! —Ahora Ned Gowan se mostraba escandalizado—. Todavía no he mencionado ninguna demanda pecuniaria.

—Sólo porque estás muy ocupado en divertirte, viejo tunante —exclamó Jamie. Estaba irritado y tenía sendas manchas rojas ardiendo en cada mejilla. Pero no perdía el sentido del humor—. Ve al grano, ¿quieres?

Ned inclinó ceremoniosamente la cabeza.

—Bueno, es necesario comprender que, si la señorita MacKenzie y su hermano obtuvieran una sentencia favorable en un pleito como el descrito, podrían hacerle pagar una indemnización muy sustanciosa —añadió, adoptando una expresión jurista ante la perspectiva—. Después de todo, además de verse sometida al escarnio y a la humillación pública que le supondría muchos quebraderos de cabeza, la señorita MacKenzie corre también el riesgo de perder su principal medio de subsistencia...

—No corre tal riesgo —interrumpió Jamie, acalorado—. ¡Le dije que seguiría manteniéndolas, a ella y a las niñas! ¿Por quién me toma?

Ned intercambió una mirada con Hobart, que negó con la cabeza.

—Es mejor que no lo sepa —aseguró Hobart—. Ignoraba que mi hermana conociera esas palabras. Pero ¿está usted dispuesto a pagar?

—Por supuesto.

—Sólo hasta que ella vuelva a casarse. —Todas las cabezas se volvieron hacia Jenny, que hizo un gesto firme a Ned Gowan—. Si Jamie estaba casado con Claire, su boda con Laoghaire no tiene ninguna validez, ¿verdad?

—Verdad, señora Murray.

—En ese caso —aclaró Jenny con decisión—, puede volver a casarse inmediatamente. Y cuando lo haga, mi hermano no debería estar obligado a mantener su casa.

—Excelente observación, señora Murray. —El abogado cogió su pluma para garabatear con aplicación—. Bien, vamos progresando —declaró radiante volviendo a dejarla—. El siguiente punto que hemos de cubrir...

Una hora después, el botellón de whisky estaba vacío, la mesa cargada de galimatías legales y todo el mundo exhausto... exceptuando a Ned, que se mantenía tan vivaz y despejado como siempre.

—Excelente, excelente —declaró otra vez recogiendo los folios para ponerlos en orden—. Por lo tanto, los puntos principales del acuerdo son los siguientes: el señor Fraser acepta pagar a la señorita MacKenzie la suma de quinientas libras como compensación por los perjuicios y molestias ocasionados y por la pérdida de sus servicios maritales.

Ante esto Jamie soltó un leve bufido que el abogado fingió no escuchar y prosiguió con su sinopsis.

—Y por añadidura, acepta mantener su hogar a razón de cien libras anuales, pago que cesará en el momento en que la señorita MacKenzie vuelva a contraer matrimonio. El señor Fraser acepta asimismo fijar, para cada una de las hijas de la señorita MacKenzie, una dote adicional de trescientas libras. Y en último término, renuncia a presentar demandas legales contra dicha señorita por intento de asesinato. A cambio, ella libera al señor Fraser de cualquier otra reclamación. ¿Comprende usted todo esto y está dispuesto a consentir, señor Fraser? —inquirió.

—Consiento —dijo Jamie.

Hacía demasiado tiempo que estaba levantado; tenía la cara pálida y la frente cubierta de sudor, pero se mantenía erguido con el niño dormido en el regazo y el pulgar enterrado en la boca.

—Excelente —repitió Ned. Y se levantó para dedicarnos una sonriente reverencia—. Como dice nuestro amigo el doctor John Arbuthnot, «la ley es un pozo sin fondo». Pero no tanto como mi estómago en este momento. Ese delicioso aroma, ¿indica que hay en las cercanías una pierna de cordero, señora Jenny?

Me senté a la mesa, con Jamie a un lado y al otro Hobart MacKenzie, ya relajado y con buen color. Mary MacNab trajo el cordero y como era costumbre lo dejó delante de Jamie. Se lo quedó mirando un poco más de lo necesario. Él cogió el largo cuchillo con la mano buena y se lo ofreció con educación a Hobart.

—¿Lo trinchas tú, Hobart? —dijo.

—Oh, no —respondió éste haciendo un gesto de negación con la mano—. Será mejor que lo haga tu mujer. Yo no soy muy diestro con el cuchillo, seguro que me cortaría un dedo. Ya me conoces, Jamie —dijo con comodidad.

Jamie miró detenidamente por encima del salero al que en su día llegó a ser su cuñado.

—Eso pensaba, Hobart —dijo—. Pásame el whisky, ¿quieres?

—La solución es casarla cuanto antes —declaró Jenny.

Hijos y nietos ya estaban acostados; con la partida de Ned y Hobart hacia Kinwallis, quedábamos sólo nosotros cuatro junto al coñac y las tortas con crema. Jamie se volvió hacia su hermana.

—Formar parejas es tu especialidad, ¿no? —dijo con un evidente retintín en la voz—. Supongo que, si te lo propones, puedes encontrar a uno o dos hombres adecuados para ese trabajo.

—Supongo que sí —confirmó con el mismo tonó burlón y sin apartar la vista de su bordado. La aguja ensartada en la tela reflejó la luz de la lámpara. Fuera había empezado a caer aguanieve, pero en el estudio se estaba muy bien gracias al pequeño fuego que ardía en la chimenea y la piscina de luz que la lámpara proyectaba sobre el maltrecho escritorio y su pesada carga en forma de novelas y libros de contabilidad—. Lo que me pregunto es de dónde vas a sacar mil doscientas libras, Jamie.

Era lo mismo que yo estaba pensando. La cantidad que le había dado la compañía de seguros por el incendio de la imprenta se había quedado muy lejos de eso, y dudaba mucho que la parte de los beneficios que Jamie sacaba del contrabando alcanzara tal magnitud. Y Lallybroch tampoco podría proporcionar tal suma de dinero; la supervivencia en las Highlands era incierta, y aunque tuvieran varios años buenos seguidos tampoco podrían conseguir semejante excedente.

—Bueno, sólo se pueden sacar de un sitio, ¿no? —Ian paseó la mirada entre su esposa y su cuñado.

Después de un breve silencio, Jamie asintió.

—Supongo que sí —dijo con desgana. Miró la ventana, donde la lluvia castigaba los vidrios—. Pero aún no es buena época para eso.

Ian se encogió de hombros y se enderezó en la silla.

—Dentro de una semana comenzará la marea de primavera.

Jamie frunció el ceño. Parecía preocupado.

—Sí, es cierto, pero...

—No hay quien tenga más derecho que tú sobre eso, Jamie —observó el cuñado con una sonrisa, estrechándole el brazo sano—. Estaba destinado a los seguidores del príncipe Carlos, ¿no? Y tú fuiste uno de ellos, lo quieras o no.

Le respondió con una media sonrisa melancólica.

—Es cierto —suspiró—. De cualquier modo, no se me ocurre otra salida.

Miró a sus parientes como si dudara en añadir algo. La hermana, que lo conocía aún mejor que yo, apartó la vista de su labor para clavarle una mirada aguda.

—¿Qué pasa, Jamie?

Aspiró hondo.

—Quiero llevar al joven Ian —dijo.

—No —replicó Jenny al instante. La aguja se había detenido en medio de un brillante montículo rojo del estampado, el color de la sangre sobre el blanco blusón.

—Ya tiene edad para eso, Jenny —observó Jamie en voz baja.

—¡No es cierto! —objetó—. Apenas tiene quince años. Michael y Jamie tenían dieciséis y estaban más desarrollados.

—Sí, pero el pequeño Ian nada mejor que sus hermanos —intervino Ian, juiciosamente, con la frente arrugada—. Después de todo, tiene que ser uno de los muchachos —le hizo ver a Jenny. Hizo un movimiento con la cabeza en dirección a Jamie y su brazo en cabestrillo—. Jamie no puede nadar en estas condiciones. Y Claire tampoco —añadió sonriéndome.

—¿Nadar? —exclamé del todo desconcertada—. ¿Nadar dónde?

Por un momento, Ian pareció sorprendido; luego miró a Jamie, enarcando las cejas.

—¿No se lo has contado?

Negó con la cabeza.

—Sí, aunque no todo. —Se volvió hacia mí—. Hablamos del tesoro, Sassenach; el oro de las focas.

Al no poder llevar el tesoro consigo, había vuelto a esconderlo en su sitio antes de regresar a Ardsmuir.

—No sabía qué hacer con él —explicó—. Duncan Kerr lo dejó a mi cargo, pero yo ignoraba a quién pertenecía, quién lo puso allí y no sabía qué hacer con él. «La bruja blanca», fue cuanto dijo Duncan. Y a mi modo de ver, eso se refería sólo a ti, Sassenach.

Contrario a utilizar el tesoro en provecho propio, pero con la idea de que alguien debía estar al tanto de su existencia, por si él muriera en prisión, Jamie había enviado a Lallybroch una carta para Jenny e Ian codificada con esmero, indicándoles la localización del tesoro y el uso al que, presumiblemente, estaba destinado.

Por aquel entonces los tiempos eran duros para los jacobitas; aún peores para quienes habían escapado a Francia, dejando atrás tierras y fortuna, que para quienes permanecían en las Highlands, enfrentados a la persecución inglesa. Más o menos al mismo tiempo, Lallybroch sufrió dos malas cosechas consecutivas. Desde Francia llegaban cartas que solicitaban cualquier socorro posible para los compañeros que corrían peligro de morir de hambre.

—No teníamos nada que enviar; en realidad, aquí también estábamos muy cerca de pasar hambre —explicó Ian—. Se lo comuniqué a Jamie; él dijo que tal vez no estaría mal utilizar una pequeña parte del tesoro para ayudar a los seguidores del príncipe *Tearlach*.

—Parecía muy probable que hubiera sido unos de los seguidores de Estuardo quien lo hubiera puesto allí —intervino Jamie. Me miró alzando una de sus rojas cejas y curvó la comisura de los labios—. Pero en aquel momento no quise enviárselo al príncipe Carlos.

—Buena idea —le respondí con sequedad. Habría sido un desperdicio dárselo a Carlos Estuardo: habría dilapidado la fortuna en cuestión de semanas, y cualquiera que conociera bien a Carlos lo sabía, y Jamie lo conocía muy bien.

Ian había cruzado Escocia con Jamie, su hijo mayor, hacia la ensenada de las focas cerca de Coigach. Por temor a que se filtrara alguna noticia sobre el tesoro, no pidieron un bote a los pescadores: fue el muchacho quien nadó hasta la roca de las focas, tal como lo había hecho su tío varios años atrás. Encontró el tesoro en su sitio; guardó dos monedas de oro y tres de las gemas más pequeñas en un saco que llevaba atado al cuello, dejó el resto del tesoro y volvió contra corriente, hasta llegar exhausto a la costa.

Desde allí fueron a Inverness para embarcarse hacia Francia, donde el primo Jared Fraser, que prosperaba en su destierro como mercader de vinos, los ayudó a convertir discretamente en dinero las monedas y las joyas, asumiendo la responsabilidad de distribuirlo entre los jacobitas necesitados.

Desde entonces, Ian había efectuado tres veces el trabajoso viaje hasta la costa con uno de sus hijos. En cada oportunidad había cogido una pequeña parte de la fortuna oculta, a fin de cubrir alguna necesidad. En dos ocasiones el dinero fue a Francia para los amigos que pasaban aprietos; la otra parte se usó para comprar semillas y el alimento necesario para que los arrendatarios pudieran sobrevivir al largo invierno, tras el fracaso de la cosecha de patatas en Lallybroch.

Sólo Jenny, Ian y los dos hijos mayores, Jamie y Michael, conocían la existencia del tesoro. La pierna de madera de Ian le impedía nadar hasta la isla de las focas, por lo que uno de sus hijos tenía que hacer el viaje con él. Imaginé que la experiencia había supuesto una especie de rito de paso para el joven Jamie y Michael, a quienes se había confiado ese gran secreto. Ahora le tocaría el turno al joven Ian.

—No —repitió Jenny.

Pero me dio la impresión de que ya no estaba muy convencida. Ian asentía con la cabeza, pensativo.

—¿Te lo llevarías también a Francia, Jamie?

Jamie asintió.

—Sí. Debería mantenerme lejos de Lallybroch durante algún tiempo, por el bien de Laoghaire. No puedo vivir aquí con Claire, ante sus mismas narices. —Me miró con cara de disculpa—. Al menos hasta que ella esté debidamente casada. —Se dirigió a su cuñado—. No te he contado todo lo que sucedió en Edimburgo, Ian, pero creo que, pensándolo bien, me conviene alejarme también de allí por un tiempo.

Yo trataba de digerir estas noticias. Hasta entonces ignoraba que Jamie tuviera intenciones de abandonar Lallybroch y Escocia.

—¿Qué piensas hacer, Jamie? —Jenny ya no fingía que bordaba y mantenía las manos quietas sobre su regazo.

Él se frotó la nariz con expresión de cansancio. Era el primer día que se levantaba. Yo opinaba que tendría que haber vuelto a la cama hacía ya varias horas, pero él insistió en quedarse para presidir la cena y relacionarse con los demás.

—Bueno —dijo muy despacio—, Jared me ha ofrecido más de una vez hacerme socio de su empresa. Tal vez me establezca en Francia durante un año. El joven Ian podría venir con nosotros y educarse en París.

Jenny e Ian intercambiaron una larga mirada, una de esas miradas con las que las parejas que llevan muchos años casadas son capaces de mantener conversaciones enteras en cuestión de segundos. Por fin, ella inclinó la cabeza. Ian, sonriente, le tomó la mano.

—No habrá problemas, *mo nighean dubh* —le dijo en voz baja y tierna. Luego se volvió hacia su cuñado—. Llévatelo. Es una gran oportunidad para el chico.

—¿Estáis seguros? —Jamie, vacilando, se dirigía más a su hermana que a Ian.

Ella asintió. La luz de la lámpara se reflejó en sus ojos azules y seguía teniendo un poco roja la punta de la nariz.

—Supongo que es mejor darle la libertad mientras él crea que aún está en nuestras manos dársela —dijo. Miró a Jamie y luego a mí, directamente y muy seria—. Cuidaréis de él, ¿verdad?

39

Perdido, y por el viento abatido

Aquella parte de Escocia tenía tan poco que ver con los valles frondosos y los lagos próximos a Lallybroch como los páramos de Yorkshire. No había árboles, sólo largas extensiones de brezales y rocas que se elevaban sobre peñascos hasta tocar el cielo encapotado donde desaparecerían en cortinas de niebla.

Conforme nos íbamos acercando a la costa, la niebla se espesaba, acelerando la caída de la tarde y persistiendo en la mañana de tal forma que apenas disponíamos de dos horas hacia el mediodía durante las que podíamos montar con visibilidad despejada. La marcha era lenta, lo cual sólo molestaba al joven Ian, que estaba lleno de entusiasmo e impaciencia por llegar.

—¿Qué distancia hay entre la costa y la isla de las focas? —preguntó a Jamie por enésima vez.

—Unos seiscientos metros, calculo —replicó su tío.

—Puedo nadar esa distancia —dijo el joven Ian por enésima vez. Agarraba las riendas con fuerza y apretaba su huesuda mandíbula con determinación.

—Sí, lo sé —aseguró su tío con paciencia. Me dirigió una mirada cómplice escondida en la comisura de los labios—. Pero no lo necesitarás; bastará con que nades en línea recta hacia la isla; la corriente te llevará.

El chico asintió y volvió a guardar silencio, pero la expectativa le brillaba en los ojos.

El promontorio que había junto a la ensenada estaba desierto y envuelto por la bruma. Nuestras voces resonaban en la niebla de una forma extraña y pronto dejamos de hablar, asaltados por una insistente sensación de inquietud. Desde allí oía el rugido de las focas. El sonido ondeaba y se mezclaba con el ruido de las olas y de vez en cuando daba la impresión de que se trataba de marineros que se saludaban por encima del sonido del mar. Jamie señaló a su sobrino la chimenea de roca de la torre de Ellen y, tras sacar un rollo de cuerda de su silla, avanzó con cautela entre las piedras hasta la entrada.

—No te quites la camisa hasta que estés abajo —indicó a gritos, para hacerse oír—. De lo contrario la roca te destrozará la espalda.

Ian asintió —lo había comprendido— y luego, con la soga bien atada a la cintura, se despidió de mí con una sonrisa nerviosa y en dos saltos desapareció bajo la tierra. Su tío tenía el otro extremo de la cuerda atado a la cintura y la iba desenrollando cuidadosamente con la mano sana mientras el chico descendía. Gateé sobre guijarros y hierbas hasta el borde inseguro del acantilado, desde donde se veía una playa en forma de media luna.

Parecía que había pasado mucho tiempo cuando al fin vi salir a Ian del fondo de la chimenea; era una silueta pequeña como una hormiga. Después de quitarse la cuerda, echó un vistazo a su alrededor y, al vernos en lo alto del acantilado, nos saludó con un gesto de entusiasmo. Yo respondí igual, pero Jamie se limitó a murmurar por lo bajo:

—Bueno, anda, ve.

Jamie observaba nervioso cómo el chico se quitaba la ropa hasta quedarse sólo en pantalones y se abría paso entre las rocas hasta llegar al agua. La pequeña silueta se arrojó de cabeza a las olas azul grisáceas.

—¡Brrrr! —exclamé—. ¡El agua debe de estar helada!

—Sí —dijo Jamie—. Ian tiene razón; es muy mala época para nadar.

Estaba pálido y tenso. No parecía que fuera por el brazo herido, aunque el largo camino a caballo y el ejercicio con la cuerda no podían haberle hecho ningún bien. Había mostrado una alentadora confianza mientras Ian efectuaba el descenso, pero ahora no hacía ningún esfuerzo por disimular su preocupación.

Lo cierto era que, si algo salía mal, no habría manera de llegar hasta Ian.

—¿No hubiera sido mejor esperar a que se levantara la niebla? —sugerí, más para distraerlo que por otro motivo.

—Si pudiéramos esperar hasta Pascua, sí —dijo irónico—. La verdad es que he visto días más despejados por aquí —añadió, entornando los ojos en dirección al torbellino de oscuridad que teníamos a los pies.

Desde el acantilado, las tres islas sólo eran visibles a intervalos, cuando la cortina de la niebla se abría.

Únicamente fui capaz de ver la mota bamboleante en que se había transformado la cabeza de Ian durante los primeros veinte metros de su recorrido desde la costa; luego, desapareció en la bruma.

—¿Crees que irá bien?

Jamie se inclinó para ayudarme a que me levantara. La tela de su abrigo estaba húmeda y áspera bajo mis dedos, empapada de niebla y las ligeras gotas de la brisa marina.

—Sí. Es buen nadador. Y el trayecto no es difícil una vez que llegas a la corriente. —Aun así aguzaba la vista, como si a fuerza de voluntad pudiera atravesar el espesor de la niebla.

Por consejo de Jamie, el joven Ian había sincronizado su descenso para coincidir con el momento en que bajara la marea; así podría obtener de las olas toda la ayuda posible. Desde arriba vi una masa flotante de algas, medio varada en la franja de playa, cada vez más ancha.

—No volverá hasta dentro de unas dos horas —comentó respondiendo a mi tácita pregunta y abandonando de mala gana su inútil observación de la ensenada—. Caray, preferiría haber ido yo mismo, con herida o sin ella.

—Ya lo han hecho el joven Jamie y Michael —le recordé.

Sonrió con melancolía.

—Oh, sí. Ian no tendrá problemas. Pero cuando eres consciente de que algo es peligroso, resulta más fácil hacerlo tú mismo que esperar y preocuparte mientras lo hace otro.

—¡Ja! —exclamé—. Ahora ya sabes cómo es estar casada contigo.

Se echó a reír.

—Supongo que sí. Además, sería una pena privar a Ian de su aventura. Ven, resguardémonos del viento.

Nos metimos para adentro y nos sentamos a cierta distancia del borde, usando los caballos como parapeto. Los duros y melenudos ponis escoceses parecían indiferentes a las inclemencias del tiempo y se limitaban a quedarse allí muy juntos, uniendo las cabezas de espaldas al viento. Como el viento dificultaba la conversación, guardamos silencio, apoyándonos el uno en el otro como los caballos y de espaldas a la costa borrascosa.

—¿Qué ha sido eso? —Jamie levantó la cabeza, alerta.

—¿Qué?

—Me ha parecido oír un grito.

—Las focas, supongo —dije.

Pero antes de que hubiera terminado la frase, él ya estaba en pie, andando a grandes pasos hacia el borde del acantilado.

La bruma aún invadía la ensenada, pero el viento había despejado la isla de las focas, dejándola perfectamente visible por el momento. Aunque no había ninguna foca todavía.

Había un pequeño bote amarrado en un saliente rocoso inclinado, a un lado de la isla. No era una embarcación de pesca, sino algo más grande y más afilada en la proa, y con un solo juego de remos. Ante nuestra vista apareció un hombre, proveniente del centro de la isla. Llevaba algo bajo el brazo, con la forma y el tamaño de la caja que Jamie había descrito. No tuve mucho tiempo para especular acerca de la naturaleza de aquel objeto, pues de inmediato apareció a la vista un segundo hombre al otro lado de la isla.

Este último llevaba al joven Ian, medio desnudo, cargado sobre un hombro. Por el modo en que se bamboleaban la cabeza y los brazos, era evidente que el chico estaba muerto o inconsciente.

—¡Ian!

Jamie me cerró la boca con una mano antes de que pudiera volver a gritar.

—¡Calla!

Me obligó a arrodillarme para que nadie me viera. Sin poder hacer nada, vimos cómo el segundo hombre arrojaba a Ian dentro del bote sin ningún cuidado e impulsaba la borda de regreso hacia el agua. No había posibilidad de descender por la chimenea y nadar hasta la isla antes de que escaparan. Pero ¿hacia dónde irían?

—¿De dónde han salido? —susurré. En la cueva no se veía nada más que la niebla y las algas meciéndose en la corriente.

—De un barco. Es el bote de un barco.

Jamie añadió con mucho sentimiento una palabrota en gaélico, y de pronto desapareció. Al girar la cabeza lo vi montar a caballo, cruzar el promontorio y alejarse de la ensenada como si se lo llevara el diablo.

Los caballos estaban mejor calzados que yo para aquella superficie rocosa. Me apresuré a montar para seguir a Jamie mientras el agudo gemido de protesta de Ian resonaba en mis oídos.

Había menos de quinientos metros hasta la orilla del cabo, pero tuve la sensación de que tardábamos una eternidad en llegar. Vi a Jamie delante de mí con el pelo suelto flotando en el viento, y por delante de él, el barco anclado en el mar.

El terreno se partía en una pendiente pedregosa que descendía hacia el océano, no tan abrupta como el acantilado de la ensenada, pero demasiado escarpada para las cabalgaduras. Cuando acabé de frenar la mía, Jamie había desmontado y descendía hacia el agua.

La chalupa se alejaba de la isla, rodeando la curva del promontorio, hacia la izquierda. Alguien debía de estar vigilando en el barco, pues se oyó un grito apagado y unas figuras aparecieron en cubierta.

Probablemente alguna de ellas nos vio, a juzgar por la súbita agitación que se produjo a bordo: más gritos y varias cabezas asomaron por encima de la borda. El barco era azul, con una ancha banda negra pintada alrededor y una línea de troneras. Una de ellas se abrió ante mi mirada y apareció el ojo negro y redondo de un cañón.

—¡Jamie! —chillé a todo pulmón.

Levantó la vista y, al ver lo que le señalaba, se arrojó de bruces al pedregal en el momento en que se producía el disparo.

Aunque el ruido no fue muy potente, pude oír el silbido junto a mi cabeza y me agaché por instinto. Varias de las rocas que había a mi alrededor explotaron en mil esquirlas de piedra. Entonces comprendí que tanto los caballos como yo, en lo alto del promontorio, éramos mucho más visibles que Jamie. Los caballos, que habían llegado a esa conclusión mucho antes que yo, se marcharon en busca del lugar donde habíamos dejado a su compañero antes de que cayera la noche. Me tumbé en el borde del cabo, me deslicé varios metros entre una lluvia de grava y me refugié al fin en una grieta del acantilado.

Se produjo una segunda explosión por encima de mi cabeza y me pegué un poco más a la roca. Al parecer los del barco quedaron satisfechos por el efecto de este último disparo, pues de inmediato se hizo el silencio.

El corazón me latía con fuerza contra las costillas, y el aire que me rodeaba la cara estaba repleto de un fino polvo gris que me estaba dando muchas ganas de ponerme a toser. Me arriesgué y eché un vistazo por encima del hombro justo para ver cómo arrastraban la pequeña embarcación rumbo al barco. No había ni rastro de Ian y sus dos captores.

La tronera se cerró sin ruido; la cadena del ancla se izó, chorreando agua, y el barco viró con lentitud, en busca del viento. Soplaba poco aire y las velas no estaban desplegadas del todo, aunque fue suficiente. Empezó a avanzar muy despacio, pero luego cogió ritmo y se dirigió a mar abierto. Para cuando Jamie llegó a mi refugio, el barco casi había desaparecido en el denso banco de nubes que oscurecía el horizonte.

—Dios mío —fue todo lo que dijo cuando me alcanzó, pero me estrechó con fuerza un segundo—. Dios mío.

Entonces me soltó y se volvió hacia el mar. Nada se movía, salvo unos jirones de niebla. El mundo entero parecía haberse quedado en silencio; el cañonazo se había tragado incluso los ocasionales graznidos de los araos y las pardelas.

La roca gris que tenía junto al pie mostraba una zona de un tono gris mucho más claro donde el disparo había arrancado una parte de la piedra. Estaba a menos de un metro de la grieta en la que yo me había escondido.

—¿Qué vamos a hacer? —pregunté.

Me sentía aturdida tanto por la conmoción de la tarde como por la enormidad de lo que había ocurrido. Parecía imposible que, en menos de una hora, Ian hubiera desaparecido como barrido de la faz de la tierra. El banco de niebla continuaba espeso e impenetrable a escasos metros de la costa que teníamos delante, una barrera tan impasible como la cortina entre la tierra y el infierno.

Mi mente insistía en repasar las imágenes: la niebla que flotaba en los contornos de la isla de las focas; la súbita aparición del bote; los hombres caminando por las rocas y el cuerpo larguirucho del adolescente, pálido como la niebla, bamboleándose como un muñeco desarticulado. Lo había visto todo con la claridad propia de la tragedia. Tenía hasta el último detalle grabado a fuego en la cabeza y se proyectaba ante mis ojos una y otra vez, siempre con la sensación de que esa vez podría cambiar el curso de los acontecimientos.

Jamie tenía la cara rígida y profundas arrugas entre la nariz y la boca.

—No sé —dijo—. ¡Maldita sea, no sé qué hacer!

De repente apretó los puños a ambos lados del cuerpo y cerró los ojos. Respiraba con dificultad. Esa confesión me asustó aún más. En el breve tiempo que había compartido con él, me había habituado a que Jamie siempre supiera qué hacer aun en las peores circunstancias. Esa confesión parecía más sobrecogedora que todo lo que había ocurrido.

Me asaltó una intensa impotencia que se arremolinó a mi alrededor como la niebla. Todos los nervios de mi cuerpo gritaban que debíamos hacer algo. Pero ¿qué?

Entonces vi un hilo de sangre en el puño de su camisa; se había cortado la mano al bajar por entre las rocas. En eso sí que podía ayudar, y agradecí tener algo que hacer, aunque fuera una nimiedad.

—Te has herido —dije tocándole la mano—. Déjame ver. Voy a vendártela.

—No. —Apartó la cara tensa, tratando con todo su empeño de atravesar la niebla con la vista. Cuando traté de cogerle la mano se apartó con brusquedad—. ¡Te he dicho que no! ¡Deja!

Tragué saliva a duras penas y me envolví con fuerza bajo la capa. El viento había cesado casi por completo, incluso en el cabo, pero seguía haciendo frío y había mucha humedad.

Se frotó la mano contra el abrigo de cualquier manera, dejando una mancha herrumbrosa. Seguía con la mirada fija en el mar, justo donde el barco se había desvanecido. Cerró los ojos y apretó los labios. Luego los abrió, me hizo un breve gesto de disculpa, y se volvió tierra adentro.

—Los caballos han escapado —observó en voz baja—. Vamos a buscarlos.

Cruzamos el trecho cubierto de piedras y hierbajos en silencio; estaba conmocionada y muy apenada. Divisé los caballos a lo lejos, en torno al compañero atado. Me dio la sensación de que tardamos horas en llegar, el regreso siempre se hacía mucho más largo.

—No creo que estuviera muerto —comenté al cabo de un rato que pareció un año.

Posé una mano vacilante sobre el brazo de Jamie con la intención de tranquilizarlo, pero él no habría advertido el contacto aunque lo hubiera golpeado con una porra. Siguió caminando muy despacio con la cabeza gacha.

—No —confirmó él, y vi cómo tragaba saliva—. No estaba muerto. De lo contrario no se lo habrían llevado.

—¿Has visto cómo lo subían al barco? —insistí.

Me pareció que le haría bien hablar. Él asintió con la cabeza.

—Sí, lo han subido a bordo; lo he visto con claridad. Supongo que es una esperanza —murmuró casi para sus adentros—. Si no lo han matado entonces, lo más probable es que no lo hagan.

—Como si recordara de pronto que yo estaba allí, se dio la vuelta para mirarme—. ¿Estás bien, Sassenach?

Yo tenía varias magulladuras, estaba cubierta de mugre y me temblaban las rodillas por el susto, pero básicamente me encontraba bien.

—Sí. —Volví a apoyarle una mano en el brazo. Esta vez no se resistió.

—Menos mal —dijo con suavidad un momento después. Se metió mi mano en el hueco del codo y proseguimos la marcha.

—¿Tienes alguna idea de quiénes son? —Tuve que elevar un poco la voz para hacerme oír por encima del ruido del oleaje, pero quería hacerlo hablar para distraerlo.

Negó con la cabeza, ceñudo. El esfuerzo que tuvo que hacer para hablar pareció sacarlo poco a poco de la conmoción.

—Uno de los marineros ha gritado algo en francés a los hombres del bote. Pero eso no prueba nada; una tripulación se forma con marineros de todas partes. Aun así, he visto suficientes barcos en los muelles como para saber que ése no tenía aspecto de buque mercante... y tampoco parecía inglés —añadió—, aunque no sabría decirte por qué. Quizá por la disposición de las velas.

—Era azul, con una línea negra pintada alrededor —observé—. Sólo he tenido tiempo de ver eso antes de que comenzaran los cañonazos.

¿Sería posible seguirle la pista a un barco? La idea me dio esperanzas. Quizá la situación no fuera tan desesperada como había pensado en un primer momento. Si Ian no estaba muerto y podíamos averiguar adónde se dirigía el barco...

—¿No has visto ningún nombre? —le pregunté.

—¿Un nombre? —La idea pareció sorprenderle—. ¿En un barco?

—¿No es habitual que los barcos tengan el nombre pintado en el flanco?

—No. ¿Para qué? —preguntó desconcertado.

—¡Para que los demás puedan identificarlos, caramba! —exclamé exasperada.

Sonrió un poco, sorprendido por mi tono de voz.

—Bueno, supongo que no tienen mucho interés en dejarse identificar teniendo en cuenta sus ocupaciones —respondió con sequedad.

Seguimos caminando juntos durante otro rato mientras pensábamos. Entonces pregunté con curiosidad:.

—¿Y cómo hacen los barcos honrados para identificarse unos a otros si no tienen el nombre pintado?

Me miró enarcando una ceja.

—Yo podría distinguirte de cualquier otra mujer —señaló—. Y no llevas el nombre pintado en el pecho.

—De momento nadie me ha marcado con la letra «A» —dije con ligereza, pero al ver su expresión de estupefacción añadí—: ¿Eso significa que los barcos son tan pocos y tan diferentes que es posible reconocerlos a simple vista?

—No para mí —reconoció con honestidad—. Yo sólo reconozco unos cuantos porque conozco al capitán y he estado a bordo en alguna ocasión para hacer negocios, y también sabría reconocer los paquebotes, los habré visto en el puerto una docena de veces. Pero los marineros saben mucho más.

—Entonces sería posible averiguar cómo se llama el barco que se ha llevado a Ian, ¿no?

Asintió, mirándome con curiosidad.

—Creo que sí. Mientras caminábamos he estado tratando de recordar todos los detalles que he visto para describírselo a Jared. Él conoce muchísimos barcos y a muchos capitanes. Tal vez alguno de ellos pueda identificar un barco azul, ancho de manga, de tres palos, con doce cañones y un mascarón de proa ceñudo.

El corazón me dio un brinco.

—¡Así que tienes un plan!

—Yo no diría un plan, pero no se me ocurre otra cosa.

Se encogió de hombros y se pasó la mano por la cara. Mientras caminábamos se nos condensaban encima diminutas gotas de humedad y brillaban por entre los rojos mechones de su pelo y en sus cejas, además de recubrirle las mejillas de una capa de humedad con aspecto de lágrimas. Suspiró.

—Ya tenemos reservados los pasajes desde Inverness. Lo mejor que podemos hacer es continuar viaje. Jared nos estará esperando en Le Havre. Cuando lleguemos, quizá él pueda ayudarnos a averiguar cómo se llama el barco y hacia dónde se dirige. Sí —añadió con sequedad, anticipándose a mi pregunta—, los barcos tienen puertos de origen y, a menos que pertenezcan a la Marina, rutas habituales y registros que se guardan en el puerto, donde consta hacia dónde navegan. Comenzaba a sentirme mejor. No había vuelto a respirar desde que Ian había descendido por la torre de Ellen.

—Siempre que no sean bucaneros ni piratas —añadió, y me lanzó una mirada de advertencia que aplastó de golpe mi arranque de euforia.

—¿Y si lo son?

—Entonces, Dios sabrá. Yo no —espetó, y ya no dijo una palabra más hasta que llegamos a los caballos.

Estaban pastando en el cabo cerca de la torre donde habíamos dejado la montura de Ian, y se comportaban como si nada hubiera ocurrido, fingiendo que la áspera hierba que crecía junto al mar era deliciosa.

—¡Cha! —exclamó, mirándolos con reproche—. ¡Estúpidos!

Cogió la soga y le dio dos vueltas alrededor de un saliente. Me entregó un extremo con la orden de sostenerlo y la dejó caer por la chimenea. Después de quitarse la chaqueta y los zapatos, desapareció por la abertura sin más comentario.

Al poco rato volvió a salir, sudando profusamente, con un bulto pequeño bajo el brazo: la camisa de Ian, su chaqueta, los zapatos y los calcetines, su navaja y el pequeño saco de cuero donde el chico guardaba sus pocas pertenencias.

—¿Quieres llevarle todo eso a Jenny? —pregunté, tratando de imaginar lo que mi cuñada podría pensar, decir o hacer al recibir la noticia. Y me salió demasiado bien. Se me revolvió un poco el estómago sabiendo que el vacío y la dolorosa sensación de pérdida que yo sentía no tendrían nada que ver con los que sentiría ella.

Aunque Jamie estaba enrojecido por el esfuerzo de la escalada, mis palabras le hicieron palidecer y apretó el bulto con más fuerza.

—Oh, sí —dijo muy despacio y con amargura—. ¿Quieres que vuelva a casa para informar a mi hermana de que he perdido a su hijo menor? Ella no quería que me acompañara y yo insistí. Prometí cuidar de él. Ahora está herido, quizá muerto, pero aquí están sus ropas como recuerdo. —Apretó los dientes y tragó saliva—. Preferiría morirme.

Luego se arrodilló en el suelo para doblar cuidadosamente las prendas. Después de envolverlas en la chaqueta, guardó el hatillo en la alforja.

—Supongo que Ian necesitará todo eso cuando lo encontremos —dije, tratando de sonar convencida.

Jamie me miró, pero después asintió.

—Sí —dijo con suavidad—. Eso espero.

Era demasiado tarde para emprender el viaje hacia Inverness. El sol se estaba poniendo y anunciaba sus intenciones con un oscuro brillo rojizo que apenas penetraba la creciente niebla. Sin decir nada, comenzamos a montar el campamento. En las alforjas llevábamos comida fría, pero ninguno de los dos tenía apetito. Preferimos enrollarnos en mantas y capotes y echarnos a dormir acurrucados en pequeños huecos que Jamie había cavado en la tierra.

Yo no podía dormir. El duro y pedregoso suelo se me clavaba en las caderas y los hombros, y el rugido de las olas del mar habría bastado para mantenerme despierta, incluso aunque no hubiera estado pensando en Ian.

¿Estaría malherido? La flacidez de su cuerpo denotaba algún contratiempo, pero no había visto sangre. Lo más probable es que sólo le hubieran dado un golpe en la cabeza. Y de ser así, ¿cómo se sentiría al despertar y darse cuenta de que lo habían secuestrado y que lo alejaban cada vez más de su casa y su familia?

¿Y cómo íbamos a encontrarlo? Cuando Jamie mencionó a Jared, me sentí esperanzada, pero cuanto más pensaba en ello menores me parecían las probabilidades de llegar a encontrar un barco, que en esos momentos podría estar navegando hacia cualquier destino del mundo. ¿Y los secuestradores decidirían quedarse con Ian o se lo pensarían mejor y concluirían que no era más que un peligroso inconveniente y lo tirarían por la borda?

Dudo que pegase ojo, pero debí de dormitar con la mente inquieta. Al despertar, temblando de frío, saqué una mano en busca de Jamie. No estaba allí. Cuando me incorporé descubrí que me había cubierto con su manta mientras dormitaba, pobre sustituto de su calor humano. Estaba sentado a cierta distancia, de espaldas a mí. Al ponerse el sol, el viento había virado hacia el mar llevándose parte de la niebla. A la luz que arrojaba la media luna pude ver con claridad su silueta encorvada.

Me levanté para acercarme, envolviéndome en la manta para protegerme del frío. Mis pasos crujían sobre los fragmentos de granito, ruido que se perdía en el rumor del mar. Aun así debió de oírme; no se volvió, pero tampoco dio señales de sorpresa cuando me senté a su lado.

Tenía la barbilla apoyada en las manos y los codos en las rodillas; sus ojos miraban sin ver el agua oscura de la ensenada. Si las focas estaban despiertas, esa noche se hallaban muy tranquilas.

—¿Estás bien? —pregunté en voz baja—. Hace un frío tremendo.

Jamie sólo llevaba el abrigo, y durante las frías horas de la noche, bajo el húmedo y gélido aire del mar, con esa única prenda no bastaba. Cuando le posé la mano sobre el brazo pude sentir el continuo estremecimiento que le recorría el cuerpo.

—Estoy bien, sí —respondió sin convicción.

Resoplé ante sus evasivas y me senté junto a él en otra roca de granito.

—No ha sido culpa tuya —dije cuando ya llevábamos un rato sentados en silencio escuchando el mar.

—Deberías acostarte y dormir, Sassenach.

Su voz sonaba serena, aunque con cierta desesperanza que me instó a acercarme más, tratando de abrazarlo. Era evidente que no quería tocarme, pero yo estaba temblando.

—Me quedo contigo.

Con un profundo suspiro, tiró de mí y me senté en sus rodillas para estrecharme con fuerza metiendo los brazos dentro de mi capa. El temblor cedió poco a poco.

—¿Qué haces aquí? —pregunté al fin.

—Rezar —respondió al fin—. O eso intento.

—No he debido interrumpirte. —Hice ademán de retirarme, pero él me sujetó.

—No, quédate —dijo.

Nos quedamos allí pegados. Podía sentir el calor de su aliento en mi oreja. Inspiró como si fuera a hablar, pero luego lo soltó sin decir nada. Me volví y le toqué la cara.

—¿Qué pasa, Jamie?

—¿Es pecado tenerte? —susurró. Estaba muy pálido; sus ojos parecían fosas oscuras bajo la escasa luz—. No puedo dejar de preguntarme si es culpa mía. ¿Tan grave pecado es desearte tanto, necesitarte más que a mi vida?

—¿Es cierto eso? —Le tomé la cara entre las manos palpando sus anchos y fríos huesos con las palmas—. Y si es cierto, ¿qué puede tener de malo? Soy tu esposa.

La simple palabra *esposa* me aligeró el corazón.

Él volvió un poco la cara hasta posar los labios en mi palma y levantó la mano en busca de la mía. También tenía los dedos fríos y tan duros como una madera empapada en agua de mar.

—Eso me digo. Dios te envió a mí; ¿cómo podría no amarte? Sin embargo... pienso, pienso y no puedo parar.

Entonces me miró frunciendo el ceño, preocupado.

—El tesoro... Estaba bien utilizarlo cuando había necesidad, para alimentar a los hambrientos o rescatar a alguien de la prisión. Pero para librarme de la culpa... usarlo sólo para poder vivir libremente en Lallybroch contigo, sin preocuparme por Laoghaire... Creo que estuvo mal.

Le bajé la mano hasta posarla sobre mi cintura y me acerqué a él. Él aceptó la cercanía, necesitaba consuelo.

—Calla —dije a pesar de que no había vuelto a hablar—. No digas eso. ¿Alguna vez hiciste algo por ti, Jamie, sin pensar en los demás?

Posó la mano en mi espalda y deslizó los dedos por la costura de mi corsé mientras contenía el aliento al reprimir una sonrisa.

—Oh, muchas veces —susurró—. Cuando te vi. Cuando te tomé por esposa sin preguntarme si me querías o no, si tenías otro hogar, otro hombre.

—Idiota —le susurré al oído meciéndole lo mejor que pude—. Eres un idiota, Jamie Fraser. ¿Qué me dices de Brianna? Eso no estuvo mal, ¿o sí?

—No. —Tragó saliva. Escuché el ruido que hizo al tragar y noté el latido de su pulso justo por donde le abrazaba—. Pero ahora te he apartado también de ella. Te amo... y quiero a Ian como si fuera mío. Y estoy pensando que tal vez no puedo teneros a ambos.

—Jamie Fraser —repetí con tanta convicción como pude—, eres un perfecto estúpido.

Le aparté el pelo de la frente y apreté el puño alrededor de la espesa cola de su nuca para tirar de su cabeza hacia atrás y obligarlo a mirarme.

Pensé que debía ver mi cara como yo veía la suya, los pálidos huesos del cráneo con los labios y los ojos tan oscuros como la sangre.

—Tú no me obligaste a venir, ni me apartaste de Brianna. Vine porque quise, porque te quería tanto como tú a mí. Y el hecho de que yo esté aquí no tiene nada que ver con Ian. Estamos casados, maldito seas: ante Dios, ante los hombres, ante Neptuno o ante quien se te ocurra.

—¿Neptuno? —repitió, desconcertado.

—Cállate. Estamos casados, digo, y no es pecado que me desees ni que me tengas. Y ningún Dios que merezca ese nombre sería capaz de quitarte a tu sobrino sólo porque quieres ser feliz. ¡Basta ya!

Al cabo de un momento me aparté para mirarlo.

—Además —añadí—, no pienso volver por nada del mundo. ¿Qué puedes hacer tú, dime?

Esta vez, la vibración de su pecho no era de frío, sino de risa.

—Quedarme contigo y al diablo con todo —dijo besándome la frente con suavidad—. Por amarte he conocido el infierno más de una vez, Sassenach; si es necesario, volveré a conocerlo.

—¡Bah! ¿Y crees que amarte a ti es un lecho de rosas?

Esta vez soltó una carcajada.

—No, pero ¿querrás insistir?

—Puede ser.

—Eres una mujer muy terca. —En su voz se percibía la sonrisa.

—Dios nos cría y nosotros nos juntamos.

Guardamos silencio durante un largo rato.

Era muy tarde, quizá fueran las cuatro de la madrugada. En el cielo brillaba media luna que sólo se veía de vez en cuando por entre el baile de las nubes, que se movían deprisa. El viento estaba cambiando de dirección a esa hora entre la noche y el alba. Abajo, en algún punto, se oyó el gemido de una foca.

—¿Te sientes capaz de iniciar el viaje? —preguntó Jamie de súbito—. ¿Sin esperar la luz del día? Una vez que dejemos atrás el acantilado, el trayecto no será tan difícil; los caballos pueden arreglárselas en la oscuridad.

Me dolía todo el cuerpo por el cansancio y estaba muerta de hambre, pero me levanté de inmediato, al tiempo que me apartaba el pelo de la cara.

—Vamos —dije.

OCTAVA PARTE

En el agua

40

Descenderé hasta el mar

—Tendrá que ser el *Artemis*.

Después de cerrar su escritorio portátil, Jared se frotó el entrecejo, ceñudo. Lo había conocido cincuentón; ahora el primo de Jamie tenía bastante más de setenta años, pero su cara afilada, su cuerpo enjuto y su incansable capacidad de trabajo seguían siendo los mismos. Sólo el pelo delataba su edad: había pasado del negro al blanco puro atado con desenfado con un lazo de seda roja.

—Es sólo un bergantín de tamaño mediano, con una tripulación de cuarenta personas más o menos —comentó—. Pero la temporada ya ha pasado y no creo que consigamos nada mejor. Todos los barcos que van hacia las Antillas partieron hace más de un mes. El *Artemis* debería haber salido con el convoy de Jamaica, pero necesitaba unas reparaciones.

—Prefiero que sea uno de tus barcos... con uno de tus capitanes —le aseguró Jamie—. El tamaño no importa.

Jared enarcó una ceja con escepticismo.

—¿Ah, no? En alta mar podrías descubrir lo mucho que importa. A estas alturas del año el viento sopla con fuerza; sacude las corbetas como si fueran corchos. ¿Puedo preguntarte cómo te sentó cruzar el Canal en un paquebote, primo?

Ante esta pregunta, la cara de Jamie se tornó aún más ojerosa y lúgubre de lo que estaba. Era un auténtico marinero de agua dulce. No sólo era propenso a marearse, sino que estaba condenado a ello. Lo pasó fatal durante todo el viaje de Inverness a Le Havre, y eso que el mar estaba en relativa calma. Y en ese momento, seis horas después y a salvo en tierra firme en el almacén que Jared tenía en el muelle, todavía tenía los labios pálidos y sombras oscuras bajo los ojos.

—Ya me las arreglaré —dijo, arisco.

Jared lo miró con aire dubitativo; sabía muy bien lo que le sucedía en cualquier tipo de embarcación: en cuanto pisaba la cubierta, aunque el barco estuviera anclado, se ponía verde y quedaba postrado. La perspectiva de cruzar el Atlántico atrapado en un barco inestable durante dos o tres meses bastaba para aturdir a cualquiera. A mí me tenía preocupada.

—Bueno, supongo que no hay remedio —suspiró el primo verbalizando mis pensamientos—. Al menos tendrás un médico a mano —añadió sonriéndome—. Es decir... supongo que piensas acompañarlo, querida.

—Sí —le aseguré—. ¿Cuánto tiempo falta para que el barco esté listo? Me gustaría buscar una buena botica para aprovisionarme de medicinas antes de partir.

Jared frunció los labios mientras se concentraba.

—Una semana, si Dios quiere. En este momento el *Artemis* está en Bilbao: trae una carga de cueros curtidos de España y cobre italiano; lo descargarán todo aquí cuando llegue, cosa que debería ocurrir pasado mañana con viento favorable. Todavía no he contratado a un capitán para el viaje, pero tengo a uno en mente. Tal vez deba ir hasta París para contratarlo: serán cuatro días de viaje, ida y vuelta. Añadamos un día para completar el aprovisionamiento, llenar los toneles de agua y otros detalles. Podría estar listo para zarpar justo dentro de una semana, al amanecer.

—¿Cuánto tiempo tardará en llegar a las Antillas? —preguntó Jamie. La tensión era palpable en su cuerpo, un tanto afectado por las secuelas del viaje y la falta de descanso. Estaba tenso como un arco y era muy probable que siguiera así hasta dar con Ian.

—Durante la temporada se tarda dos meses —respondió Jared sin dejar de fruncir el ceño—. Pero a estas alturas, con las tormentas de invierno, podrían ser tres o incluso más.

O no llegar nunca. Claro que Jared, como todo exmarino, era demasiado supersticioso y tenía demasiado tacto para expresar esa posibilidad. Y aun así, me di cuenta de que tocaba la madera de su escritorio a escondidas como llamada a la buena suerte.

Tampoco mencionaría la otra cuestión que me ocupaba la mente: no teníamos pruebas de que el barco azul se dirigiera a las Antillas. Sólo contábamos con los registros que Jared había conseguido en el puerto de Le Havre, donde aparecían anotadas dos visitas del barco —que por lo visto se llamaba *Bruja*— a lo largo de los últimos cinco años, y figuraba como originario de Bridgetown, en la isla de Barbados.

—Descríbeme otra vez ese barco que se llevó al joven Ian —pidió Jared—. ¿Cómo navegaba? ¿Alto en el agua o bastante hundido, como si llevara una carga pesada?

Jamie cerró los ojos para concentrarse y los volvió a abrir con un asentimiento. Luego dijo:

—Podría jurar que iba muy cargado. Las troneras estaban apenas a un par de metros por encima del agua.

Su primo asintió, satisfecho.

—Eso significa que no acababa de llegar, sino que partía. He enviado mensajeros a los principales puertos de Francia, Portugal y España. Con un poco de suerte, ellos averiguarán de dónde zarpó y qué destino lleva. —Los labios finos se contrajeron en una mueca de preocupación—. A menos que se haya hecho pirata y navegue con papeles falsos, claro.

El anciano comerciante de vinos dejó su escritorio portátil. El paso del tiempo había oscurecido los grabados en la madera de caoba. Se puso de pie moviéndose con dificultad.

—Eso es todo lo que se puede hacer de momento. Ahora vamos a casa, que Mathilde nos espera con la cena. Mañana te enseñaré la lista de mercancías mientras tu esposa sale a por sus hierbas.

Eran casi las cinco y ya había oscurecido por completo, pero Jared tenía una escolta de dos hombres equipados con antorchas para iluminar el camino y armados con sólidas porras. Le Havre era una próspera ciudad portuaria y no convenía caminar por los muelles después de oscurecer, y mucho menos si uno era un rico mercader de vinos.

Pese al agotamiento del viaje, la opresiva humedad, el penetrante olor a pescado y el hambre que me roía, me sentía reanimada mientras seguía la estela de las antorchas por aquellas oscuras y estrechas calles. Gracias a Jared existía una posibilidad de hallar al joven Ian.

El primo de Jamie también creía que, si los piratas del *Bruja* —porque yo ya pensaba en ellos de ese modo— no habían matado al chico de inmediato, lo más probable era que lo mantuvieran con vida. Al margen de su raza, un varón joven y saludable se podía vender en las Antillas como esclavo por una cantidad de doscientas libras, suma muy respetable en esa época.

Si en verdad pretendían sacar provecho económico del joven Ian, y si averiguábamos a qué puerto se dirigían, debería ser razonablemente sencillo encontrar y recuperar al chico.

Una fuerte ráfaga de viento y varias gotas heladas sofocaron un poco mi optimismo recordándome que, por fácil que fuera localizar a Ian al llegar a las Antillas, antes era preciso que tanto el *Bruja* como el *Artemis* arribaran a ellas. Y ya estaban comenzando las tormentas de invierno.

Llovió con más intensidad durante la noche y aporreó con insistencia el techo de pizarra sobre nuestras cabezas. En una situación normal, el ruido me habría resultado relajante y soporífero, pero dadas las circunstancias, el grave tamborileo se me antojaba amenazante en lugar de apacible.

Pese a la sustanciosa cena de Jared y los excelentes vinos que la acompañaron, aquella noche no pude dormir; mi mente evocaba imágenes de lonas empapadas y mares agitados. Por lo menos, esa morbosa imaginación sólo me desvelaba a mí: en vez de subir conmigo, Jamie se había quedado discutiendo con su primo los detalles del viaje.

Jared estaba dispuesto a arriesgar un barco y un capitán para colaborar en la búsqueda. A cambio, Jamie se embarcaría como sobrecargo.

—¿Como qué? —había exclamado yo, al escuchar la propuesta.

—El sobrecargo es el hombre que se ocupa de supervisar la carga, la descarga, la venta y la disposición de la mercadería —me explicó Jared con paciencia—. El capitán y la tripulación se limitan a hacer navegar el barco; alguien se tiene que preocupar del contenido. Si se diera el caso de que la mercancía del barco se viese afectada por alguna circunstancia, las órdenes del sobrecargo superan la autoridad del capitán.

Ése fue el trato. Aunque Jared estaba dispuesto a asumir cierto riesgo para ayudar a un pariente, no veía ningún motivo por el que no pudiera sacar cierto beneficio del trato. Llevaríamos mercancías procedentes de Bilbao y Le Havre hasta Jamaica, donde las cambiaríamos por el ron de la plantación de caña de azúcar de Fraser et Cie para el viaje de retorno, que tendría lugar a finales de abril o principios de mayo, cuando regresara el buen tiempo.

Si llegábamos a Jamaica en febrero, Jamie podría disponer durante tres meses del *Artemis* y su tripulación para viajar a Barbados (o donde fuera necesario) en busca del joven Ian. Tres meses. Ojalá fuera tiempo suficiente.

Se trataba de un acuerdo generoso. Y, sin embargo, Jared, que llevaba muchos años a la espalda como expatriado dedicado a la venta de vinos en Francia, era lo bastante rico como para que la pérdida de un barco no le causara muchos problemas por inquietante que fuera. No se me pasó por alto pensar que mientras

Jared arriesgaba una pequeña parte de su fortuna, nosotros arriesgábamos nuestras vidas.

El viento parecía amainar, ya no ululaba por la chimenea con tanta fuerza. Como no conseguía conciliar el sueño, abandoné la cama con una manta sobre los hombros para seguir calentita y me acerqué a la ventana.

El cielo se había vestido de un gris moteado y las veloces nubes cargadas de lluvia refulgían gracias a la luz de la luna que se ocultaba tras ellas. El cristal estaba salpicado de lluvia. A pesar del mal tiempo, por entre las nubes se colaba la luz suficiente para que pudiera ver los mástiles de los barcos amarrados en el muelle, que estaba a menos de quinientos metros de distancia. Se balanceaban de un lado a otro con las velas bien plegadas, y se elevaban y caían con paso arrítmico mecidos por las olas. Dentro de una semana yo estaría metida en uno de ellos.

No me atrevía a pensar en cómo sería la vida con Jamie por si acaso no lo encontraba. Pero entonces lo encontré y con una velocidad vertiginosa pude entrever lo que sería ser la esposa de un impresor a caballo entre los círculos políticos y literarios de Edimburgo, una peligrosa y fugitiva existencia en calidad de contrabandista, y por fin la ajetreada y tranquila vida en una granja de las Highlands, una vida que ya había llevado y que disfruté enormemente.

Ahora, con la misma velocidad vertiginosa, todas esas posibilidades habían desaparecido y me enfrentaba a un futuro incierto de nuevo.

Por extraño que pueda parecer, la perspectiva me provocaba más emoción que inquietud. Acababa de dejar atrás veinte años de rutina, anclada como un percebe a mis responsabilidades para con Brianna, Frank y mis pacientes. Y de repente el destino —y mis propias acciones— me había alejado de todas esas cosas y me sentía como si me arrastrara la marea, a la merced de fuerzas muy superiores a mí.

Mi aliento formó un círculo de vaho en el cristal. Dibujé un pequeño corazón en la nube, igual que los que solía hacerle a Brianna las mañanas frías. Luego escribía las iniciales dentro del corazón: B.E.R., Brianna Ellen Randall. Me pregunté si se seguiría haciendo llamar Randall o se habría cambiado el apellido y se llamaría Fraser. Vacilé y escribí dos letras dentro del corazón: una «J» y una «C».

Aún seguía allí cuando Jamie abrió la puerta.

—¿Todavía estás despierta? —preguntó innecesariamente.

—La lluvia no me deja dormir. —Fui a abrazarlo alegrándome de que su sólida calidez disipara la fría oscuridad de la noche. Él me estrechó contra sí, apoyando la mejilla en mi pelo. Seguía oliendo a mareo y también a cera de vela y a tinta—. ¿Has estado escribiendo? —pregunté.

Me miró con asombro.

—Sí, pero ¿cómo lo sabes?

—Hueles a tinta.

Esbozó una pequeña sonrisa y se apartó un poco para peinarse con los dedos.

—Tienes la nariz de un cerdo trufero, Sassenach.

—Caramba, gracias por tan elegante cumplido. ¿Qué has escrito?

Su sonrisa desapareció y adoptó un aspecto preocupado y cansado.

—Una carta para Jenny —dijo. Se acercó a la mesa donde se quitó la chaqueta y comenzó a aflojarse la corbata—. No quise escribirle antes de haber hablado con Jared, para poder contarle cuáles eran nuestros planes y las posibilidades que teníamos de recuperar a Ian sano y salvo. —Hizo una mueca y se quitó la camisa—. Sabe Dios cómo reaccionará cuando la reciba, y gracias al cielo, cuando eso ocurra, yo estaré en alta mar —añadió con ironía mientras sacaba la cabeza por el cuello de la camisa.

La redacción no habría sido nada fácil, pero supuse que se sentiría más tranquilo después de haberlo hecho. Se sentó para quitarse los zapatos y los calcetines, y me acerqué por detrás para desatarle la coleta.

—Me alegro de haberlo hecho, por fin —comentó, haciéndose eco de mis pensamientos—. Me atormentaba tener que decírselo.

—¿Le has contado la verdad?

Se encogió de hombros.

—Como siempre.

Sin embargo, no le había dicho la verdad con respecto a mí. Pero no di voz a ese pensamiento. Comencé a masajearle los hombros para aliviar los nudos que tenía en los músculos.

—¿Qué ha pasado con el señor Willoughby? —pregunté.

El masaje me había hecho pensar en el chino. Había cruzado el canal de la Mancha con nosotros, pegado a Jamie como una pequeña sombra de seda azul. Jared, que estaba acostumbrado a ocuparse de todo en los muelles, se había llevado al señor Willoughby a paso ligero haciéndole grandes reverencias y dirigiéndose a él con algunas palabras en mandarín, pero el ama de llaves había mirado a ese inusual huésped con mucha más desconfianza.

—Creo que se ha acostado en el establo. —Jamie bostezó al tiempo que se estiraba—. Mathilde dijo que no era su costumbre acoger paganos en la casa y que no tenía intención de comenzar ahora. La dejé rociando con agua bendita la cocina donde había cenado.

Cuando levantó la cabeza vio el corazón que yo había dibujado en la ventana, oscuro sobre el cristal lleno de vaho, y sonrió.

—¿Qué es eso?

—Una tontería —dije.

Me cogió la mano derecha y, con la yema de su pulgar, acarició la pequeña cicatriz del mío: la «J» que él había trazado con la punta de su cuchillo cuando nos separamos, antes de Culloden.

—No te he preguntado si quieres acompañarme —dijo—. Podrías quedarte; Jared te alojaría de buen grado, aquí o en París. O quizá prefirieras regresar a Lallybroch.

—No, no me lo has preguntado. Porque sabes muy bien cuál sería mi respuesta.

Nos miramos con una sonrisa. De su cara habían desaparecido las arrugas del cansancio y la pesadumbre. La luz de las velas se reflejaba sobre su lustrada coronilla y me besó la palma de la mano con delicadeza.

El viento continuaba silbando en la chimenea y la lluvia corría por el vidrio como un torrente de lágrimas, pero ya no me importaba. Ahora podría dormir.

Por la mañana el cielo estaba despejado. En el estudio de Jared, una brisa fría sacudía la ventana sin poder penetrar en el abrigado interior. La casa de Le Havre era mucho más pequeña que su elegante residencia de París, y aun así, poseía tres pisos de sólido entramado de madera.

Acercando los pies al fuego, hundí la pluma en el tintero. Estaba haciendo una lista de todos los elementos medicinales que podía necesitar en los dos meses de viaje. El alcohol destilado era lo más importante y lo más fácil de conseguir; Jared había prometido traerme un barril desde París.

—Será mejor que lo etiquetemos con otro nombre —me dijo—, o los marineros se lo habrán bebido antes de salir del puerto.

«Manteca de cerdo refinada —escribí con cuidado—. Hierba de San Juan; ajo, cinco kilos; aquilea.» Escribí «borraja», pero acto seguido negué con la cabeza y lo taché, sólo para reemplazarlo por uno de sus antiguos nombres, más conocido en esta época: buglosa.

El trabajo era lento. En otros tiempos había llegado a conocer los usos medicinales de todas las hierbas comunes y otras bastante raras. Era preciso recordarlos; no contaba con otra cosa.

Lo cierto era que muchas de ellas resultaban sorprendentemente efectivas. A pesar del escepticismo y el evidente terror de mis supervisores y colegas del hospital de Boston, las había empleado de vez en cuando con mis pacientes modernos, y con muy buenos resultados. «¿Has visto lo que ha hecho la doctora Randall?», escuché la sorprendida voz de un interno en mi memoria y sonreí mientras escribía. «¡Le ha recetado flores hervidas al paciente de la 134B!»

La verdad era que a nadie se le ocurriría utilizar aquilea y consuelda para tratar una herida teniendo yodo a mano, ni trataría una infección sistemática con urticularia pudiendo utilizar penicilina.

Había olvidado muchas cosas, pero según iba escribiendo los nombres de las hierbas, me venían a la memoria su olor y su apariencia: el oscuro y bituminoso aspecto y el agradable olor del aceite de abedul, el característico aroma de las mentas, el polvoriento y dulce olor de la manzanilla y la astringencia de la bistorta.

Al otro lado de la mesa, Jamie luchaba con sus propias listas, escribiendo trabajosamente con su maltrecha mano derecha. De vez en cuando se detenía para frotarse la herida del brazo a medio cicatrizar, mientras maldecía por lo bajo.

—¿Tienes zumo de lima en tu lista, Sassenach? —preguntó.

—No. ¿Debo anotarlo?

Se apartó un mechón de la frente y miró ceñudo la hoja de papel que tenía delante.

—Depende. Es costumbre que el cirujano de a bordo lleve zumo de lima, pero en los barcos pequeños, como el *Artemis*, no suele haber cirujano; todos los alimentos corren por cuenta del tesorero. Como tampoco llevaremos tesorero, porque no ha habido tiempo de buscar a un hombre de confianza, también es misión mía.

—Bueno, si tú actúas como tesorero y sobrecargo, supongo que yo seré lo más parecido a un cirujano —dije sonriendo—. Ya me encargo del zumo de lima.

—Bien.

Continuamos garabateando en amistosa compañía hasta que nos interrumpió la entrada de Josephine, la criada. Venía a anunciarnos una visita. Arrugó su larga nariz al informarnos, en un inconsciente gesto de desagrado.

—Está esperando en la puerta. El mayordomo trató de sacarlo, pero ¿el hombre insiste en que tiene una cita con usted, monsieur James?

El tono interrogativo de su última frase daba a entender que era altamente improbable, pero el deber la obligaba a retransmitir la sugerencia por extraña que fuera.

Jamie enarcó las cejas.

—¿Qué clase de hombre es?

Josephine apretó los labios sin atreverse a decirlo. Eso me despertó la curiosidad por ver a ese hombre y me aventuré hasta la ventana. Saqué la cabeza y vi la parte superior de un polvoriento sombrero negro aguardando ante la puerta; no pude ver mucho más.

—Parece un vendedor callejero; trae una especie de zurrón a la espalda —informé, estirando el cuello conforme me apoyaba en el alféizar.

Jamie me cogió por la cintura para apartarme y se asomó en mi lugar.

—Ah, es el mercader de monedas que mencionó Jared —exclamó—. Hazlo pasar.

Josephine se retiró con una expresión muy elocuente en su estrecha cara. Al poco rato volvió junto a un joven alto y desgarbado, de unos veinte años; vestía un abrigo pasado de moda y pantalones demasiado grandes que ondeaban alrededor de sus flacos zancos, unos calcetines caídos y unos zuecos de madera baratos. Se quitó el sucio sombrero negro al entrar, descubriendo un rostro enjuto de expresión inteligente y adornado por una barba escasa. Como en Le Havre sólo llevaban barba unos pocos marineros, no hacía falta el gorrito negro para revelar su origen judío.

El muchacho me hizo una torpe reverencia y otra a Jamie, luchando con las correas del zurrón.

—Madame —dijo con un gesto que balanceó los mechones rizados de ambos lados de su cabeza—, monsieur, son ustedes muy bondadosos al recibirme. —Hablaba un francés extraño con un acento cantarín que resultaba difícil de seguir.

Aunque comprendía las reservas que el hombre había provocado en Josephine, lo cierto era que tenía unos grandes y cándidos ojos azules que me obligaron a sonreírle a pesar de su desagradable apariencia.

—El agradecido soy yo —dijo Jamie—. No esperaba que viniera tan pronto. Me ha dicho mi primo que se llama usted Mayer.

El mercader de moneda asintió con la cabeza, con una tímida sonrisa entre los mechones de barba juvenil.

—Mayer, sí. No ha sido ninguna molestia. Estaba en la ciudad.

—Pero viene de Fráncfort, ¿verdad? Un largo viaje —comentó mi esposo, cortés. Miró el atuendo del visitante, que parecía salido de un cubo de basura—. Y polvoriento, supongo. ¿Acepta un poco de vino?

Mayer pareció turbado ante el ofrecimiento. Después de boquear un poco, se contentó con un callado gesto de aceptación. Sin embargo, su timidez desapareció al abrir el zurrón. A juzgar por su exterior, el zurrón contenía una muda limpia y la comida de Mayer, pero cuando lo abrió vi que su interior se componía de distintos apartados de madera cosidos a la tela, y en cada uno de los apartados había minúsculas bolsitas de piel acurrucadas entre ellas como los huevos en el nido.

Acto seguido sacó un paño de debajo de las cajetillas y lo desplegó con cierto floreo sobre el escritorio de Jamie. Luego fue abriendo saquitos uno a uno y depositando su contenido sobre el terciopelo azul, mientras pronunciaba los nombres de las monedas con aire reverente.

—Ésta es una Aquilia Severa de oro —dijo, tocando una pequeña moneda. La profunda serenidad del oro antiguo resaltaba sobre el terciopelo—. Y aquí tengo un sestercio de la familia Calpurnia. —Su voz era suave y movía las manos con seguridad. Acarició el contorno de una moneda de plata que apenas estaba desgastada y cogió una con la mano para demostrar cuánto pesaba.

Sus ojos reflejaban el brillo del metal precioso.

—Monsieur Fraser dice que desea usted inspeccionar tantas monedas raras de Grecia y Roma como sea posible. No he traído todas las que tengo, por supuesto, pero puedo mostrarle unas cuantas. Si lo desea, podría mandar traer las otras de Fráncfort.

Jamie negó con la cabeza con una sonrisa.

—Temo que no hay tiempo, señor Mayer. Tenemos que...

—Sólo Mayer, monsieur Fraser —interrumpió el joven con cortesía, aunque con un deje tenso en la voz.

—Perdón. —Jamie le dedicó una leve inclinación de cabeza—. Espero que mi primo no le haya inducido a confusión. Tendré sumo gusto en pagarle el coste del viaje y añadir algo por el tiempo que le hago perder, pero no deseo comprar ninguna de sus monedas, se... Mayer.

El joven alzó las cejas con aire inquisitivo y encogió un hombro.

—Lo que deseo —explicó Jamie con lentitud, inclinándose para observar las monedas— es comparar su surtido con mis recuerdos de varias monedas antiguas. Si viera alguna similar, le preguntaría si sabe usted de alguien de su familia (puesto que es usted demasiado joven) o de otra persona que pueda haber adquirido esas monedas hace veinte años.

Como el joven judío parecía estupefacto, sonrió.

—Comprendo que es mucho pedir. Pero mi primo me ha dicho que su familia es una de las más entendidas y una de las pocas casas que se ocupa de estos asuntos. Además, le estaría profundamente agradecido si pudiera informarme de quién se dedica a este negocio en las Antillas.

Mayer se lo quedó mirando un momento. Luego inclinó la cabeza y la luz del sol se reflejó sobre las pequeñas cuentas negras que adornaban su cabello. Era evidente que tenía mucha curiosidad, pero se limitó a tocar su zurrón y dijo:

—Mi padre o mi tío podrían haber hecho una venta así. Yo no, pero aquí tengo el catálogo y el registro de todas las monedas que han pasado por nuestras manos en los últimos treinta años. Le informaré en lo que pueda.

Le acercó el paño de terciopelo a Jamie y se retiró.

—¿Ve aquí alguna pieza como las que recuerda?

Jamie estudió las monedas con mucha atención. Por fin apartó suavemente una pieza de plata del tamaño de un cuarto de dólar americano. En el borde se veían tres marsopas saltarinas rodeando el auriga que se distinguía en el centro.

—Ésta —dijo—. Había varias así, eran un poco distintas, pero había varias con estas marsopas. —Volvió a mirar y separó un gastado disco de oro con un perfil borroso y otra de plata un poco más grande y más bien conservado donde se veía la cabeza de un hombre, tanto de frente como de perfil—. Éstas; catorce de oro y diez de las otras, las de dos cabezas.

—¡Diez! —Los ojos de Mayer se dilataron de estupefacción—. Nunca habría imaginado que hubiera tantas de éstas en Europa.

Jamie asintió.

—Estoy seguro. Las vi con mis propios ojos, incluso las tuve en la mano.

—Éstas son las caras gemelas de Alejandro —explicó Mayer, y tocó el oro con reverencia—. Moneda realmente muy rara. Es un tetradracma, acuñada para conmemorar la batalla de Anfípolis y la fundación de una ciudad en el mismo lugar.

Jamie escuchaba con atención con una pequeña sonrisa en los labios. Aunque la numismática no le interesaba demasiado, sabía apreciar la pasión de un hombre por su trabajo.

Un cuarto de hora después, tras nuevas consultas en el catálogo, el asunto estaba concluido. Añadieron a la colección cuatro dracmas griegos que reconoció Jamie, algunas monedas pequeñas de plata, y una pieza llamada quinario, una moneda romana de plata.

Mayer se agachó y volvió a meter la mano en su zurrón, en esa ocasión para sacar un fajo de papeles enrollados y atados con un lazo. Cuando lo desató apareció fila tras fila de algo que parecían huellas de pájaros, pero al mirarlo con más atención resultó ser escritura hebrea, una caligrafía diminuta y muy precisa.

Fue pasando el dedo por las páginas muy lentamente, deteniéndose de vez en cuando con un «Um», y luego proseguía. Al final dejó los papeles sobre sus andrajosas rodillas y miró a Jamie ladeando la cabeza.

—Naturalmente, monsieur, nuestras transacciones son confidenciales —dijo Mayer—. Por eso sólo podría decirle qué monedas hemos vendido y en qué fecha, pero sin revelarle el nombre del comprador. —Hizo una pausa, pensativo—. Sí que vendimos algunas monedas que encajan con las que describe usted, tres dracmas, dos con la cabeza de Heliogábalo y las dos cabezas de Alejandro y hasta seis calpurnias de oro en el año 1745. —Entonces vaciló—. Normalmente esto es todo cuanto podría decirle, sin embargo, en este caso, monsieur, resulta que sé que el primer comprador de estas monedas falleció hace ya varios años, y en esas circunstancias... —Se encogió de hombros y se decidió—. Ese comprador fue un caballero inglés, monsieur. Se llamaba Clarence Marylebone, duque de Sandringham.

—¡Sandringham! —exclamé asombrada.

Mayer me miró con curiosidad. Luego se volvió hacia Jamie, que demostraba un amable interés.

—Sí, madame. Sé que el duque ha muerto, pues poseía una extensa colección de monedas antiguas que mi tío compró a sus herederos en 1746. Aquí figura la transacción. —Levantó un momento el catálogo y lo dejó caer.

Yo estaba al tanto de la muerte del duque por experiencia más directa. Lo había matado Murtagh, el padrino de Jamie, una oscura noche de marzo de 1746, poco antes de que la batalla de

Culloden pusiera fin a la rebelión jacobita. Tragué saliva al recordar la última vez que vi al duque, con una expresión de intensa sorpresa en los ojos azules.

Mayer nos miró alternativamente y añadió, vacilante.

—Les puedo decir algo más: cuando mi tío adquirió la colección del duque, después de su muerte, no había en ella ningún tetradracma.

—No —murmuró Jamie—, no podía haberlos. —Entonces se recompuso, se levantó y cogió la licorera que había en la mesa—. Gracias, Mayer. Y ahora bebamos a su salud y por su pequeño libro.

Algunos minutos después, Mayer estaba arrodillado en el suelo recomponiendo los lazos de su zurrón. Guardó en el bolsillo las libras de plata que Jamie acababa de darle como pago. Después de despedirse con sendas reverencias, se puso su deplorable sombrero.

—Adiós, madame.

—Adiós, Mayer. —Luego pregunté, vacilando—: ¿Mayer es su único nombre?

Algo centelleó en sus grandes ojos azules, pero respondió con amabilidad mientras se llevaba el pesado zurrón a la espalda.

—Sí, madame. A los judíos de Fráncfort no se nos permite usar apellidos. —Levantó la mirada y esbozó una sonrisa de medio lado—. Los vecinos nos designan haciendo referencia a un viejo escudo rojo que estaba pintado en la fachada de nuestra casa, hace muchos años. Aparte de eso... no, madame. No tenemos apellido.

Josephine se presentó para acompañar a nuestro visitante a la cocina esforzándose por ir varios pasos por delante de él con la nariz pálida de tensión como si hubiera olido algo desagradable. Mayer se tambaleaba tras ella y sus torpes zuecos resonaban sobre el suelo pulido.

Jamie se relajó en la silla con los ojos perdidos en una profunda reflexión.

Minutos después oí el ruido de la puerta al cerrarse, casi violentamente, y el tintineo de los zuecos sobre las piedras de la calle. Jamie, al percibirlo, se giró hacia la ventana.

—Que Dios te acompañe, Mayer Escudo-Rojo —dijo sonriendo.

De pronto se me ocurrió algo.

—¿Hablas alemán, Jamie? —dije, cambiando de tema.

—¿Eh? Oh, sí —dijo distraído con la atención clavada en la ventana y en los sonidos de la calle.

—¿Cómo se dice «escudo rojo» en alemán? —pregunté.

Se quedó estupefacto un momento, pero luego se le aclararon los ojos cuando su cerebro estableció la conexión.

—*Rothschild*, Sassenach. ¿Por qué lo preguntas?

—Era sólo una idea —dije. El repiqueteo de los zuecos de madera ya se había perdido entre los ruidos de la calle—. Supongo que todo el mundo debe comenzar de algún modo.

—Quince hombres en el sarcófago de un hombre muerto —observé—. Ho-ho-ho y una botella de ron.

Jamie me miró con extrañeza.

—¿Sí? —preguntó.

—El muerto es el duque —le expliqué—. ¿Crees que el tesoro de las focas era suyo de verdad?

—No estoy seguro, pero parece probable. —Los dos tensos dedos de Jamie golpearon la mesa con un ritmo meditabundo—. Cuando Jared me habló de Mayer, el mercader de monedas, pensé que valía la pena preguntar. Está claro que lo más probable es que quien haya enviado al *Bruja* a recuperar el tesoro sea la misma persona que lo dejó allí.

—Es un buen razonamiento —le concedí—. Aunque es evidente que no lo ha hecho la misma persona, si es verdad que fue el duque quien lo puso allí. ¿Crees que todo el tesoro alcanzaba las cincuenta mil libras?

Jamie entornó los ojos a su reflejo en la licorera mientras reflexionaba. Luego la cogió y se llenó el vaso para pensar mejor.

—No en forma de monedas. Pero ¿has visto las cantidades por las que se vendieron algunas de las monedas del catálogo de Mayer?

—Sí.

—¡Pagaron hasta mil libras por un pedazo de metal mohoso! —dijo asombrado.

—No creo que el metal se enmohezca —dije—, pero te he entendido. En cualquier caso —añadí haciendo un gesto con la mano para cambiar de tema— el quid de la cuestión es éste: ¿tú crees que el tesoro de las focas podría ser las cincuenta mil libras que el duque les prometió a los Estuardo?

A principios de 1744, cuando Carlos Estuardo estaba en Francia intentando convencer a su primo Luis para que le diera su apoyo, recibió una oferta del duque de Sandringham por valor de cincuenta mil libras —cantidad suficiente para contratar un pequeño ejército—, con la condición de que invadiera Inglaterra y recuperara el trono de sus antepasados.

Lo que nunca sabremos es si ésa fue la oferta que acabó de convencer al vacilante príncipe Carlos a emprender su peregrinación sentenciada al fracaso. También podría haber sido fruto de algún desafío lanzado por algún compañero de borrachera, o de algún desaire —ya fuera real o imaginario— de su amante. Lo que fuera lo envió a Escocia con apenas seis compañeros, dos mil sables holandeses y varios barriles de coñac con los que convencer a los jefes de los clanes escoceses.

En cualquier caso, jamás llegó a recibir las cincuenta mil libras porque el duque murió antes de que Carlos llegara a Inglaterra. Otra de las teorías que me robaban el sueño era la duda de si ese dinero hubiera supuesto alguna diferencia. Si Carlos Estuardo lo hubiese recibido, ¿habría llevado su andrajoso ejército hasta Londres, recuperado el trono y reconquistado la corona de su padre?

Si lo hubiera conseguido, bueno, si lo hubiera logrado, la rebelión jacobita habría triunfado y la batalla de Culloden quizá no habría existido, yo no habría cruzado el círculo de piedras, y probablemente Brianna y yo habríamos muerto en el parto y ahora no seríamos más que polvo. Después de veinte años, ya tendría que haber aprendido lo absurdo que era preguntarse ese «si».

Jamie llevaba un rato pensando conforme se frotaba el puente de la nariz con aire reflexivo.

—Podría ser —dijo al fin—. Teniendo el mercado adecuado para vender las piedras y las monedas, porque ya sabes que cuesta vender esa clase de cosas. Si quieres deshacerte de ellas rápido, sólo consigues una parte de su valor. Pero disponiendo del tiempo suficiente para encontrar buenos compradores... sí, supongo que se podrían sacar cincuenta mil libras.

—Jamie, ¿Duncan Kerr era jacobita?

Jamie asintió con el ceño fruncido.

—Sí. Podría ser, aunque Dios sabe que es una extraña fortuna para entregarla al comandante de un ejército con el propósito de que pudiera pagar a sus tropas.

—Sí, pero también es pequeño, fácil de llevar y de esconder —señalé—. Y si fueras el duque y estuvieras traicionando a tu país poniéndote en contacto con los Estuardo, esas cosas te parecerían importantes. Transportar cincuenta mil libras en monedas dentro de cofres, en sus correspondientes carruajes y custodiadas por guardias, llamaría mucho más la atención que mandar a un hombre en secreto con una pequeña caja de madera.

Jamie asintió de nuevo.

—Además, si ya tuvieras en tu poder una colección de tales rarezas, tampoco llamaría la atención que adquirieras unas cuantas más, y tampoco se daría cuenta nadie de las monedas que tenías. Te resultaría muy sencillo coger las más valiosas y reemplazarlas por otras de menos valor sin que nadie lo advirtiese. Y nadie diría una sola palabra si lo cambiaras por dinero o tierras.

Jamie meneó la cabeza, admirado.

—Es un plan brillante, sí, quienquiera que lo diseñara.

Me miró con aire inquisitivo.

—¿Por qué apareció Duncan Kerr en la isla de las focas diez años después de Culloden? ¿Y qué le ocurrió? ¿Fue a recoger el tesoro o a dejarlo allí? Y ¿quién ha enviado el *Bruja* ahora? —pregunté negando yo también con la cabeza.

—No tengo la menor idea. Quizá el duque tenía algún cómplice.

Pero si lo tenía, no sabíamos quién era. Jamie suspiró y, cansado de estar tanto tiempo sentado, se levantó para estirarse. Miró por la ventana para valorar la altura del sol, que era su método habitual para saber la hora que era tuviese o no un reloj a mano.

—Bueno, ya habrá tiempo para especular una vez estemos en alta mar. Es casi mediodía y el carruaje a París sale a las tres en punto.

La botica de la Rue de Varennes había desaparecido, reemplazada por una próspera taberna, una casa de empeños y una pequeña orfebrería, agradablemente llena hasta los topes.

—¿El maestro Raymond? —El de la casa de empeños enarcó las cejas canosas—. He oído hablar de él, madame. —Me echó una mirada cautelosa, como sugiriendo que no le habían dicho nada positivo—. Pero hace ya varios años que se fue. Si necesita un buen boticario, podría usted ir a Krasner, de la Place d'Aloes, o quizá a madame Verrue, cerca de las Tullerías...

Observando con interés al señor Willoughby, que me acompañaba, añadió en tono confidencial:

—¿Le interesaría vender a su chino, madame? Tengo un cliente con marcadas preferencias por todo lo oriental. Podría conseguirle muy buen precio... sin cobrarle más que la comisión habitual, se lo aseguro.

El señor Willoughby, que no hablaba francés, estaba observando con admiración un jarrón adornado con faisanes de evidente estilo oriental.

—Gracias —contesté—, pero creo que no. Mejor probaré con Krasner.

El señor Willoughby había llamado muy poco la atención en Le Havre, una ciudad portuaria llena de extranjeros de aspecto indescriptible. En las calles de París, en cambio, con una chaqueta sobre el pijama de seda azul y la coleta enroscada a la cabeza, provocaba considerables comentarios. No obstante, demostró ser muy entendido en hierbas y sustancias medicinales.

—*Bai jei ai* —me dijo en la botica de Krasner cogiendo unas semillas de mostaza de una caja abierta—. Bueno para *shen-yen*... riñones.

—Es cierto —confirmé, sorprendida—. ¿Cómo lo sabes?

Meneó la cabeza de un lado a otro, cosa que ya había advertido que hacía cuando se enorgullecía de haber sorprendido a alguien.

—Conocí sanadores otro tiempo —fue cuanto respondió. Luego señaló un canasto que contenía unas bolas con apariencia de barro seco—. *Shan-yü* —dijo con aire de autoridad en la materia—. Bueno, muy bueno; limpia sangre, hígado trabaja bien, no piel seca, ayuda ver. Usted comprar.

Me acerqué un poco para examinar lo que señalaba. Las bolas en cuestión resultaron ser una especie de anguila seca y enrollada en ovillos forrada de barro. Pero como tenían un precio bastante razonable, metí dos de esas asquerosas bolas en mi cesto para complacerle.

El tiempo era bueno, pese a estar a primeros de diciembre, y volvimos caminando a casa de Jared, en la Rue Tremoulins. El sol de invierno iluminaba las calles, que estaban llenas de comerciantes, vagabundos, prostitutas, tenderas y demás moradores de la zona más pobre de París; todos salían a disfrutar del puntual paréntesis del tiempo. En la esquina de la Rue du Nord y la Allée des Canards vi algo fuera de lo común: una silueta alta y encorvada, de abrigo negro y sombrero redondo.

—¡Reverendo Campbell! —exclamé.

Giró en redondo y, al reconocerme, se quitó el sombrero con una reverencia.

—¡Señora Malcolm! ¡Es un grandísimo placer volver a verla! —Al caer su mirada sobre el señor Willoughby endureció las facciones en un gesto de censura.

—Eh... el caballero es el señor Willoughby —lo presenté—, un... socio de mi esposo. Señor Willoughby, el reverendo Archibald Campbell.

—Ajá. —El reverendo Campbell solía ser bastante comedido, pero en ese momento puso cara de haber desayunado alambre de púas.

—Lo suponía navegando hacia las Antillas —comenté, con la esperanza de apartar sus gélidos ojos del chino. Dio resultado: su vista se volvió hacia mí, algo más dulce.

—Le agradezco el interés, madame —dijo—. Aún albergo esas intenciones. Pero tenía que liquidar en Francia ciertos negocios urgentes. Partiré desde Edimburgo la semana que viene, el jueves.

—¿Y cómo está su hermana? —pregunté.

Echó un vistazo poco agradable al señor Willoughby. Luego, dando un paso hacia un lado como si quisiera apartarse del campo visual del chino, bajó la voz.

—Ha mejorado algo, gracias a usted. Las pócimas que prescribió han sido muy útiles. Está mucho más serena y duerme con más regularidad. Debo agradecerle nuevamente su amable atención.

—Me alegro de saberlo. Espero que el viaje le siente bien.

Nos separamos con las habituales expresiones de buena voluntad y el señor Willoughby y yo nos dirigimos por la Rue du Nord de vuelta a la casa de Jared. Después de un breve silencio, el señor Willoughby comentó:

—*Reverendo* quiere decir hombre muy santo, ¿sí?

Tenía la dificultad común entre los orientales de pronunciar la erre, con lo cual la palabra *reverendo* resultaba muy pintoresca, pero entendí muy bien lo que trataba de preguntar.

—Sí —confirmé mirándolo con curiosidad. Frunció los labios, los alargó hacia fuera y luego gruñó divertido.

—No muy santo, este reverendo.

—¿Por qué lo dices?

Me echó una mirada ladina.

—Yo ver una vez, en madame Jeanne. No habla fuerte entonces. Muy callado entonces, reverendo.

—¿De veras? —Me volví para mirar hacia atrás, pero la alta figura del reverendo había desaparecido entre la multitud.

—Putas baratas —amplió el chino, haciendo un gesto muy grosero en las proximidades de su entrepierna a modo de ilustración.

—Sí, ya lo imaginaba. Bueno, supongo que la carne es débil incluso entre los ministros de la Iglesia Libre escocesa.

Aquella noche, durante la cena, mencioné que había encontrado al reverendo, aunque me reservé los comentarios del señor Willoughby sobre sus otras actividades.

—Debería haberle preguntado a qué punto de las Antillas se dirigía —me lamenté—. No es una compañía muy chispeante, pero tal vez nos resulte útil tener allí a un conocido.

Jared, que estaba comiendo albóndigas de ternera muy decidido, hizo una pausa para tragar y dijo:

—No te preocupes por eso, querida. Os he preparado una lista de conocidos y varias cartas para que llevéis a ciertos amigos míos que podrán ayudaros.

Cortó otro buen trozo de ternera, la untó en salsa de vino y se la metió en la boca mirando a Jamie. Cuando tomó una decisión, tragó, dio un sorbo al vino y dijo en tono coloquial:

—Nos encontramos en el llano, primo.

Eso me desconcertó, pero Jamie repuso al cabo de un instante:

—Y nos separamos en la plaza.

La cara estrecha de Jared se partió en una amplia sonrisa.

—¡Ah, eso ayuda! —exclamó—. No estaba seguro, pero me pareció que valía la pena probar. ¿Dónde te iniciaron?

—En la cárcel —respondió Jamie, brevemente—. Debía de ser la logia de Inverness.

Jared asintió con satisfacción.

—Sí, seguro. Hay logias en Jamaica y en Barbados; te daré cartas para que lleves a los maestros de allí. Pero la logia más grande es la de Trinidad; tiene más de dos mil miembros. Si necesitas ayuda para buscar al muchacho, debes pedírsela a ellos. A esa logia llegan, tarde o temprano, todas las noticias de lo que pasa en las islas.

—¿Os molestaría explicarme de qué estáis hablando? —interrumpí.

Jamie me sonrió.

—De la francmasonería, Sassenach.

—¿Eres masón? —balbuceé—. ¡No me lo habías dicho!

—No puede hacerlo —apuntó Jared con cierta aspereza—. Los ritos de la francmasonería son secretos, conocidos sólo por sus miembros. Si Jamie no fuera uno de nosotros, yo no podría darle una carta de presentación para la logia de Trinidad.

Se volvieron a centrar en temas generales y empezaron a comentar las provisiones que habría que subir al *Artemis*, pero yo guardé silencio concentrándome en mi plato de ternera. Aquel incidente, por pequeño que fuera, me había recordado todo lo que no sabía sobre Jamie. Hubo un tiempo en que hubiera podido afirmar que lo conocía tan bien como se puede conocer a otra persona.

Ahora había momentos, cuando compartíamos alguna conversación íntima, cuando me dormía apoyada en su hombro, al abrazarlo mientras hacíamos el amor, durante los que tenía la sensación de seguir conociéndolo y en los que su mente y su corazón me parecían tan nítidos como el cristal de las copas que había en la mesa de Jared.

Y había otros, como ése, en los que chocaba con algún insospechado detalle de su pasado, o lo veía plantado en algún sitio con los ojos perdidos en algún recuerdo del que yo no formaba parte. Me sentí repentinamente insegura y sola, vacilando al borde del vacío que se había abierto entre nosotros.

Jamie me tocó un pie por debajo de la mesa, mirándome con una sonrisa oculta en los ojos. Luego elevó un poco la copa en un brindis silencioso y me sentí reconfortada. El gesto me recordó nuestra noche de bodas, cuando nos sentamos con sendas copas de vino; éramos dos extraños que se temían el uno al otro, sin nada que nos uniera aparte del contrato matrimonial... y la promesa de ser francos.

«Tal vez haya cosas que no puedas contarme —había dicho él—. Y no te exigiré nada que no puedas darme. Pero sí te pediré que cuando me cuentes algo, sea la verdad. Y prometo que haré lo mismo. No existe nada entre nosotros ahora... salvo, tal vez, respeto. Y creo que en él caben los secretos, pero no las mentiras.»

Di un largo trago de mi propia copa, sintiendo cómo se me subía a la cabeza el intenso *bouquet* del vino y el calor me trepaba por las mejillas. Jamie seguía con los ojos fijos en mí, ignorando el soliloquio de su primo sobre las galletas y las velas de a bordo. Su pie buscó el mío; le respondí de igual modo.

—Sí, me ocuparé de eso por la mañana —dijo en respuesta a la pregunta de Jared—. Pero ahora, primo, creo que voy a retirarme. El día ha sido largo.

Retiró la silla, se levantó y me ofreció el brazo.

—¿Me acompañas, Claire?

Me puse en pie; el vino que circulaba por mi sangre me daba calor y me producía algo de mareo. Nuestras miradas se encontraron. Ahora había entre nosotros mucho más que respeto. Y lugar para conocer todos nuestros secretos, a su debido tiempo.

• • •

Por la mañana, Jamie y el señor Willoughby salieron con Jared para completar sus recados. Yo también tenía algo que hacer... y prefería hacerlo sola. Veinte años atrás les cogí mucho cariño a dos personas que vivían en París. El maestro Raymond ya no estaba: o había muerto o estaba desaparecido. Las probabilidades de que la otra persona siguiera con vida eran muy escasas, pero tenía que asegurarme antes de marcharme de Europa quizá por última vez en mi vida. Con el corazón palpitando, subí al carruaje de Jared y pedí al cochero que me llevara al Hôpital des Anges.

La tumba se hallaba en el pequeño cementerio reservado para el convento, bajo los contrafuertes de la catedral. A pesar de que el aire del Sena era húmedo y frío, y de lo nublado que estaba el día, en el cementerio amurallado brillaba una luz tenue que se reflejaba en los bloques de piedra caliza que protegían del viento aquel pequeño recinto. En invierno no había arbustos con flores, pero los álamos y los alerces desnudos dibujaban un delicado estampado contra el cielo y una densa capa de musgo cubría las piedras y prosperaba a pesar del frío.

Era una lápida pequeña de mármol blanco. Un par de alas de querubín abiertas en la parte superior protegían la única palabra que decoraba la piedra: «Fe».

La contemplé hasta que se me nubló la vista. Había llevado un tulipán rosa; en pleno mes de diciembre y en París, no era fácil conseguir este tipo de flores, pero Jared tenía un invernadero. Me arrodillé para depositarlo sobre la piedra, acariciando el pétalo con un dedo como si fuera la mejilla de un recién nacido.

—No esperaba llorar —dije.

En aquel momento, sentí la mano de la madre Hildegarde sobre mi cabeza.

—*Le Bon Dieu* ordena las cosas como mejor cree —dijo suavemente—, pero rara vez nos dice por qué.

Inspiré hondo y me sequé las mejillas con una esquina del manto.

—Fue hace mucho tiempo. —Me levanté con lentitud y me volví para encontrarme con la madre Hildegarde, que me observaba con profunda compasión e interés.

—He notado —dijo muy despacio— que, para las madres, el tiempo no parece pasar en lo que respecta a los hijos; no importa cuán mayores sean éstos, ellas pueden verlos siempre como cuando nacieron, cuando aprendieron a caminar. Y lo pueden hacer en cualquier momento, incluso cuando el hijo ya es adulto y se ha convertido también en padre.

—Sobre todo cuando duermen —comenté volviendo a mirar la piedra blanca—. Entonces siempre es posible ver otra vez al recién nacido.

La madre asintió satisfecha.

—Ah, ya me parecía que habías tenido otros hijos. Tu aspecto lo dice.

—Una más. —La miré—. ¿Cómo sabe tanto sobre madres e hijos?

Los pequeños ojos negros de la monja brillaron con astucia por debajo de unas pronunciadas cejas cuyo escaso pelo se había puesto bastante blanco.

—Los ancianos dormimos muy poco —dijo, encogiéndose de hombros—. Algunas noches recorro las salas y hablo con los pacientes.

La edad la había reducido: sus anchos hombros estaban encorvados y flacos como una percha bajo el hábito de sarga negra. Aun así, era más alta que yo y que la mayoría de las monjas, con pinta de espantapájaros, pero tan imponente como siempre. Se ayudaba con un bastón, aunque caminaba muy tiesa y con la misma mirada penetrante de siempre. El bastón lo utilizaba más para azuzar a los holgazanes y dar instrucciones a los empleados que para apoyarse en él. Después de sonarme la nariz, la seguí a lo largo del camino hasta el convento. Mientras caminábamos reparé en otras lápidas pequeñas, esparcidas entre las demás.

—¿Todas son de niños? —pregunté, sorprendida.

—Los hijos de las monjas —respondió sin darle importancia.

Me volví hacia ella boquiabierta. Se encogió de hombros, elegante e irónica como siempre.

—A veces sucede. —Unos pasos más allá añadió—: No muy a menudo, por supuesto. —Señaló con el bastón los confines del cementerio—. Este lugar está reservado para las hermanas, unos pocos benefactores del Hôpital... y sus seres amados.

—¿De las hermanas o de los benefactores?

—De las hermanas. ¡Oye, holgazán!

La madre Hildegarde se detuvo al ver a un empleado apoyado tranquilamente en la pared de la iglesia fumando en su pipa. Mientras lo regañaba con el elegante y despiadado francés de su juventud, yo me retiré y eché un vistazo por el diminuto cementerio.

Contra el muro más alejado, pero aún en tierra consagrada, se veía una hilera de pequeñas lápidas con un solo nombre cada una: *Bouton*, sobre una cifra romana, del I al XV: los amados perros de la madre Hildegarde. Eché un vistazo a su compañero actual, el decimosexto con ese nombre; era negro como el carbón y de pelo rizado como un cordero persa. Estaba sentado muy tieso a sus pies con los ojos clavados en el empleado haciéndose eco silencioso de la desaprobación de la madre Hildegarde.

Las hermanas y sus seres amados.

La madre Hildegarde volvió y la feroz expresión de su rostro desapareció enseguida tras la sonrisa que transformó sus duras facciones de gárgola en una expresión de belleza.

—Me alegra mucho que haya vuelto, *ma chère* —dijo—. Pase; le daré algunas cosas que pueden serle útiles durante el viaje.

Se metió el bastón debajo del brazo y se agarró al mío con una cálida mano huesuda cubierta por una piel que parecía puro papel. Me asaltó la extraña sensación de que no era ella la que se respaldaba en mí, sino al contrario.

Mientras recorríamos el camino bordeado de tejos que conducía a la entrada del Hôpital levanté la vista para decir, vacilante:

—Espero no ofenderla, madre —le comenté algo vacilante—, pero hay una pregunta que me gustaría hacerle.

—Ochenta y tres —respondió con una ancha sonrisa que descubrió sus grandes dientes amarillos—. Todo el mundo quiere saberlo —dijo, complacida. Se volvió a mirar el pequeño cementerio, encogiéndose de hombros en un gesto muy francés—. Todavía no —dijo con seguridad—. *Le Bon Dieu* sabe que todavía me queda mucho por hacer.

41

Nos hacemos a la mar

Era un típico día escocés, gris y frío, cuando el *Artemis* tocó tierra en el cabo Wrath, en la costa noroeste.

Miré por la ventana de la taberna, hacia la sólida niebla que se aferraba a los acantilados. Ese sitio me recordaba al paisaje de la isla de las focas. En el aire flotaba el mismo olor a algas muertas y el ruido de las olas rompiendo en la orilla era tan fuerte que impedía conversar, incluso dentro de la pequeña taberna que había junto al muelle. Hacía casi un mes que habían secuestrado al joven Ian. Ya habían pasado las Navidades y seguíamos en Escocia, a pocos kilómetros de la isla de las focas.

Jamie se paseaba por el muelle a pesar de la lluvia, demasiado nervioso para permanecer junto al fuego. El viaje de regreso a Escocia no le había resultado más grato que la primera vez que cruzó el Canal; la perspectiva de pasar dos o tres meses a bordo del *Artemis* le espantaba. Además, su impaciencia por perseguir a los secuestradores era tan aguda que cualquier demora le producía frustración. En más de una ocasión, cuando me despertaba en plena noche, me daba cuenta de que se había ido a pasear solo por las calles de Le Havre.

Lo irónico era que este último retraso lo había ocasionado él. Habíamos hecho escala en el cabo Wrath para embarcar a Fergus y al pequeño grupo de contrabandistas que Jamie le había encargado contratar antes de nuestra partida hacia Le Havre.

—No hay manera de saber con qué nos encontraremos en las Antillas, Sassenach —me había explicado Jamie—. No quiero enfrentarme solo a un barco lleno de piratas, ni pelear junto a hombres desconocidos.

Todos los contrabandistas eran hombres de mar acostumbrados a los botes y al océano y, probablemente, también a los barcos. Los contratarían como tripulación para el *Artemis* porque en esa época del año andaban cortos de personal.

Cabo Wrath era un puerto pequeño con poco tráfico en invierno. Aparte del *Artemis*, en el muelle de madera sólo había amarrados unos pocos barcos pesqueros y un queche. Pero había una pequeña taberna donde la tripulación del *Artemis* pasaba el tiempo con alegría mientras esperaba. Los hombres que no cabían aguardaban bajo los aleros bebiéndose las jarras de cerveza que les pasaban los camaradas desde el interior. Jamie paseaba por la orilla y sólo entraba a comer, y entonces se sentaba delante del fuego. Los mechones de vapor que brotaban de su ropa empapada eran el síntoma de su creciente irritación.

Fergus se retrasaba. A nadie parecía molestarle la espera, salvo a Jamie y al capitán de Jared. Su nombre era Raines; era un hombrecito regordete, ya entrado en años, que pasaba la mayor parte del tiempo en la cubierta del barco con un ojo en el cielo encapotado y el otro en su barómetro.

—Eso desprende un olor muy fuerte, Sassenach... —observó Jamie durante una de sus breves visitas a la taberna—. ¿Qué es?

—Jengibre fresco —le respondí levantando los restos de la raíz que estaba rallando—. Según los herbolarios, es el mejor remedio contra las náuseas.

—¿Ah, sí? —Cogió el cuenco, olfateó su contenido y estornudó con fuerza para diversión de los espectadores.

Le quité el cuenco de las manos antes de que lo tirara todo al suelo.

—Esto no se consume como el rapé —dije—. Se bebe en una infusión. Y espero que funcione, porque, si no, acabarás entre los pantoques, si los pantoques son lo que creo que son.

—Oh, no se preocupe, señora —me aseguró uno de los veteranos, que había escuchado la conversación—. Muchos de los novatos se marean los primeros días. Pero normalmente se acostumbran pronto. Para el tercer día ya se han habituado al balanceo y se ponen a trabajar tan contentos.

Miré a Jamie, que en ese momento estaba muy lejos de estar contento. Aun así el comentario pareció darle ciertas esperanzas porque se animó un poco y llamó a la atribulada camarera para que le sirviera un vaso de cerveza.

—Podría ser —comentó—. Jared me ha dicho lo mismo, asegura que las náuseas suelen durar sólo algunos días siempre que el mar no esté muy agitado. —Dio un pequeño trago de cerveza y luego, ya con más confianza, tomó otro trago más largo—. Supongo que podré aguantarlo durante tres días.

Avanzada la tarde del segundo día aparecieron seis hombres serpenteando a lo largo de la costa pedregosa, montados en peludos ponis escoceses.

—El que viene delante es Raeburn —señaló Jamie haciendo visera con la mano y entornando los ojos para identificar los seis puntitos—. Lo sigue Kennedy; luego, Innes, al que le falta el brazo izquierdo, ¿ves? Más atrás, Meldrum, y el que lo acompaña debe de ser MacLeod, pues siempre cabalgan juntos. Y el último, ¿es Gordon o Fergus?

—Debe de ser Gordon —observé mirando por encima de su hombro en dirección a los hombres que se acercaban—. Es demasiado gordo para ser Fergus.

Después de recibir a los contrabandistas, presentarlos a sus nuevos compañeros y tenerlos a todos sentados ante una cena caliente y una copa, Jamie le preguntó a Raeburn:

—¿Dónde diablos está Fergus?

Raeburn inclinó la cabeza mientras se tragaba el último bocado de su empanada.

—Bueno, tenía cierto asunto que atender y me encargó que alquilara los caballos y apalabrara a Meldrum y a MacLeod, que habían salido en su propio barco y tardarían un par de días en volver.

—¿Qué asunto era ése? —inquirió Jamie con aspereza.

La única respuesta fue un encogimiento de hombros. Jamie murmuró algo en gaélico y se dedicó a su cena sin más comentarios.

A la mañana siguiente, con la tripulación ya completa (a excepción de Fergus), se iniciaron los preparativos para zarpar. La cubierta era el escenario de una confusión organizada. Todo el mundo iba de acá para allá metiéndose por las escotillas y descolgándose de la jarcia como si fueran moscas muertas. Jamie se mantenía cerca del timón, sin estorbar y echando una mano donde era más necesaria la fuerza que la habilidad. Aun así pasaba la mayor parte del tiempo con la vista fija en el camino de la orilla.

—Si no zarpamos hacia media tarde, perderemos la marea —apuntó el capitán Raines con tanta amabilidad como firmeza—. Dentro de veinticuatro horas el tiempo será peor: el mercurio está descendiendo y lo siento en el cuello. —Se masajeó esa zona de su cuerpo en particular y asintió en dirección al cielo, que había abandonado el gris plateado de primera hora de la mañana para vestirse de gris plomizo—. No quisiera levar anclas en medio de una tormenta si puedo evitarlo. Y para llegar a las Antillas lo antes posible...

—Sí, capitán, comprendo —lo interrumpió Jamie—. Por supuesto. Haremos lo que le parezca mejor.

Se apartó para dejar pasar a un presuroso marinero y el capitán desapareció, dando órdenes a cada paso.

Con el transcurso de las horas Jamie, aparentemente tan sereno como siempre, no dejaba de agitar sus dos dedos rígidos contra el muslo; era la única señal exterior de preocupación. Y estaba preocupado de verdad. Fergus llevaba con él veinte años, desde el día en que lo sacó de un burdel parisino y lo contrató para que robara las cartas de Carlos Estuardo. Lo que era más importante, Fergus había vivido en Lallybroch desde entonces, desde que nació el joven Ian. El chico era como el hermano menor de Fergus, y Jamie era lo más parecido a un padre que el muchacho había tenido. No se me ocurría qué asunto tan urgente podía impedirle reunirse con nosotros. A Jamie tampoco; por eso sus dedos marcaban un ritmo silencioso sobre la barandilla.

Llegó la hora. Jamie, de mala gana, apartó los ojos de la costa desierta. Atrancaron las escotillas, las cuerdas estaban enrolladas y varios marineros saltaron a la orilla para soltar amarras; había seis, cada uno con una cuerda tan gruesa como mi muñeca. Le apoyé una mano en el brazo en callada muestra de solidaridad.

—Será mejor que bajes —dije—. Tengo una lámpara de alcohol. Voy a prepararte un té de jengibre, es lo mejor de mi herbario para las náuseas y...

El ruido de un caballo al galope levantó ecos a lo largo de la costa; el crujir de la grava resonó mucho antes de que el jinete apareciera.

—Ahí está, el muy tonto —dijo Jamie con evidente alivio en la voz y el resto del cuerpo. Luego se volvió hacia el capitán Raines con una ceja en alto—. ¿Queda aún suficiente marea? Bien, pues vamos.

—¡Soltad amarras! —bramó el capitán.

Los marineros se pusieron inmediatamente en acción. La última de las cuerdas que nos sujetaba a los pilares fue pulcramente enrollada. A nuestro alrededor, el cordaje se tensó y las velas flamearon, en tanto el contramaestre corría por la cubierta, ladrando órdenes con una voz que parecía de metal oxidado.

—¡Se mueve! —dije, encantada al sentir que la cubierta se estremecía bajo mis pies cuando el barco cobró vida, y la energía de toda la tripulación viva en su casco inanimado transformada por el poder de las velas hinchadas.

—Oh, Dios... —exclamó Jamie al percibir lo mismo. Y se aferró a la barandilla con los ojos cerrados, mientras tragaba saliva.

—El señor Willoughby dice que conoce una cura para el mareo —comenté observándolo con compasión.

—¡Ja! —dijo abriendo los ojos—. Ya sé a qué se refiere. Si piensa que voy a permitirle... ¡Qué demonios pasa aquí!

Giré en redondo y vi lo que había provocado aquel comentario. Fergus estaba en cubierta ayudando a una muchacha encaramada sobre la barandilla, con la cabellera rubia agitada por el viento. Era la hija de Laoghaire: Marsali MacKimmie.

Antes de que pudiera hablar, Jamie me dejó atrás para acercarse a los recién llegados.

—En el nombre de Dios, ¿qué significa esto, botarates? —estaba preguntando cuando llegué lo bastante cerca como para escuchar la conversación, tras haber sorteado los obstáculos en forma de cuerdas y marineros. Se erguía con gesto amenazador sobre la pareja, a los que sacaba más de treinta centímetros.

—Estamos casados —anunció Fergus con valentía poniéndose delante de Marsali, entre asustado y entusiasmado, pálido bajo el mechón de pelo negro.

—¡Casados! —Jamie apretó los puños. Fergus retrocedió un paso y estuvo a punto de pisarle los pies a Marsali—. ¿Cómo que estáis casados?

Supuse que era una pregunta retórica, pero no lo era. Como de costumbre, la interpretación que Jamie había hecho de la situación se había adelantado mucho a la mía y se aferraba al punto más relevante.

—¿Te has acostado con ella? —preguntó con descaro. Como estaba detrás de él no pude verle la cara, pero imaginaba su expresión al ver el efecto que tenía en el rostro de Fergus.

El francés empalideció un par de tonos y se humedeció los labios.

—Eh... no, milord —dijo al tiempo que Marsali avanzaba la barbilla con los ojos encendidos y aire desafiante:

—¡Sí, lo ha hecho!

Jamie los miró alternativamente y, tras emitir un sonoro resoplido, les volvió la espalda.

—¡Señor Warren! —gritó por la cubierta en dirección al timonel—. ¡Regrese a la costa, por favor!

El timonel se detuvo boquiabierto justo cuando estaba dando una orden sobre la jarcia, miró a Jamie y después dirigió una significativa mirada hacia la orilla que se alejaba. En los escasos momentos transcurridos desde la aparición de los supuestos recién casados, el *Artemis* se había alejado más de un kilómetro de la costa y las rocas de los acantilados retrocedían a una velocidad cada vez mayor.

—No creo que se pueda —dije—. Parece que ya estamos en la marejada.

Jamie no era marinero, pero había pasado el tiempo suficiente entre ellos como para saber que el tiempo y las mareas no esperan a nadie. Inspiró entre dientes un instante y luego hizo un gesto con la cabeza hacia la escalerilla que conducía a los camarotes.

—Vosotros dos, abajo.

Fergus y Marsali se sentaron juntos en una de las literas del diminuto camarote, cogidos de la mano. Jamie me indicó la otra y se volvió hacia la pareja con los brazos en jarras.

—Bien —dijo—. ¿Qué es esa tontería de que estáis casados?

—La verdad, milord —aclaró Fergus. Estaba muy pálido, pero sus ojos oscuros brillaban de entusiasmo. Estrechó con fuerza la mano de Marsali con el garfio sobre su muslo.

—¿Sí? ¿Y quién os casó? —inquirió Jamie con escepticismo.

Hubo un cambio de miradas. Fergus se humedeció los labios y explicó:

—Nos... nos dimos palabra y mano.

—Delante de testigos —añadió Marsali. En contraste con la palidez de Fergus, sus mejillas parecían arder. Ella tenía la misma piel sonrosada de su madre, pero la terquedad evidente en sus facciones debía de haberla heredado de su padre. Se llevó la mano al pecho y algo crujió bajo la tela—. Aquí tengo el contrato firmado.

Jamie emitió un gruñido. Según las leyes de Escocia, dos personas podían casarse legalmente dándose las manos ante testigos y declarando ser marido y mujer.

—Bueno, pero aún no os habéis acostado —dijo—. Y a los ojos de la Iglesia, con el contrato no basta. Debemos atracar en Lewes para cargar las últimas provisiones. Allí desembarcaremos a Marsali; haré que dos marineros la lleven a casa de su madre.

—¡No puedes hacer eso! —exclamó la chica irguiéndose con una mirada fulminadora—. ¡Iré con Fergus!

—¡Oh, no, nada de eso, pequeña! —espetó Jamie—. ¿No has pensado en tu madre? Fugarte así, sin decir nada, y dejarla preocupada...

—Sí que la he avisado. Le envié una carta desde Inverness —aclaró Marsali con la barbilla erguida—, diciéndole que me había casado con Fergus y que iba a embarcarme contigo.

—¡Dios me ampare! ¡Creerá que yo estaba enterado de todo! —Jamie parecía horrorizado.

—Es que... yo... pedí a la señora Laoghaire que me concediera la mano de su hija, milord —intervino Fergus—. Fue el mes pasado, cuando llegué a Lallybroch.

—No es necesario que me repitas lo que te dijo —dijo Jamie con sequedad, advirtiendo el repentino rubor en las mejillas de Fergus—. Te la negó.

—Dijo que era un bastardo —estalló Marsali, indignada—, un criminal y... y...

—Y lo es —señaló mi marido—. Y también un lisiado sin bienes, cosa que tu madre no habrá dejado de notar.

—¡No me importa! —La chica aferró la mano de Fergus, mirándolo con afecto—. Le quiero.

Jamie se pasó un dedo por los labios, sorprendido. Luego inspiró hondo y volvió al ataque.

—De cualquier modo, eres demasiado joven para casarte.

—Tengo quince años; es más que suficiente.

—¡Y él treinta! —espetó Jamie negando con la cabeza—. No, hija. Lo siento, pero no puedo permitirlo. Además, este viaje es demasiado peligroso...

—¡Pero ella sí puede ir! —Marsali me señaló desdeñosamente con la barbilla.

—No metas a Claire en esto —dijo Jamie con serenidad—. No es asunto tuyo.

—¿Ah, no? Abandonas a mi madre por esta ramera inglesa, la conviertes en el hazmerreír de todo el país... ¿y dices que no es asunto mío? —La chica se levantó de un salto y pateó en el suelo—. ¿Y tienes el descaro de indicarme lo que debo hacer y lo que no?

—Así es —afirmó él, conteniéndose—. Mis asuntos privados no te conciernen.

—¡Tampoco a ti los míos!

Fergus se levantó, alarmado, para intentar calmarla.

—Marsali, *ma chère*, no debes hablar de ese modo a milord. Él sólo intenta...

—¡Le hablaré como me dé la gana!

—¡No, no lo harás!

Sorprendida por la súbita aspereza de Fergus, parpadeó. A pesar de que sólo era unos pocos centímetros más alto que su esposa, el francés tenía cierta autoridad que le hacía parecer mucho más alto de lo que era.

—No —dijo moderando el tono—. Siéntate, *ma petite*. —La volvió a sentar en la litera y se puso delante de ella—. Milord ha sido más que un padre para mí —le dijo a la chica con delicadeza—. Me ha salvado la vida mil veces. Además, es tu padrastro. Pese a la opinión que tu madre pueda tener de él, no puedes negar que os ha proporcionado a las tres sustento y protección. Al menos, le debes respeto.

Marsali se mordió los labios, con los ojos brillantes. Y entonces agachó la cabeza, incómoda.

—Perdona —murmuró finalmente a Jamie.

En el camarote, la tensión bajó un poco.

—No tiene importancia, pequeña —respondió gruñón. Luego la miró y suspiró—. Aun así, Marsali, debes volver a casa.

—No iré. —Aunque la muchacha estaba más serena, la firmeza de su barbilla era la misma. Miró a los dos—. Aunque él diga que no nos hemos acostado juntos, lo hemos hecho. Al menos, es lo que yo diré. Si me obligas a volver a casa, diré a todo el mundo que he sido suya. Ya ves: o casada o deshonrada.

Su tono era razonable y decidido.

—El Señor me libre de las mujeres —dijo entre dientes clavando en ella una mirada fulminante—: ¡De acuerdo! Estáis casados. Pero lo haréis como es debido, ante un cura. Cuando lleguemos a las Antillas buscaremos uno. Y mientras no hayáis recibido la bendición, Fergus no te tocará. ¿Entendido?

Miró ferozmente a ambos.

—Sí, milord —aceptó Fergus con alegría—. *Merci beaucoup!*

Marsali miró a su padrastro con ojos entornados, pero acabó inclinando la cabeza y echándome una mirada de soslayo.

—Sí, padre —dijo.

La boda de Fergus había logrado que Jamie olvidara el movimiento del buque, pero su efecto no duró mucho. Aguantó estoicamente y pese a que se ponía cada vez más verde, se negaba a abandonar la cubierta mientras la costa de Escocia estuviera a la vista.

—Quizá no vuelva a verla nunca más —dijo con tristeza cuando traté de persuadirlo de que bajara a acostarse. Se agarró con fuerza a la barandilla sobre la que acababa de vomitar, mientras observaba con nostalgia la lúgubre costa que teníamos a la espalda.

—Claro que volverás a verla —afirmé con inconsciente seguridad—. Regresarás. No sé cuándo, pero tengo la certeza de que lo harás.

Me miró con desconcierto, esbozando una sonrisa.

—Has visto mi tumba, ¿verdad?

Como eso no parecía inquietarlo, asentí con la cabeza. Cerró los ojos.

—Está bien —dijo. Cerró los ojos y suspiró con fuerza—. Pero no me cuentes cuándo, si no te importa.

—No puedo decírtelo. No tenía fechas. Sólo tu nombre... y el mío.

—¿El tuyo? —Abrió súbitamente los ojos.

Se me hizo un nudo en la garganta al recordar la losa de granito. Era de las que denominan «lápida matrimonial»: un cuarto de círculo tallado de modo que formara con otro un arco completo. Por descontado, sólo había visto una de las mitades.

—Figuraban todos tus nombres. Fue así como supe que eras tú. Y debajo decía: «A mi amado esposo, de Claire.» Por aquel entonces no lo comprendí, pero ahora sí, claro.

Asintió con la cabeza, mientras asimilaba la noticia.

—Comprendo. Entonces imagino que si acabaré en Escocia y seguiré estando casado contigo, entonces ese «cuándo» no tiene tanta importancia. —Esbozó una mueca que recordaba a su habitual sonrisa y añadió con ironía—: Eso significa que rescataremos al joven Ian sano y salvo. Te aseguro, Sassenach, que no volveré a pisar Escocia sin traerlo conmigo.

—Lo encontraremos —dije con una seguridad que no sentía. Le apoyé la mano en el hombro y me quedé de pie detrás de él viendo cómo Escocia desaparecía a lo lejos.

Cuando cayó la noche, las rocas de Escocia habían desaparecido entre la bruma del mar. Jamie, helado hasta los huesos y blanco como una sábana, se dejó llevar hasta la cama. Fue entonces cuando surgieron las imprevistas consecuencias de su ultimátum a Fergus.

Sólo había dos pequeños camarotes privados, aparte del correspondiente al capitán. Si la joven pareja no podía dormir en la misma cama hasta que su unión hubiera recibido una bendición formal, era obvio que Jamie y Fergus tendrían que ocupar uno y nosotras el otro. El viaje parecía condenado a ser difícil en todos los sentidos.

Yo confiaba en que los mareos de Jamie se aliviarían si no veía el bamboleo del horizonte, pero no tuvimos esa suerte.

—¿Otra vez? —protestó Fergus, incorporándose en su litera a medianoche—. ¿Cómo es posible, si no ha comido nada en todo el día?

—Eso díselo a él —respondí tratando de respirar por la boca mientras me encaminaba hacia la puerta con la vasija en las manos y abriéndome paso con dificultad por entre los minúsculos y abarrotados aposentos.

El suelo se elevaba y descendía bajo mis pies, que no estaban acostumbrados al balanceo, y me costaba mucho no perder el equilibrio.

—Deme, milady, permítame. —Fergus descolgó los pies descalzos por el lateral de la cama y se puso en pie a mi lado. Se tambaleó y por poco chocó conmigo cuando trató de coger la vasija—. Váyase a dormir, milady —dijo Fergus, haciéndose cargo—. Yo me encargaré de él.

—Bueno... —La idea de acostarme era tentadora tras un día tan largo.

—Ve, Sassenach —intervino Jamie. La tenue luz que proyectaba la pequeña lámpara de aceite le iluminaba el rostro. Estaba pálido y cubierto de sudor—. Ya se me pasará.

Estaba claro que no era cierto. Al mismo tiempo también resultaba muy improbable que mi presencia le ayudara. Fergus podía encargarse de hacer lo poco que se podía hacer. A fin de cuentas no existía ninguna cura conocida para el mareo. Sólo podíamos esperar que Jared estuviera en lo cierto y se fuera aliviando a medida que el *Artemis* se adentraba en el oleaje del Atlántico.

—Está bien —cedí—. Es posible que por la mañana te sientas mejor.

Jamie abrió un ojo, se estremeció y volvió a cerrarlo con un gemido.

—O que me haya muerto —sugirió.

Con una sonrisa, salí al pasillo oscuro donde me tropecé con la silueta postrada del señor Willoughby, acurrucado contra la puerta del camarote. Lanzó un gruñido de sorpresa, pero al ver que se trataba de mí, gateó despacio hacia el interior del camarote balanceándose mecido por el movimiento del barco. Sin prestar atención a la exclamación disgustada de Fergus, se metió bajo la mesa y volvió a dormirse de inmediato con beatífica satisfacción.

Mi camarote estaba al otro lado del pasillo, pero me detuve a respirar el aire fresco que entraba desde la cubierta, escuchando la variada gama de ruidos, desde los crujidos de la madera, pasando por el azote de las velas y los chirridos de la jarcia, hasta algún que otro grito en algún punto de la cubierta.

A pesar del alboroto y de la brisa helada que se colaba por la escalerilla, Marsali dormía profundamente en una de las dos literas. Mejor así. Al menos no me vería obligada a tratar de entablar conversación.

A mi pesar, sentí pena por ella; sin duda la chica no habría imaginado así su noche de bodas. Hacía demasiado frío para desnudarse, por lo que me acosté vestida en mi diminuta litera y me quedé tumbada escuchando los sonidos del barco a mi alrededor. Podía oír el siseo del agua al pasar por el casco, a escaso medio metro de distancia de mi cabeza. Era un ruido extrañamente reconfortante. Y acompañada de la canción que entonaba el viento y el suave sonido de los vómitos que llegaba por el pasillo, me quedé plácidamente dormida.

El *Artemis* estaba bastante limpio comparado con otros barcos, pero la higiene básica deja mucho que desear cuando en un espacio de veinticinco metros de largo por siete y pico de ancho se amontonan treinta y dos hombres, dos mujeres, seis toneladas de cueros curtidos, cuarenta y dos barriles de azufre y las láminas de cobre y hojalata suficientes como para revestir el *Queen Mary*.

El segundo día, cuando bajé a buscar mi caja de medicamentos, que se había embarcado en la bodega por error, vi una rata. Según Fergus, era una rata pequeña, pero era una rata al fin y al cabo. Por la noche, en mi camarote, percibí un ruido suave, como de pies arrastrándose; al encender la lámpara descubrí que lo producían varias docenas de cucarachas que huían frenéticamente hacia las sombras.

Las letrinas, dos pequeñas galerías a cada lado de la nave, hacia proa, consistían en un par de tablas, separadas por una estratégica ranura y suspendidas a dos metros y medio de las olas; al usarlas se podía recibir una inesperada salpicadura de agua fría en el momento más inoportuno. Yo sospechaba que esto, añadido a la dieta de tocino y galletas marineras, provocaría una epidemia de estreñimiento entre la tripulación.

El señor Warren, el timonel, me informó con orgullo de que todas las mañanas se fregaba la cubierta, se lustraban los bronces y se efectuaba una limpieza general, cosa que era muy de desear teniendo en cuenta que estábamos a bordo de un barco. Aun así, resultaba imposible disimular el hecho de que había treinta y cuatro personas ocupando un espacio limitado, de las cuales sólo una se bañaba.

Dadas las circunstancias, me llevé una gran sorpresa cuando, la segunda mañana, abrí la puerta de la cocina en busca de agua hirviendo.

Esperaba encontrar la misma mugre que en el resto del barco, pero me deslumbró el reflejo del sol en una hilera de cacerolas de cobre, tan restregadas que refulgían con un tono rosado. Parpadeé para adaptar la vista. Las paredes de la cocina estaban cubiertas de estanterías y armarios, construidos para resistir la mar más gruesa.

Había una hilera de botellas azules y verdes llenas de especias, todas y cada una revestidas de fieltro para que no se rompieran. Vibraban con suavidad en su estante por encima de los calderos. También vi una fila de cuchillos, cuchillas de carnicero y pinchos ordenados con minuciosa pulcritud, en cantidades suficientes como para trinchar la carcasa de una ballena si se presentara el caso. Del mamparo colgaba un estante repleto de vasos y platos y en el fuego hervía un caldero enorme del que procedía un aroma fragante.

Y en medio de aquel inmaculado esplendor se erguía el cocinero, estudiándome con expresión fúnebre.

—Fuera —ordenó.

—Buenos días —saludé con toda la cordialidad posible—. Me llamo Claire Fraser.

—Fuera —repitió en el mismo tono.

—Soy la señora Fraser, esposa del sobrecargo y cirujano de a bordo —anuncié mirándole a los ojos—. Necesito unos veinte litros de agua hirviendo, cuando sea posible, para limpiar la letrina.

Sus pequeños ojos azules empequeñecieron y se iluminaron, y sus negras pupilas me apuntaron como dos pistolas.

—Soy Aloysius O'Shaughnessy Murphy —informó—. Cocinero de a bordo. Y necesito que quite usted los pies de mi suelo recién fregado. No permito la presencia de mujeres en mi cocina.

Me fulminó por debajo del pañuelo de algodón negro que llevaba en la cabeza. Era varios centímetros más bajo que yo, pero lo compensaba midiendo casi un metro más de circunferencia; los hombros eran de luchador y tenía una cabeza enorme sobre ellos, sin cuello a la vista. Completaba el conjunto una pata de palo.

Di un paso atrás con dignidad para hablar desde la seguridad que me ofrecía el pasillo.

—En ese caso, podría usted enviarme el agua caliente con el grumete.

—Tal vez sí —dijo—. Y tal vez no.

Luego me ignoró volviéndome la espalda y se dedicó a su pata de cordero, que colocó sobre una tabla y atacó con una cuchilla de carnicero.

Me quedé en el pasillo, pensando. Los golpes de la cuchilla resonaban rítmicamente sobre la tabla. El señor Murphy alargó la mano hasta el especiero, cogió un frasco sin mirar y espolvoreó una buena cantidad del contenido sobre la carne picada. El aire estaba impregnado por el aroma polvoriento de la salvia, difuminado por la acritud de una cebolla, que partía por la mitad con despreocupación y añadía a la mezcla. Era obvio que la tripulación del *Artemis* no subsistía sólo a base de tocino y galletas marineras. Empezaba a comprender por qué el capitán Raines tenía un físico con forma de pera. Volví a asomar la cabeza, con cuidado de no pisar el interior.

—Cardamomo —dije con firmeza—. Nuez moscada, entera, secada este año. Extracto de anís fresco. Raíz de jengibre, dos de las grandes y sin manchas.

Hice una pausa. El señor Murphy había dejado de picar y mantenía el cuchillo inmóvil sobre la tabla.

—Y media docena de granos de vainilla. De Ceilán.

Giró despacio, secándose las manos en el delantal. Al contrario del resto de la cocina, ni el delantal ni los artilugios estaban inmaculados. Su cara era ancha y rubicunda con tiesos bigotes, muy rubios, que se estremecieron cuando me miró, como las antenas de un insecto. Sacó la lengua para humedecerse los labios fruncidos.

—¿Azafrán? —preguntó con voz ronca.

—Unos quince gramos —confirmé de inmediato, disimulando cualquier deje de triunfo en mi actitud.

Inspiró hondo; en sus ojillos azules centelleaba la lujuria.

—Fuera tiene usted un felpudo, señora, si quiere limpiarse las botas para entrar.

Esterilizada una de las letrinas todo lo que permitió el agua hirviendo y el aguante de Fergus, volví a mi camarote a lavarme para el almuerzo. No encontré a Marsali, que sin duda estaba con Fergus, cuyo trabajo, guiado por mi insistencia, había rozado lo heroico.

Me lavé las manos con alcohol y, después de cepillarme el pelo, crucé el pasillo para ver si existía la remota posibilidad de que Jamie quisiera comer o beber algo. Me bastó una mirada para desechar la idea.

Marsali y yo ocupábamos el camarote más grande, lo que significaba que cada una de nosotras contaba con un espacio de un metro ochenta de largo, descontando las literas adosadas a la pared, que medían alrededor del metro sesenta. Mi compañera cabía bien en la suya, pero yo debía curvarme como una anchoa sobre una tostada, cosa que hacía que me levantara con los pies doloridos.

Jamie y Fergus ocupaban literas similares. Mi esposo yacía de costado, como un caracol en su concha. Cuando fui a verlo recordaba mucho a una de esas criaturas. Su tez tenía un color entre pálido y gris viscoso con tonos verdes y amarillos que no se llevaban bien con el rojo de su pelo. Abrió un ojo cuando me oyó entrar, me observó vagamente un segundo y lo volvió a cerrar.

—No te encuentras muy bien, ¿eh? —observé, compasiva.

Abrió un ojo como si se dispusiera a decir algo. Abrió la boca, cambió de opinión y la volvió a cerrar.

—No. —Y volvió a cerrarlo.

Le atusé el pelo con vacilación, pero pareció encogerse al percibir el contacto.

—Dice el capitán Raines que mañana la mar estará más serena —lo consolé. Ese día no estaba muy agitada, aunque se notaba un evidente balanceo.

—No importa —dijo sin abrir los ojos—. Mañana habré muerto... con un poco de suerte.

—Me temo que no. —Negué con la cabeza—. De esto no se muere nadie... aunque viéndote parezca mentira.

—No es por eso. —Hizo un esfuerzo para incorporarse, un esfuerzo que lo dejó sudoroso y le puso los labios pálidos—. Claire. Ve con cuidado. Debería habértelo dicho antes... pero no lo hice por no preocuparte y creo...

Cambió de expresión. Familiarizada con los síntomas del malestar corporal, acerqué la vasija justo a tiempo.

—Oh, Dios... —Se estiró, pálido como la sábana.

—¿Qué no me has dicho? —pregunté, arrugando la nariz y dejando la vasija en el suelo junto a la puerta—. Sea lo que fuere, deberías habérmelo dicho antes de embarcar, pero ya es muy tarde para pensar en eso.

—No creía que fuera tan terrible —murmuró.

—Nunca lo piensas —dije con aspereza—. Pero ¿qué es lo que querías decirme?

—Pregúntaselo a Fergus. Dile que es orden mía. Y que Innes no fue.

—¿De qué estás hablando? —pregunté algo alarmada. Los mareos del mar no solían causar delirios.

Abrió los ojos y los clavó en los míos con mucho esfuerzo. El sudor le recubría la frente y el labio superior.

—Innes —repitió—. No puede ser él. El que quiere matarme.

Me recorrió un escalofrío.

—¿Estás bien, Jamie? —Me incliné para secarle la cara y esbozó una exhausta sonrisa. No tenía fiebre y tenía la mirada nítida—. ¿Quién? —pregunté con cautela sintiendo que tenía unos ojos pegados a la espalda—. ¿Quién quiere matarte?

—No lo sé —susurró cuando pudo volver a hablar—. Pregúntale a Fergus. A solas. Él te lo dirá.

Me sentí muy impotente. No tenía ni idea de lo que aquello significaba, pero si Jamie corría algún peligro, no iba a dejarlo solo.

—Me quedaré contigo hasta que baje —dije.

Tenía una mano junto a la nariz. La fue deslizando muy despacio hasta colarla por debajo de la almohada, de donde sacó su puñal. Se lo llevó al pecho.

—No me pasará nada —dijo—. Vete, Sassenach. No creo que intenten nada a la luz del día, si es que se les ocurre intentarlo.

Aquello no me tranquilizó en absoluto, pero no parecía que pudiera hacer otra cosa. Se quedó muy quieto con el puñal pegado al pecho como una figura mortuoria.

—Vete —repitió casi sin mover los labios.

Algo se movió en el pasillo, junto a la puerta del camarote. Distinguí la silueta del señor Willoughby con la barbilla clavada en las rodillas. Separó las rodillas y agachó la cabeza entre ellas con educación.

—Tranquila, honorable Primera Esposa —me aseguró en un susurro—. Yo cuido.

—Bien, sigue haciéndolo.

Me fui en busca de Fergus, bastante desasosegada.

Encontré a Fergus con Marsali en la cubierta de popa. Estaban observando unos enormes pájaros que seguían la estela del barco. Se mostró algo más tranquilizador.

—No estamos seguros de que alguien pretenda matar a milord —explicó—. Lo de los toneles en la bodega pudo haber sido un accidente; ha ocurrido más de una vez; también el incendio del cobertizo. Aun así...

—Un momento, joven Fergus —dije tirándole de la manga—. ¿Qué toneles? ¿Qué incendio?

—¡Ah! —exclamó con cara de sorpresa—. ¿Milord no le ha contado nada?

—Milord está hecho un trapo y sólo ha podido decirme que te lo pregunte a ti.

Fergus negó con la cabeza mientras chasqueaba la lengua con un aire crítico típicamente francés.

—Siempre piensa que no se mareará —dijo—. Cada vez que aborda un barco asegura que es cuestión de voluntad, que es su mente quien manda y no se dejará dominar por el estómago. Pero a tres metros del muelle ya está verde.

—No me lo había contado —reconocí divertida por la descripción—. ¡Tonto!

Marsali se había quedado detrás de Fergus con un aire de altiva reserva, fingiendo que yo no estaba allí. Sin embargo, cuando escuchó aquella inesperada descripción de Jamie no pudo evitar reírse. Se tropezó con mis ojos y apartó a toda prisa la mirada con las mejillas sonrojadas para volver a posar los ojos en el mar.

Fergus sonrió y se encogió de hombros.

—Ya lo conoce, milady —dijo con tolerante afecto—. Podría estar agonizando y uno ni lo sabría.

—Si bajaras y lo vieras ahora, lo sabrías sin duda —dije con aspereza.

Al mismo tiempo era consciente de la sorpresa acompañada de una suave sensación de calidez en la boca del estómago. Fergus había estado junto a Jamie casi cada día de los últimos veinte años, y, sin embargo, Jamie no le había admitido la debilidad que tan rápido me demostró a mí. Si se estuviera muriendo, yo lo sabría enseguida.

—¡Hombres! —dije negando con la cabeza.

—¿Milady?

—No he dicho nada. Me hablabas de unos toneles y de un incendio.

—Ah, sí, claro. —Fergus se apartó el grueso mechón de pelo con su garfio—. Fue en casa de madame Jeanne, el día anterior a volver a verla a usted.

El día de mi retorno a Edimburgo, pocas horas antes de encontrar a Jamie en la imprenta, él había estado en los muelles de Burntisland con Fergus y otros seis hombres durante la noche, aprovechando la larga oscuridad invernal para recuperar varios toneles de madera camuflado como inocente harina.

—El madeira no penetra en la madera tan pronto como otros vinos —me explicó Fergus—. No es posible pasar el coñac de ese modo, bajo las narices de los aduaneros, pues los perros lo olfatean de inmediato aunque sus dueños no lo huelan. Pero el madeira no, siempre que se acabe de meter en barriles.

—¿Qué perros?

—Algunos inspectores de aduanas tienen perros adiestrados para detectar alijos de tabaco y coñac. —Hizo un gesto con la mano para ignorar la interrupción entornando los ojos contra la fresca brisa del mar—. Habíamos retirado sin problemas el madeira y lo llevamos a un depósito, uno de los que están a nombre de lord Dundas, pero que en realidad pertenecen a milord y a madame Jeanne.

—Ajá. —Volví a sentir el mismo nudo en el estómago que cuando Jamie abrió la puerta del burdel de la calle Queen—. ¿Así que son socios?

—En cierto modo. —El muchacho parecía apenado—. Milord sólo cobra un cinco por ciento, por conseguir el lugar y hacer los arreglos. Como impresor se gana mucho menos que con un *hôtel de joie*.

Marsali no se volvió, pero me pareció ver que tensaba los hombros.

—No lo dudo. —Después de todo, Edimburgo y madame Jeanne habían quedado atrás—. Continúa con el relato. Alguien podría degollar a Jamie antes de que averigüe por qué.

—Por supuesto, milady. —Fergus se disculpó con una inclinación de cabeza.

Una vez escondido el vino, los contrabandistas habían hecho una pausa para reanimarse con un trago, antes de volver a casa al amanecer. Dos de los hombres habían pedido su parte diciendo que necesitaban el dinero para pagar deudas de juego y comprar provisiones para la familia. Jamie fue entonces a la oficina del depósito, donde guardaba algo de oro.

Mientras los hombres se relajaban con sus vasos de whisky en una esquina de la bodega y se entretenían con bromas y risas, una súbita vibración sacudió el suelo.

«¡Al suelo!», había gritado MacLeod, un bodeguero experimentado. Los hombres habían corrido en busca de refugio incluso antes de ver cómo temblaba la enorme hilera de toneles que había junto a la oficina.

Un barril de dos toneladas se había desprendido de la pila y había estallado provocando un aromático lago de cerveza seguido en cuestión de segundos por una cascada procedente de sus monstruosos compañeros.

—Milord estaba cruzando frente a los toneles —explicó Fergus meneando la cabeza—. Si no lo aplastaron, fue por la gracia de Dios.

Uno de los toneles cayó a escasos centímetros de él, y escapó del impacto de otro lanzándose de cabeza bajo un botellero que se había desviado.

—Como iba diciendo, esas cosas ocurren. Todos los años, sólo en los depósitos de Edimburgo, mueren diez o doce hombres en accidentes parecidos. Pero los otros accidentes...

La semana anterior, un pequeño cobertizo lleno de paja había estallado en llamas mientras Jamie trabajaba dentro. Al parecer, una lámpara había caído entre él y la puerta, prendiendo la paja, con lo que Jamie quedó atrapado tras un muro de fuego en un local sin ventanas.

—Por suerte, el cobertizo era muy endeble y las vigas estaban medio podridas. Ardió como las astillas, pero milord pudo abrir un agujero a puntapiés y salir ileso. Primero pensamos que la lámpara se había caído sola, y estábamos contentos de que hubiera logrado escapar. Pero poco después milord me comentó que había oído un ruido, quizá fuera un disparo, puede que sólo fueran los crujidos de la madera al asentarse, y cuando se volvió a mirar se encontró con una cortina de llamas. —Fergus suspiró cansado. Me pregunté si habría montado guardia durante toda la noche—. Así que —prosiguió encogiéndose de hombros una vez más— no lo sabemos. Esos incidentes pudieron haberse producido por casualidad, aunque sumando lo de Arbroath...

—Es posible que haya un traidor entre los contrabandistas —añadí.

—Así es, milady. —Fergus se rascó la cabeza—. Pero milord está inquieto especialmente por aquel hombre que el chino mató en casa de madame Jeanne.

—¿Pudo ser un agente de aduanas que los hubiera seguido desde los muelles hasta allí? Jamie dijo que no era posible, ya que no tenía licencia.

—Eso no prueba nada. Lo peor era el librillo que llevaba en el bolsillo.

—¿El Nuevo Testamento? No veo que tenga importancia.

—Pero sí la tiene, milady, o podría tenerla —se corrigió Fergus—. Ese librillo fue uno de los que imprimió milord en persona.

—Creo que empiezo a comprender —musité.

Fergus asintió con gravedad.

—Si los de aduanas rastrearan el coñac hasta el burdel, sería un contratiempo, claro, pero nada definitivo, siempre se podría buscar otro sitio para esconderlo. En realidad, milord tiene acuerdos con dos taberneros que... pero ése no es el tema. —Hizo un gesto con la mano para recuperar el hilo—. Sin embargo, si los agentes de la Corona vinculan al notorio contrabandista Jamie Roy con el respetable señor Malcolm de Carfax Close... —Abrió las manos—. ¿Comprende?

Sí que lo entendía. Si los agentes de aduanas se acercaban demasiado a sus operaciones de contrabando, Jamie se limitaría a dispersar a sus colaboradores, dejar de frecuentar las guaridas de sus contrabandistas y desaparecer durante un tiempo ocultándose tras su coartada de impresor hasta que pareciera seguro retomar sus actividades ilegales. Pero si averiguaban sus dos identidades y las relacionaban, no sólo se vería privado de sus dos fuentes de ingresos, sino que levantar tales sospechas podría conllevar que descubrieran su verdadero nombre, sus actividades sediciosas y por tanto podrían seguir su rastro hasta Lallybroch y su pasado de rebelde y traidor convicto. Tendrían pruebas para ahorcarlo diez o doce veces. Y con una vez bastaba.

—Ya veo. Cuando Jamie le dijo a Ian que le convenía ausentarse de Escocia durante un tiempo, no sólo estaba preocupado por Laoghaire y Hobart MacKenzie —reconocí. Paradójicamente, las revelaciones de Fergus me causaban alivio; no era la única culpable del exilio de Jamie. Simplemente había precipitado la crisis con Laoghaire, pero yo no tenía nada que ver con todo aquello.

—Así es, milady. Aunque no estamos seguros de que uno de los hombres nos haya denunciado. Ni de que alguien quiera matar a milord.

—Eso es cierto. —Pero no bastaba. Una cosa era que alguno de los contrabandistas hubiera traicionado a Jamie por dinero. Pero si se trataba de una venganza personal, el hombre podría haber decidido tomar cartas en el asunto ahora que estábamos, por lo menos temporalmente, fuera del alcance de los agentes de aduanas.

—Si hay un traidor entre nosotros —prosiguió Fergus—, es uno de los seis que milord me mandó traer al barco. Los seis estaban presentes cuando cayeron los toneles y cuando se incendió el cobertizo; todos estuvieron en el burdel y también en el camino de Arbroath cuando sufrimos la emboscada y encontramos al policía ahorcado.

—¿Todos saben lo de la imprenta?

—¡Oh, no, milady! Milord ha puesto siempre mucho cuidado en que no lo supieran. Pero es posible que uno de ellos lo viera por las calles de Edimburgo y lo siguiera hasta la imprenta y sepa quién es A. Malcolm. —Sonrió con ironía—. Milord no es hombre que pase desapercibido, milady.

—Cierto —confirmé imitando su tono—. Pero ahora todos conocen el verdadero nombre de Jamie. El capitán Raines lo llama Fraser.

—Sí —reconoció con una leve sonrisa—. Por eso debemos averiguar si realmente navegamos con un traidor... y quién es.

Al mirarlo en aquel momento caí en la cuenta de que Fergus era ya un hombre hecho y derecho... y por tanto peligroso. Yo lo conocí cuando sólo era un chiquillo de diez años, y una parte de ese chico siempre seguiría reflejada en su rostro. Pero ya había pasado mucho desde sus tiempos de carterista en las calles de París.

Marsali había pasado casi todo el rato contemplando el mar, como si no quisiera arriesgarse a conversar conmigo. Aun así debió de escucharlo todo, pues vi que un escalofrío recorría sus delgados hombros, lo que no sabía era si se debía al frío o al miedo. Probablemente al fugarse con Fergus no había planeado embarcarse con un asesino.

—Será mejor que la lleves abajo —dije—. Se está poniendo azul. No te preocupes —dije dirigiéndome a Marsali en tono frío—, tardaré un rato en bajar al camarote.

—¿Adónde va, milady? —Fergus me miraba con suspicacia—. Milord no querría que usted anduviese...

—Y no lo pretendo —le aseguré—. Voy a la cocina.

—¿A la cocina?

—Quiero ver si Aloysius O'Shaughnessy Murphy tiene algún remedio contra el mareo —dije—. Si Jamie sigue como hasta ahora, poco le importará que alguien lo degüelle.

Murphy, ablandado por unas mondas secas de naranja y una botella del mejor clarete, se mostró bien dispuesto. De hecho, pareció considerar como un desafío profesional el mantener algo de comida en el estómago de Jamie. Dedicó horas enteras a la mística contemplación de su especiero y sus despensas... pero no sirvió de nada.

No nos sorprendió ninguna tormenta, aunque los vientos del invierno arrastraban un fuerte oleaje y el *Artemis* se elevaba y caía tres metros con cada nueva ola que superaba. A veces, cuando me paraba a observar el hipnótico balanceo de la barandilla contra el horizonte, yo también acababa sintiendo náuseas y me daba la vuelta a toda prisa.

Jamie no daba señales de que fuera a cumplir la profecía de Jared y a ponerse en pie en un visto y no visto, acostumbrado al balanceo. Tenía el color de las natillas rancias y sólo abandonaba su litera para arrastrarse hasta la letrina, custodiado día y noche por Fergus y el señor Willoughby.

Por fortuna, ninguno de los seis contrabandistas daba un solo paso que pudiera considerarse amenazador. Todos expresaban una solidaria preocupación por la salud de Jamie y, bajo atenta vigilancia, le habían hecho una breve visita en su camarote sin que surgieran circunstancias sospechosas.

Por mi parte, pasaba los días explorando la nave y atendiendo las labores médicas habituales: dedos aplastados, una costilla rota, abscesos y encías sangrantes. Murphy había tenido la generosidad de permitirme triturar mis hierbas y preparar mis remedios en un rincón de la cocina.

Marsali abandonaba nuestro camarote antes de que despertara, y al acostarme la encontraba ya dormida. Cuando nos cruzábamos en la cubierta o a la hora de las comidas, se mostraba silenciosamente hostil. Supuse que se debía, en parte, al natural afecto por su madre, pero también a tener que pasar las noches conmigo en lugar de con Fergus.

En realidad, si permanecía intacta (y así lo creía yo, a juzgar por su actitud mohína) se debía sólo al respeto que Fergus sentía hacia las órdenes de Jamie: como custodio de su virtud, el padrastro era, en aquellos momentos, una fuerza descartable.

—Qué, ¿el caldo tampoco? —se extrañó Murphy. El cocinero agachó su rostro rojo con actitud amenazante—. ¡Con ese caldo he levantado a varios hombres del lecho de muerte!

Cogió la sopera que le devolvía Fergus y, después de olfatearla con aire crítico, me la puso debajo de la nariz.

—Tenga, huela esto, señora. Huesos de tuétano, ajo, comino y un trozo de grasa de cerdo para darle sabor, y todo triturado hasta conseguir un suave puré. Hay quien está tan mal del estómago que no soporta encontrar trocitos en la sopa, ¡pero en este caldo no encontrará ni uno!

En verdad, el dorado líquido tenía un olor tan apetitoso que se me hizo la boca agua, pese al excelente desayuno que había consumido hacía una hora. El capitán Raines tenía el estómago delicado, y por eso se había tomado tantas molestias al elegir el cocinero y con las provisiones que subía a bordo, cosa que beneficiaba mucho la mesa de los oficiales. Con sus dimensiones de barril, su pata de palo y su aspecto de pirata consumado, Murphy tenía fama de ser el mejor cocinero naval de Le Havre; al menos, eso me dijo sin la menor jactancia. Los mareos eran un desafío para su capacidad; Jamie, postrado desde hacía cuatro días, representaba un verdadero reto.

—Es un caldo estupendo, sin duda —lo tranquilicé—. Pero no puede retener absolutamente nada.

Murphy gruñó, pero se volvió y vertió las sobras del caldo en uno de los numerosos calderos que hervían día y noche sobre el fuego.

Frunció el ceño y se pasó la mano por su escaso pelo rubio. Abrió un armario y lo cerró, luego se agachó para rebuscar en un cofre lleno de provisiones murmurando entre dientes.

—¿Una galleta tal vez? —masculló—. Seca, eso sí. Quizá un poco de vinagre, algún encurtido...

Observé fascinada cómo las enormes manos del cocinero con esos dedos que parecían salchichas revolvían entre sus provisiones, cogían varias exquisiteces y las colocaban sobre una bandeja.

—Pues probemos con esto —dijo, entregándome la bandeja—. Déjele chupar los pepinillos, pero que no se los coma todavía. Luego siga con un bocado de galleta, aún no tienen gorgojos, o eso creo, pero no deje que beba agua. Luego un mordisco de pepinillo bien masticado para salivar, un mordisco de galleta y así sucesivamente. Si eso le sienta bien, podremos darle unas natillas que hice ayer para la cena del capitán. Y si eso también le sienta bien... —Su voz me siguió cuando salí de la cocina enumerando las opciones disponibles—: tostadas de pan de leche, que están hechas con leche de cabra, el *syllabub* combina muy bien con el whisky y un buen huevo... —oí mientras me alejaba por el pasillo doblando la estrecha esquina con la bandeja cargada.

Esquivé cuidadosamente al señor Willoughby, que dormía junto a la puerta de Jamie como un perro faldero azul. Sin embargo, al entrar en el camarote comprendí que, una vez más, las habilidades culinarias del señor Murphy resultarían vanas. Como cualquier hombre enfermo, Jamie se las había arreglado para que el ambiente fuera de lo más incómodo y deprimente. La pequeña habitación estaba húmeda y apestaba; en la litera, rodeada por un paño que no dejaba pasar luz ni aire, se amontonaban las mantas pegajosas y la ropa sucia.

—Levántate y anda —dije alegremente, dejando la bandeja para apartar la improvisada cortina, hecha con una camisa de Fergus.

La luz de la cubierta se coló por la ventana. Iluminó el camarote y se reflejó en un rostro pálido y siniestro.

Jamie entreabrió un ojo.

—Vete —dijo antes de volver a cerrarlo.

—Te he traído algo para que desayunes —le dije con firmeza.

Volvió a abrir el ojo: azul y gélido.

—No quiero oír hablar de desayuno —dijo.

—Digamos que es el almuerzo, entonces. A estas horas, bien podría ser. —Aproximé una banqueta, cogí un pepinillo encurtido y se lo acerqué a la nariz—. Chupa esto.

Abrió poco a poco el otro ojo. Aunque no dijo nada, sus pupilas azules se posaron en mí con una elocuencia tan feroz que me apresuré a retirar el pepinillo.

Volvió a cerrar los ojos. Observé la estampa con el ceño fruncido. Se hallaba tumbado boca arriba con las rodillas flexionadas. A pesar de que las literas proporcionaban más estabilidad que los catres de la tripulación, estaban ideadas para acomodar a los pasajeros habituales, que, a juzgar por el tamaño de las literas, no debían de medir más de metro sesenta.

—Ahí no puedes estar cómodo —observé.

—No lo estoy.

—¿No quieres probar una hamaca? Al menos podrías estirarte.

—No quiero.

—Dice el capitán que necesita una lista de la carga... Cuando puedas hacerla.

Sin molestarse en abrir los ojos, emitió una breve e irrepetible sugerencia sobre lo que podía hacer el capitán Raines con su lista. Le cogí la mano, suspirando; estaba fría y húmeda, y el pulso, acelerado.

—Bueno —dije al fin—, podríamos probar algo que yo empleaba con los pacientes. A veces daba resultado.

Dejó escapar un gemido, pero no se opuso. Me senté en la banqueta sin soltarle la mano. Pocos minutos antes de operar solía hablar con los pacientes para tranquilizarlos; había descubierto que, si lograba hacerlos pensar en algo que no fuera la operación, se obtenían mejores resultados: sangraban menos, las náuseas provocadas por la anestesia eran más leves y cicatrizaban con más celeridad. Lo había visto funcionar las veces suficientes como para creer que no eran imaginaciones. Jamie no se había equivocado del todo cuando le dijo a Fergus que la mente podía controlar el cuerpo.

—Pensemos en algo agradable —propuse con voz grave y sedante—. Piensa en Lallybroch, en la colina que está junto a la casa. Piensa en los pinos... ¿Sientes su olor? Piensa en el humo que surge de la chimenea en los días despejados. Imagina que tienes una manzana en la mano; siéntela, dura y redonda...

—¿Sassenach? —Me miraba con intensa concentración. El sudor hacía brillar su frente.

—¿Sí?

—Vete.

—¿Qué?

—Que te vayas —repitió con mucha suavidad—, si no quieres que te rompa el cuello. Vete de una vez.

Me levanté con mucha dignidad y salí de allí.

El señor Willoughby estaba apoyado en una columna del pasillo y echó una mirada pensativa al interior del camarote.

—¿No tendrás aquí esas bolas de piedra? —pregunté.

—Sí —respondió con cierta sorpresa—. ¿Quiere bolas saludables para Tsei-mi?

Manoteó dentro de su manga, pero lo detuve con un gesto.

—Lo que quiero es estrellárselas en la cabeza, pero supongo que Hipócrates no lo vería con buenos ojos.

El señor Willoughby esbozó una sonrisa desconcertada e inclinó varias veces la cabeza esforzándose por expresar su gratitud a lo que fuera que creyera que yo había dicho.

—No importa —dije.

Eché una furibunda mirada por encima del hombro en dirección al bulto de apestosa ropa de cama. Se estiró un poco y sacó una mano con la que rebuscó por el suelo hasta encontrar la vasija. La cogió y desapareció bajo las oscuras profundidades de la litera, de donde emergió el sonido de un seco vómito.

—¡Qué hombre tan terrible! —exclamé con una mezcla de exasperación, compasión... y cierta alarma. Una cosa era cruzar el canal de la Mancha en diez horas. Pero ¿qué pasaría después de dos meses en alta mar?

—Cabeza de cerdo —dijo el chino asintiendo—. ¿Es rata o dragón?

—Huele como un zoológico entero. Pero ¿por qué dragón?

—Uno nace en Año de Dragón, Año de Rata, Año de Oveja, Año de Caballo —explicó—. Siendo diferente cada año, diferente persona. ¿Sabe si Tsei-mi rata o dragón?

—¿En qué año nació, quieres saber? —Todavía recordaba los menús de los restaurantes chinos, decorados con los animales del zodíaco chino junto a explicaciones de los supuestos rasgos de personalidad que caracterizaban a las personas nacidas en ese año—. Fue en 1721, pero no sé a qué animal corresponde.

—Me parece rata. —El señor Willoughby contempló con aire pensativo la maraña de mantas, que se agitaban con cierta inquietud—. Rata muy inteligente, mucha suerte. Pero dragón también, podría ser. ¿Muy vigoroso en cama, Tsei-mi? Dragones gente muy apasionada.

—No que yo sepa, últimamente —dije mirando de reojo el bulto cubierto de mantas.

El montón de ropa se movió hacia arriba y volvió a caer, como si su contenido se hubiera dado la vuelta.

—Tengo remedio chino —apuntó el señor Willoughby observando el fenómeno—. Bueno para vómito, estómago, cabeza, todo hace pacífico y sereno.

Lo miré con interés.

—¿De veras? Me gustaría verlo. ¿Lo has probado con Jamie?

El pequeño chino negó tristemente con la cabeza.

—No quiere. Dice maldito, arrojo borda si acerca.

Nos miramos con perfecto entendimiento.

—Te diré una cosa —dije, alzando la voz un par de decibelios—: las arcadas secas, si se prolongan mucho, pueden ser peligrosas.

—Oh, muy dañina, sí. —Aquella mañana el señor Willoughby se había afeitado la parte frontal de la cabeza y su calva brilló cuando asintió con ganas.

—Irritan los tejidos del estómago y el esófago.

—¿Hace eso?

—Sí. Elevan la presión arterial y tensan demasiado los músculos abdominales, que pueden llegar a desgarrarse y provocar una hernia.

—Ah.

—Además —continué, elevando la voz un poquito más—, a veces los testículos se enredan dentro del escroto y se corta la circulación de la zona.

—¡Oooh! —Los ojos del señor Willoughby se hicieron redondos.

—En ese caso —concluí—, lo único que se puede hacer es amputar antes de que se inicie la gangrena.

El chino emitió un sonido sibilante para expresar su profundo horror. El montón de mantas, que se había estado bamboleando de un lado a otro durante toda la conversación, quedó inmóvil.

Miré al señor Willoughby, que se encogió de hombros. Crucé los brazos para esperar. Al cabo de un minuto, un elegante pie descalzo salió de entre las sábanas; poco después, se le unió su compañero.

—Malditos seáis los dos —dijo con grave y malévola voz escocesa—. Venid aquí.

Fergus y Marsali estaban inclinados sobre la barandilla de popa, hombro con hombro, abrazados por la cintura; la melena de la chica flotaba azotada por el viento. Al oír nuestros pasos, el muchacho se volvió a mirar y ahogó una exclamación, persignándose con ojos dilatados.

—Ni... una... palabra, por favor —pidió Jamie con los dientes apretados.

Fergus abrió la boca, pero no pudo decir nada. Marsali lanzó un chillido.

—¡Papá! ¿Qué te ha pasado?

El evidente terror y la preocupación que reflejaba el rostro de la chica evitó que Jamie soltara el comentario mordaz que tenía en la punta de la lengua. Relajó un poco el rostro y las finísimas agujas que asomaban por detrás de sus orejas se contrajeron como las antenas de una hormiga.

—No es nada —dijo, gruñón—. Una locura del chino para curar los vómitos.

La chica se le acercó con los ojos abiertos como platos, y alargó tímidamente un dedo para tocar las agujas que tenía clavadas en la muñeca justo por debajo de la palma de la mano. Otras centelleaban en la cara interior de la pierna, por encima del tobillo.

—Y... ¿da resultado? —preguntó—. ¿Cómo te encuentras?

Jamie torció la boca; empezaba a recuperar su habitual sentido del humor.

—Me siento como un muñeco vudú que alguien hubiera llenado de alfileres —respondió—. Pero como llevo un cuarto de hora sin vomitar, debo suponer que da resultado.

Me echó un vistazo. Luego, al señor Willoughby.

—No me apetece chupar pepinillos, pero creo que podría tomar un vaso de cerveza si la consigues, Fergus.

—Oh... Oh, sí, milord. ¿Me acompaña? —Fergus no conseguía dejar de mirar fijamente a Jamie y alargó la mano para cogerlo del brazo, pero luego lo pensó mejor y se volvió en dirección al pasillo de popa.

—¿Debo indicar a Murphy que empiece a prepararte el almuerzo? —pregunté a Jamie cuando se volvía para seguir a Fergus.

Me echó una larga mirada por encima del hombro. Las agujas de oro le brotaban del pelo en dos manojos gemelos, relumbrando al sol de la mañana como un par de diabólicos cuernos.

—No abuses, Sassenach —advirtió—. No creas que voy a olvidarme de esto. ¡Testículos enredados! ¡Bah!

El señor Willoughby ignoraba la conversación sentado sobre los talones en la sombra que un enorme barril lleno de agua proyectaba en la popa. Contaba algo con los dedos, a todas luces absorto en algún tipo de cálculo. Cuando Jamie se hubo ido, levantó la vista.

—Rata no —dijo negando con la cabeza—. Dragón no, tampoco. Tsei-mi nace Año del Buey.

—¿De veras? —comenté observando los anchos hombros y la cabeza roja, tercamente enfrentada al viento—. ¡Qué apropiado!

42

La cara de la luna

Tal como sugería su posición, el trabajo de Jamie como sobrecargo no exigía mucho esfuerzo. Después de comprobar el contenido de la bodega y cotejarlo con las cartas de embarque para confirmar que el *Artemis* transportaba las cantidades necesarias de pieles, estaño y azufre, no tenía nada más que hacer hasta llegar a Jamaica. Su trabajo empezaría en tierra firme, donde la mercancía habría de ser debidamente descargada, reconfirmada y vendida; también debería ocuparse de pagar los debidos impuestos, deducir las comisiones oportunas y rellenar el papeleo. Mientras, tanto él como yo teníamos poco que hacer. Y a pesar de que el señor Picard, el contramaestre, observaba la poderosa figura de Jamie con ojos codiciosos, era evidente que jamás haría de él un buen marinero. Era tan rápido y ágil como cualquier miembro de la tripulación, pero su amplia ignorancia sobre todo lo que tuviera que ver con cabos y velas lo convertía en un par de manos inútiles. Sólo podía ayudar en las situaciones en las que únicamente se requería fuerza física. Resultaba obvio que era un soldado y no un marinero.

Entretanto asistía con entusiasmo a las prácticas de tiro que se realizaban día sí y día no; ayudaba a trasladar los cuatro enormes cañones y pasaba horas enteras inmerso en discusiones sobre temas poco divulgados con Tom Sturgis, el artillero. Durante aquellos atronadores ejercicios, Marsali, el señor Willoughby y yo nos poníamos a resguardo bajo el cuidado de Fergus, excluido de las prácticas por faltarle una mano.

Para mi sorpresa, la tripulación me aceptó como cirujano de a bordo sin mayores reparos. Fergus me explicó que en los pequeños buques mercantes, hasta los barberos podían cumplir esa función. Generalmente era la esposa del artillero, si éste era casado, quien atendía las pequeñas lesiones y enfermedades de la tripulación.

Me ocupaba de tratar los habituales dedos aplastados, manos quemadas, infecciones cutáneas, dientes infectados y trastornos digestivos, pero éramos treinta y cuatro personas a bordo y el trabajo apenas me ocupaba una hora por las mañanas, de modo que tanto Jamie como yo teníamos bastante tiempo libre. A medida que el *Artemis* descendía hacia el sur, empezamos a pasar juntos la mayor parte de ese tiempo.

Por primera vez desde mi retorno a Edimburgo podíamos conversar y recordar las cosas medio olvidadas que sabíamos el uno del otro, descubrir nuevas facetas que la experiencia había pulido y disfrutar de la mutua presencia sin las distracciones del peligro y la vida cotidiana.

Paseábamos mucho por cubierta, la cruzábamos de arriba abajo, recorriendo kilómetros mientras hablábamos de todo y de nada en particular y haciéndonos notar el uno al otro los fenómenos asociados a un viaje por mar: las espectaculares puestas de sol y amaneceres, manadas de extraños peces verdes y plateados, enormes islas de algas flotantes pobladas por miles de minúsculos cangrejos y medusas, los elegantes delfines que hacían acto de presencia durante varios días seguidos nadando en paralelo junto al barco y saltando de vez en cuando fuera del agua como si quisieran echar un vistazo a las curiosas criaturas que había en la superficie.

La luna se elevó como un enorme disco dorado; salió velozmente del agua para subir por el cielo como un ave fénix en ascenso. El agua era una masa oscura y los delfines ya no se veían, pero por algún motivo pensé que seguían allí, acompañando al barco en su singladura por la oscuridad.

Era una escena sobrecogedora incluso para los marineros que tantas veces la habían visto: todos los que se hallaban a bordo dejaron lo que estaban haciendo para suspirar disfrutando de las vistas mientras la enorme esfera se elevaba hasta quedar suspendida en el filo del mundo. Parecía que se encontraba lo bastante cerca como para poder tocarla.

Jamie y yo la admirábamos desde la barandilla. Se distinguían sin dificultad los puntos oscuros y las sombras de su superficie.

—Parece posible conversar con ella —dijo sonriente conforme hacía un ademán en dirección a la somnolienta cara del cielo.

—«El llanto de las Pléyades al oeste y la luna bajo los mares» —cité—. «Y mirad, también está aquí abajo.» —Señalé por encima de la barandilla, justo donde la estela de la luna era más intensa y brillaba sobre el agua como si su gemela estuviera realmente debajo del mar.

—Cuando partí, un grupo de hombres se estaba preparando para ir a la Luna. ¿Habrán llegado ya?

—¿Vuestras máquinas voladoras llegan tan alto? —se extrañó Jamie. Entornó los ojos mirando la luna—. Pese a lo cerca que parece, ¿no hay mucha distancia? Un libro decía que, quizá, había trescientas leguas entre la Tierra y la Luna. ¿Estaba equivocado? ¿O acaso vuestros... aeroplanos... pueden llegar tan lejos?

—Hace falta un aparato especial, llamado cohete —expliqué—. En realidad, la distancia es mucho mayor; cuanto más te alejas de la Tierra, más se reduce el aire para respirar, por lo que es necesario llevarlo, junto al agua y la comida, en una especie de tubos.

—¿De veras? —Levantó la vista con expresión maravillada—. ¿Cómo serán las cosas allá arriba?

—Eso lo sé, porque he visto fotografías. Es rocosa y yerma, sin vida, pero muy hermosa, con barrancos, montañas y cráteres; se ven desde aquí: son aquellas manchas oscuras. —Señalé la cara sonriente y dediqué una sonrisa a Jamie—. No se diferencia mucho de Escocia... aunque no es verde.

Se echó a reír, y luego, como atraído a su memoria por la palabra *fotografías*, sacó del bolsillo el pequeño paquete de fotos que guardaba con mucha prudencia y que no sacaba nunca si alguien podía verlas, aunque fuera Fergus. Pero estábamos solos y no corríamos peligro de que nos interrumpieran.

La luna era lo bastante brillante como para ver la cara de Brianna, radiante y mudable. Me di cuenta de que las esquinas se estaban empezando a desgastar.

—¿Crees que ella caminará por la luna? —preguntó con suavidad.

Se había detenido en la foto en la que Bree miraba por la ventana con expresión soñadora sin ser consciente de que la estaban fotografiando. Jamie volvió a mirar la esfera que flotaba sobre nuestras cabezas y me di cuenta de que, para él, un viaje a la luna parecía poco más complicado e inverosímil que en el que estábamos embarcados. A fin de cuentas, la luna sólo era otro lugar distante y desconocido.

—No lo sé —dije sonriendo.

Pasó las fotografías despacio, absorbido como siempre por la imagen de la cara de su hija, que tanto se parecía a la suya. Lo observé con detenimiento compartiendo su silenciosa felicidad al ver aquella promesa de nuestra inmortalidad.

Por un momento recordé aquella piedra de Escocia con su nombre grabado y su lejanía me tranquilizó. Cuando quiera que nos correspondiese partir de ese mundo, esperaba que no fuera pronto. Y a pesar del momento y el lugar que tuviéramos predestinado para partir, siempre quedaría algo de nosotros en la tierra, siempre quedaría Brianna.

Nuevos versos de Housman acudieron a mi memoria: «Detente ante la piedra a la que nombra / un corazón que ya no se conmueve / y sabe que el muchacho que te amó / mantuvo su palabra.»

Me acerqué a él, sintiendo el calor de su cuerpo a través del abrigo y la camisa, y apoyé la cabeza en su brazo mientras miraba poco a poco las fotos.

—Es hermosa —murmuró como siempre que miraba las fotografías—. Y, además, dices que es inteligente.

—Igual que su padre —reconocí.

Rió entre dientes, pero sentí que se ponía tenso al ver una de las fotos y levanté la cabeza para ver cuál era. Era una que le había sacado en la playa. Brianna tenía unos dieciséis años. En la imagen se la veía metida en el agua hasta los muslos con el pelo lleno de arena, salpicando a su amigo, un chico llamado Rodney, que se retiraba riendo y con las manos en alto para evitar que lo mojara.

Jamie la observaba ceñudo frunciendo los labios.

—Eso... —Guardó silencio un momento y carraspeó—. ¿Ese mozo...? No quisiera criticar, Claire, pero ¿no te parece que esto es un poco... indecente?

Contuve la risa para decir, con mucha compostura:

—Todo lo contrario, el traje de baño es bastante recatado... para la época. —A pesar de que el bañador era un biquini, estaba muy lejos de poder considerarse escaso, le llegaba por encima del ombligo—. Escogí la foto porque supuse que te gustaría... ver a tu hija lo más al natural que pudieras.

La idea pareció escandalizarlo un poco, pero su mirada regresó irresistiblemente a la foto. Su expresión se suavizó al mirarla.

—Sí, bueno, es adorable y me alegro de saberlo. —Levantó la fotografía y la observó con detenimiento—. No me refiero a lo que lleva; muchas de las mujeres que se bañan en la intemperie lo hacen desnudas y no se avergüenzan de su piel. Pero ese... ese muchacho... ¿No crees que no debería estar medio desnuda delante de un hombre? —Fulminó con la mirada al pobre Rodney, y yo me mordí el labio al pensar que ese escuálido chico, al que además conocía muy bien, pudiera suponer una viril amenaza de la pureza virginal.

—Bueno —dije inspirando hondo. Estábamos pisando terreno delicado—. No. Me refiero a que en esa época chicos y chicas juegan así. Ya sabes que la gente viste de otro modo, eso ya te lo expliqué. Nadie se tapa mucho excepto cuando hace frío.

—Mmfm —dijo—. Sí, ya me lo explicaste. —Consiguió dar la impresión de que en base a lo que le había contado, no le impresionaban las condiciones morales en las que vivía su hija.

Volvió a mirar la fotografía con el ceño fruncido y pensé que era una suerte que ni Bree ni Rodney estuvieran presentes. Yo conocía muchas facetas de Jamie: amante, marido, hermano, tío, lord y guerrero, pero nunca lo había visto haciendo el papel de feroz padre escocés. Resultaba bastante temible.

Por primera vez no me pareció tan malo que Jamie no hubiera podido vigilar personalmente la vida de Bree: ante él, cualquier muchacho que tuviera la audacia de cortejarla habría muerto del susto.

Jamie parpadeó un par de veces mirando la foto y luego inspiró hondo. Me di cuenta de que reunía valor para hacerme una pregunta.

—¿Crees que es... virgen? —La pausa fue apenas perceptible, pero la percibí.

—Por supuesto —aseguré. En realidad, sólo lo creía posible, pero no estaba dispuesta a admitirlo. Había cosas de mi tiempo que le podía explicar a Jamie sin problemas, pero la liberación sexual no era una de ellas.

—Ah... —exclamó aliviado. Me mordí los labios para no reír—. Bueno, estaba seguro, pero... es decir... —Tragó saliva.

—Bree es muy buena chica —le dije estrechándole el brazo—. Aunque Frank y yo no nos lleváramos muy bien, fuimos buenos padres.

—Sí, lo sé. No pretendía decir lo contrario. —Tuvo el detalle de mostrarse avergonzado y guardó la fotografía de la playa de nuevo en el paquete. Luego se las metió en el bolsillo y dio unos golpecitos sobre él para asegurarse de que estaban a salvo.

Se levantó mirando la luna y frunció el ceño. La brisa del mar agitó algunos mechones de su pelo soltándoselos del lazo con el que se los había atado, y se los echó hacia atrás, distraído. Era evidente que seguía preocupándole algo.

—¿Estás segura de haber hecho bien en venir ahora, Claire? —dijo sin mirarme—. No es que yo no te quiera conmigo —añadió precipitadamente al sentir que me ponía rígida. Me cogió de la mano para evitar que me fuera—. ¡No me refería a eso! ¡Claro que te quiero aquí, por Dios! —Me estrechó con fuerza y me cogió la mano para posarla sobre su corazón—. Te quiero tanto que a veces siento como si el corazón me reventara de alegría al verte a mi lado. Sólo que... ahora Brianna está sola: Frank ha muerto y tú te has ido; no tiene un esposo que la proteja; no hay un hombre en su familia que se ocupe de casarla bien. ¿No habrías debido quedarte un tiempo más con ella? Me refiero a que quizá deberías haber esperado un poco.

Hice una pausa antes de contestar tratando de dominar mis propios sentimientos.

—No lo sé —reconocí al fin. Me temblaba la voz pese a mis esfuerzos por controlarla—. Mira, en mis tiempos las cosas no son como ahora.

—¡Eso ya lo sé!

—No, no lo sabes. —Arranqué mi mano de la suya con una mirada fulminante—. No lo sabes, Jamie, y no hay forma de explicártelo, porque no me creerías. Bree ya es una mujer adulta; se casará cuando y como quiera, no cuando alguien lo decida por ella. En realidad, ni siquiera está obligada a casarse. Tiene una buena educación y puede ganarse la vida; hay muchas mujeres que lo hacen. No tiene necesidad de un hombre que la proteja.

—Si las mujeres no necesitan un hombre que las proteja y las ame, debe de ser una época muy triste. —Me sostuvo la mirada con idéntica furia.

Aspiré hondo, tratando de mantener la calma.

—No he dicho que no los necesitemos. —Le apoyé una mano en el hombro y le hablé con más suavidad—. He dicho que ella puede elegir. No está obligada a aceptar a un hombre por necesidad; puede hacerlo por amor.

Jamie empezó a relajarse un poco.

—Tú me aceptaste por necesidad —dijo—. Cuando nos casamos.

—Y volví por amor —señalé—. ¿Crees que te necesitaba menos porque podía mantenerme sola?

La tensión de su rostro disminuyó y relajó un poco el hombro que tenía bajo mi mano mientras me observaba.

—No —reconoció en voz baja—. No lo creo.

Me rodeó con el brazo y me estrechó contra él. Yo lo cogí por la cintura y lo abracé mientras sentía el paquetito con las fotografías de Brianna en su bolsillo pegado a mi mejilla.

—La verdad es que me preocupaba la perspectiva de abandonarla —susurré un poco después—. Ella misma me obligó. Temíamos que, si esperábamos más tiempo, ya no sería posible localizarte. Pero me preocupaba.

—Lo sé. No debería haber dicho eso. —Se apartó mis rizos de la barbilla atusándolos.

—Le dejé una carta. Fue lo único que se me ocurrió... sabiendo que quizá no volvería a verla. —Apreté los labios y tragué saliva.

Me acarició la espalda con los dedos muy suavemente.

—¿Sí? Eso estuvo bien, Sassenach. ¿Qué le decías?

Solté una risa trémula.

—Todo lo que se me ocurrió. Consejos de madre, con la poca sabiduría que tengo. Y cosas prácticas: dónde estaba la escritura de la casa y los documentos de la familia. Y recomendaciones sobre cómo vivir. Supongo que ella no las tendrá en cuenta y será muy feliz, pero al menos sabrá que pensaba en ella.

Tardé casi una semana en rebuscar por todos los armarios y los cajones del escritorio en mi casa en Boston hasta encontrar todos los documentos oficiales, papeles del banco, escrituras y cosas familiares. Todavía quedaban muchas cosas de la familia de Frank: enormes álbumes de recortes y docenas de árboles genealógicos, álbumes de fotografías, cajas llenas de cartas. Mi parte de la familia fue mucho más sencilla de reunir.

Bajé la caja que guardaba en el estante de mi armario. Era una caja pequeña. El tío Lambert era un coleccionista, como todo buen erudito, pero no tuvo muchas cosas que guardar. Se quedó los documentos esenciales de una familia pequeña: partidas de nacimiento, la mía y la de mis padres, sus actas matrimoniales, los datos del coche que acabó con sus vidas... ¿Qué irónico capricho del destino habría hecho que el tío Lamb guardara aquello? Lo más probable era que jamás llegara a abrir la caja y se limitase sólo a guardarla, empujado por la ciega fe propia de los eruditos, firmes creyentes en que la información no se debe destruir nunca, porque nunca se sabía quién podría utilizarla o con qué fin.

Yo ya había visto lo que había en aquella caja en anteriores ocasiones, claro. Hubo un período de mi vida, durante mi adolescencia, en el que abría esa caja cada noche para observar las fotos. Recuerdo la intensa nostalgia que sentía por una madre a la que no recordaba y los inútiles esfuerzos que hacía por imaginármela y volver a traerla a la vida gracias a las diminutas y oscuras imágenes de aquella caja.

La mejor de todas era un primer plano de ella en la que se la veía mirando a la cámara. Sus cálidos ojos y su delicada boca sonreían bajo el ala de un sombrero de campana hecho con fieltro. La fotografía estaba pintada a mano; las mejillas y los labios lucían un tono sonrosado muy poco natural, y los ojos eran de un suave tono marrón. El tío Lamb me aseguró que estaba mal hecha porque, según me dijo, ella tenía los ojos dorados como yo.

Pensé que quizá esa época en la que una persona suele tener esa necesidad ya habría pasado para Brianna, pero no estaba segura. Una semana antes fui a un estudio y me hice una fotografía, la metí en la caja y la cerré. Luego dejé la caja encima del escritorio para que la encontrara. Después me senté a escribir.

Mi querida Bree...

Allí me detuve. No podía. No podía estar pensando en abandonar a mi hija. Ver aquellas tres palabras negras sobre el papel puso la alocada idea que tenía en mente de relieve con una claridad tan meridiana que me llegó a los huesos.

Me empezó a temblar la mano y la punta del bolígrafo dibujó algunos inseguros círculos sobre el aire justo por encima del papel. Lo dejé y me metí las manos entre los muslos con los ojos cerrados.

—Domínate, Beauchamp —murmuré—. A ver si acabas de una vez con esta maldita carta. Aunque no le haga falta, tampoco le hará ningún daño. Pero si la necesita, la tendrá.

Cogí la estilográfica y volví a empezar.

No sé si llegarás a leer esto, pero es importante ponerlo por escrito. He aquí lo que sé de tus abuelos (los verdaderos), tus bisabuelos y tu historia clínica...

Escribí durante mucho rato, cubriendo página tras página. Mi mente se iba serenando por el esfuerzo y la necesidad de registrar la información con claridad. Pero entonces me detuve pensativa.

¿Qué le podía decir aparte de aquellos hechos fríos? ¿Cómo podía dejarle por escrito la poca sabiduría que había adquirido después de cuarenta y ocho años de una vida cargada de sobresaltos? Esbocé una pequeña mueca al pensar en eso. ¿Había alguna hija que escuchara? ¿Lo habría hecho yo, si me lo hubiera dicho mi madre?

Pero eso daba igual. Lo tenía que escribir por si algún día lo necesitaba.

Aun así, ¿cuál era la verdad que perduraría siempre a pesar de lo mucho que cambiaban los tiempos? ¿Qué le podría decir que le sirviera de ayuda? Y por encima de todo me preguntaba cómo podría explicarle lo mucho que la quería.

La enormidad de lo que estaba a punto de hacer se extendía ante mí y apreté el bolígrafo con fuerza. No podía pensar, no para hacer aquello. Lo único que podía hacer era poner la punta del bolígrafo sobre el papel y tener fe.

«Mi niña», escribí, y me detuve. Tragué saliva y empecé de nuevo.

Eres mi niña y lo serás siempre. Sólo comprenderás lo que eso significa cuando tengas un hijo, pero quiero decírtelo: siempre serás tan parte de mí como cuando compartías mi cuerpo y te sentía moverte. Siempre.

Cuando te veo dormir pienso en las noches en que te arropaba, en las veces que me acercaba a escucharte respirar, a posar la mano sobre tu cuerpo para notar el vaivén de tu pecho, sabiendo que pase lo que pase, todo está bien en el mundo, porque estás tú.

¡Y cómo te llamaba en aquellos años! Gatita, calabaza, paloma, cariño, dulce, cotorra... Ahora sé por qué los judíos y los musulmanes tienen novecientos nombres para denominar a Dios; al amor no le basta con una palabra.

Parpadeé para descansar la vista y continué escribiendo con celeridad. No me atrevía a tomarme el tiempo necesario para elegir las palabras.

Lo recuerdo todo de ti: desde la pelusa dorada que, de recién nacida, te cubría la frente, hasta la uña del dedo gordo que te rompiste el año pasado, cuando te peleaste con Jeremy y cerraste de un puntapié la puerta de su camión.

Se me parte el corazón al pensar que eso se acaba; ya no podré observarte y detectar los pequeños cambios; no sabré si dejarás de morderte las uñas —si es que algún día dejas de hacerlo—, ni te descubriré siendo más alta que yo o veré la forma definitiva de tu cara. No te olvidaré nunca, Bree, nunca.

Probablemente no hay otra persona en la tierra que sepa cómo era el dorso de tus orejas a los tres años. Cuando me sentaba a tu lado para leer «Los cinco patitos se fueron a nadar...» o el cuento de los Tres Cerditos, aquellas orejas se ponían rosas de felicidad. Tenías el cutis tan limpio y frágil que habría bastado un mal pensamiento para dejarle huella.

Ya te dije que te pareces a Jamie. Pero también tienes algo de mí; busca el retrato de mi madre, el que está en la caja, y la pequeña fotografía en blanco y negro de tu abuela con su madre. Verás que tu frente es ancha y clara, como la de ellas y como la mía. También conozco a muchos de los Fraser; creo que vas a envejecer bien, si te cuidas la piel.

Encárgate de todo, Bree. ¡Cuánto me gustaría poder cuidarte y protegerte durante toda la vida! Pero no puedo, me quede o me vaya. De cualquier modo, cuídate; hazlo por mí.

Las lágrimas empezaban a mojar el papel; tuve que detenerme para secarlas antes de que corrieran la tinta y volvieran ilegible la escritura. Me sequé la cara y seguí escribiendo con más lentitud.

Debes saber, Bree, que no me arrepiento. A pesar de todo, no me arrepiento. Ahora podrás imaginar lo sola que me sentí sin Jamie. Pero no importa. Si el precio de nuestra separación fue tu vida, ni Jamie ni yo nos arrepentimos, y sé que no le importará que hable por él en este sentido. Eres mi alegría, Bree. Eres perfecta y maravillosa. Ya te oigo decir, en ese tono exasperado: «¡Es lógico que pienses así: eres mi madre!» Sí, por eso lo sé.

Por ti todo ha valido la pena, Bree... aunque hubiera sido peor. He hecho muchas cosas en mi vida, pero la más importante fue amaros a tu padre y a ti.

Me soné la nariz y cogí otra hoja de papel en blanco. Eso era lo más importante. Nunca le podría transmitir todo lo que sentía, pero lo hice lo mejor que pude. ¿Qué más podía añadir para servirle de ayuda en la vida, en su camino a la edad adulta y al envejecer? ¿Qué había aprendido que pudiera dejarle?

«Elige un hombre que se parezca a tu padre —escribí—. A cualquiera de los dos.» Negué con la cabeza al pensarlo, ¿podían existir dos hombres más diferentes? Pero lo dejé pensando en Roger Wakefield. «Una vez que hayas escogido a un hombre, no trates de cambiarlo —escribí con más confianza—. No se puede. Pero lo más importante es no permitir que trate de cambiarte a ti. Tampoco se puede, pero los hombres siempre lo intentan.»

Mordí la punta del bolígrafo y percibí el amargo sabor de la tinta. Y al final escribí el último y el mejor consejo que sabía sobre la vejez.

Camina siempre con la espalda erguida y trata de no engordar.

Con todo mi amor,

Mamá

A Jamie, inclinado sobre la barandilla, le temblaban los hombros; no pude saber si era de risa o de emoción. Su camisa blanca brillaba iluminada por la luna y su cabeza se veía oscura al contraste con la luz. Entonces se volvió y me abrazó.

—Creo que se las arreglará muy bien —susurró—. No importa qué idiota la haya engendrado: ninguna chica ha tenido nunca una madre mejor. Dame un beso, Sassenach. Y créeme: no te cambiaría por nada del mundo.

43

Miembros fantasma

Desde la partida, Fergus, el señor Willoughby, Jamie y yo vigilábamos con atención a los seis contrabandistas escoceses. Como ninguno de ellos hacía el menor gesto sospechoso acabé relajándome, aunque, a excepción de Innes, no dejé de mostrarme reservada hacia ellos. Ya había comprendido por qué ni Fergus ni Jamie pensaban que pudiera ser un traidor. Innes sólo tenía un brazo, y era el único contrabandista que no habría podido colgar al ahorcado en el camino de Arbroath.

Innes era un hombre callado. Ninguno de los escoceses se podía considerar muy parlanchín, pero él era especialmente reservado. Por eso no me sorprendió descubrirlo una mañana con la cara contraída en una mueca silenciosa y doblado en dos tras una escotilla, como si librara algún silencioso combate interior.

—¿Te duele algo, Innes? —pregunté deteniéndome a su lado.

—¡Ay! —Irguió la espalda sobresaltado, para volver a acurrucarse con el brazo sobre el vientre—. Hum —murmuró sonrojándose al verse descubierto.

—Acompáñame.

Lo cogí por el codo. Miró a su alrededor en busca de socorro, pero yo lo arrastré mientras se resistía sin protestar a las claras, para llevarlo a mi camarote. Lo obligué a sentarse en la mesa y le quité la camisa para examinarlo. Palpé su abdomen flaco y velludo sintiendo la firme y suave masa del hígado en su costado y la curva del estómago, moderadamente dilatada en el otro. Los dolores eran intermitentes, le hacían retorcerse como un gusano y luego desaparecían; daba la sensación de que lo suyo era una simple flatulencia, pero más valía asegurarse.

Palpé en busca de la vesícula por si acaso, preguntándome mientras qué haría si resultaba ser un ataque agudo de colecistitis o un apéndice inflamado. Podía ver la cavidad de la tripa en mi cabeza como si estuviera realmente abierta delante de mí. Imaginé mis dedos deslizando las suaves y desiguales formas que anidaban bajo su piel hasta hacerlas visibles: los intrincados pliegues de los intestinos suavemente resguardados por su cobertura amarilla de membrana adiposa, los escurridizos lóbulos del hígado, de un color rojo liláceo más intenso que el intenso escarlata del pericardio del corazón que anidaba un poco más arriba. Abrir esa cavidad resultaba muy arriesgado, incluso contando con las anestesias y antibióticos modernos. Sabía que tarde o temprano me enfrentaría a la necesidad de hacerlo, pero esperaba que fuera más tarde que pronto.

—Inspira hondo —le pedí conforme apoyaba las manos sobre su pecho y veía en mi mente la rosada y granulosa superficie de un pulmón sano—. Ahora suelta el aire. —Y sentí cómo su color adquiría una suave tonalidad azul.

Ni rastro de estertores ni pausas, su respiración fluía con normalidad. Cogí una de las gruesas hojas de pergamino que usaba como estetoscopio.

—¿Cuándo fue la última vez que vaciaste el vientre? —pregunté mientras hacía un rollo con el pergamino.

La cara enjuta del escocés se tornó del color del hígado fresco. Murmuró algo incoherente y reconocí la palabra *cuatro*.

—¿Cuatro días? —inquirí sujetándolo sobre la mesa para impedir que escapara—. Espera un momento. Necesito escuchar algo para asegurarme.

El corazón emitía unos sonidos tranquilizadores, todo normal. Podía oír cómo se abrían y se cerraban sus válvulas con sus suaves y carnosos chasquidos en los lugares oportunos. Estaba bastante segura del diagnóstico, lo había estado casi nada más verlo, pero a esas alturas ya tenía un coro de cabezas curioseando desde la puerta. Los colegas de Innes nos estaban mirando.

Desplacé el extremo de mi estetoscopio tubular hacia el estómago para escuchar los sonidos de su tripa.

Tal como yo pensaba, en la curva superior del intestino grueso se oía a las claras el rumor de los gases atrapados. El colon sigmoide estaba bloqueado; de allí no surgía sonido alguno.

—Tienes gases en la tripa —expliqué—. Y estreñimiento.

—Sí, ya lo sé —murmuró Innes buscando como loco la camisa que lo retenía mientras lo sermoneaba sobre su dieta. No me sorprendió saber que consistía casi por completo en tocino y galleta marinera.

—¿Y los guisantes secos? ¿Y la avena? —pregunté, sorprendida.

Después de preguntar sobre el avituallamiento habitual en un barco, tomé la precaución de subir a bordo (junto a mi cofre de cirujano lleno de zumo de lima y mi colección de hierbas medicinales), trece kilos de guisantes secos y la misma cantidad de avena, con la intención de complementar la dieta habitual de los marineros.

Innes no abrió la boca, pero la pregunta desató un torrente de revelaciones y quejas de los espectadores que se habían amontonado en el pasillo.

Como Jamie, Fergus, Marsali y yo comíamos con el capitán Raines, disfrutando de los banquetes de Murphy, ignorábamos lo deficiente que era la comida para la tripulación. Al parecer, el problema era que Murphy reservaba sus saberes culinarios para la mesa del capitán, mientras que alimentar a la tripulación le parecía más una tediosa obligación que un desafío. El cocinero había conseguido dominar la rutina que le permitía producir la comida de la tripulación de un modo competente y rápido, y se resistía con todas sus fuerzas a cualquier sugerencia para mejorar el menú que le supusiera tiempo y preocupaciones. Se negaba en redondo a molestarse en actos como remojar algarrobas o hervir avena. A la dificultad había que añadir el arraigado rechazo que Murphy sentía por la avena, un asqueroso pastiche escocés que ofendía su sentido estético. Yo ya sabía lo que pensaba del tema porque le había oído murmurando cosas al respecto. Lo llamó «vómito de perro» al ver en las bandejas del desayuno los cuencos de gachas a las que Jamie, Marsali y Fergus eran adictos.

—El señor Murphy dice que el tocino y las galletas marineras han sido sustento más que suficiente para todas las tripulaciones que ha alimentado durante treinta años. Lo complementa con un poco de pudín y ternera los domingos, pero si eso es ternera, yo soy chino —espetó Gordon.

Murphy estaba acostumbrado a tratar con tripulaciones políglotas formadas por franceses, italianos, españoles y noruegos, y también estaba habituado a que los marineros aceptaran sus comidas con una voraz indiferencia que trascendía cualquier nacionalidad. La terca insistencia de los escoceses, que reclamaban su avena, despertaba su intransigencia irlandesa. La cuestión, que en un principio parecía un pequeño desacuerdo, podía convertirse en un problema más grave.

—Sabíamos que habría gachas —explicó MacLeod—. Nos lo dijo Fergus cuando nos pidió que embarcáramos. Pero desde que salimos de Escocia no hemos probado otra cosa que la carne y las galletas, que no acaban de caer bien al estómago si no estás acostumbrado.

—No queríamos molestar a Jamie Roy con esas cosas —intervino Raeburn—. Geordie tiene una plancha y nos hemos estado haciendo nuestra propia torta con ayuda de las lámparas de gas de los camarotes. Pero nos hemos acabado el maíz que trajimos en los petates y el señor Murphy tiene las llaves de la despensa. —Me miró con timidez por debajo de sus rubias pestañas—. Y no hemos querido pedirle nada sabiendo lo que piensa de nosotros.

—Usted no sabrá lo que significa la palabra *spalpeen*,[1] ¿verdad, señora Fraser? —preguntó MacRae alzando una de sus pobladas cejas.

Mientras escuchaba la colección de quejas, iba eligiendo una selección de hierbas de mi caja: anís y angélica, dos buenos pellizcos de marrubio y un poco de menta. Lo metí todo en una gasa, cerré la caja y le devolví la camisa a Innes, que se la puso inmediatamente en busca de refugio.

—Hablaré con el señor Murphy —prometí a los escoceses. Y entregué a Innes algunas hierbas envueltas en una gasa—. Mientras tanto, prepara una infusión con esto y bebe una taza en cada cambio de guardia. Si mañana no ha habido resultados, probaremos con medidas más potentes.

Como respuesta a mis instrucciones se escuchó un potente pedo procedente de Innes para irónico regocijo de sus colegas.

—Sí, señora Fraser, quizá consiga usted vaciar al pobre diablo —dijo MacLeod con una gran sonrisa en la cara.

---

[1] Palabra de origen irlandés que significa «granuja». *(N. de la t.)*

Innes, rojo como una arteria obstruida, cogió el envoltorio y, tras inclinar la cabeza agradecido, huyó a toda prisa seguido con mucha más tranquilidad por los demás contrabandistas.

Después de un encarnizado debate con Murphy, que concluyó sin derramamiento de sangre, acordamos que yo me encargaría todas las mañanas de preparar el puré para los escoceses con la condición de que usara sólo una cacerola y una cuchara, no cantase mientras lo hacía y cuidara de no ensuciar su sagrada cocina.

Pero fue aquella noche, mientras daba vueltas intranquila en los gélidos confines de mi litera, cuando se me ocurrió lo raro que había sido el incidente de aquella mañana. Si aquello hubiera sido Lallybroch y se tratara de los arrendatarios de Jamie, no sólo no habrían dudado en preguntarle lo que le pasaba, sino que tampoco habrían tenido la necesidad de hacerlo. Él ya habría sabido lo que le ocurría y habría tomado medidas para remediarlo. Acostumbrada como estaba a la intimidad y la lealtad incondicional de los hombres de Jamie, aquella distancia me resultaba inquietante.

A la mañana siguiente, Jamie no se presentó a la mesa del capitán. Había salido en la chalupa con dos de los marineros con idea de pescar algo. Regresó a mediodía, alegre, quemado por el sol y cubierto de escamas y sangre de pescado.

—¿Qué has hecho con Innes, Sassenach? —exclamó sonriente—. Se ha escondido en la letrina de estribor. Dice que le has ordenado no salir de allí hasta que haya cagado.

—No le dije exactamente eso —expliqué—; le he dicho que si esta noche no había vaciado el vientre, le haría una lavativa con hojas de olmo.

Jamie echó un vistazo hacia la letrina.

—Bueno, esperemos que sus intestinos cooperen. De lo contrario, con una amenaza como ésa, no saldrá durante el resto del viaje.

—No te preocupes. Ahora que todos están comiendo gachas, su vientre volverá a funcionar.

Jamie me echó una mirada de sorpresa.

—¿Que están comiendo gachas? ¿Qué significa eso, Sassenach?

Le expliqué cómo se había originado la guerra de la avena y su resultado final.

—Deberían haber recurrido a mí —comentó, y se dispuso a lavarse las manos. Frunció el ceño mientras se remangaba.

—Supongo que lo habrían hecho tarde o temprano. Yo lo descubrí por casualidad, porque encontré a Innes gruñendo detrás de una escotilla.

—Hum... —dijo mientras se quitaba la sangre de los dedos y se frotaba los restos de escamas con piedra pómez.

—Estos hombres no son como tus arrendatarios de Lallybroch, ¿verdad? —comenté verbalizando mis pensamientos de la pasada noche.

—No —dijo en voz baja al tiempo que sumergía los dedos en la vasija, dejando pequeños círculos en los que flotaban escamas—. Yo no soy su señor. Sólo el que les paga.

—Pero te aprecian —protesté. Corregí al recordar el relato de Fergus—: Al menos, cinco de ellos.

Le acerqué la toalla. La cogió con un asentimiento y se secó las manos. Luego miró el trozo de tela y negó con la cabeza.

—Sí. MacLeod y los otros me tienen afecto... cinco de ellos —repitió con ironía—. Y me apoyarían si fuera necesario... cinco al menos. Pero no me conocen bien, ni yo a ellos, salvo a Innes. —Arrojó el agua sucia por la borda, se puso la vasija bajo el brazo y se volvió para bajar ofreciéndome el brazo—. En Culloden murió algo más que la causa de los Estuardo, Sassenach. Bueno, ¿vamos a comer?

A la semana siguiente descubrí qué diferenciaba a Innes del resto. Quizá envalentonado por el éxito de mi purgante, se presentó voluntariamente en mi camarote.

—Me gustaría saber, señora —dijo con gran cortesía—, si existe algún remedio para algo que no está.

—¿Cómo? —Debí de poner cara de sorpresa ante tal descripción, pues me mostró su manga vacía a modo de ejemplo.

—El brazo —explicó—. No lo tengo, como puede ver. Sin embargo, a veces me duele de un modo horrible. Durante años pensé que estaba loco —confesó, algo sonrojado y bajando la voz—. Pero he estado hablando con el señor Murphy y me ha dicho que le sucede lo mismo con la pierna que perdió. Y Fergus suele despertarse con la sensación de que está metiendo la mano amputada en un bolsillo ajeno. —Sonrió y sus dientes centellearon bajo el bigote caído—. Si es tan común sentir un miembro que ya no existe, tal vez se pueda hacer algo para solucionarlo.

—Comprendo. —Me froté la barbilla conforme reflexionaba—. Es común experimentar sensaciones en una parte del cuerpo que se ha perdido. Se llama «miembro fantasma». En cuanto a la solución...

Traté de recordar si existía alguna terapia. Mientras tanto, para ganar tiempo pregunté:

—¿Cómo perdiste el brazo?

—Oh, por envenenamiento de la sangre —explicó indiferente—. Un día me hice un pequeño corte en la mano con un clavo y se puso purulento.

Me quedé mirando la manga vacía desde el hombro.

—Supongo que sí —dije con ligereza.

—Fue una suerte, porque eso evitó que me trasladaran con los demás.

—¿Los demás?

Me miró con sorpresa.

—Los otros prisioneros de Ardsmuir. ¿No le ha contado a usted nada Mac Dubh? Cuando la fortaleza dejó de ser prisión, enviaron a todos los escoceses a las colonias con contrato de servidumbre... salvo a Mac Dubh, por ser un hombre importante al que no querían perder de vista, y yo, que había perdido el brazo y no servía para trabajos duros. A él se lo llevaron a otro lugar; a mí me indultaron y me dejaron en libertad. Como ve, salvo por el dolor que me ataca algunas noches, fue un accidente afortunado.

Con una mueca, hizo ademán de frotarse el brazo inexistente; de inmediato se detuvo, encogiéndose de hombros como para explicar el problema.

—Comprendo. Así que estuviste en prisión con Jamie. No lo sabía. —Me había puesto a revolver el contenido de mi botiquín, preguntándome si algún calmante serviría para este tipo de dolor, quizá un té de sauce o marrubio con hinojo.

—Ah, sí. —Innes iba perdiendo su timidez y comenzaba a hablar con más libertad—. Habría muerto de hambre si Mac Dubh no hubiera venido a buscarme cuando lo soltaron.

—¿Fue a buscarte? —Con el rabillo del ojo vi un destello azul. Era el señor Willoughby que pasaba en ese momento. Lo llamé por señas.

—Sí. Cuando lo liberaron fue a investigar si había vuelto alguno de los hombres que enviaron a América. —Se encogió de hombros; la falta del brazo exageraba el efecto—. En Escocia no quedaba ninguno, salvo yo.

—Comprendo. Señor Willoughby, ¿qué se puede hacer con esto?

Le hice señas para que se acercara a echar un vistazo y le expliqué el problema, y me alegró mucho saber que tenía una idea. Despojamos nuevamente a Innes de su camisa. Mientras yo tomaba notas, él presionó con fuerza con los dedos ciertos puntos del cuello y el torso según iba explicando lo que estaba haciendo lo mejor que podía.

—Brazo está en mundo fantasma —explicó—. Cuerpo no; aquí, en mundo de arriba. Brazo quiere volver, no quiere estar lejos cuerpo. Esto... *An-mo*... aprieta-aprieta... calma dolor. Pero también decimos brazo no volver.

—Y eso, ¿cómo se hace? —Innes empezaba a interesarse por el procedimiento. La mayoría de los miembros de la tripulación no habría dejado que el señor Willoughby los tocara, lo consideraban un bárbaro sucio y pervertido, pero Innes conocía al chino y había trabajado con él durante los últimos dos años.

El chino negó con la cabeza a falta de palabras y revolvió mi botiquín, sacó un frasco de ajíes picantes desecados y puso una pequeña cantidad en un plato para calentarlos.

—¿Tiene fuego? —preguntó.

Yo tenía pedernal y eslabón, y con eso le bastó para conseguir una chispa y prender las hierbas secas. El intenso olor flotó por la cabina y todos observamos cómo se levantaba una pequeña columna blanca hasta formar una nube que quedó suspendida sobre el plato.

—Envía humo de mensajero *fan jiao* a mundo fantasma, hablar brazo —explicó el señor Willoughby. Acto seguido se llenó los pulmones e hinchó las mejillas como un pez globo y sopló con fuerza en dirección a la nube para disiparla.

Luego, sin pausa, escupió copiosamente sobre el muñón de Innes.

—¡Eh, maldito pagano! —chilló el escocés con los ojos dilatados por la furia—. ¿Cómo te atreves a escupirme?

—Escupo fantasma —corrigió el señor Willoughby retrocediendo a toda velocidad hacia la puerta—. Fantasma miedo saliva. Ya no vuelve.

Apoyé una mano en el brazo sano de Innes.

—¿Te duele ahora el brazo? —pregunté.

Su ira empezó a desaparecer de su rostro al pensar en lo que le había preguntado.

—Bueno... no —admitió al tiempo que dirigía una mirada ceñuda al chino—. ¡Pero no por eso voy a permitir que me escupas cuando te dé la gana, gusano!

—Oh, no —replicó el señor Willoughby, muy sereno—. Yo no escupo. Ahora tú escupe. Asusta tu fantasma.

Innes se rascó la coronilla en un gesto entre la ira y la risa.

—Bueno, que me aspen —dijo al fin negando con la cabeza. Y recogió la camisa para ponérsela—. De cualquier modo, creo que la próxima vez probaré con el té, señora Fraser.

44
Fuerzas de la naturaleza

—Soy tonto —dijo Jamie. Hablaba con aire triste mientras observaba a Fergus y a Marsali conversando junto a la barandilla del otro lado del barco.

—¿Por qué lo dices? —pregunté, aunque tenía una idea bastante aproximada.

El hecho de que las cuatro personas casadas del barco vivieran en reticente celibato había dado pie a un ambiente de reprimida burla entre los miembros de la tripulación, cuya abstinencia era involuntaria.

—He pasado veinte años muriéndome por tenerte en mi cama —dijo, confirmando mis suposiciones—. Y al mes de tu retorno dispongo las cosas de tal forma que no puedo besarte sin tener que esconderme detrás de una escotilla. Además, cada vez que me vuelvo sorprendo a ese cretino de Fergus mirándome con rencor. No puedo culpar a nadie, salvo a mi propia estupidez. ¿En qué estaba pensando cuando tomé esta decisión? —inquirió, clavando una mirada fulminante en la pareja que se arrullaba con cariño.

—Bueno, lo cierto es que Marsali sólo tiene quince años —dije—. Supongo que tratabas de comportarte como corresponde a un padre... o a un padrastro.

—Así es. —Me miró con una sonrisa de reproche—. Y mi recompensa por tan abnegada actitud es que no puedo tocar a mi propia esposa.

—Oh, claro que puedes tocarme. —Le cogí una mano para acariciársela suavemente con el pulgar—. Lo que no podemos es dar rienda suelta a nuestra pasión.

Durante aquellos días habíamos protagonizado varios intentos fallidos, todos frustrados por la inoportuna aparición de algún miembro de la tripulación o la absoluta falta de idoneidad de todos los rincones del *Artemis*, que no estaban lo bastante escondidos como para darnos la privacidad necesaria. Una de esas incursiones nocturnas en popa había cesado de sopetón cuando una enorme rata saltó sobre el hombro desnudo de Jamie, cosa que me puso histérica y atajó cualquier deseo que Jamie pudiera tener de acabar lo que había empezado.

Miró nuestras manos entrelazadas, donde mi pulgar seguía haciéndole el amor en secreto a su palma, y se volvió hacia mí entornando los ojos, pero me dejó continuar. Me estrechó la mano con suavidad y noté el delicado contacto de su pulgar sobre el latido de mi pulso. La verdad era que no nos podíamos quitar las manos de encima —igual que les ocurría a Fergus y Marsali—, muy a pesar de saber que esa actitud sólo nos provocaría más frustración.

—En mi defensa he de decir que mis intenciones eran buenas —musitó con aire melancólico mientras me sonreía.

—Bueno, ya sabes lo que se dice de las buenas intenciones.

—¿Qué? —Me estaba acariciando la muñeca con suavidad provocándome un revoloteo de mariposas en la boca del estómago. Pensé que debía de ser cierto lo que había dicho el señor Willoughby cuando afirmó que a veces se sentían cosas en una parte del cuerpo que afectaban a otras.

—Que de ellas está empedrado el infierno.

Le estreché la mano y traté de apartar la mía, pero no me lo permitió.

—Mmfm. —Tenía los ojos clavados en Fergus, que estaba acariciando a Marsali con una pluma de albatros. La había cogido del brazo y le hacía cosquillas debajo de la barbilla mientras ella intentaba escabullirse sin éxito.

—Muy cierto —dijo—. Yo quería que la muchacha pudiera pensar lo que iba a hacer antes de que fuera demasiado tarde. Y el resultado final de mi intervención ha sido que me paso despierto media noche intentando no pensar en ti y oyendo los sonidos de la lujuria de Fergus al otro lado del camarote. Además de soportar las sonrisas de la tripulación cuando me ven pasar.

Le lanzó una mirada envenenada a Maitland, que justo pasaba por allí. El imberbe grumete pareció sobresaltarse y se alejó con cautela mirando nervioso por encima del hombro.

—¿Cómo suena la lujuria? —pregunté fascinada.

Jamie pareció algo azorado.

—Oh, bueno... es sólo... —Hizo una breve pausa y se frotó el puente de la nariz, que se le estaba empezando a poner roja a causa de las caricias de la intensa brisa del mar—. ¿Tienes idea de lo que hacen los hombres en la cárcel, Sassenach, al estar tanto tiempo sin mujeres?

—Puedo imaginarlo —dije pensando que quizá no quisiera escucharlo. Todavía no me había hablado nunca del tiempo que pasó en Ardsmuir.

—Supongo que sí —reconoció—. Y seguramente aciertas. Hay tres posibilidades: utilizarse unos a otros, enloquecer o arreglárselas solo, ¿comprendes?

Se volvió hacia el mar y agachó la cabeza para mirarme con una sonrisa apenas visible.

—¿Crees que estoy loco, Sassenach?

—Por lo general, no —respondí sinceramente volviéndome a su lado. Jamie se rió y meneó la cabeza con tristeza.

—No, no fui capaz. Aunque de vez en cuando me habría gustado enloquecer —confesó pensativo—. Parecía mucho más fácil que pasarse el día pensando en lo que haría a continuación, pero no me salía de forma natural. Tampoco recurrí a la sodomía —añadió con una mueca irónica.

—Ya lo imagino.

La desesperación y la necesidad podían llevar a eso a algunos hombres que, en condiciones normales, se habrían horrorizado ante la idea de utilizar a otro. A Jamie, nunca. Conociendo sus experiencias en manos de Jack *el Negro*, era más probable que se volviera loco antes de recurrir a tales actos.

Se encogió un poco de hombros y guardó silencio con la vista clavada en el mar. Luego se miró las manos abiertas y agarradas a la barandilla.

—Me enfrenté con ellos, con los soldados que me apresaron. Le había prometido a Jenny que no lo haría porque tenía miedo de que me hicieran daño, pero cuando llegó el momento no pude evitarlo.

Se volvió a encoger de hombros y abrió y cerró la mano derecha muy despacio. Era la mano lisiada. Tenía una cicatriz en el dedo corazón que se extendía a lo largo de las dos primeras articulaciones, y la segunda articulación del dedo anular la tenía rígida, cosa que hacía que el dedo le sobresaliera de una forma extraña cuando cerraba el puño.

—Fue entonces cuando me rompí otra vez este dedo, contra la mandíbula de uno de los dragones —dijo con tristeza balanceando un poco el dedo—. Ésa fue la tercera vez, la segunda fue en Culloden. No me importó mucho. Pero luego me encadenaron y eso sí que me molestó.

—Ya me imagino. —Era duro (no me costaba, pero me resultaba sorprendentemente doloroso) imaginar su ágil y poderoso cuerpo sometido a la tiranía del metal.

—En la cárcel no hay ninguna intimidad —dijo—. Creo que eso me molestaba más que los grilletes. Día y noche, siempre a la vista de alguien, sin otra manera de proteger tus pensamientos que fingirte dormido. En cuanto a lo otro... —Con un breve resoplido se sujetó el pelo detrás de la oreja—. Bueno, uno espera a que se apague la luz, pues la única intimidad está en la negrura.

Las celdas no eran muy grandes y por las noche los hombres se apiñaban entre ellos para entrar en calor. Y sin más recato que la penumbra ni otra privacidad que el silencio, era imposible no oír la manera que cada cual tenía de aliviar sus necesidades.

—Pasé más de un año con grilletes, Sassenach —dijo. Levantó los brazos, los separó medio metro y cortó de golpe el movimiento, como si hubiera llegado a algún tope invisible—. Sólo podía hacer esto —dijo mirando fijamente sus manos inmóviles—. Era imposible mover las manos sin que las cadenas hicieran ruido.

Atrapado entre la vergüenza y la necesidad, aguardaba en la oscuridad inspirando el hedor que desprendían los hombres que lo rodeaban y escuchando el murmullo de la respiración de sus compañeros hasta que los sigilosos sonidos cercanos le daban a entender que el revelador tintineo de sus cadenas sería ignorado.

—Si hay algo que conozco muy bien, Sassenach —concluyó en voz baja echando un vistazo a Fergus—, es el ruido del hombre que hace el amor con una mujer ausente.

Se encogió de hombros y movió repentinamente las manos extendiéndolas sobre la barandilla como para agitar sus cadenas invisibles. Luego me miró con media sonrisa en los labios; bajo su humor burlón vi acechar los oscuros recuerdos en el fondo de sus ojos. También vi una terrible necesidad, un deseo tan fuerte que no había sucumbido a la soledad, la degradación y la distancia.

Nos quedamos allí plantados mirándonos en silencio e ignorando a los marineros que pasaban por la cubierta. Él sabía esconder esos pensamientos mejor que cualquier hombre, pero no me los escondía a mí.

Su apetito salía de la médula de los huesos. Y los míos parecieron disolverse. Su mano estaba a dos centímetros de la mía, larga y potente. «Si lo toco —pensé—, me poseerá aquí mismo, sobre la cubierta.»

Como si me hubiera oído, me cogió de pronto la mano y me apretó el muslo.

—¿Cuántas veces nos hemos acostado desde que volviste? —susurró—. Una o dos en el burdel. Tres veces entre el brezo. Luego en Lallybroch y después en París. —Sus dedos tamborilearon sobre mi muñeca al ritmo de mi pulso—. Cada una de esas veces me levanté del lecho con el mismo apetito con el que yací. Sólo necesito oler tu pelo rozándome la cara para excitarme, o sentir el contacto de tu muslo junto al mío cuando nos sentamos a comer. Y verte en la cubierta con el viento pegándote el vestido al cuerpo...

Me miró y percibí un movimiento en la comisura de sus labios. Podía ver cómo le latía el pulso en el cuello y tenía la piel sonrojada por la caricia del viento y el deseo.

—A veces, Sassenach, a cambio de un penique sería capaz de poseerte bajo el palo mayor, con las faldas subidas hasta la cintura, ¡y al diablo con esa maldita tripulación!

Mis dedos se sobresaltaron sobre la palma de su mano y nos apretamos la mano mientras contestaba con una amable inclinación de cabeza al saludo del artillero que pasó junto a nosotros de camino a los camarotes.

Bajo mis pies sonó la campanilla que nos llamaba a la mesa del capitán, una dulce vibración metálica que resonó por las plantas de mis pies y me fundió el tuétano de los huesos. Inmediatamente, Fergus y Marsali abandonaron sus juegos para bajar y la tripulación inició los preparativos habituales para el cambio de guardia. Nosotros seguíamos de pie junto a la barandilla, mirándonos a los ojos.

—El capitán le envía sus saludos, señor Fraser, y pregunta si piensa comer con él. —Era Maitland, el grumete, que cumplía con su recado manteniendo una prudente distancia.

Jamie inspiró hondo y apartó los ojos de mí.

—Bajaremos de inmediato —dijo, y, después de acomodarse la chaqueta sobre los hombros, me ofreció el brazo—. ¿Vamos, Sassenach?

—Un momento.

Encontré en mi bolsillo lo que llevaba rato buscando. Lo saqué y se lo puse en la mano. Se quedó mirando la imagen del rey Jorge III.

—Esto es a cuenta —expliqué—. Bajemos a comer.

El día siguiente volvimos a pasarlo en cubierta; el aire continuaba helado, pero era preferible el frío al ambiente viciado de los camarotes. Dimos nuestro paseo habitual en torno a la cubierta, aunque Jamie se detuvo para apoyarse en la barandilla mientras me contaba una anécdota sobre la imprenta.

A poca distancia estaba el señor Willoughby, cruzado de piernas bajo la protección del palo mayor; tenía un pequeño recipiente de tinta negra junto a la punta de la zapatilla y una gran hoja de papel blanco ante sí. La punta del pincel tocaba la página con la levedad de una mariposa, dejando tras de sí rasgos asombrosamente fuertes.

Ante mis ojos fascinados volvió a comenzar en lo alto de la página descendiendo a toda prisa. Ver la seguridad con que realizaba los trazos era como contemplar a un bailarín o a un maestro de esgrima. Un marinero pasó peligrosamente cerca y estuvo a punto de plantar su enorme pie en la nívea blancura del papel. Poco después, otro hombre hizo lo mismo, aunque sobraba espacio para pasar. El primero, al regresar, puso tan poco cuidado que dio una patada al pequeño tintero.

—¡Vaya! —exclamó el marinero, enfadado. Miró con rabia la mancha de tinta sobre la inmaculada cubierta—. ¡Maldito bárbaro! ¡Mira lo que ha hecho!

El segundo marinero, que regresaba de su encargo, se detuvo con interés.

—¿Y esa mancha en nuestra cubierta limpia? Al capitán Raines no le gustará —anunció, saludando burlonamente al señor Willoughby—. Harás bien en limpiar eso con la lengua, enano, antes de que venga.

—Eso. Límpialo con la lengua. ¡De inmediato!

El primer hombre se acercó un paso a la silueta sentada; su sombra cayó sobre la página como un borrón. El señor Willoughby apretó los labios, pero no levantó la vista. Concluyó de escribir en la segunda columna, recogió el tintero y hundió la pluma en sus profundidades sin apartar los ojos de la página. Empezó a escribir en una tercera columna moviendo la mano con determinación.

—He dicho que... —comenzó el primer marinero en voz alta. Pero se interrumpió, sorprendido, al ver que un gran pañuelo blanco caía sobre la mancha de tinta.

—Perdonad, caballeros —dijo Jamie—. Al parecer, se me ha caído algo.

Con una cordial inclinación de cabeza dedicada a la tripulación, se agachó para recoger el pañuelo, dejando un leve borrón en la cubierta. Los marineros intercambiaron una mirada dubitativa. Uno de ellos, al ver el brillo de las pupilas azules sobre la blanca sonrisa, palideció a ojos vistas. Se dio media vuelta a toda prisa tirando del brazo de su compañero.

—No es nada, señor —murmuró—. Vamos, Joe, que nos necesitan en popa.

Sin mirar a los hombres que se alejaban ni al señor Willoughby, Jamie vino directo hacia mí, guardando el pañuelo en la manga.

—Un día muy agradable, ¿verdad, Sassenach? —Echó la cabeza atrás para aspirar profundamente—. Un aire refrescante, ¿no es cierto?

—Supongo que más para unos que para otros —le contesté, divertida. El aire en aquel punto en particular de la cubierta olía a los metales que teníamos a nuestros pies—. Has hecho bien —dije mientras se apoyaba en la barandilla—. ¿Puedo ofrecer mi camarote al señor Willoughby para que escriba?

Jamie resopló.

—No; ya le he ofrecido el mío o la mesa del comedor, cuando está desocupada, pero prefiere estar aquí; es muy testarudo.

—Supongo que hay más luz —comenté dubitativa observando la pequeña silueta encorvada contra el mástil. Mientras lo miraba, una racha de aire levantó la esquina de la hoja. El señor Willoughby la sujetó enseguida con una mano mientras seguía dibujando sus cortos y firmes trazos con la otra—. Aunque no parece muy cómodo.

—En efecto. —Jamie se peinó con los dedos, exasperado—. Lo hace adrede, para molestar a la tripulación.

—Bueno, si eso es lo que busca, sin duda lo consigue —comenté—. Pero ¿para qué?

—Es complicado. Supongo que es el primer chino que conoces.

—No, pero sospecho que los de mi época son diferentes —dije con sequedad—. No suelen llevar coleta ni pijama de seda, ni se preocupan por los pies de las mujeres, y si lo hacen, nunca me lo han comentado —añadí para ser justa.

Jamie se rió y se acercó hasta que su mano rozó la mía en la barandilla.

—Bueno, tiene que ver con los pies. Al menos así empezó. Josie, una de las chicas de madame Jeanne, se lo contó a Gordon y, claro, él se lo ha contado a todo el mundo.

—¿Qué diablos pasa con los pies? —inquirí con curiosidad—. ¿Qué hace con ellos?

Jamie tosió, algo ruborizado.

—Bueno, es un poco...

—No puedes decirme nada que me espante —le aseguré—. He visto unas cuantas cosas en esta vida, como sabes, y muchas de ellas contigo.

—Supongo que sí. —sonrió—. No se trata de lo que hace, pero... Bueno, el caso es que, en la China, a las damas de alta cuna les vendan los pies.

—He oído hablar de ello —dije sin comprender a qué venía—. Se supone que de ese modo los pies son pequeños y por tanto elegantes.

Jamie volvió a resoplar.

—¿Elegantes? ¿Sabes cómo se hace?

Y procedió a describírmelo.

—Cogen a una niña pequeña, no puede tener más de diez años, y le doblan los dedos de los pies hasta que le tocan el talón, y entonces se lo vendan para que se quede así.

—¡Au! —exclamé sin querer.

—Exacto —contestó él secamente—. Su niñera le va cambiando los vendajes de vez en cuando para limpiarle los pies, pero se los vuelve a poner enseguida. Después de un tiempo sus pequeños dedos se pudren y se caen. Y cuando crece, la muchacha sólo tiene, al final de las piernas, unos muñones compuestos de huesos arrugados y piel, tan pequeños como mi puño. —Golpeó el puño contra la barandilla de madera para ilustrar sus palabras—. Pero entonces la consideran una belleza —concluyó—. Elegante, como dices tú.

—¡Qué repugnante! —protesté—. Pero ¿qué relación tiene eso con...?

Eché un vistazo al señor Willoughby, que no parecía escucharnos. El viento soplaba desde su dirección y se llevaba nuestras palabras al mar.

—Digamos que éste es el pie de la niña, Sassenach —explicó estirando la mano derecha hacia delante—. Se curvan los dedos hacia abajo, hasta llegar a tocar el talón. ¿Qué queda en el medio? —Flexionó los dedos del puño a modo ilustrativo.

—¿Qué? —pregunté extrañada.

Jamie extendió el dedo medio de la mano izquierda y lo hundió en el centro del puño, en un inconfundible gesto.

—Un agujero —dijo sin más.

—¡No puede ser! ¿Se hace por eso?

Él arrugó la frente.

—No es broma, Sassenach. —Señaló delicadamente al señor Willoughby con la cabeza—. Él asegura que para el hombre es una sensación extraordinaria.

—¡Pero... pequeña bestia pervertida!

Jamie se echó a reír ante mi indignación.

—Bueno, eso es lo que opina la tripulación. Claro que con las mujeres europeas, el efecto no puede ser el mismo, pero supongo que... lo intenta de vez en cuando.

Empezaba a comprender la hostilidad general que despertaba el pequeño chino. Mi breve trato con la tripulación del *Artemis* me había demostrado que los marineros, en general, tendían a ser personas galantes, con un fuerte aspecto romántico en lo que concierne a las mujeres; sin duda porque pasaban buena parte del año sin compañía femenina.

—Hum —musité echando una mirada suspicaz al chino—. Bueno, eso explica la hostilidad de los hombres, pero... ¿y la suya?

—Eso es más complejo. —Jamie esbozó una sonrisa irónica—. Para el señor Yi Tien Cho, del Imperio Celeste, los bárbaros somos nosotros.

—¿De veras? —Miré a Brodie Cooper, que bajaba de los flechastes que pendían sobre nuestras cabezas. Desde donde yo estaba, sólo se veían las sucias y callosas plantas de sus pies. Y pensé que ambas partes tenían su cuota de razón—. ¿Tú también?

—Oh, sí. Soy un sucio y maloliente *gwao-fe*, es decir, un demonio extranjero. Huelo como una comadreja... creo que eso es lo que significa *huang-shu-lang*, y tengo cara de gárgola —concluyó con alegría.

—¿Todo eso te dijo? —Parecía una extraña forma de recompensar a alguien que le había salvado la vida. Jamie me miró arqueando una ceja.

—¿No has notado que los hombres menudos son capaces de decir cualquier cosa cuando el alcohol los domina? Creo que el coñac les hace olvidar su tamaño; entonces se creen grandes y se comportan como gigantes.

Miró al señor Willoughby, que seguía escribiendo.

—Cuando está sobrio es un poco más circunspecto, pero eso no cambia su manera de pensar. Le saca de quicio saber que, si no fuera por mí, alguien lo mataría de un golpe o lo arrojaría al mar cualquier noche.

Jamie hablaba como si tal cosa, pero no me pasaron desapercibidas las miradas que lanzaba a los marineros que pasaban por nuestro lado. Y ya me había dado cuenta de por qué Jamie pasaba tanto rato conversando conmigo junto a la barandilla. Si alguien había puesto en duda que el señor Willoughby gozaba de la protección de Jamie, ya se habría dado cuenta de su error.

—Así que le salvaste la vida, le diste trabajo y lo proteges y a cambio él te insulta y te tiene por un bárbaro ignorante —comenté—. ¡Qué encanto!

—Sí, bueno. —El viento había cambiado un poco de dirección y le había soltado un mechón de pelo a Jamie, que le paseaba por la cara. Se lo puso detrás de la oreja y se acercó más a mí hasta casi apoyar su hombro en el mío—. Que diga lo que quiera. En realidad, soy el único que lo comprende.

—¿De veras? —Puse una mano sobre la que Jamie tenía apoyada en la barandilla.

—Bueno, quizá no acabe de comprenderlo —admitió bajando la vista hasta clavar los ojos en la cubierta que se extendía ante sus pies—. Pero recuerdo lo que significa tener sólo tu orgullo... y un amigo —dijo con suavidad.

Al recordar lo que me había dicho Innes, me pregunté si el manco habría sido su amigo en otros tiempos. Yo sabía muy bien lo que significaba eso: Joe Abernathy había tenido la misma importancia para mí.

—Sí, yo tenía un amigo en el hospital... —empecé.

Pero me interrumpieron unos gritos provenientes de la cocina.

—¡Por todos los infiernos! ¡Maldito comemierda cabeza de cerdo!

Miré hacia abajo sorprendida y entonces me di cuenta, al oír los sofocados juramentos irlandeses procedentes del piso inferior, de que estábamos justo encima de la cocina. Los gritos eran lo bastante altos como para atraer la atención de todo el pasaje, y un pequeño grupo de marineros se acercó a nosotros para observar fascinados cómo el cocinero asomaba el pañuelo negro de su cabeza por la escotilla y fulminaba con la mirada a todos los presentes.

—¡Inútiles! —gritó el irlandés—. ¿Qué estáis mirando? ¡Que dos de vosotros arrojen esta porquería por la borda! ¿Acaso esperáis que me pase todo el día subiendo escaleras con una sola pierna?

La cabeza desapareció de golpe. Picard se encogió de hombros con amabilidad y le hizo señas a uno de los marineros jóvenes para que lo acompañara abajo.

Poco después se oyó un estruendo de voces y un golpe de algún objeto contundente, y un olor espantoso asaltó mis narinas.

—¡Cielo santo! —Me saqué un pañuelo del bolsillo y me lo llevé a la nariz. No era el primer hedor que me había sorprendido a bordo y siempre llevaba un pañuelo empapado en aceite de gaulteria por si acaso—. ¿Qué es eso?

—Por como huele, yo diría que es un caballo muerto. Un caballo muy viejo, además, y ya lleva bastante tiempo muerto.

—La larga nariz de Jamie parecía un poco irritada alrededor de las aletas y a nuestro alrededor los marineros tenían arcadas, se tapaban la nariz y comentaban lo desagradable que era el hedor.

Maitland y Grosman subían con un gran tonel a cubierta apartando la cara de su carga, pero sin poder evitar ponerse verdes de todos modos. Se había abierto la tapa y vi una masa amarillenta que brillaba al sol. Me dio la sensación de que se movía. Eran gusanos, miles.

—¡Puaj! —no pude evitar exclamar.

Los dos marineros no dijeron nada. Ambos apretaban los labios con fuerza, pero tenían aspecto de estar de acuerdo conmigo. Juntos consiguieron tirar el tonel al mar.

La tripulación, que no tenía nada más que hacer, se reunió en cubierta para ver cómo el tonel se alejaba flotando en la estela del barco y para entretenerse escuchando las blasfemas opiniones de Murphy acerca del hombre que se lo había vendido. En aquel momento apareció Manzetti, un pequeño marino italiano, cargando su mosquete.

—¡Tiburones! —explicó con un centelleo en los dientes asomando por debajo del bigote al ver cómo lo miraba—. Son muy ricos.

—Ya lo creo —afirmó Sturgis.

Yo ya sabía que había tiburones. Maitland me había señalado dos oscuras y flexibles siluetas que aguardaban entre las sombras del casco la noche anterior, siguiendo el ritmo del barco sin más esfuerzo aparente que la continua oscilación de sus colas.

—¡Allí! —gritaron varios de los hombres cuando el tonel se sacudió en el agua.

Se hizo una pausa y Manzetti apuntó con cuidado cerca del tonel. Se volvió a sacudir como si algo lo hubiera golpeado con violencia. Al poco ocurrió de nuevo.

El agua turbia tenía un color gris, pero divisé algo que se movía bajo la superficie y el tonel se agitó. Entonces el afilado contorno de una aleta cruzó la superficie del agua y asomó un lomo gris. A mi lado, el mosquete disparó con un pequeño rugido dejando una nube de pólvora y un grito general. Cuando los ojos dejaron de llorarme distinguí una mancha parda que se esparcía en torno del tonel.

—¿Le ha dado al tiburón o a la carne de caballo? —le pregunté a Jamie en voz baja.

—Al tonel —dijo sonriendo—. Pero ha sido un buen disparo.

Se oyeron varios disparos más mientras el tonel se agitaba con fuerza debido a los golpes de los frenéticos tiburones. Del tonel salían volando pequeños pedazos blancos y marrones y enseguida se dibujó un enorme círculo de grasa, sangre podrida y desperdicios. Entonces y como por arte de magia, empezaron a aparecer las aves marinas, que se sumergían por turnos en busca de pequeños bocados.

—No sirve —dijo Manzetti, bajó el mosquete y se secó la cara con la manga—. Demasiado lejos. —Estaba sudando y tenía toda la cara llena de pólvora. Al frotarse se dejó una franja blanca en los ojos; parecía una máscara de mapache.

—Me gustaría comer un buen trozo de tiburón —dijo a poca distancia la voz del capitán. Cuando me volví lo vi observando la escena por encima de la barandilla—. Podríamos bajar un bote, señor Picard.

El contramaestre dio una orden a gritos y el *Artemis* detuvo su marcha y dio media vuelta para acercarse a los restos flotantes del tonel. Lanzaron una chalupa en la que iban el italiano con su mosquete y tres hombres más, equipados con garfios y sogas. Cuando llegaron, el tonel se había convertido en trozos de madera, pero seguía habiendo mucha actividad. El agua se agitaba con el ajetreo de los tiburones y, por encima, una bulliciosa nube de aves marinas. De pronto, un hocico afilado emergió para apoderarse de un pájaro y desaparecer bajo el agua, todo en un abrir y cerrar de ojos.

—¿Lo has visto? —pregunté asombrada. Ya sabía que los tiburones tenían un buen montón de dientes, pero aquella demostración práctica era mucho más impactante que cualquier fotografía del *National Geographic*.

—¡Por mi abuela, qué dientes! —confirmó Jamie, impresionado.

—Ya lo creo —dijo una voz afable junto a nosotros. Volví la cabeza y vi que Murphy sonreía con salvaje gozo junto a mi codo—. De poco le servirán cuando le metan una bala en esa maldita cabezota. —Dio un golpe en la barandilla y gritó—: ¡Tráeme uno de esos malnacidos, Manzetti, y tendrás una botella de coñac esperándote!

—¿Se trata de una cuestión personal, señor Murphy? —preguntó Jamie en tono cortés—. ¿O es puro interés profesional?

—Ambas cosas, señor Fraser, ambas cosas —contestó el cocinero observando la caza con feroz atención. Golpeó la borda con la pata de madera produciendo un ruido vacío—. Ellos ya me han probado —dijo con lúgubre entusiasmo—, pero yo ya me he comido a unos cuantos.

El bote apenas se divisaba entre el aleteo de los pájaros; los alaridos de las aves impedían oír nada que no fueran los gritos del señor Murphy.

—¡Bistec de tiburón con mostaza! —aullaba con los ojos entornados en pleno éxtasis vengativo—. ¡Hígado en picadillo! ¡Haré sopa con las aletas y gelatina con los ojos remojados en jerez, malditos cabrones!

Manzetti, arrodillado en la proa, apuntó con su mosquete y dejó escapar una nube de humo negro. Fue entonces cuando vi al señor Willoughby.

Nadie lo había visto saltar por la borda, pues todos teníamos los ojos puestos en la cacería. Pero allí estaba, a poca distancia del alboroto que rodeaba el bote, con la cabeza afeitada reluciendo en el agua como un flotador y forcejeando con un ave enorme que agitaba el agua con las alas como si fuera una batidora.

Alertado por mi grito, Jamie olvidó la caza y lo miró con los ojos desorbitados. Antes de que yo pudiera moverme o decir nada, subió a la barandilla.

Mi grito de espanto coincidió con un rugido de sorpresa de Murphy: Jamie había caído limpiamente junto al chino.

Hubo gritos y exclamaciones en cubierta y un chillido agudo de Marsali cuando todo el mundo descubrió lo que estaba pasando. La cabeza roja de Jamie emergió junto a la del señor Willoughby; un segundo después, su brazo ceñía el cuello del chino. El señor Willoughby no soltaba el ave. No sabía si Jamie quería rescatarlo o estrangularlo hasta que lo vi impulsarse con enérgicas patadas, arrastrando hacia el barco la masa forcejeante de ave y hombre.

Gritos de triunfo en el bote y un círculo rojo intenso que se extendía en el agua; tras tremendas convulsiones, engancharon un tiburón y lo subieron a la pequeña embarcación por la cola. Fue el caos: los hombres de la chalupa habían visto lo que pasaba a poca distancia.

Se arrojaron cuerdas por ambos lados; los tripulantes corrían de popa a proa, nerviosos, sin decidirse entre ayudar en el rescate o en la captura del tiburón. Por fin, Jamie y su carga fueron izados por estribor y arrojados a la cubierta mientras el tiburón capturado subía por babor, dando débiles coletazos y con varios mordiscos en el cuerpo que le habían dado sus hambrientos compañeros.

—Dios ben... dito —jadeó Jamie con el pecho hinchado. Estaba tumbado sobre la cubierta boqueando como un pez.

—¿Estás bien? —Me arrodillé junto a él para secarle la cara con la falda.

Esbozó una sonrisa de medio lado y asintió sin dejar de jadear.

—Dios —repitió, incorporándose. Negó con la cabeza y estornudó—. Temía que me devoraran. Esos idiotas del bote remaban hacia nosotros con todos los tiburones detrás nadando bajo el agua y mordiendo al que habían capturado. —Se masajeó suavemente las pantorrillas—. Tal vez sea demasiado sensible, Sassenach, pero siempre me ha aterrorizado la idea de perder una pierna. Me parece incluso peor que perder la vida.

—Preferiría que conservaras las dos cosas —dije con sequedad.

Jamie empezaba a temblar. Me quité el chal para ponérselo en los hombros y busqué al señor Willoughby con la vista.

El pequeño chino seguía aferrado a su presa: un joven pelícano casi tan grande como él. No prestó la menor atención a Jamie ni a los insultos que le dirigía. Se dio media vuelta y se fue, goteando agua y protegido del castigo físico por el pico de su cautivo, que ahuyentaba a todo el mundo.

Un desagradable chasquido y un grito triunfal procedente del otro lado de la cubierta anunciaron el fin del feroz enemigo a manos del hacha del señor Murphy. Los marineros se reunieron alrededor del cadáver cuchillos en mano para cortar trozos de piel. Después de unos cuantos entusiastas cortes más, el señor Murphy pasó junto a nosotros con una enorme sonrisa en la cara, un buen trozo de cola bajo el brazo, el enorme hígado amarillo metido en una red colgando de una mano, y el hacha llena de sangre sobre el hombro.

—No se ha ahogado, ¿verdad? —dijo agitando el pelo mojado de Jamie con la mano que tenía libre—. No comprendo por qué se preocupa tanto por ese desgraciado, pero ha sido muy valiente. Le haré un buen caldo con la cola para que entre en calor —prometió, y se marchó planificando los menús en voz alta.

—¿Qué pretendía? —me extrañé—. El señor Willoughby, me refiero.

Jamie sacudió la cabeza, sonándose la nariz con los faldones de la camisa.

—Y yo qué sé. Supongo que su intención era atrapar a ese pájaro, pero ignoro por qué. ¿Quizá para comer?

Murphy, al escucharlo, se volvió desde la escalerilla con el ceño fruncido.

—Los pelícanos no son comestibles —aseguró meneando la cabeza con desaprobación—. Saben a pescado los cocines como los cocines. No sé qué estaba haciendo por aquí: son aves costeras. Probablemente lo arrastró algún vendaval. Son bastante torpes, los condenados.

Su calva cabeza desapareció en su reino murmurando con felicidad algo que tenía que ver con el perejil seco y la canela.

Jamie se levantó entre risas.

—Bueno, tal vez sólo quiere las plumas para escribir. Acompáñame, Sassenach. Puedes secarme la espalda.

Lo había dicho en broma, pero en cuanto las palabras salieron de su boca, se quedó estupefacto. Miró a toda prisa hacia babor, donde la tripulación bromeaba y se empujaba junto a los restos del tiburón. Fergus y Marsali examinaban con cautela la cabeza amputada con la mandíbula abierta de par en par sobre la cubierta. Entonces me miró a los ojos con total complicidad.

Treinta segundos después estábamos en su camarote. Las frías gotas que caían de su pelo mojado me corrieron desde los hombros hasta el pecho. Su boca ardía de pasión. Las duras curvas de su espalda despedían calor bajo la tela de la camisa empapada.

677

—*Ifrinn!* —dijo sin aliento, soltándome para arrancarse los pantalones—. ¡Por Dios, los tengo pegados! ¡No puedo quitármelos!

Tiró de los cordones, resoplando de risa, pero el agua le impedía desatar el nudo.

—¡Un cuchillo! —pedí—. ¿Dónde hay un cuchillo? —Riendo al ver cómo se peleaba con frenesí para sacarse la camisa empapada de los pantalones, empecé a rebuscar por los cajones del escritorio donde encontré varios pedazos de papel, una botella de tinta, una caja de rapé, de todo menos un cuchillo. Lo más parecido era un abrecartas de marfil en forma de mano señalando.

Lo empuñé y lo agarré de la cintura tratando de serrar los lazos enredados.

Retrocedió con un grito.

—¡Por Dios, Sassenach, ten cuidado! ¡De nada te servirá quitarme los pantalones si para ello me castras!

Medio enloquecidos de lujuria como estábamos, aquello nos pareció todavía más divertido y nos reímos con más ganas.

—¡Aquí está! —Revolviendo en el caos de su litera, sacó el puñal blandiéndolo con gesto triunfal.

Poco después había cortado los lazos y los pantalones empapados yacían en el suelo. Me cogió y me alzó en vilo para tumbarme entre papeles arrugados y plumas esparcidas. Me levantó las faldas, me agarró de las caderas y se colocó encima de mí de forma que sus duros muslos me obligaban a separar las piernas.

Era como coger una salamandra: un fuego de calor envuelto en una gélida cobertura. Jadeé cuando los faldones de su camisa empapada entraron en contacto con mi tripa desnuda, y luego volví a jadear cuando escuché pasos en el pasillo.

—¡Espera! —le susurré al oído—. ¡Viene alguien!

—Demasiado tarde —dijo sin aliento—. Si no lo hacemos, me muero.

Me poseyó con un rápido e implacable impulso. Le mordí el hombro con fuerza; sabía a sal y a tela mojada. Él no emitió ni una queja. Dos embates, tres. Le rodeé las nalgas con las piernas, ahogando los gritos en su camisa sin que me importara quién pudiese entrar. Fue rápido y a fondo. Jamie me penetró una y otra vez y terminó con un profundo gemido triunfal estremeciéndose y temblando entre mis brazos.

Dos minutos después se abrió la puerta del camarote. Innes paseó muy despacio la vista por el alboroto de la estancia. Su suave mirada marrón se paseó del escritorio revuelto a mí, decorosamente sentada en la litera, aunque húmeda y desaliñada, y de mí a Jamie, que se había derrumbado en un taburete, con la camisa mojada pegada al cuerpo, el pecho agitado y el sonrojo que se le iba borrando poco a poco.

Innes dilató las aletas de la nariz, pero no dijo nada, me saludó con la cabeza y se inclinó para retirar una botella de coñac escondida bajo la litera de Fergus.

—Es para el chino —me explicó—. Para que no se resfríe.

Se detuvo en la puerta y clavó en Jamie una mirada pensativa.

—Podría decir al señor Murphy que te prepare un poco de caldo, Mac Dubh. Dicen que es peligroso enfriarse después de un gran esfuerzo, ¿no? No es cuestión de que cojas un catarro.

Asomaba un ligero brillo en las lúgubres profundidades marrones de sus ojos.

Jamie se apartó un mechón salado de la frente y esbozó una lenta sonrisa.

—Si así fuera, Innes, al menos moriría feliz.

Al día siguiente descubrimos para qué quería el señor Willoughby el pelícano. Lo encontramos en la cubierta de popa, con el ave posada en un arcón a su lado; le había atado las alas al cuerpo con una tira de trapo. El pájaro me clavó sus ojos amarillos y redondos, chasqueando el pico como advertencia. Willoughby estaba retirando un hilo en cuyo extremo se debatía un pequeño camarón. Lo desprendió para mostrarlo al pelícano, diciéndole algo en chino. El ave lo observó con suspicacia, sin moverse. Entonces le agarró el pico superior con la mano, lo levantó y le echó el camarón al buche. El pelícano, sorprendido, tragó convulsivamente.

—*Hao-liao* —aprobó el chino, acariciándole la cabeza.

Al ver que estaba observando, me llamó por señas sin apartar los ojos del peligroso pico.

—*Ping An* —dijo señalando al pelícano—. Apacible.

El ave irguió una cresta de plumas blancas, como si irguiera las orejas al oír su nombre. Me eché a reír.

—¿En serio? ¿Qué vas a hacer con él?

—Enseño cazar para mí —explicó el chino como si tal cosa—. Mire.

Eso hice. Después de pescar y suministrar al pelícano varios camarones más y un par de peces pequeños, el señor Willoughby sacó otra tira de paño suave de algún rincón de su atuendo y ciñó un extremo al cuello del ave.

—No quiero ahorcar —dijo—. Pero no tragar peces.

Ató al collar un hilo y, tras indicarme por señas que me apartara, soltó bruscamente la atadura que sujetaba las alas del animal.

Sorprendido por la inesperada libertad, el pelícano se tambaleó por el arcón, aleteando una o dos veces. Por fin se alzó hacia el cielo con una explosión de plumas.

Ping An, el apacible, levantó el vuelo hasta donde le permitía el hilo y se esforzó por elevarse más aún. Resignado, empezó a volar en círculos. El señor Willoughby, bizqueando por el sol, giraba despacio en cubierta, remontándolo como si fuera una cometa. Todos los tripulantes interrumpieron sus tareas para observar la escena.

De pronto, como disparado por una ballesta, el pelícano plegó las alas y se zambulló, sumergiéndose en el agua casi sin un chapoteo. Al emerger a la superficie con aire de leve sorpresa, el señor Willoughby comenzó a remolcarlo. Cuando lo tuvo nuevamente a bordo logró convencerlo, con cierta dificultad, para que entregara su pesca. Por fin el animal permitió que su captor metiera con cautela la mano en el buche y extrajera un hermoso besugo.

El señor Willoughby dedicó una sonrisa cordial a Picard, que lo miraba boquiabierto, y sacó un pequeño cuchillo para abrir el pez todavía vivo. Con el ave sujeta bajo un brazo, aflojó el collar con la otra mano y le ofreció un trozo aún palpitante, que *Ping An* cogió de buena gana.

—Suyo —explicó el chino, limpiándose tranquilamente la sangre y las escamas en la pernera de los pantalones—. Mío.
—Señaló con la cabeza la mitad del pez que había dejado inmóvil sobre el arcón.

Una semana después el pelícano estaba del todo domesticado; se le permitía volar libremente, con el collar puesto, pero sin hilo que lo sujetara. Al volver junto a su amo dejaba a sus pies los pescados relucientes que traía en el buche. Cuando no estaba pescando, *Ping An* pasaba el rato posado en la cruceta para el desagrado de los marineros encargados de fregar la cubierta, o paseando por cubierta en pos del señor Willoughby, tambaleándose de un lado a otro con sus enormes alas semiextendidas para no perder el equilibrio.

La tripulación, impresionada por la pesca y desconfiando del gran pico de *Ping An*, se mantenía lejos del señor Willoughby.

Cuando el tiempo lo permitía, el chino seguía llenando páginas junto al palo mayor, bajo los benignos ojos amarillos de su nuevo amigo.

Un día me detuve a observarlo, fuera de su vista arropada por el palo mayor. El chino se quedó sentado un momento contemplando con expresión satisfecha la página terminada. Yo no podía leer aquellos caracteres, claro, pero el aspecto resultaba muy agradable a la vista.

Luego miró rápidamente a su alrededor como si quisiera comprobar que no se acercaba nadie, cogió la pluma y, con mucha cautela, añadió un último carácter en la esquina superior izquierda de la página. No tuve que preguntarle nada para comprender que era su firma.

Entonces suspiró y levantó la vista para mirar por encima de la barandilla. Muy lejos de parecer inescrutable, su expresión derrochaba un gozo soñador y comprendí que, fuera lo que fuese lo que estuviera viendo, no era el barco ni el océano que se extendía ante nosotros.

Por fin, con un suspiro, negó con la cabeza como para sí. Suave, delicadamente, plegó la hoja una, dos, tres veces y se puso en pie para acercarse a la barandilla. Con las manos extendidas hacia el agua la dejó caer.

Voló hacia el agua y el viento la izó en un remolino, un pedacito blanco perdiéndose en la distancia, semejante a las gaviotas y golondrinas que graznaban tras el barco en busca de sobras.

El señor Willoughby no se quedó a contemplarlo y, tras volver la espalda a la barandilla, bajó a los camarotes con esa expresión soñadora en su pequeña cara redonda.

45

La historia del señor Willoughby

Cuando pasamos el giro del Atlántico en dirección sur, los días se hicieron más cálidos; la tripulación se reunía después de la cena en el castillo de proa, donde cantaban y bailaban al compás del violín de Brodie Cooper o se dedicaban a narrar anécdotas. Empujados por el mismo instinto que empuja a los niños acampados en el bosque a contarse historias de fantasmas, los hombres parecían particularmente inclinados a compartir terribles relatos de naufragios y sobre los peligros de la mar.

Cuando estuvimos un poco más al sur y superamos el reino del Kraken y la serpiente marina, los marineros perdieron las ganas de seguir hablando de monstruos y empezaron a contarse historias sobre sus hogares.

Sólo una vez se agotaron la mayor parte de las historias, el grumete Maitland se volvió hacia el señor Willoughby, que como de costumbre escuchaba sentado a los pies del palo mayor con la taza sobre el pecho.

—¿Por qué te fuiste de la China, Willoughby? —le preguntó con curiosidad—. En mi vida he visto muy pocos marineros chinos, aunque la gente dice que en China hay mucha gente. ¿Tan bonito es ese país que la gente no se quiere marchar?

Aunque al principio se hizo rogar, el pequeño chino pareció halagado por el interés que despertaba la cuestión. Ante la insistencia, accedió a narrar cómo había abandonado su patria, con la única condición de que Jamie actuara como traductor, pues su dominio de nuestro idioma no era adecuado para la ocasión. Mi esposo accedió de buena gana y se sentó junto a él con la cabeza inclinada para escuchar.

—Yo era mandarín —comenzó a traducir Jamie—, mandarín de letras, dotado para la redacción. Vestía una túnica de seda bordada con muchos colores y, sobre ésta, la toga de seda azul de los eruditos con la insignia de mi cargo en el pecho y en la espalda un *feng-huang*, un ave de fuego.

»Creo que se refiere a un fénix —explicó Jamie volviéndose hacia mí un momento antes de centrar su atención de nuevo en el paciente señor Willoughby, que retomó su historia enseguida—. Nací en Pekín, Ciudad Imperial del Hijo del Cielo...

—Así llaman a su emperador —me susurró Fergus—. ¡Son unos presuntuosos, lo hacen para poner a su rey al mismo nivel que al Dios Jesús!

—¡Chist! —le sisearon varios con indignación a Fergus.

El francés le hizo un gesto grosero a Maxwell Gordon, pero guardó silencio y se volvió en dirección a la pequeña figura sentada contra el palo mayor.

—Desde muy joven demostré cierta habilidad para la redacción, y aunque al principio no estaba acostumbrado a utilizar la pluma y el tintero, al final aprendí, con mucho esfuerzo, a representar con mi pluma las ideas que bailaban en mi cabeza. Fue así como mi nombre llegó a oídos de Wu-Xien, mandarín de la Casa Imperial, quien me instaló en su hogar y supervisó mi educación.

»Ascendí rápidamente en méritos y eminencia, de tal modo que, antes de cumplir los veintiséis años, se me había otorgado la esfera de coral rojo para usar en el sombrero. Entonces llegaron malos vientos que sembraron en mi jardín las semillas de la desgracia. Puede que recibiera la maldición de un enemigo o que, en mi arrogancia, hubiera omitido hacer los debidos sacrificios... aunque no olvidaba la reverencia a mis antepasados; nunca dejaba de visitar su tumba una vez al año y quemar incienso en la Sala de los Ancestros.

—Si sus redacciones eran siempre tan largas, seguro que al Hijo del Cielo se le agotó la paciencia e hizo que lo arrojaran al río —murmuró Fergus, cínico.

—... fuera cual fuese la causa —prosiguió la voz de Jamie—, mi poesía llegó a los ojos de Wan-Mei, la segunda esposa del emperador. Era una mujer muy poderosa, pues había tenido nada menos que cuatro hijos varones; cuando pidió que formara parte de su casa, la solicitud fue aprobada inmediatamente.

—¿Y qué tenía de malo? —preguntó Gordon inclinándose hacia delante con mucho interés—. Era una oportunidad de progresar, ¿no?

El señor Willoughby comprendió la pregunta, pues dedicó a Gordon un ademán afirmativo y continuó. La voz de Jamie reanudó el relato.

—Oh, el honor era inestimable; yo habría tenido una gran casa propia dentro de las murallas del palacio y una guardia de soldados para que escoltaran mi palanquín con un paraguas triple como símbolo de mi posición, y quizá incluso me habrían puesto una pluma de pavo real en el sombrero. Mi nombre se habría escrito en letras de oro en el Libro del Mérito.

El pequeño chino hizo una pausa y se rascó la cabeza. Le estaba empezando a crecer el pelo de la zona afeitada y parecía una pelota de tenis.

—Sin embargo, para servir dentro de la Casa Imperial hay un requisito: todos los servidores de las esposas reales deben ser eunucos.

Se oyó un horrorizado jadeo colectivo, seguido de un murmullo de agitados comentarios entre los que predominaron los apelativos «malditos paganos» y «cabrones amarillos».

—¿Qué es un eunuco? —preguntó Marsali, desconcertada.

—Nada que deba preocuparte, *chérie* —le aseguró Fergus mientras le rodeaba los hombros con un brazo. Y dirigiéndose al señor Willoughby con la mayor solidaridad—: ¿Entonces huiste, *mon ami*? Yo habría hecho lo mismo, sin dudarlo.

Un intenso murmullo de sincera aprobación reforzó aquel sentimiento. El señor Willoughby pareció animarse ante aquella muestra de evidente aprobación e hizo varias reverencias a su público antes de proseguir con la historia.

—Era una deshonra por mi parte rehusar el don del emperador. Sin embargo, aunque sea una triste debilidad... estaba enamorado de una mujer.

El comentario provocó un suspiro de comprensión, pues casi todos los marineros son unos locos románticos. Pero el chino se interrumpió y tiró a Jamie de la manga para decirle algo sólo a él.

—Oh, me he equivocado —corrigió mi marido—. No dice que estaba enamorado de una mujer, sino de la Mujer, de todas las mujeres en general. ¿Es así? —preguntó mirando a su amigo.

El chino asintió, satisfecho, y se recostó. Para entonces la luna ya estaba en lo alto del cielo, tres cuartos de luna creciente, y desprendía bastante luz como para iluminar la cara del mandarín mientras hablaba.

—Sí —continuó a través de Jamie—, pensaba mucho en las mujeres, en su gracia y su belleza, floreciendo como lotos que flotaran al viento. Y en los millones de sonidos que hacen, a veces parecidos al trino de los tordos arroceros, o el canto del ruiseñor; a veces como el graznido de los cuervos —añadió con una sonrisa que le cerró los ojos e hizo reír a su audiencia—, pero a pesar de ello las seguía amando.

»Todos mis poemas los escribí para la Mujer: a veces dedicados a alguna en especial, pero más a menudo a la Mujer en sí. Hablaban del sabor a damasco de sus pechos y el perfume cálido de su ombligo al despertar en invierno; del calor de ese montículo que te llena la mano de madurez, como un melocotón partido.

Fergus, escandalizado, tapó con las manos los oídos de su novia, pero el resto de la audiencia se mostraba muy receptiva.

—Ahora entiendo que el pequeñín sea un poeta tan apreciado —dijo Raeburn con aprobación—. Es un bárbaro, pero me gusta.

—Ponte una esfera de coral rojo en el sombrero, cuando quieras —concedió Maitland.

—A uno le entran ganas de aprender un poco de chino —intervino el contramaestre observando al señor Willoughby con renovado interés—. ¿Tiene muchos poemas de ésos?

Jamie hizo un gesto con la mano para indicarles que guardaran silencio. Cada vez había más hombres, que se acercaban a medida que acababan sus tareas.

—Sigue —le dijo al señor Willoughby.

—Huí en la Noche de las Linternas —continuó el chino—. Es un gran festival, durante el cual la gente sale a la calle. No había peligro de que los guardias repararan en mí. Justo después de oscurecer, cuando las procesiones recorren toda la ciudad, me puse las prendas de un viajero...

—Es como un peregrino —explicó Jamie—. Van a visitar las lejanas tumbas de sus ancestros y se ponen ropa blanca en señal de luto, ¿comprendéis?

—... y abandoné la casa. Me abrí paso entre la muchedumbre sin dificultad, llevando un farolillo anónimo en el que no figuraba mi nombre ni mi domicilio. Los vigilantes tocaban sus tambores de bambú, los sirvientes de las grandes casas golpeaban gongs, y desde el techo del palacio se lanzaban fuegos artificiales.

La pequeña cara del chino reflejaba una evidente nostalgia al recordar.

—En cierto modo era la despedida más apropiada para un poeta —dijo—. Desaparecer en el anonimato acompañado por el sonido de grandes aplausos. Cuando pasé junto al puesto de los soldados en las puertas de la ciudad, me volví para mirar atrás y ver la silueta de los muchos tejados del palacio rodeados de flores rojas y doradas. Parecía un jardín mágico y, para mí, un jardín prohibido.

Yi Tien Cho consiguió pasar la noche sin que lo cogieran, pero al día siguiente estuvo a punto de ser atrapado.

—Me había olvidado de las uñas —dijo. Alargó una mano, pequeña y de dedos cortos con las uñas roídas hasta la carne—. Los mandarines se dejan las uñas largas; es un símbolo que los distingue por no estar obligados a trabajar con las manos. Las mías tenían la longitud de una falange.

En la casa donde entró a tomar un refrigerio, al día siguiente, un sirviente se las vio y corrió a decírselo al guardia. Yi Tien Cho huyó; para eludir a sus perseguidores se escondió en una zanja húmeda y permaneció oculto entre los matorrales.

—Mientras estaba tumbado allí me corté las uñas —dijo sacudiendo el meñique derecho—. Ésta tuve que arrancarla, pues tenía un *da zi* de oro incrustado y no pude quitarlo.

Tras robar las ropas de un campesino puestas a secar en una mata y dejar a cambio la uña arrancada con su carácter de oro, continuó cruzando lentamente el país hacia la costa. Al principio pagaba por su comida con la pequeña cantidad de dinero que llevaba consigo, pero en las afueras de Lulong tropezó con una banda de ladrones que, aunque le perdonaron la vida, le quitaron el dinero.

—A partir de entonces —dijo—, comía cuando podía robar alimento y pasaba hambre cuando no. Por fin los vientos de la fortuna cambiaron; me encontré con un grupo de boticarios que iba a la feria de los médicos, cerca de la costa. A cambio de que les dibujara estandartes para el puesto y les redactara etiquetas para exaltar las virtudes de sus pócimas, aceptaron llevarme con ellos.

Cuando llegó a la costa, se encaminó hasta la orilla y trató de hacerse pasar por marinero, pero fracasó miserablemente porque sus dedos, tan hábiles con la pluma y el tintero, no sabían nada del arte de los nudos y los cabos. En el puerto había varios barcos extranjeros, eligió uno cuyos marineros le parecieron más bárbaros con la idea de que con ellos podría llegar más lejos y se escurrió en la bodega del *Serafina*, que iba hacia Edimburgo.

—¿Tenías intención de abandonar por completo el país? —preguntó Fergus, interesado—. Parece una decisión desesperada.

—El emperador tiene manos muy largas —respondió el señor Willoughby suavemente en inglés, sin esperar la traducción—. Yo exilio o muerto.

Su público dejó escapar un suspiro colectivo al contemplar la magnitud de un poder tan sanguinario y se hizo un momento de silencio en el que sólo se escuchaba el quejido de la jarcia por encima de sus cabezas, mientras el señor Willoughby cogía su taza olvidada y se bebía las últimas gotas de su grog.

La dejó lamiéndose los labios y volvió a posar la mano sobre el brazo de Jamie.

—Es extraño —dijo el señor Willoughby, y su tono reflexivo se reflejó en el rostro de Jamie—, pero fue mi amor por las mujeres lo que la segunda esposa vio y amó en mis palabras. Sin embargo, poseerme a mí y mis poemas destruiría para siempre lo que admiraba.

Emitió una risa sofocada, de inconfundible ironía.

—Tampoco es ésa la última contradicción de mi vida. Por no renunciar a mi virilidad, he perdido todo lo demás: mi honor, mi medio de vida y mi país. No me refiero sólo a la tierra: a las laderas de nobles abetos, ni a la Tartaria, donde pasaba mis veranos, ni a las grandes planicies del sur, con sus ríos llenos de peces, sino también a la pérdida de mi propia identidad. Mis padres están deshonrados; las tumbas de mis antepasados, derruidas, y ya no hay pebeteros que ardan ante sus imágenes.

»He perdido todo. Aquí las doradas palabras de mis poemas no son sino cloqueos de gallinas, y los trazos de mi pincel, las huellas de sus patas en el polvo. Ahora sólo me ven como un insignificante vagabundo que traga serpientes para entretener a la gente y deja que el público le saque la serpiente de la boca tirando de su cola, a cambio de las pocas monedas que le permitirán vivir otro día.

El señor Willoughby fulminó con la mirada a su audiencia para enfatizar su analogía.

—Me veo en un país de mujeres toscas y malolientes como osos. —El chino alzó la voz apasionadamente, pero Jamie mantuvo un tono sereno, recitaba las palabras, pero no les imprimía sentimiento alguno—. Son criaturas sin elegancia, sin cultura, ignorantes, huelen mal, tienen cuerpos desagradables llenos de pelo, ¡parecen perros! Y esas mujeres me desprecian como a un gusano amarillo, ¡ni las prostitutas más baratas aceptan acostarse conmigo!

»¡Por amor a la Mujer, he venido a un lugar donde no hay una sola mujer digna de amor!

En este momento, viendo las expresiones ceñudas de los marineros, Jamie interrumpió la traducción para calmar al chino, posando su manaza en el hombro cubierto de seda azul.

—Sí, comprendo. Y estoy seguro de que todos los hombres aquí presentes habrían hecho lo mismo en esa situación. ¿Verdad, muchachos? —preguntó mirando por encima del hombro, con las cejas expresivamente enarcadas.

Su fuerza moral bastó para arrancarles un desganado murmullo de aprobación, pero la compasión de los marineros por la historia del señor Willoughby había desaparecido tras su insultante conclusión. Se oyeron algunos comentarios señalando el licencioso e ingrato comportamiento del bárbaro chino, y luego se deshicieron en numerosos piropos que nos regalaron a Marsali y a mí mientras se dispersaban por la popa.

Fergus y Marsali también se marcharon, pero él se detuvo un momento a informar al señor Willoughby que si volvía a hacer algún comentario sobre las mujeres europeas, se vería obligado a retorcerle el cuello con la coleta y despúes estrangularlo con ella.

Sin prestar atención a los murmullos ni a las miradas amenazantes, el señor Willoughby seguía con la vista perdida en el horizonte. Sus ojos negros brillaban por los recuerdos y el alcohol. Jamie se levantó y me ofreció la mano para ayudarme a levantarme del tonel en el que me había sentado.

Cuando nos estábamos volviendo para irnos, el chino se introdujo la mano entre las piernas. En un gesto desprovisto de toda lascivia, rodeó los testículos y los sostuvo contemplando el bulto con aire de profunda reflexión. Los hizo rodar sobre la palma de su mano muy lentamente mientras observaba el bulto meditabundo.

—A veces —musitó para sus adentros— creo que no vale la pena.

46

Encuentro con una marsopa

Hacía un tiempo que tenía la sensación de que Marsali estaba reuniendo valor para hablar conmigo. Estaba segura de que así lo haría, tarde o temprano: pese a lo que sintiera por mí, yo era la única mujer a bordo. Hice lo posible por colaborar. Le daba los buenos días y le sonreía con amabilidad. Pero tendría que ser ella quien diera el primer paso.

Al final lo hizo en pleno océano Atlántico, un mes después de salir de Escocia.

Yo estaba escribiendo algunas notas quirúrgicas sobre una amputación menor, dos dedos aplastados de un marinero de proa. Cuando acabé de dibujar un esbozo del procedimiento quirúrgico en nuestro camarote, una sombra oscureció la entrada. Al levantar la vista vi a Marsali allí de pie, con la barbilla alzada en gesto altivo.

—Necesito saber algo —dijo con firmeza—. No me gusta usted y creo que lo sabe, pero papá dice que es usted una mujer sabia. Y la creo capaz de responderme con sinceridad, incluso siendo una ramera, así que quizá me lo diga.

Podría haber respondido de muchas formas a aquella singular afirmación, pero me abstuve de contestar ninguna de las cosas que me vino a la mente.

—Puede que sí —dije soltando la pluma—. ¿Qué necesitas saber?

Al ver que no me enfadaba, entró en el camarote y se sentó en el único taburete disponible.

—Bueno, se relaciona con los niños y la forma de tenerlos.

Enarqué una ceja.

—¿No te explicó tu madre de dónde vienen los niños?

Resopló con impaciencia, enlazando las cejas rubias con un gesto feroz.

—Pues claro que sé de dónde vienen los niños. ¡Eso lo sabe cualquier idiota! Si dejas que un hombre te ponga el miembro entre las piernas, nueve meses después lo pagas muy caro. Lo que quiero saber es cómo no hacerlos.

—Comprendo. —La observé con interés—. ¿No quieres tener hijos? Cuando estés debidamente casada, claro. Casi todas las jóvenes quieren hijos.

—Bueno —musitó lentamente, retorciendo un trozo de su vestido—, quizá quiera más adelante. Por el placer de tenerlo, quiero decir. Si tuviera el pelo oscuro, como Fergus... —Por su cara cruzó una expresión soñadora, luego su gesto volvió a endurecerse—. Pero no puedo.

—¿Por qué?

Frunció los labios con aire pensativo y luego los relajó.

—Por Fergus. Todavía no nos hemos acostado juntos. Sólo podemos besarnos de vez en cuando detrás de las escotillas... gracias a papá y a sus malditas ideas —añadió con amargura.

—Amén —dije con cierta ironía.

—¿Qué?

—Nada. —Hice un gesto con la mano para que lo olvidara—. ¿Y qué tiene que ver eso con lo de no querer un niño?

—Quiero que me guste —dijo sin rodeos—. Lo del miembro.

Me mordí la parte interior del labio.

—Eh... eso puede tener algo que ver con Fergus, pero sigo sin entender.

Marsali me miró con desconfianza, aunque ya sin hostilidad, más bien como si me estuviera valorando de alguna forma.

—Fergus le tiene cariño.

—Yo también a él —respondí con cautela, preguntándome dónde nos llevaría esta conversación—. Lo conozco desde hace mucho tiempo, desde que era un niño.

Ella se relajó de pronto y parte de la tensión abandonó sus esbeltos hombros.

—Ah, entonces está usted enterada. Sabe dónde nació.

De pronto comprendí su cautela.

—¿Lo del prostíbulo de París? Lo sé, sí. ¿Así que te lo ha contado?

Asintió con la cabeza.

—Hace mucho tiempo, en la pasada fiesta de Año Nuevo.

Bueno, a los quince, un año puede parecer mucho tiempo.

—Fue entonces cuando le dije que lo amaba —prosiguió. Tenía los ojos clavados en la falda y a sus mejillas había asomado una tenue sombra rosada—. Y él respondió que también me amaba, pero que mi madre no permitiría jamás esa alianza. Yo le pregunté por qué, si ser francés no era tan malo. No todos podemos ser escoceses, ¿verdad? Y no creía que lo de su mano importara mucho. Después de todo, el señor Murray tiene una pata de palo y mamá le tiene mucho cariño. Pero me contestó que no era por eso y me contó lo de París. Me dijo que había nacido en un burdel y que fue ratero hasta que conoció a papá.

Había una expresión incrédula en el azul de sus ojos.

—Tal vez pensó que me molestaría —dijo extrañada—. Trató de alejarse de mí y dijo que no volvería a verme. —Se encogió de hombros y se apartó el pelo—. Le hice cambiar de opinión muy pronto. —Entonces me miró fijamente con las manos entrelazadas sobre el regazo—. No lo quería mencionar por si acaso usted no lo sabía, pero como ya lo sabe... Aunque no es Fergus el que me preocupa. Él dice que sabe cómo actuar y que me gustará, salvo la primera vez. Pero mi madre me dijo otra cosa.

—¿Qué te dijo? —pregunté, fascinada.

Entre las cejas apareció una pequeña arruga.

—Bueno... —dijo Marsali muy despacio—, no es lo que dijo... aunque cuando supo lo de Fergus dijo que me haría cosas horribles por haber vivido con rameras y por ser el hijo de una. Fue su actitud.

Estaba sonrojada y con la mirada baja, donde retorcía los dedos y se los enroscaba en la falda. El viento estaba empezando a levantarse y de su cabeza se alzaban pequeños mechones de pelo rubio azotados por la brisa que se colaba por la ventana.

—Cuando sangré por primera vez, ella me indicó lo que debía hacer. Me dijo que era parte de la maldición de Eva y que tendría que aprender a vivir con ello. Yo le pregunté qué maldición era ésa y me leyó algo de la Biblia. Según san Pablo, las mujeres eran sucias pecadoras por culpa de Eva, pero aún pueden salvarse mediante el sufrimiento y la maternidad.

—Nunca he tenido muy buena opinión de san Pablo —comenté, y ella levantó la vista sorprendida.

—¡Pero si está en la Biblia! —exclamó, horrorizada.

—Como muchas otras cosas —señalé—. Has oído esa historia sobre Gedeón y su hija, ¿verdad? ¿Y esa que cuenta cómo un tipo dejó que una banda de rufianes violaran a su mujer para que no lo mataran? Dios eligió a los hombres. Igual que Pablo. No importa. Continúa.

Me miró durante un minuto, pero luego cerró la boca y asintió un poco sorprendida.

—Bueno, mamá dijo que ya tenía edad para casarme, y que una vez casada la obligación de toda mujer era hacer la voluntad de su marido, le gustara o no. Y parecía tan triste cuando lo dijo... Pensé que esa obligación, fuera la que fuese, era horrible, y sumando lo que dijo san Pablo sobre el sufrimiento y la maternidad...

Se interrumpió con un suspiro. Esperé sin decir nada. Cuando volvió a hablar, su discurso era vacilante, como si le costara elegir las palabras adecuadas.

—Ya no recuerdo a mi padre. Cuando los ingleses se lo llevaron, yo tenía sólo tres años. Pero recuerdo su relación con... con Jamie.

Se mordió los labios. No estaba habituada a llamarlo por su nombre.

—Pap... Jamie, digo... parece bueno. A Joan y a mí siempre nos ha tratado bien. Pero cuando trataba de abrazar a mamá... ella lo rehuía como si le tuviera miedo. —Se mordió el labio y prosiguió—. No le gustaba que la tocara. Sin embargo, nunca vi que le hiciera nada malo, por lo menos delante de nosotras. Tal vez era por algo que le hacía en la cama, cuando estaban solos. Joan y yo siempre nos estábamos preguntando qué podría ser. Mamá nunca tenía señales en la cara o en los brazos, y tampoco cojeaba al andar. No como Magdalen Wallace: su marido le pega cuando se emborracha los días de mercado. No nos dio la impresión de que le pegara.

Marsali se pasó la lengua por los labios, resecos por el aire del mar. Le acerqué la jarra de agua, me lo agradeció con la cabeza y llenó una taza. Con la vista fija en el chorro de agua, continuó:

—Me imaginé que era porque mamá había tenido hijos, a nosotras, y sabiendo que era horrible, no quería acostarse con... con Jamie por miedo a que le sucediera otra vez.

Bebió un sorbo, dejó la taza y me miró de frente alzando la barbilla con actitud desafiante.

—La vi a usted con papá —dijo—. Sólo por un momento, antes de que me descubriera. Y... y parecía que a usted le gustaba lo que estaba haciéndole en la cama.

—Bueno... sí —balbuceé—. Me gustaba.

Abrí la boca y la volví a cerrar.

Soltó un gruñido satisfecho.

—¡Hum! Y le gusta a usted que la toque. Lo he visto. Claro: usted no ha tenido hijos. Y me han dicho que es posible no tenerlos, aunque nadie sabe muy bien cómo. Usted debe saberlo, puesto que es una mujer sabia.

Inclinó la cabeza a un lado, estudiándome.

—Me gustaría tener un hijo —admitió—, pero si es preciso escoger entre el niño o que me guste Fergus, me quedo con Fergus. Así que no habrá niño... si me explica qué debo hacer.

Me puse el pelo detrás de la oreja preguntándome por dónde comenzar.

—Bueno, en realidad he tenido hijos.

Al oír aquello abrió los ojos como platos.

—¡De veras? ¿Y pap... Jamie lo sabe?

—Por supuesto —respondí con acritud—. Eran suyos.

—Papá nunca me dijo que tuviera hijos.

El recelo asomó a sus pálidos ojos.

—Probablemente porque no creyó que fuera asunto tuyo. Y no lo es —añadí, aunque ella se limitó a arquear las cejas con el mismo aire receloso—. La primera murió —dije resumiendo—. Está sepultada en Francia. Nuestra segunda hija ya es una mujer; nació después de Culloden.

—¿Y él no la conoce? ¿A la que ya es mayor? —preguntó Marsali despacio frunciendo el ceño.

Negué con la cabeza, sin poder hablar. Tenía la sensación de tener algo atascado en la garganta, y alargué el brazo en busca del agua. Marsali empujó la jarra en mi dirección apoyándose contra el balanceo del barco.

—Qué triste —musitó con suavidad levantando la vista de nuevo con el ceño fruncido en un intento de comprenderlo todo—. ¿Así que ha tenido usted hijos y eso no cambió las cosas? ¡Hum! Claro que ha pasado mucho tiempo. ¿No estuvo con otros hombres mientras vivía en Francia? —Posó el labio inferior sobre el superior, gesto que le dio la apariencia de un pequeño y terco bulldog.

—Eso no te incumbe —repliqué con firmeza dejando la taza—. En cuanto al parto, a algunas mujeres puede cambiarlas, pero no a todas. De cualquier modo, hay buenos motivos para que no tengas hijos de inmediato.

Volvió a poner la boca bien y se sentó más derecha, visiblemente interesada.

—¿Hay algún modo...?

—Varios. Por desgracia, la mayoría no siempre dan resultado —reconocí, echando de menos mi talonario de recetas y la fiabilidad de la píldora. Sin embargo, todavía recordaba perfectamente los consejos de las *maîtresses sage-femme*, las experimentadas comadronas del Hôpital des Anges de París donde trabajé hacía ya veinte años—. Alcánzame la cajita que hay en ese armario —le dije señalando las puertas que tenía sobre la cabeza—. Ésa, sí. Las parteras francesas suelen preparar un té de bayas y valeriana, pero es peligroso y no muy fiable.

—¿La echa usted de menos? —preguntó Marsali de sopetón. Aparté la vista de mi botiquín, sorprendida—. A su hija.

Por lo inexpresivo de su cara, sospeché que la pregunta estaba más relacionada con Laoghaire que conmigo.

—Sí —respondí sencillamente—, pero ya es adulta y tiene una vida propia.

Volví a notar el nudo de mi garganta y agaché la cabeza sobre el botiquín para esconder mi rostro. Había tan pocas probabilidades de que Laoghaire volviera a ver a su hija como de que yo volviera a ver a Brianna. Pero no quería obsesionarme con ese pensamiento.

—Toma —dije, y saqué de la caja un gran trozo de esponja esterilizada.

Con uno de los bisturíes que guardaba en las ranuras de la tapa, corté con cuidado varios trozos de unos siete centímetros de lado y volví a revolver el contenido de la caja hasta encontrar el frasquito de aceite de atanasia. Ante los ojos fascinados de Marsali, empapé pulcramente uno de los trozos.

—Ésta es la cantidad de aceite que debes usar. Si no tienes aceite, sumerge la esponja en vinagre; en caso de necesidad puede servir hasta el vino. Antes de irte a la cama con un hombre, te metes el trozo de esponja bien adentro. Hazlo incluso la primera vez. Con una sola vez puedes quedar embarazada.

Marsali asintió con los ojos dilatados, rozando la esponja con el índice.

—¿Sí? ¿Y... después? ¿La saco o...?

Un grito urgente, acompañado por una súbita sacudida del *Artemis* que recogía sus velas mayores, puso fin a nuestra conversación. Algo estaba sucediendo.

—Te lo explicaré después —dije, acercándole la esponja y el frasco.

Salí al pasillo. Jamie estaba con el capitán en la cubierta de popa, observando un gran barco que se acercaba. Era tres veces más grande que el *Artemis*, con tres palos y toda una selva de cordajes y velas, entre las cuales unas pequeñas figuras negras saltaban como pulgas. Tras su estela flotaba una nube de humo blanco, indicio de que acababan de disparar un cañonazo.

—¿Disparan contra nosotros? —pregunté asombrada.

—No —respondió Jamie, ceñudo—. Sólo han hecho un disparo de advertencia. Quieren abordarnos.

—¿Y pueden hacerlo? —Mi pregunta estaba dirigida al capitán Raines, que tenía un aspecto más sombrío que de costumbre y las comisuras de los labios escondidas en la barba.

—Pueden —dijo él—. Con este viento y en mar abierto no podríamos escapar.

—¿Qué barco es? —Su insignia flotaba en el palo mayor, pero con el sol de cara y a esa distancia, parecía completamente negra.

Jamie me miró inexpresivo.

—Una cañonera británica, Sassenach. Setenta y cuatro cañones. Tal vez deberías bajar.

Era una mala noticia. Aunque Gran Bretaña ya no estaba en guerra con Francia, las relaciones entre ambos países no eran nada cordiales. Y pese a que el *Artemis* estaba armado, sólo tenía cuatro cañones, lo suficiente para enfrentarse a una pequeña embarcación pirata, pero no para defenderse de una cañonera como aquella.

—¿Qué pueden querer de nosotros? —preguntó Jamie al capitán.

Raines negó con la cabeza. En su cara regordeta había una expresión triste.

—Andan escasos de tripulación; eso es evidente por su velamen. —Señaló sin apartar la vista de la cañonera que se aproximaba. Miró a Jamie—. Pueden alistar a todos nuestros tripulantes de origen británico... más o menos la mitad de nuestros hombres, incluso a usted, señor Fraser, a menos que prefiera hacerse pasar por francés.

—Maldita sea... —juró Jamie por lo bajo y me miró con el ceño fruncido—. ¿No te he dicho que bajaras?

—Eso me has dicho —confirmé sin moverme.

Me acerqué más a él, con la vista fija en la cañonera. Estaban bajando una chalupa. Un oficial con chaqueta dorada y sombrero descendió por un lado.

—Si alistan a los marineros británicos —pregunté al capitán—, ¿qué será de ellos?

—Tendrán que servir en el *Marsopa*. Así se llama —explicó señalando el mascarón de proa, que representaba una—. En calidad de miembros de la Marina Real. Tal vez los dejen en libertad cuando lleguen a puerto... y tal vez no.

—¿Cómo? ¿Pueden secuestrar a los hombres y obligarlos a servirles durante el tiempo que se les antoje?

Sentí una punzada de pánico al pensar que pudieran llevarse a Jamie.

—Sí —confirmó el capitán—. Y si lo hacen, seremos nosotros quienes tendremos muchas dificultades para llegar a Jamaica, con la tripulación reducida a la mitad. —Se volvió de golpe y avanzó para recibir a la embarcación que llegaba.

Jamie me cogió por el codo.

—No se llevarán a Innes ni a Fergus —me dijo—. Ellos te ayudarán a buscar al joven Ian. Si se apoderan de nosotros —recibí la palabra *nosotros* con una intensa punzada—, ve a la casa que Jared tiene en Sugar Bay e inicia la búsqueda. —Me dedicó una breve sonrisa—. Nos veremos allí —dijo, y me estrechó el codo para tranquilizarme—. No sé cuánto tiempo tardaré en llegar, pero nos reuniremos allí.

—¡Pero podrías pasar por francés! —protesté—. ¡Sabes que podrías hacerlo!

Me miró un momento y negó con la cabeza sonriendo con tristeza.

—No —dijo con suavidad—. No puedo permitir que se lleven a mis hombres y quedarme aquí, escondiéndome bajo un apellido francés.

—Pero...

Iba a aducir que los contrabandistas escoceses no eran «sus hombres» ni tenían derecho a tanta lealtad, pero callé, sabiendo que sería inútil. Puede que aquellos escoceses no fueran sus arrendatarios ni sus parientes, y era muy probable que uno de ellos fuese un traidor. Aun así, él los había embarcado y, si se los llevaban, Jamie iría con ellos.

—No importa, Sassenach —aseguró con suavidad—. Saldré, de un modo u otro. Pero creo que, por ahora, nuestro apellido debe ser Malcolm.

Me dio unas palmaditas en la mano, la soltó y se marchó para enfrentarse a lo que fuera que se avecinara. Yo lo seguí más despacio. Cuando la chalupa se detuvo a nuestro lado, vi que el capitán Raines enarcaba las cejas en un gesto de estupefacción.

—¡Dios nos ampare! ¿Qué significa esto? —murmuró por lo bajo cuando una cabeza asomó por encima de la borda del *Artemis*.

En ella había un joven de unos veintipocos años, demacrado y con los hombros curvados por la fatiga. El uniforme le iba demasiado grande. Llevaba la chaqueta sobre una camisa mugrienta y se tambaleó un tanto cuando la cubierta del *Artemis* se balanceó bajo sus pies.

—¿Es usted el capitán de este barco? —El inglés tenía los ojos enrojecidos por el agotamiento, pero distinguió a primera vista a Raines entre las caras ceñudas—. Soy Thomas Leonard, capitán suplente del *Marsopa*, barco de Su Majestad. Por el amor de Dios —suplicó con la voz ronca—, ¿tienen un cirujano a bordo?

Abajo, frente a una copa de oporto ofrecida con recelo, el capitán Leonard explicó que el *Marsopa* padecía una epidemia desde hacía cuatro semanas.

—La mitad de la tripulación está enferma —dijo limpiándose una gota carmesí de la barbilla sin afeitar—. Ya hemos perdido a treinta hombres y corremos peligro de perder muchos más.

—¿Su capitán ha muerto? —preguntó Raines.

Leonard enrojeció un poco.

—El capitán y los dos oficiales principales murieron la semana pasada. También el cirujano y su ayudante. Yo soy el tercer oficial.

Eso explicaba su asombrosa juventud y su nerviosismo. Cualquiera palidecería bajo el peso de la dirección de un buque tan grande, una tripulación de seiscientos hombres, y una epidemia galopante.

—Si tienen a bordo a alguien con experiencia en cuestiones médicas... —Miró con cara esperanzada al capitán y a Jamie, que se mantenía en pie junto al escritorio.

—Yo soy la cirujana del *Artemis*, capitán Leonard —dije desde la puerta—. ¿Qué síntomas presentan sus hombres?

—¿Usted? —El joven capitán volvió la cabeza hacia mí. Se quedó un poco boquiabierto y se le veía la lengua manchada y los dientes llenos de sarro debidos a la costumbre de masticar tabaco.

—Mi esposa tiene el raro arte de curar, capitán —confirmó Jamie con suavidad—. Si es ayuda lo que busca, le aconsejo que responda a sus preguntas y obedezca sus indicaciones.

Leonard parpadeó y asintió con la cabeza.

—Sí, bueno, la enfermedad comienza con fuertes dolores de vientre, vómitos y diarreas espantosas. Los enfermos se quejan de dolores de cabeza y les sube mucho la fiebre. Además...

—¿Algunos tienen sarpullido en el vientre? —interrumpí.

Asintió enérgicamente con la cabeza.

—En efecto. Y hay quienes sangran por el culo. ¡Oh, perdón, señora! —Se disculpó, de pronto acalorado—. No tenía intención de ofenderla, pero...

—Creo saber de qué se trata —lo corté. En mí empezaba a crecer una sensación excitante: la de tener un diagnóstico fiable y los conocimientos necesarios para actuar. Las trompetas del veterano, pensé con irónica diversión—. Para estar segura debería examinarlos, pero...

—Será un placer para mi esposa asesorarlos, capitán —dijo Jamie con firmeza—, pero temo que no puede ir a su nave.

—¿Está seguro? —El joven nos miró a ambos desesperado—. Si pudiera ver a mis hombres...

—No —repitió Jamie.

Al mismo tiempo yo respondía:

—¡Sí, por supuesto!

Se hizo un silencio incómodo. Por fin Jamie se puso en pie. Y dijo con educación:

—¿Nos excusa, capitán Leonard? —Y me sacó a rastras del camarote. Cruzamos el pasillo hasta la popa—. ¿Estás loca? —susurró sin soltarme el brazo—. ¿Cómo se te ocurre pisar un barco donde hay peste? ¡Arriesgar tu vida, la de la tripulación y la del joven Ian, todo por un puñado de ingleses!

—No es la peste —dije forcejeando para soltarme—. Y no arriesgaría la vida. ¡Suéltame el brazo, maldito escocés!

Me soltó, pero se quedó delante de la escalera bloqueándome el paso.

—Escúchame —dije tratando de mostrarme paciente—. No se trata de la peste; por el sarpullido, estoy casi segura de que es fiebre tifoidea. No voy a caer enferma porque estoy vacunada.

En su rostro se reflejó una duda momentánea. A pesar de mis explicaciones, seguía inclinado a meter los gérmenes y las vacunas en el mismo saco que la magia negra.

—¿Ah, sí? —exclamó, escéptico—. Bueno, puede ser, pero aun así...

—Mira, soy médico —insistí buscando las palabras adecuadas—. Están enfermos y puedo ayudarlos. Yo... es que... ¡tengo que hacerlo, eso es todo!

A juzgar por el efecto, a mi oratoria parecía faltarle elocuencia. Jamie enarcó una ceja, invitándome a continuar.

Inspiré hondo. ¿Cómo podía explicarle la necesidad que tenía de tocar y curar? Frank lo comprendió a su manera. Tenía que haber una forma de hacérselo entender a Jamie.

—Cuando me licencié como médico hice un juramento —expliqué.

Se elevó la otra ceja.

—¿Un juramento? —repitió—. ¿Qué clase de juramento?

Sólo lo había dicho en voz alta en una ocasión, pero tenía una copia enmarcada en mi despacho. Frank me la regaló cuando me gradué. Tragué saliva, cerré los ojos y repetí lo que recordaba del juramento hipocrático.

—Juro por Apolo, médico, por Asclepio, y por Higía y Panacea, y por todos los dioses y diosas del Olimpo, tomándolos por testigos, cumplir este juramento según mi capacidad y mi conciencia:

»Aplicaré mis tratamientos para beneficio de los enfermos, según mi capacidad y buen juicio, y me abstendré de hacerles daño o injusticia. A nadie, aunque me lo pidiera, daré un veneno ni a nadie le sugeriré que lo tome. Pero ejerceré siempre mi arte en pureza y santidad. Siempre que entrare en una casa, lo haré para bien del enfermo. Me abstendré de toda mala acción o seducción y, en particular, de tener relaciones eróticas con mujeres o con hombres, ya sean libres o esclavos. Guardaré silencio sobre lo que, en mi consulta o fuera de ella, vea u oiga, que se refiera a la vida de los hombres y que no deba ser divulgado. Mantendré en secreto todo lo que pudiera ser vergonzoso si lo supiera la gente. Si fuera fiel a este juramento y no lo violara, que se me conceda gozar de mi vida y de mi arte, y ser honrado para siempre entre los hombres. Si lo quebrantara y jurara en falso, que me suceda lo contrario.

Cuando abrí los ojos, Jamie me observaba con aire pensativo.

—Hum... algunas partes del juramento sólo se dicen por tradición —le expliqué.

Se le movió la comisura del labio.

—Ya veo —dijo—. Bueno, la primera parte suena un poco pagana, pero me gusta eso de que no seducirás a nadie.

—Ya imaginaba que te gustaría —le dije con sequedad—. La virtud del capitán Leonard está a salvo conmigo.

Resopló y se apoyó en la escalera mientras se pasaba una mano por el pelo.

—¿Así se hace en la hermandad de los médicos? —preguntó—. ¿Te comprometes a ayudar a quien lo solicite, aunque sea un enemigo?

—No hay diferencia si está herido o enfermo. —Le estudié la cara para ver si me comprendía.

—Está bien —reconoció lentamente—. Yo también he hecho algún juramento de vez en cuando. Y nunca los he tomado a la ligera. —Me cogió la mano derecha, buscando el anillo de plata—. Algunos pesan más que otros, claro —comentó observándome.

Lo tenía pegado a mí y los rayos de sol que se colaban por la escotilla se reflejaba en el lino de su manga, en la piel bronceada de la mano con la que cogía mis dedos blancos y en la reluciente plata de mi alianza.

—Lo sé —dije respondiendo a lo que pensaba—. Ya sabes que sí. —Le apoyé la otra mano en el pecho; en el anillo de oro se reflejó un rayo de sol—. Pero mientras se pueda cumplir con un juramento sin causar daño a otro...

Suspiró tan profundamente que elevó la mano que le había apoyado en el pecho. Luego se inclinó para darme un beso con dulzura.

—No quiero que faltes a él. —Se irguió con una mueca irónica—. ¿Estás segura de que esa vacuna tuya funciona?

—Funciona —le aseguré.

—Quizá convendría que te acompañara —dijo, frunciendo un poco el ceño.

—No puedes. No estás vacunado y el tifus es muy contagioso.

—Sólo crees que es tifus por lo que dice Leonard —objetó—. No estás segura de que se trate de eso.

—No —admití—. Pero hay una única manera de comprobarlo.

· · ·

Me ayudaron a subir a la cubierta del *Marsopa* por medio de una silla de contramaestre, un aterrador columpio suspendido en el vacío sobre la mar agitada. Aterricé ignominiosamente despatarrada en la cubierta y en cuanto me levanté me asombró descubrir lo sólida que era la cubierta de la cañonera comparada con el bamboleante *Artemis* que aguardaba a lo lejos. De pronto tuve la sensación de estar en el peñón de Gibraltar.

Durante el trayecto entre los dos barcos se me había soltado el pelo. Me lo recogí lo mejor que pude y luego recuperé mi botiquín de entre las manos del alférez que lo llevaba.

—Muéstreme dónde están, por favor —pedí.

La brisa soplaba con fuerza y era muy consciente de que a las tripulaciones de los dos barcos les estaba costando mucho trabajo evitar que uno y otro se separaran, incluso a pesar de que el viento soplaba de sotavento.

El entrepuente era un espacio cerrado, iluminado por lámparas de aceite colgadas del techo que se balanceaban con suavidad por el bamboleo del buque; las hileras de hamacas quedaban sumidas en la sombra y manchadas por parches de luz. Parecían vainas o bestias marinas dormidas hacinadas unas junto a las otras acunándose por el movimiento del mar. El hedor resultaba insoportable. El poco aire que había se colaba por las rendijas de los conductos de aire que llegaban hasta la cubierta, aunque no era mucho. Pero había algo peor que el olor que pudiera desprender un grupo de marineros que no se lavaban. El olor a vómito y el abominable hedor de la diarrea empapada en sangre salpicaba el suelo que se extendía bajo los catres. Los enfermos estaban demasiado débiles para alcanzar los pocos orinales de los que disponían. Mientras avanzaba por la estancia se me pegaban los zapatos al suelo y con cada paso que daba se separaban haciendo un ruido muy desagradable.

—Necesito más luz —dije con tono perentorio al aprensivo guardia encargado de acompañarme.

El muchacho, con la cara cubierta por un pañuelo, parecía asustado y abatido, pero me obedeció y levantó su lámpara para que pudiera mirar dentro de la hamaca más cercana.

Su ocupante apartó la cara con un gruñido al ver la luz. Estaba encendido por la fiebre y su piel quemaba. Le levanté la camisa y le palpé el estómago. Estaba demasiado caliente y tenía la piel hinchada y dura. Cuando le apreté algunas zonas, el hombre se retorció como una lombriz en el anzuelo soltando gruñidos lastimeros.

—Tranquilízate —lo calmé instándole a volver a tumbarse—. Voy a ayudarte; pronto te sentirás mejor. Deja que te mire los ojos. Sí, eso es.

Al retirar el párpado, la pupila se encogió ante la luz mostrándome unos ojos marrones inyectados en sangre por el sufrimiento.

—¡Por Dios, apartad esa lámpara! —jadeó—. La cabeza me va a estallar.

Fiebre, vómitos, calambres abdominales, dolor de cabeza.

—¿Tienes escalofríos? —pregunté apartando la linterna del guardia.

La respuesta no fue una palabra, sino más bien un gemido afirmativo. Incluso en las sombras, pude ver que la mayoría de los hombres que yacían en sus camastros estaban envueltos en mantas a pesar del calor bochornoso que hacía allí abajo.

Si no fuera por el dolor de cabeza, podría haberse tratado de una simple gastroenteritis, pero había demasiados hombres enfermos. Se trataba de algo muy contagioso, de eso estaba segura. No era malaria, puesto que el barco había zarpado de Europa y no del Caribe. Tifus, casi con toda seguridad; como lo transmitían los piojos, tendía a extenderse rápidamente en aquel tipo de alojamientos cerrados. Los síntomas eran muy similares a los que veía a mi alrededor, con una particular diferencia.

Ese marinero no tenía el característico sarpullido en la barriga, y el siguiente tampoco, pero el tercero sí. Las suaves manchas rosáceas eran evidentes sobre su sudorosa piel blanca. Presioné una de esas manchas y desapareció para reaparecer unos segundos después, en cuanto la sangre volvió a regarle la tripa. Me fui abriendo paso por entre los camastros y los cuerpos sudorosos, y regresé a la escalerilla donde el capitán Leonard me esperaba acompañado de dos hombres.

—Es fiebre tifoidea —informé al capitán. Estaba todo lo segura que podía estar teniendo en cuenta que carecía de microscopio o forma alguna de analizar la sangre de los enfermos.

—¿Sí? —Su cara ojerosa estaba llena de aprensión—. ¿Sabe cómo solucionarlo, señora Malcolm?

—Sí, pero no será fácil. Es preciso llevar a los enfermos arriba, lavarlos bien y acostarlos donde tengan aire fresco. Por lo demás, es cuestión de atenciones; necesitan mucha agua. Agua hervida: eso es importantísimo. Aplicarles paños mojados para bajar la fiebre. Pero lo principal es evitar que se contagien otras personas. Habrá que hacer varias cosas...

—Hágalas —me interrumpió—. Pondré a su servicio a todos los hombres sanos de los que pueda prescindir. Deles las órdenes necesarias.

—Bien —dije echando una mirada dubitativa a mi alrededor—. Puedo organizar el trabajo y explicarle cómo continuar, pero la tarea será ardua. El capitán Raines y mi marido están deseosos de continuar.

—Señora Malcolm —manifestó seriamente el capitán—: le estaré eternamente agradecido por cualquier ayuda que pueda prestarnos. Tenemos mucha prisa por llegar a Jamaica y, a menos que pueda salvar al resto de la tripulación de esta maldita enfermedad, nunca llegaremos. —Hablaba con total seriedad y sentí una punzada de compasión.

—De acuerdo —suspiré—. Para empezar, envíeme a diez o doce marineros sanos.

Subí al alcázar y me acerqué a la barandilla para agitar la mano hacia Jamie, que se había apostado junto el timón del *Artemis* y miraba hacia nosotros. A pesar de la distancia le veía muy bien la cara. Estaba preocupado, pero cuando me vio se relajó y esbozó una sonrisa.

—¿Vuelves ya? —me gritó, haciendo bocina con las manos.

—¡Todavía no! —respondí—. ¡Necesito dos horas!

Levanté dos dedos por si no me hubiera oído y me alejé de la barandilla, pero vi de inmediato que se le borraba la sonrisa: me había entendido.

Hice poner a los enfermos en la cubierta de popa y ordené a mi equipo que les quitaran la ropa mugrienta y los lavaran con agua del mar. Mientras tanto bajé a la cocina para indicar al personal las precauciones necesarias con el manejo de la comida. De pronto percibí el movimiento del barco.

El cocinero con el que estaba hablando sacó una mano y echó el cierre del armario que tenía a la espalda. Con toda celeridad cogió un tarro que brincaba en el estante, metió un enorme jamón en el asador y se dio media vuelta para ponerle la tapadera a la olla que tenía en el fuego.

Lo observé sorprendida. Ya había visto a Murphy representando ese mismo ballet siempre que el *Artemis* soltaba amarras o viraba de forma abrupta.

—Qué... —dije, pero olvidé mi pregunta y me dirigí al alcázar lo más rápido que pude. Nos estábamos moviendo. Por grande y sólido que fuera el *Marsopa*, podía sentir las vibraciones bajo la quilla a medida que el viento empujaba el buque.

Salí a toda velocidad a cubierta y descubrí una nube de velas desplegadas en lo alto; el *Artemis* iba quedando rápidamente atrás. El capitán Leonard se hallaba junto al timonel, mirando el *Artemis* mientras les gritaban órdenes a los marineros.

—¿Qué hace? —grité—. ¡Maldito cretino! ¿Qué está pasando aquí?

El capitán me miró con azoramiento, pero apretó los dientes con gesto terco.

—Debemos llegar a Jamaica inmediatamente —dijo—. Si no hubiera tenido las mejillas irritadas por el fuerte viento, se le habría notado el rubor—. Lo siento, señora Malcolm. Le aseguro que lamento actuar así, pero...

—¡Pero nada! —exclamé furiosa—. ¡Virad! ¡Echad el ancla, diablos! ¡No podéis secuestrarme de este modo!

—Lo lamento profundamente —repitió—, pero creo que necesitamos sus servicios constantes, señora Malcolm.

Aunque se esforzaba por demostrar seguridad, no lo conseguía.

—No se aflija, señora —dijo tratando de sonar tranquilizador sin conseguirlo. Alargó la mano como si me quisiera dar una palmada en el hombro, pero luego lo pensó mejor. Dejó caer la mano—. He prometido a su esposo que la Marina le proporcionará a usted alojamiento en Jamaica hasta la llegada del *Artemis*.

Al ver mi expresión retrocedió un paso, temiendo que lo atacara, y con motivo.

—¿Cómo que «ha prometido a mi esposo»? —interpelé apretando los dientes—. ¿Esto significa que J... que el señor Malcolm le ha permitido secuestrarme?

—Eh... no, no ha sido así. —El diálogo parecía resultarle muy penoso. Sacó del bolsillo un pañuelo cochambroso para secarse la frente y el cuello—. Temo que se mostró muy intransigente.

—¡Conque intransigente! ¡Bien, yo soy como él! —Di una patada en el suelo tratando de alcanzarle los dedos de los pies. Fallé porque dio un saltito hacia atrás—. ¡Si cree usted que voy a ayudarle, condenado secuestrador, está muy equivocado!

El capitán guardó el pañuelo y apretó los dientes.

—Me obliga usted a decirle lo mismo que a su esposo, señora Malcolm. El *Artemis* navega bajo bandera francesa y con documentos franceses, pero más de la mitad de la tripulación está compuesta por británicos. Podría haber obligado a esos hombres a prestar servicio aquí... y me hacen mucha falta. En su lugar he acordado dejarlos a cambio de sus conocimientos médicos.

—Conque ha decidido obligarme a mí a prestar servicio. ¿Y mi esposo ha aceptado ese... ese acuerdo?

—No, no ha aceptado —replicó el joven en un tono bastante seco—. Ha sido el capitán del *Artemis* quien ha percibido la fuerza de mi argumento.

Me miró parpadeando. Tenía los ojos hinchados por la falta de sueño y las solapas de esa chaqueta que llevaba y que tan grande le iba le golpeaban el torso azotadas por el viento. A pesar de su juventud y de su desaliñada apariencia, demostraba una considerable dignidad.

—Debo suplicarle su perdón por esta conducta tan poco caballeresca, señora, pero la verdad es que estoy desesperado —confesó sencillamente—. Tal vez sea usted nuestra única oportunidad. Debo aprovecharla.

Abrí la boca para contestar, pero volví a cerrarla. Pese a mi furia, y la profunda inquietud que me provocaba pensar en lo que me diría Jamie cuando me volviera a ver, su situación me inspiraba cierta compasión. Era muy cierto que, sin ayuda, corría el riesgo de perder a la mayor parte de su tripulación. Incluso con mi ayuda perderíamos unos cuantos, aunque no quería pensar en eso.

—Está bien —dije entre dientes—. ¡Está... bien!

Miré por encima del hombro en dirección a las menguantes velas del *Artemis*. No era propensa a marearme, pero sentí un evidente vacío en la boca del estómago a medida que el barco y Jamie iban quedando atrás.

—No creo tener muchas opciones. Deme todos los hombres de los que pueda prescindir para fregar el entrepuente. Ah, ¿tienen algo de alcohol a bordo?

Se mostró sorprendido.

—¿Alcohol? Hay ron para los hombres y quizá un poco de vino en el armario de la armería. ¿Bastará con eso?

—Si no hay otra cosa, tendrá que bastar. —Traté de apartar mis propias emociones y hacerme cargo de la situación—. Tendré que hablar con el sobrecargo, supongo.

—Sí, por supuesto. Acompáñeme.

Leonard hizo ademán de bajar la escalerilla, pero se detuvo azorado para cederme el paso... supuse que por miedo a que en el descenso expusiera indecorosamente mis miembros inferiores. Bajé mordiéndome el labio con una mezcla de rabia y diversión.

Antes de haber puesto un pie al final de la escalerilla, arriba se oyó una confusión de voces.

—¡No! ¡No se puede molestar al capitán! Lo que tengas que decirle...

—¡Suéltame! ¡Si no hablo con él ahora mismo, será demasiado tarde!

Entonces se oyó la voz de Leonard repentinamente áspera cuando se dirigió a los intrusos.

—¡Stevens! ¿Qué significa esto? ¿Qué pasa aquí?

—No sucede nada, señor —dijo la primera voz, de pronto sumisa—. Es que Tompkins, aquí presente, está seguro de conocer a alguien que iba en aquel barco. Al gigante pelirrojo. Dice que...

—Ahora no tengo tiempo —espetó el capitán—. Dígaselo al primer oficial, Tompkins. Me ocuparé después de ese asunto.

Yo había vuelto a subir parte de la escalerilla para escuchar mejor. La escotilla se oscureció cuando Leonard empezó a descender por la escalera. El joven me observó con atención, pero me mostré inexpresiva.

—¿Le quedan provisiones suficientes, capitán? Habrá que alimentar a los enfermos con mucho cuidado. Supongo que no habrá leche a bordo, pero...

—Oh, sí que hay leche —informó, animándose de repente—. Tenemos seis cabras de las que se ocupa la señora Johansen, la esposa del artillero. Cuando hayamos visto al sobrecargo se la enviaré.

Después de presentarme al señor Overholt, el sobrecargo, el capitán Leonard se retiró, recomendándole que me prestara todos los servicios posibles.

El señor Overholt, un pequeño y rollizo hombre con la cabeza calva y brillante, me miró por encima del cuello de su abrigo. Parecía un huevo. No dejaba de murmurar enfadado sobre la escasez habitual al final de un crucero, pero apenas le presté atención. Estaba mucho más preocupada por lo que había oído de casualidad.

¿Quién sería ese Tompkins? La voz me era completamente desconocida y su nombre también. ¿Qué sabría de Jamie? ¿Qué iba a hacer el capitán Leonard con esa información? Ahora sólo podía contener mi impaciencia y, con la parte de mi mente que no estaba ocupada por especulaciones inútiles, determinar qué provisiones se podían proporcionar a los enfermos.

Resultaron ser muy pocas.

—No, no pueden comer carne salada —dije con firmeza—. Tampoco galletas, aunque si las empapamos en leche hervida, quizá les podamos dar eso cuando se empiecen a recuperar. Siempre que primero les quiten los gorgojos —añadí después de pensarlo un momento.

—Pescado —sugirió el señor Overholt esperanzado—. Cuando nos acercamos al Caribe solemos tropezar con grandes bancos de caballa o atún. A veces la tripulación tiene suerte con la pesca.

—Podría servir —dije pensativa—. Durante los primeros días bastará con leche y agua hervidas, pero a medida que los hombres empiecen a recuperarse necesitarán algo ligero y nutritivo. Sopa, por ejemplo. ¿Se podría preparar una sopa de pescado? ¿O tiene alguna otra cosa?

—Bueno... —El señor Overholt parecía intranquilo—. Hay una pequeña cantidad de higos secos, cinco kilos de azúcar, un poco de café, galletas y un gran tonel de vino de Madeira, pero no se pueden utilizar.

—¿Por qué? —inquirí.

Movió los pies, azorado.

—Porque esas provisiones están destinadas a nuestro pasajero.

—¿Quién es ese pasajero? —pregunté sin comprender.

El sobrecargo puso cara de sorpresa.

—¿El capitán no se lo ha dicho? Llevamos al nuevo gobernador de Jamaica. Ése es el motivo, bueno, *uno* de los motivos —se corrigió frotándose la calva nervioso con un pañuelo— de que tengamos tanta prisa.

—Si el gobernador no está enfermo, que coma carne salada —dije con firmeza—. Le sentará bien. Ahora haga que lleven el vino a la cocina. Tengo mucho que hacer.

Con la ayuda de un guardiamarina, un joven bajo y fornido llamado Pound, hice un rápido recorrido por el barco, confiscando implacablemente provisiones y mano de obra. Pound, que trotaba a mi lado como un pequeño bulldog, advertía con firmeza a los sorprendidos y resentidos cocineros, carpinteros, barrenderos, encargados de fregar la cubierta, veleros y bodegueros que, por orden del capitán, mis deseos debían ser satisfechos de inmediato por irrazonables que pudieran parecer.

Lo más importante era establecer la cuarentena. En cuanto acabaran de fregar y ventilar el entrepuente habría que instalar allí a los enfermos, pero alterando la distribución de las hamacas con el fin de dejar un amplio espacio entre una y otra; la tripulación no afectada tendría que dormir en cubierta. Además, se necesitaban instalaciones sanitarias adecuadas. En la cocina había visto un par de enormes calderos que pensé que servirían. Añadí una nota rápida a la lista mental que estaba elaborando y recé para que el jefe de cocina no fuera tan posesivo con su menaje como lo era Murphy.

Seguí la redonda cabeza cubierta de rizos castaños de Pound hasta la bodega en busca de velas viejas que se pudieran utilizar como ropa. Sólo tenía la mitad de la cabeza puesta en la lista, con la otra mitad pensaba en qué podría haber provocado las fiebres tifoideas. Las provocaba un bacilo de la *Salmonella* y se solía contraer tras la ingestión de dicho bacilo, que se encontraba en manos infectadas por contacto con la orina o las heces.

Teniendo en cuenta los hábitos sanitarios de los marineros, cualquier miembro de la tripulación podría ser el portador de la enfermedad. Sin embargo, dado lo extendida que estaba y la repentina naturaleza del brote, quienes tenían más números de ser los culpables eran los que manejaban la comida. El cocinero, cualquiera de sus dos ayudantes, incluso el sobrecargo. Tendría que averiguar cuántos había, en qué comedores habían servido y si se había producido algún cambio de puesto en las últimas cuatro semanas, no, cinco, me corregí. El brote había comenzado cuatro semanas atrás, pero también había un período de incubación que debía tener en cuenta.

—Señor Pound —llamé.

Su cara redonda se volvió hacia mí desde el pie de la escalerilla.

—¿Sí, señora?

—¿Cuál es su nombre de pila, señor Pound? —le pregunté.

—Elias, señora —respondió, algo desconcertado.

—¿Le molestaría que le tuteara?

Bajé el pie de la escalera y le sonreí. Me devolvió la sonrisa con aire vacilante.

—Eh... no, señora. Aunque tal vez le moleste al capitán —añadió, cauteloso—. No es costumbre en la Marina, ¿sabe?

Elias Pound no podía tener más de diecisiete o dieciocho años; en cuanto al capitán Leonard, difícilmente tendría más de veinticuatro. Aun así, el protocolo era el protocolo.

—En público respetaré estrictamente las costumbres de la Marina —le aseguré reprimiendo mi sonrisa—. Pero si vamos a trabajar juntos, será más cómodo que te tutee.

Sabía, aunque él lo ignorara, lo que teníamos por delante: horas, días, quizá semanas de trabajo y agotamiento que nos embotaría los sentidos; entonces, sólo la fuerza física y el instinto ciego, además del liderazgo de un jefe incansable, mantendría en pie a quienes se ocuparan de los enfermos.

Yo distaba mucho de ser incansable, pero haría falta mantener la ilusión. Para eso necesitaría la ayuda de dos o tres personas a las que pudiera entrenar; actuarían como sustitutos de mis manos y mis ojos; ellos continuarían con la tarea cuando yo necesitara descansar.

El destino —y el capitán Leonard— habían elegido a Elias Pound para que se convirtiera en mi mano derecha. Lo mejor era romper el hielo cuanto antes.

—¿Cuánto tiempo hace que navegas, Elias? —pregunté deteniéndome para observarlo mientras se agachaba bajo una plataforma que sostenía enormes bucles de una formidable cadena que olía fatal. Cada eslabón doblaba el tamaño de mi puño. «¿Será la cadena del ancla?», me pregunté tocándola con curiosidad. Parecía lo bastante sólida para anclar el *Queen Mary*, y pensarlo me resultó muy reconfortante.

—Desde los siete años, señora. —Caminaba hacia atrás, arrastrando un gran arcón. Se detuvo a limpiarse la cara, sofocado por el esfuerzo—. Mi tío es comandante del *Tritón* y pudo conseguirme un puesto en su barco. Me uní al *Marsopa* sólo para este viaje, fuera de Edimburgo.

Abrió el baúl, dejando al descubierto una variedad de instrumentos quirúrgicos manchados de óxido (al menos, era de esperar que se tratara de herrumbre) y un montón de frascos y jarras. Uno de los frascos se había roto dejando un fino polvo blanco sobre el contenido del baúl; parecía escayola.

—Esto es lo que traía el señor Hunter, el cirujano, señora. ¿Le servirá de algo?

—Sólo Dios lo sabe —dije echando un vistazo—. Ya veremos. Haz que alguien lo lleve al entrepuente, Elias. Necesito que me acompañes a hablar con el cocinero.

· · ·

Mientras supervisaba la limpieza del entrepuente con agua de mar hirviendo, mi mente tomaba varios derroteros.

En primer lugar, estaba planeando los pasos que debía dar para combatir la epidemia. Dos de los hombres, muy debilitados por la enfermedad y la deshidratación, habían muerto durante el traslado a cubierta y en ese momento yacían en la punta de la cubierta de popa, donde el velero les estaba cosiendo sus hamacas para enterrarlos con un par de pesos cosidos a los pies. Otros cuatro no pasarían la noche. Los cuarenta y cinco restantes variaban entre un pronóstico esperanzador y muy escasas posibilidades de sobrevivir; con suerte y habilidad podría salvar a la mayor parte. Pero ¿cuántos casos más se estarían incubando entre el resto de la tripulación?

Por órdenes mías, en la cocina se estaba hirviendo una enorme cantidad de agua: de mar para la limpieza y dulce para beber. Hice otra anotación en mi lista mental: debía ver a la señora Johansen, la de las cabras, para que también se esterilizara la leche.

Debía entrevistarme también con el personal de cocina para preguntarles por sus tareas. Si podía localizar una sola fuente de infección y aislarla, ayudaría mucho a contener la propagación de la enfermedad. Nota.

En el entrepuente habíamos acumulado todo el alcohol disponible para profundo horror del señor Overholt. Podía emplearse en su forma actual, aunque habría sido mejor contar con alcohol refinado. ¿Existiría un medio para destilarlo? Consultar con el sobrecargo. Nota.

Se tenían que hervir y secar todos los catres antes de que los marineros sanos se acostaran en ellos. Y debíamos hacerlo deprisa, antes de que la próxima guardia se fuera a descansar. Tenía que pedirle a Elias que fuera a buscar a un grupo de limpiadores, eso de hacer la colada parecía un trabajo para ellos. Nota.

Por debajo de la lista mental, cada vez más larga, pensaba vagamente en el misterioso Tompkins y su información. Cualquiera que fuese, no había provocado un giro para reunirnos con el *Artemis*. O bien el capitán Leonard no lo había tomado en serio, o estaba demasiado deseoso de llegar a Jamaica para permitir que algo entorpeciera su avance.

Me detuve un momento junto a la borda para poner orden en mis pensamientos. Me aparté el pelo de la frente y levanté la cara a la pureza del viento dejando que se llevara el hedor de la enfermedad. De la escotilla más cercana flotaban ráfagas de vapor enfermizo procedentes de la sesión de limpieza con agua caliente del piso de abajo. Cuando acabaran se estaría mucho mejor, pero distaría mucho del bienestar propiciado por el aire fresco.

Miré por la borda con la vana esperanza de distinguir una vela, pero el *Marsopa* estaba solo. El *Artemis* (y Jamie) había quedado muy atrás.

Aparté de mí la súbita oleada de soledad y pánico. Debía hablar sin pérdida de tiempo con el capitán Leonard. Él tenía la respuesta al menos a dos de los problemas que me preocupaban: la posible fuente del brote de tifus y el papel del desconocido señor Tompkins en los asuntos de Jamie. Pero por ahora había temas más urgentes.

—¡Elias! —llamé sabiendo que estaría al alcance de mi voz—. Llévame a ver a la señora Johansen y las cabras, por favor.

47

El barco de la epidemia

Dos días después aún no había conseguido hablar con el joven capitán Leonard. Fui dos veces a su camarote, pero o no estaba allí o no podía atenderme. Me decían que estaba tomando posiciones, consultando cartas de navegación u ocupado con cualquier otra tarea naval.

El señor Overholt hacía lo posible por evitarme y por librarse de mis insaciables demandas; se encerraba en su camarote con un saquito de salvia e hisopo atado al cuello para ahuyentar la epidemia. Al principio los marineros a los que se les había asignado la tarea de la limpieza se mostraron apáticos e indecisos, pero yo los había acosado y regañado, los fulminaba con la mirada y les gritaba, pateaba el suelo y chillaba, y al final conseguí que se movieran. Me sentía más perro pastor que médico: me pasaba el día gruñendo tras los talones a todo el mundo; ya estaba ronca por el esfuerzo.

Sin embargo, iba obteniendo resultados; entre la tripulación había una nueva sensación de esperanza, un objetivo común; podía sentirlo. Aquel día habían muerto cuatro hombres y aparecieron diez casos nuevos, pero en el entrepuente se oían menos gemidos de dolor. En la cara de los que aún estaban sanos era apreciable el alivio que proporciona hacer algo, lo que sea. Hasta el momento no había logrado descubrir la fuente del contagio. Si lograba encontrarla e impedir que surgieran nuevos casos, tal vez pudiese detener la epidemia en una semana mientras el *Marsopa* todavía tuviera marineros que lo hicieran navegar.

Entre la tripulación había dos hombres condenados a alistarse por destilar licores ilegales. Conseguí tenerlos a mi servicio y los puse a construir un alambique en el que, para horror de toda la tripulación, convertíamos el ron en alcohol puro para desinfectar.

Había apostado a uno de los guardiamarinas que habían sobrevivido en la entrada de la enfermería y a otro junto a la cocina, cada uno armado con una vasija de alcohol puro. Tenían instrucciones de evitar que nadie entrara o saliera sin lavarse las manos con él. Junto a cada uno de los guardiamarinas había un infante de marina armado con un rifle. Su deber era evitar que nadie se bebiera el sucio contenido del barril donde se iba vertiendo el alcohol usado cuando ya estaba demasiado sucio para seguir utilizándolo.

En la señora Johansen, la esposa del artillero, encontré una aliada inesperada. Era una sueca inteligente, de treinta y tantos años; sólo hablaba unas pocas palabras entrecortadas en nuestro idioma y yo ignoraba por completo el suyo, pero había comprendido de inmediato lo que quería y se ocupaba de hacerlo. Si Elias era mi mano derecha, Annekje Johansen era la izquierda. Asumió por sí sola la responsabilidad de moler pacientemente la galleta dura —tras quitar los gorgojos—, y mezclarla con la leche de cabra hervida para alimentar con la mezcla resultante a los enfermos que ya estaban lo bastante repuestos para digerirla. Su marido y artillero del buque se encontraba entre los enfermos, pero por fortuna era uno de los casos más leves; yo tenía todas las esperanzas de que se recobrara, tanto por las devotas atenciones de su esposa como por su robusta constitución.

—Señora, Ruthven dice que alguien ha vuelto a beber alcohol puro. —Elias Pound apareció junto a mí, ojeroso y pálido; su cara redonda se había afinado a ojos vistas por el trabajo.

Exclamé una maldición y el joven abrió mucho los ojos.

—Lo siento —dije. Me pasé el dorso de la mano por la frente intentando apartarme el pelo de los ojos—. No pretendía ofender tus inocentes oídos, Elias.

—Oh, ya lo había oído antes, señora —me aseguró Elias—. Pero no de boca de una dama.

—Yo no soy una dama, Elias —le dije con cansancio—. Soy doctora. Consigue que alguien registre el barco y encuentre a quienes lo hayan hecho, es muy probable que ya estén inconscientes.

Asintió y se dio media vuelta.

—Miraré en el almacén de los cabos —dijo—. Suelen esconderse ahí cuando se emborrachan.

Era la cuarta vez en los tres últimos días. Tanto el alambique como el alcohol purificado estaban sometidos a una estrecha vigilancia, pero los marineros, que habían visto su ración diaria de ron reducida a la mitad, estaban tan desesperados por la bebida que, de un modo u otro, se las ingeniaban para apoderarse de alcohol destinado a la esterilización.

—Santo cielo, señora Malcolm —había sido la respuesta del sobrecargo a mi queja mientras meneaba su calva cabeza—, los marineros son capaces de beber cualquier cosa: vino avinagrado, melocotones triturados y fermentados dentro de una bota de goma... hasta he sabido de uno que robaba los vendajes usados y los remojaba con la esperanza de obtener un poco de alcohol. No, señora: de nada servirá decirles que el alcohol puro los puede matar.

Y así era. Ya había muerto uno de los cuatro que habían bebido y otros dos estaban en un rincón apartado del entrepuente en estado de coma profundo. Si sobrevivían, lo más probable era que sufrieran lesiones cerebrales permanentes.

—En realidad, vivir en un infierno flotante como éste dejaría lesiones cerebrales a cualquiera —me quejé con amargura a una golondrina que se había posado en la barandilla—. Por si no bastase con tratar de salvar del tifus a la mitad de estos desdichados, ahora la otra mitad quiere matarse con mi alcohol. ¡Malditos sean!

La golondrina ladeó la cabeza, decidió que yo no era comestible y se marchó. El océano se extendía alrededor, completamente desierto. Hacia delante, las desconocidas Antillas, donde se escondía el destino del joven Ian. Atrás, Jamie y el *Artemis* habían desaparecido hacía tiempo. Y yo en medio, con seiscientos marineros ingleses enloquecidos por la falta de bebida y un entrepuente lleno de intestinos inflamados.

Me quedé allí un momento, rabiando, y luego fui con decisión hacia el pasillo de proa. Me daba igual que el capitán Leonard estuviera bombeando agua personalmente, tendría que hablar conmigo.

• • •

Me detuve en el vano de la puerta. Aún no era mediodía, pero el capitán dormía con la cabeza apoyada en los brazos, que cubrían un libro abierto. Se le había caído la pluma de entre los dedos y el tintero de cristal, sujeto como estaba en su soporte, se mecía lentamente empujado por el movimiento del barco. Tenía la cabeza vuelta hacia un lado y la mejilla apoyada sobre el brazo. A pesar de la barba un poco crecida, su aspecto era juvenil.

Di la vuelta con intención de regresar más tarde. Al hacerlo rocé un montón de libros mal apilados en un armario entre un montón de papeles, instrumentos de navegación y cartas medio desenrolladas. El primero cayó al suelo con un golpe sordo.

El ruido apenas fue audible por encima de los sonidos del barco, los continuos crujidos de la madera, las velas azotadas por el viento, el gemido de los aparejos y los gritos de los que se componía la vida a bordo. Pero bastó para despertarlo. El capitán parpadeó con aspecto sobresaltado.

—¡Señora Fra... Malcolm! —exclamó frotándose la cara y sacudió la cabeza para despertarse—. ¿Qué...? ¿En qué puedo servirla?

—No era mi intención despertarlo, pero necesito más alcohol. Podría utilizar ron puro, aunque debería usted tratar de persuadir a los marineros de que no beban el alcohol destilado. Hemos tenido otro caso de envenenamiento. Si hubiera algún modo de que entrara más aire fresco en el entrepuente...

Viendo que lo abrumaba, me interrumpí.

Parpadeó y se rascó poniendo sus pensamientos en orden. Los botones de la manga le habían dejado dos marcas rojas en la mejilla y tenía el pelo aplastado por un lado.

—Comprendo —dijo con aire estúpido mientras se iba espabilando con una expresión cada vez más nítida—. Sí, daré órdenes de instalar una manga para llevar más aire abajo. En cuanto al alcohol... le ruego que me permita consultar con el sobrecargo; ahora mismo no conozco el estado de nuestras provisiones.

Se volvió e inspiró hondo, como si se preparara para gritar, cuando recordó que su camarero ya no le podía escuchar desde allí porque se encontraba postrado en el entrepuente. Entonces se oyó el suave tintineo de la campana procedente del piso superior.

—Excúseme, señora Malcolm —dijo con la cortesía recobrada—. Es casi mediodía y debo ir a establecer nuestra posición. Le enviaré aquí al sobrecargo, si no le molesta esperar.

—Gracias —dije, y ocupé la silla que él acababa de abandonar. Se dio media vuelta para irse conforme trataba de ponerse bien el abrigo que tan grande le iba. De pronto añadí, movida por un impulso—: ¿Capitán Leonard?

Se volvió hacia mí con expresión interrogante.

—Si no le molesta la pregunta, ¿cuántos años tiene?

Parpadeó y sus facciones se endurecieron, pero me respondió.

—Diecinueve, para servirla, señora.

Y desapareció por la puerta. Le escuché subir por la escalerilla mientras daba órdenes con la voz entrecortada por el cansancio.

¡Diecinueve! Me quedé paralizada por la impresión. Lo hacía muy joven, pero no tanto. Con el rostro bronceado por la continua exposición al sol y contraído por la tensión y la falta de sueño, había asumido que tendría veintitantos. «Por Dios —pensé, sobrecogida—, ¡todavía es un niño!»

Diecinueve años, la edad de Brianna. Encontrarse así, de pronto, al mando de un barco, y no de cualquier barco: de una cañonera inglesa; y no una cañonera cualquiera: una cañonera atacada por una epidemia que había acabado con la cuarta parte de la tripulación y con todos los altos cargos. Sentí que el miedo y la furia de los últimos días empezaban a amainar dentro de mí; la forma en que me había secuestrado no era arrogancia ni falta de tino, sino pura desesperación.

Me dijo que necesitaba ayuda. Y tenía razón, y yo era la ayuda que necesitaba. Inspiré hondo recordando el caos que había dejado en la enfermería. Era cosa mía, yo era la responsable de manejarlo lo mejor que pudiera.

El capitán Leonard había abandonado el libro de bitácora abierto sobre la mesa con una entrada a medio completar. En las últimas hojas habían caído unas gotas de saliva mientras dormía. Empujada por la compasión, volví la página con la intención de esconder la evidencia de su vulnerabilidad. Me acerqué a la nueva página y vi una palabra que me erizó el pelo al recordar algo. Cuando despertó, el capitán se había sobresaltado al verme y había dicho, antes de corregirse: «Señora Fra...» La palabra que me había llamado la atención era «Fraser». Sabía quién era yo... y quién era Jamie.

Me levanté precipitadamente para echar el cerrojo. Eso me avisaría en caso de que viniera alguien. Luego me senté al escritorio del capitán, aplané las páginas y empecé a leer.

Retrocedí un poco hasta encontrar la entrada que dejaba constancia del encuentro con el *Artemis* tres días atrás. Las anotaciones del capitán Leonard eran distintas de las de sus antecesores, y la mayoría bastante breves. Cosa que no era de extrañar teniendo en cuenta los muchos problemas que tenía. La mayor parte de las entradas sólo contenían la habitual información sobre navegación acompañada de una breve nota con los nombres que habían muerto ese día. Sin embargo, sí que había dejado constancia del encuentro con el *Artemis*, y también de mi presencia.

> 3 de febrero de 1767. A las ocho campanadas nos encontramos con el *Artemis*, bergantín de dos palos con bandera francesa. Lo detuvimos para solicitar la ayuda de su cirujano, C. Malcolm, que vino a bordo y permanece con nosotros atendiendo a los enfermos.

Conque C. Malcolm, ¿eh? No mencionaba mi sexo, tal vez por parecerle irrelevante o bien para evitar investigaciones sobre el decoro de sus actos. Pasé a la siguiente anotación.

> 4 de febrero de 1767. He recibido información de Harry Tompkins, marinero de primera, según la cual el sobrecargo del bergantín *Artemis* es un criminal conocido por el nombre de James Fraser, así como por los alias de «Jamie Roy» y «Alexander Malcolm». El tal Fraser es un notorio contrabandista acusado de sedición por quien las Aduanas Reales ofrecen una sustanciosa recompensa. Como esta información me fue comunicada cuando ya nos habíamos separado del *Artemis*, no me pareció conveniente perseguir al bergantín, puesto que tenemos órdenes de llegar cuanto antes a Jamaica, al servicio de nuestro pasajero. No obstante, al devolverles a su cirujano se nos presentará una gran oportunidad de detener a Fraser.
> Dos hombres muertos por la epidemia; el cirujano del *Artemis* me informa de que se trata de fiebre tifoidea. Jno. Jaspers, marinero de primera, DC, Harty Kepple, ayudante de cocina, DC.

Eso era todo. La entrada del día siguiente se centraba por completo en la navegación y dejaba constancia de la muerte de seis hombres más. Todos con las iniciales DC escritas junto a sus nombres. Me pregunté qué significaría, pero estaba demasiado inquieta para pensar en eso.

Oí pasos en el pasillo; apenas abrí el cerrojo, el sobrecargo llamó a la puerta. No presté mucha atención a las disculpas del señor Overholt: mi mente estaba demasiado ocupada en tratar de encontrar un sentido a la nueva situación.

¿Quién diablos era Tompkins? No lo había visto ni oído nombrar nunca, de eso estaba segura; sin embargo, estaba peligrosamente bien informado sobre las actividades de Jamie. Lo cual me llevaba a dos preguntas: ¿cómo era posible que un marinero inglés tuviera tanta información...? ¿Y quién más la conocía?

—... hemos recortado un poco más las raciones de grog para poder darle un nuevo tonel de alcohol —decía el señor Overholt con desconfianza—. A los marineros no les va a gustar, pero nos las arreglaremos. Ya estamos a sólo dos semanas de llegar a Jamaica.

—Me da igual que les guste o no. Yo necesito el alcohol mucho más de lo que ellos precisan tomarse una copa de grog —le respondí con brusquedad—. Si se quejan mucho, dígales que si no me dan el alcohol, es muy posible que ninguno de ellos consiga llegar a Jamaica.

El señor Overholt suspiró y se limpió algunos trazos de brillante sudor de la frente.

—Así lo haré, señora —dijo para zanjar el tema.

—Estupendo. Ah, y señor Overholt. —Se dio media vuelta con aire inquisitivo—. ¿Qué significan las siglas DC? He visto que el capitán las ha escrito en su cuaderno de bitácora.

En los ojos hundidos del sobrecargo brilló una pizca de humor.

—Significa «desembarcar cadáver», señora —contestó—. Es la única forma de que cualquiera de nosotros pueda abandonar un navío de Su Majestad.

Mientras supervisaba el lavado de los enfermos y el suministro de agua azucarada y leche hervida, mi mente continuaba trabajando en el problema del desconocido Tompkins, de quien sólo conocía la voz. Podría ser uno de los marineros que trabajaban en las velas, esas siluetas que veía por entre la jarcia cuando subía a la cubierta para tomar aire fresco, o alguno de aquellos apresurados hombres que corrían por las cubiertas tratando de hacer el trabajo de tres hombres.

Si se acababa contagiando de la fiebre, lo conocería. Me sabía todos los nombres de los pacientes que había en la enfermería. Pero no podía seguir aguardando con la morbosa esperanza de que Tompkins cayera enfermo. Por fin me decidí a preguntar; de cualquier modo, debía de saber quién era yo y el hecho de que se enterara de que había estado haciendo averiguaciones sobre él no empeoraría más las cosas.

Lo más fácil era comenzar por Elias. Esperé hasta que acabara el día, confiando en que la fatiga embotaría su curiosidad natural.

—¿Tompkins? —Su cara de niño se arrugó para volver a despejarse—. Ah, sí. Es uno de los marineros del castillo de proa, señora.

—¿Cuándo subió a bordo? —No tenía forma de explicar a qué venía ese repentino interés por un hombre al que no conocía, pero por suerte Elias estaba demasiado cansado para preguntárselo.

—Oh —dijo distraído—, en Spithead, me parece. ¡No, ahora recuerdo! Fue en Edimburgo. —Se frotó la nariz con los nudillos para sofocar un bostezo—. Eso es, en Edimburgo. Lo recuerdo porque lo obligaron a alistarse. Armó un barullo tremendo, proclamando que no lo podían obligar puesto que trabajaba para sir Percival Turner en las aduanas. —El bostezo acabó por ganar la partida, haciéndole abrir ampliamente la boca—. Pero como no tenía ningún documento escrito por sir Percival, no pudo hacer nada —concluyó parpadeando.

—¿Así que era agente de aduanas? —Eso explicaba muchas cosas, sin duda.

—Ajá. Eh... digo... sí, señora. —Elias trataba de mantenerse despierto. Sus pupilas miraban fijamente la lámpara que se balanceaba en un extremo del entrepuente y comenzaban a acompañarla en su bamboleo.

—Ve a acostarte, Elias —dije compasiva—. Ya terminaré yo.

Él negó con la cabeza intentando deshacerse del sueño.

—¡Oh, no, señora! ¡Pero si no tengo sueño! —Alargó con torpeza la mano hacia la botella que yo sujetaba—. Deme eso, señora y vaya a descansar usted.

No quiso ceder. Insistió con terquedad en ayudarme a administrar la última ronda de agua antes de tambalearse hasta su catre.

Aunque al terminar estaba casi tan cansada como él, no pude conciliar el sueño. Me tumbé en el camarote del cirujano fallecido y fijé la vista en la oscura viga que tenía sobre la cabeza, pensando mientras escuchaba los crujidos y murmullos del barco a mi alrededor.

Tompkins trabajaba para sir Percival y éste sabía, sin duda, que Jamie era contrabandista. Sin embargo, ¿qué más había en el asunto? Tompkins conocía a Jamie de vista. ¿Cómo? Sir Percival había tolerado las actividades clandestinas de Jamie a cambio de sus sobornos... pero era poco probable que algún centavo hubiera llegado a los bolsillos de Tompkins. En ese caso... ¿y la emboscada en Arbroath? ¿Habría un traidor entre los contrabandistas? Y si así fuera...

Mis ideas comenzaban a perder coherencia. No dejaban de girar en círculos. La empolvada cara de sir Percival se fundía en la máscara púrpura del agente de aduanas ahorcado en el camino de Arbroath, y las llamas rojas y doradas de una antorcha iluminaron las hendiduras de mi mente. Me tendí boca abajo, con la almohada apretada contra el pecho. Mi último pensamiento fue que tenía que encontrar a Tompkins.

Finalmente, fue Tompkins quien vino a mí. Durante más de dos días, ocupada con los enfermos, no tuve tiempo para nada. Al tercero, como las cosas parecían estar mejor, me retiré al camarote del cirujano con intención de lavarme y descansar un poco antes de que llamaran para almorzar.

Estaba tumbada en el camastro con un paño frío sobre los ojos cuando escuché golpes y unas voces en el pasillo justo delante de mi camarote. Alguien llamó con delicadeza a la puerta y una voz desconocida anunció:

—¿Señora Malcolm? Ha habido un accidente. Si es tan amable de acompañarnos.

Al abrir la puerta, me encontré ante dos marineros que sostenían a un tercero que se apoyaba en una pierna y estaba pálido por el dolor.

Me bastó una mirada para saber de quién se trataba. El herido presentaba en un lado de la cara las cicatrices de una quemadura; el párpado torcido dejaba entrever la niña lechosa de un ojo ciego. Ante mí tenía al marinero tuerto que el joven Ian creía haber matado. El lacio pelo castaño estaba recogido en una coleta que le caía sobre un hombro dejando al descubierto un par de enormes orejas transparentes.

—Señor Tompkins —saludé con seguridad. El ojo sano se ensanchó por la sorpresa—. Pónganlo ahí, por favor.

Los hombres depositaron a su compañero en un taburete, junto a la pared, y volvieron al trabajo; había demasiada escasez de tripulantes para permitir distracciones. Con el corazón acelerado, me arrodillé para examinar la pierna herida.

Él me conocía, sin duda alguna. Lo vi escrito en su cara cuando abrí la puerta. La pierna que palpaba estaba muy tensa. La herida era impresionante, pero no grave si se la atendía correctamente: un tajo profundo a lo largo de la pantorrilla. Había sangrado bastante, aunque no tenía ninguna arteria seccionada. Se la habían vendado bien con un trozo de camisa y cuando retiré el vendaje ya casi había dejado de sangrar.

—¿Cómo se ha hecho esto, señor Tompkins? —pregunté mientras me levantaba en busca de alcohol.

Alzó la vista, alerta y desconfiado.

—Una astilla, señora —respondió con el tono nasal que ya había oído una vez—. Estaba de pie sobre una verga y se ha roto.

Sacó a hurtadillas la punta de la lengua y se humedeció el labio inferior.

—Comprendo. —Me volví y abrí la tapa de mi botiquín vacío mientras fingía inspeccionar los remedios de los que disponía.

Lo estudié de reojo, buscando la mejor manera de abordarlo. Estaba tenso; no podría engañarlo para sacarle información ni ganarme su confianza.

En busca de inspiración, eché un vistazo a la mesa. Y la encontré. Mientras pedía mentalmente perdón al espíritu de Asclepio, cogí el serrucho para huesos del difunto cirujano: un objeto maligno, casi medio metro de acero oxidado. Después de observarlo con aire pensativo, apoyé el borde dentado en la pierna herida por encima de la rodilla y elevé una mirada encantadora hacia aquel aterrorizado ojo.

—Señor Tompkins —dije—, hablemos con franqueza.

Una hora después, el marinero Tompkins regresaba a su hamaca con la herida suturada y vendada, temblando de pies a cabeza, pero con su humanidad todavía entera. Yo también estaba algo temblorosa.

Tal como había asegurado en Edimburgo, Tompkins era agente de sir Percival Turner y, como tal, recorría los muelles y los depósitos a lo largo del fiordo de Forth —de Culross y Donibristle a Restalrig y Musselburgh— alerta a los rumores y a cualquier indicio de actividad ilegal.

Dada la actitud que tenían los escoceses para con las leyes inglesas sobre los impuestos, no había muchas actividades fraudulentas que rastrear. Y lo que se hacía con sus informes variaba. Los pequeños contrabandistas a los que se sorprendía con las manos en la masa en posesión de una o dos botellas de ron o whisky podían ser arrestados, juzgados y condenados, o acabar con una sentencia que podía ser penal o de deportación, acompañada de la debida requis de sus propiedades en nombre de la Corona.

Sin embargo, los peces gordos quedaban reservados al juicio particular de sir Percival. En otras palabras: se les permitía pagar sustanciosos sobornos por el privilegio de proseguir con sus operaciones ante los ojos ciegos (comentario que arrancó una sonrisa irónica a Tompkins mientras se llevaba la mano a su rostro destrozado) de los agentes del rey.

—Sir Percival tiene ambiciones, ¿comprende? —A pesar de que no se había relajado del todo, Tompkins se había enderezado lo suficiente como para inclinarse hacia delante y entornaba su único ojo mientras gesticulaba perdido en explicaciones—. Está aliado con Dundas y todos los demás. Si todo va bien, podría llegar a par del reino. No conseguiría sólo que lo nombraran caballero, ¿entiende? Pero para conseguirlo necesitaría algo más que dinero.

Y algo que podía ayudarlo en ese sentido era una espectacular demostración de competencia, prestando un gran servicio a la Corona.

—Una detención capaz de llamar la atención, ¿sabe? ¡Aaahh! ¡Eso duele, señora! ¿Está segura de lo que hace? —Echó una mirada dubitativa a la herida. La estaba limpiando con alcohol diluido.

—Estoy segura —lo tranquilicé—. Continúe. Supongo que un simple contrabandista no habría bastado, por importante que fuera.

Obviamente, no. Sin embargo, cuando sir Percival supo que podía tener a un delincuente político al alcance de la mano, estuvo a punto de estallar de entusiasmo.

—Pero la sedición es más difícil de demostrar que el contrabando. Si atrapas a un pez pequeño, no te dirá nada que te sirva de ayuda. Los sediciosos son idealistas —explicó Tompkins, meneando la cabeza asqueado—. Nunca se delatan entre sí.

—¿Y ustedes no sabían a quién andaban buscando? —Me levanté y cogí una de mis suturas de un frasco para enhebrarla en la aguja. Vi la expresión nerviosa de Tompkins, pero no hice nada por aliviar su ansiedad. Quería que siguiera nervioso y locuaz.

—No, no sabíamos quién era el pez gordo... hasta que un agente de sir Percival tuvo la suerte de dar con un socio de Fraser. Él le contó que era Malcolm, el impresor, y le dijo su verdadero nombre. Entonces todo quedó claro.

El corazón se me detuvo por un instante.

—¿Quién era ese socio? —pregunté. Los nombres y los rostros de los seis contrabandistas desfilaron por mi cabeza. Peces pequeños. Ninguno de ellos era muy idealista. Pero ¿para cuál de ellos la lealtad no suponía un obstáculo?

—No lo sé, de veras, señora, se lo juro. ¡Aahh! —exclamó al sentir la aguja en la piel.

—No es mi intención hacerle daño —le aseguré con voz de falsete—. Pero tengo que suturar la herida.

—¡Ay! ¡Ay! ¡Le digo que no lo sé! ¡Si lo supiera, se lo diría, pongo a Dios por testigo!

—No lo pongo en duda —dije, concentrada en mis puntos.

—¡Ah! ¡Basta, señora, por favor! ¡Un momento! Sólo sé que era inglés. ¡Nada más!

Levanté la vista.

—¿Inglés? —repetí, inexpresiva.

—Sí, señora. Eso dijo sir Percival.

Me miraba con lágrimas temblándole en las pestañas. Apliqué el último punto con toda la suavidad posible y até el nudo de la sutura. Me levanté sin decir nada y le entregué una medida de coñac de mi botella particular.

Bebió con gratitud, reconfortándose de inmediato. Ya fuera por agradecimiento o por el alivio de haber terminado con aquella dura prueba, me contó el resto de la historia. En busca de pruebas para respaldar los cargos de sedición, había ido a la imprenta de Carfax Close.

—Sé lo que sucedió allí —aseguré, volviéndole la cara hacia la luz para examinar las cicatrices de las quemaduras—. ¿Le duele todavía?

—No, señora, pero me dolió horrores durante algún tiempo —dijo.

Como estaba incapacitado por sus lesiones, Tompkins no había participado en la emboscada de Arbroath, pero sabía

—«Porque lo oí decir, ya me entiende», aseguró con un perspicaz asentimiento de cabeza— lo que había sucedido.

Sir Percival había avisado a Jamie de que habría una emboscada para que no creyera que estaba envuelto en el asunto y probablemente le revelara los detalles de sus acuerdos económicos por si dichas revelaciones pudieran ser de ayuda a los intereses de sir Percival. También sabía por el misterioso colaborador inglés los cambios pactados con el barco francés, por si fallaba el desembarco; por eso dispuso que la trampa se tendiera en la playa de Arbroath.

—Pero ¿y el oficial de aduanas que fue asesinado en el camino? —pregunté sin poder dominar un escalofrío al recordar aquella terrorífica cara—. ¿Quién hizo eso? De los contrabandistas sólo cinco pudieron hacerlo, pero ninguno de ellos era inglés.

Tompkins se frotó la boca con la mano. Parecía plantearse si debía decírmelo o no. Cogí la botella de coñac y la dejé junto a su codo.

—¡Vaya, le estoy muy agradecido, señora Fraser! Usted es una buena cristiana, ¡y así lo diré a cualquiera que pregunte!

—Ahórrese los halagos —le dije con sequedad—. Tan sólo cuénteme lo que sepa sobre el funcionario de aduanas.

Se sirvió una taza y se bebió despacio el contenido. Luego suspiró satisfecho, la dejó en la mesa y se humedeció los labios.

—No fue ninguno de ellos, señora. Fue su propio compañero.

—¿Qué? —Di un respingo sobresaltada, pero él asintió parpadeando con su ojo bueno como muestra de sinceridad.

—Es cierto señora. Eran dos. Uno de ellos tenía instrucciones.

Las instrucciones consistían en esperar por si alguno de los contrabandistas lograba escapar. Una vez que hubiera llegado al camino, uno de los funcionarios de aduanas dejaría caer un nudo corredizo sobre la cabeza de su compañero y lo estrangularía sin pérdida de tiempo. Debía dejarlo colgado allí, como muestra de la ira asesina de los delincuentes.

—Pero ¿por qué? —exclamé, horrorizada—. ¿Qué sentido tenía?

—¿No se da cuenta? —Tompkins parecía sorprendido, como si la respuesta fuera obvia—. No habíamos podido sacar de la imprenta pruebas que acusaran a Fraser de sedición, y como la tienda estaba completamente quemada, ya no tendríamos más oportunidades. Tampoco lo atrapamos nunca con mercancía de contrabando, sólo cogimos a algunos de los peces pequeños que trabajaban para él. Uno de los agentes creía saber dónde la guardaban, pero algo le ocurrió. Quizá Fraser lo sorprendiera o lo sobornara, porque en noviembre desapareció y no volvimos a tener noticias suyas.

—Comprendo. —Tragué saliva, mientras pensaba en el hombre que me había atacado en la escalera del burdel. ¿Qué habría sido de aquella *crème de menthe*?—. Pero...

—Se lo estoy explicando, señora. Espere. —Tompkins alzó una mano admonitoria—. Bueno, ya tenemos a sir Percival con un caso especial entre las manos: uno de los contrabandistas más grandes de la costa además de autor de material sedicioso de primera línea. Y también un traidor jacobita indultado, cuyo nombre causaría sensación en todo el reino. El único problema —se encogió de hombros— es que no había pruebas.

Mientras Tompkins me explicaba el plan, comencé a apreciar la horrible lógica de todo aquello. El asesinato de un funcionario de aduanas en pleno cumplimiento de su deber no sólo justificaba el arresto de un contrabandista para someterlo a la pena capital, sino que provocaría gran indignación pública. La aceptación que el contrabando despertaba en el pueblo no lo salvaría ante una situación como aquélla.

—Su sir Percival parece un auténtico bribón —comenté.

Tompkins asintió al tiempo que parpadeaba con la cabeza gacha sobre la taza.

—Bueno, en eso tiene usted razón, señora. No voy a decir lo contrario.

—Y el funcionario asesinado... supongo que era sólo el elemento adecuado.

Con una risita sardónica, Tompkins esparció una fina llovizna de coñac. Parecía tener dificultades para enfocar su único ojo.

—Oh, muy adecuado, señora, en más de un sentido. Pero no merece que lo llore usted. Fueron muchos los que se alegraron de ver colgado a Tom Oakie... Sir Percival, entre otros.

—Comprendo. —Terminé de vendarle la pantorrilla. Se estaba haciendo tarde. Pronto tendría que regresar a la enfermería—. Llamaré a alguien para que lo lleve a su hamaca —dije, y le quité la botella casi vacía de su mano lacia—. Esa pierna debe descansar durante tres días por lo menos; dígale a su superior que no puede usted levantarse hasta que le haya quitado los puntos.

—Eso haré, señora. Gracias por ser tan buena con un pobre marinero.

Tompkins trató de levantarse sin éxito y se sorprendió al ver que no lo conseguía. Le puse la mano bajo la axila y tiré de él para ponerlo en pie. Cuando se negó a aceptar que llamara a alguien para que lo llevara hasta su hamaca, lo ayudé a llegar hasta la puerta.

—No se preocupe por Harry Tompkins, señora —dijo tambaleándose hasta el pasillo. Se volvió para guiñarme exageradamente el ojo—. El viejo Harry siempre sale a flote, de una forma u otra.

Al ver su larga nariz con la punta sonrosada del licor, sus grandes y transparentes orejas y su único ojo marrón, de repente comprendí a qué me recordaba.

—¿En qué año nació usted, señor Tompkins? —pregunté.

Parpadeó sin comprender, pero luego dijo:

—En 1713, señora. ¿Por qué?

—Por nada —dije, y le despedí con la mano mientras observaba cómo se desplazaba a paso lento por el pasillo hasta desaparecer de mi vista al llegar a la escalerilla. Se lo tendría que preguntar al señor Willoughby para asegurarme, pero en ese momento habría apostado mis enaguas a que 1713 había sido un Año de la Rata.

48

Momento de gracia

Durante los días siguientes se estableció una rutina, como sucede hasta en las circunstancias más desesperadas siempre que se prolonguen el tiempo suficiente. Las horas posteriores a una batalla son urgentes y caóticas: las vidas de los hombres penden de un hilo. Es en esos instantes en los que un médico se convierte en héroe al saberse convencido de que la herida que acaba de suturar ha salvado una vida, y que una rápida intervención ha salvado una extremidad. Pero cuando hay una epidemia, no hay nada de eso.

En esa situación sólo hay largos días de vigilancia continua y batallas libradas en los campos de gérmenes. Y cuando no se tienen las armas adecuadas para librar esa batalla, sólo se puede emplear la táctica del retraso haciendo esas pequeñas cosas que quizá no ayuden, pero deben hacerse, luchando contra el enemigo invisible de la enfermedad con la tenue esperanza de que el cuerpo aguante lo suficiente como para vencerlo.

Luchar contra una enfermedad sin medicamentos es como emprenderla a empujones contra una sombra; una oscuridad que se extiende tan inexorable como la noche. Llevaba nueve días luchando y habían muerto cuarenta y seis hombres más.

Aun así me levantaba cada día al amanecer, me salpicaba con agua los ojos irritados y salía, una vez más, al campo de batalla sin más armas que la persistencia... y un tonel de alcohol.

Hubo algunas victorias, pero hasta ésas me dejaban un sabor de boca amargo. Descubrí la posible fuente de contagio: uno de los ayudantes de cocina, un hombre llamado Howard. Embarcó como personal de artillería, pero lo habían trasladado a las cocinas hacía seis semanas, después de provocar un accidente con un cañón que se soltó y aplastó varios dedos.

Howard había estado prestando servicio en el camarote de los aspirantes a oficiales. Según los incompletos registros del difunto médico, la primera víctima fue uno de los marineros que comían allí. Hubo otros cuatro casos, todos en el mismo sector; después la enfermedad empezó a extenderse. Los hombres contagiados iban dejando la mortífera contaminación en las letrinas del barco.

Bastó que Howard admitiera haber visto antes una enfermedad así, en otros barcos en los que había servido, para que el asunto se aclarara. Pero el cocinero, escaso de ayudantes, se había negado en redondo a separarse de un hombre tan valioso por «las locas ideas de una maldita hembra». Como Elias no pudo persuadirlo, me vi obligada a recurrir al capitán en persona; Leonard, malinterpretando la naturaleza del conflicto, se presentó con varios marineros armados. En la cocina tuvo lugar una escena muy desagradable. Por fin, enviaron a Howard al calabozo, el único lugar donde la cuarentena era segura, protestando e inquiriendo desconcertado cuál había sido su delito.

Cuando salí de la cocina, el sol descendía hacia el océano, dejando un fulgor que pavimentaba de oro el mar, como si fueran las calles del paraíso. Me detuve un segundo, sólo un segundo, transfigurada por el espectáculo.

Ya lo había visto muchas veces, pero siempre me cogía por sorpresa. Inmersa siempre en algún momento de estrés, sumergida hasta el cuello en problemas y pesares como les ocurre a todos los médicos, miraba por una ventana, abría una puerta, veía una cara, y allí estaba, inesperado e inconfundible. Un instante de paz.

La luz bañaba el barco desde el cielo y el horizonte infinito ya no era un amenazador vacío, sino la cuna de la felicidad. Por un segundo me trasladé al centro del sol, cálida y limpia, y el olor y la imagen de la enfermedad desapareció, la amargura se esfumó de mi corazón.

Jamás lo buscaba ni le había puesto nombre y, sin embargo, siempre sabía reconocer ese regalo de paz. Me quedé muy quieta todo lo que duró pensando que era extraño y normal a un mismo tiempo que esa paz me encontrara allí también.

La luz cambió y el instante quedó atrás, dejándome, como siempre, el eco de su presencia. En un acto reflejo de reconocimiento, hice la señal de la cruz y bajé al entrepuente, con el débil destello de mi deslustrada armadura.

Cuatro días después, el tifus se llevó a Elias Pound. Fue una infección virulenta: llegó al entrepuente con los ojos pesados por la fiebre y haciendo gestos de rechazo a la luz; seis horas después deliraba y ya no podía levantarse. Al amanecer del día siguiente apoyó su redonda cabeza en mi seno, me llamó «madre» y murió en mis brazos.

Pasé el día dedicada a mi trabajo; al caer el sol, acompañé al capitán Leonard mientras leía el oficio fúnebre. El cuerpo del guardiamarina Pound fue entregado al mar envuelto en su hamaca. Aquella noche no cené con el capitán; preferí sentarme en un rincón de la cubierta, junto a uno de los grandes cañones, donde pude contemplar el mar sin mostrar la cara a nadie. La dorada y gloriosa esfera del sol se puso seguida de una noche añil, pero no se hizo ningún momento de paz, no encontré ni rastro de ella.

Cuando la oscuridad empezó a envolver el barco, los movimientos comenzaron a aquietarse. Apoyé la cabeza contra el cañón sintiendo el contacto frío del metal pulido en mi mejilla. Por delante pasó un marinero concentrado en sus quehaceres y luego me quedé sola.

Me dolía todo: me palpitaba la cabeza, tenía la espalda agarrotada y los pies hinchados. Pero ninguno de aquellos dolores era importante comparado con el dolor desgarrador que sentía en el corazón.

Todo médico detesta perder a un paciente. La muerte es el enemigo, y dejar que el ángel oscuro nos arrebate a alguien que nos ha sido confiado es ser derrotado, sentir la rabia de la traición y la impotencia más allá del pesar común y de los horrores de la muerte. Aquel día había perdido a veintitrés hombres entre el alba y el ocaso. Elias fue sólo el primero.

Algunos de ellos murieron mientras los limpiaba o les sostenía la mano; otros estaban solos en sus hamacas, habían muerto sin el consuelo de una caricia porque yo no había conseguido llegar a tiempo. Pensaba que me había resignado a la realidad de aquella época, pero saber que la penicilina habría salvado a la mayoría de esos hombres mientras abrazaba a un chico de dieciocho años, que se retorcía sintiendo cómo sus intestinos se deshacían en agua y sangre, era tan irritante como una úlcera y me reconcomía el alma.

Me había dejado en el *Artemis* la cajita donde guardaba las jeringuillas y las ampollas, en el bolsillo de mi otra falda. Si bien aunque lo hubiera tenido conmigo, tampoco habría podido utilizarlo. En caso de hacerlo, sólo habría podido salvar a uno o dos de los marineros. Pero incluso sabiéndolo como lo sabía, me paseaba entre los hombres apretando los dientes con rabia, armada con leche hervida con galletas y dos manos desnudas.

Mi mente se adentró por los mismos caminos serpenteantes que habían seguido mis pies en la enfermería y veía sus rostros, expresiones contraídas por la angustia o dejándose llevar por las garras de la muerte. Pero todos me miraban a mí. A mí. Levanté una mano inútil para descargarla con fuerza contra la barandilla. Lo hice una y otra vez, casi sin sentir el escozor de los golpes, llena de ira y dolor.

—¡Basta! —ordenó una voz tras de mí. Una mano me sujetó la muñeca impidiendo que volviera a golpear la barandilla.

—¡Suélteme! —Luché, pero aquellos dedos eran muy fuertes.

—Basta —repitió con firmeza. Me rodeó la cintura con el otro brazo para apartarme de allí—. No actúe de ese modo. Se hará daño.

—¡Me importa un rábano! —Me debatí, pero acabé por encorvar los hombros, derrotada. ¿Qué importaba?

Entonces me soltó. Al volverme me encontré frente a un hombre al que nunca había visto. No era marinero; sus ropas, aunque arrugadas y malolientes por el exceso de uso, eran muy finas: la chaqueta y el chaleco de color gris perla se habrían hecho a medida y el encaje que le rodeaba el cuello debía de provenir de Bruselas.

—¿Quién diablos es usted? —pregunté, atónita. Me pasé la mano por las mejillas húmedas, sorbí y me atusé le pelo. Esperaba que las sombras ocultaran mi rostro.

Sonrió con suavidad y me entregó un pañuelo, arrugado pero limpio.

—Me llamo Grey —dijo con una reverencia cortés y una leve sonrisa—. Supongo que es usted la famosa señora Malcolm, cuyo heroísmo elogia tanto nuestro capitán.

Se interrumpió al ver mi mueca.

—Perdone —dijo—. ¿He dicho algo inadecuado? Mil disculpas, señora. No era mi intención ofenderla.

Pareció angustiarse y negué con la cabeza.

—Ver morir a los hombres no es un acto de heroísmo —dije. Se me apelmazaban las palabras y tuve que interrumpirme para sonarme la nariz—. Estoy aquí, eso es todo. Gracias por el pañuelo.

Vacilé un momento. No quería devolverle el pañuelo usado, pero tampoco quería metérmelo en el bolsillo sin más. Él puso fin al dilema haciendo un gesto con la mano para indicarme que me lo quedara.

—¿Puedo hacer algo más por usted? —vacilaba, indeciso—. ¿Un vaso de agua? ¿Un poco de coñac, quizá? —Hurgó en su chaqueta para sacar una petaca de plata, en la que se veía un escudo de armas. Luego me la ofreció.

La acepté con un gesto de agradecimiento; tomé un trago tan grande que acabé tosiendo. El licor me quemó la garganta, pero di otro trago con cautela y sentí cómo me calentaba, relajándome y dándome fuerzas. Inspiré hondo y bebí de nuevo. Me ayudó.

—Gracias —dije con la voz un poco ronca al devolverle la petaca. Mi reacción me pareció un poco seca y añadí—: Con tanto usar el coñac para lavar a los enfermos, había olvidado que también se bebe.

Eso me trajo a la memoria los sucesos del día con tal realismo que me dejé caer en la caja de pólvora sobre la que estaba sentada antes de que apareciera el señor Grey.

—¿Eso significa que la epidemia no cede? —preguntó en voz baja. Se plantó delante de mí. El brillo de una lámpara se reflejaba en su pelo rubio.

—No puedo decir que no ceda. —Cerré los ojos; me sentía muy triste—. Hoy sólo ha habido un caso nuevo. Ayer fueron cuatro; anteayer, seis.

—Parece prometedor —comentó—. Se diría que está usted derrotando a la enfermedad.

Negué despacio con la cabeza. Me sentía densa y pesada, como una de las balas de cañón apiladas en los profundos recipientes que había junto a los cañones.

—No. Sólo estamos logrando reducir el contagio. Pero no puedo hacer absolutamente nada por los que ya la han cogido.

—Caramba... —Se inclinó para cogerme una mano. La sorpresa hizo que no me resistiera. Deslizó el pulgar con suavidad por encima de la ampolla que me había salido después de quemarme calentando leche, y me acarició los nudillos, enrojecidos y agrietados debido a la continua inmersión en alcohol—. Yo diría que ha estado muy activa para decir que no hace absolutamente nada.

—¡Claro que hago algo! —espeté, recuperando la mano—. ¡Es que no sirve de nada!

—Sin duda alguna... —empezó a decir.

—¡No! —Descargué el puño en el cañón y el silencioso golpe pareció simbolizar la dolorosa futilidad de la jornada—. ¿Sabe cuántos hombres he perdido hoy? ¡Veintitrés! Estoy en pie desde el alba, hundida hasta los codos en mugre y estiércol, con la ropa pegada al cuerpo. ¡Y no sirve de nada! ¡No he podido ayudar! ¿Me oye? ¡No he podido ayudar!

Tenía el rostro cubierto en sombras vuelto hacia el otro lado, pero adiviné la tensión en sus hombros.

—La oigo —dijo en voz baja—. Me avergüenza, señora. Me he quedado en el camarote por órdenes del capitán, pero no tenía ni idea de las circunstancias que describe. De lo contrario, le aseguro que habría salido a ayudar.

—¿Por qué? —pregunté, estupefacta—. No tiene usted ninguna obligación.

—¿Y usted sí? —Se dio la vuelta y me miró a la cara. Entonces vi que era un hombre apuesto, de treinta y muchos años, de facciones bien delineadas y grandes ojos azules dilatados por el asombro.

—Sí —dije.

Me miró a la cara un momento y le cambió la expresión, pasando de la sorpresa a la reflexión.

—Comprendo.

—No, no comprende, pero no importa. —Me presioné con fuerza la frente con la punta de los dedos, en el sitio que el señor Willoughby me había indicado para aliviar el dolor de cabeza—.

Si el capitán quiere que permanezca usted en su camarote, debería hacerlo. Tengo suficientes hombres para que me ayuden con los enfermos. Sólo que... no hay remedio —concluí, dejando caer las manos.

Se acercó a la barandilla a un metro de mí y se quedó mirando la extensión de agua oscura iluminada intermitentemente cuando una ola reflejaba la luz de las estrellas.

—Comprendo —repitió como si hablara con las olas—. Supuse que su aflicción se debía sólo a la compasión natural de las mujeres, pero veo que se trata de algo muy diferente. —Hizo una pausa agarrando la barandilla con las manos, era una silueta recortada en la oscuridad—. He sido oficial del ejército. Sé lo que significa tener vidas humanas en las manos... y perderlas.

Permanecimos los dos en silencio. Se seguían oyendo los sonidos habituales de la embarcación a los lejos, sofocados por la noche y la falta de hombres que pudieran multiplicarlos. Al final suspiró y se volvió de nuevo hacia mí.

—Todo se reduce a reconocer que uno no es Dios. —Hizo una pausa y añadió con suavidad—: Y a lamentar no poder serlo.

Suspiré mientras sentía que descargaba parte de la tensión acumulada. La fría brisa me levantó el pelo del cuello y los rizos se pasearon por mi rostro con la suavidad de una caricia.

—Sí —confirmé.

Vaciló como si no supiera qué decir, luego se agachó, me cogió la mano y me la besó con sencillez y naturalidad.

—Buenas noches, señora Malcolm —dijo.

Se alejó haciendo resonar sus pasos en la cubierta.

Estaba a unos metros de distancia cuando un marinero, al verlo, se detuvo con un grito. Era Jones, uno de los camareros.

—¡Milord! ¡No debería haber salido del camarote! El aire de la noche es mortal, y con la epidemia... y las órdenes del capitán... ¿En qué está pensando su guardia para dejarlo salir sin más?

Mi nuevo conocido hizo un gesto de disculpa.

—Sí, sí, lo sé. He hecho mal en salir. Pero si llego a quedarme un momento más en el camarote, me habría asfixiado.

—Es mejor asfixiarse que morir de esas malditas diarreas, señor, con su perdón —replicó Jones con crudeza. Mi nuevo conocido no protestó, se limitó a murmurar algo y desaparecer en las sombras de la cubierta de popa.

Al pasar Jones a mi lado, alargué la mano para sujetarlo por la manga y le di un buen susto que exteriorizó dando un grito de alarma.

—¡Oh, señora Malcolm! —dijo apoyando en el pecho la mano extendida—. ¡Por Dios! Perdone, pero pensaba que era un fantasma.

—Perdóneme usted —respondí cortés—. Sólo quería preguntarle quién es el hombre con quien estaba usted hablando.

—¿Él? —Jones miró por encima del hombro, pero el señor Grey ya había desaparecido—. Caramba, es lord John Grey, señora, el nuevo gobernador de Jamaica. —Echó una mirada censora hacia el sitio por donde el mencionado había desaparecido—. No debería estar aquí. El capitán ha dado órdenes estrictas de que se quede a salvo en su camarote. Sólo nos faltaría llegar a puerto con un político muerto a bordo. —Después de negar con la cabeza con aire crítico, se volvió hacia mí, me dirigió una pequeña reverencia y me preguntó—: ¿Va a retirarse, señora? ¿Le llevo una taza de té y algún bizcocho?

—No, Jones, gracias. Iré a echar un último vistazo a los enfermos antes de acostarme. No necesito nada.

—Bien, señora. En todo caso, no tiene más que pedirlo. A cualquier hora. Buenas noches.

Se tocó el pelo caído sobre la frente y continuó deprisa su camino.

Me quedé junto a la barandilla un rato más antes de bajar, aspirando a bocanadas el aire fresco. Aún faltaba mucho para el alba. Las estrellas brillaban claras y nítidas sobre mi cabeza y de pronto caí en la cuenta de que, al fin y al cabo, se me había concedido ese momento de gracia por el que había rezado sin palabras.

—Tienes razón —dije en voz alta, dirigiéndome al mar y al cielo—. Con un crepúsculo no habría bastado. Gracias.

Y bajé.

49

¡Tierra a la vista!

Es verdad lo que dicen los marineros: la tierra se huele mucho antes de verla.

A pesar del largo viaje, el corral de las cabras resultaba un sitio muy agradable. Ya se había acabado la paja fresca y las cabras frotaban sus pezuñas sobre las tablas de madera con inquietud. Sin embargo, se retiraban diariamente los montones de estiércol. Luego los apilaban en cestos para subirlos y Annekje Johansen traía todas las mañanas una brazada de heno seco. El olor a cabra, aunque fuerte, era algo limpio y natural, bastante más agradable que el hedor de los marineros, que no se bañaban.

—*Komma, komma, komma, dyr get!*—gritó la mujer, atrayendo a un animal con un puñado de heno. La cabra estiró sus prudentes labios y Annekje la agarró del cuello para tirar hacia delante hasta que la tuvo inmovilizada bajo su fornido brazo.

—¿Es una garrapata? —le pregunté acercándome a ayudarla.

Annekje levantó la cabeza y esbozó su enorme sonrisa desdentada.

—*Guten morgen*, señora Claire —dijo—. *Ja*, una garrapata. Aquí. —Cogió la oreja de la cabra con la mano y la dobló un poco para enseñarme el bulto azul de una gordísima garrapata bien afincada en la tierna piel del animal.

Agarró la cabra con fuerza para que se estuviera quieta y hurgó en su oreja hasta que agarró la garrapata con las uñas. Se la arrancó de una rápida maniobra y la cabra baló y pateó. En la oreja le quedó un minúsculo punto de sangre que señalaba el sitio exacto en el que el ácaro le había clavado las uñas.

—Espera —le dije antes de que soltara al animal.

Me miró con curiosidad, pero asintió y agarró a la cabra. Cogí la botella de alcohol que llevaba asida al cinturón como si fuera un arma y le vertí unas cuantas gotas en la oreja. Estaba suave y blanda y las minúsculas venas que la recorrían se distinguían perfectamente bajo su piel satinada. La cabra abrió mucho los ojos y sacó la lengua al balar. Estaba nerviosa.

—Así no se le inflamará la oreja —le expliqué a Annekje, que asintió con aprobación.

Luego soltó a la cabra y el animal volvió con el resto del rebaño, hundió la cabeza en el costado de su madre en busca del efecto sedante de la leche. Annekje buscó la garrapata y la encontró en el suelo incapaz de arrastrar su hinchado cuerpo con sus minúsculas patas. La aplastó con el talón dejando una pequeña mancha de sangre sobre la madera.

—¿Hay tierra cerca? —pregunté.

Asintió con una sonrisa ancha y alegre.

Agitó la mano hacia arriba, justo donde la luz del sol se colaba por los resquicios de la madera.

—*Ja*. ¿Oler? —indicó olfateando con fuerza, muy sonriente—. ¡Tierra, *ja*! Agua, hierba. ¡Es bueno, bueno!

—Necesito ir a tierra —dije observándola con atención—. Sin decir nada. Secreto. No decir.

—¿Ah? —Annekje abrió mucho los ojos y me miró con gesto especulativo—. ¿No digo capitán, *ja*?

—A nadie —confirmé moviendo afirmativamente la cabeza—. ¿Me puedes ayudar?

Reflexionó en silencio. Era una mujer corpulenta y plácida. Actuaba como sus cabras, que se adaptaban alegremente a la extraña vida de a bordo, disfrutando del heno y de la cálida compañía, saliendo adelante a pesar del bamboleo del barco y las sombras del compartimento de carga. Con la misma capacidad de adaptación, me miró e hizo un sereno gesto de asentimiento.

—*Ja*. Ayudo.

Pasado el mediodía anclamos frente a la isla de Watlings, llamada así, según me dijo un guardiamarina, en honor de un famoso bucanero del siglo pasado. La observé con curiosidad; era llana, con anchas playas blancas y palmeras bajas. En otro tiempo había recibido el nombre de San Salvador y probablemente fue lo primero que Cristóbal Colón vio del Nuevo Mundo.

Yo tenía una sustanciosa ventaja sobre Colón, porque ya sabía que allí había tierra, y sin embargo, sentí un leve eco de la alegría y el alivio que los marineros de aquellas minúsculas carabelas de madera debieron de sentir la primera vez que la divisaron.

Si pasas el tiempo suficiente en un barco, olvidas lo que se siente pisando tierra firme. Lo llaman «tener piernas de mar». Es una metamorfosis, como el paso de renacuajo a rana, un cambio indoloro de un estado a otro. Pero cuando vuelves a ver y oler tierra firme, recuerdas que naciste en la tierra y de repente te duelen los pies, ansiosos por tocar suelo firme.

Y ése era mi problema, cómo poner mis pies en suelo firme. La isla Watlings era sólo una pausa para reabastecernos de agua antes de continuar el viaje hasta Jamaica. Faltaba aproximadamente una semana de viaje y, con tantos enfermos a bordo necesitados de líquido, los grandes toneles de agua dulce estaban casi vacíos.

San Salvador era una isla pequeña, pero interrogando con prudencia a mis pacientes, descubrí que su puerto principal en Cockburn Town atraía bastante tráfico marítimo. Aunque no fuera el sitio ideal para una fuga, no parecía tener muchas más opciones. No tenía la intención de aceptar la «hospitalidad» de la Marina en Jamaica, donde serviría como cebo para que Jamie fuera detenido.

Por muchas ganas que tuviera la tripulación de ver y pisar tierra firme, no se permitió desembarcar a nadie que no formara parte de la partida encargada de ir a por agua, que estaban ocupados con los toneles y trineos en Pigeon Creek, a cuyos pies estábamos anclados. Habían apostado un oficial en la pasarela para evitar que nadie desembarcara.

Los tripulantes que no estaban ocupados con el abastecimiento de agua o la vigilancia se acercaron a la borda para conversar, bromear o sencillamente contemplar la isla. En cierta zona de la cubierta distinguí una coleta larga y rubia agitada por la brisa de la costa: el gobernador también había abandonado la reclusión para exponer su rostro pálido al sol tropical.

Pensé acercarme para hablar con él, pero no hubo tiempo. Annekje ya había ido en busca de la cabra. Me sequé las manos en la falda haciendo los últimos cálculos. Las palmeras y la maleza estaban a unos doscientos metros. Si lograba bajar por la plancha y adentrarme en la selva, tendría bastantes posibilidades de escapar.

Con la prisa que tenía por llegar a Jamaica, dudaba mucho que el capitán Leonard perdiera tiempo persiguiéndome. Y si me cogían, bueno, lo cierto era que el capitán tampoco tendría excesivos argumentos para castigarme por tratar de abandonar el barco, porque a fin de cuentas yo no era ningún marinero ni un prisionero formal.

El sol se reflejó en la cabeza rubia de Annekje mientras subía por la escalera con cuidado con un cabrito apretado contra su abundante pecho. Echó un rápido vistazo para comprobar que yo estaba en posición y se dirigió a la pasarela.

Annekje abordó al centinela con su rara mezcla de sueco e inglés; señalaba la cabra que llevaba en brazos y la costa, insistiendo en que el animal necesitaba hierba fresca. El marinero parecía comprender, pero se mantenía firme.

—No, señora —dijo con respeto—. Nadie puede desembarcar, salvo el grupo que va a cargar agua. Órdenes del capitán.

Yo me mantenía fuera de su campo de visión, observando la discusión. Ella maniobraba sin dejar de discutir, obligando al marinero a retroceder unos pasos para que yo pudiera pasar por detrás de él. Un poco más, ya casi estaba en el lugar perfecto. Cuando lo tuviera lo bastante lejos de la plancha, soltaría la cabra con el fin de que, en la persecución, el caos generado me diera un par de minutos para escapar.

Pasé el peso del cuerpo de un pie a otro. Iba descalza; de ese modo me sería más fácil correr por la arena. El centinela se movió, dándome la espalda de su casaca roja. Necesitaba un paso más, sólo un paso más.

—Hermoso día, ¿verdad, señora Malcolm?

Me mordí la lengua.

—Muy hermoso, capitán Leonard —dije con dificultad. Su voz parecía haberme detenido el corazón. Retomó el ritmo latiendo mucho más rápido de lo habitual para recuperar el tiempo perdido.

El capitán se colocó a mi lado y miró por encima de la barandilla. En su joven rostro se reflejaba el brillo de la alegría de Colón. A pesar de las muchas ganas que sentía de tirarlo por la borda, le acabé sonriendo de mala gana.

—Haber llegado hasta aquí es una victoria tanto suya como mía, señora —dijo—. Sin usted, dudo que el *Marsopa* hubiera podido alcanzar tierra. —Me tocó tímidamente la mano.

Volví a sonreír, un poco más amable.

—Sin duda habría salido del aprieto, capitán. Parece usted un marino muy competente.

Se echó a reír, sonrojado. Se había afeitado en honor a la tierra y sus suaves mejillas brillaron sonrosadas.

—Bueno, en gran parte el mérito es de los marineros, señora; debo reconocer que se han portado con nobleza. Y sus esfuerzos, naturalmente, se deben a sus habilidades médicas. —Me miró con un brillo severo en los ojos pardos—. La verdad, señora Malcolm, es que no puedo expresar con palabras lo que su ayuda y amabilidad han supuesto para nosotros. Voy... voy a informar al gobernador y a sir Greville, el comisario real de Antigua. Escribiré una carta como sincero testimonio de los esfuerzos que ha hecho usted por nosotros. Tal vez... tal vez sirva de algo. —Bajó la mirada.

—¿Para qué, capitán? —Aún tenía el corazón acelerado.

El capitán Leonard se mordió el labio y luego me miró.

—No le iba a decir nada, señora, pero el honor me impide guardar silencio. Conozco su apellido, señora Fraser, y sé quién es su esposo.

—¿De verdad? —Hice lo posible por dominar mis emociones—. ¿Y quién es?

El muchacho pareció sorprendido.

—¡Caramba, señora, es un criminal! —Palideció un poco—. ¿Acaso no lo sabía?

—Lo sabía, sí —repliqué secamente—. Pero ¿por qué me lo dice?

Se pasó la lengua por los labios, pero me sostuvo la mirada con valor.

—Cuando descubrí la identidad de su esposo hice una anotación en el libro de bitácora. Ahora lo lamento, pero ya es demasiado tarde. La información ya tiene carácter oficial. Cuando llegue a Jamaica tendré que comunicar su nombre y su destino a las autoridades locales y también al comandante naval de Antigua. Lo apresarán cuando amarre el *Artemis*. —Tragó saliva—. Y si lo apresan...

—Lo ahorcarán —concluí, afirmando lo que él se veía incapaz de afirmar.

El chico asintió, se había quedado mudo. Abrió y cerró la boca en busca de las palabras apropiadas.

—He visto ahorcar a otros —dijo después de una pausa—. Señora Fraser... yo... lo siento. —Entonces guardó silencio tratando de controlarse hasta que lo consiguió. Se puso bien derecho y me miró fijamente. La alegría del avistamiento de tierra había quedado repentinamente sepultada por la tristeza—. Lo lamento —me dijo con suavidad—. No pretendo que me perdone. Sólo quiero decirle lo mucho que lo siento.

Giró sobre sus talones y se alejó. Frente a él, Annekje Johansen, con su cabra, seguía discutiendo acaloradamente con el centinela.

—¿Qué significa esto? —inquirió el capitán Leonard enfadado—. ¡Retire de inmediato ese animal de la cubierta! ¿En qué está pensando, señor Holford?

Los ojos de Annekje pasaron del capitán a mí, adivinando al instante cuál había sido el problema. Se quedó allí de pie con la cabeza gacha mientras el capitán la regañaba. Luego se marchó en dirección al compartimento de carga donde estaban las cabras con el cabrito entre los brazos. Cuando pasó por mi lado me guiñó con solemnidad uno de sus grandes ojos azules. Lo intentaríamos otra vez, pero ¿cómo?

Acosado por la culpa y molesto por el viento que soplaba en contra, el capitán Leonard me evitaba refugiándose en el puesto de mando mientras avanzábamos con cautela junto a la isla

Acklins y Cayo Samaná. El tiempo enfatizaba su evasiva. Estaba despejado, pero soplaba una brisa suave que alternaba repentinas ráfagas, cosa que requería un continuo reajuste de las velas. Y no era nada fácil conseguirlo en un barco con tal escasez de personal.

Cuatro días después, mientras virábamos para entrar en el canal de Caicos, una ráfaga de aire surgió inesperadamente y sorprendió al barco mal preparado.

En aquel momento yo estaba en cubierta. Sopló una ráfaga repentina que me azotó la falda y me empujó por la cubierta, seguido de un seco y fuerte *crac* en algún punto suspendido por encima de nuestras cabezas. Me abalancé de cabeza sobre Ramsdell Hodges, uno de los marineros del castillo de proa, y nos tambaleamos juntos en una alocada pirueta antes de caer en la cubierta con las piernas entrelazadas. A mi alrededor todo era confusión, órdenes a gritos y marineros que corrían. Me incorporé, tratando de ordenar mis pensamientos.

—¿Qué ha sido eso? —pregunté a un marinero que se tambaleó hasta ponerse en pie y alargó el brazo para levantarme—. ¿Qué ha pasado?

—El palo mayor se ha jodido —dijo sin más—. Con su perdón, señora, pero es la verdad. Y ahora se va a armar la gorda.

El *Marsopa* renqueaba lentamente con rumbo sur, sin arriesgarse a cruzar los bancos de arena del canal privado de su palo mayor. El capitán Leonard optó por amarrar en la costa de Caicos del Norte y realizar las reparaciones necesarias en Bottle Creek.

Aunque en aquella ocasión se nos permitió desembarcar, de nada me servía. Se trataba de una isla pequeña y seca con muy pocas fuentes de agua dulce y diminutas bahías que podrían dar refugio a los barcos que pasaran por allí sorprendidos por alguna tormenta. No podía ocultarme en aquella isla seca, sin comida y sin agua, esperando que algún huracán me trajera un barco.

Sin embargo, el cambio de rumbo hizo que Annekje ideara un nuevo plan.

—Conocer esto —dijo con aire sabio—. Ahora vamos redondo, Gran Turca, Mouchoir. Caicos no.

La miré con recelo y ella se sentó en cuclillas para dibujar con un dedo en la arena amarilla de la playa.

—Mira: canal Caicos —dijo trazando un par de líneas, encima de las cuales dibujó el pequeño triángulo de una vela—.

Pasamos —dijo indicando el canal de Caicos—, pero no hay mástil. Ahora... —Dibujó rápidamente varios círculos irregulares a la derecha del paso—. Caicos del Norte, Caicos del Sur, Caicos, Gran Turca —añadió clavando un dedo en cada uno de los círculos—. Ahora ir rodeando: arrecifes. Canal de Mouchoir. —Y dibujó un par de líneas más que indicaban el canal hacia el sudeste de la Gran Turca.

—¿El canal de Mouchoir?

Lo había oído mencionar, pero no se me ocurría qué podía tener que ver con mi posible huida del *Marsopa*.

Annekje asintió con una sonrisa, trazó una línea larga y ondulante por debajo del dibujo anterior y la señaló con orgullo.

—La Española. Santo Domingo. Isla grande, ciudades, muchos barcos.

Enarqué las cejas, desconcertada. Ella suspiró al ver que no comprendía. Después de reflexionar un momento, se levantó, se sacudió los muslos y cogió la cacerola poco profunda que habíamos estado utilizando para recoger moluscos. Tiró los moluscos y la llenó de agua de mar. Luego la volvió a dejar en la arena y me hizo una señal para que me acercara a mirar.

Agitó el agua cuidadosamente en un movimiento circular, luego levantó un dedo manchado de la sangre violeta de los moluscos. El agua seguía moviéndose y girando en los laterales de la cacerola; arrancó una hebra de su deshilachada falda y cortando un trocito con los dientes lo escupió dentro del agua. El hilo se mantuvo a flote siguiendo los lentos círculos del remolino dentro de la cacerola.

—Tú —dijo señalando el trocito de hilo—. Agua te mueve.

Señaló nuevamente el dibujo de la arena. Hizo un nuevo triángulo en el canal de Mouchoir y una línea que se curvaba desde la vela hacia la izquierda, indicando el curso de la nave. Depositó el hilo azul que me representaba después de rescatarlo de su inmersión y lo colocó junto a la vela que simbolizaba al *Marsopa* y lo arrastró hacia la costa de La Española.

—Saltar —dijo.

—¡Estás loca! —exclamé, horrorizada.

Rió entre dientes, muy satisfecha por haberse hecho entender.

—*Ja* —dijo—. Pero sirve. Agua te lleva.

Señaló el final del canal de Mouchoir en dirección a la costa de La Española y volvió a remover el agua de la cacerola. Nos quedamos una al lado de la otra observando cómo iban desapareciendo las olas de la corriente artificial.

Annekje me miró de reojo un tanto pensativa.

—Trata no ahogar, *ja*.

Inspiré hondo, al tiempo que me quitaba el pelo de los ojos.

—*Ja* —repetí—. Haré lo posible.

50

Encuentro con un sacerdote

El mar era sorprendentemente cálido, tanto como un mar puede serlo. Comparado con el gélido oleaje de Escocia, era como un baño caliente. Por otro lado, era de lo más manso. Dos o tres horas de natación me dejaron los pies entumecidos en la parte en que estaban atadas las cuerdas de mi improvisado salvavidas, hecho con dos barriles vacíos.

La esposa del artillero había dicho la verdad. La silueta larga y difusa que había visto desde el *Marsopa* se acercaba cada vez más; sus colinas oscuras parecían de terciopelo negro en contraste con el cielo argénteo. La Española... Haití.

No tenía forma de saber qué hora era y, sin embargo, después de pasar dos meses en un barco con sus continuas campanas y cambios de guardia, me hacía una idea aproximada de cómo calcular el paso del tiempo durante la noche. Pensaba que cuando había saltado del *Marsopa* debía de ser casi medianoche y ahora debían de ser las cuatro de la mañana y aún faltaban casi dos kilómetros para llegar a la costa. Las corrientes oceánicas son fuertes, pero se toman su tiempo.

Agotada por el esfuerzo y la preocupación, me até la cuerda a una muñeca para asegurarme de no perder el arnés y, con la frente apoyada en uno de los toneles, que desprendía un fuerte olor a ron, me quedé dormida.

El roce de algo sólido en los pies hizo que me despertara bajo una aurora opalina; mar y cielo brillaban con el mismo color que puede verse en el interior de algunas conchas marinas. Cuando conseguí tener los pies bien asentados en la arena fría, pude percibir la fuerza de la corriente que tiraba de los barriles. Me liberé de las cuerdas y, con bastante alivio, dejé que continuaran su bamboleante viaje hacia la costa.

Tenía profundas marcas rojas en los hombros, y la muñeca a la que me había atado la cuerda estaba en carne viva; me sentía exhausta, congelada y sedienta, con las piernas flácidas como un camarón hervido.

Por otro lado, el mar estaba desierto, sin señales del *Marsopa*. Había escapado.

Sólo me quedaba llegar a la costa, buscar agua, conseguir algún medio de transporte para llegar rápidamente a Jamaica y reunirme con Jamie y con el *Artemis* antes de que lo hiciera la Marina Real. Por el momento, apenas podía cumplir con el primer punto de la agenda.

Lo poco que sabía del Caribe por las postales y los folletos turísticos que había visto, era que se trataba de una tierra de playas de arena blanca y aguas cristalinas. En realidad, las condiciones predominantes se componían de una densa y horrorosa vegetación afincada en un terreno fangoso y pegajoso de color marrón oscuro.

Ese conjunto de plantas gruesas con aspecto de arbustos debía de ser el manglar, que se extendía hasta donde llegaba la vista. No había más alternativa que caminar entre las raíces que sobresalían del lodo formando grandes arcos. Parecían los aros de croquet y me tropezaba con ellos continuamente. Las ramas de color gris pálido crecían en racimos, como los huesos de las manos, y se me enredaban en el pelo cuando pasaba junto a ellas.

También veía las manadas de minúsculos cangrejos de color púrpura, que correteaban muy agitados cuando me acercaba. Como me hundía en el barro hasta los tobillos, me pareció mejor seguir descalza y con las faldas recogidas sobre las rodillas. Cogí el cuchillo para cortar pescado que me había dado Annekje por si acaso. No veía ninguna amenaza, pero me sentía mejor con un arma en la mano.

Al principio fue agradable recibir el sol naciente en los hombros, pues me calentaba la piel helada y secaba mis ropas, pero al cabo de una hora deseaba que se ocultara detrás de alguna nube. A medida que trepaba por el cielo, yo sudaba a mares, estaba de barro seco hasta las rodillas y la sed comenzaba a ser insoportable.

Intenté ver el fin del manglar, pero se extendía por encima de mi cabeza y no se veía otra cosa que el follaje verde grisáceo.

—No es posible que toda esta maldita isla sea un manglar —murmuré sin dejar de chapotear—. En algún sitio tiene que haber tierra seca. —Y agua, eso esperaba.

Un ruido similar al disparo de un pequeño cañón me asustó de tal modo que se me cayó el cuchillo. Mientras lo buscaba como loca entre el barro, algo pasó zumbando junto a mi cabeza. Se oyó un fuerte agitar de hojas y, por fin, una especie de coloquial ¿*Cuac?*

—¿Qué? —grazné. Me incorporé con cautela, sujetando el cuchillo con una mano mientras me apartaba los rizos enlodados con la otra. A dos metros de distancia, una gran ave negra me miraba con aire crítico.

Agachó la cabeza y se atusó sus brillantes plumas negras como si quisiera poner de relieve el contraste de su inmaculada apariencia con mi desaliño.

—Bueno —dije sarcástica—, tú tienes alas, amigo.

El ave dejó de acicalarse y me miró con expresión censuradora. Entonces alzó el pico en el aire, hinchó el pecho, y como si quisiera dejar bien clara su superioridad estética, hinchó una gran bolsa de brillante piel roja que iba desde la base del cuello hasta la mitad del cuerpo.

¡Bum!, dijo repitiendo el cañonazo que me había sobresaltado hacía un momento. Me volví a asustar, pero no tanto.

—Deja de hacer eso —protesté, irritada.

Sin prestarme atención, aleteó y volvió a tronar. Se oyó un repentino grito de más arriba y después de un fuerte aleteo, en pocos segundos aparecieron otras tres siluetas negras que aterrizaron en el manglar a escasos metros del primero. Animado por la presencia de los demás, el primer pájaro siguió emitiendo cañonazos a intervalos regulares con la piel de la bolsa brillando de excitación. Pocos minutos después habían aparecido tres siluetas más sobre mi cabeza.

Estaba bastante segura de que no eran buitres, pero prefería no perder más tiempo. Tenía que recorrer muchos kilómetros antes de poder dormir... y buscar a Jamie. Prefería no pensar en la posibilidad de no hallarlo a tiempo.

Media hora después había avanzado tan poco que aún oía el cañoneo intermitente de mi vecino acompañado por un número indeterminado de amigos. Como jadeaba, escogí una raíz lo bastante gruesa para sentarme a descansar.

Tenía los labios agrietados y secos, y la idea de encontrar agua se estaba adueñando de mi mente hasta tal punto que era incapaz de pensar en otra cosa, ni siquiera en Jamie. Llevaba una eternidad abriéndome paso por el manglar y, sin embargo, seguía oyendo el rugido del océano. En realidad, la marea debía de haberme seguido, porque cuando me senté una fina capa de espumosa y sucia agua de mar se deslizó por entre las raíces del manglar y me lamió las puntas de los dedos un segundo antes de retroceder.

—Agua, agua por todas partes —dije tristemente, mirando a mi alrededor—, y ni una gota que se pueda beber.

Un pequeño movimiento en el lodo me llamó la atención. Al inclinarme vi varios peces de una especie que nunca había visto; lejos de boquear y retorcerse, se mantenían erguidos sobre las aletas pectorales, como si no les preocupara en absoluto el hecho de estar fuera del agua. Los estudié con fascinación. Algunos de ellos se agitaron sobre las aletas, pero no parecía importarles que los observara. Ellos también me miraban con sus ojos saltones. Cuando me fijé bien, me di cuenta de que lo que daba esa sensación de que tenían los ojos saltones era que cada uno de esos peces parecía tener cuatro ojos en lugar de dos.

Me quedé mirando uno de los peces durante un buen rato mientras notaba cómo un hilo de sudor resbalaba entre mis pechos.

—¿Quién está alucinando? —pregunté—. ¿Vosotros o yo?

En vez de responder, los peces dieron un súbito brinco y aterrizaron sobre una rama, a un palmo del suelo. Tal vez percibían algo, pues al cabo de un momento llegó una ola que me cubrió hasta los tobillos.

Me invadió una súbita frescura. El sol había tenido la gentileza de esconderse tras una nube y, con su desaparición, el ambiente del manglar cambió por completo.

Las hojas grises se agitaron cuando se levantó una repentina ráfaga de aire y los diminutos cangrejos y peces desaparecieron como por arte de magia. Estaba claro que todos ellos sabían algo que yo ignoraba, y su marcha me resultó bastante siniestra. Al echar un vistazo a la nube, ahogué una exclamación. Desde las colinas se aproximaba una enorme masa púrpura tan deprisa que incluso podía distinguir el inicio de la masa oscura que se me acercaba iluminada por la luz del sol que ocultaba a su paso.

La ola siguiente subió cinco centímetros más que la anterior y tardó más en retirarse. Yo no era cangrejo ni pez, pero ya me había dado cuenta de que se avecinaba, con asombrosa celeridad, una tormenta.

Miré a mi alrededor, aunque no vi otra cosa que el manglar aparentemente infinito que se extendía ante mí. No había nada que me pudiera servir de refugio. Y, aun así, pensé que, teniendo en cuenta las circunstancias, ser sorprendida por una tormenta no era lo peor que me podía pasar. Tenía la lengua seca y pegajosa y me humedecí los labios cuando imaginé las gotas de agua fría y dulce resbalándome por la cara.

El contacto de otra ola que trepó por mis pantorrillas me dejó bien claro que mojarme no era el único peligro que corría. Eché un rápido vistazo por las ramas altas y vi que había matas secas de algas enredadas por entre las horquillas, marcando el nivel de la marea alta muy por encima de mi cabeza.

Me invadió una oleada de pánico, pero traté de calmarme. Si perdía la serenidad, estaría acabada.

—Resiste, Beauchamp —murmuré para mis adentros.

Me vino a la cabeza un consejo que aprendí cuando era una interna: «Lo primero que tienes que hacer cuando a alguien le da un ataque al corazón es tomarte el pulso tú primero.» Sonreí al recordarlo mientras sentía cómo disminuía el pánico. Y eso hice, me tomé el pulso; me iba un poco rápido, pero era fuerte y constante.

Muy bien, ¿hacia dónde ir? Hacia la montaña; era lo único visible por encima del mar del manglar. Me abrí paso entre las ramas tan deprisa como pude, sin prestar atención a los agarrones de mis faldas y a la creciente fuerza con que las olas tiraban de mis piernas. El viento soplaba desde el mar que quedaba a mi espalda haciendo crecer las olas. Azotaba mi pelo y los mechones se me metían en los ojos y en la boca. Yo me los apartaba una y otra vez mientras maldecía en voz alta por la tranquilidad que me provocaba escuchar una voz, pero pronto se me secó tanto la garganta que hablar me resultaba doloroso.

Seguí chapoteando. La falda se me desprendía del cinturón; en cierto momento se me cayeron los zapatos y desaparecieron de inmediato entre la espuma que ya me llegaba a las rodillas. No me pareció importante.

Cuando la marea me llegó a medio muslo se inició la lluvia. Tras un rugido que ahogó el tintineo de las hojas, del cielo empezó a caer una cascada que me empapó en cuestión de segundos. Al principio perdí el tiempo en vano levantando la cara para tratar de absorber el agua de la lluvia. Por fin, recobrando el sentido común, me quité el pañuelo que me cubría los hombros y lo escurrí varias veces para quitarle los vestigios de sal, dejé que se empapara de lluvia y chupé el agua de la tela. Sabía a sudor, a algas marinas y a algodón barato: deliciosa.

Había seguido avanzando, pero continuaba entre las garras del manglar. La marea me llegaba casi hasta la cintura y cada vez me costaba más caminar. Cuando conseguí aplacar la sed, agaché la cabeza y avancé lo más rápido que pude.

En las montañas relució un relámpago; al cabo de un momento llegó el sonido del trueno. La marea me estiraba con tanta fuerza que sólo podía avanzar cuando entraba la ola aprovechando la fuerza del agua para impulsarme hacia delante, pero cuando la ola se retiraba, necesitaba aferrarme a las raíces más cercanas para que no me arrastrara.

Comenzaba a pensar que me había precipitado al abandonar el *Marsopa* y al capitán Leonard. El viento seguía arreciando, lanzaba la lluvia contra mi cara y apenas podía ver. Dicen los marineros que la séptima ola es siempre la más alta: me descubrí contando mientras avanzaba. Fue la novena la que me golpeó entre los omóplatos, derribándome antes de que pudiera agarrarme a una rama.

Me revolqué indefensa atragantándome en una nube de arena y agua. Luego recuperé el control de los pies y volví a incorporarme. Esa ola había estado a punto de ahogarme y además había alterado mi rumbo. Ya no veía la montaña, sino un gran árbol a cinco o seis metros de distancia.

Cuatro olas más, cuatro empujones más y cuatro agarrones de las raíces para evitar que se me llevara la marea, y llegué a una pantanosa ensenada, donde un minúsculo arroyo serpenteaba por entre el manglar en dirección al mar. Trepé por el árbol resbalando y tambaleándome mientras me aferraba al reconfortante abrazo de sus ramas.

Desde una que debía de estar a unos tres metros y medio de altura, pude ver la extensión del manglar inundada ante mí y por detrás el mar abierto. Volví a cambiar mi opinión sobre mi decisión de abandonar el *Marsopa*; no importaba lo terribles que fueran las circunstancias que me había encontrado en tierra firme, eran mucho peores en el barco.

La luz se reflejó sobre el agua agitada mientras el viento y la corriente se peleaban por controlar las olas. Un poco más lejos, en el canal de Mouchoir, la marea estaba tan alta que el mar parecía una cordillera. El viento soplaba tan fuerte que emitía un silbido y me congelaba hasta los huesos soplando contra mis ropas empapadas. Los truenos resonaban entre los relámpagos a medida que la tormenta avanzaba hacia mí.

El *Artemis* era más lento que la cañonera. Esperaba que fuera lo bastante lento como para seguir a salvo en el Atlántico.

Vi asomar un arbusto del manglar a unos treinta metros de distancia. El agua se retiró y por un momento vi la tierra seca por debajo. Fueron apenas unos segundos hasta que las olas regresaron para anegar de nuevo sus oscuras raíces. Rodeé con los brazos el tronco del árbol y, apretando la cara en la corteza, recé por Jamie, por el *Artemis*, por el *Marsopa*, por Annekje Johansen, Tom Leonard y el gobernador. Y por mí.

Cuando desperté era pleno día; tenía una pierna hundida entre dos ramas y entumecida desde la rodilla. Bajé, casi descolgándome de la horquilla, hasta caer en el agua poco profunda de la ensenada. Recogí un poco de agua para probarla y la escupí: no estaba salda, pero era agua estancada.

Mis ropas estaban empapadas, pero yo estaba reseca. La tormenta había desaparecido hacía rato y todo había quedado apacible y normal, exceptuando las raíces ennegrecidas. A lo lejos escuchaba los cañonazos de los enormes pájaros negros.

El agua estancada prometía agua fresca un poco más arriba. Me froté la pierna tratando de aliviar el dolor y cojeé por el banco.

La vegetación empezó a cambiar. Dejé atrás los grises del manglar y descubrí un exuberante verde que crecía sobre una alfombra de hierba y plantas cubiertas de musgo que me obligaron a caminar por el agua.

Cansada y sedienta como estaba, sólo pude recorrer una breve distancia antes de tener que sentarme a descansar. Varios de aquellos extraños peces saltaron también a tierra, mirándome con ojos saltones cargados de curiosidad.

—Bueno, a mí también me parecéis muy extraños —dije a uno de ellos.

—¿Es usted inglesa? —se extrañó el pez.

La impresión de ser Alicia en el País de las Maravillas fue tan marcada que sólo fui capaz de parpadear como una idiota. Levanté la cabeza y miré al hombre que había hablado.

Tenía la cara curtida y quemada por el sol y el pelo negro que se rizaba sobre su frente era aún abundante y sin canas. Salió de detrás del manglar y se adelantó con cautela, como si temiera asustarme. Era corpulento, de estatura mediana y rostro ancho con facciones marcadas; en su expresión amistosa se mezclaba la desconfianza. Llevaba ropas gastadas y un pesado costal en el hombro; del cinturón le colgaba una cantimplora de piel de cabra.

—*Vous êtez Anglaise?* —repitió su pregunta original en francés—. *Comment ça va?*

—Soy inglesa, sí —dije con dificultad—. ¿Me daría un poco de agua, por favor?

Abrió los grandes ojos castaños y se limitó a entregarme la cantimplora que llevaba atada al cinturón sin decir nada.

Deposité el cuchillo en mi falda, dejándolo bien a mano, y bebí con gula sin apenas tener tiempo de tragar.

—Cuidado —me advirtió él—. Es peligroso beber demasiado aprisa.

—Lo sé —dije sofocada bajando la cantimplora—. Soy doctora. —Volví a levantarla y bebí otra vez, pero me obligué a tragar más despacio esta vez.

Mi salvador me observó con aire intrigado, y un tanto asombrado, supuse. Empapada, secada al sol, con la ropa llena de barro y todo el pelo enredado debía de parecer una mendiga, loca por añadidura.

—¿Doctora? —repitió en mi idioma, demostrándome que sus pensamientos habían tomado la dirección que yo suponía. Me observó con atención, casi como el ave negra con la que me había encontrado antes—. ¿Doctora en qué, si me permite preguntarlo?

—En Medicina —dije sin dejar de beber.

Tenía unas espesas cejas negras. Al escuchar mis palabras las alzó casi hasta donde le nacía el pelo.

—¡Vaya! —Fue su comentario tras una pausa.

—Sí, vaya —dije adoptando su mismo tono de voz. Y él se rió. Inclinó la cabeza en una reverencia formal.

—En ese caso, señora médica, permita que me presente. Soy Lawrence Stern, doctor en Filosofía Natural, de la Gesellschaft von Naturwissenschaft Philosophieren, de Múnich.

Parpadeé.

—Naturalista —explicó señalando el saco de lona que llevaba al hombro—. Iba hacia esos palmípedos con la esperanza de observar sus hábitos de cortejo cuando por casualidad la he oído... eh...

—Hablar con un pez —completé—. Bueno, sí. ¿De verdad tienen cuatro ojos? —le pregunté con la esperanza de cambiar de tema.

—Sí. Por lo menos eso parece. —Miró a los peces, que parecían estar siguiendo la conversación embelesados—. Se diría que utilizan sus extraños instrumentos ópticos cuando se sumergen de forma que el par de ojos superior observa lo que ocurre por encima de la superficie del agua y el par inferior se centra en lo que ocurre por debajo.

Me miró con un esbozo de sonrisa.

—¿Tendré el honor de conocer su nombre, señora médica?

Vacilé, sin saber qué decir. Valoré el surtido de alias entre los que podía elegir y por fin me decidí por la verdad.

—Fraser —dije—. Claire Fraser, señora de James Fraser —añadí con la vaga sensación de que el estado conyugal me podría dar mayor respetabilidad, pese a mi aspecto. Me aparté el rizo que colgaba junto a mi ojo izquierdo.

—A su servicio, señora —dijo con una graciosa reverencia. Luego se frotó el puente de la nariz mientras me miraba—. ¿Ha sido víctima de un naufragio, quizá? —se aventuró.

Como parecía la explicación más lógica de mi presencia allí —o la única—, hice un gesto afirmativo.

—Necesito llegar a Jamaica —dije—. ¿Podría ayudarme?

Me miró, frunciendo levemente el ceño como si yo fuera un espécimen que no supiese cómo clasificar, pero luego asintió. Tenía una boca muy ancha que parecía hecha para sonreír. Curvó la comisura de su labios y me tendió la mano para ayudarme a levantarme.

—Puedo ayudarla. Pero antes debería proporcionarle algo de comer y algo de ropa, ¿verdad? Tengo un amigo inglés que no vive lejos de aquí. ¿Me permite que la lleve?

Ante la sed y la apremiante situación general, no había prestado mucha atención a las exigencias de mi estómago, que ante la mención de la comida resurgió, vociferante, a la vida.

—Se lo agradecería mucho —dije en voz alta, con la esperanza de acallarlo. Me atusé el pelo enredado lo mejor que pude y me agaché por debajo de una rama para seguir los pasos de mi salvador.

Al salir de un palmeral, la tierra se abría en una pradera para elevarse después en una ancha colina. En la cima se veía una casa... o las ruinas de ella. Sus paredes de yeso amarillo estaban agrietadas y recubiertas de buganvillas rosas y árboles de guayabas. En el techo de hojalata se veían varios agujeros y todo el conjunto desprendía un aire ruinoso.

—La Hacienda de la Fuente —informó mi nuevo conocido, señalándola con la cabeza—. ¿Soportará la caminata cuesta arriba o...? —Vaciló mientras me miraba como si calculara mi peso—. Supongo que podría llevarla en brazos —dijo con un tono dubitativo nada halagador.

—Puedo arreglármelas —aseguré. Tenía los pies doloridos e hinchados y me había pinchado muchas veces con hojas de palmito. Pero el camino parecía relativamente sencillo.

La ladera estaba sembrada de huellas de ovejas. Varios de estos animales pastaban tranquilos bajo el tórrido sol de La Española. Al salir del palmeral, una de las ovejas nos vio y dejó escapar un balido de sorpresa; el resto del rebaño levantó la cabeza al unísono para mirarnos.

Bastante intimidada por el ejército de ojos suspicaces, recogí mis enlodadas faldas para seguir al doctor Stern por el sendero principal rumbo a la colina, que, a juzgar por su anchura, no sólo utilizaban las ovejas.

Hacía un día muy bonito y por encima de la hierba revoloteaban multitud de mariposas con las alas naranjas y blancas. Se posaban sobre las flores. De vez en cuando se veía alguna mariposa amarilla que brillaba como un sol en miniatura.

Inspiré hondo conforme percibía el agradable olor a hierba y flores con débiles notas procedentes de las ovejas y el polvo caliente bajo el sol. De pronto se me posó una mariposa marrón en la manga y se quedó pegada a mí el tiempo suficiente como para que pudiera ver las escamas aterciopeladas de su piel y su diminuta trompa enroscada. Su delgado abdomen palpitaba respirando al mismo ritmo que batía las alas. Entonces desapareció.

Ante la perspectiva de recibir ayuda, el agua, las mariposas, o las tres cosas a la vez, el miedo y la fatiga que me acompañaban desde hacía tanto tiempo empezaron a aplacarse. Aún debía enfrentarme al problema de encontrar transporte hasta Jamaica, pero una vez calmada la sed, con un amigo al lado y la posibilidad de un almuerzo, la tarea no parecía tan imposible como en el manglar.

—¡Ahí está!

Lawrence se detuvo y esperó a que lo alcanzara por el camino. Señaló hacia arriba, en dirección a una silueta liviana que descendía con tiento hacia nosotros. Entorné los ojos hacia la silueta, que bajaba caminando entre las ovejas, indiferentes a su paso.

—¡Cristo! —exclamé—. ¡Es san Francisco de Asís!

Laurence me miró sorprendido.

—No, ninguno de los dos —aseveró Lawrence con una mirada de sorpresa—. Ya le he dicho a usted que es inglés. —Alzó un brazo y gritó—: ¡*Hola*, señor Fogden!

La figura de sotana gris se detuvo con aire desconfiado mientras posaba la mano sobre la lana de una oveja.

—¿Quién es? —preguntó en español.

—¡Stern! —anunció mi compañero—. ¡Lawrence Stern! Venga, señora.

Y extendió una mano para ayudarme a subir la empinada cuesta del camino de ovejas.

La oveja se esforzaba por escapar de su protector, cosa que lo distrajo y no vio cómo nos acercábamos. Era un hombre delgado un poco más alto que yo. Tenía un rostro estilizado que podría haber sido atractivo, si no lo hubiera ocultado tras una barba rojiza que se descolgaba lacia de la punta de su barbilla. Llevaba el pelo largo y por entre sus mechones se distinguían zonas grises. No podía evitar que cayera por delante de sus ojos. Cuando llegamos hasta él, una mariposa alzó el vuelo desde su cabeza.

—¿Stern? —dijo el hombre, apartándose el pelo canoso de la frente y parpadeando como un búho a la luz del sol—. No conozco a ningún... ¡Ah, es usted! —Su cara enjuta se iluminó—. ¡Por qué no ha dicho usted que era el de los gusanos de la mierda! ¡Le habría reconocido enseguida!

Stern me pidió disculpas con la mirada, algo azorado.

—Yo... eh... en mi última visita recolecté varios parásitos interesantes de los excrementos de las ovejas del señor Fogden —explicó.

—¡Unos gusanos horribles! —exclamó el padre Fogden, violentamente estremecido—. ¡Algunos medían más de treinta centímetros!

—Apenas veinte —corrigió Stern sonriendo. Miró la oveja más cercana a la vez que posaba la mano en su bolsa de recolección como si esperara alguna otra contribución a la ciencia—. El remedio que le sugerí, ¿resultó efectivo?

El padre Fogden puso cara de sorpresa.

—La poción de trementina —apuntó el naturalista.

—¡Ah, sí! —El sol se reflejó en la enjuta apariencia del clérigo y su semblante se iluminó—. ¡Por supuesto, por supuesto! Sí, fue muy efectivo. Algunas murieron, pero la mayoría se curó por completo. ¡Extraordinario!

De pronto el padre Fogden pareció darse cuenta de que no se estaba mostrando muy hospitalario.

—¡Pero pasen, pasen! Estaba a punto de sentarme a almorzar. Tienen que acompañarme. Insisto. —Se volvió hacia mí—. Esta señora ha de ser la señora Stern, ¿no?

La mención de esos gusanos intestinales de veinte centímetros había acabado por el momento con mi feroz apetito, pero cuando los oí hablar de comida volvió con renovada intensidad.

—No, pero nos encantaría aceptar su hospitalidad —respondió Stern en tono amable—. Permítame presentarle a mi acompañante: la señora Fraser, compatriota suya.

Los ojos de Fogden se redondearon notablemente. Eran de un tono pálido de azul y tenían tendencia a lagrimear a la luz del sol. Los clavó sobre mí muy sorprendido.

—¿Una inglesa aquí? —dijo, incrédulo, observando el lodo, las manchas de sal, mi vestido arrugado y mi desaliño general. Parpadeó un segundo, dio un paso adelante y con absoluta dignidad hizo una reverencia sobre mi mano—. Su más humilde servidor, señora. —Hizo un gesto grandilocuente hacia las ruinas que coronaban la colina—. Mi casa es su casa.

Emitió un silbido agudo; un pequeño spaniel asomó la cabeza, inquisitiva, entre la hierba.

—Tenemos invitados, *Ludo* —informó el sacerdote, radiante—. ¿No es maravilloso?

Con mi mano bien sujeta bajo un brazo y cogiendo una oveja por los vellones de la cabeza, nos condujo hasta la Hacienda de la Fuente y dejó que Stern nos siguiera a su propio paso.

La razón del nombre quedó clara en cuanto entramos en el ruinoso patio; en un rincón, una nube de libélulas sobrevolaba un estanque lleno de algas que había en una esquina; parecía un manantial que alguien hubiese encerrado al construir la casa. Diez o doce gallináceas silvestres brotaron de entre las piedras caídas, aleteando como locas entre nuestros pies y soltando una pequeña nube de polvo y plumas a su paso. Ante las pruebas que dejaron tras de sí, deduje que los árboles del patio eran su residencia habitual desde hacía tiempo.

—He tenido la suerte de tropezarme con la señora Fraser en el manglar —concluyó Stern—. Pensaba que quizá usted podría... ¡Oh, pero qué belleza! ¡Es un magnífico odonato!

Un sorprendido regocijo acompañó sus últimas palabras, y pasó junto a nosotros sin la menor ceremonia para otear entre las sombras del techo de paja del jardín, donde una libélula enorme de por lo menos diez centímetros de largo se balanceaba de delante hacia atrás a toda velocidad. Los errantes rayos de sol que se colaban por los agujeros del techo se reflejaban sobre su cuerpo azul.

—¿La quieres? Adelante. —Nuestro anfitrión hizo un ademán en dirección a la libélula—. Ven, *Becky*, quédate aquí un momento, enseguida me ocupo de tu pezuña.

Hizo pasar a la oveja al jardín dándole una palmada en la espalda. El animal resopló y avanzó unos cuantos metros y luego se puso a rebuscar entre los frutos caídos de una guayaba que asomaba por encima del antiguo muro.

En realidad, los árboles del patio habían crecido tanto que sus ramas se entrelazaban, formando una especie de túnel que recorría todo el jardín hasta la entrada de la casa.

Junto al alféizar había montones de polvo y hojas secas de buganvilla, pero por detrás se veía asomar el oscuro suelo de madera, que brillaba pulido e inmaculado. El interior de la casa parecía oscuro tras la luz del sol, pero mis ojos se adaptaron muy pronto. Miré a mi alrededor con curiosidad.

Era una habitación sencilla, oscura y fresca, amueblada con una mesa larga, algunas sillas y taburetes y un pequeño aparador sobre el que pendía una horrible pintura de estilo español: un Cristo con barba de chivo, esquelético y pálido, cuya mano huesuda señalaba el corazón sangrante que palpitaba en su pecho. Aquel horrible cuadro me llamó tanto la atención que tardé en notar la presencia de otra persona. De entre las sombras de la esquina de la estancia emergió una pequeña cara redonda con expresión de notable malicia. Parpadeé y di un pasó atrás. La mujer dio un paso adelante con los negros ojos fijos en mí. No pasaba del metro veinte de estatura y era tan gruesa que su cuerpo parecía un bloque sólido, sin articulaciones, con un bulto redondo como cabeza que terminaba en un pequeño rodete gris bien atado. Su piel era de color caoba claro, no sé si por el efecto del sol o si era el color natural de su pelo. Recordaba a una muñeca tallada en madera. Una muñeca vudú.

—*Mamacita* —dijo el sacerdote en español a la aparición—, ¡mira qué suerte! Tenemos invitados a comer. ¿Te acuerdas del señor Stern? —añadió gesticulando en dirección a Lawrence.

—*Sí, claro* —dijo la aparición por entre unos invisibles labios de madera—. El asesino de Cristo. ¿Y quién es la *puta blanca*?

—Y ella es la señora Fraser —continuó el padre Fogden, sonriendo como si ella no hubiera abierto la boca—. La pobre ha tenido la desgracia de naufragar. Debemos prestarle toda la ayuda posible.

Mamacita me miró lentamente de pies a cabeza sin decir nada, pero con las fosas nasales dilatadas en una muestra de desdén.

—La comida está lista —dijo, volviéndonos la espalda.

—¡Estupendo! —exclamó el sacerdote, feliz—. Mamacita les da la bienvenida. Nos servirá algo de comer. ¿Quieren sentarse?

La mesa ya estaba puesta, con un gran plato resquebrajado y una cuchara de madera. El cura sacó del aparador otros dos platos y sendas cucharas más, que distribuyó al azar sobre la mesa gesticulando hacia nosotros con hospitalidad para que nos sentáramos.

La mesa la presidía un enorme coco que había sobre una silla. Fogden lo cogió con cuidado y lo puso junto a su plato. La fibrosa cáscara estaba oscurecida por el paso del tiempo, y tenía parches de calvicie por entre el pelo, cosa que le daba una apariencia prácticamente pulida. Pensé que ya debía de hacer bastante tiempo que lo tenía.

—Hola —le dijo dándole unas afectuosas palmadas—. ¿Qué tal estás pasando este día tan estupendo, Coco?

Miré a Stern, pero él estaba observando el retrato del Cristo con el ceño un poco fruncido por entre sus espesas cejas negras. Supuse que debía ser yo quien se encargara de empezar la conversación.

—¿Vive solo aquí, señor... eh, padre Fogden? —pregunté a nuestro anfitrión—. ¿Solo con... eh... Mamacita?

—Sí, me temo que sí. Por eso me alegra tanto verlos. No tengo más compañía que la de *Ludo* y Coco —explicó, dando unas palmaditas a la masa peluda que descansaba junto a su plato.

—¿Coco? —repetí cortésmente. A juzgar por lo que había visto, había más de un tornillo flojo. Le lancé otra mirada a Stern, que parecía divertido, pero no alarmado.

—Coco, el duende malo —explicó el sacerdote—. ¿No lo ve aquí, con su nariz de botón y sus ojillos oscuros? —Fogden hundió de pronto dos dedos en las depresiones del fruto y los apartó con una risa ahogada—. Ah, ah, no debes mirar fijamente, Coco. Es de mala educación, ya lo sabes.

Sus pálidos ojos azules me lanzaron una mirada y yo dejé de morderme el labio superior con cierta dificultad.

—La señora es muy bonita —musitó para sus adentros—. No se parece a mi Ermenegilda, pero aun así es muy bonita, ¿verdad, *Ludo*?

El perro al que se dirigió me ignoró y brincó con gozo hacia su amo deslizando la cabeza bajo su mano y ladrando. El clérigo le rascó las orejas con afecto y se volvió hacia mí.

—¿Tal vez entre los vestidos de Ermenegilda haya alguno que le siente bien?

Sin saber qué responder, me limité a sonreír amablemente con la esperanza de que mis pensamientos no se reflejaran en mi cara. Por suerte entró Mamacita, con una humeante cacerola de barro envuelta en toallas. Después de echar un cazo del contenido en cada plato, se retiró; sus pies, si los tenía, se movían invisibles bajo la falda.

La masa que tenía en mi plato parecía de origen vegetal. Al tomar con cautela un bocado descubrí que estaba bueno.

—Plátanos fritos con mandioca y habichuelas rojas —explicó Lawrence al percibir mis dudas. Se sirvió una gran cucharada y se la comió sin esperar a que se enfriara.

Yo esperaba que me interrogara sobre mi presencia, mi identidad y mis perspectivas, pero el padre Fogden sólo cantaba por lo bajo, llevando el compás con golpes de la cuchara sobre la mesa entre bocado y bocado. Eché una mirada a Lawrence con las cejas en alto. Él se limitó a sonreír con un leve encogimiento de hombros y siguió comiendo.

No hubo más conversación hasta el final de la comida, cuando una seria Mamacita —y decir que estaba seria parecía un eufemismo— reemplazó los platos por un frutero, tres tazas y una gigantesca jarra de arcilla.

—¿Alguna vez ha probado la sangría, señora Fraser?

Abrí la boca para decir que sí, pero lo pensé mejor.

—No. ¿Qué es?

La sangría había sido una bebida muy popular en Estados Unidos en la década de los sesenta. Yo la había tomado muchas veces en las fiestas de la facultad y otros eventos sociales del hospital. Pero estaba segura de que en esa época todavía era una bebida desconocida en Inglaterra y Escocia, por lo que la señora Fraser de Edimburgo jamás habría oído hablar de ella.

—Una mezcla de vino tinto con zumo de naranja y limón —explicó Lawrence Stern—. Aromatizada con especias; se sirve caliente o fría, según la estación; reconfortante y saludable, ¿verdad, Fogden?

—Oh, sí. Oh, sí. Muy reconfortante.

Sin esperar a que lo averiguara por mí misma, el sacerdote vació su taza y echó mano de la jarra.

Era el mismo sabor dulce y áspero; tuve la momentánea ilusión de estar nuevamente en la fiesta donde la había probado por primera vez, en compañía de un profesor de Botánica y un estudiante de posgrado que fumaba marihuana. Contribuyó a esa ilusión la conversación del señor Stern sobre sus colecciones, y la actitud del padre Fogden. Tras beber varias tazas de sangría, fue a hurgar en el aparador y volvió con una gran pipa de arcilla. La llenó con una hierba de olor potente que extrajo de un cucurucho de papel y comenzó a fumar.

—¿Hachís? —preguntó Stern al verlo—. Dígame, ¿le ayuda a hacer la digestión? He oído decir que sí, pero es imposible encontrarlo en la mayoría de ciudades europeas. Como no lo he probado, no puedo opinar.

—Oh, sienta muy bien al estómago —le aseguró el padre Fogden. Dio una honda calada, contuvo el humo y luego exhaló una nube de suave humo blanco que se fue flotando hasta el techo—. Le prepararé un paquete para que se lo lleve a casa, querido compañero. Pero, dígame, ¿qué piensan hacer, usted y esta náufraga que ha rescatado?

Stern explicó su plan: tras una noche de descanso iríamos caminando hasta la aldea de San Luis, donde trataríamos de conseguir un barco pesquero que nos llevara hasta Cabo Haitiano, que estaba a unos cincuenta kilómetros. De no encontrarlo, tendríamos que continuar por tierra hasta Le Cap, el más importante de los puertos cercanos.

El sacerdote frunció las cejas, irritado por el humo.

—¿Hum? Bueno, supongo que no hay muchas alternativas, ¿verdad? Pero tendrán que andar con cuidado, sobre todo si van por tierra a Le Cap. Por los cimarrones, ¿saben?

—¿Cimarrones? —Miré interrogativamente a Stern.

—Es cierto. —Asintió, ceñudo—. Al venir hacia el norte, por el valle del Artibonite, vi a dos o tres bandas. No me molestaron, en realidad; supongo que no tenía mucho mejor aspecto que ellos, pobres gentes. Los cimarrones son esclavos fugitivos. Huyen de la crueldad de sus amos y buscan refugio en las colinas lejanas, donde pueden esconderse.

—Quizá no les molesten —dijo el padre Fogden. Le dio una honda calada a su pipa haciendo ruido al sorber, aguantó la respiración un buen rato y luego soltó el humo con pesar. Se le estaban empezando a poner los ojos rojos. Cerró uno y me examinó con el otro con aspecto cansado—. Al fin y al cabo, ella no parece valer el esfuerzo de un asalto.

Stern me miró con una amplia sonrisa, pero la borró de inmediato, temiendo que fuera una falta de tacto. Carraspeó y se tomó otra taza de sangría. Los ojos del sacerdote brillaron por encima de la pipa, rojos como los de un hurón.

—Necesito un poco de aire fresco —dije, apartando la silla—. Y un poco de agua para lavarme, si es posible.

—Oh, por supuesto, por supuesto —exclamó el padre Fogden. Se levantó con movimientos inseguros, dejando los restos de su pipa sobre el aparador—. Acompáñenme.

El aire del patio me resultó fresco y vigorizante comparado con el del interior y a pesar del bochorno. Aspiré hondo, observando con interés al dueño de la casa, que forcejeaba con un cántaro junto a la fuente del rincón.

—¿De dónde viene el agua? —pregunté—. ¿Es un manantial?

El pesebre de piedra estaba lleno de suaves hilos de algas verdes, y podía ver cómo se balanceaban con suavidad, era obvio que las mecía alguna corriente.

Fue Stern quien respondió.

—Sí, hay cientos de esos manantiales. Dicen que en algunos viven ciertos espíritus, pero dudo que usted crea en supersticiones, ¿verdad, señor?

Me dio la sensación de que el padre Fogden tenía que pensar en el tema. Dejó el cubo medio lleno sobre la albardilla y entornó los ojos en dirección al agua tratando de fijar la vista en uno de los peces plateados que nadaban por allí.

—Ah —dijo el cura vagamente—. Bueno, no. Espíritus, no. Pero, oh, sí, había olvidado que tengo que enseñarle una cosa.

Se acercó a un armario que había junto a la pared y abrió una ajada puerta de madera. Del interior del mueble sacó un pequeño hatillo de áspera muselina sin blanquear que depositó con cautela sobre las manos de Stern.

—Apareció un día de primavera del mes pasado —dijo—. Murió al mediodía y lo saqué. Me temo que los demás peces lo mordieron un poco —dijo en tono de disculpa—. Pero todavía se puede ver bien.

Entre la tela yacía un pequeño pez seco muy parecido a los que nadaban en el pesebre, aunque ése era totalmente blanco.

También era ciego. Tenía dos bultos a ambos lados de la cabeza justo donde debía tener los ojos, pero eso era todo.

—¿Cree que es un pez fantasma? —preguntó el sacerdote—. He pensado en él cuando ha mencionado los espíritus. Y, sin embargo, no se me ocurre qué pecado puede haber cometido un pez para ser castigado a vagar de esta forma, me refiero a así, sin ojos. —Volvió a cerrar un ojo adoptando su expresión preferida—. Nadie piensa que un pez pueda tener alma y, aun así, si no la tienen, ¿cómo se pueden convertir en fantasmas?

—Yo tampoco creo que la tengan —le aseguré.

Miré el pez con más atención. Stern lo estaba observando con el extasiado interés de su faceta naturalista. Tenía la piel muy fina, y tan transparente que se podían ver las sombras de los órganos internos y las protuberancias de las vértebras. Y, sin embargo, tenía escamas. Eran minúsculas y translúcidas y estaban apagadas a causa de la sequedad de la piel del animal.

—Es un tetra ciego mexicano —dijo Stern, acariciando con adoración la minúscula y despuntada cabeza del animal—. Había visto uno en una ocasión, en una poza dentro de una cueva, en un lugar llamado Abandawe. Y ése se me escapó antes de que pudiera examinarlo más de cerca. Mi querido amigo. —Se volvió hacia el sacerdote con los ojos brillantes de excitación—. ¿Me lo puedo quedar?

—Claro, claro. —El clérigo ondeó los dedos en un gesto de improvisada generosidad—. A mí no me sirve para nada. Es demasiado pequeño para comérselo incluso aunque Mamacita pensara en cocinarlo, cosa que no hará. —Miró por el jardín pateando con despreocupación una gallina que pasó por su lado—. ¿Dónde se ha metido Mamacita?

—Pues aquí, *cabrón,* ¿dónde si no? —No la había oído salir de la casa, pero era la polvorienta figura oscurecida por el sol que se detenía a llenar otro cubo de agua en el manantial.

Un olor desagradable me hizo contraer la nariz. El sacerdote debió de notarlo, pues dijo:

—Oh, no preste atención, es la pobre *Arabella.*

—¿Arabella?

—Sí. Está aquí.

Fogden apartó una raída cortina que separaba un rincón del patio y miré al otro lado. Del muro de piedra sobresalía una cornisa, a un metro de altura, donde se alineaban una serie de cráneos de oveja, blancos y bien pulidos.

—No puedo separarme de ellas, ¿comprende? —Acarició la curva pesada de un cráneo—. Ésta era *Beatriz*, muy dulce y gentil. Murió al dar a luz la pobrecita. —Señaló otros dos cráneos vecinos, mucho más pequeños tan pulidos como los demás.

—¿*Arabella* es... otra oveja? —pregunté. El olor era mucho más fuerte y casi prefería no saber de dónde venía.

—Un miembro de mi rebaño, claro. —El sacerdote volvió hacia mí sus extraños ojos azules con una mirada feroz—. ¡La asesinaron! Pobre *Arabella*, con lo suave y confiada que era. ¿Cómo pudieron tener la perversidad de traicionar tal inocencia en aras de los deseos carnales?

—Oh, caramba —exclamé sin saber qué decir—. Lo lamento muchísimo. Y... ¿quién la asesinó?

—¡Los marineros, malditos paganos! La asesinaron en la playa y asaron su cuerpo en una parrilla, como a san Lorenzo Mártir.

—Cielo santo —dije.

El sacerdote suspiró y su larguirucha barba pareció acusar también la tristeza.

—Sí, pero no debo olvidar la esperanza del paraíso. Si nuestro Dios observa hasta la caída del más insignificante gorrión, también habrá visto a *Arabella*. Debía de pesar por lo menos cuarenta y cinco kilos, con lo bien que pastaba la pobre.

—Ah —dije tratando de infundir a mi tono el horror y la compasión debidos. Y entonces caí en algo que acababa de decir el sacerdote—. ¿Marineros? —repetí—. ¿Cuándo sucedió este... este lamentable suceso?

No podía tratarse del *Marsopa*. Seguramente, el capitán Leonard no me consideraba tan importante como para arriesgarse a acercar su barco a la isla con el fin de perseguirme. Pero la idea hizo que se me humedecieran las manos. Me las sequé a hurtadillas en la falda.

—Esta mañana —informó el padre Fogden, mientras dejaba el cráneo de oveja que estaba acariciando—. Pero —añadió, animándose un poco— debo decir que están haciendo grandes progresos con ella. Por lo general se tarda más de una semana, aunque ya ve que...

Volvió a abrir el armario donde se veía un enorme bulto cubierto con varias capas de arpillera húmeda. El olor se intensificó y un montón de cucarachas salieron corriendo asustadas por la luz.

—¿Lo que tiene ahí son miembros de la familia de los derméstidos, Fogden? —Lawrence Stern volvió con nosotros después de meter el cadáver del pez ciego en un tarro lleno de alcohol. Miró por encima de mi hombro y el interés se reflejó en sus facciones quemadas por el sol.

Dentro del armario, las larvas blancas de los derméstidos se afanaban en pulir el cráneo de la oveja *Arabella*. Habían empezado por los ojos. Se me revolvió el estómago.

—¿Eso son? Supongo que sí, mis queridos amigos voraces.

—El clérigo se tambaleó y se agarró del borde del armario. Cuando lo hizo reparó por fin en la anciana que lo miraba con furia, cargada con un cántaro en cada mano—. ¡Oh, me olvidaba! Necesitará usted también ropas, ¿verdad, señora Fraser?

Mi vestido y mis enaguas estaban tan llenos de lodo y tan desgarrados que a duras penas resultaban decentes, ni siquiera en la relajada compañía del padre Fogden y Lawrence Stern.

El sacerdote se volvió hacia la estatua.

—¿No tenemos algo que esta desventurada señora pueda ponerse, Mamacita? —preguntó en español. Pareció vacilar balanceándose con suavidad—. Quizá algún vestido de...

La mujer me mostró los dientes.

—Son demasiado pequeños para esa vaca —dijo en el mismo idioma—. Dele su sotana vieja. —Arrojó una mirada desdeñosa a mi pelo enredado y mi cara sucia—. Ven —ordenó en inglés volviéndome la espalda—. A lavarte.

Me condujo a un patio más pequeño, en la parte trasera de la casa, donde me proporcionó dos cántaros de agua fría, una gastada toalla de hilo y un pequeño bote de jabón con un fuerte olor a lejía. Tras darme una raída sotana gris con una cuerda por cinturón, volvió a mostrarme los dientes y se alejó, comentando con aire simpático en español:

—Lávate la sangre que te mancha las manos, ramera asesina de Cristo.

Cuando se marchó cerré la puerta del patio con notable alivio; aún me reconfortó más desprenderme de aquellas prendas pegajosas y mugrientas. Me adecenté tanto como fue posible con agua fría y sin un cepillo.

Una vez me vi vestida con cierta decencia —aunque de un modo extraño— con la sotana del padre Fogden, me peiné la cabellera mojada con los dedos pensando en mi peculiar anfitrión. ¿Su excentricidad era una forma de demencia o sólo el efecto del alcohol y el hachís? Aun así, parecía un alma bondadosa. Su sirvienta, si es que era una sirvienta, era un punto y aparte. Mamacita me ponía nerviosa. El señor Stern había anunciado sus intenciones de ir a bañarse a la costa y yo me resistía a volver a entrar en la casa hasta que regresara. Había quedado mucha sangría y sospechaba que el padre Fogden no me protegería mucho de aquella mirada de basilisco, y eso si seguía consciente.

No obstante, no podía quedarme toda la tarde en el patio. Estaba muy cansada y necesitaba sentarme o, mejor aún, dormir durante una semana. Empujé una puerta que daba a la casa y entré en el oscuro interior.

Era un pequeño dormitorio; miré a mi alrededor sorprendida. No parecía formar parte de aquella casa espartana, con sus patios ruinosos. En la cama había almohadas de plumas y una colcha de lana roja. Colgados en las paredes blancas había cuatro enormes abanicos abiertos como brillantes alas, y sobre la mesa, un candelabro con velas de cera. Los muebles eran sencillos, pero de buena calidad y estaban lustrados con aceite, cosa que les daba un suave y profundo brillo. En un extremo vi una cortina de algodón a rayas, tras la cual pendía toda una hilera de vestidos, como un arcoíris de seda. Debía de ser el ropero de la tal Ermenegilda, mencionada por el padre Fogden. Me acerqué a mirarlos sin hacer ruido con los pies descalzos. La habitación estaba impecable y muy tranquila, no se percibía ni un ápice de presencia humana. Allí ya no vivía nadie. Los vestidos eran hermosos: seda y terciopelo, lana y satén, muselina y pana. Incluso colgadas en sus perchas lacias y sin vida tenían el lustre y el brillo de la piel animal, que siempre conserva cierta esencia vital en su textura.

Toqué un corpiño de terciopelo violeta bordado con hilo de plata y perlas. La tal Ermenegilda debió de ser una mujer menuda, algunos de los vestidos tenían rellenos bien cosidos al interior de los corpiños para crear la ilusión de un buen busto. La habitación era cómoda, pero desprovista de lujos. Y los vestidos eran espléndidos, aquellas prendas podrían haberse lucido en la corte madrileña.

Ermenegilda se había ido, pero la habitación aún parecía habitada. Toqué una manga azul como despedida y me alejé de puntillas, dejando los vestidos perdidos en su sueño.

Encontré a Lawrence Stern en la galería trasera, bajo una empinada pendiente de aloes y guayabos. En la distancia se divisaba una pequeña isla; se levantó cortésmente y me dedicó una pequeña reverencia y una mirada de sorpresa.

—¡Señora Fraser! Debo reconocer que su aspecto ha mejorado mucho. La sotana del padre le sienta mejor que a él. —Sus ojos de color avellana se arrugaron con admiración.

—No será tanto la sotana como la ausencia del barro —observé, ocupando la silla que me ofrecía. En la desvencijada mesa de madera había una jarra—. ¿Hay algo para beber?

La humedad se había condensado en el recipiente y las gotitas resbalaban tentadoras por sus costados. Había pasado tanto tiempo sedienta, que la visión de cualquier líquido me hacía la boca agua.

—Más sangría —dijo Stern. Llenó una taza para cada uno y sorbió la suya, suspirando con satisfacción—. Espero que no me considere usted un maleducado, señora Fraser, pero llevo meses recorriendo estos campos, sin beber otra cosa que agua y el tosco ron de los esclavos... —Cerró los ojos—. Ambrosía.

Me sentía de acuerdo con él.

—Eh... ¿El padre Fogden está...? —Buscaba alguna forma delicada de preguntar por el estado de nuestro anfitrión. Pero no me tendría que haber preocupado tanto.

—Borracho —dijo Stern con franqueza—. Flácido como un gusano. Se ha derrumbado en la mesa de la sala. Casi siempre está así a la puesta de sol —añadió.

—Comprendo. —Me acomodé en la silla mientras me bebía la sangría—. ¿Hace mucho que lo conoce?

Se frotó la frente pensativo.

—Oh, unos cuantos años. —Me echó un vistazo—. Me estaba preguntando... Por casualidad, ¿conoce usted a un tal James Fraser, de Edimburgo? Sé que es un apellido común, pero... vaya, ¿lo conoce?

Yo no había dicho nada, mas mi expresión me había delatado. Siempre me ocurría lo mismo. Sólo lograba evitarlo si estaba preparada para mentir.

—Mi esposo se llama James Fraser.

La cara se le encendió de interés.

—¡Vaya! —exclamó—. ¿Es un hombre muy alto, corpulento y...?

—Pelirrojo —dije—. Es Jamie, sí. —De pronto se me ocurrió algo—. Una vez me contó que había conocido a un naturalista, con quien mantuvo una conversación muy interesante sobre... diversos temas.

Me pregunté cómo conocería Stern el verdadero nombre de Jamie si en Edimburgo era Jamie Roy, el contrabandista, o Alexander Malcolm, el respetable impresor de Carfax Close. ¿Sería aquel científico de claro acento alemán el «inglés» mencionado por Tompkins?

—Arañas —apuntó Stern de inmediato—. Sí, lo recuerdo perfectamente. Arañas y cuevas. Nos conocimos en un... un...

—Se puso pálido un segundo. Luego tosió para cubrir magistralmente el lapsus—. Un establecimiento donde servían bebidas. Una de las... eh... empleadas descubrió un gran espécimen de *Arachnida* colgando del techo mientras eh... ah... conversaba conmigo. Se asustó y salió corriendo al pasillo, gritando incoherencias.

Stern bebió un gran trago de sangría. El recuerdo lo ponía tenso.

—Acababa de capturar al ejemplar en un frasco cuando el señor Fraser irrumpió en la habitación, me apuntó con un arma y dijo... —Entonces el científico sufrió un fuerte ataque de tos y se golpeó el pecho con energía—. Vaya, ¿no cree usted que esta sangría esta un poco fuerte, señora Fraser? Me parece que la anciana le ha puesto demasiado limón.

Yo pensaba que Mamacita le habría puesto cianuro, si hubiera tenido un poco a mano, pero la sangría estaba buenísima.

—No me he percatado —dije tomando un trago—. Pero por favor, continúe. Jamie entró con una pistola y dijo...

—Bueno, no puedo decir que recuerde exactamente lo que dijo. Hubo algún malentendido que le hizo pensar que el grito de la dama se debía a alguna palabra inoportuna por mi parte en lugar de a la aparición de la araña. Por suerte se la pude enseñar. Hicieron venir a la chica hasta la puerta (porque era imposible convencerla de que volviera a entrar), para que identificara al animal como la causa de su sobresalto.

—Comprendo —dije. Podía imaginarme la escena a la perfección, salvo por un detalle de gran interés—. ¿Recuerda lo que llevaba puesto Jamie?

Lawrence Stern me miró estupefacto.

—¿Puesto? Pues... no. Supongo que iría vestido con ropa de calle y no en paños menores, pero...

—Con eso me basta —le aseguré—. Tenía curiosidad. —A fin de cuentas la palabra *vestido* era todo cuanto necesitaba oír—. Y le dijo su nombre.

Stern frunció el ceño y se pasó una mano por los rizos negros.

—No creo que lo hiciera, pero la dama en cuestión lo llamaba «señor Fraser». Conversamos casi hasta el alba, disfrutando mucho de la mutua compañía. En algún momento comenzamos a tutearnos. —Elevó una ceja, sardónico—. ¿Le parece demasiada familiaridad al hacer tan poco que nos conocíamos?

—En absoluto. —Proseguí con intención de cambiar de tema—. Me decía que hablaron sobre arañas y cuevas. ¿Por qué cuevas?

—Por la historia de Roberto I Bruce (que a su marido le parecía apócrifa), acerca de su insistencia en hacerse con el trono de Escocia. Según dicen, Bruce se escondió en una cueva cuando lo perseguían sus enemigos y...

—Sí, ya conozco la historia —lo interrumpí.

—Jame opinaba que las arañas no solían frecuentar las cuevas ocupadas por humanos, opinión con la que enseguida me mostré de acuerdo. Aunque también le hice ver que en las cuevas grandes, tal como ocurre en esta isla...

—¿Hay cuevas aquí? —Estaba sorprendida, pero luego me sentí un poco tonta—. Claro, es evidente que las hay, si existen esos peces ciegos como el del manantial. Siempre había pensado que las islas del Caribe estaban hechas de coral. Y no pensaba que pudiera haber cuevas en el coral.

—Bueno, es posible aunque muy improbable —comentó Stern dando muestras de su buen juicio—. Sin embargo, la isla de La Española no es un atolón de coral. Su origen es volcánico. A eso hay que añadir esquistos cristalinos, depósitos de sedimentos fosilizados de considerable antigüedad y depósitos de piedra caliza. En algunas zonas la piedra caliza está muy erosionada.

—No me diga. —Me serví otra taza de vino con especias.

—Oh, ya lo creo.

Lawrence se agachó para coger su bolsa del suelo de la galería. Sacó una libreta, arrancó una hoja de papel y la arrugó con la mano.

—Mire —dijo alargando la mano. El papel se desplegaba lentamente, dejando una laberíntica topografía de pliegues y picos arrugados—. Así es esta isla. ¿Recuerda lo que dijo el padre Fogden de los cimarrones, esos esclavos fugitivos que se han refugiado en las colinas? Si siguen en libertad y pueden desvanecerse tan fácilmente, no es por que no los persigan. Hay muchas zonas en las que ningún hombre (blanco o negro, me atrevería a decir) ha puesto el pie todavía. En las colinas perdidas existen cuevas más perdidas aún, cuya existencia todo el mundo ignora, salvo quizá los aborígenes del lugar... que desaparecieron hace tiempo, señora Fraser.

Añadió reflexivo:

—He visto una de esas cuevas. Abandawe, la llaman los cimarrones. La consideran un lugar siniestro y sagrado, aunque desconozco la razón.

Estimulado por mi atención, bebió otro sorbo de sangría y continuó con su lección de historia natural.

—Aquella isla —indicó señalando un pequeño bulto que flotaba en el mar— es la Île de la Tortue, la isla de la Tortuga. En realidad, se trata de un atolón coralino con una laguna en medio abierta, hace ya muchos años, gracias a la erosión de los animálculos del coral. ¿Sabía usted que en otros tiempos fue refugio de piratas? —preguntó como si se sintiera obligado a completar su conferencia con datos de interés más general que superaran las formaciones erosionadas y los esquistos cristalinos.

—¿Piratas de verdad? ¿Bucaneros? —Observé la pequeña isla con más interés—. Qué romántico.

Stern se echó a reír. Lo miré con sorpresa.

—No me río de usted, señora Fraser —me aseguró. Señaló la isla de la Tortuga con una sonrisa en los labios—. Es que, en cierta ocasión, tuve ocasión de conversar con un anciano de Kingston sobre los hábitos de los bucaneros que, en cierta época, establecieron su cuartel general en la aldea cercana de Port Royal.

Frunció los labios decidido a contármelo, cambió de idea, pero luego me miró de reojo y decidió arriesgarse.

—Perdóneme la falta de delicadeza, señora Fraser, pero es usted una mujer casada y, si la he entendido bien, tiene cierta familiaridad con la práctica de la medicina.

Hizo una pausa y en circunstancias normales habría dejado de hablar llegados a ese punto, pero ya se había bebido dos terceras partes de la jarra y su amplio y agradable rostro lucía un agradable rubor.

—¿Ha oído hablar de la abominable práctica de la sodomía? Me miraba de soslayo.

—Sí —respondí—. ¿Quiere decir...?

—Se lo aseguro —afirmó con un gesto magistral—. Mi informador fue muy explícito en cuanto a las costumbres de los bucaneros. Sodomitas, todos ellos —concluyó, negando con la cabeza.

—¿Cómo?

—Es de dominio público —dijo—. Según mi informador, el hecho de que Port Royal cayera al mar, hace sesenta años, fue atribuido a un acto de venganza divina contra aquellos perversos, como castigo por sus hábitos viles y antinaturales.

—Qué misericordioso —dije. Y me pregunté qué pensaría de aquello la voluptuosa Tessa de *El pirata impetuoso*.

Él asintió con la solemnidad de un búho.

—Dicen que cuando se acerca una tormenta se puede oír cómo doblan las campanas de las iglesias inundadas de Port Royal por las almas de los piratas condenados.

Iba a hacerle algunas preguntas sobre el carácter exacto de aquellos viles y antinaturales hábitos, pero justo en ese momento salió Mamacita a la galería y, tras anunciar secamente «la cena», volvió a desaparecer.

—Me gustaría saber en qué cueva la encontró el padre Fogden —musité apartando mi silla.

Stern me miró sorprendido.

—¿Encontrarla? Vaya, lo olvidé —dijo—. Usted no lo sabe.

Miró hacia la puerta por la que había desaparecido la anciana, pero el interior de la casa estaba en silencio y oscuro como una cueva.

—La trajo de La Habana —dijo Stern. Y me contó el resto de la historia.

Tras haber ejercido durante diez años como sacerdote misionero de la Orden de San Anselmo, el padre Fogden había llegado a Cuba quince años atrás. Allí se dedicó a los necesitados, trabajando entre los villorrios de La Habana, pensando únicamente en aliviar los sufrimientos y en el amor a Dios... hasta el día en que conoció en el mercado a Ermenegilda Ruiz Alcántara y Meroz.

—No creo que sepa cómo sucedió —dijo Stern. Secó una gota de vino que bajaba por su taza y volvió a beber—. Tal vez ella tampoco lo supo. O quizá lo planeó todo nada más verlo.

De un modo u otro, seis meses después la ciudad de La Habana quedaba boquiabierta por la noticia: la joven esposa de don Armando Alcántara había huido... con un sacerdote.

—Y con su madre —dije por lo bajo, pero él me oyó y sonrió un poco.

—Ermenegilda jamás se habría separado de Mamacita. Ni de su perro *Ludo*.

Nunca habrían conseguido escapar de las largas garras de don Armando, de no haber sido porque los ingleses eligieron precisamente el día de su fuga para invadir la isla de Cuba, por lo que don Armando tenía cosas mucho más importantes por las que preocuparse que el paradero de su joven esposa fugada.

Los fugitivos llegaron a caballo hasta Bayamo. El viaje había sido muy incómodo por los vestidos de los que Ermenegilda no quería separarse. Allí alquilaron un barco pesquero que los llevó a la seguridad de La Española.

—Ella murió dos años después —informó Stern sin rodeos. Dejó la taza y la volvió a rellenar con el contenido de la jarra—. La enterró con sus propias manos bajo la buganvilla.

—Y desde entonces están aquí —adiviné—. El sacerdote, *Ludo* y Mamacita.

—Oh, sí. —Stern cerró los ojos y la oscura silueta de su perfil quedó recortada contra el sol poniente—. Ermenegilda no quiso abandonar a Mamacita, y Mamacita no abandonará nunca a Ermenegilda.

Bebió de un trago el resto de su sangría.

—Aquí no viene nadie —añadió—. Los aldeanos no quieren pisar la colina. Temen al fantasma de Ermenegilda. Una pecadora maldita, sepultada por un cura réprobo en tierra no consagrada. Es natural que no pueda descansar en paz.

Sentí la caricia de la fría brisa del mar en la nuca. Detrás de nosotros el crepúsculo había dejado en silencio hasta las gallinas. La Hacienda de la Fuente estaba en calma.

—Pero usted sí que viene —observé, y él sonrió. Percibí el olor a naranja en la taza vacía que tenía entre las manos, dulce como las flores.

—Ah, bueno —dijo—, soy científico. No creo en los fantasmas. —Me alargó una mano algo insegura—. ¿Vamos a cenar, señora Fraser?

A la mañana siguiente, después del desayuno, Stern se mostró dispuesto a partir hacia San Luis, pero antes le hice una o dos preguntas al sacerdote sobre el barco que había mencionado: si era el *Marsopa*, prefería mantenerme lejos de él.

—¿Qué tipo de barco era? —pregunté mientras llenaba mi taza con leche de cabra para acompañar los plátanos fritos.

El padre Fogden, que no parecía muy afectado por sus excesos del día anterior, acariciaba su coco, canturreando para sus adentros.

—¿Eh? —Un codazo de Stern lo sacó de sus ensoñaciones.

Repetí con paciencia mi pregunta.

—Ah. —Bizqueó muy concentrado y relajó la cara—. Uno de madera.

Lawrence se inclinó hacia el plato disimulando una sonrisa. Inspiré hondo e hice otro intento.

—¿Vio a los marineros que mataron a *Arabella*?

Alzó sus estrechas cejas.

—Vaya, pues claro que sí. De lo contrario, ¿cómo iba a saber que lo hicieron ellos?

Me agarré a esa prueba de pensamiento lógico.

—Naturalmente. ¿Y vio lo que llevaban puesto? Me refiero a —le vi abrir la boca para decir «ropa» y le interrumpí con presteza—. ¿Vestían algún tipo de uniforme? —La ropa de faena que usaba la tripulación del *Marsopa* tenía cierto parecido con un uniforme, por el color blanco sucio y el corte similar.

El padre Fogden bajó la taza dejándose un bigote de leche en el labio superior. Se lo limpió con el reverso de la mano al tiempo que fruncía el ceño y meneaba la cabeza.

—No, creo que no. Todo cuanto recuerdo es que el jefe usaba un garfio. Es decir: le faltaba una mano.

Ondeó sus largos dedos en mi dirección a modo ilustrativo.

Dejé caer mi taza, que estalló contra la mesa. Stern se sobresaltó y soltó una exclamación, pero el sacerdote se quedó tan tranquilo observando sorprendido el delgado reguero de líquido que resbalaba por la mesa hasta caer sobre su regazo.

—¿Por qué ha hecho eso? —dijo con reproche.

—Lo siento —dije. Me temblaban tanto las manos que ni siquiera pude recoger los fragmentos de la taza. Tenía miedo de hacer la pregunta siguiente—. Padre... ¿el barco ya ha zarpado?

—¡No! —exclamó levantando la vista con sorpresa—. Sería imposible. Está en medio de la playa.

El padre Fogden abría la marcha con la sotana recogida hasta los muslos y mostrando el blanco reluciente de sus flacas pantorrillas. Yo me vi obligada a hacer lo mismo porque la ladera que había por encima de la casa estaba llena de hierbajos y arbustos que se enredaban en la áspera falda de lana de la sotana que me habían prestado.

La colina se hallaba repleta de caminos de cabras, pero eran muy estrechos y apenas se veían. Se perdían por debajo de los árboles y desaparecían de pronto por entre la espesa vegetación. Sin embargo, el sacerdote parecía convencido de su destino y caminaba con celeridad por entre la vegetación sin siquiera mirar atrás.

Aunque Lawrence Stern me auxiliaba con galantería, apartando las ramas y ofreciéndome el brazo en las cuestas más empinadas, llegué jadeando a lo alto de la colina.

—¿Cree usted que existe el barco? —le pregunté en voz baja cuando nos acercábamos a la cima. Dada la conducta de nuestro anfitrión, no estaba muy segura de que no lo hubiera imaginado sólo para mostrarse sociable.

Stern se encogió de hombros, conforme se enjugaba un hilo de sudor que le corría por la mejilla bronceada.

—Supongo que habrá algo —contestó—. Después de todo, la oveja muerta existe.

Sentí náuseas al recordar a la difunta *Arabella*. Alguien había matado aquella oveja y avancé con toda la cautela que pude hacia la cima de la colina. No podía ser el *Marsopa*, entre sus oficiales y marineros no había ninguno que llevara un garfio. Intenté convencerme de que tampoco era probable que fuera el *Artemis*, pero se me aceleró el corazón cuando nos detuvimos junto a un cactus gigantesco en lo alto de la colina.

Entre las ramas de la suculenta se veía el azul relumbrante del Caribe y una estrecha franja de arena blanca. El padre Fogden se detuvo y nos llamó por señas.

—Allí están esas bestias malvadas —murmuró. Sus ojos azules centellearon de furia. Tenía erizado el escaso pelo y parecía un puercoespín comido por las polillas—. ¡Carniceros! —añadió con vehemencia como si hablara para sí—. ¡Caníbales!

Eché una mirada de sorpresa, pero luego Lawrence Stern me asió del brazo para llevarme hacia una abertura más amplia, entre dos árboles.

—¡Sí, allí hay un barco! —dijo.

Era cierto. Estaba en la arena, medio volcado, con desordenados montones de carga, velas, cordajes y toneles esparcidos a su alrededor. Los hombres pululaban como hormigas y los gritos y los golpes de martillo resonaban como cañonazos. El olor a brea caliente impregnaba el aire. La mercancía descargada brillaba a la luz del sol; el cobre y el estaño se veían un poco deslustrados por la brisa del mar. Habían extendido unas cuantas pieles sobre la arena, rígidos parches marrones secándose al sol.

—¡Son ellos! ¡Es el *Artemis*!

La cuestión quedó aclarada cuando apareció, junto al casco, una silueta con una sola pierna que se protegía la cabeza del sol con un vistoso pañuelo de seda amarilla.

—¡Murphy! —grité—. ¡Fergus! ¡Jamie!

Me desprendí del brazo de Stern para correr ladera abajo sin prestar atención a su grito de advertencia, por la excitación de ver el *Artemis*. Murphy se volvió al oírme, pero no pudo apartarse de mi camino. Llevada por el impulso, avanzando como un tren de carga sin control, me estrellé directamente contra él, y lo derribé.

—¡Murphy! —Con el júbilo del momento le di un beso.

—¡Eh! —protestó escandalizado. Se retorció como un loco tratando de desembarazarse de mí.

—¡Milady! —Fergus apareció a mi lado, desaliñado; su bella sonrisa deslumbraba en la cara oscurecida por el sol—. ¡Milady!

Me ayudó a despegarme del gruñón Murphy y luego me dio un abrazo de oso. Marsali apareció tras él con una ancha sonrisa.

—*Merci aux saints!* —murmuró él en mi oído—. Temía que no volviésemos a verla.

Después de besarme calurosamente en ambas mejillas y en la boca me soltó. Eché un vistazo al *Artemis*, que parecía un escarabajo patas arriba.

—¿Qué diantres ha pasado?

Fergus y Marsali intercambiaron una mirada. Era esa clase de mirada con la que se hacían y respondían preguntas y me sorprendió bastante ver el nivel de compenetración que había entre ellos. Fergus inspiró hondo y se volvió hacia mí.

—El capitán Raines ha muerto —dijo.

La tormenta que me había sorprendido durante la noche previa en el manglar también había atacado al *Artemis*. El viento lo había alejado de su ruta y lo había arrojado contra un arrecife, que abrió un agujero de dimensiones considerables en el casco del barco.

Aun así consiguió mantenerse a flote. La popa se inundaba a toda velocidad y la embarcación se arrastró hasta la pequeña ensenada que se abría a escasa distancia ofreciendo protección.

—Estábamos a unos trescientos metros de la costa cuando se produjo el accidente —relató Fergus, entristecido por el recuerdo.

El barco sufrió una escora repentina cuando el contenido de la bodega de popa se desplazó al comenzar a flotar, y justo entonces una ola enorme golpeó el casco inclinado, y barrió el alcázar, llevándose consigo al capitán Raines y a cuatro marineros.

—¡La costa estaba tan cerca! —se quejó Marsali con la cara contraída por la aflicción—. Diez minutos después estábamos en tierra. Si tan sólo...

Fergus la interrumpió poniéndole una mano en el brazo.

—No podemos entender los designios divinos. Si hubiéramos estado a mil millas mar adentro, habría sido lo mismo, sólo que ni siquiera habríamos podido sepultarlos como Dios manda.

Hizo una señal con la cabeza en dirección al extremo de la playa junto a la jungla, donde cinco pequeños bultos coronados por pequeñas cruces de madera marcaban el último lugar de descanso de los ahogados.

—Yo tenía un poco de agua bendita que papá me trajo de Notre Dame en París —dijo Marsali. Tenía los labios resquebrajados y se los humedeció—. La llevaba en una pequeña botella. Recé una oración y la esparcí sobre las tumbas. Eso... eso les habría gustado, ¿verdad?

Advertí que le temblaba la voz y me di cuenta de que a pesar de su entereza, los dos últimos días habían supuesto un gran sufrimiento para la chica. Tenía la cara sucia, el pelo lacio y la aspereza había desaparecido de sus ojos, que ahora suavizaban las lágrimas.

—No lo dudo —dije con amabilidad, dándole una palmadita en el brazo. Miré a mi alrededor buscando la gran estatura y la colorida cabeza de Jamie. Empezaba a comprender que no estaba allí—. ¿Dónde está Jamie?

Me notaba roja por la carrera colina abajo, pero sentí que la sangre abandonaba mis mejillas y un hilo de miedo me corría por las venas. Fergus me miraba fijamente; su cara flaca era como un espejo de la mía.

—¿No está con usted?

—No. ¿Cómo iba a estarlo? —El sol era cegador, pero sentí la piel fría. Notaba que el calor brillaba sobre mi cuerpo, aunque no servía de nada. Tenía los labios helados y apenas conseguí formular la pregunta—. ¿Dónde está?

Fergus negó muy despacio con la cabeza, como un buey aturdido por el golpe de una maza.

—No lo sé.

51

En el que Jamie huele a gato encerrado

Jamie Fraser, tendido a la sombra de la chalupa del *Marsopa*, jadeaba por el esfuerzo. No había sido tarea fácil abordar la cañonera sin ser visto; tenía todo el cuerpo magullado tras golpearse contra el flanco del barco al trepar por las redes de abordaje, tratando de llegar a la barandilla, y los brazos le dolían como si se los hubieran descoyuntado; además, tenía una astilla clavada en la mano. Pero allí estaba y nadie lo había visto.

Se mordió delicadamente la mano, buscando con los dientes la punta de la astilla mientras intentaba orientarse. Russo y Stone, dos tripulantes del *Artemis*, habían pasado horas enteras describiéndole la estructura de un barco como el *Marsopa*, compartimentos y cubiertas y el lugar donde podía alojarse el cirujano. Pero una cosa es escuchar la descripción y otra muy diferente, orientarse en el propio barco. Al menos, aquel miserable navío se mecía menos que el *Artemis*, aunque ya notaba el sutil y nauseabundo balanceo de la cubierta.

Consiguió que la cabeza de la astilla asomara agarrándola con los dientes, tiró de ella muy despacio y la escupió en la cubierta. Se chupó la minúscula herida percibiendo el sabor a sangre y salió de la chalupa con las orejas bien alerta para captar cualquier ruido de pasos.

Tenía que dirigirse a la cubierta por debajo de aquella, por la escalerilla que conducía a los camarotes. Los cuartos de los oficiales estarían allí, y con suerte también el camarote del cirujano. Aunque no era muy probable que Claire estuviera en su camarote; ella no. Ella se preocupaba demasiado por los enfermos y estaría acompañándolos.

Habían esperado a que cayera el sol para que Robbie MacRae lo acercara en un bote. Raines le dijo que, probablemente, el *Marsopa* anclaría con la marea nocturna, dos horas después. Si lograba encontrar a Claire y escapar antes del amanecer (podría nadar sin esfuerzo hasta la costa con ella), el *Artemis* los esperaría escondido en una pequeña ensenada, al otro lado de la isla de Caicos. Si no lo lograba... Bueno, ya se ocuparía de eso en su momento.

En contraste con el mundo pequeño y atestado del *Artemis*, el entrepuente del *Marsopa* parecía una enorme y laberíntica madriguera. Permaneció quieto, dilatando la nariz para aspirar aquel aire fétido. Percibió todos los hedores asociados a un barco que lleva mucho tiempo en el mar, pero también un vago regusto a vómitos y heces. Giró hacia la izquierda y echó a andar con lentitud, contrayendo la nariz. Donde el olor a enfermedad fuera más potente, allí la encontraría.

Cuatro horas después, su desesperación crecía. Fue por tercera vez hacia la popa. Había recorrido el barco entero logrando esconderse con gran dificultad, y sin hallar a Claire.

—¡Maldita mujer! —dijo por lo bajo—. ¿Dónde te has metido condenada?

Un pequeño gusano de miedo le roía el corazón. Ella había asegurado que la vacuna la protegería de la enfermedad, pero ¿y si estaba equivocada? Ya se había dado cuenta de que la tripulación de la cañonera había disminuido considerablemente por el azote de la mortal enfermedad. Y al estar en contacto con ella, los gérmenes habrían atacado a Claire también, tanto si estaba vacunada como si no.

Jamie imaginaba los gérmenes como diminutas criaturas ciegas del tamaño de un gusano, pero equipados con terribles dientes afilados, como minúsculos tiburones. Enseguida le vino a la cabeza un enjambre de esas criaturas abalanzándose sobre ella, matándola y succionándole la vida. Esa posibilidad le había obligado a perseguir al *Marsopa*, junto a una ira asesina contra aquel endiablado inglés que había tenido la insolencia de secuestrar a su mujer ante sus mismas narices, con la vaga promesa de devolverla después de haber utilizado sus servicios.

¿Dejarla en manos de los *sassenachs* sin ninguna protección?

—¡Ni pensarlo! —murmuró entre dientes mientras se deslizaba hasta un oscuro rincón destinado a las mercancías.

Ya sabía que Claire no podía estar en un sitio como ése, pero necesitaba pararse a pensar un momento, debía decidir lo que iba a hacer. ¿Aquello sería el almacén de los cabos, la escotilla de la zona de carga de popa, qué? Además olía a Dios sabía qué. Dios, ¡odiaba los barcos!

Inspiró hondo y se detuvo sorprendido. Allí había animales, cabras. Percibía su olor con total claridad. También se veía un poco de luz claramente visible por encima de un mamparo y el murmullo de unas voces. ¿Una de esas voces era femenina?

Avanzó con el oído atento. Se oían pisadas en cubierta y ruidos conocidos: hombres que se descolgaban de los cordajes. ¿Lo habrían visto? Bueno, no tenía importancia. Hasta donde él sabía, no era delito que un hombre fuese en busca de su esposa.

El *Marsopa* navegaba a toda vela. Jamie había oído la vibración de las velas recorriendo toda la quilla cuando el viento empezó a empujar la embarcación. La cita con el *Artemis* estaba perdida desde hacía rato. Por lo tanto, no tenía nada que perder si se presentaba directamente ante el capitán para exigir hablar con Claire. Pero puede que estuviera allí, estaba seguro: era la voz de una mujer.

Una silueta femenina se recortaba contra la luz de la lámpara, aunque no se trataba de Claire. El corazón de Jamie dio un vuelco cuando la luz se reflejó en su pelo, pero se decepcionó al ver su contorno grueso y cuadrado junto a las cabras. El hombre que la acompañaba se inclinó para recoger un cesto y caminó hacia él.

Jamie salió al estrecho pasillo por entre los mamparos y bloqueó el paso del marinero.

—A qué te refieres con... —empezó a decir el hombre, y entonces levantó la vista para mirar la cara de Jamie y guardó silencio jadeando. Le clavó un ojo; del otro sólo se veía una franja de color blanco azulado asomando por debajo del párpado atrofiado—. ¡Dios nos proteja! —exclamó el marinero, pálido por la tenue luz. Su ojo sano se abrió horrorizado al reconocerlo—. ¿Qué hace usted aquí?

—Me conoces, ¿verdad? —El corazón le saltaba en el pecho, pero no alzó la voz—. Creo que no tengo el honor de saber tu nombre.

—Preferiría dejar eso así, su señoría, si no se opone.

El marinero tuerto comenzó a retroceder, pero Jamie lo sujetó por un brazo con tanta fuerza que le arrancó un chillido.

—Un momento, por favor. ¿Dónde está la señora Malcolm, la cirujana?

Parecía imposible que el marinero adoptara una expresión más alarmada, pero al escuchar su pregunta todavía se sorprendió más.

—No lo sé.

—Sí que lo sabes —dijo Jamie ásperamente—. Y vas a decírmelo ahora mismo, si no quieres que te rompa la cabeza.

—Bueno, si me rompe la cabeza, no podré decirle nada, ¿verdad? —señaló el marinero, que empezaba a recobrar el valor. Alzó la barbilla con orgullo por encima del cesto de estiércol—. Suélteme ahora mismo o llamaré a...

El resto se perdió en un graznido mientras la mano de Jamie se ceñía a su cuello. El cesto se cayó al suelo y las cagarrutas de cabra salieron disparadas de su interior como una ráfaga de metralla.

—¡Au! —Harry Tompkins agitaba las piernas como loco, esparciendo los excrementos de cabra en todas direcciones. Se le puso la cara del color de la remolacha mientras se agarraba al brazo de Jamie sin conseguir nada.

El escocés lo soltó cuando al hombre empezaron a salírsele los ojos de las órbitas. Se limpió la mano en los pantalones asqueado del grasiento tacto del sudor de aquel tipo en la palma de su mano.

Tompkins quedó espatarrado en el suelo jadeando intensamente.

—Tienes razón —reconoció Jamie—. Pero si te rompo el brazo, no tendrás dificultad para hablar, ¿no es así? —Se agachó para sujetar uno de sus flacos brazos y lo obligó a levantarse retorciéndoselo en la espalda.

—¡Se lo diré, se lo diré! —El marinero se revolvió, loco de pánico—. ¡Maldito sea! ¡Y ella era tan cruel como usted!

—¿Era? ¿Qué significa «era»? —Con el corazón encogido, Jamie sacudió el brazo con más brusquedad de la que pensaba.

Tompkins dejó escapar un grito y Jamie aflojó un poco la presión.

—¡Suélteme! Se lo diré, pero suélteme, por compasión.

—¡Dime dónde está mi esposa! —Ante ese tono, hombres más fuertes que Harry Tompkins se habían precipitado a obedecer.

—¡Se ha perdido! —barbotó el hombre—. ¡Cayó por la borda!

—¡Qué!

Jamie, aturdido, lo soltó. Por la borda. Perdida.

—¿Cuándo? —interpeló—. ¿Cómo? ¡Cuéntame cómo fue, estúpido! —Avanzó hacia el marinero con los puños crispados.

El otro retrocedió frotándose el brazo y jadeando, con una furtiva satisfacción en el único ojo.

—No se preocupe, su señoría —dijo en tono burlón—. No estará solo por mucho tiempo. Dentro de algunos días se reunirá con ella en el infierno... ¡cuando baile en la horca, en el puerto de Kingston!

Jamie oyó las pisadas a su espalda demasiado tarde. Ni siquiera tuvo tiempo de volver la cabeza antes de recibir el golpe.

Lo habían golpeado en la cabeza las suficientes veces como para saber que lo más sensato era permanecer acostado hasta que pasara el mareo y desaparecieran las luces que palpitaban tras los párpados. Si se incorporaba demasiado pronto, el dolor lo haría vomitar.

La cubierta subía y bajaba, subía y bajaba, de ese modo horrible en que lo hacen todos los barcos. Mantuvo los ojos cerrados concentrándose en el dolor que sentía en la base del cráneo, así evitaba pensar en su estómago.

Un barco. Debía de estar en un barco. Sí, pero la superficie que tenía bajo la mejilla no era correcta. Se trataba de madera, y no de la tela de su ropa de cama. Y el olor... ese olor tampoco era correcto, era...

Se irguió de golpe. Los recuerdos se abalanzaron sobre él con una crudeza que hizo palidecer el dolor que sentía en la cabeza. La oscuridad se mecía a su alrededor de forma nauseabunda moteada por luces de colores, y se le revolvió el estómago. Cerró los ojos y tragó con fuerza tratando de recomponer el terrible pensamiento que se había internado en su cerebro.

«Claire. Perdida. Ahogada. Muerta.»

Se inclinó hacia un lado y vomitó, entre toses y arcadas, como si su cuerpo intentara expulsar la idea. No sirvió de nada. Cuando por fin dejó de vomitar y se recostó, exhausto, la idea permanecía. Le dolía respirar y apretó los puños a ambos costados. No podía dejar de temblar.

Se abrió una puerta; una luz intensa le pegó en los ojos con la fuerza de un golpe. Hizo una mueca y cerró los párpados al percibir el brillo de la lámpara.

—Señor Fraser —dijo una voz cultivada—. Lo... lo siento mucho. Quería que lo supiera.

Por la ranura de un ojo vio la cara ojerosa del joven Leonard, el hombre que se había llevado a Claire. Parecía apenado. ¡Apenado! ¡Apenado por haberla matado!

La furia lo puso en pie y saltó al suelo inclinado. Chocó con Leonard y lo impulsó hacia atrás, hacia el pasillo. Hubo un sordo *¡tump!* cuando la cabeza del inglés golpeó las tablas. Se oían gritos y las sombras saltaban alocadas por el bamboleo de las lámparas, pero no prestó atención.

Le dio un fuerte golpe en la mandíbula; el siguiente fue en la nariz. La debilidad no era un obstáculo. Estaba dispuesto a agotar todas sus fuerzas y morir contento si podía dejarlo maltrecho y baldado, si sentía cómo se rompían los huesos del capitán y el correr de la sangre caliente bajo sus puños. ¡Necesitaba venganza!

Unas manos tiraban de él, pero no le importó. Tampoco le importaba que lo mataran, pensó. El cuerpo que tenía debajo se retorció entre sus piernas hasta quedar inmóvil.

Cuando llegó el golpe siguiente, Jamie se hundió en la oscuridad.

Se despertó con el suave contacto de unos dedos en la cara. Alargó la mano, somnoliento para coger la de ella, pero...

—¡Aaahh!

Se levantó con instintiva repulsión dándose manotazos en la cara. La enorme araña, casi tan asustada como él, huyó a toda prisa hacia los arbustos y desapareció tras una cortina de largas y velludas piernas. Tras él se oyeron unas risitas. Giró en redondo, con el corazón palpitando como un tambor, y se encontró ante seis niños encaramados en las ramas de un árbol, sonriéndole con los dientes manchados de tabaco.

Les hizo una reverencia, mareado y con las piernas flojas; la impresión que lo había impulsado a levantarse iba desapareciendo de su sangre.

—*Mademoiselles, messieurs* —saludó, ronco. En el fondo de su mente se preguntó por qué les hablaba en francés. ¿Los habría escuchado hablar mientras dormía?

Eran franceses, pues le respondieron en el mismo idioma, aunque con un gutural acento criollo que nunca había oído.

—*Vous êtes matelot?* —preguntó el mayor observándole con interés.

Se le doblaron las rodillas y tuvo que sentarse a plomo, lo que hizo reír otra vez a los niños.

—*Non* —respondió luchando por mover la lengua—. *Je suis guerrier.*

Tenía la boca seca y la cabeza le dolía como un demonio. Tenía un revuelto de recuerdos en la cabeza, demasiado vagos como para asirse a ellos.

—¡Un soldado! —exclamó uno de los más pequeños, con ojos redondos y oscuros—. ¿Dónde tienes la espada y la pistola?

—No seas tonto —le dijo una niña algo mayor, altanera—. ¿Cómo quieres que nade con pistola? La estropearía. Es que no te enteras de nada, cabeza de guayaba.

—¡No me digas eso, cara de caca! —gritó el más pequeño con la cara contraída por la ira.

—¡Cara-rana!

—¡Cerebro de caca!

Los niños gritaban y se perseguían entre las ramas como los monos. Jamie se pasó una mano por la cara, tratando de pensar.

—*Mademoiselle!*

Vio a una chica un poco mayor y le hizo señas para que se acercara. La muchacha vaciló un momento y se dejó caer hasta la tierra como si fuera un fruto maduro. Aterrizó junto a él levantando una nube de polvo amarillo. Iba descalza y llevaba un vestido de muselina y un pañuelo de colores en el pelo, rizado y oscuro.

—*Monsieur?*

—Pareces una mujer informada, mademoiselle —dijo—. Dime, por favor, ¿cómo se llama este lugar?

—Cabo Haitiano —respondió de inmediato, mirándolo con curiosidad—. Hablas raro.

—Tengo sed. ¿Hay agua cerca?

Cabo Haitiano. Así que se hallaba en La Española. Su cabeza estaba empezando a funcionar de nuevo. Tenía un vago recuerdo de haber hecho un esfuerzo titánico, de haber nadado para salvar la vida en un agitado caldero de olas salvajes, y de una lluvia que le golpeaba la cara con tanta fuerza que poco importaba si tenía la cabeza por encima o por debajo de la superficie. ¿Y qué más?

—Por aquí, por aquí. —Los otros niños habían bajado del árbol y una de las pequeñas le llevaba de la mano.

Se arrodilló junto al arroyuelo para llenarse las manos; se mojó la cabeza y bebió a grandes tragos el agua deliciosamente fresca mientras los niños jugaban entre las rocas y se manchaban de barro entre ellos. Ahora recordaba: el marinero de cara de rata, la cara sorprendida del joven Leonard, su profunda ira, la satisfactoria sensación de la carne aplastada bajo su puño.

Y Claire. El recuerdo volvió súbitamente con una emoción confusa de terror; luego, el alivio. ¿Qué había sucedido? Dejó de hacer lo que estaba haciendo sin escuchar la pregunta que le hacían los niños.

—¿Eres un desertor? —preguntó uno de los niños—. ¿Has estado en un combate? —Le miraba las manos, magulladas y doloridas. Le dolían tanto que pensaba que quizá se hubiera vuelto a romper el dedo anular.

—Sí —respondió Jamie, con la mente en otra parte.

Empezaba a recordar: el oscuro encierro donde lo habían dejado sin sentido; el horrible despertar, pensando que Claire había muerto. Se había hecho un ovillo sobre los tablones de madera demasiado angustiado por el dolor como para notar, al principio, el creciente balanceo del barco o los chirridos de la jarcia, tan punzantes que se colaban incluso en su calabozo.

Pero poco después el balanceo y el ruido eran tan intensos que lograron penetrar su nube de dolor. Escuchó los sonidos de la creciente tormenta, los gritos y las carreras por encima de su cabeza, y entonces estuvo demasiado ocupado como para pensar en nada.

En aquella estancia no había nada a lo que pudiera agarrarse. Se tambaleó de una pared a otra como un guisante en un sonajero incapaz de distinguir, inmerso en la oscuridad, lo que era arriba, abajo, izquierda o derecha. Aunque tampoco es que le importara mucho, porque las náuseas ya se habían adueñado de su cuerpo. En ese momento sólo pensaba en la muerte, la deseaba con todas sus fuerzas.

Estaba aún casi inconsciente cuando se abrió la puerta del calabozo; un fuerte olor a cabra le invadió la nariz. No tenía ni idea de cómo se las habría ingeniado aquella mujer para llevarlo por la escalerilla hasta la cubierta de popa. ¿Y por qué? Sólo guardaba un confuso recuerdo de lo que ella había balbuceado en mal inglés mientras tiraba de él, ayudándole a no perder el equilibrio conforme se tambaleaba y se deslizaba por la cubierta empapada.

Sólo recordaba lo último que ella le dijo al empujarlo hacia la barandilla:

«Ella no muerta. Ella va ahí. —Señalaba el mar agitado—. Ir también. ¡Busca!» Entonces se agachó, le pasó una mano por debajo, colocó el hombro en el trasero y lo lanzó por la borda.

—No eres inglés —comentó el pequeño—. Ése es un barco inglés, ¿no?

Se volvió sin pensarlo hacia el lugar que le señalaba y vio el *Marsopa* anclado. Había otros barcos diseminados en el puerto, claramente visibles desde la colina al otro lado de la ciudad.

—Sí —confirmó—. Es un barco inglés.

—¡Me apunto uno! —exclamó el chico, feliz. Luego se volvió para gritarle a otro chico—. ¡Yo tenía razón, Jacques! ¡Es inglés! Van cuatro a mi favor y sólo dos para ti, en todo el mes.

—¡Tres! —corrigió Jacques, indignado—. Los míos son españoles y también portugueses. El *Bruja* era portugués, así que también cuenta.

Jamie alargó una mano para sujetar al muchacho por el brazo.

—*Pardon, monsieur.* ¿Tu amigo ha mencionado el *Bruja*?

—Sí; estuvo aquí la semana pasada —respondió el chico—. ¿*Bruja* es un nombre portugués? No sabíamos si contarlo como español o portugués.

—Algunos de los marineros estuvieron en la taberna de mi *maman* —comentó una de las pequeñas—. Parecían hablar en español, pero no como lo habla el tío Geraldo.

—Me gustaría hablar con tu *maman*, *chérie* —le dijo Jamie a la niña—. ¿Alguno de vosotros sabe adónde iba el *Bruja* cuando zarpó?

—A Bridgetown —intervino la mayor tratando de recobrar la atención del desconocido—. Lo dijo el empleado del cuartel.

—¿De qué cuartel?

—Los barracones están junto a la taberna de mi *maman* —dijo la más pequeña tirándole de la manga—. Los capitanes de los barcos van siempre allí con sus papeles mientras los marineros se emborrachan. ¡Ven, ven! *Maman* te dará de comer si se lo pido.

—Creo que tu *maman* me pondrá de patitas en la calle —dijo Jamie frotándose la espesa barba sin afeitar—. Parezco un vagabundo.

Y era cierto. A pesar del mucho tiempo que había pasado en el agua, llevaba la ropa manchada de sangre y vómitos, y por las sensación que notaba en la cara, sabía que la tendría hinchada y ensangrentada.

—*Maman* los ha visto mucho peores —aseguró la pequeña—. ¡Ven!

Le dio las gracias con una sonrisa y se dejó conducir colina abajo, tropezando de vez en cuando, pues aún no se había habituado a caminar en tierra. Le pareció extraño y reconfortante a un mismo tiempo que los niños no se hubieran asustado de él a pesar de su terrible aspecto.

¿Era eso lo que había querido decir la mujer de las cabras? ¿Claire habría nadado hasta esa isla? La esperanza le refrescó el corazón igual que había hecho el agua con su garganta. Claire era terca, temeraria y tenía mucho más valor del que era habitual en una mujer, pero no era tan tonta como para caerse por la borda de una cañonera por accidente.

Además, el *Bruja* e Ian estaban cerca. Iba a reunirse con los dos. El estar descalzo, sin un centavo y ser fugitivo de la Marina Real parecía algo sin importancia. Tenía su ingenio, sus manos y tierra firme bajo los pies. Todo parecía posible.

52

Celebramos una boda

No quedaba otro remedio que reparar el *Artemis* cuanto antes y zarpar hacia Jamaica. Hice todo lo posible por apartar el miedo que sentía por Jamie, pero durante los dos días siguientes apenas pude comer. Mi apetito se había escondido tras la enorme bola de hielo que se había adueñado de mi estómago.

Para distraer a Marsali, la llevé a la casa de la colina, donde se las ingenió para conquistar al padre Fogden preparándole la receta escocesa de un baño desinfectante contra las garrapatas. Stern colaboró en los trabajos de reparación, dejándome la custodia de su bolsa de especímenes y el encargo de recoger cualquier ejemplar curioso de *Arachnida* que cayera en mis manos mientras buscaba plantas medicinales. Y aunque yo pensaba que preferiría recibir a cualquier araña del mundo con una buena bota antes que tocarla con las manos, acepté el encargo y miré con atención entre las copas llenas de agua de las bromelias en busca de las coloridas ranas y arañas que habitaban aquellos minúsculos mundos.

La tarde del tercer día regresé de una de esas expediciones con algunas raíces, hongos naranjas y un musgo muy particular, además de haber capturado una tarántula viva, que llevaba atrapada en una gorra de marinero y a una buena distancia del cuerpo. El animal era lo bastante grande y peludo como para que Lawrence se quedara extasiado de júbilo.

Cuando salí de la selva, vi que habíamos entrado en una nueva etapa; el *Artemis* ya no estaba escorado sobre un flanco, sino que iba recobrando poco a poco su posición vertical, ayudado por cuerdas, cuñas y muchísimos gritos.

—¿Ya está casi terminado? —pregunté a Fergus, que permanecía en pie junto a la popa. Él era el responsable de gran parte de los gritos, dado que se estaba encargando de dar instrucciones a la tripulación del lugar exacto donde debían colocar las calzas.

Se volvió sonriendo y secándose el sudor de la frente.

—¡Sí, milady! Ya está calafateado. El señor Warren opina que podremos zarpar al anochecer, cuando refresque y la brea se haya endurecido.

—¡Qué maravilla! —Estiré el cuello para observar el palo desnudo que se elevaba hacia el cielo—. ¿Tenemos velas?

—Oh, sí —me aseguró—. Tenemos todo lo necesario, menos...

Lo interrumpió el grito de alarma de MacLeod. Me volví hacia la carretera que se veía por encima del palmeral, donde el sol brillaba sobre el metal.

—¡Soldados! —Fergus reaccionó antes que nadie: saltó de los andamios y aterrizó a mi lado—. ¡Pronto, milady, al bosque! ¡Marsali! —gritó buscando a la chica como un desesperado.

Se limpió el sudor del labio superior alternando la mirada entre la jungla y los soldados que se acercaban.

—¡Marsali! —volvió a gritar.

La chica apareció tras el casco, pálida y sobresaltada. Fergus la cogió del brazo y la empujó hacia mí.

—¡Ve con milady! ¡Corre!

La cogí de la mano y corrimos hacia la selva, levantando arena con los pies. Desde el camino nos llegaron gritos; arriba sonó un disparo, seguido por otro. Diez pasos, cinco, y por fin llegamos al amparo de las sombras de los árboles. Me dejé caer tras una mata espinosa jadeando para recuperar el aliento mientras ignoraba la punzada de algo que se me había clavado en el costado. Marsali se arrodilló junto a mí en la tierra con las mejillas llenas de lágrimas.

—¿Qué? —jadeó Marsali tratando también de recuperar el aliento—. ¿Quiénes son? ¿Qué... van a... hacer? ¡Fergus!

—No lo sé. —Con la respiración todavía agitada me agarré de un árbol joven y me puse de rodillas. Avancé a gatas para mirar por entre la vegetación y vi que los soldados habían llegado al barco.

Bajo los árboles había una atmósfera fría y húmeda, pero yo tenía la boca seca como el algodón. Me mordí la cara interior de la mejilla tratando de activar el flujo de saliva.

—Todo saldrá bien. —Le di unas palmaditas en el hombro tratando de tranquilizarla—. Mira, sólo son diez —dije tras contar a los soldados que salían del palmeral—. Son franceses. El *Artemis* tiene documentos franceses. Tal vez no haya problemas.

Pero tal vez sí. Era legal apoderarse de un barco fondeado y abandonado. La playa estaba desierta. Y entre los soldados y el botín sólo se interponían los tripulantes del *Artemis*.

Algunos de los marineros iban armados con pistolas, la mayoría llevaban cuchillos. Pero los soldados iban armados hasta los dientes, cada hombre llevaba mosquete, espada y pistolas. Si el encuentro daba pie a una pelea, sería sin duda sangrienta, y los soldados tenían más probabilidades de hacerse con la victoria.

Los hombres guardaban silencio agrupados tras Fergus, que se mantenía erguido y ceñudo; era el portavoz. Lo vi apartarse el mechón de la frente con el garfio y plantar los pies en la tierra, preparándose para lo que pudiera suceder. Los caballos avanzaban a paso lento, con el ruido de los cascos sofocado por la arena. Se detuvieron a tres metros del grupo. El gigantón que parecía ir al mando levantó una mano, dando el alto, y se apeó de su montura. Mis ojos estaban más pendientes de Fergus que de los soldados, y vi cómo le cambiaba la cara y se quedaba petrificado, pálido bajo el bronceado de su tez. Miré al soldado que se acercaba a él por la arena y se me heló la sangre.

—*Silence, mes amis* —pidió el grandote en tono de cordial autoridad—. *Silence et restez, s'il vous plaît.* —«Silencio, amigos, y no se muevan, por favor.»

Si no hubiera estado de rodillas, me habría derrumbado. Cerré los ojos en una muda plegaria de agradecimiento. Marsali, a mi lado, ahogó una exclamación. Abrí los ojos y le tapé la boca abierta con la mano.

El comandante se quitó el sombrero, sacudiendo una espesa masa de pelo rojizo empapado en sudor y dedicó a Fergus una dilatada sonrisa que asomaba por entre una rizada barba rojiza.

—¿Está usted al mando? —dijo Jamie en francés—. Venga conmigo. Los demás quédense donde están. —Varios de los tripulantes lo miraban con asombro—. No digan nada —añadió, despreocupado.

Marsali me tiró del brazo y me di cuenta de lo fuerte que la estaba sujetando.

—Lo siento —susurré soltándola sin apartar los ojos de la playa.

—¿Qué hace? —susurró Marsali a mi oído. Pálida de excitación, las pecas de su nariz resaltaban por el contraste—. ¿Cómo ha llegado hasta aquí?

—¡No lo sé! ¡Calla, por Dios!

La tripulación del *Artemis* intercambiaba miradas, arqueaba las cejas y se daba codazos en las costillas, pero por suerte también obedeció las órdenes y nadie abrió la boca. Recé para que su evidente excitación se interpretara como pura preocupación.

Jamie y Fergus caminaron hacia la orilla hablando en voz baja. Por fin se separaron y Fergus regresó al casco con una expresión de triste determinación en el rostro. Jamie ordenó a los soldados que desmontaran y se reunieran en torno a él.

No pude oír lo que decía. En cambio, Fergus estaba al alcance de nuestros oídos.

—Son soldados del cuartel de Cabo Haitiano —anunció a los tripulantes—. Su comandante, el capitán Alessandro —aclaró enarcando las cejas en un gesto horrible para acentuar el nombre—, dice que nos ayudarán a botar el *Artemis*.

El anuncio fue recibido con algunas exclamaciones de júbilo y varios gestos de desconcierto.

—Pero ¿cómo es que el señor Fraser...? —comenzó Royce, un marinero bastante corto de entendederas mientras fruncía confundido sus pobladas cejas.

Fergus no les permitió preguntar nada. Se internó entre la tripulación, rodeó a Royce por los hombros y lo arrastró hacia el andamiaje hablando en voz alta para sofocar cualquier posible comentario.

—¿Verdad que es una casualidad? —lo interrumpió en voz alta. Desde mi escondite pude ver cómo le retorcía la oreja con la única mano que tenía—. ¡Una gran suerte, por cierto! El capitán Alessandro dice que un hombre, camino de su plantación, vio el barco fondeado e informó a los cuarteles. Con tanta ayuda tendremos al *Artemis* a flote en muy poco tiempo.

Soltó a Royce y se dio una fuerte palmada en el muslo.

—¡Vamos, vamos, manos a la obra! ¡Manzetti, adelante! ¡MacLeod, MacGregor a los martillos! ¡Maitland...!

El grumete Maitland seguía en la arena mirando a Jamie, boquiabierto. Fergus le dio una palmada en el trasero, con fuerza suficiente para hacerlo trastabillar.

—¡Maitland, *mon enfant*! Cántanos algo para acelerar nuestros esfuerzos.

Con aspecto aturdido, Maitland se arrancó con una tímida interpretación de *The Nut-Brown Maid*. Los marineros volvieron a los andamios echando miradas suspicaces por encima del hombro.

—¡Cantad! —gritó Fergus, fulminándolos con la mirada.

Murphy, que parecía encontrar la situación extremadamente graciosa, se limpió el sudor de su cara roja y se unió obediente a los cánticos de la tripulación. Su tono de barítono reforzó el tenor de Maitland.

Fergus iba de un lado a otro, exhortando, dirigiendo y acuciando, y dando tal espectáculo que fueron pocas las miradas reveladoras desviadas hacia Jamie. Los martillos reiniciaron su golpeteo vacilante.

Mientras tanto, Jamie daba cautelosas directrices a sus soldados. Más de un francés echaba ojeadas codiciosas al barco, como si no estuvieran ayudando por generosidad por mucho que lo hubiera afirmado Fergus.

Sin embargo, se pusieron manos a la obra de buena gana tras quitarse sus chalecos de piel y dejar a un lado la mayor parte de sus armas. También me di cuenta de que tres de ellos montaban guardia, armados y atentos a cada movimiento de los marineros. Jamie permanecía aparte, observándolo todo.

—¿Salimos? —me preguntó Marsali al oído—. Parece que es seguro.

—No. —Yo no apartaba los ojos de Jamie, que esperaba, erguido, a la sombra de la alta palmera. Su expresión era inescrutable bajo la extraña barba, pero capté un leve movimiento: los dos dedos tiesos tamborileaban en el muslo—. No —repetí—, esto aún no ha terminado.

El trabajo continuó durante toda la tarde. El montón de troncos cortados iba en aumento y dejaba en el aire un olor a savia fresca. Fergus ya estaba ronco y su camisa se adhería al torso delgado. Los caballos cabeceaban y paseaban lentamente en la entrada del bosque curioseando. Los marineros habían renunciado a cantar y trabajaban sin echar más que alguna mirada ocasional hacia la palmera que daba sombra al capitán Alessandro, que aguardaba cruzado de brazos.

El centinela que había junto a los árboles se paseaba muy despacio de un lado a otro echando alguna mirada melancólica en dirección a las frías sombras verdes. Una de las veces pasó lo bastante cerca de nosotras como para que pudiera ver los oscuros y grasientos rizos que se descolgaban por su cuello y las marcas de viruela que salpicaban sus mejillas. Al caminar emitía un continuo crujido y un tintineo. Tenía una espuela suelta. Parecía acalorado y muy contrariado.

Fue una larga espera, que el asedio de los mosquitos hacía aún más dura. Tras lo que pareció una eternidad, noté que Jamie hacía una señal a uno de los soldados y se acercaba a los árboles. Después de indicar a Marsali que me esperara, me agaché bajo las ramas, sin prestar atención a la maleza, y avancé como enloquecida hacia el lugar donde lo había visto desaparecer.

Me asomé jadeante por detrás de un arbusto justo cuando se estaba atando la bragueta. El ruido hizo que volviera bruscamente la cabeza, abriera mucho los ojos y dejase escapar un grito que habría hecho que *Arabella* se levantara de entre los muertos, por no mencionar al centinela que aguardaba.

Retrocedí para esconderme: un ruido de botas se acercaba a nosotros.

—*C'est bien!* —gritó Jamie, algo nervioso—. *Ce n'est qu'un serpent!*

El centinela hablaba un dialecto extraño; parecía haber preguntado si la serpiente era peligrosa.

—*Non, c'est innocent* —respondió Jamie.

Le hizo una señal con la mano al centinela para indicarle que se marchara; su inquisitiva cabeza asomaba con reticencia por encima de un arbusto. El soldado, a quien no parecían gustarle mucho las serpientes por inocentes que fueran, regresó a sus obligaciones.

Jamie no vaciló y se lanzó hacia la espesura.

—¡Claire! —Me estrechó contra su pecho y me sacudió con fuerza por los hombros—. ¡Maldita seas! ¡Te creía muerta y bien muerta! ¿Cómo pudiste cometer la locura de saltar al agua en medio de la noche? ¿No estás en tu sano juicio?

—¡Suéltame! —siseé. Por su culpa me había mordido el labio—. ¡Te digo que me sueltes! ¿Así que hice una estupidez? ¿Y tú, grandísimo idiota? ¿Cómo se te ocurrió seguirme?

Estaba más moreno y un intenso rubor rojizo le oscureció más el rostro trepando desde los confines de su nueva barba.

—¿Que cómo se me ocurrió? —repitió—. ¡Eres mi esposa, Dios bendito! ¡Cómo no iba a seguirte! ¿Por qué no me esperaste? Por Dios, si tuviera tiempo...

Al mencionar el tiempo recordó que no disponíamos de mucho y se esforzó por acallar sus reprimendas, lo que me pareció muy bien porque yo también tenía unas cuantas cosas que decir. Pero me las tragué con ciertas dificultades.

En cambio dije:

—¿Qué diablos estás haciendo aquí?

El rubor de su piel disminuyó un poco reemplazado por una sonrisa que asomó por aquella barba extraña.

—Soy el capitán —respondió—. ¿No te habías dado cuenta?

—¡El capitán Alessandro, sí! ¿Qué piensas hacer?

En vez de responder, me dio una última sacudida y repartió una mirada fulminante entre mi persona y Marsali, que había asomado su cabeza, inquisitiva.

—Quedaos aquí, y no asoméis un pelo si no queréis que os muela a palos.

Sin esperar respuesta, giró en redondo para volver a la playa.

Marsali y yo intercambiamos una mirada, interrumpida un segundo después por Jamie, que había reaparecido en el pequeño claro. Me sujetó por los brazos para darme un beso.

—Me olvidaba: te quiero —dijo sacudiéndome otra vez para enfatizar su mensaje—. Y me alegro de que no hayas muerto. ¡Pero no lo hagas nunca más!

Me soltó, cruzó la maleza y desapareció.

Yo también estaba inquieta y muy nerviosa, pero no podía negar que me sentía feliz.

Marsali tenía los ojos como platos.

—¿Qué vamos a hacer? —preguntó—. ¿Y él?

—No lo sé —le dije. Me había sonrojado y todavía sentía el contacto de sus labios sobre los míos y el extraño hormigueo que me dejó en la piel el roce de su barba y su bigote. Me posé la lengua sobre el mordisco del labio—. No sé qué va a hacer —le repetí—. Habrá que esperar.

La espera fue larga. Cerca del atardecer, mientras dormitaba recostada en el tronco de un árbol enorme, Marsali me apoyó una mano en el hombro.

—¡Están botando el barco! —susurró, excitada.

Y así era. Ante los ojos de los centinelas y el resto de los soldados, la tripulación del *Artemis* tiraba de los cabos para empujar la nave hasta las aguas de la ensenada. Todos ayudaban, incluso Fergus, Innes y Murphy a pesar de su escasez de miembros.

El sol se estaba poniendo. Relucía, enorme y anaranjado, sobre un mar que había adquirido el tono púrpura del coral. Los hombres eran meras siluetas negras, tan anónimas como los esclavos de los frisos egipcios atados por sogas a sus enormes cargas.

El monótono grito de «¡Tirad!» que salía rítmicamente de los labios del contramaestre fue seguido de unos débiles vítores cuando el casco avanzó los últimos metros y se alejó de la orilla tirado por las cuerdas unidas a las chalupas del *Artemis* y un guardacostas.

Cuando el casco se deslizó, vi un destello de pelo rojo: Jamie subía al barco seguido por uno de los soldados. Los dos montaron guardia a bordo mientras los tripulantes del *Artemis* remaban en la chalupa y subían por la escalerilla, junto con el resto de los soldados franceses.

Cuando el último hombre abandonó la escalerilla, los remeros miraron tensos hacia arriba. No sucedió nada.

Oí la ruidosa exhalación de Marsali junto a mí y me di cuenta de que llevaba mucho tiempo conteniendo la respiración.

—¿Qué hacen? —me preguntó, exasperada.

Como respuesta, en el *Artemis* se oyó un grito furioso. Los hombres que permanecían en los botes se levantaron de inmediato listos para subir a bordo. Pero no se produjo ninguna otra señal. El *Artemis* flotaba serenamente en las aguas de la ensenada.

—Ya estoy harta —le dije repentinamente a Marsali—. Estos condenados ya han hecho lo que tenían pensado, sea lo que fuere. Vamos.

Tomé una bocanada del aire fresco del anochecer y salí de entre los árboles seguida por Marsali. En el momento en que llegamos a la playa, una figura oscura y delgada se descolgó por el flanco del barco y corrió por los bajíos.

—*Mo chridhe chèrie!* —Fergus corría hacia nosotras muy sonriente. Se apoderó de Marsali para levantarla en el aire con exuberancia y girar con ella—. ¡Lo hemos hecho! —canturreó—. ¡Lo hicimos sin disparar una sola bala! ¡Están todos amarrados como gansos y apretados como arenques en la bodega!

Después de besar enérgicamente a la muchacha, la dejó en la arena y se volvió hacia mí con una ceremoniosa reverencia.

—Milady, el capitán del *Artemis* solicita el honor de su presencia en su mesa a la hora de la cena.

El nuevo capitán del *Artemis* estaba en medio de su cabina, completamente desnudo y rascándose los testículos con los ojos cerrados y expresión de felicidad.

—Eh... —musité ante aquella escena.

Abrió los ojos, radiante de alegría. Al cabo de un momento me encontraba envuelta en su abrazo, con la cara apretada contra los rizos rojos dorados de su torso.

Guardamos silencio durante un buen rato. Podía oír el ruido de los pasos en la cubierta superior, los gritos de la tripulación emocionados ante la inminente fuga, y los chasquidos de las velas al izarse. El *Artemis* volvía a cobrar vida a nuestro alrededor.

Tenía la cara caliente y me picaba del contacto con su barba. De pronto me sentí rara y avergonzada de abrazarlo: Jamie estaba completamente desnudo y yo también, pero bajo los restos de la sotana raída del padre Fogden.

El cuerpo que se pegaba al mío con urgencia era el mismo de siempre, pero tenía el rostro de un desconocido, de un vikingo. Además de la barba, olía diferente: su olor de siempre estaba camuflado por entre los aromas del aceite rancio de alguna cocina, cerveza y algún apestoso perfume combinado con extrañas especias.

Me solté dando un paso atrás.

—Deberías vestirte —sugerí—. No es que no disfrute del espectáculo, pero... —A mi pesar, me ruboricé—. Eh... creo que esa barba me gusta. Es posible —añadí dubitativa observándolo.

—A mí no —dijo rascándose la mandíbula—. Estoy lleno de piojos y pican como todos los diablos.

—¡Qué asco!

A pesar de conocer perfectamente a los *Pediculus humanous*, los piojos comunes, nunca los había sufrido. Me pasé una mano nerviosa por el pelo imaginando el picor de sus diminutos pies sobre mi cuero cabelludo.

Sonrió. Sus dientes blancos resaltaban en la barba rojiza.

—No te preocupes, Sassenach. He mandado traer una navaja y agua caliente.

—¿De verdad? Es una lástima que te la quites tan pronto. —A pesar de los piojos, me acerqué para inspeccionar el hirsuto adorno—. Es igual que tu pelo, de distintos tonos. En realidad, es bastante bonita.

La toqué con cautela. El pelo que crecía allí era extraño, espeso y áspero, muy rizado, al contrario que la suave espesura del pelo que le crecía en la cabeza. Nacían de su piel y se extendían en una exuberante explosión de color: cobre, dorado, ámbar, canela, un tono tan intenso que parecía prácticamente negro. Pero lo más sorprendente de todo era el grueso mechón plateado que se descolgaba de su labio inferior hasta el contorno de su mandíbula.

—Qué gracioso —dije repasándolo con el dedo—. En la cabeza no tienes canas, pero aquí sí.

—¿De verdad?

Se llevó una mano a la mandíbula con gesto sorprendido y de repente me di cuenta de que era muy probable que Jamie no supiera qué aspecto tenía. Entonces sonrió con ironía y se agachó para recoger la montaña de ropa que había tirado al suelo.

—Lo que me extraña es no haber encanecido totalmente con todo lo que me ha pasado este mes. —Guardó silencio un instante mientras me miraba por encima de los pantalones blancos—. Y hablando de eso, Sassenach, como te decía entre los árboles...

—Hablando de eso, sí —lo interrumpí—. ¿Qué diablos has hecho?

—¿Te refieres a los soldados? —Se rascó la barbilla, pensativo—. Bueno, ha sido sencillo. Les he dicho que cuando el barco estuviera a flote, reuniríamos a todos en cubierta y, a una señal mía, caeríamos sobre la tripulación para encerrarla en la bodega.

—Sonrió por entre su espesa barba—. Sólo que Fergus había puesto a la tripulación sobre aviso. A medida que los soldados iban llegando a bordo, dos marineros los sujetaban por los brazos y un tercero se encargaba de amordazarlos y quitarles las armas. Han sido ellos los que han acabado en la bodega. Y eso es todo. —Se encogió de hombros con modesta desenvoltura.

—Muy bien —dije soltando el aire—. Y en cuanto a cómo llegaste aquí...

Nos interrumpió una discreta llamada en la puerta.

—¿Señor Fraser? Eh... ¿capitán? —La cara angulosa y juvenil de Maitland asomó por el marco de la puerta por encima de un cuenco humeante—. El señor Murphy ya tiene el fuego encendido y le manda el agua caliente con sus saludos.

—Lo de «señor Fraser» está bien —dijo Jamie cogiendo la bandeja con el cuenco y la navaja—. No hay nadie menos digno de llamarse capitán. —Hizo una pausa, atento al ruido de pisadas—. Pero soy el capitán, a fin de cuentas —dijo muy despacio—. Eso significa que debo ordenar cuándo nos hacemos a la mar y cuándo nos detenemos.

—Sí, señor, ésa es una de las cosas que hacen los capitanes —añadió el grumete tratando de resultar útil—. Y también indican cuándo se deben repartir raciones adicionales de comida y bebida.

—Comprendo. —La sonrisa de Jamie era evidente a pesar de la barba—. Dígame, Maitland: ¿cuánto puede beber un marinero sin perder su capacidad operativa?

—Oh, bastante, señor —aseguró el muchacho, pensativo—. ¿Quizá... una ración doble para todo el mundo?

Jamie enarcó una ceja.

—¿De coñac?

—¡Oh, no, señor! —El grumete parecía escandalizado—. De grog. De coñac, sólo media ración extra, o irán todos a rodar por la sentina.

—Sea: doble ración de grog. —Jamie se inclinó ceremoniosamente ante el grumete, sin arredrarse por el hecho de estar en cueros—. Ya puede decírselo al resto. Y que el barco no leve anclas hasta que termine de cenar.

—¡Sí, señor! —Maitland le devolvió la reverencia; los modales de Jamie eran contagiosos—. ¿Debo decir al chino que le atienda en cuanto levemos anclas?

—Antes, señor Maitland. Muchas gracias.

El muchacho echó una última mirada de admiración a las cicatrices de su capitán y se volvió para salir, pero lo detuve.

—Algo más, Maitland.

—¿Sí, señora?

—¿Quiere bajar a la cocina y pedir al señor Murphy que me envíe una botella del vinagre más fuerte? Después averigüe dónde han puesto mis medicinas y tráigamelas también.

Frunció el ceño, desconcertado, pero asintió obediente:

—Oh, sí, señora. De inmediato.

—¿Qué piensas hacer con el vinagre, Sassenach? —Jamie me observó con los ojos entornados cuando Maitland desapareció por el pasillo.

—Empaparte con él para matar los piojos. No pienso dormir con una horda de parásitos.

Se rascó el cuello, pensativo.

—Ah, eso significa que piensas dormir conmigo, ¿no? —Miró la litera, un hueco poco apetitoso en la pared.

—No sé exactamente dónde, pero eso pienso —aseguré—. Y me gustaría que no te quitaras todavía la barba —añadí mientras se agachaba para dejar la bandeja que sostenía con las manos.

—¿Por qué no? —Me echó una mirada curiosa por encima del hombro.

Sentí que se me encendían las mejillas.

—Es que... bueno, es... diferente.

—¿Ah, sí? —Se incorporó y dio un paso hacia mí. En los oscuros confines de la cabina parecía todavía más corpulento (y más desnudo) que en la cubierta. Sus ojos azul oscuro se habían sesgado en divertidos triángulos—. ¿En qué sentido? —me preguntó.

—Bueno, es... hum... —Me rocé con los dedos las ardorosas mejillas—. Es diferente cuando me besas. En la... piel.

Clavó sus ojos en los míos. No se había movido, pero parecía estar mucho más cerca.

—Tienes una piel muy suave, Sassenach —me dijo con dulzura—. Parece hecha de perlas y ópalos. —Me acercó un dedo a la cara y lo deslizó por mi mandíbula. Luego siguió por mi cuello, la clavícula y bajó trazando una lenta espiral que rozó la parte superior de mis pechos, escondidos bajo el hábito con capucha del sacerdote—. Tienes mucha piel suave, Sassenach —añadió alzando una ceja—. ¿Es en eso en lo que estás pensando?

Tragué saliva y me humedecí los labios, pero no aparté la mirada.

—Eso es más o menos lo que estaba pensando, sí.

Apartó el dedo y miró el cuenco de agua caliente.

—Bueno, es una pena malgastar el agua caliente. ¿Se la devuelvo a Murphy para que haga sopa o me la bebo?

Me eché a reír. La tensión se disolvió de inmediato.

—Deberías sentarte —le dije—, y lavarte. Hueles a burdel.

—No me extraña —dijo rascándose—. Hay uno en el piso superior de la taberna a la que los soldados acuden a beber y jugar.

Cogió el jabón y lo metió dentro del agua caliente.

—¿En el piso de arriba, eh? —le dije.

—Bueno, las chicas bajan entre servicio y servicio —me explicó—. Y es poco caballeroso no dejar que se sienten sobre el regazo de uno.

—Supongo que tu madre te inculcó buenos modales —le dije con sequedad.

—Pensándolo bien, quizá deberíamos pasar la noche anclados aquí —dijo mirándome con actitud reflexiva.

—¿Ah, sí?

—Y dormir en tierra. Allí hay sitio.

—¿Sitio para qué? —le pregunté observándolo con suspicacia.

—Bueno, lo tengo todo planeado, ¿sabes? —dijo mientras se mojaba la cara con ambas manos.

—¿Qué es lo que tienes planeado? —le pregunté.

Resopló y se secó el exceso de agua de la barba antes de contestar.

—Llevo varios meses pensando en esto —dijo con entusiasmo—. Pienso en ello cada noche, cuando me hago un ovillo en esa litera dejada de la mano de Dios y me veo obligado a escuchar los gemidos y los pedos de Fergus. Pienso en lo que haría si te tuviera desnuda y dispuesta sin que nadie nos oyera y con el espacio suficiente para complacerte como es debido.

Se frotó la pastilla de jabón entre las manos con fuerza y se enjabonó la cara.

—Bueno, estoy perfectamente dispuesta —le dije, intrigada—. Y aquí hay espacio, eso está claro. En cuanto a lo de estar desnuda...

—Yo me ocuparé de todo —me aseguró—. Eso también forma parte del plan. Te llevaré a un lugar privado, extenderé una manta sobre la que nos podamos tumbar y empezaré sentándome a tu lado.

—Bueno, es un comienzo —le dije—. ¿Y luego qué? —Me senté en la litera junto a él. Se acercó a mí y me mordió el lóbulo de la oreja con delicadeza.

—Luego te sentaría sobre mis rodillas y te besaría.

Hizo una pausa para ilustrar sus palabras agarrándome de los brazos para que no me pudiera mover. Me soltó un minuto después y me dejó los labios hinchados y con sabor a cerveza, a jabón y a Jamie.

—No está mal para tratarse sólo del primer paso —le dije limpiándome el jabón de la boca—. ¿Y a continuación?

—Después te tumbaría en la manta, te agarraría del pelo y pasearía mis labios por tu cara, el cuello, las orejas y los pechos —afirmó—. He pensado que lo haré hasta que empieces a dar grititos.

—¡Yo no doy grititos!

—Sí que lo haces —dijo—. Dame la toalla, ¿quieres? Luego —prosiguió divertido—, he pensado que empezaría por el otro lado. Te levantaría la falda y... —Su rostro desapareció entre los pliegues de la toalla.

—¿Y qué? —le pregunté intrigada.

—Entonces te besaría la cara interior de los muslos, donde tienes esa piel tan suave. Seguro que la barba ayudará, ¿no? —Se frotó la mandíbula pensativo.

—Es posible —le dije con cierta debilidad—. ¿Y qué se supone que estaré haciendo yo mientras tú haces todo eso?

—Bueno, si quieres, puedes gemir un poco para darme ánimos, pero si no, bastará con que te quedes tumbada.

No parecía que necesitara que lo animaran en absoluto. Tenía una mano apoyada en mi muslo y utilizaba la otra para frotarse el pecho con un paño húmedo. Cuando acabó deslizó la mano hasta mi trasero y apretó.

—«Su izquierda esté debajo de mi cabeza» —cité—. «Y su derecha me abrace. Sustentadme con pasas, confortadme con manzanas porque estoy enferma de amor.»

Sus blancos dientes relucieron por entre su barba.

—Más bien uvas —dijo mientras me agarraba las nalgas con una mano—. O quizá calabazas. Las uvas son demasiado pequeñas.

—¿Calabazas? —dije indignada.

—Bueno las calabazas se hacen así de grandes a veces —dijo—. Pero sí, eso es lo siguiente. —Me dio otro buen apretón y luego apartó la mano para lavarse la axila de ese lado—. Me tumbo boca arriba y te estiro encima de mí para poderte coger las nalgas y masajearlas como es debido.

Dejó de lavarse para darme un rápido ejemplo de lo que consideraba correcto. A mí se me escapó un grito involuntario.

—A continuación —prosiguió, retomando su sesión de limpieza—, si llegados a este punto quisieras mover un poco las piernas o hacer movimientos lujuriosos con las caderas y jadearme en la oreja, no tendría muchos inconvenientes.

—¡Yo no jadeo!

—Ya lo creo que lo haces. En cuanto a tus pechos...

—Ah, ya pensaba que los habías olvidado.

—Eso jamás —me aseguró—. No —prosiguió con despreocupación—, ahora es cuando te quito el vestido y te quedas en combinación.

—No llevo combinación.

—¿Ah, no? Bueno, no importa —dijo ignorando mi comentario—. Pensaba chuparte los pechos por encima del fino algodón hasta notar tus pezones duros en mi boca y luego quitártelo, pero no supone ningún problema, lo haré sin la combinación. Como no la llevas, me ocuparé de tus pechos al natural hasta que gimotees...

—Yo no...

—Y entonces —dijo interrumpiéndome—, como según el plan estarás debidamente desnuda y, teniendo en cuenta que hasta el momento yo haya hecho bien las cosas, es probable que estés preparada...

—Bueno, sólo es probable —dije. Todavía sentía el hormigueo que me había provocado en los labios el paso uno.

—... entonces te separaré las piernas, me bajaré los pantalones y... —Hizo una pausa y esperó.

—¿Y? —pregunté para complacerlo.

Su sonrisa se acentuó.

—Y entonces ya veremos qué clase de ruido es el que no haces, Sassenach.

Alguien tosió en el umbral de la puerta.

—Oh, perdona Willoughby —se disculpó Jamie—. No te esperaba tan pronto. ¿No querrías ir antes a cenar? Y de paso, lleva estas cosas a Murphy para que las queme en la cocina.

Arrojó al señor Willoughby los restos de su uniforme y comenzó a revolver el arcón en busca de ropa limpia.

—No esperaba volver a ver a Lawrence Stern —comentó rebuscando entre la ropa enredada—. ¿Cómo ha venido a parar aquí?

—Oh, ¿él es el judío filósofo del que me hablaste?

—Sí. Aunque no creo que por aquí haya demasiados judíos filósofos como para que pueda haber mucha confusión.

Le conté mi encuentro con Stern en el manglar.

—... y me llevó a casa del cura. —Me interrumpí ante un súbito recuerdo—. ¡Ah, lo olvidaba! Debes a ese cura dos libras esterlinas por lo de *Arabella*.

—¿Yo? —Jamie me miró sobresaltado, con una camisa en la mano.

—En efecto. Será mejor que envíes a Lawrence como embajador. Parece llevarse bien con él.

—De acuerdo. ¿Qué pasó con esa tal Arabella? ¿Fue ultrajada por algún tripulante?

—Podría decirse que sí. —Tomé aliento para explicarme, pero antes de que pudiera hablar sonó otro golpe en la puerta.

—¿No van a dejar que me vista en paz? —protestó Jamie irritado—. ¡Adelante!

La puerta se abrió de par en par, revelando la presencia de Marsali, que parpadeó al ver la desnudez de su padrastro. Jamie se apresuró a cubrirse con la camisa que tenía en las manos y la saludó con la cabeza.

—Marsali, hija, me alegro de que estés bien. ¿Necesitas algo?

La chica entró en la habitación y se colocó entre la mesa y el arcón.

—Sí —dijo. Tenía la piel quemada por el sol y se le había pelado la nariz, pero a mí me pareció que seguía estando pálida. Tenía los puños apretados y alzó la barbilla como preparándose para pelear—. Necesito que cumplas con tu promesa —dijo ella.

—¿Cuál? —Jamie parecía desconfiar.

—La de casarme con Fergus en cuanto llegáramos a las Antillas. —Apareció una pequeña arruga entre las cejas rubias—. La Española está en las Antillas, ¿no? El judío dijo que sí.

Jamie se rascó la barba con actitud reticente.

—En efecto. Y supongo que si yo... bueno, es cierto, lo prometí. Pero... ¿estáis seguros todavía? ¿Los dos?

La muchacha levantó un poco más la barbilla con firmeza.

—Estamos seguros.

—¿Dónde está Fergus?

—Ayudando a colocar la carga. Prefería decírtelo antes de que zarpáramos.

—Bueno. —Jamie lanzó un suspiro de resignación—. Pero también dije que debíais recibir la bendición de un cura. El cura más próximo está en Bayamo, a tres días de viaje. Tal vez en Jamaica...

—¡Te olvidas de algo! —exclamó Marsali, triunfal—. Tenemos un sacerdote aquí mismo. El padre Fogden.

Me quedé boquiabierta un segundo y me apresuré a cerrar la boca.

—¡Pero si zarparemos por la mañana!

—No tardaremos tanto —adujo ella—. Después de todo, son sólo unas palabras. Ya estamos legalmente casados. Bastará con la bendición de la Iglesia, ¿no? —Apoyó una mano en el abdomen, donde, presumiblemente, guardaba el contrato matrimonial, bajo el corsé.

—Pero tu madre...

Jamie me echó una mirada indefensa, buscando refuerzos. Me encogí de hombros con la misma impotencia. Intentar hablarle a Jamie del padre Fogden o disuadir a Marsali eran objetivos que estaban fuera de mi alcance.

—No creo que él acepte —objetó Jamie con aire de alivio—. La tripulación ha estado molestando a una de sus feligresas, llamada *Arabella*. Me temo que no quiera saber nada de nosotros.

—¡Lo hará por mí! ¡Le caigo bien!

Casi bailaba de entusiasmo. Jamie la observó durante un buen rato clavándole los ojos y estudiando su expresión. Era tan joven...

—¿Estás segura, hija? —preguntó al fin con mucha suavidad—. ¿Esto es lo que deseas?

Ella inspiró hondo y se le iluminó la cara.

—Sí, papá, de verdad. ¡Quiero a Fergus! ¡Lo amo!

Jamie vaciló. Por fin se pasó una mano por el pelo y asintió.

—De acuerdo. Envíame al señor Stern. Luego ve en busca de Fergus y dile que se prepare.

—¡Oh, gracias, papá, gracias!

Marsali se arrojó sobre él para darle un beso. Jamie la estrechó con un brazo, sin soltar la camisa con que se cubría. Luego la besó en la frente y la separó con suavidad.

—Ten cuidado —dijo con una sonrisa—. No quiero que llegues al lecho nupcial cubierta de piojos.

—¡Oh! —Como si recordara algo se volvió hacia mí, ruborizada mientras alzaba una mano a los rizos rubios que tenía llenos de sudor y se balanceaban sobre su cuello descolgándose de un moño mal hecho—. Madre Claire —dijo con pudor—. Me preguntaba si podrías prestarme... un poco de ese jabón especial que preparas con manzanilla. Si... si hay tiempo —añadió, echando una mirada a su padrastro—, me gustaría lavarme la cabeza.

—Por supuesto —respondí sonriente—. Ven. Te ayudaré a ponerte guapa para la boda.

La recorrí con la mirada, desde la cara redonda y brillante hasta los sucios pies descalzos. El agua de mar había encogido la muselina arrugada, que se ceñía a su pecho más de lo normal, y los mugrientos bajos trepaban varios centímetros por encima de sus tobillos.

Se me ocurrió una cosa y me volví hacia Jamie.

—Necesita un buen vestido para la ceremonia.

—Sassenach —protestó con evidente falta de paciencia—, no tenemos...

—Nosotros no, pero el cura sí —interrumpí—. Lawrence puede pedir al padre Fogden que nos preste uno de sus vestidos. Es decir, uno de los vestidos de Ermenegilda. Creo que son de su talla.

Jamie se quedó atónito por la sorpresa.

—¿Ermenegilda? ¿Arabella? ¿Vestidos? —Me miró con los ojos entornados—. ¿Qué clase de cura es ése, Sassenach?

Me detuve un momento en la puerta mientras Marsali me esperaba impaciente en el pasillo.

—Bueno, bebe un poco —reconocí—. Y está muy encariñado con sus ovejas. Pero aún debe de recordar cómo es una boda.

Fue una de las bodas más extrañas a las que haya asistido. Cuando todo quedó dispuesto, hacía rato que el sol se había ocultado tras el mar. Para fastidio del señor Warren, el segundo oficial, Jamie declaró que no partiríamos hasta el día siguiente, para conceder a los recién casados una noche de intimidad en tierra.

—A mí no se me ocurriría consumar un matrimonio en una de esas malditas literas —me dijo en privado—. Si copulan por primera vez allí, jamás podremos desenredarlos. Y desvirgar a una muchacha en una hamaca...

—Tienes toda la razón —dije sonriendo para mis adentros mientras le vertía más vinagre en la cabeza—. Muy considerado por tu parte.

Ahora lo tenía a mi lado, en la playa, donde a pesar de oler mucho a vinagre, lucía muy digno y apuesto con su chaqueta azul, sus pantalones de sarga gris y el pelo recogido hacia atrás con una cinta. Su salvaje barba roja contrastaba con su sobrio atuendo, pero se la había arreglado y peinado con vinagre, por lo que daba una buena imagen como padre de la novia.

Murphy y Maitland, los testigos, resultaban menos impresionantes, aunque el cocinero se había lavado las manos y el grumete, la cara. Fergus habría preferido a Lawrence Stern, y Marsali, a mí, pero los disuadimos; en primer lugar, Stern no era católico, ni siquiera cristiano. Y aunque yo no tenía problemas por la religión, era probable que Laoghaire se lo tomara a mal una vez llegase a sus oídos.

—He dicho a Marsali que debe escribir a su madre para anunciarle la boda —me susurró Jamie mientras observábamos los preparativos de la playa—. Pero creo que no debería dar más detalles.

Me pareció muy razonable. A Laoghaire no le iba a hacer ninguna gracia enterarse de que su hija mayor se había fugado con un excarterista manco que le doblaba la edad. Era muy poco probable que sus sentimientos maternos encontraran consuelo al leer que la boda se había celebrado en plena noche y en una playa de las Antillas a manos de un sacerdote caído en desgracia —eso si no lo habían expulsado del sacerdocio—, y presenciada por veinticinco marineros, diez caballos franceses, un pequeño rebaño de ovejas —todas luciendo alegres lazos para la ocasión—, y un spaniel, que se sumó al aire festivo tratando de copular con la pierna de madera de Murphy a la mínima oportunidad. Lo único que podría empeorar las cosas a los ojos de Laoghaire era saber que yo había participado en la ceremonia.

Encendieron varias antorchas y las clavaron en la arena y las llamas proyectaban luces rojas y naranjas en el mar, brillando sobre el negro terciopelo de la noche. Las relucientes estrellas del Caribe refulgían sobre nuestras cabezas como las luces del cielo. Y aunque no era una iglesia, pocas novias habían gozado de un entorno más bonito para su boda.

No sé por qué prodigios de persuasión obrados por Lawrence, allí estaba el padre Fogden, frágil e insustancial como un fantasma, con las chispas azules de los ojos como única señal de vida. Su tez estaba tan gris como la sotana y sostenía el libro de oraciones con manos trémulas.

Jamie lo miró con aspereza y estuvo a punto de decir algo, pero al final se limitó a murmurar en gaélico entre dientes y apretó los labios con fuerza. El padre Fogden desprendía un picante olor a sangría, pero por lo menos había llegado a la playa por su propio pie. Tambaleándose entre dos antorchas intentaba, dificultado por el viento, volver las páginas del libro. Por fin, vencido, lo dejó caer en la arena con un pequeño *plop*.

—¡Hum! —dijo. Y eructó. Y desfiló entre nosotros con una sonrisa de beatitud—. Amados hijos de Dios...

Pasaron varios segundos hasta que el grupo de espectadores cayó en la cuenta de que ya había comenzado la ceremonia y empezaron a darse golpecitos los unos a los otros para llamarse la atención.

—¿Aceptas a esta mujer? —inquirió el padre Fogden, volviendo súbitamente hacia Murphy una mirada feroz.

—¡No! —protestó el cocinero, sobresaltado—. No me gustan las mujeres. Bichos sucios.

—¿No? —El padre Fogden cerró un ojo, el otro brillaba acusador. Miró a Maitland—. ¿Aceptas tú a esta mujer?

—No, señor, yo no. Aunque sería un placer, claro —añadió rápidamente el chico—. Él, por favor. —Señalaba a Fergus, que lanzaba miradas asesinas al sacerdote.

—¿Éste? ¿Seguro? ¡Pero si le falta una mano! —observó el padre Fogden, dubitativo—. ¿A la chica no le importa?

—¡No me importa! —aseguró Marsali, imperiosa. Lucía uno de los vestidos de Ermenegilda, de seda azul y bordado con hilos de oro rodeaban su escote generoso, y tenía las mangas ahuecadas. Se hallaba junto a Fergus, y aunque enfadada, estaba preciosa. Su cabellera limpia y bien cepillada brillaba como paja fresca y flotaba suelta sobre sus hombros—. ¡Continúe! —Dio una patada en el suelo, que no hizo ningún ruido al contacto con la arena, pero que pareció sobresaltar al sacerdote igualmente.

—Oh, sí —dijo nervioso, retrocediendo un paso—. Bueno, supongo que ése no es impet... impredi... impedimento, al fin y al cabo; si hubiera perdido la polla, digo... La tiene, ¿no? —preguntó con aire preocupado cuando pensó en esa posibilidad—. Si no, no puedo casaros. No se permite.

La cara de Marsali ya estaba roja debido al brillo de las antorchas. La expresión que adoptó en ese momento me recordó mucho a la cara que puso su madre cuando me encontró en Lallybroch. A Fergus le temblaron un poco los hombros, lo que no sé es si fue de rabia o de risa.

Para sofocar el incipiente alboroto, Jamie se plantó tras Fergus y Marsali y les apoyó las manos en los hombros.

—Este hombre —dijo con gesto de barbilla hacia Fergus— y esta mujer —dijo con otro hacia Marsali—. Cáselos, padre. Ahora. Por favor —añadió, después de pensarlo.

Retrocedió un paso, restaurando el orden entre el público con una ceñuda mirada.

—Oh, bien, bien. —El padre Fogden se tambaleó un poco—. Sí, bien, bien.

Siguió una larga pausa, durante la cual el sacerdote miró de reojo a Marsali.

—Tu nombre —dijo bruscamente—. Hace falta un nombre. No puedo casar sin un nombre. Igual que sin una polla. No puedo casar sin un nombre; no puedo casar sin una poll...

—¡Marsali Jane MacKimmie Joyce! —dijo en voz bien alta sofocando su discurso.

—Sí, sí, por supuesto —se apresuró a decir—. Marsali. Marsa-li. Eso es. Bien, Mar-sa-li, ¿aceptas a este hombre, aunque le falte una mano y tal vez otras partes que no están a la vista, como legítimo esposo? Para amarlo y obedecerlo, desde ahora en adelante, con exclusión de...

En ese punto se perdió, desviando la atención hacia una de las ovejas, que se había acercado a la luz y mascaba muy concienzuda una media de lana a rayas.

—¡Acepto!

El padre Fogden recuperó la atención. Tras un infructuoso intento de sofocar otro eructo, transfirió su mirada azul a Fergus.

—¿Tú también tienes nombre? ¿Y polla?

—Sí —respondió Fergus; tuvo la prudencia de no añadir detalles—. Fergus.

El cura frunció levemente el entrecejo.

—¿Fergus? —preguntó—. Fergus, Fergus. Sí, Fergus, eso está entendido. ¿No hay más? Necesito más nombres, claro.

—Fergus —repitió el francés con la voz tensa.

Fergus era el único nombre que se le conocía, más allá de su nombre francés: Claudel. Jamie le había dado el nombre de Fergus al conocerlo, veinte años atrás. Era natural que un bastardo, nacido en un burdel, no tuviera apellido que brindar a su esposa.

—Fraser —dijo una voz grave y segura.

Los novios se volvieron, sorprendidos. Jamie asintió con la cabeza, mirando al joven con una leve sonrisa.

—Fergus Claudel Fraser —pronunció con lentitud y claridad alzando una ceja mientras miraba a Fergus.

Fergus pareció transfigurarse. Se quedó boquiabierto y sus ojos eran como dos enormes piscinas oscuras bajo la tenue luz de las antorchas. Asintió con suavidad y se le iluminó la cara como si dentro tuviera una vela que alguien acabara de encender.

—Fraser —confirmó al sacerdote con voz ronca. Carraspeó—. Me llamo Fergus Claudel Fraser.

El padre Fogden había echado la cabeza hacia atrás y miraba el cielo, donde la luz creciente flotaba sobre los árboles. Bajó la mirada y la posó sobre Fergus con aspecto distraído.

—Bueno, eso está bien —dijo—. ¿Verdad?

Un breve codazo en las costillas, aplicado por Maitland, devolvió al cura la noción de su responsabilidad.

—¡Ah! Hum, bien. Marido y mujer. Eso es. Os declaro marido y... No, no está bien. No me has dicho si la aceptas. La chica tiene ambas manos —añadió para ayudar.

—Acepto —afirmó Fergus.

Hasta ese momento él y Marsali estaban cogidos de la mano. Fergus la soltó y hundió la suya en el bolsillo para sacar un pequeño anillo de oro. Probablemente lo había comprado en Escocia y lo guardaba desde entonces, para no consumar el matrimonio antes de haber recibido la bendición... no de un sacerdote, sino de Jamie.

La playa se quedó en silencio cuando le deslizó el anillo en el dedo. Todos los ojos estaban clavados en el pequeño círculo dorado y en las dos cabezas agachadas sobre él, una clara y la otra oscura.

Estaba hecho. Una chica de quince años con la terquedad como única arma. «Le quiero», había dicho. Y no había dejado de decirlo a pesar de las objeciones de su madre y los argumentos de Jamie, a pesar de las dudas de Fergus y sus propios miedos, a pesar de casi cinco mil kilómetros de nostalgia, penurias, una tormenta en el océano y un naufragio.

Marsali levantó la cara radiante y encontró su espejo en los ojos de Fergus. Cuando vi cómo se miraban sentí el escozor de las lágrimas detrás de los párpados.

«Le quiero.» Yo no se lo había dicho a Jamie en nuestra boda; entonces no lo quería. Pero en el tiempo transcurrido se lo había dicho ya tres veces: dos en Craigh na Dun y una vez más en Lallybroch.

«Le quiero.» Aún lo quería y nada podría interponerse entre los dos. Él me estaba mirando; sentí el peso de sus ojos azules, oscuros y tiernos como el mar al amanecer.

—¿En qué piensas, *mo chridhe*? —preguntó con dulzura.

Parpadeé para alejar las lágrimas, sonriéndole. Sus manos eran grandes y cálidas en las mías.

—«Lo que te digo tres veces es verdad.»

Y me puse de puntillas para darle un beso mientras los marineros estallaban en vítores.

NOVENA PARTE

Mundos desconocidos

53

Guano de murciélago

El guano fresco de murciélago es una sustancia viscosa de color verde oscuro que una vez seca se convierte en polvo pardo. En ambos estados emite un hedor a almizcle, amoníaco y podredumbre que llena los ojos de lágrimas.

—¿Cuánta porquería de ésta vamos a llevar? —pregunté a través del paño con el que me cubría la boca y la nariz.

—Diez toneladas —respondió Jamie con voz sofocada.

Estábamos en la cubierta superior vigilando a los esclavos que llevaban las carretillas cargadas con la apestosa sustancia a la escotilla abierta de la bodega.

Minúsculas partículas de guano seco se elevaban flotando de las carretillas y se quedaban suspendidas en el aire que nos rodeaba creando una engañosa nube dorada muy bonita que brillaba al sol de la tarde. Los hombres también tenían todo el cuerpo cubierto por aquella cosa. Los chorros de sudor dibujaban líneas oscuras en el polvo que cubría sus pechos desnudos y sus caras estaban cubiertas por un continuo torrente de lágrimas. Las llevaban llenas de rayas negras y doradas, parecían una manada de cebras exóticas.

Jamie se frotó los ojos cuando el viento viró ligeramente hacia nosotros.

—¿Sabes cómo se pasa a alguien por la quilla, Sassenach?

—No, pero si estás pensando en Fergus, te ayudaré a averiguarlo. ¿A qué distancia queda Jamaica?

Fergus había obtenido para el *Artemis* aquel primer contrato. Preguntando e investigando en el mercado de la calle King en Bridgetown, se había hecho con una carga de diez toneladas cúbicas de guano, que el *Artemis* llevaría de Barbados a Jamaica, para su uso como fertilizante en la plantación de azúcar de un tal señor Grey.

Fergus estaba supervisando personalmente la operación; el guano seco se cargaba en enormes bloques que se transportaban en carretillas hasta la bodega, donde se colocaban a mano uno por uno. Marsali, que nunca se apartaba de su lado, se había trasladado al castillo de proa; allí estaba, sentada en un barril de naranjas, con la cara envuelta en el hermoso chal que su marido le había comprado en el mercado.

«Se supone que somos un barco mercante, ¿no? —había argumentado Fergus—. Tenemos una bodega vacía que llenar y monsieur Grey nos pagará generosamente.»

—¿Que a qué distancia, Sassenach? —Jamie oteó el horizonte como si pretendiera avistar tierra por entre las olas. Las agujas mágicas del señor Willoughby le habían puesto en paz con el mar, pero se sometía al proceso sin entusiasmo—. Tres o cuatro días de navegación, según Warren —dijo con un suspiro—, si el tiempo se mantiene así.

—Puede que el olor se disipe en el mar —dije.

—Oh, sí, milady —me aseguró Fergus al oírme de pasada—. Me dijo el propietario que el olor disminuye una vez que se retira el material seco de las cuevas donde se almacena.

Trepó como un mono por el cordaje a pesar del garfio. Cuando llegó a lo alto ató el pañuelo rojo que llamaba a bordo a la tripulación y volvió a bajar deteniéndose para decirle alguna grosería a *Ping An,* que estaba posado sobre una cruceta y no apartaba sus brillantes ojos amarillos de lo que hacían los marineros.

—Fergus parece muy interesado en esta carga —comenté.

—Participa como socio —explicó Jamie—. Le dije que tenía una esposa que mantener y debía buscar la manera de hacerlo. Como pasará algún tiempo antes de que volvamos a trabajar en la imprenta, tendrá que echar mano de lo que se presente. Él y Marsali recibirán la mitad de los beneficios que nos proporcione esta carga, como parte de la dote que le he prometido —añadió con ironía.

Yo me reí.

—¿Sabes? —dije—. Reconozco que me gustaría leer la carta que Marsali ha escrito a su madre. Primero, lo de Fergus; luego, el padre Fogden y Mamacita y, ahora, diez toneladas de mierda como dote.

—Cuando Laoghaire se entere no podré volver a Escocia —dijo con una sonrisa—. ¿Has pensado lo que vas a hacer con tu nueva adquisición?

—No me lo recuerdes —dije con pesar—. ¿Dónde está?

—Abajo. —Jamie se distrajo observando a un hombre que se acercaba por el muelle—. Murphy le ha dado de comer e Innes le buscará alojamiento. Si me disculpas, Sassenach, creo que me buscan.

Pasó por encima de la barandilla y cruzó la rampa de desembarco esquivando con elegancia a un esclavo que subía con una carretilla de guano.

Lo observé mientras saludaba a un colono alto con aires de prosperidad. Su cara rubicunda y curtida daba a entender que llevaba años viviendo en las islas. Le tendió la mano a Jamie, que se la estrechó con firmeza. Jamie dijo algo y el hombre le contestó mudando su expresión de recelo por otra de cordialidad.

Su presencia debía de ser resultado de la visita que Jamie había hecho a la logia masónica de Bridgetown, adonde se había dirigido el día anterior siguiendo las sugerencias de Jared. Se identificó como miembro de la hermandad y habló con el cabecilla de la logia para preguntar por el joven Ian y pedir información sobre el *Bruja*. El gran maestre había prometido divulgar la noticia entre los francmasones que frecuentaban el mercado de esclavos y los muelles. Y con un poco de suerte, aquel hombre debía de ser el fruto de esa promesa.

Los observé con atención. El colono se metió la mano en el bolsillo y sacó un papel, que desdobló y le entregó a Jamie mientras parecía explicarle algo. La cara de Jamie expresaba interés y había fruncido el ceño, concentrado, pero no demostraba exaltación ni desencanto. Quizá no hubiera ninguna noticia de Ian. Después de haber visto el mercado de esclavos el día anterior, deseaba que así fuera.

Lawrence, Fergus, Marsali y yo habíamos ido al mercado de esclavos, estrechamente vigilados por Murphy, mientras Jamie visitaba al gran maestre de la logia. El mercado de esclavos estaba cerca de los muelles, al final de una camino polvoriento flanqueado por vendedores de fruta y café, pescado seco y cocos, boniatos y cochinillas del carmín, que vendían para su secado en el interior de botellas de cristal con respiraderos. El irlandés, con su pasión por el orden y el decoro, insistió en que las mujeres lleváramos sombrillas y obligó a Fergus a comprar un par de ellas a uno de los vendedores de la carretera.

—Todas las mujeres blancas de Bridgetown llevan sombrilla —dijo con firmeza mientras me daba una.

—No la necesito —dije impaciente pensando que no podíamos perder el tiempo hablando de algo tan intrascendente como mi tez cuando podíamos estar tan cerca de encontrar por fin a Ian—. Tampoco hace tanto sol. ¡Vamos!

Murphy me miró escandalizado.

—¿Quiere que la tomen por una mujer poco respetable, que no cuida su fina tez?

—No pienso quedarme a vivir aquí —dije áspera—. No me importa lo que piensen.

No quise pararme a seguir discutiendo con él y empecé a caminar por la carretera en dirección al distante murmullo que imaginé que sería el mercado de esclavos.

—¡Pero va usted... a ponerse... roja! —protestó el cocinero resoplando indignado y tratando de abrir la sombrilla.

—¡Oh, un destino peor que la muerte, sin duda! —le espeté. Tenía los nervios de punta ante lo que nos esperaba—. ¡Bueno, deme ese trasto!

Se la quité, la abrí y me la posé sobre el hombro, irritada.

Poco después habría podido darle las gracias por su intransigencia. Aunque el camino estaba flanqueado por altas palmeras y cecropias, el mercado de esclavos era un amplio espacio sin sombra, salvo la producida por las desvencijadas tiendas con techos de hojalata o de hojas de palmera en las que traficantes y subastadores se refugiaban ocasionalmente del sol. La mayoría de esclavos estaban en enormes jaulas completamente expuestas a los elementos en la esquina de una plaza.

Los rayos del sol brillaban con fuerza y la luz que se reflejaba en las piedras pálidas era cegadora en comparación a los tonos verdes que nos habían acompañado en la carretera. Parpadeé con los ojos llorosos y me recoloqué la sombrilla para taparme bien la cabeza.

Una vez bajo la sombra pude ver gran cantidad de cuerpos casi desnudos pertenecientes a todas las razas. Los distintos colores de piel abundaban frente al puesto de la subasta, donde los dueños de las plantaciones y sus sirvientes se reunían para inspeccionar la mercancía muy animados entre blancos y negros. El hedor era espantoso, aun estando acostumbrada a la fetidez de Edimburgo y a las pestilencias del *Marsopa*. Las esquinas de las jaulas estaban llenas de excrementos humanos rodeadas de moscas y en el ambiente flotaba un espeso hedor aceitoso, pero la peor parte de ese olor procedía del tufo de la carne desnuda hirviendo al sol.

—Jesús —murmuró Fergus a mi lado, desviando la oscura mirada de un lado a otro con sorprendida desaprobación—. Esto es peor que los tugurios de Montmartre.

Marsali no dijo ni una palabra, pero se acercó a él frunciendo la nariz.

Lawrence se mostraba más desenvuelto; probablemente no era la primera vez que veía un mercado de esclavos en sus exploraciones por las islas.

—Los blancos están al final —dijo señalando el lado opuesto de la plaza—. Vengan; preguntaremos si se han vendido hombres jóvenes en los últimos días.

Me posó la mano abierta en la espalda y me guió con suavidad por entre la muchedumbre.

Cerca del final del mercado, una negra anciana, en cuclillas, alimentaba con carbón un pequeño brasero. Cuando nos aproximamos, un grupo de personas se acercó a ella: era el jefe de una plantación acompañado por dos negros servidores vestidos con toscos pantalones y camisas de algodón. Uno de ellos sujetaba por el brazo a una esclava recién adquirida. Llevaban otras dos chicas atadas del cuello con cuerdas; estaban desnudas a excepción de los harapos que les cubrían la parte central del cuerpo.

El colono se agachó y le dio una moneda a la anciana. La mujer se volvió y le ofreció varias barras de hierro que tenía tras de sí sosteniéndolas en alto para que el hombre pudiera inspeccionarlas. Las observó un momento, eligió dos y se enderezó. Se las entregó a uno de los sirvientes. Éste hundió las puntas en el brasero mientras el otro inmovilizaba a la muchacha por los brazos. Una vez calientes, retiró los hierros del fuego y presionó la curva del seno derecho de la joven; su grito sonó como una sirena. Al retirarlos quedaron marcadas las letras HB.

Me quedé parada al ver aquella escena mientras los otros continuaban sin notar que no estaba con ellos. Di vueltas y vueltas buscando a Lawrence y a Fergus, aunque fue en vano. Nunca había tenido problemas para encontrar a Jamie en una aglomeración porque su brillante cabeza siempre era visible por encima de las de los demás. Pero Fergus era un hombre pequeño, Murphy no era mucho más alto y Lawrence tenía una estatura media. Incluso el parasol amarillo de Marsali se perdió por entre los muchos que rondaban por la plaza.

Me di la vuelta estremecida; tras de mí se oían gritos y gemidos, mas no quise mirar. Pasé junto a varias subastas apartando la mirada, pero entonces tuve que reducir el paso y me vi obligada a parar cuando la gente se detuvo a mi alrededor.

Me bloqueaba el paso un grupo de hombres y mujeres que escuchaba cómo un subastador enumeraba las virtudes de un esclavo manco, al que exhibía desnudo sobre la plataforma. Era un hombre bajito, pero corpulento, con unos muslos enormes y un pecho fuerte. Le habían amputado el brazo a la altura del codo y el sudor le goteaba por el muñón.

—No sirve para trabajar en el campo —admitía el subastador—, pero es una buena inversión para cría. ¡Miren esas piernas! —En las manos tenía una larga caña que golpeó contra las pantorrillas del esclavo. Luego le sonrió a la multitud.

—¿Ofrece usted garantía de virilidad? —preguntó, escéptico, un hombre que había detrás de mí—. Hace tres años compré uno corpulento como una mula y no le saqué ni una sola gota. Las chicas me dijeron que era incapaz.

El subastador fingió ofenderse por las risas del público.

—¿Garantía? —repitió. Se pasó una teatral mano por los carrillos limpiándose el sudor con la mano—. Véanlo con sus propios ojos, ¡hombres de poca fe!

Inclinándose hacia el esclavo, comenzó a masajearle vigorosamente el pene. El hombre lanzó un gruñido de sorpresa y trató de apartarse, pero un asistente se lo impidió sujetándolo con firmeza por el único brazo. La multitud se deshizo en carcajadas y algunos incluso vitorearon cuando la suave carne negra se endureció y empezó a hincharse.

De pronto, algo se revolvió dentro de mí. Estaba indignada por la existencia de ese mercado, la práctica de marcar a las personas, la desnudez de los esclavos, las frías conversaciones y la indiferencia general. Aunque lo que más me indignaba era saber que yo estaba allí viendo todo aquello. No pensé en lo que estaba haciendo, pero empecé a hacerlo de todos modos. Por un momento experimenté una sensación extracorpórea, como si hubiera salido de mi cuerpo y estuviera viendo la escena desde arriba.

—¡Basta! —dije gritando en una voz que no reconocí como mía.

El subastador levantó la vista, sobresaltado, dedicándome una sonrisa conquistadora. Me miró directamente a los ojos con una mueca de lascivia.

—Buen ejemplar para cría. Garantizado, como podéis ver.

Cerré la sombrilla y le clavé la punta en el gordo vientre con todas mis fuerzas; retrocedió con los ojos dilatados por la sorpresa; después le golpeé en la cabeza, dejé caer mi arma y le asesté un buen puntapié.

En el fondo sabía que no serviría de nada, que no haría sino empeorar las cosas, pero no podía dejar pasar aquello sin decir nada. No lo hacía por la muchacha marcada, ni por el hombre de la plataforma: lo hacía por mí.

Se inició un barullo que me apartó del subastador, el cual, recobrado de la sorpresa y tras dirigirme una sonrisa, asestó una enérgica bofetada al esclavo.

Miré a mi alrededor buscando refuerzos y divisé a Fergus, que se abría paso entre la muchedumbre con la cara contraída por la ira. Se oyó un grito y varios hombres se volvieron en aquella dirección; la gente empezaba a empujarse y caí de culo sobre las losas de piedra.

Vi a Murphy a unos dos metros de distancia por entre una nube de polvo. Adoptó una expresión resignada, se agachó, se quitó la pierna de madera, se incorporó y saltando con elegancia hacia delante, la utilizó para asestarle un golpe al subastador en la cabeza. El hombre se tambaleó y cayó al suelo mientras la gente retrocedía tratando de quitarse del medio.

Fergus estaba desconcertado. Se detuvo junto al hombre que yacía en el suelo y miró furioso a su alrededor. Lawrence apareció muy serio por entre la gente con la mano en el cuchillo que llevaba enfundado en el cinturón.

Me quedé allí, turbada; ya no me sentía ajena a la situación sino descompuesta y aterrorizada; acababa de cometer una tontería que probablemente haría que Fergus, Lawrence y Murphy recibieran una buena paliza o algo peor.

De pronto apareció Jamie.

—Levántate, Sassenach —dijo en voz baja, inclinándose para ofrecerme las manos.

Logré hacerlo, aunque me temblaban las piernas. Vi el largo bigote de Raeburn a un lado y a MacLeod detrás; venía acompañado por sus escoceses. Se me aflojaron las rodillas, pero Jamie me sostuvo.

—Haz algo —dije con voz ahogada pegada a su pecho—. Por favor, haz algo.

Y lo hizo. Jamie echó mano de su habitual lucidez e hizo lo único que podía hacer para sofocar el disturbio y evitar daños mayores: compró al manco. Como irónico resultado de mi pequeño arrebato de sensibilidad, era la horrorizada propietaria de un auténtico esclavo macho de Guinea, manco pero en excelente estado de salud, y con garantía de virilidad.

Suspiré tratando de no pensar en el hombre, que en ese momento imaginaba que estaría en algún lugar del barco; suponía que vestido y bien alimentado. Los documentos de propiedad, que me había negado siquiera a tocar, detallaban que se trataba de un yoruba de Costa de Oro vendido por un colono francés de Barbuda. Sólo tenía un brazo y en el hombro izquierdo llevaba grabada una flor de lis y una «A». Era conocido por el nombre de Temeraire. El temerario. Los papeles no sugerían qué demonios podía hacer con él.

Jamie había terminado de revisar los papeles que le había traído el colono masón. Por lo que vi desde la barandilla, eran iguales a los que me habían entregado por Temeraire. Se los devolvió con una reverencia de agradecimiento. Parecía preocupado. Los vi decirse unas cuantas palabras más y se separaron después de estrecharse otra vez la mano.

—¿Están todos a bordo? —preguntó al subir por la plancha. Soplaba una suave brisa que hizo ondear el lazo azul oscuro con el que se había atado el pelo.

—Sí, señor —aseguró el señor Warren asintiendo brevemente con la cabeza de esa forma que a bordo se interpretaba como un saludo—. ¿Izamos las velas?

—Sí, por favor. Gracias, señor Warren. —Con un pequeño saludo, Jamie lo dejó para acercarse a mí—. No —dijo en voz baja.

Su expresión era serena, pero percibí un profundo desencanto. Las conversaciones que había mantenido el día anterior con los dos hombres que se encargaban de comerciar con blancos en el mercado de esclavos no le habían proporcionado ninguna información de utilidad. El masón era la última esperanza.

No supe qué decir y le estreché la mano que había apoyado en la barandilla. Jamie agachó la mirada y esbozó una leve sonrisa. Inspiró hondo y se irguió mientras encogía los hombros para colocarse bien la casaca.

—Bueno, al menos he descubierto algo. Ese hombre era un tal Villiers, dueño de una gran plantación de azúcar. Hace tres días compró seis esclavos al capitán del *Bruja*. Ninguno de ellos era Ian.

—¿Tres días? —exclamé sobresaltada—. ¡Pero si el *Bruja* zarpó de La Española hace más de dos semanas!

Asintió, frotándose la mejilla. Se había afeitado. Tuvo que hacerlo antes de volver a tierra para investigar. Y su piel brillaba fresca y rubicunda por encima de la blanca tela de su camisa.

—En efecto. Y llegó aquí el miércoles, hace cinco días.

—O sea, que estuvo en otro puerto antes de venir a Barbados. ¿Sabes dónde?

Negó con la cabeza.

—Villiers no lo sabía. Dijo que habló un rato con el capitán del *Bruja* y que se mostraba muy reservado sobre lo que había estado haciendo y dónde. No le llamó la atención, pues el barco tiene mala fama y además su capitán parecía dispuesto a venderle los esclavos a buen precio.

—Sin embargo —su expresión se animó un poco—, me enseñó los papeles de los esclavos que compró. ¿Has visto los del tuyo?

—No me gusta que digas eso —dije—. Pero sí. ¿Los que te enseñó eran iguales?

—No del todo. Tres de los documentos no mencionaban al propietario anterior. Villiers dijo que ninguno provenía directamente de África, ya que todos hablaban algo de inglés. En uno constaba el propietario anterior, pero su nombre había sido borrado y no pude leerlo. Los otros dos habían pertenecido a una tal señora Abernathy, de Rose Hall, Jamaica.

—¿Jamaica? ¿A qué distancia...?

—No lo sé —me interrumpió—. Pero se lo preguntaremos al señor Warren. En todo caso, creo que ahora debemos ir a Jamaica, aunque sólo sea para deshacernos de esta carga antes de que nos mate el olor.

Arrugó la larga nariz con fastidio y yo me reí.

—Cuando haces eso pareces un oso hormiguero —dije riendo.

El intento de distraerlo tuvo éxito. Se reclinó sonriente en la borda. Quise decir algo más, pero la tos me lo impidió.

—¿Ah, sí? ¿Existe un animal que come hormigas? —Se esforzó por responder a mi broma dando la espalda a los muelles de las Barbados. Se inclinó sobre la barandilla y me sonrió—. No creo que llenen mucho.

—Supongo que comerá muchas. No creo que estén mucho más malas que el *haggis*.

Inspiré antes de proseguir y solté el aire rápido tosiendo.

—Dios, ¿qué es eso?

El *Artemis* se había separado del muelle para cruzar el puerto. Al virar hacia el viento nos había llegado un olor intenso y acre, una sinfonía siniestra de percebes muertos, madera húmeda, pescado, algas podridas y vegetación tropical. Me cubrí la boca y la nariz con un pañuelo.

—Estamos pasando ante la hoguera que hay al pie del mercado de esclavos —explicó Maitland al oír mi pregunta. Señalaba la costa, donde una humareda blanca se elevaba tras los matorrales—. Allí queman los cadáveres de los esclavos que no sobreviven al viaje desde África —explicó—. Primero descargan a los vivos y luego, cuando limpian el barco, bajan los cadáveres y los queman en esa pira para evitar que se extiendan las enfermedades.

Miré a Jamie y en su cara encontré el mismo miedo que debía reflejar la mía.

—¿Con cuánta frecuencia queman los cadáveres? —pregunté—. ¿Todos los días?

—No lo sé, señora, pero no creo. Quizá una vez por semana.

—Encogiendo los hombros, Maitland volvió a sus tareas.

—Tenemos que ir —dije. Mi voz sonó extraña a mis propios oídos, relajada y nítida. Pero yo no me sentía así.

Jamie se había puesto muy pálido. Se había vuelto de nuevo y tenía los ojos clavados en la columna de humo, que se elevaba espesa y blanca por encima de las palmeras. Luego apretó los labios y los dientes.

—Sí —fue cuanto dijo. Y ordenó al señor Warren que virara hacia el puerto.

Se encontraba al cuidado de la hoguera un hombrecillo de color y acento irreconocibles, quien chilló ante la idea de que una señora entrara allí. Jamie lo apartó bruscamente de un codazo. No intentó prohibirme que lo siguiera ni se volvió para asegurarse de que lo hacía; sabía que no lo dejaría solo.

Era una pequeña hondonada, con árboles haciendo de pantalla, a la que se llegaba fácilmente desde un pequeño muelle proyectado hacia el río. Entre el verde brillante de los helechos y ramas de pequeño flamboyán, se apilaban los barriles negros de brea y los montones de leña seca. A la derecha habían formado una pira inmensa, con una plataforma de madera cargada de cuerpos impregnados de brea.

Hacía poco que le habían prendido fuego y ya ardía una buena llama en uno de los lados de la montaña, pero por el resto sólo asomaban pequeñas lenguas de fuego. El humo oscurecía los cuerpos trepando por la pira como un espeso velo que daba a las extremidades de los cadáveres la terrible ilusión de movimiento.

Jamie se detuvo un momento y se quedó mirando la pira. Luego saltó a la plataforma y, sin preocuparse por el humo y las chispas, fue desprendiendo los cadáveres y moviendo con gesto ceñudo aquellos patéticos restos.

Junto a él había un montón más pequeño de cenizas grises y fragmentos de huesos blancos. En lo alto de la pila descansaba la curva de un occipucio, tan frágil y perfecto como una cáscara de huevo.

—Para buena cosecha. —El hombrecillo manchado de hollín que se ocupaba de la pira me estaba ofreciendo información con evidentes esperanzas de recibir una recompensa. Señalaba las cenizas—. Hace crecer sembrado.

—No, gracias —dije débilmente.

El humo oscureció la silueta de Jamie; tuve la horrible sensación de que había caído en la pira y ardía en ella. El espantoso olor a carne asada se elevó en el aire y pensé que vomitaría.

—¡Jamie! —llamé—. ¡Jamie!

No respondió, pero desde el fuego surgió una tos profunda y espasmódica. Minutos después salió dando tumbos y sofocado, partiendo el velo de humo. Bajó de la plataforma y, doblándose, tosió hasta casi escupir los pulmones. Venía cubierto de hollín aceitoso, con las manos y la ropa manchados de brea. Las lágrimas le corrían por las mejillas, abriendo surcos en el tizne.

Arrojé varias monedas al guardián de la hoguera y, cogiendo del brazo a un Jamie cegado y convulso, lo conduje fuera de aquel valle de la muerte. Una vez bajo las palmeras se puso de rodillas y vomitó.

—No me toques —jadeó cuando traté de ayudarlo. Vomitó varias veces más, pero al rato paró y se tambaleó. Por fin se levantó con lentitud—. No me toques —repitió. Su voz, ronca a causa del humo y el mareo, me era completamente desconocida.

Caminó hasta el borde del muelle y, tras quitarse la chaqueta y los zapatos, se zambulló vestido en el agua. Esperé un momento, luego me encorvé y recogí su casaca y los zapatos separándolos de mi cuerpo. En el bolsillo interior podía ver el suave bulto rectangular de las fotografías de Brianna.

Esperé hasta que volvió y salió del agua empapado. Seguía teniendo manchas de brea, pero la mayor parte del hollín había desaparecido llevándose el olor consigo. Se sentó en el embarcadero con la cabeza apoyada en las rodillas. Por la barandilla del *Artemis* asomaba una hilera de cabezas curiosas.

Como no sabía qué otra cosa hacer me agaché y le apoyé una mano en el hombro. Jamie alargó la mano y cogió la mía sin levantar la cabeza.

—No estaba —dijo con aquella voz ronca desconocida.

La brisa era fresca. Le agitó los mechones de pelo húmedo que tenía sobre los hombros. Miré hacia atrás y vi que la columna de humo que se elevaba por detrás de las palmeras se había teñido de negro. Se aplanó y se deslizó en dirección al mar esparciendo las cenizas de los muertos por el viento, de regreso a África.

54

El pirata impetuoso

—No puedo ser dueña de una persona, Jamie —objeté mirando con horror los documentos esparcidos a la luz de la lámpara—. No puedo. No está bien.

—Lo sé, Sassenach. Pero ¿qué vamos a hacer con ese hombre? —Jamie se sentó a mi lado en la litera, lo bastante cerca como para poder ver los documentos de propiedad por encima de mi hombro. Se pasó una mano por el pelo y frunció el ceño—. Lo más correcto es dejarlo en libertad, pero ¿qué será de él? —Se inclinó hacia delante entornando los ojos para leer los documentos—. No conoce más que unas palabras de inglés y francés y no tiene oficio; si lo dejamos en libertad, e incluso aunque le diéramos algo de dinero, ¿podría apañárselas para sobrevivir, por su cuenta?

Mientras reflexionaba le di un mordisco a uno de los rollitos de queso del señor Murphy. Estaba bueno, pero el olor del aceite que ardía en la lámpara se fundía de un modo muy extraño con el olor a queso y se mezclaba —igual que todo lo demás—, con ese insidioso olor a guano que impregnaba el barco.

—No lo sé —reconocí—. Lawrence me dijo que en La Española hay muchos negros libres. Dice que hay muchos criollos y mestizos, y otros tantos que tienen negocios propios. ¿En Jamaica también es así?

Negó con la cabeza mientras alargaba la mano hacia un rollito de la bandeja.

—No lo creo. Es cierto que algunos negros libres pueden ganarse la vida, pero sólo los que tienen alguna habilidad: costureras, pescadores o algo así. He hablado un poco con el tal

Temeraire. Por lo visto trabajó cortando caña hasta que perdió el brazo y no sabe hacer otra cosa.

Dejé el rollito sin apenas probarlo y fruncí el ceño con tristeza mirando los papeles. La mera idea de poseer un esclavo me asustaba y me repugnaba, pero estaba empezando a comprender que no me resultaría tan sencillo deshacerme de esa responsabilidad.

Lo habían sacado de un barracón de esclavos de la costa de Guinea cinco años atrás. Mi impulso inicial, devolverlo a su tierra, era obviamente imposible. Aunque pudiera encontrar un barco que se dirigiera a África y aceptara llevarlo en calidad de pasajero, la aplastante realidad era que lo volverían a esclavizar, o bien en el barco que accediese a llevarlo, o bien algún otro negrero de los puertos del África Occidental.

Era manco, ignorante y se veía obligado a viajar solo: no tendría ninguna protección. Y si por algún milagro lograba llegar a salvo a África y evitar las zarpas de los negreros europeos y africanos, no tenía casi ninguna posibilidad de regresar a su pueblo. Lawrence había tenido la amabilidad de explicarme que si lo hacía, era muy probable que lo asesinaran o lo echaran, porque su propia gente pensaría que era un fantasma y un peligro para ellos.

—Supongo que no querrás venderlo. —Jamie planteó la cuestión con delicadeza—. Podríamos buscar a alguien que lo tratara bien.

Me froté el entrecejo con los dedos tratando de aliviar el dolor de cabeza que se me había levantado.

—No sería mejor que tenerlo nosotros —protesté—. Peor aún, porque no sabríamos con certeza qué suerte correría con sus nuevos propietarios.

Jamie suspiró. Había pasado gran parte del día trepando por los oscuros y apestosos confines del compartimento de carga con Fergus para hacer el inventario antes de llegar a Jamaica; estaba cansado.

—Sí, es cierto —dijo—. Pero no hay bondad alguna en liberarlo para que pase hambre.

—No.

Traté de sofocar el insensible deseo de no haber visto nunca al esclavo manco. Para mí todo habría sido mucho más fácil, aunque probablemente no para él.

Jamie se levantó de la litera con el fin de desperezarse apoyándose en el escritorio y flexionando los hombros para aliviar la tensión. Se agachó y me dio un beso en la frente, justo entre las cejas.

—No te preocupes, Sassenach. Hablaré con el administrador de la plantación de Jared. Quizá él pueda buscarle algún empleo o...

Lo interrumpió un grito de advertencia:

—¡Barco a la vista! ¡Va armado! ¡Dispara desde babor! —anunció desesperadamente el vigía. A continuación, se oyó un repentino ajetreo cuando todos los marineros regresaron a sus puestos. Luego se oyeron muchos gritos más y se percibió una sacudida cuando el *Artemis* recogió las velas.

—Por Dios, ¿qué...? —empezó a decir Jamie.

Un estruendo terrible ahogó sus palabras. Cayó hacia un lado con los ojos abiertos como platos muy alarmado cuando el camarote se escoró. Mi taburete se tumbó y me caí al suelo. La lámpara de aceite se desprendió de su soporte y por suerte se apagó antes de colisionar contra el suelo. Todo se quedó a oscuras.

—¡Sassenach! ¿Estás bien? —La voz de Jamie se oyó en la penumbra teñida de ansiedad.

—Sí —dije saliendo de debajo de la mesa—. ¿Y tú? ¿Qué ha pasado? ¿Nos han atacado?

Sin detenerse a responder, Jamie saltó hacia la puerta y la abrió. Desde la cubierta llegaba una barahúnda de gritos y golpes secos, puntuada por los súbitos estallidos de las armas.

—Piratas —dijo brevemente—. Nos han abordado.

Mis ojos se estaban acostumbrando a la oscuridad. Vi cómo su sombra se cernía sobre el escritorio en busca de la pistola que había en el cajón. Se detuvo un instante a coger el puñal que tenía bajo la almohada de la litera y se dirigió a la puerta gritando instrucciones a su paso.

—Busca a Marsali y bajad a la bodega de popa, donde están los bloques de guano. Escondeos tras ellos y no os mováis de allí.

Luego se marchó.

Aguardé un momento mientras palpaba el armario que había sobre la litera para coger el equipo médico que la madre Hildegarde me regaló cuando estuve en París. Puede que un bisturí fuera de poca utilidad contra los piratas, pero me sentiría mejor con algún arma en la mano por pequeña que fuera.

—¿Madre Claire? —Era la voz, agudizada por el miedo, de Marsali.

—Aquí estoy. —Cuando se movió vi el brillo del pálido algodón y le di un abrecartas con mango de marfil—. Toma esto, por si acaso. Venga, vamos abajo.

Dirigí nuestro avance hacia la bodega de popa con una cuchilla de amputaciones desgastada en una mano y un bisturí en la otra. Sobre nuestras cabezas se oían pisadas y maldiciones, todo ello subrayado por un terrible rugido y un chirrido, que imaginé que serían provocados por la madera del *Artemis* rozándose con la de la embarcación desconocida que nos había abordado.

La bodega estaba oscura como la pez y el olor era insoportable. Avanzamos con lentitud hasta la parte trasera, tosiendo por el polvo y los vapores del guano hacia el fondo.

—¿Quiénes son? —preguntó Marsali. Tenía la voz sofocada y las pilas de guano almacenado a nuestro alrededor amortiguaban los ecos propios de la bodega—. ¿Piratas?

—Creo que sí. —Lawrence nos había explicado que en la zona del Caribe abundaban los piratas y embarcaciones sin escrúpulos de toda clase. Pero no esperábamos que nos atacara nadie dado que nuestra mercancía no era particularmente valiosa—. Supongo que no tendrán mucho olfato.

—¿Eh?

—No importa —dije—. Ven a sentarte. Sólo podemos esperar.

Sabía por experiencia que esperar mientras los hombres combatían era una de las cosas más difíciles de la vida; en este caso no había otra alternativa.

Allí abajo, los sonidos de la batalla no eran más que algunos golpes amortiguados, pero el continuo chirrido de las maderas resonaba por todo el barco.

—Oh, Dios, mi Fergus —susurró Marsali con la voz teñida por la agonía mientras escuchaba los ruidos—. ¡Sálvalo, Virgen bendita!

Pensando en Jamie, me uní en silencio a su plegaria por entre el caos que se libraba sobre nuestras cabezas. Al persignarme en la oscuridad me toqué el punto de la frente donde me había besado minutos antes; no quise pensar que podía ser su último beso.

De pronto se oyó una explosión que hizo vibrar los maderos sobre los que estábamos sentadas.

—¡Están volando el barco! —Marsali se levantó de un salto, presa del pánico—. ¡Nos van a hundir! ¡Tenemos que salir o nos ahogaremos!

—¡Espera! —le dije—. Son sólo cañonazos.

Pero ella ya no escuchaba. Avanzaba, cegada por el miedo y gimoteando, entre los bloques de guano.

—¡Vuelve aquí, Marsali!

En la bodega no había nada de luz. Di algunos pasos por la espesa atmósfera tratando de localizarla por el ruido, pero los chirridos de las maderas me escondían sus movimientos. Se oyó otra explosión arriba y una tercera muy seguida. El aire se llenó del polvo provocado por las vibraciones y me atraganté con los ojos llenos de lágrimas.

Me limpié los ojos con la manga. No eran imaginaciones mías: había luz en la bodega, un leve resplandor iluminaba el borde del bloque más cercano.

—¿Marsali? ¿Dónde estás?

La respuesta fue un chillido aterrorizado que procedía de la luz. Rodeé precipitadamente el bloque, esquivé dos más y salí al espacio abierto junto a la escalerilla. Allí estaba Marsali, en las garras de un hombre medio desnudo.

Estaba muy gordo; sus capas de grasa bamboleante estaban decoradas con gran diversidad de tatuajes; un collar de monedas y botones le rodeaba el cuello. Marsali le dio una bofetada sin dejar de chillar y el hombre apartó la cara impaciente. Al verme dilató los ojos. Tenía la cara ancha y plana y llevaba un moño de pelo negro. Me miró esbozando una asquerosa sonrisa al tiempo que dejaba entrever los muchos dientes que le faltaban y decía algo que parecía español.

—¡Suéltala! —grité, para luego ordenar en castellano—: ¡Basta, cabrón!

Era todo el español que dominaba. Le pareció divertido, pues ensanchó la sonrisa y se volvió hacia mí mientras soltaba a Marsali. Le tiré uno de mis escalpelos, que rebotó en su cabeza. Se sorprendió, se agachó y Marsali pudo esquivarlo y saltar hacia la escalerilla. El pirata dudó entre las dos, pero al fin optó por ella. Subiendo varios peldaños con una agilidad impropia de su peso, atrapó a Marsali por un pie cuando ya asomaba por la escotilla. La chica dio un grito.

Maldiciendo sin ton ni son por lo bajo, corrí hasta el pie de la escalerilla, estiré el brazo y le clavé en el pie el cuchillo de mango largo que usaba para las amputaciones. El pirata lanzó un chillido agudo. Algo que me salpicó la cara de sangre pasó por encima de mi cabeza. Me eché hacia atrás sorprendida mirando instintivamente hacia abajo en busca de lo que había caído. Era el dedo pequeño del pie, encallecido y con la uña llena de tierra.

El pirata saltó a mi lado con un golpe que hizo temblar las tablas y se echó sobre mí. Intenté esquivarlo, pero logró sujetarme por la manga. Tiré hasta desgarrar la tela y le lancé un puñetazo a la cara. Sorprendido, se echó hacia atrás y resbaló en su propia sangre. Eché a correr hacia la escalerilla y se me cayó el cuchillo.

Me seguía tan de cerca que logró cogerme de los bajos de la falda, pero yo conseguí que la soltara y corrí con los pulmones ardiendo por culpa del polvo de la asfixiante bodega. El hombre gritaba en un idioma que yo no reconocía. Alguna lejana zona de mi cerebro que no estaba ocupada en lograr mi inmediata supervivencia especuló que podría tratarse de portugués.

Salí de la bodega y aparecí en medio del caos de cubierta. Allí todo era humo negro y grupos de hombres forcejeando, maldiciendo y tambaleándose.

No podía entretenerme en mirar a mi alrededor. Oí un áspero grito procedente de la escotilla que había dejado a mi espalda y corrí hacia la barandilla. Vacilé un segundo y me balanceé sobre la estrecha tabla de madera. El mar se agitaba en la negrura que se abría a mis pies. Busqué unas cuerdas y traté de subirme a una vela. Fue un error: lo comprendí casi de inmediato pues él era marinero y no tenía el estorbo de la falda. Las cuerdas me bailaban en las manos por las vibraciones que producía su peso al subir.

Mi perseguidor trepaba por los cabos con la agilidad de un mono mientras yo me desplazaba con lentitud por entre los aparejos. Cuando consiguió ponerse a mi altura me escupió a la cara. Continué trepando, impulsada por la desesperación, pero no tenía salida. Él siguió mis pasos con facilidad siseando palabras por entre una malvada sonrisa desdentada. No importaba qué lengua hablara, el significado de cuanto decía estaba clarísimo. El pirata se sostuvo con una mano y con la otra sacó el sable y describió un arco que estuvo a punto de alcanzarme.

Me hallaba demasiado asustada para gritar. No tenía escapatoria y no podía defenderme. Cerré los ojos con fuerza, pidiendo que el fin fuera rápido.

Y lo fue. En aquel momento oí un golpe seco y un gruñido. Me llegó un fuerte olor a pescado y al abrir los ojos el pirata había desaparecido. En su lugar se encontraba *Ping An* abriendo la alas para conservar el equilibrio.

¡Gua!, protestó con la cresta erguida en señal de irritación. Giró hacia mí su ojo amarillo y rechinó el pico como advertencia. Por lo visto no le gustaban ni el alboroto ni los piratas portugueses.

Empecé a ver lucecitas y me sentía mareada. Continué agarrada a la cuerda, estremecida y sin poder moverme. Abajo, el estruendo era menor y el tono de los gritos había cambiado.

Daba la sensación de que el abordaje llegaba a su fin. Oí otro ruido: un chirrido largo seguido de un súbito flamear de velas y la cuerda que me sostenía vibró bajo mi mano. Todo había terminado. Vi cómo el barco pirata se perdía en el plateado cielo antillano. Despacio, muy despacio, inicié el largo descenso.

Las lámparas de cubierta seguían encendidas. Una bruma de humo de pólvora negro lo teñía todo, y había cadáveres por todas partes. Mis ojos se posaron sobre cada uno de ellos mientras bajaba: buscaba pelo rojo. Lo encontré y el corazón me dio un brinco.

Jamie estaba sentado en un tonel cerca del timón, con la cabeza echada hacia atrás y un paño en la frente, los ojos cerrados y una taza de whisky en la mano. Arrodillado junto a él se encontraba el señor Willoughby: administraba los primeros auxilios, en forma de whisky, a un descompuesto Willie MacLeod, que se apoyaba en el trinquete.

Temblando de pies a cabeza a causa del esfuerzo, mareada y con frío por los efectos del encontronazo, pensé, colocándome a su lado, que no me vendría mal un poco de whisky.

Me agarré de los cabos más estrechos que se extendían por encima de la barandilla y me deslicé hasta abajo, no me importó quemarme las palmas de las manos con la cuerda. Estaba sudada y fría a un mismo tiempo y el vello de la cara me hormigueaba de una forma muy desagradable.

Aterricé con torpeza y un ruido seco que hizo que Jamie levantara la cabeza y abriera los párpados. La mirada de alivio que vi en sus ojos me ayudó a caminar los metros que me separaban de él. Me sentí mejor al notar la cálida y sólida piel de su hombro bajo mi mano.

—¿Estás bien? —pregunté, inclinándome para observarlo.

—Sí; es sólo un chichón. —Sonrió.

Tenía un pequeño corte, ya cerrado, en la frente donde le habría alcanzado algo parecido a la culata de una pistola. En la pechera de la camisa tenía algunas manchas de sangre seca, pero la manga era de un color rojo intenso. En realidad, la tenía prácticamente empapada de sangre.

—¡Jamie! —dije apretándole el hombro—. No estás bien. ¡Mira! ¡Estás sangrando!

Estaba entumecida, por lo que no sentí sus manos cuando se agarró a mis brazos para levantarse alarmado. Lo último que vi, entre destellos de luz, fue su cara que palidecía por momentos.

—¡Por Dios! —dijo con voz asustada—. ¡Esa sangre no es mía, Sassenach! ¡Es tuya!

• • •

—No voy a morir —dije irritada—, como no sea de calor. ¡Quítame algo de todo esto!

Marsali me suplicaba entre lágrimas que no me muriera. Mi estallido pareció aliviarla: dejó de llorar y sorbió por la nariz esperanzada, pero no hizo ademán alguno de retirar las capas y las mantas que me cubrían.

—¡Oh, no puedo, Claire! Dice papá que es preciso mantenerte abrigada.

—¿Abrigada? ¡Pero si estoy cociéndome viva!

Estaba en el camarote del capitán; incluso con las ventanillas de proa bien abiertas, el sol y los vapores de la carga hacían la atmósfera del entrepuente sofocante.

Intenté librarme de las mantas, pero sólo pude moverme unos centímetros antes de que un rayo me atravesara el brazo. El mundo se tornó negro con pequeñas luces brillantes titilando ante mis ojos.

—No te muevas —dijo una severa voz escocesa por entre una oleada de vertiginoso malestar. Un brazo me rodeaba los hombros y una mano me sostenía la cabeza—. Eso es, recuéstate en mi brazo. ¿Te sientes mejor, Sassenach?

—No —dije contemplando los puntitos de colores que giraban en mis ojos—. Quiero vomitar.

Lo hice y fue un proceso muy desagradable. Con cada espasmo sentía feroces cuchillos clavándose en el brazo derecho.

—Por los clavos de Roosevelt —susurré al fin, jadeando.

—¿Se acabó? —Jamie me recostó con cuidado, depositando mi cabeza en la almohada.

—¿Si he muerto, quieres decir? Por desgracia, no.

Abrí un ojo. Estaba arrodillado junto a mi litera con aspecto de pirata: llevaba una tira de tela ensangrentada anudada a la cabeza y seguía teniendo la camisa manchada de sangre. Como el camarote no se movía, me arriesgué a abrir los ojos. Me sonrió débilmente.

—No, no has muerto. Fergus se pondrá muy contento.

Como si hubiera sido una señal, el francés asomó su cara afligida. Al verme despierta, desapareció con una sonrisa para informar a gritos a la tripulación que había sobrevivido. Para mi bochorno, la noticia fue recibida con un grito general de júbilo.

—¿Qué ha pasado? —pregunté.

—¿Qué ha pasado? —Jamie sirvió agua en una taza, se detuvo y me miró por encima del borde. Se arrodilló a mi lado resoplando y me levantó la cabeza para darme de beber—. ¡Qué ha pasado, pregunta! ¡Eso quisiera saber yo! Te digo que te escondas abajo con Marsali y, en cuanto me descuido, caes del cielo chorreando sangre.

Metió la cara en el hueco de la litera y me fulminó con la mirada. Jamie ya era lo suficientemente impactante cuando estaba bien afeitado e ileso, pero tenía un aspecto bastante más feroz cuando se acercaba con barba de tres días, manchado de sangre y enfadado. Volví a cerrar los ojos.

—¡Mírame! —dijo con tono imperativo. Y le hice caso.

Sus ojos azules se clavaron en los míos, ardientes de ira.

—Estuviste muy cerca de morir —dijo—. Tienes un corte que te llega hasta el hueso, desde la axila hasta el codo. Si no te hubiera puesto un torniquete, a estas horas estarías alimentando a los tiburones.

Un enorme puño aterrizó en el extremo de la litera a mi lado y me sobresaltó. El movimiento me dolió en el brazo, pero no dejé escapar ni un solo sonido.

—¡Maldita seas! ¿Nunca vas a hacer lo que te ordeno?

—Probablemente, no —respondí en tono sereno.

Me fulminó con los ojos, aunque advertí que se esforzaba por reprimir una sonrisa por entre su incipiente barba cobriza.

—Dios mío —musitó Jamie—, qué no daría por tenerte bien atada a un cañón y tener el extremo del cabo en la mano.

Resopló y sacó la cabeza por la puerta para aullar:

—¡Willoughby!

El chino apareció al trote, radiante, con una tetera humeante y una botella de coñac.

—¡Té! —exclamé esforzándome para incorporarme—. ¡Ambrosía!

Pese a la atmósfera sofocante del camarote, lo que necesitaba era té caliente. Inhalé su aroma. Aquella maravillosa bebida con sabor a coñac se deslizó por mi garganta y brilló apaciblemente en la boca de mi tembloroso estómago.

—Sólo los chinos preparan mejor el té que los ingleses —dije.

El señor Willoughby me hizo una reverencia y Jamie lanzó el tercer bufido de la tarde.

—¿Sí? Bueno, disfrútalo mientras puedas.

Como la frase sonaba más o menos siniestra, lo miré por encima del borde de la taza.

—¿Qué significa eso? —quise saber.

—Cuando termines te curaré el brazo —me informó, echando un vistazo a la tetera—. ¿Cuánta sangre me dijiste que tenemos en el cuerpo?

—Ocho o nueve litros —dije, extrañada—. ¿Por qué?

Dejó la tetera mientras me clavaba una mirada fulminante.

—A juzgar por los que dejaste en cubierta, puede que te queden cuatro. Toma un poco más. —Volvió a llenarme la taza y salió dando largos pasos.

—Me temo que Jamie está muy enfadado conmigo —comenté con voz triste al señor Willoughby.

—No enfadado —me consoló—. Tsei-mi asustado mucho. —Me apoyó en el hombro una mano delicada como una mariposa—. ¿Esto duele?

Suspiré.

—Si he de ser sincera, sí.

Sonrió y me dio unas palmaditas.

—Yo ayudo —dijo sonriendo—. Después.

A pesar de los latidos de dolor que notaba en el brazo, me sentía lo bastante recuperada como para preguntar por el resto de la tripulación, cuyas heridas, según me comentó el señor Willoughby, se limitaban a algunos cortes y varios golpes, más una contusión y una fractura menor en un brazo.

Una serie de ruidos en el pasillo anunció el regreso de Jamie; venía con Fergus y traían mi maletín y otra botella de coñac.

—De acuerdo —dije, resignada—. Echémosle un vistazo a esto.

Técnicamente, la herida no era de las peores que había visto. No obstante, era mi propia carne la que estaba afectada y no me sentía inclinada hacia lo técnico.

—Oh —dije, bastante intimidada.

A pesar de haber hecho una descripción un tanto pintoresca de la herida, también fue bastante exacta. Era un largo corte limpio que se deslizaba por la parte frontal de mi bíceps, nacía en el hombro y llegaba casi hasta el codo. Y aunque no alcanzaba a ver mi húmero, no cabía duda de que era una herida muy profunda que se abría todavía más en los extremos.

Seguía sangrando a pesar del trozo de tela con la que me la habían envuelto, pero ya no sangraba mucho. Al parecer no había dañado ningún vaso sanguíneo importante.

Jamie abrió mi caja de medicinas y revolvió el contenido con el índice con aspecto meditabundo.

—Necesitarás hilo para sutura y una aguja —dije sobresaltada al darme cuenta de que iba a recibir treinta o cuarenta puntos en el brazo sin más anestesia que el coñac.

—¿No hay láudano? —preguntó con el ceño fruncido. Era evidente que había pensado lo mismo que yo.

—No. Lo gasté todo en el *Marsopa*.

Me esforcé por controlar el temblor de la mano izquierda, vertí una buena cantidad de coñac en la taza y me lo bebí de un trago.

—Has sido muy considerado, Fergus —dije asintiendo en dirección a la botella de coñac mientras bebía—, pero no creo que hagan falta dos botellas.

Dada la potencia del coñac francés de Jared, difícilmente se necesitaría más de una taza pequeña. Me preguntaba si sería aconsejable emborracharme de inmediato o mantenerme sobria, aunque fuera a medias, a fin de supervisar las operaciones. No había la menor posibilidad de que pudiera suturarme yo misma con la mano izquierda, que además me temblaba como una hoja. Tampoco Fergus podría hacerlo con su única mano. Era cierto que Jamie sabía manejar sus enormes manos con increíble ligereza cuando se ocupaba de ciertos menesteres, pero...

Jamie interrumpió mis aprensiones con una negación de cabeza y cogió la segunda botella.

—Ésta no es para beber, *Sassenach*, sino para lavar la herida.

—¿Qué?

En mi maltrecho estado había olvidado la necesidad de desinfectar. A falta de algo mejor, lavaba las heridas con una parte de alcohol destilado y una de agua, pero también había utilizado todo lo que me quedaba con la tripulación de la cañonera.

Noté cómo se me entumecían los labios, y no se debía sólo al efecto del coñac. Se consideraba a los escoceses estoicos y valerosos guerreros, y los marineros de esa nacionalidad tampoco tenían nada que envidiarlos. Yo misma había visto a esos hombres yacer con huesos rotos sin decir media palabra mientras les realizaba alguna operación de cirugía menor, les suturaba heridas espantosas, y en general mientras los hacía pasar por auténticos infiernos, pero a la hora de desinfectar con alcohol... eso ya era otra historia: sus alaridos se oían a kilómetros de distancia.

—Eh... espera un momento —dije—. Quizá un poco de agua hervida...

Jamie me observaba con comprensión.

—Con esperar no ganaremos nada, Sassenach —dijo—. Trae esa botella, Fergus.

Antes de que pudiera protestar, me levantó de la litera, me senté en su regazo agarrándome con fuerza del cuerpo y me inmovilizó el brazo izquierdo para que no pudiera forcejear. Me cogió la muñeca derecha con fuerza y colocó mi brazo herido de lado.

Creo que fue Ernest Hemingway quien dijo que uno debería desmayarse de dolor, pero por desgracia nunca sucede. Lo único que puedo responder a eso es que o bien el bueno de Ernest no sabía distinguir entre la conciencia y la inconsciencia, o nunca le vertieron coñac en una herida abierta de varios centímetros.

Para ser justa debería decir que no debí de perder la conciencia del todo porque cuando empecé a recuperarla, Fergus estaba diciendo:

—¡Por favor, milady, no chille así! ¡Los hombres se ponen nerviosos!

Desde luego a él también lo ponía nervioso: estaba pálido y las gotas de sudor le corrían por la mandíbula. Y tenía razón sobre los hombres porque algunas de sus caras asomaban por las puertas y las ventanas del camarote con expresiones de horror y preocupación.

Reuní valor y asentí débilmente. Jamie me tenía aferrada por la cintura; no sé cuál de los dos temblaba; ambos, supongo. Con su ayuda me las arreglé para llegar a la amplia silla del capitán. Me senté con el corazón acelerado notando todavía el fuego en mi brazo. Jamie sacó una de las agujas curvas y un trozo de tripa de gato esterilizada; parecía vacilar tanto como yo ante la perspectiva. Entonces fue el señor Willoughby quien intervino silenciosamente, haciéndose cargo de la aguja.

—Yo puedo —dijo con autoridad—. Un momento.

Y desapareció, supongo que iría a buscar algo.

Jamie no se opuso ni yo tampoco. En realidad, los dos suspiramos aliviados, cosa que me hizo reír.

—Y pensar —le dije— que le he dicho a Bree que los hombres corpulentos son buenos y delicados y los bajitos suelen ser desagradables.

—Bueno, supongo que siempre hay una excepción que confirma la regla, ¿no?

Me limpió el sudor de la frente con un paño húmedo.

—No quiero saber cómo te has hecho esto —dijo suspirando—, pero por el amor de Dios, Sassenach, ¡no vuelvas a hacerlo!

—Bueno, yo no pretendía hacer nada —empecé a decir enfadada, aunque me interrumpió la aparición del señor Willoughby, que traía el envoltorio de seda verde con que había curado los mareos de Jamie.

—Ah, ¿traes tus punzones? —Jamie echó un vistazo interesado a las agujas de oro—. No te aflijas, Sassenach: no duelen. No mucho, al menos.

El señor Willoughby me cogió la palma de la mano derecha y me aplicó presión aquí y allá, tiró de cada dedo haciendo crujir las articulaciones y por fin apoyó dos yemas en la base de la muñeca, presionando entre el radio y la uña.

—Ésta es Puerta Interior —dijo suavemente—. Aquí está quietud. Aquí está paz.

Sinceramente esperaba que tuviera razón. Cogió una de sus agujas doradas, colocó la punta en el punto que había marcado y, con una diestra maniobra de pulgar e índice, me perforó la piel.

El pinchazo me hizo dar un brinco, pero me sujetó la mano con firmeza y volví a relajarme.

Me colocó tres agujas en cada muñeca y una hilera sobre el hombro derecho que le daba aspecto de puercoespín. Aunque tenía la sensación de que me estaba utilizando de cobaya, empecé a sentir curiosidad. A pesar del pinchazo inicial, las agujas no dolían. El canturreo por lo bajo del señor Willoughby resultaba muy relajante. Entretanto iba aplicando presión sobre distintos puntos de mi cuello y mi hombro.

Francamente, no sé si tenía el brazo derecho entumecido o si sus procedimientos me mantenían distraída; lo cierto es que el dolor no era tan intenso... hasta que comenzó a utilizar la aguja de sutura.

Jamie, sentado en un taburete a mi izquierda, me sostenía la mano izquierda sin dejar de observarme. Por fin, dijo gruñón:

—Suelta el aliento, Sassenach. Ya ha pasado lo peor.

Solté el aliento; no me había dado cuenta de que lo estaba conteniendo. Y comprendí que lo que me estaba diciendo era cierto. Era el miedo al dolor lo que me tenía rígida como una tabla en la silla. La verdad es que el dolor de los puntos era soportable, desagradable, sí, pero nada que no pudiera soportar. Solté cautelosamente el aliento y le dediqué algo parecido a una sonrisa. El señor Willoughby canturreaba algo en chino. Jamie me había traducido lo que decía la canción algunas semanas atrás. Versaba sobre un hombre que enumeraba los encantos físicos de su compañera uno a uno. Esperaba que hubiera acabado de coserme antes de llegar a los pies.

—Es un buen corte —dijo Jamie con los ojos clavados en los avances del señor Willoughby. Yo prefería no mirar—. ¿Habrá sido con un machete o con un alfanje?

—Creo que fue con un alfanje —dije—. De hecho, estoy convencida. Me persiguió...

—¿Por qué nos atacaron? —preguntó Jamie arrugando la frente sin prestarme atención—. No puede haber sido por la carga.

—No, no creo —confirmé—. Pero quizá no sabían qué clase de mercancía llevamos.

Eso parecía poco probable. Cualquier barco que se acercara a cien kilómetros de nosotros lo sabría; el hedor del guano de murciélago flotaba a nuestro alrededor como una miasma.

—Tal vez sólo querían apoderarse del barco. El *Artemis* se vendería a buen precio, con o sin carga.

Parpadeé. El señor Willoughby había interrumpido su canción para atar un nudo. Me pareció que ya iría por el ombligo, pero no le estaba prestando atención.

—¿Sabemos cómo se llamaba el barco pirata? —pregunté—. En estas aguas debe de haber muchos, aunque si el *Bruja* estaba por aquí hace tres días...

—En eso estaba pensando —dijo Jamie—. La oscuridad no dejaba ver gran cosa, pero era del mismo tamaño y ancho de manga, al estilo español.

—Bueno, el pirata que me perseguía hablaba...

Me interrumpió un sonido de voces en el pasillo.

Fergus asomó la cabeza. Se avergonzó de verse obligado a interrumpir, pero era evidente que estaba excitado. Algo brillante le tintineaba en la mano.

—Milord, Maitland ha encontrado un pirata muerto en la cubierta de proa.

—¿Muerto? —dijo Jamie.

—Completamente muerto, señor —aseguró el francés con un pequeño escalofrío.

El grumete asomó la cabeza reclamando su parte de gloria.

—¡Oh, sí, señor! —le aseguró a Jamie con seriedad—. Más muerto que mi abuela; algo muy duro le golpeó la cabeza.

Los tres se volvieron a mirarme. Les dediqué una sonrisa modesta.

Jamie se frotó la cara con la mano. Tenía los ojos inyectados en sangre y un poco de sangre seca en la parte delantera de la oreja.

—Sassenach... —comenzó midiendo el tono.

—Traté de explicártelo —dije, virtuosa. Entre la conmoción, el coñac, la acupuntura y la certeza de que sobreviviría, me estaba empezando a sentir agradablemente mareada. Casi ni noté los últimos puntos que me dio el señor Willoughby.

—Llevaba esto, milord.

Fergus puso en la mesa el collar del pirata.

Tenía los botones de plata de un uniforme militar, nueces *kona*, varios dientes de tiburón, varias conchas pulidas, trozos de madreperla y unas cuantas monedas, todo perforado y enhebrado.

—He pensado que debía verlo enseguida, milord —prosiguió Fergus.

Alargó una mano para coger una de las monedas brillantes. Era de plata. Estaba impecable, y a pesar del aturdimiento del coñac, distinguí con claridad las cabezas gemelas de Alejandro: un tetradracma del siglo IV a. C. en perfectas condiciones.

Totalmente agotada por los acontecimientos de la tarde y con el dolor embotado por el coñac, me quedé dormida de inmediato. Cuando desperté ya había oscurecido y los efectos del alcohol se habían esfumado. Me dio la sensación de que tenía el brazo hinchado y palpitaba con cada latido de mi corazón. Cualquier movimiento, por minúsculo que fuera, me provocaba un millón de punzadas en el brazo, como si fueran picaduras de escorpión.

En el cielo brillaba una luna de tres cuartos crecientes, una enorme silueta ladeada que parecía una lágrima dorada flotando sobre el horizonte. El barco escoraba un poco y la luna desaparecía de la vista muy despacio; mientras avanzábamos, veía una sonrisa desagradable en el rostro del hombre de la luna. Yo estaba acalorada y tal vez tuviera un poco de fiebre.

Al otro lado del camarote había una jarra de agua. Saqué los pies de la litera, mareada y débil; mi brazo protestó de inmediato ante las molestias. Debí de hacer algún ruido, porque la oscuridad que se extendía por el suelo del camarote se movió de repente, y la voz de Jamie surgió por entre mis pies.

—¿Te duele, Sassenach?

—Un poco —dije para no ser dramática. Apreté los labios y me puse de pie con cierta torpeza agarrándome el codo derecho con la mano izquierda.

—Me alegro.

—¿Cómo que te alegras? —levanté la voz, indignada.

Oí una suave risa en la oscuridad y Jamie se sentó. Entonces pude ver su cabeza por entre las sombras.

—Pues sí —dijo—. Cuando una herida duele es que se está curando. Cuando te la hicieron no sentiste nada, ¿verdad?

—No —reconocí. Pero en ese instante sí que la sentía. La brisa era mucho más fresca en mar abierto y el viento salado que entraba por la ventana me sentó bien. Estaba sudada y la fina camisa de dormir se me ceñía a los pechos.

—Ya me di cuenta. Eso fue lo que me asustó. Las heridas mortales no se sienten, Sassenach —afirmó en voz baja.

Me reí un momento, pero dejé de hacerlo cuando me empezó a doler el brazo por el movimiento.

—¿Cómo lo sabes? —pregunté mientras trataba de servirme agua con la mano izquierda—. No es algo que puedas conocer por propia experiencia.

—Me lo dijo Murtagh.

El agua parecía caer silenciosa en la taza, su impacto se perdía entre el siseo de la estela de proa. Dejé la jarra y levanté la taza. La superficie del agua era negra a la luz de la luna. Durante todos aquellos meses, Jamie nunca me había hablado de Murtagh. Le pregunté a Fergus; fue él quien me dijo que el pequeño escocés murió en Culloden, pero eso era lo único que sabía.

—En Culloden. —La voz de Jamie era apenas audible por encima del crujir de los maderos y el zumbido del viento—. ¿Sabías que queman los cuerpos allí mismo? Mientras oía cómo lo hacían me pregunté lo que sentiría dentro de las llamas cuando me llegara el turno. —Le oí tragar saliva por entre los crujidos del barco—. Y esta mañana lo he experimentado.

La luz de la luna le robaba la profundidad y el color a su rostro. Parecía un cráneo. Tenía blancos los amplios y limpios pómulos y la mandíbula, y en lugar de ojos asomaban dos agujeros negros completamente vacíos.

—Fui a Culloden decidido a morir —dijo. Su voz no era más que un susurro—. Los demás no. A mí me habría encantado recibir la bala de un mosquete enseguida, y, sin embargo, me abrí paso por el campo de batalla mientras los demás caían hechos pedazos a mis pies.

Se puso en pie y me miró.

—¿Por qué, Claire? ¿Por qué sobreviví y ellos no?

—No lo sé —respondí suavemente—. Tal vez por tu hermana y tu familia. Tal vez por mí.

—Ellos tenían familia. Esposas, novias, hijos que los llorarían. Pero aun así se han ido. Y yo sigo aquí.

—No lo sé, Jamie —le dije al fin. Le toqué la mejilla, áspera por la barba crecida, una incontenible prueba de vida—. Y tú tampoco lo sabrás nunca.

Suspiró con la mejilla apoyada un instante en la palma de mi mano.

—Es cierto. Pero no puedo dejar de preguntármelo cada vez que pienso en ellos, sobre todo en Murtagh.

Se volvió inquieto. Sus ojos eran sombras vacías, y supe que en ese momento volvía a estar en el páramo de Drumossie, caminando entre fantasmas.

—Deberíamos haber bajado antes; los hombres llevaban horas en pie, hambrientos y medio congelados, esperando que Su Alteza diera la orden de atacar. Y Carlos Estuardo, encaramado en su roca, sano y salvo a una buena distancia de la batalla y haciéndose con el mando de sus tropas por primera vez, vacilaba y perdía el tiempo. Mientras tanto, los cañones ingleses abrían fuego contra las filas de harapientos montañeses.

»Creo que fue un alivio —dijo Jamie en voz baja—. Todos sabíamos que la causa estaba perdida y que podíamos darnos por muertos. Pero seguíamos allí, mirando los cañones que abrían fuego. Nadie hablaba. Sólo se oía el viento y los gritos de los ingleses al otro lado.

»Y entonces los cañones rugieron y cayeron muchos hombres. Los que seguían en pie empuñaron sus espadas y cargaron contra el enemigo. El sonido de sus gritos gaélicos ahogado por los disparos y perdido en el viento. El humo era tan espeso que no podía ver a más de unos cuantos metros. Me quité los zapatos y me adentré en la espesura gritando.

Hizo una pausa. La pálida línea de sus labios se curvó ligeramente con alegría.

—Yo me sentía feliz —reconoció, algo sorprendido—. No tenía ningún miedo. Después de todo, quería morir. No tenía nada que temer excepto que me hirieran y al final no muriera. Cuando muriera terminaría todo, podría reunirme contigo y todo iría bien.

Me acerqué a él y su mano buscó la mía en la oscuridad.

—Los hombres caían a uno y otro lado y oía el ruido de la metralla y las balas de los mosquetes, que pasaban rozándome la cabeza como abejorros, pero ninguna me tocó.

Llegó a las líneas enemigas sin un rasguño, fue uno de los pocos escoceses que cruzó todo el páramo de Culloden. Uno de los ingleses que manejaban los cañones levantó la cabeza sorprendido cuando vio a ese escocés que salía de entre el humo como un demonio. La hoja de su sable brillaba mojada por la lluvia y luego se empapó de sangre.

—Una parte de mi cabeza se preguntaba por qué los estaba matando —dijo pensativo—. Yo sabía que estábamos perdidos, y quitarles la vida no tenía sentido. Pero el asesinato es adictivo. ¿Lo sabías? —Sus dedos se tensaron entre los míos con actitud interrogativa y le estreché la mano en señal de afirmación.

»No podía parar, o quizá no quise. —Su tono de voz era tranquilo, hablaba sin amargura o recriminación—. Creo que es un sentimiento muy antiguo, esa necesidad de llevarte al enemigo a la tumba contigo. Podía sentirlo aquí, era como una bola de fuego que anidaba en mi pecho y en mi vientre y... me abandoné a ese sentimiento —concluyó sin más.

Había cuatro hombres manejando el cañón. Ninguno de ellos llevaba más armas que una simple pistola y un cuchillo, ninguno de ellos esperaba que los atacaran tan retirados como estaban. Aguardaron indefensos ante la enloquecida fuerza de su desesperación, y los mató a todos.

—El suelo temblaba bajo mis pies —dijo—. Estaba casi sordo por el ruido y no podía pensar; de pronto caí en la cuenta de que me hallaba detrás de los cañones ingleses. —Me llegó su risa sofocada—. Mal lugar para que te maten, ¿no?

Así que volvió a cruzar el páramo para reunirse con los montañeses muertos.

—Encontré a Murtagh sentado en una mata, en medio del campo de batalla. Había recibido diez o doce disparos y tenía una horrible herida en la cabeza. Creí que había muerto.

Pero seguía con vida. Cuando Jamie cayó de rodillas junto a su padrino para cogerlo en brazos, Murtagh abrió los ojos.

—Me vio y sonrió. —Entonces el anciano le acarició la mejilla. «No temas, *a bhalaich*», había dicho, usando el apelativo cariñoso que se aplica a los niños varones. «Morir no duele nada.»

Guardé silencio durante un buen rato sin soltar la mano de Jamie. Luego suspiró y su otra mano se cerró con suavidad en torno a mi brazo herido.

—Muchos hombres han muerto porque me conocían, Sassenach. Otros han sufrido por la misma causa. Daría todo mi cuerpo para evitarte el dolor, y sin embargo me gustaría apretar la mano ahora mismo para oírte gritar y saber que no te he matado a ti también.

Me incliné hacia delante y le di un beso en el pecho. Jamie dormía desnudo cuando hacía calor.

—No me has matado. Tampoco mataste a Murtagh. Y encontraremos a Ian. Llévame a la cama, Jamie.

Un rato después, cuando estaba a punto de quedarme dormida, me habló desde el suelo junto a mi cama.

—¿Sabes? Cuando vivía con Laoghaire rara vez quería volver a casa —dijo pensativo—. Pero al menos siempre la encontraba donde la había dejado.

Volví la cabeza hacia el lugar del que procedía su suave aliento.

—¿Sí? ¿Y ése es el tipo de esposa que deseas? ¿La que se queda donde la dejas?

Emitió un ruido, mezcla de risa y tos, pero no respondió. Segundos después, su respiración se convirtió en un suave y rítmico ronquido.

55

Ishmael

Aquella noche no dormí bien; me desperté tarde con fiebre y dolor de cabeza, que sentía palpitar por detrás de los ojos, así que no protesté cuando Marsali insistió en refrescarme la frente. Con los ojos cerrados, agradecí el contacto fresco del paño remojado en vinagre sobre las sienes. Me quedé tan relajada que volví a adormecerme cuando se retiró. Estaba soñando con oscuros pozos mineros y el humo gris de los cuerpos calcinados hasta que un súbito estruendo disparó un rayo de dolor a través de mi cabeza e hizo que me sentara en la cama.

—¿Qué pasa? —exclamé, sujetándome la cabeza con las dos manos como si tuviera que evitar que se cayese—. ¿Qué ha sido eso? —Habían tapado la ventana para que la luz no me molestara y mis aturdidos ojos tardaron un rato en acostumbrarse a la oscuridad.

Al otro lado del camarote, una figura grande también se sujetaba la cabeza con evidente agonía. Por fin habló, soltando una sarta de palabrotas en una mezcla de chino, francés y gaélico.

—¡Maldita sea! —concluyó reduciendo los epítetos a un suave inglés—. ¡Por todos los infiernos!

Jamie se acercó a la ventana sin dejar de frotarse la cabeza que se había golpeado con el borde del armario. Apartó la manta que cubría el ojo de buey y lo abrió de par en par, dejando entrar una ráfaga de aire fresco y un molesto resplandor.

—¿Se puede saber qué demonios estás haciendo? —dije con aspereza.

La luz perforó mis sensibles globos oculares como si de agujas se tratara, y los movimientos que había hecho para sujetarme la cabeza no le habían causado ningún bien a los puntos de mi brazo.

—Buscaba tu caja de medicinas —respondió con una mueca mientras se frotaba la cabeza—. ¡Dios mío, mira esto! ¡Me he hundido el cráneo!

Me puso bajo la nariz dos dedos manchados de sangre, se los cubrí con el paño mojado en vinagre y me dejé caer sobre la almohada.

—¿Para qué necesitas mi caja? ¿Por qué no me la has pedido en vez de andar como un abejorro en una botella? —le dije irritada.

—No quería despertarte —lo confesó tan mansamente, que me eché a reír pese a los martilleos que castigaban toda mi anatomía.

—No importa; no era un sueño agradable —le aseguré—. ¿Para qué necesitas la caja? ¿Hay algún herido?

—Sí: yo —dijo tocándose con timidez la coronilla con el paño; observó el resultado compungido—. ¿No quieres mirarme esto?

«No mucho», me habría gustado decirle, pero le hice un gesto para indicarle que se agachara y le inspeccioné la cabeza: tenía un chichón considerable oculto bajo la espesa mata de pelo. Se había hecho un pequeño corte con la esquina del estante, pero no parecía grave.

—No hay fractura —le aseguré—. Tienes la cabeza más dura que he visto en mi vida.

Impulsada por un instinto maternal le besé con suavidad el bulto. Él levantó la cabeza sorprendido.

—Se supone que así te sentirás mejor —expliqué.

Esbozó una sonrisa de medio lado.

—Oh, bueno. Siendo así... —Se inclinó para besarme suavemente el brazo herido—. ¿Mejor? —preguntó enderezándose.

—Muchísimo mejor.

Se rió, cogió la licorera y me sirvió un buen vaso de whisky.

—Buscaba eso que usas para lavar arañazos y cosas así —me explicó mientras se servía otro trago para él.

—Loción de oxiacanta. No la tengo preparada porque no se conserva —expliqué conforme me incorporaba—. Pero si es urgente, puedo prepararte un poco. No se tarda mucho en hacerla.

No me apetecía nada levantarme para ir a la cocina, aunque pensé que moverme un poco me sentaría bien.

—No es urgente —me aseguró—. Pero tenemos en la bodega un prisionero que está algo maltrecho.

Dejé de beber para mirarlo.

—¿Un prisionero? ¿De dónde ha salido?

—Del barco pirata. —Frunció el ceño mirando el whisky—. Aunque no creo que sea un pirata.

—Entonces, ¿quién es?

Se acabó el whisky de un solo trago y negó con la cabeza.

—No lo sé. Por las heridas que tiene en la espalda parece un esclavo fugitivo, pero eso no explica su actuación.

—¿Qué ha hecho?

—Se ha tirado desde el *Bruja* al mar. MacGregor lo ha visto zambullirse y cuando el *Bruja* se ha marchado, ha visto al hombre flotando entre las olas y le ha arrojado un cabo.

—¡Qué curioso! ¿Por qué actuó así? —pregunté con interés. Las palpitaciones de mi cabeza parecían disminuir a medida que me bebía el whisky.

Jamie se pasó los dedos por el pelo e hizo una mueca.

—No lo sé, Sassenach —reconoció cauteloso alisándose los mechones de la coronilla—. Es improbable, a simple vista, que una tripulación como la nuestra tenga ningún interés en llevar un pirata a bordo; cualquier mercader los rehuiría; no hay ningún motivo para subirlos a bordo. Pero si no lo ha hecho por escapar de nosotros, tal vez quería huir de ellos, ¿no?

Me tomé las últimas gotas doradas de whisky. Era la mezcla especial de Jared, la última botella que nos quedaba, y hacía total justicia al nombre que le había puesto: *Ceò Gheasacach,* «bruma mágica». Como me sentía un poco mejor decidí levantarme.

—Si está herido, podría ir a echarle un vistazo —sugerí, y descolgué un pie por el lateral de la litera.

Dada la conducta que Jamie había exhibido el día anterior, supuse que me sujetaría en la cama y llamaría a Marsali para que se sentara sobre mi pecho. En cambio, asintió con aire pensativo.

—Bueno. ¿Estás segura de que puedes caminar, Sassenach?

No estaba segura en absoluto, pero lo intenté. El camarote dio un tumbo cuando me levanté; ante los ojos me bailaban puntos negros y amarillos, aunque conseguí mantenerme erguida agarrándome al brazo de Jamie. Al poco una pequeña cantidad de sangre consintió circular por mi cabeza y los puntitos que veía desaparecieron dejando ante mí la imagen de la cara de Jamie observándome con gesto intranquilo.

—Bien, vamos —dije aspirando hondo.

El prisionero se encontraba bajo un lugar de la cubierta inferior que la tripulación llamaba sollado. Estaba repleto de mercancías de todas clases. Se trataba de un cubículo de madera donde se encerraba a los marineros borrachos y los alborotadores. Allí, en las tripas del barco, faltaba aire y luz. Mareada otra vez, avancé despacio tras el resplandor de la lámpara de Jamie.

Al abrir la puerta del improvisado calabozo no se veía absolutamente nada. Luego, cuando Jamie se agachó para entrar con la lámpara, el brillo de unos ojos reveló la presencia de un hombre. Tan pronto como el contorno de su cara y su silueta empezó a dibujarse ante mis ojos recortado contra la oscuridad de la madera, el primer pensamiento que cruzó mi confundida mente fue que era negro como el as de picas.

No me extrañó que Jamie lo tomara por un esclavo fugitivo, pues no parecía nativo de las islas, sino africano. Su piel negra tenía un tono rojizo y su actitud no era la de un hombre criado en la esclavitud. Estaba sentado en un barril atado de pies y manos. Cuando Jamie se agachó para pasar por debajo del dintel del minúsculo espacio, levantó la cabeza y se irguió. Su cuerpo era flaco y musculoso y sólo llevaba un par de pantalones harapientos. Los músculos de su cuerpo estaban muy bien definidos: estaba tenso, preparado para el ataque o la defensa, pero no para la sumisión.

Jamie también se dio cuenta. Me indicó por señas que me mantuviera contra la pared y se puso en cuclillas ante el cautivo mirándolo a los ojos.

—*Amiki* —dijo mostrando las manos vacías—. *Amiki. Bene-bene.*

«Amigo. Bueno.» Era taki-taki, el idioma universal que todos los marineros hablan en los puertos, desde Barbados hasta Trinidad. El hombre miró impasible a Jamie un segundo, sus ojos seguían pareciendo dos oscuras piscinas. Entonces alzó una ceja y extendió los pies atados hacia delante.

—*Bene-bene, amiki?* —preguntó con una entonación irónica imposible de pasar por alto sea cual fuere el idioma. ¿Esto es un buen amigo?

Jamie resopló divertido y se frotó la nariz con el dedo.

—En eso tiene razón —dijo en inglés.

—¿Habla inglés o francés?

Me acerqué un poco. El cautivo me miró y desvió la vista con indiferencia.

—Sea lo que sea, no está dispuesto a admitirlo. Anoche Picard y Fergus trataron de hablar con él, pero se limitó a mirarlos sin decir una sola palabra. Esto es lo primero que pronuncia desde que llegó a bordo. ¿Hablas español? —le soltó al prisionero.

No hubo respuesta. Ni siquiera lo miró. El hombre se limitó a seguir mirando fijamente la puerta abierta que estaba detrás de mí.

—*Sprechen sie Deutsche?* —probé yo. Me alegré de que no contestara porque al formular la pregunta había utilizado todo el alemán que sabía—. Supongo que holandés tampoco.

Jamie me lanzó una mirada burlona.

—No puedo decirte mucho de él, Sassenach, pero estoy bastante seguro de que no es holandés.

—En Eleuthera hay esclavos, ¿no es cierto? Es una isla holandesa —dije enfadada—. Y Santa Cruz, danesa. —A pesar de lo espesa que estaba aquella mañana, no me había pasado por alto que aquel prisionero era la única pista que teníamos sobre el paradero de los piratas y la única conexión directa con Ian—. ¿Sabes suficiente taki-taki para preguntarle por Ian?

Jamie negó con la cabeza sin desviar la vista del prisionero.

—No. Aparte de lo que ya le he dicho, sé decir «no es bueno», «¿cuánto vale?», «dame eso» y «suelta eso ahora mismo, malnacido». Y no creo que ninguna de esas frases nos sirva de mucha ayuda en este momento.

Nos quedamos los dos mirando fijamente al prisionero, que nos devolvió la mirada impasible.

—Qué diablos... —exclamó Jamie de repente. Desenvainó el puñal que llevaba en el cinturón, rodeó el tonel, y le cortó las cuerdas de las manos.

También le cortó las de los tobillos y se sentó sobre los talones con el cuchillo cruzado sobre el muslo.

—Amigo —dijo en taki-taki con firmeza—. ¿Bueno?

El prisionero no respondió. Al cabo de un segundo hizo un gesto curiosamente interrogante.

—En el rincón hay una bacinilla —informó Jamie en nuestro idioma mientras se incorporaba y se guardaba el cuchillo—. Úsala. Después mi esposa te curará esas heridas.

El hombre esbozó una mueca divertida. Luego hizo un gesto afirmativo, aceptando la derrota. Se levantó del tonel muy despacio y nos volvió la espalda mientras hurgaba en su bragueta. Miré de reojo a Jamie.

—Una de las peores cosas de estar atado así —me explicó tranquilamente— es que no puedes mear sin ayuda.

—Ya veo —respondí; no quería pensar por qué sabía eso.

—Eso y el dolor de los hombros. Ten cuidado cuando lo toques, Sassenach. —El tono de advertencia en su voz fue muy claro. No eran los hombros del hombre lo que le preocupaba.

Asentí. Todavía estaba mareada y la falta de aire me había vuelto a provocar dolor de cabeza; pero estaba mejor que el prisionero que, obviamente, había sido maltratado durante su captura. Sin embargo, a pesar de los golpes, sus heridas parecían superficiales: un chichón en la frente, un hombro con rasguños y, sin duda, moretones difíciles de distinguir por la oscuridad del lugar y el tono de su piel.

Tenía la piel pelada en varias zonas de los tobillos y las muñecas, debía de haber tirado de las cuerdas. No había podido preparar más loción de oxiacanta, pero había traído la pomada de genciana. Me agaché junto a él, aunque no me prestó mucha atención, ni siquiera cuando empecé a extenderle la fría crema azul por las heridas.

Con todo, las heridas que ya habían cicatrizado eran mucho más interesantes que las frescas. Al examinarlo de cerca advertí unas pálidas líneas blancas, eran tres y le cruzaban los pómulos paralelas entre sí. También tenía otra serie de tres cortas líneas verticales en su estrecha frente, justo entre las cejas. Eran cicatrices tribales. Entonces me quedó claro que había nacido en África. Murphy me había contado que les hacían esas heridas durante los rituales de paso de virilidad.

Noté su carne bajo los dedos, caliente y suave por el sudor. Yo también me sentía acalorada, sudorosa y descompuesta. La cubierta se balanceó un poco bajo mis pies y tuve que apoyarme en su espalda para no perder el equilibrio. Una telaraña de latigazos le cruzaba los hombros, eran como arrugas de minúsculos gusanos bajo su piel. Tenían un tacto inesperado, como las cicatrices que Jamie tenía en la espalda. Sentía náuseas, pero continué con mi examen.

El hombre me ignoraba por completo, incluso cuando tocaba lugares que debían dolerle. No apartaba los ojos de Jamie, quien lo observaba con la misma intensidad.

El problema era obvio. Debía de ser un esclavo fugitivo y no quería hablar por miedo a que su idioma revelara el lugar de donde provenía, permitiéndonos identificar a su propietario y devolverlo al cautiverio.

Ahora que ya sabíamos que hablaba inglés, o por lo menos lo comprendía, y eso redoblaba su desconfianza. Dadas las circunstancias, sería difícil convencerlo de que no teníamos intención de esclavizarlo de nuevo. Por otra parte, representaba nuestra mejor baza para averiguar qué había sido de Ian Murray a bordo del *Bruja*. Quizá la única.

Una vez que le hube vendado las muñecas y los tobillos, Jamie me ayudó a levantarme y dijo al prisionero:

—Supongo que tienes hambre. Acompáñanos al camarote y comerás con nosotros.

Sin esperar respuesta, me cogió por el brazo sano y se volvió hacia la puerta. Cuando doblamos por el pasillo sólo había silencio a nuestra espalda, pero cuando me volví, vi que el esclavo nos seguía a poca distancia.

Fuimos a mi camarote sin prestar atención a las miradas curiosas de los marineros. Sólo nos detuvimos para ordenar a Fergus que nos hiciera enviar la comida.

—Vuelve a la cama, Sassenach —me dijo Jamie con firmeza cuando llegamos al camarote.

No discutí con él. Me dolía el brazo, me dolía la cabeza y sentía oleadas de calor deslizándose por detrás de mis ojos. Si seguía así, tendría que usar un poco de mi preciosa penicilina para combatir la infección del brazo. Aún había alguna posibilidad de que mi cuerpo derrotara la infección, pero no me podía permitir esperar demasiado tiempo.

Jamie sirvió un poco de whisky para mí y otro poco para nuestro invitado. Lo aceptó desconfiado. Tras el primer sorbo abrió los ojos sorprendido; el whisky escocés debía de ser toda una novedad para él. Jamie le señaló un asiento, al otro lado de la pequeña mesa, y se instaló con su vaso.

—Me llamo Fraser —dijo—. Soy el capitán y ella es mi esposa —añadió haciendo un gesto con la cabeza en dirección a mi litera.

El prisionero vacilaba. Por fin dejó su vaso con aire decidido.

—Me llaman Ishmael —dijo con una voz que se me antojó miel sobre carbón—. No soy pirata, soy cocinero.

—Murphy se alegrará de oírlo —intervine, pero Jamie me ignoró. Tenía el ceño ligeramente fruncido mientras se abría paso por la conversación.

—¿Cocinero de barco? —preguntó con aire indiferente. Únicamente lo delataba el tamborileo de sus dos dedos tensos sobre los muslos. Aunque sólo lo advertía yo.

—No, hombre, ¡na que ver con ese barco! —Ishmael se mostraba vehemente—. Me cogen en la costa, dicen que me matan, no voy mucho tiempo con ellos, estate tranquilo. ¡No soy pirata! —repitió.

Tardé en comprender que la piratería se castigaba con la horca y por eso temía que lo tomáramos por uno de ellos, tanto si lo era como si no. Y el hombre no tenía forma de saber que nosotros queríamos mantenernos tan alejados de la Marina Real como él.

—Sí, comprendo. —El tono de Jamie era entre reconfortante y escéptico. Se reclinó un poco en el respaldo de la silla—. ¿Cómo caíste prisionero del *Bruja*? No te pregunto dónde, sino cómo —se apresuró a añadir cuando vio que el prisionero ponía cara de alarma—. No me interesa saber de dónde vienes, sólo cómo te cogieron y cuánto tiempo estuviste en ese barco. Si, como dices, no eres uno de ellos...

La insinuación era obvia: no queríamos devolverlo a su propietario, pero si no nos proporcionaba información, lo entregaríamos a la Corona por pirata.

Sus ojos se oscurecieron. No era tonto y lo había pillado al vuelo. Ladeó un poco la cabeza y entornó los ojos.

—Yo estoy pescando en el río —dijo—. Barco grande viene navegando lento, botes tiran de él. Hombres en el bote, me ven, gritan. Dejo el pescado, corro, pero me alcanzan. Hombres me atrapan junto a las cañas, creo me llevan pa vender. Eso es todo, hombre.

Se encogió de hombros, dando el relato por terminado.

—Comprendo. —Jamie no apartaba la vista del prisionero. Dudaba en preguntarle qué río era por miedo a que Ishmael volviera a enmudecer—. Mientras estabas a bordo del barco, ¿había algún muchacho entre la tripulación o como prisionero? ¿Niños, jóvenes?

El hombre dilató los ojos; no esperaba esa pregunta. Hizo una pausa cautelosa, pero luego asintió con un brillo burlón en los ojos.

—Sí, hombre, muchachos tienen. ¿Por qué? ¿Quieres uno? —Me miró y luego volvió a mirar a Jamie con una ceja enarcada.

Jamie se sobresaltó y la insinuación le sonrojó las mejillas.

—Sí —confirmó sereno—. Busco a un joven pariente al que los piratas capturaron. Quien me ayude a hallarlo contará con toda mi gratitud. —Alzó una ceja en un gesto cargado de significado.

El prisionero gruñó un poco y se le abrieron notablemente las aletillas de la nariz.

—¿Sí? ¿Qué haces por mí si ayudo a encontrar ese chico?

—Te desembarcaría en el puerto que tú escogieras con una buena cantidad en oro —le contestó Jamie—. Pero necesitaría pruebas de que conoces el paradero de mi sobrino, ¿entiendes?

—Ajá. —El prisionero aún desconfiaba, aunque empezaba a relajarse—. Di, hombre, ¿cómo es el chico?

Jamie vaciló un instante mientras observaba al prisionero, pero luego negó con la cabeza.

—No —dijo pensativo—. No creo que funcione. Descríbeme tú los muchachos que había en el barco pirata.

El fugitivo miró a Jamie y lanzó una carcajada.

—Nada tonto, hombre, ¿sabes?

—Me alegro de que te des cuenta —replicó Jamie—. Dime.

Ishmael resopló, pero cumplió deteniéndose sólo un segundo para comer algo de la bandeja que le había traído Fergus. El propio Fergus se había quedado en la puerta y observaba al prisionero con los ojos entornados.

—Hay doce chicos hablando raro, como tú.

Jamie alzó las cejas e intercambió conmigo una mirada atónita. ¿Doce?

—¿Como yo? —preguntó—. ¿Chicos blancos, ingleses? ¿O escoceses, quieres decir?

Ishmael negó con la cabeza sin comprender. La palabra *escocés* no formaba parte de su vocabulario.

—Como perros peleando —explicó—. *¡Grrrr! ¡Guf!* —gruñó mientras sacudía la cabeza a modo ilustrativo, imitando a un perro atrapando a una rata. Con el rabillo del ojo vi que los hombros de Fergus se agitaban de sorprendida hilaridad.

—Escoceses, sin duda —aclaré tratando de no reírme.

Jamie me lanzó una breve mirada asesina y luego se volvió a centrar en Ishmael.

—Perrrfectamente —dijo exagerando su acento natural—. Doce muchachos escoceses. ¿Cómo eran?

Ishmael dio un mordisco a su mango con aire de duda. Se limpió con el reverso de la mano el zumo que le resbalaba por la barbilla y negó con la cabeza.

—Sólo veo una vez, hombre. Pero te digo todo lo que veo. —Cerró los ojos ceñudo y se le estrecharon las líneas verticales de la frente—. Cuatro chicos pelo amarillo, seis castaño, dos pelo negro. Dos más bajos que yo, uno como ese *griffone*. —Señalaba a Fergus, que se puso tieso de indignación ante el insulto—. Uno grande, no tanto como tú...

—Sí, ¿y cómo iban vestidos?

Lenta y cuidadosamente Jamie le fue sacando las descripciones. Pidiendo detalles le obligaba a comparar, disimulando el rumbo de su interés. ¿Qué altura tenían? ¿Estaban gordos? ¿De qué color tenían los ojos?

Ya no me dolía la cabeza, pero el cansancio me embotaba los sentidos. Cerré los ojos adormecida por las voces graves. La de Jamie sonaba como la de un perro grande y feroz, con suaves gruñidos y abruptas consonantes.

—Buf —murmuré entre dientes y los músculos de mi tripa temblaron bajo mis manos.

La voz de Ishmael era igualmente grave, pero más suave y baja, tan espesa como el chocolate con leche. Me arrullaba hasta adormecerme. Se parecía a la de Joe Abernathy, pensé adormecida, cuando dictaba los informes de una autopsia e iba desgranando los desagradables detalles físicos con esa voz suya que semejaba una intensa nana dorada.

Vi las manos de Joe en mi cabeza, sus dedos oscuros moviéndose por la pálida piel de una víctima de accidente, desplazándose con rapidez mientras dejaba constancia verbal de sus notas en una grabadora.

«El difunto es un hombre alto de aproximadamente un metro ochenta de estatura y de complexión delgada...»

Un hombre alto, delgado.

«... y al ser alto y delgado...»

Desperté de pronto con el corazón acelerado, mientras oía el eco de la voz de Joe a un par de metros de distancia.

—¡No! —exclamé.

Los tres hombres se interrumpieron y me miraron sorprendidos. Me eché el pelo húmedo hacia atrás y les hice un gesto con la mano para que no se preocuparan.

—No me hagáis caso. Estaba soñando.

Reanudaron su conversación y yo volví a cerrar los ojos, pero el sueño había desaparecido.

No había ningún parecido físico entre ellos. Joe era corpulento, e Ishmael, esbelto y flaco, aunque la curva musculosa de la espalda sugería una fuerza considerable.

Joe tenía un rostro ancho y amigable. Ese hombre tenía un rostro enjuto con una mirada cautelosa, con una frente alta que enfatizaba sus cicatrices tribales. El color de piel de Joe recordaba al café recién hecho, y el intenso tono negro rojizo de Ishmael evocaba más bien el de una ascua encendida. Stern ya me había contado que ése era el color de piel característico de los esclavos de la costa de Guinea, que no eran tan valiosos como los senegaleses de piel negra azulada, pero más preciados que los yaga y los congoleños, de piel marrón amarillenta.

Sin embargo, si cerraba los ojos por completo, volvía a oír la voz de Joe, pese a la entonación caribeña de su inglés de esclavo. Entreabrí los ojos en busca de algún parecido. No había ninguno, pero lo que sí vi fue algo que ya había visto antes y no había advertido entre todas las cicatrices y marcas del maltrecho torso del hombre. Lo que había tomado por un fuerte rasguño era en realidad una profunda quemadura superpuesta a una cicatriz ancha y plana en forma de cuadrado, justo por debajo del hombro. La marca era rosada y la cicatriz era muy reciente. Tendría que haberla visto enseguida, de no ser por la penumbra del sollado y la raspadura que lo oscurecía.

Me quedé muy quieta tratando de recordar: «No va a aceptar un nombre de esclavo», había dicho Joe con aire burlón refiriéndose a su hijo. Obviamente, Ishmael había borrado la marca de su propietario para que no lo identificaran en caso de ser capturado. Pero ¿de quién era aquella marca? Y el nombre de Ishmael no podía ser sino una coincidencia, aunque quizá no tan descabellada.

Era poco probable que aquél fuese su verdadero nombre. «Me llaman Ishmael», había dicho. Ése también era un nombre de esclavo que le había puesto algún propietario. Y si el joven Lenny había estado investigando su árbol genealógico, como parecía, ¿no había muchas posibilidades de que hubiera elegido el de uno de sus antepasados a modo de símbolo? En ese caso...

Me quedé mirando el techo claustrofóbico de la litera con la cabeza llena de suposiciones. Tanto si aquel hombre tenía alguna conexión con Joe como si no, la posibilidad me había recordado algo.

Jamie continuaba interrogando al hombre sobre la tripulación y la estructura del *Bruja*, que era el barco que nos había atacado. Yo había dejado de prestarles atención. Me incorporé con cautela para no empeorar mi mareo y llamé por señas a Fergus.

—Necesito aire —le dije—. Ayúdame a salir a cubierta, ¿quieres?

Jamie me miró con cierta preocupación, pero salí cogida del brazo de Fergus y tranquilicé a Jamie con una sonrisa.

—¿Dónde están los papeles del esclavo que compramos en Barbados? —pregunté cuando estuvimos fuera del camarote—. Y él, ¿dónde está?

Fergus me miró con curiosidad mientras buscaba bajo su chaqueta.

—Aquí tiene los papeles, milady. En cuanto al esclavo, creo que está en el alojamiento de la tripulación. ¿Por qué? —añadió, incapaz de contener su curiosidad.

Ignorando la pregunta, busqué entre los sucios y repelentes papeles.

—Aquí está —dije al identificar el fragmento que Jamie me había leído—. ¡Abernathy! ¡Era Abernathy! Marcado en el hombro izquierdo con una flor de lis. ¿Reparaste en esa marca?

Fergus negó con la cabeza, algo desconcertado.

—No, milady.

—Entonces, acompáñame —dije volviéndome hacia los alojamientos de la tripulación—. Quiero ver qué tamaño tiene.

La marca que tenía Temeraire en el hombro medía unos siete centímetros de alto y siete de ancho: era una flor coronada por la inicial A grabada en su piel justo por debajo del hombro. El tamaño y el lugar se correspondían con la cicatriz de Ishmael. Pero no era una flor de lis, sino la rosa de dieciséis pétalos: el emblema jacobita de Carlos Estuardo. Parpadeé sorprendida, ¿qué clase de patriota exiliado había elegido aquella retorcida forma de mantener su lealtad a los derrotados Estuardo?

—Creo que debería usted volver a la cama, milady —observó Fergus. Me miraba con el ceño fruncido mientras Temeraire soportaba mi inspección tan estoico como de costumbre—. Tiene mal color; a milord no le gustaría que cayera redonda en cubierta.

—No me voy a caer —le aseguré—. Y poco importa mi color. Creo que hemos tenido un golpe de suerte. Escucha, Fergus, quiero que hagas algo por mí.

—Lo que usted diga, milady. —Me sujetó por el codo para impedir que un movimiento del barco me arrojara al otro lado de la cubierta, súbitamente inclinada—. Pero cuando esté sana y salva en su cama —añadió con firmeza.

No me sentía bien y me dejé llevar al camarote mientras le daba instrucciones. Cuando entramos en el camarote, Jamie se puso en pie para recibirnos.

—¡Aquí estás, Sassenach! ¿Te encuentras bien? —preguntó mirándome con el ceño fruncido—. Tienes un color horrible, como de natillas pasadas.

—Estoy perfectamente —dije entre dientes, recostándome en la litera con cuidado de no mover el brazo—. ¿Has terminado con el señor Ishmael?

Jamie intercambió una mirada con el prisionero y vi la negra mirada que se clavó en la suya. La atmósfera no era hostil, pero sí cargada en cierto modo. Jamie asintió.

—Por el momento, sí. —Se volvió hacia Fergus—. Acompaña a nuestro huésped abajo y ocúpate de que le den ropa y algo de comer. —Se quedó de pie hasta que Ishmael salió acompañado de Fergus. Luego se sentó a mi lado y me miró con los ojos entornados en la oscuridad—. Tienes muy mal aspecto. ¿Quieres un tónico o algo así?

—No. Escucha, Jamie, creo saber de dónde ha salido nuestro amigo Ishmael.

—¿De veras? —dijo enarcando una ceja.

Le expliqué lo de la cicatriz y la marca del esclavo Temeraire, sin mencionarle de dónde había sacado la idea.

—Te apuesto cinco a uno a que pertenecen a la misma persona: esa tal señora Abernathy de Jamaica.

—¿Cinco a...? Bah —dijo haciendo un gesto con la mano para ignorar mi confusa referencia. Prefería seguir con la conversación—. Puede que tengas razón, Sassenach. Ojalá, porque ese maldito negro no quiso decirme de dónde venía. No lo culpo —añadió—. Si yo hubiera escapado de semejante vida, no habría nada en la tierra que me obligara a volver a ella. —Hablaba con sorprendente vehemencia.

—No, yo tampoco lo culpo —dije—. Pero ¿qué más te dijo de los muchachos? ¿Ha visto a Ian?

Relajó un poco su ceño fruncido.

—Estoy casi seguro. —Apretó un puño—. Dos de los chicos que describe podrían ser Ian. Sabiendo que ese barco era el *Bruja*, no puede ser de otro modo. Y si estás en lo cierto sobre su procedencia, Sassenach, quizá lo hayamos encontrado, ¡puede que por fin demos con él!

A pesar de que Ishmael se había negado a decirle dónde le había capturado el *Bruja*, sí que le había comentado que los doce chicos —todos prisioneros— habían subido juntos al barco poco después de que lo capturaran a él.

—Doce chicos —repitió Jamie. Su momentánea expresión de júbilo desapareció tras una mueca de preocupación—. ¿Por qué demonios querrían secuestrar a doce niños escoceses?

—Para algún coleccionista —dije, sintiéndome cada vez más mareada—. Monedas, piedras preciosas y muchachos escoceses.

—¿Crees que quien secuestró a Ian tiene también el tesoro? —dijo mirándome con curiosidad.

—No lo sé —dije. Me sentía muy cansada y bostecé hasta descoyuntarme—. Pero podemos comprobar lo de Ishmael. He pedido a Fergus que observe cómo reacciona Temeraire al verlo. Si son del mismo lugar...

Bostecé otra vez. Mi cuerpo buscaba el oxígeno que me faltaba por la pérdida de sangre.

—Muy sensato, Sassenach —dijo Jamie.

Parecía sorprendido de que pudiera pensar con tanta claridad. Aunque debo admitir que yo también lo estaba. Pero mis pensamientos eran cada vez más fragmentados y me costaba mucho mantener una conversación lógica.

Jamie se dio cuenta, me dio una palmada en la mano y se levantó.

—Por ahora no te preocupes, descansa. Te enviaré un poco de té con Marsali.

—Whisky —pedí, y él se rió.

—Bien, bien, whisky. —Me apartó el pelo y se inclinó sobre la litera para besarme la frente acalorada—. ¿Mejor? —preguntó con una sonrisa.

—Muchísimo.

Le devolví la sonrisa y cerré los ojos.

56

Sopa de tortuga

Desperté ya avanzada la tarde. Me dolía todo el cuerpo. Había tirado las mantas mientras dormía y tenía la piel caliente y seca. El dolor del brazo era horrible; podía sentir cada uno de los cuarenta y tres puntos del señor Willoughby, como alfileres clavados en mi carne.

No había más remedio: tendría que usar penicilina. Puede que estuviera protegida contra la viruela, el tifus y el resfriado común del siglo XVIII, pero no era inmortal, y sólo Dios sabía qué otras cosas habría cortado el portugués con su alfanje antes de herirme con él.

El breve paseo hasta el armario donde estaba mi ropa me dejó sudorosa y trémula. Tuve que sentarme bruscamente, con la falda pegada al pecho, para no caer.

—¡Sassenach! ¿Te encuentras bien? —Jamie había asomado la cabeza por la puerta con cara de preocupación.

—No. Ven un momento, ¿quieres? Necesito que hagas algo.

—¿Te traigo vino? ¿Un bizcocho? Murphy te ha preparado un caldo especial. —En un segundo estuvo a mi lado, con la mano fresca en mi mejilla—. ¡Por Dios, estás ardiendo!

—Sí, ya lo sé —le dije—. Pero no te preocupes. Tengo un remedio.

Me metí la mano en el bolsillo de la falda y saqué el estuche con las jeringuillas y las ampollas. El brazo derecho me dolía tanto que cada movimiento me obligaba a apretar los dientes.

—Te toca —le dije con ironía acercándole el estuche por encima de la mesa—. Ahora tienes la oportunidad de vengarte.

Miró el estuche estupefacto y luego me miró a mí.

—¡Qué! —exclamó—. ¿Pretendes que te clave una de esas estacas?

—Sí, pero preferiría que lo dijeras de otro modo —le respondí.

—¿En el trasero? —Sonrió.

—¡Sí, maldita sea!

Me miró un instante, ligeramente levantada una de las comisuras de su boca. Luego agachó la cabeza sobre el estuche y su pelo rojo brilló tocado por el rayo de sol que se colaba por la ventana.

—Dime lo que debo hacer.

Le indiqué cuidadosamente cómo preparar la inyección y luego la cogí con torpeza con la mano izquierda para comprobar que no hubiera burbujas. Cuando se la devolví y me coloqué en posición sobre la litera, a Jamie ya no le hacía tanta gracia la situación.

—¿Estás segura de que quieres que lo haga? —dudó—. No soy muy hábil con las manos.

Pese al dolor del brazo, me eché a reír. Le había visto hacer de todo con sus manazas, siempre con el mismo toque leve y diestro, desde alumbrar potros y levantar muros, hasta desollar ciervos y componer tipos en la imprenta.

—Bueno —dijo cuando se lo comenté—. Pero esto es diferente, ¿no? Lo más parecido que he hecho es clavarle el cuchillo en el muslo a un hombre, y me siento un poco raro haciéndotelo a ti, Sassenach.

Lo miré por encima del hombro y lo vi mordiéndose el labio con actitud vacilante con el paño empapado en coñac en una mano y la jeringuilla en la otra.

—Mira —le dije—, yo te lo hice; ya sabes lo que se siente. No fue para tanto, ¿verdad? —Me estaba empezando a poner nerviosa.

—Hum. —Con los labios apretados se arrodilló junto a la cama y me limpió una nalga con algodón mojado en coñac—. ¿Así está bien?

—Sí. Presiona con la punta en ángulo en vez de recta, ¿ves que la punta de la jeringuilla hace un ángulo? Húndela medio centímetro (no tengas miedo de apretar un poco, atravesar la piel es más difícil de lo que parece), y aprieta el émbolo muy despacio. No hay que hacerlo demasiado deprisa.

Esperé con los ojos cerrados. Un momento después los abrí y cuando me volví hacia atrás, Jamie estaba pálido y con los pómulos brillantes por el sudor.

—No importa. —Me incorporé luchando contra el mareo—. Dámela.

Le quité el algodón para mojar un punto del muslo. La mano me temblaba por la fiebre.

—Pero...

—¡Calla!

Cogí la jeringuilla y la clavé como pude con la mano izquierda, luego atravesé el músculo. Dolió. Y me dolió más cuando, al presionar el émbolo, me resbaló el pulgar. Jamie tuvo que actuar.

Con una mano me sujetó la pierna y con la otra presionó lentamente el émbolo hasta que la última gota de líquido blanco desapareció del tubo. Cuando retiró la aguja aspiré hondo.

—Gracias —dije un rato después.

—Lo siento —susurró un minuto más tarde. Me posó la mano en la espalda y me acarició.

—No importa.

Tenía los ojos cerrados y veía pequeños dibujos de colores por detrás de los párpados. Me hicieron recordar el forro de una maleta de muñecas que tuve de niña: diminutas estrellas rosas y plateadas sobre un fondo negro.

—Había olvidado que las primeras veces cuesta hacerlo. Supongo que es más fácil clavarle un cuchillo a alguien —añadí—. A fin de cuentas, en esa situación a nadie le preocupa si le está haciendo daño a la otra persona.

No me contestó, pero resopló con fuerza. Lo oía pasear por el camarote, guardando el estuche y colgando mi falda. Me salió un bulto justo donde me había clavado la aguja.

—Lo siento —dije—. No pretendía decir eso.

—Pues deberías —dijo con serenidad—. Es más fácil matar a alguien para salvar tu vida que herir a otra persona para salvársela. Tú eres mucho más valiente que yo y no me importa que lo digas.

Abrí los ojos y lo miré.

—No poco.

Se me quedó mirando con sus ojos azules entornados. Esbozó una sonrisa.

—No poco —concedió.

Me reí, pero me dolió el brazo.

—Ni yo quería decir eso, ni tú tampoco —dije, y volví a cerrar los ojos.

—Mmfm.

Oía el ruido de pisadas por cubierta y la voz grave del señor Warren. Durante la noche habíamos pasado las islas Gran Ábaco y Eleuthera, y habíamos puesto rumbo al sur de Jamaica empujados por el viento.

—Si tuviera alguna otra opción, yo no me arriesgaría a que me dispararan y me atacaran con un cuchillo, o a que me arrestaran y me colgaran —le dije.

—Yo tampoco —me respondió con sequedad.

—Pero tú... —empecé a decir, aunque entonces me detuve y lo miré con curiosidad—. Lo piensas de verdad —le dije muy despacio—. Realmente crees que no tienes elección, ¿verdad?

Había apartado un tanto la mirada. El sol brillaba sobre el puente de su larga y recta nariz y se la frotó muy despacio con el dedo. Encogió un instante los hombros y luego los dejó caer.

—Soy un hombre, Sassenach —dijo muy despacio—. Si pensara que hay otra alternativa, quizá no podría hacerlo. No necesitas ser tan valiente cuando crees que no puedes evitarlo, ¿entiendes? —Entonces me miró con una suave sonrisa en los labios—. Es como una mujer que da a luz. Tiene que hacerlo y no importa que tenga miedo, lo hará de todos modos. Sólo necesitas la valentía cuando crees que puedes negarte a hacer algo.

Lo observé en silencio: reclinado en la silla con los ojos cerrados, sus pestañas rojizas parecían absurdamente infantiles en contraste con las ojeras y las arrugas marcadas en la comisura de los ojos. Estaba cansado; apenas había dormido desde el encuentro con el barco pirata.

—Nunca te he hablado de Graham Menzies, ¿verdad? —dije por fin. Sus ojos azules se abrieron de golpe.

—No. ¿Quién era?

—Un paciente del hospital de Boston.

Cuando lo conocí, Graham tenía casi setenta años. Era un inmigrante escocés que no había perdido el acento a pesar de que llevaba viviendo en Boston casi cuatro décadas. Era pescador, o lo fue en su día. En aquel momento era propietario de varios barcos dedicados a la pesca de langosta y eran otros quienes pescaban por él.

Se parecía mucho a los soldados escoceses que había conocido en Prestonpans y Falkirk: firme y divertido al mismo tiempo, siempre estaba dispuesto a reírse de cualquier cosa que fuera demasiado dolorosa para sufrirla en silencio.

«Ten cuidado, muchacha.» Eso fue lo último que me dijo. Yo estaba viendo cómo el anestesista preparaba la dosis que le mantendría dormido mientras yo le amputaba la pierna izquierda; tenía cáncer. «Asegúrate de que me cortas la pierna correcta.»

«No te preocupes —lo tranquilicé dándole unas palmaditas en la mano morena que tenía apoyada sobre la sábana—. Te cortaré la derecha.»

«¿Sí? —Abrió los ojos con una mueca de terror fingida—. ¡Pensaba que era la izquierda!» Todavía se reía cuando le pusieron la máscara con el gas anestésico.

La amputación salió bien. Graham se recuperó y se marchó a su casa, pero no me sorprendió que volviera seis meses más tarde. El resultado de los análisis sobre el tumor original era un poco alarmante, y las sospechas se confirmaron: tenía metástasis en los nódulos linfáticos de la ingle.

Le quité los nódulos cancerígenos. Le aplicamos radioterapia. Le extirpé el bazo cuando descubrimos que el cáncer también había llegado hasta allí. Ya sabía que la cirugía no serviría de nada, pero no quería rendirme.

—Es mucho más fácil no rendirte cuando no eres tú el que está enfermo —dije mirando las vigas de madera del techo.

—¿Se rindió él? —preguntó Jamie.

—No exactamente.

—He estado pensando —me dijo Graham. El sonido de su voz resonaba por los auriculares de mi estetoscopio.

—¿Sí? —le dije—. Pues no lo hagas en voz alta hasta que termine, sé buen chico.

Se rió, pero guardó silencio mientras le auscultaba el pecho desplazando el estetoscopio de sus costillas hasta su esternón.

—Muy bien —dije por fin mientras me quitaba los auriculares de las orejas y los dejaba colgar sobre mis hombros—. ¿En qué has estado pensando?

—En suicidarme.

Me miró fijamente con un ápice de desafío en la mirada. Eché un vistazo hacia atrás para asegurarme de que la enfermera se había marchado, cogí la silla azul para las visitas y me senté junto a él.

—¿Te duele mucho? —le pregunté—. En eso podemos ayudarte, ¿sabes? Sólo tienes que pedirlo.

Vacilé un poco antes de añadir esa última frase, porque él jamás lo había pedido. Incluso cuando era evidente que necesitaba la medicación, él nunca dijo ni media. Al decirlo yo, tuve la sensación de estar invadiendo su intimidad. Vi cómo se le tensaban los labios.

—Tengo una hija —dijo—. Y dos nietos, son buenos chicos. Pero estoy empezando a olvidar. Los viste la semana pasada, ¿verdad?

Sí que los había visto. Venían un par de veces a la semana y le traían a su abuelo los trabajos del colegio y pelotas de béisbol autografiadas para que los viera.

—Y luego está mi madre. Vive en un asilo en Canterbury —dijo pensativo—. Me cuesta un riñón pagarlo, pero el sitio está limpio y la comida es lo bastante buena como para que disfrute quejándose mientras se la come.

Miró con serenidad la sábana pegada a la cama y levantó el muñón.

—¿Cuánto crees que me queda? ¿Un mes? ¿Cuatro? ¿Tres? —Puede que tres —le dije—. Con suerte —añadí como una idiota.

Resopló y levantó la mirada hacia el gotero.

—Vaya, una mala suerte que no le desearía a nadie. —Pasó la vista por toda la parafernalia que lo rodeaba: el respirador automático, el monitor cardíaco y todo el equipo de tecnología médica—. Mantenerme aquí me cuesta casi cien dólares al día —dijo—. En tres meses me habré gastado... cielo santo, ¡diez mil dólares! —Negó con la cabeza frunciendo el ceño—. Eso es lo que yo llamo un mal negocio. —Sus pálidos ojos grises brillaron cuando me miró—. Ya sabes que soy escocés. Siempre he sido ahorrador, y no pienso cambiar ahora.

—Yo le ayudé —dije sin dejar de mirar hacia arriba—. Bueno, lo más correcto sería decir que lo hicimos juntos. Le recetaron morfina para el dolor, es como el láudano, pero mucho más fuerte. Yo extraje la mitad de cada ampolla y las rellené de agua. Eso significaría que durante veinticuatro horas no sentiría el alivio suficiente, pero era la mejor forma de conseguir una buena dosis sin correr el riesgo de que me descubrieran.

»Estuvimos considerando utilizar una de las medicinas botánicas que estaba estudiando. Ya había aprendido lo suficiente como para poder administrarle alguna sustancia letal, pero no estaba segura de que fuera indoloro, y él no quería que me arriesgara a que me acusaran en caso de que alguien sospechara y se hiciera una investigación forense. —Vi que Jamie alzaba las cejas y le hice un gesto con la mano para restarle importancia—. No importa. Es una forma de averiguar la causa de la muerte.

—Ah, ¿como un tribunal de investigación?

—Algo así. Al final nos decidimos por la morfina porque como estaba en tratamiento se suponía que debía tener morfina en sangre.

Inspiré hondo.

—No tenía por qué haber ningún problema. Yo le pondría la inyección y me marcharía. Eso es lo que me pidió que hiciera.

Jamie guardaba silencio sin quitarme los ojos de encima.

—Pero no podía hacerlo. —Me miré la mano izquierda, aunque no fue mi suave piel la que vi, sino los enormes e hinchados nudillos de un pescador y las gruesas venas verdes que le cruzaban la muñeca—. Le inserté la aguja —dije. Me froté la muñeca con el dedo en el punto exacto por donde la introduje; por ahí pasa una vena enorme que cruza el radio—. Pero no era capaz de presionar el émbolo.

En mi memoria vi cómo Graham Menzies levantaba la otra mano arrastrando consigo toda clase de tubos hasta posarla sobre la mía. Ya no tenía mucha fuerza, pero fue suficiente.

—Me quedé allí cogiéndolo de la mano hasta que murió.

Todavía podía sentir los continuos latidos de su pulso bajo el pulgar que tenía apoyado sobre su muñeca. Cada vez eran más lentos, hasta que me quedé esperando un latido que nunca llegó.

Miré a Jamie, alejándome del recuerdo.

—Entonces entró una enfermera.

Era una de las más jóvenes. Una chica muy nerviosa sin un ápice de discreción. No tenía mucha experiencia, pero ya sabía lo suficiente como para distinguir a un hombre muerto cuando lo veía. Y yo estaba allí sentada sin hacer nada, una actitud muy impropia para un doctor. Además, la jeringuilla de morfina vacía estaba junto a mí sobre la mesita.

—Habló, claro —le dije.

—Ya me imagino.

—Yo conseguí reunir la serenidad suficiente para meter la jeringuilla en el incinerador justo cuando se marchó. Era su palabra contra la mía y al final todo el asunto quedó en nada.

Esbocé una mueca cargada de ironía.

—Sin embargo, a la semana siguiente me ofrecieron el puesto de directora de departamento. Es un cargo muy importante. Tendría un precioso despacho en el sexto piso del hospital y estaría bien lejos de los pacientes; así no podría asesinar a nadie más.

Seguía frotándome la muñeca, ensimismada. Jamie alargó la mano y la posó sobre la mía.

—¿Cuándo fue eso, Sassenach? —me preguntó con un dulce tono de voz.

—Justo antes de coger a Bree y llevármela a Escocia. En realidad, ése es el motivo por el que me marché. Me concedieron una excedencia. Dijeron que estaba trabajando demasiado y merecía unas buenas vacaciones. —No me esforcé por ocultar mi tono irónico.

—Comprendo. —A pesar del calor de la fiebre sentía la calidez de la mano de Jamie sobre la mía—. Si no hubiera sido por eso... si no hubieras perdido el trabajo, ¿habrías vuelto, Sassenach? Y no me refiero a Escocia, hablo de volver conmigo.

Lo miré y le estreché la mano inspirando hondo.

—No lo sé —le dije—. La verdad es que no lo sé. Si no hubiera vuelto a Escocia y no hubiera conocido a Roger Wakefield, que fue quien me ayudó a descubrir que tú... —Guardé silencio y tragué saliva, abrumada—. Fue Graham quien me envió de vuelta a Escocia —reconocí por fin, sintiendo que se me cerraba la garganta—. Me pidió que volviera algún día y visitara Aberdeen por él. —De repente levanté los ojos para mirar a Jamie—. ¡Y no lo hice! No fui a Aberdeen.

—No te preocupes, Sassenach. —Jamie me estrechó la mano—. Yo te llevaré cuando regresemos. Aunque tampoco es que haya nada que ver allí —añadió con un tono muy práctico.

El aire se estaba viciando en el camarote cerrado. Se levantó para abrir un ojo de buey.

—Jamie —dije mirando su espalda—, ¿qué te apetece?

Miró a su alrededor y frunció el ceño pensativo.

—Oh... una naranja no me vendría mal —dijo—. Tengo algunas en el escritorio. —Sin aguardar una respuesta abrió el escritorio y vi un pequeño cuenco lleno de naranjas entre el montón de plumas y papeles—. ¿Pelo una para ti?

—Bueno —sonreí—, pero no me refería a eso. ¿Qué te gustaría hacer cuando hayamos recuperado a Ian?

—Ah. —Se sentó en la litera con la naranja en la mano y se la quedó mirando un momento—. Creo que nadie me ha hecho nunca una pregunta así.

Parecía algo sorprendido.

—Pocas veces has podido elegir, ¿verdad? —observé con sequedad—. Pero ahora puedes.

—Sí, es cierto. —Giró la fruta entre las manos agachando la cabeza sobre aquella esfera llena de muescas—. Supongo que comprendes que no podemos volver a Escocia, al menos durante un tiempo —dijo.

Ya le había contado las revelaciones de Tompkins sobre sir Percival y sus maquinaciones, pero no habíamos tenido tiempo de hablar sobre el asunto y sus consecuencias.

—Claro —dije—. De ahí mi pregunta.

Permaneció en silencio mientras pensaba. Jamie había vivido muchos años como un forajido. Primero se tuvo que ocultar físicamente, y luego tras un sinfín de alias que le permitieron eludir la justicia saltando de una identidad a otra. Sin embargo, ahora que se sabía todo, ya no podía retomar ninguna de sus anteriores actividades, ni siquiera podía dejarse ver en público por Escocia.

Su último refugio había sido siempre Lallybroch, pero incluso ese retiro lo había perdido ahora. Aunque Lallybroch sería siempre su hogar, ya no le pertenecía. Ahora tenía un nuevo señor. Yo sabía que Jamie no envidiaba que la familia de Jenny se hubiera quedado con la propiedad, pero si seguía siendo humano, por lo menos debía sentirse afligido por haber perdido su herencia.

Lo escuché resoplar con suavidad y pensé que quizá hubiera llegado a la misma conclusión que yo.

—Tampoco a Jamaica ni a las islas que pertenecen a Inglaterra —añadió melancólico—. Aunque Tom Leonard y la Marina Real nos hayan dado por muertos por ahora, si nos quedamos por aquí, no tardarán en enterarse.

—¿Has pensado en América? —pregunté con delicadeza—. En las colonias, quiero decir.

Se frotó la nariz dubitativo.

—No, no lo había pensado. Probablemente allí estaríamos a salvo de la Corona, pero... —Guardó silencio, pensativo. Cogió su cuchillo y le hizo varios cortes nítidos a la naranja; luego empezó a pelarla.

—Allí nadie te perseguiría —le señalé—. Sir Percival no tiene interés en detenerte fuera de Escocia, sólo le serviría de algo detenerte allí; la Marina británica no puede seguirte por tierra, y los gobernadores de las Antillas no tienen autoridad alguna en las colonias.

—Es cierto —dijo lentamente—. Pero las colonias... —Cogió la naranja pelada con una mano y empezó a tirar de ella—. Aquello es territorio salvaje, ¿no? No me gustaría ponerte en peligro.

Me eché a reír y él me miró con aspereza. Sin embargo, al adivinar mis pensamientos esbozó una sonrisa triste.

—Bueno, bastante peligroso ha sido arrastrarte por el mar y dejar que te secuestraran en un barco asediado por una epidemia. Pero al menos no te han devorado los caníbales. Todavía.

Me dieron ganas de reírme otra vez, aunque su voz desprendía un tinte amargo y me mordí la lengua.

—En América no hay caníbales —observé.

—¡Claro que sí! —replicó acalorado—. Imprimí un libro para una sociedad de misioneros católicos donde se hablaba de los paganos iroqueses del norte. Atan a sus cautivos y los cortan en pedazos. Después les arrancan el corazón para comérselo ante sus propios ojos.

—Primero les comen el corazón y después los ojos, ¿no? —dije riéndome; no pude evitarlo. Mi risa le molestó—. Bueno, lo siento. Pero no puedes creer todo lo que lees. Y por otra parte...

No pude terminar. Me apretó el brazo con tanta fuerza que me hizo gritar de sorpresa.

—¡Escúchame, diablos! —me dijo—. ¡Esto no es una broma!

—Supongo que no —balbuceé—. No era mi intención burlarme de ti, Jamie, pero pasé casi veinte años en Boston. ¡Tú nunca has puesto un pie en América!

—Eso es cierto —dijo con serenidad—. ¿Y crees que el lugar donde vivías se parece en algo a como es ahora, Sassenach?

—Bueno... —empecé a decir, pero entonces guardé silencio.

Aunque había visto un buen número de edificios históricos cerca de Boston con placas de latón que atestiguaban su antigüedad, la mayoría de ellos se construyeron después de 1770, y gran parte muchos años después. Y amén de algunos edificios...

—Bueno, no —admití—. Pero no todo es territorio salvaje. Hay ciudades, algunas importantes. De eso estoy segura.

Me soltó el brazo y se reclinó. Aún tenía la naranja en la otra mano.

—Supongo que sí —dijo despacio—. No he oído hablar de las ciudades, sólo sé que es un lugar salvaje y muy bonito. Pero no soy tonto, Sassenach. —Su voz se endureció un poco y hundió el pulgar en la naranja partiéndola por la mitad—. No creo cualquier cosa que digan los libros. ¡Por el amor de Dios, si yo mismo los imprimo! Sé muy bien qué clase de charlatanes y tontos los escriben. ¡Los he visto! ¡Y te aseguro que conozco muy bien la diferencia entre un cuento y un hecho histórico grabado a sangre fría!

—Está bien —dije—. Aunque yo no estoy tan segura de que sea tan fácil discernir la diferencia entre un cuento y un hecho real. Pero aunque lo de los iroqueses sea cierto, te aseguro que no todo el continente está lleno de salvajes sanguinarios. Eso sí que lo sé. Es un lugar muy grande, ¿sabes? —añadí con suavidad.

—Mmfm —dijo poco convencido. Sin embargo, volvió a centrarse en la naranja y empezó a dividirla en segmentos.

—Es curioso —comenté con melancolía—. Cuando decidí volver a ti, leí todo lo que pude sobre lo que eran en esta época Inglaterra, Escocia y Francia para saber qué debía esperar. Y ahora estamos en un lugar del que nada sé, porque nunca se me ocurrió que cruzaríamos el océano; teniendo en cuenta tus terribles mareos...

Eso le hizo reír de mala gana.

—Ya, bueno, uno nunca sabe de qué es capaz hasta que tiene que hacerlo. Créeme, Sassenach: en cuanto recupere a Ian sano y salvo, no volveré a pisar un barco en toda mi vida, como no sea para volver a Escocia cuando haya pasado el peligro —añadió a modo de conclusión. Me ofreció un gajo de naranja que yo acepté como ofrenda de paz.

—Hablando de Escocia: aún tienes tu prensa en Edimburgo —observé—. Podrías hacértela enviar si nos estableciéramos en una de las grandes ciudades americanas.

Al oír aquello levantó la cabeza sorprendido.

—¿Crees que sería posible ganarse la vida con una imprenta? ¿Hay tanta gente allí? Sólo las ciudades importantes necesitan un impresor y alguien que venda libros.

—Sí. En Boston, en Filadelfia... en Nueva York todavía no, no creo. Quizá Williamsburg. No sé cuales son, pero hay varias ciudades lo bastante grandes como para necesitar imprentas. Las que tienen puerto, seguro. —Recordaba los carteles que decoraban las paredes de las tabernas de Le Havre. En ellos se podían leer fechas de embarque, llegadas, venta de mercancías y puntos donde reclutaban marineros.

—Mmfm. —Ése fue un ruido reflexivo—. Sí, bueno, si pudiéramos hacerlo...

Comió despacio un trozo de fruta y preguntó de sopetón:

—¿Y tú?

Lo miré sorprendida.

—¿Yo qué?

Me miraba fijamente observando mi expresión.

—¿Te gustaría establecerte en un lugar así? —Bajó la vista para separar la fruta—. Porque tú también tienes tu trabajo. —Levantó la cabeza y me sonrió con ironía—. En París descubrí que no podías renunciar a él. Y tú misma has dicho que no habrías venido si la muerte de Menzies no te hubiera impedido seguir haciéndolo donde estabas. ¿Puedes curar en las colonias?

—Creo que sí —musité muy despacio—. A fin de cuentas, en todas partes hay enfermos y heridos. —Lo miré con curiosidad—. Eres un hombre muy extraño, Jamie Fraser.

Tragó el resto de la naranja entre risas.

—¿De veras? ¿Por qué lo dices?

—Frank me quería —dije muy despacio—. Pero había... partes de mí con las que no sabía qué hacer. Cosas que no comprendía o que lo asustaban. —Miré a Jamie—. A ti no te asustan.

Estaba agachado sobre una segunda naranja y movía las manos con destreza mientras la cortaba con su cuchillo, pero pude ver la débil sonrisa que apareció en sus labios.

—No, Sassenach, no me asustan. Sólo cuando veo que pueden ser peligrosas.

Resoplé.

—Tú me asustas por la misma razón, pero supongo que no puedo hacer nada para solucionarlo.

Se rió.

—¿Y crees que como yo tampoco puedo hacer nada al respecto, no debo preocuparme?

—No he dicho que no debas preocuparte. ¿Acaso crees que yo no me preocupo? Pero es cierto que no puedes hacer nada.

Vi cómo abría la boca para disentir, pero cambió de idea y se volvió a reír. Alargó el brazo y me metió un trozo de naranja en la boca.

—Bueno, tal vez no, Sassenach, pero tal vez sí. Aunque ya he vivido lo suficiente para que no me importe tanto... mientras pueda quererte.

Enmudecida por el jugo de la naranja, lo miré sorprendida.

—Y te quiero —dijo con suavidad mientras se inclinaba sobre la litera para besarme. Sus labios eran cálidos y dulces. Luego se retiró y me acarició la mejilla con delicadeza—. Ahora descansa. Dentro de un rato te traeré un poco de caldo.

Dormí varias horas. Cuando desperté, aún con fiebre, tenía hambre. Jamie me trajo el caldo de Murphy: un rico brebaje verde, con bastante manteca y olor a jerez. Pese a mis protestas, insistió en dármelo a cucharadas.

—La mano me funciona perfectamente —le dije enfadada.

—Sí, ya he visto cómo la utilizas —replicó, acallándome con la cuchara—. Si eres tan torpe con la cuchara como con la aguja, te lo tirarás todo por encima y lo echarás a perder, y Murphy me sacudirá con la cuchara. Venga, abre la boca.

Obedecí. Mientras comía mi resentimiento se iba fundiendo y se transformaba en una especie de cálido y luminoso estupor.

No había tomado nada para aliviar el dolor del brazo, pero a medida que mi estómago vacío se iba ensanchando en agradecido alivio, podría decir que fui dejando de notarlo.

—¿Quieres más? —me preguntó tras la última cucharada—. Tendrás que recuperar fuerzas. —Sin esperar respuesta destapó la pequeña sopera que había hecho traer Murphy y volvió a llenarme el plato.

—¿Dónde está Ishmael? —pregunté durante uno de los breves interludios.

—En la cubierta de popa. En el entrepuente no se sentía cómodo... y no se lo puedo reprochar después de haber visto los barcos negreros en Bridgetown. Hice que Maitland le colgara una hamaca.

—¿Te parece prudente darle tanta libertad? Oye, ¿de qué es esta sopa? —La última cucharada me había dejado un regusto delicioso en la lengua y la siguiente potenció el sabor.

—De tortuga; anoche Stern atrapó una muy grande. Dice que te ha guardado el caparazón para hacer peinetas para el pelo. —Jamie arrugó la frente. Lo que no sé es si lo hizo para darme a entender lo que pensaba de la cortesía de Lawrence Stern o de la presencia de Ishmael—. En cuanto al negro, no está libre, Fergus se encarga de vigilarlo.

—Fergus está en plena luna de miel —protesté—. No deberías obligarlo a eso. ¿Así que esto es sopa de tortuga? Es la primera vez que la pruebo. Deliciosa.

A Jamie no lo conmovió en absoluto que le recordara el momento vital de Fergus.

—Bueno, el matrimonio es muy largo —dijo con dureza—. No le irá mal quedarse con los pantalones puestos durante una noche. Además, dicen que el corazón se afirma con la abstinencia, ¿no?

—Con la ausencia —corregí esquivando la cuchara—. Si algo se le afirma con la abstinencia, no será justamente el corazón.

—¡Ésa no es manera de hablar para una mujer casada! —me reprochó Jamie, metiéndome la cuchara en la boca—. Y es muy desconsiderado por tu parte.

Tragué.

—¿Desconsiderado?

—Yo también estoy bastante afirmado en estos momentos —respondió con serenidad mientras hundía la cuchara en el plato para llenarla de nuevo—. No es fácil tenerte sentada delante de mí con el pelo suelto y los pezones grandes como cerezas mirándome fijamente.

Agaché la cabeza para mirarme sin querer, y la siguiente cucharada colisionó contra mi nariz. Jamie chasqueó la lengua y cogió un paño para limpiarme el pecho. Era cierto, mi camisón era de una tela de algodón muy fina y a pesar de estar seco se transparentaba mucho.

—Tampoco es que sea la primera vez que los ves —le dije divertida.

Dejó el paño y alzó las cejas.

—He bebido agua cada día de mi vida desde que nací —señaló—. Y eso no significa que no pueda sentirme sediento. —Cogió la cuchara—. ¿Quieres más sopa?

—No, gracias —dije esquivando la cuchara que se acercaba—. Pero me gustaría saber más de esa firmeza tuya.

—No puedes. Estás enferma y borracha por el jerez de la sopa.

—Me encuentro mucho mejor —le aseguré—. ¿Quieres que le eche un vistazo?

En los anchos pantalones de marinero habría podido esconder fácilmente tres o cuatro salmonetes muertos, además de la referida firmeza.

—Nada de eso —protestó algo escandalizado—. Podría venir alguien y no creo que con echarle un vistazo puedas aliviarme.

—Bueno, siempre se puede probar. ¿Quieres echar el cerrojo?

—¿Echar el cerrojo? ¿Qué diablos crees que voy a hacer? ¿Te parezco la clase de hombre capaz de aprovecharse de una mujer que, además de estar herida y tener mucha fiebre, también está borracha? —me preguntó. Se puso en pie.

—No estoy borracha —le dije indignada—. ¡Nadie se puede emborrachar comiendo sopa de tortuga!

Y, sin embargo, no podía negar que la brillante calidez que sentía en el estómago se había desplazado un poco más abajo para afincarse entre mis muslos, y que advertía una innegable ligereza en la mente que no podía atribuir tan sólo a la fiebre.

—Sí se puede, siempre que la sopa de tortuga la haya preparado Aloysius O'Shaughnessy Murphy —dijo—. Tal como huele, yo diría que ha debido ponerle una botella entera de jerez. Los irlandeses no tienen medida.

—Bueno, pues aun así no estoy borracha. —Me enderecé sobre los almohadones lo mejor que pude—. Una vez me dijiste que si uno podía tenerse en pie, quería decir que no estaba borracho.

—Tú no estás de pie —me señaló.

—Pero tú sí. Y yo podría estarlo si quisiera. Deja de intentar cambiar de tema. Estábamos hablando de tu firmeza.

—Pues ya puedes dejar de hablar de eso, porque... —se detuvo sobresaltado cuando yo estiré con bastante puntería la mano izquierda.

—Así que estoy torpe, ¿eh? —dije con bastante satisfacción—. Oh, cielo santo. Ya lo creo que tienes un buen problema.

—¡Suéltame! —siseó mientras echaba una mirada nerviosa a la puerta—. ¡En cualquier momento vendrá alguien!

—Te dije que corrieras el cerrojo. —No lo solté. El «salmonete» daba muestras de una notable vitalidad.

Me miró con los ojos entornados al tiempo que soltaba el aire por la nariz.

—No quiero emplear la fuerza con una enferma —dijo entre dientes—, pero aprietas muy fuerte para tener fiebre, Sassenach. Si tú...

—Te he dicho que me encontraba mejor —le interrumpí—. Hagamos un trato: si corres el cerrojo, te demostraré que no estoy borracha.

Como prueba de buena fe lo solté, aunque de mala gana. Se quedó allí plantado mirándome un momento mientras se frotaba ensimismado el punto donde mi mano había asaltado su virtud. Fue a cerrar la puerta y, cuando volvió, había abandonado la litera y estaba de pie, algo trémula. Me observó con aire crítico.

—No vamos a poder, Sassenach —dijo meneando la cabeza con pena—. No podemos mantenernos en pie con un oleaje como éste y sabes que esa litera es muy pequeña para una persona, no digamos para dos.

Había bastante oleaje. La lámpara se aguantaba derecha en su soporte, pero el estante que había encima se balanceaba con fuerza mientras el *Artemis* cabalgaba las olas. Podía sentir el estremecimiento de los tablones bajo mis pies desnudos y sabía que Jamie tenía razón. Por lo menos estaba demasiado distraído por la discusión como para marearse.

—Podemos hacerlo en el suelo —sugerí esperanzada.

Jamie miró el diminuto espacio disponible a sus pies y frunció el ceño.

—Sí, bueno, pero lo tendríamos que hacer como serpientes, Sassenach. Tendremos que entrelazarnos por entre las patas de la mesa.

—No me importa.

—No —dijo negando con la cabeza—. Te dolería el brazo.

Pensativo, se frotó el labio inferior con el nudillo. Deslizó la mirada por mi cuerpo a la altura de mi cadera, volvió a desplazarla por el mismo sitio, clavó los ojos y luego perdió el foco. Pensé que el maldito camisón debía de transparentar más de lo que yo creía.

Decidida a tomar la iniciativa, solté la litera y di dos pasos para acercarme. El bamboleo del barco me tiró sobre él, que me sujetó por la cintura manteniendo a duras penas su propio equilibrio.

—¡Cristo! —protestó tambaleándose. Luego, tanto por reflejo como por deseo, bajó la cabeza para besarme.

Fue asombroso. Estaba acostumbrada al calor de su abrazo, pero ahora era yo la que ardía mientras él estaba fresco. Y por su reacción, él estaba disfrutando tanto como yo de la novedad.

Exaltada y temeraria, le mordí el cuello mientras sentía cómo las oleadas de calor de mi cara chocaban contra su garganta. Él también lo notaba.

—Dios, ¡abrazarte es como coger un trozo de carbón en llamas! —Bajó los brazos y me pegó con fuerza a su cuerpo.

—Así que firme, ¿eh? ¡Ja! —dije separando mi boca de la suya un segundo—. Quítate estos pantalones tan anchos. —Resbalé por su cuerpo, me puse de rodillas, buscando con la boca el interior de su bragueta. Abrió los lazos de un firme tirón y los pantalones resbalaron hasta el suelo levantando una ráfaga de aire.

No esperé a que se quitara la camisa, se la levanté y me lo metí en la boca. Hizo un sonido estrangulado y me apoyó las manos en la cabeza como si quisiera contenerme, pero no tenía fuerzas.

—¡Oh, Dios! —exclamó agarrándome del pelo. Aunque no intentaba apartarme—. Esto es como hacer el amor en el infierno... —susurró—. Con una diablesa.

Reí, lo cual fue bastante difícil dadas las circunstancias. Me atraganté y me aparté un instante sin aliento.

—¿Crees que así actúan los súcubos?

—No lo dudo —me aseguró. Tenía las manos en mi cabeza, instándome a continuar.

Un golpe en la puerta lo dejó de piedra. Como sabía que el cerrojo estaba echado, yo no paré.

—¿Sí? ¿Quién es? —preguntó, con una elogiable calma dada su situación.

—¿Fraser? —La que se oyó al otro lado de la puerta era la voz de Lawrence Stern—. Dice el francés que el negro se ha dormido y quiere saber si puede acostarse.

—No —dijo Jamie con rapidez—. Que se quede allí. Dentro de un rato iré a relevarlo.

—Ah... —Stern parecía vacilar—. Bueno, es que su... hum... su esposa parece... muy deseosa de que se acueste ahora mismo.

Jamie inspiró hondo. La tensión se evidenciaba en su voz.

—Dígale que irá... a su debido tiempo.

—Se lo diré. —Stern no parecía tener muy claro que Marsali se fuera a tomar bien la noticia, pero entonces su voz sonó algo más animada—. Eh... ¿la señora Fraser se siente mejor?

—Mucho mejor —aseguró Jamie con sinceridad.

—¿Le ha gustado la sopa de tortuga?

—Muchísimo, gracias. —Le temblaban las manos en mi cabeza.

—¿Le has dicho que le he guardado el caparazón? Era un estupendo espécimen de tortuga carey, un animal muy elegante.

—Sí, sí, ya se lo he dicho. —Jamie jadeó, se retiró alargando los brazos hacia abajo y me puso de pie—. ¡Buenas noches, señor Stern! —gritó.

Me empujó hacia la litera y nos esforzamos para no chocar con la mesa y las sillas mientras el suelo se balanceaba a nuestros pies.

—Oh... —Lawrence parecía algo desilusionado—. Supongo que la señora duerme.

—Si te ríes, te estrangulo —me susurró Jamie al oído—. En efecto, señor Stern —dijo a través de la puerta—. Cuando despierte le daré sus saludos.

—Confío en que descanse bien. El mar parece algo agitado.

—Lo... lo he notado, señor Stern.

Me puso de rodillas delante de la litera, se arrodilló detrás de mí y me levantó a tientas la camisa. El soplo de brisa fría que se coló por la ventana se deslizó por mis nalgas desnudas, y un escalofrío me recorrió los muslos.

—Si usted o la señora Fraser sienten alguna molestia debido al movimiento del barco, tengo un remedio estupendo. Es una mezcla de artemisa, excremento de murciélago y fruta del manglar. Sólo tienen que decírmelo.

Jamie tardó un rato en responder.

—¡Por Dios! —susurró. Yo mordí el cubrecama.

—¿Señor Fraser?

—Ya le he dicho que muchas gracias —respondió Jamie levantando la voz.

—Bueno, les deseo buenas noches.

Jamie soltó el aire en un largo estremecimiento que no era un gemido del todo.

—¿Señor Fraser?

—¡Buenas noches, señor Stern! —gritó.

—¡Oh, eh...! Buenas noches.

Los pasos del científico se alejaron hasta perderse en el ruido de las olas que se estrellaban contra el casco. Escupí la colcha que había estado mordiendo.

—¡Oh... Dios... mío!

Puso sus grandes manos, duras y frescas sobre mi carne ardiente.

—¡Tienes el trasero más redondo que he visto en mi vida!

Una sacudida del *Artemis* le ayudó en sus esfuerzos hasta tal punto que lancé un grito.

—¡Sssh!

Me cubrió la boca con una mano y se apoyó sobre mí hasta quedar pegado a mi espalda, apretándome contra la litera con todo su peso mientras el vaporoso lino de su camisa flotaba a mi alrededor. Mi piel enardecida por la fiebre estaba muy sensibilizada y me estremecí en sus brazos. El calor de mi cuerpo irradiaba hacia fuera conforme Jamie se movía dentro de mí.

Entonces me pasó las manos por debajo y me agarró los pechos. Era la única ancla que me mantenía firme porque yo perdí mis fronteras y me disolví, y mi pensamiento consciente se perdió en aquel caos de sensaciones: la cálida humedad de las sábanas revueltas bajo mi cuerpo, la fresca brisa marina y el vaporoso rocío que nos salpicaba procedente del áspero mar agitado, el roce del cálido aliento de Jamic cn mi nuca y el repentino cosquilleo y esa sensación fría y caliente que se extendió por mi cuerpo cuando mi fiebre se transformó en un rocío de deseo satisfecho.

Jamie dejó caer todo el cuerpo de su peso en mi espalda con los muslos pegados a los míos. Era cálido y reconfortante. Al cabo de un rato, su respiración se hizo más serena y se apartó. La fina tela de algodón de mi camisón estaba empapada y el viento me la separó de la piel provocándome un escalofrío.

Jamie cerró la ventana, se agachó y me levantó como a una muñeca de trapo para depositarme en la cama. Luego me tapó.

—¿Cómo está tu brazo?

—¿Qué brazo? —murmuré. Me sentía como si me hubieran fundido y volcado en un molde.

—Bien —dijo con una sonrisa—. ¿Puedes mantenerte en pie?

—Ni por todo el té de la China.

—Le diré a Murphy que la sopa te ha gustado.

Me puso la mano sobre la frente, ya fresca, la deslizó por mi mejilla acariciándome con suavidad y se marchó. No lo oí salir.

57

La tierra prometida

—¡Esto es una persecución! —exclamó Jamie, indignado.

Estaba detrás de mí y miraba por la borda del *Artemis*. A nuestra izquierda se extendía el puerto de Kingston, reluciente como un zafiro líquido a la luz de la mañana. Arriba, la ciudad se hundía en el verdor, del que sobresalían una serie de cubos de marfil amarillento y cuarzo rosado. Sobre la cerúlea superficie del agua flotaba un majestuoso barco de tres palos con las velas plegadas y el bronce de sus cañones brillando al sol: la cañonera de Su Majestad, el *Marsopa*.

—Ese maldito barco me está persiguiendo —dijo mientras pasábamos a cierta distancia—. Dondequiera que voy, allí está.

Me eché a reír, aunque en realidad su presencia me ponía nerviosa.

—No creo que sea nada personal —observé—. El capitán Leonard dijo que venían a Jamaica.

—Sí, pero ¿por qué no fueron directamente a Antigua? Allí están las barracas y los astilleros de la Marina. Cuando los dejé necesitaban una reparación. —Hizo visera con la mano para observar el *Marsopa*. Incluso a aquella distancia era posible distinguir las siluetas de los marineros afanándose en reparar el barco.

—Tenían que pasar primero por aquí —expliqué—. Traían al nuevo gobernador de la colonia.

Me sentí un poco absurda agachándome detrás de la barandilla; sabía que a esa distancia ni siquiera podrían distinguir el pelo rojo de Jamie.

—¿Sí? ¿Quién será? —Jamie parecía distraído. Dentro de una hora llegaríamos a Sugar Bay, donde Jared tenía su plantación. Su mente estaba atareada haciendo planes para encontrar al joven Ian.

—Un tal Grey —informé apartándome de la barandilla—. Es un buen hombre. Lo conocí brevemente en el barco.

—¿Grey? —Jamie me miró con sobresalto—. ¿No será lord John Grey por casualidad?

—Así se llamaba. ¿Por qué? —Lo miré con curiosidad. Estaba observando el *Marsopa* con renovado interés—. ¿Por qué?

Me oyó cuando le hice la pregunta por segunda vez y me miró sonriendo.

—Conozco a lord John; es amigo mío.

—¿Ah, sí?

Tampoco estaba muy sorprendida. En su día Jamie había sido amigo del ministro de Finanzas francés y al mismísimo Carlos Estuardo, pero también conocía a varios vagabundos escoceses y carteristas franceses. Supuse que no era de extrañar que en ese momento conociera aristócratas ingleses y, al mismo tiempo, se relacionara con contrabandistas escoceses y cocineros de barco irlandeses.

—Qué suerte —dije—. O eso creo. ¿De qué lo conoces?

—Fue alcaide de la prisión de Ardsmuir. —Eso me sorprendió a pesar de todo. Seguía mirando fijamente el *Marsopa* con actitud especulativa.

—¿Y es amigo tuyo? —Negué con la cabeza—. Jamás entenderé a los hombres.

Se volvió sonriéndome.

—Uno hace amigos donde los encuentra, Sassenach. —Entornó los ojos con la vista fija en la costa mientras hacía visera con la mano—. Ojalá podamos trabar amistad con la señora Abernathy.

Mientras rodeábamos el promontorio, junto a la barandilla apareció una esbelta silueta negra. Vestido con ropas de marinero que le cubrían las cicatrices, Ishmael parecía mucho más pirata que esclavo. No fue la primera vez que me pregunté cuánta verdad habría en lo que nos había contado.

—Me voy —anunció sin más.

Jamie enarcó una ceja y clavó los ojos en las suaves profundidades azules por encima de la barandilla.

—Cuando quieras —dijo cortésmente—; pero ¿no preferirías hacerlo en un bote?

Un destello de humor chispeó por un instante en los ojos del negro, sin turbar el contorno severo de su cara.

—Dijiste que me dejas donde yo quiero si yo digo eso de los chicos —dijo. Asintió en dirección a la isla, justo donde un caótico pedazo de jungla resbalaba por una ladera hasta encontrarse con su propia sombra verde en las aguas profundas—. Quiero allí.

Jamie paseó la mirada entre Ishmael y la costa deshabitada. Finalmente, asintió.

—Haré bajar un bote. —Se volvió hacia el camarote—. También prometí darte oro, ¿no?

—No quiero oro, hombre.

El tono y las palabras de Ishmael dejaron de piedra a Jamie. Miró al tipo negro con interés y ciertas reservas.

—¿Has pensado en alguna otra cosa?

Ishmael asintió con sequedad. No parecía nervioso, pero advertí un leve brillo de sudor en sus sienes a pesar de la suave brisa que soplaba aquella tarde.

—Quiero ese negro sin brazo. —Miraba con audacia a Jamie, aunque no podía ocultar cierta timidez.

—¿A Temeraire? —espeté sorprendida—. ¿Por qué?

Ishmael me lanzó una mirada, pero se dirigió a Jamie con un tono a caballo entre la audacia y el engatusamiento.

—A ti no sirve, hombre; no pue trabajá en el campo ni en el barco; tie un solo brazo.

Jamie lo miró. Sin responder, se volvió para ordenar a Fergus que trajera al esclavo manco.

Temeraire apareció en cubierta tan inexpresivo como un bloque de madera y sin apenas rendirle al sol un único parpadeo. A él también le habían dado ropas de marinero, pero él carecía de la desenvuelta elegancia de Ishmael. Miró a Jamie, luego a Ishmael y luego de nuevo a Jamie, pero no dijo ni una sola palabra.

Jamie lo intentó de nuevo.

—No tienes por qué irte con este hombre —le aseguró al esclavo—. Si quieres, puedes venir con nosotros y nosotros cuidaremos de ti. Nadie te hará daño. Pero si quieres, puedes irte con él.

El esclavo seguía vacilando sin dejar de mirar a izquierda y derecha muy sorprendido y angustiado por la inesperada elección. Fue Ishmael quien decidió la cuestión. Cruzando los brazos en una especie de cauteloso desafío, dijo algo en una lengua extraña, llena de vocales líquidas y sílabas que se repetían como un redoble de tambor. Temeraire cayó de rodillas a sus pies, con una exclamación ahogada, y tocó la cubierta con la frente. Todos los presentes en cubierta se lo quedaron mirando. Luego miraron a Ishmael, que estaba allí plantado con los brazos cruzados con cierta actitud desafiante.

—Viene conmigo —informó.

Y así fue. Picard los llevó a remo hasta las rocas, y los dejó allí con una pequeña bolsa de provisiones y sendos cuchillos.

—¿Por qué ahí? —me pregunté en voz alta, mientras contemplaba las dos pequeñas siluetas que ascendían por la cuesta boscosa—. No hay ninguna población cercana, ni plantaciones.

Desde allí sólo se apreciaba una escarpada extensión de jungla.

—Plantaciones, sí —me aseguró Lawrence—. Tierra adentro se cultiva café y añil, la caña de azúcar crece mejor cerca de la costa. —Entornó los ojos en dirección a la costa por donde habían desaparecido las dos altas figuras morenas—. Pero lo más probable es que quieran unirse a alguna banda de cimarrones.

—¿En Jamaica también hay cimarrones? —preguntó Fergus, interesado.

El naturalista sonrió con el ceño fruncido.

—Donde haya esclavos hay cimarrones, amigo mío. Siempre hay quienes prefieren morir como un animal antes que vivir como un cautivo.

Jamie volvió de golpe la cabeza para mirarlo, pero no dijo nada.

La plantación de Jared en Sugar Bay se llamaba Blue Mountain House, posiblemente por el pico neblinoso que se elevaba tras ella, a uno o dos kilómetros tierra adentro. La vivienda estaba cerca de la costa, en la pronunciada curva de la bahía. En realidad, las columnas plateadas de su galería surgían de una pequeña laguna sembrada de esponjosas plantas acuáticas llamadas pelo de sirena.

Nos esperaban. Jared había mandado una carta por barco una semana antes de que partiéramos de Le Havre y, debido a todo el tiempo que nos habíamos retrasado en La Española, la carta había llegado un mes antes que nosotros. El capataz y su esposa, una corpulenta pareja de escoceses de apellido MacIver, se sintieron aliviados al vernos.

—Pensé que les habrían sorprendido las tormentas del invierno —dijo Kenneth MacIver por cuarta vez según negaba con la cabeza.

Era calvo y tenía la cabeza escamosa y llena de pecas debido a los muchos años que llevaba expuesta al sol del trópico. Su esposa era una mujer rellenita y muy agradable, con aire de abuela y —para mi sorpresa— unos cinco años más joven que yo. Se ocupó de que Marsali y yo pudiéramos darnos un baño, cepillarnos el pelo y descansar antes de la cena, mientras Fergus y Jamie acompañaban al señor MacIver a hacerse cargo del desembarco parcial de la mercancía del *Artemis* y de su tripulación.

Me marché encantada. Tenía el brazo mucho mejor y ya sólo precisaba un pequeño vendaje, pero no me había podido bañar en el mar como acostumbraba a hacer. Y después de una semana sin bañarme en el *Artemis* me moría por un poco de agua fresca y unas sábanas limpias.

Aún no me había acostumbrado a caminar por tierra firme y tenía la incómoda sensación de que el suelo de madera de la plantación se balanceaba bajo mis pies. Me tambaleé en pos de la señora MacIver y me golpeé contra las paredes.

En una pequeña galería había una auténtica bañera; era de madera, pero estaba llena (*mirabile dictu!*) de agua caliente gracias a los buenos oficios de dos esclavas, que habían calentado en el patio grandes recipientes llenos de agua. Los remordimientos por esa explotación humana habrían debido impedirme disfrutar del baño, pero no fue así. Me sumergí con placer, me froté la piel con una esponja vegetal para quitarme la sal y la mugre y me lavé la cabeza con un champú preparado por la señora MacIver con camomila, aceite de geranio, restos de jabón y una yema de huevo.

Perfumada, con el pelo brillante y lánguida de calor, me derrumbé agradecida en la cama que me habían asignado. Casi no tuve tiempo de notar lo delicioso que era poder estirar todo el cuerpo antes de quedarme dormida.

Cuando desperté, las sombras del atardecer se estaban reuniendo en la galería, ante las puerta-ventanas abiertas de mi dormitorio. Jamie yacía desnudo a mi lado, con las manos cruzadas sobre el vientre, respirando lenta y profundamente.

Notó cómo me movía y abrió los ojos. Esbozó una sonrisa somnolienta y alargó el brazo para acercarme a su boca. También se había bañado y olía a jabón y a agujas de cedro. Le besé durante un buen rato, lenta y concienzudamente, deslizando la lengua sobre la ancha curva de su labio, y entrelazándola con la suya en un baile de bienvenida e invitación.

Al final me separé de él para respirar. La habitación estaba inundada por los reflejos verdes de la laguna, que creaban la ilusión de que la estancia estaba debajo del agua. El aire era cálido y fresco a un mismo tiempo y olía a mar y lluvia. Las suaves corrientes de brisa me acariciaban la piel.

—Hueles bien, Sassenach —murmuró con la voz ronca por el sueño. Sonrió y alargó el brazo para enterrar los dedos en mi pelo—. Ven aquí, Ricitos.

Liberado de las horquillas y recién lavado, mi pelo se descolgaba sobre mis hombros como una perfecta explosión de rizos. Levanté la mano para apartármelo, pero él tiró de mí con suavidad y me inclinó hacia delante, de forma que el velo marrón, dorado y plateado se descolgó por su cara.

Lo besé perdida por entre una nube de pelo y me incliné hacia delante hasta tumbarme encima de él dejando que mis pechos se le pegaran al torso. Jamie se movió un poco, se frotó contra mí y suspiró de placer.

Me agarró de las nalgas e intentó moverme hacia arriba para penetrarme.

—Ni se te ocurra ir tan deprisa —le susurré.

Empujé hacia abajo con las caderas disfrutando de la sensación de su sedosa firmeza atrapada bajo mi vientre. Jamie dejó escapar un jadeo.

—Hace meses que no tenemos tiempo ni lugar para hacer el amor como es debido —dije—, así que ahora no nos daremos prisa, ¿de acuerdo?

—Me pillas en desventaja, Sassenach —murmuró en mi pelo moviendo con urgencia su cuerpo debajo del mío—. ¿No podríamos dejar eso para la próxima vez?

—No, no podemos —le dije con firmeza—. Ahora. Despacio. No te muevas.

Se le escapó una especie de rugido, pero suspiró y se relajó dejando caer las manos a los lados. Me deslicé por su cuerpo. Jamie inspiró hondo cuando le capturé un pezón con la boca.

Deslicé la lengua con delicadeza sobre el minúsculo montículo hasta que estuvo duro y erecto y disfruté de la áspera sensación de los rizados pelos morenos que lo rodeaban. Noté que se ponía tenso bajo mi cuerpo y le posé la mano en los brazos para inmovilizarlo mientras continuaba, mordiéndolo con suavidad y chupándolo con la lengua.

Algunos minutos después levanté la cabeza, me aparté el pelo de la cara con una sola mano y le pregunté:

—¿Qué decías?

Abrió un ojo.

—El rosario —me informó—. Es la única forma de soportarlo. —Volvió a cerrar los ojos y siguió murmurando en latín—. *Ave Maria, gratia plena...*

Resoplé y volví a lo mío concentrándome en el otro pezón.

—Te estás desconcentrando —le dije cuando me incliné a tomar aire—. Has rezado tres veces seguidas el padrenuestro.

—Me sorprende saber que todavía hablo con coherencia.

—Tenía los ojos cerrados y el sudor brillaba en sus mejillas. Cada vez movía las caderas con más intranquilidad—. ¿Ya?

—Todavía no.

Agaché la cabeza y, empujada por un impulso, le hice una pedorreta en el ombligo. Jamie se convulsionó y, sorprendido, dejó escapar un sonido que sólo se puede describir como una carcajada.

—¡No hagas eso! —dijo.

—Ya veremos —le dije. Y lo repetí—. Pareces Bree —le conté—. Solía hacérselo cuando era un bebé y le encantaba.

—Bueno, yo no soy un bebé, por si no te has dado cuenta —dijo con un tono socarrón—. Si vas a seguir haciendo eso, podrías intentarlo un poco más abajo, ¿no?

Y eso hice.

—No tienes ni un solo pelo en la parte superior de los muslos —le dije admirando la suave piel blanca que se extendía por esa zona—. ¿Por qué crees que será?

—La vaca me lo lamió todo la última vez que me la chupó —dijo apretando los dientes—. ¡Por el amor de Dios, Sassenach!

Me reí y volví a mi trabajo. Por fin me levanté sobre los codos.

—Creo que ya es bastante —decidí apartándome el pelo de los ojos—. Llevas un montón de rato repitiendo «Jesucristo, Jesucristo».

Como si le hubiera tocado un resorte, se incorporó, tirándome de espaldas e inmovilizándome con el peso de su cuerpo.

—Te arrepentirás de esto, Sassenach —dijo con satisfacción.

Yo le sonreí.

—¿Ah, sí?

—Así que no debemos darnos prisa. —Me miró entornando los ojos—. Tendrás que suplicarme que acabe de una vez.

Tiré de las muñecas que me había inmovilizado y me retorcí llena de expectación.

—Oooh, piedad. Qué bestia...

Jamie resopló y agachó la cabeza sobre mis pechos blancos como perlas a la pálida luz verdosa.

Cerré los ojos y me tumbé sobre las almohadas.

—*Pater noster, qui es in coelis...* —murmuré.

Llegamos muy tarde a la cena.

Mientras comíamos, Jamie no tardó en preguntar por la señora Abernathy, de Rose Hall.

—¿Abernathy? —MacIver frunció el ceño mientras daba golpecitos en la mesa con el cuchillo para incentivar su memoria—. Sí, me parece haber oído ese nombre, aunque no estoy seguro.

—Oh, conoces bien Rose Hall —interrumpió su esposa, que estaba dando indicaciones a un sirviente para que preparase correctamente el pudin caliente—. Es ese lugar de las montañas, sobre el río Yallahs. Cultivan caña, pero también un poco de café.

—¡Oh, sí, eso es! —exclamó el marido—. ¡Qué memoria la tuya, Rosie! —Le sonrió con cariño a su mujer.

—Bueno, yo tampoco la habría recordado —aclaró modesta—, de no ser porque ese ministro, el de la iglesia de la Nueva Gracia, también estuvo preguntando por ella la semana pasada.

—¿De qué ministro se trata, señora? —preguntó Jamie al tiempo que se servía medio pollo asado de la enorme bandeja que le ofrecía un criado negro.

—¡Tiene usted buen apetito, señor Fraser! —exclamó la mujer, admirada al ver su plato lleno—. El aire de la isla, supongo.

Jamie, con las orejas rojas, tuvo la prudencia de no mirarme.

—Supongo que sí. En cuanto al ministro...

—Ah, sí. Campbell, se llama. Archie Campbell. —Me miró curiosa al notar que yo daba un respingo—. ¿Lo conoce?

Yo negué con la cabeza al tiempo que me tragaba un champiñón.

—En una ocasión nos encontramos en Edimburgo.

—Está aquí como misionero, para llevar a los negros paganos la salvación de Jesús, nuestro Señor. —Hablaba con admiración mientras lanzaba una mirada fulminante a su esposo, que había soltado un bufido—. ¡Nada de comentarios papistas, Kenny! El reverendo Campbell es un santo. Y un gran erudito, por añadidura. Yo pertenezco a la Iglesia Libre —me explicó en tono confidencial—. Cuando me casé con Kenny, que es papista, mis padres me desheredaron, pero les dije que, tarde o temprano, acabaría por ver la luz.

—Muy, pero que muy tarde —comentó su esposo sirviéndose mermelada. Le sonrió a su mujer, que resopló y volvió a centrarse en su historia.

—Como el reverendo es un gran erudito, la señora Abernathy le escribió a Edimburgo para hacerle algunas consultas. Ahora que está aquí tiene intención de ir a visitarla. Aunque con todo lo que le han dicho Myra Dalrymple y el reverendo Davis, me sorprendería mucho que pisara esa casa —añadió la señora MacIver con remilgo.

Kenny MacIver gruñó y le hizo señas a otro de los sirvientes, que aguardaba en la puerta con otra enorme bandeja.

—Por mi parte, no tengo mucha fe en lo que diga el reverendo Davis —aclaró su esposo—. Es tan santo que no caga. Myra Dalrymple, en cambio, es una mujer sensata. ¡Ay! —dijo mientras apartaba bruscamente los dedos, en los que su mujer acababa de asestarle un golpe con la cuchara.

—¿Qué dice la señorita Dalrymple de la señora Abernathy? —Jamie se apresuró a intervenir antes de que estallara una guerra conyugal.

La señora MacIver había enrojecido, pero desarrugó el ceño antes de contestarle.

—Bueno, en parte es puro chismorreo malintencionado —admitió—. El tipo de cosas que siempre dice la gente cuando una mujer vive sola. Que le gustan mucho sus esclavos jóvenes, por ejemplo.

—Pero también hubo rumores cuando murió el marido —interrumpió Kenny. Se sirvió algunos pescaditos de la bandeja que sostenía el sirviente—. Ahora lo recuerdo muy bien.

Barnabas Abernathy, proveniente de Escocia, había comprado Rose Hall cinco años atrás. Administraba bastante bien la finca, de la que extraía una pequeña ganancia en café y azúcar, sin provocar comentarios entre sus vecinos. Al cabo de tres años se casó con una desconocida que trajo de Guadalupe.

—Seis meses después estaba muerto —concluyó la señora MacIver con sombría satisfacción.

—¿Y se supone que la señora Abernathy tuvo algo que ver con eso? —pregunté, conociendo la gran variedad de enfermedades tropicales que atacaban a los europeos en aquellas tierras. Dudaba mucho que se tratara de eso. Barnabas Abernathy pudo morir de cualquier cosa, desde malaria hasta elefantiasis, pero Rosie MacIver tenía razón: a la gente le encantaban los chismorreos malintencionados.

—Veneno —informó Rosie en voz baja, echando un vistazo a la puerta de la cocina—. Lo dijo el médico que lo atendió. Claro que pueden haber sido las esclavas. Corrían comentarios sobre Barnabas y sus esclavas. Aunque nos duela reconocerlo, no es raro que alguna cocinera deslice algo en la comida, pero...

Se interrumpió al ver que entraba una muchacha para dejar en la mesa una fuente de vidrio tallado. La chica se retiró en medio del silencio general tras hacerle una reverencia a su señora.

—No se preocupen —nos tranquilizó el ama de casa al verme mirando a la mujer—. Aquí tenemos un muchacho que lo prueba todo antes de que se sirva. No corremos peligro.

Tragué con dificultad el trozo de pescado que tenía en la boca.

—¿Y el reverendo Campbell fue a visitar a la señora Abernathy? —preguntó Jamie.

Rosie aceptó de buen grado la distracción. Negó con la cabeza agitando los lazos de su gorro.

—No, no creo. Al día siguiente fue cuando sucedió lo de su hermana.

En la excitación de rastrear a Ian y al *Bruja*, había olvidado casi por completo a Margaret Jane Campbell.

—¿Qué ha pasado con su hermana? —pregunté con curiosidad.

—¡La pobre ha desaparecido! —Los ojos azules de la mujer se llenaron de impotencia. Blue Mountain House era un lugar muy remoto. Estaba a unos quince kilómetros de Kingston por tierra, y nuestra presencia suponía una gran oportunidad de abandonarse al chismorreo.

—¿Qué? —Fergus, que estaba devotamente concentrado en su plato, levantó la cabeza—. ¿Desaparecido? ¿Cómo?

—En toda la isla no se habla de otra cosa —intervino Kenny, recogiendo el relevo de la conversación—. Parece que el reverendo había contratado a una dama de compañía, pero la mujer murió de fiebres durante el viaje.

—¡Oh, qué pena! —Sentí verdadero pesar por Nellie Cowden, la de la cara ancha y agradable.

—Sí —asintió Kenny, despreocupado—. El caso es que el reverendo buscó un alojamiento para su hermana. Tengo entendido que no está bien de la cabeza, ¿verdad? —Me miró elevando una ceja.

—No muy bien.

—Bueno, parecía bastante tranquila, así que la señora Forrest (que vivía en la casa en la que se alojaban) la sentaba en la galería para que tomara el fresco. El martes pasado, la señora Forrest recibió la noticia de que la necesitaban en casa de su hermana, que va a tener un niño. Salió inmediatamente y, cuando recordó que había dejado a la señorita Campbell en la galería y envió a alguien... la mujer ya había desaparecido. Desde entonces no se sabe nada de ella, aunque el reverendo ha revuelto cielo y tierra.

MacIver se meció en la silla hinchando sus mejillas moteadas por el sol.

La señora MacIver hizo un gesto con la mano y emitió un chasquido lastimero.

—Myra Dalrymple aconsejó al reverendo que pidiera ayuda al gobernador para buscarla —dijo la señora MacIver—. Pero éste acaba de llegar y aún no está listo para recibir a nadie. El jueves ofrecerá una gran recepción para conocer a todas las personas importantes de la isla. Myra dice que el reverendo debería ir y aprovechar la oportunidad para hablar con él, pero no está convencido, al ser una ocasión tan mundana.

—¿Una recepción? —Jamie soltó la cuchara y miró con interés a la señora MacIver—. ¿Hace falta tener invitación?

—Oh, no —aseguró meneando la cabeza—. Puede ir quien guste, por lo que tengo entendido.

—¿De veras? —Jamie me miró sonriendo—. ¿Qué te parece, Sassenach? ¿Te gustaría ir conmigo a la residencia del gobernador?

Me lo quedé mirando sorprendida. Pensaba que lo último que querría hacer sería dejarse ver en público. Y también me asombró que no quisiera ir enseguida a Rose Hall.

—Será una buena oportunidad para preguntar por Ian, ¿no? —me explicó—. Es posible que no esté en Rose Hall, sino en otra parte de la isla.

—Bueno, aparte de que no tengo nada que ponerme... —dije tratando de imaginar qué se traía entre manos.

—Oh, eso no es problema —me aseguró Rosie—. Tengo una de las costureras más hábiles de la isla. Ella se encargará de acicalarla en un visto y no visto.

Jamie asintió pensativo. Sonrió entornando los ojos al mirarme por encima de la vela.

—Seda violeta irá bien —opinó mientras apartaba con delicadeza las espinas del pescado—. Y en cuanto a lo otro, Sassenach, no te preocupes. Tengo una idea. Ya verás.

58

La máscara de la Muerte Roja

¿Quién es ese joven pecador de las muñecas esposadas?
¿Y qué andaba buscando para que ésos cierren
y agiten los puños?
¿Y por qué parece tan compungido?
Ah, le llevan a la cárcel por el color de su pelo.

Jamie cogió la peluca en una mano y me miró a través del espejo alzando una ceja. Le sonreí y seguí recitando y gesticulando:

Un pelo como el suyo es una vergüenza para la
humanidad;
en los buenos tiempos lo colgarían,
pero no sería castigo suficiente; mejor es desollarlo
¡por el indescriptible y abominable color de su pelo!

—¿No me dijiste que estudiaste Medicina, Sassenach? —me preguntó—. ¿O en realidad estudiaste para poetisa?

—No es mío —le aseguré, acercándome a él para colocarle bien la ropa—. Estos versos son de un poeta llamado A. E. Housman.

—Estoy convencido de que con uno basta —dijo Jamie con sequedad—. Teniendo en cuenta la calidad de sus opiniones. —Alzó la peluca y se la colocó con cuidado sobre la cabeza, levantando pequeñas nubes de aromáticos polvos al atusarla—. ¿Entonces ese tal Housman es conocido tuyo?

—Se podría decir que sí. —Me senté en la cama a mirarlo—. En la sala de descanso que los médicos tienen en el hospital donde trabajaba había un ejemplar de las obras completas de Housman. Alguien se lo había dejado allí. Entre visita y visita no hay tiempo para leer novelas, pero las poesías son ideales. Ahora me sé casi todos los poemas de Housman de memoria.

Me miró con cautela como si creyera que iba a empezar a recitar de nuevo, pero me limité a sonreírle y Jamie se volvió a concentrar en lo suyo.

Estaba fascinada con su transformación: zapatos rojos de tacón, medias de seda negra, pantalones de satén gris con hebillas de plata en las rodillas y una nívea camisa con quince centímetros de encaje de Bruselas en los puños y en el cuello. La chaqueta, una obra maestra gris con puños de satén azul y botones de plata, esperaba turno colgada detrás de la puerta. Cuando acabó de empolvarse la cara, se humedeció la punta del dedo para recoger un lunar postizo, lo untó con goma arábiga y lo fijó junto a la comisura de la boca.

—Listo —dijo girando en el banquillo para mirarme—. ¿Parezco un pelirrojo escocés contrabandista?

Lo observé con atención, desde la peluca hasta la punta de los tacones.

—Pareces una gárgola —repliqué.

En su cara floreció una ancha sonrisa. Rodeado como estaba de polvos blancos, sus labios parecían anormalmente rojos y se le veía la boca más grande si cabe y más expresiva de lo que era por costumbre.

—*Non!* —se indignó Fergus, que irrumpió justo cuando le decía eso—. Parece un francés.

—Es más o menos lo mismo —decidió Jamie tras un estornudo. Se sonó la nariz con un pañuelo y le aseguró al joven—: Con perdón, Fergus.

Se levantó para ponerse la chaqueta, se la colocó sobre los hombros y tiró de las puntas inferiores. Los tacones de siete centímetros le hacían alcanzar casi el metro noventa de estatura y le faltaba muy poco para rozar el techo con la cabeza.

—No sé —dije dubitativa—. Nunca he visto un francés tan alto.

Jamie se encogió de hombros y la chaqueta crujió como las hojas del otoño.

—No hay manera de disimular mi estatura. Pero mientras mantenga el pelo oculto, no creo que tenga problemas. Además —añadió, observándome con aprobación—, la gente no se fijará en mí. Ponte en pie para que te vea, ¿quieres?

Para darle el gusto, giré lentamente exhibiendo la ancha falda de seda violeta. Un velo de encaje me cubría el escote generoso con una serie de picos. Cascadas iguales pendían de los codos en elegantes pliegues blancos dejándome las muñecas al descubierto.

—Es una pena que no tenga las perlas de tu madre —comenté.

No lamentaba su ausencia. Se las había dejado a Brianna en la caja donde guardé las fotografías y los documentos familiares. Aun así, como el escote era tan pronunciado y yo llevaba el pelo recogido, el espejo reflejaba una larga extensión de piel blanca que destacaba sobre la seda violeta.

—Ya he pensado en eso. —Como un mago, Jamie sacó del bolsillo una cajita que me ofreció con su mejor reverencia, al estilo de Versalles.

Contenía un pequeño pez tallado en un material negro brillante, con toques de oro en los bordes de las escamas.

—Es un broche —explicó—, pero puedes colgártelo del cuello con una cinta blanca.

—¡Es precioso! —dije encantada—. ¿De qué material es?, ¿ébano?

—Coral negro. Lo compré ayer cuando Fergus y yo fuimos a la bahía de Montego. —Junto a Fergus, había llevado al *Artemis* al otro lado de la isla para entregar la carga de guano a su comprador.

Busqué un trozo de cinta blanca satinada, que Jamie me ató alrededor del cuello; se inclinó por encima de mi hombro para verme en el espejo.

—No, nadie me mirará —confirmó—. La mitad de la concurrencia estará mirándote a ti, Sassenach, y la otra mitad al señor Willoughby.

—¿El señor Willoughby? ¿No hay peligro? Porque... —Eché un vistazo al pequeño chino, que esperaba pacientemente sentado en un taburete con las piernas cruzadas envuelto en seda azul, y bajé la voz—. Servirán vino, ¿no?

Jamie asintió.

—Y también whisky, clarete, oporto y champán. Y habrá también un barrililllo del mejor coñac francés, por cortesía de monsieur Etienne Marcel de Provac Alexandre. —Se puso una mano en el pecho y volvió a inclinarse en una exagerada pantomima que me hizo reír—. No te preocupes —dijo incorporándose—. Willoughby ha prometido portarse bien para que no le quite su globo de coral, ¿verdad, pequeño pagano? —añadió sonriéndole al señor Willoughby.

El erudito chino asintió con dignidad. La seda negra de su sombrero estaba decorada con una pequeña piedra de coral rojo, el símbolo de su posición, que había recuperado gracias a un encuentro fortuito con un vendedor de corales en Montego y la buena fe de Jamie.

—¿Es preciso que vayamos?

Las palpitaciones que sentía se debían, en parte, al corsé que llevaba, pero en mucha mayor medida estaban relacionadas con una visión recurrente en la que veía cómo a Jamie se le caía la peluca y todos los invitados se quedaban de piedra mirándole el pelo antes de llamar al unísono a la Marina Real.

—Es preciso. —Me tranquilizó con una sonrisa—. Si hay alguien del *Marsopa*, no es probable que me reconozca con este aspecto.

—Eso espero. ¿Crees que habrá alguien de ese barco?

—Lo dudo mucho. —Se rascó con saña la peluca por encima de la oreja izquierda—. ¿De dónde has sacado esto, Fergus? Creo que tiene piojos.

—Oh, no, milord —le aseguró Fergus—. El peluquero a quien se la alquilé me aseguró que estaba bien guardada para protegerla de posibles plagas.

Fergus lucía su propia cabellera bien empolvada. Aunque menos llamativo que Jamie, estaba muy apuesto con su traje nuevo de terciopelo azul oscuro.

Se oyó un golpe en la puerta. Era Marsali. Ella también estrenaba vestido. Estaba resplandeciente con su modelo rosa ceñido por una banda de un tono más intenso. En realidad, no resplandecía sólo por el vestido y cuando nos marchamos en dirección al pasillo en busca del carruaje cogiéndonos las faldas para evitar que rozaran las paredes, me las arreglé para murmurarle al oído:

—¿Estás usando el aceite de atanasia?

—¿Eh? —musitó con aire distraído, mirando a Fergus, que le hizo una reverencia y le abrió la puerta del carruaje—. ¿Decías...?

—No importa —dije, resignada.

Ése era el menor de nuestros problemas.

La mansión del gobernador estaba totalmente iluminada. Había lámparas colgadas a lo largo de la galería y en los árboles que bordeaban los caminos del jardín. Los acicalados visitantes descendían de sus carruajes sobre un sendero de conchas y entraban en la casa por un par de enormes puertas de cristal.

Nos despedimos de nuestro carruaje —o más bien del carruaje de Jared—, pero nos quedamos parados un momento en el camino aguardando a que se abriera un hueco entre la llegada de los muchos invitados. Jamie parecía un poco nervioso. Sus dedos tamborileaban de vez en cuando contra el satén gris de sus pantalones, aunque su apariencia era tan relajada como de costumbre.

En el vestíbulo estaban las personalidades de la isla que habían sido invitadas para ayudar al gobernador a dar la bienvenida a sus invitados. Me adelanté a Jamie para saludar con una sonrisa al alcalde de Kingston y a su esposa. Me asusté un poco al ver a un almirante lleno de condecoraciones que demostró un vago asombro al estrechar la mano del gigantesco francés y el diminuto chino que me acompañaban.

A continuación se encontraba mi conocido del *Marsopa*. Aunque esa noche lord John había escondido su pelo rubio bajo una peluca formal, reconocí de inmediato sus facciones finas y su cuerpo liviano y musculoso. Estaba solo, un poco apartado de los otros dignatarios. Según los rumores, su esposa se había negado a abandonar Inglaterra para acompañarlo a este destino.

Se volvió para saludarme con una expresión de cortesía formal, pero al verme parpadeó y una cálida sonrisa iluminó su cara.

—¡Señora Malcolm! —exclamó, cogiéndome las manos—. ¡Es un placer verla aquí!

—El sentimiento es mutuo, créame. —Sonreí—. La última vez que nos vimos ignoraba que fuera usted el nuevo gobernador. Temo no haber sido lo suficientemente correcta.

Se echó a reír y su rostro brilló bajo la luz de las velas que colgaban de la pared. Al verlo por primera vez a la claridad de la luz, pude observar lo apuesto que era.

—Tenía usted una excusa excelente —dijo. Me observó con cautela—. ¿Me permite decirle que está especialmente guapa esta noche? Es evidente que el aire de la isla le sienta mejor que el ambiente cargado del barco. Esperaba verla antes de desembarcar del *Marsopa*, pero cuando pregunté por usted, el señor Leonard me dijo que estaba indispuesta. Veo que está recuperada. Tiene muy buen aspecto.

—Oh, por completo —le dije divertida. Al parecer, Tom Leonard no estaba dispuesto a admitir que había escapado. Me pregunté si habría anotado mi desaparición en el diario de a bordo—. ¿Me permite que le presente a mi esposo?

Me volví para hacerle un gesto con la mano a Jamie. Se había entretenido hablando con el almirante, pero en cuanto me vio empezó a avanzar hacia nosotros acompañado del señor Willoughby. Cuando me volví de nuevo hacia el gobernador, éste nos miraba a ambos verde como una lima. Paseaba su mirada de Jamie a mí una y otra vez. Estaba pálido. Parecía haber visto un par de fantasmas.

Jamie se detuvo a mi lado, inclinando graciosamente la cabeza.

—John —saludó con suavidad—, qué alegría verle.

El gobernador abría y cerraba la boca sin emitir sonido alguno.

—Más tarde buscaremos la ocasión de hablar —murmuró Jamie—. Por ahora... me llamo Etienne Alexandre. —Me cogió del brazo con una reverencia formal—. Permítame el honor de presentarle a mi esposa... Claire —dijo en francés, en voz alta.

—¿Claire? —Lord John me miraba con los ojos desorbitados—. ¿Claire?

—Eh... sí —dije, esperando que no se desmayara. Se diría que estaba a punto de hacerlo, aunque no comprendía por qué mi nombre de pila le afectaba tanto.

Los siguientes invitados esperaban con impaciencia a que nos quitáramos de en medio. Incliné la cabeza agitando el abanico y pasamos al enorme salón principal de la residencia. Miré por encima del hombro y vi cómo el gobernador le estrechaba la mano al siguiente invitado sin quitarnos los ojos de encima y con el rostro blanco como el papel.

El salón era una estancia enorme de techos bajos atestado de personas ruidosas y llamativas; parecía una jaula llena de papagayos. Al verla me sentí algo aliviada. Entre toda aquella muchedumbre, Jamie no destacaría tanto, incluso a pesar de su altura.

A un lado, cerca de las puertas abiertas a la terraza, tocaba una pequeña orquesta. Vi que mucha de la gente paseaba por allí. Quizá hubieran salido en busca de un poco de aire fresco o con la esperanza de poder mantener una conversación privada. Al otro lado de la estancia se veía otro par de puertas que daban acceso al corto pasillo de las estancias privadas.

No conocíamos a nadie ni teníamos quien nos presentara. Sin embargo, y gracias al olfato previsor de Jamie, tampoco nos hizo falta. Poco después de entrar, las mujeres comenzaron a pulular a nuestro alrededor, fascinadas por el señor Willoughby.

—Un conocido mío, el señor Yi Tien Cho —dijo Jamie a una rolliza joven envuelta en satén amarillo—, originario del Reino Celestial de la China, madame.

—¡Oh! —La joven agitó el abanico, impresionada—. ¿De la China, en serio? ¡Oh! ¡Qué distancia tan grande debe de haber recorrido! Bienvenido a nuestra pequeña isla, señor... ¿señor Cho? —Le tendió la mano. Era evidente que esperaba que se la besara.

El señor Willoughby se inclinó con las manos en el interior de las mangas y dijo algo en chino. La joven parecía emocionadísima. Jamie pareció sorprenderse un momento, pero enseguida recuperó su expresión de gentileza. Yo también vi cómo el señor Willoughby clavaba sus brillantes ojos negros en las puntas de los zapatos de la joven, que asomaban por debajo de su vestido. Me pregunté qué le habría dicho.

Jamie aprovechó la oportunidad —y la mano extendida de la joven—, para inclinarse sobre ella con extremada educación y presentarse en un inglés con fuerte acento extranjero:

—Etienne Alexandre, para servirla, madame. Permítame presentarle a Claire, mi esposa.

—¡Oh, sí, encantada! —La mujer me estrechó la mano, sonrojada por el entusiasmo—. Soy Marcelline Williams. Quizá conozcan a mi hermano, Judah. Es el dueño de Twelvetrees, ya sabe, la enorme plantación de café. He venido a pasar una temporada con él y la estoy disfrutando muchísimo.

—Temo que no conocemos a nadie —me disculpé—. Acabamos de llegar... de la Martinica, donde mi esposo tiene negocios de azúcar.

—¡Oh! —exclamó la señorita Williams abriendo mucho los ojos—. ¡Les presentaré a mis mejores amigos, los Stephen! Creo que ellos han estado en Martinica, y Georgina Stephens es encantadora, la adorará, ¡se lo prometo!

Una hora después me habían presentado a decenas de personas e iba de grupo en grupo tendiendo una mano tras otra empujada por la corriente de presentaciones a las que me sometía la señorita Williams.

Al otro lado del salón, entre un grupo de prósperos comerciantes, asomaban la cabeza y los hombros de Jamie, viva imagen de la dignidad aristocrática. Conversaba con cordialidad con un grupo de hombres encantados de conocer a un próspero hombre de negocios que podría proporcionarles valiosos contactos con los comerciantes de azúcar franceses. Una de las veces que lo miré me encontré con sus ojos y me dedicó una brillante sonrisa y una galante reverencia francesa. Todavía me estaba preguntando qué diablos estaría tramando, pero me encogí de hombros mentalmente. Ya me lo explicaría cuando estuviera preparado.

Fergus y Marsali, sin buscar más compañía que la mutua, como de costumbre, bailaban en el otro extremo. Ella le sonreía, estaba radiante. Fergus se había quitado el garfio para la ocasión y lo había sustituido por un guante de piel negra lleno de salvado que se había asido a la manga de la casaca. Tenía el guante apoyado sobre la espalda del vestido de Marsali, y se veía un poco extraño, pero no era tan antinatural como para provocar ningún comentario. Pasé bailando junto a ellos mientras giraba entre los brazos de un colono inglés bajito y barrigón llamado Carstairs que no dejaba de murmurar cumplidos pegado a mi pecho con la cara roja y sudada.

En cuanto al señor Willoughby, en un triunfo social sin precedentes, era el centro de atención de las señoras, que rivalizaban en ofrecerle exquisiteces y bebidas. Sus ojos brillaban y un leve rubor se apreciaba en sus amarillentas mejillas.

Al final del baile, el señor Carstairs me dejó con un grupo de señoras y se ofreció galantemente a traerme una copa de clarete. Entonces volví a mi misión de aquella noche: informarme sobre una gente a la que me habían recomendado conocer llamados Abernathy.

—¿Abernathy? —La señora Hall, una matrona todavía joven, se abanicó con aire inexpresivo—. No, no creo que los conozca. ¿Sabe si tienen mucha vida social?

—¡Oh, no, Joan! —La señora Yoakum demostró ese tipo de horror que precede a las revelaciones más jugosas—. ¡Claro que sabes quién son los Abernathy! ¿No te acuerdas? El hombre que compró Rose Hall, junto al río Yallahs.

—¡Ah, sí! —La señora Hall ensanchó sus ojos azules—. ¡El que murió poco después de comprarla!

—El mismo —intervino otra señora que escuchaba la conversación—. Dijeron que fue malaria, pero yo hablé con el médico que lo atendió. Vino a casa por la pierna enferma de mamá; es una mártir de la hidropesía, pobre. Y me dijo, en estricta confidencia, por supuesto...

Las lenguas se soltaron alegremente. El informe de Rosie MacIver había sido muy fiel. Todas las historias que nos contó estaban también en boca de las presentes, y muchas más.

—La señora Abernathy, ¿emplea gente contratada como servidumbre, además de esclavos?

En cuanto a eso, las opiniones fueron más confusas. Algunas creían que la mujer tenía varios sirvientes bajo contrato; otras, que eran sólo uno o dos. En realidad, nadie había estado en Rose Hall, pero la gente comentaba...

Poco después, el chismorreo volvió a centrarse en temas más jugosos: el increíble comportamiento del nuevo coadjutor, el señor Jones, con la viuda Mina Alcott, aunque qué otra cosa se podía esperar de una mujer con su reputación, y seguro que no fue todo culpa del pobre joven, ella era mucho mayor, aunque cabe esperar que un integrante del clero se comporte de un modo más distinguido... Me disculpé para retirarme al tocador. Me silbaban los oídos.

Cuando me dirigía hacia allí, vi a Jamie junto a una mesa del bufet. Estaba hablando con una altísima pelirroja que lucía un vestido de algodón bordado. La observaba con una espontánea ternura. Ella le sonreía abiertamente, animada por sus atenciones. Sonreí al ver la estampa y me pregunté qué pensaría la chica si supiera que en realidad no la estaba mirando a ella, sino imaginando a la hija que jamás había conocido.

Me quedé delante del espejo del tocador colocándome bien los mechones de pelo que se me habían escapado al bailar. Disfruté del silencio. El tocador era muy lujoso. En realidad, se componía de tres habitaciones separadas con una estancia para el servicio y otra donde guardaban sombreros, chales y todo tipo de prendas de ropa externas. Esa salita estaba justo al lado de la habitación principal, que era donde me encontraba yo. Allí no había sólo un espejo y un tocador perfectamente surtido, también tenían una *chaise longue* tapizada con terciopelo rojo. La miré con melancolía porque los zapatos que llevaba me estaban destrozando los pies, pero el deber me llamaba.

Hasta el momento no había descubierto nada nuevo sobre la plantación de los Abernathy, aunque contaba con una lista de las plantaciones cercanas que contrataban servidumbre. Me pregunté si Jamie tenía la intención de pedirle a su amigo el gobernador que le ayudara a encontrar a Ian. Aquello justificaría el riesgo de presentarse aquí esta noche.

Sin embargo, lo que me tenía más preocupada era la reacción de lord John al conocer mi identidad; cualquiera hubiera dicho que había visto un fantasma. Observé mi reflejo violeta en el espejo admirando el pez negro y dorado que colgaba de mi cuello, pero no vi nada extraño en mi apariencia. Llevaba el pelo recogido con perlas y brillantes y, gracias a un uso discreto de los cosméticos de la señora MacIver, me había oscurecido los párpados y sonrojado los pómulos consiguiendo un aspecto bastante agraciado, si es que se me permitía decirlo.

Después de pestañear seductoramente a mi propia imagen en el espejo, me encogí de hombros, me arreglé el pelo y volví al salón, rumbo a las largas mesas donde se encontraba la comida; habían expuesto una gran variedad de pasteles, pastas, canapés salados, frutas, caramelos, rollos rellenos y un buen número de cosas a las que era incapaz de poner nombre, pero suponía comestibles. Cuando me alejaba de la mesa llevando distraídamente un plato con fruta, choqué con un chaleco de color oscuro. Al disculparme ante su propietario, llena de confusión, me encontré frente a frente con la agria cara del reverendo Archibald Campbell.

—¡Señora Malcolm! —exclamó atónito.

—Eh... qué sorpresa, reverendo Campbell —respondí débilmente.

Traté de limpiarle una mancha de mango del abdomen, pero dio un paso atrás y desistí.

Miró con frialdad mi escote.

—Confío en que esté usted bien, señora Malcolm.

—Sí, gracias. —Ojalá dejara de llamarme así; podía oírlo alguien que me conociera como «madame Alexandre»—. Lamento mucho lo de su hermana —dije con la esperanza de distraerlo—. ¿Ha sabido algo de ella?

Agachó la cabeza aceptando mi compasión.

—No. Y mis posibilidades de iniciar una búsqueda son limitadas —dijo—. Ha sido uno de mis parroquianos quien ha insistido en que los acompañara a él y a su mujer esta noche con la intención de presentar mi caso ante el gobernador y suplicarle que me ayude a encontrar a mi hermana. Le aseguro, señora Malcolm, que ningún otro motivo me habría hecho asistir a tal evento.

Lanzó una mirada de profundo desagrado en dirección a un grupo que se reía junto a nosotros, donde tres jóvenes competían entre ellos para ver a quién se le ocurría el brindis más ingenioso. Estaban en compañía de tres damas, que recibían sus atenciones riendo y agitando sus abanicos.

—Lamento mucho su desgracia, reverendo —le dije, haciéndome a un lado—. La señorita Cowden me contó algo sobre la tragedia de su hermana. Si hubiera podido ayudarla...

—Nadie puede ayudarla —me interrumpió con ojos tristes—. Fue culpa de esos papistas de los Estuardo y sus estúpidas ansias de conseguir el trono, y los licenciosos montañeses que los seguían. No, nadie puede ayudar, salvo Dios. Él ha destruido la Casa de los Estuardo y destruirá también a ese Fraser y, cuando así ocurra, mi hermana estará curada.

—¿Fraser? —Comenzaba a inquietarme. Paseé una mirada por el salón, pero Jamie, afortunadamente, no estaba a la vista.

—Así se llama el hombre que sedujo a Margaret, apartándola de su familia y de las alianzas convenidas. Es posible que no fueran sus manos las que la atacaron, pero ella se marchó de su casa y se puso en peligro por su culpa. Sí, Dios juzgará a James Fraser —dijo con lúgubre satisfacción al pensarlo.

—Oh, no lo dudo —murmuré—. Si me disculpa, me parece que he visto a un amigo... —Traté de escapar, pero una procesión de hombres con platos me bloqueó el paso.

—Dios no permite que la lascivia perdure eternamente —prosiguió el reverendo a todas luces convencido de que las opiniones del Altísimo coincidían con las suyas.

Sus pequeños ojos grises se posaron con glacial desaprobación en un grupo cercano: varias señoras revoloteaban en torno al señor Willoughby como las polillas alrededor de un farolillo chino.

El señor Willoughby también estaba encendido en más de un sentido de la palabra. Su aguda risa se oía por encima de las risas de las damas, y lo vi chocar contra uno de los sirvientes que pasaban por su lado; estuvo a punto de tirar la bandeja de sorbetes que llevaba.

—«Que las mujeres se atavíen de ropa decorosa, con pudor y modestia» —entonó el reverendo—, «no con peinado ostentoso, ni oro, ni perlas, ni vestidos costosos». —Parecía estar llegando a su destino. No había duda de que su siguiente reflexión versaría sobre Sodoma y Gomorra—. Una viuda debería dedicarse a servir a Dios, y no a exhibirse en lugares públicos. Mire a la señora Alcott, ¡una viuda que debería estar dedicada a las obras piadosas!

Siguiendo la dirección de su mirada, vi una mujer regordeta de unos treinta años con bucles castaños y aspecto alegre, que reía infantilmente junto al señor Willoughby. La observé con interés. ¡Así que aquélla era la infame viuda alegre de Kingston!

El pequeño chino se había puesto de rodillas en el suelo y fingía buscar un pendiente perdido, provocando chillidos de alarma en la señora Alcott cada vez que se acercaba a sus pies. Pensé en buscar a Fergus para que lo apartara de allí antes de que las cosas fueran demasiado lejos.

Obviamente ofendido por el espectáculo, el reverendo dejó de golpe su limonada y se marchó hacia la terraza, abriéndose paso entre la multitud con vigorosos codazos.

Suspiré aliviada. Conversar con el reverendo Campbell eran como intercambiar frivolidades con el verdugo del pueblo, aunque a decir verdad el único verdugo que había conocido en persona era mucho mejor compañía que el reverendo.

De pronto vi cómo la alta silueta de Jamie cruzaba una puerta al otro lado del salón; probablemente iba a las habitaciones privadas del gobernador. Debía de tener la intención de hablar con lord John en ese momento y, movida por la curiosidad, fui a reunirme con él.

La sala estaba tan abarrotada que me costó mucho cruzarla. Para cuando llegué a la puerta por la que había entrado Jamie, ya hacía rato que él había desaparecido, pero entré de todos modos.

Me encontraba en un largo pasillo tenuemente iluminado por velas prendidas en candelabros de pared separadas por grandes intervalos en los que se abrían enormes ventanales. A través de sus cristales brillaban las luces rojas procedentes de las antorchas de las terrazas, que reflejaban el brillo metálico de las decoraciones de las paredes. Eran objetos básicamente militares: pistolas, cuchillos, escudos y espadas. Me pregunté si serían los recuerdos personales de lord John o si cuando llegó, ya estarían en la casa.

Alejado del clamor procedente del salón, el corredor estaba en silencio; una alfombra turca que cubría el suelo apagaba el ruido de mis pasos. Delante percibí un murmullo de voces masculinas, provenientes del que debía de ser el despacho del gobernador. Oí la voz de Jamie.

—¡Oh, John, por Dios!

Me detuve en seco, no tan impresionada por sus palabras como por el tono de su voz, rota por una emoción desconocida para mí. Caminé con cautela y me acerqué un poco más. La puerta entornada enmarcaba a Jamie, que, con la cabeza inclinada, estrechaba a lord John Grey en un abrazo.

Permanecí inmóvil, totalmente incapaz de hablar ni de hacer nada. Ellos se separaron. Jamie estaba de espaldas a mí, pero lord John me habría visto con facilidad si hubiera mirado en mi dirección y no hubiera tenido los ojos fijos en Jamie. Aun así, no estaba mirando hacia el pasillo, estaba observando a Jamie con una pasión que hizo que la sangre me subiera a las mejillas.

Se me cayó el abanico. El gobernador volvió la cabeza, sobresaltado por el ruido. Entonces eché a correr hacia el salón, con el corazón saliéndoseme del pecho.

Crucé la puerta del salón y me detuve tras una palmera, temblando. Los candelabros rebosaban de velas y de las paredes colgaban varias antorchas y, sin embargo, los rincones del salón estaban oscuros. Me quedé temblando entre las sombras. Tenía las manos frías y me sentía algo descompuesta. ¿Qué diablos estaba pasando? Por lo menos ahora comprendía por qué el gobernador se había sorprendido tanto al saber que yo era la esposa de Jamie. Esa mirada de espontáneo y doloroso deseo me había dejado muy claro su punto de vista. Pero Jamie era otro tema.

«Era el alcaide de la prisión de Ardsmuir», había dicho con despreocupación. Y en otra ocasión y con menos despreocupación: «¿Sabes qué hacen los hombres encarcelados?»

Lo sabía, pero habría jurado por la vida de Brianna que Jamie era incapaz de hacerlo en cualquier circunstancia. Por lo menos lo habría jurado antes de aquella noche. Cerré los ojos con el pecho acelerado e intenté no pensar en lo que había visto.

Fui incapaz, por supuesto. Y cuanto más lo pensaba, más imposible me parecía. Quizá el recuerdo de Jack *el Negro* se hubiera desdibujado con las cicatrices físicas que le había dejado, pero jamás pensé que desaparecerían lo bastante como para que Jamie llegara a tolerar las atenciones físicas de otro hombre, por no hablar de que pudiera recibirlas con agrado.

Pero si conocía a Grey tan íntimamente como para que lo que había visto fuera plausible sólo en nombre de la amistad, ¿por qué no me había hablado de él? ¿Por qué tomarse tantas molestias para verlo, al saber que estaba en Jamaica? Se me volvió a revolver el estómago y me sentí mareada. Necesitaba sentarme.

Cuando me apoyé en la pared temblando entre las sombras, se abrió la puerta y el gobernador salió, de regreso a la fiesta. Estaba ruborizado y con los ojos brillantes. En aquel momento podría haberle asesinado, de haber tenido algún arma más letal a mano que una simple horquilla.

Pocos minutos después la puerta volvió a abrirse para dar paso a Jamie. Había recuperado su máscara de fría reserva, pero pude detectar bajo ella una fuerte emoción. Mas aunque me di cuenta, no pude interpretarla. ¿Era excitación, aprensión, miedo y alegría a la vez, otra cosa? Lo cierto era que jamás le había visto poner esa cara.

No buscó conversación ni refrigerios. Empezó a pasearse por el salón buscando a alguien. A mí.

Tragué saliva con dificultad. No podía enfrentarme a él delante de tanta gente. Permanecí donde estaba, observándolo, hasta que salió a la terraza. Entonces abandoné mi escondite para ir a toda prisa hacia el tocador.

Empujé la pesada puerta y entré. Me relajó de inmediato el aroma reconfortante de los polvos y los perfumes. Entonces un segundo olor me asaltó. También éste me resultaba familiar; uno de los olores de mi profesión. Pero no esperaba percibirlo allí.

El tocador seguía en calma. El intenso rugido procedente del salón había disminuido de manera considerable y apenas se oía un leve murmullo, como una tormenta lejana. Aunque ya no era un lugar donde pudiese refugiarme.

Mina Alcott yacía despatarrada en el diván de terciopelo rojo, con la cabeza colgando y las faldas subidas hasta el cuello. Tenía los ojos abiertos y fijos en una mueca de sorpresa. La sangre del corte que tenía en el cuello había ennegrecido el terciopelo y formaba un gran charco bajo la cabeza. Su clara melena castaña se había soltado de sus horquillas y las puntas de sus tirabuzones manchadas de sangre colgaban suspendidas sobre el charco.

Me quedé petrificada, sin poder siquiera gritar para pedir ayuda. Oí voces alegres en el pasillo y la puerta se abrió. Se hizo un momento de silencio cuando las mujeres que entraron detrás de mí vieron también la escena.

Del pasillo entró un haz de luz que cruzó la puerta y reptó por el suelo. Al poco rato empezaron los gritos. Entonces vi las huellas de pisadas que iban hacia la ventana: eran de un pie calzado de fieltro, pequeñas, nítidas y dibujadas por la sangre.

59

En el que mucho es revelado

Se habían llevado a Jamie. A mí me habían dejado, temblando e incoherente en una situación no desprovista de ironía, en el despacho del gobernador junto a Marsali, que trataba de refrescarme la cara con una toalla húmeda pese a mi resistencia.

—¡No pueden creer que papá haya tenido algo que ver con esto! —repitió por quinta vez.

Por fin me dominé lo suficiente para responder.

—No, creen que ha sido el señor Willoughby. Y fue Jamie quien lo trajo.

—¿El señor Willoughby? —Me miraba con horror—. ¡No es posible!

—Eso pienso yo. —Me sentía como si alguien me hubiera estado aporreando con un bastón: me dolía todo. Estaba desplomada en un pequeño sillón de terciopelo y hacía girar una copa de coñac entre las manos. Era incapaz de tomármelo.

Ni siquiera era capaz de decidir cómo debía sentirme, por no hablar de poner orden en los conflictivos sucesos y las emociones de la velada. Mi mente no dejaba de saltar de la siniestra escena que había visto en el tocador a la estampa que había visto media hora antes en aquella misma estancia.

Estaba sentada frente al gran escritorio del gobernador. Aún podía ver a Jamie y lord John como si estuvieran pintados en la pared delante de mí.

—Yo no me lo creo —dije en voz alta, sintiéndome algo mejor al pronunciar las palabras.

—Yo tampoco —aseguró Marsali. Estaba paseando por el despacho y el ruido de sus pasos era cambiante: repicaba sobre el suelo de madera, pero se amortiguaba en cuanto alcanzaba la alfombra—. Será un pagano, pero hemos convivido con él y lo conocemos...

¿Lo conocíamos? ¿Conocía a Jamie? Habría jurado que sí, y no obstante... No dejaba de pensar en lo que me había dicho en el burdel durante la primera noche que pasamos juntos. «¿Vas a aceptarme, Sassenach, vas a arriesgarte con el hombre que soy en aras del hombre al que conociste?» En aquel momento, y en realidad desde entonces, pensaba que no había mucha diferencia entre esos dos hombres. Pero ¿y si me equivocaba?

—No, no me equivoco —murmuré agarrando el vaso con fuerza—. ¡No me equivoco! —Si Jamie era el amante de lord John y me lo había escondido, entonces no era ni por casualidad el hombre que yo conocía. Tenía que haber otra explicación, sin duda.

«Tampoco te habló de Laoghaire», dijo una traicionera voz dentro de mi cabeza.

—Eso es distinto —le contesté con firmeza.

—¿Qué es distinto? —Marsali me miraba sorprendida.

—No lo sé, no me hagas caso. —Me pasé una mano por la cara, tratando de aliviar la confusión y el cansancio—. Tardan mucho.

El reloj de pared tallado en madera de nogal daba las dos de la mañana cuando se abrió la puerta del despacho y Fergus entró junto a un militar.

Fergus estaba hecho una pena. Tenía sobre la casaca la mayor parte de los polvos que se había puesto en el pelo, parecía que tuviera caspa. Y lo poco que le quedaba le daba a su pelo un aspecto grisáceo, como si hubiera envejecido veinte años en una noche. Tampoco me sorprendía, justo así me sentía yo.

—Ya podemos irnos, *chérie* —dijo a Marsali en voz baja. Y volviéndose a mí—. ¿Quiere venir con nosotros, milady, o esperar a milord?

—Esperaré —dije. No pensaba acostarme sin ver a Jamie. Me daba igual el tiempo que tardara.

—Le enviaré el carruaje de vuelta —prometió, cogiendo a Marsali por los hombros.

El militar dijo algo entre dientes cuando pasaron por su lado. Yo no lo entendí, pero me quedó claro que Fergus sí. Se puso tenso, entornó los ojos y se volvió hacia el hombre. El militar se balanceó sobre sus pies con una malvada sonrisa en los labios y actitud expectante. Era obvio que estaba esperando una buena excusa para golpear a Fergus.

Pero para su sorpresa, Fergus le sonrió con elegancia enseñándole sus dientes blancos.

—Muchas gracias, *mon ami* —dijo—, le agradezco su ayuda en esta extenuante situación.

Luego le tendió una mano enguantada que el militar aceptó sorprendido.

Fergus tiró del brazo hacia atrás. Se oyó un rasguño y un tamborileo cuando el reguero de salvado resbaló hasta el suelo de madera.

—Quédesela —le dijo al militar con elegancia—. Es un pequeño obsequio en señal de gratitud.

Y entonces se marcharon dejando al hombre boquiabierto con gesto horrorizado y la mirada fija en la aparente mano amputada que tenía cogida de los dedos.

Una hora después entró el gobernador, tan pulcro como una camelia blanca, aunque se empezaban a marchitar los bordes. Dejé la copa de coñac intacta y me puse en pie.

—¿Dónde está Jamie?

—Todavía lo está interrogando el capitán Jacobs, el jefe de la milicia. —Se dejó caer en su silla, desconcertado—. Ignoraba que dominara tan bien el francés.

—Supongo que no lo conoce lo suficiente —observé a modo de cebo.

Lo que me moría por saber era hasta dónde conocía a Jamie. Pero no picó. Se limitó a quitarse la peluca, dejarla a un lado y pasarse la mano por el pelo húmedo con cierto alivio.

—¿Cree usted que será capaz de representar el papel hasta el final? —me preguntó frunciendo el ceño. Entonces me di cuenta de que estaba tan ocupado pensando en el asesinato y en Jamie que apenas me estaba prestando atención alguna.

—Sí —aseguré sin más—. ¿Dónde lo tienen? —Me levanté en dirección a la puerta.

—En la sala de reuniones, pero no creo que usted deba...

Sin prestarle atención, abrí la puerta y me asomé al pasillo, aunque tuve que cerrar de un portazo. Por él se acercaba el almirante que habíamos visto a la entrada. Venía muy serio —tal como la situación reclamaba—. No me importaba enfrentarme al almirante, pero se acercaba acompañado por una camarilla de oficiales jóvenes entre los que reconocí una cara conocida, aunque en ese momento llevaba el uniforme de lugarteniente en lugar de aquella casaca de capitán dos tallas más grandes de la suya.

Se había afeitado y se le veía mucho más descansado, pero tenía la cara hinchada y descolorida: no hacía mucho que alguien le había golpeado. A pesar de las pequeñas diferencias en su aspecto, no tuve ninguna dificultad en reconocerle. Thomas Leonard. Y tuve la impresión de que él tampoco tendría ningún problema en reconocerme a mí a pesar de toda la seda violeta que llevaba puesta.

Busqué como loca dónde esconderme, pero aparte de gatear por debajo de la mesa, no había ningún lugar adecuado. El gobernador me observaba con las rubias cejas arqueadas por el asombro. Me volví hacia él, mientras me llevaba un dedo a los labios.

—Qué... —empezó a decir.

—¡No me denuncie si aprecia la vida de Jamie! —siseé melodramáticamente.

Dicho esto me tiré en el sofá de terciopelo, me cubrí la cara con una toalla húmeda y —haciendo un esfuerzo sobrehumano—

relajé todos los miembros. Después oí el ruido de la puerta y la voz del almirante.

—Lord John... —Entonces reparó en mi silueta porque guardó silencio y retomó el hilo en voz baja—. Oh, veo que tiene compañía.

—No es precisamente compañía, almirante. —Había que reconocer que Grey tenía buenos reflejos. Parecía del todo dueño de sí, como si estuviera acostumbrado a que le sorprendieran con mujeres inconscientes—. La señora no ha resistido la impresión de encontrar el cadáver.

—¡Ah! —La voz del almirante se tornó comprensiva—. Un golpe horrible para una dama, sin duda. —Vaciló y bajó la voz hasta adoptar un ronco susurro y preguntó—: ¿Duerme, tal vez?

—Supongo que sí —le aseguró el gobernador—. Ha bebido coñac suficiente para tumbar a un caballo. —Se me movieron los dedos, pero logré quedarme inmóvil.

—Oh, es lo mejor para estos casos. —El almirante siguió susurrando; su voz sonaba como una bisagra oxidada—. Quería decirle que he mandado traer tropas de Antigua... a su disposición... guardias para revisar la ciudad... si los milicianos no lo encuentran primero —añadió.

—Espero que no lo encuentren —dijo una decidida voz por entre los oficiales—. Me encantaría coger a ese malnacido. Cuando acabara con él ya no quedaría mucho que poder colgar, ¡créanme!

Entre los hombres se levantó un murmullo de aprobación generalizado que el almirante acalló.

—Sus sentimientos son una honra para ustedes, caballeros —dijo—, pero debemos respetar la ley. Tienen la obligación de dejárselo bien claro a los hombres que estén bajo su mando: cuando capturen al asesino, deberán traerlo inmediatamente ante el gobernador. Les aseguro que se ejecutará la ley. —No me gustó cómo pronunció la palabra *ejecutará*, pero sus oficiales le obsequiaron con un coro de asentimientos.

Después de dar sus órdenes en un tono de voz normal, el almirante volvió a susurrar antes de marcharse.

—Estaré en la ciudad, en el hotel de MacAdams —graznó—. No vacile en hacerme llamar si necesita ayuda, excelencia —susurró.

Con un murmullo general, los oficiales se retiraron, respetando mi sueño. Luego oí unos pasos y los crujidos que provocó un cuerpo al dejarse caer sobre una silla. Hubo un momento de silencio.

Entonces lord John dijo:

—Ya puede usted levantarse. Supongo que no está realmente postrada por el golpe —añadió con ironía—. No creo que baste un simple asesinato para acabar con una mujer que ha sido capaz de enfrentarse sola a una epidemia de tifus.

Me quité la toalla de la cara, y me incorporé para mirarlo. Se hallaba reclinado sobre el escritorio, con la barbilla entre las manos, observándome fijamente.

—Hay golpes y golpes —dije con precisión al tiempo que me apartaba los rizos húmedos de la cara y clavaba en él la mirada—. No sé si me entiende.

Se quedó sorprendido, pero luego pareció entender. Abrió un cajón del escritorio para sacar mi abanico de seda blanco con un bordado de violetas.

—¿Es suyo? Lo encontré en el pasillo. —Torció la boca con ironía—. Ya entiendo. Entonces podrá comprender la impresión que sufrí al verlos esta noche.

—Lo dudo mucho —dije. Seguía teniendo los dedos muy fríos y me sentía como si me hubiera tragado un enorme objeto helado que se había pegado a mi caja torácica. Inspiré hondo tratando de hacerlo pasar, aunque no tuve suerte—. ¿No sabía usted que Jamie estaba casado?

El gobernador parpadeó, pero no lo hizo lo bastante rápido como para evitar que viera una pequeña mueca de dolor, como si alguien le acabara de abofetear.

—Sabía que *había estado* casado —me corrigió. Bajó las manos y se puso a juguetear con los pequeños objetos que había repartidos por el escritorio—. Él me dijo (o al menos me dio a entender) que usted había muerto.

Grey cogió un pequeño pisapapeles de plata y lo hizo girar una y otra vez entre las manos con los ojos clavados sobre la brillante superficie. Tenía un zafiro bien grande incrustado y la luz de las velas proyectaba brillos azules sobre la piedra.

—¿Nunca le habló de mí? —me preguntó con suavidad. No sabía si debía interpretar su tono como dolor o ira. A mi pesar, sentí pena por él.

—Sí. Me dijo que eran amigos.

Se le iluminó un poco la cara.

—¿De veras?

—Tiene usted que entender —expliqué—. Él... yo... Nos separó la guerra, el Alzamiento. Cada uno creyó que el otro había muerto. Nos reencontramos hace... Por Dios, ¿fue sólo hace cuatro meses?

Estaba estupefacta, y no sólo por lo que había ocurrido aquella noche. Tenía la sensación de haber vivido varias vidas desde aquel día en que abrí la puerta de la imprenta de Edimburgo y me encontré con A. Malcolm encorvado sobre la prensa.

En la cara de Grey se borró un poco la tensión.

—Comprendo —dijo lentamente—. Así que llevaba usted sin verlo desde hace... ¡Caramba, veinte años! —Me miró estupefacto—. ¿Cuatro meses? ¿Por qué...? ¿Cómo...? —Negó con la cabeza para descartar las preguntas—. Bueno, eso no viene al caso. Pero él no le contó... es decir... ¿No le habló de Willie?

Lo miré con sorpresa.

—¿Quién es Willie?

En lugar de explicármelo se agachó y abrió un cajón del escritorio y sacó un pequeño objeto y lo dejó sobre la mesa indicándome que me acercara. Era un retrato, una miniatura oval con marco de madera oscura. Al ver aquella cara, las rodillas se me doblaron y tuve que sentarme. Cuando cogí el retrato para observarlo más de cerca, apenas era consciente del rostro de Grey suspendido sobre el escritorio como una nube en el horizonte.

«Podría ser hermano de Bree», fue mi primer pensamiento. El segundo fue como un golpe en el plexo solar: «¡Dios, *es* hermano de Bree!»

No cabía duda. El niño del retrato tenía quizá nueve o diez años y su rostro aún conservaba los rasgos de la niñez. Su pelo no era rojo, sino castaño. Pero los ojos azules y sesgados miraban con audacia por encima de los altos pómulos de vikingo. La nariz era recta y quizá demasiado larga. La cabeza tenía el mismo porte confiado del hombre de quien había heredado esa cara.

Me temblaban tanto las manos que casi se me cae el retrato. Lo volví a dejar sobre el escritorio, pero le puse la mano encima como si temiera que saltara y me mordiera.

Grey me observaba con compasión.

—¿No lo sabía? —preguntó.

—¿Quién...? —La sorpresa me había enmudecido. Tuve que carraspear—. ¿Quién es la madre?

Grey vaciló mirándome con atención y se encogió de hombros.

—Era. Ha muerto.

—¿Quién era?

Las ondas de la conmoción seguían extendiéndose por mi cuerpo naciendo de un epicentro afincado en mi estómago. Me provocaban un hormigueo en la cabeza y se me habían entumecido los dedos de los pies, pero por lo menos estaba empezando a recuperar el control de las cuerdas vocales. Podía oír a Jenny diciendo: «No es el tipo de hombre que pueda dormir solo, ¿verdad?» Era evidente que no.

—Se llamaba Geneva Dunsany —dijo Grey—. Era hermana de mi esposa.

La cabeza me daba vueltas tratando de encontrar sentido a lo que acababa de decir.

—¡Tiene usted esposa! —exclamé, mirándolo con los ojos desorbitados. Supongo que mi tono no fue muy diplomático.

Apartó la mirada enrojecido. Si albergaba alguna duda sobre la clase de mirada que le había visto lanzarle a Jamie, ya no me quedaba ninguna.

—Explíqueme de una vez qué diablos tiene usted que ver con Jamie, con esa tal Geneva y con este niño —dije, recogiendo el retrato.

El gobernador alzó una ceja con una expresión fría y reservada. También estaba sorprendido, pero la conmoción se iba disipando.

—No creo tener ninguna obligación —observó.

Reprimí el impulso de arañarle la cara, pero se me debieron de reflejar las intenciones en los ojos, porque echó la silla hacia atrás y metió los pies debajo preparándose para moverse con rapidez. Me miró con recelo desde el otro lado del escritorio.

Tuve que inspirar hondo varias veces, dejé de apretar los puños y le hablé lo más tranquilamente que pude.

—Es cierto. No la tiene. Pero se lo agradecería mucho. ¿Por qué me ha enseñado este retrato si no quería que lo supiera? —añadí—. Ahora que lo sé, supongo que Jamie me podrá contar el resto. Y usted podría contarme su parte ahora. —Miré por la ventana. La porción de cielo que se veía por entre las contraventanas seguía siendo completamente negra y no había ni rastro del alba—. Tenemos tiempo.

Inspiró hondo y dejó el pisapapeles.

—Supongo que sí. —Desvió la mano hacia la botella—. ¿Le sirvo coñac?

—Por favor —dije de inmediato—. Y le sugiero que usted también beba. Creo que lo necesita tanto como yo.

—¿Es una opinión médica, señora Malcolm? —preguntó con una pequeña sonrisa.

—Por supuesto.

Establecida la tregua, se recostó en su asiento mientras hacía girar el contenido de su copa de coñac entre las manos.

—Ha dicho que Jamie le había hablado de mí. —Debí de hacer alguna mueca al oírle pronunciar el nombre, pues frunció el ceño—. ¿Preferiría que utilizara el apellido? —me preguntó con frialdad—. Francamente, no sabría cuál usar dadas las circunstancias.

—No. —Le hice un gesto con la mano para indicarle que lo olvidara y tomé un sorbo de coñac—. Es cierto que le mencionó. Dijo que había sido usted el alcaide de Ardsmuir, que era su amigo y que podía confiar en usted —añadí con recelo. Era posible que Jamie pensara que podía confiar en lord John Grey, pero yo no era tan optimista.

La sonrisa que esbozó esa vez no fue tan breve.

—Me alegra saberlo —dijo con suavidad. Agachó la mirada para observar el líquido ambarino de su copa mientras la hacía girar con suavidad para que desprendiera su aromático buqué. Le dio un sorbo y luego dejó la copa con decisión—. Tal como le decía, nos conocimos en Ardsmuir —empezó a explicar—. Cuando se cerró la prisión y los internos fueron enviados a América, dispuse que Jamie pudiera permanecer, bajo palabra, en una finca inglesa llamada Helwater propiedad de unos amigos de mi familia. —Me miró vacilante y luego añadió con sencillez—: No soportaba la idea de no volver a verlo.

En pocas palabras, me puso en antecedentes sobre la muerte de Geneva y el nacimiento de Willie.

—¿Estaba enamorado de ella? —pregunté. El coñac me estaba calentando las manos y los pies, pero no hizo nada por derretir el enorme objeto helado que seguía sintiendo alojado en el estómago.

—Nunca me habló de Geneva —dijo Grey. Se tomó el último trago de coñac que le quedaba en la copa, carraspeó y alargó la mano hasta la licorera para servirse otra. Cuando acabó la operación me volvió a mirar y añadió—: Pero habiendo conocido a Geneva, lo dudo. —Torció la boca en un gesto irónico.

»Tampoco me habló nunca de Willie, pero corrían ciertos rumores sobre ella y su anciano esposo, lord Ellesmere. Cuando Willie alcanzó los cuatro o cinco años el parecido era evidente... para quien quisiera verlo. —Bebió un largo trago de coñac—. Sospecho que mi suegra lo sabe, pero jamás dirá una palabra.

—¿Por qué?

Me miró por encima del borde de la copa.

—No, ¿usted lo haría? ¿Qué preferiría para su único nieto: que fuera el noveno conde de Ellesmere y heredero de una rica propiedad inglesa o el hijo bastardo de un presidiario escocés?

—Entiendo. —Bebí un poco más mientras trataba de imaginar a Jamie con una joven inglesa llamada Geneva. Me salió muy bien.

—Bien —dijo Grey con sequedad—. Jamie también lo entendió. Y tuvo la prudencia de abandonar la zona antes de que todo el mundo se diera cuenta.

—Es entonces cuando volvió usted a entrar en escena, ¿verdad?

Con los ojos cerrados, hizo un gesto afirmativo. La residencia estaba en calma, pero se percibía cierto desasosiego distante que me recordó que todavía había gente en la casa.

—Así es —dijo—. Jamie me entregó el niño.

El establo de Ellesmere estaba muy bien construido, era cálido en invierno y fresco en verano. El enorme semental zaino sacudió las orejas al paso de una mosca, pero no se movió: estaba disfrutando de las atenciones de su mozo.

—Isobel está muy disgustada contigo —dijo Grey.

—¿De veras? —dijo Jamie con indiferencia. Ya no tenía que preocuparse por disgustar a los Dunsany.

—Willie está muy alterado. Se ha pasado el día llorando.

Jamie tenía la cabeza vuelta hacia el otro lado, pero Grey advirtió la tensión de su cuello. Se apoyó en la pared mientras observaba cómo el cepillo bajaba una y otra vez dejando las marcas de su paso sobre el brillante pelaje del animal.

—¿No habría sido mejor no decirle que te irías? —le preguntó Grey con suavidad.

—Supongo que sí... para lady Isobel.

Fraser se volvió para dejar el cepillo y dio unas palmadas en el lomo del animal para darle a entender que había acabado. Grey percibió cierto aire de finalidad en su gesto: al día siguiente Jamie se habría marchado. Notó cómo se le hacía un nudo en la garganta, pero se lo tragó. Se levantó y siguió a Fraser hasta la puerta del establo.

—Jamie... —Grey le apoyó una mano en el hombro. El escocés se dio media vuelta y recompuso la expresión de su cara, pero no lo hizo lo bastante rápido como para esconder la tristeza que brillaba en sus ojos. Se quedó muy quieto mirando al inglés—. Haces bien en irte.

En los ojos de Fraser se encendió la alarma, rápidamente suplantada por cautela.

—¿Lo crees así?

—Es evidente. Si alguien prestara atención a los mozos de cuadra, esto se habría descubierto hace tiempo —dijo con sequedad. Echó un vistazo al semental bayo y alzó una ceja—. Hay sementales que dejan su sello. Tengo la impresión de que tus vástagos son inconfundibles.

Jamie no dijo nada, pero a Grey le dio la impresión de que estaba más pálido que de costumbre.

—Seguro que te has dado cuenta, bueno, puede que no —se corrigió Grey—. Supongo que no tienes espejo, ¿no?

Jamie negó con la cabeza mecánicamente.

—No —dijo distraído—. Me afeito utilizando mi reflejo en el abrevadero.

Inspiró hondo y soltó el aire muy despacio.

—Ya, claro —dijo. Miró en dirección a la casa, donde las puertas dobles estaban abiertas al pasto. Willie solía jugar allí cuando hacía buen tiempo.

Fraser se volvió, mirándolo con decisión.

—¿Me acompañas a dar un paseo?

Salió del establo sin esperar respuesta y cruzó el camino que separaba el prado del campo. No habían caminado ni medio kilómetro cuando se detuvo en un claro soleado junto a un grupo de sauces, cerca de la orilla del lago.

Grey tenía la respiración un poco acelerada de seguir sus rápidos pasos. Se reprendió por haber pasado tanto tiempo disfrutando de la paz de Londres. Evidentemente, Fraser ni siquiera estaba sudando a pesar de que hacía un día muy cálido.

Se volvió para enfrentarse a Grey sin preámbulos.

—Quiero pedirte un favor. —Sus sesgados ojos azules eran tan directos como él.

—Si temes que se lo diga a alguien... —comenzó el inglés, pero luego meneó la cabeza—. No, estoy seguro de que no me crees capaz de hacer tal cosa. A fin de cuentas ya lo sabía, o por lo menos lo sospechaba, desde hace bastante tiempo.

—No. —Una sonrisa curvó la boca de Jamie—. Sé que no lo harás. Pero quiero pedirte...

—Sí —respondió Grey inmediatamente.

Jamie reprimió una sonrisa.

—¿No quieres saber primero de qué se trata?

—Lo imagino: quieres que cuide de Willie y que te haga saber cómo está.

Jamie asintió.

—*Exacto.* —*Echó un vistazo a la casa, medio oculta entre los arces*—. *¿Sería demasiada molestia que vinieras desde Londres para verlo de vez en cuando?*

—*En absoluto* —*le interrumpió Grey*—. *Tengo que darte una noticia. Voy a casarme.*

—*¿Casarte?* —*La sorpresa de Fraser fue evidente*—. *¿Con una mujer?*

—*No creo que haya muchas opciones* —*replicó agrio el inglés*—. *Pero sí, ya que lo preguntas, voy a casarme con una mujer. Con lady Isobel.*

—*¡Por Dios, hombre! ¡No puedes hacer eso!*

—*Puedo* —*lo tranquilizó Grey con una mueca*—. *En Londres puse a prueba mi capacidad; seré un esposo adecuado, créeme. No es necesario disfrutar del acto para poder ejecutarlo. Ya lo debes de saber.*

El escocés esbozó una pequeña mueca reflexiva, no llegó a ser de desagrado, pero bastó para que Grey lo advirtiera. Jamie abrió la boca y volvió a cerrarla. Meneó la cabeza pensando mejor lo que iba a decir.

—*Dunsany es demasiado viejo para seguir administrando la finca* —*explicó John*—, *Gordon ha muerto, Isobel y su madre no pueden hacerse cargo ellas solas y nuestras familias se conocen desde hace muchos años. Es una alianza muy conveniente.*

—*¿De veras?* —*comentó Jamie con escepticismo.*

Grey se volvió hacia él y se sonrojó mientras le contestaba con aspereza.

—*De veras. El matrimonio no es sólo amor carnal. Hay mucho más que eso.*

El escocés se alejó volviéndole la espalda. Dio unos pasos y se quedó allí plantado con las botas hundidas en el barro mirando por encima de las hojas. Grey aguardó con paciencia. Aprovechó para desenredarse el pelo y reordenar la alborotada masa de cabello rubio.

Un buen rato después, Fraser volvió cabizbajo como si siguiera pensando. Cuando estuvo de nuevo frente a Grey levantó la cabeza.

—*Es cierto* —*reconoció en voz baja*—. *No tengo derecho a pensar mal de ti si no tienes intenciones de deshonrar a la chica.*

—*Por supuesto que no* —*aseguró John*—. *Además* —*añadió con más alegría*—, *eso significa que estaré permanentemente aquí para cuidar de Willie.*

—¿Renunciarás al ejército? —Alzó una de sus cejas cobrizas.

—Sí. —Sonrió con cierta melancolía—. En cierto modo, será un alivio. Creo que no estoy hecho para la vida militar.

Fraser parecía meditabundo.

—En ese caso —dijo—, te agradecería que actuaras como padrastro de... de mi hijo. —Probablemente era la primera vez que decía esa palabra en voz alta. El sonido pareció impresionarlo—. Te estaría... muy agradecido.

La voz de Jamie sonaba de tal forma que parecía que le apretara demasiado el cuello de la camisa, aunque en realidad la llevaba desabrochada. Grey lo miró con curiosidad, conforme notaba que su tez iba tomando un tono rojizo.

—A cambio... si quieres... Es decir, estaría dispuesto a...

Dominando una súbita risa, Grey apoyó la mano en el brazo del escocés y notó que éste hacía auténticos esfuerzos para no retirarlo.

—Mi querido Jamie —dijo entre la risa y la exasperación—, ¿de verdad me estás ofreciendo tu cuerpo a cambio de que te prometa cuidar de Willie?

Fraser había enrojecido hasta la raíz del pelo.

—Sí —dijo con los labios tensos—. ¿Lo quieres o no?

Grey no pudo contener la carcajada y tuvo que acabar sentándose en la hierba para recuperarse.

—Oh, Dios —dijo por fin limpiándose las lágrimas de los ojos—, ¡que haya vivido para escuchar esto!

Fraser aguardaba de pie junto a él. La luz de la mañana recortaba su silueta y encendía su pelo contra el pálido cielo azul. Grey creyó ver un vago gesto de humor y profundo alivio en aquella cara encendida.

—¿No me quieres?

Grey se puso de pie mientras se limpiaba el polvo de los pantalones.

—Es probable que te quiera hasta el día de mi muerte —dijo Grey objetivamente—. Pero a pesar de la tentación... —Negó con la cabeza y se sacudió la hierba húmeda de las manos—. ¿Crees que podría pedir o aceptar algún pago por ese favor? En realidad, me sentiría insultado por ese ofrecimiento si no fuera porque comprendo el hondo sentimiento que lo inspira.

—No era mi intención insultarte —murmuró Jamie.

Grey no sabía si reír o llorar. Le tocó con suavidad la mejilla, que ya iba recobrando su claro tono bronceado.

Luego añadió en voz más baja:

—Además —dijo bajando la voz—, no puedes darme lo que no tienes.

Grey sintió en lugar de ver la leve relajación que se adueñaba del cuerpo que tenía delante.

—Puedo darte mi amistad —dijo Jamie con dulzura—, si tiene algún valor para ti.

—Un enorme valor. —Guardaron silencio durante un momento. Por fin Grey soltó un suspiro y miró en dirección al sol—. Se está haciendo tarde. Supongo que hoy tienes mucho que hacer.

Jamie carraspeó.

—Sí. Debería estar ocupándome de mis asuntos.

—Sí, supongo que sí.

Grey se arregló el chaleco preparándose para volver, pero Jamie se retrasaba con aire incómodo. De pronto, decidido, se acercó un paso, se agachó y cogió el rostro de Grey con las manos.

John sintió aquellas manos grandes y calientes en la piel de su cara, suaves y fuertes como el roce de una pluma de águila, y la boca ancha y suave de Jamie tocó la suya. Hubo una fugaz impresión de ternura, de fuerza contenida y regusto a cerveza y pan recién horneado. Desapareció al momento. John Grey se quedó parpadeando bajo el sol intenso.

—Vaya —dijo.

Jamie esbozó una tímida sonrisa de medio lado.

—Bueno —dijo—, no creo que me haya envenenado.

Luego se dio media vuelta y desapareció por entre los sauces dejando solo a John Grey.

El gobernador calló un instante. Luego levantó la vista con una triste sonrisa.

—Ésa fue la primera vez que me tocó por propia voluntad —dijo en voz baja—. Y la última... hasta esta noche, cuando le di la otra copia del retrato.

Me había quedado completamente inmóvil, con la copa de coñac olvidada en la mano. No estaba segura de lo que sentía: sorpresa, furia, horror, celos y compasión; en oleadas sucesivas que se entremezclaban en ráfagas de emociones confusas. Hacía sólo unas horas, una mujer había muerto de forma violenta a poca distancia y, sin embargo, aquella escena parecía irreal comparada con el pequeño retrato, una diminuta e insignificante fotografía pintada en distintos tonos de rojo. Por un segundo ni John ni yo nos preocupamos por el crimen o la justicia, o por nada que no tuviera que ver con nosotros.

El gobernador me estudiaba atentamente.

—Debería haberla reconocido en el barco —dijo—. Claro que, en ese momento, la creía muerta.

—Bueno, estaba oscuro —dije como una idiota. Me aparté los rizos de la cara, estaba mareada por el coñac y el cansancio. Entonces caí en la cuenta—. ¿Reconocerme? ¿Cómo, si no me había visto nunca?

Él vaciló y luego asintió.

—¿Recuerda un bosque oscuro, cerca de Carryarrick, en las Highlands escocesas hace veinte años? ¿Y a un joven con el brazo roto? Usted me curó.

Levantó un brazo a modo ilustrativo.

—Por los clavos de Roosevelt... —Bebí un trago de coñac que me hizo toser. Lo miré, parpadeando con los ojos llenos de lágrimas. Al saber quién era pude recordar sus finos y ligeros huesos, y entrever el suave perfil del chico que fue en su día.

—Antes de los suyos, nunca había visto los pechos de una mujer —comentó con ironía—. Fue un verdadero golpe.

—Del que parece haberse repuesto —observé fríamente—. Por lo visto, ha perdonado usted a Jamie por la fractura del brazo y por amenazarle de muerte.

Se sonrojó un poco y dejó la copa sobre la mesa.

—Yo... bueno, sí —dijo sin más.

Pasamos un rato en silencio, sin saber qué decir. Él cogió aire una o dos veces como si estuviera a punto de decir algo, pero luego cambiaba de idea. A final cerró los ojos como si encomendase su alma a Dios, los abrió y me miró.

—¿Sabe...? —empezó a decir, luego se detuvo. Tenía la vista fija en sus manos en lugar de mirarme a mí. Una piedra azul brilló en su nudillo, reluciente como una lágrima. Por fin dijo suavemente—: ¿Sabe lo que significa amar a alguien y no poder ofrecerle paz, alegría o felicidad jamás? —Levantó la cabeza; sus ojos estaban llenos de dolor—. ¿Saber que no puedes hacerle feliz, no por tu culpa o de él, sino sólo porque no eres, por nacimiento, la persona adecuada?

Guardé silencio. Ya no estaba viendo su cara, sino otra igual de atractiva, pero más morena. Ya no sentía el cálido aliento de la noche del trópico, sino la mano helada del invierno de Boston. Veía el palpitar de las luces de un latido de corazón sobre las frías sábanas blancas del hospital.

«Sólo porque no eres, por nacimiento, la persona adecuada.»

—Lo sé, sí —murmuré apretando las manos en el regazo. Yo le pedí a Frank que me dejara. Pero él no pudo hacerlo. De la misma forma que yo no podía amarlo como se merecía después de haber encontrado a mi pareja en otra parte. «Oh, Frank —pensé—, perdóname.»

—Supongo que le estoy preguntando si cree usted en el destino —prosiguió lord John con la sombra de una sonrisa revoloteándole en la cara—. Parece la persona más indicada para decírmelo.

—Eso parece, ¿verdad? —reconocí con tristeza—. Pero no sé más que usted.

Su expresión se dulcificó al contemplar el retrato que sostenía en la mano.

—Tal vez he sido más afortunado que la mayoría —musitó—. Sólo aceptó una cosa de mí. Y a cambio me ha dado algo precioso.

Sin darme cuenta me puse los dedos en el vientre. Jamie me había dado el mismo don... pagando a cambio un coste igualmente enorme.

En el pasillo se oyó ruido de pisadas amortiguadas por la alfombra. Después de un recio golpe en la puerta, un miliciano asomó la cabeza.

—Si la señora ya está repuesta, el capitán Jacobs ha concluido su interrogatorio y el carruaje de monsieur Alexandre está esperando.

Me levanté precipitadamente.

—Estoy bien. —Me volví hacia el gobernador sin saber qué decirle—. Le agradezco... esto que...

Me hizo una reverencia formal y rodeó el escritorio para despedirse de mí.

—Lamento muchísimo que haya tenido que pasar por una experiencia tan desagradable, señora —dijo sin otra intención que la diplomacia. Había retomado sus modales oficiales, tan suaves y pulidos como la madera del suelo.

Seguí al militar, pero ya en el umbral me volví por un impulso.

—Cuando nos conocimos aquella noche, a bordo del *Marsopa*... me alegro que no supiera usted quién era yo. Lo aprecio... desde entonces.

Se quedó allí plantado un segundo, educado y distante.

—Yo también la aprecio —dijo, perdiendo la máscara diplomática—. Desde aquel momento.

• • •

Era como si viajara junto a un desconocido. En el cielo empezaba a clarear, haciendo visible, pese a la penumbra del carruaje, el cansancio en la cara de Jamie. En cuanto nos alejamos de la casa del gobernador se quitó aquella ridícula peluca deshaciéndose de la fachada de educado francés para volver a reencontrarse con el escocés que se escondía debajo. Su pelo suelto ondeaba sobre sus hombros y se veía oscuro bajo aquella luz mortecina previa al alba que le roba el color a todo.

—¿Crees que ha sido él? —pregunté sólo por decir algo.

Encogió los hombros sin abrir los ojos.

—No lo sé. —Parecía exhausto—. Esta noche me lo he preguntado mil veces... y me lo han preguntado muchas más. —Se frotó la frente con los nudillos—. No puedo imaginármelo haciendo algo así. Y sin embargo... ya sabes que cuando está borracho es capaz de cualquier cosa. No sería la primera vez que mata en ese estado. ¿Recuerdas al agente de aduanas del burdel?

Asentí y Jamie se inclinó hacia delante apoyando los codos sobre las rodillas y enterrando la cabeza en las manos.

—Pero esto es diferente —dijo—. No me lo puedo imaginar, pero es posible. Ya oíste lo que dijo sobre las mujeres en el barco. Y si esa tal señora Alcott estuvo jugando con él...

—Lo hizo —dije—. Yo la vi.

Asintió sin levantar la mirada.

—Aunque también coqueteó con más gente. Pero si le dio falsas esperanzas y luego lo rechazó o se rió de él... Teniendo en cuenta que estaba borracho y que había cuchillos en todas las paredes... —Suspiró y se incorporó—. Sólo Dios lo sabe —dijo con aire sombrío—. Yo no. —Se pasó una mano por la cabeza y se atusó el pelo—. Hay algo más. Me vi obligado a decir que apenas conocía a Willoughby, que nos conocimos en el viaje desde la Martinica y lo traje por cortesía, sin saber de dónde venía o qué clase de persona era.

—¿Te creyeron?

Me miró con ironía.

—Sí. Pero el paquebote vuelve dentro de seis días. Cuando interroguen al capitán, descubrirán que nunca había visto a monsieur Etienne Alexandre ni a su esposa y mucho menos a un pequeño asesino amarillo.

—Eso podría ser bastante incómodo —observé, pensando en Fergus y el militar—. El asunto nos está poniendo gente en contra.

—Peor será si pasan seis días sin que lo hayan encontrado —me aseguró—. Y puede que ése sea más o menos el tiempo que tarde en correr el rumor entre Blue Mountain House y Kingston sobre los visitantes de los MacIver. Todos sus sirvientes conocen nuestro nombre.

—¡Mierda!

Eso lo hizo sonreír y volví la cabeza para mirarlo.

—Muy expresiva, Sassenach. Eso quiere decir que tenemos seis días para encontrar a Ian. Tendré que ir a Rose Hall cuanto antes, pero creo que necesito descansar un poco antes de salir. —Bostezó tapándose la boca con la mano y negó con la cabeza mientras parpadeaba.

No volvimos a hablar hasta que llegamos a Blue Mountain House y caminamos de puntillas por la casa dormida hasta nuestro dormitorio.

Me cambié en el vestidor, aliviada de poder quitarme el corsé. Luego me quité también las horquillas para poder soltarme el pelo. Me puse un camisón de seda y entré en la habitación, donde me encontré a Jamie de pie junto a la puerta sin más ropa que su camisa y mirando al lago de agua salada.

Cuando me oyó entrar se volvió llevándose un dedo a los labios.

—Ven a ver —me susurró.

En la laguna había un pequeño grupo de manatíes. Sus enormes cuerpos grises brillaban bajo las oscuras aguas cristalinas y se elevaban como suaves rocas húmedas. También se oía el canto de algunos pájaros despertando por entre las ramas de los árboles que rodeaban la casa. Aparte de eso, el único sonido que se oía eran los frecuentes resoplidos que emitían los manatíes cuando sacaban la cabeza en busca de aire y algún escalofriante grito a lo lejos cuando se llamaban entre ellos.

Los observamos en silencio uno al lado del otro. Cuando los primeros rayos de sol tocaron la superficie, la laguna empezó a vestirse de tonos verdes.

En ese estado de extrema fatiga, en el que uno tiene todos los sentidos a flor de piel, sentía la presencia de Jamie como si lo estuviera tocando.

Las revelaciones de John Grey habían despejado la mayor parte de mis dudas y temores; no obstante, quedaba en pie el hecho de que Jamie no me hubiera contado lo de su hijo. Tenía buenos motivos para mantenerlo en secreto, pero ¿no me creía capaz de guardar silencio? Se me ocurrió que tal vez lo había hecho por la madre, que tal vez la hubiera amado a pesar de la impresión que hubiera podido darle a Grey.

Estaba muerta. ¿Tanto importaba si la había amado? La respuesta era sí. Yo llevaba veinte años pensando que Jamie estaba muerto, y eso no cambió ni un ápice lo que sentía por él. ¿Y si él había amado a aquella joven inglesa de la misma forma? Tragué el nudo que sentía en la garganta, reuniendo valor para preguntárselo.

La expresión de su rostro era abstraída, fruncía el ceño a pesar de la belleza del alba que despertaba en la laguna.

—¿En qué piensas? —pregunté por fin sintiéndome incapaz de pedirle explicaciones y temiendo preguntarle la verdad.

—Se me ha ocurrido algo —dijo mientras contemplaba los manatíes de la laguna—. Con respecto a Willoughby.

Los sucesos de la noche se me antojaban lejanos e insignificantes. Y, sin embargo, se había cometido un asesinato.

—¿El qué?

—Al principio me parecía imposible que él lo hubiera hecho... ¿Cómo podría hacerlo un hombre? —Guardó silencio un momento deslizando un dedo por el vaho condensado de la ventana—. Y aun así...

Se volvió hacia mí, atribulado

—Quizá sí que lo entienda. Estaba solo, muy solo.

—Un extraño, en una tierra extraña —dije en voz baja recordando los poemas que escribía en abierto secreto de gruesa tinta negra, y que después enviaba volando a su lejano hogar, encomendados al mar con alas de papel blanco.

—Exacto. —Se detuvo a pensar pasándose una lenta mano por el pelo que brillaba cobrizo a la luz del nuevo día—. Cuando un hombre está tan solo... Tal vez sea indecente decirlo, pero hacer el amor con una mujer puede ser la única manera de olvidar durante un rato.

Bajó la mirada y volvió las manos para acariciarse la longitud de su maltrecho dedo corazón con el dedo índice de la mano izquierda.

—Por eso me casé con Laoghaire —dijo en voz baja—. No fue por insistencia de Jenny, ni por piedad hacia ella y las pequeñas, ni siquiera por acostarme con ella. —Esbozó una débil sonrisa por un momento—. Fue por la necesidad de olvidar que estaba solo —concluyó en voz baja.

Se volvió hacia la ventana, inquieto.

—Así que estoy pensando que si el chino fue hacia ella porque quería eso, porque lo necesitaba... y ella lo rechazó... —Se encogió de hombros y miró en dirección al frío verde de la laguna—. Sí, tal vez pudo hacerlo —afirmó.

Me quedé de pie junto a él. En el centro de la laguna un manatí se asomó a la superficie y se dio media vuelta para exponer al sol la cría que llevaba en el pecho.

Callamos durante varios minutos. No sabía cómo llevar la conversación hacia lo que había visto y oído en casa del gobernador.

No lo vi, pero sentí cómo tragaba saliva, y entonces dejó de mirar por la ventana y se volvió hacia mí. En la cara de Jamie había señales de cansancio, pero también la misma decisión que antes de iniciar una batalla.

—Claire —dijo.

Me puse rígida. Sólo en los momentos más graves me llamaba por mi nombre.

—Claire, debo decirte algo.

—¿Qué? —Llevaba un buen rato pensando en cómo preguntárselo, pero de repente no quería oírlo. Quise apartarme de él, aunque me sujetó por el brazo.

Llevaba algo escondido dentro del puño. Me cogió de la mano y me puso algo en la palma. Sin mirarlo, supe de qué se trataba. Podía sentir el relieve del delicado contorno ovalado y la leve aspereza de la superficie pintada.

—Claire. —Vi el leve temblor que le recorría la garganta al tragar—. Claire, he de decírtelo. Tengo un hijo.

Abrí la mano sin decir nada. Era la misma cara que había visto en el despacho de Grey: una versión infantil del hombre que tenía ante mí.

—Debería habértelo dicho antes. —Me estudió el rostro, tratando de adivinar lo que yo sentía. Por una vez, mi traicionero semblante debió de permanecer completamente inalterable . Lo habría hecho, pero... —Inspiró hondo para coger fuerzas y poder seguir—. No se lo he dicho a nadie. Ni siquiera a Jenny.

Eso me sorprendió tanto que me quedé sin habla.

—¿Jenny no lo sabe? —dije sobresaltada.

Negó con la cabeza y se volvió de nuevo hacia los manatíes. Alarmados por el ruido de nuestra conversación, se habían retirado a cierta distancia, pero se volvieron a relajar pastando entre la hierba del agua en la orilla de la laguna.

—Fue en Inglaterra. Es... no podía decir que era mío. Es bastardo, ¿comprendes? —Quizá era el sol lo que le enrojecía las mejillas. Se mordió el labio y prosiguió—. No lo veo desde que era un crío y no creo que vuelva a verlo a excepción de esta pequeña fotografía.

Me cogió el retrato y lo acunó en la palma de su mano como si fuera la cabeza de un bebé. Parpadeó y se inclinó sobre él.

—Tenía miedo de decírtelo —reconoció en voz baja—. Podías pensar que yo había engendrado bastardos por todas partes y que no me interesaría tanto por Brianna si tenía otro hijo, pero la quiero mucho más de lo que puedo expresar. —Levantó la cabeza para mirarme de frente—. ¿Me perdonas?

—¿La...? —Las palabras me sofocaban, pero debía pronunciarlas—. ¿La querías?

La cara se le llenó de tristeza, pero no apartó la mirada.

—No —dijo en voz baja—. Ella... me deseaba. Debí haber buscado el modo de disuadirla, pero no pude. Quiso que me acostara con ella y lo hice y... eso la llevó a la muerte.

Entonces bajó la cabeza, ocultando los ojos bajo sus largas pestañas.

—Soy culpable ante Dios de su muerte, quizá más culpable porque no la amaba.

Sin decir nada, levanté una mano para tocarle la mejilla. Posó la suya sobre la mía con fuerza y cerró los ojos. Había un geco en la pared que teníamos al lado. Su piel era casi del mismo color amarillo que el de la pintura de la pared y en ella se empezaba a reflejar la luz del día.

—¿Cómo es? —pregunté suavemente—. Tu hijo.

Sonrió sin abrir los ojos.

—Terco y malcriado —dijo con suavidad—; con malos modales; grita y tiene mal carácter. —Tragó saliva—. Y es hermoso, alegre y fuerte —concluyó en voz baja. Apenas lo oía.

—Y tuyo —añadí.

Me apretó la mano sosteniéndola contra la barba incipiente de su mejilla.

—Y mío —dijo. Inspiró hondo y vi el brillo de sus lágrimas por debajo de sus párpados cerrados.

—Deberías haber confiado en mí —dije al fin.

Entonces Jamie asintió despacio y abrió los ojos sin soltarme la mano.

—Quizá —dijo en voz baja—. Y, sin embargo, no dejaba de pensar en cómo contártelo todo: lo de Geneva, lo de Willie y John... ¿Sabes lo de John? —Frunció el ceño, pero se tranquilizó al ver que asentía.

—Me lo ha contado todo.

Alzó las cejas, pero prosiguió.

—Cuando descubriste lo de Laoghaire, ¿cómo podía explicarte la diferencia?

—¿Qué diferencia?

—Geneva, la madre de Willie, quería mi cuerpo —explicó suavemente observando los costados palpitantes del geco—. Laoghaire, mi apellido y el trabajo de mis manos como sustento. —Entonces volvió la cabeza y clavó sus pálidos ojos azules en los míos—. John... bueno. —Se encogió de hombros—. Nunca pude darle lo que deseaba... y como es un buen amigo, no me lo ha pedido. Pero ¿cómo puedo explicarte todo esto y luego decirte que sólo te he amado a ti? ¿Qué debo hacer para que me creas?

La pregunta se quedó suspendida entre nosotros brillando como un reflejo del agua.

—Si me lo dices, te creeré —le dije.

—¿De veras? ¿Por qué? —dijo atónito.

—Porque eres un hombre sincero, Jamie Fraser —respondí, sonriendo para no llorar—. Y que el Señor se apiade de ti.

—Sólo a ti —repitió en voz baja—. Para adorarte con mi cuerpo y con mis manos. Para darte mi apellido y toda mi alma. Sólo a ti. Porque no me dejas mentir... y aun así me amas.

Sólo entonces lo toqué, apoyándole una mano en el brazo.

—Ya no estás solo, Jamie —le dije con suavidad.

Me sujetó por los brazos, mirándome la cara.

—Te lo juré cuando nos casamos —dije—. Entonces no lo sentía, pero lo juré... y ahora lo siento.

Le di la vuelta a su mano entre las mías sintiendo la fina y suave piel de la base de su muñeca, justo donde su pulso latía bajo mis dedos, donde en una ocasión utilizó la hoja de su cuchillo para cortarse la piel y derramar su sangre y mezclarla con la mía para siempre.

—Sangre de mi sangre... —susurré juntando mi muñeca con la suya. Pulso contra pulso, latido contra latido.

—Carne de mi carne. —Su murmullo sonó grave y sensual.

Se arrodilló ante mí para poner sus manos cruzadas entre las mías; era el gesto con el que los escoceses de las Highlands juraban lealtad a sus jefes.

—Te doy mi espíritu —añadió con la cabeza inclinada.

—Para que los dos seamos uno —completé suavemente—. Hasta el final de nuestra vida. Pero no ha terminado todavía, Jamie, ¿verdad?

Entonces se incorporó para quitarme la camisa. Me tendí desnuda en la cama y lo atraje hacia mí bajo aquella pálida luz amarilla para llevármelo a casa, a casa, y a casa de nuevo. Ninguno de los dos estuvo solo.

60

El aroma de las piedras preciosas

Rose Hall se encontraba a quince kilómetros de Kingston. El camino que subía hasta las montañas azules era una serpenteante senda, empinada y llena de polvo rojizo, invadida por las hierbas y tan estrecha que tuvimos que recorrer uno detrás de otro la mayor parte del trayecto. Yo seguía a Jamie por los oscuros y perfumados túneles de ramas, bajo cedros que alcanzaban los treinta metros de altura. A la sombra de los árboles crecían enormes helechos y sus cabezas eran tan grandes como auténticos violines.

Todo estaba en calma a excepción de los graznidos de los pájaros que cantaban por entre la maleza, e incluso sus cánticos parecían formar parte de ese silencio. De repente el caballo de Jamie se paró en seco y luego retomó el paso resoplando. Aguardamos para dejar pasar a una diminuta serpiente que zigzagueó por el camino hasta ocultarse bajo los matorrales. Traté de ver por dónde se había ido, pero no conseguí ver más de tres metros desde el extremo de la carretera; a partir de ese punto no veía salvo una espesura de frías sombras verdes. Abrigué la esperanza de que el señor Willoughby hubiera escapado por allí, nadie conseguiría encontrarlo nunca en un sitio como aquél.

Pese a la intensa búsqueda que realizaba en la ciudad la milicia de la isla, no habían encontrado al chino, y mañana se esperaba la llegada de un destacamento especial de la Marina, enviado desde Antigua. Mientras tanto, las casas de Kingston permanecían cerradas como bóvedas bancarias y sus propietarios, armados hasta los dientes.

La ciudad tenía un aspecto peligroso y tanto los oficiales de la Marina como el coronel de la milicia opinaban que, si capturaban al chino, difícilmente sobreviviría para llegar a la horca.

—Supongo que lo harán pedazos —dijo el coronel Jacobs cuando nos acompañó a casa desde la residencia la noche del asesinato—. Me aventuraría a afirmar que le arrancarán las pelotas y se las harán tragar —añadió con evidente satisfacción ante la idea.

—Me aventuraría —murmuró Jamie en francés mientras me ayudaba a subir al carruaje.

Yo sabía que el asunto del señor Willoughby continuaba preocupándole. Había estado silencioso y pensativo en nuestro trayecto hasta las montañas, pero no podíamos hacer nada. Si era inocente, no podíamos salvarlo, y si era culpable, tampoco podíamos entregarlo. Nuestra esperanza radicaba en que no fueran capaces de encontrarlo.

Y mientras tanto contábamos con cinco días para encontrar al joven Ian. Si estaba en Rose Hall, todo saldría bien. Y si no...

Una cerca y un pequeño portón separaban la plantación de la selva circundante. En el interior habían sustituido la maleza por caña de azúcar y café. A cierta distancia de la casa y en una loma distinta, se erigía un edificio sencillo y muy grande confeccionado con barro y techos de paja. De su interior salían y entraban personas de piel oscura y en toda la estancia flotaba un leve aroma a azúcar quemado. Por debajo de la refinería —o por lo menos eso me pareció que era—, había una gran prensa de azúcar, de aspecto primitivo. Consistía en un par de enormes tablones de madera cruzados formando una gran X y colocados sobre un huso colosal que coronaba el cuerpo de la prensa. Encima había dos o tres hombres, pero no estaba en funcionamiento; los bueyes que tiraban de ella pastaban a cierta distancia.

—¿Cómo transportan el azúcar desde aquí? —pregunté con curiosidad recordando el estrecho camino por el que habíamos subido—. ¿A lomos de una mula? —Me quité algunas agujas de cedro de los hombros del abrigo para ponerme presentable.

—No —respondió Jamie, distraído—. En barcazas, aprovechando el descenso del río. Está justo ahí, debajo del diminuto camino que se ve desde la casa.

Señaló la dirección haciendo un gesto con la barbilla. Tenía las riendas cogidas con una mano y utilizaba la otra para sacudirse el polvo del viaje de las faldas de la casaca.

—¿Lista, Sassenach?

—Más que nunca.

Rose Hall era una casa de dos plantas, larga y de grandes proporciones; el techo era de costosa pizarra, y no de hojalata como el que cubría la mayor parte de residencias de los colonos. Un porche salpicado de ventanas y puertas francesas rodeaba una de las fachadas laterales. Junto a la puerta principal crecía un gran rosal amarillo que trepaba por una espaldera y resbalaba por el alero del tejado. El olor de su perfume dificultaba la respiración, aunque quizá fuera la excitación lo que me quitaba el aliento. Mientras esperábamos a que nos atendieran miré a mi alrededor, tratando de divisar alguna silueta de piel blanca cerca de la refinería de azúcar.

—¿Sí, señó? —Una esclava madura había abierto la puerta y nos miraba con curiosidad. Era corpulenta, llevaba un blusón blanco de algodón y un turbante rojo en la cabeza. Su piel era del mismo color dorado que tenían las flores de la espaldera.

—Somos el señor y la señora Malcolm. Nos gustaría ver a la señora Abernathy —dijo Jamie, cortés.

La mujer pareció desconcertada. No debían de recibir visitas habitualmente; al final abrió la puerta de par en par.

—Pasar al salón, por favor, señor —dijo con el suave deje propio de la zona—. Voy a preguntá al ama si pue recibir.

La amplia habitación era larga y estaba muy bien proporcionada. Se hallaba iluminada por enormes ventanas que se abrían a un lado. La pared del fondo la ocupaba casi por completo la chimenea, una enorme estructura con repisa de piedra. En su interior uno hubiera podido asar un buey sin la menor dificultad, y la presencia del enorme asador sugería que el propietario de la casa lo hacía a menudo.

La esclava nos había conducido hasta un sofá en el que nos invitó a sentarnos. Yo me senté mirando a mi alrededor, pero Jamie siguió paseando inquieto por el salón sin dejar de mirar por las ventanas con vistas a los campos de caña que había junto a la casa.

Era una estancia un tanto extraña. Por un lado estaba muy bien amueblada con sillones de mimbre y caña con grandes almohadones. En el antepecho de una de las ventanas se alineaban varias campanillas de plata ordenadas por tamaños, de pequeña a grande. En la mesa que tenía a la altura del codo, vi un grupo de figuras de piedra y terracota que parecían fetiches o ídolos primitivos en forma de mujer embarazada o con enormes y redondeados pechos y caderas de dimensiones exageradas, de una sensualidad perturbadora; aunque aquélla no era una época demasiado moralista en cuanto al sexo, tampoco era habitual encontrar semejantes objetos en un salón de ninguna época histórica. Las reliquias jacobitas, en cambio, resultaban más ortodoxas y alentadoras. Una caja de rapé de plata, una jarra de cristal, un abanico decorado, una enorme bandeja, incluso la gran alfombra del suelo; todo decorado con la cuadrada rosa blanca de los Estuardo. Eso no era tan extraño: muchos de los jacobitas que abandonaron Escocia tras la batalla de Culloden se habían ido a las Antillas en busca del modo de recuperar sus fortunas perdidas. La imagen me dio esperanzas.

Pensé que si la dueña de la casa simpatizaba con los Estuardo, tal vez estuviera dispuesta a ayudar a un compatriota escocés. «Siempre que el chico esté aquí», me advirtió esa vocecita escondida en mi cabeza.

Sonó un ruido de pisadas que se acercaban por la puerta que había junto al hogar, y la dueña de la casa entró en el salón. Me puse en pie de un salto y Jamie soltó un gruñido, como si hubiera recibido un golpe; la impresión hizo que la taza de plata que tenía en la mano cayera al suelo.

—Veo que conservas la figura, Claire. —Me miraba con la cabeza inclinada y ojos verdes divertidos.

Me quedé demasiado paralizada para responder, aunque pensé que no habría podido decir lo mismo de ella.

Geillis Duncan siempre había tenido pechos voluptuosos y curvas abundantes. Todavía conservaba la piel cremosa, pero sus dimensiones se habían vuelto bastante más generosas. Vestía una holgada túnica de muselina bajo la cual se apreciaba el movimiento de las carnes blandas. Los delicados huesos de su rostro ya llevaban un buen tiempo sumergidos bajo su apariencia rolliza, pero sus ojos seguían llenos de humor y malicia. Inspiré hondo tratando de recobrar la voz.

—Espero que no te lo tomes a mal —dije, y me dejé caer en el sillón de mimbre—, pero ¿por qué no has muerto?

Se rió. El timbre de su voz era el mismo que el de una jovencita.

—¿Crees que debería ser así? No eres la primera y supongo que no serás la última.

Se sentó entornando unos ojos verdes rebosantes de diversión. Saludó a Jamie de pasada mediante un gesto de la cabeza y dio una palmada para llamar a un sirviente.

—¿Una taza de té? —me preguntó—. Después te leeré los posos. Tengo buena reputación como pitonisa.

913

Rió otra vez y sus rollizas mejillas enrojecieron de júbilo. Si mi presencia la había sorprendido tanto como a mí la suya, sabía disimularlo.

—Té —ordenó a la esclava negra que acudió a su llamada—. Del especial que hay en la lata azul, con tortas de nuez. ¿Verdad que comeréis algo? —preguntó volviéndose hacia mí—. Ésta es una ocasión especial. Me preguntaba —comentó ladeando la cabeza como si fuera una gaviota que valora las posibilidades de capturar un pescado— si volveríamos a vernos después de aquel día en Cranesmuir.

Ya empezaba a recuperar el ritmo habitual de mis pulsaciones y mi estupefacción comenzaba a ceder ante la curiosidad. Notaba cómo se me amontonaban las preguntas y elegí una al azar.

—¿Me conocías ya cuando nos encontramos en Cranesmuir? —pregunté.

Negó con la cabeza y algunos mechones de cremoso pelo blanco se le soltaron de las horquillas y se deslizaron por el cuello. Se llevó la mano al pelo mirándome con interés.

—Al principio, no. Aunque me resultabas muy extraña... y no era la única que lo pensaba. Cruzaste a través de las piedras sin estar preparada, ¿verdad? No lo hiciste a propósito.

«Entonces no», iba a decir, pero me contuve.

—Fue por accidente. Pero tú lo haces adrede. Desde 1967, ¿no?

Asintió mientras me estudiaba con atención. Tenía el ceño fruncido y la arruga se intensificó al mirarme.

—Sí, para ayudar al príncipe *Tearlach*. —Hizo una repentina mueca con los labios, como si hubiera comido algo con mal sabor. Luego, de repente, volvió la cabeza y escupió. El salivajo aterrizó en el pulido suelo de madera con un audible *plop*—. *An gealtaire salach Atailteach!* —dijo—. ¡Ese italiano cobarde! —Se le oscurecieron los ojos y brillaron con una luz poco agradable—. De haberlo sabido, habría ido a Roma para matarlo cuando aún estábamos a tiempo. Claro que su hermano Enrique no habría sido mejor. Ese es un llorón sin huevos. De cualquier modo, después de Culloden era inútil cualquier Estuardo.

Suspiró y cambió de postura. El ratán de la silla crujió bajo su peso. Hizo un gesto de impaciencia para olvidar a los Estuardo.

—Pero eso ya acabó. Viniste por accidente; cruzaste las piedras en torno al Beltane, ¿no? Así suele ocurrir.

—Sí —dije sorprendida—. Crucé en Beltane. Pero ¿qué quieres decir con que así suele ocurrir? ¿Has conocido a muchas personas en nuestra situación? —concluí vacilante.

Negó con la cabeza, distraída.

—No muchos. —Parecía estar pensando algo, pero tal vez fuera sólo en el té, pues hizo sonar la campanilla de plata con violencia—. ¡Maldita Clotilda! ¿Como nosotras? —dijo retomando la conversación—. No, no muchas. No, sólo una más, que yo sepa. Cuando te vi la cicatriz de la vacuna en el brazo, podrías haberme derribado de un soplo, enseguida me di cuenta de que eras igual que yo.

Se llevó la mano a su fornido brazo, donde se adivinaba la pequeña cicatriz de una vacuna asomando por debajo de la vaporosa muselina. Volvió a ladear la cabeza como un pájaro observándome con uno de sus brillantes ojos verdes.

—Al decir que así suele ocurrir me baso en las leyendas. Gente que desaparece en círculos embrujados y anillos de piedras. Generalmente cruzan en Beltane o en Samhain; algunos, en los Festivales del Sol: los solsticios de verano o de invierno.

—¡Ésa era la lista! —exclamé recordando la libreta que había dejado a Roger Wakefield—. Tenías una lista de fechas e iniciales: casi doscientas. No sabía lo que eran, pero me fijé en que las fechas eran casi todas días de abril o principios de mayo, o ya de finales de octubre.

—Exacto. ¿Así que encontraste mi libreta? —Me observaba fijamente—. ¿Por eso me buscabas en Craigh na Dun? Porque fuiste tú, ¿verdad?, la que gritó mi nombre cuando iba a cruzar por las piedras.

—Gillian —dije. Vi que sus pupilas se ensanchaban al oír su antiguo nombre, pero su expresión permaneció inalterable—. Gillian Edgars. Fui yo, sí. No sabía si podrías verme en la oscuridad.

Todavía recordaba el oscuro círculo de piedras y, en el centro, la hoguera y la figura de una chica junto a ella.

—No te vi —me dijo—. Eso fue más tarde, cuando te oí gritar durante el juicio por brujería, me pareció reconocer tu voz. Y después, al verte la marca en el brazo... —Se encogió de hombros y la muselina se le pegó al cuerpo—. ¿Quién te acompañaba aquella noche? —preguntó curiosa—. Había dos personas: un joven moreno y una muchacha.

Cerró los ojos concentrándose, y luego los abrió para mirarme fijamente.

—Luego pensé que ella me resultaba familiar, pero no pude identificarla. Aunque hubiera jurado que ya había visto su cara. ¿Quién era?

—Señora Duncan... ¿O debo llamarla señora Abernathy? —interrumpió Jamie con una reverencia formal. La sorpresa inicial de su aparición se estaba disipando, pero seguía pálido y se podían apreciar sus prominentes pómulos bajo la piel estirada de su rostro.

Lo miró una vez y luego lo volvió a mirar como si reparara en él por vez primera.

—¡Caramba, pero si es el pequeño zorro! —exclamó divertida. Lo miró con cautela de arriba abajo apreciando cada detalle de su apariencia con interés—. Te has convertido en un hombre muy apuesto, ¿no? —dijo. Se recostó en la silla, que crujió con ganas bajo su peso, y lo estudió con atención—. Tienes todo el aspecto de los MacKenzie, muchacho. Siempre lo fuiste, pero ahora que eres mayor se aprecia mejor el parecido con tus dos tíos.

—No dudo que Dougal y Colum se alegrarían de saber que los recuerda usted tan bien —dijo Jamie mirándola tan fijamente como ella lo observaba a él.

Jamie nunca había sentido ningún aprecio por aquella mujer, y era muy improbable que fuera a cambiar de opinión a esas alturas. Pero no se podía permitir enfrentarse a ella teniendo en cuenta que quizá tuviera a Ian escondido en alguna parte.

La llegada del té impidió la respuesta que podría haberle dado. Jamie se acercó a mí y se sentó a mi lado en el sofá. Geillis se comportó como una anfitriona convencional que sirviera el té a sus invitados. Como si quisiese conservar aquella ilusión, nos ofreció el azucarero y la jarra de leche, y se recostó de nuevo para seguir charlando.

—Si me permite la pregunta, señora Abernathy —continuó Jamie—, ¿cómo llegó usted aquí?

Callaba por cortesía la pregunta más importante: «¿Cómo se libró de que la quemaran por bruja?» Ella se echó a reír parpadeando con coquetería.

—Bueno, tal vez recuerdes que entonces, en Cranesmuir, estaba esperando un hijo.

—Sí, creo recordarlo. —Jamie le dio un sorbo a su té al tiempo que se sonrojaba un poco. Tenía muy buenos motivos para recordarlo porque ella se había arrancado la ropa en medio del juicio, revelando el bulto secreto que le salvaría la vida, al menos durante un tiempo.

Sacó su delicada lengua rosa y se lamió las gotitas de té que se habían quedado colgadas a su labio superior.

—¿Has tenido hijos? —me preguntó.

—Sí.

—Un esfuerzo terrible, ¿no? Arrastrarse como una cerda embarrada. Y después que te desgarre algo que parece una rata ahogada. —Negó con la cabeza con un gruñido asqueado—. ¡Oh, las maravillas de la maternidad! Aunque no debería quejarme, porque esa ratita me salvó la vida. Por malo que sea el parto, peor es la hoguera.

—Supongo que sí, aunque no he probado lo último —dije.

Con la risa, Geillis se atragantó con el té y se salpicó el vestido. Luego se lo limpió con actitud despreocupada mientras me miraba divertida.

—Bueno, yo tampoco, pero los he visto arder, muñeca. Es peor que estar en un agujero lleno de barro viendo cómo te crece la panza.

—¿Cuánto tiempo estuviste en el hoyo de los ladrones? —La cuchara de plata estaba fría, pero me empezó a sudar la mano cuando recordé el hoyo de los ladrones de Cranesmuir. Yo había pasado tres días allí con Geillis Duncan, acusada de brujería. Pero ¿cuánto tiempo habría pasado ella?

—Tres meses —respondió contemplando su taza—. Tres meses con los pies helados y llena de parásitos oliendo a comida y tumba día y noche. —Levantó la vista con un gesto de amarga diversión—. Pero el niño nació con todos los lujos. Cuando comencé a tener dolores me sacaron de allí. En aquel estado no había peligro de que huyera, ¿no? Y el niño nació en mi antiguo dormitorio de la casa del fiscal.

Tenía los ojos un tanto nublados y me pregunté si todo el líquido de su taza sería té.

—Los marcos de mis ventanas tenían diamantes incrustados, ¿te acuerdas? Todo estaba decorado en tonos violeta, verde y blanco, era la mejor casa de la aldea. —Sonrió al recordarlo—. Me dejaron coger al niño y la luz verde de la estancia le iluminó la cara. Parecía que se hubiera ahogado. Pensaba que estaría frío, como un cadáver, pero no, estaba cálido. Estaba tan cálido como los testículos de su padre.

De pronto soltó una risa fea.

—¿Por qué serán tan tontos los hombres? Los sujetas por la verga y los llevas a cualquier sitio... durante un tiempo. Después, les das un hijo varón y los tienes nuevamente cogidos por los cojones. Pero eso es todo cuanto significas para ellos, tanto si están entrando como saliendo: sólo eres un coño.

Estaba recostada en la silla. Tras decir aquello separó las piernas y alzó el vaso a modo de irónico brindis sobre el hueso púbico al tiempo que entornaba los ojos por encima de la hinchazón de su tripa.

—Bueno, ¡brindo por ello! Es lo más poderoso del mundo. Los negros lo saben. —Le dio un buen trago a su bebida—. Tallan esos ídolos que son pura panza, coño y tetas. Igual que hacen los hombres del lugar de donde nosotras procedemos. —Me miró enseñando los dientes en una mueca de pura diversión—. Ya habrás visto esas sucias revistas que compran los hombres, ¿no?

Entonces clavó sus ojos verdes en Jamie.

—Y tú habrás visto las fotografías y los libros que los hombres se prestan en París hoy en día, ¿verdad, zorro? Pues es lo mismo. —Hizo un gesto con la mano para quitarle importancia y se tomó otro buen trago—. La única diferencia es que los negros tienen la decencia de adorarlos.

—Muy agudos —respondió Jamie con serenidad.

Volvía a estar sentado en el sillón con las piernas estiradas en un gesto de aparente relajación, pero a mí no se me escapaba la tensión que le tensaba los dedos de la mano con la que agarraba la taza.

—Y cómo conoce usted las fotografías de los libros que los hombres se prestan en París, señora... ¿Abernathy?

Puede que estuviera achispada, pero aún no estaba borracha. Levantó la mirada con aspereza al percibir el tono de su voz y esbozó una sonrisa torcida.

—Abernathy, eso es. En París tenía otro nombre: madame Melisande Robicheaux. ¿Te gusta? A mí me parecía algo grandilocuente, pero como me lo puso tu tío Dougal, lo conservé por razones sentimentales.

Apreté el puño entre los pliegues de la falda. Cuando vivíamos en París había oído hablar de madame Melisande. No formaba parte de la alta sociedad, pero tenía cierta fama como adivina y las damas de la corte la consultaban en secreto para que les aconsejara sobre su vida amorosa, sus inversiones y sus embarazos.

—Supongo que les diría a las chicas cosas muy interesantes —le dije con sequedad.

Esa vez se rió con mucha diversión.

—¡Oh, ya lo creo! Aunque no solía hacerlo. La gente no acostumbra a pagar para que les digan la verdad, ¿sabes? Aunque algunas veces sí que lo hacía. ¿Sabías que la madre de Jean-Paul Marat quería llamar Rudolphe a su hijo? Yo le dije que el nombre de Rudolphe era un mal augurio. De vez en cuando me pregunto si habría sido un revolucionario llamándose Rudolphe, o si se habría dedicado a escribir poesía. ¿Lo has pensado alguna vez, zorro? ¿Has pensando que un nombre podría cambiarlo todo?

Clavó los ojos en Jamie, era una mirada de puro hielo verde.

—A menudo —dijo, y luego dejó la taza—. ¿Fue Dougal quien la sacó de Cranesmuir? —dedujo Jamie.

Ella asintió, sofocando un pequeño eructo.

—Sólo vino a llevarse al niño... por miedo a que alguien se enterase de que era suyo. Pero me negué a dárselo. Cuando se acercó para quitármelo, cogí su puñal del cinturón y lo apoyé en el cuello del crío. —Una sonrisa de satisfacción curvó aquellos labios encantadores—. Le dije que lo mataría si no juraba por la vida de su hermano y por su propia alma sacarme de allí sana y salva.

—¿Y te creyó? —pregunté algo asqueada al pensar que una madre pudiera ponerle un cuchillo en el cuello a su propio hijo recién nacido, aunque sólo fuera un farol.

Su mirada se volvió a posar sobre mí.

—Oh, sí —dijo con suavidad acentuando su sonrisa—. Dougal me conocía.

Sudoroso a pesar del frío de diciembre, sin poder apartar la vista del diminuto rostro de su hijo dormido, Dougal no pudo negarse.

—Cuando se inclinó sobre mí para coger al niño pensé en clavarle el cuchillo a él —dijo recordando la escena—. Pero me habría costado mucho más salir de allí por mis propios medios. Por eso no lo hice.

La expresión de Jamie permaneció inalterable, aunque cogió la taza y le dio un buen trago.

Dougal se reunió con el carcelero, John MacRae, y con el sacristán, y por medio de discretos sobornos, se aseguró de que la figura encapuchada que llevarían en andarillas a la hoguera, a la mañana siguiente, no fuese la de Geillis Duncan.

—Supuse que pondrían paja —dijo ella—, pero fue astuto. Aquella misma tarde debían enterrar a la vieja Joan MacKenzie, que había muerto tres días antes. Pusieron unas cuantas piedras en el ataúd y cerraron bien la tapa; así tuvieron un auténtico cuerpo para quemar. —Bebió entre risas el resto de su té—. No todo el mundo puede ver su propio funeral, ni mucho menos su propia ejecución.

Fue a finales de invierno. En la entrada del pueblo había una hilera de serbales pelados que mecían sus escasas hojas muertas. Las bayas rojas caídas en el suelo asomaban desordenadas como pequeñas gotas de sangre.

Era un día nublado; amenazaba granizo o nieve. El pueblo acudió a la plaza de todos modos. No todos los días podían disfrutar de ver cómo quemaban a una bruja. El sacerdote del pueblo, el padre Bain, había muerto hacía tres meses a causa de unas fiebres provocada por una infección, pero habían traído al cura del pueblo vecino especialmente para la ocasión. El sacerdote se abrió camino hasta la arboleda cantando a muerto y perfumando su paso con un incensario que sostenía delante de él. Lo seguía el carcelero y sus dos ayudantes con una banqueta y un fardo envuelto en ropas negras.

—Estoy segura de que la vieja Joan habría estado contenta —dijo Geilie mostrando los dientes blancos al sonreír ante la imagen—. A su entierro no habrían ido más de cuatro o cinco personas. ¡Pero tal como fueron las cosas acudió todo el pueblo, tenía un incensario y plegarias especiales y todo!

MacRae desató el cuerpo y lo metió en el barreño de alquitrán que ya estaba preparado.

—El jurado fue misericordioso conmigo y dejaron que me asfixiaran antes de quemarme —explicó Geillis con ironía—. Así que todo el mundo esperaba que el cuerpo estuviera muerto. Eso no suponía ningún problema porque ya me habían estrangulado. Lo único que podría haber advertido alguien era que la abuela Joan pesaba la mitad que yo, pero nadie pareció darse cuenta de que MacRae llevaba un peso ligero entre los brazos.

—¡¿Estabas allí?! —exclamé.

Asintió con astucia.

—¡Claro que sí! Envuelta en un capote, como todo el mundo, porque hacía frío. ¡No iba a perdérmelo! —asintió satisfecha.

Cuando el sacerdote dijo la última plegaria contra los males de los encantamientos, MacRae cogió la antorcha de pino que sostenía su ayudante y dio un paso al frente.

«Señor, no excluyas a esta mujer de tu Alianza, y los muchos pecados que en vida cometió», dijo, y le prendió fuego a la pira.

—Fue más rápido de lo que creía —dijo Geillis un poco sorprendida—. Las llamas se levantaron enseguida, sopló una ráfaga de aire caliente y la multitud vitoreó. Luego ya no se vio nada más que las llamas ardiendo tan alto que llegaron a acariciar las ramas de los serbales.

Sin embargo, el fuego menguó pocos minutos después y la oscura figura de la hoguera quedó lo bastante expuesta como para poder contemplarla por entre las pálidas llamas. La capucha y el pelo se habían quemado con las primeras llamas y el fuego le había desfigurado tanto el rostro que el cadáver estaba irreconocible. Algunos momentos más tarde las siluetas de los huesos empezaron a sobresalir por entre la carne fundida.

—Sólo quedaron unas cuencas vacías donde antes tenía los ojos —dijo. Mientras recordaba me miró con sus ojos verde musgo nublados por la imagen—. Tuve la sensación de que me estaba mirando. Pero entonces le explotó el cráneo y todo acabó. La gente comenzó a dispersarse. Todos, excepto los que se quedaron con la esperanza de coger algún hueso para guardárselo de recuerdo.

Se acercó a la ventana con paso inseguro e hizo sonar una campanilla con fuerza.

—Sí —dijo dándonos la espalda—. Supongo que dar a luz es más sencillo.

—Y entonces Dougal la llevó a Francia —apuntó Jamie. Tenía los dedos de la mano derecha un poco tensos—. Pero ¿cómo llegó a las Antillas?

—Eso fue más tarde —dijo con despreocupación—. Después de Culloden. —Nos sonrió a los dos—. ¿Qué os ha traído a este lugar? No creo que sea el placer de mi compañía.

Eché un vistazo a Jamie; la postura de su espalda era tensa, pero mantenía el semblante sereno. Sólo sus ojos brillaban con desconfianza.

—Hemos venido en busca de un joven —explicó—. Ian Murray, mi sobrino. Tenemos motivos para pensar que se encuentra aquí, con contrato de servidumbre.

Geillis alzó sus pálidas cejas y arrugó la frente.

—¿Ian Murray? —Negó con la cabeza, desconcertada—. No tengo ningún blanco bajo servidumbre, de hecho no hay blancos en la finca. El único hombre libre es el capataz, y es lo que por aquí se llama un *griffone*; un cuarterón.

A diferencia de mí, Geillis Duncan mentía muy bien. Al ver su expresión de sereno interés, era imposible deducir si alguna vez habría oído el nombre de Ian Murray. Pero tanto Jamie como yo nos dimos cuenta de que no nos decía la verdad.

Por los ojos de Jamie cruzó un rayo de furia, rápidamente contenida.

—¿De veras? —dijo cortés—. ¿Y no tiene usted miedo de estar aquí sola con sus esclavos, tan lejos de la ciudad?

—Oh, no, en absoluto.

Con una amplia sonrisa, agitó la papada en dirección a la terraza que se extendía tras él. Al volver la cabeza vi que la puertaventana estaba ocupada, desde el umbral al dintel, por un enorme negro, varios centímetros más alto que Jamie y con unos brazos que parecían verdaderos troncos de árbol, por los nudos que formaban sus músculos.

—Os presento a Hércules —rió Geilie—. Tiene un hermano gemelo.

—¿Se llama Atlas, por casualidad? —pregunté con cierto tono burlón.

—¡Lo has adivinado! Es astuta tu mujer, ¿eh, zorro? —Dedicó a Jamie un guiño de conspiración y su redonda mejilla se balanceó al moverse. Al volver la cabeza y darle la luz de lado, pude distinguir la telaraña de capilares rotos que le enrojecía la papada.

Hércules parecía no ver nada, no había vida en aquellos ojos hundidos y tenía una expresión impertérrita en el rostro. Me sentí muy incómoda al mirarlo, y no se debía sólo a su amenazador tamaño: verlo era como pasar junto a una casa embrujada tras cuyas ventanas en tinieblas algo acecha.

—Ya es suficiente. Puedes volver al trabajo, Hércules. —Geilie hizo sonar con suavidad la campanilla una sola vez. Sin decir nada, el gigante se alejó pesadamente de la galería—. Yo no tengo ningún miedo de los esclavos. Son los esclavos los que tienen miedo de mí —explicó ella—. Creen que soy una bruja. Divertido, ¿no?

Sus ojos chispeaban tras las bolsas de grasa.

—Geilie, ese hombre... —Vacilé. Me sentía ridícula haciendo esa pregunta—. ¿Es un... un zombi?

—¡Zombi, por Dios, Claire! —Se rió con alegría y la piel de su rostro se tiñó de un tono rosado—. Bueno, reconozco que no es muy inteligente —dijo al fin, jadeando y resollando—. ¡Pero tampoco está muerto! —exclamó riendo y dando palmadas.

Jamie me miró sin comprender.

—¿Zombi?

—Nada, nada. —Estaba tan sonrojada como Geilie—. ¿Cuántos esclavos tienes aquí? —dije para cambiar de tema.

—Ji, ji —dijo, retorciéndose de la risa. Oh, un centenar, más o menos. La finca no es muy grande. Sólo tengo ciento veinte hectáreas de caña y un poco de café en las laderas más elevadas.

Se sacó un pañuelo de encaje del bolsillo y se secó la humedad de la cara mientras sorbía y recuperaba la compostura. Percibí la tensión de Jamie; estaba tan seguro como yo de que Geilie sabía algo sobre Ian Murray. Por lo menos no se había sorprendido ante nuestra aparición. Alguien le había advertido sobre nosotros, y ese alguien sólo podía ser Ian.

A Jamie jamás se le ocurriría amenazar a una mujer para sonsacarle información, pero a mí sí. Por desgracia la presencia del tal Hércules acabó con mis intenciones. La siguiente idea que me vino a la cabeza fue la de registrar la casa y sus alrededores en busca del chico. Ciento veinte hectáreas era una gran extensión, pero si Ian estaba allí, lo más probable era que estuviese cerca de alguno de los edificios: la casa, la refinería de azúcar o los barracones de los esclavos.

Me sacó de mis pensamientos una pregunta de Geilie.

—¿Qué?

—He dicho —me repitió con paciencia— que cuando nos conocimos en Escocia, tenías mucho talento para curar. ¿Lo conservas?

—Supongo que sí. —La miré con cautela. ¿Necesitaría que la atendiera? Resultaba evidente que su salud no era buena. Bastaba echar un vistazo a las manchas que tenía en la piel y los círculos negros que le rodeaban los ojos. Pero ¿estaría realmente enferma?

—De momento no es para mí —dijo al ver cómo la miraba—. Pero tengo dos esclavos enfermos. ¿Tendrías la bondad de examinarlos? —dijo adivinando mis pensamientos.

Miré a Jamie, que hizo un leve gesto afirmativo. Era una oportunidad para entablar contacto con los esclavos y averiguar algo sobre Ian.

—Al venir hacia aquí vi que tenía usted problemas con la prensa de azúcar —dijo Jamie levantándose de golpe y asintiendo en dirección a Geilie con frialdad—. Podría inspeccionarla mientras mi esposa atiende a los enfermos. —Sin esperar respuesta, colgó la chaqueta en un perchero junto a la puerta y salió a la galería arremangándose mientras la luz del sol se reflejaba en su pelo.

—Es hábil, ¿no? —Geillis lo siguió con una mirada divertida—. Mi esposo Barnabas también era de los que no pueden ver una máquina sin meterle mano... ni una esclava —añadió—. Acompáñame. Los enfermos están detrás de la cocina.

La cocina era un pequeño edificio conectado a la casa por una pérgola cubierta de jazmines en flor. Cruzarla era como atravesar una nube perfumada rodeada del zumbido de las abejas; el ruido era tan alto que podía sentirlo en la piel, como el grave murmullo de una gaita.

—¿Te ha picado alguna? —Geillis sacudió la mano en el aire para deshacerse de uno de los insectos, que volaba muy bajo.

—Alguna que otra.

—A mí también —dijo—. Bastantes veces, aunque nunca me han dejado más que una marca roja en la piel. La primavera pasada una de estas pequeñas desgraciadas picó a una de las esclavas encargadas de la cocina y la muy golfa se hinchó como un sapo y se murió delante de mis narices. —Me miró con humor en los ojos—. También te digo que a mi reputación le vino de fábula. Los demás esclavos iban diciendo por ahí que yo había embrujado a la chica, que la había hechizado por haber quemado un pastel. Desde entonces van más finos que nunca.

Sacudió la cabeza y apartó otra abeja.

A pesar de haberme quedado paralizada por su crueldad, aquella historia me produjo cierto alivio. Quizá las demás habladurías que había escuchado en casa del gobernador tuvieran tan poca base como aquello.

Me detuve a contemplar el claro que había entre los cañaverales por entre las ramas del jazmín, donde Jamie observaba las gigantescas barras cruzadas de la prensa. Junto a él había un hombre que debía de ser el capataz. Señalaba y se deshacía en explicaciones. Mientras los observaba le dijo algo gesticulando y el capataz asintió con énfasis al tiempo que ondeaba las manos a modo de respuesta. Si yo no encontraba alguna pista sobre Ian en la cocina, quizá Jamie pudiera sacar algo en claro de su conversación con el capataz. A pesar de la negación de Geilie, tenía el presentimiento de que el chico estaba allí, por alguna parte.

No había ni rastro del chico en la cocina; allí sólo había tres o cuatro mujeres amasando pan y limpiando guisantes. Levantaron la cabeza con curiosidad al vernos entrar. La más joven me miró y la saludé con una sonrisa, pensando que tal vez tuviera oportunidad de hablar con ella más tarde. Abrió los ojos sorprendida e inmediatamente bajó la mirada hacia el cuenco de guisantes que tenía en el regazo. Con el rabillo del ojo vi cómo me miraba mientras cruzábamos la cocina y me di cuenta de que se colocaba el cuenco sobre un pequeño bulto en el vientre que delataba su embarazo.

El primer esclavo enfermo estaba en una pequeña despensa junto a la cocina. Echado en un jergón, bajo una estantería llena de quesos, se encontraba un joven de poco más de veinte años; el súbito rayo de luz le hizo parpadear.

—¿Qué le pasa? —Me arrodillé junto al hombre y le toqué la piel. La tenía cálida y húmeda, pero no parecía que tuviera fiebre. No me dio la sensación de que estuviera sufriendo ningún dolor en particular, sólo parpadeó somnoliento mientras lo examinaba.

—Tiene un gusano.

Miré a Geilie con sorpresa. Por lo que había visto y oído hasta ese momento en las islas, ya había deducido que por lo menos tres cuartas partes de la población negra —y también unos cuantos blancos— tenía algún parásito interno. A pesar de lo desagradables que eran y la debilidad que pudiesen provocar, la mayoría de ellos sólo suponía una verdadera amenaza para los niños y los ancianos.

—Es posible que tenga más de uno —dije.

Lo empujé con suavidad para que se tendiera boca arriba y le palpé el estómago. Tenía el bazo sensible y un poco hinchado —cosa que también era algo común por aquellas tierras—, pero no percibí ninguna masa sospechosa en el abdomen que pudiera indicar una infestación masiva en los intestinos.

—Parece bastante sano. ¿Por qué lo tienes aquí a oscuras?

Como respondiendo a mi pregunta, el esclavo dejó escapar un grito y comenzó a enroscarse y desenroscarse como un yoyó, golpeándose la cabeza contra el muro sin dejar de gritar. Entonces el ataque desapareció tan repentinamente como había empezado, y el joven se relajó sobre el camastro jadeando y sudoroso.

—¡Por los clavos de Roosevelt! —dije—. ¿Qué ha sido eso?

—Tiene un gusano *loa-loa* —explicó Geilie, divertida por mi reacción—. Viven en el globo ocular, justo debajo de la piel y cruzan de un ojo al otro; dicen que sus movimientos a través del puente de la nariz son muy dolorosos. —Hizo un gesto con la cabeza en dirección al esclavo que seguía temblando en el camastro—. La oscuridad hace que no se mueva mucho —me explicó—. El tipo de Andros que me habló del gusano me dijo que hay que sacarlo con una aguja de zurcir en cuanto entra, mientras está cerca de la piel. Por lo visto, si se espera demasiado, se internan en el ojo y ya no se pueden sacar.

Se volvió hacia la cocina pidiendo a gritos una lámpara.

—He traído la aguja, por si acaso. —Rebuscó en el bolso que llevaba atado a la cintura y sacó un trozo de fieltro cuadrado en el que había clavado una aguja de siete centímetros. Me la entregó.

—¿Estás loca? —La miré con horror.

—No. ¿No dices que sabes curar? —me preguntó, apelando a la lógica.

—Y sé, pero...

Eché un vistazo al esclavo, vacilé y cogí la vela que me ofreció una de las muchachas.

—Tráeme un poco de coñac y un cuchillo pequeño y bien afilado —dije—. Mete el cuchillo y la aguja en el coñac y luego acerca la punta a la llama un momento. Deja que se enfríe, pero no lo toques. —Mientras daba las indicaciones, revisaba los ojos de aquel hombre.

El esclavo levantó la mirada. Su iris tenía un extraño color marronoso sobre una membrana esclerótica de color amarillo inyectada en sangre. La examiné meticulosamente acercando la llama lo bastante como para encoger la pupila, luego la retiré de nuevo, pero no vi nada.

Lo intenté con el otro ojo y por poco se me cae la vela. De verdad había un pequeño filamento translúcido que se movía bajo el tejido conjuntivo. Jadeé un poco al verlo, pero me controlé y alargué la mano en busca del cuchillo esterilizado sin soltar el párpado.

—Cógelo de los hombros —le ordené a Geilie—. No dejes que se mueva porque podría dejarlo ciego.

La operación, aunque desagradable a la imaginación, resultó asombrosamente sencilla. Bastó con una pequeña incisión para que el gusano, ondulando con aire perezoso, saliera por la abertura que abrí en una de las esquinas del tejido conjuntivo y levanté con la punta de la aguja. Entonces lo cogí con la aguja como si fuera una hebra de hilo.

Reprimí un escalofrío de asco y tiré el gusano, que chocó contra la pared con un minúsculo chasquido y desapareció por entre las sombras, debajo del queso.

No había sangre. Después de meditarlo un poco decidí dejar que los conductos lacrimales del hombre se encargaran de irrigar la incisión. Debía dejar que se curara solo. No tenía suturas y en cualquier caso la herida era tan pequeña que apenas necesitaría uno o dos puntos.

Después de cubrirle el ojo con un vendaje, me incorporé, bastante satisfecha de mi primera incursión en la medicina tropical.

—Perfecto —dije, apartándome el pelo de la frente—. ¿Dónde está el otro?

El segundo paciente estaba en un cobertizo fuera de la cocina. Era un hombre maduro y canoso, ya había muerto. Me puse en cuclillas junto al cuerpo con lástima e indignación. La causa era obvia: una hernia estrangulada. El intestino le sobresalía por un lado de la tripa y la piel que cubría la zona todavía estaba verde a pesar de que el cadáver seguía caliente. Tenía una expresión de agonía en la cara y las extremidades contorsionadas, cosa que dejaba muy clara la clase de muerte que había tenido.

—¿Por qué has esperado? —Me levanté y clavé en Geillis una mirada furiosa—. Por el amor de Dios, ¿hemos estado charlando y tomando el té mientras esto sucedía? ¡Ha muerto hace menos de una hora, pero debía de llevar días encontrándose mal! ¿Por qué no me has traído antes?

—Esta mañana ya estaba medio muerto —dijo sin alterarse por mi agitación. Se encogió de hombros—. Ya he visto otros casos como éste. No habrías podido hacer nada y no he pensado que valiera la pena apresurarse.

Reprimí mis recriminaciones. Tenía razón; aunque hubiera llegado antes y le hubiera operado, las posibilidades de salvarlo eran casi nulas. Podría haberle arreglado la hernia incluso a pesar de las complejas circunstancias; a fin de cuentas sólo se trataba de volver a meter para dentro la protuberancia del intestino y reparar las capas de músculo abdominal con suturas, pero el auténtico peligro era la infección. Cuando el intestino se dobló cortando así el paso de la sangre, sus contenidos empezaron a pudrirse y el hombre quedó condenado.

Sin embargo, dejar que el pobre hombre muriera en aquel bochornoso cobertizo, él solo... Bueno, quizá la presencia de una mujer blanca tampoco habría supuesto ningún consuelo para él. Lo cual no impedía que experimentara esa sensación de fracaso que sentía siempre en presencia de la muerte. Me limpié las manos con un trapo mojado en coñac.

Un punto a favor, otro en contra... y aún no sabíamos nada de Ian.

—Ya que estoy aquí, podría echar un vistazo a los otros esclavos —sugerí—. Más vale prevenir que curar.

—Oh, están bien. —Geilie me hizo un gesto con la mano para que lo olvidara—. Pero si quieres darte el gusto, adelante. Aunque tendrá que ser luego. Esta tarde espero visitas y primero quiero hablar más rato contigo. Vamos a la casa. Ya le pediré a alguien que se encargue de esto.

Asintió en dirección al contorsionado cuerpo del esclavo y entrelazó el brazo con el mío para acompañarme hacia la salida del cobertizo y de vuelta a la cocina.

En la cocina me deshice de ella y me acerqué a la esclava embarazada, que estaba fregando el suelo a gatas.

—Adelántate mientras echo un vistazo rápido a esta muchacha. Tiene aspecto de haber sufrido una intoxicación y no querrás que aborte.

Geillis me miró con curiosidad, pero acabó por encogerse de hombros.

—Ya ha parido dos veces sin dificultades, pero tú eres la médica. Si esto te divierte, por mí adelante. No tardes mucho; ese párroco dijo que vendría a las cuatro.

Fingí examinar a la extrañada joven hasta que la falda de Geillis desapareció por la pérgola.

—Oye —dije—, busco a un joven blanco llamado Ian, es mi sobrino. ¿Sabes dónde puede estar?

La chica, que no podía tener más de diecisiete o dieciocho años, parecía sobresaltada. Parpadeó y miró hacia una de las esclavas mayores, que había dejado su trabajo y se acercaba para ver qué pasaba.

—No, señora —dijo la mujer mientras negaba con la cabeza—. Aquí no hay chicos blancos. Ninguno.

—No, señora —repitió la joven, obediente—. No sabemos nada de su chico. —Pero no lo había dicho de entrada y no me miraba a los ojos.

A la mujer mayor se unieron las otras dos sirvientas de la cocina, que se acercaron a respaldarla. Estaba rodeada por un impenetrable muro de insípida ignorancia y no tenía ningún modo de atravesarlo. Y al mismo tiempo percibía cierta energía entre esas mujeres, una sensación de mutua advertencia, de recelo y secretismo. Quizá se tratara sólo de una reacción natural ante la repentina aparición de una desconocida blanca en sus dominios, o podía tratarse de algo más.

No podía retrasarme más sin que Geillis volviera a buscarme. Saqué a toda prisa un florín de plata del bolsillo y se lo puse en la mano a la chica.

—Si ves a Ian, dile que su tío ha venido a buscarlo.

Sin esperar respuesta, salí precipitadamente de la cocina. Desde la pérgola miré hacia la hacienda. La prensa de azúcar estaba abandonada y el buey pacía tan tranquilo al otro lado del claro. No había señales de Jamie ni del capataz. ¿Habría vuelto a la casa?

Entré al salón cruzando las puertas francesas y me detuve en seco. Geillis estaba sentada en el sillón de mimbre con la chaqueta de Jamie colgada del brazo y las fotografías de Brianna diseminadas en su regazo. Oyó mis pasos y levantó la mirada arqueando una de sus pálidas cejas por encima de una sonrisa ácida.

—¡Qué jovencita tan guapa! ¿Cómo se llama?

—Brianna. —Tenía los labios tensos. Me acerqué a ella. Tuve que contenerme para no quitarle las fotos y salir corriendo.

—Se parece mucho a su padre, ¿no? Ya decía yo que la alta pelirroja me resultó conocida aquella noche en Craigh na Dun. Es hija suya, ¿no? —Ladeó la cabeza en dirección a la puerta por la que había salido Jamie.

—Sí. Dame eso. —De nada servía, pues ya había visto las fotos, pero no soportaba ver la cara de Brianna entre aquellos gruesos dedos.

Torció la boca como si fuera a negarse, pero las puso en orden y me las dio sin más. Las apreté contra mi pecho un momento sin saber qué hacer con ellas y luego me las metí en el bolsillo de la falda.

—Siéntate, Claire. Han traído el café. —Hizo un gesto afirmativo en dirección a la mesita y a la silla que había junto al mueble. Sus calculadores ojos me siguieron mientras me movía por el salón.

Me indicó por señas que lo sirviera y cogió su taza sin decir nada. Bebimos en silencio durante un rato. Me temblaba la taza entre las manos y me tiré un poco de líquido caliente en la muñeca sin querer. La dejé en la mesa y me limpié con la falda preguntándome desde algún rincón escondido de mi cabeza por qué debería tener miedo.

—Dos veces —dijo de pronto. Parecía sobrecogida—. ¡Has cruzado dos veces, Dios mío! No: tres, puesto que estás aquí. —Negó con la cabeza, maravillada, sin apartar sus ojos verdes de los míos—. ¿Cómo? —me preguntó—. ¿Cómo pudiste hacerlo tantas veces y seguir con vida?

—No lo sé. —Vi su expresión de duro escepticismo y repetí, como defendiéndome—: ¡No lo sé! Pasé, eso es todo.

—¿No te pasó lo mismo que a mí? —Entornó los ojos concentrada—. ¿No sentiste terror allí en medio? ¿Con ese ruido que parece que te rompe el cráneo y te desgarra el cerebro?

—Sí, así fue. —No quería hablar de eso, ni siquiera quería pensarlo. Mi mente lo había bloqueado: el rugido de la muerte, la desintegración y las voces del caos que me animaban a unirme a ellas.

—¿Tenías sangre para protegerte? ¿Piedras? No creo que tengas valor para buscar sangre, pero tal vez me equivoco. Debes de ser muy fuerte para haberlo hecho tres veces y seguir viva.

—¿Sangre? —Negué con la cabeza, confundida—. No. Nada. Te he dicho que... crucé sin más. —Entonces recordé aquella noche de 1968 en que ella había pasado: la hoguera en Craigh na Dun, su silueta retorcida y negra en el centro del fuego—. Greg Edgars. —Era el nombre de su primer esposo—. No lo mataste sólo porque te había descubierto y trataba de detenerte, ¿verdad? Él fue...

—... la sangre. —Me observaba con atención—. No sabía que se pudiera cruzar sin sangre. —Parecía genuinamente sorprendida—. Los antiguos siempre la usaban. Además del fuego. Construían grandes jaulas de mimbre, que llenaban de cautivos y les prendían fuego en círculos. Pensaba que así se abría el paso.

Tenía los labios y los dedos fríos; traté de calentármelos con la taza. En nombre de Dios, ¿dónde estaba Jamie?

—¿Y tampoco usaste piedras?

Negué con la cabeza.

—¿Qué piedras?

Me miró como si dudara en contármelo. Sacó su diminuta lengua rosa y se humedeció el labio inferior; luego asintió decidida. Emitió un pequeño gruñido antes de abandonar la silla para acercarse a la gran chimenea de la sala haciéndome señas para que la siguiera. Se agachó con sorprendente agilidad para una mujer de su envergadura y presionó una piedra verdosa que estaba a unos cincuenta centímetros de la chimenea y que, al moverse, dejó oír un chasquido y una de las lajas del hogar se levantó suavemente de su sitio.

—Un mecanismo de resorte —explicó Geilie, levantó la laja con tiento y la dejó a un lado—. Me lo hizo un tipo danés llamado Leiven de St. Croix.

De la cavidad sacó una caja de madera de unos treinta centímetros de largo. La pulida superficie estaba cubierta de pálidas manchas marrones y tenía una apariencia hinchada y agrietada, como si llevara bastante tiempo metida en agua.

Al verla me mordí los labios, tratando de que mi cara no me delatara. Ya no tenía ninguna duda sobre el paradero de Ian. O estaba muy equivocada, o aquél era el tesoro de las focas. Por suerte, Geilie no me estaba mirando a mí, sino a la caja.

—Aprendí lo de las piedras de un indio. No un indio americano, sino un hindú de Calcuta —me explicó—. Vino buscando estramonio y me enseñó a hacer medicamentos con piedras preciosas.

Miré por encima del hombro en busca de Jamie, pero no lo vi por ninguna parte. ¿Dónde diablos se había metido? ¿Habría encontrado a Ian en algún rincón de la plantación?

—Es posible conseguir las piedras en cualquier botica de Londres —decía frunciendo el ceño mientras deslizaba la tapa para abrir la caja—. Pero suelen ser de muy mala calidad y los *bhasmas* no funcionan bien. Lo mejor es tener una piedra de una calidad un poco mejor, lo que ellos llaman piedras *nagina*. Es una piedra pulida más o menos grande. Las piedras de buena calidad no tienen fisuras, pero no todo el mundo consigue reducirlas a cenizas. Sus cenizas se llaman *bhasmas* —me explicó, mirándome—. Se usan en medicina. A ver, ¿puedes abrir esta maldita caja? El agua de mar la ha echado a perder y el cierre se hincha con la humedad, cosa que sucede constantemente en esta época del año —añadió, haciendo una mueca por encima del hombro mientras miraba las nubes que se levantaban sobre la bahía.

Me la puso en las manos y se levantó pesadamente gruñendo a causa del esfuerzo. Enseguida me di cuenta de que el cierre era un rompecabezas chino bastante sencillo: un pequeño panel deslizante destrababa la tapa. Pero la madera se había hinchado y no corría por la ranura.

—Romperlas trae mala suerte —me advirtió Geillis mientras observaba mis esfuerzos—. Si no, ya la habría hecho añicos para acabar con el asunto. Esto puede servir.

Me entregó un pequeño cortaplumas que sacó de un bolsillo del vestido con el que poco a poco conseguí deslizar el pequeño rectángulo de madera. Se había acercado a la ventana para hacer sonar otra de sus campanillas.

Metí la punta del cuchillo con cuidado. Sentí cómo llegaba al tope y lo hice girar con delicadeza. Entonces el pequeño rectángulo de la caja fue deslizándose despacio hasta que logré cogerlo con el pulgar y el índice y tirar de él hasta el final.

—Aquí tienes —dije, y le devolví la caja a regañadientes. Pesaba mucho y sonó un inconfundible tintineo metálico en su interior.

—Gracias. —Cuando cogió la caja entró una sirvienta negra. Geilie se volvió para ordenarle a la chica que nos trajera una bandeja de pastelitos y me di cuenta de que se había metido la caja entre los pliegues de la falda para esconderla—. Son unas chismosas —dijo frunciendo el ceño en dirección a la espalda de la criada cuando ésta se retiraba—. Uno de los problemas de tener esclavos es que cuesta mucho tener secretos.

Dejó la caja en la mesa, la abrió, metió la mano y sacó la mano cerrada. Me sonrió con malicia y me dijo:

—¿Adivina, adivinanza, qué tiene el gato en la panza? —Entonces abrió la mano haciendo una floritura.

Yo ya esperaba ver lo que vi, pero no me costó mucho poner cara de sorpresa. La imagen real de una piedra preciosa es más inmediata y sorprendente que su descripción. En su palma centelleaban seis o siete gemas: fuego, hielo, fulgor de agua bajo el sol. Y una gran piedra dorada, como el ojo de un tigre al acecho.

Sin siquiera pensarlo me acerqué lo bastante para observar el contenido de su mano abriendo los ojos fascinada. Haciendo gala de su sutileza escocesa, Jamie había dicho que eran «bastante grandes». Bueno, supuse que serían más pequeños que una panera.

—En un principio las quería por su valor —decía mientras las revolvía con satisfacción—. Son más fáciles de trasladar que el oro o la plata. Pero no imaginaba que tuvieran otros usos.

—¿Cómo *bhasmas*? —La idea de reducir a cenizas aquellas piedras me parecía un sacrilegio.

—Oh, no, éstas no. —Cerró la mano con las piedras en su interior, se las metió en el bolsillo y la volvió a meter en la caja para sacar unas cuantas más. Dejó caer una pequeña lluvia de fuego líquido en su bolsillo y le dio unas palmadas con afecto—. No, ya tengo muchas de las pequeñas para eso. Éstas son para otra cosa.

Me miró con aire especulativo y señaló con la cabeza una puerta que había al fondo de la sala.

—Acompáñame a mi laboratorio —me dijo—. Tengo allí algunas cosas que pueden interesarte.

Supuse que lo de interesarme sería un eufemismo.

El cuarto era grande y luminoso con un mostrador a un lado. Había manojos de hierbas secas colgados de ganchos y estantes a lo largo de una pared. En las otras, armarios, cajoneras y una pequeña vitrina.

Tuve un pequeño *déjà-vu* y me di cuenta de que se debía a que aquel lugar se parecía mucho al cuarto en el que Geillis trabajaba en el pueblo de Cranesmuir, en casa de su primer... no, de su segundo esposo, me corregí al recordar el cuerpo en llamas de Greg Edgars.

—¿Cuántas veces te has casado? —pregunté por curiosidad.

Geillis empezó a hacer fortuna con su segundo marido, un procurador fiscal del distrito donde vivían. Ella falsificaba su firma para conseguir dinero. Luego lo asesinó. Como le salió bien supuse que lo habría repetido en varias ocasiones. Geilie Duncan era una criatura de costumbres.

Hizo una pausa para contar.

—Oh, desde que estoy aquí, cinco, creo —añadió con despreocupación.

—¿Cinco? —pregunté un poco sorprendida. Por lo visto no era sólo una costumbre, sino una adicción.

—Los trópicos son muy peligrosos para los ingleses. —Sonrió ladina—. Fiebres, úlceras, infecciones... Cualquier tontería se los lleva.

Era evidente que había sido muy cuidadosa con su higiene oral, porque seguía teniendo una buena dentadura.

Alargó el brazo y acarició un frasquito del último estante. No tenía etiqueta, pero yo ya había visto trióxido de arsénico antes. Al final me alegraba de no haber comido nada.

—Esto te va a interesar —prometió, empinándose para bajar un frasco del estante superior. Gruñó un poco cuando se puso de puntillas, lo bajó y me lo acercó. Contenía un polvo grueso, mezcla de sustancias de diversos colores: marrón, amarillo y negro, todo mezclado con fragmentos de un material semitranslúcido.

—¿Qué es?

—Veneno zombi —dijo riendo—. He pensado que te gustaría verlo.

—¿Sí? —exclamé con frialdad—. ¿No me dijiste que no existía?

—No —me corrigió sin dejar de sonreír—. Te dije que Hércules no estaba muerto, y no lo está. —Volvió a poner el frasco en su estante—. Pero no puedo negar que resulta bastante más fácil de manejar si toma una dosis de esta mezcla en el desayuno cada semana.

—¿Qué diablos es?

Se encogió de hombros a la ligera.

—Un poco de esto y una pizca de aquello. El ingrediente principal parece ser un pez de aspecto muy curioso, una criatura cuadrada con topitos. Se le quita la piel y se seca junto al hígado. Pero contiene otras cosas. Ojalá supiera cuáles —añadió.

—¿No lo sabes? —La miré con atención—. ¿No lo has preparado tú?

—No. Tuve un cocinero —dijo Geilie—. O por lo menos me lo vendieron como cocinero, pero nunca me habría atrevido a probar lo que preparaba aquel demonio. Era un *houngan*.

—¿Un qué?

—Un *houngan*, así llaman los negros a sus hechiceros. Aunque para serte franca, creo que Ishmael me dijo que los suyos lo llamaban *oniseegun* o algo así.

—¿Ishmael? —Me humedecí los labios—. ¿Vino con ese nombre?

—Oh, no. Tenía un nombre impronunciable de seis sílabas y el hombre que me lo vendió lo llamaba Jimmy. Los encargados de las subastas los llaman a todos así. Se lo puse yo por lo que el vendedor me contó.

Ishmael procedía de un barracón de esclavos de la Costa de Oro africana, era uno de los esclavos de una remesa de seiscientos procedentes de pueblos de Nigeria y Ghana. Lo amontonaron en el entrepuente de un barco negrero llamado *Perséfone* que iba hacia Antigua. Cuando cruzaba el canal de Caicos, el barco se topó con una borrasca repentina y encalló en el arrecife Hogsty, frente a la isla de Gran Inagua. La embarcación se quebró y la tripulación apenas tuvo tiempo de escapar en las chalupas.

Todos los esclavos, encadenados e indefensos en el entrepuente, se ahogaron; salvo uno al que habían sacado a cubierta para que ayudara en la cocina porque los pinches habían muerto de sífilis camino de África. Éste sobrevivió aferrándose a un tonel de alcohol que llegó a la costa de Gran Inagua dos días después. Los pescadores que descubrieron al superviviente estaban más interesados en el tonel que en el esclavo, pero al abrirlo descubrieron con horror que contenía el cadáver de un hombre más o menos conservado por el licor que lo cubría.

—¿Se habrán bebido la *crème de menthe*? —musité, consciente de que lo que me había contado el señor Overholt sobre las costumbres alcohólicas de los marineros era completamente cierto.

—Me atrevería a decir que sí —comentó Geillis molesta por la interrupción—. En todo caso, cuando esto llegó a mis oídos llamé Ishmael al esclavo, por lo del ataúd flotante, ¿comprendes?

—Muy sagaz —la felicité—. ¿Averiguaron quién era el hombre que estaba dentro del tonel?

—No creo. —Se encogió de hombros con despreocupación—. Se lo entregaron al gobernador de Jamaica, que por lo visto lo metió en una vitrina de cristal llena de alcohol para conservarlo como curiosidad.

—¿Qué? —exclamé, incrédula.

—Bueno, no lo hizo por el cadáver en sí, sino para conservar unos extraños hongos que estaban creciendo en el cuerpo —me explicó Geilie—. El gobernador es muy aficionado a esa clase de cosas. Me refiero al antiguo. He oído decir que ahora hay uno nuevo.

—Sí —dije un poco mareada. Pensaba que el antiguo gobernador era más curioso que el cadáver de aquel hombre.

Me dio la espalda y empezó a abrir cajones y a rebuscar en los estantes. Inspiré hondo tratando de adoptar un tono lo más despreocupado posible.

—Ese Ishmael parece un tipo interesante. ¿Aún lo tienes aquí?

—No —respondió, indiferente—. Huyó, el muy cretino. Pero fue él quien preparó el veneno zombi. Pese a todo lo que le hice, no quiso enseñarme —añadió con una risa breve y seca que me recordó las cicatrices de Ishmael—. Decía que las mujeres no debían preparar medicinas, y que sólo era trabajo de hombres. O en todo caso de mujeres ancianas, cuando ya no sangraban. ¡Hmf!

Resopló y se metió la mano en el bolsillo para sacar un puñado de piedras.

—Pero no era eso lo que te quería enseñar.

Extrajo las piedras con cuidado y puso cinco en la mesa, formando un círculo. Luego bajó de un estante un grueso libro encuadernado en cuero.

—¿Sabes alemán? —preguntó, abriéndolo con cuidado.

—No mucho. —Me acerqué para mirar por encima de su hombro. *Hexenhammer*, decía en fina letra manuscrita—. ¿«Martillo de brujas»? ¿Son hechizos? ¿Magia?

Mi escepticismo debía de ser obvio, pues me fulminó con la mirada.

—Mira, estúpida —dijo—. ¿Quién eres tú? O, mejor dicho, ¿qué eres?

—¿Qué soy yo? —pregunté sorprendida.

—Exacto. —Se volvió y se inclinó sobre el mostrador observándome con los ojos entornados—. ¿Qué eres tú? ¿O qué soy yo?

Abrí la boca para responder, pero callé.

—Eso es —dijo con suavidad—. No todos pueden pasar por las piedras, ¿verdad? ¿Por qué nosotras sí?

—Lo ignoro —reconocí—. Y tú también, sin duda. ¡Pero eso no significa que seamos brujas!

—¿No? —Alzó una ceja y volvió varias páginas del libro—. Hay personas capaces de abandonar el cuerpo y recorrer muchos kilómetros —dijo, mirando la página con actitud meditabunda—. Hay quien los ve y los reconoce y, sin embargo, ellos pueden demostrar que a esa hora estaban bien arropados en su cama. He visto los archivos y todos los testimonios oculares. Otros tienen estigmas que se pueden ver y tocar... yo misma los he visto. Pero eso no le sucede a todo el mundo. Sólo a ciertas personas.

Volvió otra página.

—Si todo el mundo puede hacerlo, es ciencia. Si sólo pueden hacerlo unos pocos, es brujería, superstición o como quieras llamarlo —dijo—. Pero es real. —Sus ojos verdes recorrían el decrépito libro como una serpiente—. Tú y yo somos reales, Claire. Y especiales. ¿Nunca te has preguntado por qué?

Me lo había preguntado muchísimas veces sin hallar respuesta. Al parecer, Geillis creía tenerla. Se volvió hacia las gemas que había depositado en la mesa y las fue señalando una a una:

—Piedras de protección: amatista, esmeralda, turquesa, lapislázuli y un rubí macho.

—¿Macho?

—Plinio dice que los rubíes tienen sexo. ¿Quién soy yo para discutir? —dijo con impaciencia—. Se usan los machos, las hembras no sirven.

Me quedé con las ganas de preguntarle cómo se distinguía el sexo de los rubíes, pero preferí preguntar:

—¿No sirven para qué?

—Para el viaje —dijo mirándome con curiosidad—. A través de las piedras. Te protegen de... lo que sea que hay allí.

Se le ensombrecieron los ojos y cambió el tono de voz al pensar en el cruce del tiempo. Comprendí que le tenía un miedo mortal. No me extrañaba. Yo también.

—¿Cuándo viniste? La primera vez —preguntó, mirándome a los ojos.

—En 1945 —respondí—. Llegué a 1743, si es lo que quieres saber.

Aunque me resistía a revelarle mucho, mi propia curiosidad me abrumaba. Ella tenía razón en un aspecto: no éramos como todo el mundo. Tal vez no se me presentara otra oportunidad de hablar con alguien que estuviese en mi situación. Por otra parte, cuanto más tiempo la mantuviera entretenida, más tiempo tendría Jamie para buscar a Ian.

—Hum —gruñó satisfecha—. Muy aproximado. Según las leyendas de las Highlands, son doscientos años. Cuando alguien se queda dormido en lugares embrujados y danza toda la noche con los Antiguos, generalmente viaja doscientos años atrás.

—En tu caso no fue así. Viniste desde 1968, pero cuando llegué a Cranesmuir llevabas allí varios años.

—Cinco. —Asintió con aire abstraído—. Bueno, eso fue por la sangre.

—¿Sangre?

—El sacrificio —dijo con impaciencia—. Te da un mayor alcance y un poco más de control, de ese modo tienes alguna idea de dónde vas. ¿Cómo hiciste para ir y venir tres veces sin sangre? —interpeló.

—Yo... vine, simplemente. —La necesidad de averiguar todo lo posible me indujo a admitir lo poco que sabía—. Quizá influya el hecho de poder fijar la mente en una persona que está donde tú quieres ir.

El interés le hizo abrir los ojos como platos.

—¿Sí? —murmuró—. Tengo que pensarlo. —Meneaba la cabeza mientras pensaba—. Hum, podría ser. Pero lo de las piedras también debería funcionar. Hay que hacer un dibujo con ellas, ¿sabes?

Sacó otro puñado de piedras brillantes del bolsillo y lo esparció en la mesa rebuscando entre ellas.

—Las piedras de protección forman las puntas del pentágono —explicó sin dejar de hurgar—. Dentro formas una figura con gemas diferentes, según el tiempo al que quieres viajar. Luego trazas entre ellas una línea de mercurio y le prendes fuego mientras pronuncias los hechizos. También hay que dibujar el pentágono con polvo de diamante, por supuesto.

—Por supuesto —murmuré fascinada.

—¿Hueles? —preguntó levantando un momento la cabeza y olfateando—. Nadie diría que las piedras tienen olor, ¿verdad? Sólo se aprecia una vez reducidas a polvo.

Inhalé profundamente; me pareció percibir un aroma leve y desconocido entre el perfume de las hierbas secas. Era un olor seco, agradable pero indescriptible: el olor a piedras preciosas. Geillis levantó una piedra con un pequeño grito de triunfo.

—¡Ésta! ¡Ésta es la que necesito! No pude encontrar ninguna en estas islas y pensé en la caja que había dejado en Escocia.

La piedra que tenía en la mano era un cristal negro de alguna clase. La luz de la ventana brillaba a través de él y, sin embargo, relucía como un trozo de azabache entre sus blancos dedos.

—¿Qué es?

—Un diamante, el diamante negro que usaban los antiguos alquimistas. Según los libros, el adamante permite conocer el gozo en todas las cosas. —Emitió una risa breve y áspera, desprovista de su habitual encanto juvenil—. ¡Y si algo puede permitirme conocer el gozo en ese viaje en el tiempo, de veras que lo necesito!

Aunque tarde, empezaba a darme cuenta de lo que quería. En defensa de mi lentitud sólo puedo aducir que, mientras escuchaba a Geillis, estaba atenta a cualquier posible señal de Jamie.

—Entonces, ¿quieres regresar? —pregunté con tanta indiferencia como pude.

—Tal vez. —Esbozó una leve sonrisa—. Ahora que tengo todo lo necesario... Te aseguro, Claire, que sin ellas no me arriesgaría. —Me miró fijamente meneando la cabeza—. Tres veces y sin sangre —murmuró—. Así que se puede...

De pronto recogió las piedras para guardárselas en el bolsillo.

—Bueno, será mejor que bajemos. El zorro ya habrá regresado. Fraser, se llama, ¿no? Clotilda dijo otra cosa, pero esa estúpida debe de haber oído mal.

Cuando nos dirigimos a la puerta de la sala de trabajo algo pequeño y marrón pasó corriendo por el suelo por delante de mí. Geilie era rápida a pesar de su tamaño, y su pequeño pie chafó el ciempiés antes de que pudiera reaccionar.

Observó cómo el animal medio aplastado se retorcía en el suelo un momento. Luego se agachó y lo recogió con un trozo de papel. Lo levantó y lo metió en un tarro de cristal.

—No quieres creer en brujas, zombis y otras criaturas de la noche, ¿no? —me dijo, esbozando una astuta sonrisa. Hizo un gesto con la cabeza en dirección al ciempiés, que no dejaba de retorcerse con frenesí—. Bueno, las leyendas son como estas bestias con muchas patas. Por lo general siempre tienen un pie en la verdad.

Cogió una botella marrón y vertió el líquido en el tarro del ciempiés. El punzante olor a alcohol se adueñó del aire. El ciem-

938

piés, empujado por la ola, se sacudió con fuerza un instante y luego se hundió hasta el fondo moviendo los pies espasmódicamente. Geilie tapó la botella y se volvió para salir.

—Me has preguntado si sabía por qué podemos cruzar a través de las piedras —dije a su espalda—. ¿Lo sabes tú, Geillis?

Me miró por encima del hombro.

—¡Claro, para cambiar las cosas! —exclamó, sorprendida—. ¿Para qué, si no? Anda, vamos. Por lo que oigo, tu hombre está abajo.

Jamie debía de haber hecho algún trabajo pesado, pues llevaba la camisa mojada de sudor y pegada a los hombros. Se dio media vuelta cuando entramos en el salón y me di cuenta de que había estado observando la caja-rompecabezas de Geillis. Por su expresión era obvio que yo había acertado en mi predicción: se trataba de la caja escondida en la isla de las focas.

—Creo que he logrado arreglar su prensa, señora —dijo con una inclinación cortés—. El problema era un cilindro roto. Conseguimos ponerle unas cuñas, pero me temo que pronto necesitará cambiarlo.

Geillis frunció las cejas, divertida.

—Estoy en deuda contigo, Fraser. ¿Puedo ofrecerte algún refrigerio después de tanto trabajo?

Dejó la mano suspendida sobre la hilera de campanas, pero Jamie negó con la cabeza al tiempo que cogía su casaca del sillón.

—Se lo agradezco, señora, pero debemos irnos. Estamos lejos de Kingston y queremos llegar antes de que oscurezca.

De pronto su semblante perdió la expresión. Comprendí que había descubierto la falta de las fotografías en su bolsillo. Me echó un rápido vistazo y le respondí con un gesto afirmativo, tocándome la falda.

—Gracias por tu hospitalidad —dije a Geillis mientras recogía mi sombrero para dirigirme hacia la puerta a toda prisa. Ahora que por fin había vuelto Jamie, quería alejarme cuanto antes de Rose Hall y de su propietaria. Pero Jamie se retrasó un momento.

—Puesto que vivió usted en París, señora Abernathy, tal vez haya conocido allí a un caballero que conozco bien. ¿Por casualidad conoce al duque de Sandringham?

Lo miró inquisitivamente, pero como él no dijo nada más, asintió:

—Lo conozco, sí. ¿Por qué?

Jamie la obsequió con la más encantadora de sus sonrisas.

—Sólo por curiosidad, señora.

Cuando cruzamos el portón, el cielo estaba completamente encapotado; era obvio que no llegaríamos a Kingston sin mojarnos, pero en tales circunstancias no me importaba.

—¿Tienes las fotos de Brianna? —Fue lo primero que me preguntó Jamie mientras tiraba de las riendas.

—Aquí —dije dando una palmadita a mi bolsillo—. ¿Encontraste algún rastro de Ian?

Miró un momento por encima del hombro como si temiera que alguien nos estuviese siguiendo.

—No pude sonsacar nada al capataz ni a los esclavos. Esa mujer les inspira terror y no puedo culparlos. Pero sé dónde está.

Hablaba con considerable satisfacción.

—¿Dónde? ¿Podemos volver a buscarlo? —Me erguí un poco en la silla para mirar hacia atrás. Por entre las copas de los árboles ya sólo se veían las tejas de Rose Hall. No tenía la menor gana de volver a aquel lugar, pero lo habría hecho por Ian.

—Ahora no. —Jamie me cogió las riendas y tiró de la cabeza de mi caballo en dirección al camino—. Necesitaré ayuda.

Con el pretexto de buscar material para reparar la prensa, Jamie había visto la mayor parte de la plantación que rodeaba la casa incluyendo algunos aposentos para esclavos, los establos, un cobertizo en desuso para secar tabaco y el edificio donde se encontraba la refinería de azúcar. Y allí donde iba no encontraba más interferencia que alguna mirada curiosa u hostil. Salvo los alrededores de la refinería.

—Ese negro enorme que apareció en el porche estaba sentado fuera —dijo—. Cuando me acerqué el capataz me advirtió, muy nervioso, que no me aproximara mucho a él.

—Parece un buen consejo —dije estremecida—. Me refiero a eso de no acercarse mucho a él. Pero ¿crees que tiene alguna relación con Ian?

—Estaba sentado frente a una portezuela abierta en el suelo, Sassenach. —Jamie guió su caballo con habilidad para que rodeara un tronco caído en el camino—. Debe de ser la entrada a un sótano que hay debajo de la refinería. —El esclavo no se movió ni un centímetro en todo el tiempo que Jamie pasó recorriendo la refinería—. Si Ian está en la finca, es en ese lugar.

—Estoy segura de que está allí. —Le conté rápidamente los detalles de mi visita incluyendo mi breve conversación con las sirvientas de la cocina—. Pero ¿qué podemos hacer? —concluí—. ¡No podemos dejarlo allí! No sé para qué lo quiere Geillis, pero seguro que no es nada bueno si lo tiene escondido.

—Para nada bueno —convino con una expresión lúgubre—. El capataz no quiso hablar de Ian, pero me contó otras cosas que te pondrían los pelos de punta si no lo tuvieras ya tan rizado como el de una oveja. —Se volvió para mirarme con una sonrisa de medio lado que le iluminaba el rostro a pesar de su evidente preocupación—. Por lo rizado que lo tienes ahora, se diría que va a llover muy pronto.

—Muy observador —comenté sarcástica, tratando, en vano, de atusarme los mechones que habían escapado por debajo de mi sombrero—. Que el cielo esté negro como el tizón y que el relámpago se huela en el aire no tiene nada que ver con tus conclusiones, claro.

A medida que la tormenta se acercaba a la colina, las hojas de los árboles que nos rodeaban empezaron a temblar como mariposas. Desde lo alto de la montaña podía ver cómo los nubarrones cruzaban ya la bahía, seguidos por una oscura cortina de lluvia que parecía un velo.

Jamie se irguió en su montura y oteó el terreno. A mis inexpertos ojos, los alrededores parecían una sólida e impenetrable jungla, pero para un hombre que había vivido entre el brezo durante siete años había múltiples posibilidades.

—Será mejor que busquemos abrigo cuanto antes, Sassenach —dijo—. Sígueme.

A pie, llevando a los caballos de la brida, abandonamos la senda para adentrarnos en la selva por un camino que Jamie dijo que era un sendero de cerdos salvajes. Poco después halló lo que buscaba: un pequeño arroyo de altas riberas, donde crecían los helechos y algunos arbolitos tiernos. Formó una estructura arqueando algunos arbolillos y atándolos a un tronco caído y la cubrió con ramas y frondas de helecho. No se puede decir que fuera exactamente impermeable, pero era mucho mejor que estar a cielo abierto. Diez minutos después nos encontrábamos a cubierto.

Cuando el viento sopló sobre nuestras cabezas se hizo un momento de absoluto silencio. No cantaba ni un solo pájaro, no se oía el canto de los insectos, estaban tan bien equipados como nosotros para predecir la lluvia. Cayeron algunas gotas pesadas que aterrizaron sobre el follaje con un sonido explosivo semejante al que se oye al romper una ramita. Y entonces descargó la tormenta.

Las tormentas antillanas son repentinas y muy fuertes. No tienen nada que ver con la llovizna de Edimburgo. El cielo se pone negro y se quiebra descargando galones de agua en cuestión de minutos. Mientras llueve es imposible hablar y del suelo se eleva una suave niebla debido al vapor que provocan las gotas de agua al chocar con fuerza contra la tierra.

La lluvia castigaba los helechos y una leve bruma llenaba nuestro refugio. Entre el ruido del agua y el constante tronar en las colinas, hablar resultaba imposible.

No hacía frío, pero había una gotera en la estructura que caía justo en mi cuello. No había espacio para moverse.

Jamie se quitó la chaqueta para cubrirme y me rodeó con un brazo mientras esperábamos que pasara la tormenta. A pesar del repentino estruendo de fuera, me sentí protegida y en paz, libre de la tensión de las últimas horas y de los últimos días. Ya habíamos encontrado a Ian y allí nadie podía tocarnos.

Estreché la mano de Jamie. Él me sonrió y se inclinó para besarme con suavidad. Desprendía un olor fresco y a tierra, perfumado por el aroma de las ramas que había cortado y su propio sudor.

Pensé que ya casi había acabado todo. Habíamos encontrado a Ian y con la ayuda de Dios lo recuperaríamos sano y salvo muy pronto. ¿Y luego qué? Tendríamos que abandonar Jamaica, pero había otros lugares y el mundo era muy grande. Estaban las colonias francesas de Martinica y Granada, la isla holandesa de Eleuthera, quizá incluso llegáramos a aventurarnos por el continente a pesar de los caníbales. Mientras estuviera con Jamie no tenía miedo de nada.

La lluvia cesó tan bruscamente como había comenzado. Las gotas siguieron cayendo de los arbustos y los árboles con un goteo musical que se hacía eco del zumbido que el rugido de la tormenta me había dejado en los oídos. Desde el arroyo sopló una suave y fresca brisa que se llevó la humedad y me levantó los rizos del cuello con un delicioso frescor. Pájaros e insectos volvieron a cantar muy despacio y el aire parecía bailar lleno de vida verde. Me estiré y suspiré levantándome y dejando caer la casaca de Jamie.

—Sabes, Geilie me enseñó una piedra especial, un diamante negro —le comenté—. Me dijo que la utilizan los alquimistas. Por lo visto proporciona la capacidad de apreciar la alegría en todas las cosas. Creo que puede haber una justo aquí debajo.

Jamie me sonrió.

—No me sorprendería en absoluto, Sassenach —dijo—. Ven, tienes toda la cara mojada.

Jamie cogió su chaqueta para buscar un pañuelo y se detuvo en seco.

—Las fotos de Brianna —dijo.

—Ah, me había olvidado.

Me metí la mano en el bolsillo y se las devolví. Jamie las cogió, las miró rápidamente, se detuvo y volvió a revisarlas con más detenimiento.

—¿Qué pasa? —pregunté de pronto alarmada.

—Falta una —dijo en voz baja. Sentí un inexplicable miedo en la boca del estómago y la felicidad de aquel momento empezó a desvanecerse.

—¿Estás seguro?

—Las conozco tanto como tu cara, Sassenach. Estoy seguro, esa en la que está junto al fuego.

Recordaba bien aquella fotografía. Brianna, ya adulta, estaba sentada en una roca junto a una fogata. Tenía las rodillas flexionadas y había apoyado los codos sobre ellas. Estaba mirando directamente a la cámara, pero sin advertir su presencia. Tenía el rostro lleno de sueños y su cabello ondeaba alejándose de su cara.

—Geillis ha debido de quedársela. Encontró las fotos en tu bolsillo mientras yo estaba en la cocina y cuando regresé se las quité. Seguramente la cogió en ese instante.

—¡Maldita mujer! —Jamie se volvió hacia el camino, con los ojos sombríos llenos de ira. Seguía agarrando con fuerza el resto de las fotografías—. ¿Para qué la querrá?

—Tal vez sólo sea curiosidad —dije, aunque el miedo no me abandonaba—. ¿Qué podría hacer con ella? No tiene a quién enseñársela. ¿Quién iba a venir aquí?

En respuesta a mi pregunta, Jamie alzó la cabeza de repente y me agarró del brazo conminándome a guardar silencio. A cierta distancia se distinguía una curva del camino por entre la maleza, un fino lazo de barro amarillento. Por ese lazo apareció una silueta a caballo. Era un hombre vestido de negro. Entonces recordé lo que había dicho Geillis: «Espero visita. Ese párroco dijo que vendría a las cuatro.»

—Dijo que esperaba a un párroco —expliqué.

—Es Archie Campbell —adivinó Jamie, ceñudo—. ¿Qué diablos...? Aunque no sé si debo utilizar esa expresión, tratándose de la señora Duncan.

—Quizá viene a exorcizarla —sugerí con una risa nerviosa.

—¡Menudo trabajo le espera!

La silueta desapareció entre los árboles, pero pasaron varios minutos hasta que Jamie consideró que estábamos a salvo.

—¿Qué tienes planeado con respecto a Ian? —le pregunté una vez que volvimos al camino.

—Necesito ayuda —respondió enérgicamente—. Pienso volver río arriba con Innes, MacLeod y los otros. A poca distancia de la refinería hay un embarcadero. Allí amarraremos. Después de ocuparnos de Hércules (y también de Atlas si es necesario), abriremos el sótano, liberaremos a Ian y nos marcharemos. Dentro de dos días habrá luna nueva. Me gustaría hacerlo antes, pero necesitaremos ese tiempo para conseguir una embarcación adecuada y las armas necesarias.

—¿Con qué dinero? —pregunté sin rodeos.

La adquisición de ropa y calzado había requerido un buen porcentaje de la parte que le había correspondido a Jamie por la venta del guano. Nos quedaba lo justo para comer algunas semanas y, quizá, para alquilar una embarcación uno o dos días, pero no alcanzaría para comprar muchas armas.

En la isla no se fabricaban pistolas ni espadas. Las armas se importaban de Europa y por tanto eran caras. Jamie tenía las dos pistolas del capitán Raines. Los escoceses sólo tenían los cuchillos de limpiar pescado y los extraños alfanjes, lo que resultaba insuficiente para una incursión armada.

Hizo una mueca y me miró de soslayo.

—Tendré que pedir ayuda a John —dijo sencillamente.

Cabalgué en silencio durante un momento y luego asentí.

—Supongo que sí. —La idea no me gustaba, pero lo que importaba era la vida de Ian—. Una cosa, Jamie.

—Sí, ya lo sé —dijo resignado—. Quieres venir conmigo, ¿verdad que es eso?

—Sí. Después de todo, si Ian está herido o enfermo...

—¡Vendrás! —exclamó irritado—. Pero hazme un pequeño favor, Sassenach. Trata de que no te maten ni te corten en pedazos, ¿quieres? Uno tiene su sensibilidad.

—Haré lo posible —prometí con cara de circunstancias.

Y azucé a mi caballo para acercarme a él y cabalgar a su lado en dirección a Kingston bajo los árboles que goteaban.

61

La hoguera del cocodrilo

Aquella noche había un tráfico sorprendente en el río. Lawrence Stern, que había insistido en acompañarnos, me explicó que la mayor parte de las plantaciones de las colinas utilizaban el río como vía de transporte hacia Kingston y el puerto. Las carreteras eran atroces, cuando las había. La vegetación se las tragaba en la estación de lluvias.

Pensaba que el río estaría desierto, pero nos cruzamos con dos pequeñas embarcaciones y una barcaza que iban corriente abajo, mientras nosotros nos esforzábamos por remontarla con la vela desplegada. La barcaza, una inmensa silueta negra llena de barriles y fardos, pasó junto a nosotros como si fuera un iceberg negro: enorme, encorvado y amenazante. Las voces bajas de los esclavos que la atendían nos llegaban transportadas por el agua, charlas suaves en una lengua extraña.

—Ha sido muy amable al venir, Lawrence —dijo Jamie.

Íbamos a bordo de un pequeño velero abierto de un solo mástil en el que apenas cabíamos Jamie, los seis contrabandistas escoceses, Stern y yo. A pesar de la aglomeración, yo también agradecía la presencia de Stern. Tenía una presencia sólida y flemática que resultaba muy tranquilizadora dadas las circunstancias.

—Bueno, confieso que siento cierta curiosidad. —El naturalista se ahuecó la camisa tratando de refrescar su cuerpo sudoroso. Lo único que podía ver de él entre la oscuridad era una mancha blanca que se movía—. Conozco a esa mujer, ¿saben?

—¿A la señora Abernathy? —Hice una pausa antes de preguntar, con delicadeza—: Y... ¿qué le pareció?

—Oh, una señora muy agradable, sumamente... cordial.

Como estaba tan oscuro no pude verle la cara, pero su voz tenía un deje extraño, entre complacido y azorado. Comprendí que la viuda Abernathy le debía de resultar muy atractiva, de lo que deduje que Geilie debió de querer algo del naturalista. Geillis nunca trataba bien a un hombre si no era para obtener algún provecho.

—¿Dónde la conoció? ¿En su casa? —Según había oído en la fiesta del gobernador, la señora Abernathy rara vez salía de su plantación.

—Sí, en Rose Hall. Fui a pedirle permiso para recoger un insecto de la familia *Cucurlionidae* que había encontrado en un arroyo de la plantación. Me invitó a pasar y... me atendió con mucha amabilidad.

Ahora sí, su voz estaba teñida de un evidente tono de satisfacción. Jamie, que sostenía el timón a mi lado, resopló al escucharlo.

—¿Qué quería de usted? —preguntó Jamie, que sin duda había llegado a las mismas conclusiones que yo sobre las motivaciones de Geilie y su comportamiento.

—Se mostró muy interesada en los especímenes de flora y fauna que había recolectado. Y también me interrogó sobre el paradero y las virtudes de ciertas hierbas. Ah, y sobre otros lugares en los que había estado. Se hallaba particularmente interesada en que le hablara de La Española. —Suspiró con momentáneo pesar—. Me cuesta creer que una señora tan encantadora pueda tener una conducta tan reprochable como la que describe, James.

—¿Sí, eh? —La voz de Jamie desprendía un tono secamente divertido—. Creo que se rindió usted a sus encantos, Lawrence.

En la voz del científico se notó la misma sonrisa.

—He observado cierto tipo de mosca carnívora, amigo James, cuyo macho, cuando decide cortejar a una hembra, se toma la molestia de llevarle alguna pequeña presa envuelta en seda. Mientras la hembra está entretenida desenvolviendo el pequeño presente, él se precipita sobre ella, cumple con su obligación copulatoria y se aleja apresuradamente porque si ella acabara de comer antes de que él terminase o no tuviera el cuidado de llevarle el presente... ella se lo comería. —Se oyó una suave risa en la oscuridad—. Fue una experiencia interesante, pero creo que no volveré a visitar a la señora Abernathy.

—No, si tenemos suerte —dijo Jamie.

Los hombres me dejaron en la orilla con instrucciones de que no me moviera de allí y se perdieron en la oscuridad. Jamie me había dado una pistola cargada con la orden de no dispararme en un pie. Su peso era reconfortante, pero con el transcurso del tiempo y en ese total silencio, la penumbra y la soledad se hacían cada vez más opresivas.

Podía ver la casa desde allí. Había tres ventanas iluminadas en la planta baja. Pensé que debía de tratarse del salón y me pregunté por qué no había ni rastro de actividad por parte de los esclavos. Mientras la observaba vi cruzar una sombra ante una de ellas. Se me hizo un nudo en la garganta.

No era Geilie, pues se trataba de una silueta alta, estrecha y extrañamente angulosa.

Miré a mi alrededor, nerviosa. Quería avisarlos, pero ya era demasiado tarde. Los hombres estaban fuera del alcance de mi voz, camino de la refinería. Vacilé un momento, pero no quedaba otro remedio: recogiéndome las faldas, me adentré en la oscuridad.

Cuando llegué a la galería estaba empapada en sudor y tenía el corazón tan acelerado que el sonido de sus latidos me impedía escuchar nada más. Me asomé en silencio a la ventana más cercana tratando de no dejarme ver desde el interior. Dentro todo estaba en orden y en silencio. En la chimenea ardía un pequeño fuego y el brillo de las llamas se reflejaba en el suelo pulido. El secreter de palisandro de Geilie estaba abierto y lleno de papeles y lo que parecían ser libros muy antiguos. No veía a nadie dentro de la casa, pero desde donde estaba tampoco divisaba toda la estancia.

Sentí un hormigueo trepando por mi piel acuciado por mi imaginación, que no dejaba de proyectar imágenes de Hércules persiguiéndome en silencio por la oscuridad. Continué desplazándome por la terraza mirando hacia atrás por encima del hombro a cada paso que daba.

Aquella noche la casa transmitía la extraña sensación de estar desierta. No se oía ninguna de las voces apagadas de los esclavos que había oído durante mi anterior visita, cuando los escuché murmurando mientras hacían sus tareas. Pero me dije que eso no tenía por qué significar nada. La mayoría de los esclavos dejaban de trabajar y se retiraban a sus barracones cuando se ponía el sol. Y, sin embargo, me pareció extraño que no quedara por allí algún sirviente que se encargara de vigilar el fuego y de traer algo de comida de la cocina cuando fuera necesario.

La puerta principal estaba abierta. En el suelo ante ella había algunos pétalos de rosas amarillos, que, iluminados por la tenue luz de la entrada, brillaban como antiguas monedas de oro.

Me detuve a escuchar. Creía oír un vago susurro que provenía del salón, como si alguien estuviera pasando las páginas de un libro, pero no estaba segura. Reuniendo todo mi valor, crucé el umbral.

Cada vez era más intensa la sensación de abandono: había flores marchitas en un jarrón sobre un arca y una taza con los posos secos del té en la mesa que habían dejado una mancha marrón en el fondo. ¿Dónde diablos estaba todo el mundo? Ante la puerta del salón me detuve a escuchar otra vez. Percibí el tranquilo crepitar del fuego y de nuevo el leve susurro de páginas. Asomé la cabeza por el marco de la puerta y vi que había alguien sentado frente al escritorio, alguien innegablemente masculino, alto y de hombros estrechos, con la cabeza inclinada sobre el mueble.

—¡Ian! —susurré lo más fuerte que me atreví—. ¡Ian!

La silueta dio un respingo y se levantó de un salto parpadeando en dirección a las sombras.

—¡Dios mío! —exclamé.

—¿Señora Malcolm? —El reverendo Archibald Campbell parecía atónito.

Tragué saliva tratando de tragarme el nudo que se me había formado en la garganta. El reverendo parecía casi tan asustado como yo, pero sólo fue un momento. Luego endureció su expresión y dio un paso hacia la puerta.

—¿Qué está haciendo aquí? —me preguntó.

—Busco al sobrino de mi esposo —dije. Mentir no tenía sentido y tal vez él supiera dónde estaba Ian. Miré rápidamente a mi alrededor. La habitación se hallaba desierta salvo por el reverendo y la pequeña lámpara que estaba utilizando—. ¿Dónde está la señora Abernathy?

—No tengo ni idea —respondió, ceñudo—. Parece haberse marchado. ¿Qué decía del sobrino de su esposo?

—¿Que se ha marchado? —Parpadeé—. ¿Dónde ha ido?

—No lo sé —dijo, preocupado, conforme montaba el labio superior sobre el inferior—. Esta mañana, cuando me levanté, había desaparecido junto con todos sus sirvientes. ¡Bonita manera de tratar a un invitado!

—Bueno, admito que no es un comportamiento muy hospitalario —dije un poco más aliviada a pesar de mi alarma. Por lo menos ya no corría peligro de toparme con Geilie y pensé que me podía enfrentar al reverendo Campbell—. Por casualidad, ¿ha visto a un jovencito de unos quince años, alto, delgado y con el pelo castaño oscuro? No, ya lo suponía. En ese caso, he de despedirme...

—¡Un segundo! —Me sujetó con rudeza por el brazo y me detuve sorprendida y asustada de la fuerza con la que me agarraba—. ¿Cuál es el verdadero nombre de su esposo?

—Bueno... Alexander Malcolm, como bien sabe —respondí, tratando de soltarme.

—Claro. ¿Y cómo es posible que, ante mi descripción, la señora Abernathy me haya dicho que su esposo es en realidad James Fraser?

—Oh... —Inspiré hondo tratando de hallar una respuesta razonable, pero fracasé. Nunca se me había dado bien mentir tan deprisa.

—¿Dónde está su esposo, mujer? —exigió.

—Escuche —rogué intentando zafarme de su cepo—, está muy equivocado con respecto a Jamie. Él no tuvo nada que ver con su hermana. Me dijo que...

—¿Ha hablado de Margaret con él? —Me apretó con más fuerza.

Dejé escapar un rugido de incomodidad y tiré del brazo con más fuerza.

—Sí. Asegura que ella no fue a Culloden para verlo a él, sino a un amigo suyo, Ewan Cameron.

—Miente usted —replicó secamente—. O miente él. Poco importa. ¿Dónde está? —dijo, zarandeándome, y yo me tambaleé con fuerza hasta que al fin logré liberar mi brazo.

—¡Le digo que no tuvo nada que ver con su hermana! —Retrocedí, mientras pensaba cómo podría escapar sin que se lanzara tras de mí en busca de Jamie haciendo ruido y llamando una atención que no nos vendría nada bien en nuestra maniobra de rescate. Ocho hombres bastarían para reducir a Hércules, pero no podrían contener el levantamiento de cien esclavos a la vez.

—¿Dónde está? —El reverendo avanzaba hacia mí con los ojos clavados en los míos.

—¡En Kingston! —dije.

Miré a un lado. La puerta-ventana estaba cerca. Pensé que podría salir sin que me cogiera, pero ¿luego qué? Sería mucho peor que me persiguiera por fuera que seguir hablando con él allí dentro.

Volví a mirar al reverendo, que me observaba ceñudo con pinta de no creerse ni una sola palabra de lo que le decía. Entonces mi mente registró algo que había visto en la galería. Volví bruscamente la cabeza.

Sí que lo había visto. Había un gran pelícano blanco posado en la barandilla, con la cabeza sepultada bajo el ala. El plumaje de *Ping An* brillaba en la noche bajo la escasa luz que salía por la puerta.

—¿Qué pasa? —inquirió el reverendo Campbell—. ¿Quién es? ¿Quién está ahí?

—Sólo un ave —dije mientras me volvía.

El corazón me latía muy deprisa: el señor Willoughby debía de estar cerca. Era común avistar pelícanos a poca distancia de las desembocaduras de los ríos y en la orilla, pero nunca había visto ninguno tierra adentro. Aunque si era cierto que el señor Willoughby estaba por allí, ¿qué podía hacer al respecto?

—Dudo mucho que su esposo esté en Kingston. —El reverendo me miraba suspicaz—. Pero si es así, vendrá a buscarla.

—¡Oh, no! —aseguré—. No —repetí con toda la seguridad que pude reunir—. Jamie no vendrá. Vine por mi cuenta para visitar a Geillis... a la señora Abernathy. Mi esposo no me espera hasta dentro de un mes.

No me creía, pero tampoco podía hacer nada. Frunció los labios y luego relajó la boca para decir:

—¿Significa eso que está usted alojada aquí?

—Sí —dije, alegrándome de conocer la distribución de la casa lo suficiente para fingirme huésped. A fin de cuentas, si los sirvientes se habían marchado, ya no quedaría nadie para negarlo.

Se quedó allí plantado observándome durante un buen rato. Luego apretó los dientes y asintió de mala gana.

—Bien. En ese caso debe usted de saber dónde ha ido nuestra anfitriona y cuándo piensa regresar.

Sobre la cuestión empezaba a tener una idea inquietante de dónde, si no exactamente *cuándo*, había ido Geillis Abernathy, pero no era con el reverendo Campbell con quien podía compartirla.

—No, me temo que no —vacilé—. Eh... ayer fui de visita a la plantación vecina. Acabo de volver.

El reverendo me observó con atención, pero yo llevaba ropas de montar porque era el único atuendo decente que tenía aparte del vestido violeta y dos vestidos más de muselina. Gracias a ello mi mentira pasó desapercibida.

—Comprendo. Hum... bien. —Se movía inquieto. Cerraba y abría las manazas huesudas, como si no supiera qué hacer con ellas.

—No lo distraigo más —dije, señalando el escritorio con una sonrisa encantadora—. Sin duda tiene usted cosas importantes que hacer.

Con los labios fruncidos de ese modo tan desagradable parecía un búho contemplando un ratón.

—Mi trabajo ya está terminado. Sólo estaba preparando copias de algunos documentos que me solicitó la señora Abernathy.

—¡Qué interesante! —comenté automáticamente. Con suerte, tras una breve charla podría escapar con el pretexto de retirarme a mi teórico cuarto. Todas las habitaciones del primer piso tenían acceso a la terraza. No me costaría mucho escabullirme en busca de Jamie.

—Por ventura, ¿comparte usted nuestro interés por la historia escocesa? —Sus ojos eran más penetrantes. Reconocí con pesar en ellos el fanatismo del investigador apasionado. Lo conocía muy bien.

—Bueno, sin duda es muy interesante —musité mientras me acercaba a la puerta—, pero no estoy muy puesta en el tema.

Entonces vi uno de los documentos que tenía sobre la mesa y me detuve en seco. Era un árbol genealógico. Después de vivir con Frank había visto muchos, pero aquél lo reconocí enseguida. El árbol genealógico de la familia Fraser (lo había titulado «Fraser de Lovat»). Hasta donde yo podía ver, se iniciaba alrededor del 1400 y se extendía hasta la actualidad. Pude ver a Simon, el difunto —y no tan llorado— lord jacobita, que fue ejecutado por tomar parte en el Alzamiento de Carlos Estuardo. También salían sus descendientes, cuyos nombres reconocía. En un rincón, con el tipo de anotación correspondiente a los hijos ilegítimos, figuraba Brian Fraser, el padre de Jamie. Y debajo de él, con firmes letras negras, James A. Fraser.

Un escalofrío me recorrió la espalda. El reverendo, que había reparado en mi reacción, me observaba divertido.

—Es interesante que se refiera a los Fraser, ¿no?

—¿Qué... qué se refiere a los Fraser? —pregunté, y sin apenas pensarlo me acerqué al escritorio.

—La profecía —respondió un tanto sorprendido—. ¿No está usted enterada? Claro que siendo su esposo un descendiente ilegítimo...

—No sé nada de eso.

—Ah... —El reverendo no dejó pasar la oportunidad de ponerme al corriente—. Supuse que la señora Abernathy le habría hablado de ello; su interés es tal que me escribió a Edimburgo. —Hojeó los papeles para extraer uno que parecía escrito en gaélico—. Éste es el lenguaje original de la profecía —dijo poniéndome bajo las narices la Prueba A—. De mano del Vidente de Brahan. Ha oído usted hablar del Vidente de Brahan, ¿no es así?

Aunque su tono era escéptico, lo conocía: se trataba de un profeta del siglo XVI, una especie de Nostradamus escocés.

—En efecto. ¿Se trata de una profecía referida a los Fraser?

—A los Fraser de Lovat, sí. Utiliza un lenguaje poético, como ya señalé a la señora Abernathy, pero su significado es bastante claro. —Pese a que recelaba de mí, empezaba a entusiasmarse—. La profecía afirma que de la estirpe de Lovat surgirá un nuevo gobernante de Escocia. Esto sucederá tras el eclipse de «los reyes de la rosa blanca»: una obvia referencia a esos papistas de los Estuardo. —Señaló con la cabeza las rosas blancas tejidas en la alfombra—. En la profecía aparecen referencias más crípticas: la época en la que aparecerá este gobernante, si ha de ser un rey o una reina... Existe cierta dificultad para interpretarlo, debido a una mala utilización del original...

Siguió hablando, pero yo ya había dejado de escuchar. Las dudas sobre el paradero de Geillis desaparecían a toda velocidad. Dada su obsesión por los gobernantes de Escocia, había dedicado gran parte de los últimos diez años de su vida a tratar de restaurar el trono de los Estuardo. Sus esfuerzos quedaron definitivamente frustrados en Culloden y no expresó más que desdén por los Estuardo restantes. Cosa que no era de extrañar si sabía lo que ocurriría a continuación.

Pero ¿adónde iría? ¿De nuevo a Escocia para relacionarse con el heredero de Lovat? No, puesto que se estaba preparando para volver a saltar en el tiempo; eso me había quedado claro después de nuestra conversación. Se estaba preparando, reuniendo sus recursos, recuperando el tesoro de la isla de las focas y completando sus investigaciones.

Observé el papel entre el espanto y la fascinación. La genealogía, desde luego, sólo estaba registrada hasta el presente. ¿Sabría Geillis quiénes serían los descendientes futuros de Lovat? Levanté la cabeza para hacer una pregunta al reverendo Campbell, pero fui incapaz de pronunciar una palabra.

En la puerta que daba a la galería se hallaba el señor Willoughby.

Era evidente que el pequeño chino las había pasado canutas. Llevaba la ropa desgarrada y sucia y su cara reflejaba señales de hambre y cansancio. Posó los ojos sobre mí con una remota mueca de reconocimiento. Toda su atención iba dirigida al reverendo Campbell.

—¡Hombre muy santo! —dijo en un tono provocativo que nunca le había oído.

El reverendo se dio la vuelta bruscamente golpeando un florero con el codo. El agua y las rosas amarillas cayeron formando una cascada sobre el escritorio. Con un grito de ira, el clérigo cogió los papeles salvándolos de la inundación y los sacudió como loco para quitarles el agua antes de que se corriera la tinta.

—¡Mira lo que has hecho, maldito asesino pagano!

El señor Willoughby se echó a reír. No con su habitual risita aguda, sino con un cloqueo sofocado. No parecía divertido en absoluto.

—¿Yo asesino? —Movió despacio la cabeza con los ojos clavados en el reverendo—. Yo no, hombre santo. Asesino, tú.

—Lárgate, amigo —ordenó Campbell fríamente—. ¿Cómo se te ocurre entrar en la casa de una dama?

—Te conozco. —El chino hablaba con voz baja y serena y le clavaba los ojos al reverendo—. Te veo. Te veo en salón rojo, con mujer que ríe. Te veo también con ramera barata en Escocia. —Levantó muy despacio la mano, poniéndosela en el cuello como una espada—. Matas mucho, hombre santo, me parece.

El reverendo Campbell se había puesto pálido, ya fuera por la impresión o por la ira. Yo también palidecí, pero por el miedo. Me humedecí los labios y me obligué a hablar.

—Señor Willoughby...

—Willoughby no —dijo sin mirarme. Me corrigió casi con indiferencia—. Yi Tien Cho.

Tratando de encontrar una forma de escapar de la presente situación, mi mente se preguntó si la manera correcta para dirigirme a él sería señor Yi, o señor Cho.

—¡Vete! —La palidez del clérigo se debía a la ira. Avanzó hacia el chino con los grandes puños apretados. El señor Willoughby no se movió. Parecía indiferente a la presencia del reverendo.

—Mejor váyase, Primera Esposa —dijo con suavidad—. Hombre santo gusta de mujeres, pero no con polla. Con cuchillo.

Yo no llevaba corsé, aunque me sentí como si lo llevara. No conseguía reunir el aliento suficiente para hablar.

—¡Sandeces! —replicó el reverendo—. ¡Te he dicho que te vayas o...!

—No se mueva, por favor, reverendo Campbell —dije.

Con manos trémulas, saqué del bolsillo la pistola que Jamie me había dejado y le apunté. Para mi sorpresa, se quedó inmóvil, mirándome como si me hubiera brotado una segunda cabeza.

Yo nunca había apuntado a nadie con un arma. La sensación me resultó extrañamente narcótica a pesar de que me temblaba el cañón de la pistola. Y al mismo tiempo no tenía ni idea de qué hacer.

—Señor... —desistí y utilicé todos sus nombres—. Yi Tien Cho, ¿vio usted al reverendo con la señora Alcott en el baile del gobernador?

—Veo. Él mata —dijo Yi Tien Cho sin tapujos—. Mejor disparar, Primera Esposa.

—¡No seas ridículo! Mi estimada señora Fraser, no puede creer la palabra de un salvaje al que... —El reverendo se volvió hacia mí, tratando de adoptar una posición de superioridad, cosa que le impedían los pequeñas manchas de sudor que se le habían formado en las raíces del pelo.

—Puede que le crea —dije—. Usted estaba allí, yo lo vi. Y también estaba en Edimburgo cuando mataron a la última prostituta. Nellie Cowden me dijo que llevaba usted dos años allí: el mismo período durante el cual el Demonio estuvo asesinando muchachas. —Sentía el resbaladizo gatillo bajo mi dedo.

—¡Él también vivía allí entonces! —El reverendo estaba perdiendo su palidez y cada vez estaba más ruborizado. Señaló al chino con la cabeza—. ¿Aceptará usted la palabra del hombre que traicionó a su esposo?

—¿Quién?

—¡Él! —La exasperación enronquecía la voz del clérigo—. Fue esta perversa criatura quien denunció a Fraser ante sir Percival Turner. ¡Me lo dijo el propio sir Percival!

Estuve a punto de dejar caer el revólver. Las cosas estaban pasando muy deprisa. Recé desesperada para que Jamie y sus hombres hubieran encontrado a Ian y hubieran vuelto al río. Seguro que regresarían a la casa cuando se dieran cuenta de que yo no estaba donde me dejaron.

Levanté un poco la pistola con intención de ordenar al reverendo que fuera hacia la cocina; no se me ocurría nada salvo encerrarlo en una de las despensas.

—Creo que lo mejor...

Entonces se lanzó sobre mí.

Como un acto reflejo, mi dedo apretó el gatillo produciendo un fuerte estallido; el arma cayó de mi mano y una pequeña nube de polvo negro me envolvió la cara e hizo que me lloraran los ojos.

No di en el blanco. Tras el sobresalto de la explosión, su rostro adquirió una expresión satisfecha. Sin decir nada, hundió la mano bajo la chaqueta para sacar un estuche metálico, de unos quince centímetros, del que asomaba un mango de cuerno blanco.

Fui consciente de cada detalle con la terrible claridad que se adueña de toda crisis, desde la muesca en la hoja que salía de su vaina hasta el perfume de la rosa que pisó mientras se me acercaba.

No podía huir. Me preparé para luchar sabiendo que sería inútil. La cicatriz del alfanje me quemaba el brazo, y el recuerdo de lo que me esperaba me encogió la piel. De pronto hubo un destello azul en el límite de mi campo visual y sonó un carnoso *¡tunc!*, como si hubieran dejado caer un melón desde cierta altura. El reverendo giró lentamente sobre un pie, con los ojos abiertos e inexpresivos. En aquel momento su parecido con Margaret se hizo patente. Luego cayó.

Cayó en redondo, sin siquiera estirar el brazo para protegerse de la caída. Una de las mesas de madera satinada salió disparada esparciendo popurrí y piedras pulidas. La cabeza del reverendo impactó contra el suelo a mis pies. Rebotó un poco y se quedó inmóvil. Di un convulsivo paso atrás y me quedé atrapada con la espalda contra la pared.

En la sien tenía una horrible depresión. Su cara cambió de color: del rojo provocado por la cólera al blanco cerúleo. Su pecho se elevó y volvió a descender un par de veces. Tenía los ojos y la boca abiertos.

—¿Tsei-mi aquí, Primera Esposa? —dijo el chino guardando en la manga el saquito con las bolas de piedra.

—Sí, ahí fuera. —Señalé vagamente la galería—. ¿Qué... él? —Sentí cómo me atacaban las oleadas de la conmoción y luché contra ellas cerrando los ojos e inspirando hondo—. ¿Fuiste tú...? —pregunté con los ojos todavía cerrados. Si me iba a golpear en la cabeza a mí también, no quería mirar—. Lo que dijo, ¿era verdad? ¿Fuiste tú quien reveló a sir Percival la cita en Arbroath? ¿Quien le dijo lo de Malcolm y la imprenta?

No hubo respuesta ni movimiento alguno por un instante. Al cabo de un segundo abrí los ojos. Seguía allí, observando al reverendo Campbell.

Archivald Campbell parecía muerto, pero aún no había muerto. Sin embargo, el ángel negro de la muerte estaba en camino. Su piel iba adoptando ese pálido tinte verdoso que había visto tantas veces en hombres que estaban a punto de morir. Pero todavía le funcionaban los pulmones y cogían aire emitiendo un extraño silbido.

—No era un hombre inglés —dije. Tenía las palmas de las manos húmedas y me las sequé en la falda—, sino un *nombre* inglés. Willoughby.

—No Willoughby —exclamó con aspereza—. ¡Yi Tien Cho!

—¿Por qué? —inquirí casi gritando—. ¡Mírame, maldito seas! ¿Por qué?

Entonces me miró. Sus ojos eran negros y redondos como canicas, pero habían perdido el brillo.

—En China... —dijo—. Cuentos. Profecía. Dicen que un día vendrán fantasmas. Todo el mundo miedo fantasmas.

Asintió una vez, dos, luego miró el cuerpo que yacía en el suelo.

—Salgo China para salvar vida. Mucho tiempo despertar, veo fantasmas. Por todas partes, fantasmas —continuó con suavidad—. Viene fantasma grande: cara blanca, horrible, pelo de fuego. Creo me comerá el alma.

Tenía la vista clavada en el reverendo. Elevó hacia mí los ojos remotos y serenos como el agua estancada.

—Tengo razón —dijo simplemente y asintió de nuevo. Hacía varios días que no se afeitaba la cabeza, pero el cuero cabelludo que asomaba por debajo de la pelusa negra brilló bajo la luz que se colaba por la ventana—. Él come mi alma, Tsei-mi. No más Yi Tien Cho.

—Pero te salvó la vida —señalé.

Asintió una vez más.

—Lo sé. Mejor morir. Mejor morir que ser Willoughby. ¡Willoughby! ¡Puaj! —Giró la cabeza para escupir con la cara contraída y repentinamente enfadado—. ¡Él habla mis palabras, Tsemi! ¡Come el alma!

Su arrebato de cólera desapareció con la misma celeridad. Estaba sudando a pesar de que en el salón no hacía tanto calor. Se pasó una mano trémula por la cara sudorosa y se limpió la humedad.

—Veo un hombre en la taberna. Pregunta por Mac-Du. Yo ebrio —informó objetivamente—. Quiero mujer, ninguna mujer viene. Reír, decir gusano amarillo... —Movió una mano hacia los pantalones, meneando la cabeza y su coleta rozó la seda de su casaca con suavidad—. *Gwao-fei* todos iguales. Yo ebrio —repitió—. Hombre fantasma quiere Mac-Du, me pregunta. Digo sí, conozco Mac-Du. —Se encogió de hombros—. No importa nada.

Volvió a mirar al pastor. El pecho flaco de Campbell cayó una vez más y quedó inmóvil. No se oía nada en la habitación, la respiración había cesado.

—Es deuda —dijo Yi Tien Cho señalando el cuerpo—. Yo deshonrado. Yo extranjero. Pero pago. Tu vida por mía, Primera Esposa. Dile a Tsei-mi.

Asintió una vez más y se volvió hacia la oscura galería donde había un susurro de plumas. Ya en el umbral se dio la vuelta.

—Cuando despierto en muelle, pienso fantasmas han venido, todos alrededor —dijo Yi Tien Cho con suavidad. Tenía la mirada oscura y serena, sin ninguna profundidad—. Pero no. Soy yo. Yo soy el fantasma.

La brisa sopló por entre las puertas francesas y el chino desapareció; con rápidas pisadas se alejó por la galería seguido de la agitación de unas alas abiertas y un suave y primitivo *¡uaaa!* que se perdió entre los ruidos nocturnos de la plantación.

Conseguí llegar al sofá antes de que me fallaran las piernas. Me agaché y apoyé la cabeza sobre las rodillas rezando por no desmayarme. Me palpitaban las orejas. Tuve la sensación de oír una respiración y levanté la cabeza con pánico, pero el reverendo Campbell seguía inmóvil.

No me podía quedar en la misma habitación que él. Me levanté y rodeé el cuerpo lo más rápido que pude, mas antes de llegar a la puerta de la terraza cambié de idea. Todos los sucesos de la noche se mezclaban en mi mente como trocitos de vidrio en un caleidoscopio.

No tenía tiempo para pararme a pensar y buscarle sentido a todo aquello. Sin embargo, recordé lo que había dicho el reverendo antes de que entrara Yi Tien Cho. Si había alguna pista que indicara adónde había ido Geillis Abernathy, debía de estar arriba. Tras encender una vela crucé la casa hacia la escalera resistiéndome a la tentación de mirar hacia atrás. Sentía mucho frío.

El laboratorio estaba a oscuras, pero en el extremo de la mesa se veía un vago resplandor violáceo. Un extraño olor a quemado me invadió la nariz y me hizo estornudar. El ligero regusto metálico que sentí en la garganta me recordó a una lejana clase de química.

Azogue. Mercurio quemado. Sus vapores, aunque fantasmagóricamente bellos, eran muy tóxicos. Saqué un pañuelo para ponérmelo en la boca y la nariz antes de acercarme hacia el resplandor violáceo.

Las líneas del pentágono habían chamuscado la madera de la mesa. Si Geillis había utilizado gemas para formar la figura, ya no estaban allí. Pero había dejado otra cosa.

La fotografía tenía los bordes chamuscados, pero el centro permanecía intacto. Me dio un vuelco el corazón. Apreté contra mi pecho, furiosa y llena de pánico, la cara de Brianna. ¿Qué pretendía con aquella profanación? No podía ser un gesto dirigido a mí o a Jamie porque no podía imaginar que ninguno de los dos llegáramos a verlo jamás.

Sin duda se trataba de magia... en versión de Geilie. Intenté frenéticamente recordar nuestra conversación. ¿Qué me había dicho? Tenía curiosidad por saber cómo había viajado a través de las piedras; eso era lo que más le interesaba. Le respondí con alguna vaguedad sobre fijar la atención en una persona que viviera en el momento hacia el cual se quería viajar.

Inspiré hondo y descubrí que estaba temblando, tanto por una reacción tardía a la escena que había vivido en el salón, como por un terrorífico y creciente temor. Sin lugar a dudas, Geillis había decidido unir mi técnica —si se podía utilizar esa palabra— a la suya, utilizando la imagen de Brianna como punto de concentración para su viaje. O si no... Al pensar en los manuscritos del reverendo Campbell, en sus cuidadosas genealogías, me sentí al borde del desvanecimiento.

«Una de las profecías del Vidente de Brahan —había dicho— afirma que de la estirpe de Lovat surgirá un nuevo gobernante de Escocia.» Gracias a las investigaciones de Roger Wakefield, sabía (y Geillis seguro que también, dada su obsesión por la historia de Escocia) que la descendencia directa de Lovat se había perdido hacia el año 1800. En apariencia, claro. En realidad, en 1968 sólo quedaba un superviviente de esa estirpe: Brianna.

Tardé un momento en darme cuenta que el grave rugido que estaba escuchando procedía de mi propia garganta, y aún tuve que concederme otro instante para dejar de apretar los dientes.

Después de guardar la foto mutilada en el bolsillo de mi falda, corrí hacia la puerta como si el cuarto estuviera habitado por demonios. Debía encontrar a Jamie... inmediatamente.

No estaban allí. El bote flotaba, vacío y en silencio, a la sombra de la gran cecropia donde lo habían dejado. No había señales de Jamie y los demás.

Uno de los campos de caña se extendía a mi derecha, entre mi posición y el rectángulo que ocupaba la refinería. El suave olor a caramelo del azúcar quemado flotaba sobre el campo. Entonces cambió el viento y percibí el limpio y húmedo olor a musgo y rocas mojadas procedente del arroyo.

El cauce del riachuelo se elevaba abruptamente y subía por una ladera que desembocaba en un campo de caña. Subí a gatas por la cuesta, las manos me resbalaban sobre el musgo pegajoso. Me lo sacudí sofocando una exclamación de asco y me limpié la mano en la falda. Un escalofrío de ansiedad me recorrió el cuerpo. ¿Dónde diablos estaba Jamie? Habían tenido tiempo suficiente de regresar.

Junto al portón principal de Rose Hall ardían dos antorchas. Eran pequeñas motas de luz en la distancia, pero había una luz más cercana, a la izquierda de la refinería, cuya intensidad sugería una gran fogata. ¿Jamie y sus hombres habrían tenido alguna dificultad? Me pareció oír un canto proveniente de aquella dirección y vi un brillo más intenso que evocaba un fuego abierto. Todo parecía apacible, pero algo en la noche —o en ese lugar— me inspiraba inquietud. Fui consciente entonces de un hedor dulzón que se imponía al de los berros y el azúcar quemado. Lo reconocí de inmediato: carne podrida. Di un paso cauteloso y de pronto el infierno se abrió bajo mis pies.

Fue como si un fragmento de la noche se separara del resto a la altura de mis rodillas. Algo muy grande se agitó junto a mí derribándome de un golpe en las pantorrillas.

Mi involuntario grito coincidió con un sonido horrible, una especie de siseo fuerte que confirmó mis sospechas de que me encontraba muy cerca de algo vivo y de gran tamaño que olía a carroña. Sin saber de qué se trataba, sabía que no quería tener ningún contacto con aquello.

Había aterrizado a plomo sobre mi trasero. No me detuve a ver lo que ocurría, me di media vuelta y me deslicé por el barro y las hojas a gatas seguida por un eco de aquel siseo, que cada vez sonaba más fuerte. Algo me golpeó el pie y me levanté como pude y eché a correr.

Tenía tanto miedo que no me di cuenta de que de pronto podía ver, hasta que el hombre se me echó encima. Choqué contra él, y la antorcha que llevaba se le cayó, y se apagó sibilante en la humedad de las hojas.

Unas manos me sujetaron por los hombros y oí gritos a mi espalda. Tenía la cara pegada a un pecho lampiño que desprendía un fuerte olor almizclado. Recuperé el equilibrio jadeando y al levantar la cabeza me encontré cara a cara con un alto esclavo negro que me miraba perplejo.

—Señora, ¿qué estar haciendo aquí? —dijo.

Antes de que pudiera responder, desvió su atención hacia algo que sucedía detrás de mí. Dejó de agarrarme con tanta fuerza y yo me volví a mirar.

Seis hombres rodeaban a la bestia. Dos de ellos llevaban antorchas y las alzaban para iluminar a los otros cuatro, vestidos con un simple taparrabos, que cautelosamente iban trazando un círculo mientras sujetaban palos de madera acabados en una punta afilada.

Aún me quemaban y me temblaban las piernas por el impacto, y cuando vi qué era lo que me había golpeado, estuvieron a punto de ceder de nuevo. El animal medía unos tres metros y medio, con el cuerpo acorazado del tamaño de un tonel de ron. La enorme cola se desvió lanzando un azote y el hombre más próximo tuvo que saltar a un lado dando un grito de alarma. El saurio giró la cabeza, abrió las fauces y emitió otro siseo.

Cerró la boca de golpe emitiendo un audible chasquido y pude ver los delatores dientes que sobresalían de la mandíbula inferior en una suerte de lúgubre y falsa cortesía.

—«Nunca sonrías a un cocodrilo» —dije estúpidamente.

—No, señora, es mejó —dijo el esclavo separándose de mí para volver hacia donde estaban los demás.

Los hombres andaban azuzando a la bestia con evidentes intenciones de irritarla. Parecían tener éxito. El cocodrilo clavó las fuertes extremidades en la tierra y se lanzó a la carga con asombrosa rapidez. El hombre que estaba delante retrocedió de un salto, pero resbaló en el lodo y cayó al suelo.

Entonces, el gran esclavo negro que había chocado conmigo se lanzó por el aire para aterrizar en el lomo del animal. Los hombres de las antorchas bailaban atrás y adelante, alentándolo con gritos. Uno de los hombres armados con lanzas fue más valiente que los demás y se abalanzó hacia delante para clavarle el palo en la cabeza al cocodrilo; pretendía distraerlo mientras el esclavo se arrastraba hacia atrás por el suelo dejando marcas en el barro con los talones a su paso.

El hombre que seguía sobre la espalda del cocodrilo se esforzaba por llegar a las fauces del animal. Me pareció un auténtico suicida. Utilizó un brazo para rodearle el anchísimo cuello, se las compuso para sujetar con una mano el extremo del hocico y mantenérselo cerrado. Luego les gritó algo a sus compañeros.

De pronto, una figura en la que no había reparado salió de entre las cañas y se arrodilló junto al animal. Sin vacilar, le deslizó un nudo corredizo en el hocico. Los gritos se convirtieron en un alarido triunfal, hasta que el hombre arrodillado lo interrumpió con una palabra seca.

Se levantó repartiendo órdenes a gritos. No hablaba inglés, pero su preocupación era obvia: la gran cola seguía suelta, lanzando unos azotes capaces de derribar todo lo que se pusiera a su alcance. Al ver lo poderosas que eran las embestidas de esa cola, me sorprendí de no tener fracturadas las piernas.

Inmediatamente, los hombres armados con palos se acercaron. Sumida en la emoción de la escena y a pesar de la sensación de irrealidad, no me sorprendió reconocer en el líder al hombre que llamaban Ishmael.

—*Huwe!* —dijo haciendo violentos gestos ascendentes con las manos con un significado obvio.

Dos de los hombres pasaron los palos por debajo del cocodrilo. Otro, tras esquivar la cabeza, le colocó su pica bajo el pecho.

—*Huwe!* —repitió Ishmael.

Los tres empujaron con fuerza y, con un chapoteo, el reptil cayó sobre el lomo, con la blanca y reluciente panza a la luz de las antorchas.

Los hombres que las llevaban se pusieron a gritar de nuevo y el ruido de sus voces me zumbó en los oídos. Ishmael acalló los gritos con una sola palabra y alargó la mano. No sé qué dijo, pero bien pudo haber sido: «¡Bisturí!» La entonación y el resultado fueron los mismos: uno de los portadores de antorchas se apresuró a sacar un cuchillo del taparrabos y lo plantó en la mano de su jefe. Éste giró sobre sus talones y, con el mismo impulso, hundió la hoja en la garganta del animal, donde las escamas de la mandíbula se unen a las del cuello.

La sangre manaba negra a la luz del fuego. Todos retrocedieron a una distancia prudencial para contemplar con una mezcla de respeto y satisfacción al reptil moribundo. Ishmael se puso derecho. Su camisa era una pálida nube azul contra las oscuras cañas. Al contrario que los demás, él iba completamente vestido, aunque descalzo. Y llevaba muchas bolsas de piel colgadas del cinturón. Yo había permanecido en pie durante todo aquel tiempo, probablemente debido a algún fallo del sistema nervioso. Pero mis piernas no aguantaron más y caí sentada en el suelo cenagoso con un revoloteo de faldas. El movimiento atrajo la atención de Ishmael, que se volvió hacia mí y abrió mucho los ojos. Al ver su reacción, los demás hombres también se volvieron y se hizo un incrédulo murmullo general en varias lenguas distintas.

Yo no le prestaba demasiada atención. El cocodrilo continuaba respirando con esfuerzo, entre borboteantes jadeos. Y eso mismo hacía yo. Tenía los ojos clavados en su enorme cabeza llena de escamas. Su ojo sesgado brillaba como el dorado tono verde de la turmalina y parecía estar clavándome esa mirada extrañamente indiferente. La sonrisa del cocodrilo estaba del revés, pero ahí seguía.

Sentía el barro frío y suave bajo mi la mejilla y tan negro como el arroyo que fluía bajo las escamas del lagarto. Las preguntas y los comentarios adquirieron un tono preocupado, pero ya no los escuchaba.

En realidad, no había perdido la conciencia; tuve una vaga impresión de cuerpos empujándose y luces parpadeantes; después, unos brazos me alzaron, estrechándome con fuerza. Había un parloteo excitado, aunque sólo pude captar palabras sueltas. En algún momento pensé que debería decirles que me tumbaran y me taparan con algo, pero la lengua no me respondía.

Mientras la persona que me transportaba iba apartando cañas a un lado y a otro, yo notaba el roce de las hojas en la cara. Era como cruzar un campo de maíz sin espigas. Los hombres habían dejado de hablar y el susurro de nuestra avanzadilla sofocaba el ruido de nuestros pasos.

Cuando entramos en un claro, junto a las chozas de los esclavos, ya había recuperado la vista y estaba consciente. Aparte de algunos arañazos y magulladuras, no estaba herida, pero no vi que tuviera ningún sentido informar de ello. Mantuve los ojos cerrados y el cuerpo laxo. Me llevaron al interior de una choza. Luchaba contra el pánico con la esperanza de que se me ocurriera un plan sensato antes de verme obligada a despertar oficialmente.

¿Dónde diablos estaban Jamie y los otros? Si todo salía bien, o peor aún, si no era así, ¿qué harían cuando, al regresar al bote, descubrieran los rastros de lucha —¿rastros?, ¡el sitio era un baño de sangre!— y que yo había desaparecido?

Y nuestro amigo Ishmael, ¿qué estaba haciendo? Sólo una cosa era segura: no estaba allí para cocinar.

Fuera de la choza, el bullicio tenía un tono festivo y me llegaba el olor del alcohol; no era ron, era más áspero e intenso. El aroma flotaba por la choza, que ya apestaba a sudor y a ñame hervido. Entreabrí un ojo y vi el reflejo del fuego en la tierra. Frente a la puerta no paraban de ir y venir sombras; no podía salir sin que me vieran. De pronto, tras un griterío triunfal, las siluetas desaparecieron, supuse que en dirección al fuego. Presumiblemente estaban haciendo algo con el cocodrilo que llegó al mismo tiempo que yo colgado boca debajo de los palos de los cazadores.

Me incorporé con cautela y me puse de rodillas. ¿Sería posible escabullirme mientras todos estaban ocupados con lo que fuera que estuviesen haciendo? Estaba bastante segura de que si conseguía llegar al campo de caña más cercano no conseguirían encontrarme, pero de lo que no estaba tan convencida era de que pudiese localizar de nuevo el río sola en la oscuridad.

¿Sería mejor que me dirigiera hacia la casa principal con la esperanza de encontrarme con Jamie y la partida de rescate? Me estremecí al pensar en la casa y en el largo y silencioso cadáver que yacía en el suelo del salón. Pero si no me dirigía a la casa o al barco, ¿cómo conseguiría encontrarlos en aquella noche sin luna, negra como el tizón?

Mis pensamientos se vieron interrumpidos por una sombra que apareció en la puerta bloqueando la luz. Me arriesgué a abrir un poco los ojos y me incorporé de golpe, lanzando un grito. El hombre entró rápidamente y se arrodilló junto a mi jergón.

—No hagas ruido —dijo Ishmael—. Soy yo.

—Lo sé —dije, cubierta de sudor frío y con el corazón como un martillo neumático—. Lo supe desde el principio.

Como sombrero llevaba la enorme cabeza del cocodrilo que acababan de cazar. Le habían cortado la lengua y la base de la boca. Los ojos de Ishmael sólo eran un pequeño brillo bajo los dientes. La mandíbula le ocultaba la mitad inferior de la cara.

—El *egungun*, ¿no te hizo daño? —preguntó.

—No, gracias a estos hombres —dije—. Eh... supongo que no aceptarías quitarte eso, ¿verdad?

Ignorando mis palabras, se sentó sobre los talones; era evidente que me estaba estudiando. No podía verle la cara, pero cada línea del cuerpo expresaba una profunda indecisión.

—¿Qué haces aquí? —preguntó al fin.

A falta de una idea mejor, se lo expliqué. Estaba claro que no tenía ninguna intención de golpearme en la cabeza o ya lo habría hecho cuando me desmayé en el campo de caña.

—Ah —dijo cuando acabé de hablar.

El hocico del cocodrilo se inclinó hacia mí mientras pensaba. Una gota de humedad resbaló de sus fosas nasales y aterrizó sobre mi mano. Me apresuré a limpiármela en la falda con un estremecimiento.

—La señora no está —explicó como si dudara confiarme esa información.

—Sí, lo sé. —Recogí los pies bajo el cuerpo, dispuesta a levantarme—. ¿Alguien podría llevarme hasta el árbol grande, junto al río? Mi esposo debe de estar buscándome —añadí con intención.

—Creo que ella se llevó al muchacho —prosiguió Ishmael, sin prestarme atención.

Me había alegrado mucho cuando me confirmó que Geilie se había marchado, pero se me encogió el alma al oír aquellas palabras.

—¿Se ha llevado a Ian? ¿Por qué?

No podía verle la cara, pero dentro de la máscara, sus ojos brillaron divertidos, aunque sólo en parte.

—A la señora le gustan los muchachos —dijo. Su tono malicioso dejaba muy claro lo que eso significaba.

—¿Ah, sí? —Fue mi inexpresivo comentario—. ¿Sabes cuándo volverá?

El largo hocico dentado se empinó súbitamente, pero antes de que él pudiera responder percibí la presencia de alguien a mi espalda. Me volví de golpe en el jergón.

—La conozco —dijo ella con una pequeña arruga que le cruzaba la amplia frente mientras me miraba—. ¿Me equivoco?

—Nos vimos una vez —confirmé, tratando de tragar el corazón que el sobresalto me había subido a la boca—. ¿Cómo... cómo está, señorita Campbell?

Mejor que en nuestro encuentro anterior, obviamente, pese a que su pulcro vestido de lana había sido reemplazado por una túnica de burdo algodón blanco, que ceñía con una ancha tira de la misma tela teñida con añil. Estaba más delgada y había perdido el aspecto macilento que le provocaba el encierro.

—Estoy bien, gracias, señora —respondió cortésmente. Sus ojos descoloridos tenían la misma expresión distante y descentrada. El sol había dado a su piel un nuevo color, pero era obvio que la señorita Margaret Campbell no estaba del todo en sus cabales.

Confirmé esa impresión cuando me di cuenta de que no parecía haber advertido el extraño atuendo de Ishmael. En realidad, ni siquiera parecía consciente de la presencia de Ishmael. Siguió mirándome con interés.

—Es usted muy gentil al visitarme, señora —dijo—. ¿Puedo ofrecerle algún refrigerio? ¿Una taza de té, quizá? No tenemos vino. Mi hermano opina que los licores son el camino que nos lleva a las lujurias de la carne.

—Creo que tiene razón —confirmé, aunque en aquel momento no me habría venido mal un trago.

Ishmael le hizo una profunda reverencia, sosteniéndose como pudo la enorme cabeza.

—¿Lista, *bébé*? —preguntó en voz baja—. El fuego espera.

—Fuego —repitió ella—. Sí, por supuesto. —Se volvió hacia mí para preguntarme amablemente—: ¿Me acompaña, señora Malcolm? El té no tardará. Me encanta contemplar un buen fuego. —Me cogió del brazo—. ¿Alguna vez le ha parecido ver cosas en el fuego?

—De vez en cuando —reconocí, mirando a Ishmael, que ya estaba en la puerta.

Su postura denotaba indecisión, pero como la señorita Campbell avanzaba inexorablemente hacia él llevándome del brazo, se encogió de hombros y se apartó a un lado.

En el centro del claro ardía una pequeña fogata. Ya habían desollado al cocodrilo. La piel estaba extendida junto a las cabañas y proyectaba una sombra descabezada contra una pared de madera. Alrededor del fuego había varios palos afilados y en cada uno de ellos habían clavado un trozo de carne que crepitaba desprendiendo un apetecible olor. Me rugió el estómago al percibirlo.

A poca distancia había más de treinta personas, entre hombres, mujeres y niños, riendo y conversando. Un hombre cantaba en voz baja, curvándose sobre una maltrecha guitarra. Cuando aparecimos, alguien nos vio y se volvió de golpe diciendo algo así como: «*Jau!*» De inmediato cesaron charlas y risas y entre la multitud reinó un respetuoso silencio.

Ishmael se acercó lentamente; la cabeza del cocodrilo sonreía con aparente placer. La luz del fuego se reflejaba en los rostros y los cuerpos de los asistentes, que parecían de azabache pulido y caramelo fundido. Y todos nos observaban con su intensa mirada negra.

Cerca del fuego había un pequeño banco, instalado en una especie de plataforma hecha con tablas apiladas. Obviamente, era el lugar de honor, pues la señorita Campbell se dirigió hacia allí y me indicó cortésmente que me sentara a su lado.

Sentí el peso de sus miradas, que iban desde la hostilidad hasta una cauta curiosidad, pero el centro de atención era la señorita Campbell. Observé a hurtadillas el círculo de rostros y me sorprendió su extrañeza: eran las caras de África, ajenas a mí. No tenían nada que ver con la cara de Joe, que sólo conservaba el leve sello de sus ancestros diluido en siglos de sangre europea. A pesar de ser negro, Joe Abernathy se parecía más a mí que aquella gente, que eran distintos hasta la médula.

El hombre había dejado la guitarra y tenía ahora un pequeño tambor entre las rodillas. Estaba forrado con la piel de algún animal con manchas, quizá fuera piel de cabra. Comenzó a batirlo suavemente, con un ritmo entrecortado que imitaba el palpitar de un corazón.

Miré a la señorita Campbell, que contemplaba serena las llamas con las manos cruzadas en el regazo. Miraba hacia delante sin apartar los ojos del fuego con una soñadora sonrisa en los labios.

La multitud de esclavos se abrió ante la aparición de dos niñas cargadas con un gran cesto, cuya asa tenía rosas blancas entretejidas. La tapa se sacudía, agitada por un movimiento interior. Dejaron el cesto a los pies de Ishmael, mirando con respeto su grotesco tocado. Él posó las manos sobre las cabezas de las chicas, murmuró algunas palabras y luego las dejó marchar alzando unas palmas de un sorprendente rosa amarillento, parecían mariposas alzando el vuelo desde el nudoso cabello de las chicas.

Hasta el momento la actitud de los espectadores había sido tranquila y respetuosa. Y así siguió, pero entonces el gentío se acercó, estirando el cuello para ver qué pasaba. El ritmo del tambor, aunque suave, se hacía más rápido. Una de las mujeres se adelantó para entregar a Ishmael una botella y volvió a confundirse con la multitud.

Ishmael caminó cuidadosamente alrededor de la canasta al tiempo que vertía una pequeña cantidad de licor en el suelo. El cesto, que momentáneamente se había quedado quieto, se sacudió de un lado a otro agitado por el movimiento o por el penetrante aroma del alcohol.

Un hombre se adelantó con un palo envuelto en trapos y lo sostuvo sobre la hoguera hasta que los jirones comenzaron a arder. Tras una palabra de Ishmael, dejó caer la antorcha en el suelo, donde había vertido licor. El anillo de fuego azul que se levantó murió tan rápido como se había formado y provocó una exclamación de los espectadores. Del canasto surgió un fuerte quiquiriquí.

La señorita Campbell se movió a mi lado observando la cesta con suspicacia.

Como si el canto del gallo hubiera sido una señal (quizá lo fue) se elevó el sonido de una flauta y el tarareo de la muchedumbre alcanzó un tono más agudo.

Ishmael se acercó a nuestra improvisada tarima con un pañuelo rojo. Lo ató a la muñeca de Margaret y se la volvió a dejar con suavidad en el regazo.

—¡Ah, aquí está mi pañuelo! —exclamó ella, levantando el brazo para limpiarse sin tapujos la nariz.

Nadie pareció advertirlo Todos estaban atentos a Ishmael, que se erguía ante el gentío hablando en un idioma que no reconocí. El gallo volvió a cantar dentro del canasto y las rosas blancas del asa se estremecieron de manera violenta.

—Ojalá no hiciera eso —dijo Margaret Campbell con petulancia—. Si lo hace otra vez, serán tres y eso trae mala suerte, ¿no?

—¿De veras? —Vi que Ishmael estaba vertiendo el resto del licor en torno a la tarima. Esperaba que las llamas no la asustaran.

—Oh, sí, lo dice Archie. «Me traicionarás antes de que el gallo cante tres veces.» Archie dice que las mujeres siempre traicionan. ¿Cree usted que es verdad?

—Depende del punto de vista, supongo —murmuré, observando la ceremonia.

Mi compañera parecía no reparar en los esclavos cantores, ni en el canasto movedizo, ni en la música, ni en Ishmael, que recogía pequeños objetos de manos de los presentes.

—Tengo hambre —comentó—. Espero que el té no tarde.

Ishmael la oyó y, para sorpresa mía, hundió la mano en uno de los sacos que llevaba en la cintura y sacó un pequeño hatillo que resultó ser una taza de porcelana desportillada con restos de hojas doradas en el asa. La depositó con aire ceremonial en el regazo de Margaret.

—Oh, qué bien. —Palmoteó con alegría—. Ojalá haya bizcochos.

Yo esperaba que no. Ishmael había ido dejando los objetos que le daban los asistentes alrededor de la tarima. Varios huesos pequeños con grabados, una rama de jazmín y dos o tres figuritas de madera envueltas en telas y con pequeños mechones de pelo pegados a la cabeza con arcilla.

Ishmael volvió a decir algo y la antorcha bajó otra vez. Una súbita llamarada azul se alzó en torno a la tarima. Mientras se apagaba, dejando en el aire nocturno un olor a tierra cocida y licor quemado, abrió el cesto para sacar el gallo.

Era un animal grande y saludable; sus plumas negras brillaban a la luz de las antorchas. Gritaba y forcejeaba enloquecido, pero tenía las patas bien atadas con tiras de tela para evitar arañazos. Ishmael lo entregó a Margaret con una reverencia, murmurando algo.

—Oh, gracias —exclamó ella amablemente.

El gallo estiró el cuello con un fuerte cacareo. Margaret lo sacudió.

—¡Gallo malcriado! —protestó irritada mientras lo levantaba hasta su boca y le clavaba los dientes detrás de la cabeza. Oí el suave crujir de los huesos y el pequeño gruñido que emitió ella al arrancar la cabeza de la indefensa ave. Luego apretó contra sí el cuerpo que se debatía—. Bueno, bueno, ya está bien, querido.

La sangre le manchaba el vestido y llenaba la taza de té. La multitud, después de una primera exclamación, observaba en silencio. También la flauta había callado, pero el tambor continuaba sonando, mucho más fuerte que antes.

Margaret dejó a un lado el animal desangrado. Un niño salió precipitadamente de entre el gentío y lo retiró. Ella se limpió un poco la sangre de la falda y cogió con ademán distraído la taza con una mano bañada de sangre.

—Los invitados primero —recordó cortés—. ¿Un terrón o dos, señora Malcolm?

No pude responder gracias a la afortunada intervención de Ishmael, que me puso en las manos una tosca taza de cuerno, y me indicó que bebiera. Ante la alternativa, me la llevé a la boca sin vacilar.

Era ron recién destilado, tan fuerte que me atraganté. Desde el fondo de mi garganta ascendió el gusto áspero de una hierba que se me coló por la nariz; habían mezclado algo con el licor o lo habían empapado en él. Era un poco agrio, pero no resultaba desagradable.

Otras tazas como la mía pasaban de mano en mano entre la gente. Ishmael me hizo un gesto brusco para que bebiera más. Obediente, me llevé el cuerno a los labios y dejé que el fuerte líquido me tocara la boca sin tragarlo. Ignoraba qué estaba sucediendo allí, pero necesitaba toda la lucidez posible.

A mi lado, la señorita Campbell bebía de su taza a sorbos remilgados. La expectación iba en aumento. Habían empezado a mecerse y una mujer había comenzado a cantar con voz grave y ronca, haciendo contrapunto al tambor.

La sombra del tocado de Ishmael cayó sobre mí haciéndome levantar la vista. Él también se mecía con suavidad hacia delante y hacia atrás. La camisa blanca que llevaba estaba salpicada de sangre y el sudor la pegaba a su pecho. Se me ocurrió pensar que la cabeza de cocodrilo debía de pesar por lo menos quince kilos y eso era mucho peso para llevarlo sobre los hombros. Tenía los músculos del cuello y los hombros tensos por el esfuerzo.

De pronto levantó las manos y empezó a cantar. Un escalofrío me recorrió la espalda y se enroscó en la base de mi columna, justo donde habría nacido mi cola si la hubiera tenido. Así, con la cara oculta, su voz podría haber sido la de Joe: grave y meliflua, capaz de atraer la atención. Si cerraba los ojos, era realmente Joe, con el suave brillo de sus gafas y su diente de oro al sonreír. Cuando los abrí volvió a impresionarme el siniestro bostezo del cocodrilo y el verde dorado de aquellos ojos fríos y crueles. Tenía la boca seca y oía un leve zumbido en los oídos que serpenteaba por entre aquellas intensas y dulces palabras.

Ishmael estaba captando toda la atención. La noche se hallaba repleta de ojos negros y refulgentes por el fuego; leves gemidos y gritos marcaban las pausas de su cántico. Cerré los ojos y sacudí la cabeza con fuerza, apretando el borde del banco para aferrarme a la realidad. No estaba ebria, sin duda, pero la hierba mezclada con el ron me producía extraños efectos. La sentía reptar como una víbora por mis venas. Mantuve los ojos apretados resistiéndome a su avance. Aun así, no podía dejar de oír el sonido de esa voz que subía y bajaba.

No sé cuánto tiempo pasó. Volví en mí con un respingo, para notar que el tambor y el canto habían cesado. El silencio era absoluto en torno a la hoguera. Podía oír el pequeño crepitar del fuego y el susurro de las hojas de las cañas agitadas por el viento; llegué incluso a escuchar la rápida carrera de una rata por encima del techo de hojas de palmera de la cabaña que había detrás de mí.

Los efectos de la droga iban cesando. Sentí que la claridad volvía a mis pensamientos. Con la gente no ocurría lo mismo; los ojos permanecían fijos en una sola mirada, sin parpadeos, como si hubiera un muro de espejos. Entonces pensé en las leyendas vudús de los zombis y los *houngans* que los hacían. «Por lo general siempre tienen un pie en la verdad», había dicho Geillis sobre las leyendas.

Ishmael habló. Se había quitado la cabeza de cocodrilo, que yacía en el suelo, a nuestros pies. La sombra le oscurecía los ojos.

—*Ils sont arrivés* —dijo en voz baja. «Ellos han llegado.» Levantó su cara húmeda contorsionada por el cansancio y se volvió hacia la multitud—. ¿Quién pregunta?

A modo de respuesta, una joven con turbante se acercó sin dejar de balancearse, se dejó caer ante la tarima y apoyó la mano en una de las imágenes talladas: un tosco icono de madera con la forma de una mujer embarazada. Levantó los ojos llenos de esperanza y aunque no entendí lo que dijo, me quedó muy claro lo que pidió.

—*Aya, gado.* —La voz había sonado junto a mí, pero no era la de Margaret Campbell, sino la voz de una anciana, cascada y aguda, aunque llena de confianza en la respuesta afirmativa.

La joven lanzó una exclamación de gozo y se postró ante la tarima. Ishmael la azuzó suavemente con un pie y ella se levantó a toda prisa y retrocedió hacia la gente, aferrada a su pequeño ídolo y asintiendo con la cabeza mientras murmuraba «*mana, mana*» una y otra vez.

El siguiente era un chico. Por la cara que tenía deduje que se trataba del hermano de la joven anterior. Se puso en cuclillas en un gesto respetuoso y se tocó a cabeza antes de hablar.

—*Grandmère* —empezó a decir en un grave tono nasal afrancesado. «¿Abuela?», pensé. Hizo su pregunta mirando al suelo con vergüenza—. La mujer que amo, ¿corresponde a mi amor?

Su objeto era la rama de jazmín. La sostenía de forma que le rozaba la punta de los pies desnudos, llenos de polvo.

La mujer sentada a mi lado rió con vetusta ironía, pero también con bondad.

—*Certainement* —respondió—. Corresponde al tuyo y al de otros tres hombres. Busca a otra. Menos generosa, pero más digna.

El joven se retiró, alicaído, dejando paso a un hombre de más edad. Habló en un idioma africano que no reconocí. Había una nota de amargura en su voz. Tocó una de las figuritas de arcilla.

—*Setato hoye* —dijo... ¿quién? La voz había cambiado. Ahora era la de un hombre adulto pero no anciano, que respondía en el mismo idioma en un tono colérico.

Miré de soslayo. Pese al calor de las llamas, un escalofrío me recorrió los brazos. Aunque las facciones eran las mismas, aquélla ya no era la cara de Margaret. Los ojos brillaban con alerta centrados sobre el demandante, y tenía la boca apretada con autoridad mientras el pálido cuello se hinchaba como el de una rana debido al esfuerzo del discurso conforme quienquiera que fuera conversaba con el hombre. «Ellos han llegado», había dicho Ishmael. «Ellos», sí. Vi que me miraba un momento y sus ojos volvieron de inmediato a Margaret... o a lo que quiera que fuese Margaret.

«Ellos.» Uno a uno, los presentes se adelantaban para arrodillarse y preguntar. Unos hablaban en inglés; otros, en francés, en el dialecto de los esclavos o en alguna lengua africana de sus hogares natales. No pude comprender todo lo que decían, pero cuando hacían las preguntas en francés o en inglés, casi siempre iban precedidas de un respetuoso «abuelo» o «abuela», incluso algún «tía». La cara y la voz del oráculo sentado junto a mí cambiaba según cambiaban «ellos». Eran hombres o mujeres, casi siempre maduros o ancianos, y sus sombras danzaban en la cara de mi compañera al compás del fuego.

«¿Alguna vez le ha parecido ver cosas en el fuego?» El eco de su pequeña voz regresó a mis oídos con su tono delgado e infantil.

Mientras escuchaba se me erizó el vello de la nuca y entonces comprendí por qué Ishmael había vuelto a aquel lugar arriesgándose a ser capturado y devuelto a la esclavitud. No era por amistad, por amor o por lealtad hacia los otros esclavos, sino por poder. ¿Qué precio se puede pagar por el poder de predecir el futuro? Cualquiera, era la respuesta que veía en las caras absortas de la congregación. Ishmael había vuelto por Margaret.

La ceremonia continuó durante un buen rato. No sabía cuánto tiempo se alargaría el efecto de la droga, pero a mi alrededor veía gente por todas partes que se dejaban caer al suelo y se quedaban dormidos, otros se retiraban a la oscuridad de los barracones, y después de un rato nos quedamos prácticamente solos. Ya sólo quedaban unos cuantos alrededor del fuego, todos hombres.

Todos eran fuertes y desprendían mucha seguridad. Por la actitud que tenían era evidente que estaban acostumbrados a generar cierto respeto, por lo menos entre los esclavos. Habían aguardado juntos observando el avance de la ceremonia hasta que uno de ellos, que a todas luces era el líder, dio un paso adelante.

—Ya han acabado —le dijo a Ishmael haciendo un gesto con la cabeza hacia las figuras dormidas alrededor del fuego—. Ahora preguntas tú.

En el rostro de Ishmael surgió una pequeña sonrisa aun cuando parecía nervioso de repente. Quizá se debiera a la cercanía de los otros hombres. No había nada abiertamente amenazante en ellos, pero parecían serios y decididos, aunque no dirigían su atención hacia Margaret, para variar se centraban en Ishmael.

Por fin hizo un gesto con la cabeza y se volvió hacia ella. Durante esa pausa, la cara de Margaret quedó en blanco; no había nadie.

—Bouassa —dijo él—. Ven, Bouassa.

Me aparté involuntariamente y me deslicé por el banco todo lo que pude sin caerme al fuego. Quienquiera que fuese Bouassa, había acudido a toda prisa.

—Escucho.

Era una voz tan grave como la de Ishmael, pero desagradable. Uno de los hombres retrocedió un paso. Ishmael estaba solo. Los otros hombres parecieron alejarse de él, como si estuviera contaminado.

—Dime lo que quiero saber, Bouassa.

Margaret inclinó apenas la cabeza, con una luz divertida en los ojos.

—¿Qué quieres saber? —dijo la voz con suave desdén—. ¿Por qué, hombre? Irás igual, no importa lo que te diga.

La ligera sonrisa de Ishmael fue un reflejo de la de Bouassa.

—Dices verdad —reconoció él suavemente—. Pero éstos... —Señaló con la cabeza a sus compañeros, sin apartar la mirada—. ¿Vendrán conmigo?

—¿Por qué no? —dijo con un cloqueo desagradable—. La Larva muere en tres días. No tienen nada que hacé aquí. ¿Eso es todo? —Sin esperar respuesta, Bouassa bostezó. De la primorosa boca de Margaret surgió un fuerte eructo.

Luego cerró la boca y a sus ojos volvió la mirada vacua, pero los hombres ya no prestaban atención, sumidos en una excitada cháchara. Ishmael los acalló señalándome con una mirada significativa. Entonces se retiraron entre murmullos.

Cuando el último de ellos se hubo ido, Ishmael cerró los ojos y sus hombros cedieron. Yo también me sentía agotada.

—¿Qué...? —Pero me interrumpí.

Al otro lado del fuego, un hombre había abandonado su escondrijo en el cañaveral. Era Jamie, tan alto como las cañas, con la cara y la camisa enrojecidas por las llamas. Se llevó un dedo a los labios y yo hice un gesto de asentimiento. Metí los pies bajo la falda y cogí la tela con la mano. Podía levantarme y correr hacia el cañaveral antes de que Ishmael me alcanzara, pero ¿y Margaret?

Vacilé, aunque cuando me volví hacia ella, su cara había vuelto a cobrar vida. Tenía los labios entreabiertos y los ojos entornados mirando al fuego.

—¿Papá? —dijo la voz de Brianna, a mi lado.

Se me pusieron los pelos de punta. Era la voz de Brianna, la cara de Brianna y sus ojos azul oscuro llenos de ansiedad.

—¿Bree? —susurré. Se volvió hacia mí.

—Mamá —dijo la inconfundible voz de mi hija desde la garganta del oráculo.

—Brianna —dijo Jamie, pálido por la impresión. Vi que sus labios articulaban la palabra *Jesús* y se llevó la mano al pecho por instinto para persignarse.

Ella giró bruscamente la cabeza para mirarlo.

—Papá —repitió con seguridad—. Sabía que eras tú. He estado soñando contigo. No dejes que mamá vaya sola, acompáñala. Yo te protegeré.

Sólo se oía el crepitar del fuego. Ishmael estaba transfigurado, con la vista clavada en aquella mujer que volvió a hablar con el tono suave y sensual de Brianna.

—Te quiero, papá. A ti también, mamá.

Cuando se inclinó hacia mí percibí el olor de la sangre fresca. Sus labios tocaron los míos y grité. No era consciente de nada cuando me levanté de un salto y crucé el claro. Sólo lo fui una vez que estuve aferrada a Jamie, con la cara escondida en su chaqueta y temblando.

Notaba los fuertes latidos de su corazón bajo la mejilla y me pareció que él también temblaba. Noté cómo dibujaba la señal de la cruz en mi espalda y me rodeó los hombros con fuerza.

—Ya ha pasado —dijo, y sentí cómo se le hinchaba el pecho tratando de dominar la voz—. Se ha ido.

No quería mirar, pero me obligué a volver la cabeza hacia la hoguera. Vi una escena apacible. Margaret Campbell tarareaba sentada junto al fuego haciendo girar una larga pluma sobre la rodilla. Ishmael, tras ella, le acariciaba el pelo con un gesto que podía ser ternura mientras murmuraba algo en un grave y líquido idioma, era una pregunta. Ella sonreía plácidamente.

—¡Oh, no estoy nada cansada! —aseguró, afectuosa, levantando la cabeza para mirar el rostro lleno de cicatrices que flotaba sobre ella—. Bonita fiesta, ¿no?

—Sí, *bébé* —dijo con suavidad—. Pero ahora tienes que descansar, ¿eh?

Se volvió, chasqueó la lengua con fuerza y aparecieron dos mujeres con turbante. Debían de estar esperando a que las llamara. Ishmael les dijo algo y se acercaron para ocuparse de Margaret. La levantaron y se la llevaron entre murmullos cariñosos en africano y francés. Ishmael nos observaba por encima del fuego, inmóvil como uno de los ídolos de Geilie, tallado en la noche.

—No he venido solo —dijo Jamie, haciendo un gesto hacia el cañaveral, como si lo siguiera un regimiento armado.

—Oh, estás solo, hombre —replicó Ishmael con una leve sonrisa—. No importa. La *loa* te habla. Conmigo estás seguro —Nos miró a los dos, nos valoraba—. Vaya —dijo con interés—. Primera vez que un *loa* habla a un *buckra*. —Meneó la cabeza para olvidar el tema—. Ahora marchad —dijo en voz baja, pero no desprovista de autoridad.

—Todavía no. —Jamie dejó caer el brazo con el que me rodeaba y se irguió a mi lado—. He venido buscando a mi sobrino. No me iré sin Ian.

Ishmael alzó las cejas y con el gesto unió las tres cicatrices verticales que tenía entre las cejas.

—Vaya —repitió—. Olvídalo. Se fue.

—¿Dónde? —preguntó Jamie con aspereza.

Ishmael ladeó su estrecha cabeza y lo observó con atención.

—Con la Larva, hombre. Y donde ella va, no vayas. El chico se fue, hombre —repitió tajante. Hizo una pausa para escuchar. Se oía el batir de un tambor a lo lejos—. Y si eres sabio, te vas también. Los otros vienen pronto —nos advirtió—. Conmigo no hay peligro, hombre; con los otros sí.

—¿Quiénes son los otros? —pregunté. El terror del encuentro con la *loa* se estaba disipando y ya podía hablar, a pesar de que aún sentía un hormigueo en la espalda del miedo que me daba el campo de caña que había detrás de mí.

—Cimarrones, supongo —dijo Jamie. Alzó una ceja mirando a Ishmael—. ¿O no?

Ishmael asintió con la cabeza, con formalidad.

—Eso —dijo—. ¿Escuchaste a Bouassa? Su *loa* nos bendice, así que vamos. —Señaló hacia las cabañas y las colinas oscuras que se levantaban tras ellas—. El tambor llama para que bajen de las colinas; los que están lo bastante fuertes para marchar.

Nos volvió la espalda para indicarnos que la conversación había terminado.

—¡Espera! —pidió Jamie—. Dinos adónde ha ido la señora Abernathy con el muchacho.

Ishmael se volvió con los hombros cubiertos por la sangre del cocodrilo.

—A Abandawe —dijo.

—¿Y dónde está eso? —inquirió Jamie, impaciente.

Le puse una mano en el brazo.

—Yo sé dónde está —dije, e Ishmael abrió los ojos como platos—. Por lo menos sé que está en La Española. Me lo dijo Lawrence. Eso era lo que Geillis deseaba de él: saber dónde estaba Abandawe.

—Pero ¿qué es? ¿Una ciudad, una aldea? ¿Qué? —Podía notar la tensión del brazo de Jamie bajo mi mano vibrando debido a la urgencia de su tono.

—Una cueva. —Sentí frío pese al cálido aire y la proximidad del fuego—. Una antigua cueva.

—Abandawe, lugar mágico —intervino Ishmael suavemente, como si temiera alzar la voz. Me miró con atención—. Dice Clotilda que la Larva te lleva al cuarto de arriba. ¿Sabes qué hace allí?

—Más o menos. —Sentí la boca seca al recordar las manos de Geillis, suaves, rechonchas y blancas, trazando figuras con las gemas y hablando de sangre.

Como si hubiera captado ese pensamiento, Ishmael dio un paso hacia mí.

—Te pregunto, mujer: ¿todavía sangras?

Jamie dio un respingo, pero le apreté el brazo.

—Sí —dije—. ¿Por qué? ¿Tiene algo que ver con eso?

Su desasosiego era obvio. Miró hacia los barracones. Por detrás de él se percibía cierta intranquilidad. Había un montón de cuerpos moviéndose de un lado a otro y se oía un murmullo que me recordaba al susurro del campo de caña. Se estaban preparando para marchar.

—Si una mujer sangra, mata magia. Tú sangras, tienes poder de mujer, la magia no funciona. Son las viejas la que pueden hacer magia: embrujar a alguien, llamar a los *loas*, enfermar, curar. —Me miró meneando la cabeza—. No hagas la magia, como la Larva. La magia la va a matar, sí, pero mata a ti también. —Hizo un gesto en dirección al banco vacío—. ¿No oír a Bouassa? Dice que la Larva muere en tres días. Se llevó al chico, el chico muere. Si lo seguís, también muertos, hombre. Seguro.

Levantó las manos frente a Jamie, con las muñecas cruzadas como si las tuviera atadas.

—Estás avisado, *amiki* —dijo.

Dejó caer las manos y las separó como rompiendo la cuerda invisible. Y se volvió de repente para desaparecer en la oscuridad donde el murmullo de los pies era cada vez más fuerte y acentuado por golpes de objetos contundentes.

—Que san Miguel nos proteja —murmuró Jamie. Se pasó una mano por el pelo poniéndose de punta algunos de sus feroces mechones. Como nadie se ocupaba ya del fuego, se estaba apagando—. ¿Conoces ese lugar, Sassenach? ¿Dónde están Geillis e Ian?

—Sólo sé que está en las colinas de La Española y que lo cruza un arroyo.

—En ese caso, tendremos que llevar a Stern —dijo con decisión—. Vamos, los muchachos nos esperan en el bote.

Me volví para seguirlo, pero junto al borde del cañaveral me detuve para mirar atrás.

—¡Jamie! ¡Mira! —A nuestra espalda quedaban las ascuas del fuego del *egungun* y el sombrío anillo de cabañas.

A lo lejos, la silueta de Rose Hall era una mancha clara recortada contra la colina. Pero más lejos todavía, por detrás de la montaña, el cielo se había cubierto de un suave tono rojo.

—Debe de ser la finca de Howe. Está ardiendo —dijo con calma y desprovisto de emoción, y señaló hacia la izquierda, hacia una mota anaranjada en el flanco de la montaña, que a aquella distancia no era más que una diminuta luz—. Y eso debe de ser Twelvetrees.

El tambor susurró en la noche recorriendo el río. ¿Qué era lo que nos había dicho Ishmael? «El tambor llama para que bajen de las colinas; los que están lo bastante fuertes para marchar.»

Una pequeña fila de esclavos descendía desde las chozas, cargados de bultos y niños, con utensilios para cocinar sobre los hombros y las cabezas envueltas en turbantes blancos. Una muchacha llevaba del brazo, con cuidadoso respeto, a Margaret Campbell, que también lucía un turbante. Al verla, Jamie se adelantó un paso.

—¡Señorita Campbell! —dijo con fuerza—. ¡Margaret!

La mujer y su compañera se detuvieron. La joven hizo ademán de querer colocarse entre ella y Jamie, pero él levantó las dos manos mientras se acercaba para demostrarle que no pretendía hacerle ningún daño, y la muchacha dio un paso atrás.

—Margaret —repitió Jamie—, ¿no me reconoces?

Su mirada parecía vacía. Con mucha lentitud, él le tomó la cara entre las manos.

—¿Me oyes, Margaret? —le dijo en voz baja, pero con urgencia—. ¿Me reconoces?

Después de parpadear una o dos veces, su voz sonó tímida y temerosa. No fue como la repentina posesión de las *loas*, aquello era la suave y vacilante aparición de algo que le provocaba vergüenza y temor.

—Sí, Jamie, te reconozco —le dijo por fin.

Su voz era suave y pura, la voz de una jovencita. Esbozó una sonrisa y sus ojos volvieron a cobrar vida mientras Jamie seguía cogiéndole la cara con las manos.

—Ha pasado mucho tiempo desde la última vez que te vi, Jamie —dijo mirándolo a los ojos—. ¿Tienes noticias de Ewan? ¿Está bien?

Jamie guardó silencio durante un momento; a veces su rostro podía ser una máscara con la que disimulaba sus emociones más fuertes.

—Está bien —susurró al fin—. Muy bien, Margaret. Y me dio esto para ti. —Inclinó la cabeza para besarla con delicadeza.

Las mujeres, protectoras y desconfiadas, se habían detenido en silencio a mirar. Cuando vieron lo que hacía Jamie se movieron y empezaron a murmurar mirándose con inquietud las unas a las otras. Cuando soltó a Margaret Campbell y dio un paso atrás cerraron el círculo en torno de ella al tiempo que le hacían gestos con la cabeza para que se retirara. Margaret sonreía sin dejar de mirar a Jamie.

—¡Gracias, Jamie! —dijo mientras su asistente la asía por un brazo para llevársela—. ¡Dile a Ewan que pronto estaré con él!

La pequeña hilera de mujeres vestidas de blanco desapareció como un fantasma en la oscuridad del cañaveral. Jamie hizo ademán de seguirlas, pero lo detuve posándole la mano en el brazo.

—Déjala —susurré pensando en lo que yacía en el salón de la casa—. Déjala ir, Jamie. No puedes detenerla. Está mejor con ellos.

Cerró los ojos y asintió.

—Sí, tienes razón.

Pero se detuvo súbitamente. Yo me volví para mirar lo que había visto. Había luces en Rose Hall. Luces de antorchas que parpadeaban tras las ventanas, en el piso de arriba y abajo. Mientras mirábamos, un lúgubre resplandor comenzó a crecer en las ventanas del laboratorio del segundo piso.

—Ya deberíamos habernos ido —dijo Jamie.

Me cogió de la mano y nos marchamos a toda prisa sumergiéndonos en el oscuro cañaveral, donde el aire olía a azúcar quemado.

62

Abandawe

—Podéis usar la pinaza del gobernador; es pequeña, pero navega bien. —Grey hurgó en el cajón de su escritorio—. Te daré una orden para que la presentes a los empleados del muelle.

—Necesitamos un barco. El *Artemis* es de Jared y no puedo arriesgarme a que le ocurra nada, pero creo que será mejor que lo robemos, John. —Jamie tenía las cejas fruncidas—. Demasiados problemas tienes ya para que encima te puedan relacionar conmigo.

Grey sonrió con aire desdichado.

—¿Problemas? Supongo que sí: cuatro plantaciones incendiadas y más de doscientos esclavos fugitivos. ¡Sabe Dios por dónde andarán! Pero dudo mucho que, en tales circunstancias, alguien se interese por mis relaciones sociales. Entre el miedo a los cimarrones y al chino fugitivo, el pánico que reina en la isla hace que un simple contrabandista no sea más que una trivialidad.

—Es un gran alivio que me consideres una trivialidad —comentó Jamie muy seco—. Aun así, robaremos el barco, y si nos apresan, nunca has oído mi nombre ni visto mi cara, ¿entendido?

Grey lo miró fijamente con un sinfín de emociones en el rostro: diversión, miedo y, por encima de todas, enfado. Por fin dijo:

—¿Así son las cosas? —dijo por fin—. Si te apresan, ¿quieres que deje que te ahorquen sin decir una palabra, por miedo a mancillar mi reputación? Por el amor de Dios, Jamie, ¿por quién me tomas?

Jamie esbozó una pequeña sonrisa.

—Por un amigo, John —dijo Jamie—. Y si acepto tu amistad y tu condenado barco, haz el favor de aceptar la mía y guardar silencio. ¿Vale?

El gobernador lo fulminó un momento con la mirada apretando los labios, pero luego dejó caer los hombros en actitud de rendición.

—De acuerdo —dijo el gobernador—. Aunque me harías un gran favor si no te dejaras capturar.

Jamie se frotó la boca con el nudillo escondiendo una sonrisa.

—Haré lo posible, John.

El gobernador se sentó, fatigado. Tenía grandes ojeras y la camisa arrugada. Era evidente que no se había cambiado de ropa desde el día anterior.

—Bien. No sé adónde vas y probablemente sea mejor que lo ignore. Pero si es posible, no te acerques a las vías navegables del norte de Antigua. Esta mañana he enviado un barco para pedir que me traigan a todos los hombres que haya en las barracas. Pasado mañana, como muy tarde, vendrán hacia aquí para custodiar la ciudad y el puerto. Es probable que haya una rebelión de cimarrones.

Miré a Jamie con un gesto interrogante y él sacudió imperceptiblemente la cabeza. Habíamos informado al gobernador sobre el alzamiento del río Yallahs y la fuga de los esclavos —noticia que ya le había llegado por otras fuentes de todos modos—, pero no mencionamos lo que habíamos visto aquella misma noche escondidos en una pequeña ensenada con las velas plegadas para evitar que su brillo pudiera delatarnos.

La noche era oscura como el ónix. Sólo un pequeño resplandor aparecía en la superficie del río. Los oímos llegar y tuvimos tiempo de escondernos antes de que el barco se pusiera a nuestra altura. Un batir de tambores y salvajes voces exaltadas resonaban por el valle mientras el *Bruja* pasaba frente a nosotros, llevado por la corriente. Sin duda alguna, los cadáveres de los piratas comenzaban a pudrirse apaciblemente río arriba, entre los cedros y los franchipanieros.

Los esclavos fugados del río Yallahs no se habían adentrado en las montañas de Jamaica, sino que salían al mar, presumiblemente para unirse a los seguidores de Bouassa, en La Española. Las gentes de Kingston no tenían nada que temer al respecto de los esclavos fugados. Pero era mucho mejor que la Marina Real concentrara su atención allí y no en La Española, adonde nos dirigíamos.

Jamie se levantó para despedirse, aunque Grey lo detuvo.

—Espera. ¿No necesitas un lugar seguro para dejar a tu... a la señora Fraser? —No me miró, seguía clavando los ojos en Jamie—. Me sentiría muy honrado si la dejaras bajo mi protección hasta tu regreso. Podría esperarte aquí; en la residencia nadie la molestaría, ni siquiera sabrán que está aquí.

Jamie vaciló, pero no había manera suave de decirlo.

—Tiene que acompañarme, John —dijo—. No hay alternativa.

Grey me miró fugazmente. Luego apartó de nuevo la mirada, pero no lo hizo lo bastante rápido y el brillo de los celos asomó a sus ojos. Lo sentía por él, aunque no podía decir nada, no podía decirle la verdad.

—Sí —dijo tragando saliva—. Comprendo.

Jamie le alargó la mano. Él vaciló un momento antes de aceptarla.

—Buena suerte, Jamie —dijo con voz ronca—. Que Dios te acompañe.

Más difícil había sido que Fergus comprendiera; insistía en acompañarnos. Sus argumentos se tornaron más vehementes cuando descubrió que los contrabandistas escoceses vendrían con nosotros.

—¿A ellos se los lleva y a mí no? —Su cara ardía por la indignación.

—Pues claro —confirmó Jamie—. Los contrabandistas son solteros o viudos. Tú estás casado. —Miró a Marsali, que presenciaba la discusión con la cara tensa por la ansiedad—. Me equivoqué al pensar que ella era demasiado joven para casarse, pero estoy seguro de que es demasiado joven para ser viuda. Te quedas.

Le volvió la espalda, dando el asunto por zanjado.

Ya había oscurecido cuando zarpamos en la pinaza de Grey, dejando a dos hombres amarrados y amordazados en el embarcadero a nuestra espalda. Aunque la embarcación, con sus treinta pies y su única cubierta, era más grande que el bote pesquero en el que habíamos remontado el río Yallahs, a duras penas se le podía llamar «barco». Aun así navegaba bien y pronto estuvimos fuera del puerto de Kingston aprovechando la intensa brisa de la noche rumbo a La Española.

Los contrabandistas se ocuparon del timón, y Jamie, Lawrence y yo nos sentamos en uno de los largos bancos a conversar junto a la borda. Charlamos sin mucha pasión de esto y de aquello, pero pronto se hizo el silencio y permanecimos absortos en nuestros propios pensamientos. Jamie bostezó varias veces; por fin, ante mi insistencia, consintió en tumbarse en el banco con la cabeza apoyada en mi regazo. Por mi parte, estaba demasiado tensa para dormir. También Lawrence se mantenía despierto, contemplando el cielo con las manos cruzadas detrás de la cabeza.

—Esta noche hay humedad en el aire —comentó, señalando la luna creciente en forma de hoz—. ¿Ve esa bruma que rodea la luna? Es posible que llueva antes del amanecer, aunque no es habitual en esta época.

El tema era lo bastante aburrido para calmarme los nervios. Acaricié el pelo de Jamie, grueso y suave bajo mis dedos.

—¿De veras? —comenté—. Tanto usted como Jamie saben prever el tiempo observando el cielo. Yo sólo conozco el viejo dicho: «Cielo rojo al anochecer, el marino siente placer; por la mañana encarnado, el marino pone cuidado.» Pero no vi de qué color estaba el cielo anoche.

—Bastante púrpura —aclaró Lawrence, riendo con comodidad—. No puedo predecir si estará rojo por la mañana, pero es sorprendente advertir que esas señales suelen ser dignas de confianza. Claro que encierran un principio científico: la refracción de la luz en la humedad del aire, tal como he observado hace un momento sobre la luna.

Alcé la barbilla disfrutando de la brisa que me levantaba el pelo del cuello.

—¿Y qué sabe de los fenómenos extraños? —pregunté—. Cosas sobrenaturales donde las reglas de la ciencia no parecen aplicarse.

«Soy científico —le escuché decir en mi memoria. El suave acento que teñía sus palabras parecía enfatizar su afirmación—. No creo en los fantasmas.»

—¿Por ejemplo? ¿Qué clase de fenómenos?

Después de pensarlo, utilicé los ejemplos de Geillis.

—Por ejemplo, esas personas que tienen estigmas sangrantes, los viajes astrales, las visiones, las manifestaciones sobrenaturales... Cosas raras que no tienen una explicación racional.

Lawrence gruñó y se acomodó a mi lado en el banco.

—Bueno, a la ciencia sólo le corresponde observar —dijo—. Buscar las causas donde pueda, pero recordar siempre que en el mundo existen muchas cosas para las que no se encontrarán causas. No porque no existan, sino porque sabemos muy poco. El objetivo de un científico no es la explicación, sino observar con la esperanza de que la explicación aparezca por sí sola.

—Quizá la ciencia sea así, pero no está en la naturaleza humana —objeté—. La gente siempre quiere explicaciones.

—Muy cierto. —Cada vez estaba más interesado en el tema. Se inclinó hacia delante y posó ambas manos sobre su incipiente barriga con actitud de conferenciante—. Por eso los científicos construyen hipótesis, sugerencias que expliquen esas observaciones, pero es preciso no confundir la hipótesis con una explicación probada. En mi vida he visto muchas cosas que se podrían considerar peculiares. Lluvias de peces, por ejemplo: muchos peces de la misma especie y del mismo tamaño caen súbitamente del cielo despejado sobre la tierra seca. No parece haber una causa racional, pero ¿por eso hay que atribuir el fenómeno a una intervención sobrenatural? ¿Acaso parece más probable que algún ser celestial se divierta lanzándonos bancos de peces desde el cielo, o que se deba a algún fenómeno lógico (como un tornado o algo así), que estuviera en curso aunque no podamos verlo? Y sin embargo —su voz se tornó pensativa—, cómo y por qué un fenómeno natural como un tornado les arrancaría la cabeza, y sólo la cabeza, a esos pescados?

—¿Ha visto usted personalmente algo así? —pregunté interesada.

Se echó a reír.

—¡Habla la mente científica! —exclamó riendo—. Lo primero que pregunta un científico es: «¿Cómo lo sabe? ¿Quién lo ha visto? ¿Puedo verlo yo también?» Sí, lo he visto; tres veces, aunque una de ellas no se trataba de peces, sino de ranas.

—¿Estaba cerca del mar o de algún lago?

—Una vez cerca de la costa y otra cerca de un lago (la vez de las ranas), pero la tercera lluvia fue a unos treinta kilómetros del lugar más próximo donde había agua; sin embargo, los peces eran de una especie que sólo se encuentra en aguas marinas profundas. En ninguna de esas ocasiones vi alteración alguna en el cielo, no había nubes, ni mucho viento, y le aseguro que tampoco vi ninguno de esos chorros legendarios de agua que salen disparados hacia el cielo. Y, sin embargo, los peces caían, y es una realidad porque lo vi con mis propios ojos.

—¿Y no es una realidad si no lo ves con tus propios ojos? —le pregunté con sequedad.

Se rió complacido y Jamie se movió murmurando contra mi muslo. Le acaricié el pelo y se volvió a quedar dormido.

—Podría ser y podría no serlo. Pero un científico no podría afirmarlo, ¿no? Cómo es eso que dice la Biblia... «Bienaventurados los que no han visto, y aun así creen.»

—Eso dice, sí.

—Hay cosas que deben ser aceptadas aun cuando no sea posible demostrarlas. —Volvió a reírse, aunque esta vez no lo hizo con mucho humor—. Como científico que además es judío, es posible que tenga una percepción distinta sobre eso de los estigmas y la idea de la resurrección de los muertos, cosa que una gran parte de la población acepta sin más. Y, sin embargo, sólo puedo comentar con usted mi visión escéptica del asunto, si no quiero ponerme en peligro.

—Santo Tomás era judío, después de todo —dije sonriendo—. Al principio.

—Sí, y sólo se convirtió al cristianismo cuando dejó de dudar. Luego lo hicieron mártir. Hay quien dirá que eso fue lo que lo mató, ¿no? —Hablaba con ironía—. Hay mucha diferencia entre los fenómenos que la gente acepta por fe, y los que se demuestran mediante objetiva determinación, aunque la causa de ambos pueda resultar igual de racional una vez demostrada. Y la principal diferencia es ésta: la gente suele tratar con desdén los fenómenos que se demuestran gracias a las pruebas de los sentidos y la experiencia, y, sin embargo, defenderán hasta la muerte la realidad de un fenómeno que no han visto ni experimentado en su vida.

»La fe es una fuerza tan poderosa como la ciencia —concluyó con voz suave en la oscuridad—, pero mucho más peligrosa.

Nos quedamos contemplando por encima de la barandilla del minúsculo barco y en silencio la mancha negra que dividía la noche, más oscura que el brillo púrpura del cielo, o el gris plateado que teñía el mar. Era la isla de La Española, que se acercaba inexorablemente.

—¿Dónde vio usted los peces sin cabeza? —pregunté súbitamente. No me sorprendió verlo señalar con la cabeza hacia proa.

—Allí. He visto muchas cosas extrañas en estas islas, pero en ésa más que en ninguna. Hay lugares así.

Callé durante un buen rato preguntándome qué nos esperaba. Ojalá fuera de verdad Ian quien había acompañado a Geillis a Abandawe. Llevaba veinticuatro horas tratando de apartar una idea de mi mente.

—Los otros niños escoceses, Lawrence... Ishmael nos dijo que había visto a doce, incluido Ian. Cuando revisasteis la plantación, ¿encontrasteis alguna señal de ellos?

Inspiró profundamente, retrasando la respuesta. Me di cuenta de que buscaba las palabras adecuadas para explicar lo que un escalofrío ya me había revelado.

Cuando escuché la respuesta no salió de él, sino de Jamie.

—Los encontramos —dijo en voz baja, estrechándome la rodilla en la oscuridad—. No preguntes más, Sassenach, porque no voy a decirte nada.

Comprendí. Ishmael debía de estar en lo cierto. Tenía que ser Ian el que Geillis había llevado consigo, pues Jamie no soportaría otra posibilidad. Apoyé una palma en su cabeza y él se movió un poco hasta que su aliento me acarició la mano.

—«Bienaventurados los que no han visto —susurré por lo bajo—, y aun así creen.»

Anclamos cerca del amanecer en una pequeña bahía sin nombre, en el norte de La Española. Era una playa estrecha rodeada de acantilados. A través de una grieta en la roca se veía una angosta senda de arena que conducía al interior de la isla.

Jamie me llevó en brazos hasta la costa, me dejó en la arena y se volvió hacia Innes, que chapoteaba cargado con un paquete de comida.

—Gracias, *a charaid* —dijo formalmente—. Es hora de separarnos. Si la Virgen quiere, nos reuniremos aquí dentro de cuatro días.

La cara enjuta de Innes se contrajo desilusionada; luego pareció resignarse.

—Sí —dijo—. Me ocuparé de la embarcación hasta que volváis.

Jamie vio la expresión de su cara y meneó la cabeza sonriendo.

—No estarás solo, hombre. Si necesitara un brazo fuerte, te llamaría a ti primero. Os quedaréis todos salvo mi esposa y el judío.

La resignación desapareció, reemplazada por la sorpresa.

—¿Que nos quedamos todos? Pero ¿no nos necesitarás, Mac Dubh? —Miró nervioso los acantilados, llenos de enredaderas en flor—. Da miedo aventurarse por ahí sin amigos.

—La mejor muestra de amistad que puedes darme es esperar aquí, Duncan —dijo Jamie, y fue entonces cuando me di cuenta de que nunca había oído el nombre de pila de Innes.

Innes volvió a mirar en dirección a las colinas con preocupación en el rostro e inclinó la cabeza en un gesto de aquiescencia.

—Como tú digas, Mac Dubh. Pero ya sabes que estamos dispuestos. Todos.

Jamie apartó la vista.

—Lo sé, Duncan —dijo con suavidad. Luego se dio media vuelta, le tendió un brazo e Innes lo abrazó torpemente con su único brazo—. Si se acerca un barco —comentó Jamie, soltándolo—, debéis poneros a salvo. La Marina Real debe de estar buscando esta pinaza. Dudo que vengan a buscarla hasta aquí, pero si algo os amenaza, sea lo que fuere, izad velas y escapad de inmediato.

—¿Dejándote aquí? No. Puedes ordenarme lo que quieras, Mac Dubh, que lo haré. Pero eso no.

Jamie frunció el ceño y negó con la cabeza. El sol naciente arrancó chispas de su pelo y su barba crecida, envolviéndole toda la cara en llamas.

—No nos harás ningún favor, ni a mi esposa ni a mí, si te matan, Duncan. Obedece y si viene un barco, vete.

Luego le volvió la espalda para despedirse de los otros escoceses.

Innes lanzó un profundo suspiro de reproche, pero no volvió a protestar.

El clima de la selva era caluroso y húmedo. Los tres avanzábamos tierra adentro casi sin conversar. Tampoco teníamos nada que decirnos. Jamie y yo no podíamos hablar de Brianna delante de Lawrence y no podíamos hacer ningún plan antes de ver lo que había en Abandawe. Dormité a ratos durante la noche y cada vez que me despertaba, veía a Jamie apoyado contra un árbol a mi lado con los ojos clavados en el fuego.

Al segundo mediodía conseguimos llegar. Ante nosotros se elevaba una ladera empinada y rocosa llena de hierbajos y puntiagudos aloes. Y, en la cumbre, vimos grandes piedras erguidas, megalitos que formaban un círculo irregular.

—Nadie dijo que hubiera un círculo de piedras —musité. Me sentía débil, y no sólo por el calor y la humedad.

—¿Se encuentra bien, señora Fraser? —Lawrence me miraba alarmado y con el rostro acalorado.

—Sí. —Pero la cara debió de delatarme, como siempre, pues Jamie apareció junto a mí enseguida y me agarró de un brazo para sujetarme por la cintura.

—Por Dios, Sassenach, ten cuidado —murmuró—. No te acerques ahí.

—Tenemos que averiguar si Geillis está ahí con Ian —dije—. Vamos.

Puse en movimiento mis reacios pies. Jamie me siguió murmurando algo en gaélico. Supongo que era una plegaria.

—Las colocaron hace mucho tiempo —comentó Lawrence cuando llegamos a la cima y nos detuvimos a pocos metros de las piedras—. No fueron esclavos, sino los aborígenes de estas islas.

El lugar estaba desierto y tenía aspecto inofensivo. Parecía tan sólo un círculo irregular de grandes piedras puestas de punta, inmóviles bajo el sol. Jamie me observaba nervioso.

—¿Las oyes, Claire? —preguntó.

Lawrence pareció sobresaltado, pero no dijo nada. Avancé con prudencia hacia la piedra más cercana.

—No lo sé —dije—. No estamos en uno de esos días, me refiero a un Festival del Sol ni del Fuego. Tal vez no esté abierto. No lo sé.

Agarrada a la mano de Jamie, me adelanté un poco para escuchar. Parecía oírse un leve zumbido en el aire, pero quizá fuera sólo el de los insectos de la selva. Con mucha suavidad, apoyé la mano en la roca.

Noté vagamente que Jamie me llamaba por mi nombre. En alguna parte, mi mente batallaba a un nivel físico, envuelta en el esfuerzo consciente de abrir y cerrar las válvulas cardíacas, de subir y bajar el diafragma. Un zumbido palpitante, demasiado grave para llamarlo sonido, me llenaba los oídos y me sacudía hasta la médula de los huesos. En algún lugar pequeño y silencioso, en el centro de aquel caos, estaba Geillis Duncan con sus verdes ojos sonriendo a los míos.

—¡Claire!

Estaba en el suelo, con Jamie y Lawrence inclinados sobre mí, veía sus rostros oscuros y nerviosos recortados contra el cielo. Tenía las mejillas mojadas y un hilo de agua me corría por el cuello. Parpadeé, moviendo las extremidades para comprobar si aún las tenía.

Jamie dejó el pañuelo con el que me mojaba la cara y me ayudó a incorporarme.

—¿Estás bien, Sassenach?

—Sí —dije confusa—. ¡Está allí, Jamie!

—¿Quién? ¿La señora Abernathy? —Lawrence disparó hacia arriba las cejas y echó un vistazo hacia atrás, esperando verla materializarse.

—La oí... la vi... lo que sea. —Comenzaba a recuperar poco a poco mis facultades—. Está aquí. Pero no en el círculo. Cerca.

—¿Dónde? —Jamie tenía la mano apoyada en el puñal y miraba a uno y otro lado.

Negué con la cabeza y cerré los ojos con recelo, intentando de mala gana recuperar la visión. Tuve varias sensaciones: oscuridad, frescura húmeda y el destello de una antorcha roja.

—Creo que está en una cueva —dije sorprendida—. ¿Hay alguna cerca, Lawrence?

—Sí —confirmó, observándome con curiosidad—. La entrada está a poca distancia de aquí.

—Llévenos. —Jamie ya se había puesto en pie y me ayudaba a levantarme.

—Jamie. —Lo detuve apoyándole una mano en el brazo.

—¿Sí?

—Jamie... ella también sabe que estoy aquí.

Eso lo detuvo. Hizo una pausa y lo vi tragar saliva y apretar los dientes con un gesto afirmativo.

—*A Mhìcheal bheannaichte, dìon sinn bho dheamhainnean* —dijo suavemente mientras giraba hacia el borde de la colina. «Miguel bendito, defiéndenos de los demonios.»

La oscuridad era absoluta. Me llevé las manos a la cara y sentí el roce de la palma en la nariz, pero sin verla. Con todo, la oscuridad no estaba vacía. El pasadizo era desigual, con pequeñas partículas duras que crujían bajo los pies. En algunos tramos los muros se estrechaban tanto que me preguntaba cómo habría hecho Geillis para pasar.

Aun en los lugares en que el pasadizo era más ancho, donde las paredes se separaban tanto que no llegaba a tocarlas con las manos extendidas, era posible percibirlas. Era como estar en un cuarto oscuro con otra persona que guarda silencio, pero cuya presencia se puede sentir al alcance de la mano.

Los dedos de Jamie me apretaban el hombro; lo sentía detrás de mí como una brisa cálida en el fresco vacío de la cueva.

—¿Vamos bien? —preguntó cuando me detuve para recuperar el aliento—. Hay pasadizos laterales. Los noto al pasar. ¿Cómo sabes adónde vamos?

—Puedo oír. Oírlas. Esa cosa. ¿Tú no lo oyes?

Hablar y formar pensamientos coherentes requería un esfuerzo. La llamada era distinta: no un sonido de colmena como en Craigh na Dun, sino un rumor parecido a la vibración del aire tras el tañer de una campana grande. La sentía resonar en los huesos del brazo y me producía ecos en las costillas y en la columna vertebral.

Jamie me sujetó el brazo con fuerza.

—¡No te apartes de mí! —dijo—. No dejes que te coja, Sassenach. ¡Quédate!

Lo busqué a ciegas y me apretó contra su pecho. El latido de su corazón contra mi sien era más potente que el zumbido.

—Jamie. Sujétame, Jamie. —Nunca había tenido tanto miedo—. No me sueltes. Si se me lleva, Jamie, ya no podré volver nunca. Cada vez es peor que la anterior. ¡Me matará, Jamie!

Me rodeó con los brazos hasta que oí cómo me crujían las costillas y jadeé tratando de coger aire. Al poco me soltó y me apartó con suavidad para adelantarse por el pasaje sin retirar la mano de mí.

—Yo iré delante —dijo—. Mete la mano bajo mi cinturón y no lo sueltes por nada.

Unidos de aquella forma avanzamos lentamente en la oscuridad. Jamie no había permitido que Lawrence nos acompañara. Nos esperaba en la boca de la caverna con órdenes de regresar a la playa si no volvíamos con tiempo para acudir a la cita con Innes y los otros escoceses.

Si no volvíamos...

Debió de advertir que lo agarraba con más fuerza porque se detuvo y tiró de mí.

—Claire —dijo con suavidad—. Hay algo que debo decirte.

Ya sabía lo que me iba a decir y busqué su boca para impedírselo, pero la oscuridad sólo me permitió rozarle la cara. Me cogió de la muñeca y me apretó con fuerza.

—Si hubiera que elegir entre ella y uno de nosotros, seré yo. Lo sabes, ¿verdad?

En efecto, lo sabía. Si Geillis estaba todavía allí y uno de nosotros debía morir para detenerla, sería Jamie quien correría el riesgo. Muerto él, aún estaría yo para seguirla a través de las piedras, donde él no podía ir.

—Lo sé —susurré por fin. También sabía lo que calló y lo que él sabía: que si Geilie ya había cruzado, yo la tendría que seguir de todos modos.

—Dame un beso, Claire —susurró—. Recuerda que para mí vales más que la vida. No tengo nada que perder.

No pude responder. Le besé la mano primero y sentí sus dedos torcidos cálidos y firmes y su fornida muñeca de guerrero. Después lo besé en la boca: refugio, promesa y angustia, todo a la vez. Y en su sabor percibí el sabor salado de las lágrimas. Luego lo solté y me volví hacia el túnel de la izquierda.

—Por aquí —dije.

Diez pasos más allá vi una luz. Era sólo un vago resplandor en las rocas, pero bastaba para devolvernos la vista. Ya podía verme las manos y los pies. Solté un suspiro de alivio y de miedo. Mientras avanzaba hacia la luz y la suave vibración de campana me sentía como un fantasma tomando forma. Entonces se hizo más potente, pero volvió a disminuir cuando Jamie se deslizó delante de mí, bloqueándome la vista. Luego se agachó para franquear una arcada de poca altura. Lo seguí y salí a la luz.

Llegamos a una cámara de un tamaño considerable. Las paredes más alejadas de la antorcha retenían la fría negrura del pesado sueño de la caverna. Sin embargo, la que estaba ante nosotros había despertado. En ella centelleaban partículas minerales que reflejaban las llamas de una antorcha de pino metida en una grieta.

—Habéis venido, ¿eh? —Geillis estaba de rodillas, con la vista fija en un relumbrante chorro de polvo blanco que caía de su puño, dibujando una línea en el suelo.

Oí una exclamación de Jamie, entre alivio y terror: había visto a Ian. El chico estaba en el centro del pentágono, tumbado de costado, con las manos atadas a la espalda y amordazado con un pañuelo blanco. Junto a él había un hacha de piedra negra y reluciente como la obsidiana, con el filo agudo y mellado. El mango estaba cubierto por un vistoso diseño africano de bandas y picos.

—No te acerques más, zorro —dijo Geillis, sentándose sobre los talones. Enseñó los dientes a Jamie con algo que no era una sonrisa. Tenía una pistola en la mano y otra, cargada y amartillada, en su cinturón de cuero.

Con los ojos clavados en Jamie, hundió la mano en el saco que llevaba colgado del cinturón y extrajo otro puñado de diamantes en polvo. Vi gotas de sudor en su frente blanca. Debía de estar percibiendo el zumbido del paso temporal, tal como lo percibía yo. Estaba descompuesta; el sudor me corría por el cuerpo bajo la ropa.

El diseño estaba casi concluido. Sin dejar de apuntarnos cuidadosamente con la pistola, fue dejando caer el polvo brillante hasta haber completado el pentágono. Las piedras ya estaban dentro y centelleaban con chispas de color, unidas por una línea de mercurio.

—Bien, ya está. —Se volvió a sentar sobre los talones y lanzó un suspiro de alivio conforme se echaba el pelo atrás con una mano—. A salvo. El polvo de diamante impide la llegada del ruido —me explicó—. Horrible, ¿no?

Dio unas palmaditas a Ian, que yacía frente a ella con los ojos dilatados por el miedo asomando por encima de la blanca mordaza de trapo.

—Bueno, bueno, *mo chridhe*. No te aflijas, que pronto terminará todo.

—¡Aparta tus manos de él, maldita bruja! —Jamie dio un paso impulsivo hacia delante con la mano en el puñal, pero se detuvo al ver que Geillis levantaba la pistola.

—Me recuerdas a tu tío Dougal, *a sionnach* —dijo ladeando la cabeza con coquetería—. Cuando lo conocí era mayor de lo que eres tú ahora, pero te pareces mucho a él. Coges lo que quieres y que el diablo se lleve a quien te estorbe el paso.

Jamie miró a Ian, acurrucado en el suelo, y luego a Geillis.

—Cojo lo que es mío —corrigió en voz baja.

—Pero ahora no puedes, ¿verdad? Un paso más y te mato. Si te dejo vivir, es sólo porque Claire parece tenerte cariño. —Su mirada se desvió hacia mí, que permanecía en la sombra, detrás de Jamie. Me miró y asintió—. Una vida por otra, dulce Claire. Una vez, en Craigh na Dun, trataste de salvarme. Yo te salvé del juicio por brujería, en Cranesmuir. Estamos en paz, ¿verdad?

Geilie cogió una pequeña botella, la descorchó y vertió con tiento el contenido sobre la ropa del muchacho. El olor a coñac se elevó, fuerte y embriagador. Cuando los vapores alcohólicos llegaron hasta la antorcha, la llama se alzó con más potencia. Ian dio un respingo, pateando y emitiendo ruidos de protesta hasta que Geillis le dio un fuerte puntapié en las costillas.

—¡Quieto! —ordenó.

—No hagas eso, Geillis —intervine, sabiendo que de nada serviría.

—No hay más remedio —replicó serena—. Tengo que hacerlo. Lamento tener que apoderarme de la chica, pero te dejaré al hombre.

—¿Qué chica? —Jamie tenía los puños apretados. Incluso a pesar de la tenue luz que proyectaba la antorcha se podía apreciar que tenía los nudillos blancos.

—Brianna. Se llama así, ¿no? —Se echó hacia atrás la densa cabellera apartándosela de la cara—. La última de la estirpe de Lovat. —Me sonrió—. ¡Qué suerte que vinierais a visitarme! De lo contrario no me habría enterado. Creía que todos habían muerto antes del siglo XX.

Me sacudió un escalofrío. Sentí que el mismo estremecimiento recorría los músculos de Jamie. Debió de reflejársele en la cara, pues Geillis gritó y dio un salto. Disparó en plena embestida de Jamie. La cabeza pelirroja fue hacia atrás y el cuerpo se contrajo con las manos aún alargadas hacia el cuello de la mujer. Luego cayó, laxo, cruzando el borde del pentágono. Ian lanzó un gemido ahogado.

Sentí el sonido que estallaba en mi garganta. No sé qué dije, pero Geillis se volvió hacia mí, sobresaltada.

Cuando Brianna tenía dos años, un coche se empotró contra el mío chocando contra la puerta de atrás junto a la que ella estaba sentada. Paré el coche, comprobé que no se había hecho nada y luego arranqué de nuevo y fui en busca del otro vehículo que se había detenido un poco más adelante.

El otro conductor era un hombre de unos treinta años. Era bastante corpulento y probablemente muy prepotente. Miró por encima del hombro, me vio aparecer y subió la ventanilla a toda prisa mientras se encogía en el asiento.

No era consciente de sentir rabia o ninguna otra emoción. Sólo sabía, sin ningún ápice de duda, que iba a atravesar esa ventana con la mano para sacar a ese hombre del coche. Y él también lo sabía.

No pensé más; y tampoco tuve que hacerlo, porque la aparición de un coche de policía me devolvió a mi estado mental normal y me puse a temblar. Sin embargo, la mirada de aquel hombre se me quedó grabada para siempre.

El fuego iluminaba poco, pero ni la oscuridad total hubiera podido ocultar la expresión de Geilie al comprender lo que se le venía encima.

Sacó la otra pistola del cinturón y apuntó hacia mí. Vi con claridad el agujero redondo del cañón... y no me importó. El rugido del disparo resonó en toda la cueva, desprendiendo una lluvia de polvo y piedras, pero ya me había apoderado del hacha.

Percibí el tacto de los ribetes de piel adornados con un bordado. Era rojo, con una cenefa amarilla en zigzag y puntitos negros. Los puntos se hacían eco de la brillante obsidiana de la hoja, y el rojo y el amarillo reflejaban los tonos de la llama que ardía detrás de ella.

Oí un ruido a mi espalda, pero no miré. Los reflejos del fuego ardían en las pupilas de Geillis. Jamie había dicho que era como una explosión roja, y me aseguró que cuando la veía, sencillamente se entregaba a ella.

Yo no tenía que entregarme, ya se había apoderado de mí. No sentí miedo, ira ni duda. Sólo el movimiento en arco del hacha.

El impacto me recorrió todo el brazo. Solté el hacha, con los dedos entumecidos, y me quedé muy quieta. Ni siquiera me moví cuando Geillis se tambaleó hacia mí.

La sangre, a la luz del fuego, no es roja sino negra.

Dio un paso hacia delante y cayó con los músculos relajados, sin hacer intento alguno por salvarse. Lo último que vi de su cara fueron los ojos: separados, hermosos como piedras preciosas, de un verde acuoso y limpio, marcado por la certeza de la muerte.

Alguien estaba hablando, pero las palabras no tenían sentido. La grieta abierta en la roca emitía un zumbido potente que me llenaba los oídos. La antorcha parpadeó, lanzando una llamarada súbitamente amarilla ante la corriente de aire. «El batir de alas del ángel negro», pensé.

El sonido se repitió detrás de mí.

Al volverme vi a Jamie. Se tambaleaba sobre las rodillas. La sangre que le chorreaba del pelo le teñía de rojo y negro un lado de la cara; el otro estaba níveo; parecía la máscara de un arlequín.

«Detén la hemorragia», me indicó el instinto. Busqué a tientas un pañuelo, pero Jamie ya se había arrastrado hasta Ian para soltar las correas de piel, salpicándole la camisa con gotas de sangre. El muchacho se puso en pie y alargó una mano para ayudar a su tío.

Poco después la mano de Jamie se apoyaba en mi brazo. Levanté la vista, aturdida, para ofrecerle el pañuelo. Lo cogió para limpiarse un poco la cara. Luego me tiró del brazo, y me condujo hacia la boca del túnel. Tropecé y estuve a punto de caer. Eso me devolvió al presente.

—¡Vamos! —me estaba diciendo—. ¿No oyes el viento? Se acerca una tempestad.

«¿Viento? —pensé—. ¿En una cueva?» Pero tenía razón; la corriente de aire no había sido imaginaria; la leve exhalación que provenía de la grieta se había convertido en un viento que resonaba como un gemido en el estrecho pasadizo.

Me volví para mirar, pero Jamie me cogió del brazo y me empujó hacia delante. Mi última visión de la cueva fue una borrosa impresión de azabache y rubíes con una silueta blanca en el centro. Luego la corriente de aire llegó con un rugido y apagó la antorcha.

—¡Cristo! —Era la voz de Ian, llena de terror—. ¡Tío Jamie!

—Aquí —dijo Jamie asombrosamente sereno, entre la oscuridad que se extendía ante mí, elevando el tono por encima del ruido—. Aquí, hijo. Acércate. No tengas miedo. Es sólo la respiración de la caverna.

No tendría que haber dicho aquello. Cuando lo dijo pude sentir cómo el aliento frío de la roca en mi cuello me erizaba el vello de la nuca. La imagen de la cueva como algo vivo, que respiraba ciega y malévola a nuestro alrededor, me heló la sangre en las venas. Al parecer, esta idea aterrorizaba tanto a Ian como a mí, pues oí una leve exclamación y sentí su mano que trataba de agarrarse a mí. Le cogí la mano con la mía y busqué en la oscuridad con la otra hasta encontrar la tranquilizadora mole de Jamie.

—Tengo a Ian —dije—. ¡Por Dios, salgamos de aquí!

Como respuesta, me cogió la mano y entrelazó los dedos con los míos. Desanduvimos juntos el túnel serpenteante, tropezando en la oscuridad y pisándonos los talones. Durante todo ese tiempo el viento no dejó de gemir a nuestra espalda. No veía nada: ni la camisa de Jamie delante de mí a pesar de saber que era blanca como la nieve, ni el movimiento de mis propias faldas, aunque las escuchaba susurrar alrededor de mis pies al andar y el sonido se fundía con el aullido del viento.

La corriente de aire se elevaba y caía en picado, siseando y aullando. Trataba de apartar el recuerdo de lo que dejábamos atrás, la morbosa fantasía de que el viento encerraba voces sibilantes y secretos que no se debían escuchar.

—La oigo —dijo Ian súbitamente con la voz rota por el pánico—. ¡La oigo! ¡Oh, Dios, Dios mío! ¡Viene hacia aquí!

Me quedé helada. Un grito se ahogó en mi garganta. Sabía perfectamente que no era ella, sino el viento y el miedo de Ian, pero eso no cambió el arrebato de terror que me brotó desde la boca del estómago, haciendo que mis intestinos se convirtieran en agua. Yo también sabía que ella se acercaba, gritando a pleno pulmón.

Entonces Jamie nos abrazó a ambos tapándonos los oídos contra su pecho. Olía a humo de pino, a sudor y a coñac. Estuve a punto de ponerme a llorar de alivio.

—¡Silencio! —dijo con furia—. No voy a permitir que os toque. ¡Jamás!

Nos pegó a su cuerpo con fuerza. Podía escuchar los acelerados latidos de su corazón bajo la mejilla y notaba el huesudo hombro de Ian pegado a mí. Al poco la presión disminuyó.

—Vamos —continuó en voz más baja—. Es sólo el viento. Cuando cambia el tiempo en la superficie, las cuevas resoplan por sus grietas. No es la primera vez que lo oigo. Fuera se acerca una tormenta. Vamos.

La tormenta fue breve. Cuando llegamos a la superficie, tambaleándonos, la lluvia había cesado y nos cegó la luz del sol.

Lawrence estaba cerca de la entrada, protegido bajo una palmera. Al vernos se levantó de un salto y una expresión de alivio ablandó las arrugas de su cara.

—¿Todo bien? —preguntó, paseando la mirada entre mi cara y un Jamie manchado de sangre.

Jamie asintió con una media sonrisa.

—Todo bien —confirmó, señalando a Ian—. ¿Puedo presentarle a Ian Murray, mi sobrino? Ian, éste es el doctor Stern; nos ha sido de gran ayuda en tu búsqueda.

—Le estoy muy agradecido, doctor —dijo el muchacho, inclinando la cabeza. Luego añadió con una sonrisa trémula, pasándose la manga por la cara sucia—: Estaba seguro de que vendrías, tío Jamie. Pero has tardado un poco, ¿no? —La sonrisa se ensanchó, aunque entonces se vino abajo y empezó a temblar, parpadeando para contener las lágrimas.

—Es cierto, Ian. Lo siento. Ven aquí, *a bhalaich.* —Jamie lo estrechó en un abrazo mientras le daba palmadas en la espalda, entre murmullos en gaélico.

Tardé un momento en darme cuenta de que Lawrence me estaba hablando.

—¿Está usted bien, señora Fraser? —me preguntaba. Y sin aguardar respuesta, me sujetó por el brazo.

—No estoy segura. —Me sentía exhausta, como después de un parto, pero sin la misma exaltación. Todo me parecía irreal: Jamie, Ian y Lawrence eran como juguetes que se movían y hablaban a lo lejos, emitiendo sonidos que me costaba entender.

—Creo que debemos irnos de aquí —observó Lawrence mirando la boca de la cueva por la que acabábamos de salir. Estaba algo intranquilo. No preguntó por la señora Abernathy.

—Tiene razón.

Aunque tenía fresca en la mente la imagen de la caverna, me parecía tan irreal como la verde selva y las piedras que nos rodeaban. Giré en redondo y emprendí la marcha sin esperar a los hombres.

Mientras caminábamos, la sensación de distancia se acentuó. Me sentía como un autómata, como si tuviera una estructura interior de hierro que funcionaba a cuerda. Seguí la corpulenta espalda de Jamie por entre ramas y claros, sombras y sol, sin mirar hacia dónde íbamos. El sudor me resbalaba por los costados y me escocía los ojos, pero no me molesté en limpiarme. Hacia el crepúsculo nos detuvimos en un pequeño claro, cerca de un arroyo, e instalamos nuestro primitivo campamento.

Ya había descubierto que Lawrence era una presencia utilísima en esas excursiones. No sólo tenía tanta habilidad como Jamie para buscar refugio o construirlo: además, al estar familiarizado con la flora y la fauna de la zona, era capaz de zambullirse en la jungla y volver al cabo de media hora con puñados de raíces, hongos y frutas comestibles con los que aumentar las espartanas raciones de nuestras mochilas.

Mientras Lawrence buscaba alimentos, Ian salió en busca de leña. Yo me senté junto a Jamie con un cuenco lleno de agua para curarle la herida. Después de limpiarle la sangre de la cara y la cabeza, descubrí con sorpresa que la bala había perforado la piel por encima de la línea donde comienza a nacer el pelo, pero que no había señales de salida, como si hubiera desaparecido dentro del cráneo. Desconcertada, hurgué en el cuero cabelludo con creciente agitación hasta que un grito de Jamie me anunció que había encontrado la bala.

Tenía un bulto en la nuca. La bala había viajado bajo la piel, siguiendo la curvatura del cráneo, hasta detenerse cerca del occipucio.

—¡Cielo santo! —exclamé. La palpé de nuevo, incrédula, pero allí estaba—. Tenías razón al decir que tu cabeza era de hueso macizo. Esa mujer te disparó a quemarropa y ese maldito proyectil no pudo atravesarte el cráneo.

Jamie se sujetaba la cabeza con las manos mientras lo examinaba y emitió un bufido como queja.

—Sí, bueno —dijo con la voz amortiguada por las manos—. Tengo la cabeza dura, pero eso no habría bastado si la señora Abernathy hubiera usado una carga completa de pólvora.

—¿Te duele mucho?

—La herida no, aunque me escuece, pero tengo un horrible dolor de cabeza.

—No me extraña. Aguanta un poco, que voy a extraerte la bala.

Como ignorábamos en qué condiciones encontraríamos a Ian, había llevado el más pequeño de mis botiquines que, afortunadamente, contenía un frasco de alcohol y un pequeño bisturí. Rasuré una parte de la abundante cabellera de Jamie, justo por debajo de la hinchazón y mojé la zona con alcohol para desinfectarla. Tenía los dedos fríos de tocar el alcohol, pero su cabeza estaba cálida y agradablemente viva al tacto.

—Inspira hondo tres veces y aguanta —murmuré—. Te voy a cortar, pero lo haré rápido.

—Está bien.

Se le veía la nuca un poco pálida, pero tenía el pulso estable. Jamie obedeció e inspiró hondo, luego exhaló suspirando. Sostuve la piel tensa entre los dedos de la mano izquierda. Cuando inspiró por tercera vez dije «ahora» e hice un corte rápido en su cuero cabelludo. Jamie gruñó un poco, pero no gritó. Presioné la hinchazón con el pulgar derecho. La bala brotó de la incisión que había abierto y cayó en mi mano izquierda como una uva.

—Ya la tengo —dije, y me di cuenta de que estaba conteniendo la respiración. Le puse el pequeño perdigón en la mano. Estaba un poco achatado debido al impacto contra el cráneo. Le sonreí un tanto temblorosa—. Un recuerdo —dije.

Puse una gasa en la pequeña herida y la sujeté con una venda alrededor de la cabeza. Luego, sin poder resistirlo más, me puse a llorar.

Notaba cómo me resbalaban las lágrimas por las mejillas y cómo me temblaban los hombros, pero aunque era consciente de estas sensaciones, no podía evitar el sentirme, todavía, fuera de mi cuerpo.

—Sassenach, ¿estás bien? —Jamie me miraba con preocupación bajo el vendaje de pirata que le había hecho.

—Sí —respondí tartamudeando por los sollozos—. No sé por qué lloro. ¡No lo sé!

—Ven aquí. —Me cogió de la mano para sentarme en sus rodillas y estrecharme entre los brazos al tiempo que posaba la mejilla sobre mi cabeza—. Todo va bien —susurró—, todo va bien, *mo chridhe*, todo va bien.

Me meció con suavidad mientras me acariciaba el pelo y el cuello con una mano y me murmuraba cosas sin importancia al oído. Y tan repentinamente como me había separado de mi persona, de golpe me encontré de nuevo dentro de mi cuerpo, caliente y estremecida y sintiendo cómo las lágrimas disolvían mi interior de hierro. Poco a poco dejé de sollozar y me recosté en su pecho hipando de vez en cuando y sin sentir otra cosa que la paz y el consuelo de su presencia.

Apenas reparé en el regreso de Lawrence e Ian, pero no les presté ninguna atención. Hasta que, en algún momento, oí que el chico decía, con más curiosidad que alarma:

—Te corre sangre por el cuello, tío Jamie.

—Tendrás que ponerme otro vendaje, Ian —dijo Jamie sin preocuparse—. Yo estoy ocupado abrazando a tu tía.

Poco después me quedé dormida, aún envuelta en sus brazos.

Desperté más tarde acurrucada en una manta, junto a Jamie. Él estaba recostado en un árbol con una mano apoyada en mi hombro. Al notar que me despertaba, me apretó un poco. Estaba oscuro. A breve distancia se oía un ronquido rítmico que debía de ser Lawrence, pensé somnolienta, pues la voz de Ian se oía por el lado de Jamie.

—No —decía despacio—, en el barco no lo pasé tan mal. Nos habían encerrado a todos juntos, así que tenía la compañía de los otros muchachos. Nos daban de comer decentemente y nos sacaban a caminar por cubierta, de dos en dos. Estábamos asustados, pues no sabíamos dónde nos llevaban y ninguno de los marineros nos dijo nada, pero no nos maltrataron.

El *Bruja* había remontado el río Yallahs para entregar su carga humana directamente en Rose Hall. Allí, los desconcertados niños recibieron la cálida bienvenida de la señora Abernathy, que de inmediato los metió en una nueva prisión.

El sótano de la hacienda estaba bien preparado, con camas y bacinillas. Resultaba bastante cómodo pese a tener que soportar el ruido que se hacía arriba durante las horas del día. Ninguno de los muchachos tenía idea de por qué estaban allí. Hicieron muchas conjeturas, cada una más improbable que la anterior.

—De vez en cuando, un negro gigantesco bajaba con la señora Abernathy. Siempre le implorábamos que nos dijera qué estábamos haciendo allí y por qué no nos dejaba salir, pero ella se limitaba a sonreír, nos daba unas palmaditas y nos decía que ya saldríamos en su momento. Luego escogía a un muchacho; el gigante lo cogía de un brazo y se lo llevaba. —La voz de Ian sonaba afligida, como era lógico.

—¿Volvían esos muchachos? —preguntó Jamie. Me dio una suave palmadita con la mano y yo la cogí y la estreché.

—No, generalmente no. Eso nos asustaba muchísimo.

Transcurridas unas ocho semanas le tocó el turno a Ian. Ya habían desaparecido tres de los chicos cuando los ojos verdes de la señora Abernathy se posaron en él. Ian no estaba dispuesto a cooperar.

—Pateé al negro, le pegué y hasta le mordí la mano —dijo melancólico—. Tenía un sabor asqueroso, estaba cubierto de alguna especie de aceite. Pero no sirvió de nada. Se limitó a darme un golpe en la cabeza con tanta fuerza que me dejó un pitido en los oídos, y me cogió en brazos como si fuera un crío.

Lo habían llevado a la cocina, donde lo bañaron y lo vistieron con una camisa limpia antes de llevarlo a la parte principal de la casa.

—Era de noche y todas las ventanas estaban iluminadas. Se parecía mucho a Lallybroch cuando bajas de las colinas, al oscurecer, y mamá acaba de encender las lámparas. Me partió el corazón verlo y acordarme de mi casa.

Pero no tuvo mucho tiempo para nostalgias. Hércules (o Atlas) lo llevó al piso superior, donde estaba el dormitorio del ama. La señora Abernathy lo esperaba vestida con una especie de túnica con extrañas figuras bordadas con hilo rojo y plateado. Se mostró cordial y acogedora y le ofreció algo de beber. Tenía un olor extraño, pero no tenía mal sabor. Como Ian no podía decidir al respecto, lo bebió.

En el cuarto había dos cómodos sillones, con una mesa baja en medio y una gran cama al lado con doseles dignos de un lecho real. Ocuparon los sillones y ella le hizo varias preguntas.

—¿Qué tipo de preguntas? —preguntó Jamie, al notar que vacilaba.

—Bueno, sobre mi hogar y mi familia. Me preguntó los nombres de todos mis hermanos y mis tíos. —Di un respingo: ¡por eso Geilie no se había sorprendido al vernos aparecer!—. Todo tipo de cosas, tío. Después me... me preguntó si alguna vez... si alguna vez me había acostado con una chica, ¡como si me preguntara qué había comido por la mañana! —Ian recordaba sorprendido.

»No quería responder, pero no pude evitarlo. Sentía mucho calor, como si tuviera fiebre, y me costaba moverme. Respondí a todas sus preguntas mientras ella continuaba sentada, simpática, observándome con sus grandes ojos verdes...

—Así que le dijiste la verdad.

—Sí, sí. —Ian hablaba con lentitud, reviviendo la escena—. Le dije que sí y le hablé... de Edimburgo, de la imprenta, el marino, el burdel, de Mary... de todo.

Entonces Geilie pareció disgustarse por alguna de las respuestas; se le endureció la expresión y entornó los ojos. En ese momento Ian tuvo mucho miedo y habría querido huir, pero se lo impedían la pesadez de sus miembros y la presencia de aquel gigante inmóvil ante la puerta.

—Se levantó para pasearse a grandes zancadas, diciendo que si yo no era virgen estaba arruinado y que qué tenía que hacer un niño como yo, echándome a perder con las mujeres. De pronto se detuvo para beber un vaso de vino. Entonces pareció serenarse, se echó a reír mirándome con atención y dijo que tal vez no todo estaba perdido. Si no le servía para lo que tenía pensado, tal vez le sirviera para otras cosas.

La voz de Ian sonaba algo sofocada, como si le apretara el cuello de la camisa. Como Jamie emitió un sonido interrogante, él tomó aliento, decidido a continuar:

—Me... me ofreció la mano para levantarme, me quitó la camisa y... ¡Te juro que es verdad, tío! Se arrodilló en el suelo y se metió mi polla en la boca.

Aunque la mano de Jamie se tensó sobre mi hombro, su voz no reveló más que un suave interés.

—Te creo, Ian. ¿Y te hizo el amor?

—¿El amor? —El chico parecía aturdido—. No... es decir, no sé. Se... ella... bueno, hizo que se me empinara, después me llevó a la cama y siguió haciendo cosas. ¡Pero no fue como con Mary, no!

—No, por supuesto —comentó el tío.

—¡Dios, qué extraño! —En el tono de Ian se percibía un escalofrío—. En medio del asunto, levanté la cabeza y allí estaba el negro, en pie junto a la cama, con una vela. Ella le indicó que la levantara un poco más para ver mejor.

Hizo una pausa para beber agua de una de las botellas y dejó escapar un largo suspiro.

—Tío, ¿alguna vez... te has acostado con una mujer sin querer hacerlo?

Jamie vaciló un segundo antes de responder con la mano tensa sobre mi hombro, pero luego dijo en voz baja:

—Sí, Ian.

—Ah. —Oí que el chico se rascaba la cabeza—. ¿Sabes lo que se siente, tío? ¿Puedes hacerlo, no quieres y te parece detestable, pero... pero te gusta?

Jamie dejó escapar una risa breve y seca.

—Bueno, Ian, lo que sucede es que esa parte del cuerpo no tiene conciencia, pero tú sí. —Me soltó el hombro para mirar a su sobrino—. No te aflijas. No podías evitarlo y lo más probable es que eso te haya salvado la vida. Los otros chicos, los que no volvieron al sótano... ¿sabes si eran vírgenes?

—Teníamos mucho tiempo para conversar y acabamos por conocernos bastante. Unos sí que lo eran y otros se jactaban de haber estado con una chica, pero por lo que decían, me pareció que no era cierto.

Hizo una pausa, obligado a formular una dolorosa pregunta.

—¿Sabes qué fue de ellos, tío? ¿De los muchachos que estaban conmigo?

—No, Ian —respondió Jamie, sin alterarse—. No tengo ni idea. —Volvió a reclinarse en el árbol con un profundo suspiro—. ¿Podrás dormir, pequeño? Te hará falta. Mañana nos espera una buena caminata hasta la costa.

—Oh, claro que puedo dormir, tío —le aseguró Ian—. Pero ¿no quieres que monte guardia? Eres tú el que debe descansar con ese disparo en la cabeza. —Hubo un silencio. Después añadió con timidez—: No te he dado las gracias, tío Jamie.

Jamie se rió a carcajadas.

—No tienes por qué, Ian —dijo sin dejar de sonreír—. Acuéstate y duerme. Yo te despertaré si hace falta.

Ian se acurrucó y al poco rato dormía profundamente. Jamie suspiró y se recostó contra el árbol.

—¿Quieres dormir tú también, Jamie? —Me incorporé a su lado—. Ya que estoy despierta puedo montar guardia.

Había cerrado los ojos. La luz de la fogata, ya casi apagada, le bailaba en los párpados. Sonrió buscando mi mano a tientas.

—No, pero si no te importa quedarte conmigo un rato, puedes vigilar un poco. Si mantengo los ojos cerrados, me duele menos la cabeza.

Pasamos un rato en silencio cogidos de la mano. De tanto en tanto se oía algún ruido o un grito lejano de algún animal salvaje en la oscuridad, pero nada parecía amenazarnos.

—¿Volveremos a Jamaica a por Fergus y Marsali? —pregunté al fin.

Jamie empezó a negar con la cabeza y enseguida se detuvo reprimiendo un gruñido.

—No. Creo que pondremos rumbo hacia Eleuthera. Es colonia holandesa, tierra neutral. Enviaremos a Innes en el barco de John para que le diga a Fergus que se reúna con nosotros. Preferiría no volver a pisar Jamaica.

—Claro. —Callé un momento—. ¿Cómo se las arreglará el señor Willoughby? Digo, Yi Tien Cho. Si se queda en las montañas, no creo que lo encuentren, pero...

—Oh, se las arreglará perfectamente —interrumpió Jamie—. A fin de cuentas, tiene a ese pelícano para que pesque por él. —Esbozó una sonrisa—. Y si es astuto, irá hacia el sur, a la Martinica. Allí hay una pequeña colonia de mercaderes chinos. Le hablé de ella y me ofrecí a llevarlo una vez que hubiéramos resuelto nuestros asuntos en Jamaica.

—¿Ya no estás enfadado con él? —dije con curiosidad, pero tenía una expresión serena y apacible en el rostro, casi no se le veía ninguna arruga a la luz del fuego.

Esta vez tuvo la precaución de no mover la cabeza, pero encogió un hombro e hizo una mueca.

—Oh, no. —Suspiró y se acomodó contra el árbol—. No creo que pensara lo que hacía, ni cómo podía terminar todo esto. Además, sería absurdo odiar a un hombre por no darte lo que nunca tuvo.

Abrió los ojos con una leve sonrisa. Comprendí que estaba pensando en John Grey.

Ian se retorció en sueños, dio un sonoro ronquido y se puso boca arriba abriendo los brazos en cruz. Jamie miró a su sobrino y su sonrisa se acentuó.

—Gracias a Dios —dijo—, éste volverá con su madre en el primer barco que zarpe hacia Escocia.

—No sé —dije sonriendo—. Después de tantas aventuras, tal vez no quiera regresar a Lallybroch.

—Poco me importa lo que quiera —aseveró Jamie—. Irá, aunque sea preciso embalarlo en un cajón. ¿Buscas algo, Sassenach? —añadió al verme tantear en la oscuridad.

—Ya lo he encontrado —dije, sacando el estuche de jeringuillas de mi bolsillo. Lo abrí para verificar su contenido a la escasa luz de la fogata—. Oh, bueno, queda lo suficiente para una dosis.

Jamie se incorporó un poco.

—No tengo fiebre —advirtió desconfiado—. Y si estás pensando en clavarme esa porquería en la cabeza, ya puedes ir cambiando de idea, Sassenach.

—A ti no —aclaré—. A Ian. ¿O quieres devolverlo a Jenny plagado de sífilis y otras enfermedades sexuales?

Jamie alzó las cejas hasta donde le crecía el pelo. El dolor ocasionado por el gesto le arrancó una mueca.

—¡Ay! ¿Sífilis? ¿Tú crees?

—No me sorprendería en absoluto. Uno de los síntomas de esa enfermedad, en su etapa avanzada, es una profunda demencia. En el caso de Geillis no es fácil determinarlo. De todos modos, más vale prevenir que curar, ¿no?

Jamie soltó una risa.

—Bueno, así el joven Ian aprenderá cuál es el precio de la diversión. Será mejor que yo distraiga a Stern mientras tú llevas al muchacho tras los arbustos a infligirle su penitencia. Lawrence es un buen hombre para ser judío, pero muy curioso. No quiero que te lleven a Kingston para quemarte por bruja.

—Supongo que sería molesto para el gobernador —apunté en tono seco—, aunque personalmente lo disfrutara.

—No creo que lo disfrutara, Sassenach —dijo tan seco como yo—. ¿Tienes mi chaqueta a mano?

—Sí. —Recogí la prenda que estaba doblada en el suelo junto a mí y se la di—. ¿Tienes frío?

—No. —Se recostó hacia atrás con la chaqueta cruzada en las rodillas—. Pero quería sentir a los niños cerca de mí mientras duermo. —Me sonrió mientras cruzaba suavemente las manos sobre la chaqueta y los retratos, y volvió a cerrar los ojos—. Buenas noches, Sassenach.

63

De las profundidades

Por la mañana, recuperados por el descanso y por un desayuno compuesto de bananas y bizcochos, continuamos la marcha hacia la costa con más ánimo. Al poco rato, Ian incluso dejó de renquear. Sin embargo, al bajar por el desfiladero que conducía a la playa nos encontramos con un sorprendente espectáculo.

—¡Dios mío, son ellos! —balbuceó Ian—. ¡Los piratas!

Giró en redondo para huir de nuevo hacia las colinas, pero Jamie lo sujetó por un brazo.

—No son los piratas —dijo—. Son esclavos. ¡Mira!

Poco hábiles para pilotar grandes navíos en el mar, los esclavos fugitivos de las plantaciones del río Yallahs habían realizado un lento viaje hasta La Española y habían hecho encallar el barco en la costa. El *Bruja* yacía escorado en los bajíos, con la quilla hundida en el lodo arenoso. Un grupo de negros muy agitados la rodeaba y corría dando gritos por la playa, otros buscaban refugio en la selva y unos pocos ayudaban al resto a bajar del barco.

Una rápida mirada al mar nos enseñó la causa de la agitación. En el horizonte había una mancha blanca que se iba haciendo cada vez más grande.

—Una cañonera —dijo Lawrence con interés.

Jamie murmuró, para horror de su sobrino, algo en gaélico.

—Salgamos de aquí —ordenó secamente, mientras empujaba a Ian desfiladero arriba y me cogía de la mano.

—¡Un momento! —Lawrence se protegió los ojos con la mano—. Viene otro barco, más pequeño.

Era la pinaza privada del gobernador de Jamaica, que se inclinaba, con las velas hinchadas por el viento, formando un peligroso ángulo para rodear la curva de la bahía. Jamie dedicó una fracción de segundo a sopesar las posibilidades y me tiró de la mano.

—¡Vamos!

Cuando llegamos a la orilla, el pequeño bote de la pinaza se acercaba por los bajíos, con Raeburn y MacLeod a los remos. Jadeando y tratando de respirar, con las piernas débiles por la carrera, corrí hacia las olas hasta que Jamie acabó levantándome en vilo; tras nosotros, Lawrence e Ian bufaban como ballenas.

Al ver a Gordon en la proa de la pinaza, que nos esperaba varios metros más allá, apuntando su mosquete hacia la costa, comprendí que nos seguían. El arma lanzó una bocanada de humo y Meldrum, que estaba tras él, alzó el suyo para disparar. Los dos se turnaron, cubriendo nuestra marcha, hasta que manos amigas nos izaron desde la borda y nos subieron a la pinaza.

—¡Virad! —ladró Innes desde el timón.

La botavara giró hacia el lado opuesto y las velas se hincharon de inmediato. Jamie me puso de pie y me dejó en un banco, y luego se dejó caer a mi lado, jadeando.

—Santo Dios —resolló—, Duncan, ¿no te dije que te mantuvieras lejos?

—Ahorra saliva, Mac Dubh —replicó Innes sonriendo bajo el bigote—. No estás en situación de malgastarla. —Gritó algo a MacLeod y éste manipuló los cordajes.

La pinaza escoró cambiando de curso y puso proa hacia mar abierto saliendo de la minúscula cueva y apuntando directamente hacia la cañonera, que ya estaba lo bastante cerca para que pudiéramos distinguir la marsopa de gruesos labios bajo el bauprés.

MacLeod bramó algo en gaélico, con un ademán que no dejó dudas sobre su significado. Con un triunfal grito montañés emitido por Innes, pasamos como una flecha ante la proa del *Marsopa*, tan cerca que llegamos a ver las caras asombradas de la tripulación en la barandilla.

Una vez fuera de la ensenada vi que la cañonera continuaba hacia tierra. La pinaza jamás la habría dejado atrás en mar abierto, pero en las distancias cortas la pequeña embarcación era tan ligera y maniobrable como una pluma en comparación con la enorme cañonera.

—Van tras el barco de los esclavos —explicó Meldrum volviéndose para mirar a mi lado—. Estábamos allí cuando lo vieron, a cinco kilómetros de la isla. Pensamos que mientras ellos estaban ocupados persiguiéndolo, nosotros podríamos aprovechar para recogerlos.

—Bien hecho —dijo Jamie con una sonrisa. Todavía se le hinchaba el pecho al respirar, pero ya había recuperado el aliento—. Espero que el *Marsopa* siga ocupado un buen rato.

Un grito de advertencia de Raeburn nos indicó que no era así. El brillo del bronce de dos cañones apareció en la popa. Nos estaban apuntando. La sensación de recibir un disparo a quemarropa no resultó muy grata. Pero nosotros seguíamos alejándonos a toda velocidad. Innes movió el timón con violencia un par de veces dibujando un zigzag en el agua. Justo en ese momento se oyó el tronar de los cañones. Acto seguido, un chorro de agua se levantaba a veinte metros a babor, demasiado cerca para nuestro gusto: un proyectil de diez kilos podía atravesar el fondo de la pinaza sin ninguna dificultad, haciendo que nos hundiéramos como una piedra.

Innes maldijo y se encogió de hombros sobre el timón; el brazo que le faltaba le daba una extraña apariencia desequilibrada. Nuestra carrera se tornó más errática aún y los tres proyectiles siguientes cayeron bastante lejos. Entonces oímos un potente cañonazo y el flanco del *Bruja* voló hecho astillas: el *Marsopa* había apuntado los cañones de proa hacia el barco varado.

Una lluvia de metralla barrió la playa en dirección a un grupo de fugitivos. Cuerpos enteros y mutilados volaron por los aires y cayeron en la arena como palillos negros, tiñéndola de rojo. Vimos varias extremidades esparcidas por la playa como pedazos de madera a la deriva.

—Santa María, Madre de Dios. —Ian, blanco como una sábana, se persignó horrorizado con los ojos clavados en el bombardeo de la playa.

Otros dos disparos abrieron un gran agujero en el flanco del *Bruja*. Varios cayeron en la arena y otros dos hicieron blanco entre la gente que huía. Entonces rodeamos el promontorio que ponía fin a la ensenada, salimos a mar abierto, y la playa y su carnicería quedaron ocultas a nuestra vista.

—Ruega por nosotros, pecadores, ahora y en la hora de nuestra muerte —concluyó Ian en un susurro, y se volvió a santiguar.

Aparte de las indicaciones de Jamie —que le dijo a Innes que se dirigiera a Eleuthera y éste consultó con MacLeod el rumbo que debíamos seguir—, no se oían más conversaciones en el barco. Los demás estábamos demasiado horrorizados por lo que acabábamos de ver, y demasiado aliviados por haber conseguido escapar, como para hablar.

Hacía buen tiempo y una fuerte brisa nos impulsaba. Al caer el sol, La Española ya había desaparecido en el horizonte y la Gran Turca se elevaba a la izquierda.

Tras tomar mi pequeña ración de bizcocho, bebí una taza de agua y me acurruqué a dormir en el fondo del bote, entre Ian y Jamie. Innes, bostezando, se acomodó en la proa mientras MacLeod y Meldrum se turnaban en el timón durante la noche.

Por la mañana, un grito hizo que me incorporara sobre un codo, somnolienta y dolorida por la noche pasada sobre aquellas tablas húmedas. Jamie estaba en pie, con el pelo agitado por la brisa.

—¿Qué? —le pregunté a Jamie—. ¿Qué pasa?

—No me lo puedo creer —dijo mirando hacia popa—. ¡Otra vez esa maldita cañonera!

Me puse de pie y me di cuenta de que era cierto; hacia proa se veían unas diminutas velas blancas.

—¿Estás seguro? —inquirí, bizqueando—. ¿Cómo lo sabes desde tan lejos?

—Yo no lo sé —reconoció Jamie—, pero Innes y MacLeod dicen que es ese condenado barco inglés. Ya han liquidado a los pobres negros y ahora vienen tras nosotros. —Se alejó de la borda y se encogió de hombros—. No hay mucho que hacer; ojalá podamos mantener la distancia. Dice Innes que, si llegamos a la isla del Gato al oscurecer, podremos salvarnos.

Durante todo el día nos mantuvimos fuera del alcance de los cañones, pero Innes parecía cada vez más preocupado.

Entre la isla del Gato y Eleuthera, el mar era poco profundo y estaba sembrado de arrecifes coralinos. Un buque de guerra jamás podría seguirnos por aquel laberinto... pero a duras penas podríamos navegar a la velocidad suficiente para evitar que el *Marsopa* nos hundiera con sus cañones. En cuanto llegáramos a los bancos de arena y los canales, constituiríamos un blanco fácil.

Por fin, de mala gana, decidimos poner proa al este, a mar abierto; no podíamos arriesgarnos a perder velocidad y había una pequeña posibilidad de eludir a la cañonera durante la noche.

Al llegar el alba, todo rastro de tierra había desaparecido. El *Marsopa*, por desgracia, no. Hasta entonces no había acortado la distancia, pero al levantarse el viento del amanecer izó más velas y empezó a aproximarse. Nosotros ya íbamos a toda vela y no teníamos dónde ocultarnos; sólo podíamos seguir adelante... y esperar.

Durante las largas horas de la mañana, el *Marsopa* se fue haciendo cada vez más grande. El cielo comenzaba a encapotarse y se había levantado un fuerte viento que ayudaba a la cañonera, con su enorme velamen, mucho más que a nosotros.

Hacia las diez ya estaba lo bastante cerca para arriesgar un disparo. Cayó lejos, pero consiguió asustarnos. Innes miró para apreciar la distancia y, negando con la cabeza, se concentró en el timón con seriedad. Nada ganaríamos navegando en zigzag; teníamos que continuar en línea recta tanto tiempo como pudiéramos, reservando los intentos de esquivarlos para cuando no nos quedara otra.

A las once teníamos al *Marsopa* a cuatrocientos metros. Cada diez minutos sonaba el monótono tronar de sus cañones de proa probando puntería. Cerré los ojos. Me imaginaba a Erik Johansen cerniéndose sobre el cañón sudado y lleno de polvo con la mecha encendida en la mano. Esperaba que Annekje se hubiera quedado en Antigua con sus cabras.

A las once y media había empezado a llover y la mar era gruesa. Una ráfaga nos alcanzó de lado, haciéndonos escorar hasta poner la barandilla de babor a treinta centímetros del agua. Mientras nos desenredábamos en la cubierta, Innes y MacLeod enderezaron hábilmente la pinaza. Eché un vistazo atrás (cosa que hacía cada pocos minutos) y vi correr a los tripulantes del *Marsopa*, arriando las velas.

—¡Eso sí que es suerte! —me gritó MacGregor al oído, asintiendo hacia donde yo miraba—. Así se retrasarán.

A las doce y media, el cielo tenía un subido tono púrpura verdoso y el viento se había convertido en un gemido espectral. La cañonera seguía arriando velas, pero aun así se le desprendió una, que se alejó aleteando como un albatros. Hacía tiempo que no nos disparaba. Era imposible apuntar a un blanco tan pequeño en medio de aquel oleaje.

Al haber desaparecido el sol era incapaz de deducir una hora aproximada. La tormenta nos alcanzó como una hora después. Resultaba imposible oír nada. Innes consiguió que los hombres bajaran las velas haciéndose entender por señas y muecas. Seguir con el velamen desplegado incluso arrizado significaba arriesgarse a que el viento pudiera arrancar el mástil de cuajo.

Yo me aferraba a la borda con una mano y a la mano de Ian con la otra. Jamie, encorvado detrás de nosotros, nos rodeaba con los brazos para protegernos. La lluvia caía de lado con tanta fuerza que nos hacía daño y apenas conseguía divisar la borrosa mancha en el horizonte que suponía que sería Eleuthera.

Las olas alcanzaban una altura de doce metros y la pinaza las remontaba ligera, alzándonos a alturas vertiginosas para descender luego a plomo. Jamie estaba pálido a la luz de la tormenta, con el pelo pegado al cráneo por el agua.

Estaba oscureciendo cuando sucedió. El cielo se hallaba casi negro, pero había un fantasmagórico resplandor verde en el horizonte, sobre el que se recortaba la figura esquelética del *Marsopa*. Alcanzados por otra ráfaga lateral, dimos un tumbo en lo alto de una inmensa ola.

Mientras nos levantábamos de otro doloroso revolcón, Jamie me cogió del brazo, señalando hacia atrás. El palo mayor del *Marsopa* estaba torcido y continuó inclinándose hasta que la parte superior se rompió y cayó al mar arrastrando el cordaje y las vergas. Todo junto actuó como si fuera un ancla improvisada, haciendo que la cañonera girara pesadamente. En aquel momento, una ola cayó con violencia sobre ella atrapándola de costado. El *Marsopa* escoró y dio un viraje completo. Antes de que pudiera darme cuenta de lo que estaba pasando, la ola siguiente caía sobre la popa rompiendo los palos como si fueran ramitas.

Bastaron tres olas más para hundirlo; no hubo tiempo para que la indefensa tripulación escapase, pero sí para que nosotros compartiéramos su terror. Se hizo un enorme borboteo sobre la cresta de una ola y la cañonera desapareció.

El brazo de Jamie estaba rígido como el acero bajo mi mano. Mirábamos paralizados por el espanto. Sólo Innes se mantenía tercamente aferrado al timón, enfrentándose a las olas una a una.

Otra ola se levantó junto a la barandilla y pareció quedarse allí flotando por encima de mí. La enorme pared de agua era cristalina; suspendidos en ella aparecieron los restos del naufragio, con los hombres de la tripulación formando un grotesco y macabro ballet. Vi el cuerpo inerte de Thomas Leonard a unos tres metros de distancia, con la boca abierta por la sorpresa y el largo pelo rubio en torno al cuello.

Entonces nos sacudió una ola enorme que me arrastró de la cubierta. De inmediato me vi devorada por el caos; sorda, ciega e incapaz de respirar, iba dando tumbos con los brazos y las piernas a merced de la fuerza del agua.

Todo estaba oscuro; sólo tenía intensas y confusas sensaciones: presión, ruido y mucho frío. No sentía los tirones de la cuerda que me habían atado a la cintura, si es que aún seguía allí. De pronto algo caliente me recorrió las piernas, inconfundible entre el frío como una nube flotando en un cielo despejado: «orina», pensé sin saber si era mía o de otro cuerpo, engullida como estaba por el estómago de la ola.

Me golpeé la cabeza con algo; el crujido fue horrible. De repente me encontré de nuevo en la cubierta de la pinaza que seguía milagrosamente a flote, tosiendo hasta casi escupir los pulmones. Me incorporé poco a poco jadeando y resollando, con la soga todavía tan ceñida a la cintura que podía haberme fracturado las costillas. Tiré sin fuerzas, tratando de aflojarla para respirar. Entonces Jamie me rodeó con el brazo, mientras buscaba a tientas su cuchillo.

—¿Estás bien? —gritó, tratando de imponerse al aullido del viento.

—¡No! —intenté gritar, pero apenas pude emitir un resuello. Negué con la cabeza y me llevé las manos a la cintura.

El cielo había adoptado un extraño tono púrpura verdoso, un color que había visto pocas veces en mi vida. Jamie cortó la soga; su cabeza empapada había adquirido un color caoba y tenía el pelo pegado a la cara por la violencia del viento. La cuerda se rompió y por fin pude aspirar una bocanada de aire, ignorando la punzada en el costado y el escozor de la carne despellejada en la cintura. El barco se bamboleaba salvajemente, con la cubierta convertida en un tobogán. Jamie se cayó en la cubierta y me arrastró con él mientras trataba de abrirse paso gateando hacia el mástil que estaba a unos dos metros de distancia.

La ola me había empapado las ropas, pegándomelas al cuerpo, y el viento era tan fuerte que hacía revolotear mi falda despegándomela de las piernas y las hacía volar medio secas hasta mi cara como alas de ganso. El brazo de Jamie me ceñía por el torso como una cincha. Me aferré a él. Trataba de impulsarme con los pies por encima de los resbaladizos tablones de la cubierta. Algunas olas más pequeñas saltaron por encima de la borda anegándonos intermitentemente, pero no las siguió ninguna de sus hermanas monstruosas.

Unas manos nos arrastraron el último par de metros hacia el relativo amparo del palo. Innes había atado una cuerda al timón. Cuando miré hacia delante vi cómo un relámpago recortaba a contraluz la silueta negra del timón; grabó en mi retina una imagen muy parecida a la tela de una araña.

Hablar era imposible... e innecesario. Raeburn, Ian, Meldrum y Lawrence se habían atado al palo. Por mal que fueran las cosas en cubierta, nadie quería bajar a la oscuridad de la bodega para pasar el rato bamboleándose de un lado a otro sin saber lo que sucedía arriba. Me senté con las piernas separadas y el mástil a la espalda con la cuerda cruzada sobre el pecho. El cielo había adquirido un gris plomizo por un lado y un verde luminoso e intenso por el otro; los relámpagos caían al azar sobre la superficie del océano, brillantes columnas en la oscuridad. El viento era tan fuerte que hasta los truenos llegaban apagados, como cañones disparados a lo lejos.

De pronto, un rayo cayó junto al barco, relámpago y trueno de la mano, tan cerca que vimos cómo el agua empezaba a hervir tras el vibrante zumbido del trueno. El punzante hedor del ozono impregnó el aire. Innes le dio la espalda a la luz y su alta y delgada figura quedó recortada sobre el resplandor. Por un momento pareció un esqueleto con los huesos negros contra el cielo.

El momentáneo deslumbramiento y el bamboleo dio la impresión de que volvía a estar entero, y sus dos brazos estaban allí, como si su extremidad desaparecida hubiera emergido de un mundo fantasma para unirse de nuevo a su cuerpo a las puertas de la eternidad.

«El cráneo conectado al cuello.» La voz de Joe Abernathy entonó la canción en mi memoria. «Y el cuello conectado a la columna.» De repente me vino la espantosa imagen de las extremidades que había visto esparcidas por la playa junto a los restos del *Bruja*. Animados por el resplandor en mi cabeza se retorcían para reunificarse.

Esos huesos, esos huesos, van a deambular
Y ahora, ¡escuchad la palabra del Señor!

Se oyó el estallido de otro trueno y grité, pero no fue por el sonido sino por el recuerdo. Me veía con un cráneo entre las manos.

No podía oír lo que Jamie me gritaba, sólo pude negar con la cabeza enmudecida por el horror. El pelo, como las faldas, se me secaba al viento y bailaba alrededor de la cabeza, tirando de las raíces y crujiendo por la electricidad estática en mi cuello. Los marineros que me rodeaban se movieron a una. Cuando levanté la vista vi que las vergas y el cordaje estaban bañados por la fosforescencia azul del fuego de San Telmo.

Una bola de fuego cayó a cubierta y comenzó a rodar hacia nosotros hasta que Jamie le pegó un puntapié que la hizo saltar por la borda, dejando tras de sí un olor a quemado. Miré a Jamie para ver si estaba bien y vi que tenía los cabellos de punta, cubiertos de fuego, como si fuera un demonio; al tocárselos con los dedos, éstos se recubrieron de un haz de luz azul. Entonces bajó la mirada, me vio y me cogió de la mano, a ambos nos sacudió una descarga eléctrica, pero no me soltó.

No sé cuánto duró aquello: horas, días. El viento nos secaba la boca, ya pastosa por la sed. El cielo pasó de gris a negro, pero no había modo de saber si era de noche o es que iba a llover.

Cuando llegó la lluvia, la recibimos agradecidos. Se materializó en forma de diluvio tropical y el ruido que hacía el agua al chocar contra la cubierta se imponía al del viento. Mejor aún: no fue lluvia, sino pedrisco; no me importó que me golpearan el cráneo con guijarros: reuní aquellos granizos con ambas manos y me los tragué a medio derretir. Supusieron un fresco alivio para mi garganta torturada. Meldrum y MacLeod, gateando por la cubierta, recogieron el granizo en cántaros, cacerolas y cualquier objeto capaz de contener agua.

A ratos dormía con la cabeza apoyada en el hombro de Jamie; al despertar, el viento seguía aullando. Insensible al miedo, me limitaba a esperar. Vivir o morir no era importante si aquel ruido espantoso cesaba de una vez.

No había modo de distinguir el día de la noche, el sol seguía escondido y no teníamos forma de controlar el paso del tiempo. La oscuridad se acentuaba de vez en cuando, pero no sabía si se debía a los efectos del sol o de la luna. Me dormía, me despertaba y me volvía a dormir.

Por fin me desperté y me di cuenta de que el viento había amainado un poco. La mar seguía muy gruesa y la pequeña embarcación se agitaba como una cáscara de nuez bamboleándonos con nauseabunda regularidad, mas el ruido había disminuido. Pude oír a MacGregor pedir a Ian que le pasara una taza de agua. Los hombres tenían la cara despellejada y los labios partidos y sangrantes por culpa del viento, aunque sonreían.

—Ya pasó —dijo la voz de Jamie, grave y ronca, en mi oído—. La tormenta ha pasado.

Era cierto. Había grietas en el cielo plomizo y algunos destellos azules. Supuse que era por la mañana, algo después de la aurora, pero no había modo de asegurarlo.

Aunque el huracán había cesado, el viento aún era fuerte y la corriente nos llevaba a gran velocidad. Meldrum se hizo cargo del timón relevando a Innes; al inclinarse para consultar la brújula dio un grito de sorpresa. El fuego de San Telmo que había subido a bordo durante la tormenta no había dañado a nadie, pero había convertido la brújula en una masa de metal fundido; sin embargo, el soporte de madera seguía intacto.

—¡Asombroso! —comentó Lawrence, tocándola con aire reverente.

—Sí, pero es un gran inconveniente —completó Innes en tono seco. Echó un vistazo hacia los restos de los nubarrones—. ¿Sabe orientarse por las estrellas, señor Stern?

Después de mucho analizar el sol naciente y las pocas estrellas matutinas, determinó que íbamos rumbo al nordeste.

—Debemos virar hacia el oeste —dijo Stern, inclinado con Jamie e Innes sobre los toscos mapas—. Aunque no sabemos dónde estamos, la tierra estará al oeste.

Innes asintió sobriamente sin apartar la vista del mapa, en el que se veía una larga hilera de islas flotando en los mares del Caribe.

—Así es —dijo—. Sabe Dios cuánto tiempo llevamos navegando hacia mar abierto. El casco continúa entero, pero eso es todo lo que puedo asegurar. En cuanto al palo y las velas... bueno, tal vez resistan un tiempo. —Parecía tener grandes dudas—. Quién sabe dónde terminaremos.

Jamie le dirigió una amplia sonrisa, limpiándose la sangre del labio partido.

—Mientras encontremos tierra, Duncan, no soy muy exigente.

Innes enarcó una ceja con una leve sonrisa.

—¿Sí? ¡Y yo que te hacía decidido a vivir como marinero, Mac Dubh! ¡No has vomitado una sola vez en los dos últimos días!

—Porque durante ese tiempo no he comido nada —observó Jamie, irónico—. Mientras lleguemos a alguna isla, poco me importa que sea inglesa, francesa, española u holandesa... pero te agradecería que fuera un lugar donde hubiera comida, Duncan.

Innes se pasó una mano por la boca y tragó saliva con dificultad. A todos se nos hizo la boca agua a pesar de lo seca que la teníamos.

—Haré lo que pueda, Mac Dubh —prometió.

—¡Tierra! ¡Tierra a la vista!

Cinco días después llegó, por fin, el anuncio, con una voz tan enronquecida por el viento y la sed que parecía un graznido, pero lleno de júbilo. Subí corriendo a cubierta, resbalando en los peldaños. Todos estaban asomados a la borda observando la forma negra que se curvaba en el horizonte. Estaba lejos, aunque indiscutiblemente era tierra firme.

—¿Dónde crees que estamos? —intenté decir, sólo que tenía la voz tan ronca que apenas me salió un minúsculo susurro que nadie escuchó. No importaba, me daba igual que nos dirigiéramos directamente hacia los barracones navales de Antigua.

Las olas se deslizaban por debajo de la pinaza en enormes y suaves ondas que evocaban lomos de ballenas. El viento había empezado a soplar e Innes ordenó al timonel que virara un punto más hacia el viento.

Vi una hilera de grandes aves que volaban en majestuosa procesión, rozando una costa lejana. Eran pelícanos que pescaban en los bajíos, con el sol centelleando en las alas.

Tiré a Jamie de la manga y señalé.

—Mira...

No pude decir más. Hubo un fuerte crujido y el mundo estalló en fuego y negrura. Cuando reaccioné estaba en el agua, aturdida y medio ahogada. Me debatía y luchaba en un mundo de oscuridad verde. Tenía algo envuelto en las piernas que tiraba de mí hacia abajo.

Pataleé enloquecida, tratando de liberar las piernas. Algo pasó flotando junto a mi cabeza y le lancé un manotazo. Madera, bendita madera, algo a lo que agarrarme en medio de las olas.

Una forma oscura pasó por debajo del agua y a dos metros de mí emergió una cabeza roja jadeando.

—¡Sujétate! —exclamó Jamie.

Llegó a mí en dos brazadas y se zambulló bajo el trozo de madera que me sostenía. Sentí un tirón en la pierna y un dolor agudo; luego la tensión cesó. La cabeza de Jamie volvió a emerger junto al tronco. Me sujetó las muñecas y se quedó allí, aspirando grandes bocanadas de aire mientras las olas nos arrastraban.

El barco ya no estaba a la vista; ¿se habría hundido? Una ola rompió por encima de mí y Jamie desapareció. Sacudí la cabeza, parpadeando y allí estaba otra vez, sonriéndome con esfuerzo mientras sus dedos me apretaban las muñecas con más fuerza.

—¡Sujétate! —graznó otra vez, y lo hice.

Sentía la aspereza de la madera bajo las manos, pero me agarré al tablón astillado con todas mis fuerzas. Flotábamos a la deriva medio cegados por la lluvia, como un desecho del mar abierto del que procedíamos; a veces veía la costa lejana; a veces, sólo el océano abierto, y cuando las olas rompían sobre nosotros no veía más que agua.

Notaba algo en la pierna: un extraño entumecimiento con punzadas de dolor. Por la mente me pasó la pata de palo de Murphy y la sonrisa afilada de un tiburón. ¿Y si una de aquellas bestias me había arrancado la pierna? Pensé en mi pequeña provisión de sangre caliente brotando a chorros de un muñón y perdiéndose en las frías aguas. Presa de pánico, traté de arrancar la mano de entre los dedos de Jamie para tocarme y averiguarlo.

Bramó algo ininteligible y me sujetó las muñecas con obstinación. Al cabo de un momento recobré la razón y me relajé: si hubiera perdido la pierna, estaría inconsciente.

En realidad, era lo que empezaba a suceder. Mi campo visual tenía un margen gris y veía puntos brillantes en la cara de Jamie. ¿Estaría realmente desangrándome o era efecto del frío y la impresión? Importaba muy poco, pensé aturdida; el efecto era el mismo.

Me invadió una sensación de languidez, de paz absoluta. Ya no sentía los pies ni las piernas; sólo la tremenda presión de Jamie me recordaba que tenía manos. Cuando mi cabeza quedó bajo el agua, me costó recordar que debía retener el aliento.

La ola pasó y el madero se elevó un poco, sacándome la nariz del agua. Al respirar se me despejó un poco la visión. A treinta centímetros de distancia estaba la cara de Jamie con el pelo pegado a la cabeza y las facciones contraídas por el vapor del agua.

—¡Sujétate! —rugió—. ¡Resiste, maldita seas!

Le sonreí con dulzura, pero apenas lo oía. Esa sensación de paz me llevaba por encima del ruido y el caos. Ya no había dolor. Nada importaba. Otra ola se abatió sobre mí. Esta vez olvidé retener el aliento.

La sensación de ahogo me reanimó lo suficiente para ver el destello de terror en los ojos de Jamie. Luego todo volvió a oscurecerse.

—¡Maldita seas, Sassenach! —dijo él desde muy lejos. Su voz estaba teñida de pasión—. ¡Maldita seas! ¡Si te me mueres, te juro que te mato!

Estaba muerta. A mi alrededor todo era de un blanco deslumbrante; percibí un ruido suave, susurrante, como el que deben hacer las alas de un ángel. Me sentía en paz, sin cuerpo, libre de terror, de ira y llena de felicidad. Entonces tosí.

No carecía de cuerpo, después de todo. Me dolía la pierna. Me dolía muchísimo. Gradualmente, fui tomando conciencia de muchas otras cosas que también me dolían, pero la espinilla izquierda se llevaba la palma sin duda alguna. Tuve la clara impresión de que me habían quitado el hueso para reemplazarlo por un atizador al rojo vivo.

Al menos, era obvio que la pierna estaba allí. Cuando entreabrí los ojos, el dolor de mi pierna resultó casi visible, aunque quizá fuera sólo un producto de mi aturdimiento general. Fuera mental o físico en su origen, el efecto era una especie de blancura atravesada por destellos de una luz más intensa. Como me hería los ojos, volví a cerrarlos.

—¡Has despertado, gracias a Dios! —dijo una aliviada voz escocesa cerca de mi oído.

—No es cierto —dije.

Mi propia voz era un croar con incrustaciones de salitre. También percibía el agua de mar en la nariz, cosa que me provocaba una desagradable sensación de gorgoteo en la cabeza. Tosí otra vez. La nariz comenzó a chorrear en abundancia. Entonces estornudé.

—¡Aj! —protesté con asco por la cascada que me invadía el labio superior. Mi mano parecía remota e insustancial, pero hice el esfuerzo de levantarla para limpiarme la cara.

—Relájate, Sassenach; yo cuidaré de ti. —Percibí cierta diversión en su voz, cosa que me irritó lo suficiente como para volver a abrir los ojos. Vi una breve imagen de la cara de Jamie observándome fijamente, justo antes de que mi visión quedara bloqueada de nuevo por la tela de un inmenso pañuelo.

Me limpió la cara a conciencia ignorando mis sonidos de protesta y la inminente asfixia. Luego me acercó el pañuelo a la nariz.

—Sopla —dijo.

Hice lo que me ordenó. Para mi sorpresa, me fue muy bien. Con la cabeza despejada pude empezar a pensar con más coherencia.

Jamie me sonrió. Tenía el pelo revuelto y tieso por la sal y una gran herida en la sien, una veta roja oscura sobre su piel bronceada. No llevaba camisa; se cubría los hombros con una especie de manta.

—¿Te sientes muy mal? —preguntó.

—Horriblemente —grazné.

También empezaba a estar enfadada por seguir con vida y verme obligada a sentirlo todo otra vez. Al oír mi voz tan ronca, Jamie alargó la mano hacia una jarra de agua que estaba junto a mi cama.

Parpadeé confusa. Era realmente una cama, no una litera ni una hamaca. Las sábanas de hilo contribuían a dar aquella abrumadora impresión de blancura que me había asaltado al principio, reforzada por las paredes y el techo encalados y las largas cortinas de muselina hinchadas por la brisa que se colaba por las ventanas abiertas. Los destellos de luz eran los reflejos que reverberaban contra el techo; al parecer había agua cerca, reflejada por el sol. Por lo menos parecía más cómodo que el calabozo de Davy Jones. Sin embargo, sentí un momento de inmenso pesar por la sensación de paz infinita que había experimentado en el corazón de aquella ola, lamento que se intensificó al percibir la punzada de dolor que noté en la pierna al moverme.

—Creo que te has roto la pierna, Sassenach —me dijo Jamie sin necesidad alguna—. Será mejor que no la muevas mucho.

—Gracias por la advertencia —musité, apretando los dientes—. ¿Dónde diablos estamos?

Se encogió de hombros.

—No lo sé. Sólo puedo decirte que es una casa bastante grande. No presté mucha atención cuando nos trajeron. Un hombre ha dicho que el lugar se llama Les Perles. —Me acercó la taza a los labios y bebí con gratitud.

—¿Qué ocurrió?

Siempre que no me moviera, el dolor de la pierna era soportable. De manera automática me llevé dos dedos al cuello para comprobar el pulso, que era tranquilizadoramente firme. Si no estaba desmayada, la fractura no debía de ser muy grave por mucho que me doliera.

Jamie se frotó la cara. Parecía muy cansado y noté que la mano le temblaba por la fatiga. Tenía un gran cardenal en la mejilla y una línea de sangre seca por el cuello, se había cortado con algo.

—Creo que se rompió la parte superior del palo. Una de las vergas, al caer, te tiró por la borda. Cuando caíste al agua te hundiste como una piedra y me tiré tras de ti. Pude sujetarte... y también a la verga, gracias a Dios. Tenías parte del cordaje enredado en la pierna tirando de ti hacia abajo, pero logré desprenderlo.

Lanzó un profundo suspiro y se frotó la cabeza.

—No hice más que sujetarte. Al cabo de un rato sentí arena bajo los pies y te llevé a la costa. Poco después nos encontraron unos hombres y nos trajeron aquí. Eso es todo. —Se encogió de hombros.

Sentí frío, pese a la brisa cálida que entraba por las ventanas.

—¿Qué ha sido del barco? ¿Los hombres? ¿Ian? ¿Lawrence?

—Creo que están a salvo. Con el palo roto no pudieron acercarse a nosotros. Cuando lograron improvisar una vela, nosotros ya habíamos desaparecido. —Tosió con aspereza y se frotó la boca con el dorso de la mano—. Pero están a salvo. Los hombres que nos encontraron dijeron que habían visto una embarcación pequeña varada en un pantano a cuatrocientos metros de aquí, hacia el sur; ya han ido a rescatarla y a traer a sus ocupantes.

Bebió un sorbo de agua, lo agitó en la boca y fue a la ventana a escupirlo.

—Tengo arena en los dientes —protestó, haciendo una mueca—, en las orejas, en la nariz y probablemente en la raja del culo.

Volví a cogerle la mano encallecida, con marcas de ampollas reventadas y sangrantes.

—¿Cuánto tiempo estuvimos en el agua? —pregunté, deslizando los dedos con suavidad por su palma hinchada. La pequeña C que llevaba grabada en la base del pulgar era casi invisible, pero podía sentirla bajo el dedo—. ¿Cuánto tiempo me sostuviste en el agua?

—Bastante —respondió con sencillez.

Sonrió y me estrechó la mano a pesar de lo que debía dolerle la suya. Entonces caí en la cuenta de que estaba desnuda, pues sentía las sábanas suaves y frescas en la piel y sentí la hinchazón de mis pezones irguiéndose bajo la tela.

—¿Qué ha pasado con mi ropa?

—Como no podía sostenerte con el peso de las faldas, te las arranqué. Lo que quedaba no valía la pena.

—Supongo que no —dije despacio—. Pero ¿y tú, Jamie? ¿Dónde está tu chaqueta?

Se encogió de hombros y los dejó caer con una sonrisa melancólica.

—En el fondo del mar, supongo —dijo—. Con los retratos de Willie y de Brianna.

—Oh, Jamie, cuánto lo siento. —Le estreché la mano con fuerza y apartó la vista parpadeando una o dos veces.

—Bueno —dijo en voz baja—. No creo que los olvide. —Se volvió a encoger de hombros y esbozó una media sonrisa—. En todo caso bastará con que me mire al espejo, ¿no?

Solté una risa que era casi un sollozo, mientras él tragaba saliva con dificultad, sin dejar de sonreír. Luego se miró los pantalones desgarrados y pareció recordar algo. Se echó hacia atrás y hundió una mano en el bolsillo.

—No ha venido con las manos vacías —comentó con ironía—. Aunque preferiría conservar los retratos y haber perdido esto.

Abrió la mano y en su palma estropeada apareció un centelleo: piedras preciosas de primera calidad: una esmeralda, un rubí (masculino, supuse), un gran ópalo, una turquesa tan azul como el cielo que se veía por la ventana, una piedra dorada como sol atrapado en la miel y la extraña pureza cristalina del diamante negro.

—Tienes el adamante —me extrañé mientras lo rozaba. Se mantenía fresco pese a haber estado tan cerca de su cuerpo.

—Sí. —No miraba la piedra sino a mí con una pequeña sonrisa en los labios—. ¿Para qué sirven los adamantes? ¿Para conocer el gozo en todas las cosas?

—Eso me han dicho. —Le acaricié la cara con suavidad y sentí sus duros huesos y su piel cálida bajo mis dedos y una alegría que brillaba por encima de todo—. Tenemos a Ian —dije con suavidad—. Y nos tenemos el uno al otro.

—Sí, es cierto.

La sonrisa le llegó a los ojos. Dejó las piedras en la mesa formando una brillante pila y se reclinó en la silla para coger mi mano entre las suyas. Me relajé. Una paz cálida empezaba a invadirme pese a los rasguños y el dolor de la pierna. Estábamos vivos, juntos y a salvo, lo demás no importaba: ni las ropas ni una tibia fracturada. Todo eso se arreglaría a su debido tiempo. Ahora no. Por ahora bastaba con respirar... y mirar a Jamie.

Pasamos un rato en apacible silencio contemplando las cortinas soleadas y el cielo abierto. Después de diez minutos o quizá de una hora oímos pisadas ligeras y un delicado toque en la puerta.

—Adelante —dijo Jamie. Se sentó más erguido, sin soltarme la mano.

Se abrió la puerta y entró una mujer de rostro simpático, iluminado por la bienvenida y teñido de curiosidad.

—Buenos días —dijo con cierta timidez—. Debo pedirles perdón por no haberlos atendido antes. Estaba en la ciudad y al regresar, hace un momento, he sabido de su... llegada. —Sonrió al decir esa palabra.

—Le damos sinceramente las gracias, señora, por el amable tratamiento que se nos ha brindado —dijo Jamie, levantándose para hacerle una reverencia formal; tampoco ahora me soltó la mano—. A su servicio. ¿Tiene usted noticias de nuestros compañeros?

Ella se ruborizó un poco y le devolvió la reverencia. Era joven, de unos veinte años, y no parecía saber cómo comportarse ante aquella situación. Tenía la piel rosada y llevaba el pelo castaño claro recogido en un moño. Su acento me llamó la atención.

—Oh, sí —dijo—. Mis criados los han traído desde el barco y ahora están comiendo en la cocina.

—Gracias —dije sinceramente—. Es usted muy amable.

Enrojeció, azorada.

—En absoluto —murmuró mirándome con timidez—. Debo pedirle perdón por mis malos modales, señora. Todavía no me he presentado. Soy Patsy Olivier, la esposa de Joseph Olivier.

Miró a Jamie como si esperara un gesto equivalente. Intercambiamos una mirada. ¿Dónde estábamos? La señora Olivier era obviamente inglesa y su esposo tenía apellido francés. La bahía no nos ofrecía ninguna pista. Podía ser cualquiera de las islas de Barlovento, o de las Barbados o las Bahamas, o Exuma, o Andros... incluso podrían ser las islas Vírgenes. Entonces se me ocurrió que el huracán podía habernos desviado hacia el sur;

en tal caso bien podíamos estar en Antigua (¡en el regazo de la Marina Británica!), la Martinica o las Granadinas. Miré a Jamie, y me encogí de hombros.

Nuestra anfitriona nos observaba expectante. Jamie inspiró hondo y me apretó la mano.

—Confío en que esta pregunta no le parezca demasiado extraña, señora Olivier, pero ¿podría decirnos dónde estamos?

La joven elevó las cejas hasta donde nacía su pico de viuda y parpadeó con asombro.

—Pues... sí. Esto se llama Les Perles.

—Gracias —intervine al ver que Jamie tomaba aliento para continuar—. Lo que queremos saber es en qué isla estamos.

Una amplia sonrisa de comprensión inundó su cara redonda y rosada.

—¡Ah, comprendo! Los desvió la tempestad. Anoche mi esposo me decía que nunca había visto un viento tan terrible en esta época del año. ¡Qué suerte que se hayan salvado! ¿Vienen de las islas del sur?

El sur. Entonces no estábamos en Cuba. ¿Tal vez habíamos llegado a Santo Tomás o a la misma Florida? Intercambiamos una rápida mirada y le estreché la mano. Sentí latir el pulso en la muñeca de Jamie.

La señora Olivier sonrió con indulgencia.

—No están en ninguna isla, sino en el continente. En la colonia de Georgia.

—Georgia —repitió Jamie—. ¿En América?

Parecía algo aturdido, y con razón, pues la tempestad nos había desviado casi mil kilómetros.

—América —repetí con suavidad—. El Nuevo Mundo.

El pulso se había acelerado bajo mis dedos, como un eco del mío. Un nuevo mundo. Refugio. Libertad.

—Sí —confirmó la señora, sin tener ni idea de lo que significaba esa noticia para nosotros, pero nos sonrió con amabilidad—. Esto es América.

Jamie irguió los hombros y le devolvió la sonrisa. La brisa limpia y brillante le agitaba el cabello como si fueran llamas.

—En ese caso me presentaré, señora —dijo—. Me llamo Jamie Fraser.

Luego me miró con los ojos azules y brillantes como el cielo que se extendía a su espalda. Notaba los latidos de su corazón en la palma de mi mano.

—Y ella es Claire —dijo—. Mi esposa.

Agradecimientos

El más profundo agradecimiento de la autora a:

Jackie Cantor, como siempre, por ser de esa rara y maravillosa clase de correctores a quienes no les molesta que un libro sea largo, mientras sea bueno; mi esposo, Doug Watkins, por su ojo literario, sus notas al margen (por ejemplo: «¿otra vez pezones?») y los chistes que, según insiste, le robo para atribuírselos a Jamie Fraser; Laura, mi hija mayor, quien dijo: «Si vienes otra vez a mi clase para hablar de literatura, habla sólo de libros y no de penes de ballena, ¿vale?»; Samuel, mi hijo, que en el parque se acerca a gente completamente desconocida para preguntarle: «¿Ha leído usted el libro de mi madre?»; Jenny, mi hija menor, quien dice: «¿Por qué no te maquillas siempre como en las solapas de tus libros, mamá?»; Margaret J. Campbell, estudiosa; Barry Fodgen, poeta inglés, y *Pindens Cinola Oleroso Loventon Greenpeace Ludovic*, perro, por permitirme generosamente utilizar su identidad como base para los excesos de imaginación (el señor Fodgen desea dejar constancia de que su perro *Ludo* nunca ha tratado de copular con la pierna de nadie, fuera o no de madera, pero comprende el concepto de licencia poética); Perry Knowlton, quien, además de ser un excelente agente literario, es una fuente de conocimientos sobre bolinas, velas mayores y asuntos náuticos, amén de conocer las bellezas de la gramática francesa y la manera correcta de destripar un venado; Robert Riffle, gran autoridad sobre qué plantas crecen dónde y cómo; Kathryn (cuyo apellido era o Boyle o Frye; todo cuanto recuerdo es que, en inglés, algo tenía que ver con la cocina), por su útil información sobre las enfermedades tropicales, sobre todo en lo referente a los pintorescos hábitos de los gusanos *loa-loa*; Michael Lee West, por sus detalladas descripciones de Jamaica, incluyendo el dialecto regional y las anécdotas folclóricas; el doctor Mahlon West, por su asesoramiento sobre la fiebre tifoidea; William Cross, Paul Block (y el padre de Paul) y Chrystine Wu (y sus padres), por su inapreciable asistencia con el vocabulario, la historia y las actitudes culturales chinas; Max Watkins, mi suegro, quien me proporcionó, como siempre, comentarios útiles sobre el aspecto y las costumbres de los caballos, incluyendo hacia dónde miran cuando sopla el viento; Peggy Lynch, porque quiso saber qué diría Jamie si viera un retrato de su hija en biquini; Lizy Buchan, por contarme la historia de un antepasado de su marido que había escapado de Culloden; el doctor Gary Hoff, por detalles médicos; Fay Zachary, por el almuerzo y los comentarios críticos; Sue Smiley, por su lectura crítica y por sugerir el pacto de sangre; David Pijawka, por los materiales sobre Jamaica y su muy poética descripción del aire después de una tormenta caribeña; Iain MacKinnon Taylor y su hermano, Hamish Taylor, por sus utilísimas sugerencias y correcciones de la ortografía y los usos de términos gaélicos. Y, como siempre, los diversos miembros del CompuServe Literary Forum, incluidos Janet McConnaughey, Marte Brengle, Akua Lezli Hope, John L. Myers, John E. Simpson Jr., Sheryl Smith, Alit, Norman Shimmel, Walter Hawn, Karen Pershing, Margaret Ball, Paul Solyn, Diane Engel, David Chaifetz y muchos otros, por mostrarse interesados, proporcionar planteamientos útiles y reír cuando tocaba.

Sobre la autora

Diana Gabaldon nació en Arizona, en cuya universidad se licenció en Zoología. Antes de dedicarse a la literatura, fue profesora de biología marina y zoología en la Universidad del Norte de Arizona. Este trabajo le permitió tener a su alcance una vasta biblioteca, donde descubrió su afición por la literatura. Tras varios años escribiendo artículos científicos y cuentos para Walt Disney, Diana comenzó a publicar en internet los capítulos iniciales de su primera novela, *Forastera*. En poco tiempo, el libro se convirtió en un gran éxito de ventas; un éxito que no hizo más que aumentar con las demás novelas de la saga: *Atrapada en el tiempo, Viajera, Tambores de otoño, La cruz ardiente, Viento y ceniza, Ecos del pasado* y *Escrito con la sangre de mi corazón.*